掌故（四）

野史·佚聞·
人物·風土·

掌故

月刊

19

一九七三年三月十日出版

本社代售下列諸書

鐵嶺遺民著：

蘭花幽夢（上中下三冊）定價十二元

盧溝烽火　定價五元

民國春秋　第一集　定價五元

神州獅吼（即出版）

丘國珍著：

近代國防觀　定價三元

掌故月刊社

岳騫著：

瘟君夢一二三集　每冊定價五元

毛澤東出世　定價五元

毛澤東走江湖　定價六元

毛澤東投進國民黨　七元

紅朝外史一二集　每冊定價弍元伍角

瀟湘夜雨　定價壹元六角

黃巢　定價壹元八角

香港九龍旺角亞皆老街六號B

電話：八四四四六七三

掌故月刊 第十九期 目錄

每月逢十日出版

第十九期

一九七三年三月十日出版

每冊定價港幣二元正

全年訂費港幣二十元 美金五元

出版兼發行者：掌故月刊社
地址：九龍亞皆老街六號B
電話：K九六一九四四四

The Journal of Historical Records
6B, Argyle Street, Mongkok, Kowloon, Hong Kong.

督印人：鄧少卿
總編輯：岳騫
印刷者：和記印刷有限公司 新蒲崗景福街一一〇號超達工業大厦十樓
總代理：吳興記書報社 香港租庇利街十一號二樓 電話：H四五〇五六一 H四五〇七六六
星馬代理：遠東文化事業有限公司 新加坡廈門街十九號 檳城杏田仔街一七一號
泰國代理：曼谷青年文化服務社 曼谷黃橋東北路五六六號
越南代理：聯興書報社 越南堤岸新行街二十二號

其他地區代理：
澳門：可大文具店
亞庇：利民公司
千里達：中華公司
菲律賓：華安書局
倫敦：東寶公司
芝加哥：杏林春
波士頓：中西公司
三藩市：新生圖書公司
三藩市：益智圖書公司
加拿大：香港商店
漢城：汎亞書籍公社
寮國：永珍圖書公司
斗湖：光明書店
菲律賓：玲瓏書局
紐約：友聯圖書公司
紐約：友方圖書公司
洛杉磯：永安堂
檀香山：大元公司
三藩市：文化商店
加拿大：新國華公司

國父老友尤列

吳雞

尤少紈先生是　國父的老友，與　國父、楊鶴齡、陳少白，同時倡導革命，在清末被一些清吏和冬烘們稱爲四大寇。

尤少紈先生幼年和其求學時代

尤先生幼名季博，一字令季，自號吳興季子，年稍長後始易名爲列，廣東順德縣北水鄉人，順德地處南海縣東南，瀕西江入海之口，屬廣州府，西南縣境的甘竹墟，於清光緒二十八年闢爲商埠，順德爲魚米蠶絲之鄉，雲紗爲舉國知名之特產。尤先生出身於耕讀之家，家道頗爲殷富。幼時受業於縣中碩學陸南朗，陸南朗字蒲泉，這位先生嚴於種族之辨，雖然負文名於當時，但是始終沒有下過考棚，更以做滿清的官，獵取滿清的科名爲可恥，所以他教授學生，在每晚散學之前，必加講歷史故事一段，他藏書甚多，向學生講授的教材，多以前後五代宋元明交替時事，荆駝逸史等書爲主要課本，每講到五胡亂華、朱石纂唐、崔門沉海、煤山殉國等等史實，常慷慨嘆息，淚沾襟裳。故尤先生自幼年受學，即爲其師之愛國思想所灌輸。稍長，陸又爲其講授易經，至革卦「湯武革命，順乎天而應乎人」之句，乃以戒尺輕輕頻擊尤先生之首，並連聲告之曰：「願爾畢生記此一句！願爾畢生記此一句！」當尤先生尚在童蒙之年，對易經深奧之涵義，尚未能深切瞭解，且不知「革命」二字爲何物，惟深知國家亡於異族之慘痛而已。

他在十七歲那年，到了上海，繼隨家人東渡，至日本長崎、神戶各地，見日本之維新運動，如火如荼，各海港漸次開闢，機器工業亦漸次發展，怵然於國內政治之腐敗，人民生活習慣之墮落，生產方式之陳舊，知中國非徹底改革，不足以言富强。第二年又囘到了上海，有一天到天仙茶園訪友，友不在而茶園內人潮擁塞，詢問之下，則知爲洪門在此開會也。尤先生也繳費參加（筆者按：洪門開會多取公開方式，其所發通知中，往往有「歡迎新哥弟參加」等字樣，與清幫之採秘密結社之方式不同）。囘到住所以後，默思洪門宗旨，反清復明，乃爲民族之大義，再囘想往日受教於陸南朗夫子者，民族革命之思想，油然而生，堅信非推翻滿清腐敗之專制政體，實無足以救中國，於是轉赴南京，觀察太平天國之遺跡，憑弔河山，雖事隔非久，仍難免有天地悠悠之浩嘆。由南京北上至天津轉北京，又由北京至山海關外，綜覽塞外形勢。時方二月，行至錦州，仍天寒地凍，嚴寒積雪，遂又折囘北京，讀書於報房胡同法華寺，從梁杭雪受學。逾年又由京南下，先到鎮江，然後溯江而上至漢口，再由漢口而長沙，過衡州、零陵、全州、桂林、陽朔、梧州而浩然歸粵。至粵度歲後，爲清光緒十一年乙酉，尤先生已二十一歲，又北上赴京，再從梁杭雪遊，旋又返粵，肄業於廣州之算學舘，三年畢業。

與國父結識

光緒十四年戊子，在廣州沙田局充任一員文算總目，顧名思義，即文牘而兼計算也。翌年改充廣東輿圖局測繪生，待測繪竣事，又被改派爲中法越南定界委員，後又充任香港政務司書記。這時他和　國父結識已久，正在密謀進行革命，初，國父習醫於廣州之博濟醫院，有一位尢先生的族人，名叫尢裕堂的，也是博濟醫院的畢業生，和尢先生一道往博濟醫院訪友，道經十三行，正好碰上　國父和博濟醫院的學生鄭弼臣、鄧景暉等人，因爲購買荔枝，和水果店的主人發生爭執，尢裕堂上前勸解，息爭了事之後，一些人一塊到了博濟醫院，傾談之下，　國父的氣宇和風度，深爲尢先生所折服，慶幸能遇上這樣一位恢宏豁朗的好友。後來　國父又習醫於香港雅麗氏醫院，楊鶴齡先生也在香港，和　國父是小同鄉，楊鶴齡有一處祖業店舖楊耀記，尢先生和楊鶴齡，是算學館的同學，於是和　國父時常在楊耀記相聚。　國父又介紹雅麗同學陳少白先生，於是四人日常相聚，高談反清，每至清室愚闇，女主專權，對外軟弱無能，喪權辱國，對國內民衆則橫施壓迫，酷法嚴刑，以及溯及嘉定三屠、楊州十日之慘痛歷史，莫不慷慨激昂，淚隨聲下。當時民智未開，以　國父及尢、楊、陳等人，爲圖謀造反，故稱之爲「四大寇」。

尢列先生黑寶之一

尢先生獻身革命

當時在香港求學之青年，楊衢雲、謝讚泰、劉燕賓、温宗堯、周昭岳、胡幹之等人，同組輔仁文社。文社裡的社員有一位叫做羅文玉的，和尢先生相處得很好，介紹尢先生到文社講天算測繪之學，於是社中諸人，都對他很景慕。光緒十八年壬辰的秋天，羅文玉設結婚喜筵於上環壽而康酒樓，文社同人和尢先生都在座。楊衢雲和尢先生在酒筵未開之前，憑欄閒話，

尢列先生黑寶之二

縱談國內外時局大勢，楊衢雲也談起了他自己的家世，他在原籍福建海澄是首富之家，書香門第，他的祖父如何棄官出洋等等瑣事。尢先生就向他說：「令先祖之棄官，乃不爲滿淸奴也，君亦知有種族問題在耶？」楊衢雲聽到這裡，便離坐向尢先生長揖言曰：「聞君之教，我誓爲驅除滿虜而獻此微軀！」（按楊衢雲於庚子十二月初七日，被淸吏遣人刺殺於香港結志街五十二號二樓）尢先生便介紹楊和 國父相見，縱談之下，情意相投，甚至自夕達旦，毫無倦容，自此之後，楊衢雲也成了楊耀記座上的常客。

光緒十九年癸巳，尢先生在故鄉順德開了一家「興利蠶子公司」，和國 父同縣同村的陸皓東，也是興利的股東（按陸皓東小 國父兩歲，父曉帆公，向經營商業於上海，積產頗富，皓東九歲喪父，十幾歲時，即操持家中一切開支，母王太夫人，於民國後才死），陸和 國父是幼年近鄰之交，性情相似，早已醉心革命，和尢先生的交契，當然也是至誠無間。他在尢先生家裡的聽濤樓上，和尢先生日夕相處，他設計了靑天白日旗，至今其原稿及所用之顏色碟仍由黨史文物機關保存，後來又經 國父在靑天白日旗上加了紅色，便成了中華民國光輝燦爛的靑天白日滿地紅的國旗。當時在 國父的意思，以靑、白、紅三色，象徵自由、平等、博愛三種意義。這年 國父也由港回粵，在廣州沙基開設了一家東西藥房，又分設一家中西藥房於澳門康公廟附近。是年冬，一些主張推翻滿淸，建立民國的志士們，第一次開會於廣州城南廣雅書局內南園之抗風軒。因爲尢先生是廣雅書局所禮聘主持廣東輿圖測繪事宜，書局內上下人等，俱與尢先生有深厚的交誼，所以得以借用。此次到會者有 國父、尢先生、程耀宸、程奎光、程璧光兄弟三人、陸皓東、魏友琴、鄭士良一共八人，經衆議定，欲謀革命，必先有組織。 國父提議先以此八人爲骨幹，定名曰興中會，即日成立，衆人一致贊成。翌年甲午， 國父赴美，九月中日之戰，北洋海軍覆敗。 國父見大局日危，乃於檀香山成立興中會，當時風氣未開，僅得同志十人，冬，返香港。乙未正月，與尢先生、楊衢雲、黃詠裳等，組織興中會總機關於士丹頓街十三號，門外橫榜「乾亨」二字，並舉黃詠裳爲會長，旋黃又舉楊衢雲自代，於是開始籌經費，羅人材、購器械，種種工作，分別進行。並於廣州設分支機關二處，一在城內雙門底黃家祠內之雲崗別墅，一在東門外鹹蝦欄之張公館，其餘儲藏器械、文件及招待之所，省河南北，不下數十處，並購有小火輪兩艘。 國父與尢先生長駐雲崗別墅，楊衢雲在港主持一切。

第一次革命失敗後的尢先生

革命思想由於 國父和興中會各同志的竭力宣傳，已日見蓬勃。乙未年的夏天，有退伍軍人二百人，散處於新安（按即今寶安縣）屬深鹽圳、田沙頭等地，以無計爲生，四出刧掠，後受反淸宣傳，全部加入興中會。 國父遂與同志約定，於九月九日抵省城起事。時粵督譚鍾麟，巡撫馬丕瑤，已風聞革命黨起事消息，密令卓勇統領李家焯，實施全城戒備。到了初九日的早晨，二百餘人果然在碼頭出現，兵械暗藏桶內，可惜淸軍早已戒備，完全被捕，是役死難之志士，計朱貴全先烈凌遲。陸皓東先烈、邱泗（或作四）先烈斬首。程奎光先烈受軍棍六百死，程耀宸先烈被禁後死獄中， 國父亡命日本，程璧光遠走星洲，一時同志星散，黨內主持無人，此即第一次革命廣州之役也。

尢先生以受各方掩護，被捕之革命同志堅不吐實，幸未被淸吏發現，乃於淸光緒二十三年丁酉三月，另組革命機關中和堂於九龍西拱，以維港、九、廣州之黨務於不墜。其時九龍僅南端之九龍司地屬於英租借區（按九龍之全租於英，係於光緒二十四年戊戌，復依中英拓展香港界址專條租英），西拱尙爲華界，中和堂以吸收工人爲主要對象，活動積極展開，時在港之興中會長楊衢雲因故提請辭職，會中同志繼舉 國父爲會長， 國父又遠在海外，乃集議同推尢先生爲總理，繼而設中和堂分會於橫濱， 國父極端的贊助。尢先生又在東京創立國民報，鼓吹革命思想，其後興中會所辦之民報出版，國民報併入民報社內，方告結束。

尢先生繼續革命及與保皇會之抗爭

清室於戊戌政變之時，尢先生時在日本，風聞廣西有李立庭者舉兵反清，於是率宋教仁、鄧蔭南兼程返國，間道赴桂，準備團結同志，以爲接應。那知走到了藤縣，李立庭業已失敗，尢先生就讓宋、鄧二人先返日本，自留梧州，準備連絡同志，以圖再舉。後又以經費難以接濟赴日。政變失敗之後，康、梁之徒東渡，在日設立保皇會，康、梁素有文名，且當時一般留東學生，多認爲革命之理論高而不切，未若保皇維新之易舉，即黨內同志，亦多脫離興中會而轉入保皇會，一時在日之黨務，江河日下。但是尢先生所領導的中和堂，堂內份子多爲僑日之傭工，宗旨純一，信仰堅定，淡於利祿，却很少爲保皇會的花言巧語所煽動，和保皇會形成了對抗的形勢。

光緒二十六年庚子的夏天，尢先生和國父約會於到滬後，即派鄭士良返粵，在惠州一帶，籌備舉事，尢先生於長江下游一帶，連絡會黨爲之聲援。這年秋天閏八月十二日，鄭士良、黃遠香、黃耀庭（按黃遠香、黃耀庭皆係九龍中和堂會員）等，高揭革命旗幟於惠州之三邱田地方，當時所用旗幟，即陸皓東所繪製之青天白日旗也。鄭、黃舉事之初，分兵兩路，一路出井龍墟，直撲惠州；一路出平山墟，過佛祖塲，經淡水而抵汕尾，勢如破竹，清吏失措，惜以大幫軍械，滯留台灣，以致革命軍事未能繼續進行，又告失敗。在鄭、黃起義的同時，史堅如謀炸粵督德壽，以毫厘之差，竟功敗垂成，其響應惠州之師的計劃，也告失敗。德壽又遣人刺楊衢雲於香港。這時尢先生和 國父同寓橫濱山下甸前田橋第一百二十一番館，聽到了鄭、黃的失敗，史堅如之成仁，楊衢雲之被刺，同心悼痛，寢饋俱廢。乃由尢先生與 國父召集興中會及中和堂之同志，舉行追悼會，遙祭楊、史及惠州戰死官兵。會中尢先生、 國父均發沉痛之講辭，與會各同志咸爲泣下，一時反清情緒，達於高潮。

當惠州之役，正在如火如荼進行的時候，尢先生正在長江一帶聯絡會黨，以圖遙應惠州之兵，不意爲清兩湖總督張之洞獲得消息，懸賞重金購捕。並且張之洞手下有一個參將名叫顏梓琴的，抓到一個不相干的廣東商人，即指爲革命黨尢列，冀圖邀功獲賞，並將這位假的尢列，解往武昌，即行斬決。可憐這位無辜的商人，在我國的革命史上連一個姓名都沒留下來，眞可謂千古沉寃，尢先生因爲清吏防備極嚴，一時對革命工作，無法進行，只得提前悄悄的返回日本了。這裡特別的補述一下。

尢先生在南洋的活動

光緒二十七年辛丑，當八國聯軍之役以後，清室已國將不國，搖搖欲墜的境地。 國父以爲革命之時機已將成熟，特請尢先生赴南洋號召同志，尢先生毅然就道，在新加坡、檳榔嶼、庇能各埠成立中和堂，且高懸青天白日之旗，鄒海濱先生詩中，有「南洋早懸革命旗」之句，即指此事也。當時保皇會之勢力，在南洋一帶仍極囂張，且有閩南鉅商邱菽園之支持，創辦天南新報，大唱其「天王聖明」之說，視革命爲大逆。尢先生到處宣傳革命，以清室倒行逆施，日益衰敝，贊成革命的也一天比一天多了起來，甚至於天南新報的記者黃伯耀、張蔭田等，也加入了中和堂。黃伯耀又介紹南洋富商陳楚楠、張永福等與尢先生相識，於是創辦圖南日報，於甲辰年（光緒三十年）春正式出版，尢先生作發刊詞，縱論世界大勢，及我國革命之必然性，洋洋數千言，署名吳興季子。此報一出，革命之說，遂大盛於南洋。時 國父由日本抵檀香山，得讀圖南報，亟贊其立論之正確，編輯之謹嚴，作函以賀之。

九先生曾致函　國父，力謂洪門之力量，可吸收爲革命之力量，並函檀島致公堂友人，介紹　國父加入。　國父亦深以爲然，非藉洪門，不足以連絡更多之同志，於是決然加入，是日與　國父拜盟者六十餘人。翌年乙巳，　國父又東渡日本，預電九先生當船過星加坡時，與圖南報諸同仁相見。迨船抵星埠，九先生引陳蔭楠、張永福、林義順等人，登輪晉謁。是年革命各黨派成立同盟會於東京，公推　國父爲總理。九先生則主盟於星埠之中和堂，堂中同仁悉數加入同盟會。是則中和堂溯源於興中會，後又併入同盟會，實則二而一者也。

自欽、廉、鎮南關、河口諸役之後，法屬越南政府，對革命黨人忌恨日深，多被強迫解至新加坡，清廷派員交涉引渡，星洲政府依國際公法，未予應允；惟指九先生爲煽動工人，妨碍治安，將之逮捕，於巳酉（宣統元年）三月三日入獄，數月始獲釋放，釋放後星政府又循清廷之請，勒令九先生出境，乃遷居暹羅，鼓吹革命，不因遭受頓挫而稍懈，復創設同僑報，力抨清廷之喪權辱國，以及革命之大義。

民國成立後的九先生

辛亥九月十五日（陽曆十月十日），武昌義軍突起，不數日間，各省紛紛響應。九先生間道返國，以駐東三省之新軍第六鎮統制吳祿貞，及雲南講武學堂監督兼新軍協統蔡鍔，均爲九先生在日時所賞識，先擬遠赴東北，說吳祿貞即刻反正，行至湘境，已聞吳祿貞在石家莊被害消息，愴然南返，轉往雲南。時蔡鍔已高舉義幟，被推爲雲南都督，對此革命之先輩，崇禮有加，南部參加革命軍民，多爲九先生故舊，而多以師長事之，九先生協商各方組織北伐軍，以南北和議成立而結束。

民國成立以後，九先生以推翻滿清之功業經告成，淡泊名利，息肩林泉，遨遊於故鄉及港澳之間，雲霞海曙，花木園亭，狎蕩於野老市賈之間，怡然自得也。有人讚其革命之功者，九先生輒莞爾而笑曰：「革命事業，我黨人不過負矢持戟之勞而已，方今國體初易，百廢待興，如不能振作有爲，功罪今日實不能有定評也。」

民國二年春抵北京，純爲嚮往北京之風土文物，作舊地重遊之計而已，而袁世凱則別有居心，百方以羈縻之，以東廠胡同榮祿舊第爲其館舍，供應侈奢。並遣人致意，欲給以高位厚祿，九先生啞然笑曰：「慰亭竟以我來京求富貴耶？」飄然南歸，旋又東渡日本作隱居之計。袁世凱盜竊民國之後，繼又欲南面稱帝，誅殺革命黨人，逆跡日著，九先生毅然返國，組織救世軍，聲言討袁。民國三年五月，在漢口發生了反袁示威之舉，湖北督軍王占元，以九先生爲主動，通電懸賞緝拿。駐防於徐州之張勳所部，在津浦、隴海兩鐵路會合之徐州東站，查獲一人帶有九先生與蔡鍔及各方來往函件者，指爲革命黨九列，張勳即電告王占元，回電就地槍決，這是張之洞參將顏梓琴的一幕歷史重演，可謂巧合之至。

國父逝世，九先生悲慟流涕，祭文中有曰：「公絜陳、楊，並及於列，……意氣相期，滿腔血熱。……窀穸奉安，恨未臨穴，抱玉悲號，知音絃絕。……」之句。十六年發表對時局宣言，力主內淸共黨，制定憲法等項。二十五年以國難日亟，奉今　總統蔣公之邀請，到京共赴國難，九月十五日在中央電台發表廣播，希望上下一心，共禦外侮。後以宿疾時發，於十月二十七日預留遺囑，諄諄以國是爲念。十一月十二日下午七時半，病逝於京，享壽七十有二。

嶺南世族數冼家

——普　公——

嶺南開發，始於秦代，當時中原移民蕃衍至今，仍爲望族者惟有冼氏，自秦至清代有名人，移居嶺南之始祖爲沈汭，其人實爲一傳奇性人物。

沈汭，字擴子，直隸上谷郡東垣縣沈家集人。（按：秦之東垣縣，漢時改眞定，爲眞定國治地，宋、金後又改爲眞定府治，故城在今河北省正定縣南。）原是沈國姬聃之苗裔，以國爲氏。因之沈汭出身望族，世代書香。到了戰國末期，傳至沈汭這一代，因父母早喪，且值戰亂頻仍，燕趙諸地，干戈四起，烽烟處處，沈家集，亦遭兵燹波及，廬舍成爲丘墟。因之沈汭童年時，是寄住於其外祖父趙懷德家裡。

趙懷德有一位堂姪趙佗，生得臉如古銅，手長過膝，兩耳垂肩，爲人聰明絕倫，年紀大了沈汭幾年，兩人一見如故，訂作莫逆之交。後來年事稍長，沈汭別過外祖，返回沈家集祖居，躬耕隴畝，重整家園。旋因地廣人稀，遂成小康。

沈汭從小天資聰慧，善劍擊，喜讀書，且生性任俠好義，鋤強濟困，專打不平，更樂爲地方排難解紛。家裡雖非富有，然門下食客却是不少，在上谷郡一帶，英名遠播，人們已替他起了一個綽號，叫做「小孟嘗——沈汭」。沈汭早年曾拜當地一位宿儒蔡文達門下，攻讀經史；後來又聘一位當代武林怪傑，雲中子爲師父，平日習文練武，孜孜不倦，到了廿五歲的時候，文韜武畧，已是無所不精。但見強秦壓境，燕國河山岌岌可危，沈汭雖然是一個文韜武畧的愛國志士，可是當時秦燕兩國的勢力懸殊，即秦強燕弱。沈汭自忖其個人力量有限，勉強出頭，都係難於挽救狂瀾，迨後想定，暫時隱居園林，自食其力，以待機會。沈汭雖然決定暫時隱居，但其對於維持地方秩序安寧，極爲努力，因之甚得該河流附近之鄉民敬重。

此時正是秦王政併吞六國之後不久，定都咸陽，自以爲德邁三皇，功高五帝，乃兼稱始皇帝，同時廢除歷朝謚法，自尊爲始皇帝，以期二世三世，傳至無窮，雖「予智自雄」，但確促進眞正之統一，中央集權政治制度建立，他把地方政制分爲郡、縣兩級，與今日之省、縣相似。初時劃定全國爲三十六郡，迨後則增至四十八郡，每郡所轄縣份不一，盡收天下兵器鑄造十二金人，橫征暴斂，弄至民不聊生。

燕趙自古多悲歌慷慨之士，沈汭祖籍直隸上谷東垣，該處正在燕趙之交，因他爲人胸懷磊落，卓爾不羣，且生性俠義好客，沈家集，雖然僻處一隅，但却離河不遠，四方文人俠士往來探訪沈汭者，多從水路而來，因該處流域沿河治安良好，乃沈汭平時努力維持有以致之。其實爲暴秦戰亂頻仍的時候，而此河猶有此寧靜現狀，鄉人均感沈汭之功，遂稱該流域爲「汭河」以爲永久紀念者。

有一日，沈汭在後園的亭子裡宴客，喝了幾杯之後，遙目瞻顧，只見郊外山明水秀，景色宜人。他緬懷往事，感念亡國之痛，忽然一拍面前木桌，長吁一聲道：「風景不殊；舉目有山河之異，吾輩應戮力同心，誓抗暴秦，克服燕邦，返諸侯失地，救生民於水火！」舉座怏然色變，相視而涕。其中有一燕人，姓高名漸離，聽了沈汭這般說，憶友傷時，悲憤無已，乃霍然抱筑起舞，（筑狀似瑟，而頭大無絃，以竹擊之，故名筑。）

高歌荆軻「易水上」原詞一闋，擊筑而和，其音悲壯激昂，令人悽然欲絕，衆皆動容。

原來高漸離過去，與荆軻友善，常偕飲於燕市，二人擊筑高歌，旁若無人。後荆軻徇燕國太子丹之請冒死前往行刺秦暴君嬴政（即秦始皇），乃在秦燕兩國交界的「易水河」上和燕國太子丹及高漸離等歌別，所謂風蕭蕭兮易水寒！壯士一去兮不復返。這兩句就表現出當時的情景和决心了；荆軻和各人歌別之後，携同秦叛將樊於期頭顱，和燕督亢地圖，往見秦王政，詎行刺不遂被戮，秦王大怒，詔王翦領兵滅燕並通令捉拿荆軻生前友好。高漸離曉得事情不妙，乃遁跡東垣，作沈汭門下食客，以暫避其鋒，沈汭當知高之來意，乃優待之。高在沈家住了一段很長的時期，此時給沈汭這麽一提，前塵往事，一齊湧上心頭，正是滿腔熱血，那裡還按捺得住呢？於是和沈汭密談了幾個時辰。翌日高就拜別了各人，獨自揚長而去。後來，高漸離到了京都咸陽，以擊筑技藝高超，得獲秦始皇接見。高見有機會，乃預先將毒鉛暗置筑中，進扑始皇不中，高反被殺，秦廷知高此舉，必有預謀，遂下令追查高之一切，迨後查知高住沈汭家很久，且高別時與沈汭密談多時，沈汭於是犯有主謀嫌疑。幸東垣縣令王國恩，早歲與沈汭結爲拜把兄弟，乃即遣人通知沈汭離家暫避，並將案情抹過一邊。縣令雖然如此，但秦皇的偵騎，仍四出盤查，不輕易罷休。

正當這個時期秦皇命蒙恬的部將周干城協同新任南海郡尉任囂，率領步卒五萬，征集中原百姓五十萬，移殖南方開發邊陲，寓兵於墾，同時戍守五嶺。（註：五嶺者，南雄大庾嶺。桂陽騎田嶺。九眞都龐嶺。臨賀萌渚嶺。始安越城嶺。）新任南海郡之龍川縣令趙佗，亦準備隨同大隊前往接任。但沈汭自知被秦皇指爲高漸離案主謀之後，迫得先行離開沈家集祖居暫避。惟沈汭平時見義勇爲，濟弱扶傾之精神，早已被鄉民尊崇，故其雖被秦廷緝拿，然人民一見沈汭，均皆樂意收藏與招待，因之生活與安全是絕對不成問題的。但沈汭自念留居中原終非上策，且知趙佗不日也要走馬上任到龍川縣去，如果能夠隨同大隊前往，遠離險境避過暴秦偵騎耳目，總比匿居燕地的好。

沈汭主意既定了之後，即往見趙佗，將本意說出。趙佗聽了沈汭之言後，即曰：「不成」。汭聞言則曰：「何以見得」：佗再曰：「沈汭之名，正是朝廷要捉之人，如發現同行，豈不誤事乎？」沈再曰：「可以將沈字減去左便一勾；右便一點，中間加多一劃，變成「冼」字，如此做作，只要爾通融，不就是可以嗎？」沈汭說完之後，即執筆將冼字寫出，趙佗甚讚汭之聰明，且素知汭係一個富文韜武畧之人，將來總有用處者，於是答允沈汭照此改姓方法混入移民隊中，而至「大庾嶺」之南，「珠璣巷」落籍，以爲嶺南冼氏開族之始祖。

冼汭到了嶺南珠璣巷落籍之後四年，秦始皇出巡沙丘，即現在河北省平鄉地方，忽然染病而死。始皇死，天下紛亂，同時南海郡尉任囂亦死，龍川縣令趙佗兼行南海尉事未幾，趙佗見秦朝紛亂，且被漢高祖劉邦所滅，就自稱南越武帝。

冼汭長子冼孟程少好讀書，一如其父嘗撰歷代兵法一帙，名爲「行軍擇要」，當時武士競傳之，且甚有聲譽。南越武帝聞其名，且知係好友冼汭長子，遂重用之，辟爲長沙界守禦。迨後漢高祖派陸賈勸服趙佗歸漢，立佗爲南越王，佗以冼孟程守禦長沙界有功，遂升爲南海水軍副都督，並任其子冼好謀爲橫浦令。

冼好謀，號奉朝，少有大志，漢高祖十二年，爲南越王趙佗任其爲橫浦令，至孝惠七年，轉爲宿衞都尉。此時漢高祖已崩。高后弄權，趙佗又復稱爲南越武帝，高后遣將軍隆慮侯竈，發兵擊佗，佗命冼好謀領兵二萬禦之，未及戰，而漢兵因不服水土，疲不能踰嶺，遂退，諸部曲欲追之，冼好謀止之曰，漢勢恢大，九州歸其七八，惟我越地，處遐陬黃茅瘴癘，戰兵少，今其不服水土而退，乃越之萬全，生靈萬幸，若並追之，恐貽越之後憂。且自相保，待主籌得宜，兵精糧足，自有另議，遂於奏捷於佗，佗問戰狀，其下以好謀不追對，好謀將以上情形回答，佗曰：不意此後生，有此奇見，眞萬全之計也。即拜爲左部龍標大將軍。

漢景帝二年即公元前一百五十四年，是年冼汭已是九十一歲了，他臨終的時候，把當年改姓的情形說出，並囑後人勿與沈氏通婚。（按：直至現在，冼沈仍然是不通婚者。）自是冼族子孫蕃衍於嶺南，亦有分居於廣西者，以鎭南關內冼村爲最顯著者，儼然一都會也。以廣東爲大，廣東宗分二支，居廣東者爲南海冼氏。居高州者爲高凉冼氏。（該處於梁武帝普通元年出了一個高凉譙國冼夫人。雖然郡望不同，皆冼汭之後也。）

至晉朝忠義公而望族益著，此時距離開族時間，已六百三十一年。忠義公冼勁，字元吉，號景忠，以夫人文氏配，南海人，家本武帥世爲郡曲，至勁讀書尙節操，爲廣州中兵參軍。安帝元興三年十月，即公元四一七年，海寇盧循圍廣州，冼勁率揚威兵五百人出戰，城陷被執，盧循欲釋而用之，冼勁叱曰：「賊奴乃欺凌國士耶？」冼勁遂遇害。刺史吳隱之上其事，義熙中追贈始興太守曲江縣侯諡忠義。郡人思其德，崇祀鄉賢祠。淸志廣東人物以冼勁功居首，故世稱南海冼族爲嶺南人物第一家也。

本刊合訂本第一册出版，由創刊號至第六期，皮面燙金，裝璜華麗，每册定價港幣拾五元，本社及吳興記均有代售。

汪精衛脫離重慶始末記

—抗戰日記摘錄—

五用

民國三十年（一九四〇）

一月六日

路透社電，汪先生的中央政府將於本月十五日成立。

一月八日

詹興香港來電，陳公博終於去了上海，並於元旦在香港南華日報發表文章，要日本提出和平條件；公博的轉變，是不足為奇的。

一月廿日

新從香港來的朋友劉石心說，馮節投入和平運動後，率領廣州的小學教師，組織赴日觀光團，前往東京作親善訪問；又不免為之一嘆！

一月廿三日

高宗武和陶希聖昨日在香港把汪先生和日本簽訂的密約全部公開出來，大家看了報紙消息後，對汪固然痛罵，對高陶也沒有好話，以為這是反覆無恥。我以為高陶這一着，一定把汪先生氣得個半死，對於他的和平運動打擊實在太大了。

一月廿四日

高陶事件，一時成為重慶最熱門的話題；有人說高陶的行動是中央策反工作的結果，接洽的是杜月笙，高陶快要回來重慶了；汪先生沒有知人之明，這也是一個明證。

三月廿一日

詹興香港函，同學中余某熊某都參加了汪先生的和平陣營。汪是廣東人，因此許多粵籍知識分子跟着他走，不足為奇。

三月卅日

汪先生的中央政府今日在南京宣告成立，因此，國民政府亦下令通緝一百零五名的叛逆分子；我不知道日本人和南京北平那一班所謂和平運動的人物，是否能比重慶的國民黨同志更相信汪先生的話或更尊重他的意見。

三月卅一日

傅汝霖新從香港到重慶，據他說：在港見到公博，公博對他表示，汪先生並不熱心組府，最熱心的是陳璧君。傅又說，公博本不願意到南京參加汪先生的政府，陳璧君用美人計，才把他弄走了。香港很多參加這活動的，都抱着混水摸魚，乘機發財的心理，和這些人搞在一起，如何可以成大事？

四月八日

在浮圖關訓練團禮堂內，和谷正綱兄談汪先生組府事，谷說：汪出走河內，即料到會有今日這局面；因為汪雖常說黨紀，但過去的擴大會議以及非常會議，都不惜依附權勢，破壞黨紀，自行成立政府；現在依附敵偽，假借和平救國之名，以自行組織政府，也就是很自然的結果了。

我初時總希望汪先生不至於再輕率組黨，

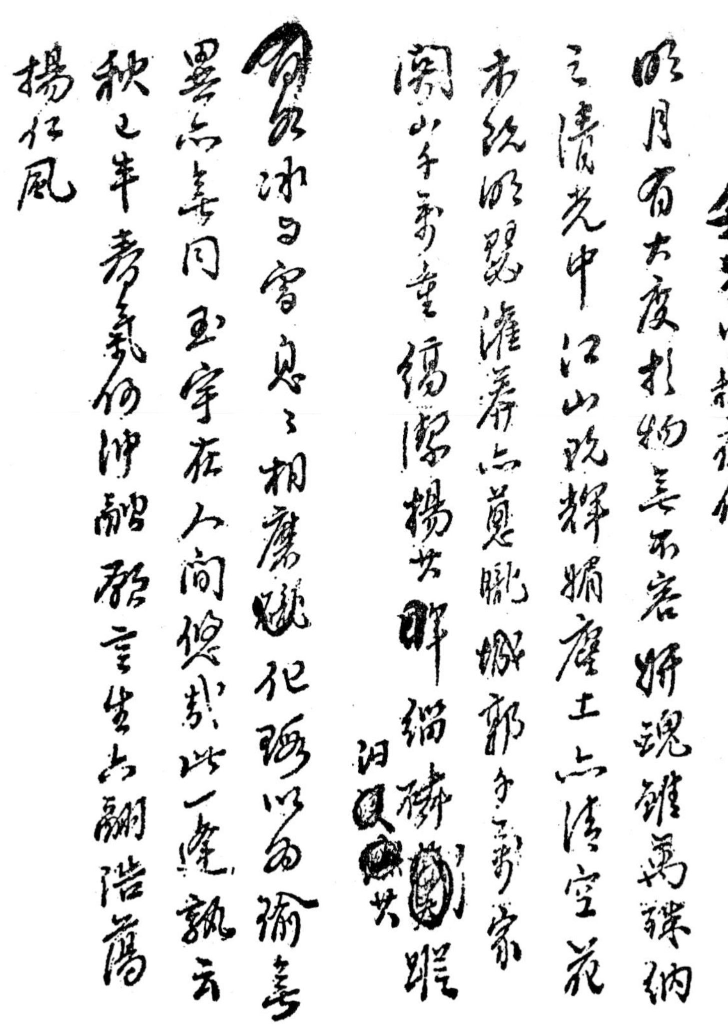

壬午中秋夜作

明月有大度於物無不容妍媸雖萬殊納
之清光中江山既輝媚塵土亦清空花
木能明瑟蓬蒿亦蔥蘢城郭千萬家
關山千萬重徧將揚其輝緇磷照
願以冰雪息息相磨礱化瑕以爲瑜善
惡亦善同玉宇在人間俛視此一塵飄云
秋已半秋氣何沖融碧空生六翮諧鶴
揚仁風

汪兆銘

汪精衛真蹟之一

或投靠敵僞的，現在才知道希望完全落空了。

四月廿二日

又收到香港南華日報一份，有汪先生及陳公博的廣播演講詞，均發自南京；汪以「廉潔、勇敢、努力」六個字勉勵他的政府人員；公博的廣播係對日本而發，希望日本尊重中國的尊嚴；從兩人講詞的背面去看，即可知「南京政府」的實際情形；兩人心情的痛苦亦可見其一斑了。據傳，西北軍石友三說過：沒有做過漢奸的不知道漢奸的痛苦，現在汪陳的痛苦，亦惟他們自己知道了。

五月卅日

今天的空襲警報，上午九時便發出了，但敵機並沒有到來。日本的軍事發言人說，以後將逐日來重慶轟炸，直至中國人喪失抗戰精神爲止，日本軍人狂妄至此極矣！

防空洞外遇陳樹人，據他說，陳公博最近曾到日本謁見天皇，天皇穿海陸空軍大元帥制服接見，公博僅以常服往，日本報紙大爲不滿；樹人以爲這是公博表示他對天皇滿不在乎的輕蔑態度；我却覺得他內心痛苦極了。樹人又說，南京這班人的處境，眞可謂「一子錯，全盤皆錯，再沒有是處可說的了。」

汪先生或者以爲政府組織完成後，形勢必然大有轉變，現在連日本還沒有承認他的政府，他的政府和王克敏梁鴻志的僞組織又有甚麽差別呵！

十一月九日

詹興香港來信，公博現在以酒色自娛，已有了第三個小老婆。（按，詹興此信，未言公博在何處；所言似與本年四月廿二日及五月卅日兩日日記所述有矛盾，但亦可能不是矛盾。）

民國卅年（一九四一）日記（全部遺失）

民國卅一年（一九四二）日記（全部遺失）

民國卅二年（一九四三）

一月六日

羅君强的兒子伯偉新從南京逃來，帶他去見蔣廷黻處長。據伯偉說，南京汪政府要人的兒子現在逃來重慶的已不止他一人，想來而未來的還很多；汪精衛曾經問他父親，爲甚麽我們這裡的青年人都想跑到重慶去？又說：現在除汪精衛本人外，其他要人很少有兒女在身邊了。又說，去年汪到北平，曾對學生代表說，我國快要變成滿洲國了，希望大家努力，不知他是否有了悔意？伯偉並說，周佛海、陳公博都上了鴉片癮，意氣消沉，其餘要人也只知盡情享樂，毫無振作。伯偉這些話，也

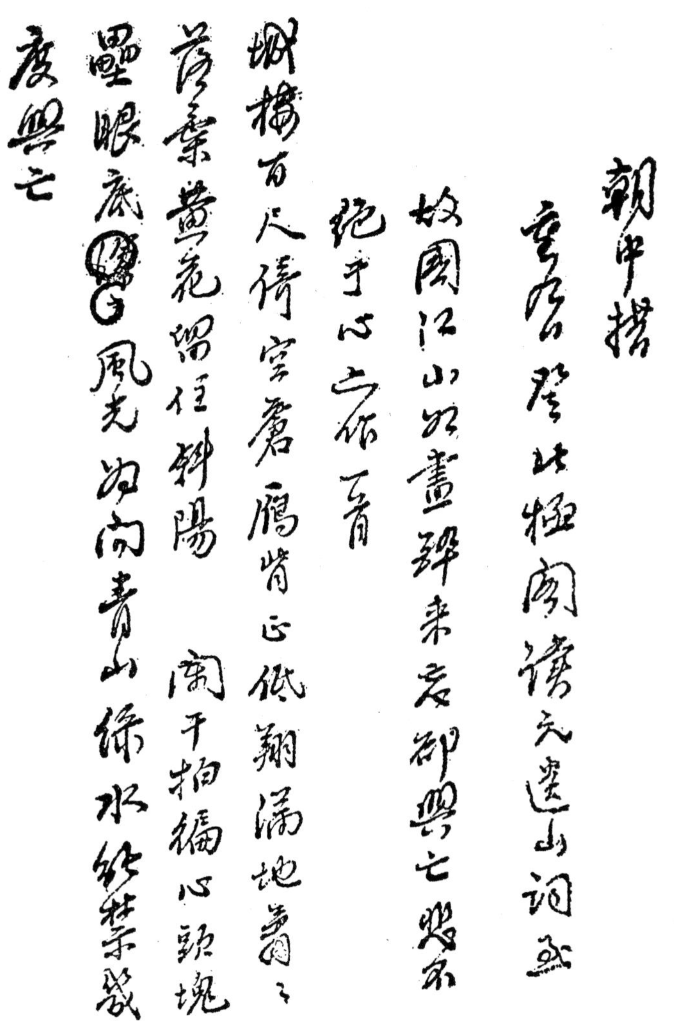

朝中措

重九登北極閣讀元遺山詞至
故國江山如畫醉來忘却興亡悲不
絕于心亦作一首

城樓百尺倚空蒼雁背正低翔滿地蕭蕭
落葉黃花留住斜陽　闌干拍徧心頭塊
壘眼底風光爲問青山綠水能禁幾
度興亡

汪精衛真蹟之二

許有點誇大，總不會是沒有根據的。

五月廿一日

君強的兒子伯偉要回湖南原籍去，特來辭行；從他口中聽到一些青年人的怪論；其中一種說：中國現有三個政府，各有國際力量做靠山，重慶的靠山爲英美，南京爲日本，延安爲蘇俄；三個政府地位一樣，青年要爲國家効力，可以任意選擇一個。這大概也是出自南京的宣傳。

民國卅三年（一九四四）

八月二日

晚飯後，訪端木鑄秋，適復旦大學校長章友三在座，所談南京「和平政府」領袖人物種種恐慌心理的表現，令人發笑，是否確實不及知也。

八月十二日

近有來自南京的，據說，曾見陳公博，公博對他說：「重慶的成功或失敗，雖不容易斷定，但南京是一定失敗的了。」又說，「如果見到重慶的朋友，請代致意，今生已沒有再見面的日子了！」如聞其聲，不禁惻然。

八月十四日

周孝伯四個月前離南京，最近到了重慶，有關南京和平政府的事情知得不少；據他說，南京首腦人物，無不盡情享樂，以坐待未來應得的懲罰。

十月二十日

晚飯後，龍詹興來談，傳汪先生已病死日本，未說消息何來，不知眞假。

十一月十三日

各報刊載，汪先生已於本月十日下午四時，在日本名古屋病逝，心中不免悵然。回溯他的一生，竟落得如此結局，實在令人嘆息！

他在歷史上的功罪，這裡不說，就私誼言，他過去對我的提携奬掖，是我永遠不能忘懷的。

想起六年前，他將離開重慶前，約莫一兩星期，我到美專校街十七號見他；當時談話的主要內容，是關於張伯苓在國民參政會中的工作態度問題，也兼及一些我個人的職務調動；臨別，他走進書室，取出一張他個人的新照片，比平常寬大，約一尺見方，當面送我，說留個紀念；當時我心中很覺詫異，又不好多問。原來他有意表示離別，可惜我這個老實人，一點不知領會。後來，過了幾天，又有人對我說，他家裡女傭已經解雇，寓所全部結束，我依然沒有想到他會離開這個抗戰基地的。

他悄然離開之前一天，軍事委員會舉行擴大總理紀念周，他還親自出席，聽蔣先生的演講。散會的時候，我在會場外遇到他，他穿一套藏青的中山裝，是平常少有的；大家相隔頗遠，只能互相點頭，不曾說話，想不到這一見，竟成了永訣。

（有關汪氏離渝前後的見聞日記，摘錄至此爲止）

附錄

汪氏詩詞和政治生涯

汪氏抗戰期間的詩詞，收在他「雙照樓詩詞稿」的，詩有六十多首，詞十餘闋，大部分成於離開重慶以後。我們想了解他這一時期的政治生活，和他的心理形態，這些吟詠都是有參考價值的。

（一）

廿六年底（一九三七），汪氏隨政府遷漢，到了廿七年四月底，他因事往長沙，有「南嶽道中杜鵑盛開」七絕一首：

「果然火德耀南華，一變嵐光作紫霞；四萬萬人心盡赤，定教開遍自由花。」

又「登祝融峯」五古一首，亦有句道：

「……古來此中多志士，國難之深有如此！吁嗟乎山花之丹是爾愛國心，湘竹之斑是爾愛國淚。」

從這兩首詩看，他在抗戰初期，心理上是充滿愛國熱情，和勝利希望的；認爲舉國團結，上下一心，國難必可克服，勝利和自由，亦必然可致。

然而，到了八月初，他在入川舟中一

首「晚泊木洞，明日可抵巴縣」的七律裡，心情却大大不同了；那首七律是這樣寫的：

「峽掩重門靜不勞，檥舟猶及未斜曛；月牙影浸玻璃水，日脚光融琥珀雲；沙際雁鵝方聚合，天中牛女又離羣；川流東下人西上，惆悵濤聲枕畔聞。」

這首詩最後四句所表現的，和前兩詩所表現的，心情剛好是相反的；前者表現團結努力，爭取國家和民族的自由；後者却表現矛盾分裂，散夥離羣，又彷彿是四個月後，他脫離抗戰陣營，悄然出走的預言；事隔僅僅三個月，爲甚麽他心理上竟有如此巨大的轉變？實在難於索解。

廿七年四月初，正是國民黨臨時全國代表大會在漢口集會，選舉正副總裁，恢復領袖制，選蔣先生爲總裁，汪先生爲副總裁的時候；八月初入川舟中詩，是否表示他不滿意於選舉的結果呢？但是前兩詩却是作於四月底或五月初的，已在選舉完畢以後；而且四月底至八月初，國民參政會在漢口開會，大家正邁向團結合作的新階段，抗戰國策也沒有甚麽嚴重的爭論，照理此時的汪氏，對於國是不應該有甚麽失望；然而他的心境竟出現如此重大的轉變，這祇能說是文人氣質——歌哭無端，憂喜無常，工愁善病的表現了；若然，則汪氏在政治史上始終成爲一個悲劇的要角，亦不爲無因了。

（二）

汪氏出走後，不過三個月，他最親密的朋友，也是得力的助手曾仲鳴，便於廿八年三月廿一日，在河內被刺身死，他自已也幾乎不免；再過五個月（八月廿三），他的外甥沈崧（次高），也是他忠實得力的信徒，又在香港被人暗殺身亡；這兩人的死，實在是他最大的傷心事，使他在精神上受到莫大的創痛，在政治活動上受到嚴重的打擊；因此傷悼兩人的吟咏獨多；今後他政治生涯上一切悲憤憂傷，也往往假悼念兩人的吟咏而盡情傾吐了。

二十八年，他有金縷曲、虞美人、滿江紅詞三闋，都和哀悼兩人有關的，分錄如左：

金縷曲

「綠遍池塘草，更連宵，凄其風雨、萬紅都渺；寡婦孤兒無窮淚，算有青山知道，早染出龍眠畫稿，一片春波流日影，過長橋又把平堤繞，看新塚添多少。

故人落落心相照，嘆而今，生離死別，總尋常了；馬革裹尸仍未返，空向墓門憑吊；只破碎山河難料，我亦瘡痍今滿體，忍須臾一見欃槍掃，逢地下，兩含笑。」

虞美人

「空梁曾是營巢處，零落年時侶，天南地北幾經過，到眼殘山賸水已無多。

夜深案牘明鐙火，閣筆凄然我！故人熱血不空流，挽作天河一爲洗神州。」

滿江紅

「驀地西風，吹起我亂愁千疊；空凝望，故人已矣，青燐碧血；魂夢不堪關塞濶，瘡痍漸覺乾坤窄，便劫灰冷盡千萬年，情猶熱。

煙斂處，鍾山赤；雨過後，秦淮碧；似哀江南賦，淚痕重溼；邦殄更無身可贖，時危未許心能白；但一成一旅起從頭，無遺力。」

三年後（卅年六月），尙有「爲方君瑛姊忌辰，獨坐愴然，並念曾仲鳴弟」七律一首，他寫道：

「又向天涯賸此身，飛來明月果何因。孤懸破碎山河影，苦照蕭條羇旅人。南去北來如夢夢，生離死別太頻頻。年年此淚眞無用，路遠難回墓草春。」

到了卅二年三月，更有五古一首，特爲紀念兩人而作，錄之如下：

「三十二年三月二十三日，在廣州鳴崧紀念學校植樹，樹多木棉及桂；仲鳴歿於三月二十一日，次高歿於八月二十二日，適當兩樹花時也。

兩手把樹枝，兩淚滴樹根，故人不可見，見樹如見人。木棉花殷紅，桂花皎以潔，想見故人心，如火亦如雪。花飛還復開，葉落還復生，有如故人心，萬古長青青。故人心何在，乃在人心裡，相愛復相親，故人良未死。樹人望成材，樹木望成林，收復舊山河，勿負故人心。故人若歸來，臨風聞此曲，願山益以青，願水益以綠。」

讀了這些詩詞，汪氏與兩人情誼之深，可謂一時無二，而他對於國事的悲憤和堅決鬥爭的心理，亦已躍然紙上了。「劫灰冷盡千萬年，情猶熱，」這是何等的深情！「邦殄更無身可贖，時危未許心能白，」又是何等的憤慨！「故人熱血不空流，挽作天河一爲洗神州，」又是何等的勇邁堅決呵！

（三）

仲鳴和次高被人暗殺的前後，政治情勢，也是對於汪氏很爲不利的；他豔電的發表，立即受到重慶開除黨籍和撤消職務的處分，跟着又迫他離開河內，前往歐洲；國內輿論的攻擊，更愈來愈甚；而和他遙相呼應的近衛亦已落了台；這時候的汪氏，徬徨悲憤，自嘆瘡痍滿體，閣筆凄然，是很自然的了。然而，廿八年五月廿五日，他到東京與平沼相簽訂了和約歸來後，心境便開朗起來了，到了六月，便有一首「舟夜」七律，表現這種心理，他寫道：

「臥聽鐘聲報夜深，海天殘夢渺難尋；柁樓欹仄風仍惡，鐙塔微茫月半陰；良友漸隨千劫盡，神州重見百年沉；凄然不作零丁嘆，檢點生平未盡心。」

大概有了日人的援助，便可建立領導中心，去實現他「和平救國」的主張；因此，他覺得，雖時局險惡，良友犧牲，仍須盡心盡力，不必凄然作零丁之嘆了。

不過，從廿八年六月以後，直到廿九年九月，這一年多的日子裡，汪氏政治活動所產生的結果，也並不是可樂觀的：

他勸告廣東軍人不要再對日本作戰，沒有什麽結果；他外甥沈崧又在八月間被暗殺；他在上海召開的國民黨代表大會，冷落非常；派人送錢到重慶，邀請某些同志前往參加，差不多無人接受；汪派中三個重要人物，顧（孟餘）陳（公博）甘（乃光）顧甘並未離開重慶，陳雖到了香港，亦態度消極，不肯到上海和南京（據說，後來還是陳璧君設法強迫他去的）；廿九年一月，高宗武和陶希聖兩個和平運動的重要分子，竟把汪氏和平沼簽訂的密約，在香港全部揭發出來；是年三月卅日，「和平政府」勉強成立了，但過了兩個多月，日本還未肯予以承認；四月間，陳公博公開演講，要求日本尊重中國尊嚴（五月間公博到日本見天皇，天皇穿海陸空軍大元帥禮服接見，公博穿的竟是便服，爲日本輿論所不滿，可見公博痛恨日本之深）同時，汪氏亦作廣播演說，特別提出「廉潔、勇敢、努力」六字去激勵他的政府人員；可見外間所傳，參加「和平運動」的，無一不是乘機弄錢，盡情享樂，以等待未來應得懲罰的話，並不是無稽的謠言了。在這樣惡劣的內外形勢壓迫之下，汪氏的雄心壯志消失了，樂觀變成了悲觀，所以他廿九年重陽的「虞美人」便有如下的悲嘆了：

「秋來彫盡青山色，我亦添頭白，獨行踽踽已堪悲，况是天荆地棘欲何歸！

閉門不作登高計，也攬茱萸涕，誰云壯士不生還，看取筑聲椎影滿人間。」

一年前，那種「凄然不作零丁嘆」的輕鬆心理，現在已變爲「獨行踽踽已堪悲，况是天荆地棘欲何歸，」的哀嘆，徬徨絕望，已達極點。再過兩個月（廿九年十一月），汪氏又有「邁陂塘」一詞，更爲悽楚，原詞如下：

「二十九年十一月一日，晚飯時，家人忽以杯酒相屬，問之，始知爲五年前余爲賊所砍不死而設也，因賦此詞。

嘆等閒，春秋換了，鐙前雙鬢非故。休艱難留得餘生在，纔識餘生更苦。重溯，算刻骨傷痕，未是傷心處；酒闌爾汝，問搔首長吁，支頤默坐，家國竟何補！鴻飛意，豈有金丸能懼，脩脩猶賸毛羽；誓窮心力迴天地，未覺道途修阻，君試數，有多少故人，血作江流去；中庭踽踽，聽殘葉枝頭，霜飛獨戰，猶似喚邪許。」

這一闋詞，雖也作豪言壯語，到底掩不了他心頭上悲觀寂寞，痛苦難堪的陰影，對國家事亦已失去了信心，悽惻嗚咽之音，則已直追李後主了。

（四）

卅年（一九四一）以後，「和平運動」，江河日下，我的日記缺了卅和卅一兩年，但汪氏這兩年的詩詞，還是可以看出一些實情來。卅年四五月間，汪氏一首「題盧子樞所畫長卷」的五古，便有如下的句子：

「幼讀淵明詩，每作山林想……弱冠攖世變，此樂不敢望，崎嶇塵土中，舉步即羅網，偶逢佳山水，耳目始一放，蹉跎將六十，人事益搶攘，登臨久已廢，歸夢餘惝怳，蟄居不出戶，自詭因鞅掌，屋梁風雨夕，白首空自仰，……」

蟄居不敢出門，舉步有網羅之感，這種生活豈不是形同囚犯了麼？六十老翁以公忙自騙，仰首自嘆，這又是何等寂寞悽涼呵！是年六月，他在東京，又有「金縷曲」一闋，爲悼念丙午革命軍失敗後，汪氏與黃克強謀再舉，參加同志七人而作，下片寫道：

「故人各了平生志，早一抔黃花嶽麓，心魂相倚；爲問當年存者幾？落落一人而已，又華髮星星如此，賸水殘山嗟滿目，便相逢勿下新亭淚；爲投筆，歌斷指。」

同年中秋，又有「水調歌頭」一闋，寄陳璧君，下片這樣：

「飫孤光、似冰雪、夜伶伶、銀河清淺、怎載得如許飄萍？鴻雁北來還去、烏鵲南飛又止；無處不零丁，何辭千里遠、共此一窗明。」

這兩闋詞，充滿蕭颯零落的氣味，是很易見的。

這一年的中秋前，七月，還有一首「初秋偶成」七律，最後四句說道：

「……放懷已忘今何世，顧影方知孑此身，愈近天明人愈寂，鷄聲迢遞不嫌頻。」

中秋後，八九月間，又有「易水送別圖率題長句二首」，後一首有句道：

「少壯今成兩鬢霜，畫圖重對益徬徨……有限山河供墮甑，無多涕淚泣亡羊……」

卅年後，又「題畫」七絕云：

「負山於背重千鈞，足趾沾泥衣著塵，跋涉艱難君莫嘆，獨行踽踽又何人。」

「和平運動」最後兩三年的實際情形，從這些吟詠也可以看出一些怎樣的梗概來，「獨行踽踽」這樣的詩句，是他這幾年的吟詠，屢見不一見的，這自然是孤寂難堪的流露；「愈近天明人愈寂，鷄聲迢遞不嫌頻，」這似空谷難聞足音，孤寂日加；又彷彿夜行廢墟，徬徨驚顧，不知所措了；「有限河山供墮甑，無多涕淚泣亡羊，」則對於「和平運動」似已感到完全絕望；於是乎他最後的一闋「朝中措」便於卅年重九出現了，他寫道：

「城樓百尺倚空蒼，雁背正低翔，滿地蕭蕭落葉，黃花留住斜陽。
闌干拍徧，心頭塊壘，眼底風光，爲問青山綠水，能禁幾度興亡。」

在這一闋詞之下，他自註道：「重九登北極閣，讀元遺山詞，至故國江山如畫，醉來忘却興亡，悲不絕於心，亦作一首。」

他把這一首哀吟來結束了他的文學生涯，也等於宣告他的政治舞台生活也閉幕了。

（五）

汪氏寫過許多文章，作過不少演講，爲他的「和平運動」作理論辯護；他也在詩詞裡做過同樣的努力，但並不多見。他的運動最受人指摘的，說他不明民族大義，屈膝事敵；我想這也是他覺得痛苦難安的；他民卅年後的吟詠，有「讀陶詩」五古一首，似乎是他對世人這種指摘的一個總答覆；這首詩的前面有一百多字的小序，說明詩意，並錄於下：

讀陶詩

愚觀贈羊長史詩，知陶公於劉裕之收復關河，不能無拳拳之念，然終於廢然意沮者，以裕之所爲不過自創其子孫帝王萬世之業，充此一念，患得患失，必無所不至；陶公胸次有伯夷之清，孟子所謂行一不義，殺一不辜而得天下不爲者，其攢眉而去，亦固其所；史但稱自以曾祖晉室宰輔云云，似未足以盡陶公；而諸家評註惟知着眼於此，可爲一嘆；裕之手剪燕秦，固快人意，然以汲汲於帝制自爲之故，功業不終，致成南北朝擾攘之局，是則全謝山之推崇宋武亦不免有所偏也，因作此詩。

寄奴人中龍，崛起自布衣，伯仲視劉季，功更在攘夷。嗟哉大道隱，天下遂爲私，坐令耿介士，棄之忽如遺，錢溪始自勵，彭澤終言歸，豈爲恥折腰，恥與素心違，世無管夷吾，左衽誠可悲，若無魯仲連，何以張國維。

這首詩的用意不是很清楚的嗎？劉裕收復關河，雖功在攘夷，然而只是自創子孫帝王萬世之業，天下爲私；因此，耿介的陶淵明便要棄之如遺了，此點世人多不了解，實爲可嘆。「世無管夷吾，左衽誠可悲，若無魯仲連，何以張國維！」便是說，民族大義當然重要，專制獨裁若不反對，紀綱失墜，便無以立國了；汪氏好像警告世人，不要只拿民族大義去責備他；廿八年六月以後，他一面主張「和平運動」，一面又宣傳打倒獨裁，爭取民主，高呼倒蔣，便是從此種觀念出發；（參看廿八年六月十三及十五我的日記）。

（六）

上文說過，「和平政府」成立後，汪氏公開演講，把「廉潔、勇敢、努力」六字剴切告誡他的政府人員，足見外傳參加和平運動的，多乘機弄錢，只求享樂，絕無振作，確是事實；這一點，在汪氏詩詞裡，也可以看得出來；民卅以後的「讀史」七絕一首，和「雜詩」五古一首，對於貪汙盛行及其結果之可怕，說得最爲沉痛，試錄兩詩如下：

竊油燈鼠貪無止，飽血帷蚊重不飛，
千古殉財如一轍，然臍還羨董公肥。

雜詩

文章有萬變，導源惟一清，欲致雲海奇，先求空水澄，澥之不厭純，淬之不厭精，未能去荒穢，安在儲菁英，星月有昭質，蕩蕩行空青，虛中乃翕受，冰雪發其瑩，非儉不能仁，非廉不能明，政事亦如此，感慨淚縱橫。

這兩首痛恨貪汙的詩，前一首還可說寓物寄懷，不必定有其事；後一首顯然針對事實，決非無病呻吟，而且情形非常嚴重，否則不至於感慨淚縱橫了。

這樣的「和平政府」，攘夷固難，「張國維」更爲不易了；難怪陳公博卅三年八月（一九四四）要對去重慶的人說，「告訴那裡的朋友，南京是一定失敗了的，今生已無再見之日了！」汪氏自己也未嘗不明白這個情勢，他卅一年便對北方的學生代表說，中國快要變成滿洲國了（參閱卅二年一月六日抗戰日記）；他民卅以後的吟詠有一首「書所見」七絕，對國事失望之餘，竟產生了逃禪的思想，原詩如左：

書所見

網密蛛肥踞畫檐，兩獒爭骨殿門前，
瓶花妥帖罏香靜，始信禪房別有天。

這是汪氏詩詞中唯一帶有出世意味的作品。自然他亦並未因此而得到解脫。

最後，還想在這裡附帶提及的，是民廿六年抗戰初期，汪氏在南京所作的一首「百字令」（郊行），他在下片寫道：

「堪嘆古往今來，無窮人事，幻此滄桑局；得似大江流日夜，波浪重重相逐，刼後殘灰，戰餘棄骨，一例青青覆；鵑啼血盡，花開還照空谷。」

這好像是他死後歸葬南京近郊吳王墳，墓穴被毀，骸骨拋入長江波濤中的讖語；錄之於此，作爲本文結束。

一九七二年七月卅日脫稿

軍人外交家劉文島

楚三户

劉文島字塵蘇，別號率眞。清光緒十九年癸巳（一八九三）出生於湖北廣濟縣武鎮的農村，這一農村靠近長江之濱，帆檣林立，行旅稱便，故能得風氣之先。幼年在私塾中讀詩書，成績名列前茅，甚得塾師郭氏倚重，以其天賦聰慧，譽爲天才兒童。

某日，塾師欲以長女許配，文島則以逃學拒之，派人四出找尋，始在竹林中發現其獨坐沉思，及捕回塾館，郭氏責罵他是一個不知好歹的傻瓜。劉稟告塾師：「我實在是一個傻瓜，的確不敢高攀令媛，爲什麽要找我爲難？」塾師聞而嘆氣說：「文島！你只知其一，而不知其二，夠資格做我女婿的只有你這個傻瓜！」塵蘇先生每向友人提及此事，往往哈哈不已。

文島生當滿清末季，是中國近代史上變動最劇烈的時代，清廷固步自封，屢經強敵暴鄰的侵凌，國家的元氣大喪，依然不知振作；國父奮起號召革命，蔚成一股朝氣充沛的新力量，起來除舊佈新，興革救弊，此其間，有熱烈而生動的鏡頭，有悲壯而慷慨的塲面，那些光明與黑暗的鬥爭，正氣與邪惡的搏擊，進步與保守力量的衝突，都在這過程中，表現得淋漓盡致。文島生當內憂外患之際，毅然有從事救國之志。

壬寅，章炳麟剪除辮髮，特於東京發起中夏亡國二百四十二年紀念會；旋於上海連絡有志之士，成立愛國學社；繼之，又有李紀堂、洪全福謀舉事於廣州。是年，文島年僅十齡，即報名入伍從軍，因身長不及格被婉拒。十三歲，改用友人胡榮楨證件報考湖北陸軍小學，與萬耀煌同時被錄取。入學後，經人揭發其僞，囑其退學，他慷慨陳詞，力與監督熊祥生爭辯，謂各科成績及格，即爲有實學之明證，旣已取錄，豈能令有志青年斷送前程？熊以其言之有理，不僅不加追究，反而准其恢復原姓名入學，並殷殷勗勉。

那時，湖北陸軍小學的教職員，上至總辦監督下至廚役工友，皆爲滿州旗人，使這些少年的心靈中，頓萌排滿興漢之念，思想傾向革命。時東京民報爲我國留學界革命報刊前驅，大倡革命，措詞激昂，內容極爲精采，他們利用課外偷閱，堅信惟有實行革命，始能臻中國於富強康樂之境，他和其他幾位志同道合的同學，經萬武樵（耀煌）之介，便參加軍中革命秘密組織。陸軍小學例定三年畢業，但因湖北開辦較遲，所有課程必須在八個月授畢，以便與他校並駕齊驅。屆時，劉成績優異，遂升入武昌陸軍第三中學。

遜清末造，鑒於甲午、庚子諸役，喪權辱國，割地賠欵，欲振八旗、綠營之頹敝，重建新軍，乃從軍官教育入手。最初軍事制度因陋就簡，零亂不堪，學堂名稱亦陸離雜沓，不可名狀，迨後，清廷詔頒陸軍軍官教育三級新學制。各省省會設小學，北京、西安、武昌、南京等四處，分設陸軍中學堂各一所，全國設陸軍軍官學堂一所於保定，逐級進升，期能授以有計劃之完備軍事教育。

保定舊爲直隸省會，附近乃平原廣漠之野，凹道縱橫，黃沙撲面，西至易水唐湖，始有岡陵起伏，白楊蕭蕭，荒塚纍纍，雖無名勝可言，却是練兵要地。保定軍校孕育於晚清，成教於民國，丁絕續之交，際艱蹇之會。昔李文忠有言：「每造就一班人才，至少影響國家三十年。」保定學生濟濟多士，顚倒於成敗順逆之間，周旋於危疑震撼之境，或安於澹泊，或務於奔競；或作壯烈之犧牲，或爲一隅之功狗；或顯赫一時，或潦倒終古；或青簡已判是非，或功業猶期來日，林林總總，爲狀百端。半世紀以來，後浪推前浪，風雨浮沉，功罪無倫，實不勝其滄桑之感！非本文所欲論列，自有史家置評。

文島先生景仰　國父，矢志革命，已酉踏進保定軍校校門後，在入伍學生總隊接受嚴格的軍事訓練期間，青年意志之豪，未有盛於此者，一年後，升第一期步科，身雖在校，而心却嚮往革命，實未嘗一日或忘。迨辛亥革命爆發，各省紛紛響應，黨人紛紛歸來，保定革命青年聞訊，前仆後繼，競奔疆埸，萬耀煌等往武昌，劉文島等馳滬，顯現出一幅風雲龍虎撥亂反治的新境界與新畫面。

上海爲中外通商重要市場，且爲國際觀瞻所繫，又是文化水準較高與財富集中之地。其時，淞滬地區主持策劃革命大計者，爲陳其美（英士）先生，在辛亥九月上海光復準備未完成之時，鑒於武漢岌岌可危，若不提前發動，深恐功敗垂成。是以迫不及待，倉卒起義，以爲武漢聲援。

高昌廟江南製造局之戰，乃至全滬光復，完全仰賴革命志士之旺盛鬥志，以及地方之向心力，若以純軍事眼光衡量，所持兵器彈藥，實難懾服清兵。英士先生以連絡當地駐軍曁結納幫會爲入手方法，運動淞滬巡防營統制梁敦綽，使守中立。迨猛攻江南製造局，革命軍死傷五十餘，英士先生則徒手自側門入，曉以大義，勸該局總辦張楚寶降，張爲李鴻章之甥，忠於清室，將英士扣留，幸革命軍猛攻，楚寶逃逸，始脫險。上海光復，舉其美爲都督，文島先生後被任爲排連長，爲收復滬寧而効命。

民國成立，清遜帝退位，南北議和，　國父實踐誓言，辭臨時大總統職，並舉袁世凱自代。迨南北和議告成，段祺瑞任陸軍總長，欲繼前清未完之業，繼續開辦保定陸軍軍官學校，經袁項城之批准，發號召集，一千五百餘人立時棄官從學，意氣軒昂，一時稱盛！

段私心太重，竟派其合肥同鄉趙理泰爲校長，並以毛繼成爲教育長，均爲段氏嫡系。趙爲人庸懦唯諾，頭腦冬烘，一切秉承於陸軍部軍學司長魏宗瀚（海樓），其所委派之職教官，多北洋舊人，濫竽充數，皆爲不學無術之輩。此番愛國青年，欣逢其會，趕上了革命軍起義各戰役，居然列入了開國建國人物之林，自然意興正豪，難免躊躇滿志，目無餘子。可是現實太使他們失望，上課僅月餘，懷挾私見，排斥黨人，籍故開除時宗祖之學籍，使在學青年，人人自危，積不能忍，於是羣情激憤，輿論大譁，遂釀成風潮。

大家討論，認爲時宗祖一案與全體同學榮辱休戚相關，互舉劉文島，臧卓（勺波）、藍文蔚、李振中四人爲總代表，上書袁總統及段總長，要求撤換校長趙理泰，遴選學術兼優之教職員，恢復除名同學學籍，而且嗣後不得無理藉故壓迫及開革同學。段祺瑞以軍事學校鬧風潮，認爲大逆不道，採取高壓手段，派武裝鎮壓，並下令全體解散。

這時，正是民元十月，在北方已經是朔風凜冽，霜雪載途，千餘同學食宿無着，於是大批人馬，浩浩蕩蕩，晉京請願，並通電全國，控訴段祺瑞之獨斷孤行，獲得輿論界的支援，聲勢於焉大振。段迫於各方責難，態度遂而軟化，一面答應物色校長，整頓人事；一面收回成命，派專車護學生返校，這是剛愎自恃的段祺瑞，初次戰敗於保定同學的一大囘合。

是年十二月，袁世凱接受蔭昌的建議，敦請蔣百里（方震）繼任校長。蔣百里浙江海甯縣峽石鎮人，留學日本士官第三期畢業，爲當時異數，乃近代中國兵學權威，德元帥興登堡嘗賞識之。時方三十，早負盛名，段氏自不能拒，蔣氏就職後，首先刷新人事，努力改革，以張承禮（耀廷）爲教育長，其他職教員皆軍界一時知名之士。可是道高一尺，魔高一丈，不幸爲舊派所嫉，陸軍部對其所請，概予挑剔批駁，不留餘地，極盡掣肘之能事，若干計劃，無法實現。蔣氏受盡寃氣，他在精神上遭受如此打擊，外無以對各軍事當軸屬望之殷，內無以對學子喁喁之望，幾經思維，乃於民二年六月十八日舉槍自戕以明志，此一動人心弦的驚險鏡頭，使學生們飲泣失聲。文島此時向同學們發表激昂的演說，博得絕大多數同學的喝采與贊揚，因而這次風潮中，劉又被推爲總代表，他受知於百里先生，應自此始。

百里先生自戕，保定軍校同學在劉文島策劃之下，再度上書袁總統，控告陸軍總長段祺瑞，嗾使軍學司長魏宗瀚、敎育科長丁錦（慕韓）蓄意留難，逼死蔣百里，文島被推爲總代表，然交涉質詢並無結果，適長江三督發動二次革命，他便南下參加討袁之役。

百里先生臥治多時，診療復原，幸得不死，但並未返校理政。未幾，調任爲總統府統辦事處參議，另任曲同豐爲校長，曲亦日本士官生，爲段氏私人，知服從而不務大體，好諂上而不恤下，存心排斥革命份子，殊失育才之本旨。文島對百里校長欽崇尊敬，無所不至，口口聲聲不離「百里師」，百里既未返校，文島於二次革命失敗後，放棄僅三個月將畢業之學業於不顧，而與百里校長同進退。衆乃集資助其東渡日本，因無法獲得北京政府保送日本陸大之文件，便改入早稻田大學政治經濟學部，埋首讀書，不愧爲革命書生的本色。

「學而不思則罔，思而不學則殆」，文島懍於「學如逆水行舟，不進則退，決無終止」之意旨，復感於國人對立憲政治尤其政黨組織之缺乏認識，孜孜不倦，致力自修，經常出入於書肆及圖書館中，搜集中外有關書籍，靜靜研讀筆記，撰成「政黨政治論」一稿。

袁世凱自擅改約法後，已成專制之總統，然心猶未足，竟假「六君子」及「公民請願團」之名，欲醞釀帝制。三年七月廿八日，歐戰爆發，日本以爲西方列強無暇東顧，乃乘機欲獨佔中國，故於民國四年一月，利用袁欲帝制自私之心理，向我國提出所謂「二十一條欵」。老袁利令智昏，竟罔顧國脈民命，派曹汝霖、章宗祥談判，於五月九日屈膝簽約，當時朝野憤慨，舉國譁然，賣國獨夫，人人得而誅之，於是全國形成一股巨大的反帝制潮流！

時我國留日學生聞而羣情激怒，在屢次集會中，文島把握機會，發表慷慨激昂的演說，有條理也有辦法，被推爲囘國請願代表。甫抵國門，即遭逮捕，鋃鐺入獄，視同囚犯，竟欲置之死地而後快，幸得副總統黎元洪之緩頰，並特派其親信馳赴謁袁，得以釋免，押送囘鄂原籍，交地方官署看管。

正當袁大修宮殿準備登基的時候，雲南宣佈起義，霹靂一聲驚醒了「新華宮」裡的春夢！老袁雖想作最後的掙扎，無奈衆叛親離，竟氣憤而死，洪憲帝制的醜劇，到此才烟消雲散。袁死後，文島曾再度赴日，繼續深造，在這一時期，他復埋首於故紙堆中，從事線裝書的深究，並作圈點眉批，疑難處必求其解，涉獵既廣，於焉學養大進。

文島就讀於扶桑時，潮流所趨，對民主政治極感興趣，手著「政黨政治論」稿，前文已有叙及。斯稿內容極爲翔實，井然有序，文字詞藻，益顯典雅堂皇。學成歸國後，親呈恩師蔣百里敎正，蔣親自詳細審閱，對其生花妙筆，豪情奔放，極爲贊賞，特將原稿轉寄梁啓超先生核正。梁覆蔣曰：「斯稿玩味再三，不忍釋手，爽若哀家之梨，快如并州之剪，大聲鏜鎝，外聲鏗鏘，不惟文辭藻麗，字字珠璣，而其立論之精闢，見解之超羣，遠紹旁搜，吮精吸髓。作者匠心獨運，機杼天成，雖日文中，無此佳構。」書成並贈銀元三百元，將是稿送由上海印書館印行。劉氏因此獲梁任公之青睞，而執弟子禮，並時謁恭請教益，梁亦日加器重，慰誨殷勤。

新會梁啓超，爲南海康有爲之高足，其所爲文字，富有感情刺激性，筆鋒凶悍，實爲文字宣傳的能手。康氏維新運動得其臂助最巨，一時師生齊名，並稱「康梁」，有謂晚清人物數康梁，他二人在精神上，不論是出於先天，或源於性格，還是基於學術的立場，抑因於做事之手法，都顯着甚大的差別。大抵南海好鶩新奇而不求甚解，任公則畧偏保守而又無成見。入民國後，其所以維繫彼此間師生的名份雖存，事實上早已分道揚鑣。關於康梁異同處，世之論者不少，本文不擬浪擲筆墨。

民國七年，歐戰初罷，巴黎和會方在籌開，梁任公正組歐洲考察團，羅致了國內名流如劉崇傑（外交）、丁文江（工業）、徐新六（經濟）、張君勱（政治）、蔣方震（軍事）等，皆爲一時物望人選。文島受百里之倚重，這次隨團而遊，恰好張君勱也帶了一個姓毛的隨員。那時赴歐遠遊，多半是坐郵輪，在茫茫無邊海天深處，大家都戲謔蔣張各携「拖油瓶」；後來劉氏在歐洲當大使，猶不時傳爲佳話。

梁任公一行抵達花都時，正值巴黎和會開幕之際，我國出席代表顧維鈞，在會中侃侃而談，語驚四座，對付日本如貓之弄鼠，盡其擒縱之能事。此次合會之召開，爲國內醞釀反對山東問題之高潮，道路傳言，任公有袒日言論，至是留歐學生擬借歡迎爲名，欲在會中有所質難。此一尷尬的場合，劉崇傑力勸任公勿去，獨文島堅主赴約，不可對留學生示怯。及蒞會時，果然羣情洶湧，衆難塞胸，一時質問四起，任公欲辯無從，局面異常僵持。文島攘臂奮然而起，逞其三寸如簧之舌雄辯，發爲獅子吼，引證事例，據理爲任公愛國力爭，局面始得緩和，而歸於平靜，旋護送任公回寓，其受知於任公，即自此始。

以後，文島以早稻田大學法學士卒業證書，入巴黎大學深造，乃完全得恩師任公之資助。毛以亨教授所著「名人傳記」中，他評論梁啓超爲書生本色，大智若愚，能以天下爲己任，不愧爲政治家。我們可以總括地說，梁任公一生，大多是慷慨任俠的色彩。他的文章有「韓潮蘇海」的兼具，論者譽爲近代中國三大理論家之一，其學問貫通古今中外，不受某一家的拘囿，可以博通兩字來概括，並以鼓勵青年及時代趨向革命之途；於政治方面，他主張革命，革舊佈新。

任公雖曾出任司法、財政總長，幣制局總裁等官職；一生操守清廉，兩袖清風，乃書生本色，他對文島之資助，往往有力不從心難以爲繼之感，乃不得不在海外撰文寄回國內發表，以稿費挹注補助；他歸國時，聞尚以西服等件留贈，視情形緩急變賣，可以想見當時之窘境。

文島先生從政居官不治產業，來台後僅憑月入俸錢，贍養家小，清風兩袖，明月一肩，有時庚癸長呼，無以爲計，而他恬然自得，毫不爲苦，因身心早已沉潛於仁義之中，而遊於事物之外，其樂天知命、安貧守道，可知一斑矣。文島先生數十年風雲一時，清風亮節，其在花都巴黎求學期間，吃盡千辛萬苦，更不難想像，當學費不繼時，百里先生於民國九年十一月間，囑他翻譯法國社會黨領袖 M. Jaures：L. armee Nouvelle 一書，與其元配廖世劭女士合作，譯成中文「新軍論」，送由梁、蔣主持之共學社，交商務印書館刊行，藉版稅收入，聊補學費之不足。

斯時，國內競言社會主義，故作者在卷首譯述趣旨中，指出是書以社會主義而言，而以國民防禦與國際和平相連鎖。同時，他更提示「中國人思想，當根諸中國民族歷史地理之特性，應之以內外周圍之形勢而立論，不可人云亦云，漫事無謂之介紹鼓吹。」其大同不忘國，其博愛不忘親，其智巧不忘中庸，其廢戰不忘兵，對於那倡言社會主義及廢兵的國人，實爲不可多得之參考書籍。

當「新軍論」正在排印時，文島先生復摘要特選「國民防禦與國際和平」、「中國軍備與世界和平」諸文，郵寄蔣百里主編之「改造雜誌」發表，大肆呼籲其服務軍中之昔年保定師友，亟本互助之義，「精神上、良心上」溶爲一片，蔚爲一無形力，以瀑布自高而下之勢，驅逐彼強盜長官，打破現狀與國民共從事於能禦侮同時能生產之國民軍組織。

廖世劭女士的學養，不僅與文島無遜色，且還高其一着，總算塵蘇有毅力，有勇氣，糾纏追求不已，共寫了三十六封情信，以一個窮苦潦倒的至誠，居然打動了這位才貌兼備的小姐芳心，終於如願以償，於民國十一年，在巴黎結秦晉之約。

婚後，家用與學費在在需錢，支出浩繁，收入又無法增加，迫得他走投無路，不得不回國求助。於是，由馬賽搭乘郵輪返國，與非洲黑人及印度紅頭人，擠在四等艙裡。那時，從馬賽至上海的航程，至少要月半時間方能到達，如此漫長的海上生活，白天捱餓忍飢，晚上餐風雨淋，日子實在難受，途中以僅餘之五法郎，向船員購得一盤一刀一叉，往廚房討些殘湯剩飯（實際爲剩餘麵包），廚伕以其持有巴黎大學學生證，不無同情，事後他嘗對友人戲言：「殘餘的麵包，營養極豐富，使我體重大爲增加！」這種適應艱苦的精神和豪情，實令人欽敬。

抵滬後，銀行巨子徐新六，因隨梁任公遊歐考察經濟，與文島曾相識，知其在法生活困苦，慷慨樂助數十銀元，北上謁梁；然後南下分訪往日硯友，事前蔣百里曾爲專函致長沙的龔孟希（浩）兄，由龔出面邀約保定一期的同學，藉歡宴爲名，席間大家暢談往事，最後叙及在巴黎之生活，暨乞食歸國之窘態，獲得廣大同情，各自樂捐共得銀元數千元；不久復得黃岡之方本仁，蕭耀南兩同鄉的解囊，不半月間，集腋成裘，共達三萬銀元，那時光洋與美元市價相差無幾，文島不虛此行，集得如此鉅金，方携欵回巴黎完成學業，如此使其夫婦在國外的支用，遂不虞匱乏。

民十四，劉氏夫婦均獲博士學位。是年夏歸國，仍由龔孟希先生爲他在長沙省長公署，安排一顧問名義，旋至武漢受聘中華大學教授，復兼各大專的客座講座。嗣見吳子玉（佩孚），應聘爲參議。

文島以滿懷抱負，無法展佈，旋應保定同學陳眞如（銘樞）之邀，南遊百粵，這位儼然自居爲「十九路軍之父」的將領，不甘寂寞，而今自隳其聲譽，已歿於大陸，然當年在上層黨國政要中，多方遊揚，不可一世；但其爲人，似學者又似冬烘，似僧侶又似官僚，似道學家又似名利客，好爲空談而不務實際，劉得其助，乃「交遊滿天下，相識皆冠蓋」，尤備蒙今 總統蔣公特達知遇，欽慕其「新軍論」譯著，留他在粵從事革命工作，文島是一位活動人物，從此便風雲際會，聲譽益隆。

北伐是億萬同胞殷切的企求，是 國父未竟的遺志，是國民革命軍神聖的使命，但却爲帝國主義者和軍閥們，特別是陰謀毀滅中華民族的蘇俄，所極不願意而全力阻撓破壞的大事。民國十五年，國民革命軍籌議北伐，徐圖發展，以免侷促在廣東海疆的一隅。時三湘七澤，原受吳佩孚所支配，趙夷午（恒惕）任湖南省長，唐孟瀟（生智）任湘軍師長，其所部分駐衡陽及柳州一帶，憑扼險要，戰力極強，對廣東威脅甚大。我北伐戰畧的決定，是採取各個擊破的方式，在政治作戰上，特別喊出「打倒吳佩孚，聯合孫傳芳，不理張作霖」的口號，以消除三大軍閥聯合的意念，藉以孤立吳軍，和減少我側背的威脅。

這時，國民革命軍的兵力不過十萬，飛機一隊，僅三架，海軍艦艇八艘，與軍閥總兵力相較，乃十與一之比，裝備不全而武器窳劣，既無外援，軍需尤感缺乏，在全盤態勢上，復逼處於濱海內線作戰地位，形勢極爲艱險，故在兵力上爲以寡擊衆，在態勢上必須爭取外線。而北伐軍之作戰部署計劃，是出湖南、趨武漢，抵定大江南北後，再直擣幽燕，爲使爾後推進順利起見，必先傳檄湖南，連兵唐趙。

十四年冬，文島至長沙，趙恒惕請他演講，劉乃乘機利用「新軍論」，所謂軍隊克敵制勝，必賴有一信德，貫徹其間之言，引伸而強調三民主義之重要，勸湘軍與之為友勿為敵；趙以須商於唐，他復趨衡陽晤唐。唐為保定一期同學，有人比喻他為三國的魏延，其實他的野心，魏延也望塵莫及，朝秦暮楚，不僅一而再，再而三，每次失敗瀕臨兵微力殫之時，總是由文島先生救他，晚年猶一蹶不振。

那時吳佩孚因緣時會，野心勃勃，他的主力正與張作霖聯合用兵南口，攻擊馮玉祥；其在武漢的部隊，正協助葉開鑫部，與唐生智相持於衡山，倘能因勢利導，爭取唐來歸，不難一舉而底定全湘。蓋贛閩地區，均為綿亙的山地，不適於大兵團作戰；而湘省則地勢開濶，四通八達，適於大兵團行動，且物產富饒，更可獲得軍需糧糈的源源補給。

劉唐相晤，暢談至歡，唐為之悅服，當晚即散發歡迎北伐軍傳單數萬份以示信，並願參加革命行列，作為驅趙的前奏。迨吳子玉派兵支援趙軍，十五年元月，文島以赴湘議成，乃急返粵，陳述湘行始末。時譚延闓以操危慮深，力言唐之不足信，劉反復與之辯論，語氣激昂，以「不為敵人，便為同志」一言，為最高當局所深韙，乃决定大舉北伐。

文島僕僕風塵於湘粵之間，將湘南叢山峻嶺的險要門戶，為革命軍而敞開，陳銘樞與張發奎兩師，得以先行順利自韶關出發援湘，繼之革命軍長驅直入。十五年六月二日，唐部被編為國民革命軍第八軍，兼前敵總指揮，使革命軍實力更為增強，軍容更為壯大，北伐大業，亦於焉奠其始基，劉氏以居功厥偉，奉派為該軍黨代表，兼前敵總指揮部政治部主任。是年底，復出任漢口市長。

時共黨份子氣燄囂張，煽動中山艦叛變，謀加害 蔣公。幸逆謀被發覺，迅速處理，事變遂平。先是，有「西山會議」之召開，黨人張人傑曾宣佈其目的云：「乃揭發共產黨之作奸為先覺，是亦防範其分化國民黨，免造成分裂之舉。」故文島先生在就職之時，當衆宣誓，表示他立場說：

「余之雙目不左右盼，惟前視敵人；雙耳不聽左右派之挑撥離間，惟挽推兩派，皆向前殺敵。雙足不左右搖，惟一往直前殺敵。此為黨代表及政工人員應守的紀律，余若犯之，槍斃余；同志若犯之，軍法從事。」

民國十六年春，當北伐軍以風捲殘雲之勢，正待乘勝北上之時，不幸黨內忽起糾紛，寧漢對立之勢已成，汪（兆銘）、陳（獨秀）發表所謂兩黨領袖聯合宣言，措詞荒謬，無與倫比；加上由鮑羅廷的極盡挑撥離間，縱橫捭闔之解數，慫恿野心的軍閥餘孽唐生智等，和自命少數左翼分子的黨人，在武漢公開另樹政權，氣燄更張，造成雙方對峙之局面；時滬寧已克復，正式奠都於南京，北伐軍在長江下游，已取得根據地， 蔣總司令惟恐文島先生被彼輩殺害，囑令相機東下，脫出虎口。劉奉令後東下，是年四月廿六日，出任國民革命軍總司令部政治部副主任（吳敬恒任主任未到職，由他代理），旋復任總司令行轅總政治部主任，日夜隨侍 蔣公。

南京建都後，寧漢分裂益甚，中央實行清黨。迨後，寧漢雙方以大敵當前，總感覺有同舟共濟的必要，協議仍分兵繼續北伐。當直搗敵軍巢穴之際，革命全局于焉粗定之時，在共黨把持下的武漢政府，忽然自河南撤兵，回師東下，高唱東征之議，長江中部，局勢頓形緊張，震撼激盪，岌岌可危。 蔣公被迫下野後，軍中無主，節節南退，大江南北，盡淪敵手。敵軍以浦口為陣地，向南京猛轟，人心惶恐，風聲鶴唳。

北伐成功後，舉國上下之目標，原為同心建設，以求中國之富強，不料各地野心軍人，又萌割據之念。斯時桂系擁兵坐大，意圖聯絡西南，附國軍之背，問鼎中原。十八年四月五日，文島先生復出任武漢市長，乃啣令入湘，勸說何鍵勿盲從，陳以義利，動以利害，曉以時務所趨，促同懸崖勒馬，回頭是岸，卒使桂系無援，西南叛亂，僅如曇花一現。

當文島先生兩任漢口市長時，有數事足資報導者。其一，時漢口有兩湖特稅處，以例月送市長銀元三萬，文島接篆視事未久，不諳陋規，詢明原委後，復悉公安局長亦月有萬元，當即召示，一律如數退回，不得收受，以端視聽，而肅官箴。詎知該局長係上峯推介，自恃背景，有恃無恐，態度驕橫，語極放肆，度市長莫奈伊何。文島先生以律人律己，堅令退還，翌日查明某局長仍置而不理，當即手令扣押，呈准革職，市府所屬，無不翕服。

其次，孫殿英軍駐河南，陽服中央，陰實携二，其人行伍出身，無國家民族之觀念與意識，聯甲倒乙，朝楚暮秦，視爲兒戲。北伐完成後，中央爲求統一局面，亟圖招撫。文島先生以胆大心細，智圓行方見長，受命於危難之際，决生死於俄傾之間，本士爲知己者死之决心，毅然輕裝簡從入豫。及抵駐地，趨其司令部告來意，謂：「總司令　蔣公，以將軍久暴沙塲，盡瘁國事，時在念中，特囑就近趨教，代候起居；當此國家多故，吾輩軍人理應保國衞民，克盡天職……。」先生以誠懇態度，曉以利害，以言人之所不敢言，爲人之所不敢爲，卒使孫折服。旋留之飯，文島以任務完成，亟待折返，詎時正嚴冬，朔風凛冽，地凍三尺，飛機不能發動，正焦急間，忽槍聲大作，齊向機塲亂射，先生情急智生，臥倒雪中，得免於難；孫部以其已中彈停射，旋急步登機，機師早已引火待發，立時飛冲雲霄，未爲所乘，文島智勇兼備，卒免不測之禍，幸甚。

再其次，文島獎掖青年，提携後進，不遺餘力，吳國楨本是才華氣質，英俊不凡，時正學成歸國，而見重於先生，乃以財政局長相委；復爲吳作媒成家，贈家具衣物及全部費用，且爲之證婚。吳感知遇，尊爲父執。當先生離卸市長，力保國楨繼任，爲國遴才，固無他想；而吳初入仕途，奔競官塲，廿餘年來便一帆風順，扶搖直上，其在政治舞台中的發展，如此飛黃騰達，並世諸公，殆鮮有出其右者。論其受黨國之栽培，可謂恩深分厚，度越尋常，而卸職台府主席，渡海赴美，即叛國反噬，有如寇仇，此種梟獍醜行，雖古之亂臣賊子，未能過之。

文島先生以愛之深且責之切，抵美對吳反覆解勸，謂國家對其待遇之厚，　總統對其倚畀之深，理宜蒿目時艱，共赴國難。並舉「君子之過如日月之蝕，及其復也，何損於明？」不憚繁瑣，反覆慰勸，卒使向善，不復再有詆毀政府之荒謬言論。

民二十年七月，長江洪水爲患，據賑務委員會報告，此次水災爲十年來所未有，災區擴大達十七省，災民至少在一億人以上，武漢水標達五十三呎七吋，災民無地可避，情況慘重，中央政治會議决議，發行八千萬元賑災公債。時文島先生任漢口市長，眼見災區一片汪洋，升斗小民，嗷嗷待哺，文島痌瘝在抱，飢溺爲懷，勞心焦思，寢食俱廢，乃分令所屬，盡可能安撫收容，且躬先倡導，竟日短衣短褲佇立水中，指揮救護疏散工作，災後復分別緩急，從事重建，次第完成。在他兩任譽爲「中國的芝加哥」市長期間，有關市政之各項建設，以及教育、財政、交通……等事業，悉皆細心擘劃，大刀濶斧以赴，邦人今猶膾炙人口。

日本軍閥冒天下之大不韙，發動九一八事變後，我對內力求團結，從事國防；對外邦交，力求敦睦。民國廿年八月間，駐德兼駐奧公使蔣作賓，改調爲駐日本公使。在事變之前二日，國民政府，發表文島先生爲中華民國駐德兼奧全權公使。時希特勒執政，以不世之雄，大有蓆捲歐陸，臣服全球之野心。總統是一次大戰名將興登堡元帥，年逾八旬，劉呈遞到任國書後，興登堡與劉時常過從，每次暢談不倦，並送一幅油畫圖案構想，正是今日東西柏林分割爲兩的寫照，塵老對興登堡當年警惕日耳曼民族的寓意深長，以後方恍然若悟，爲珍惜此一友誼，視這件紀念品爲瓌寶，隨身携帶，懸於客廳之中，用爲永懷。

文島蒞任之初，除繼續德國顧問外，復與其駐在國進行技術合作事宜，冀能在短期內，以友邦工業技能，爲我國建設一鉅大兵工廠，以能供應六十個師之軍需，幾經奔走磋商，德國願先以生產過剩之火車機車五千輛、各式客貨列車二萬輛，廉價售予我國，採取三年後，分十年償淸方式，由中國負担運費，先行取貨，不幸因實業部長陳公博等，索取佣金，致以擱淺，未成事實。

希特勒驕傲自大，對黃種人向極輕視，某次宴請各駐德使節，舉酒互賀時，希氏忽謂文島先生曰：「閣下善飮幾何？嗜何酒？」意極輕佻，劉雖早聞希氏素豪飮，但關係國家體面，豈能示弱？故應之曰：「閣下飮何酒？飮幾何？本使雖不善飮，願巡陪之！」希特勒時正稱霸歐陸，勢壓羣雄，焉肯屈服，乃對飮烈酒，盡數十觥，終至當場醉倒，而文島先生亦神智恍惚，乃極力矜持，禮辭而退，當時各駐德與會使節，咸以希氏猖狂無度，獨對劉氏之大勇，頻頻稱讚不已。

民國廿二年九月十二日，行政院國務會議議決，任顏惠慶、顧維鈞、郭泰祺爲出席第十四屆國際聯盟大會代表；並通過劉崇傑爲駐德兼駐奧全權公使，劉文島爲駐義大利全權公使。在劉氏奉調之前，政府曾先後派郭泰祺、孔祥熙使義，均以他務未到任，文島先生膺負重任，特資以整頓館務，必先一新耳目，乃預囑夫人先往羅馬，租一廣廈爲駐節之所，復自國內購運各種裝飾品，使其富麗堂皇，爲中國駐各國使館之冠。

文島先生時年剛逾四十，他少年得志，青雲直上，出使義大利，乃是其一生事業的顚峯時期，在此期間，功績卓著，值得驕傲之事很多。他是以公使官銜到任，依照慣例，駐在外交部僅派司長級官員迎接即可，時墨索里尼兼任外長，次長在無形中有部長之地位；而文島先生堅持，必須爲次長到站迎接，方肯到任，是年十月卅一日蒞任時，果如願以償。

當劉氏呈遞到任國書時，義王英瑪努埃三世，邀與坐談良久，義王見國書上以中文寫「義大利」三字，乃詢其意，劉乃藉述孟子義大利之旨，義王對我國數千年之文化高尚，引爲喜悅。不僅如此，劉氏爲促進中義兩國邦交，在使館設宴墨索里尼，意外交當局以首相從未出席公使館的宴會爲由而婉謝，後墨卒應邀而至；宴時，劉以義語作頗長之演說，墨知他原精通英、法、日文，而未料及其到任甫一月，即能用義語作官式演講，娓娓動聽，既喜其尊重友邦，復驚佩其才華，因與傾談，次日又遣外部次長親來致意。

墨索里尼崛起執政，國勢蒸蒸日上，劉氏使意後，爲促中意加強邦交，積極交涉，先行互換大使，如能先行昇格，使其他各國勢必追隨，當他將其意見與墨交談時，墨爽直答覆說：「代表亞洲文化者，貴中華民國也；代表歐洲文化者，吾羅馬也。貴我使館升格，是爲當然，請即轉陳，迅辦速決。」一九三四年九月廿六日，兩國互換照會後，十月十七日，劉氏被任爲駐義特命全權大使，亦是爲中華民國特派至西方世界的第一位大使。

在中義使館升格後，劉文島大使主要任務，在針對日本侵華步驟加緊，及英美法消極態度，以促使義大利採積極行動而援助中國。其間，劉與墨索里尼把臂親切，不獨其個人蜚聲國際，而我國家地位亦因而提高，廿四年十月，國際聯盟對義大利侵畧阿比西亞，而採取制裁；復以日本駐義大使，乘機活動，要求承認僞「滿洲國」等，中義關係，遂趨低潮。

二次大戰前，德義日結爲軸心國，塵老以事無法挽救，乃下旗回國。此後十餘年間，以政府始終沒有明令免除其職，這份大使頭銜，成了塵老終身的榮耀。

文島先生抵渝，任國防最高委員會委員，並出席國民黨中央常會，塵老個性坦率，胸懷磊落，一本至誠，絕無欺詐，凡與會必痛抒己見，推誠檢討，若遇罔顧事實，言不由衷，或曲意逢迎，頓忘利害，或蒙蔽欺騙，粉飾太平者，則必慷慨激昂，淋漓盡致，列舉事實，痛責其非。尤以其理直氣壯，義正詞嚴，總裁蔣公豁達大度，欣納嘉言。在渝公餘之暇，努力撰述，五年間先後刊行「行業組合論」、「行業組合與近代思潮」、「義大利史地」，膾炙人口，紙貴洛陽。

抗戰勝利後，　總統蔣公深以民間疾苦爲念，分派先生與張繼、陳濟棠、葉楚傖，爲華中、華東、華西、華北宣慰使。先生率華中慰勞團，轉達最高當局之關懷德意，時王東原主鄂，吳奇偉主湘，曹浩森主贛，文島深入三省，宣慰軍民，僕僕風塵，所至之處，民衆扶老携幼夾道歡呼，凡詢及地方重建或有關民生之實際問題，其重要者，輒列入紀錄，返京覆命，備蒙上級贊許。

台灣光復後，三十六年冬，先生出任閩台淸查團團長，對東南行政長官陳儀之不法行爲，暗中調查，立即採取行動，其不避權貴，不徇私情，崇法務實，毋枉毋縱之作風，直可激濁揚淸，廉頑立懦，深得台民擁戴，故有「劉青天」之譽。

三十七年五月，當選立法委員，即深居簡出，凡開會時，常步行出席，向爲簽到之第一人，若遇私事有求者，其力之所及，無不立允；大陸逆轉，來台後，心情漸見沉重，雖視茫茫，髮蒼蒼，然仍孜孜不倦，不知老之將至，致力自修。像如此熱愛國家、學識淵博、坦誠無私、敢作敢爲的長者，生平從不掩飾自己，更不會做「外貌道學」而內心存「男盜女娼」的僞君子，其豪放坦率，往往引起人們的批評與爭論，有些人居然諷刺他的行爲，是過份做作，認爲其守份、守法、守時，是「神經病」，放眼觀天下，眞是可悲可嘆。

文島先生在族系上爲一高壽系統，據悉其祖父母均壽逾百歲，父母亦年登九旬，外祖父母均高壽而終。生前在台曾創辦「健康長壽月刊」，並治佛學，極有心得，嘗言佛之四大皆空，充其極致，自信報國之日方長，吾人正拭目以覩其後，不幸跌交斷骨，竟至不治，於五十六年六月十一日辭世，享年七十五。而今，塵老墓木已拱，然其一生奮鬥，折衝國際坫壇，譽滿中外，有此際遇，九泉之下，亦足以自豪自慰也。（完）

Olympia

HAIR DRYER
MODEL HD868

世運牌吹髮風筒

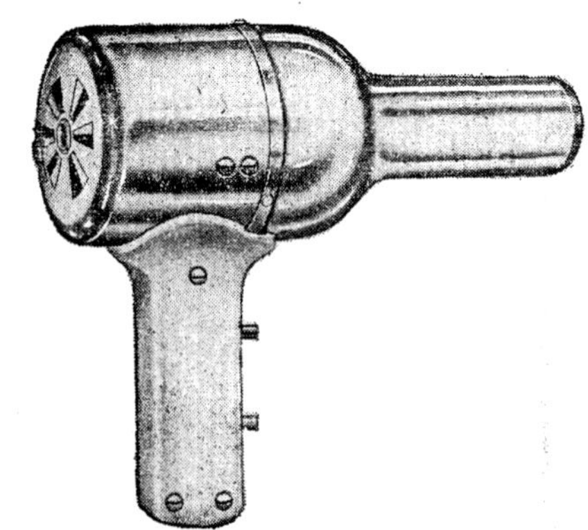

(一)風力特强。
(二)可調節風量。
(三)有冷熱風掣可隨意調節。
(四)裝璜美觀、大方、實用、送禮佳品。

實用電器廠出品．各大電器行有售

地址：香港九龍大角咀塘尾道八十一號至八十一號A四樓
電話：K939082（歡迎電話洽商）

李純之死永成疑案

△余　非▽

民國九年十月十二日，江蘇督軍李純自戕於南京官邸，或云係齊燮元謀害，已不可考，純為直系大將，為官雖有政聲，然喜用私人，終為所累。

（一）從隊長到統制

李純字秀山，直隸天津人，生於同治九年（一八七〇）。父以販魚為業，家道小康。及長，入武備學堂肄業，與齊燮元同學，且居於一室，訂為莫逆交。相傳有唐魚龍者，為二人看相，認皆大貴，遂結拜為兄弟。純年較長，稱大哥。畢業後，二人俱入小站，純以成績優異，授為隊長（連長），齊任排長之職。

純在小站多年，深為袁世凱及馮國璋所賞識，曾往河南剿匪，立有功勞，任第六鎮協統。宣統三年（一九一一）升任第六鎮統制，時年三十一歲。

武昌革命爆發，清廷命馮國璋往征，馮以純為前鋒，予民軍以重創。民國成立，第六鎮改為第六師，純任師長，駐軍九江（齊燮元時任營長），旋奉命移駐湖北。

（二）督贛時代

民國二年夏，民黨醞釀二次革命，湖北方面的秘密機關屢被破獲，乃轉趨長江下游，希圖在江西起事。時江西都督由鄂督黎元洪兼領，即遣李純馳兵扼九江。七月十二日，贛軍旅長林虎部在沙河鎮與李純軍發生衝突，戰事遂起。未幾，二次革命失敗，純以功授江西護軍使，旋署理江西都督。

時民黨式微，武人驕恣，純在江西，獨能謙和自守，頗受贛民擁護。民國三年六月，改任昌武將軍督理江西軍務。民國四年，袁世凱謀稱帝，授純中將加上將銜。純雖隨衆勸進，然不滿袁氏所為。未幾，馮國璋遣使前來，囑其嚴守中立，純欣然諾之。是年十二月，蔡鍔在雲南組護國軍反袁，純乃與靳雲鵬、馮國璋、張勳、朱瑞等聯電促袁取消帝制，以安人心；世稱「五將軍警告」即此。

民國五年，江西土匪為害，北政府以張敬堯為蘇皖贛閩四省剿匪督辦，以齊燮元為副督辦。不數月，匪勢肅清，張敬堯授為河南督軍，李純授為江西督軍，齊燮元為第十師師長，留駐江西。

時黎元洪為總統，段祺瑞任總理；二人因參戰問題，發生衝突。各省督軍連次集會，思有以干預；純亦於此時入京，思有所獻替。及察形勢危殆，匆匆回任，方抵贛境，張勳復辟變作。於時，馮國璋有密電至，令毋受偽命，宜整頓軍旅，以備發動，純從之。不數日，段祺瑞馬廠誓師，純馳電贊助，張勳旋即敗逃。

復辟亂平後，黎元洪下野，總統一職，由副總統馮國璋繼任，段祺瑞乃任總理。馮原為江蘇督軍，不欲以其地盤入他人之手，遂薦純於段。民國六年八月，命李純為江蘇督軍，贛督一職，由陳光遠繼任。同時，江寧鎮守使王廷楨亦隨馮入京供職，遺缺即由齊燮元補授。

純在贛四年，全一軍人本色。室中陳列者，僅各省輿圖及軍事書籍，外出時策馬而行，從騎四人隨後。平日對社會治安的維繫，不遺餘力，曾謂「消滅匪徒之根本政策，不在軍警，而在教育、實業，必市無游民，而後鄉無匪盜。」他對於民政很少干預，然亦喜薦用私親，知事及稅員中，其親戚故舊甚多，此種情形，軍中尤甚。曾語人云：「余部下將士，非曩日之同事，即曾從余受業者，故余之所行，均須與彼等公決之，不敢有所私也。」

李純手下，齊燮元為重要助手。純調江蘇督軍時，齊先將第十師開赴江寧佈置防務及警衛，然後電請李純起駕。純素主和平，調任蘇督後，仍秉馮國璋之旨，作直系重鎮，與主戰的皖系對抗。

（三）轉任蘇督，倡導和平

民國七年十月，徐世昌為總統，馮國璋退位去津。京津之間，信使時相往來。時段祺瑞方推行武力統一政策，李純主和抗命，頗受主戰派的攻擊。張作霖責其（首倡調和，長彼先鋒，怠我士氣」（張作霖庚電），純答以「公志勇奮發，主戰之聲，高而且烈；半載始終未見一兵南來」（李純蒸電）。張敬堯（湘督）責以「岳州失守，蘇督奉有密令，仍主調和」，純答云：「其時討伐令尚未奉到，苟能挽回，豈不甚善；否則，我軍從容籌備，此亦可為緩兵之計」（李純佳電）。李純對段內閣的答辯，尤大快人心：「夫純一省督軍耳！一省安危，督軍之職也；若大局敗壞，至於此極，中央自有責任政府，豈一省督軍所能為之、所能致之者哉？」（李純寒電）

當時主和派的重鎮除蘇督李純外，尚有鄂督王占元，贛督陳光遠，被稱為「長江三督」。經過他們的努力，民國八年二月南北代表正式在上海議和。李純有電云：「護國者知法壞而國無由立，護法者知國壞而法亦罔存，遂以和平之公理，共謀善後之解決。」和議開了三個月雖無結果。南北之爭卻一時趨於緩和。

純既屬直系，力主和平，素與段祺瑞不相善。就任蘇督後，即與岑春煊及民黨要人通款，設法抵制段派的黷武政策。民國六年八月，段於任命李純為江蘇督軍的同時，任傅良佐為湘督，以為武力統一的初步。幸零陵鎮守使劉建藩宣佈獨立，長江三督通電主和；純且暗使湖南北軍將領范國璋、王汝賢等電請停戰，段閣因以倒臺。其後倪嗣冲、張懷芝等雖召集天津會議決議主戰，吳佩孚率軍南下兵抵衡陽，卒因直皖磨擦日烈，使南北之爭，轉為北方軍閥的內鬨。

（四）直皖戰爭，與浙盧抗

直皖之戰，李純自是站在曹、吳一邊，有電云：「慨自政局劇變，國勢飄搖，海內鼎沸。推厥禍首，實爲安福。四載以來，把持政權，橫施武力，摧殘道義，團結凶頑。以賣國爲本能，以借債爲生計，以議員爲特大之武器，以官吏爲攘竊之機關。……純竊以蠹國者一日不除，雖圖統一而無效。……是以敢隨諸君子後，矢誓天日，謀去兇邪。……現在京津一帶，業經合圍，殲厥渠魁，指日可待。從此魑魅斂迹，日月重光，我大總統恢復自由地位，實行文治主張；以民意爲建設之精神，以法律納全國於軌道……。」觀此，可以窺李純在直皖戰爭中的立場。

在直皖戰爭以前，江浙曾發生淞滬護軍使管轄權的爭執。上海爲江蘇轄境，亦爲浙督盧永祥的舊有地盤。吳淞司令榮道一，與蘇李浙盧有師生之誼，共保舉何豐林爲淞滬護軍使。詎中央命令，將護軍使裁撤，以何豐林爲鎮守使，歸江蘇節制。盧、何、榮疑係李純暗中運動，極爲不滿。榮道一電云：「非中央之欺吾師，即吾師欺學生。」盧永祥電云：「除電呈大總統外，現仍以盧永祥兼任淞滬護軍使名義，由何豐林代行維持現狀。」何豐林之電，尤能道出問題的眞相：

……伏思學生奉調來滬，在盧師原意，實因淞滬一區，自民國三年以來，所有防務，均由四、十兩師担任，相沿未改。去歲盧師升任浙督，因兩師軍隊關係，不能不就中擇一資深之員，以承其令，藉資融洽，並無絲毫權利之爭。學生到滬，將近一載，其重要之目的，即在聯吾師與盧師爲一人，合江浙兩省爲一家，區區苦衷，想邀洞鑒。邇來由吾師提議會銜陳請，迨盧師電稿擬就送寧，奉諭暫擱，候疏通就緒，再行拍發。遲至旬日，始蒙電召蓮城，將電稿送浙拍發。私心揣測，以爲吾師必有把握；詎命令發表，始知吾師所疏通者，與原議大相逕庭。人雖至愚，詎能釋然。至讀吾師復貫卿電內有學生所簡旅長，職望未崇之語，殊不能無疑。學生自辛亥拔升旅長，距今將及十稔，現始升任混成旅長，似不得謂爲新進。武漢、南京、滬浙等役，均曾躬冒矢石，負弩前驅；因功敘賞，官勳累進，遞升至陸軍中將勳四位，曾得一等文虎章，及一等嘉禾章，並蒙任命爲寧臺鎮守使之職。就職位而論，似不得謂之未崇，即如李閩督於民國二年以一旅長到閩，旋升任混成旅長，由是而鎮守使，其間相距不及半年。以此例之，則吾師所謂學生職望未崇之語，殊不足以服人之心……。

何豐林既不願屈居鎮守使，乃另電請辭：

……伏念淞滬地方重要，綰轂東南。。自民國四年，裁併上海松江兩鎮守使，特設護軍使一職，直隸中央。當時設官分職，用意至爲深遠。數年以來，迭經事變，用能本其職權，隨機應付。至去歲盧督調任後，學潮震盪，工商輟業，人心搖動，閭里虛驚。豐林一秉前規，幸免意外。現方南北相持，大局未定，忽奉明令，改設鎮守使；職權驟縮，地方既難維持，事機尤多遺誤，對內對外，咸屬非宜。豐林奉職無狀，知難勝任。惟國家官制必須因地制宜，不能因人而設，惟有退避賢路，仰懇大總統准予免去淞滬鎮守使一職，以重舊制，而維大局……。

李純得何豐林電後，覆電表明心跡：

……惟此次裁改，謂兄指使，由何參謀長（按指督署參謀長何思溥）接洽。兄處此嫌疑，百喙難辭，亦不必辨。將來水落石出，如果由兄指使，兄無顏見弟，無顏爲人；若由何參謀長作弊，經查出後，必有相當辦法，以謝吾弟。

其後直皖戰起，純恐滬軍襲擊，特於蘇州崑山一帶佈防，並掘毀黃渡至陸家濱一帶的鐵道，以爲戒備。浙盧亦使何豐林派兵西上，作犄角之勢。幸雙方皆以息事寧人爲念，戰禍得免。

（五）巡閱三省，徒擁虛名

直皖戰役後，國中大權為直曹奉張所操縱，李純原與他們同列，今則瞠乎其後，頗不能平。徐世昌、靳雲鵬、曹錕、張作霖等議以議和總代表一席畀之，純辭不就，復任為長江巡閱使，純亦不就。特派督署參謀長何思溥至京晉謁徐世昌總統，說明理由：

第一、粵桂戰爭，調停極難收效，而唐繼堯復謀陝圖鄂，中央亦無應付良策。和局既不能指日成就，則總代表三字，僅為一虛設之招牌。

第二、江蘇地方，要塞過多。僅江蘇一省，尚恐力有未迨，實難再兼巡閱使職務。

未幾，政府以純為蘇皖贛巡閱使，畀以較多實權，純始電允就任。惟所謂蘇皖贛巡閱使，也是一個空頭銜。皖督張文生既不樂聽指揮，贛督陳光遠意尤怏怏。即蘇省一地，白寶山、何豐林等虎視一方，不願就範；地方人士反對之聲亦盛，竟有致電政府及李純，請其移節九江或當塗，以行軍民分治者。

（六）干預民政，受人攻擊

蘇省反對李純，以其漸有干預民政之舉。純任督軍，向有不干預民政之宣言，直皖戰起，忽藉口軍事，不待中央命令，擅調俞紀琦為財政廳長（原為胡海颿），蘇省人士大譁。未幾，復保王克敏為省長，王素以嫖賭著，為蘇人所不值，於是函電紛馳，羣加指責。中央為顧及民意，改任王瑚。純以省長之任既不能保其私，而財政為軍事之命脈，不可不以私人掌之，遂保薦文龢為財政廳長。

文龢，原籍江西，係純督贛時收留的義子，隨純至蘇，曾主烟酒公賣，尋為兩淮鹽運使。純既巡閱三省，勢力較大，乃保其任財政廳長，且以去就力爭。於是蘇人奔走呼號，力遏是舉。省議員陳大猷等致電政府，倡蘇人治蘇，請簡蘇人，並斥俞紀琦為貪吏，文龢為卑劣，且有停止納稅之言。江蘇省教育會、上海縣商會等亦聯合通電云：「徒以軍民有分治之名，無分治之實。軍費日漸增加，民政無由發展。倘財政再入軍署私人掌握，蘇民其何以堪？」此外，各地公民吳元熙、顧樹森、范承勳、張衡甫等，亦紛電指責。綜其攻擊之點，有如下述：

一、李純日以擴張軍權，搜刮民財為事，不顧民生疾苦。

二、前財長俞紀綺劣跡昭著，新保財長文龢秉性貪婪。

三、李純擅向上海滙豐銀行借外債，以省產為抵押。

四、江蘇為江蘇人的江蘇，非督軍可得而私。

五、李純保薦文龢，與軍民分治之意不合。

他們要求之點，主有三項：

一、文龢一日在任，蘇人一日不納稅。

二、外債以蘇產作抵，蘇人不能承認。

三、李純既如是跋扈，中央應明令解職。

這是民國九年十月初的事。純時方在病中，備受各方攻擊，頗不能自堪，而平日又雅好名譽，遂萌自戕之念。

（七）自殺前後

李純的自殺，乃受一連串的刺激與自責而成。純染恙頗久，任蘇督時，曾迭電乞假，政府以其有所要求，任為三省巡閱上將軍，雖係空銜，不無感愧，此其一。

純爲官二十餘年，自信廉潔自持。前在贛時，深得贛人愛戴，移節江蘇後，仍按步就班，不敢稍事更張。對民政事務，從未過問，一聽省長齊耀琳主張。乃因齊耀琳去蘇，對用人偶有一、二次建議，竟遭蘇人反對，頗覺難堪，此其二。純目睹安福禍國，曾以蘇督名義，與他省結爲同盟，以圖對抗。段派倒後，復有直吳奉張權利之爭。倒段時，李純阻擋浙盧，頗著功勞；乃戰爭以後，曹吳置李於不顧。李本直派嫡系，馮國璋逝世後，本可代爲總統，因不與人爭，又失去主和派歡心，事遂不成。李素主和息爭，自任北方議和總代表後，益力圖設法與南方各派和衷共濟。所派說客，絡繹於京寧粵滇之道，毫無所成。直皖戰後，接着直奉衝突，國事日非，遂萌厭世之念，此其三。

李純自殺，早見機先：（一）九月致上海施愚電有「將披髮入山，與世永別」之語。（二）其弟桂山返京前，純對家中財產安排甚詳。（三）純死前數日，囑其內弟營長王某解甲歸田，謂自己督軍不能做。（四）純死前數日，每閱報必痛哭一次，曾對其夫人言：「人心如此，世無公道，我命活不了。」

十月十一日上午，李純囑副官至機器局索回修理之手槍。晚閱上海各報後，頓足大哭，痛言「我在蘇數年，撫衷自問，良心上可以對得住江蘇人。今爲一財政廳長，如此毀我名譽，有何面目見人！」是夜十二時，召秘書某擬電保齊燮元暫代江蘇督軍。秘書去後，純寫函件數紙，然後就寢。迄十二日凌晨四時許，自戕身死，時年五十一歲。

純死後，留有遺書數封，其一述自殺之原因：

純爲病魔，苦不堪言，兩月不能理事，貽誤甚多。求瘉無期，請假不准，徒臥視誤大局、誤蘇省，恨己恨天，徒喚奈何？一生英明，爲此病魔失盡，尤爲恨事。以天良而論，情豈得已，終實慚對人民。不得已，以身謝國家，謝蘇人，雖後世指爲誤國亡身罪人，問天良，求心安，至一生爲軍人道德如何？其是非以待後人公評。事出甘心，故此留書，以免誤會。

其二述對國事之期望：

和平統一，寸效未見，愛國愛民，素願皆空。求同胞勿事權利，救我將亡國家。

其三爲對蘇省事務之交待：

一、代人民叩求盧督軍永祥，維持蘇浙兩省治安。
二、代人民懇留齊省長，候王省長到蘇再交卸，以維地方公安。
三、蘇皖贛巡閱使一職，請中央另簡賢能。
四、江蘇督軍職務，以齊燮元代理，懇請中央特簡實授。

其四爲對皖省軍務之交待：

新安武軍由皖督張文生管轄，其餉項照章逕向部領。

另有致乃弟桂山遺書一封，述遺產處置方法：

兄爲官二十餘年，廉潔自持，始終如一。祖遺產及兄一生所得薪公並實業經營所得，不過二百數十萬元。存欵以四分之一捐施直隸災賑，以四分之一捐助南開大學堂永久基本金，其餘半數，作爲嫂弟合家養活之費。

（八）齊燮元繼爲蘇督

李純死後，齊燮元召集江蘇省長王瑚、警察廳長兼省會警務處長王桂林、江寧交涉使温世珍、四省剿匪總司令陳調元，並財政廳長、省議會長等至督署開會，告以李純自戕及保薦之事，遂由省長領銜會同在任長官電致國務院，報告李純自戕及保薦齊燮元爲江蘇督軍之事。北政府得電後，極表震悼，命以上將例優郵，給治喪銀一萬兩，並命齊燮元繼爲江蘇督軍。

齊燮元本爲李純的得力助手，李純督蘇後，以軍務繁重，身體不支，保薦齊爲幫辦江蘇軍務。所有公事，多由齊燮元至床側請示辦理。至純之死是否與齊有關，以資料所限，未敢臆測。（完）

張學良謀殺常蔭槐

未名

張作霖雄踞東北時期，五太太壽夫人的母親王老太太紅極一時，達官顯宦頗有奔走其門下者，認乾媽則須種種孝敬之外，還要跪地叩頭，這是必修的一科，爲了升官有許多人拚命鑽此門路。宰相門房七品官，所以王家的副官難免狐假虎威，更沒人敢在太歲頭上動土了。有一次王家兩個副官乘京奉鐵路（後改北寧路）的頭等包房，擅不買票被常蔭槐所屬驅逐，而且打了軍棍。副官們回去作了些膚受之愬。壽夫人等在張的鴉片燈旁高興的時候，說「有個常蔭槐也太兇了，把我媽的副官打了」。張用鼻子哼一聲，深吸一口烟後，坐起來說：「還有人敢動你們王家的人，把他找來……」以後來了，張問明是非說：「你眞有種，好好的幹！」自此更加賞識，屢加提拔。

常蔭槐字翰勤，遼北梨樹縣人，奉天（現改遼寧）法政專門學校法科畢業。曾任黑龍江省高等警官學校教官，黑龍江督軍署軍法官，東三省陸軍第一師軍法處長（師長許蘭洲），吉黑剿匪總司令部參謀長等職務。第一次奉直戰，奉軍退守山海關之際，常代表許蘭洲向總部接洽事務，爲楊總參議宇霆賞識，因與楊頗有往還。

當時北寧鐵路賠累不堪，因軍人但憑軍服，甚至攜帶眷屬擠滿頭二等車廂，秩序無法維持，收入減少，不敷開支。當時北寧路上諺云：「媽拉巴子是免票，後腦勺子是護照」。常針對實況，親上條陳，整理北寧鐵路交通秩序之辦法，頗獲楊宇霆之嘉許和支持，並荐爲鎮威軍執法處長，執法謹嚴，不避強豪。懲處王家之副官，或即此時。北寧鐵路之秩序正常，收入直線上昇。民國十四年任北寧鐵路局局長，仍兼執法處長，努力整頓，尤著績效。

北寧鐵路原係借英國欵所築，路局內頗多英籍要員，會計處長，車務處長，工務處長，機務處長，以及車務段，機務段之段長等，皆由英人充任，待遇以英磅計算，頗爲驕橫。常任局長後，先揭發英人之舞弊者，不論有無契約，一律革職。有契約而不聽命令者，照契約年限預付薪金，請其離職。常到任一年之後，處長皆換由國人任之。又路欵照契約必存入英人之滙豐銀行，常任局長後乃分存各銀行。收回主權，澄清業務。使北寧路爲純自主之鐵路，使北寧路爲全國營收最佳之鐵路，以後能以北寧路之盈餘，修築與南滿鐵路平行之打通鐵路，常之功也。

民國十六年，潘復任國務總理，依當時情勢，常爲當然之交通部部長；但因按照規定，部長不能再兼任局長，乃空部長之位，任常爲交通部次長代理部務，仍兼任北寧鐵路局局長，常乃得統籌交通全局，對東北交通貢獻尤多，東北國有鐵路辦理聯運，組成鐵路網，而以葫蘆島爲出海之港口；又組設交通總司令部於北京；統一指揮北寧、平漢、津浦、平綏，及隴海等鐵路之軍事運輸事宜。並決定修築東北之打虎山至通遼之打通鐵路，以完成東北之鐵路網，包圍南滿鐵路，以暢運輸。

當修打通鐵路時，由北寧鐵路各處備辦材料，撥付欵項，嚴守機密，如有洩露消息者，以軍法繩之。遂於十六年冬開工趕築，東北氣候冬季奇寒，新塡土石方澆水凍結，以汚止沉落，加速鋪軌工作，並分成數段同時動工。日方向北京政府口頭抗議，張大元帥即令停工，常奉令後，不但未停工，反而下令晝夜趕工，限期完成。迨日本公使提出正式抗議，外交部長羅文幹電常詢問，以便答復。常即電復云：「電悉，打通鐵路已於本日晨九時全線通車矣。」此事最見常之魄力雄厚，剛毅有爲。造成既定事實，使日本人無可如何，其機密，神速，有擔當，非他人能及也。

齊克鐵路之修築，亦冒戰爭之危險，原來洮昂路本擬通至齊齊哈爾，因蘇俄不許横過中東鐵路，不得已乃以距齊齊哈爾四十里之昂昂溪爲終點，故名洮昂鐵路。十七年常蔭槐修築齊克鐵路，爲防止中東路俄方之干涉，乃調集路警，擺列機關槍，武裝興築與中東路交叉點，而與洮昂路接軌，完成對南滿鐵路之包圍。黑龍江省之物產，以前是經由俄人經營之中東鐵路，再轉日人主持之南滿鐵路經大連出海口。迨打通及齊克兩鐵路通車後，始聯運經北寧路營口，或葫蘆島港出口，據說南滿鐵路收入銳減，每年貨運一項約減收三千萬日元，而日爲本人最頭痛之事。

民國十七年，東北軍在平漢津浦兩鐵路線失利，張作霖通電下野，日本人乘火打刼，要求簽訂五路合同，而以改善四洮鐵路爲交換條件；四洮鐵路僅有路軌爲其財產，所用機車及客貨車箱，均向南滿路租用。先天不足，永遠賠累，債台日高。故日人以改善爲示惠。並威脅云：「如此約不簽，張作霖及東北軍不能出山海關，甚至不能過津沽」（天津塘沽皆有日本駐軍）。因之會議時，我國有允意。但常拒絕出面簽約，認簽約是賣國行爲，避往天津。彼時擬升交通司劉司長景山爲次長代理部務，但劉亦拒絕簽約。（劉景山字竹君，爲早期留美人士，河北省人，交通界元老，稱劉三爺，現在台灣），最後乃由航空司司長趙鎭，代次長，代辦部務，並代簽字。趙爲舊國會議員，前清貢生，且說明是無效的敷衍，先簽字，而後發表次長，故意造成公文的瑕疵，以湊成無效之條件，常之國家觀念強烈如此。

當十七年六月三日，常蔭槐隨同張作霖專車出關，四日晨車過馬三家子，已近瀋陽，常以其包房在車後，乃離張車返回收拾行囊，預作下車之準備，行至中段車廂，日方預置之炸彈爆發，常受輕傷，當時雙方劍拔弩張，我方有人高喊不要開槍，以避免日方之藉口，或謂係常聲音，以常之地位見識，當係無疑。

張學良繼東北政權，常任東北交通委員長，起用新人，革除積弊，頗有振作。十七年七月，常蔭槐任黑龍江省省長，萬福麟爲黑龍江省軍務督辦，兩人頗不協調；萬氏保荐龐作屏爲財政廳長，龐原爲常氏部屬，但龐於離瀋海鐵路時，擬發臨時奬金以市惠於員工，於呈報交通委員會時爲常所批駁，並予申斥，以此嫌隙，龐遂挑撥於軍署及省府之間，漸成冰炭。軍署向省府提出一千五百萬元的軍需，超出了全年收入約百分之五十，自然無法供應，請其核減。而龐在萬氏方面，只說省長不許可，而不談收入如何。以致萬以爲常故意爲難，而向張學良作秦庭之哭。

十八年一月七日，常蔭槐應張學良電邀，九日至瀋陽，十日晚又應張學良邀，偕同楊宇霆到張氏公舘去玩，到達後久候不出，而王以哲，高紀毅，劉多荃，譚海等張之親信多人，持槍湧入，即行開槍，楊、常二人應聲殞命。

有人說常蔭槐太傲了，時常叫張學良的乳名小六子，不管旁邊有沒有別人。張主政以後，曾到常家去，常叫他三小姐叫張大叔，張說不要叫張大叔，叫大哥吧！

又有人說，易幟以後，常託一個去南京的人，帶給蔣總司令一信封，說東北事情直接找楊宇霆和我（常蔭槐）好了，不必找張漢卿了。到省了一道手續，帶信的人拆信看後，未去南京就交給張漢卿了。這只是有此一說，以楊常之老於政海，似不致有此幼稚之表示。

常蔭槐氏已死去四十餘年，墓木早拱，滄桑屢變，國家在動亂時，糟蹋了多少有用人才。張學良長壽、常蔭槐早死，國運如斯，夫復何言。

劉戡成仁二十五年

·克剛·

國族必能興，大軍再壓潼關道；
英雄終不死，遺憾難忘瓦子街！

展讀于右任先生當年這一付沉痛的輓聯，在這「八千里胡塵待掃」的今天，使人悵望蒼穹，緬懷起「臨陣必親身而戰」的劉戡將軍來！

劉戡將軍，別號麟書，當民國紀元前五年十月十三日這一天，誕生在湖南源縣的朝陽鄉。由於他的父親運熹先生，和革命先烈宋教仁先生是同里同窗，交往非常密切，將軍耳濡目染，幼小的心靈上，早已培育出救國救民的仁愛情懷。

人生最可珍貴的，是快樂的童年，將軍却在這一溫馨的歲月，就遭逢了「昊天罔極」之痛！十一歲喪父，十二歲游太夫人又相繼棄世。從此，只有依傍孀居的姑母穆淑女士，踏上他人生的旅途。姑母是一位古道熱腸的賢婦女，深嫻詩禮，對將軍的教養，盡到了父親的嚴責，也灌注了母親的慈愛。愛護的心，勝過了父母愛子的情份。記得將軍曾在日記中眞摯的寫着：「無父何怙，無母何恃；吾有吾姑，父母何異？」足徵將軍孝敬姑母的誠篤。

將軍十三歲進入小學，三年畢業後，進入湖南省立第二中學。這時正當北洋軍閥橫行割據，工商蕭條、民生彫敝的混亂局面，將軍目覩這貧困紛亂的祖國，斷然興起工業救國的大志，旋即轉學湖南省立高等工業學校。這所學校，位置在長沙的嶽麓山。執教的老師，都是當時的俊彥，對國父手創三民主義的思想，無不傾心崇奉。將軍在這革命氣氛的浸潤下，學業既有進步，思想尤其進步，對國民革命力行的抱負，一天比一天的堅定積極。到了民國十三年六月，今總統蔣公在廣州黃埔島創辦陸軍軍官學校，將軍以實現革命的機會到來，立即前往應考，獲得錄取，入第一期受訓。在校的成績頗佳，畢業後，分發教導團，參加了東征作戰。初試鋒刀，立創戰績，上官和同事，都非常的讚許。十四年四月，將軍任教導第二團第六連少尉排長，隨軍討伐叛軍楊希閔和劉震寰，頗著戰功，蔣公特予拔擢，敘升該團第六連上尉連長。十五年八月，再晉升該團第二營上尉副營長。隨軍北伐，進攻江西樂化車站，身先士卒，勇往直前，不幸負傷。蔣公嘉許將軍的勇敢，特別在十一月，原職晉升少校。第二年元月，晉升教導團第二營營長，繼續北進，轉戰龍游、上海、龍潭、和縣、臨沂、蚌埠、徐州諸戰場，長驅克敵，勢如破竹，將軍也兩次負傷。九月敘功，以原職晉升中校，駐屯在徐州。

當時，政府深以奠定中原，為期已經不遠，對兵力的部署，人員的調度，力求使精壯者能盡其才，傷者有所調護，將軍遵行這一政策，除日常對所屬嚴勤操課，加強考核外，特不時發爲文章，條陳政府。文中充滿着盎然的血性，和精闢切實的見解，頗得各級的賞識。

十六年十一月，將軍遵從姑母的囑命，和曾玉潔女士結婚。十二月原級職調教導第二團團附。第二年八月，再調第九師第二十六旅第五十一團團附，參加沙河溝討逆之戰，頗著戰功。在同年十二月升任該團上校團長。連續轉戰豫西、鄂北，在襄陽和確山等處，圍攻殘逆，戰果非常豐碩。到了民國十九年，隴海路野鷄崗討逆一戰，不顧喉頭、肺部和眼部的重傷，浴血殺賊，更建立了顯著的殊勳。迨二十年元月，升任第九師第二十六旅少將旅長。奉命率部開赴江西興國，進勦南竄的共軍，徹夜鏖戰，殄殺了甚多的共軍。同年八月，將軍以原級調第十師第二十八旅旅長，進勦黃安、棗陽等地區的共軍，指揮果決，行動神速，和將士的英勇用命，斬獲共軍萬餘衆。同時，在該處搜出被共軍挾持的民衆數千人，安全的遣返回籍。這一戰地政務上的處置，構成了軍民之間的結合，開拓了進勦軍事的坦途。十一月，因功升任第八十三師中將師長。

二十二年冬天，日軍侵入長城各口，將軍奉命率部北上抗敵。第二年元月，由於外交上的斡旋，戰事暫告停息，將軍再率部南下江西，準備參加第五次圍勦。進軍期間，共軍突勾結李濟琛、陳銘樞等，策動第十九路軍蔣光鼐、蔡廷鍇等部，在福建組織人民政府，企圖以政治陰謀，突破國軍的圍勦。蔣委員長決心先平閩變，再勦共軍，遂命將軍率部轉入閩省平亂，不到兩月，即告勦平。但時未經年，兩廣事變又起，將軍再奉命揮軍南進。一面宣達政府的德意，策動叛部投誠；一面實施威力鎮壓。不久，叛亂平定，將軍在二十五年四月，以功奉頒四等寶鼎勳章一座。

二十六年七月七日，日軍在蘆溝橋燃起侵畧的烽火，蔣委員長以民族存亡，已到最後關頭，領導全民，奮起抗戰。第二年，國軍逐次利用山地抵抗，誘致敵軍西攻，中條山一戰，西北戰局非常不穩，將軍奉命運用游擊戰術，策應國軍三個軍的兵力，深入晉南十三縣的地區作戰，這些縣份，固然是我軍的戰畧要地，也是日軍的致命要害；更是共軍發展勢力的主要地區。能否確實掌握，關係當時的戰局，影響非常重大。將軍奉命以後，終能運用他最高的機智，和無比的毅力，以軍事推動政治，以政治發展經濟，鼓舞當地的數萬軍民，開荒闢地，和當面的日軍，側背的共軍，展開兩面的艱辛作戰。這一艱危局勢的支撐，渡過了漫長的三年；但第一戰區方面的形勢，始終依憑這一力量，得到了安定。河川一戰，更是運用機謀，殄滅了日軍一個聯隊。這一赫赫的殊勳，深蒙蔣委員長的賞識，在當年三月，即晉擢爲第九十三軍軍長。並在七月十七日這一天，頒賜青天白日勳章，這是無上的殊榮。

二十九年八月，將軍升任第十四集團軍副總司令，仍兼第九十三軍軍長。到三十年的夏天，日軍出動兩個聯隊，大舉進犯山西東南，當時我太行山的兵力，非常薄弱，將軍仍斷然先機對敵實施反掃蕩，給予敵人以嚴重的打擊。該軍的戰力，和友軍的安全，也因此獲得保障。政府深以將軍用兵作戰，頗多謀畧，當運籌決勝的時候，特能精心研判，制敵機先，忠誠效命，英勇無前；尤其每次戰鬥終了，從來不諉過爭功，負責謙讓的精神，處處表現出軍人的本色。這種精神，正是軍校學生最好的榜樣，所以特調將軍任第七軍分校第十三總隊的總隊長。規劃督責，作育英才，貢獻了甚多的精力。到三十一年，積功奉頒陸海空軍甲種一等獎章，從此也更表現出他訓練的才能。

三十三年中原會戰，將軍率部參與龍門之役，一舉殄滅了日軍一萬多人。這一豐碩的戰果，震動了國際的視聽，同當年美軍登陸馬紹羣島、登陸諾曼第、登陸菲律賓一連串的成功，眞是東西輝映，同具光彩。將軍也因這一殊勳，擢升爲第三十六集團軍總司令。不久，日軍發動大規模的侵襲，一度進至貴州獨山，西南吃緊，重慶外圍的防務，亟待加强，乃於十二月調任將軍爲重慶衛戍副總司令。對保衛西南，鞏固陪都的策劃部署，表現出極優越的成就。三十四年七月，奉頒三等雲麾勳章。

三十四年八月十四，日軍宣佈無條件投降，大家忙着勝利還都的時候，共軍却四處接收，全面叛亂。政府爲表示誠意和談調處，率先裁編國軍，將軍受命爲整編第二十九軍軍長，駐防陝北，歸西安綏靖公署直接指揮。

三十六年的春天，盤據延安的共軍，

大肆叫囂將發動所謂「季春西北攻勢」。西安綏署爲先發制人，當於三月十四日，以第一軍爲右翼兵團，從宜川向平陸堡共軍陣地進攻；以將軍所部第二十九軍爲左翼兵團，由洛川向孺子村前進。經七晝夜的攻擊，被共軍竊據十三年的延安，遂爲國軍完全光復。這一戰震懾了共軍，也震動了世界。這一豐碩的戰果，將軍從不誇耀；相反的，却更勇於受過。事實發生在同年的冬天。當時將軍所部的第七十六師，駐守在清澗的附近；而軍的主力，則正在延安以北一帶，掃蕩殘餘。當追擊快要收功的時候，清澗守軍突然告急，將軍率領軍主力，從陝北兼程解圍。可惜路程太遠，時間太促，馳援終告不及，將軍也因此受到撤職留任的嚴厲處分。當其奉到命令的時候，曾恭謹的肅立在國父的遺像前，虔誠的默念，達數分鐘之久，以表示精誠受過的至意。不久，奉命率部進駐延安整訓。這一段時間，將軍更是朝乾夕惕，自立誓言，要立功贖罪，死而後已。

三十七年元月上旬，將軍所部奉命分別守備延安、宜川、洛川各附近，並適時策應整編第一軍陝北方面的清勦。將軍深知任務的艱鉅，特在二月九日這一天，寫給愛妻曾玉潔女士一封家書：

「……此次共軍挾數萬之衆，威脅我軍，最近期內，必有一場惡戰，我軍士氣極旺盛，上下同心，决不示弱，共軍叛國已數十年，叛亂不平，中國永無統一復興之望。我自帶兵以來，與敵大小戰鬥不下數百次，只要軍心民心團結一致，則勝利必屬我們的。你們遠處西安，萬不可輕信謠言。道聽途說，最能搖動人心；尤不可隨便搬遷，予人口實，一切行動，均聽育咸指導。在作戰期間，我實無暇多寫信也。孩子們讀書返家，可看看電影，看看朋友，不可讀戰報，不可談時事，避免刺激他們。我的指揮刀及雲南白藥，均存大皮箱內，須速檢出寄我備用。至囑。」

到了二月中旬，彭德懷所部第一、第三、第六等縱隊，共約四萬之衆，由綏德、米脂方面，急竄南下，二十二日，該股共軍已向宜川馳進；同時，另有共軍第四縱隊一部，自保安方面，竄至金盆灣、觀亭附近。二十四日，宜川被圍，情勢非常危急，守軍第二十四旅緊急呼援。西安綏署胡宗南主任，除協調空軍第三軍區派機偵炸外，當即以第一軍所屬的第二十七、第九十兩個整編師，暫撥將軍指揮，由洛川、鄜縣兼程馳援。這時，共軍的第一縱隊，已經越過金盆灣、臨真鎮、麻池溝，在龍泉鎮、蓬萊村一帶設伏，企圖阻擊我援軍的東進。這裡的地形，山崖陡險，谷道縱橫，大軍的運動和攻勢作戰，非常困難；但却適於伏擊的行動。

二月二十六日，將軍率領援軍主力，依預定的部署，由舊縣集結地區出發，在大雪冰封的山地中，沿途擊退小股共軍多次的阻擾，深夜抵達端盤，經派兵向北側搜索，獲悉有共軍萬餘人，在龍泉鎮、金盆灣附近地區集結，將軍根據各方面的報告，判斷爲共軍第四縱隊的主力，在此埋伏。原本打算改變前進路線，取道東北方面的龍泉鎮前進，避開北側山脊共軍的伏擊。旋以由現駐地至龍泉鎮的道路，炮兵和車輛部隊，通過非常困難，乃决心仍沿宜洛公路東進，馳解宜川的圍困。

二十七日，圍攻宜川的共軍，大部轉移到龍泉鎮附近地區增伏，另共軍第二縱隊的一部，約四千餘衆，已由晉南禹門口渡過黃河，迫近距王家灣約十餘華里的石村、高家灣附近；同時，金盆灣、龍泉鎮方面的共軍，也逐漸竄迫公路北側一帶的主要山麓。東進軍迭遭強力的阻擊，直到黃昏，始抵達瓦子街右西側十五華里的張顯附近。次晨，我援軍整編第二十七師，續向瓦子街攻擊，共軍初尚頑強抵抗，不久，突然退竄右側山地。將軍感到當面情況，已發生特殊變化，當於十一時許，重新調整行軍部署，繼續前進。下午二時左右，將軍進至瓦子街以東約十五華里公路左側的王家灣，前進的兩個師，均已遭遇伏擊，激戰至五時左右，傷亡甚衆。共軍自延安增調南下的新一、新二兩個旅，約八千人，又已到達戰場。我正北面的壓力，更形嚴重。五時三十分，將軍召集參謀長劉振世、整編第二十七師師長王應尊、整編第九十師師長嚴明，在指揮所舉行緊急會議，提出三個作戰方案：

第一案——以軍主力向南增加，擊破當面之敵，再解宜川之圍。

第二案——軍主力向南轉進於險要地形，以免被敵包圍。

第三案——集中全軍兵力，在王家灣與敵決戰，俟擊破敵軍，或援軍到達後，再向宜川前進。

以上三案，將軍週詳研判後，決心利用地形，與敵在王家灣附近決戰。當即調整部署，佔領公路兩側山地，準備擊敵。入夜以後，共軍由公路北側攻陷瓦子街，我方交通線盡被切斷。補給運輸，由此斷絕。徹夜全面戰鬥，終因共軍以人海狂撲，傷亡甚大，毫無進展。這時，由於瓦子街失守，共軍更越過洛宜公路南側，佔領分水嶺（王家灣西南約七華里處唯一制高點），繼續向我近迫中。

二十九日拂曉，王家灣附近各制高點，共軍已攻佔大半。迨至中午，共軍炮火增強，王家灣西南側已受侵襲，我集結在王家灣以西公路兩側川道內的人員馬匹，傷亡特大。將軍鑒於西線的情況逆轉，當以軍預備隊，改配西線整編第九十師爲預備隊。戰至一時左右，共軍全面發動攻勢，將軍即令整編第四十七旅，轉據宜洛公路左側陣地，與共軍展開慘烈的戰鬥。該旅李旅長感於將軍平日的優遇，親持步槍，腰繫手榴彈，巡赴陣地前指揮。當時雨雪紛飛，彈烟橫掠，正督部奮戰的時候，突中彈殉國！當彌留的頃刻，猶斷續叮囑部下說：「總統的教訓，我是實踐了！弟兄們！你們跟着軍長再……幹……吧！」殉國的慟耗，傳到整編三十一旅，周由之旅長極爲悲憤，誓爲李旅長復仇。當時，雨雪更大，周旅長轉將雨衣卸除，從懷中取出日記，肅穆的寫出：「領袖至仁，居友唯義，爲國盡忠，死何擇地！」，隨即馳赴陣前督戰。在閃光下，在殺聲中，激戰至夜，終又成仁！全軍陣線亦漸縮短，陣地要點更多陷落。這時，將軍除急電西安綏署，請求從速補充彈藥外，爲總統效忠、爲部下復仇的意念，更像澎湃的怒潮，衝激着戰志，不斷督令所部，憤怒的血戰！

三月一日的凌晨，共軍第二縱隊主力約萬人，復由晉南渡過黃河，竄抵王家灣公路南側，對我合圍猛攻。將軍即令所屬高級將領，先燬去重要文件，並自行清理公文包，預備作戰死之計，隨即令軍的直屬部隊，加入戰鬥。激戰到九時左右，共軍突進到整編第九十師司令部，師長嚴明親率特務營搏戰，不幸身中五彈，流血滿身，旋以手榴彈自戕殉國。戰至午後一時，共軍已佔領所有的制高點，包圍指揮所，過三晝夜血戰僅存的幾十位官兵，在一小土堡上，態度安詳的訓話：「我們的任務，是馳解宜川之圍；因爲共軍今天犯宜川，目的是在叛亂中國，從而竊據全世界。嚴師長、李旅長都已各盡天職，完成其革命人格，我們更應效法先烈，不容等待……。」官兵感念將軍平日的愛護，無不同聲一詞的說：「我們願打到底！殺盡共軍！軍長到那裡我們到那裡！」這時，戰況更烈，土堡的正南面，人喊馬嘶，更顯示敵軍已近。將軍急率官兵，就小土堡四週散開，對由公路仰攻而來的共軍，猛烈射擊。將軍首先發槍，隨即槍聲齊作，連斃共軍數十，將軍再以他的卡賓槍從容點射，每發必中一敵。即笑對左右說：「我們今天來此射擊比賽，看誰射中的分數多？」鎮靜中更顯出英烈的氣概。不久，傷亡殆盡，彈藥已無，西南方面的共軍，却如潮水一樣的湧來，刀光彈火，搖曳着戰場。將軍一面令守堡的殘餘官兵，高度發揮手榴彈和刺刀的威力，對仰攻而來的共軍，浴血奮戰；一面從容步至堡後的一塊岩石上，取出懷中的日記，急急的草寫家書：

寫畢即命衛士喚參謀長來，俟衛士走開，將軍即用手榴彈自戕。時爲民國三十七年三月一日午後三時。總統軫念將軍之忠烈，特於三十九年五月追贈將軍爲陸軍二級上將。

陳季良其人其事

·芝厂·

民國卅四年四月十四日，陳季良在四川萬縣天生城逝世，國府據報，派員治喪給卹如例，並明令追贈爲海軍上將。過了四個月，抗戰勝利，日本全面投降，靈柩運返原籍安葬。

談起陳季良這個人，現在知道的似已不多，如提到陳世英三字，則知者更寥寥了。陳季良、陳世英原是一字一名，爲了一次率艦在邊境護航保僑的事件，在外交上遇到麻煩，並遭受對方無理的壓抑，以致他的本名在官文書上湮沒了；自此之後，遂以字行。其事之經過，很值得一述，因並紀其生平。

福建的省會——福州，這塊大盆地裡，以三山雙塔著稱，城圈的中心區，有七巷三坊，佈滿了世家住宅。三坊：爲衣錦坊、文儒坊、光祿坊；單就坊名而言，便可知坊裡人家是什麼樣的人物了。陳季良的祖居，便是在文儒坊的中段，一幢六扇大紅門的宅裡。三百多年來，這一個宅門裡，繩繩繼繼，儒業相承，有「十三世科名相望」之稱，爲鄉里稱羨。陳季良的父親陳鏡河，出身舉人，前清同光間，以大挑知縣，在江寧（南京）候補，母蔡夫人，生四子一女，季良最幼，他是光緒九年癸未（一八八三）九月十三日生的，髫齡之年，和兄姊隨官居寧，共硯而讀，由他父親親自督課，準備從場屋取功名，讀的是五經四書，做的是破承起講。

中國初無海軍，自道光間籌辦海防，才有「購艦外洋以輔水軍」之議。同治初年，曾國藩、左宗棠積極建議興建，於是沈葆楨興船政於閩海，李鴻章築船塢於旅順，設校招生，儲材備選。光緒十六年四月北洋水師學堂，在劉公島開辦。八月，南洋大臣劉坤一也設南洋水師學堂於南京，始漸有規模。甲午對日之戰，水師船隻戰燬，旅順威海船塢盡失，於是海軍編練中心，漸次南移。當時相傳：自光緒九年以後，國際對中國海軍之興建，實有巨大陰謀，故清廷有停購船械之議，丁汝昌因事權不一，離軍五年，李鴻章亦爲之徒喚奈何，所以不免大敗。加之黃海之役。自丁汝昌以次優秀軍官死事者數百人，大多數爲閩粵籍學生出身，左、沈昔年所培育的英華盡失，亟待繼起，因此開明的父兄，多鼓勵子弟投身海校。光緒二十二年，季良已十四歲，遂在南京以陳世英原名考入江南水師學堂第四屆駕駛班，修完了八年的課程和嚴格訓練，到畢業時，全班同學只有十一人畢業，除他本人之外，有方佑生、王光熊、王傳烱、朱天奎、朱孝先、沙訓麟、林瑞田、張兆宣、湯心豫、饒涵昌等十人。

海軍畢業學生，出了學堂，首在見習。光緒三十年乙巳，陳世英被派在甲午後在英訂造新駛回國的海圻巡洋艦上見習，開始他在海上的服務。十一月正式授職，充建安艦糧餉副，宣統元年己酉六月，清廷諭設海軍事務處，調陳世英升海容（在德國訂造的）巡洋艦的魚雷大副。這一年，澳門的葡國人越界濬海，清廷屢與交涉無效，因派海籌、海容兩艦駐泊澳門附近監視。辛亥九月調任海容艦的槍砲大副，恰值武昌起義，適予他獻身民國的機會；當時海軍開向劉家廟清軍的第一砲，便是這位槍砲大副幹的。

當武昌起義時，駐武漢的軍艦，有建威、江元、楚泰、楚豫、湖鶚五艦，及辰、宿兩艇，湖廣總督滿人瑞澂，聞到革命軍起事，便溜上楚豫艦，把武昌責成統制張彪。張彪見瑞澂走，也逃赴劉家廟，收集所部輜重營的殘餘對民軍頑抗。瑞澂在楚豫艦開往漢口途中定了一下神，一面電清廷請派大員多帶勁旅赴鄂，作困獸之鬬，一面與某國領事商請援助。八月二十四日，清方援鄂之豫軍三營到劉家廟與張彪會合，佔領鐵路，掩護陸軍大臣蔭昌及前敵軍馮國璋所屬各部南下。海軍統制薩鎮冰、協都統沈壽堃，亦乘楚有兼程到鄂，率海琛、建安、江貞、楚有等艦會同清軍夾攻民軍，以當時態勢而論，對於挽回清方頹勢，或有可能。旋海容、海籌繼至，游弋漢陽、武昌間。見清軍焚漢口，延燒五晝夜，民商損失無算，艦中將士忿其肆虐，時海籌艦長爲黃鍾英，海容艦長爲杜錫珪，與鎮江之林述慶、九江之林森，均爲同鄉，均同情革命。後海琛也來了，艦長爲林遠謀，他們決定下駛，懸白旗通過大冶，加入民軍陣營，薩鎮冰急移江貞他去。當民軍鳳皇山砲隊攻擊漢口時，海容首先發砲，由陳世英指揮砲擊劉家廟，局勢便急轉直下。李廉方所編「辛亥武昌首義紀」，記「九月二十五日，總司令會議」通知四件中，海軍開砲向漢口滿軍射擊，即爲其一。又漢陽之戰，李記：「九月廿九日天未明，海容，海籌及水雷艇湖鶚，已駛進陽邏。上午十一時，砲擊江岸之敵；下午三時，海容懸革命軍旗……意氣洋洋，從容上駛，直達南岸黃鶴樓下……敵衆砲齊發，湖鶚沿南岸以全速力進，敵砲一彈中其機關一部，蒸汽迸發，又有榴散彈二發在艇上炸裂，然湖鶚仍開入租界對岸。……未幾海容沿江而下……將出租界水線，忽砲火一閃，繼之全部砲門齊開，猛射敵之砲兵陣地，復進至江岸約五百公尺地，連續轟擊，其砲彈皆在劉家廟車站週圍炸裂。於是敵在江岸各處砲兵陣地，塵沙起揚，數次起火，車站後面火燄尤甚。海容遂以堂堂姿勢，悠然下駛，時下午五時半也。據報海容艦上死一人，傷三人。……」革命眞史亦載：「……杜錫珪、湯薌銘率三艘至青山附近，與劉家廟敵交射。」這都是陳大副的傑作，而歸功於杜愼臣（錫珪）的。但他生平從不自言，有談及當年劉家廟開砲的事，只是笑而不答。

黃興任總司令在漢陽與清軍馮國璋作激烈之爭奪戰時，與海軍協攻，海容、海籌砲轟丹水池，擊中美孚公司七十五萬加侖之油糟，火烟蔽天，阻遏了馮部馬標之第二鎮生力軍的猛攻。當時漢口日領第四十二號報告中，有「海容、海籌二艦之砲，擊中之」之語。迨九江革命軍所派援鄂之三千人開到，由小輪多艘拖帶民船運載，到達陽邏，爲敵方發現，猛烈射擊，海容、海琛復馳往掩護，始得從容登岸，掩護武昌；海容等艦則在陽邏木鵝洲黃洲一帶，扼守下游。南京臨時政府成立，黃鍾瑛任海軍部長，陳世英以功調升湖鶚魚雷艦長。

民國元年南北統一，政府北移，袁世凱以劉冠雄爲海軍總長，湯薌銘爲次長，調黃鍾瑛爲海軍總司令。冬，黃鍾瑛卒，李鼎新繼。次年，湯薌銘赴鄂，率建安、飛霆、楚同、江利、湖鄂赴鄂，駐湖口。民國二年，江亨艦長沈繼芳他調，以世英調任，巡行長江沿岸。次年長江海軍會操後，始釐定艦艇暨練營、魚雷營各戰守名稱，其時陳紹寬、李世甲、韓玉衡等方奉派赴英美學習。五年夏秋間，閩浙海面，海盜出沒，發生搶刼外籍商輪事件，江亨艦奉派馳往各地巡緝，旋即被派北上護航。

我國東北吉林、黑龍江兩省，與俄國疆域相毗連，河流亦相縈錯。說起俄羅斯這個斯拉夫民族，眞是爲患中國久矣！單從清初說起，羅刹在黑龍江北岸佔據雅克薩、尼布楚二地，自樹木城，侵擾諸部，又越興安嶺南向，侵掠布拉特、烏梁海等佐領區域起，二百多年來一直在邊界糾纏不淸，不是明搶暗偷，就是威嚇利誘，簡直一句話，無時無刻都是在攫取中國利權上起念頭。季清之際，烏蘇里江、黑龍江之國際河流航運，一直在帝俄侵畧政策之下在壟斷着。

一九一七年（民國六年）俄國布爾雪維克革命，沙皇政府崩潰，但它駐北京公使、駐庫倫等處領事，仍保持與中國方面的外交關係，赤黨羽毛尚未豐滿，帝俄的殘餘白黨，得到英法等國的支持，而有鄂木斯政府。原來烏蘇里江、黑龍江的白俄資本家的航商船隻，則多躲到我松花江來停舶。那時北京政府不問它們是紅的或是白的，保持中立，對這批船隻，只庇護其安全，並不許其在我內地營業，船隻沒有營業，乾耗伙食薪工，自然不是辦法，他們因想出賣。我交通部當局，爲邊陲航運需要，乃擬予以收買，於民國七年前，即予全部收購，與東北地方政府合營，定名爲「戊通公司」（這一年是戊午收買後即準備通航，故名戊通）委江蘇籍的謝某爲總經理，把這些船隻的俄文船名，改取江蘇省的縣名，有南翔、無錫、常州、宜興等二十餘艘，航行松、烏、黑三江。但在烏、黑兩江航行時，常被赤俄的海軍干擾，有時並遭到沿岸鬍匪的截刼，不能如意航行，於是陳請政府，派艦保護。

民國八年夏間，北京海軍部特設吉黑江防籌備處，由部派視察王崇文爲處長，歸由海部節制。護航事宜，則抽調了靖安、江亨、利捷、利綏、利川五艦，開赴混同江駐防，以靖安艦長甘聯璈爲護航艦隊長，帶了一江三利，於五月間由上海出發。利捷、利綏兩艘，原爲德國在我長江之砲艦，第一次世界大戰，由我政府予以沒收改名，編入海軍。因這兩艦吃水太淺，難行遠洋，乃把艙面用木板掩蓋，利捷由靖安拖帶，利綏由利川拖帶而行。陳世英所帶的江亨，則獨自隨隊行駛，經朝鮮的濟州島、釜山、淸津，而達俄之海參威。

沙皇政權崩潰了後，布爾雪維克政府，與德國的單獨媾和及德奧戰俘處理問題，以及蘇維埃的制度，列寧更有赤化全世界的狂言，在在都引起協約國的危懼，因有出兵西伯利亞直接干涉之說，而其最積極的便是日本。日本自一九〇五年對俄戰爭獲勝後，就擬定了所謂「大陸政策」，對中國東北及蒙古，饞涎欲滴，時時做着「滿蒙生命線」的迷夢。且經幾度和帝俄訂了密約，把中國自北京經度以東的內蒙古劃在它自己勢力範圍以內的保證；而把外蒙和西部內蒙，默許給俄國。到了帝俄垮了臺，過去所訂日俄密約，變成廢紙，「矮子摔較，抓一把沙也是好的」想乘這次出兵西伯利亞的機會，抓到外蒙。這樣，使外蒙和中央政府都感到不安。這時北京雖是被稱爲親日的安福系當政，但對日本的出兵，也極爲注意，「小心火燭」。

其時，在西伯利亞的俄人，有日人卵翼下的謝米諾夫的反赤軍隊，有自西而東且以伊爾呼斯克爲據點的紅軍，他們之間正展開了激烈的鬥爭，增加了邊疆的紛亂和滋擾。協約國出兵經商取同意後，日本首先派出一師團兵力，由海參威登陸，沿鐵路向西伯利亞進展；另派海軍金剛級戰艦一艘，駛往海參威，在海參威里江向俄屬阿穆爾省廟街航進。它以協約國戰勝自炫，沿着烏蘇、伯力、廟街等處，予取予求，橫行無忌，視俄人如奴隸，而對僑居那邊的中國僑民（多數爲山東籍），也視同敵人，橫加殘虐的迫害，動輒逮捕施用毒刑，加以莫須有罪名，任意屠殺。這是民國七年春夏間的事。加以日本藉出兵西伯利亞的機會，更使我們憤慨的是利用謝米諾夫發動「汎蒙古運動」（Pan Mongolian Movement），以建立「大蒙古國」爲號召，企圖把東起興安嶺、西迄新疆、南至長城、北括貝加爾湖的蒙古族分佈等區，都納在日本的勢力之下。謝米諾夫是下貝爾加省的布里雅特蒙古人，做過庫倫俄領館的衛兵，後由鄂木斯克政府任爲西伯利亞軍團長，這樣的人，得到日本的支援，不由他不渾陶陶地起來，甘爲日本的魔犬了。

北京外交部根據當時恰克圖的佐理員張慶桐等的電報，希望政府也以協約國的身份，派兵到邊區，維護主權，保護僑衆，至俄亂平靖爲止。因此，這年的七月，除派了陸軍一部分（似爲兩營）外，海軍也派有海容軍艦一艘駛往海參威，由代將林建章主持，靖安、江亭等艦亦歸指揮。惟各艦開入松花江，須假道俄屬阿穆爾省的廟街流域，赤俄的海上武力蓄意刁難，不許行進，各艦遂離海參威北航，以達庫頁島北端之韃靼海峽，等候交涉，幾經折衝，仍拒絕假道如故。時值秋令，北地氣候寒冷得早，進既不能，退亦不得，而各艦所備乾菜，因滯留日子久了，漸次告罄，官兵患病，亦乏藥品療治，時有死亡，軍心激動，不可終日。嗣又由海參威方面林建章之嚴詞交涉，俄方始允我艦隻暫行駛入廟街避凍。韃靼海峽距離廟街約三十餘哩，可是在我艦駛進時，江面所有航行浮標，並沿岸標誌，俄方統已先期拆除，分明是明允暗拒。斯拉夫民族無論其爲白或赤，其詭譎無信，在在都最令人憎恨。甘聯璈計無可出，向陳世英想辦法，陳和江亭艦的航海副郭詠榮（號强）商量，遂由郭設法用重金覓雇一個俄籍漁民爲領港，引導江亭、利捷、利綏、利川等艦駛赴廟街避凍，並許保障其生命安全，甘聯璈於各艦到達目的地後，即乘靖安座艦開回上海，隊長隨由陳世英担任。

廟街這地方，在此應該加以介紹。這地方位在西伯利亞東部，當黑龍江口，本來是中國的領土，自清末議界，黑龍江以北，蹙地萬里，這地方遂爲俄方據領，改名爲「尼可來夫斯克」了。其地形勢，兩岸皆爲山巒，岸邊依山築有砲壘，甚爲險要；商業也相當旺盛，且擅金礦、漁業、木材等利。離廟街二十餘里的金溝，有金礦百餘處；漁產則盛產海鰱，並設有冷凍、醃製工廠十餘所，運銷近東及南美等地。木材則多原始林，松杉木最多，居民建屋，四面圍牆，都是用整棵木料叠成，燃料也以木爲主，足見「不可勝用也」的一斑。談到我國僑居那邊的民衆，大多數是山東籍，除經營商業外，其充礦工用勞力來養活的不下萬人。我外交部在這裏設有領事館，領事爲張文煥。冬季冰凍，稱爲封江季節。這時日本海陸軍大部份已撤回避凍，僅留外交官及日僑千餘人未走，留陸軍千餘人保護着。江亭等艦到達廟街未久，忽奉我江防王副司令電知，令陳世英速率各艦開赴松花江。當時除利川一艦吃水較深，暫留廟街外，陳氏隨帶了各艦上駛。開近伯力時，俄方在岸上發炮轟擊，阻我前進，艦面官兵被砲彈所中。頗有損傷，不得已仍退回廟街駐泊候命。

江南涼秋時分，在邊塞已是寒風刺骨；江水日涸，沿岸也勁風下激，凌凌結起了冰。江亭中途擱淺。危困萬分，卒由利捷、利綏兩艦，強力拖帶出險。八月底開底廟街時，江面已告封凍，各艦只得在未完全凍結之處，下碇停泊，作避凍打算了。

九月間，赤俄的布爾雪維克黨，在列寧一般人策動下組成蘇維埃政府，統一了俄境，便有餘力東顧了。於是積極進取廟街，鏟除白黨俄人。在風聲鶴唳中，我江亭艦長陳世英，便和張文煥領事商量，宣佈中國海軍保僑中立。而白黨之謝米諾夫一派殘餘軍力，恃有日本支援，協同留在廟街之日軍，謀抗紅軍進攻。經過幾度接觸，遂拉陳世英要求我海軍各艦幫同作戰。陳世英以我方宣言堅守中立在先，予以竣却。謝米諾夫及日方之黑山中佐等，對陳所求不遂，便起了反感。白俄軍隊故由郊外發砲轟擊我艦，以示威脅。陳世英據理向俄方詰責，彼強詞諉爲紅軍所爲，陳世英公開聲言：不管是白黨還是紅軍，只要砲彈再向我艦射擊，我便立即從發砲方向，加以無情還擊，事後不負任何責任！

白俄軍見陳世英詞嚴義正，竟是個鐵中錚錚的漢子，知威脅不行，改以情商；因又派員前來，商借艦砲，藉救紅軍來攻的危急。陳世英一想：俄日對中國都沒有好心，這些負隅而鬥的困獸，狠了起來，弄個玉石俱焚，而紅軍也是猙獰可憎。不論如何，首先遭殃便是中國的僑民，以當時態勢而論，若再堅却便得翻臉，甚至先決裂，於我則先受其害。幾經洽商，不得已默許將利川的邊砲兩尊借給，運到岸上去用。

無如白俄軍氣勢已頹，後援無繼，雖借了艦砲爲助，仍無法擋住紅軍之源源湧進。外國兵都是把自己生命看做第一的，從沒有「不成功便成仁」的壯烈傳統精神，打不過便撕下襯衫白布望風招展表示投降了。日本的軍隊，人數不足，無法頑抗，也在議降之中，但還有着武士道精神，一面議降，突於某夜向紅軍總部，來個突擊，雙方在昏天黑地中，劇烈巷戰，拚個你死我活，彈雨紛飛，死傷累累。岸上中國人的住宅，多被雙方流彈波及，損失至大，到第二日侵晨，日軍不支，退據兵營及日本領事館，作殊死戰，至彈盡糧絕而止，殘衆也只好豎起白旗，向紅軍投降了。在紅軍佔領廟街期中，凡白俄餘衆及資產階級分子，悉遭屠殺，財產統被沒收。我華僑商店，也悉被勒令停業，所有存貨，初擬用盧布收購，經陳艦長並領事一再交涉，才肯改用現金，我並提出：對僑商應留下布匹糧食及生活必需品，其餘各物則任其悉數收購，亦經紅軍應允照辦。

俄國紅軍這一舉動，是不是對中國客氣呢？不是！他之曲意示好於我，揣其用心，是顧慮到來年解凍之後，日軍必然再度開到，難免向其報復，希望到那時候，中國海陸軍不予介入。而我們海軍和領事官呢？說得可憐，當時北洋軍閥正忙着政權地盤的爭奪，那有閒工夫增兵派艦到邊疆保護僑民的？以幾艘無援的船隻飄泊在外，處外族暴徒迫脅之下，而且數百戶僑衆的生命財產也不能恝置不顧，只得虛與委蛇了。及九年四月間，天暖解凍，各艦恢復活動，陳世英與張領事商定，把華僑悉數船運到廟街上游的馬溝地方，安置在那裡的一所舊倉庫裡；陳隊長帶了各艦也開集其地守護。在這些僑衆中，也雜有幾個日籍婦女；同時應金溝各金礦之法、比、美、英各國籍的工程師十餘人的請求，派船將其接住在艦上，集中保護其安全。

當時赤俄軍隊，見我兵艦開離了廟街，專意護僑，又慮日本海陸軍即將返防，乃將廟街市民悉數運上游，對被俘及投降的日軍日僑，集體予以殘殺，並放了一把火，把廟街全市付之一炬，只消滅痕跡後，便飄然遠引。其手段之毒辣，與用心之狡詐，於斯可見。迨日本海軍裝運陸戰隊，開抵廟街找紅軍算賬時，早已鴻飛冥冥了。

日本自甲午（一八九四）擊敗了滿清，甲辰（一九〇四）打垮了帝俄起，不論陸軍或海軍，都是驕氣十足；不管開到什麼地方，總是擺出佔領軍面目，那些軍方鷹犬的特務浪人，更是藉勢橫行。這回出兵本是想從中渾水摸魚，竟因避凍開離給赤色暴徒來上一記，軍民損失了兩千多，面子上不好看，心坎裡也不好過，此來意在狠狠地「懲膺」一番，竟又撲了一個空，如何不怒？目標既失，竟存了移禍於我的念頭。這時打聽中國艦隻均泊在馬溝，日艦便即開去，在我艦前後堵着，兩岸也派有日軍駐守；這樣，我艦的前後左右給團團圍住了。陳世英見形態十分嚴重，只得沉着應付，覘察日方動靜，再作決定。

住在江亭等艦的法比英美的工程師却慌了，發電到海參威去，便有美國記者數人，前來訪問；回到海參威，便將中國艦隊受困情形發佈，一時報紙都同情華艦，對日均表譴責。日方以輿論於我有利，始不敢肆其暴行，却藉口於根據所得秘密情報，謂中國海軍曾借砲給紅軍，用以攻擊日本軍民。橫然表示中國艦隻已被扣留，另報由東京方面向北京政府提起嚴重抗議，附帶提出懲辦賠償等無理要求，並限期答覆。一時情勢倍見緊張，陳世英因囑江亭等艦隨時注視日方行動，必要時拚個人艦俱亡，決不屈辱。

日本的國民性，很能自愛其國，但有時却每有不問青紅皂白便叫囂起來的虛驕之氣。這時日本輿論，紛對其政府嚴厲指摘，要以行動來取償；可是日方明知紅軍遠颺，無法報復，日本防區範圍，俄方軍民亦已遠離，所謂蘇維埃聯邦政府，尙未被承認，抗議沒有對手。想借這題目佔領土地呢，而大戰方終，國際間絕不許可，美、英、法、意各國也各有軍隊分駐在西伯利亞鐵路沿線，中國軍隊也有一部份。硬來不得，只得從外交方式，向中國撒賴。

這一時期，直皖戰爭方在醞釀，軍人各在磨槍備鬪。安福系內閣是患有恐日病的，只求大事化小，小事化無。近視的人們，對這遠在邊外幾艘合起來不過萬把噸的船隻，也不十分關心，所以當時國內知道詳情的也不很多。經駐華日使向北京外交部交涉結果，雙方同意先行派員調查，中日各派五人，分往日方指稱之肇事地點，實地調查，再行談判。日本方面，以外務省花岡參事官爲首席代表，輔以陸軍少校土肥原賢二，並陸海軍官佐三人，中國代表，以外交部參事王鴻年爲首席，輔以參謀部專員沈鴻烈，並陸海軍官三人。至海參威後，再乘日本軍艦抵達廟街。到埠時，日方代表先到了，廟街已是一片焦土，沒有一家完整的房屋，可供居住。於是中國的代表團一人，祗得寄住於日軍所架設的帳幕中，以僅有之半燬樓房，作爲集會場所。

會議開始，日軍堅持所得的密報，說中國借砲給紅軍，由一個會參加紅軍的中國人張某經手。我方代表質詢張某與何人接洽？及張某現在何處？日方代表却又答不出。這樣，雙方連日會議，自無結果，因決定各推代表整理議案，分別調查，俟有眉目，再行集會。於是，日方指定土肥原爲代表，另以一個精通中文之大學教授，及能通華語之陸軍大尉者佐之；華方則指定沈鴻烈代表担任，並約定每日會報一次。

沈代表也單獨到過江亭找陳世英隊長，並共同到各艦勘查一番，並在利川艦調閱軍械日記簿。陳隊長以我軍向來嚴守中立，應爲不爭之論，根據利川日記，分明爲白俄軍駐在期間，強借以抵抗紅軍者，後來白俄軍失敗投降，這砲落入紅軍之手，自有可能，其責任那能由我方來負？並把日軍虐廹我國僑民情形，詳爲指述。沈代表詳得眞相後，在和日方代表會報時，據以力爭。土肥原是狡猾出名的特務份子，每次集會，恒在深夜，以酒代茶，且飲且談，存心要聽沈代表醉後之語，作爲根據。沈代表態度沉着，應付得宜，把這個特務之狐，弄得沒有辦法。其後沈在東北內河之被重視與其輝煌成就，實自此時奠其始基的。

時間過了半個多月，土肥原諸人弄不出一個辦法，又向中國的沈代表及陳隊長施詐；說是，只要中國方面承認砲是給偷走的，即可以和平方式結束此案。陳以軍械失竊，關係軍譽甚大，那能含糊以求了事？嚴詞拒絕；沈亦以事體重大，必須調查明白，才可以對本國政府有個交代，豈能這樣馬虎處理？因此，土肥原只得向其他方面打主意。

一日，盛傳日方已將參加紅軍的華人張某捕獲了，非刑拷訊，迫令招供；而這個華人雖給日方施以鞭打水灌，弄得死去活來，還是沒有招認。這消息爲廟街附近鄉間的華僑聽到，這班僑民多是捕魚種菜或做小生意的，愛國心很強，在各艦駐紮期間，和艦上官兵至爲融洽。聞我艦被日方所扣，起了公憤；又聞日方抓人刑迫栽贓，更加痛恨。遂發動五千人遊行示威，並致函我方代表團，詳述紅軍圍攻廟街經過，我海軍在陳隊長率領之下，嚴守中立，及保護華僑事實，籲請主持正義，據理力爭，以保國權。並有「僑民等願作後盾，誓死待命」之語。我代表團據此，持示日方。

華僑之熱愛祖國的示威遊行，對日方影響力很大，也充分證實了我方中立護僑之正確行動。日本也怕刺激情緒，發生衝突演成慘案，把事情弄得更糟；但土肥原却又弄花頭，把這所謂張某從營中放了出來，甜言密語，並找了兩個日本藝妓伺候他，冀用色情來迷惑這張某，奪取一言半語，作有利日方的佐證。詎這張某雖美色盈前，儘情享受，態度還是照樣倔強；日方無可如何，那土肥原眞是啼笑皆非。我方代表團乃催日方即提出確切證據，否則即結束調查工作。日方見僑民意氣激昂，又兼各國對西伯利亞的撤兵，要求一致行動，無法多所拖延；心雖不甘，也不能持異，只得草草結束，準備歸去，把在廟街所得，報由東京，向我北京政府交涉。這樣，對我各艦之包圍監視，也就撤離了。

因國勢強弱之懸殊，與國內政府之糾紛，日方向北京政府所提覺書，仍堅執三點，大意爲：①根據日方所得密報，中國軍艦曾借砲二尊給紅軍，以攻擊日軍，殊爲遺憾；②中國軍艦陳隊長世英，對借砲事處理失當，應由中國政府予以適當處分；③中國海軍部應正式向日本政府道歉。這種蠻不講理的單邊理由，原可嚴正駁覆的；無如當時的主政者，一味遷就，以求速了，又以轉瞬又屆結冰，持久滯留也有不便，因允照辦。是時，我各艦奉令上駛入松花江，並載了僑民數百人，由伯力轉赴海參威。至此，陳世英率艦北戍所歷艱險亦告結束，而陳世英這個名字，遂見於海軍部處分命令中。他遭此屈抑，一氣之下，便連這本名也棄而不用了。

在奉到部令時，陳世英並不抗辯，當他率艦開抵海參威達成任務後，以各艦餉項積欠十一個月，尚待發放，請求北京政府滙撥，以資結束。他把應經管事項辦理完竣，於民國十年冬初，由哈爾濱南旋。到上海，即赴高昌廟的海軍總司令部，晋謁他的老上司杜愼臣，報告經過。杜對他在邊境護僑，宣勞而反獲咎，極予同情，深加撫慰，囑他在上海留下。不久，便以「陳季良」之名，委爲海軍長江隊長。這時北方的海軍總長爲李鼎新，海軍實力則在杜掌握中。十一年一月，委陳季良爲楚觀艦長，八月升海容艦長。海軍巡洋艦中「海」字級者，本有天、圻、容、籌、琛五艘。海天於光緒甲辰在江蘇鼎生島觸礁沉沒，這四艘在當時算是最大的了；帶海字級的艦長，有「司令座」之稱，因循序洊升，一遷便是司令職級。陳季良因廟街事件，軍中無不對其同情；到了十四年二月便升任海軍第一艦隊司令了，同時就兼任閩廈警備司令。

這是國民革命軍北伐前夕。中國國民黨熱望解放全民，統一全國，實行三民主義。十五年六月五日，廣州國民政府特任今總統　蔣公爲國民革命軍總司令，主持北伐。七九廣州東校場誓師典禮後，各軍紛紛動員，如期出發。這時雄據東南五省自稱蘇浙皖閩贛五省聯軍總司令之孫傳芳，以革命軍激戰湘鄂間，佯揭「保境安民」之名，陰圖覷雙方之敝，以收其漁人之利。當汀泗橋激戰時，孫傳芳令所屬之贛軍唐福山入湘，又命謝鴻勛開贛。在福建之周蔭人也同時取積極行動，擬乘機爲攻前襲後之舉，窺取湘粤。革命軍總司令部據報，即定計討孫，令第二、第三、第六各軍攻贛。並任命何應欽爲東路總司令，率第一軍第三師、新編第十四師張貞等部取福建。孫傳芳亦積極備戰，五省軍隊分編六個方面軍；於是東南各省，也進入戰爭階段。

福建這個地區，初無形勝可言，夙爲兵家所忽視，惟因毗連粤疆，對革命策源地，諸多窒碍，亟宜肅清，以袪隱患。福建督辦周蔭人爲五省聯軍主將之一，此時奉孫命積極謀襲潮梅，周懾於省廈海軍以及所屬之陸戰隊兩旅之不屬，以及南北各縣之民軍變動；除放播五路軍進攻空氣外，僅派其第一師進攻潮汕，他本人則坐守福州，不敢離開省城一步。十五年九月，孫傳芳到九江對抗革命軍，又嚴令促周出兵，並補助大砲及子彈等，周不得已傾師東移，設總司令部於龍巖，決定五路會師饒平之計劃。其主要點則在衝斷韓江，進窺潮汕。革命軍東路各軍，在何總司令指揮下取攻勢防禦，襲擊前進。十月八日，直趨永定，將周蔭人之大本營予以擊破。

東路軍在永定松口兩度之勝利，解決了周蔭人中右兩路之實力，使其左翼攻近饒平之張毅師，不得不退往章泉。十五年十一月，陳季良以海軍閩廈警備司令名義首先宣佈服從國民革命軍，並策動福建省防司令李生春反正，聯合行動。周蔭人從閩西退守延平，神魂甫定，聞馬江海軍參加了革命，急檄張毅從泉州反擊省垣。陳季良據報，即派陸戰隊第一旅林忠（忱藩）第二旅林壽國（玉田）分由原防予以截擊，阻其渡江。張毅被擊散竄南港瓜山等處，陳指揮陸戰隊一團會同李生春之衆，將張毅包圍繳械。十二月二日，將福州省城完全收復。同時閩北民軍盧興邦、盧興榮等進攻延平，江西第二軍王均斜出玉山，周蔭人不得不棄延平逃浙。福建全省平定之易，有非局外人意想所能及者。十二月十八日，何敬之將軍入福州，對海軍截擊張毅，保全省垣，並協同各路民軍奠定閩局，俾革命軍得以順利展進，至表歡慰。陸戰隊一旅原已進駐福州，陳仍命開回馬江，福州留守之任，請何軍長派人接防。何乃派譚曙卿留閩，在署事布置後，即率部攻浙。

海軍總司令楊樹莊（幼京）於革命軍未入浙之前，即與革命軍已有聯絡，由林知淵、鄭寶菁等任聯繫工作；陳季良亦派海軍出身之青年軍官倪華鑾、郭友亨等多人，往返閩滬，支援北伐軍事。十六年三月下旬，楊樹莊正式就任國民革命軍海軍總司令，在上海松江相繼克復之頃，海軍亦協同地面陸軍，由海面向孫傳芳殘部猛擊，淞滬得以迅速肅清。旋楊總司令將全軍整編爲四個艦隊；以陳季良爲第一艦隊司令，陳紹寬爲第二艦隊司令，陳訓詠爲練習艦隊司令，曾以鼎爲魚雷游擊艦隊司令。又設總政治部，以林知淵爲主任。閩厦警備司令，因改制後已撤銷，陳季良遂專任第一艦隊司令，駐節上海高昌廟。

十六年七月間，孫傳芳收拾餘燼，將所部編成五軍，反撲南京。八月下旬，由划子口瀆向南岸烏龍山、笆斗山、燕子磯等處作七次之偷渡；經保衞首都之革命軍一、七兩軍奮勇猛擊，楊樹莊總司令即命第一艦隊各艦馳往會同協擊。陳季良於聞訊後，即已升火待發，自乘海容軍艦馳抵龍潭，發砲三小時，斷絕孫軍歸路，首都終以轉危爲安。在戰事進行中，烏龍山有日本商船故意停泊江心，屏蔽孫軍；江面英艦又砲擊獅子山砲台；於敵方之純海艦隊乘機欲襲吳淞；英艦且有泊近砲臺，防碍發砲之舉，此爲龍潭戰役中帝國主義卵翼中國軍閥之確切證據，設一不慎，則又演成另一事變。陳季良參與此役，應付頗爲勞苦，當時在京滬一帶者，自能詳其經過。近人有謂孫傳芳與海軍「成立交易」，使海軍中立之語，則是睜着眼睛說瞎話了，不足採信。

十七年十月三日，中國國民黨中央常會通過訓政綱領及中華民國國民政府組織法，八日及十八日又分別通過國民政府委員會及五院正副院長人選。楊樹莊被任國府委員仍兼海軍總司令，陳季良亦奉派兼任軍事委員會委員。旋以楊樹莊奉派兼任福建省政府主席，赴閩主政，海軍總司令一職，委由陳季良代理。若干年中，他在海軍中的職任僅次於楊樹莊，而治軍嚴明，重服從，守紀律，頗能以身作則。平日不苟言笑，持躬淡泊，不慕榮利，對公則勇於負責；至於力所不能致、勢所不能踐者，即不輕於發言。遇到危難則勇往直前，不爲利害所動。臨機尤稱能謀善斷，獨見其大，楊陳雖屬同里，作風微有不同，在楊氏主閩期間，他從不私介一人、私干一事，故楊對陳甚爲推重。

民國十九年初，福建發生了「一六政變」。當時所謂「閩人治閩」時期，楊樹莊兼任省政府主席，委員爲陳愛吾乃元（兼民政廳長）、許成謀顯時（兼建設廳長）、林知淵、方聲濤韻松、陳培錕韻珊（兼財政廳長）、鄭寶菁在莪（兼秘書長）、盧興榮、程伯盧（兼教育廳長）等。此中除程伯盧爲贛籍之名教育家外，其餘盡屬閩籍，這是中樞給予閩人建設本省的最好機會。倘如同心合力，未始無所表見；可惜的是因爲地形是「臨大海而阻羣山」，一省之中東西南北，交通不便，風俗習慣與方言的迥異，遂至由自隘而形隔閡，由猜疑而成嫉忌，乃至明爭暗鬥，這在各省中也是免不了，所以被人譏爲一盤散沙。當時閩省駐軍，除海軍陸戰隊的兩個混成旅，閩南有第四獨立師張貞（詔安人字幹之）所部，閩北則駐有民軍改編的新編第二師盧興邦（尤溪人字光國）的兩旅，省委盧興榮即係盧興邦之弟，並兼旅長，是個四川范哈兒一類的莽夫型軍人。莆田籍的陳乃元、閩清籍的許顯時，及福州籍的方聲濤、林知淵，這四位，不是與張貞爲同學即共過事的，自然多所接近，這在盧興榮看來，都是「閩南派」了。十八年底，某次省府會議中，盧興榮所提某項有關地方財稅分配的事件，被否決了，正待研議其他案件，而盧仍辯論不休，要求複議。程伯盧阻其發言，盧極怒地斥道：「你管你教育好了，干你什麼事？」鄭賓菁自恃平日對盧交誼不錯，竟不客氣地說：「什麼話？光宗（興榮字）兄難道不知柏盧兄是省委兼教長的嗎？在本府會議中他怎地不能說？」外加一句他日常口頭語：「豈有此理」，這一下却使莽夫感到又慚又憤。

新年元旦，省政府、省黨部各委員，輪流設宴約叙言歡。一月六日，由陳培錕作東道，在其朱紫坊私寓聚餐，僅陳乃元因病，省黨部委員林學淵因事未到。盧興榮住在朱紫坊的花園街他師部參謀長陳志桓家中，祗隔十數家，其夕亦準時參加。在筵席還沒有散之時，忽閃進武裝的盧部士兵十餘人，賓主無不愕然。盧興榮微笑起身，指着許顯時、林知淵、程伯盧、鄭賓菁諸人，命各送上汽車開赴洪山橋兵工廠，（廠長爲盧部所薦者）；並在醫院裏將陳乃元從病床上架走，到水上警察局連局長吳澍（字毅夫，保定軍官出身）也帶了去，次晨以小火輪送赴延平。——這就是當年所稱的「一六政變」，大風起於萍末，說起來還不是爲了意氣用事？

盧興榮這一莽撞行爲，惹禍大了。在他以爲你們否決了我在省府會議所提的，我就請你們到閩北去瞧瞧，同時嚇你一嚇，看你還會把我當土包子不會？却不知却惹下滔天大禍，幾乎遭到覆滅。主席楊樹莊是喫長素的，所有宴會他極少參加。出事這一天深夜，在北後街私邸裏，得到陳培錕的報告，省委被綁架了還成什麼體制？直氣得他說不出話來；隨手拿起電話筒，通知馬尾要塞司令部備艦升火，第二天親自乘往上海轉京報告請示辦理，並引咎辭職。省黨部也推方治、馮思定兩委員隨艦赴京，向中央報告。

盧興邦是個土生土長足不出省的老實頭，聽見乃弟闖了這門窮禍，但勢成騎虎，只好把這五委一局長接到尤溪去住，以防盧興榮又搞出什麼花樣來益發不可收拾。但這一舉措，又更加重了事件的嚴重性。委員們的家屬親友，認爲這是土匪式有計劃擄挾勒索行爲，躭心會被殺害，籲請剿辦；中央爲政府威信，軍隊紀律，將盧氏兄弟免職查辦；對楊樹莊請辭主席兼職，准由方聲濤代理。這時正直中原多事之秋，閻馮反對三全代會整軍議決案，改組派政客在北平召集所謂「擴大會議」，並公然稱兵反抗，魯、豫、皖各地均有接觸，隴海路戰事最爲激烈的時間。盧部幕中的策士們，竟誤信他們上海的通訊人員所得「馬路消息」的報告，及聞被免職之訊，竟想入非非，發出通電向北平送起秋波。這下子，中樞便不得不下令嚴辦了，於是派劉和鼎等兩師入閩，協同張貞師進剿盧興邦部；同時派陳季良赴閩，兼任駐閩海軍陸戰隊總指揮，會同處理。經大軍包圍壓迫，盧部自是無可反抗，不滿月便就範了，將被擄各人送回；不幸的是帶病的陳乃元却在尤溪身故，返魂無術了。陳季良請楊樹莊轉陳中央，對盧部寬大處理，縮小防區，嚴格整編，予以戴罪立功的機會。「一二八」滬戰，盧部奉令派一個旅開到上海作戰，在廟行陣地拚死作戰，殲擊敵人，作英勇犧牲。

廿一年一月，陳季良升了海軍部政務次長，仍兼第一艦隊司令。五月間，共黨在國際嚴重之際，乘機竄陷贛州南雄及閩省龍巖後，漳州石碼相繼失守，中央確定攘外必先安內的國策，進行第三次圍剿。陳季良奉令率海籌、江元、海鷗等艦艇及陸戰隊第二旅，馳往廈門，指揮陸戰隊林秉周部開入石碼，會同各軍圍剿，各艦艇則掩護省防部隊向漳州進擊；經水陸各路的夾攻，共軍始回竄閩西，漳州石碼先後收復，閩局恢復了粗安。次年，十九路軍開抵福建，省政府改組，由蔣光鼐任主席，蔡廷鍇爲駐閩綏靖主任。十九路軍在「一二八」之役，以抗日而得名；滬戰結束，參加剿共，却屢戰屢敗。開駐福建，原是給予休息的機會，却不料竟受了失意政客的利用，與陳銘樞、李濟琛輩，組所謂「人民革命政府」，改十九路軍爲「人民革命軍」。廿二年十一月下旬，公開宣告，叛抗中央，藉抗日爲名，勾結共黨，圖謀不軌。

史稱「閩變」。

閩變爲肘腋之患，中央乃以雷霆萬鈞之力，討伐踞閩易幟之叛逆；陸路由浙入閩，三路進軍；派陳季良由上海率同楚泰、楚有、楚觀、江元、江貞、江寧、海寧等艦艇，馳往三都。此地爲東海之海灣，亦名三沙灣，位於閩省霞浦、寧德、源羅三縣間；由東北之柘洋半島，與西南之寧德半島合抱而成，天然形勝。他到了三都後，即與馬尾要塞司令部切取聯繫，籌劃戡定策畧；陸軍之海道入閩者，亦由第一艦隊派艦掩護登陸。十二月廿三日他乘艦進取長門，乘勢將長門各要塞砲臺並馬江地區以次收復。廿三年二月，復率楚泰進擊福州。蔣蔡殘部在閩北潰敗了後，正惶惶然準備逃竄，給楚泰轟了一砲，陳、李二逆倉皇化裝士兵模樣，混在散兵裏向下游逃遁，一時戴着六角帽穿着藍制服的小士兵們走投無路，也託庇掛太陽旗的商船從萬壽橋下悄然逃竄。十五日與中央軍蔣鼎文部會師福州，十九路軍譚啓秀、翁照垣也反正了，閩局於以敉平。

廿六年七月七日日本河邊旅團燃起了蘆溝橋烽火，中國對日全面抗戰開始。根據日本軍事文獻所載，日本軍閥內閣決定對華用兵，他的兵力；陸軍有常備軍十七個師團，海軍有一百九十餘萬噸，空軍約二千七百架（包括陸軍飛機一千四百八十架，海軍飛機一千二百二十架）。我們中國呢，以陸軍爲較強，步兵約有一百八十二個師，四十六個獨立旅，兵員計七十餘萬人；空軍約有各種飛機六百架，其中戰鬥機只有三〇五架；海軍最弱，僅有十一萬噸，而且都是小型的軍艦。雙方軍力比較，懸殊若此，我們所恃者則爲民族精神（戰鬥意志）而已。所以戰爭開始，我最高當局便決定長期抗戰，就因爲海防和江防的脆弱，重工業和重武器的缺乏，海空軍實力之不足，運輸系統之未臻健全。有了這些不利的條件，統帥部決策是避免與敵人在沿海一帶決戰，吸引敵人深入，逐城、逐鎮的爭奪戰。這一戰畧不但消耗敵人，而且迫令敵人分散，使陷於中國泥沼之中。

「八一三」淞滬戰火爆發，日本軍回味「一二八」戰役的甜頭，把最新式的武器：坦克、重砲、飛機，搬到南方來。它的砲艦安然駛泊在外灘江面隨意砲擊，它的部隊可以在公共租界「中立性」的掩護下從事登陸，悍然把租界的一部份轉變成它的軍事根據地，佔有一切便利，同時以大編隊飛機來轟炸我軍。我海軍爲了實力比人差，處處居於逆勢，但爲了國家民族爭生存，也只有拚力奔赴，不計利鈍了。

在沿海敵我激戰的場面中，日海軍確扮演了重要的腳色。當戰役初期，日本第三艦隊司令官長谷川清，便下令封鎖長江口以南亙六百五十浬的海岸（北緯三十二度四分——二十三度十四分）繼之而第二艦隊司令官吉田善吾連續宣言封鎖中國海岸（北緯三十四度三十分——二十一度三十三分），當時德國軍事家即特別指出日本海軍所發揮的戰鬥效果；我們即不特別加以強調，也得承認十一萬噸和一百九十萬噸之比，海防是幾等於零的。（在此之前，洛陽國難會議中有人提出「將全部軍艦作廢鐵拍賣」，是憤激之言，但也說明了海防力量之弱。）所以當時某外籍軍事家曾慨嘆的說：「如果中國有二十四艘指揮得宜的潛艇，那麼便會展開了另一個新局面了。」惟其如此，在「七七」之後，我海軍會按國策，把全區各港灣以水雷阻塞，並將江陰下游之航路標誌，如燈塔、燈標樁、燈、船、測量標桿等，一律加以拆除。八月二十日，陳季良乘海籌軍艦，由南京開往江陰，即移駐平海旗艦，着手構成江陰數道阻塞線，以主力艦寧海、應瑞、海容、海籌、楚有等艦，保衛要塞。

江陰地瀕長江南岸，北與泰靖遙對，黃山兀峙江畔，浩浩江流至此一束，爲咽喉重地；自此以下，水勢南北奔騰，險阻大減，故江陰之防江，實兼防海陸上要塞。九月下旬，我地面部隊已無法穩定陣線。日本松井石根大將，知江陰要塞不易進攻，用迂迴戰畧，於攻畧江陰之先，先取常熟、無錫，並以汽艇載運陸戰隊進攻，繞擊後路；正面之敵復越過無錫犯武進，得手後便分兵沿錫澄公路北攻江陰要塞。在此之際，每日派機更番轟炸。九月二十二、二十三兩日，日方大編隊飛機，向我海軍各艦轟襲；各艦沉着應戰，集中高射炮火力，向敵機猛射。兩日之間，日機被我擊落者五架，我應瑞艦負傷，平海、寧海兩艦被炸下沉，死傷官兵六十餘員，戰況極爲激烈，自後每日必派機來襲。十一月底，日軍大舉攻江陰要塞，我主要砲位在防江面，國防線砲位六口向東南；日軍既繞過我防線之後，砲火遂失效力。這時，日機來襲架數益多益頻，我逸仙、建康、楚有等艦，先後均被炸沉。當平海被炸沉後，陳季良即移駐逸仙艦指揮；後逸仙艦亦被擊毀，季良又駐江寧炮艇督戰。在日方飛機更番俯衝狂炸，戰況空前慘烈之下，陳季良處之泰然，英勇堅定，在指揮塔不慌不懼。他對所屬參謀之人說：「這是繼甲午而來的大危難，爲國死難，是軍人第一義，我們船艦不如人，一顆心、一腔血不會比人差呀！」

江陰之戰告一段落，常熟、武進均淪入日軍之手，我地面部隊移往丹陽；到十二月二日，丹陽亦告陷落，於是進入南京防禦的階段了。我政府正式宣告遷都重慶，重申抗戰到底的決心，宣言中說到：「淞滬一隅，抗戰歷三月，各地將士，聞義赴難，朝命夕至；其在前線，以血肉之軀，築成壕塹，有死無退，……臨陣之勇，死事之烈，實足昭示民族獨立之精神，而奠定中華復興之基礎。」又云「我爲國家生命計，皆已無屈服之餘地，凡有血氣，無不具寧爲玉碎不爲瓦全之決心。……」皆屬實情，絕非誇張之詞。陳季良奉總部令，逃返南京。在東戰場陸軍向錢塘江南岸轉移陣地時，乘永績轉赴漢口，參加保衛大武漢會戰防務；及武漢撤守，再乘民權艦轉岳州赴宜昌，駐宜數月即赴萬縣。

這一段時間，眞是慘澹極了。以一個從學校畢業便上船從事海上勤務的海軍軍官，一旦棄船登岸，好像孫行者丟掉金箍棒，沒得弄了。怵目山河，痛心國難，他在家信中，曾有「醫國寒溫，驚心此日，舉頭憂患，尚是如山」的話，平居無人輒唸着「敗軍之將」四字，瞋目切齒或狂笑不已，其憂傷之情可見。二十九年十一月一日，他奉派爲軍事委員會校閱委員會海軍第一校閱組組長，由萬縣赴渝都就職後，即率同各校閱官，先赴川江下游，依次檢閱海軍所屬之宜萬區要塞第一第二總臺並各分臺，以及渝萬區第三第四總臺及各分臺，認眞察閱，歷時一個多月。復由渝轉赴貴州之桐梓，湖南之辰溪等處，校閱海軍學校，及海軍所屬各機構，於三十年二月底三月初，任務才告完竣。

六十歲生日，他在萬縣寓邸裡悄悄渡過。人方在莒，心切懷粉。平日素篤友于之愛，他的長兄伯豪，患半身不遂之疾，臥床數十年，飲食臥起均需人服侍，所有醫藥以及傭人工食所需，向由他寄款維持，仲叔兩兄均先前逝，兩家寡嫂的生活，也向賴其接濟。這一年的夏初，福州陷敵，音信隔絕；念及兄嫂們的安全和生活，懸掛之極，而體力健康也不如前了。在川江校閱時，以向少踐履平地的他，沿途跋踄，艱險備嘗，不免勞頓。某次在途中患了感冒，就醫診治，以中醫處方，須署行表散；但顧到老年體力，用藥稍輕，殊未見效。他急於前往黔湘各地，囑醫加劑，未痊；因不及待，扶病出發。所坐篷車，十餘人擠在一起，沿途翻山越嶺，經吊屍岩、花秋坪、七十二彎等險峻。冬天寒氣侵襲，眠食失常，在貴州三穗縣，雨天行車，上坡路滑，車輪一滑滑到懸崖的邊緣，天幸及時而止，沒有翻車。而帶病老人，難免因悸而益發疲敝了。

在黔湘達成任務後，回到萬縣，經延醫診治後，外感雖漸解除，而氣喘咳嗽加劇。他向好飲久年白蘭地酒，又好飲茶，吸烟與朱一民將軍有同嗜，靜坐沉思，茄力克一枝在手，靈感汩汩而來。戰時物資缺乏，買不到所好烟酒茶，改用土產製品。呼吸器官因刺激而氣逆加劇，發見痰中帶血。他辦公的地方，在萬縣天生城山嶺，這地方是南宋末上官夔拒抗元兵殉難處，後人在這裡建廟以祀。他愛其幽靜，所以租作辦公之用；但因拔地既高，空氣極薄，天陰時雲霧瀰漫，氣壓尤低，對於他的病症自然更不相宜。不久，又患頸腫症，中醫叫做「瘻」，現代醫學解釋是缺乏碘，除服藥外，如能移居海濱，便較易痊愈，這當然是不可能，因此他的病便有增無減了。

一天，他在家中倦極，矇矓睡去，恍惚間，走到自己辦公室，見一人，鬚眉甚古，坐在他位子。他本能地喝了過去：「誰！怎麽坐在我的位子上？」那老人不慌不忙地說：「位子，位子，七九之年，才還你的位子……」他正待再說時，便驀然醒了，自笑妖夢無憑，但在下意識裡，這「七九之年」，私底下也爲之稍慰。這時日軍南侵，陷於泥足，一般形勢漸漸於我有利，倘有十餘年的壽命，不是還可以爲國家多做一點事嗎？心裡一興奮，病也畧有起色，可以扶杖而起，往來照常辦公。

三十三年五月，季良轉任海軍總司令部參謀長，仍掛着第一艦隊司令職銜；每日到公，處理諸事，僚屬們勸其節勞多事休養，他不聽，作息如恒。到了這年年底，氣候一變化，體質本來不佳，益添了他的病患。到三十四年二月間，便臥莫能興。其初還能就床上批閱公文，過了個把月，病況日見沉重，再無法逞硬朗了。

自一九四二年，中美聯軍在印度開始合作，轉變了東南亞的局勢；盟國在歐洲的合作，也促進了遠東局面的協調。一九四三年，開羅會議，爲盟國合作的象徵，他從這些消息裡透着對勝利的樂觀與興奮，經常不甚言笑的他，也有時哼起「白首放歌須縱酒，青春作伴好還鄉」的杜詩來。及聞雅爾達協定成立，他把報紙一扔，嘆道：「中國磨難還未完，今後還得在世界的衝突中討生活啊！」自此之後，病況日重一日。四月十四日，僚屬們紛集榻前問候，見他神色清明，只是顯着疲敝而已。大家爲了安慰他，因提起「七九」的話，勸他寬懷靜養，他搖搖頭道：「七九六十三，我今年不就是這個歲數嗎？六十之年，死不爲夭；祇是抗戰勝利近了，恨不及見而已。」衆人聽了爲之一聳。午後，綿頓已甚，其夜遂與世長辭了。原配葉氏早逝，無出，繼妻洪，子瑚、璉二人。他故後，身後蕭條，今不知如何了。

奇異的花

惜時

從前在北平，曾看到幾種奇異的花。三、四十年來，奔走各地，未再有發見。特畧記之如次：

一、佛手蓮。民國十七年夏，北平東城友人薛家自六河溝煤礦公司尋得盆蓮一叢，用河泥清水，養植盆中。蓮花次第開九朵，每朵徑約四寸，花粉紅，瓣重疊，中心蓮實處，如人袖管，內生指狀六、七枚色紫綠，恰像佛手，識者稱之爲「佛手蓮」。又因花瓣叠聚，也有說是「牡丹蓮」。

二、黑蜀葵。這是偶然在北平街頭，看到有担花出賣的小販，他的花担中有一株黑色的蜀葵。花如大酒杯，較普通蜀葵畧小，瓣層層密叠，花株約高二尺，花葵並不很多。這是平生所見到的唯一的黑色花。

三、雙層紅茉莉。是草本的茉莉，俗稱粉豆子，因花實中有粉粒。又名鷄爪蘭，因根部像鷄爪狀。有紫、紅、黃、白各種顏色，且一花之上，就有三、四種色，更雜有斑點。花形如小喇叭，擷取口吹起來，也可嗚嗚作聲。通常見的多數爲單層，在北平時，曾由友人見贈雙層的花種，埋種院中，長成三、四株，開花時花爲紅色雙層，就是靠花蒂處一層，再伸長花梗半寸多又是一層。惜未留得花種，多加繁植。

四、太極牡丹。民國二十四年端午，由濟南重去北平往遊崇效寺，得見此奇異牡丹。花株高丈餘，在正殿前面對殿的正門，有朵大牡丹花，直徑約一尺，花半爲深紅，半爲粉紅，因型似太極，寺僧名之曰「太極牡丹」。遊人紛紛對花攝影留念，少女們更多傍花留影。崇效寺以培植牡丹出名，所謂「姚黃魏紫」都是數百年精植的名花。更有「醉楊妃」、「月下二喬」等異種。一株花有兩朵不同色的，也有幾株。綠牡丹則有「豆綠」、「石綠」幾種，看種植的地區，似並不足爲奇。有「墨葵」一株，花作濃深紫色，也較爲名貴。至於一花雙色的牡丹，僅此一見而已，二十五年又去北平，也在牡丹開時重遊崇效寺，就未見到「太極牡丹」的再現色相。

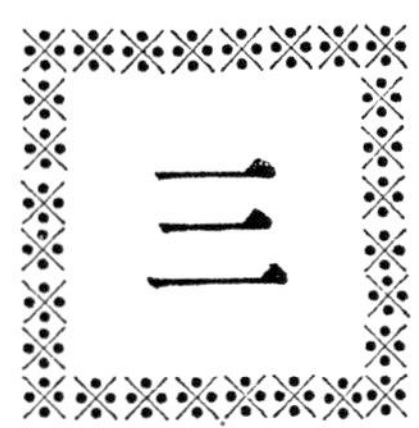

義士劉三

・陳敬之・

> 生經滄海求神駿，死爲要離脫左驂；莽莽風塵論俠客，大江南北兩劉三。

這是「南社」創始人之一陳去病（佩忍）寄同社社友劉三（季平）的七絕一首。這詩悲壯激越，洵令讀之者咸有燕南擊筑之感！詩的末句所謂「大江南北兩劉三」者，除了其中之一，當然係指其寄詩對象的劉季平而言之外；餘則據說係指劉申叔（師培）而言。因申叔行三，故亦號「劉三」。由於去病在寫作此詩之時，季平和申叔均是以俠義見稱的革命志士，故去病遂於詩中同以「大江南北」的「風塵俠客」目之。祇惜後來申叔由於「得名太早，厥性無恒，好異矜奇，悁急近利」（其叔劉富曾評語）之故。竟至爲袁世凱所收買，而成爲革命罪人；此則與季平之志節堅貞，始終不二者，殊有不可相提並論的了。

劉三，原名宗龢，字季平，嗣以字行。又因排行第三，故自稱「劉三」。又因世居上海，且寫得一手好漢隸，極古雅，故於署欵時，常自稱「江南劉三」。他生於光緒十一年乙酉（公元一八八七年）。其人夙蘊才華，早懷偉抱，任俠好義，出自性成。故於清末即留學日本，先後入成城學校及士官學校，肄習騎科，並在日本參加了國父孫中山先生所領導的革命組織。歸國後，執教於浙江陸軍學堂，並以從事革命排滿工作爲其職志。生平對革命事業的貢獻，厥有三事：一是在光緒末年與其從兄劉東海等於上海創辦「麗澤學社」，以爲宣傳革命排滿與養成革命基本人才之大本營，而以上海縣屬華涇鄉的私人住宅爲社址，無所吝惜，亦無所避忌。二是在宣統初年與陳去病、柳亞子和高天梅等人於上海組織「南社」，以詩文鼓盪革命思潮，喚起民族意識，入社者先後達千餘人之衆，一時唱酬之作，遍海內外，影響極大。三是光緒二十九年上海「蘇報」案發，章太炎和鄒容（威丹）均被逮繫獄。結果，章被判刑三年，鄒被判刑二年。詎料鄒在出獄期滿前的兩個月，不幸竟至瘐死獄中。當時鄒的友好，均因遠避嫌疑，不敢出面爲之收斂。而獨有劉季平基於其俠義精神，乃暗將鄒容的遺體運回華涇鄉故里，並爲之營葬於黃葉樓畔。此事事前既未嘗謀之於人，故事後亦迄鮮有知者。直到辛亥起義，漢族重光，政府追贈鄒烈士爲大將軍，修墓表旌，永垂千秋。始由撰寫「鄒大將軍墓誌銘」並與之曾共患難的章太炎，親從劉季平處探得鄒容的埋骨之所，其事纔爲世人所共悉。章太炎於其所撰墓誌銘裡，亦既盛讚劉三爲義士；而在民國十三年，于右任偕同章太炎、張溥泉、李印泉、田梓琴等爲了同至滬西憑弔鄒大將軍之墓，會聚於黃葉樓中，則又咸有詩詞以頌揚其事。其中如于右任詩云：

廿載而還事始伸，同來掃墓一沾巾；
威丹死後誰收葬，難得劉三作主人！

又如章太炎詩云：

落魄江湖久不歸，故人生死總相違；
只今重過威丹墓，尚伴劉三醉一圍。

又如張溥泉詩云：

威丹死後無人葬，只賴劉三記姓名；
廿載復仇成大業，敢澆清酒答前盟。

凡此所舉，其對威丹的懷念和季平的推崇，固已充分流露於其楮墨間；而此外時人爲了題詠此事而傳誦於世的詩詞，則尚有如左的一首：

劉三今義士，愧煞讀書人。風雲銜杯罷；關山拭目行。英年須閱歷；俠骨豈沉淪？亦有恩仇託，期君共一身。

詩中所謂「劉三今義士，愧煞讀書人……」等句，其於描繪劉三的俠義精神之難能可貴，則尤足以風當世而勵末俗。（按：或謂此詩作者爲龔自珍，實誤。以龔此際早已下世故也。）

由於季平性行高潔，胸懷恬淡，故能與革命相始終，而不汲汲於名利。在滿清推翻，民國建立之後，他即絕意仕進，而以教讀爲業。他先後曾在北京大學、國民大學、復旦大學、以及持志學院担任教授。以能循循善誘，不厭不倦，故甚爲莘莘學子所愛戴。嗣因南北統一告成，雖曾一度出任監察委員；但平居則仍以詩酒自娛，以書畫自遣，而能綽然有餘，怡然自得，於恬淡之中而益顯示其高潔之爲難以企及，這不正是昔人所謂「皭然涅而不淄」的具體表現嗎？又季平在其監察委員任內，雖基於其職守而迭有糾彈；但其中最爲上海縣人所稱道的，那就是他曾因鑒於僑居上海的洋人在江灣跑馬，常常擅越華界，踐踏農人稻田，而迄無顧惜。農民忍氣吞聲，既不敢向上海縣府出面控訴，而恰值這時的上海縣長也是一位懼外而怕事的懦夫，雖明知洋人越界跑馬之損害農民權益，竟亦不敢逕令逮捕，繩之以法。於是季平激於義憤，乃在監察院爲之提案呼籲，並主張撤上海縣長之職，以示懲處。此事嗣雖因故未能見諸實行；然季平爲民請命與見義勇爲的精神，固與其前此義葬鄒容一事，殆如出一轍，而堪稱後先輝映的了。

與詩僧蘇曼殊友情最篤

季平生平雖交遊滿天下；但其中要以與詩僧蘇曼殊友情最篤。我們知道，蘇曼殊係以清末的方外人士而從事於革命工作的一員。他與季平之所以並相友善，雖淵源於革命，媒介於詩文，但實由於其秉賦相同，故其投契尤甚。此中事實，多散見於革命逸史及有關曼殊的各種紀載之中，不及繁引。在「曼殊遺集」裡，類此資料，亦復不少。以曼殊的書信爲例，遺集共收書信計一百七十二通，其中寄給劉三季平的，即有五十四通之多，約佔全部書信的三分之一。我們從這些書信裡，顯然可以看出曼殊與季平之間，其交往純係以道義和志業爲基礎。例如他們倆除了共同致力於革命事業之外；其他即如秣陵行脚，西湖探幽；海上逍遙，山中嘯傲；或寄情風月，或暢論古今；或短吟遣懷，或長歌當哭；以至關山輾轉，訊息常通；貧病糾纏，告貸頻數。……要無一而不出諸至性純情，亦無一而不盡其實心實力。其中例如丁未十月曼殊自上海寄季平的第一書云：

劉三我哥足下：——匆匆握別，無一書至，殆以曼根淺薄，不屑教誨。見棄之速，情奚以堪？曼前此所爲，無一是處，都因無閱歷，故人均以此疏曼，思之成悔。第天下事無有易於罵人者。曼處境苦極，深契如兄，豈不知之？家庭事雖不足爲兄道，每念及此，傷心無極矣。嗟夫劉三，曼誠不願棲遲於此五濁惡世也。……頃已謝絕交遊，唯望兄勿棄我太甚而已。天寒風厲，伏望珍重。暇時望有以教曼也。

又如第二書云：

劉三我兄足下：——謹接二十七日賜復，知不余棄，快慰何言！至云責兄。則余豈敢？前書如怨如訴，蓋鬱怫使然，寧如兄有湖山佳致，黃酒消憂者哉？比來愁居，朗生千里晦枚連日邀飲，堅辭不得，兄聞知，得毋謂曼忘却兄言乎？幸憐我也！……近日功課忙否？暇時乞兄爲我署「翁山女語」四字（或加「屈」字），各如錢大，蓋家母將以「女語」付剞劂，流傳日本。「女語」一卷，出屈大鈞「廣東新語」，此係清朝禁書，兄見過否？前承允題梵文典，大作已就否？如兄肯爲曼作傳，若贈序體，最妙；因知我性情遭遇者，捨兄而外，更無他人矣。千萬勿却，知己之言，固不必飾詞以爲美，第摹余平生傷心事實可耳。（曼今年二十四）……前數日上海亦下微雪，連日寒凝，又無緣侍兄左右，伏維珍重，以慰勞想也。

此外，又如甲寅正月曼殊自日本寄劉季平書云：

劉三足下：——相別逾月，伏維燕居清暇，沖明在襟，甚善甚善。淚香腸疾漸就痊可，但弱不勝衣耳。擬橫塘柳綠時西歸，隨吾劉三走馬吹花，或吳波容與，豈非快事？哲夫曾經海上來？鷄雛時通尺素否？芳草天涯，行人以夢，寒梅花下，新月如烟；未識海上劉三，肯爲我善護羣花否耶？

凡此所引，要皆眞情洋溢，吉語紛披。其懇摯則若見肺腑；其溫潤則如親珠玉。曼殊與季平之交融水乳，情逾骨肉，固於此可見；而其書信的情文並茂，感念交滋，則令讀之者尤有心嚮神往，迴腸盪氣之感。

至季平與曼殊的唱酬之作，或佈之當時「南社」刊物，或見諸「曼殊詩集」，其佳什錦句，令人傳誦一時的，也不一而足。茲爲他們二人分別引錄兩首於此，藉供讀者共同欣賞：

餉君黃酒胡麻飯，貽我白門秋柳圖；
總是有情抛不了，袈裟贏得淚痕麤。
（「季平贈曼殊」）。

早歲耽禪見性眞，江山故宅獨愴神！
擔經忽作圖南計，白馬投荒第一人！
（「季平贈曼殊之印度」）。

劉三舊是多情種，浪跡烟波又一年；
近日詩情饒幾許？何妨伴我聽啼鵑。
（「曼殊西湖韜光庵夜聞鵑聲柬季平」）。

生天成佛我何能？幽夢無憑恨不勝；
多謝劉三問消息，尚留微命作詩僧。
（「曼殊寄季平白門二絕之一」）

真個秦徐恩愛、趙管風流

此外，還應該爲季平特別一述的，就是他有一位很夠標準的夫人，故伉儷之間，眞有秦徐恩愛、趙管風流，兼而有之。他的這位夫人姓陸名靈素，字繁霜，青浦人。她有兩個哥哥，一個名叫守經（達權），爲人風流倜儻。他自與上海名妓金小寶結婚之後，即挈之同往日本留學，嗣又赴美深造。歸國後，服務於政法各界，著有聲譽。另一個名叫陸士諤。提起此人，則更是多才多藝，不同凡響。因爲他不僅是上海的一位大名鼎鼎的中醫師；而且在民國初年的上海文壇，他與程小青、向愷然（平江不肖生）等還是同以擅寫武俠小說而爲當時的所謂「禮拜六派」光大門楣的名作家之一。由是而知劉季平之得與他的這位夫人陸靈素兩相結合，如套用兩句老調，眞要算是所謂「系出名門，歸於望族」的了。

原來陸靈素自幼即深嫻詩禮，雅擅詞章，故早有才女之目。自與劉季平結褵之後，由於季平於文學藝事，具有偏嗜，故於伉儷間由此而互相薰陶和切磋，當然他們的興趣也就因之而日增，而其成就遂更日益精進。後來曼殊上人之所以成爲季平夫婦的座上客，其故也緣於此。靈素夫人曾作有「曼殊上人軼事」一文，其中一則謂：

上人偕粵東馬小進議士過華涇，在民元五月初。一夕飯罷，索胭脂作畫，時兒女業已盡睡，外子覓得一片如薄餅者，買畫碟中。上人且畫且談笑，頃刻成黃葉樓圖一，爲余畫扇面一。又醮墨汁作橫幅一，筆端胭脂未淨，枯柳殘鴉，皆作紫醬色，今日尚儲篋中，誠奇觀也。

再則謂：

丙辰（民五）之冬，外子掌教北京大學，責余饑病梅千株度歲，寓嵩山路吉益里高君曼家，暇則圍爐清話，少慰辛勞。時曼殊上人在滬，亦時時過談，至則設糖果栗子等物，意猶未飫，要余製八寶飯，余知上人最喜啖此，民元過華涇余家，曾一夕盡兩器，然在客中殊不良，而上人已大樂。食畢復邀意錢之戲，余辭不解，不能成局，上人頗怏怏也。

基於上所引述，不僅可見靈素夫人於抒情遣意，敍事描物，寫來眞是歷歷如繪，栩栩欲生，她對於文學和藝事的造詣，固可於此覘其深淺；而她與劉季平在夫婦間的敬愛唱隨之樂，在家庭間的賓主酬酢之歡，則由此更可以知其直是久而彌篤，窮且益堅了。

不僅如此，而且根據劉季平的老友包天笑（餘翁）在「劉三今義士」一文中，對於他一度曾和季平夫婦同住在南京的一個名叫「西城旅館」之時的憶述：

劉三無子嗣，靈素夫人必欲爲之置妾侍，劉三殊不欲，夫人堅持之，乃聘得一小家碧玉，年可十八九，夫人愛撫之，有如己女。其居住在西城旅館時，三人同住一房。以其有內眷之故，我們從不入劉三之房。楊千里探視之，見靈素夫人焚香在抄金剛經；劉三在看書；如夫人則作女紅，三人皆默然不作聲。千里出而爲之咋舌搖首，作種種怪狀。語我曰：「男女之間，有第三者在，非法也。劉三是監察委員，夫人亦爲監察委員，烏可乎？

這雖爲一段富有風趣的描繪，然我們由此不僅可見靈素夫人對於季平之體貼顧拂，無微不至；而其於我國先哲所謂「不孝有三，無後爲大」之義，則更要算是一個所謂「拳拳服膺而勿失之」者了。

我國文人自來能詩者必能酒，而劉季平也無例外。據說，他的酒量之豪，直堪與劉伶媲美。而靈素夫人則於文學藝事之中，而於崑曲則尤所獨擅。想見他們在良辰美景之時與花好月圓之夕，或飲酒賦詩，或調箏度曲，伉儷間的賞心樂事，殆有難以言語形容者。故季平贈靈素的詩詞，曾有如左的兩首：

皖水湘江無限程，累濃踪跡亦縱橫；如何未盡飛騰意？要作黃龍萬里行。

婦語荒唐不可聽，河山應鑑老劉伶；酒人枉自傳家法，甘隸妝臺訴醉醒。

我們從這兩首詩裡，更可以看出季平之所以不做官、不斂財、不藐忽孤寒、不倚附權貴；而唯縱情山水，恣意縹緗，以娛身心，以遣歲月。像他的這種恬淡的心境與高潔的風範之所由形成，固係由於季平先天的稟賦與後天的修持而有以使然；但由於其夫人陸靈素的品質之美與內助之賢，無論在直接和間接方面均足以給予季平以甚大鼓勵和影響，則更是使人可以不言而喻的了。（按：季平卒於抗戰期間的民國二十七年，亦即公元一九三八年，享年蓋未週花甲也。至於他的夫人陸靈素，據悉：則亦於大陸變色後不久，即已病逝了。）

（完）

甄壽珊功高被害

張鶴情

陝西省在中國全圖畫面上，位居中央；而在中世紀及近代政治上，則列爲西北。因西北交通不便，世人觀念上更覺荒遠，致在我國鼎革後垂二十餘年中，中央政府對陝西，始終居於「遙控」而非直接融溶。民初由黨國元老于右任先生，及陝籍佐命中樞之革命前輩多人，運輸革命思想於西北，並號召携帶陝籍青年志士，負笈中央，薰沐效命，黃埔一期以至六期，陝籍青年既多，對革命立大功成大名彪炳史冊者，更復不少！故在此時期，可以說：陝西多有革命之「人」，並非完全進入革命懷抱之「地」。「地」既受委曲，「人」必多埋沒，此勢所必然！

迨後革命軍北伐成功，全國統一，而以革命旗幟號召進行統一西北者，則仍爲別具野心之馮玉祥，並非眞正革命中央，其中央權力之進入陝西，控制西北，乃在西北軍馮玉祥崩潰後；而馮玉祥之失敗，領西北民軍，擊潰馮玉祥北方巢穴，摧毀馮玉祥基本實力之陝軍將領甄壽珊先生，功不可泯；惟爾時甄壽珊之處境，遙遠效忠中央，近則遭楊虎城之忌，擅自槍殺，以致耿耿忠魂，與不平凡之事跡，在空間雖爲燎原之勢，但時間上僅如電光石火一現，物換星移後，逐漸遺忘於人間，地方文獻，有發掘先哲軼事之責，惟迄今追記，則因資料全無，記憶不多，祇能就「寧可闕疑絕不附會」之原則，將甄壽珊率領西北民兵，擊潰馮玉祥第二集團軍之大概，畧述點滴，藉資憶念！

欲述甄壽珊登高一呼全陝響應之號召力，必須由其任師長時敍起，始可悉其脈絡來由：據知甄壽珊，名士仁，壽珊乃其別號，陝西省麟遊縣人，大約出生於民前二十年左右，傳聞曾在清末考試，取得該縣廩膳生員，確否無查證，惟甄之國學深具基礎，書法超逸，文筆流暢，則爲衆所週知之事。儀表軒昂，面色赤紅，上唇留有短鬚，對人誠摯熱情，識者均爲傾慕，與當時關中革命耆宿，多有深交，鼎革時陝西將領井勿幕、岳西峰等均相往來。民國十三四年間，甄壽珊率師駐陝西潼縣之雨金屯，於各縣遍貼廣告，招收學生，入其教導營受訓，關中青年，應召不少，當時西北尙極少知三民主義之革命理論者，該教導營即以黨義爲主要學科，爾時副師長爲陝西藍田縣人牟文卿先生，允文允武，熱愛青年；參謀長尙天初（名尙道源），秘書長爲三原籍之馬仲清，均係革命黨人，因之其幹部中，頗多革命青年，例如在抗戰及中原會戰諸役中，以忠勇善戰聞名之國軍八十八師師長李萬斌將軍，由黃埔四期畢業後，即在甄部任隊職官，曾參加吳山之役。另有由甄壽珊培植，後在甄部任第四團團長之胥俊卿，解甲後出任縣長，政績卓著，可知甄壽珊所領導之部隊，並非爲民初一般出身行伍或草莽之陝軍。

革命軍北伐後，甄壽珊受編爲國民革命軍第二集團軍第十二路第三師。部隊在陝，當然隸屬馮玉祥指揮，民十七年，陝西著匪王友邦，盤據隴縣所屬境內吳山，聚衆數千，騷擾陝甘川邊境，打家刼舍，截擊正規軍械彈，以壯大自已，馮玉祥令所部之戴師、冶旅、孫旅、馬團（皆馮基本部隊）及甄師，合力圍剿，甄壽珊奉命率全師由臨潼移駐隴縣，旋其他部隊改調，隴縣只留甄壽珊全師，獨力經一旬之時間，將吳山積匪剿平。

吳山剿匪未結束時，陝西反馮部隊何經緯、赤亞武等，率師圍攻西安，馮玉祥急將甄部由隴縣東調，令其攻打何部，以解西安之圍，因當時駐鳳翔黨毓琨師，態度不明，甄壽珊奉令率全師，繞道麟遊之望雲山，扶風之法門寺一路，開抵興平後，不願助馮攻何，遂逗留興平按兵不動，未幾，馮部他隊將何經緯擊敗，西安圍解，是役馮對甄自不諒解，但甄壽珊已識破馮玉祥之假革命，對軍職毫無留戀，毅然將部隊交馮編遣，自己請求返里為民，但馮玉祥碍於人情，乃派甄壽珊為陝西省印花稅處處長，甄除帶馬仲清一人到職外，其餘舊部，星散陝西各地另就他業，但對甄之向心，則依然堅強。乃嗣後西北民軍爆發之張本。

民國十八年十月十日，馮玉祥正式宣佈叛離中央，同月十四日，國民政府下令討伐西北軍，其時適值西北大旱災，兩年麥籽未能下種，一季秋禾未收，許多鄉村無炊烟，飢民死亡枕藉，馮軍在西北執政，仍舊橫征暴歛，民心浮動，各縣青壯年揭竿而起，嘯聚搶劫，與地方政府對抗，起先舉事者，尚為流散軍人，綠林豪俠，隨後即有知識份子響應，作有計劃之聯合行動，推有聲望者出而領導，例如岐山郿縣一帶地方反馮武裝，原為山林股寇之聲氣聚合；遇軍奪槍，逢倉搶糧，後為增強其號召力，乃擁護原在甄師任團長之楊萬青為首，始揭出討馮目標，迨後即有岐山縣現職小學校長之何士元，率教職員及其親友，棄筆持槍，參加行列，且均勇猛異常，與楊裡應外合，將岐山馮部駐軍繳械，楊萬青更聘郿縣人孫蘊生為其參謀長，孫蘊生此役前曾作縣長數任，此役以後亦會任甘肅隴東行政督察專員，當時岐郿各地人士，有詠楊萬青部之歌謠曰：「警衛團，何士元；衛隊營，李彥明」即係指文人轉為綠林豪俠，及其聲勢之壯。楊既出面，自然密受甄壽珊暗中掌握，同時有原任甄部第一團團長之畢梅軒，在興武一帶舉事；曾在甄部任旅長之權定伯（名權鼎），在扶風起事，自此關中渭河沿岸舊所稱「八百里秦川」之各鄉鎮，已普遍烽火，馮之後方大軍，據守隴縣鳳翔等城，鳳翔原為府治，城池堅固，給養充裕，係馮軍實力強大之趙登禹全師駐守。當時有張應坤（張老九）起事於鳳翔以北，劉得才（劉勝三）起事於鳳翔以南，而夾乎鳳翔隴縣之間的汧陽縣，則為縣公安局負責城防，公安局長趙書時，係駐鳳翔師長趙登禹之堂弟，粗獷憨直，孔武有力，先在趙部任連長，後將全連武力改編為縣公安局，亦馮部化正規軍為地方部隊之政策，局內員警，仍多為汧陽人。汧陽北鄉閭家村有張子英者（名雄藩），係國術教師，拳脚刀棍，功夫極佳，教授拳術，門徒衆多，本人亦曾辦過地方民團，潛勢力頗廣，其長子張思恭，在張維璽部學兵營受訓後，此時則隨趙書時局長，携短槍任巡長。在十九年春節初過，張子英嗾使其子張思恭，秘約警局知已作為內應，在一個午夜人靜後，張子英率衆闖進公安局。張思恭持短槍逼衆繳械，趙局長家住公安局對門，被騷嚷聲驚醒，徒手離家來局，瞥見情勢不對，即手抓門門大吼一聲，向裡衝進，張子英手提寬面單刀，一個箭步竄至趙局長身後，手起刀落，將趙書時由右肩至左脅下，連頭帶背劈成兩半，局長既已殉職，大衆拱手繳械，未費一彈，收繳長短槍百數十枝，黎明前鳴槍數響，呼嘯離城，屯縣北二十餘里之山峽。時汧陽縣長張道芷（號濟湘河南人），精敏賢能，地方愛戴，夢中驚醒探悉後，即召開緊急會議，縣紳一見警局內外，身首異處之屍體橫陳，血流遍地，均瞠目結舌，不知所措。張縣長認為此項暴動，係有政治性而非純為匪徒，縣府既無抗拒能力，報省亦僅為公文形式，遠水難解近火，不若按「愈接近敵人愈安全」的道理，邀張子英進駐縣城，尚可阻他股豪強竄擾，此時張子英已受鳳翔張應坤之編，為張部第一團團長，乃應縣長及地方士紳之歡迎，率部進駐縣城，凡有馮部大軍過境，則離城暫避，小部則於途中襲擊。此時關中各縣，大都如此，民兵既無整齊服裝，以致馮軍對暴民良民，無法辨識，風聲鶴唳，遍地烽烟。衛兵站崗，常被人腦後擊昏，將槍奪去。馮軍精神潰敗，機槍大炮，徒成累贅。

戰火既經燎原，羣龍急需有首，甄壽珊在地下之策動領導，馮屬省府當局，不可能毫無所知，對甄行動自然已在秘密監視之中，春節初度，甄壽珊將處務交由老友文牘主任高吉甫先生負責交代，自己佯作晨間散步狀，偕馬仲清，步出西安西城門，行里許，即有預伏之騾車接去，潛行至鳳翔鄉間，其時適隴縣馮部正規開走，城防由隴縣晁峪鎮民團長王有喜派周耀亭、鄭登龍兩個中隊防守，王有喜民團械彈曾受過馮軍補充，實力尚可。張應坤由鳳翔探悉斯情後，即率其第二團團長郜舉英部，圍攻隴縣縣城，城內民團奮力抵抗，自先一日黃昏攻至次日清晨，城尚未下。此時甄壽珊由鳳翔騎馬趕到城外，赤面黑鬚，身穿藍棉布中山裝，親自叫門，城頭上望而識之。因甄離開隴縣僅年餘，縣長及地方士紳信仰尚在，即談妥條件，保護民團安全出城，歡迎甄壽珊率張部進駐，縣長在其縣政府內，撥出幾個房間，歸甄住內辦公。——王有喜民團，隨後被寶鷄民團長秦伯瀛及隴縣南區民團長趙子傑、強勵之等消滅分併，周耀亭投趙團，鄭登龍投秦團後又思變，被秦槍斃。——此均屬以後地方團隊之爭，全與此役無涉。

甄壽珊到隴縣後，雖由張應坤部撥調幹部及衛士，但文書均親自處理，縣紳晉見談事，甄輒答以「過一禮拜到鳳翔編組後，再行計議……」，人們退後私議，鳳翔集結馮部正規軍幾個師，大炮如林，去鳳翔談何容易？但說來奇異，眞的未及旬日，許多裝備精良之正規軍，即被這些民兵，東邊一擊，西邊一襲，除部份核心部隊東移外，鳳翔被劉得才、楊萬青、畢梅軒等部合力攻陷，歡迎甄壽珊離隴縣進駐鳳翔，成立西北討逆軍總指揮部，擁戴甄壽珊為總指揮，鳳翔城防，歸劉得才戍守，並派劉得才之參謀長鄭子良（鳳翔鄭舉人香齋之子，工詩善書）兼署鳳翔縣長，總指揮部成立各處室，馬仲清仍為秘書長，甄壽珊特加強其政治宣傳處，將楊萬青部之孫蘊生（名廣玉），借調至政宣處工作，甄之女婿彭爾玉，亦在政宣處服務，猶憶當時所編軍歌，中間有一段為「……馮逆玉祥，兇暴專橫，破壞統一，爭奪地盤殘害民命」。至此，民兵糾合之主旨，始揭示於世人。據聞當時確曾與我中央取得聯繫，但詳情非局外人所悉，部隊編組，亦畧具規模，就記憶所及，大概第一師為畢梅軒，（在興平武功一帶）第二師為楊萬青，（活動於岐山郿縣一帶）第三師張應坤，（隴縣汧陽一帶）第四師劉得才，（鳳翔寶鷄等地）第六師權定伯，（扶風盩厔鄠縣等地）其餘許多番號及接近渭北各地部隊，則不甚悉。各部在一個號召之下，個別揭竿而起，當然實力懸殊，良莠不一。但甄壽珊之命令貫徹，指揮如意，亦成奇跡，例如張應坤部郜舉英團長，烟癖過重，紀律太差，甄一紙令下，即將郜團長捕而槍斃。由十九年春末以至冬初，用避實擊虛的游擊戰術，將馮軍在西北偌大實力，打擊的棄甲曳兵而逃，以致馮玉祥本部，在河南與我國軍會戰失敗後，西北無巢可歸。至十九年十月，馮玉祥率殘部渡河至晉，甄壽珊乃將所部重心，進駐三原縣城。此時國民政府，所派陝西綏靖主任楊虎城，亦已率部到達西安，討馮之役，至此勝利結束。

討馮軍事既已告一階段，駐節西安之綏靖主任，自有代表中央，整編部隊，安戢地方之權責。甄壽珊雖明知楊虎城即當年陝西黃龍山匪首楊九娃（楊虎城原名）所蛻變，但此時此地，既不能越組織系統，直向中央陳情，且爾時陝西尚無鐵路交通，亦乏空中電信系統，不受綏靖主任節制，即為非法。甄壽珊自忖討馮出發點純正，且有功統一，乃隻身由三原赴西安，晉見楊虎城，研商所部整編及出處事宜。據聞抵省垣後，先由楊虎城及其高級幕僚南漢宸與楊虎城等親自接待，在西安住近一週，面談已有數次，最後楊約甄於某日晨九時，在西安新城綏靖公署開會，晨間甄壽珊在其寓所起床洗面時，牆上所掛甄之放大相片，突而墮地，玻璃粉碎，甄頗不懌，但亦不能迷信，屆時即前往綏靖公署，至則楊虎城等均不見，接待者為楊之軍法處人員，以獰笑詢問，「甄先生有無後事遺言？」甄大呼「我想不到死在楊虎城手裡」。即時被擁至新城後園，慘遭槍殺。對在外縣所駐各部隊，似亦未用武力，本係烏合之衆，失去首腦，自難逃烟消雲散命運。

甄壽珊死後週餘，綏靖公署始有佈告，大意似謂「……甄壽珊佔據數十縣，濫編十一師，野心頗大，雖有討馮之功，但不能不「忍痛斷臂」，予以剪除……」等語。爾時陝人縱有認為不當，但楊虎城係假中央以令地方，誰復肯為死者申訴。

在北大時期的張競生

樂素後人

五四前後的北大，由於蔡孑民校長的學術自由與並蓄兼收立場，網羅了許多怪人。如知堂老人回想錄中的十一節「北大感舊錄」，就有不少露骨而又風趣的描寫，有幾分像現代的世說新語。那些教授們盡管有古怪或可笑的癖性，多數倒不失爲學有專長，對於造成北大在中國學術史上的地位有所貢獻。周氏自己定下一個原則，即「下一輩的人以及現在還健在的老輩悉不闌入」，因此也就遺漏另一些有趣的北大人。其中之一是張競生。張自一九二六年和許多北大教授們因北京環境惡劣（「三一八」慘案後許多教授被段執政政權通緝），離平南下，先居上海，後回廣東，便一直和北大脫離關係。周張即於同隸北大時，授課既不同系，彼此生活情趣也大不相同，除徵求歌謠一事可能一度合作外，未必有何交往。因此當知堂撰寫回想錄時，他不見得知道張競生的確實下落，但彼時張確仍在生存。知堂於一九六六年底以八一高齡逝於北平，張則晚死三年，到一九七〇年六月死於廣東饒平故鄉。他大概比周小三、四歲。如果他比知堂先死，相信回想錄中的「北大感舊錄」不會遺落這位「性學博士」。一般人只知他出版「性史」（只有第一集出自他所編纂，其他都是僞託），在上海開美的書店，實則即在他任教北大時也做這些引起物議的事。如上文所說北大徵集歌謠時發出一張表格，經他參酌意見，他堅持加上一句北方猥褻俗語的舉例，即頗爲其他教授們所腹誹。

張競生何時到北大任教，已難稽考，但可斷言是在五四運動之後，他於民元（一九一二）十一月以官費赴法留學，不久即逢歐洲大戰爆發，民九由法返國，在他的故鄉担任潮州中學校長，不久即被迫去職。他事後自稱是由於整頓校務引起風潮，同時也提及他提倡避孕節育的事。筆者一位友人郭壽華（曾任駐義大使館武官）當時是該校學生，據他說張競生曾經繪影繪聲的描寫避孕技巧，以致學生大起反感，羣起而攻。以後纔到北大哲學系担任教授。在北平時他都作公開演說，發表文章。以是在五四以後一段時期中，他在北京八校教授羣中，算是相當活躍而且知名的。

約在民國十二年（一九二三）頃，他出版了所著「美的人生觀」，主旨是要把人生衣食住行都加以美化。其中最驚世駭俗的，是他公開主張「情人制」，亦即另一方式的自由戀愛，兩性間不應有婚姻的約束，相互間保持情人關係，不消說那並非柏拉圖之愛，而是同居的情人。彼此合則留，不合則散。在五四以後那時期的北京文化界，眞有百花齊放之盛。過去被壓抑在禮教，習俗之下的青年獲得最大解放，西方種種，從安其那主義與世界語，到哥崙泰的戀愛觀，山額夫人的節育主張，一齊被介紹過來，主要以晨報附錄和後來的京報附刊爲媒介，各自發揮一己的見地與主張。關於兩性問題，當時只發展到婦女解放（男女平等）與婚姻自由，係歐洲方面第一次世界大戰後發生的性的泛濫，尚非當時一般青年所能接受。但張競生所提倡的「情人制」，似乎並未引起很大反響。及至由「情人制」而發展到「愛情定則」問題則發生軒然大波，成爲那期間一次有相當規模的論戰。

張競生在他晚年所著「浮生漫談」中（一九五六年在香港出版），曾有約畧敘述，只說是因一位同事（一位教授——原註）的戀愛問題而起。那教授就是譚熙鴻（仲逵），當時在北大教生物學。他也是廣東人（但另一資料却說他是蘇州人，待考），民元和張競生同以官費生出國留學，並爲那批廿五位青年中僅有的兩位留法者，（同批出國者還有楊詮、任鴻雋、與宋子文，據說都是在辛亥革命中有過貢獻的青年。）張之前赴北大任教不知是否譚所援引，兩人間顯然有深厚友誼，譚妻病死，即和他的姨妹相戀，進而同居。那位小姨本有未婚夫在廣東，聞訊趕赴北京，大興問罪之師，並在報章著文，痛斥譚氏無行，該女負義。當時視戀愛爲神聖，一般輿論既不齒該女的變心，更深惡譚仲逵利用大學教授地位奪人之愛。張氏在「浮生漫談」中說那位未婚夫幾乎要把這位教授置於死地，其實主要是譚及該女受到與論的猛烈攻擊。於是張競生出而爲譚及其小姨辨護，在晨報附錄上發表所謂「愛情定則」一文，提出四項原則：

一、愛情是有條件的；

二、是比較的；

三、是可變遷的；

四、夫妻爲朋友的一種。

其中第四項就是他在「美的人生觀」中所提倡「情人制」的另一種說法，前三項則爲譚仲逵和他的小姨辯護。惟其愛情可以變遷，所以那位小姨移情別戀並無不合；愛情基於比較，則那位青年未婚夫自然遠不如北大教授的身份地位；愛情既是有條件的，就可以隨條件爲轉移。其實那都是現實而庸俗的說法，在今日看來並沒有什麽大不了，却不是五四以後北京文化知識界所能接受。於是過去之攻擊譚仲逵者乃轉而集矢張競生，掀起一場相當熱鬧的論戰。只是事實上木已成舟，那位小姨既與姐夫結合，自然不可能再回到未婚夫身邊。年餘以後，那位未婚夫也就離京返粤，他和上述那位郭君是朋友，他經過上海時，郭君曾予欵宴，筆者也應邀在座，看來是一位樸實而相當精幹的青年。姓名則早已忘却。如仍健在，也該是望七之年了。

但他這種愛情定則的理論，在他自己的現實生活中却遭到重大失敗，那就是他那位「娜拉」的兩度出走，終於各奔前程。據他日後的敘述，是「在這個文戰搶攘中，有一日，晨報登出一位女士，自述她逃開不爭氣的小官僚丈夫，獨自走到北方爲小學教師。在我眼前出現了一個娜拉。我悲哀她的身世凄凉，遂與她通一封信，不意由此我們變成了情侶。」彼時正是胡適之等人大力宣揚易卜生作品，潘家詢譯的易卜生集甫經出版，其中「傀儡之家」那位女主角娜拉的印象深入人心，一些爲了家庭專制或婚姻不如意的女知識青年，都把娜拉當做楷模，希望有一天也能脫出樊籠出走。張競生的娜拉是褚松雪，好像是浙江紹興人，當時已是中年，人也貌僅中姿。不過多少總有一點江南女子的靈秀氣。她個性有些怪癖，據說曾經身帶一把寶劍出門去拜客。張競生身居花都快將十年，有過許多羅曼斯，可說是曾經滄海。不知怎樣竟愛上這位褚女士。

天津大專同學組成一個學術講演會，經常從北京邀請一些著名學者作學術講演。如梁漱溟、高一涵、王星拱、李宗常、馬叙倫，以至一度做過中共中委的李漢俊，都曾應邀前往講演。天津在五四愛國運動中雖做得有聲有色，彼時又恢復到保守的原狀，無殊文化沙漠。因此這種學術講演極富號召力，講演多在河北黃緯路工業學院禮堂舉行，每次聽衆都坐得滿坑滿谷。有一次邀請張競生，他提出的講題是「

冒險的美趣與快樂」。但他提出一項條件，即同時也要邀請褚女士作一次講演。該會所聘請主講的都是北京各院校的着名學者，褚松雪却是一位不見經傳的人，但由於張競生堅持，只好邀請他倆一同蒞津發表講演。屆時先由她講，題目是「離婚問題」。內容無非說如果是一雙怨耦，若被婚姻的紐帶強行縛在一起是很大痛苦，離婚終是合理的出路。其中最精彩一段，雖至今歷時已達五十年，大致還可以默寫得出。她說：

「離婚的最大困難是在女人方面。男子另覓佳侶並不困難，一個離了婚的婦人却不易再找到好的歸宿。因此許多女人不肯輕易離婚，男人方面也無計可施。但我有一位朋友却巧妙的克服了這個難關。你們猜他用什麼辦法？」她頓了一下再繼續說：

「他替太太找到一位和她很相配的男人，介紹他們認識，並替他們撮合。及至他們戀愛成熟，原來夫妻的離婚問題也解決了。」

這段妙論引起全座愕然。以當時天津一般人的保守習性，對於這種超時代的辦法簡直無法接受。到她講完，全場寂然，無人作禮貌上的鼓掌。到是坐在主席台上的張競生首先用力鼓掌，台上下的人也只好附和一下，有一些稀落的掌聲。一部分人不等她講完即已退席。但隨後張競生的講演到很精彩，從哲學和社會學觀點把冒險事業闡揚得淋漓盡致。但會場氣氛已被褚松雪所破壞。

那時期是民國十三年春天，張褚之關係顯然已不尋常，不久就傳出他倆同居的消息。但不久她即以出走聞（張競生自己說是在同居二三月後）。張主編的「性史」第一集即出版於此時，在北京又引起一陣轟動。好在在五四以後一段時期中，丘九當勢，有神聖不可侵犯的威望，教授們也擁有崇高的社會地位，等閒不致受到干預，唯一缺憾就是時常欠薪，教授的生活也和當時的災官相似。褚女士是否因此出走，無從知悉。只是張競生在巴黎學得不少對待女人的經驗，在「美的人生觀」中也大談性藝，以致引起一些浪漫女性對他欣羨，不知何以「連這樣的女子也不能得到她的青睞？」（「浮生漫談」中語）

後來褚松雪去而復返，據說是由於業已懷孕。當年十月下旬產生一子。乃不到兩年，正是張競生在上海開美的書店時，褚女士再度出走，這次却是一去不復返了。據張競生事後說：「在這時期，我們生活得極和暢。但她爲一位先前的愛友所掀動，就想去依靠他了。」那男人是屈××。過去當譚仲逵的小姨拋棄未婚夫與譚相戀備受責難，張競生起而「仗義執言」，發表「愛情定則」，以致一時輿論由不滿譚氏及其小姨轉而集矢張氏。張也不惜筆墨，爲那位小姨和他的「愛情定則」辯護，說愛情是有條件的，是可以變遷的，則以譚及該女都沒有錯。現在問題輪到他自己，他竟失却理智，不再恪守他所提出的定則，在報章撰文對屈褚破口大罵，所用辭句卑劣不堪，只記得有「那一對狗男女！……」一類句子，他自承失敗，但仍強詞奪理以解嘲，說愛情的條件「有些是進化的，如以才、貌、德、健康之類；也有些是退化的，如以財、地位，勢力爲依據」。他自然認爲褚松雪是「退化的」而譚仲逵小姨則是「進化的」，不過，像他所說的進化與退化的分際，其實很難判別。褚女士也許是爲了「財、地位、勢力」而移情別戀，至於譚的小姨，難道就絕無此種動機嗎？

到「美的書店」關門，人們大都忘記張競生在哲學方面有相當造詣，而只把他的名字與「性史」「第三種水」聯在一起。他再沒有機會到大學教書，只好回到潮州故鄉，去建設鄉村。却又遇到廣東省政府的通緝，流亡到香港。抗戰期間他在故鄉還做了一些有益的事。繼而就投靠紅朝，自認「先前所學的是唯心派，是法國十八世紀的唯物機械論，究於哲理的主義相差有千萬里遠」。表示要積極學習唯物辯證法，並在穗垣文史館領一筆薪水。平心而論，他出版的「性史」與開辦美的書店都沒有什麼大不了，到是他在褚女士二次出走後的破口漫罵，和晚年歌頌紅朝，顯出這人十分不堪。

三北虞洽卿外傳（一）

胡憨珠

一片微言當寫在開端

虞洽卿遺像

虞洽卿先生名和德，瑞岳那是他的乳名，世居三北。這三北地方原隸轄於舊日浙江府制時代的寧波府治，故人皆知其爲寧波人。實則在三北的地理形勢而言，都偏處於鎮海、慈谿、餘姚三個縣治的北端，此即造成所謂「三北」這一地方獨立性的特殊名詞之由來。虞洽老的家鄉，就在鎮海縣治北邊的靈緒鄉，其地俗名爲「山下」，蓋以它座落於「鳳浦湖」達「蓬山」之北的「伏龍山」的龍山下故而成此地名的。若以嚴格的作封畛土畧之分，以處理居民的籍貫問題，那他該屬諸鎮海的「鎮北」人了。據鎮海縣志書中載稱：這原始的伏龍山（簡稱龍山），巍然孤立海中，終因浪淘沙磧，潮堆淤泥。年深月久，滄海桑田，逐漸與陸地毗聯啣接，以致形成今日的地理形勢。

原來整個的「三北」地區，係位於瀕臨東海之濱。據古老傳說，謂當年秦始皇爲求不死之藥，曾遣徐福率領三千名童男女到扶桑去採藥，就是在此登程渡海的，但不過這也是「姑妄言之，姑妄聽之」而已。可是龍山一抹，傍海濱陡起，巋然屹立，其山形地勢逶迤起伏，向西直趨。宛如一座小型玉屏風的展開者然，是以山嶺的形狀並不高拔秀挺，崗巒的伸張亦不綿延廣長。據堪家談稱：此間龍山實爲四明山脈蜿蜒北來所結的尾閭，終因受地理的侷限難於擴展，那是無可奈何事。只以瀕海濱的平原地區，有此龍山屏立其間，遂致龍山的「山北」地方確是形成了海山寥碧，景物美秀的好所在。惜乎龍山濯濯、未曾植樹造林，否則的話，正使人會有「競傳海上有仙山，不在虛無縹渺間」之感的。

「後山北」的虞氏家族，累代以耕讀傳世，寒素家風。及遭遞至洽老的先德成文老先生一代，以他有志四方，不願終老戶牖，於是投身乃始轉入於商業之途。初則經營「民信局」的一行業務，籍以博取蠅頭微利補助家中務農歲收不足的生活開支。繼則有鑒於海上的運輸事業，收入較豐，認爲大有可爲。也就因此便集資醵金，備置得一艘砂船，從事於海上運輸事業。我國向來南北沿海諸省所有的物產商品，凡經商賈們的貿遷有無，調劑供應，無不交由砂船爲之裝載運輸。

蓋因砂船船隻的艨艟巨大，容量既寬，載重亦多，貨物一次運費所獲不貲。是以經營其業的莫不旺發賺錢，但不過漂洋航海，沐風涉浪，究竟是件艱險而辛苦的事業。終於使虞成文老先生因經營其業，積勞致成羸弱之疾，從此安居家中，力事養息。據說他逝世之年，祇有五十餘歲，幸而此時洽老的年齡已經二十五歲，成家立業，兩皆告成，此足以慰老父瞑目而逝了。不過當他老父自因病休業之日起，家道漸復趨於中落之境，家風重墮寒素之景，是以洽老幼年未曾受得高深教育，僅僅讀過數年私塾。後來他之所以創立三北輪船公司，不能不說得自他父親購置砂船，經營海上運輸事業的啓示。說他是個克紹箕裘之子也可說他是個重振家業之兒，亦無不可。

走也不才，出生亦晚，當懂得一點點社會知識以後。當聽聞左鄰右舍的那班父老，對他們子弟的告誡與訓誨總是以虞洽老作爲示範對象。不是讚說他如何的克勤克儉，就是誇說他如何的耐勞，蓋當其時洽老早已嶄露頭角，活躍於上海灘上了。姑不論他們是寧波人或者非寧波人，但對洽老有關的一個共同故事，似乎同知共曉的講說給他們的後人們聽。大家都稱說他的星宿是個赤脚財神，並且把故事繪影繪聲地說得像煞有介事，當時聽來頗感有趣。這件赤脚財神的故事，據說洽老的學業老師於前夜做着一夢，夢見一尊財神赤了一雙脚施施然而來，及一覺醒轉，正不知夢兆的吉凶禍福而感着徬徨。誰知第二天朝晨，恰巧洽老赤脚冒雨，走到瑞康顏料字號來學生意了。他的業師見了大爲高興，認爲他竟應了夢中的赤脚財神之兆，這個學生定必帶來號中的大好運道云云，後來果如其言。

此外，還有一件傳說的故事，而故事本質和內容，那是介說洽老在少年時代如何細心於髮，隨時留意他所業的一班。據說他的業師爲要審察他所收四名學生的異日前途，其旨在測驗孰個爲最當心所經諸事，以便定誰將來主持號中業務的接班人選。於是有一天的下午，做業師的特作東道，請給他們人各一碗吃食餛飩，而每碗餛飩的隻數各殊。因爲上海舊日担上所出售餛飩，以皮薄肉細故，每碗二十隻餛飩的定數或多或少了一兩隻。於驟然看去，確屬辨數不清，除非吃餛飩的是個有心人，邊吃邊計，才能心知肚明其所吃的隻數。當賣餛飩的把滾煑已熟，調味已和的四碗餛飩，盛裝完成，先端兩碗進去。鍋蓋上邊尚留兩碗，待回頭再端。他們的業師隨手舉碗中「匙羹」舀了一隻餛飩放在另一隻碗裡。隨即進去，就吩咐他們人各一碗的吃食，等吃完了以後，他便問四人所吃餛飩的隻數，三人都瞠目不知所答，惟獨洽老一人却答說吃了二十一隻的數字，從此，他的業師越發對他重視了。

前邊這則故事的傳說是否眞確，不去理它，但老輩傳言如此，着實對於後生小子起了很大的教育作用。後據傳說這三個對業師答不出問話之人，就是薛葆成，貝潤蓀、邱渭卿等。而他們後來三人都發了大財，誰都擁有千百萬財產的身價，合上了他們的業師之子奚萼銜，恰巧成了上海顏料業大王的四大金剛。可是洽老却於中途改行換業轉入於航運事業上去，全憑眞實本領，苦滾硬幹的努力向上掙爬。及掙爬到和他同業三位師兄弟的一樣擁有千百萬財產身價時，他的生命早已就近耄耋之年的落日殘照裡了。這可見他的赤脚財神確屬辛勞備至的掙賺積財，遠不及他們四個財神却是安安樂樂地囤積顏料的賺錢便捷又多。

我很儌倖於九歲那年春初考進城裡的榛苓學堂，得與慈谿人柴萼（字小梵）成爲同班同學，因爲他是個敏而好學，敬端自重之人。是年他正是十八歲，恰恰年長於我一倍，可是他的中西文學與數學知識，豈止高長於我一倍而已呢。試想他當年當時已替中華書局約編幾何與代數兩本算學課本，則其數學的造詣可知，按：（柴小梵所著的梵天廬叢錄，亦由中華書局印行）。也許因我在同班同學中的年紀實在太小，至於功課除數學不如人外，對中英文各種課程不但都能跟隨得牢，不致有掉隊落伍之處。甚且暗中我還與柴小梵作頡之頏之的競爭。所以他對不算太笨拙的我非常喜愛。往往在落課散學之後，躉進他的寄宿所中去，他會告訴我聽他們寧波人一班成名發跡的許多故事。當然包括老虞洽卿與吳錦堂（字作謨）他們的兩位前輩三北小同鄉在內，而所講說兩人的故事，以有關洽老的多於吳作謨。因為吳氏是個留日神戶的華僑，諒以蓬山萬里，遠隔重洋，他所知曉的自然稀少了。

原來柴小梵也是三北人，他家的故鄉是在慈北的「鳴鶴場」。慈北與鎮北的邊區接壤，其情形如莊子所謂「汎汎乎若四方之無窮，無所畛域」。尤以鳴鶴場地方與洽老家所在的「山下」距離更近，無須企予，已可望及，這就是他所講洽老故事較多的因素。在這年的冬季我與柴小梵同淘畢業，是為遜清光緒三十年（一九○四年）間的事。來歲正月，我們兩人同考派克路的菁莪中學，同被錄取，又做了同班同學。是年的十二月間，英租界裡發生大鬧會審公堂的案事，從而有南京路等各重要的商業馬路繼起罷市。作為支持政府當局對外交涉的有力後盾，疑因印度巡捕開槍的死傷等人，凡數十人之多，因之風潮鬧得非常巨大。終於由政府當局與領事團直接交涉以外，另一方面由民間組織的有力社團，派遣代表奔走調解復業。

當復業的第一天，我與柴小梵同在南京路上瞧看熱鬧。恰值會審公廨讞員偕同代表們勸導南京路上各商業店舖開門復業。小梵偷偷指點給我看，並喁喁小聲對我說：「吾弟識之，這位與「關老爺」連翩偕行的長面廣額，深目隆準的頎頎碩人，就是阿拉三北鄉前輩虞洽卿先生」。於是，我便心識洽老其人，但這心識只是我個人的心識而已，但在當時的柴小梵情形實同我一樣。料不想於十年以後，我竟以新聞記者這行職業，糊口活命。為了跑新聞的工作關係，洽老便成為時相過從，常相親炙的主要人物。尤其自我進入商報館後，覺得館中經（理）編（輯）兩部同事，以籍隸寧波的約佔三分之二。從而我的寧波朋友愈多，所聽得有關洽老的遠情近況之故事，因此自然也越來越多了。

後來洽老的男女公子，可說自虞澹涵大阿姐以次，我差不多都交成朋友。非僅此也，就是洽老的長女孫公子雲岫小姐的夫婿陳憲謨我們當年是搞「愛美劇」的話劇朋友。尤其是陳憲謨與我還在時事新報館同事有年，說句笑話，我與洽老的一家人，那是有相交三代的成績和感情。所以曩昔之日與虞家大阿姐閒話前塵舊事，不知如何我想要說的話，不加思考竟貿然脫口而出。我說：「大阿姐，自我南來海隅，在此二十餘年的時日過程裡，閱讀過不少此間出版的報章雜誌間，所刊載有關於洽老的記述文章。可惜的是一鱗片羽，均非全璧，大阿姐，是你向來對你家老太爺的事情，非常關注留意，所知又多。最好物色一位善於屬文之士，專替洽老撰寫一部立體式的傳記文字，成為整體翔實而貫連一氣的眞實記述。因為他老人家的一生作為，上自國家，下逮社會，在當年當時都發生過重大的作用和影響。若任其散佚不傳，湮沒無聞，非但是件極可惜的遺憾事，而且也是椿後人們的歉疚事。」

大阿姐笑嘻嘻地對我說：「這件工作任務那該要相煩你來承担了。你和我們的老太爺相識的年日，有這麼的久，所知道的事情，有那麼的繁多。當他在上海社會上幹做有關公衆的利益事情，幹做得最起勁的時候，也正是你記者工作最努力的時候。所以我們的老太爺所做諸事的事實情形，是你見聞所及，既廣且溥，亦繁亦多。煩由你承担執筆，實屬是我最理想的人選。」此時我正一杯在手，品飲香茗，聽了大阿姐之話，一口欲嚥未下的茶水，幾乎要噴吐出來。所以便即接口說：「大阿姐，你是知道我腹中所貯有的這一些墨水，能夠配替洽老撰寫家傳文字麽？你說我是你理想中的人選之話，那正如寧波人打話「造屋僱着箍桶匠」的那一句俗諺。若經由我寫成眞正是佛頭着糞，罪過叭啦」。

鎭海李孤帆先生時亦在座，他對大阿姐所提出叫我執筆的主張，表示大爲贊同，並且對我還致以鼓勵和策勉的言詞。我與孤帆兒交識成友，遠在我執役於商報館時代，今日說來，已有五十多年的友誼歷史。素向知道他於「北大」飽學南歸以後所經營管理的各種事業頗多與洽老有串連合作關係，例如創辦上海證劵物品交易所等等。若論對洽老的公私事情，瞭解最深知曉最多的，相信當推孤帆兒爲第一人。所以我即向他與大阿姐提出大力支持的反請求，我的說詞是「要請兩位給我隨時指正的幫助，才敢接受這件工作。但是苦於我讀書不多，學識膚淺，實因被此囿限，猶懼不濟命而已」。孤帆兒與大阿姐相偕頻頻點頭，示意慨然勗助。於是我就摭拾有關洽老之事的舊日見聞，詳作立體記述，以期歸納裒集綴成「三北虞洽卿先生外傳」的蕪文。自念文字固屬拙劣，事跡則力求眞實，草此一片微言，刊在開端，聊作我拙作這篇「外傳」的楔子。

一、赤脚財神之謎話實情

三北虞洽卿先生的一生事跡是和上海分拆不開的。如所衆知上海地方，於中英的鴉片烟土戰爭發生以後，在遜清道光二十三年（一八四三年）簽訂世傳所謂中英兩國的「南京和議條約」。而和議條約之一，即爲五口通商，闢設商埠與租界地區。此即黃歇浦畔，一角荻港漁村所在的上海地方，在英方的炮艦政策下，終於成爲五口通商之一的第一個商埠。虞洽卿則於光緒七年（一八八一年），由其故鄉鎭北龍山到上海來習業，却要落後於上海開闢商埠之日，已有三十八個年歲的時日距離了。夷考虞氏本人出身的身世畧歷、家庭狀況，爰爲介紹如下：他於遜清同治六年（一九六七年）歲次丁卯的六月十九日亦即是農曆的五月十八日，誕生於鎭北的龍山之麓俗稱「山下」的本宅中。此間鎭北的虞姓家族，累代多以孝慈延世澤，耕讀傳家聲。及延傳至虞洽卿的父親名諱成文的一代，方始出其餘緒，轉入兼營商業一途。初步所經營的爲民信局一行業務，繼則購置一艘砂船，改營代客沿海各省裝載貨物的海上運輸事業。終於因海舶生涯的辛勞過度，再加之以驚險屢涉，以致積久成病，休業家居數年，後來因病不治，溘然逝世。

當虞洽卿哀痛失怙之日，與其弟和行（字利卿）年紀俱已長成，故未有什麽的子母孤孀，煢煢孑立之苦。不過當他的父親起初生病之日起，生產家計非但遽爾中斷，即現有砂船業務的主持料理亦屬後繼無人。便就因此在坐吃山空的自然定律之下，家道漸趨中落，家况日現清寒。幸而他的母親方氏太夫人，素向以來，她的賢淑溫和，愷悌篤禮的懿德聲譽，競傳於鄉黨鄰里間。是以他在他賢母的督敎訓導中，自幼養成克勤克儉、守禮守規的善良行爲。但終因家境寒素，經濟窘迫關係縱有賢母也無法使她兒子得受完好敎育。可是方太夫人於茹苦含辛，勉力撑持門戶，敎養兩子之餘。還仍要千般撙節，萬樣省熬，積湊得五百文制錢一月的老師敎書錢，送她大兒子到村中私塾裡去從師受敎讀書。雖然，他僅僅讀了幾年的私塾敎課，但機燈課讀，煢煢相對，只此寒窗夜讀苦况，實要賺取賢母子倆無限的辛酸悲楚呢。

原來此間鎭北靈緒鄉的龍山地方，其地理形勢，係屬襟海帶山。是以鄰近四周的各村人民，無不半農半漁，餘則從事商賈，絕無一個閒漢。虞洽卿自少是個懷有大志的人，不欲此身老守田園，寄跡在漁農的夥伴裡，却一心一意想要到上海去學生活。他認爲世間任何種類的職業人，包括當官做府的在內，惟有幹做買賣的生意人，爲最有「發頭勢」的發財希望。及他年紀到了十五歲的那年上，是他稱心如意的願望，突然宣告到來，那是他自族中人虞鵬九介紹他到上海去學生意。這虞鵬九向來在上海經商，他的職業據說是一家洋貨字號的跑街。當年這種所謂「洋貨字號」那是專門經銷各洋行所進口的各國運銷中國所製成的商品貨物。不論吃的如罐頭食品，着的如呢絨疋頭，也不論大至於各種機器，小至於綉花細針。凡屬外國的舶來品物，祇要有洋行經理進口，洋貨字號自會承辦經銷，實爲上海開埠以後一種新興的居間商業。

這種洋貨字號，當年都集中開設在南京路的虹廟弄、五福弄這一段地區，但都不設門市部。每家經理所有商品貨物的推銷力量，全部倚靠由所任用的洋貨跑街，分向門售商店與各地莊家，作躉批的兜銷。這種洋貨跑街的，非但職位重要，權力甚大，而且待遇頗優，收入豐厚。虞鵬九所服務的那家洋貨字號，大概所經營商品貨物，那是經銷德國出品的各色顏料。所以他與開設在望平街一條里弄內的一家瑞康顏料號的號主江陰人奚潤如（按：即奚萼衛的父親）由交易關係而交成朋友，雙方交誼彌篤。因此，他遂把虞洽卿介紹到瑞康顏料號來學生意了，但不過其間還發生了桃僵李代的一個突變小插曲。說來該是命運之神對世人開次玩笑吧？原來虞鵬九介紹虞洽卿學業以外，另再介紹一個同年紀姓鄭的青少年也到上海學業。兩人職業却不同樣，時在事前說定以虞洽卿進入南市大王廟的一家小錢莊，學習錢莊業，那個姓鄭的則入瑞康顏料號學習顏料業。

當虞鵬九携同這兩個青少年，從寧波乘趁輪船來上海。不料在夜半以後，這姓鄭的突然生起病來，上吐下瀉，病勢奇兇。隨後吃了幾種隨身藥物，雖覺病勢減輕一點，但未曾恢復原狀，行動不得。逼得虞鵬九只有臨時變更辦法，把兩人的學業場所作個對調互換，於是虞洽卿就改到瑞康去學業。他所使用這種桃僵李代的緊急辦法，實有三點原因存在。（一）是因端康的人手稀少，急切需要學徒應用，以供業務上的差遣。（二）因商業社會所定規矩，凡學徒進店拜師，例必須要由原介紹人陪同進店，以便拜師時作引見之人。（三）是因他自認與奚潤如的交稱莫逆，在他自己要招扶病人，無法分身陪同新學徒引見拜師。只要備寫就一封介紹信，交給虞洽卿持信投見，其效用和尊重處，實同親身陪同進店一樣。可是虞鵬九畢竟是個規矩端方人，當介紹信交給虞洽卿時，還加以說明原委與理由。蓋在早期年代，認爲有子弟學習錢莊生意，是件高貴的職業光榮事。

虞洽卿實是個聰敏絕頂，善伺人意之人，知道虞鵬九把介紹他所學的職業於中途變更，似有歉意之色，所以他忙即力言無妨，並說：「對我任何一種生意，但求只要有學，都是認爲好事，不必認定那一行和那一業的生意，本來嘛，要學了而後會有意自生，是我很喜歡學習顏料店的這行生意呢」。這些話他說得如何的婉委巧妙，賺人動聽，真使當時虞鵬九聽了感覺非常受用。但事實也是果然，後來他任做魯麟洋行的買辦，先後又任做了道勝與嗬囒兩家外國銀行的買辦，接着學會了經營銀行生意的經驗，而後他就發辦了華商的四明銀行與勸工銀行。爲要抵制日商的上海取引所一行業務，他就發辦了上海證券物品交易所以謀對抗。爲要反對外商寧波輪船的虐待旅客，他就發辦了寧波輪船公司，作爲抗制。爲要與外商輪船公司爭奪長江內河的航運權利，他就以個人斥資創辦鴻安輪船公司，購得兩艘輪船，專駛長江航線，挽回不少部份的航運利益。起初這鴻安是懸掛洋商牌號旗子的及三北輪船公司成立，方始取銷鴻安公司的名義，而牌子亦由洋商變成華商。總之，他的一生事業，就是像隻善事變化的萬花筒。雖然那樣的多彩多姿，但竟沒有一行業務與他童年所學的顏料生意有絲毫關係。如果他真的學了小錢莊生意，只怕他後來事業成就的史實難有如此輝煌罷。

當寧波輪船停靠十六舖的輪船碼頭以後，虞洽卿便是一肩行李，自己提挈就跟隨旅客們要離船上岸。但不巧得很，天公對他未曾做美，因爲昨夜竟落了一夜的傾盆大雨。此時天色甫告黎明，雨勢雖已稍殺。但小雨連綿，迄未休止。在當年英法兩租界的所有各條馬路，對於所謂平坦光滑的「柏油馬路」，不論築路工程與柏油原料，猶未發明，正在研究中。因此，凡屬兩租界的大小馬路，每條馬路，概以三角大石塊砌築而成，再舖以煤屑砂粒，使之平直無縫。惟有沿黃浦灘的那條「外灘路」，築路工程却是例外，它以細碎的小石舖築路面，上邊澆以濃厚的黃泥漿水。據說：這種築路工程方式那是兩租界的工務處當局，採用他們祖家的築路工程法則施工興築而成。只不過這條寬濶坦蕩的外灘馬路，在晴天行走，非但毫無所謂，反而有一望無垠的清新之感。一經雨天時際，馬路上則成泥濘一片，黃泥漿水四面飛濺，令人有寸步難行之苦。

當其時的虞洽卿一走到旅客上岸出口處的船艙口發見艙外的天雨簾纖，加之斜風吹拂。同時也望見浮躉碼頭岸上，那一條廣長的黃泥漿水馬路。凡有行人走過，或者是車輪轉處，無不泥漿四飛，濺滿全身。於是他有鑒及此，毫不猶豫地忙把身體靠邊一站脫下脚上的鞋襪，綑紮在行李之中。決定赤脚走路，準備走到店裡去學生意，他之所以作出這個決定，實因捨不得他的脚上穿汚了這雙新鞋。原來這雙鞋襪那是他要到上海來學生意時，他的母親特爲趕緊縫製起來，給他穿着，藉示新意。尤其這雙布面布底的鞋子，縫製成功，只覺得他母氏劬勞，辛苦萬狀。因爲布底鞋子的縫製，最勞苦處就在於縫製鞋底的這份工作，全憑指頭勁力，而要穿針引線的作着密密細縫。若是稍不經心，指頭往往會被針刺痛出血所以他想念着，「辛勤慈母手中線」，對這雙新鞋襪便「不忍雨天脚上穿」了。就是這樣冒雨赤脚，揹了行李，直走到那家瑞康顏料號去就業。

這家瑞康顏料號，爲後來顏料業富商奚萼銜的父親奚潤如所開設，當時的資本總數額祇有八百兩銀子，實在說規模奇小之至。號中只有三個小夥計，也都是由本店學生意的學徒出身，挨次擢升起來的人物，這三人就是薛葆成，貝潤蓀，邱渭卿，後來個個都爲顏料業的富商，各人擁有千萬元以上的財產。該行業規所定凡升做小夥計以後，首重要的本位工作任務，便爲外出跑街，兜攬生意。瑞康雖開在望平街上，却不是沿街的門面房屋，那是在瑞康里內一家樓下的廂房間裡。該號主奚潤如每天於三個小夥計聯翩出門去跑街，獨留他一人守在號中，非常感覺不便。急切需要一個幹做雜務，供應差遣的助手之人，恰巧虞洽卿持了虞鵬九的介紹信前來投到，當然表示歡迎。在當時他發見他赤了一雙脚，滿身衣服被雨淋濕，那種濕漉漉地一副狼狽相，看得頗爲憫憐。便向他問說：「洽卿，你有鞋襪麽？」他忙即答稱：「有！放在舖蓋裡邊，因爲我這雙鞋襪是我母親所手製，還是新趕做成的呢。我實不願把我母親辛辛苦苦做成的鞋襪，在落雨天裡，胡亂穿着的蹧蹋掉了。認爲這是件罪過叭喇的事情，所以我情願赤脚走路，把雙新鞋襪收藏起來。」

當下，奚潤如聽了虞洽卿的這番答話，內心大爲感動。因爲他是個上了年紀之人，在舊時代一個有年紀人，最講究是中國數千年來傳統的「孝悌忠信禮義廉恥的所謂四維八德。現在他聽他所說之話以後，覺得他對他母親的一片孝心，溢於言表，大有「孝思不匱，永錫爾類」之慨。所以他對他這個小門生處處地方，特別重視，善爲愛護。可是虞洽卿對他這位業師奚潤如，却也是小心伺候到無微不至的尊敬程度。只因他懔懔戒懼於離家出門的臨行時候，他母親對他所作一番諄諄的囑咐之話。說是：你此去到上海學業，必須要敬奉師尊，和睦同事，更還要勤儉從事云云。是以他進店就業以來，一直遵依着母命行事，就是事師惟敬，睦友惟忍以外。對號中各種雜務，一概不辭的辛勤幹做，這樣的善良行爲，却博得人人道好，個個稱讚。尤以奚潤如對他的好感最大，印象最深，所以他有心要提拔他起來。只短短做了三個多月的學徒生活，他就叫他去跑街兜生意。因此，世人若要談論虞洽卿一生事業成功史的發軔之初，那是他很小年紀，已經當上了瑞康顏料號的「跑街」。

也是他時來運來，凡經他去兜攬的生意，無不獲告成功，而且數值鉅大。就在這年上的年終揭賬，由他所經手的買賣交易，計要掙賺得二萬餘兩銀子之鉅。於是，他極爲奚潤如的器重，在一般至交朋友面前，總會情不自禁地誇耀他收領得一名得力的好門徒而驕傲。往往高興到得意忘形地笑指着虞洽卿而對朋友們作着介紹的說：「他是我今年所收的小學生子，名叫虞洽卿，交關能幹，並且蠻會做生意的。僅僅跑了幾個月街，已給我瑞康賺得二萬多兩銀子，他正像是一尊活財神。不，不，是一尊赤脚的活財神啊。」更於是，奚潤如接着把他當時赤脚冒雨前來就業時的狼狽情形，帶笑帶說作爲佳事佳話的追溯敘述。最後還定必綴說他對他不忘母氏劬勞的一種孝思，寄以萬分同情而加以特殊重視云云。這就是世傳所謂「虞洽卿是赤脚財神」一事之謎，從他業師口中話說出來，實爲最最眞確說明的辨証。諒因奚潤如的朋友們當把所聽得之話，輾轉傳揚開去，終於以訛傳訛。便加以附會了虞洽卿在雨天捨不得穿着母親所手製的布鞋，冒雨赤脚就業之事，傳說成爲瑞康顏料字號老板夢見一位赤脚財神闖入店中的那片神話。及後來虞氏的商務事業成功越大，此項神話所傳越盛，却使社會間的一般人們都信其生有自來了。

二、佣金投資獲升做股東

在當年當時的上海商舖舊例，學徒每歲的年終所得，只有鞋襪錢十二元。只以瑞康號主奚潤如對虞洽卿的善事經營，努力所業於短短幾個月跑街的成績，竟替號中賺得二萬多兩銀子。爲此是年年終特別加給他的鞋襪錢四十元，以示創例，藉資鼓舞。要知中國舊社會間向有兩句俗語流傳，叫做「會生養兒女的是好媳婦，會掙賺錢銀的是好夥計」。現在虞氏爲瑞賺康得偌大的純利，在顏料字號裡也就自然而然贏得好夥計的名氣。就此其名爲之洋溢傳播。大凡一個有了名氣的好夥計，總會引起同業老板階級中人的注意，亦多對他發生極大好感，從而產生有一顆羅致之心。是以在第二年的新春期間，他們同業顏料字號幫中有舒三泰其人，頗欲要延聘虞洽卿以爲己用。傳說中的舒三泰，那是南京的秣陵城人，也是開設在上海龍泉園路一家三泰顏料字號的老闆。此人生有霸才。更其是他手頭資本的實爲充足，又是經營業務的野心奇大。當他對虞氏發生好感以後，曾使人把他邀請去作覿面洽商，以期事在必成。因爲他從各方面以聽得的傳言，對於虞氏兜攬生意交談買賣，自有他一副隨機應變的特殊才能。認爲他是商業界中的一株棟樑之材，堪以大用，這就是他箇在衷心所懷，必欲羅致而得的眞誠意念。

所以舒三泰延邀虞氏作洽商，爲表示他鄭重其事起見，特地約定二人會面場所，就選在四馬路新開張不久的一枝香番菜館裡。以便邊吃邊談，得以暢所欲言，力事游說。其次是在番菜館進食午餐，不致於會邂逅相逢他們的同業中人，此可見舒三泰是個有心人。當雙方見面之後，免不得舒三泰對虞氏作着詰問性的詳細談話，於是，從家務談到店務，也從家業話到商業。可是虞氏對於這位同業前輩的舒三泰，似乎非常恭順，老老實實的有問必答，而且答得既周且詳。這種老實規矩相，的確使舒三泰對他發生大大的喜愛，認爲是個忠厚老實的好夥計。但談話一經涉及到業務秘密的重要關鍵，他就不老實，也不規矩起來，總會避重就輕地婉委其詞作答。不過他的說話，確有他說話的藝術天才，却能巧妙其詞的避開要點不說，但使人聽來還是深信不疑。相反的，他所要知道的一點關鍵事情，則於不知不覺中，就從舒三泰嘴裡探聽得去了。

原來當時虞氏自念，於去年升做跑街以來，他爲他業師的瑞康顏料字號賺得二萬多兩銀子。而所得到的代價，只有把他所應得一年鞋襪錢的十二元增加到成爲四十元之數，雖已多出了二十八元。但總覺得自己所出的勞力殊大，所收獲的代價太於稀少，似乎心頭老是有點抑抑難平之感。不過轉折一想，究竟自己是個俯仰由人的學生子身份，這遭遇不平，那有何話可說呢。他再想到平日之間，業師是厚我的，雖說瑣恩小惠，但是情實可感。所以他想念及此，對於一腔抑抑難平的心念，也就不平而自平了。

萬想不到這次有舒三泰的邀約會面，並且堅要聘請他做他號中的正式跑街，有了這樣當前的事實情況出現。這無異於一堆已經熄滅了火燄的野火，現今有人以桿棒作着挑撥火堆，再加之微風搧吹。因此一堆死火，重新復活，不但爆出星星火花，簡直是大有火光熊熊的再復燃燒之概。所以他對他很謙恭似的問說：「舒先生，晚輩不才，承蒙你老先生的提拔栽培，要我去到你那裡的寶號中服務。實在是感激萬分，深銘五中事情。只不過晚輩的年紀還輕，有所行動作為，總得要寫信寄回家鄉，稟告家中的堂上兩老知道。為此不得不向你老人家冒昧請示，像晚輩這些些的能力，得入寶號任職服務，應命効力。大概可以獲得多少的薪給待遇，以便在家信裡邊提寫明白，好讓晚輩的堂上兩老得以瞭解清楚。」

舒三泰聽了，覺得虞洽卿提出這樣的要求，認為是理所當然。不妨把他的薪給待遇話說清楚，讓他在信中提寫明白，也好教他家中的父母看了後，大為歡喜。毋須說得，自會鼓舞他們的兒子，趕緊脫離瑞康，投到我這裡來任就職業。所以他對他說：「小店裡所定跑街的薪給數額，最高級的是為月俸三十元，佣金規定是為毛錢一分抽佣。我對你老弟該說前生有緣，一經見面以後，覺得非常高興，就以這最高級的薪給待遇，請你來幫我的忙罷。」當下虞洽卿聽後，心上已經記住這份薪給待遇的底數藍圖可作順利的安排，爭取勝利。因此，他再畧事敷衍片晌，即便興辭告別，推說此刻回店去書寫家信。以便送到二馬路全盛信局，還來得及趕上打包封，於今天帶走，後天此信我的三北家裡已可收到。此話雖係虞洽卿臨時編造，但在當時舒三泰聽來，非但深信不疑，還感覺非常欣慰。認為虞洽卿的年紀雖輕，現年只有十六歲，做事倒極認眞速煞，毫不含胡拖帶，因為這年正是光緒八年，原來在此時代的中國，還沒有郵政的一項公共交通事業的設置。所有全國民間的書信銀錢，商業的貨物包裹，其負責輸送傳遞的服務工作，全由民營的民信局經紀其事，經營其業。倒是無遠勿屆，無處弗通，而且此業却成為寧波人的一行專業。虞洽卿的父親於年輕時期，丟掉書包，抛棄耒耜。不再以耕讀傳家聲。是他初步的遠離家鄉，外出從商，就是開設這種民信局。

上海自從闢商埠，設立租界以還，因商業的日趨繁盛，居民的逐漸增多。民信局亦隨之而續續開設，一時分成南北兩個集中的經營地區。南市都開在小東門外、陸家石橋南城的裡外兩條「鹹瓜街」口，北市則在二馬路的「書錦里」左右這一地段。兩地各有十餘家之多，就中以全盛，協盛等五六家民信局，其營業歷史皆在百年以上，而業務尤為發達。直到光緒二十二年（一八九六年）一月，清廷政府方始頒佈上諭，創辦國立郵政。當將上海海關的郵政部，正名為「大清郵政局」，派海關總稅務司英人赫德兼任總郵政司。歸由北京總理衙門節制，是為中國正式國辦的郵政。及至宣統三年（一九一一年）五月，郵政實行與海關分家，該郵政局則歸諸郵傳部直轄。迨時入民國後，國體變更，官制改建，於是郵傳部更名為交通部，從此這郵政總局就永遠受交通部的轄制了。所以當時虞洽卿對舒三泰騙說他要回店寫信，趕送二馬路交民信局寄歸家中，極符合當年交通事業的當前情況。舒三泰雖非君子人，可是他的謊言，實屬編造得恰到好處，確也可使非君子人的舒三泰被欺其方而不置疑的。

如果換了一個不顧道義之人，必然的一面當場會接受舒三泰的聘請，另一面則回店去向瑞康店主奚潤如辭職離去。但是虞洽卿絕不願這樣的幹做，他一方面固然要為自己應有的利益，力謀爭取，不願放棄。另一方面他却緊緊地戀念着他業師奚潤如，所給予他的種種好處。不管所受好處的為大為小，甚至微末細小之極的一飲一食，以及噢咻空虛之至的一言一語，總認為這些所受都是師德。尤其是他有歸根結蒂的一種基本概念，作自我慰藉，往往於無可奈何時，就會緬想着自己原是寧波鄉間的一個野孩子。多承鵬九族叔的薦引到瑞康來學業，幸蒙業師慨然收留。養之教之，不我擯棄。單憑這點已經是師恩浩蕩，師德如天了，所以他與舒三泰在大菜館裡邊吃邊談時。聽說他要請他去做正式跑街，內心早經決定，決不做「飢之則附，飽之則颺」的那種禿鷹行爲。除非業師叫我捲舖蓋走路，否則定要在瑞康學業期限的三年滿後，方始離去歸家。這樣既可不遺父母面上增羞，亦得以報師門之德於萬一。原來寧波與紹興兩地，自有一種不成爲傳統俗例的俗例。凡有兒子送去商店學業若未滿三年的學滿師期歸來，做父母的羞見鄉黨里鄰，往往會抬不起頭的。

當下虞洽卿就是懷了這份堅定不易的心意，辭別舒三泰，歸還瑞康店中。在他跨進牆門，折入樓下廂房的瑞康顏料字號營業所在，只覺得這個店堂間的氣氛，却是冷清清地寂寞沉靜到令人可怕的程度。原來這偌大的廂房間與外邊的客堂間，祇有一名於去年秋間新來學業的年少師弟，獨個兒坐在那裡守店，其他竟無一人。他早已料想到他的三位老師兄，都吃中飯外出去蕩馬路，順便跑街兜生意去了。所以他便嘿爾而息，不再出聲問話。只隨口隨聲地問了一句「哪先生呢」？那個年少師弟見他四師兄問先生，立即向後邊一指說：「先生在賬房間裡。」因爲奚潤如是個有嗜好之人，就在廂房間最後邊的尾房，闢作賬房間，房中備設有床榻枕被之類的全副臥具。每天到店以後就把烟燈烟槍之類的全副烟具，陳列起來。於是一榻橫陳，吞雲吐霧，做他「臥守」店舖的老闆。蓋因當時的吸食鴉片烟向來是公開不禁的，英租界的抽籤禁烟爲光緒三十年間事，但是租界當局對禁烟工作，亦止做到化公爲私而已。

虞洽卿就向賬房裡走來，只見他業師就在一燈如豆的烟燈火上，全神貫注地打烟泡。他同往日跑街回來，向他業師報告接洽生意的經過情況一樣，只是叫喚一聲先生。便在榻前椅上側身坐下。此時奚潤如却先開口，向他問話道：「洽卿，你到那裡去的怎不回店來吃中飯，此刻吃了沒有，要不要叫點啥」？虞洽卿神態自若，毫不緊張的連連答說：「吃過了，吃過了，那是舒三泰請我在一枝香吃大菜。」不料他把這回答之話，輕描淡寫地隨口答說，可是他的業師奚潤如的臉色頓時大變，神情反而緊張，接連着緊緊追問「舒三泰說點啥？」虞洽卿正內心希望他業師作出這樣的問話，現在他果正以此爲問，知道自己的新希望已在眼前了。於是他笑嘻嘻的回說：「先生，這位舒三泰老先生正是越老越糊塗了，他竟一廂情願要請我到他的號子裡去當跑街。這不是件大笑話的事麽？」

更於是，他遂把舒三泰所說之話，一句不遺的說了出來，當然包括薪給待遇的條件在內。誰知奚潤如對他竟然以活財神相視，別的話，一句都不說。只是說：「洽卿，我要你，我要你幫我做生意，你是我最心愛的學生，無論如何我要竭力挽留住你在我這裡。是我這爿瑞康開起來時祇有八百兩銀子的資本，現在情願以按照原資本數額，讓給你兩股份，表示我們師生二人的眞誠合作」。虞洽卿聽說，雖是喜不自勝，認爲這間瑞康已有底子並有前途的顏料字號，但若自己沒有投資的資本。便老老實實對奚潤如說道：「先生，我沒錢呀，那裡來錢參加股份呢？」奚潤如不慌不忙的說：「我有，我已替你想有辦法在此。去年你不是替我掙賺二萬多兩銀子，就以一分抽佣，我該要給你二百多兩銀子的佣金。現在你就把這筆佣金作爲投資的股本。這不是兩全其美雙方便利之事麽？虞洽卿當年便是這樣的經過歷程，赤手空拳做了瑞康顏料字號的股東老闆。他本來不願離開瑞康的，現在對他業師的知遇之恩，益發不忍離去，何況是有兩股的股份關係，從此跑街更加跑得起勁，要跑十二年之久。

請介紹，

請批評，

請指導。

馮玉祥之死

不明不白

關山月

被人們稱爲「倒戈專家」的馮玉祥將軍，是二十四年前，在一條從美去蘇的輪船上，胡里胡塗被燒死的。——他的死，不但至今是個謎，就連死期也是個謎。因爲根據當時各方面的新聞報導，一說是八月三十一日；另一說是九月一日。蘇聯官方發表的通告就更加妙不可言了，簡直連哪一天死了的話，都一字不提。

一九四八年八月，馮玉祥在美國參加了遠在香港的「中國國民黨革命委員會」，然後就一聲不响地離開了加州。直到蘇聯的眞理報和美聯社、合衆社、英國廣播公司，紛紛發表了他的死訊以後，人們這才算找到了他的下落。曉得他是在八月底九月初的那兩天裡，在蘇聯輪船上做了古人了。

最先發表這消息的，是合衆社駐莫斯科的記者。他在電訊中說：

「莫斯科五日電——中國基督將軍馮玉祥，搭於蘇輪『勝利號』來蘇途中，在巴統至敖德薩港之間，因該輪失火，致遭焚斃。

『勝利號』於八月初自美啓航，曾在開羅載阿美尼亞人約千名。八月三十日馳抵巴統，阿美尼亞人均已安全登陸。

該輪旋續駛敖德薩，途中因放映電影不愼失火，馮玉祥之女亦同時遇難。」

接着就是美聯社，也從莫科發出了消息道：

「據此間眞理報及消息報本日載：號稱基督將軍之馮玉祥及其女，已焚斃於蘇輪『勝利號』上。

該報稱：起火原因係由於放映電影時處理膠片不愼所致。

現該輪已到達敖德薩，正進行調查中。」

中央社的駐莫斯科記者，在電訊中首次提到了死期無法肯定的問題。他說：

「莫斯科五日電——馮玉祥偕其女，搭蘇輪『勝利號』自美來蘇。至黑海敖德薩附近，該輪不愼失火，馮氏父女均遭焚斃。

『勝利號』於八月初自紐約啓碇，乘客多爲自美遣送歸國之蘇官員眷屬。在巴統至敖德薩途中，輪上放映影片，不愼失火。遇難者除馮氏父女外，尚有不知名者若干人。

出事日期，一說爲八月三十一日，一說爲九月一日。『勝利號』已於昨日馳抵敖德薩港。」

英國廣播電台，也在五號這一天，對馮玉祥之死，發佈了一則簡訊道：

「據蘇聯塔斯社消息：所謂中國基督將軍馮玉祥，最近由紐約乘輪船赴蘇聯，途中經黑海時輪船失火，遇難斃命。

茲據香港訊，馮氏赴蘇傳係擬與共方商組「聯合政府」事，而遭此意外。

馮氏現年六十八歲，生平爲一反覆無常人物。」

過了兩天，蘇聯的塔斯社又正式發表了關於馮葬禮的消息道：

「在『勝利號』輪船上因起火而遇難的中國馮玉祥元帥的靈柩，已於九月七日由飛機運往莫斯科。

根據馮玉祥夫人的願望，馮氏的遺體已經火葬，遺灰甕將交與馮夫人收存。

出席火葬禮的有故馮元帥的親戚，蘇聯軍方與公共團體的代表。當馮元帥靈柩運抵機場以及舉行火葬時都會致以陸軍的喪禮。」

這算是第一次對馮夫人李德全的下落，有了個交代。接着，就有巴黎電台，在九號那一天，廣播了下面這麼一段莫斯科電訊道：

「馮玉祥之遺孀李德全，現仍居於此間國家醫院中，悲傷逾恒。

伊夫及女，均已葬身於『勝利號』之怪火中，獨伊獲生。

伊之秘書本日告記者，伊身體極弱不能接見訪問。」

就連莫斯科電台，也居然派了個記者去訪問李德全。據他報導道：

「馮玉祥之妻李德全，現在莫斯科國家飯店中居住，據云有病。

李德全係與馮玉祥同乘『勝利號』大輪，由紐約來蘇聯。該輪在黑海失愼，馮玉祥與一女焚斃。

記者今日（九日）往國家飯店約見李德全時，李之秘書稱：李病重，不能接見賓客。」

馮作古了不久，「民革」的主持人李濟琛，又在香港公佈了一封馮在輪船上寫給他的信。信中提到美國曾經有大員，向馮保證過：只要馮能在反蔣時不忘記反共，美國就可以在軍火和經濟上大力地支持他。

可惜的是：事過境遷，這封信的全文，竟無法找到了。

鄭孝胥與溥儀

·晚晴樓主·

鄭孝胥字蘇龕，又號太夷，福建閩縣人，他是光緒壬午鄉試解元，閩人中與其同榜中式者，有陳石遺、林琴南、吳敦溪、卓芝南諸名士。胡適博士生前亦曾盛讚該榜舉子多爲傑出人才。而鄭孝胥更是風流倜儻，才氣縱橫。他和辜鴻銘、沈子培都是張文襄幕府裡有數人物，清末他曾做過駐日神戶領事，也曾以書生典兵，會辦廣西邊務，坐鎮龍州。生平好爲詩，俊逸清新，遐邇傳誦。晚歲有海藏樓詩集行世。集末附名流詩話，間有：「韓公豪多於曠，大蘇曠多於豪，而公詩如其書，純以氣勝，前無古人，則豪曠固是本色。」之評語。凡是讀過他的詩集，無不交口稱譽，尊他爲同光體詩派的領袖。清亡，他感懷故主，持節不阿，曾多次拒絕了民國總統的邀聘，段祺瑞執政府成立的時候，也一度徵求他出任交通總長，那時段執政的智囊團裡，如曾毓雋等是他的同鄉，而段門清客章士釗等，反向他學過詩，所以慫恿老段羅致他。據鄭孝胥日記曾有這樣的記載：「丙午廿七日（民十五年十一月廿三日）曹纕衡（名徑沅段的幕僚）電話云：「段欲公爲閣員，今日請過其居商之。」答之曰：『不能就，請代辭，若晤面恐致齟齬。』至北府入對，澤公，伒貝子、耆壽民詢余，就段否？余曰：『擬就其顧問猶慮損名，苟不能復辟，何以自解於天下？』伒貝子曰：『若有利於皇室，雖爲總統何害。』」

鄭孝胥不僅詩好，而且寫得一手好字，他的字，可說是挺拔遒美，卓然成家。名書法家曾克耑先生對他的字曾有如下的評語：「鄭孝胥在政治上是絕對失敗了，但是他的詩和字是絕對成功的，這也像前人說過的，宋徽宗、李後主這般人，如果不做皇帝，只做藝術家、詞章家那裡會弄到亡國，並且嘗到亡國的慘痛呢！他早年的字，是從柳而蘇而黃，五十歲以前的字並不算好，雖然有筆力，但是瘦得可憐，尤其是轉折的地方，一定要突出一塊東西，就好像鴉片鬼肩膀似的，眞是怪難看的。後來他學張遷碑，又寫北魏裡像李超墓志等碑，這一變可大大的成功了。我曾在上海四馬路小有天看見他用張遷碑碑陰的筆法寫的一副五言大對聯，眞力瀰滿，淳古樸逸，並世寫隸的人們，是不能和他競賽的。他用碑體寫的碑誌、墓銘、榜書等都寫得遒美峭拔，眞是獨出冠時。他的行書完全在行氣，整幅看起來眞是一氣呵成；一片神韻，無處不好，若一筆一筆拆開來看，簡直沒有一筆要得，至於他草書禮部韻畧，還用他寫行書的筆法，簡直可以說是門外漢，要不得，我們對於有名氣的書家，縱然崇拜他，但是他那一種字好，那一種不高明，還要弄得明白，不能一味相捧，也不可一味胡罵，他平生於寫字十分用功，也很自負，他每早四點鐘便起來，所以自稱夜起翁，起來便自己磨墨寫字，天亮以後才替人寫屏聯。」我看了這篇，我希望所有的朋友聽到曾先生論書後，都恍然大悟，像鄭海藏這樣的名氣的書法家，尚有許多缺點；何况我輩。有人說：「近來港台有部份書友，不是互相標榜，便是互相攻訐，須知互相標榜，便是好名，好名則人俗字亦俗。互相攻訐，則揭短掩長，終使瑕瑜莫辨，切磋莫由。這實在有悖於書法的共同研究和觀摩的主旨了。」鄭孝胥論書的詩很多，現在姑錄一首以饗讀者，並爲好名人士當頭棒喝：「作書無難易，要自習之久，苟懷世人譽，俗筆終在手，古人祇此字，點畫別誰某，必隨人作計，毋怪落渠後，但當一掃盡，逸興寄指肘，行間馳眞氣，莫復搏土偶，時賢爭南北，擾擾吾無取，狂奴薄有態，或者進叜叟

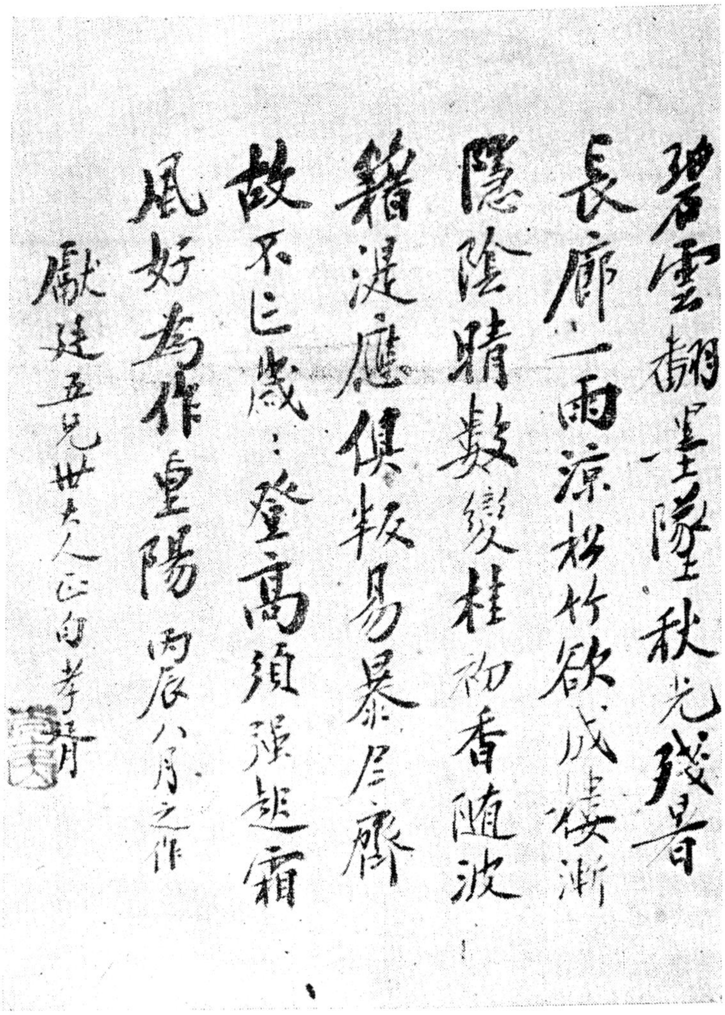

，達哉臨川言，妄鑿妍與醜。」這首詩堪爲習字的座右銘。鄭孝胥除了字之外，還會繪畫和刻印，不過不常作罷了。當他侍從溥儀投奔東交民巷日本公使館請求庇護後，他很得意地作了一幅畫，在角樓上空雲霧中，有一條張牙舞爪的龍。陳寶琛太傅即在上題了「風異」二字，並作詩一首贈他，「風沙叫嘯日西垂，（是畫日狂風大作咫尺不辨）投止何門正此時，寫作昌題詩意讀，天昏地黑扈龍移。」鄭自己也做了一首得意的詩：「乘回風兮載雲旗，縱橫無人神鬼馳，手馳帝子出虎穴，青史茫茫無此奇，是日何來蒙古風，天傾地坼見共工，休言狂士不可得，猶有人間一禿翁。」以後他又扈從溥儀離開天津，偷渡白河，在船上吃了大米和大麥合製的日本飯後，他刻了兩顆圖章給溥儀，一顆是「不忘在莒」，一顆是「滹沱麥飯」，都是引用典故，以勵中興。現在把鄭孝胥和溥儀平日所寫的字，影印於後：

鄭孝胥能夠入宮叩見溥儀，是仗着溥儀的兩個師傅，一是英人莊士敦，他認爲鄭的道德文章是第一流的，而辦事才幹和魄力，也是第一流的，是他在中國人中最佩服的一個。其次是陳寶琛太傅，他也稱許鄭的風格，說鄭屢次不肯做民國官，不肯拿民國錢，一直忠皇室。這時溥儀在選拔英才，圖謀復辟的時候，自然樂於接見，並且兩人談話極爲投機，於是溥儀認爲鄭是不可多得的人才，便很誠懇地請鄭入宮，派爲「懋勤殿行走」，旋升遷爲總管內務府大臣，這確是一種殊榮。鄭孝胥於感激之餘，作了兩首詩：（一）紀恩：「君臣各避世，世難誰能平？天心有默啓，驚人方一鳴，落落數百言，肝腦輸微誠；使之盡所懷，日月懸殿楹，進宮何足異，知言乃聖明；自意轉溝壑，定知復冠纓。獨抱忠義氣，未免流俗輕；須臾願無死，終見德化成。」（二）夜值：「太王事熏鬻，句踐亦事吳；以此慰吾主，能屈誠大夫，一慚之不忍，而終身慚乎？勿云情難堪，且復安須臾，天命將安歸？要觀人所與，苟能得一士，定不勝多許。狸首雖寫形，聊以辟羣鼠，持危誰同心，相倚譬蛩驅。」鄭孝胥接事之後，雖厲行整頓，裁汰冗員，節省開支，奈積弊甚深，舊有人員又多方為難，不肯合作，他終於辭去了總管內務府大臣的職務。

我們一談到鄭孝胥，自然就會聯想到溥儀，溥儀究竟是怎麽樣的人呢？我先把我所親見的叙述一下：「我中學時代是在天津同文書院唸書，該院設在海光寺路，距南開大學約兩里之遙，建築壯麗，規模宏偉，院前有一小溪，沿溪而行可至南大，環境幽雅宜於讀書。該院院長（那時稱為監督）是日本衆議院議員江藤榮吉，後來因為立案關係改為中日中學校，聘有北大名教授，陳大齊教論理學，馬公愚教莊子，沈兼士講國學，但是他們只教留學預備班，每星期僅一小時，進度殊為疲緩，我記得馬公愚講莊子天下篇，講到一學期還沒有講完。民國十五年一個夏天晚上，校役某跑到我的宿舍來，他偷偷地告訴我溥儀來了，那時江藤監督沒有在校，他就在監督住宅會客室裡等着，我便躡手躡脚走到室來刺探他的行動。果然看見溥儀一個人坐在小圓桌旁邊，他瘦長的臉戴着墨晶眼鏡，頭髮是四六分開，穿着一身鐵灰色的西裝，沒一會兒便連連抽了幾口香烟，好像是等得不耐煩似的。我正看得出神的時候，不知消息怎樣洩漏出去，同舍的同學都跑來站在我後面比手劃脚，嘰嘰咕咕。這時溥儀也感覺到學生們在窗外偷看，他便站立起來，慌慌張張把室內所有電燈，全部熄滅，成為一團烏黑，不久江藤也回來了，我們便回到宿舍去。此後我曾囑咐這校役，溥儀再來時，你只須做個手勢便行了，過了幾天果然溥儀又來，我看他依舊坐着圓桌旁邊，他的服裝也沒有什麽多大的變更，不過桌上多了一本書籍。江藤監督好像鞠躬似的站着，教他誦讀日文，以後我知道他是來研究日文的，對他便不感興趣了。並且我對他更有了兩點不良的印象：一、熄滅電燈，避人偷看，這可證明他的思想幼稚，修養不夠，以致遇事慌張，無法沉着。所以他後來做了僞滿的執政以及僞滿的皇帝，一遇日方給他難題，他便毫無主意地慌張起來，終為日人嚇倒。二、他學習日文，目的在於到日本留學，因為天津駐屯軍和芳澤謙吉公使都慫恿他赴日。他們老早就想利用他，後來不知何故溥儀又不想赴日留學，並且終止研讀日文了。或許是當時中日邦交糾紛迭起，全國反日抗日如火如荼，同文書院已岌岌可危，他也不敢來了。的確在這時期該書院學生也顯得異常緊張，並且發生一段很有趣的插曲。天津學生聯合抗日委員會來了一封信，請我們也要揭起抗日的旗幟，參加遊行，我們也是熱血青年，自然都願意參加，預定明早在某地集合出發，詎料事機不密，被監督知道之後，便馬上召集全體學生在禮堂開會他登壇之後大發牢騷，並謂：「你們在日本所設立的學校求學，竟要揭起抗日的旗幟，眞是笑話之至。你們是要打倒自己的學校呢？還是要打倒你們自己呢？」最後竟說出：「你們如果一定要參加遊行，我們便一個都不留。」意思便是全體開革。那時我不知那裡來的勇氣便首先站了起來反駁他道：「我們來這學校讀書，是要研究日本在東亞何以富強起來？我們外交何以如是的軟弱

？我們中國一向待人很厚道，何以外國人時時來欺侮我們？日本人常常高喊着中日兩國是同文同種，共存共榮。所以我們要在日本學校唸書，預備將來把日本詳詳細細的研究一番。我們在這裡唸書，學雜宿膳各費是一樣要繳的，沒有佔絲毫便宜，難道進日本學校就預備做亡國奴嗎？」京津外國學校林立，五卅慘案發生時英國教會所設立的學校學生們也依然掮起旗幟遊行，事後都沒有開革過一個學生，難道日本人沒有這個器量嗎？我說完坐下。他面色氣得發青半晌不發一語，只拿起筆來寫幾個字交給教務長，臨去時候只說你們考慮考慮。到了晚上有幾個教員來勸我們遊行可以，不要在旗幟上寫『同文書院』四字，否則使得監督太過於難堪。我們這般小伙子血氣方剛，自然不理會他這一套，明天依然照寫，依然遊行，到了大會之後，他們見了同文書院四字全體都予以熱烈鼓掌。以後我們遊行完畢照舊上課，學校也照舊容納，到了留學預備班結業之後，成績好的依然由校公費保送赴日

溥儀眞蹟

留學。我爲什麼對這一段經過，不殫詞費，敍述較詳呢？這裡也有兩個原因：一、我看溥儀與鄭孝胥的史料，敍述日本人對他們無理要求以及蠻橫態度，他們都不敢抗議，馴至日本軍閥、政客、以及浪人都可以牽着他們的鼻子走！不勝憤慨之至。我想假使他們有了高深的智慧，有了不可侵犯的氣節，有了堅忍不拔的毅力，何至被他們利用，何至被他們威脅，而終召身敗名裂的慘痛呢！二、我要使國人曉得，日本的軍閥、官僚、政客（其他除外）都是一丘之貉，都是絕對不講信義的，當他們要利用你的時候，便卑躬屈膝，奉命唯謹，即使吮癰舐痔，亦所願爲。等到你完全被他利用之後，他認爲你一點剩餘價值都沒有時，他便把你一脚踢開，前恭後倨，判若兩人，甚至你還有性命的危險！溥儀和鄭孝胥都足爲前車之鑒。

鄭孝胥雖然是陳寶琛所推薦的，而陳是一位穩健持重的老臣，而鄭則狂妄自大，他們私人感情，固然不錯，可是陳時常斥責鄭的話大而無當，且譏諷的說：「鄭蘇龕倒不如叫做鄭疏龕。」意即疏狂無濟，清室和溥儀最倒霉的時候，要算是馮玉祥逼宮了。馮玉祥是一位反覆無常的小人，有關他的詭詐言行更是罄竹難書。當馮玉祥倒戈入北京後，一面以兵圍總統府、囚曹錕於延慶樓，命黃郛出主攝政內閣。一面決定掠奪清宮寶藏，遂派鹿鍾麟等率兵入宮，限溥儀廿分鐘內遷出紫禁城，並說現在已經在景山上架了大炮，一過廿分鐘就向皇宮炮轟。正在溥儀和王公大臣亂作一團都沒有主意的時候，鹿鍾麟又掏出一張公文給溥儀看，公文上面寫着：大總統指令派鹿鍾麟張璧交涉清室優待條件修正事宜。末寫中華民國十三年十一月五日，國務院代行國務總理黃郛。所附修正清室優待條件，只有五條：第一條，大清宣統帝即日起永遠廢除皇帝尊號，與中華民國國民在法律上享有同等一切之權利。第二條，自本條件修正後，民國政府每年補助清室家用五十萬元，並特支二百萬元開辦北京貧民工廠，儘先收容旗籍貧民。第三條，清室應按照原優待條件第三條，即日移出宮禁，以後

得自由選擇居住，但民國政府仍負保護責任。第四條：清室之宗廟陵寢，永遠奉祀，由民國酌設衛兵妥爲保護。第五條，清室私產歸清室完全享有，民國政府當妥爲特別保護，其一切公產應歸民國政府所有。溥儀認爲這條件尚沒有他原先所想像的可怕，便簽了字。至於出宮的時間，幾經商量，鹿才允許延至下午三點，溥儀出宮後便回到他自己的老家醇王府去了。這時北京公使團經莊士敦的奔走，遂向攝政內閣的外交總長王正廷提出抗議，王正廷向他們保證溥儀的生命財產的安全，但是這種口頭的保證，誰敢相信他永遠有效呢？溥儀被逐出宮後，馮玉祥達到洗刼的陰謀後，便把清宮所藏千百年來的鼎彝圖書，珠玉寶器，以及九洲百國上貢的希世奇珍，掠奪一空，以後這些寶物多半落入外國人之手，這眞是中國文物一大浩刼！

鄭孝胥在溥儀被逼出宮之後，對於清室確是忠心耿耿爲着要掩護溥儀脫離虎口，向各方呼號奔走也非常賣力，這時他一面與東交民巷的竹本多吉大佐有了聯絡，並協商逃出醇王府託庇日軍，但遭到王公大臣的反對而作罷。一面又致電段祺瑞求援，段遂通電指摘馮玉祥逼宮。不久北京城便傳出段祺瑞東山再起，與張作霖合作的消息，這北府的緊張氣氛也就緩和了些。等到段張入京後，王公們便派了代表和鄭孝胥一齊表示歡迎，然後再分頭進行活動。由鄭孝胥去找段祺瑞，段向鄭表示恢復優待清室條件，可予考慮。莊士敦去找張作霖，張亦甚表同情。此時溥儀既得了這兩位當權人物的支持，又得東交民巷公使團的奧援，北府情況已完全改觀了。其後溥儀如何由北府偸赴東交民巷日使館請求庇護？又如何由日使館逃到天津，其中經過頗多曲折，史料所記亦極詳盡，本文以限於篇幅，無法盡述，筆者只就芳澤謙吉所著「外交六十年」中有關此事的記載，予以照譯，原文不僅簡短明瞭，且當時芳澤正任駐華公使曾躬親其事，其所記事實當較可靠，譯文如下：「……馮玉祥部將鹿鍾麟進入紫禁城後，宣統帝深感危險，遂命帝師莊士敦來訪，請求庇護，余以事勢緊迫不及向日本政府請示，因念身爲公使，對於外國政治犯握有庇護權，且彼窮途來歸，自應承諾。迨宣統帝到日本公使館後他即奔入守備隊長官舍。余得守衛長報告後，即將本人二樓官邸兩間，讓其居住。這是大正十三年（即民國十三年）十一月下旬的事。到了同年十二月下旬，遂將宣統帝及其家族三人移居館員宿舍。但帝在此居住一個月後，又覺得危險不安，乃欲移居天津日本租界，余亦同意。於是皇后與妃仍留使館，而宣統帝僞裝苦力向天津逃避。行時並至余病榻前含淚話別。余對宣統帝赴津途中頗感不安，乃令天津總領事暨領事館警察互相聯繫以保安全。宣統帝去後三日，皇后等亦行。」此後鄭孝胥在津曾向溥儀建議聘用客卿，共謀復辟。經溥儀同意之後，他就積極進行。因此不論日本人、英國人乃至俄國人，只要他們自稱効忠清室的，便一律聘用，於有外國失意的政客、軍人乃至流氓、騙子都掮着「擁清復辟」的照牌，都來胡說八道，結果是騙錢，錢一到手就溜之大吉。鄭孝胥在

鄭孝胥眞蹟

經過多次與這些外國人接洽之後，不特自己賠錢，並且使溥儀損失許多古董珠寶。不久他又向溥儀建議由他直接前往東京，去找直接關係，主動的尋求國際支持，而不是被動的爲人捉弄。他這個建議，立刻獲得日本駐華公使芳澤謙吉的同意，並由芳澤代爲安排一切。與他同行赴日的有日人太田外世雄，太田替他向日本軍部引進，又介紹他和黑龍會首腦見面。鄭孝胥在日本因爲是溥儀的代表，因而甚受歡迎，如曾任天津總領事的有田八郎和吉田茂，以及曾任天津駐屯軍司令官的南次郎和高田豐樹，還有日本顯赫的人物如：近衞，宇垣一成，米內光政，平沼騏一郎和鈴木貫太郎等，都有聯絡。

九一八事變後，利用溥儀爲滿蒙新國傀儡之建議，出自土肥原；故刼取溥儀，置諸關東軍之掌握，亦爲土肥原最得意的傑作。土肥原，是個完全靠侵畧中國起家的日本軍人，他在陸軍士官學校十六期步兵科和陸軍大學畢業後，做過日本參謀本部員，第十三步兵聯隊長，一九一三年起，他來到中國，在關東軍中服務，給東北軍閥的顧問坂西利八郎，當了十多年的副官。他和張作霖關係特深，一九二四年直奉戰爭中，他策動關東軍幫助過張作霖。

據溥儀的回憶：「他向我問候了健康，就轉入正題，先解釋日軍行動，說只對付張學良一人，說什麽張學良『把滿洲鬧得民不聊生，日本人的權益和生命財產得不到任何保證，這樣日本才不得已而出兵。』他又說『關東軍對滿洲絕無領土野心，只是誠心誠意地要幫助滿洲國人民，建立自己的新國家。』希望我不要錯過這個機會，很快地回到我的祖先發祥地，親自領導這個國家，日本將和這個國家訂立攻守同盟，它的主權領土將受到日本全力保護；作爲這個國家的元首，一切可以自主。」他誠懇的語調和恭順的笑容，和他的名氣、身份，給人的唯一感覺，就是這個人說出來的話，不會有一句是靠不住的。不過我心理還有一個極重要的問題，我問道：『這個新興國家，是什麽樣國家？』『我已經說過，是獨立自主的，是由宣統帝完全做主。』『我問的不是這個，我要知道這個國家是共和，還是帝制？是不是帝國？』『這些問題到了瀋陽都可以解决。』『不』我堅持的說，『如果是復辟，我就去，不然的話我就不去。』他微笑了聲調不變地說：『當然是帝國，這是沒有問題的。』『如果是帝國，我可以去！』我表示了滿意。『那麽就請宣統帝早日動身，無論如何要在十六日前到達滿州。詳細辦法到了瀋陽再說。動身的辦法由吉田安排吧。』他像來時那樣恭敬地向我祝賀一路平安，行了禮，就告辭了。接着我在靜園裡便開了一個御前會議，在這次會議上，陳寶琛和鄭孝胥兩人展開激烈的辯論。陳說：『當前大局未定，輕舉妄動有損無益。羅振玉迎駕之舉是躁進，現在啓駕的主意何嘗不是躁進。』鄭說：『彼一時，此一時，本機錯過，外失友邦之熱心，內失國人之歡心，不識時務並非持重。』陳『日本軍部即使熱心，可是日本內閣尚無此意。事情不是遊戲，應請皇上三思而定。』鄭『日本內閣不足道，日本軍部有帷幄上奏之權，三思再思如此而已。』陳『我說請皇上三思，不是請你三思！』鄭『三思！三思！等日本人把溥偉扶上去，我們爲臣子的將陷皇上於何地？』陳『溥偉弄好弄壞，左不過是個溥偉，皇上出來只能成不能敗，倘不成，更陷皇上於何地？更何以對得起列祖列宗。』鄭『眼看已經山窮水盡了！到了關外，又恢復了祖業，又不再愁生活，有什麽對不起祖宗的？』陳『你有你的打算，你的熱中，你有何成敗是毫無價值可言！……』我在會上沒有表示態度，但心裡認爲陳寶琛忠心可嘉，但嫌迂腐。」上面所述溥儀與土肥原所談的談話，以及陳寶琛與鄭孝胥的激辯。這都是有關僞滿的極重要史料，由這史料可以找出他們共同的毛病。那就是我前面所說的：『日本軍閥、官僚、政客是絕對不講信義的，當他們要利用你的時候，便卑躬屈膝，奉命惟謹，利用之後，便翻臉無情，概不認賬。』溥儀當時何以不想到這一點？陳寶琛駁斥鄭孝胥的時候，何以也不提出這一點？到了事後覺悟追悔，是來不及了！

此後日方急於要把侵佔東北作爲既成事實，免得國際干預和與論攻擊，他們幾經考慮，認爲刼取溥儀非採取一個有效而激烈的辦法不可。於是在天津以及靜園（溥儀由張園遷居於此）做了一連串恐怖事件，使溥儀無法安居。乃於十一月十一日（自傳作十日似誤），瞞着陳寶琛等遺老，祇帶着鄭孝胥鄭垂父子離開天津。偷渡白河，於是出大沽，達營口，住進了對翠閣溫泉旅館時，行動便受了日軍的限制，事事都要聽坂垣大佐的擺佈。一星期後又搬到旅順，住的是大和旅館，行動限制比住對翠閣時尤爲嚴密。這時溥儀更感到惶恐不安，他知道他的命運完全操在日本人手中。他在回憶錄中敘述當時的心情是：「這時佔據我全心的，不是東北老百姓死了多少人，不是日本人要用什麼辦法統治這塊殖民地，它要駐多少兵，要採什麼礦，我一概不管；我關心的只是要復辟，要他們承認我是個皇帝。如果我不爲了這點，何必千里迢迢來到這裡？我如果不當皇帝，我存在這世上還有什麼意義呢？陳寶琛老夫子以八十高齡的風燭殘年之身來到旅順時，會再三對我說：『若非復位以正統系，何以對列祖列宗之靈！』我心中把土肥原、坂垣恨得要死，……」陳寶琛字弢庵，謚文忠，他是翰林出身，官至太傅，在遜清遺老中，不僅持重穩健，且道德文章素爲國人所欽佩。此次前赴旅順，純爲進諫，並非攀龍，故一覲便歸。以後溥儀便聽了陳太傅的諫言開了十二個條件給坂垣會談，這次會談對於後來的滿洲局勢有極大的關係。溥儀曾回憶說：「坂垣征四郎曾於一九三四年任關東軍副參謀長，一九三七年七七事變後，他是師團長，一九三八年做了陸軍大臣，一九三九年任中國派遣軍的參謀長，以後在華北內蒙樹立僞政權，進攻中國內地，又樹立了汪精衞僞政權，在發動哈桑湖向蘇聯進攻等重大事件中，他都是担重要角色。」我們看了坂垣的經歷，就曉得他是一個以侵畧爲職志的橫蠻軍閥。這次他會見溥儀，是奉關東軍本莊司令官之命，來報告關於建立滿洲新國家的問題。他談話開始時，除了無意義的寒暄之外，便轉入正題。下面是摘錄溥儀和坂垣談話的情況，坂垣：「這個新國家名號是『滿州國』，國都設在長春，因此長春改名爲新京，這個國家由五個主要民族組成即滿族、漢族、蒙古族、日本族和朝鮮族，日本人在滿洲花了幾十年的心血，法律地位和政治地位自然和別的民族相同，比如同樣地可以充當新國家的官吏。……」他不等中島翻譯完又拿出滿蒙人民宣言書以及五色的滿洲國國旗，放到我面前的沙發桌上我氣得肺部都要炸了，我的手顫抖着把那堆東西推了一下，問道：「這是個什麼國家？難道是大淸帝國嗎？」「自然這不是大清帝國的復辟，這是一個新國家，東北行政委員會通過決議，一致擁戴閣下爲新國家的元首，就是『執政』。」聽到從坂垣的嘴裡響出『閣下』兩字，我覺得全身的血都湧到臉上來了。這還是第一次聽到日本人這麼稱呼我呢？『宣統帝』或者『皇帝陛下』的稱呼，原來就被他們取消了！這如何能夠容忍呢？我激動得幾乎都坐不住了，大聲道：名不正，則言不順，言不順，則事不成！滿州人心所向，不是我個人，而是大清的皇帝，若是取消了這個稱謂，滿州人心必失。這個問題必須請關東軍重新考慮。」「滿州人民推戴閣下爲新國家的元首，就是人心所歸，也是關東軍所同意的。」「可是日本也是天皇制的帝國，爲什麼關東軍同意建立共和制呢？」「如果閣下認爲共和制不妥，就不用這個字眼。現在不是共和制，是執政制。」「我很感謝貴國的熱誠相助，但別的都可說，惟有這個執政制不能接受。皇帝的稱謂是我的祖宗所留下的，我若是把他取消了，即是不忠不孝。」「所謂執政，不過是過渡而已。將來在議會成立之後，我相信必定會通過帝制的憲法，因此目前的執政，不過是過渡時期的辦法而已。」「議會沒有好的，再說大清皇帝當初也不是什麼議會封的。」我們爭來爭去總談不到一起，最後坂垣收拾起他的皮包，表示不想再談了。他的聲音沒變，可是臉色更青更白，笑容沒有了，一度回到他的口頭上的宣統帝的稱呼又變成了閣下，「閣下再考慮考慮，明天再談。他冷冷的說完，便告辭走了。」溥儀這樣的答話，還是有些骨氣，可是第二天坂垣叫鄭孝胥、羅振玉向溥儀傳達了他的話：「軍部的要求再不能有所更改，如果不接受，只能被看做是敵對的態度，只有用對待敵人的手段做答復，這是軍部最後的話！」溥儀聽了之後，半晌說不出話來。大家要曉得日本的軍閥官僚、政客向中國辦交涉，到了要求不遂的時候，都是罔顧道義探用這流氓式的恐嚇辦法。不過我想現在他們經過二次大戰幾乎亡國之後，諒能大徹大悟，痛改前非，否則日本前途深堪憂慮！這時溥儀的生命操在關東軍的掌握。他只得叫鄭孝胥再和坂垣商量：「執政制暫定以一年爲期，如逾期仍不實行帝制，到時即行退位。」過了不多時鄭孝胥回說坂垣已經同意了。鄭孝胥日記裡也有這樣地寫着：「上乃決，復命萬繩栻往召坂垣，遂改『暫爲維持』四字。坂垣退而大悅。昨日本莊兩次電話來詢情形，坂垣今日十一時當去。暫許之議，十時乃定。危險之期間不容髮，蓋此議不成，則本莊、坂垣皆當引咎辭職，而日本援立之策敗矣。」其後鄭孝胥父子與坂垣議定四點。（一）關東軍保證在一年以後滿州國改爲帝制。（二）溥儀外稱執政，但在宮中仍用皇帝體制。（三）日本在短期內承認滿州國。（四）第一任國務總理爲鄭孝胥。坂垣把這個商議結果帶回瀋陽，呈經關東軍審閱後都甚感滿意，立即通知「新政權準備委員會」積極籌備，並決定三月六日舉行滿州國開國典禮。一面關東軍爲表演民族自決，及鎮壓異動起見，命自治指導部展開各地促進開國示威運動，並推出勸駕代表前往旅順向溥儀三度勸駕。於是滿州國與其執政終於民國廿一年三月九日出現於長春，國號大同。日本製造滿州國，雖不及六個月，而其分離滿蒙之運動則實費了二十八年之久。

滿州國是在日本卵翼之下而成長的，溥儀是一個十足的傀儡。滿州國自然不能成爲一個獨立國。況且根據日滿議定書（這是一九三二年（大同元年）九月十五日，以日本駐滿州大使武藤信義與滿州國務總理鄭孝胥聯名發表的。）日本自可控制滿州國之國防與內政，並可逕由國務院總務廳之日籍長官接行。（鄭孝胥只作一個蓋章總理。）滿州國的人事調動，須先經關東軍的同意，即陸軍部的總務課長亦須經關東軍的保薦。於是滿州國就成了一個非驢非馬的國家了。在舉行建國大典的那天却發生了一段很可笑的插曲。溥儀在回憶裡說：「那天我穿的西式大禮服，行的是鞠躬禮。在日本要人的旁觀下，衆元勛們向我行了三鞠躬，我以一鞠躬答之。臧式毅和張景惠二人代表滿州民衆獻上用黃綾包裹着的『執政印』，鄭孝胥代唸執政宣言。當天下午我在執政辦公室裡，鄭孝胥送上一件公事。說：『本莊司令官已經推薦臣出任國務總理，組織內閣，』他微彎着身子，禿頭發光，語音柔和，『這是特任狀和各部總長名單，請簽上御名。』這原是在旅順時日本人甘粕正彥早跟我說好的，我默默地拿起筆來，辦了就職後第一件公事。我走出辦公室，遇上了胡嗣瑗和陳曾壽。這兩個老頭臉色都不好看，因爲知道了特任官名單裡，根本沒有他們的名字，我對他們說我要把他們放在身邊，讓胡嗣瑗當我的秘書處處長，陳曾壽當秘書。胡嗣瑗嘆着急謝了恩，陳曾壽却說他天津家裡有事，求我務必准他回去。第二天羅振來了。他在封官中得的官職是一名參議，他是來辭這個不稱心的官職的。我表示了挽留，他却說：『皇上屈就執政，按說君辱就該臣死，臣萬不能就參議之職。』後來他做了一任監察院長，又跑回大連，繼續賣他的假古董一直到死。上頁兩張照片，是溥儀和鄭孝胥在僞滿執政時，宮內府所攝製的人像和筆蹟，鄭孝胥所寫的，自然是他的親筆。而溥儀所寫的則是褚河南兒寬贊的筆法。但是據溥儀自說他平日只臨過歐陽詢的九成宮，和趙孟頫的字帖，他並沒有提過褚河南，而「國徽高揭，如日之升。」八字寫得相當的好。我懷疑是胡嗣瑗的代筆，或且由胡寫給他摹的。

傀儡執政，袍笏登場，鄭孝胥除自爲國務總理兼教育部長外，又命他的長子鄭垂做了國務院總務廳廳長，次子鄭禹做了秘書官。難怪大家都不服氣，於是把僞滿的人事，變成了你爭我奪的局面。原定日本人只做了各部院的顧問，後來鄭孝胥爲了難於駕馭財政總長兼吉林省長的熙洽而大傷腦筋。於是他聽了兒子鄭垂的話將日方派在國務院的顧問駒井德三（原是鄭氏友好）升任爲總務廳長，用「以日制華」的手段來壓制熙洽。那知駒井得寸進尺，認爲廳長係司長級，無法制裁熙洽，乃要挾鄭氏父子用國務院的命令，把他升任爲國務院總務長官，由於這一轉變，各部的日籍顧問，都變爲各部總務司長，由司長立刻變爲次長，此後各院部行政大權，完全操在日人掌握，馴至僞滿的人民只知有日本人，而不知有中國人；其跋扈專權，令人髮指。所以溥儀後來在東京國際軍事法庭作證時，檢察官問：「你個人是否有自由？」溥儀答：「自由二字在我已喪失過十四個年頭，我不但沒有皇帝的自由，並且沒有做人的自由，我不但不能隨便傳見外國人，也不能隨便召見臣下，各處文件，都是日本人製好在我面前照念一遍，好像做戲。……」他又說：「我在位十數年，無時不考慮如何報復日本，只要有機會抗日，在所不辭。」溥儀這段證言，並不過份。所以滿州國成立不久，東北反日軍、義勇軍紛紛起義，馬占山在拜泉二度反日；于芷山的部下也在通化反正；李海青出沒於中東路的南線；丁超、李杜進出於依蘭和佳木斯；在黑龍江方面有徐景德、鄧文、天照應；在吉林方面有王德林、馮占海；在遼寧有唐聚五、鄧鐵梅、劉文景等，各方兵力據日方承認達二十一萬。這是日本人強佔滿州，壓迫滿州的明證，也就是對於日本人託詞滿州國民族獨立的明白答覆。

日本爲了使溥儀更加傀儡化；爲了更便利於統治東北這塊殖民地遂於民國廿三年（僞滿大同二年）三月一日，便將滿州國改稱「滿州帝國」，自然執政制也改爲皇帝制了。當時國務總理仍爲鄭孝胥，其他部院也沒有多大的更動，不過總長名稱改爲大臣而已。那時溥儀最得意的，就是穿着龍袍實行郊天大典，並受了許多王公大臣的三跪九拜。連鄭孝胥、胡嗣瑗、羅振玉也穿着翎頂袍褂行禮如儀。鄭孝胥於得意之餘又做了幾首詩：一、重九登高：「雪後重陽夕照明，高台縱目俯神京，平原已覺山川壯，投志翻教歲月輕，燕市再遊非浪語，異鄉久客獨關情，西南豪傑休相厄，會遣遺民見後淸。」其二、登極察事：「三王家天下，傳子以相繼，秦政稱一統，二世至萬世。生民立之君，道在仁與義，仁義自無爭，豈爲一家計，苟以力假仁，上下每爭利。舉世治此學，自謂巧且智，日居爭競中，孰能救此弊？」滿州帝國成立後不到二年，鄭孝胥的國務總理便轉讓給張景惠了。這時是民國廿四年（僞滿康德二年）五月，這位詩人宰相又賦詩見志。題是辭官得允「行年七十六，自詡好身手，雖曰非健兒，亦未齒羸叟，今朝得辭官，快若碎玉斗，屈指數張臂，嘯嘯頻撰口，千秋執寒徒，豈易覓吾耦。營營鼠窟中，莫復論誰某，造物定何意？留此老不朽。知我者天乎？問訊堂下柳。」這首詩是寫他滿腹的牢騷，語多憤激，曾爲日本權要所不滿，幾乎發生了文字獄。他辭官之後還在長春住了三、四年，鬱鬱寡歡，抱恨而死。至於溥儀？自日本投降之後，僞滿淪亡之日，他便過着悲慘的俘虜生活，出獄之後淪爲中山公園的看門，以及文史館館員，到了他五十八歲那年，居然和北平一個醫院護士結婚。這婚姻是否自動？抑或被逼？我們也無從稽考，不過婚後不久溥儀就得了尿毒症，終於民國五十六年十月十七日一命嗚呼了。本文只寫鄭孝胥與溥儀的關係，及其兩人相連帶的政治生活，所以在鄭死之後，僞滿淪亡之前，這段期間，僞滿政治的情形，以及溥儀生活的狀况，都畧而不談了。

為日軍慘殺之交通部駐香港專家事畧

羅香林輯錄

一、謝奮程先生事畧

謝先生諱奮程，字英士，廣東梅縣人。幼敏慧、有異秉、孝友剛介，出於本性。年十五、隨父僑居星加坡、肄業中學，每試輒冠其曹。時北平清華學校，海外招生，南洋得取一人，先生遂以獲選。民國十二年畢業，即赴美國入科羅拉多大學，專習經濟學，獲學士學位。復入哈佛大學企業管理學院，得碩士學位。先生於留學時期，即參加革命工作。十五年返國，任國民革命軍總司令部總政治部秘書。國府奠都南京，調任財政部科長。北伐完成，奉派赴北平，接收前財政部稅務事宜。旋歷任財政部河北煤油特稅總局局長，湖北捲菸稅局局長，湘鄂贛區統稅局局長，及中央執行委員會國民經濟計劃委員會委員，兼中央財政組副組長等職，先後八年，對中央經濟政策之實施，及統稅制度之建立，擘劃精詳，多所貢獻。十七年國民革命軍初抵平津，先生奉命創辦煤油特稅。先生雖屢筦榷政，而廉潔自矢，首剏稅款改由國家銀行按日收解之議，財政當局，予以嘉許。二十四年冬，交通部長張公，調長鐵道部，先生被任爲鐵道部總務司長。時總務司兼轄人事、育才、勞工、等科，夙稱繁重。先生處事周詳，而於鐵路人才之儲備，勞工待遇之改善。及扶輪中小學校校務之整飭，尤悉心規劃，積極推進。幷先後兼任鐵道部料款委員會委員，購料委員會料款保管委員，新路建設委員會委員，幷代委員長職務，部路人員資歷審查委員會副主任委員，及軍運委員會委員，浙贛鐵路理事會部代表，國立交通大學校務委員，鐵道部武昌辦事處主任，鐵道部事務委員會委員等職。抗戰軍興，先生奉命赴港粵辦公負責對外接洽一切事宜。二十七年，交鐵二部合併，改任交通部參事，兼購料審標委員會駐港委員，旋改任專門委員，奉命研究戰後交通事業復興計劃，仍駐港，兼辦購料審標事宜。迄三十年，太平洋戰事爆發，香港淪陷，即抱犧牲決心，不欲擅離。終日在敵機狂襲，與敵砲密集轟擊下，處理公務，鎮靜如平時。至十二月十八日，先生私寓遭敵砲毀，乃暫遷附近聖保羅女校。次日，復展轉遷藍塘道交通部汪幫辦仲長寓所，詎二十二日下午七時許，門外槍聲驟作，突有敵官兵數十人，持械闖入，逼令男女分立屋隅，加以搜檢，指先生等爲中央派駐香港要員，出語威脅。先生等不爲少屈，旋即強拉先生就門前草坪，以刺刀猛刺，先生被傷十餘處，立時殉職。享年四十有三。事後，尋先生遺體，竟不可得，嗚呼慘矣。先生著作已刊行者，有馬克斯主義之批評，最近七年來中國財政之興革，及從財政學理觀察中國現代之財政等，皆立論精確，闡發良多，卓然可傳。

二、汪仲長先生事畧

汪先生諱仲長，江蘇武進縣人。生於民國紀元前十五年八月廿三日。父汪幼安，以知縣分發湖南，旋補益陽。先生自幼好學命，隨至任所，肄業長沙高等學校，轉湖南專門工業學校。辛亥革命，父歸上海，爲上海信成銀行董事長。先生曾一度就任行職，非其好也。因請於父，入聖約翰學院肄業，未幾復負笈赴美，入麻省理工學院，研習機械工程，得理學士學位。民國十一年，學成歸國，受湖南嶽麓山機械工程學院之聘。繼復任漢冶萍公司工程師。安徽建設廳雅重先生品學，延主安慶市工務局，雖爲時未久而所至有聲。先生邃於數理，思宏育青年，乃於十七年秋，改就暨南及交通兩大學聘約，赴上海任敎。善誘循循，學子皆樂受甄陶，各大學聞風嚮慕，爭相羅致，不得已勉任光華震旦二校講師，先後八年，受業者千數百人，門墻桃李，一時稱盛。廿五年，鐵道部長張公，以財務司幫辦之職相屬，各校學子聞之，羣起挽留。張公特允先生，於週末返滬兼課，先生菁莪作育之效如此。任部職時凡金融之酌劑，公債之籌募，產業之整理，以及款項鈎稽，簿籍釐訂，靡不悉心規劃，贊助推行。張公倚先生如左右手，而寅僚亦無不交相推重。旋復兼任財務研究委員會委員，平漢購料基金保管會秘書，購料會委員料款組主任，購料處副處長，機工車料會委員材料組副主任等職，極簿書鞅掌之勞，先生均措置裕如。廿六年抗戰軍興，即奉派至香港辦理料款事宜。廿七年，交通鐵道二部合併，續任原職。時東南沿海，相繼淪陷，交通器材，集於香港，轉輸調度，日不暇給。料款以外幣轉折，酌盈劑虛，數年之間，莫不以先生綜覈謹嚴，資爲矜式。二十九年，中國運輸公司成立，復兼稽核長，凡所建議，皆洞中肯綮。三十年，太平洋戰事爆發，香港爲敵軍侵襲，先生以職守所繫，不願引避，乃於十二月廿二日爲敵人侵入寓所，亂刃交加，遽爾捐軀。嗚呼傷已。先生內行純備，學問湛深，方當大用，遽罹兇鋒，歸省父母，亦同時遇害。先生祇一子一女，孫女則生甫數月耳。

三、鄒越先生事畧

鄒先生諱越，廣東大埔縣人，黨國元勳鄒海濱先生魯三公子也。民國四年四月二日生於上海。十七歲，畢業東吳二中，二十二歲，畢業上海交通大學，得土木工程學士學位。同年，赴美留學，入康納爾大學，專攻土木工程，及建築水利等科，得工程碩士學位。赴英倫及歐洲各國考察。二十七年回國，任交通部橋樑設計處幫工程師。二十九年調部疏建工程處服務。三十年，調公路運輸總局，主辦滇緬公路加油站建築工程事宜，前往昆明臘戍等處監督工程。是年秋，調運輸統制局液體燃料管理委員會工程課課長，又往昆臘繼續推進加油站工程。先生先後任職，皆以精勤不懈，爲當事所倚重。交通部以橋樑設計處香港辦事處橋樑設計及物資搶運諸務，需才孔亟，爰於十一月十八日，派先生赴香港，甫兩旬，而港變發生，不幸於十二月二十二日，在交通部汪幫辦仲長寓所，遭敵慘殺，年甫二十有七。先生誠謹和藹，造詣精深，爲青年不可多得之才，遽罹兇鋒，以身殉職，知與不知，罔弗悼惜焉。

四、石壽頤先生事畧

石先生諱壽頤，字和生，廣東番禺縣人。年三十二，畢業上海交通大學土木工程科。歷任京贛鐵路工務員，及湘桂鐵路桂南段幫工程師。二十九年五月，交通部派爲香港材料庫運務主任。港庫運務，夙稱艱鉅，香港政府統制運輸綦嚴，法度周密，不能有絲毫出入，而當地工人，又不易駕馭，因應付不當，而稽延運務者，踵相接。先生就職，一以誠篤勤敏處之，先後數年，事無弗舉，轉輸器材，輒多於他人。迨港政府頒禁運材料出口之令，先生獨能據理力爭，卒獲簽准內運。由是各機關委託港庫代運材料日多。先生雖應接不暇，顧念皆我國物資，未忍堅拒，凡所經辦，無不井然有序，各機關交相稱許。香港戰事發生，先生寓所迫近戰線，不可復居，乃於十二月廿二日倉猝避往藍塘道汪幫辦仲長私寓，不幸竟與汪幫辦，同時殉職，英年賚志，彌足傷矣。

留學孫逸仙大學往事之一

由廣州到莫斯科

王覺源

共產國際認為發展東方各國革命而為共產革命，主要的先決條件在製造東方各國共產的幹部。一九二〇年以後，在莫斯科因有一所專門培植東方各國共產黨的「東方大學」（應稱東方勞動大學，史達林命名，簡稱「東大」）出現。校址是普斯金街附近一棟四層樓的大廈，相當宏偉。校長蘇勉斯基，在俄國共產黨中，雖不佔重要地位，却是一個具有野心的人物。學生的來源，都是由東方各國共產黨保送的，自然多是其黨員和團員。因為當時東方各國共黨組織尚未發展，不易找得黨團員，非黨團員祇要思想能同情於共產主義的人，欲列門牆，也不困難。後來的中國共產黨人如瞿秋白、張太雷、陳延年等，據說就是在這樣情形之下進去的。經常學生有三四百人之多，包括有五十幾種民族。其實也不限於東方民族，像高加索、波蘭、立特宛、芬蘭乃至法國和美洲黑人，都有參雜其中，眞是一個五光十彩的民族萬花筒。各種不同風俗、習慣、語言、文字的人，生活在一塊，又都缺乏國際主義的深切修養，總不免各不相謀，互存歧見。情感上的交流，實不如一個或兩個民族共處之容易接近與和諧。好在唯物辨證法的訓練，正是要排斥這些。所以由東大出來的學生，都說不出交上一個或兩個外國朋友。這在西洋留學生看來，自不免詫為一種奇事。

在中國廣州，孫中山先生所領導的革命政府，於一九二三年實行聯俄容共政策，此事實乃蘇俄駐華公使加拉罕和共產國際神秘人物威金斯基與越飛，稟承莫斯科的計劃在中國活動以幫孫先生革命為名所獲得的結果。是年鮑羅廷跑到廣州，不久就成了中國政治上的重要份子。革命政府與蘇俄和第三國際，自有一種不平常的國際交往。正當中國革命勢力蓬勃發展之際，中國革命導師孫中山先生病逝於北方。共產黨的想法，以為這是一個爭取領導的絕好機會，乃在廣州製造國民黨左右派，而煽動其內鬨，主要的手段就是利用汪精衞來打擊胡漢民先生。在上海則發動反英的「五卅」運動，擴展而有廣州的六二三慘案。結果雖使鮑羅廷失望了，也益使共產國際感覺中國共產黨人力的不夠，組織的薄弱。因之，一九二五年乃藉紀念　國父孫先生為名，在莫斯科設立一所「孫逸仙大學」（應稱中國勞動大學，命名孫逸仙簡稱孫大，校址在阿羅罕街）要求革命政府派遣大批學生留俄。在蘇俄陰謀還未暴露與中蘇關係未形破裂之前，蘇俄這種作法，無疑的是會使人感到愉快和信任的。國民黨接受了蘇俄的建議，在廣州公開考選了一百八十名青年（中央黨部考選一百五十名，黃埔、湘軍、滇軍三軍官學校各考選十名）；上海和平津兩地各選派（因兩地不能公開招考）五十名；通過鮑羅廷路線，特別介往者，不下三十餘人；共約三百二十名青年學生，都於一九二五年或冬或次年秋，分批進入了紅色的溶爐。由廣州去的，原來約百分之九十是國民黨的黨員，而上海和平津所送的，則大部份爲共產黨團員。後來國民黨員復被共產黨吸收一部份，於是共產黨則三分天下有其二了。孫大與東大唯一不同的地方，即前者學生都是中國人，共產的味道也比後者冲淡一點。政治觀點，雖有國、共的岐異，最初相處還算很好。雙方關係之壞，是在中國國民黨清黨以後。校長拉狄克，雖是共產國際的重要角色，却有一種學者風度，相當得到學生的好感。可惜在校不過年餘、因俄共鬪黨派關係，被副校長史達林之親信米夫取而代之。

東大和孫大都是直隸於共產國際的東方部，因之他的教育宗旨和方針，也沒有大的差異。兩校雖名爲大學，其實都只相當中國大學組織的一個系，不過人數多一點而已。主要課程，有唯物史觀，政治經濟，西方革命史，俄國革命史、社會形式發展史等，都是根據馬列主義所構成出來的東西。教授除俄國人以外，以德國人較多。中國學生百分之九十以上最初是不懂俄文的，教授多以英、德、法文講課。分班上課，每班二十餘人。因教授不少，翻譯人員就缺乏了。上課、講演、出門參觀既要翻譯，大批的講義更要翻成中文。在這情形之下，學校當局又得設法培植翻譯人材。同時，講義出產本來是用油印可以對付的，後來多了，抄寫和印刷也成了問題，爲了克服這一困難，學校又在中國買了一部印刷機和字模，並雇去幾個中國印刷工人。草創的艱難，即此可以見，其餘則尙非我們直接感到的。

東大中國班的學生原來不過二三十人。共產黨在廣州南昌暴動之後，其黨徒逃往莫斯科者甚多，漸次增加到三四百人，除原有的政治班外，另外開設兩個新的班，一爲軍事班，專門訓練軍事下級幹部，一爲預備班，容納一批程度低淺的工農份子。但是女生極少，總共不過七個娃娃，這種陽盛陰衰的現象，是男生們最感苦悶的地方，也是後來東大併入孫大成功條件之一。蓋俄國共產黨自列寧死後，史達林與托洛斯基派的鬥爭，已日趨明朗。中國學生，後來亦大半捲進了這一漩渦。以反對「旅莫支部」（原係中國共產黨駐俄黨部）餘孽爲藉口、掀起無法調和的鬥爭。於是第三國際東方部，乃決定將東大（僅中國班）與孫大合併。究竟東大併入孫大，抑孫大併入東大？因之又引起了蘇勉斯基與米夫之間的爭端。而中國學生的意見，孫大的不想入東大，東大的則想進孫大，認爲孫大有三多：中國人多，女孩子多，自由得多。米夫得了中國學生的支持，再通過一點路線，終於佔了上風。一九二九年東大的政治班和預備班實行併入孫大，軍事班則分配於各軍事學校，東大與中國人的關係即從此斷絕，蘇勉斯基不久亦憤而辭職。

孫大的學生，第一二期、原來已有三百人，女的約佔十分之二三。大部份是從中國去的，極少部份是從德、法去的。因之份子異常複雜，有少爺、小姐、太太和姨太太、有軍人、工人、農人，最多的是學生，照共產黨分階級的說法，百分之八九十是小資產階級。這樣，程度就自然不齊了，有大學畢業或大學教授，最低的小學沒有畢業或根本未進過學校的也有，共產黨在廣州南昌暴動以後，中國的學生陡然增加，但程度就更差了。第一、二期畢業的學生，因我國內清黨的關係，國民黨員即被分批遣送回國，而共產黨認爲「反動」最烈的份子，則安置在外人所不知道的地方。留下的共產黨員，則強迫學習軍事，分配在步兵、炮兵、空軍（馮玉祥原來派一批人在那裡）及射擊等學校，少數人則進了陸軍大學（原來有賀某王某周某三人在本校）和紅軍政治大學。今日共軍中的高級幹部、大半還是以這些學生爲主。從此以後，孫大則變成了共產黨的清一色。共產國際從該校源源製造出來的中國共產黨幹部，就不知有多少。中共內部，國際派陳紹禹等與土著派毛澤東等之鬥爭，亦即種根於此。

到了一九三〇年，國際上托派與史達林派的鬥爭，既未稍歇，而中國學生中的派別格鬥，亦未因東大和孫大的合併而冲淡，事實上由於國內共產黨內部的火拼屠殺，反映到莫斯科以後，轉如火上澆油，愈鬧愈兇起來。弄得米夫沒有辦法，第三國際東方部也傷透了腦筋。終於在俄國共產黨大清黨之下，把孫大關了門。所有學生，大部份則送往中國延安，參加中共軍政工作；一部份則留在俄國作工；另一部份與國際或米夫有深切關係的，像王稼穡，張聞天，陳紹禹之流，則保送到「紅色學院」（如中國的研究院，是俄國最高的學府）。還有些原在共黨中有地位的人物，如董必武、吳玉章、方維夏、林祖涵、江浩等之流，則送到「列寧學院」去染上一點顏色。原來掛羊頭賣狗肉紀念孫先生的所謂「孫逸仙大學」，也就成了歷史上的名詞了。（其實我國國民政府，已於民國十六年八月，宣佈取消了莫斯科中山大學名義）。最後要補充說明的一點，留俄學生之中，仍有少數特殊的學生。這是在國民黨清黨以前的事。凡國民黨要員，到俄國去考察者，孫大照例要開一次歡迎會，並在隆重的禮節中，送他一張「學生證」，像英美大學的贈送學位一樣，承認他是這個學校的學生。共產黨認爲這是最光榮的，稱爲「紅色博士」。像胡漢民先生，于右任先生、和馮玉祥、鹿鍾麟、宋慶齡、邵力子（邵還正式上過課）等，都是有名無實的孫大學生。現在看來，眞是未免太滑稽。一九二五——二六年所去的留俄學生，大多數是與國民黨有密切關係的。國民黨清黨以後，這批學生被蘇俄特務警察捕去充軍、坐牢、罰苦工和屠殺的，已有不少。幸能全生而還回黨報到者，人數並不很多。今日來到台灣者，屈指計之總共不過六十人左右。他們在反共鬥爭中，無疑的，都是最積極的戰士，都是思想與行動上的中堅和領導者。

中國選送留俄學生

孫大是一九二五年，國父逝世後半年成立的。那年的秋天在廣州公開招考學生。手續非常簡單，祇要到中國國民黨中央黨部（廣東省議會舊址）塡一張報名單，手續就算完畢，無須驗繳文憑或任何證件。對於投考者之年齡學歷概無限制。因此所選取的人物，形形色色，不一而足。年齡上小的自十四五，大的到四五十歲；學力上自粗通文字到大學畢業，或曾留學外國的都應有盡有，極盡「三代同堂」「大小（學）同科」之奇觀！中央非常重視其事，塡表以後，由中央常會推定幾位高級人員（譚延闓先生也是其中之一），先經審查，然後公佈，定期考試。考場在廣東大學（中山大學的前身）。這場筆試，每人作一篇論文，試題是：「什麼叫做國民革命？」此外並無其他學科或外國語文，可謂簡單之至！筆試以後，二度榜示，經過一個相當時間，再行口試，仍是指定幾位高級同志擔任主考（中委甘乃光是一位），口試側重於測驗考生對於時事政治之認識，如當時正値蘇浙齊（燮元）盧（永祥）之戰，主考者就問你對此應取何種態度？三次考試，無異是過三關，看來容易，其實也不簡單。一審二考三測，一千多人報考，却淘汰十之八九，錄取的比率自不算高的。

一般人總以爲俄國人既然肯花這麼多錢來創辦這所學校——孫大，自然是以儘量招收共黨份子及無產階級爲前提。實則恰恰相反。事後檢查，由廣東考取去的這批人，共產黨徒是絕少，而無產階級則絕無。這是什麼道理？說穿了很簡單。俄國人設立這所學校目的是要吸收中國青年，迨入其轂，即可搖身一變，加入共黨，固然可以增加他們竊奪政權的資本；不然，就是同情他，以國民黨左派自居，做他的傀儡應聲蟲，也就有莫大的代價了。（後來這批人，雖受盡共方威迫利誘，依然堅守立場，不爲所動者仍居多數，實出共方意料之外？）至於原屬共產份子，他們隨時都有被保送的機會，又何必費力去佔這些名額呢？所以共黨相反的是不願意他們的黨徒參加留俄考試的，縱有極少數偷偷應考的，既然考取了，也就沒有強迫他退出。至於所謂「無產階級」或勞苦大衆，雖然沒有明顯規定不准投考，但無形中對他們有了天然限制。第一這種人一天不做工就沒有飯吃。既無隔宿之糧，那能餓着肚子去留學。再則依照規定，一經考取，仍須自備路費一百五十元，（中央規定旅費爲二百五十元，公家津貼一百元，餘由自備）都非所謂無產階級所能負擔的。因此考取的多半是在校學生，既非赤貧亦非富有，絕大多數正是共黨所指稱的「小資產階級」。其中有一名是廣州市的警察。而廣東五華一縣入選者竟有七人之多，這七個人當中有一位自動退出，故實際成行的祇有六人。

留俄學生放榜以後，跟着就準備放洋了。在去國之前，國民黨中央曾經舉行過歡送會及談話會，地點在廣州的中央黨部，汪精衞和鮑羅廷都來參加。有一次談話會，汪精衞提議推定幾個人負責向中央聯絡；可是各路英雄彼此不相識，無從指名推舉。結果由汪精衞指定林柏生陳春圃爲領隊。後來這兩個傢伙，就利用機會爭先出發，並各自誘騙佔據了比較漂亮的女同學，林柏生取得同學所稱的「別樂瓦雅」（第一）徐瑩；陳春圃則取得「敷特洛雅」（第二）李蕙芳。林陳都是廣東人，一向依附汪逆。抗日勝利後，亦都以漢奸罪被處死。這是後話。留俄學生的出發，是分批的。第一二批人數不多，放榜後不久就成行。餘下來尚有百餘人，則在廣州等待消息。誰知日延一日，杳杳無期，大家都望洋興歎，不禁心灰意冷起來。當局知道這種情形，覺得任令這些人散漫流離，不是辦法，於是便在東山租定樓房二幢，作爲留俄學生的宿舍，食住問題，均由公家負責，並聘請幾位俄國女子，替我們教習俄文。

國人對於俄文，素來是隔膜的。除了東北哈爾濱及新疆伊犁一帶居民，因地區關係和俄國人接觸機會較多，懂得俄語畧較普遍而外，既往祇有北平俄文學校及交通大學算有學習俄文的機會（其他學校縱有俄文科系，亦屬冷門）。國內尤其是南方各省，通曉俄文者則寥寥無幾！

我們這批人，對俄文既素昧平生，遠適異國，語言不通，其困難自可想見。第一批先行出國的同學，因此曾吃了不少苦頭，就是一個教訓。因之留滯廣州的同學，才有學習俄文之舉。由鮑羅廷指定幾位俄國女子爲教師，地點借用廣東醫科學院，分爲兩班上課。前後請過三位女教員：一爲雅可烏列瓦，一爲迪魯尼。最後一位是羅嘉覺瓦。年紀都在三十左右，都是當時在廣東服務之俄籍軍眷。她們一句中國話不懂，我們又一個俄國字不識，因而雙方都感莫大困難。只見她們在講堂上指手劃脚，口操俄語說：「這是桌子」，「這是椅子」，「這是黑板」，「這是牆壁」，……我們就照着她手所指處的發聲，用英文或漢文注音出來。久而久之，約畧知道這叫什麽。且祇會說，還不會寫。這樣大概學了四五個月。同時，同學也存着一種心理，以爲俄國去得成不成，還不曉得。要學俄文到了俄國自然是會的。因此，多半意興索然，懶於用功，所以成績並不理想。只有幾個對於外國文較具根基經驗和興趣的人，還能免強對付過去。

由廣州到莫斯科

一九二五——二六年，中國到蘇俄去的學生，大約有三條路可走：一路是到海參威；一路是經由哈爾濱，因被張作霖所控制，不易通過；一路則繞道歐洲。由廣州去的，前後分作三批，都是走海參威。第一批大約是在一九二五年底出發的。記得到了莫斯科不久，就是中國的舊曆年節，當時同學們，私下還有些慶賀的表示！

俄國革命以後，對其他國家，本有一種敵視或歧視的態度。因之對於外國人的入境，限制極嚴。對於護照的簽證，當時即成了世界上最稀罕最難獲得的東西；但是對廣州學生的入境，因是蘇聯的政策和鮑羅廷的幫助，運用特別的外交關係，故絲毫沒有發生問題。同時船票、車票、伙食、旅館費等，都是由蘇俄政府來招待的。我們糊裡糊塗，首先還不知道。中國「聯俄容共」，雖沒有得到好效果，我們當時却得了這些小小的實惠！

我們出國首途之前，中央黨部曾舉行一次盛大的歡送會。繼之很多機關、團體、學校、以及各人的親友、都有一種歡送的表示，情況之熱烈，實破中國留學史上的先例。可是熱熱鬧鬧的出去，冷冷冰冰的回來，人情劇變，沒有任何理由可以解釋得通，祇好歸之於世態炎涼。這是後話，也不必說。當第一批二十二位同學，帶着異常興奮的心情，踏上俄國的一艘貨輪，佔着大艙間和特等的艙位，自有說不出的愉快，祇是這貨輪的噸位不大，不過三四千噸。這對於初出茅廬，尚未經過海上生活的青年，實在有一種太不習慣或痛苦的感覺。在兩星期的波濤駭浪中，走盡了中國海岸線。除二三同學始終強悍照樣吃、喝、談、笑之外，大都是輾轉呻吟於床褥，望洋興嘆！有的人連苦水都吐了出來，有的竟是十多天不吃東西。最意外的，這批僅有的方、丁兩位女同學，反比男孩子要強一點。她們僅僅倒一天，就能起來，照常活動，且成同學們共同的義務看護小姐。習慣成自然，三四天以後，半數以上的同學，恢復了正常；暈船最厲害的人，也能喝點流汁的東西如牛奶、果子露。廣東的水果，本來價廉物美：但多數同學是把他忽畧了，幸而少數同學，却有大量的儲備。到此時，經驗告訴我們；水果才眞是海上生活最佳的食物。我們步出國門，最初所意識到「共產主義」的事實，也就是把這些水果「共」光了。船上的伙食，每天都是五頓（兩次茶點），大雞大肉，非常豐盛。據說船上伙食的好壞，完全是看走水的好壞來作標準的，走得好，便吃得好。這次船上的伙食，如果不是為中國人而特備的，必定是這次走水撈了一筆。不然的話，屬於無產階級的船，豈能有此？豈應有此？曾引起了我們不少的懷疑。肉香撲鼻，食指大動；但許多同學，都祇能望而不能即。前一兩天，僅有二三個同學上桌。俄國毛子（東三省對俄人的慣稱）總是眯眯地笑。不知道他們是對中國人弱不禁風而輕鄙，抑是因他們一人能佔二三份美饌而高興？彼此言語不通，默默相對，終未明其究竟。三四天以後，情形就變了，上桌的人既多了，坐船肚易餓，吃的也多了。有的同學，便開始向毛子學俄語，什麽樂市卡（匙子）了詠洛卡（叉），黑列巴（麵包），沙哈拉（糖），唧唧呀呀，叫過不停。自然什麽「得瓦里市」（同志），「字得拉是姐」（安好）這類字語，在上船的時候，就已裝進到腦子裡來了。語言文字，是起源於人類生活的方便，即信而有徵。船到海參威的前夕，我們還舉行過一次不倫不類的晚會，表示中俄聯歡。同學都把所帶來尚未吃完的糖果食品，湊集起來，樣子還很不錯。兩方面都表演了一些歌唱節目，互相象徵式的說了一些祝賀和希望的話，「你不懂我的，我不懂你的」，各自歡笑一場，便算是一個「聯歡晚會」。說實在一點，這與其說是中俄聯歡，無寧說是我們自己過夠了暈眩生活，為快到海參威而高興所作的舉動較為切實。

海參威，本為我國固有之地。後來因為滿清咸豐皇帝的不爭氣，才把它割讓給俄國的。我們仍稱海參威，俄人則稱烏拉齊瓦扶斯克，日本另外一個稱呼，叫做浦延斯德。這是西北利亞東南的海港，也是俄國東方重要的軍港，有堅固的要塞。西北利亞鐵路的終點於此，貿易頗盛，惟屆冬封凍，船艦不能活動。沙皇和蘇維埃政府，傳統的企圖在東方找一不凍港，積極垂涎我旅順和大連，目的之一，亦在克服海參威港的缺點。我們的座船，到了海參威港外，港內已經封冰。經過破冰船的開路，從港口到碼頭，整整費了半天的時間，才算靠了岸。到岸不久，即有兩個俄國人上船來接我們，把我們安置在凡爾賽旅館。這旅館還相當富麗，且有中國侍應生，異地逢鄉人，自然要親切得多。詢悉之下，才知道這是招待外賓的唯一旅館，我們又搬了家。海參威因淪割未久，華人約佔全人口的三分之一，華人商店，仍遍地皆是。我們在這半華半俄化的都市，到不感覺十分異樣。惟是自然環境的劇變，冰天雪地，朔風酷寒，在中國南方生長出來的人，最初總是不太舒服。大家在旅館休息，洗了一次澡之後，第一個想解決的問題，是去吃「中國飯」。大的中國飯館的陳設、用具、菜單，都和國內飯館一模一樣。一致公認最好的一色菜，就是「蟹腿」既肥且嫩，於是煎、炒、蒸、燒並具。大喝大嚼之餘，不小心的同學，忘了在船上久未進食，不知有所節制。好幾個人翌日便鬧起肚子來。到了莫斯科很久，還傳爲一種笑柄。

海參威停了四天半，轉上了西伯利亞火車。我們二十二個人，佔了半截車廂，各人有一個床位。雖然是雙層的又不是軟席，這半截廂子，總是我們的天下，倒很自由自在。我們的生活方式自是也就變了，分作爲四組，每組爲一生活集團。僅有的兩位女同學，各組都想設法爭取，弄得她倆難以爲情，無法決定取舍，結果還是抽籤來解決的。車子每到一站，輪流到站上去排隊取開水，買麵包和其他食物。衣裳襤褸的俄國婦人，叫賣的鹽水雞子和雞蛋特別多，而且比較便宜，自然就成了我們每餐必備的東西。西伯利亞的火車，都是燒的木柴，行駛很慢。每站都停得很久，大站常常是一二小時。每逢大站，總是我們打牙祭的機會，到站上的飯廳裡大吃一頓。肚子裝飽了，少不了來點餘興，唱歌、講故事、唱京戲、玩魔術，頗爲有聲有色。有的下棋、猜拳、有的做詩、打燈虎、看小說，空氣顯得十分和諧。一個星期的時間，不知不覺就打發過去了。沿途景色，除了在白銀世界轉來轉去外，廬山面目之難識，正如今人對蘇俄情形之認識，被蒙蔽在巧飾宣傳之下一樣，但白銀世界之有留戀的價值，却沒有絲毫僞裝。玉潔冰清，纖塵不染，身歷其境，心情朗擴，使人眞有「度白雪以方潔，干青雲而直上」之感！講共產主義，自然不肯有民族的感情；但我們過貝加爾湖時，一種民族的感情，却油然而生。貝加爾湖（淡水湖）位於伊爾庫次克之東，其周繞以貝加爾山。據云湖水清澈、富魚產、船舶往來，皆稱方便。我們雖沒欣賞到蕩漾的波濤，上下的舟楫，却飽看了無垠的氷封，平坦的白海。故此湖亦名白海。歷史所傳：西伯利亞本爲鮮卑地區，中國西漢時，匈奴使蘇武牧羊於北海濱、即屬此處。蘇武在此牧羊，過了十九年雪地冰天，飲血呑氈的生活，心如鐵石，不辱漢節。如此民族英雄，身過其境的遊子，能不肅然起敬！於是我們齊聲合唱一次「蘇武牧羊」歌，藉表追懷和景仰之意。

過貝加爾湖，便到了西伯利亞唯一的重鎭——伊爾庫次克。車長告訴我們，西伯利亞鐵路的全程，將走了一半。應該換車，停留五六小時，到晚上十一點換車，再行西駛。於是我們都把行李搬下車，集中到月台上。堂乎皇哉，至是我們才覺到我們行李之多，堆在一塊，像一座小山。分組輪流看管，其餘的人，儘可自由活動，吃飯的吃飯，遊街的遊街，自不必說。可是後來有兩件事情發生了，都慶尚未造成不幸！一是我們行李的堆放，大約是超出了站台的緣邊，一輛火車頭經過時，把一部份行李衝得四散。檢點清查，已失掉兩件。夜色黑暗，兩個同學用手電筒沿着路線尋找，亦不可得。時有幾個外表熱心，心裡却不知懷的什麼鬼胎的華僑，硬「強迫」着這兩個同學繼續前進，這二位同學，由懷疑而畏懼，掉轉頭來便向車站狂奔。次一事件，也在同一晚上，同學康君，爲找厠所，也被兩個華僑引到了很遠僻靜的小巷。他正疑懼難爲進退之際，幸遇着一個俄人經過，康乃拉住他，畫地作勢。俄人領悟，偕康背道而行。兩個華僑猶說：「不好」，「毛子都是壞人」，「不要理他」。康愈恐，急奔返站。經俄人指點，厠所即在車站的左側。一場虛驚，吃虧固在不懂俄語，亦由於經驗太少，乃不知公共塲所，必不乏此衛生設備也。這兩件事故，雖幸都未發生問題，却也成了這次旅程中的趣話。說也奇怪，我們沿途的一切情形，不論好的或壞的很快的都傳到了廣州。後來鮑羅廷指示留在廣州尚未出發的同學，必須學好俄文和限制行李等等規定，或即因此而作的補救方法。故第二三批同學之來到莫斯科，時間已在我們這批同學半年之後。

當晚換上西進的火車，平淡的生活，正和所經過的地理環境一樣。過烏拉山，自然環境的變異，也使吾人的觀感爲之頓改。烏拉山、爲區劃歐洲俄羅斯與西伯利亞的山脈，使俄羅斯成爲一個歐亞兩洲的國家。在過去的歷史上，俄國受到歐亞的影響，宛如海潮一樣，不斷的起伏進退。正如托洛斯基所說：「東風可以自由吹入，西風可以隨意襲來」；但終沒有使俄羅斯成爲西方或東方式的國家。其故安在？綿亙在無垠曠原的烏拉山，不異一座天然的萬里長城，不能阻止外來的侵略，擋住蒙古鐵騎。故又何在？當他受着蒙古統治時，民族的原始活力，逐漸消沉，又漸復活起來；格格不相投的馬克思主義，一到俄國，便落土生根，又怎麽來說明俄羅斯的革命？要瞭解這些，似乎也是我們來到莫斯科最重要的任務之一。雖然共產國際和俄共領袖們的願望，是要我們迎接俄式共產主義到中國來栽培，事實却沒有恰如他們的理想。幾天後我們到了莫斯科的孫逸仙大學。努力！努力！祇是向着我們自己所既定的目標走！

同地異時的旅況

由粵去俄的同學，第一二兩批啓程時間相隔不久。祇有人數最多的第三批，則遲至次年的八月間纔首途。在一二兩批出發後不久，廣州曾風傳先行的同學，有在西伯利亞途中被嚴寒天氣凍殭致死的消息，有些人尤其是生長南方的同學，包括關心他們的家屬和親友，都一似吳牛喘月，大爲此種氣候擔憂！這些南方人，平素聽慣了北地冬天常呵氣成冰，人們的耳朶往往被風吹掉一類的傳說，早已怵目驚心，談虎色變！因此第三批揀在熱天出發，不啻是應天順人之舉，無不沾沾自喜，私相慶幸！因之，旅途雖同，景色事物，也就有不同的狀況。

由廣州啓碇，船行三晝夜，始達上海，這是頭一站。在到達上海的前夜，我們尚不知第二步怎樣走法？何時繼續前行？大家祇知道到了上海，還須轉船，而何時轉船？轉的什麽船？都不曉得。因此漏夜在船上開了一個全體會議，約定俟派人接頭，行期確定之後，即用「楊奇」的化名，在上海民國日報，登載辭行啓事。俾大家見報，就在某地集合。翌日各自上岸，找尋宿處。在上海呆了一個多星期，才轉船繼續向海參威進發。

由上海到海參威，航行了三晝夜。船票免費，伙食自理，一切和自粵至滬時情形一樣。所不同的是炎涼天氣，大相懸殊，三天前在上海，正是秋老虎當令，溽暑迫人，人們終日揮汗如雨，桌椅床席都炙手可熱。一進入蘇俄第一道門戶——海參威氣候就完全兩樣。涼風蕭瑟，大有秋意，兩地氣溫之差別，彷彿如冬令之與夏季，一冷一熱，恰成尖銳對照。不獨天氣如此，即風土人情乃至國情，也都可作如是觀。

海參威，市面並不怎樣繁榮，道路坎坷不平，環境尤欠整潔，比起上海租界，相差太遠。至於交通工具，端賴電車馬車，而汽車非常之少。當地華僑大多數是山東籍，洗衣舖及餐館，幾乎全部操在他們手裡。還有一兩家戲院，經常有京戲可聽，因此我們在半古老商埠中尙無置身異國的特別感覺。此地的出產以海味皮貨爲多，海參蟹蝦，到處充斥，尤以生炒干貝鮮美無倫，這在國內是吃不到的。我們住的是中國街一所老旅館，食宿全部免費。接待我們的人名叫韋登麥，能操流利的俄語、德語，他大概是德國猶太人。當我們到達後數日，當地有一團體，舉行一個紀念會，當事人透過韋登麥表示歡迎我們參加。他們原是表示客氣，或許祇希望我們推派幾位代表前往參加就夠了。誰知同學們聽到此項消息，由於好奇，堅持全體出動。當我們進入會場時，全場鼓掌表示歡迎，情緒甚爲熱烈。可惜會場太小，加上我們這批大隊人馬，把會場擠得幾乎透不過氣來。重以彼此語言不通，感情無從表達，眞個是千萬般情愫，盡在不言中。由於大批中國青年突然在街頭出現，一個個衣冠楚楚談笑風生，頗爲當地人士所注意，因而有種種的揣測。而引導我們的俄國當事人，據聞亦受了新聞界的譏評。

在海參威躭擱幾天之後，全體登上西伯利亞火車，不分晝夜的向莫斯科進發。亦如我們行程一樣，漸趨寒冷：但尙無氷凍現象。至於飲食，除了大站有食堂設備，可資從容坐食而外，平常都是到站時，向小販買些東西充飢。其時俄國已實行所謂新經濟政策有年，可以容許小本經營，農村亦漸漸有些生氣。在車叫站賣的，仍以婦孺爲多，年富力強的壯漢則非常之少。所賣的不外是鷄肉、鷄蛋和油炸肉餃之類。鷄蛋和肉餃，都一角錢一個，還不算貴。祇有香烟、洋火之類，品質既劣，而且貴得驚人！據說俄國在軍事共產時期，物資非常缺乏，一盒火柴，可以換一個年輕女子。此刻雖已實行新經濟政策，而這類東西，仍然非常稀罕。在中國勞苦大衆所抽的「哈德門」香烟，到了俄國便視爲珍品。因此他（她）們常常向中國人討香烟抽。我們坐的火車，是繞道阿穆爾省，經過海蘭泡，再折向西行的。最初的兩天，繞行於山嶽地帶，可能是因爲地勢關係，此段鐵道極盡紆迴曲折之能事。有位俄國人說：這是當時工程師爲了想多賺錢，故意做成彎彎曲曲。直到過了赤塔之後，纔逐漸拉直。其中有一段又直得到了極點。相傳俄人興築此路時，曾徵集許多專家的意見。這些專家們，原來根據工程觀點，各有各的主張，有些主向北彎，有些主向南彎，各執已見，相持不下，於是祇有請示沙皇作最後決定。這位沙皇，是素性急躁的草包，看見這段待築的路軌，彎曲太多，工程浩大，所費不貲，「龍顏」很是不快！於是就挪一把界尺，自兩端劃一直線，叫他們就照這樣做。所以最後這段路，築得非常的直。這是俄國人所津津樂道的一段故事，是眞是假，不必去管牠；但這段鐵道，一曲一直，到是事實。此外一件少見多怪的事：即俄國東西兩地時計，相差有好幾個鐘頭。所以每個車站的時鐘，都有兩根短針，一是紅色的，代表莫斯科時刻；一是黑色的，代表當地時刻。這也祇有在這條長線路上才能見到的事。更有一事也值得一提。我們看見兩個小孩，小的約八、九歲，大的約十一、二歲，鳩形鵠面，鶉衣百結。每到一站，必向地上拾檢，或向車廂內旅客討取食物。他們要到莫斯科去，因爲無錢買車票，祇好偸偸地鑽在車廂底下車輪上面的夾縫中。據俄國人云，如此不花錢搭車的人，是常有的，路上的人，亦明知固昧。天呀！偶一不愼，豈不輾成肉醬嗎？這在中國所罕見，蘇俄竟是慣事。其視人類如草芥，於此亦可得到證明。

火車自海參威出發，因爲路線彎曲，地勢高低不平，以故車行甚緩，第三天纔到赤塔。這是西伯利亞的東部重鎭，爲原日遠東政府首府。縱貫東三省的中東鐵路，即在此接軌。這恍忽一把利劍，當胸插入我國東北的心臟，而刀柄就在這赤塔！我們正在赤塔站上欣賞風光，忽然一個武裝兵，緊追着一位湖南籍同學，直迫車廂。其勢兇兇，恍忽是抓強盜似的。我們查問情由，纔知道這位同學曾以自備照像機在車站攝取風景。這是他們的法律所不容許的。經過再三解譯，卒將膠捲沒收了事。但這位同學却已嚇得面無人色了。赤塔西行第三天的早上，遠遠望見貝加爾湖。綠波蕩漾，水天一色。晌午始近湖濱，接連穿過幾十個山洞，山洞都是在湖濱岩石之下開鑿而成的。隧道雖多；但都很短，車行其中，一如遊龍穿洞、宛延曲折，景致絕佳。吾人身在車中，乍明乍暗，亦增情趣。湖的南端，火車靠站，大家一擁而下，爭相欣賞這世界第一深水的內陸大湖。一片汪洋，如臨大海，唯一可資憑弔的，就是兀立湖濱的一座小神龕，用火磚砌成，不過數尺見方，龕內空無一物。據說這就是當年蘇武牧羊北海時棲身的所在。除此可供留戀之外，其他實無可觀。

伊爾庫次克以西，東方色彩，亦逐淡薄而趨於消失。這城是西伯利亞的首府，爲旣往總督駐節地。其規模之大，工業之盛，在當時的西伯利亞區，實手屈一指。這從車站建築之宏偉及工廠烟囱之林立情況下，亦可窺知一二。但時勢推移，不久之後，這種優勢，又爲其他新興城市所取代了。俄境內有幾座大橋，其中以伏爾嘉（舊稱窩瓦河）大橋爲最長。橋的兩端及中間橋墩上，都站有士兵，五步一岡，十步一哨，戒備甚爲嚴密。火車過橋，必將窗門關閉，不准窺視。僅可從時間上推知其長度而已。漫長的旅程，終於一天的下午，到達終點——莫斯科。若自廣州發出之日算起，沿途連行帶住，大約是一個月光景。

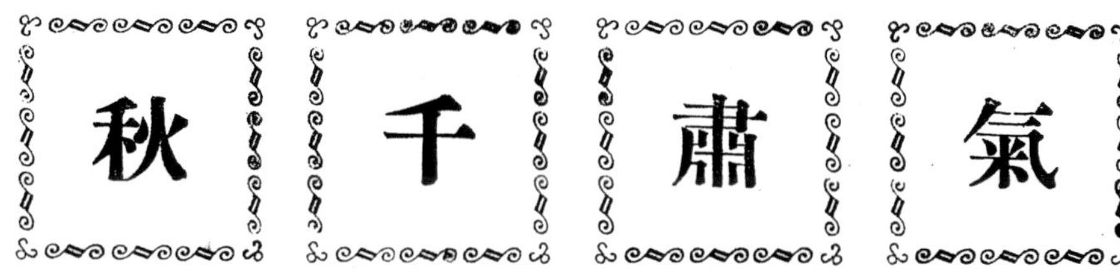

•劉震慰•

我國武聖人關羽，在民衆心目中的地位，被愈抬愈高。這種崇拜的狂熱，和我國傳統忠義精神的發揚，有着不可分割的關係。

我國境內，崇祀關公的廟宇，其數量之多恐僅次於土地廟，其中規模最大的一座，設在他的故鄉——山西解縣。

「解」有四種讀音，用在地名時，似宜從山西南部同胞的讀法，讀作「亥」。

解縣在山西省的西南角上，涑水的東南，中條山之北，鹽池的西端。與虞舜、夏禹時的都城，均相距不遠。自古以來，即是山西南部池鹽的產地，工商發達，且是通往陝、豫的交通要道。

春秋時代，晉獻公滅魏，以其地爲解梁邑，即包括現在的解縣、虞鄉、臨晉一帶。西漢初年沿襲秦制，置縣；五代後漢高祖乾佑元年（西元九四八年），升格爲州，一直沿用至清代。清代的解州，轄有芮城、平陸、安邑、夏縣等四個縣份，民國時改州爲縣。

常平村關公祖塋

解縣的縣城並不太大，城周九里十三步，東、南、西、北四座城門，分別名爲長樂、鎮山、崇寧和永安。

關廟即在西門「崇寧門」外，廟中的大殿稱爲「崇寧殿」，西門的得名反而是根據着關廟。

縣城東門外二里，即出產池鹽的解池，東南十八里的「辰家莊」，古代名「常平村」即是關公的故里。常平村靠着中條山的石磐峰下，有一處三面環山的墓園，據說即是關公的祖墳。

關公父祖的諱名，似乎不容易查考，只知道清雍正元年，皇帝曾詔封其曾祖爲光昭公，祖爲裕會公，父爲成忠公。咸豐十年，又一律降旨封增爲王爵。

從石磐山往北一里路，有一座破蔽的小廟，也稱爲「關帝廟」，據地方父老說，那就是關公的故宅。

廟裡有一座塔，是金代大定十七年修建的，塔下有一口井，父老傳說，關公青少年時，在地方上仗義行俠，惹下了大禍出亡他鄉，他的父母則投井而死。

關公青少年時代，在家鄉生活雖然不甚得意，但他的忠義精神，一直爲鄉里引以爲榮。早在隋朝初年，地方父老就在解縣西門外，中條山北麓，選了一塊平整的好田，爲關公建立起祠堂來，這即是解州關廟的前身，當時的規模自然很有限，自隋以下，歷代增建，尤其是宋明清三代，將關廟擴充爲佔地兩萬兩千多平方公尺的第一座巨型關廟，高大的廟牆建築在寬厚的牆基上，使得這座祭祀關羽的「武廟」，像是一座獨立的城堡。

廟前，一條橫街，正對着大門，是一座牌坊，題「萬古綱常」，左右街上又是兩座牌坊，「威震華夏」在東，「義壯乾坤」在西。

午門前高搭戲台

門前照例是一座照壁牆，左右獅子，然後是五間寬的大門，磚造的。

照壁是琉璃磚嵌成的，中間有盤龍浮雕。左右鐵獅子上面還刻有鑄造的年代，明神宗末年，萬曆四十八年（西元一六二〇）。

磚門內，又像是一條橫街，東邊是鐘樓，西邊是鼓樓，正合「晨鐘暮鼓」。正對着磚門的，是二道門，二道門的背面，朝北，是一座戲台，稱爲「樂樓」，清末宣統年間還重修整過，所以相當完好。每逢節日節會，地方上總要在這兒唱戲酬神，山西梆子、秦腔、豫劇都受歡迎，戲中總少不了一齣關老爺的三國戲。

我國梨園的習慣，每唱關公的故事，扮關老爺的主角必定要齋戒焚香禱告，冒犯之處敬祈關老爺萬勿降罪。在關公廟前唱關公的戲，自然更是隆重萬分，扮演者兢兢業業，名氣小的，根本不敢來貿然嘗試呢！

正對着戲台，還有一道儀門，習慣稱爲「午門」，清乾隆二十八年，地方官奏准在午門之內增塑關公左右得力武將周倉和關平的像。周倉是關夫子的親信侍從，人們畫關公像時，總喜歡把周倉捧着那柄八十二斤重的青龍偃月刀的像，配入其中。

「午門」的西邊，還有一座「追風伯祠」，供着關公最心愛的坐騎「赤兎追風馬」，這匹馬和關公的刀同樣有名，據三國演義的描寫，牠曾負載着關公南征北討，立下奇功，後來主人遇害後，牠也跟着絕食而死，因而世人認爲牠是一匹通曉人性的忠義之馬，專門爲牠在關廟一隅，關祠祭祀，尊牠爲伯爵。

碩果親王指書題詩

午門後面，又是品字形排着三座牌坊，當中「山海鍾靈」，左右分別是「正氣參天」、「丹誠貫日」。牌樓之後，是「御書樓」，亦稱「神書樓」，一座三重屋簷的兩層樓房，屋基很高，正側兩面都是六根柱子、五楹，內中貯存歷代文物，有許多是皇帝們親題的墨寶。

清雍正十七年，皇帝曾派當時頗受敬重的碩果親王爲代表，來解州謁廟祭祀。果親王很愛塗抹，擅長用手指蘸着墨來寫字作畫，貴胄手跡，當然更是價值連城。果親王謁廟，負責人自然不願錯過機會，聖殿之前陳設几案，研好一池墨——不用備筆，瞻仰關公威儀，不由豪情萬丈，當即用手濡墨，爲關公寫生畫像，並且題了許多詩。這一墨寶，被刻在石牌上，在「御書樓」後側東方，築亭對稱，和在西面的順治鐘樓相對稱——鐘樓中懸掛着清順治十七年（西曆一六六〇年）鑄造的一口銅鐘。

「御書樓」後面即來到主殿。殿前又是一座牌坊，坊前列一對獅子，坊上題着「萬代瞻仰」。是一座三間寬的古老石刻坊，坊上有三個大簷，兩個小簷，橫楣之上都刻着關公的史跡故事，斬顏良、誅文醜，過五關斬六將，單刀赴會，讓遊客們抬頭來「萬代瞻仰」的時候，能追憶起自己所熟知的一些關公故事。

這座牌樓上還刻有「封界魔帝威鎮尊聖君」，是關公的尊號之一。關公的尊號極多，而且非常複雜，其中有長達二十六個字者：「忠義神武靈佑仁勇威顯護國保民精誠綏靖翊贊宣德聖聖大帝」。最濃縮而精簡的，則爲「忠義仁勇關聖帝君」。其中除了一個「關」字和他直接有關之外，其他都是形容詞，讚美到了極至，稱他爲「聖」，表示他是超人，「帝」更是人間一切榮耀與權力的表徵，比孔老夫子所接受的，份量上還要重。

在這座牌樓之後，才是關廟的大殿——崇寧殿。殿的得名，關係着一則神話。

關公勇平蚩尤

宋眞宗大中祥符七年，西元一〇一四年，解州鹽池大壞，池水乾涸無法產鹽，假借道士而在朝上討好皇帝的佞臣王欽若，奏說是蚩尤作亂，於是由張天師請在玉泉山的關公回老家來，遣陰兵平亂，池水恢復如故。這段傳說被改寫爲雜戲，流傳頗廣。九十年後，自稱「道君皇帝」宋徽宗崇寧三年，（西元一一〇年），即以他的年號尊封關羽爲「崇寧眞君」，一說徽宗此舉，乃在感念大中祥符年間關公平蚩尤的功勞。但通鑑長篇却又有一說：「世傳虛靜（張天師號）平解池之祟，以爲得神之助，斬池中蛟龍。由是帝有『崇寧眞君』之號。」（請參閱黃華節先生著關公的人格與神第五章）。

解池是否經常有災患？是否關公不止一次地在出力？民間傳說甚難查考。

崇寧殿前有一座很大的月台，上陳列方形銅鑄香爐一座，是清康熙二十三年的作品；鐵香爐一，是明萬曆二十二年鑄；另外還有鐵人、鐵獅子。

崇寧殿重簷，寬七間，可能是宋代關羽還沒有被晉升爲帝王級時所建的，殿的四周，由二十六根蟠龍大石柱支撐着。這些石柱都是極堅硬的火成岩——花岡石一類的所雕刻成，但正面和兩側許多根却風化得很厲害，稜角都不太明顯了。因而地方父老傳說，崇寧殿的蟠龍大石柱，是取自春秋時代晉國的宮殿，較新的幾根才是宋代配上去的。

殿前西側廊下，供着一柄巨大的「青龍偃月刀」，青銅鑄成，有三百多斤，是象徵性的擺飾，青龍偃月刀是古刀長柄大刀中最精美的一種，廊下的這一柄，刀頭部份更是兩面都開了刃鋒，說明它除了能「砍殺」之外，還能「刺」，也具有長矛的作用，眞是設計極佳的犀利武器。

古畫像面有七痣

殿前廊下，兩邊都是清代重修關廟的碑刻紀錄，共五塊，左邊是康熙五十六年、五十八年的，右邊是乾隆二十五年、四十二年及道光十五年的。可見這座廟是受到如何良好的照顧，並且其財力是如何的殷實。

大殿重簷之間，是乾隆皇帝御筆親題的匾額「神勇」。

殿內正中，懸掛清咸豐皇帝親題的「萬世人極」橫額，下塑關公像，「丹鳳眼、臥蠶眉，面如重棗，髯長二尺……」

像前左右却有兩個神位，左是「關壯穆侯之神位」，右是「岳忠武王之神位」。岳飛在此亦有一席之地。

由於崇寧殿是主殿，因而每年的春秋仲月，皇帝都要派遣專使，至少也是太常寺的官員，前往致祭。每年陰曆五月十三日，民間傳說是關公的生日，可是就在這座殿前，又還有一座馮敬所撰的解州漢壽亭侯廟碑，上面記載關公的生日是漢桓帝延熹三年庚子六月二十四日，五月十三，反而是他的兒子關平的生日。可是民間，甚至皇帝都不採信馮敬的說法，大家仍然認定五月十三那天，或稱爲關老爺磨刀日，在崇寧殿前舉行最隆重的一次祭典。

五月十三日的祭典，通常常要爲關公像換一襲新的袍旒。

正殿上的這尊關公像，是根據常平村關公像廟中一塊畫像碑的造型而塑的，據傳說，那幅刻像，是在建安年間，關公五十三歲所畫的，面部有七顆很顯著的痣。這一特徵，在正史和小說上尚未見人提及。

崇寧殿的後面，有一座正房，一明兩暗，左右廂房，總稱爲四合院形式的「聖宮」，亦即一般所謂的寢殿，是爲神靈休息之處，內中有床帳的設備，床上還有一尊關公像，頭紮輭巾，穿便服，是居家休閒的神態。寢殿之中，有關公夫人的靈位。據馮敬記載，關公的太太姓胡，在關公二十歲時即生了長子關平 。關平夫婦的神位供在東廂房 ，次子關興夫婦在西廂房。

寢殿的後壁接着一道牆，將關廟分爲前後兩部份，後面的一個大院子，相當於全部總面積的五分之二，北面正中間是麟經閣，前面左右各一座三層樓的高閣，東邊是「印樓」，西邊是「刀樓」。

印樓上有兩顆玉印，刻「漢壽亭侯印」，一陰文，一陽文，遊客們經常爭購印文帶回去作爲紀念。我們知道，漢壽亭侯這一封爵，是曹操用來籠絡關公的，當時徐州戰敗，劉備走青州，關公和劉備的妻小却被曹操所扣留，曹操想把關公留爲己用，所謂「三日一小宴，五日一大宴，上馬一提金，下馬一提銀。」並爲他封爵，可是後來關公知道了劉備的下落，就「掛印封金」，帶着嫂嫂們過五關斬六將前往投奔。由此看來，這印樓上的印，也不會是眞的。那刀樓上的刀，亦非關公慣用的原物。

麟經閣氣肅千秋

麟經閣前端，有明代萬曆十年之木坊「氣肅千秋」、坊前有鐵獅子、鐵人，也都是萬曆間的作品。

其中那一對鐵人，是回族同胞的形像，據父老傳說是害死關公的潘璋、呂蒙的像。這一說法似乎很牽強。但這一對鐵人却很有名，山西人所說的「解州回回」，即是指此而言。

麟經閣有三層樓高，是明代萬曆年間的建築，上層有迴廊，四周共有一百另八扇窗子，推窗南望是中條山，像蒼龍蜿蜒，北望是解池，像海不揚波。閣樓之上，有關公讀春秋像，因而又稱爲春秋閣。閣東有「崇聖祠」，供奉關帝上三代的祖父母們。

春秋閣四周有院牆，和關廟的圍牆夾成凹字形的巷道，直通厚載門，亦即關廟的後門。

在關廟前的東西街上，昔時建有萬清宮、饗聖宮、回善宮、四聖宮等，共十三座道觀。東邊還有一座大花園，內有荷花池，乾隆二十七年，當地知州言如泗，在其中建立薰風亭，而將花園命名爲結義園，仿傚河北涿縣桃園三結義的規模。

一千七百多年來，關公忠義精神的影響力，已經深入民間，政府在各大城市建立文廟的時候，也建有「武廟」，而政府之外，民間建立的關帝廟，更是無處不有，解縣是關公的家鄉，因而解縣關帝廟除了在民間信仰、社會精神力量的維繫之外，還有一重歷史上的關連，和曲阜的孔廟一樣，成爲人們崇敬與紀念的中心。

從武漢到重慶

周恩來評傳（十九）

嚴靜文

周恩來、鄧穎超夫妻倆，從一九三七年十二月到一九三八年十一月，在武昌渡過一年的安定生活，十一月下旬，由於日軍攻佔武漢，重又捲入動亂的波濤。

偕葉劍英自武漢南下

當武漢大撤退之際，中國的抗戰形勢正臨一重大的轉折點。因爲在武漢淪陷前夕，廣州先被攻佔，到此爲止所有大城市都落入日軍之手，中國對外海上交通已完全斷絕，只餘下滇緬公路和蘭新公路（蘭州到廸化）兩條運輸是極有限的陸上交通綫，今後中國要在沒有工業基礎的西南的內陸省份，在孤立的狀態下孤軍抵抗日軍的進攻。武漢大撤退時，黨政人員多溯江撤往重慶，軍事人員則多南下集中長沙、衡山。因爲日軍下一個軍事目標是打通粵漢綫。

在武漢撤守之前，九月間中共在延安舉行六中全會時，王明、秦邦憲等會後即留在延安，周恩來則偕葉劍英等返回武漢，從此便暫與以王明爲首的幾個紅色秀才分道揚鑣了。後來王明等於一九三九年一月由延安去重慶。因此武漢撤守時周恩來則隨政治部撤往長沙，經衡山、桂林，十二月先抵達重慶。

在前一章中提到，在武漢撤守前夕，周恩來安排第十八集團軍總司令朱德晉見了蔣委員長。朱德（十一月二十三日）返回前綫之後，國共兩黨要人差不多都已經離開武漢，坐鎮危城到最後撤退的，則是十四年前黃埔軍校時代一對長官和部屬，那就是國民政府軍事委員會蔣委員長和政治部副部長周恩來。

郭沫若在「洪波曲」中並提及周恩來與武漢撤退前的情況：

「當時武漢的報都先後轉移陣地，停刊了，就只有新華日報及掃蕩報準備出到最後一天爲止。這都是周公的意見，新華日報是中共機關報，自然沒有問題，掃蕩報在形式上隸屬於政治部，也得服從副部長的命令。……」

一九三八年十月下旬，周恩來乘坐專用的轎車，隨着大撤退的人潮，經沙市、湘陰二十五日到達長沙。在這次逃亡途上，他一定感慨萬千。十一年前他曾在國民黨的大清黨的血流中，滿懷復仇的怒火，離開武漢經九江到南昌去，在那裡他領導了南昌暴動；率大軍南征；此時他則在民族抗敵的烽火中，重與昔日之敵合作，並且做了當年決斷清黨的領導人蔣氏的直屬部下，離開武漢走向一茫不可知的未來。他自一九二一年投身共產主義革命，可是現在却從事幾乎完全不提共產主義的民族抗敵的鬥爭中，他可能想起王明傳達的史大林指示：「從現在起，中國共產黨要自己浮過一道相當寬的海峽！」這道海峽究竟有多寬呢？他不知道，任何人也不知道。不過現在他會感到一種鬆快，他已離開王明、秦邦憲等那幾個無知而又跋扈的紅秀才，在精神上少了一層束縛。

當時周恩來雖然在中共黨內已沒有實權，但潛勢力仍在；他仍保留中央軍委副主席的名義，當時這對於他仍十分重要，因爲他可藉此攏絡中共軍人。因此離開武漢時，他便偕同長江局軍事部長葉劍英一齊南下，而組織部長秦邦憲、宣傳部長何克全則隨王明西去。雖然目前尚未發現可靠的記載，但是在他從長沙到衡山那段旅途中，一定與新四軍的幹部有所接觸和指示。據知當時新四軍在南昌、吉安、平江、上饒都沒有辦事處或通訊處。周恩來一定透過這些機構與是新四軍人員有所接觸。前已言及，新四軍是在周恩來的奔走下建立的，新四軍的領導者多是周系人物。新四軍於一九三八年一月成立軍部，五月始編組成軍，六月始開往皖南參加對日作戰。周恩來十月到長沙時，新四軍參加作戰僅四個月。他對與這個一手經營的實力一定盡全力籠絡自不待言。

烽火連天。酒宴歌舞

周恩來在長沙住了約一個月，遭遇頗爲戲劇化；一是在軍馬倥傯之間他還有機會參加豪華的舞會，二是湖南省主席張治中因誤解焦土抗戰的方針，不待敵軍來攻自行放火燒城，所謂「長沙大火」，周與葉劍英因事前不知情，幾被大火燒死。

那場舞會的主動者是劉斐（爲章，當時是軍令部第二廳廳長），據郭沫若說他是個舞迷，在北伐時代跟何應欽等，就常跟俄國顧問同在一起跳舞了。請客吃飯的主人則是唐生智（孟瀟），當時也在長沙，他的廚師是湖南名廚。郭沫若寫道：

「……七號的晚上唐孟瀟果然大宴其客。有周公，有我和立羣，有參謀總長何應欽，軍事委員會辦公廳主任賀耀祖，自然有劉爲章。……」。

周恩來的舞藝是有名的，遇有跳舞的機會他絕不避忌。那天晚上他飽餐湖南名菜，宴後又暢跳其華爾茲；當時正是漫天烽火，流氓載道；他這夜的「酒宴歌舞」眞有人間天上之感。

劉斐當時是軍令部第二廳廳長，是著名的戰畧專家；不過後來發覺他原來是中共的地下工作人員，從北伐時代迄一九四九共軍掌握大陸，在國民黨軍事機構中潛伏了二十多年未被發覺，也算是奇蹟了。舞會主人唐生智，也是周恩來的大熟人、北伐時期，他們曾在武漢合作與南京政府對抗。何應欽則是黃埔時代的老同事。在國民黨的要人中，尤其是在軍事要人中，周恩來是一點也不會感到陌生的，而應付那些人，比應付王明秦邦憲要輕鬆多了。

在長沙幾葬身火窟

周恩來在長沙時住在壽星街第十八集團軍駐湘辦事處。他的衛士龍飛虎，在「跟隨周副主席十一年」一篇回憶錄中，曾詳記周恩來險被「長沙大火」燒死的經過：

「一九三八年十月（按：筆誤、應是十一月），日本鬼子向洞庭湖進逼。……周副主席、葉劍英同志和隨員們還留在長沙，處理許多重要公務。……在國民黨的每一次撤退，副主席總是走在最後面。太原撤退是這樣，武漢撤退時也是這樣。

十月（按：應是十一月）十三日，長沙城裏更混亂了，謠言紛傳，人心惶惶。當天，副主席曾叫邱南章同志打電話給國民黨當局，詢問有關洞庭湖的戰況，國民黨當局說：『敵人還有洞庭湖，一切平安。』周副主席就放心了，繼續伏案辦公。

夜幕徐徐掛下，長沙城也漸漸睡着了，一切都很平靜。到了半夜，突然人聲沸騰起來，淒厲的哭叫聲和恐怖的嘶喊聲混成一片。辦事處的同志一個個被驚醒，跳下床就往外跑；跑到屋外一看，呵，到處都是黑煙烈火，天空給映得通紅通紅。：：：祇見滿街都是驚慌逃跑的人，男的女的，扶老攜幼，拖兒帶女，恐怖地哭着、叫着、擁擠着、跌『撞』到處亂竄。有些人手上拿的東西失掉了，也沒有發覺，祇顧逃命。有些人踉蹌倒在地上，人流隨着踐踏過去。眼前這一片凄慘的景象把他們怔住了，鬧不清是怎麼一回事，就喊住一位中年人，要問個究竟。這人一看他們還是若無其事地站在那裡，便驚奇地說：『軍隊放火燒城了，你們還不快跑，在這裡等死！』他們一聽是國民黨放火燒城，飛快地跑回屋子裏，把文件收拾起來。這時有個國民黨士兵，手裏拿着引火的汽油和馬燈，走到辦事處大門口，一聲不响就把房子燃着了。邱南章等同志上前阻止，他們瞪着兩隻狗眼大着嗓子說『你們管不着，這是上頭的命令！」說着，就在屋簷下放起火來。這時邱南章同志便急忙跑去報告副主席，一看副主席住的房間還是燈火通亮，副主席和葉劍英同志仍安靜地坐在案首，聚精會神地寫着什麽。他心裏急得不得了，拉住周副主席、急促地說：

『快走，快走！』……這時火已經蔓延到院子裏來了，邱南章就領着副主席、葉劍英同志和隨行人員向大門走去，但是，大門口已被猛烈的火焰封住了，於是就領着周副主席從屋側的火裏衝了出來。走到街上回頭一看，大火已經把二樓吞沒了。

到了街上，邱南章去找副主席的小汽車，連影子也沒有找到。原來司機看到滿城火起，怕車子開不出去，就先把汽車開出長沙城了。汽車沒有找到，他們只好徒步走起來。街上到處是火，不能通行，就湘江邊走去。……」

回長沙辦理善後

上述一段文字的作者龍飛虎因為當時不在長沙（奉周恩來之命到沅陵公幹去了），是事後根據其它周的隨員口述補記的，因此都有若干失實之處。試看郭沬若的一段記載：

「周公是同葉劍英一道逃出的。八路軍辦事處已經疏散就緒了，剩下周公和劍英兩人打算靜靜地休息一夜。他太疲勞了，睡得很熟。在大火中被鬧醒了，想朝大門出來，停在門外的小汽車不見了。再折回後門時，後門附近也着了火。兩個人兩手各提着一隻重要的提箱，便從大火中衝出。走到半路才搭上了，我們的一部長車。」

這說明當夜周恩來並沒有燈火通亮，伏案辦公。而是從熟睡中驚醒的。

「周公十分憤慨。他向來是開朗愉快的臉色，對於任何人、處到任何難局，都綽有餘裕的恢宏的風度，在這一次，的確是表示着怒不可遏的神氣。汽車不見了，還是小事；長沙燒成那樣，不知道燒死了多少傷兵，多少難民，而敵情怎樣却是一點也不清楚。這些，我相信，就是使得他不能不憤慨的原因。」

在筆者看來，周恩來「怒不可遏」的主要原因，是身為軍事委員會政治部副部長，放火燒城，事先竟不通知他。這未免使他太下不去了。

周恩來畢竟是帶過兵打過仗的人，遇到這種場面不至於驚慌。

他逃出長沙城之後，覺得情況不對，又偕同葉劍英、郭沬若乘卡車回去看個究竟。站在城外關帝廟的高地上，他瞭望着火海中的長沙城，低聲對同行者說道：

『看來，敵人是沒有進長沙的』。周恩來感慨着說，『假如敵人是進了長沙，那一定要窮追的，不會全沒有動靜。』：：：：」

「長沙大火」給周恩來的麻煩，並沒有到此為止。

因為「長沙大火」之後，敵人還沒有踪影，放火燒城顯然是一大過失。湖南省主席張治中因為長袖善舞，沒有受公開處分，但是另外三個次級人物被處決正法，他們是長沙警備司令酆悌、警備第二團團長徐昆、公安局長文重孚。政府頒發十萬元救濟金撫輯災士民。事後有人作了一副對聯諷刺張治中：

治績云何，兩大方案一把火；
中心安忍，三顆人頭萬古冤。

橫批是「張皇失措」，把第一個字橫讀恰是張治中。

城燒光了，敵人不來，公務人員和治安人員都撤走了，逃出的難民重返城內，情況淒涼可知。十一月十七日周恩來率政治部人員已到衡陽，忽奉命派員回長沙協助辦理「長沙大火」的善後工作。由洪琛和田漢（二人均為左派名作家）打頭陣帶人首先回到長沙，掩埋屍體，撫慰居民，安置傷病，恢復交通。周恩來和陳誠、也親自回到長沙視察情況。

在衡山有重大任務

一九三八年十一月下旬前後，是中國抗戰形勢發生重大變化的時期。

十一月十八日汪精衛秘密離開重慶、經昆明往河內響應近衛聲明，和日本談和去了，十一月二十五日蔣委員長在衡山召開了軍事會議，重新佈置了抗日軍事，抗戰進入新階段；十二月八路軍開始蠶食華北地區効忠政府的抗日民軍。情勢對國民政府極為不利。汪精衛的叛國投敵，使國民黨的威信受損，同時激勵了八路軍和新四軍的信心與士氣；在軍事上，政府部隊在各戰場正面與日軍對峙；共軍乘機在淪陷區擴展實力，不聽命令，政府已難於過問和制裁。是年冬政府加派兩個軍進入山東河北成立魯蘇冀察兩戰區，遂與在冀魯兩省發展實力的中共開始大規模的摩擦，抗戰陣營的內鬨乃日益激烈。

周恩來似乎參加了十一月二十五日在衡山舉行的「南岳會議」，因為政治部第三廳廳長郭沫若都會參加，同在衡山的周恩來，身為政治部副部長的周恩來自應參加。試看郭某的兩段記載：

①「到衡山去的目的是什麽呢？我是為了要和陳誠商量今后三廳的人事部署。周公是有更重大的使命的，我記不清楚了。」

②「南岳會議是在十一月尾上召開的，我只是在閉幕的一天趕去參加了一次，依然是猛將如雲、謀臣如雨的場面，……參加的人，粗略的估計，總怕起碼有三百，都是一些將官階級。……

會閉幕後，當天晚上便有很多人走了，但我們却被留了下來：原因是『最高』（按：指蔣委員長）的一篇閉幕辭，要我親自帶到桂林去付排，而文稿尚須『文胆』陳布雷修訂。」他在另一段話中說：……為此「累得周公也被牽連多住了一天。」

郭沫若不明言周恩來參加南岳會議，可能是故意隱諱。試看當時的軍事系列如左：

- 軍事委員會 委員長
  - 軍事參議官
  - 辦公廳
  - 參謀總長
    - 軍令部
    - 軍政部
    - 軍訓部
    - 政治部
    - 軍法執行總監部
    - 銓敘部
    - 軍事參議院
  - ……各戰區司令長官
  - ……海軍總司令部
  - ……空軍總司令部
  - ……後方勤務部
  - ……各防空司令
  - ……各江防司令
  - ……各衛戍司令

依照上述系列政治部與軍令部爲總參謀部所屬最重要的兩個部，都直接與作戰有關，周恩來說在衡山，必應出席會議。而這可能是他最後一次參加政府的重要軍事會議了。因爲南岳會議決定，軍委會分設桂林、蘭州兩行營，軍委會駐重慶，政治部縮小編制，分成三部份，分駐重慶、桂林、蘭州三地。另一方面，自那以後國共兩軍在華北及江南衝突日烈，他這個副部長的地位越來越微妙。難再獲得國民政府當局的信任了。

體貼部下敏於行動

在從長沙撤往桂林的途中，有幾段有關周恩來的記載，頗能見出他臨危而不亂，機警細膩的作風。

「國民黨火燒長沙的時候，我因公到沅陵，聽到這件事情，心裏很急，担心副主席遭到反動派的暗算，連夜搭車趕回長沙，走了兩天兩夜，第三天上午四點鐘左右到了湘潭，遇到了辦事處的同志，知道周副主席已到湘潭，我才放心。趕到了下司驛，副主席正準備到衡山去，一見我來了，就問我什麽時候趕到的，我說走了兩天兩夜，剛才到。他一聽我沒有睡覺，就連忙把我帶到一間房子裡，將睡在床上的吳堅同志叫起來，要我躺下休息，並且說：『我今天到衡山去，你先睡一覺，明天趕到衡陽。』

「周副主席渡過河，發現辦事處還有一分部人和物資未過來，他就在渡口停下來，等待人員和物資，辦理善後事宜。……在那種危急情況下，他總要等同志先和所有的物質走完了，他才動身。」

龍飛虎這兩段記載，使人想起一九二七年七月，陳獨秀辭去總書記之後，瞿秋白上台之前那個青黃不接的期間，周恩來留守中央、在武昌疏散同志。有條不紊、任勞任怨，他對人對事確有任勞任怨的眞誠。

龍飛虎在一段記載中說道：

「下午四點鐘左右，一輛救護車穿過人羣向前駛來，我認出那是我們的救護車，我跑着迎過去。

副主席一跳下車，看到公路兩旁堆滿着器材，轉過臉來就問我：『東西爲甚麽堆在這裡，不疏散隱蔽起來？』我說：『我不知道，我剛才來到。』他嚴厲的說：『你怎麽剛才到？你不是來了一個多小時了？我一下車就管，你爲什麽不管？』我一聽臉立即通紅了，再沒有說的。副主席立刻召集在塲的同志分頭找地方，很快就把物質疏散隱蔽了。副主席也和大家一起搬運，弄得滿身是汗。」

這表現出周恩來是一機警、行動力很强的軍人，並不是文弱優秀的書生。當時他是中共軍委副主席，政府軍委會政治部的副部長，能親手搬運軍事器材，並且搬得滿身是汗，顯示此人並未沾染官僚作風。

郭沫若讚周恩來

郭沫若以讚揚史大林和毛澤東爲人所熟知，但是「太陽與鋼」那文字，獲得的評論並不佳。不過，他在「洪波曲」中讚揚周恩來的一段話、因言之有物，讀起來便不感到太腥氣。

政治部當時第三所屬組織龐大單位甚多，除了本身三處九科一委員會之外，還有劇團宣傳隊等單位，行動起來非常麻煩。長沙撤退時，郭所負責的政治部第三廳，完全陷於癱瘓狀態。火車要不到車皮、卡車只有兩部，顧人顧不了東西，顧東西顧不了人。他可眞慌了。

「幸好周副部長在長沙，他知道了我們的困難，才連夜連晚親自督率着，决定了一個撤退的計劃。

他把人是分成了兩部分。一部份的人走路，步行到湘潭。另一部份的人可以到車站去候火車，據傳十二號有火車開出。

行李也分成了兩部分。笨重的公物由火車運，輕鬆的由卡車運。私人行李，每人只准帶兩件，一律由卡車運。……火車行李由坐火車的人押運，卡車行李由各單位留下負責的人押運。」

周恩來對於應變撤退不但有才能，而

且經驗豐富。一九三四年十月，十萬紅軍從瑞金突圍「長征」時，也是周恩來一手計劃的。毛澤東曾稱之爲「大規模的搬家」。長沙的撤退在周恩來看來不過是以牛刀割鷄罷了。

只會耍筆桿的郭沫若不禁佩服得五體投地：

「出發是第二天清早。這一天是孫中山的誕辰，我們在操場上還舉行了一個紀念會。周副部長講了話，並趁着這個機會替走路的人詳細地給了行軍的指示。他要大家特別注意，因爲敵機可能來空襲。行軍時不可密接，要保持着相當的間隔，須時時照管空中，萬一發現敵機，便須迅速散開。

周公的計劃很週到，指示非常細密，我這裡只能記得一個梗概。從他這一部署和指引，使紛亂如麻的局面立地提出了條理來，使渾沌一團的大家的腦筋也立地生出了澄淸的感覺。

我對於周公向來是心悅誠服的。他思考事物的周密有如水銀瀉地，處理問題的敏捷有如電火行空，而他一切都以獻身的精神應付，就好像永不疲勞。他可以幾天幾夜不睡不休，你看他似乎疲勞了，然而一和工作接觸，他的全部心神便如上了發條一樣，有條理地又發着規律性的緊張，發出和諧而有力的節奏。」

古今中外的掌大權的人，都有一共同的特點，那就是精力過人。在周恩來尤其突出。郭沫若的讚揚，絕不誇張。試看周文革以來的表現，以七十老人日夜奔馳，無論在什麽情況，談吐總是清楚有條理、而恰合份際，絕無倦怠厭煩的表現。

一九三八年十二月間，周恩來從桂林去到重慶，他開始遭遇到新的局面。開始了新的生活。因爲自成一階段，只有留到下一章再說了。

玉鈎斜考

・杜負翁・

玉鈎斜，爲揚州名勝之一，遊揚州者，莫不豔其名而訪之；除荒煙蔓草外，一無所獲。閒嘗考之：玉鈎斜，一名宮人斜，乃隋葬宮人處。地形斜地者，曰斜，墳之排列，有如玉鈎新月，因名之曰：「玉鈎斜」。排成新月形，以唐徐凝詩：「二分明月在揚州」故，地取斜堆形，以便於一目了然故。據志書，其址在城西吳宮台下。按吳宮台一名弩台，在城西北七里。南宋沈慶之攻竟陵王誕，以弩射城中，故名。陳，大建中，吳明徹圍北齊，廣州刺史敬子猷增築之，亦以射乘堞之士，故號吳公台。隋煬帝嘗遊台下，恍惚與陳後主遇。李商隱詩：地下若逢陳後主，豈宜重問後庭花。蓋本此。據此，則玉鈎斜在今之寶祐城西。負翁弱冠，屢往尋訪，終不可得。但聞當地土人云：其先世，有時於耕耨泥犁間，發現釵簪玉器，是否爲宮人殉藏物，不得而知。偶讀明張士行玉鈎斜詩，令人感嘆不置，茲錄如下：「右屯將軍猛於虎，十二離宮罷歌舞，宮中佳麗三千人，半作玉鈎斜上土。秋風蕭蕭秋雨寒，翠襦零落金鈿殘，豈知後來好事者，重購華亭宿草間。庭前往來車馬集，角龍爛漫無人識，閒街屈律玉環分，香徑縈迂寶釵出。遊人歌舞暮不歸，青山落日爭光輝，香魂寂寞無招處，化作鴛鴦陌上飛。只今往事皆沉沒。空見原頭土花碧，耕夫拾得鳳凰簪，猶是蕭娘舊時物。野棠花開春日西，蝴蝶雙飛鶯亂啼，道旁芳草年年合，常與行人送馬蹄。」又唐竇華詩：「離宮路遠北原斜，生死深恩不到家，雲雨今歸何處去，黃鶴飛上野棠花。」

紅軍各部「長征」路線圖

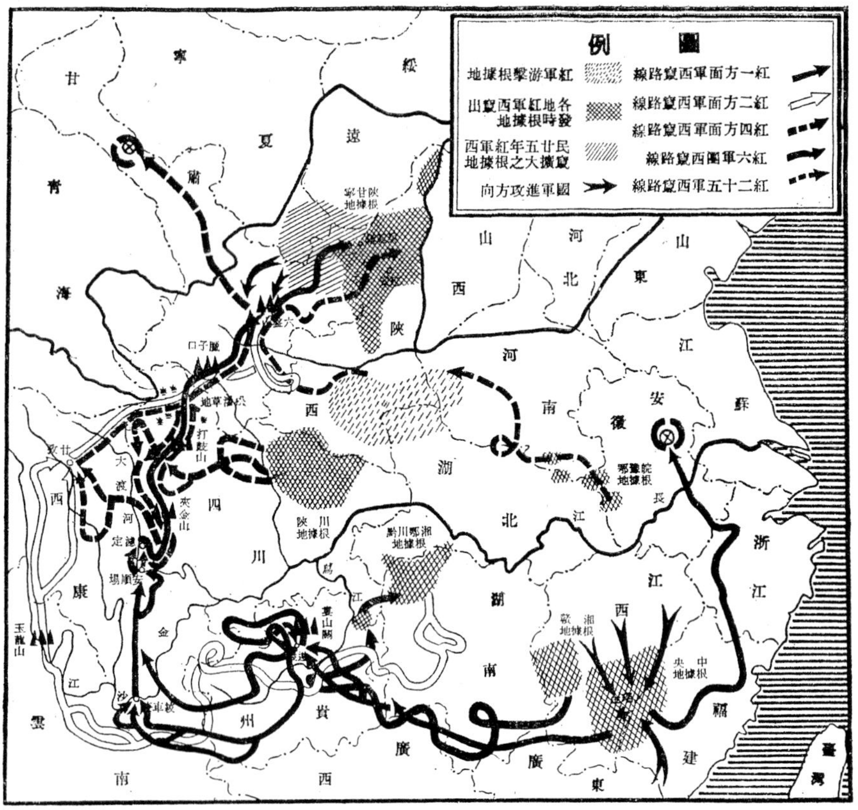

細說「長征」

【六】

□龍吟□

不過，紅軍損失可也不小，據張國燾自己說：「人員武器的損失約百份之四十，原有一萬六千餘人，槍枝一萬二千餘，到這時祇剩了九千多人和八千枝槍了；機關槍原有百餘挺，到川北時祇剩下一半，大小砲三十餘門全部拋棄了。」張國燾說剩了九千人，大概是包括沿途參加或裹脅而來的人在內，眞正從鄂東豫南出發的紅軍，雖不致如剿匪戰史所說祇剩兩千多人，但也決不可能仍有八九千人。

此後紅四方面軍在川北另開新區，暫不「長征」，下面敍述「紅二方面軍」長征的經過。

二、紅二方面軍

紅軍共有三個方面軍，即一、二、四。何以沒有第三方面軍，筆者在港時，曾詢張國燾，據張氏談，當時擬將第三方面軍留待東北共軍，後以該部未能壯大即被消滅，故缺第三方面軍之番號。

一、四兩方面軍組成比較單純，雖然一方面軍也經過幾次湊合，開始時是朱與毛合，以後是朱毛與彭（德懷）黃（公畧）合，形成爲朱毛系之第一軍團與彭黃系之第三軍團兩個系統，直到抗戰尚未完全泯除，但比起第二方面軍之組成，還算單純。

第二方面軍經過三次湊合而成，組織十分複雜，所以能成爲一個整體，中共領導人的組織能力強是一因素，而賀龍那付江湖好漢的性格，兼宋江、李逵之長，亦爲另一因素。茲將紅二方面軍三次湊合經過分別敘述：

A紅四軍——紅三軍：

一九二七年八月一日中共發動南昌事變，主事者雖是周恩來、劉伯承，但名義上最高指揮官却是賀龍。事變時在江西部隊是第二方面軍，總指揮張發奎，下轄第四軍黃琪翔，十一軍朱暉日，二十軍賀龍。事變後，葉挺升任十一軍軍長（原為十一軍二十四師師長），賀龍任第二方面軍總指揮兼任二十軍軍長。中共當時所以要襲用第二方面軍的番號，無非是想魚目混珠，迷惑紅二方面軍官兵，不料此一番號到了賀龍變成紅軍時，又落到他的頭上，不能不算是巧合了。

南昌事變後，賀龍始正式加入中共，如果說南昌事變是紅軍創立之始，則賀龍要算是不折不扣的「紅軍之父」。因為當時朱德僅担任朱培德部教導團團長，事變後編為有名無實的第九軍，由賀龍作「佈達式」，賀龍是朱德的長官，從那時就已確定，後來的演變，恐非賀朱兩人當時所能料到。

賀龍、葉挺在南昌事變後，率部南下，本擬打回廣東，但沿途受到國軍截擊，兼之原任第十師師長蔡廷鍇將隊伍拉走，使共軍實力大打折扣，勉強到了廣東、在湯坑全軍覆沒，賀龍被俘，因為俘他的粵軍將領是老朋友（此將領至今不知是誰），念及友情，予以釋放。

南昌失敗之後，逃出中共高級幹部，一部份由粵東僱船去上海，一部份則逃至香港再轉去上海；賀龍獲釋後經香港赴上海，是時中共中央設在上海租界，軍事部門由周恩來負責，聶榮臻輔佐。

中共中央當時對於賀龍十分優待，生活上盡量予以滿足，但賀龍是個閒不住的人，要他住在租界裡，白天又不能出門，無論生活怎樣優越，他也受不了，於是向中共中央要求回到湘西去拖隊伍。

南昌事變時，賀龍二十軍有一個師長賀錦齋是賀龍的本家弟弟，兵敗後，也跑去上海，中共中央自然養不了這麼多的閒人，就把他派回湘西活動，嘯聚了一千多人。此時賀龍要求回湘西拖隊伍，中共中央就決定派賀龍、周逸羣一道回湘西，組成湘鄂邊前敵委員會，周逸羣任書記，賀龍任委員。

一九二八年三月賀龍回到家鄉桑植之後，所部除去賀錦齋一部，又吸收其姊賀英，土匪覃甫成，舊部王炳南，共達三千人，成立「工農革命軍」，賀龍自任軍長。四月間，湖南省軍得到報告來剿，賀龍迎戰大敗，退守桑植北鶴峰縣山區隱蔽，所部尚餘千人；八月間湖南省軍又來剿，賀龍再度迎戰又敗，賀錦齋陣亡。賀龍又退回山區隱藏，同時與中共中央也失去聯繫，周逸羣則離開賀部去洪湖區另謀發展。到了一九二八年底，賀部星散，祇剩下百餘人，此時的賀龍頗有投誠之意，因賀龍與當時湖南省政府主席何鍵係結拜兄弟，自信可蒙優待。但其姊賀英不以為然，斥責賀龍沒有志氣。賀龍乃率領手下九十一人離開原根據地，竄到鄂西南宜恩、恩施、利川一帶。由於賀龍曾任湘西鎮守使，對湘鄂交界地區情況熟悉，收編當地民團，又有兩千多人。一九二九年五月，賀龍率部回到桑植、鶴峰，與中共中央恢復了聯繫，中共中央給予一個紅四軍番號，下轄王炳南、覃甫成兩部，當時李立三曾擬派惲代英來賀部任黨代表（即後來之政治委員），因路途不易通過，未能實現。

是年七月，湖南省軍又來剿，在赤溪河一戰，賀部獲勝，所部擴大到四千人。湖南省主席何鍵得悉省軍戰敗，加派援軍來攻，賀龍不敵，又逃去鶴峰山區，何鍵慚於省軍戰敗，恨透賀龍，下令將賀龍祖墳掘掉，夷為平地。

此時周逸羣已在洪湖另組成一支紅軍，定名紅六軍，初由孫一中任軍長，以後改為鄺繼勛，周逸羣任政委，許光達為參謀長。由於鄺繼勛曾任川軍團長，作戰勇猛，周逸羣所組成之洪湖赤衛隊皆由農村青年組成，素質比起賀龍部下之土匪、哥老會黨徒為優，所以戰鬥力較強。賀龍在鶴峰山區無法立足，率領紅四軍北竄，一九三〇年五月，紅四軍與紅六軍在湖北公安會師，合編爲紅二軍團，成立湘鄂西蘇區，李立三派鄧中夏任湘鄂西蘇區書記，負責領導，賀龍升任紅二軍團軍團長，周逸羣任政治委員。紅四軍改爲紅二軍，軍長孫德清，政委朱勉之，紅六軍軍長鄺繼勛，政委柳克明，總數共約一萬五千人。

當時中共中央正是李立三當權，侈言先爭奪一省數省的勝利，命令三軍團彭德懷部打長沙，要紅二軍團出師策應。是時領導這一地區的鄧中夏也接近李立三，自然唯命是從，促賀龍由公安東犯岳陽，配合朱毛彭進攻長沙。這次紅軍出師不利，朱毛彭解圍退走，賀龍部因聯絡不夠，仍淹滯在岳陽附近，湖南省軍擊走朱毛彭之後，集中全力進攻賀龍，長沙至岳陽火車半日可達，賀龍想撤走時已經不及，被湖南省軍追上，楊林寺一戰，賀部大敗傷亡萬餘人，賀龍僅率三千人退守湘西五（峰）鶴（峰）山區。

洪湖方面紅軍名義上歸賀龍節制，實際力量則大過賀龍本部，所處地位亦極優越。洪湖是鄂中一個大湖，雖不在中國五湖之列，但周圍達七百餘里，實較五湖中巢湖爲大，洪湖東毗漢陽，西接潛江、監利，南出長江，地形重要，湖內小島羅列，內有四十八村，以蚌湖柳家灣爲最大，湘鄂西蘇維埃政府即設於是處。洪湖四周遍生蘆葦，出入湖內，僅峰口、朱河、白螺磯三處孔道，平日容易戒備，歷來皆爲土匪嘯聚之所。

中共在洪湖組成紅軍，名爲紅六軍，以後力量龐大，又分一部由第九師師長段德昌率領，向長江南岸華容一帶另闢根據地，故賀龍部紅二軍團實已包括三部份，即盤據五鶴山區賀龍之紅二軍，盤據洪湖鄺繼勛之紅六軍，盤據華容之段德昌、汪洋，紅六軍第九師。

一九三〇年冬，中原大戰結束，第十軍徐源泉部調至武漢整訓，總司令蔣中正特派徐源泉兼任湘鄂川邊剿匪清鄉督辦，除第十軍之外，並指揮四十四師蕭之楚部，新編第二旅劉培緒部。湖北警備旅容景芳部，新編第三旅徐德佐部，在辰州之新編三十四師陳渠珍部，在恩施附近担任清剿之暫編十九旅羅啓彊部，守備沙市、宜昌一帶之劉湘二十一軍郭勳祺旅。此外尚有駐防津市、澧縣之十九師李覺部，駐防安鄉之新編第十一師張英部，駐防枝江、松滋一帶之新編第七旅李宗鑑部，也歸徐源泉統一部署協剿。

徐源泉當時擬訂的清剿辦法分爲三期：

第一期、圍剿洪湖共軍根據地，肅清沔陽、潛江、監利等縣，此是針對鄺繼勛。

第二期、規復長江交通，向荊州沙市進展，肅清公安、石首、調弦、華容等地，此是針對段德昌、汪洋。

第三期、進剿恩施、鶴峰，剷除賀龍根本。

當時三股紅軍，盤據長江兩岸，鄺繼勛在江北，賀龍、段德昌在江南，互相聯成一氣，長江通航皆受阻礙，雖然國軍沿江設防，且有兵艦巡弋，但紅軍皆用小船運載，長江千里隨處可渡，防不勝防，徐源泉進剿戰畧，即是根據規復長江交通而定。

對洪湖進剿開始於一九三〇年十一月下旬，到一九三一年一月中旬，大部均告肅清，此處之紅六軍潰不成軍，改爲零星小股潛伏。鄺繼勛也調去豫鄂皖邊區任紅四軍軍長，因失霍邱而被降級，終被張國燾、徐向前秘密處死，已見前文。

洪湖肅清後，徐源泉指揮各部進剿段德昌，由一九三一年三月中旬開始，向段德昌部紅九師逐步發動攻擊。紅九師當時根據地爲華容境內之桃花山，人數七八千人，槍枝有半數，當徐源泉開始向洪湖區發動攻勢時，段德昌即擬渡江增援，此舉是出自自願，抑奉賀龍或鄺繼勛命令，不得而知，但以國軍大舉進剿洪湖時，江西亦加緊戒備，海軍派出得勝、江鯤兩艦在江面遊弋，紅軍無法偷渡。及至洪湖紅軍覆滅，徐源泉指揮部隊進剿時，段德昌仍擬據桃花山反抗，經國軍全力進剿，前後歷時不到一月，即攻下桃花山根據地。

（未完・待續）

折戟沉沙記林彪（三）

岳騫

三、林彪最初的功績

林彪自從追隨朱德上井崗山，就建立了許多次戰功，不論規模大小，幾乎無戰不勝，他之所以受到毛澤東賞識，拉爲心腹，實在是由於眞有能力，否則毛澤東一向是實行大湖南主義，自不會把林彪作爲心腹股肱。

上杭古田會議之後，確定了政委的領導制度，朱毛之爭，毛已佔了上風，此後的兩年時間，蘇區及紅軍全是毛澤東的天下，從一九二九年十二月一日古田會議起，到一九三一年十二月中旬周恩來化裝神父進入蘇區止，整個大權完全握於毛澤東手中，林彪與彭德懷也就成爲毛澤東權力的兩大支柱。

在這兩年期間，毛澤東領導的江西蘇區，發生了五次重大事件，按時間順序列后：

一、一九三〇年七月二十七日彭德懷、黃公畧攻陷長沙，十月四日朱毛攻陷吉安。彭黃陷長沙盤據僅數日，雖殺人搶掠，但對長沙元氣尚無大損，對紅軍益處亦有限，吉安則不同，吉安自一九三〇年十月四日陷共至十一月十八日克服前後陷落四十五日，中共可以從容佈置，吉安在淸代爲吉安府，所轄共十縣，除首縣盧陵，國民政府成立後改爲吉安，其他各縣寧崗、蓮花、永新、遂川，很早就變成蘇區，其餘泰和、萬安、永豐、吉水、安福也相繼爲紅軍攻陷，祇有吉安因係府城，城堅壕深，尚能自存，所以各縣稍有身價民衆，均避難到吉安，一府十縣數百年財富，一旦爲紅軍攻破悉爲所有，據估計現金達數千萬元，而城內尚有大批存糧及當時視爲新式機器之輾米機，洗衣機，石印機，鉛印機，全部搬走，經此一役，紅軍及中共始粗具規模，以後能成立「中華蘇維埃臨時政府」在國軍封鎖下支持三年之久，皆得力於在吉安所掠。

紅軍是次攻下吉安，所殺約及萬人，至於綁票勒贖，凌辱婦女，無所不有，據以後商民記憶，朱德曾親自坐堂問案，揮手殺人，但無一字及林彪，當因林彪是時年齡既輕，地位又不高，所以未受注意。

二、富田事變

富田是江西東固附近一處地名，在一九三〇年十一月間，毛澤東指一部份共黨幹部段良弼、謝漢昌、李伯芳、金萬邦等爲AB團，下令逮捕，拘於富田，與段良弼等有密切關係的二十軍營政治委員劉敵，得到消息就率領二十軍一個營趕到富田，將段良弼等人釋放，拘捕了中共中央巡視員易爾士，二十軍軍長劉鐵超，驅逐了江西省蘇維埃主席曾山。

事件發生後，所謂AB團份子喊出打倒毛澤東，擁護朱彭黃的口號，當時的中共江西省行委全部被指爲AB團，毛澤東派李韶九主持審訊，將所有省級幹部除去曾山、陳正人全部逮捕加以拷打，要他們招認爲AB團，終於激起劉敵反抗，帶一營人衝入富田逮捕了易爾士，劉鐵超與李韶九，放了以AB團罪名被拘捕的幹部。

這批人被釋之後，曾以江西省行委名義致信朱彭黃及滕代遠，敘述被誣經過，信後又附了一個文件，是毛澤東署名致古柏的信中指示古柏在拷問段李王等中堅幹部時，須特別注意勒令招出朱、彭、黃、滕係紅軍中AB主犯，並已與某方白軍接洽等罪狀，送來我處，以便早日捕殺。這封信十之八九是僞造的，所以將受信人作爲古柏，因爲古柏當時是江西省委，也是毛澤東手下四大金剛之一（另三人爲鄧小平、毛澤覃、謝維峻）。

AB團究竟是怎麼一回事，正是說來話長，因爲與林彪沒有太直接關係，故畧而不述，但其中有兩點却値得一談。

第一、被指爲AB團的一批人，所以與毛澤東發生衝突，最初是導源於對國軍作戰的戰畧問題，根據毛澤東起草以朱彭黃名義發表的「富田事變宣言」，指責段良弼等「反對誘敵深入赤色區域，實行階級決戰，要把紅軍送到白色區域去消滅。」毛澤東當時擬定的戰畧就是要誘敵深入，後來成爲國際派清算毛澤東的罪狀之一，但在當時，朱彭黃確實支持此一戰畧，因以紅軍之裝備及數量，若走出山區與國軍進行陣地戰，決無幸理，以後五次圍剿，紅軍均以此戰畧應敵，第五次圍剿國軍實行碉堡政策，也就要逼紅軍出而應戰，即針對毛澤東誘敵深入戰畧。但段良弼諸人對軍事情況並不熟悉，亦乏經驗，誤以爲可以擊敗國軍，奪取大城市，朱德雖反對毛澤東，亦不敢同意段等戰畧，自取滅亡。

第二，朱德自古田會議之後，與毛澤東已公開決裂，但在段良弼等起反毛澤東時，竟然不敢公開响應，反而要站在毛澤東一邊對付段良弼等。除上述原因，朱德此時亦無實力，因部隊精銳皆握於林彪與彭德懷之手，林彭一致支持毛澤東，朱德雖欲反亦無力。

富田事變對中共本身是一大打擊，在江西蘇區被指爲AB團殺死的幹部達萬人，流風所及，張國燾在豫鄂皖，賀龍在湘鄂西都以AB團爲藉口大殺異己，又不止萬人，這批人都是中共精英，就這樣莫名其妙被自己人殺了。

三、第一次圍剿

自從朱毛在井崗山會師之後，也曾幾次打敗國軍進攻，最重要一次是打敗了楊如軒與楊池生兩個師，那兩次林彪都出了很大的力，但畢竟是小規模的戰事，而兩楊是遠戍在外達十年的滇軍，又在南北對峙中變來變去，最後北伐成功，他們雖然得到保存，但也形同棄兒，軍械不良，兵源不足，官兵對前途失去信心，士無鬥志，像這樣的部隊，遇到作戰飄忽，出沒不定，又得地理的紅軍，其戰敗並不足爲奇。但到了第一次圍剿，紅軍竟然全消滅了十八師張輝瓚師部及兩個旅，的確是一次重大的勝利，這是第一次與中央軍作戰，面對的又是勇敢善戰的張輝瓚，紅軍的勝利尙不僅限於軍事，也加強了政治上的號召力。

第一次圍剿最高指揮官是江西省政府主席兼陸海空軍總司令南昌行營主任魯滌平。指揮三路大軍，即第六路總指揮朱紹良，轄第八師毛炳文，二十四師許克祥，四十九師張貞，五十六師劉和鼎，新編獨立第十四旅周志羣。第九路軍總指揮魯滌平，轄第十八師張輝瓚，第五十師譚道源，第七十七師羅霖，新編第五師（後改爲二十八師）公秉藩，新編第十三師（師長不詳）。第十九路軍總指揮蔣光鼐，轄第六十師蔡廷鍇，第六十一師戴戟，獨立第三十二旅劉夷，第十二師第三十四旅馬琨。

紅軍方面當時最高指揮官是總司令朱德，政委毛澤東，下轄第一軍團軍團長朱德，第三軍黃公畧，第四軍林彪，第十二軍羅炳輝，第三軍團軍團長彭德懷，政委滕代遠，轄第五軍彭德懷，第八軍李傑，第十六軍孔荷寵（當時不在中央蘇區），另外還有一個直屬總司令部的二十軍劉鐵超。不過，第一次圍剿時適逢富田事變，二十軍重要幹部大半被拘被殺，該軍可能並未參戰。

國軍當時部署是十八師在克復崇仁、南豐後，集中永豐。由湖南調到江西的新編第五師，第七十七師在攻克吉安後，集中於吉安對岸，此外尙有集中樂安之第五十師，位於撫州至崇仁間之第十三師，位於南昌、樟樹間担任後方交通安全之第三十二師。第六路軍朱紹良部第八、第二十四兩師向廣昌推進，第四十九師，新編獨立第十四旅，第五十六師向石城、瑞金間集中。第十九路軍蔣光鼐部向贛江東西岸推進。

就國軍佈置看，相當周密，如果三路齊一步驟，按照預定計劃，分進合擊。紅軍當時也在草創時間，並無全面大戰的經驗，國軍勝算仍較大。

但國軍方面步調並不一致各路未能按照計劃進軍，魯滌平低估了紅軍戰力，以爲跳梁小醜，何必勞師動衆，僅憑第九路軍就可將之殲滅，所以未等到各路部隊趕到，即命九路軍五個師發動攻勢，以張輝瓚爲前敵總指揮。

第九路軍共計五個師，每師以八千人計算，兵力約四萬人，五師兵力實際深入山區的祇有十八師與五十師。紅軍方面共計六個軍，即第三、第四、第五、第八、第十二、第二十，即使撇開二十軍不計在內，也有五個軍，紅軍一軍兵力約當國軍一師，也在四萬人左右，以紅軍對第九路軍，兵力相當，但以紅軍全力對十八師、五十師，則國軍顯然處於劣勢。

第一次圍剿開始於一九三〇年十二月十九日，新編第五師公秉藩擊破東固紅軍，克復東固，當時中共尚未選定瑞金爲政治中心，紅軍由吉安撤退時，即將吉安城內全部資源遷入東固，初步擬以東固爲政治中心，故國軍開始即向東固進攻。二十日張輝瓚亦率十八師抵東固，紅軍退至龍崗以東，五十師推進至源頭，六路軍第八師毛炳文推進至廣昌，距離甚爲遙遠，許克祥二十四師推進至洛口，較接近十八師駐地，但中間被紅軍主力隔絕，不能呼應。十九路軍則在泰和、萬安之間。

就當時形勢論，國軍出動參差不齊，與原計劃相差甚遠，應當俟各部齊集後再行進攻，但魯滌平迫不及待，竟下令出擊。

十二月二十九日張輝瓚率所部進攻，十八師共三旅，留一旅在東固，率師直屬部隊及兩旅進攻龍崗，一戰攻下。龍崗四面環山，中爲盆地，紅軍事先在龍崗周圍山頭埋伏，一見張師入圍，四面發動攻擊，此仗紅軍出盡全力，不僅彭德懷、黃公畧、林彪等人親臨前線，即朱德毛澤東也當場指揮。張部三旅祇出發兩旅，連同直屬部隊應不超過七千人，紅軍兵力最少也有三萬，更兼四面包圍，居高臨下，形勢優劣至爲明顯，但張輝瓚一生善打硬仗，所部亦百戰勁旅，發覺已身陷於包圍中，即下令搶奪周圍山頭，先解除紅軍居高臨之優勢，居然在衆寡懸殊之形勢下，奪得東、北、西三面山頭，師部移至西山頭指揮，紅軍失去優勢，雖拚命進攻，但死傷既重，進展亦微。

是時國軍若堅守山頭待援，仍有轉敗爲勝機會，最低限度也可以撤退大部。但張輝瓚聽說朱、毛、彭均在前線，立時下令進攻，期望能一舉活捉三人。戰事愈趨激烈，國軍兵力單薄，死亡過重，遂處下風。張輝瓚急電留守東固之朱耀華旅及友軍增援，已趕不及，紅軍由兩翼侵入，將兩旅分別包圍，兩旅仍各自爲戰，固守待援，並數次擊退紅軍進攻。不意天氣驟變，風雨交加，視線受阻紅軍遂得乘機攻進，國軍陣亡副旅長及團長各一，到旁晚師部陣地被突破，張師長率部突圍未果被俘，兩旅亦同告覆滅，張師長與旅長王捷俊被殺，另一旅長戴岳化裝逃出。

紅軍殲滅了十八師，又乘勝進攻魯道源師，魯師亦傷亡慘重退回原駐地。此一次戰役經過，以後中共報刊並未特別表揚林彪，但當日紅軍兵力最強大者首推第四軍，自以林彪功績爲最大，此舉不僅使紅軍獲得精神物質雙重勝利，更重者證明了毛澤東誘敵深入戰畧的正確，以後兩年間，中共對付國軍戰畧，皆沿襲此次戰役。

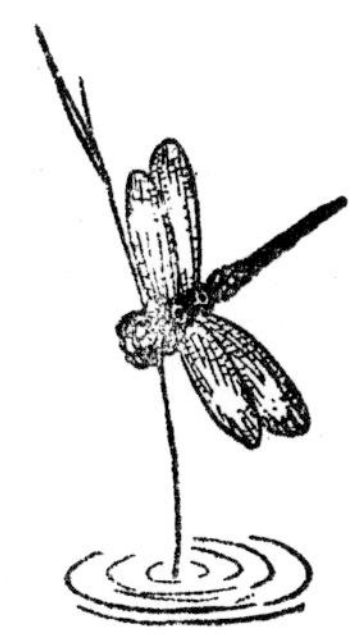

謙盧隨筆

十七

矢原謙吉遺著

（一）

老友何遂、丁春膏屢向余言：廬山之美。呂咸自轉任江西民政廳長後，每北旋，輒唆余以匡廬爲消夏之所。呂雖爲留學生出身，而官僚習氣則與北洋時代人物絕無軒輊。每有所詢，必以「哼」或「嗯」之長音尾之。每有所得，則頻頻點首，踱八字步不休，而左顧右盼，有如霸王項羽叱咤於烏錐神駒之上也。

南京於歸復贛境之後，呂以特達之知，被擢爲江西民政廳長，儼然爲「熊跛子」之股肱。熊則熊式輝也，以飛機失事而跛，故其友人以是名焉。

呂咸之夫人，名劉文哲，亦余之病人也。相夫極爲有術，且育子女多人，而呂就膳於家中之機會，則仍爲稀而又稀。友儕告余曰：呂非食於肆間嘉肴之所，輒終日不樂。飯莊主人久而不見「呂廳長」施施然而來者，亦終日不樂焉。

久而久之，無形中呂遂爲一金字招牌。「呂廳長」每日必到之處，定屬當地上上之選，「食家」亦聞訊而來趨之若鶩。於是，呂之政績如何，雖無人道及，而其獎掖烹調之功實不可沒焉。

一日，余曾戲詢之：燕京之山珍海味，千百倍於三江五湖之地，奈何捨此美饌，而於役於百創千痍之區耶？

呂莞爾而笑曰：「權乎？權乎？——自商啓予，徐次辰捨此而去之後，華北主腦，孰尚欲以工商廳之缺偎余耶？君爲醫，故不悉官場中之秘辛也。頭銜有「問」，「議」，「書」，「事」，「謀」五字之一者，皆閒員也。至大亦不過一「員」而已。爲「長」者則不同，至小亦一「長」。「員」改爲「長」，例特達之恩；小「長」升爲大「長」，則理所當然也。」

余詢以自爲江西民政廳長，時與楊永泰及其極峰，有把握機緣之後，是否亦有「得遂生平」之感否？

呂謂余曰：「直如張季鸞所言：熊天翼不過政學系中之一熊耳，惟此語誠不足爲政學系中人道也。余在江西，日理萬千，最頭痛者厥爲例須於每一「建議」與「條陳」之後，自加「如有差誤，情甘槍斃」八字。尤其後四字，幾乎無一公文無之。初時亦每一提筆，即有觸目驚心之感：久而久之，反視若無睹，偶見外省公文，少此四字者，反覺有頭無尾，不合體制矣。

當時，任江西行政區督察專員、縣長者，以及泰半地方官吏，多屬軍界中人，故頗置「情甘槍斃」一語於泰然，而以此斃於槍下者，亦頗不乏人。一時有笑話云：閻王以地獄中待決之囚過多，乃命其羅拜於案前而自審之。有判烹者，判官則曰：「拽之於階下油鍋中庖之！有判碎割者，判官則曰：「棄之於刀山之上！」有判槍斃者，判官則曰：「送至江西，在『行營』下爲官可也！」

江西之太上皇，久久非楊永泰莫屬焉。楊之爲人，精悍跋扈，令人側目。惟其識見不俗，任事勇毅，均非孔陳一流庸駑下乘所可望其項背。楊對下或如劉備之呵寒問暖，或如張飛之不假辭色，事之者咸以爲苦。余亦曾以之戲詢於呂咸，呂微醺，沉吟半晌答曰：「楊之待人，每予人以食生洋葱之感覺，辛辣乾脆，人雖欲一口噉之，亦不禁流淚雙頰矣。唯一之對策，厥爲「臭頭臭腦，毫不賣賬。」蓋楊每遇「臭頭」之人，反每每折節相交，蓋以其「如此臭頭，其中必有道理」也。余嘗留學海外，於西人之「臭頭」語氣，黯之已久。牛刀小試，已見奇效，余遂知與楊相處之道矣。」

楊調鄂後，旋被刺而殞。當局謂爲兩粵所使，而無人信之。有謂實二陳所爲，有謂爲「未央宮斬韓信」之重演，而昔年於役其下者私告余曰：此與其如夫人以及一夙所親信之副官，頗有關聯。楊死後，此如夫人且以自焚殉夫聞焉。余既醉心於匡廬之遊，而秉性疏懶，頗不耐偪促避暑於一半舊式旅舍之內，故屢告友人曰：

「苟吾能於匡廬購一席之地，以供夏日遊憩之用，暮春一至，余則撲被而南矣。」

一日，余以小休赴滬，於李思浩招宴之夕，得識中法儲蓄會董事長鄧某。是夕，即令其座車送余返逆旅備用，極致殷勤。並頻頻招宴導遊，屢以投資於中法儲蓄會諷余。余窺其來意，頗欲敬而遠之。而邇後三五年內，終於中法儲蓄會股票之外，復購得金神父路，愚園路，辣菲德路等處房產，皆出此一鄧君之賜也。余之廬山別業，亦即以鄧君之介，得自一江西宿將彭將軍者。

此一別墅，純作荷蘭式，有屋五間，位於牯嶺之大林路上，距大林寺僅數十武，寺內晨鐘暮鼓之聲，晴日歷歷可聞。園極大，且有小溪，淙淙其間；屋後則古木蒼森，鳥語依稀。一側則距懸崖僅有一箭之遙，暮色蒼茫中，下視幽谷，但覺霧烟雲湧，頗富騰蛟起鳳之狀。

居此屋中，最有趣者，厥爲「捕雲以烹茗」。此舉余實習自「虎痴」張善子，是時亦小休牯嶺，幾與余比鄰而居也。

實則所謂比鄰，亦非鷄犬相聞之咫尺可喻。居此山非一日者，無分老幼，皆例有一杖，其價極廉，而以褐木爲之，上刻「壽星頭」及若干人面，故其外形迥異於津滬各地手杖店中之物。山中登高躍下，有此一杖，實如添翼。少此一杖，則不顚仆頻仍，氣喘如牛者幾希矣。

張善子短小豐頤，長鬚飄然，「長者」風視其「藝術家氣息」尤濃。養虎於榻前，見者駭然而竄。其畫虎也，實寓神來之筆，遂亦以虎痴自號焉。余曾詢其馴虎之秘，張徐徐對曰：

「無他，吾褫其利齒，廹其茹素耳。吾得此虎於襁褓之中，故得左右之如他人之左右其犬也。」

張居廬山時與至輒携其從子，捧泰康公司之金鷄餅乾一聽，且食且行，安步當車，而至余之別業。余以「和茶」與日本餅點，星羅棋布於案前，以爲佐談之資。張遍嘗之而苦笑曰：

「先生幸不我罪，如此嘉餚，實不若中土產物也。盍一試我之餅乾乎？」

自是，張來，余則待之以泰康公司餅乾，茶則「沱茶」，張自謂此乃其故鄉四川之特產，茶中雖未屬上品，而於千山萬水之外飲之，則頗可畧解鄉愁也。（未完・待續）

編餘漫筆

編者

本期有許多重要文章。人物方面，「國父老友尢烈」一篇，對尢老介紹頗爲詳盡，並得到冼江先生惠借尢公詩篇手跡，更爲珍貴，惜本刊篇幅有限，尢公詩篇僅能刊出兩篇，但已可看出此老的工力。

軍人外交家劉文島也是一篇重要著述，劉文島是中國第一個駐外大使。在民國二十五年前，中國在國際上仍然不受重視，當時的外交慣例與今日也稍有不同，國與國之間互派使節，皆以公使爲度，祇有英、法、美、日、意等強國，互派使節始爲大使，不似今日美國派去尼泊爾的也是大使。中國既然不算強國，所以與各國互派使節皆是公使，其中唯一例外是蘇俄大革命後，派到中國的使節加拉罕是大使，但當時中國政府並未派出駐蘇大使。不久，由於搜查中東路，中俄絕交，加拉罕也就囘國。所以眞正與中國交換大使的第一個國家是義大利，中國派出的第一位大使則是劉文島。

劉文島雖是軍人出身，但担任外交使節都眞能不辱君命，抗戰前中義邦交異常敦睦，著名的中國空軍學校——筧橋航空學校之建立，很得義大利的助力，教官都是義大利人，此等處不能不歸功於劉大使了。劉大使於勝利之後，轉任立法委員，已入於半退休之境，到了台灣更無從展佈，英雄老去千古同恨，但亦是無可如何之事。

張學良謀殺常蔭槐，爲一大寃獄，數十年來很少人敢爲常蔭槐昭雪，因常蔭槐其人其事，非東北人不太了了，即使知道一二，也未必注意，東北人因礙於「少帥」顏面，不願直言，遂使此一愛國有爲之士，含寃四十餘年。本刊主旨在搜集野史，還以眞面目，供他日修史者採擇，既無意對任何人攻擊，也不怕得罪任何人。對於有功於國家，身後而名不彰，甚至誤蒙惡名的人，必須要根據眞實材料，予以昭雪。

劉戡將軍在瓦子街陣亡，轉瞬已二十五年，這文作者在台北，故爲文不得不含蓄，其實劉戡之死，誤於胡宗南，編者始終認爲國軍將領中如果不出了一個胡宗南，大陸絕不會棄守如此之快。將來準備陸續發表一些有關胡宗南的史料，以匡正台北官方的曲筆，而爲歷史留下正確的記載。

虞洽卿是上海有名聞人，發跡甚早，作者胡憨珠對其事知之甚詳，允稱第一手資料，本港江浙人甚多，讀後應有親切之感。

張競生是一個問題人物，在社會上傳說了幾十年，但張競生之成名，則由於編纂「性史」，社會人士知道張競生，也由「性史」，所以獲得「性學博士」銜頭。但張競生眞正造詣在哲學，其未編「性史」之前在北大教書生涯，很少人提及，本文作者在當時就與張氏相識，本文也專記述其成名之事，以補史料之不足。

羅香林教授抽暇所撰之「爲日軍慘殺之交通部駐香港專家事畧」，甚少人知，幸得羅先生爲之表揚，本刊亦深表感謝。中日之間這段仇恨，我們要不要報復是一囘事，但是斷乎不能忘記，有人認爲本刊鼓吹抗日爲非，且指出此舉將妨礙銷路，朋友好意指教雖然可感，但本刊主要宗旨不能放棄，即使一本也銷不掉，除非不辦，祇要辦一天，此種態度決不改變。

本刊本期發表文章人物爲多，但亦注意地區性，尢烈、張競生廣東，劉文島湖北，常蔭槐東北，劉戡湖南，陳季良福建，劉三江蘇，甄壽珊陝西，李純河北，以後仍本此方針，以求普遍。

汪精衞出走一文，本期刊完，兩月來深得各方好評，此文之可貴處在眞，叙事眞實，立論公正，比起以寫傳記爲報恩報仇之作者，讀者評價則完全不同矣。

本期尚有兩篇難得文章，一爲由廣州去莫斯科，係作者留學莫斯科孫逸仙大學往事第一篇，編者一年多即極力搜求此種史料，而今總算得到。其他各長篇，讀者自有定評，無待多說了。

中國抗戰畫史 第二集

主編者：龔　輝　　出版者：歐亞文化事業公司

中日之戰是我國有史以來，規模最大的戰爭，本公司出版之「**中國抗戰畫史**」為最有價值之珍貴歷史文獻；從一八九四年（**甲午之役**）日本開始侵華起，至一九四五年日軍向我國無條件投降止；所有重要史實重要戰役盡入畫圖中。

本公司最近又搜集珍貴歷史文獻，考據重要圖片資料，續編成「**中國抗戰畫史**」第二集。中日雙方戰畧與戰術之進退，以及我國軍民浴血苦戰的悲壯鏡頭，另有更多圖片介紹。其中如淞滬防禦戰，華北防禦戰，喜峯口大捷，太湖南北地區諸戰役，南京防禦戰，及蕪湖杭州戰鬥，南京大屠殺，武漢會戰，長沙第一次會戰，長沙三次大捷，怒江戰役，重慶大轟炸，再有精美圖片和詳盡報導，現在閱讀尤如身歷其境。

本公司已經出版之「**中國抗戰畫史**」，及「**第二次世界大戰畫史**」第一集與第二集。各項圖片彌足珍貴，文字說明生動雋永，是研究歷史的重要參考書。本書（**中國抗戰畫史第二集**）圖文並茂，較之亦不遑多讓。

全書十六開精編精印。精裝本，只售港幣叁拾元。平裝本一冊，僅售港幣壹拾元。

經已出版。【付印無多，欲購從速。】

總代理
吳興記書報社
地址：香港租庇利街十一號二樓
電話：H四五〇五六一
Ng Hing Kee Newspaper Agency
No. 11, Jubilee Street, 1st Fl.
HONG KONG

香港經銷處
南天書業公司（灣仔軒尼詩道107號二樓）
廣文書局（大道西306號）

九龍經銷處
德興書店（旺角奶路臣街15號B）
吳興記分銷處（吳淞街43號）

外埠經銷處
星馬婆　遠東文化有限公司
曼谷　青年文化服務社
菲律賓　玲瓏書店
越南　聯興書報社
紐約　友聯圖書公司
三藩市　福民書局
三藩市　新生圖書公司
三藩市　文化書店
波士頓　中西公司
芝加哥　杏林春
檀香山　大元公司
倫敦　東寶公司
洛杉磯　永安堂
加拿大　香港百貨商店
澳門　可大文具店
斗湖　光明書局

・山西解州關廟之大殿・

野史·佚聞·
人物·風土·

掌故

月刊

20

一九七三年四月十日出版

中國抗戰畫史 第二集

主編者：龔　輝　出版者：歐亞文化事業公司

中日之戰是我國有史以來，規模最大的戰爭，本公司出版之「**中國抗戰畫史**」為最有價值之珍貴歷史文獻；從一八九四年（**甲午之役**）日本開始侵華起，至一九四五年日軍向我國無條件投降止；所有重要史實重要戰役盡入畫圖中。

本公司最近又搜集珍貴歷史文獻，考據重要圖片資料，續編成「**中國抗戰畫史**」第二集。中日雙方戰畧與戰術之進退，以及我國軍民浴血苦戰的悲壯鏡頭，另有更多圖片介紹。其中如淞滬防禦戰，華北防禦戰，喜峯口大捷，太湖南北地區諸戰役，南京防禦戰，及蕪湖杭州戰鬥，南京大屠殺，武漢會戰，長沙第一次會戰，長沙三次大捷，怒江戰役，重慶大轟炸，再有精美圖片和詳盡報導，現在閱讀尤如身歷其境。

本公司已經出版之「**中國抗戰畫史**」，及「**第二次世界大戰畫史**」第一集與第二集。各項圖片彌足珍貴，文字說明生動雋永，是研究歷史的重要參考書。本書（**中國抗戰畫史第二集**）圖文並茂，較之亦不遑多讓。

全書十六開精編精印。精裝本，只售港幣叁拾元。平裝本一冊，僅售港幣壹拾元。

經已出版。【付印無多，欲購從速。】

總代理：吳興記書報社

地址：香港租庇利街十一號二樓

電話：H四五〇五六一

Ng Hing Kee Newspaper Agency
No. 11, Jubilee Street, 1st Fl.
HONG KONG

香港經銷處

南天書業公司（灣仔軒尼詩道107號二樓）

廣文書局（大道西306號）

九龍經銷處

德興書店（旺角奶路臣街15號B）

吳興記分銷處（吳淞街43號）

外埠經銷處

星馬　遠東文化有限公司
曼谷　青年文化服務社
菲律賓　玲瓏書店
越南　聯興書報社
紐約　友聯圖書公司
三藩市　福民書局
三藩市　新生圖書公司
三藩市　文化書店
波士頓　中西公司
芝加哥　杏林春
檀香山　大元公司
倫敦　東寶公司
洛杉磯　永安堂
加拿大　香港百貨商店
澳門　可大文具店
斗湖　光明書局

掌故月刊 第二十期 目錄

每月逢十日出版

掌故

第二十期

一九七三年四月十日出版

每冊定價港幣二元正

全年訂費港幣二十元 美金五元

出版兼發行者：**掌故月刊社**

地址：九龍亞皆老街六號B

電話：K九六一九四四

The Journal of Historical Records

6B, Argyle Street, Mongkok, Kowloon, Hong Kong.

督印人：**鄧少卿**

總編輯：**岳騫**

印刷者：**和記印刷有限公司**

新蒲崗景福街一一〇號超達工業大廈十樓

總代理：**吳興記書報社**

香港租庇利街十一號二樓

電話：H四五〇五六一 H四五〇七六六

星馬代理：**遠東文化事業有限公司**

新加坡廈門街十九號

檳城沓田仔街一七一號

泰國代理：**曼谷青年文化服務社**

曼谷黃橋東北路五六六號

越南代理：**聯興書報社**

越南堤岸新行街二十二號

其他地區代理：

澳門：大文具店

亞庇：利民公司

千里達：中華公司

菲律賓：華安書局

倫敦：東寶公司

芝加哥：杏林春

波士頓：中西公司

三藩市：新生圖書公司

三藩市：益智圖書公司

加拿大：香港商店

漢城：汎亞書籍公社

寮國：永珍圖書公司

斗湖：光明書店

菲律賓：玲瓏書局

紐約：友聯圖書公司

紐約：友方圖書公司

洛杉磯：永安堂

檀香山：大元公司

三藩市：文化商店

加拿大：新國華公司

太原保衛戰概述

閻錫山遺著

山西表裡山河，地勢險要，東瞰平津，北控察綏，西障關中，南屏中原，實爲華北的要塞，全國的堡壘。共軍竄據陝北後，即一眼盯住山西，派遣大量地下工作人員，煽動佃僱農，積極展開地下活動。抗戰開始，共軍劃歸第二戰區指揮，其部隊開至山西作戰，實際共黨的黨政幹部到了山西實行政治滲透，軍事擴展。抗戰勝利後，更以全力爭奪山西，作爲其全面叛亂之根據地。太原爲山西之心臟，煤鐵豐富，工業發達，向有鐵都之稱，不僅爲戰略要地，在政治與經濟設施上尤有重大意義。晉中會戰後，共黨即以華北軍主力圍攻太原，冀達其全面奪取政權之目的，我太原軍民，爲保家衛國，遂一致奮起，展開堅決的太原保衛戰。所謂太原保衛戰，是以太原城爲中心，延伸於城週半徑三十公里內之範圍，即是東至捍山、老虎山，西至石千峯山、廟前山，南至小店、武宿，北至周家山、黃寨，此一帶地區之戰鬥，均包括在內。

趙營長連魁遺像

太原是華北戰區中最後之赤海孤島，太原保衛戰又是山西十四個大戰役中最後一幕之慘烈決戰。共軍不惜重大犧牲，挾其席捲東北華北之勢，分三次增兵，四期圍攻，前後發動七次總攻，團以上之爭奪戰達一百二十六次。由三十七年七月十六日起，至三十八年四月二十四日止，歷時共計九個月又九天，共軍前後調集六十餘萬人，傷亡三十五萬餘，我亦傷亡十四萬六千餘人。茲就太原保衛戰中我與共軍在政治上的鬥爭、軍事上的鬥爭、共軍對太原四期圍攻七次總攻經過，以及五百完人壯烈成仁，分述於後：

一、政治上的鬥爭

在太原保衛進行中，我們與共黨政治上的鬥爭，撮其重要者約有三事：

（甲）肅清僞裝。遠在抗戰期間，日軍佔領太原時，城外五公里之地區，即爲共軍所控制，共軍以有訓練之僞裝份子五千人，藉商店做打入工作，大商店二人，小商店一人，並控制各商店商人在原藉之父母妻子爲抵押，負責掩護他們；其餘大公館內之僱人中，大部有僞裝的打入。他打入這五千人，每人交付放五處火的責任，太原城內共有二萬多房院，當他主攻太原時，這些人即可做放火內應。太原雖為日軍佔領，而實際為共軍地下人員所控制。當抗戰勝利前，我即通過偽政權，派入大批地下工作人員幫助肅偽，雖未肅清，但曾提醒了日軍對共軍偽裝放火的注意防範。自我軍收復太原後，即開始大力肅偽，在三個月的大奮鬥中，形將肅清，後來共軍又提出「有甚驃甚」的口號，這「有甚驃甚」的意思，就是有什麼拿出什麼，憑什麼奮鬥。共軍以為他有的是人，他曾說，我們扣他一個人，他向我們城內打入兩個人，使我們扣不勝扣，做他對付我們發現偽裝的對策。按此種做法。他這驃人的意思，就是所謂「遼東豕若敝屣」，他不在乎損失些人。他為什麼如此做？因為他解決了山西五十餘縣的土地問題及一部份私營工廠的問題收買了許多人替他賣命，但我們在太原城中，經大力進行肅偽工作，前後共扣獲了他五萬多偽裝。

我們扣獲共黨這五萬多人，他原希望達成兩個目的：一個是希望我們把這些人全殺了，給他一個宣傳我們殘忍的口實，使社會上一般人對我們印象不好。一個是假若我們不把這些人殺了，給我們一個生活上的累贅，所以他這驃人的做法，亦是他有內心的做法。我們認識了他這兩個陰謀，所以對扣獲的這五萬多人，都加以訓練爭取，着他們自動自白而後放回去，使共黨希圖我們的兩個目的完全失望；且使這些偽裝份子自白後，供出他們的一切情形來，除將願意給我們工作者留下外，其餘交付任務放回去，反增加他的顧慮與生活上的累贅。

共黨再以「留餘地」三字，一步一步的爭取我們動搖的幹部，所謂「留餘地」，就是他對我們的幹部說：「萬一國民黨失敗共產黨成功之後，你應該怎樣？是不是你應在共產黨未來前，先留下一步餘地，不要成了絕對的對頭。」並且說：「這留餘地很容易，你把那不要緊的事，常常報告給共產黨，他們來時就不難為你了。」他這種方法，由淺而深，由近而遠，有組織的尚能以組織穩住幹部的心，不至上當，無組織的即很容易上他的當，且最容易上當的還是公務員的家屬。

（乙）化行政為家政，變社會為家庭。我們欲粉碎共黨的政治陰謀，配合軍事作戰，在政治上首先應克服的問題，就是兵員與食糧補充的困難。在此情形下，必須化行政為家政，變社會為家庭，官兵不分，共同克服此困難。於是我們將太原市區編成戰鬥城，集中所有人力物力，發揮最大效用。

二、軍事上的鬥爭

軍事上的鬥爭，是敘述雙方在戰畧戰術戰鬥上一切的措施與方策，不包括軍事作戰在內。

共軍圍攻太原之戰畧目的，是以絕對優勢的兵力，先包圍消滅我外圍據點，誘出並擊潰我援軍主力於據點工事外，而後殲滅我城垣守軍。共軍的戰術是以鑽隙、包圍、斷線、孤點而各個擊破。共軍的戰鬥方法，是以人海戰為主，坑道戰、穴壁戰、對壕戰、喊話戰、贈物戰、疲勞戰、逗子彈戰為輔，選定攻擊點，集中兵力，實施強烈性的突破。

吳國大代表春臺遺像

師警察局長程則遺像

我軍在作戰計畫上，採防禦戰畧，攻擊戰術。在對日作戰期間，因人民是我們的，所以我們採攻勢戰畧，但我軍裝備武器不如日軍，只好取防禦戰術。太原東西山民衆，在八年的抗戰中，共軍有良好的組織基礎，所以我們在戰畧上只好取防禦，以攻勢戰術，補救我戰畧之劣勢。根據此戰畧戰術，我軍構築五千六百多個洋灰鐵筋的碉堡，構成縱深崎形的面。城內即築巷戰工事與城外三千公尺以內爲城垣陣地帶。三千公尺以外至一萬公尺以內爲主陣地帶，設牛駝、淖馬、聶家山、松樹坂四個中據點。距太原城二十公里至三十公里爲前方陣地帶，外圍四個大據點，東爲捍山，南爲武宿機場，西爲石千峯山，北爲周家山，各據點各陣地帶均有核心陣地、主陣地、前方陣地、狙擊陣地的縱深配備，各陣地上均構築有倒打工事、襲擊工事、坑道工事、側防工事，互相策應，火力支援，構成鐵釘式蜂窩式的防禦工事。區分外圍據點爲殲敵區，主陣地帶爲消耗區，城垣陣地帶爲成功區，各區與區間以空軍及優勢之機動部隊支援出擊，實施戰術性之攻擊，完成我嚴密之防禦系統。

在保衛戰的進行中，我們曾克復了幾項作戰上的困難：

（甲）共黨挾其廣大的民衆組織，以水覆舟的政畧，向我們作面的戰爭；我們欲以政畧劣勢對政畧優勢的敵人作戰，只有實行碉堡政策，以補助我們的全面控制。所謂碉堡，就形狀上說有高碉、低碉、人字碉、十字碉、方碉圓碉等之分；就性能上說殺傷碉、伏地碉、警戒碉、側射碉、指揮碉、礮碉等之分；就大小上說有半班碉、十班碉、排碉、連堡等之分。以高碉與敵作對壕戰，可收瞰制之利；以伏地碉與敵作人海戰，可收利用地形加大殺傷之利，各種碉之配合運用，更可收高度殺敵之效。

（乙）共軍之人海戰，我們在編制上兵器上均感到每營配備的重機槍六梃，不足以制止他的人海，遂另組一個重機槍師，下屬四十六個連，每連配重機槍十二梃；一個步重迫礮師，下屬二十七個連，每連配十二公分口徑步重迫礮六門；一個飛雷團，下屬九個連，每連配九公分口徑射雷筒六十具；一個衝鋒機槍團，下屬九個連，每人配衝鋒槍一支。且在兵器上，本發揮高度殺傷效力之原則，大量製造各種雷（飛雷、跳雷、擲雷）、五零小礮，尤特種零線子母彈等，配屬各部隊，遇有敵人襲擊時，集中這些兵器用在投擲手擲彈前五百公尺，且與手擲彈接連使用，以消滅共軍之人海，甚爲有效。自此項部隊編成及此項兵器大量製造後，共軍對我攻擊，因死傷慘重，即不敢再用人海戰術了。

（丙）山西民間房屋建築堅固，共軍利用牆根構築工事，頂上搭掩蓋，牆內挖射擊口，再以穴壁戰法，打通各房院，使我們輕武器攻擊困難；加以礮彈摧毀，又非大落角之重礮不可。因此經共軍佔領之村莊，我們恢復困難，於是研究製造一種十五生的口徑、七百公尺射距離、落角七十五度之臼重礮，對共軍佔領村莊，即可由房頂穿入殺傷房內之敵人，自後我們恢復村莊即損傷較少。

（丁）共軍善用坑道戰術，但在我們三層坑道的防禦下，共軍之坑道，攻擊到我們第一層時，即被破壞，始終未攻到我二層三層。

因爲我們克服了以上的幾項作戰困難，在保衛戰的前六次攻勢中，曾予共軍以重大的創傷，陷敵於被動的地位。

三、共軍對太原四期圍攻七次總攻經過

太原保衛戰，自中華民國三十七年七月十六日起，至三十八年四月二十四日止，共九個月零九天。在此作戰期間，共軍共增兵三次，就其增兵進攻階段，共分四期，以增兵後攻擊開始之日爲首期，至再次增兵攻擊開始前爲期尾。在此四期中，共總攻七次，茲分期分次簡述如下：

第一期、三十七年七月十六日至九月三十日

共軍初攻太原的兵力，爲正規部隊十五萬餘人，地方部隊十三萬餘人，民兵八萬餘人。

我軍在抗戰終了時，第二戰區官兵總額爲三十二萬五千餘人，其中戰鬥員爲二十一萬六千餘人。我軍經過十三處的大戰後，兵力損失約爲三分之二，我雖極力補充，到太原保衛戰時，我軍只餘九萬餘人，連同保安團一萬五千餘人及守碉民衆自衛軍四萬二千餘人，我軍總兵力爲十四萬七千五百三十八人，餘皆爲非戰鬥員。

第一次總攻，自我趙承綬兵團在榆次、太谷、徐溝三角地區受創後，兵員損失在半數以上，共軍乘我主力未集中太原前，調集徐向前所部及地方團隊民兵等三十餘萬人，向太原外圍取包圍形勢，並以五個旅之兵力，向我城西南大小王村、神堂溝、聶家山一帶施行突襲，僅距太原城三千公尺，爾時太原只有綏署警衛部隊兩千餘人及兩個保安團，餘皆民衛軍。七月十六日晚共軍對大王村據點波浪衝鋒十四次，欲一舉攻下，直撲我太原城，經我保安一個團及民衛軍三千人堅決抵抗，未得逞。嗣我軍陸續集中，次第收復聶家山、神堂溝等地，共軍遭受重創，遂退回榆次、太谷一帶整補。此次總攻傷亡兩萬以上，我傷亡六千五百餘人。

第二期、三十七年十月一日至十一月九日

共軍原有兵力三十六萬二千餘人，除第一期傷亡外，又增加四個縱隊及各縣民兵十四萬人，計總兵力爲四十萬五千餘人。

我軍原有兵力十四萬七千餘人，除第一期傷亡外，又由陝空運增加一萬二千餘人計總兵力十五萬餘人。

第二次總攻，共軍自第一次總攻失敗後，在整補期間，實行應急教育，特別注意爬城、爆破碉及通過各種障碍物之訓練，並徵集大量木板蔴袋作準備進攻碉堡之用。九月二十七日我接到共軍將於十月初作第二次總攻之情報後，當決定先敵行動，誘共軍在對我有利地帶作戰，或迫其在準備完善之前使之作戰。十月一

許國大代表有恒遺像

日我以三個師之兵力，向盤據城南之小店、南畔、東西溫莊之共軍襲擊，當將各該地收復。十月五日共軍以六個縱隊九個獨立旅之兵力，四面向我進攻，以小店、南畔方面爲主攻，武宿、磚井方面爲助攻，其他爲佯攻。我當以強大機動部隊實行暴風雨之急襲，激戰六日夜，十日共軍全線總崩潰，此次總攻共軍傷亡三萬五千餘人，我傷亡一萬一千餘人。

第三次總攻，共軍第三次總攻重點爲城東北之風閣梁，因該地爲我軍城東左翼之支撐點，且可控制我城北空軍基地，我由陝空運部隊及一切軍需物資均由該基地降落。十月十三日共軍以三個縱隊兵力發起第三次總攻，我山頂陣地有碉堡十一座，守軍爲兩個連，共軍集中礮火向我轟擊，以炸藥破壞碉堡，並截斷我援軍增加之進入路，致僅增加上一個連，最後全部犧牲。十五日我陸空配合，向共軍猛烈反擊，共軍反復突擊二十六次，我空軍對敵援軍痛予炸射，我地面部隊復將共軍援路切斷，共軍乃行潰退，復遭我陸空強大砲火追擊，四個旅潰不成軍，此次總攻共軍傷亡一萬餘人，我傷亡三千餘人。

第四次總攻，共軍四次總攻重點爲城東之牛駝，因牛駝可控制城北空軍基地，且可砲擊兵工廠，瞰制太原城。十月十八日共軍以六個縱隊兵力，分向牛駝、黑駝、小窯頭、四十畝屹塔一帶攻擊，城南城西亦同時發動，實行牽制，以牛駝寨爭奪戰最爲慘烈，共軍前仆後繼，志在必得，不只使用人海戰法，其火力亦相當強盛，我以熾盛砲火，對共軍實行冰雹戰，激戰四日夜，將共軍由東山進攻太原之企圖完全粉碎。此次總攻共軍傷亡四萬人以上，我傷亡八千餘人。

共軍迭次總攻失敗後，感到軍事進攻甚爲困難，遂極力搜求線索，謀策動我步隊之叛變。經多日研究，知我空運增援部隊第三十軍軍長黃樵松爲前被俘新八軍軍長高樹勳之舊部，遂利用高之名義給黃一信，黃爲所動，定於十一月三日起事，幸賴我戴炳南師長深明大義，一面囑所屬團長勿受其惑，一面暗向我報告。同時我亦接到特工人員對此事之報告，遂以開會名義將黃召至綏署予以扣押，因黃部係由陝增援來幷之部隊，遂將黃及共軍所派敵工部長一併解送南京處理。據黃供其所以謀叛之因，動於關外國軍之失敗，彼前曾與高有晤約，關外失敗彼即投共。

第三期、三十七年十一月九日至三十八年四月八日

在第二期作戰期間，共軍三次總攻及經過五十二次團以上之爭奪戰，並每天均有十數次不等的小戰鬥，其死傷在十萬以上。共軍恐曠日持久，師老城下，遂由河北、山東、察綏及晉北各地，抽調地方團隊八萬六千餘人，本期共軍兵力連同其原有部隊共三十八萬六千五百餘人。

我軍由陝西空運增援部隊四千五百名，連同原有部隊共九萬八千餘人。

按共軍所調之援兵，皆係地方部隊，攻擊太原已成強弩之末，初尚總攻兩次，以後四個月期間，變猛攻爲圍困，有等待他處戰爭結束，再集中兵力一舉解決太原之企圖。本期時間計五個月，爲各期中之最久者，佔共軍圍攻太原時間九個月零九天，半數以上。

第五次總攻，共軍自四次總攻失敗後，因感我方砲火猛烈，碉堡堅強，其士氣漸萎，乃乘援軍初到之新銳，於十一月九日發動第五次全面總攻，以八個縱隊攻城東南之黑駝、馬莊，城東之淖馬、松莊、牛駝，與城東北之西巖、風閣梁一帶，西南北三面亦各以有力部隊，配合總攻。

共軍此次總攻，其目的在奪取黑駝、淖馬北端之郝家溝，該地爲攻擊太原城捷徑。在共軍總攻前，我曾緝獲其諜報人員之情報圖，指示共軍攻擊方向爲郝家溝，並說明由郝家溝進攻城垣有兩個好處：（一）直撲南城，可將城南二十里內所有之碉堡截在外邊；（二）以該處攻城垣居高臨下，可免逐次進攻之損失，欲奪取此地，須佔領溝南溝北之高地，而溝南高地以黑駝爲主，故共軍由九日開始以三個縱隊對該地猛攻，至十八日攻擊黑駝失敗後，各處攻勢亦告結束。

第六次總攻，共軍自東山失敗後，即改硬攻爲軟困，我識破共軍之企圖，除提倡節約及增加生產外，並發動軍民大量增築機場，以便維持此唯一之補給線。除原有第一第二兩個洋灰機場外，另增築第三第四兩個洋灰機場及第五第六第七第八第九等五個臨時機場。其中我便於使用者爲第七機場（即紅溝機場），共軍此次總攻，其目的可以說完全爲破壞我機場。

十二月十七日共軍以三個縱隊另三個旅配合民兵三萬餘人，向我城西之趙家山、狼坂、石千峯山一帶攻擊，因西山多係石山，我碉堡副防禦構築較少，共軍以人海戰法，滿山遍野向我陣地蜂擁衝上，尤以對大小虎谷、化七頭等地攻擊爲猛烈，我將重機槍及火焰噴射器集中使用，共軍背負炸藥手擲彈者多被擊中爆發，死傷甚重，我步兵乘機分四路出擊，共軍因附有大量民兵，夜間不辨敵我，自相踐踏滾入溝者甚多，甚至亦有自相殘殺者，是役我俘虜中大部爲民兵，供稱共黨村幹部指示他們說：「攻太原每人帶籃子一個蔴袋二條或帶煤油筒及鞭炮」，我們到來時，才知籃子在人海衝鋒時裝手擲彈之用，蔴袋是供做掩體之用，鞭炮放在煤油筒內燃放，以便逗子彈之用。

共軍此次總攻失敗後，即改軍事進攻爲政治進攻，派遣俘虜向我各幹部送信，以威脅利誘之手段瓦解我軍心，當時我軍爲打破其陰謀，規定凡共方送來信件，不論給誰，均不許拆閱，必須送綏署處理，連續給各幹部之信不下萬餘封。我則利用播音器向共軍行短篇講話、呼口號揭破共黨之陰謀暴行，同時共軍利用我物資缺乏，以大批豬肉蒸饅頭包子等送給我陣地守軍，企圖以物利誘，動我軍心，我軍亦以糧果罐頭加上傳單投送給共軍，當時我軍因物質條件不夠，遂規定對共軍之送物者開槍射擊，以打破共軍之陰謀。共軍在本期中特別施行逗子彈戰及疲勞戰。

第四期、三十八年四月九日至二十四日

共軍自六次總攻失敗後，曾多次檢討其失敗的原因，係由於我火力的旺盛與工事的堅固，並認爲轟塌城牆易，擊破碉堡難；攻入城內易，擊毀城內城難（即城牆內三十至五十公尺左右又築了一道城），於是對太原採長期圍困政策，等待他處戰事結束，以便集中火力人力，一舉而下太原。東北戰事結束，北平和平易手後，共軍利用和談時機，調集東北林彪之第十五軍團三個軍，聶榮臻之第二十兵團五個軍，並傅作義原部國軍四個師，另五個砲兵團，共約二十三萬餘人，齊集太原；又由晉冀察綏調來民兵十餘萬人，連同原有攻城部隊共約六十餘萬人，並配屬由東北平津所得之大量重砲與火箭砲、高射砲及所繳日軍華北總彈藥庫的大量重砲彈，改由彭德懷任總指揮。

我軍經三期損失未再增援，本期連同各部門志願參戰之員生伕役共七萬二千餘人。

第七次總攻，三十八年四月一日和談開始，共軍認我是阻撓和談的，欲在和談開始攻佔太原，造成其和談上更有利之局勢。遂以其調集至太原城週之所有部隊，乘我奉召赴京未返之時，發動第七次總攻。

我赴京之第三日爲四月一日，共軍即將太原所有新築之五個機場完全控制，飛機不能起落。於四月九日起以原圍城之部隊向南北西三面開始攻擊，唯東山無行動。十二日東山之共軍對我行全面性的壓迫進攻，經偵察完全爲共軍新增部隊，十四日上午九時對我開始猛攻，我因共軍東山陣地，距城最近，在地形上居高臨下，對城垣威脅最大，故我之機動部隊控制於東山附近。至十四日下午十一時，共軍南北兩線同時發起猛攻，十五日早三時許，北線共軍突破我向陽店陣地，以一部向左席捲切斷我欄崗，陽曲鎮陣地與後方之聯繫，其主力向我新城主陣地進攻，並以一部迫近鐵道橋及內城之線。西南線方面之共軍至十五日五時許，亦將南堰陣地突破；並以圍攻滲透之方式，將我義井、沙溝、小王、小井峪各據點均行包圍，其一部竄窳流附近，繼對我大王村陣地展開猛攻，趙軍長恭率部增援奮力將敵擊退，趙軍長於是役陣亡。我軍爲增強城垣陣地，遂將西山各據點及北線之李家山、風閣梁、陽曲鎮，黃后園自動放棄，退守主陣地帶。十五日上午十二時許南線共軍亦以火箭砲將我碉堡擊毀四十餘座，開闢一條攻城之通路。

當十四日共軍向我東山總攻時，我在京接獲報告後，即擬於十五日乘機返并，民航空運隊以飛行危險拒絕派機，正接洽間，太原報告南線之共軍已進至城西瘟流村，北線之共軍已進至鐵道橋附近，機場已全陷敵手，即以降落傘降落亦絕不可能，不得已遂規定由無線電話每日早晚通話兩次。

此次共軍進攻，兵力之大，火力之猛，前所未有。自十四日開始全線猛攻，以越點鑽隙戰法將我陣地分別隔離，從容不迫用河塌式的方式逐段進攻，每次攻擊開始，先以強大砲火，壓制我之火力，以火箭砲摧毀我們的碉堡，然後以大量步兵蜂擁衝上。我軍在人力火力絕對懸殊情勢下，以熾盛之戰志，浴血拚鬥，碉堡被毀，乃據野戰工事抵抗，寸土喋血，尺地必爭。直至十九日城東城南之共軍迫近城垣，我集中兵力固守城垣陣地，共軍輪番攻擊，至二十一日將我雙塔寺、臥虎山、剪子灣，鍊鋼廠攻陷，守軍大部犧牲。此時和談决裂，南京吃緊，共軍復以高射砲擊飛機，致太原賴以空投之食糧，亦形斷絕，軍民併食不得一飽，然仍浴血拚鬥，不爲稍屈。

二十二日共軍以火箭砲將城週護城碉分別摧毀，當日黃昏開始集中所有重砲及各式山野迫擊等大小砲三千餘門，向我城內及城牆轟擊。廿三日整日一片砲聲，城內幾無一所完整房院，我城內城大部被毀，共軍並射入大量燒夷彈，城內起火六百餘處，到處火光冲天，碎瓦頹垣，人民因事先都築有掩蔽部，死傷尚不甚重。下午三時許東城南城被共軍轟塌三處，城牆形城坂狀，軍民冒死搶堵，並集中重機槍以火力封鎖缺口，敵我死傷均重。

當日下午五時許梁代主席及山西省婦女會理事長閻慧卿代表全體幹部致我一電云：「一切均已佈置妥貼，所有應處理之人與物，皆分別處理，一定遵照鈞旨，不與共匪相見，亦不留屍與共匪睹面，請放心！」我當覆電云：「你們從容吧，我一定繼續諸同志之志，與毀滅人類者奮鬥到底。」此後太原即與外界失去連絡。關於太原最後陷共及五百反共基幹成仁情形，係接獲太原突圍幹部之報告。

廿三日晚砲聲徹夜不停，廿四日拂曉，共軍以毒瓦斯彈向城垣發射，守城官兵中毒者甚多，共軍遂由東城南城兩面攻入，乃與我展開激烈之巷戰，我國軍、憲警、公務員、民衛軍，一齊參加戰鬥，短兵相接，喋血苦戰，一碉一屋之爭，無不使共軍付出極重大之代價。尤以綏署侍衛隊特務團抵抗最烈，侍衛隊第三連據守貿易公司大樓，先以槍彈，繼以磚石，最後肉搏，前後斃傷共軍千餘，結果全軍無一生還者。共軍對攻不下之據點，即以火箭砲連人帶工事一齊摧毀，下午三時許守軍傷亡殆盡，共軍始攻入綏署大堂前，距我綏署副主任孫楚將軍之指揮部不及五十公尺，始行停止戰鬥。此時綏署後院之進山及東部之洪鑪台，仍由侍衛隊及教官據守，作堅強抵抗，共軍迫俘虜前往喊話停戰，守軍侍衛隊士兵高呼「我們不做俘虜」，並將所派之人一槍擊倒，終以百餘人，據進山之山頂，作慘烈之最後抵抗，又戰鬥三時許，守軍完全戰死，共軍在此以十倍守軍之犧牲，始佔領進山，直至廿五日下午六時巷戰始息，守軍大部壯烈犧牲。

四、五百完人壯烈成仁

二十四日上午當巷戰激烈，共軍迫近我省府大樓時，我代主席梁敦厚及山西省婦女會理事長閻慧卿見大勢已去，遂在省府鐘樓從容服藥自殺，於自殺前曾囑役人舉火焚屍。警察局長師則程率員警到柳巷抵抗，最後與妻史愛英同着新衣，壯烈自戕。特種警憲指揮處處長徐端等三百餘人（有女職員十餘人）及第四區專員尹遵黨等百餘人，於下午二時許在精營西邊街該處大樓彈藥告盡時，遂集體自殺，最後以汽油焚屍體與大樓，同歸於盡。共軍入城後，對梁代主席等十餘重要幹部，尋獲以遺骨並化驗遺血，蓋恐其屍體非眞，共軍對我幹部痛恨之深，概可想見。

至五百完人之所以成仁，完全是思想與志氣的構成。抗戰初期，我到漢口走了一次，當時有很多青年跟我到了山西，參加民族革命大學，後來共產黨滲入犧盟會中發動叛變，有共產思想的人全走開了，抗日而兼反共產主義的人都留在晉西之克難坂，抗戰結束後，這些青年完全是反共的意志了。我們反共，不是專門反對共產黨，是反對唯物哲學與共產主義，認爲不合乎人生的幸福，遂結合而成爲一個反共基幹同志與共產主義勢不兩立。在太原保衛戰期間要求我們給他們每人配自殺藥水一瓶，如果對共產黨奮鬥失敗，即行自殺。三十七年冬有幾位美國記者到太原，曾看過這配好的自殺藥水，並攝有照片。這五百完人在決定堅決反共的同時，就決定了不成功便成仁的決心，所以我說他們的成仁是思想與志氣的構成。

總之，太原保衛戰歷時九個月，共軍傷亡三十五萬餘人，並據共軍晉南日報載統計做工達一千五百萬日份，恰合山西全省人民每人一日份；補給軍需物資達六億餘公斤，恰合全國人民每人一公斤；共軍於佔取太原後，特攝製血戰太原電影，以宣揚他們的戰績，並表示他們傷亡之大，動員之廣，用物之多，戰況之烈。我軍以劣勢的兵力，困難的生活，能守九個多月，其因素有二：一爲戰鬥城中組織起民衆，化行政爲家政，變社會爲家庭，建立起只求共生不謀私蓄的民衆組織；一爲太原具有強大完整的輕重工業設備，對建築大量堅固的洋灰鋼筋碉堡及構成火海所需的輕重武器彈藥，能充分源源供應，使共軍人海戰術失掉了效用。

我們最後失敗亦有兩個因素：在補給方面說是食糧困難，太原城最後一個月的食糧，全憑飛機當日輸送，戰鬥員每日早飯吃到晚，晚飯吃到夜，若遇天氣不佳輸送停止，必須兩餐併爲一餐。因食糧不足，人民與士兵分食，且因營養不良，戰鬥兵患夜盲及其他病者在三分之一以上，影響戰鬥力甚大。公教人員學生及一般市民多吃豆餅糠粃，甚或以草根樹皮充饑。在兵力方面說，自東北華北戰役失敗後，共軍集中全力，並運來大量的山、野、重砲、重迫擊砲，摧毀了我們城內的房院，擊破了東城南城，並以大量的火箭砲，擊毀了我們的碉堡，以人海火海的配合，向我們作雷霆萬鈞的壓迫，造成他絕對的優勢。以上二者，是我們失敗的因素，而南京危急，亦影響了我們的士氣民心，雖後者不是主因，但亦是太原淪陷的一個因素。太原軍民最後在慘痛的抵抗下，守軍犧牲殆盡，五百反共基幹抱「城存人存，城亡人亡」的決心，與城共盡。

本刊合訂本第二冊出版，由第七期至十二期，皮面燙金，裝璜華麗，每冊定價港幣拾五元，本社及吳興記均有代售。

太原會戰經過

·史政之·

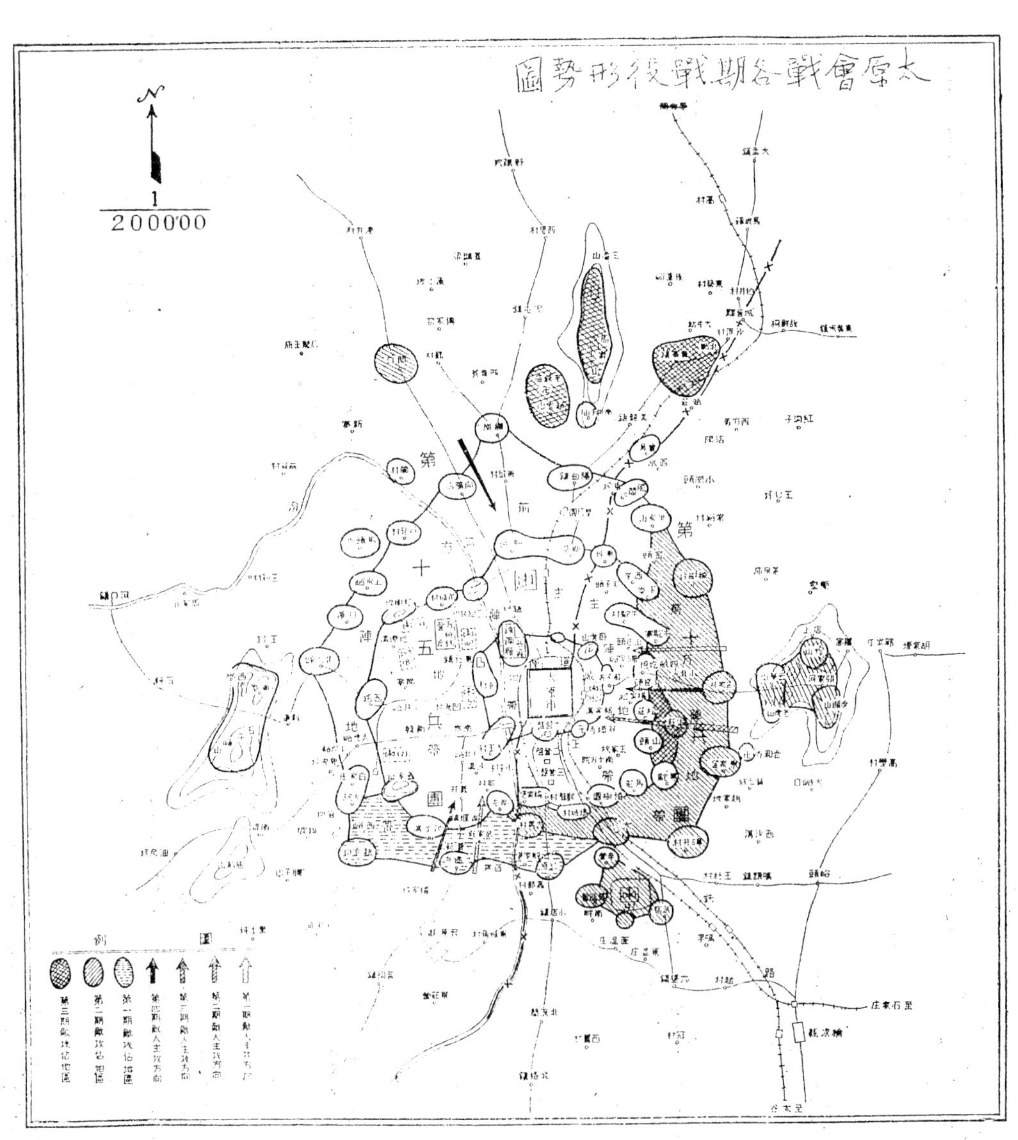

太原會戰自民國三十七年七月十六日起至三十八年四月二十四日止，爲期九個月零九天，在此作戰期間共軍計增兵三次，就其增兵階段共分爲四期，以增兵後攻擊開始之日爲期首，而再次增兵攻擊開始前爲期尾，在此四期中共軍總攻七次，團以上爭奪戰爲一百二十六次，團營以下之戰鬥每日均有之。

甲、第一期

（自民國三十七年七月十六日起至九月三十日止）

一、第一次總攻

自我趙承綬兵團在榆次、大谷、徐溝三角地區受創後，兵力尚未集中太原前，共軍遂以其第十三縱隊全部及晉中軍區之第一、二兩旅共五個旅爲先遣隊，沿汾河西岸向我太原進襲，七月十六日夜十二時許，突破我大佛寺、南偃鎭、義井等陣地至小王村——沙溝——大井峪之線，此線距太原城僅三千公尺，國軍佔大王村、小井峪、聶家山各據點阻共軍前進，是夜一時至五時之四個小時中，共軍對大王村據點以波浪式之衝鋒達十四次之多，企圖一舉攻佔，直撲城垣，經我保安部隊一個團及民衞軍三千人奮勇抵抗，共軍未得逞。七月十七日晨，我第六十一師與迫炮師之一個團由榆、太、徐地區趕回並進入城西原陣地，迄午十二時，其他各部隊均先後進抵原陣地，半夜共軍取東南北三面包圍之態勢，企圖乘我回師未穩之際，全力猛攻，國軍沉着應戰，於黃昏前，以一萬發炮彈之熾盛火力擊破共軍攻勢，七月十八日晨四時，我第六十一軍及第二七九師，先後在我炮兵掩護下反攻，並將小王村、沙溝、大井峪、義井、南偃鎭相繼克復，共軍退據大佛寺以北地區，七月十八日七時，共軍圖挽救頹勢，以第十五縱隊由嘉節村、西渡，至大佛寺以北地區加入戰鬥，向第六十一軍正面猛撲，共軍第八縱隊、第二縱隊及呂梁軍區、太行軍區等八個旅，圍攻武宿村機場，共軍第四縱隊及北岳軍區計六個旅攻磚井村，此外城東方面之大峪口、湖家堰、郭家莊、常峪村、城北之城晉驛、沙流村、西盤威等處，共軍牽制性之攻擊，均爲我擊退，七月十八日十七時，共軍以晉中軍區第一、第二兩旅，向我河西陣地之左翼據點聶家山分兩路進犯，一路由神堂溝一帶直趨我聶家山陣地，另一路自神堂溝經冶峪、西峪於七月十九日將我趙家山、箱子裡據點攻陷後，協力進攻聶家山，共軍以平射炮及炸藥破壞碉堡，因該山爲土山施用坑道陣地易於破壞，自七月十九日至二十二日之四天內聶家山陣地全被破壞，國軍就斷垣殘壁堅守，共軍復以人海戰法衝鋒二十餘次，國軍第七二師第二一五團全團官兵傷亡殆盡，七月二十二日聶家山遂爲共軍攻陷，七月二十三日夜，共軍續增援，向白馬莊進犯，一路共軍二千餘攻白家莊、南山各碉，另兩路各三千餘，分攻九院東南及大虎峪以東與白家莊北山各碉，同時思西村、喜鵲梁、連山坡，及五料等處之共軍，亦作牽制性之襲擾，激戰兩晝夜，國軍陣地仍有三個碉堡屹立無恙，七月二十五日黃昏，國軍第六十一軍一部，配合第七二師工兵團向白家村南山之共軍反攻，激戰徹夜，終將白家村附近之共軍擊退，七月二十六日，另增調第十五兵團機動部隊，配合第八、第九兩總隊，附山野炮百餘門，迫擊炮三百餘門，協力向聶家山之共軍攻擊，城南部隊及炮兵，遮斷共軍之增援，我空軍亦出擊支持，九時許突破敵陣，展開白刃戰，激戰至十一時，共軍不支向董茹方面逃竄，聶家山遂於七月二十七日完全克服。

乙、第二期

（自民國三十七年十月一日起至十一月九日止）

一、第二次總攻

共軍於第一次總攻失敗後，其主力撤至楡次、太谷一帶整補，並實行應急教育，特別注意爬城爆破碉堡，及通過各種障碍物之訓練，且向民間大量徵集木板、蔴袋等物作準備進攻之用，復增調第一、三、四縱隊及綏蒙縱隊共四個縱隊，準備於十月上旬再度向太原進攻。

國軍爲期先發制敵，摧破其攻勢計畫計，遂於十月一日以283D—279D—280D及72D之一部，分向城南之小店鎮、南畔、東西温莊及鳴李車站之敵襲擊，共軍第三十八旅及楡壽獨立支隊四個團，經我優勢兵力襲擊，張惶失措，受創甚重，向南逃竄，國軍遂次第將各村收復，在鳴李方面之國軍，進攻至十月四日，共軍由六堡鎮、趙村大量增援，並有包圍國軍之勢，國軍迅即撤退，但已蒙受相當之損失。

十月五日拂曉，共軍全面開始第二次總攻，城南方面以第十五縱隊攻我小店鎮、南畔，第四及新二兩縱隊攻武宿，第八縱隊攻磚井村，城東方面以新四縱隊攻和合寺，以呂梁軍區之第一、二、三旅攻撣山、虎頭山，太行獨立第一、二、三支隊攻塹壑，城北方面以第七縱隊攻黃寨鎮，以北岳軍第一、二、三旅攻周家山，城西方面以晉中軍區第一、二、三旅攻馬頭水、西嶺等陣地，以太行軍區第七、八、九旅攻石千峰山，並控制五個縱隊爲預備隊，以第九、第三縱隊爲城北之預備隊、餘三縱隊在城南，以第十三縱隊爲磚井方面之預備隊，第一縱隊及綏蒙縱隊爲小店鎮、南畔方面之預備隊，十月五、六兩日共軍對武宿據點猛攻，十月七日，主力轉向小店鎮、南畔方面，對武宿村、磚井攻勢稍緩，國軍以小店鎮、南畔方面陣地工事及兵力均感薄弱，若調部隊增強守備，無工事憑藉，難達殲敵之目的，遂以絕對優勢之機動部隊配合機械化部隊先擊破圍攻武宿之共軍，爾後向西旋側擊小店鎮、南畔方面共軍主力之側背，十月七日晚，國軍完成出擊準備，十月八日對攻擊武宿之共軍分路迂迴猛攻，十五時共軍不支向西南潰退，國軍遂乘勝攻佔東西温莊，並續向小店鎮、南畔之共軍施以暴風雨式之急襲痛擊共軍側背，小店鎮、南畔守軍亦奮起反擊，共軍頑強抵抗並擬以預備隊加入戰鬥，以挽頽勢，爲國軍阻止於東西源莊地區，全線激戰兩晝夜，空軍全力支援，共軍以人海衝鋒十八次，均在我熾盛綿密之火海下擊退，共軍傷亡慘重，至十月十日九時，全線崩潰，復遭國軍截擊部隊之伏擊，幾潰不成軍，城東北西三方面，國軍亦發起反攻，十月十日晚全線戰鬥暫告沉寂。

二、第三次總攻

共軍自第二次總攻失敗後，以城南爲國軍主力所在，工事堅強，企圖避實就虛，於城東發動第三次攻勢，遂秘密將兵力轉移城東方面，十月十二日黃昏，共軍數股各以一營以上之兵力，攻擊風閣梁前進陣地之各小據點，同時在城南城北，亦發生戰鬥，十月十三日發現共軍大部隊有集中東山（城東爲山地，稱東山）並向我進攻之態勢，國軍東山地區指揮官，雖判明共軍有所行動，但並未料及共軍作連續之第三次總攻，十月十三日二十三時，共軍以第七縱隊及北岳軍區縱隊秘密接近風閣梁陣地，第七縱隊對該處守軍嚴密包圍，並截斷國軍後方部隊之增援，以北岳軍區縱隊之一個旅猛攻，風閣梁陣地爲國軍城東左翼，城北右翼之支撐點，兼以屏障城北之空軍基地（國軍由陝空運部隊及一切物資均由此降落）該陣地計有碉堡十一座，由東面攻擊易，由西面攻擊難，當時守軍兵力爲一個團（欠一營）山頂陣地守軍計兩個連，預備隊在山之西溝中，共軍一面以炸藥破壞碉堡，一面截斷國軍預備隊增援道路，國軍奮勇突進，僅有一個連進抵山頂陣地，餘均爲共軍所阻，山頂三個連的兵力，憑恃碉堡與共軍激戰，先後被共軍炸毀碉堡十座，雙方傷亡慘重，最後國軍固守僅有之一碉，共軍屢攻不下，乃將主力移轉，攻擊在西溝中國軍預備隊，十月十四日晚，碉堡守軍及預備隊壯烈犧牲，當時國軍第九總隊，由陳坪出擊支援，為共軍所阻，風閣梁遂告失陷，十月十五日拂曉國軍第三十軍之四個團，及第九總隊之三個團，配屬山炮五十門、重炮五門、迫擊炮一團、機槍一團、飛機十三架分由李家山及風閣梁北面向共軍反攻，國軍第四十三軍由榆林坪直取小崗頭，以截斷共軍之退路，並防止敵之增援，九時許國軍以大量炮彈及炸彈轟擊共軍陣地，以掩護第三十軍向共軍接近，共軍初期未予還擊，曾兩度由兩翼企圖包圍我攻擊部隊，均為國軍擊退，俟國軍進至衝鋒距離時，正面之共軍發起猛烈之反擊，國軍以自動火器支援，炮兵猛烈轟擊，空軍輪番低空轟炸，步兵英勇衝殺，共軍反復突擊二十五次，均為國軍挫敗，步力遂衝入共軍陣地，共軍據核心陣地頑強抵抗，同時國軍第九總隊由風閣梁陣地北面攻入，第四十三軍亦將小崗頭攻克，共軍以其援路截斷，遂向東南撤退國軍分三路追擊，共軍四個旅，遭此痛擊幾潰不成軍，我軍遂將風閣梁陣地完全恢復。

城南之北營、武宿，扼守正太、同蒲兩鐵路之要點，為雙方必爭之地，共軍自第二次總攻失敗之後，將主力轉移於城東方面，而國軍亦將主力調至東線，北營、武宿僅以一團據守，共軍以一個縱隊與國軍爭奪六次，終為國軍配合機動部隊及熾盛之火力所擊退，十月十五日，共軍利用城東酣戰之時，復以一個縱隊對北營、武宿作第七次猛撲，國軍不暇抽調增援，該兩處守軍苦戰三晝夜，傷亡殆盡，遂陷敵手，在礡井方面，共軍於十月十二日乘國軍主力支援風閣梁時，挾兩旅之眾，猛攻礡井，人海式衝鋒達二十五次以上，守軍憑藉堅強工事，以火海對人海，予共軍猛烈反擊，死屍纍纍，填滿外壕，共軍復越壕衝鋒，並以黃色炸藥轟炸碉堡，以大量蔴袋填塞射口，守軍一營苦戰徹夜，全部壯烈犧牲。

三、第四次總攻

共軍以三次總攻均告敗北，更積極攻取太原，遂於十月十八日發動全面之瘋狂攻勢，十月十八日十九時，共軍第十三、十五兩縱隊攻黑駝，並以一部攻上莊，第三、九兩縱隊攻牛駝寨、小窰頭、四畝圪坦，第四縱隊攻下嶺、西嶺，第七縱隊攻李家山及風閣梁，判斷其重點指向牛駝寨，於二十時共軍集中炮火掩護步兵，用大量之炸藥接近牛駝寨寨門，二十三時炸毀寨門，蜂擁衝入，守軍第二八六團（欠一營）張國勝團長及機槍師張長松營長率官兵奮勇抵抗，集中所有火力掃射共軍之衝鋒部隊，共軍前仆後繼，蜂擁而來，與守軍展開白刃戰，國軍援軍到達時，祇見火海一片，屍體縱橫，守軍張團長張營長僅率官兵二十餘人堅守最後一碉，國軍第十總隊附衝槍團，分由兩翼向共軍猛衝，十月十九日二時，衝入寨內，俘共軍三百餘，餘敵盡殲，十月十九日拂曉，共軍攻勢再興，以密集隊形在其炮兵掩護之下，分三路向國軍猛撲，守軍除以重機槍一營（四十五梃）步重炮一營（二十四門）反擊外，並以剪子灣及臥虎山之山野重炮支援，更派第二七九師增援，於該師到達時，共軍已被擊退，該師迅即追擊，共軍傷亡重大，至十月廿一日十七時，全線敵軍攻勢頓挫，國軍乘機出擊，以第十兵團機動部隊之275D—280D—71D由上莊西方高地出擊，截斷攻上莊共軍之退路，會同國軍由楊家峪出擊之總預備隊，第九、十兩總隊前後夾擊，激戰三小時，將攻上莊共軍第十三縱隊之38B—39B除俘五百餘名外，全部殲滅，由窰頭出擊之第十五兵團機動部隊，對西嶺之敵側擊，亦頗有斬獲。

共軍此次總攻，前後共惡戰三日，除孟家井、榆林坪、東賈窪諸據點陷共軍外，桿山方面十月二十一日由榆林坡滲透之共軍第四、七兩縱隊侵陷孟家井後，其主力攻城東各據點，以一部約三千餘人切斷我桿山據點守軍歸路，圍困一週，企圖以彈盡糧絕，不戰而壓迫其投降，終以守軍糧彈充足無法施其伎倆，最後乃行猛攻，激戰十晝夜，守軍三百十二人傷亡殆盡，至十一月十九日陷共軍，餘均在國軍固守中，共軍於此次總攻後，均未遠退，在國軍陣地前五、六百公尺處構築陣地，成對峙狀態，此為與前三次總攻後之不同者，至是共軍由東山進攻太原之企圖暴露無遺矣。

丙、第三期

（自民國三七年十一月九日起至三八年四月八日止）

一、第五次總攻

在第二期作戰期間，共軍三次總攻，團以上之爭奪戰五十二次，並每日均有十數次小型戰鬥，其死傷在十萬以上，共軍恐曠日持久，師老城下，遂由河北、山東、察、綏及晉北各地，抽調地方團隊八萬六千人，其綏蒙軍區部隊因傷亡過重，調回原防整補，國軍亦由陝西空運增援部隊四千五百名。

共軍自第四次總攻失敗後，深感國軍炮火猛烈，碉堡堅強，其士氣漸萎，故於增援部隊到達後，乘此新銳，發動第五次全面總攻，並為激勵士氣，搜盡民間豬、鹽、牛、羊大吃三日，遂於十一月九日開始。

十一月九日七時許，共軍開始全面總攻，城南方面新二縱隊攻觀賢村、楊家堡，呂梁軍區第一、二、三、四旅，攻椿樹園，城東南方面第一、第八、第十五，三個縱隊攻黑駝、馬莊，城東方面第十三縱隊攻淖馬、松莊，第三、九兩縱隊攻四畝圪坦及牛駝寨，城東北方面第四縱隊攻西嶺、下嶺，第七縱隊攻李家山、風閣梁，太岳獨立旅攻會溝，城北方面北岳軍區第一、二旅攻黃寨鎮，呂梁新八旅、太行獨立旅攻周家山，靜陽第一、二支隊攻老爺廟，城西北方面，忻縣支隊攻關口，城西方面平介支隊、汾陽支隊攻石千峰山，道清支隊、榆壽支隊攻東西嶺，城西南方面太行軍區第七、八、九旅及太行獨立第一、二、三、支隊攻南偃鎮、神堂溝，其攻擊重點為東山之黑駝、淖馬，共軍此次攻擊，不惜大量炮彈掩護其步兵前進，志在必下，激戰九晝夜，除淖馬東方之虎頭上陷落外，餘均屹立，共軍以國軍堅強抵抗，竟以十一月十七、十八兩日使用大量毒氣彈，國軍雖傷亡甚重，但官兵均抱與陣地共存亡之決心，終將犯敵擊退。

共軍此次總攻，其目的在奪取黑駝、淖馬方面之郝家溝，該地為攻擊太原之捷徑，由郝家溝進攻城垣，可孤立城南二十里內所有之據點，因該處地勢較高，距高臨下，可免逐次進攻之不利，惟欲佔郝家溝，則須先佔溝南、溝北之高地，而溝南高地以黑駝為主，故共軍於十一月九日開始以三個縱隊對該地猛攻，其他各處均作牽制性之攻擊，至十八日攻擊黑駝失敗後，各處攻勢遂告結束。

二、第六次總攻

共軍自東山總攻失敗後，以三個旅攻擊城北之周家山、黃寨鎮、趙家山等據點，國軍以各該據點突出自動予以放棄，共軍乃改強攻為軟困，國軍窺破其陰謀，一面提倡節約增產，同時發動軍民大量增築機場，以維持此空中唯一之補給來源，除原有第一、第二兩個水泥機場外，另增築第三、第四兩水泥機場，及第五、第六、第七、第八、第九，五個臨時機場，其中便於利用者為第七機場（即紅溝機場），共軍妨碍及破壞國軍構築機場，遂發動第六次之總攻。

十二月十七日十九時，共軍以N2CD—N4CD—15CD及呂梁軍區三個旅，配合民兵三萬餘人，繞至城西展開於趙家山、狼坡、官地、兎兒坪、南峪一帶，並以一部畧取廟前山，對石千峰山，實行圍而不擊，乃以人海戰法，滿山遍野對九院、小虎峪、大虎峪等陣地蜂擁衝擊，國軍沉着應戰，激戰竟夜，十二月十八日，拂曉，國軍增援部隊第八十三師附重機槍一團迫擊炮一團，炮兵五個營，及綏署噴射連到達，共軍即退據南峪、官地、狼坡之線，黃昏共軍發動攻勢，仍以人海向九院、大小虎峪猛撲，尤以小虎峪激烈，至廿一時許，國軍以重機槍及火焰噴射器集中使用，俟共軍接近，猛烈發射，炮兵亦予以猛烈射擊，共軍不支狼狽逃竄，背負炸藥及擲彈手多被擊中爆發，共軍死傷慘重，國軍乘機四路出擊，共軍因配有大量民兵，夜間不辨敵我，自相踐踏，頗多滾入溝內者，甚至有自相殘殺者，是役據俘獲共軍民兵供稱：「共黨村幹指示民兵，於攻太原時，每人攜帶竹籃一個蔴袋兩條，或帶煤油筒及鞭炮供隨應用。」緣民兵攜帶籃子，乃於人海衝鋒時裝手榴彈之用，蔴袋盛土供做掩體，以鞭炮在煤油筒內燃放。以逗引消耗國軍子彈。此所謂「逗子彈戰」。

丁、第四期

（自三十八年四月九日起四月二十四日止）

一、第七次總攻

共軍於六次總攻後，曾作多次之檢討，其失敗之原因，係由於國軍火力旺盛，工事堅固，並認爲轟塌城牆易，擊毀碉堡難，於是對太原採取長期圍困辦法，待他處戰事結束後，再集中人力物力，一舉而下太原，東北戰事結束，北平易手後，利用談和時機，調集東北林彪部第十五兵團三個軍，聶榮臻之第二十兵團五個軍，並傅逆作義部四個師，炮兵五個團，共約二十三萬人，齊集太原附近地區，又由晉、冀、察、綏調來民兵十餘萬人，連同原有攻城部隊，共約六十餘萬人，改由彭德懷任總指揮，國軍爲七萬二千餘人。

三十八年四月一日，和談開始，共匪認閻主任爲和談阻撓者，欲在和談開始前攻佔太原，更足造成其對和談有利之局面，遂挾其絕對優勢之兵力作第七次之總攻。

四月一日共軍以閻主任奉召赴京，遂將太原新增之五機場控制，四月九日，共軍以第十五兵團置城北，第二十兵團置城南，開始向太原攻擊，四月十二日原圍城之部隊集中東山作全面之壓迫，至四月十四日更趨激烈，以東山共軍距城最近，且居高臨下，對城垣威脅最大，國軍機動部隊仍控制於東山附近，四月十四日廿三時，共軍南北兩線同發動猛攻，四月十五日三時，北線共軍突破向陽店陣地，以一部向左席捲，切斷欄崗、陽曲鎮陣地與後方之連繫，其主力向新城主陣地進攻，並以一部迫近鐵道橋及芮城村之線，西南線方面，共軍至四月十五日五時許，亦將南偃鎮陣地突破，以圍點滲透之方式，將義井、沙溝、小王村、小井峪各據點均行包圍，其一部竄至凹流村附近，午前共軍對大王村陣地猛攻，趙軍長恭率部增援，奮力將敵擊退，而趙軍長亦於是役壯烈殉職，國軍爲增強城垣陣地，遂將西山各據點及北線之李家山、風閣梁、陽曲鎮、皇后園自動放棄，除西山退守主陣地外，餘退守城垣陣地，四月十五日十二時南線共軍以火箭炮將馬莊、椿樹園碉堡擊毀四十餘座，閻主任以太原戰事危急，擬迅即返回防次，而飛機場已全陷共軍手，遂未得返防。

此次共軍進攻，其兵力之大，火力之猛，爲前所未有，自四月十四日開始全線猛攻，以越點鑽隙戰法，將國軍陣地分別隔離包圍，遂段進攻，每次攻擊，先以強大炮火制壓國軍火力，以火箭炮摧毀碉堡，然後以大量步兵人海衝鋒，國軍在人力火力絕對懸殊下，以熾盛之戰志，浴血抵抗，碉堡被毀，乃據野戰工事抵抗，寸土喋血，尺地必爭，至四月十九日城東城南之共軍迫進城垣，國軍集中兵力固守城垣陣地，共軍輪番攻擊，至四月廿一日將雙塔寺、臥虎山、剪灣，煉鋼廠攻陷，守軍大部犧牲，此時和談決裂，首都危急，國軍所憑空投之食糧，業已斷絕數日，軍民併食不得一飽，然仍浴血拚鬥，不稍爲屈。

四月廿二日共軍以火箭炮將城外週圍護城碉堡分別摧毀，黃昏開始集中所有重炮、山野炮及迫擊炮等三千餘門，向城內及城牆轟擊，四月二十三日，全日炮聲隆隆，城內房舍大部被毀，共軍並投射大量燒夷彈，城內起火六百餘處，火光冲天，因人民事先均築有掩蔽部，死傷尚不甚重，十五時，城東城南被共軍轟塌三處，軍民冒死搶堵，並集中重機槍以火力封鎖缺口，國軍死傷甚重，四月二十四日拂曉，共軍以毒氣彈向城垣發射，守城官兵中毒甚多，共軍遂由東城南城兩面攻入，與國軍展開激烈巷戰，國軍官兵喋血苦戰，一碉一屋之爭，無不使共軍付出極重大之代價，尤以綏署侍衛隊、特務團抵抗最烈，侍衛隊第三連據守貿易公司大樓，先以槍彈，繼以磚石，最後肉搏，斃共軍千餘，該連全部無一倖免於難，十五時，共軍繼續增加，守軍傷亡殆盡，共軍始攻至綏署，距綏署孫副主任楚指揮部不及五十公尺，始行停止戰鬥，此時綏署後之進山及東面洪鑪臺，仍由侍衛隊及教官據守，作堅強之抵抗，共軍迫俘虜喊話停戰，守軍高呼：「我們不做俘虜」！並將派來之共軍擊斃，國軍全部犧牲，而共軍已付出十倍於此之代價，始佔進山，直至四月廿五日十八時太原巷戰停止，守軍大部份壯烈犧牲。

當巷戰時，所有城內之國軍、憲兵、警察、公務人員、民衞軍一律參加戰鬥，於共軍迫近省府大樓時，代省主席梁敦厚及省婦女會理事長閻慧卿女士，遵閻主任平日「生不做俘虜，死屍體不見共匪」之昭示，在省府涼亭下，從容服藥自殺，並於自殺前，囑役僕舉火焚屍，以全其節，警察局長師則程率員在柳巷抵抗，最後與其妻史愛英女士同着新衣，壯烈自戕，特種警憲指揮處處長徐端等三百餘人（內有女職員十餘人），及第四區專員尹遵黨等百餘人，於四月二十四日十四時，在精營西邊街該處大樓彈藥告盡時，集體自殺，並以汽油將大樓焚毀，同歸以盡，全城先後壯烈殉國者五百人，後稱五百完人。

（八）傷亡損耗

太原會戰傷亡統計表

期別	國軍	共軍	備考
第一期	八、七五〇人	五七、〇〇〇人	
第二期	五六、九〇〇人	一〇五、〇〇〇人	
第三期	二五、四〇〇人	九八、〇〇〇人	
第四期	六二、五〇〇人	九三、四〇〇人	
總計	一五三、五五〇人	三五三、四〇〇人	

太原會戰國軍戰鬪序列表

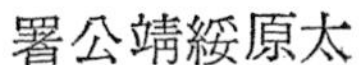

太原綏靖公署

- 主任 閻錫山
- 副主任 孫楚
  - 第十兵團 王靖國
    - 第十九軍 温懷光
      - 第六八師 武世權
      - 第二七七師 許森
    - 第三三軍 韓步洲
      - 第七一師 張忠
      - 第二八〇師 閻俊賢
      - 第二七五師 田尚志
    - 第四三軍 劉效曾
      - 第七〇師 郭熙春
      - 第二七六師 劉鵬翔
      - 第二八三師 杜顯甲
  - 第十五兵團 （代）孫福麟
    - 第三四軍 高倬之
      - 第七三師 祁國朝
      - 第二七九師 李熙泉
    - 第六一軍 趙恭
      - 第六六師 粟樹榮
      - 第六九師 郭弘仁
      - 第七二師 王楫
  - （由孫副主任指揮）
    - 第卅軍 戴炳南
      - 第二七師 許德厚
      - 第卅師第八九團 王健民
    - 第八三師 譙湛
    - 第二七四師（機槍） 宮子清
    - 第二七八師（迫砲） 賈毓芝
    - 第八總隊 趙瑞
    - 第九總隊 郭熙春
    - 第十總隊 武玉山
    - 衝鋒槍團 尹福寬
    - 工兵第二十一團 程繼宗
    - 飛雷團 許佐武
    - 榴彈砲兵營 馬賡犀
    - 列車作戰隊 梁吉慶

太原會戰共軍戰鬥序列判斷表

- 總指揮 徐向前
  - 城北區指揮部 彭紹輝
    - 呂梁新八旅
    - 太行獨立旅
    - 太岳獨立旅
    - 靜陽第一支隊
    - 靜陽第二支隊
    - 陽曲第一支隊
    - 陽曲第二支隊
    - 忻崞支隊
  - 城南區指揮部 姚喆
    - 第二縱隊
      - 第四旅
      - 第五旅
      - 第六旅
    - 第八縱隊
      - 第二二旅
      - 第二三旅
      - 第二四旅
    - 呂梁軍區
      - 第一旅
      - 第二旅
      - 第三旅
    - 太行軍區
      - 第七旅
      - 第八旅
      - 第九旅
  - 城東區指揮部 楊德志
    - 新四縱隊
      - 第十旅
      - 第十一旅
      - 第十二旅
    - 北岳軍區
      - 第一旅
      - 第二旅
      - 第三旅
    - 平介支隊
    - 汾陽支隊
    - 道清支隊
    - 榆壽支隊
    - 太行獨立第一支隊
    - 太行獨立第二支隊
    - 太行獨立第三支隊
  - 城西區指揮部 楊成武
    - 第十三縱隊
      - 第三七旅
      - 第三八旅
      - 第三九旅
    - 第十五縱隊
      - 第四三旅
      - 第四四旅
      - 第四五旅
    - 晉中軍區
      - 第一旅
      - 第二旅
      - 第三旅
  - 總預備隊 周士第
    - 第七縱隊
      - 第十旅
      - 第十一旅
      - 第十二旅
    - 第九縱隊
      - 第廿五旅
      - 第廿六旅
      - 第廿七旅
    - 砲兵第一旅

附記一、上表係根據第一次總攻時敵之戰鬥序列編製，以後各次總攻時，均有變更，請參閱作戰經過。

二、第七次總攻之總指揮爲彭德懷。

三、第七次總攻前共軍部隊改編，番號亦多變更。

太原會戰雙方兵力比較表

期別		國軍	共軍	兵力比較（國軍）	兵力比較（共軍）	備考
第一期	參戰數	一四七、〇〇〇人	三六二、五〇〇人	一	二·五	
第二期	新增數	一二、五〇〇人	一〇〇、〇〇〇人			
第二期	參戰數	一五〇、七五〇人	四〇五、五〇〇人	一	二·七	
第三期	新增數	四、五〇〇人	八六、〇〇〇人			
第三期	參戰數	九八、三五〇人	三八六、五〇〇人	一	三·九	
第四期	新增數	三三〇、〇〇〇人				
第四期	參戰數	七二、九五〇人	六一八、五五〇人	一	八·五	
總計	參戰數	一六四、〇〇〇人	八七八、五〇〇人	一	五·四	
附記						

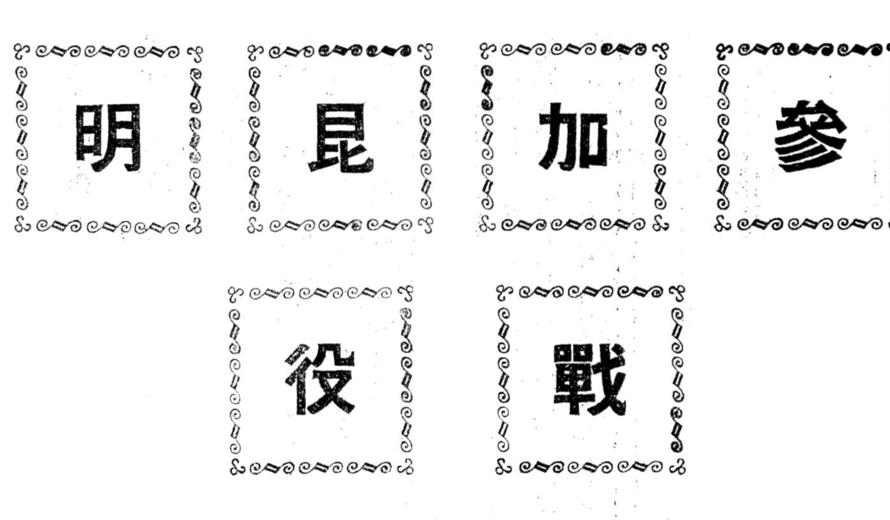

之追憶

·李　灝·

一、暴風雨的前夕，盧漢叛國

記得是民國三十八年十二月九日，一個山雨欲來風滿樓的午夜，雲南省主席盧漢，經不起赤色風暴的襲擊，宣佈叛國投共，遂即將剛由成都應變飛來的張羣（西南軍政長官）、李彌（第六編練司令官兼第八軍軍長）、余程萬（第廿六軍軍長）、傅克軍（第六編練部副司令官）等扣留。這一消息的傳出，無異是在每個反共戰士的心房，投下一顆猛烈的炸彈。尤其是在異日拂曉，盧漢一面用三個團的兵力，迅雷不及掩耳的圍攻我軍司令部所在的大板橋；一面揚言已將李彌、余程萬和特務團長文雨辰等加以扣留，作爲迫使我軍繳械就範的要脅。當時全體官兵以大敵臨頭，遂奮不顧身起而應戰，因事變前戰鬥部隊，均散駐昭通、宣威一帶作戰，故一時無法集中兵力，祇得把司令部所屬非戰鬥人員，臨時編組參戰，並以特務團（由號召而來的「江西子弟兵」，歸筆者兼代團長指揮作戰）及警衞營（由成都自動投效的）爲主力。當時來犯之敵幾次向司令部猛撲，企圖一舉殲滅我軍，幸賴我全體官兵，以必死之決心，奮勇抵抗，而挽救危局。血戰達三晝夜，敵軍屍橫遍野，傷亡慘重，潰不成軍，因此其中有一團長被撤職處分，逃出滇緬邊區後投效我軍。此時我方傷亡營長、副營長各一員，連長、副連長、士兵和司令部官佐各數員，總計負傷官兵數十員名。大板橋之戰告一段落，從此生死存亡搏鬥的序幕，就此揭開了。

二、李彌脫險，反攻昆明

十三日早晨，李彌夫人，聞得我軍勇殲頑敵，就帶了一筆現欵，趕來大板橋慰勞全體作戰官兵，並轉達李司令官誓死不投敵的決心，我官兵鬥志遂益加堅強。但此時李司令官，仍被盧漢拘押於昆明，我軍乃派瞿伯權同志爲代表，逕向盧漢闡述我軍之堅決立場，並聲明李司令官之安危係本軍官兵生死而不可分離者。雖然盧漢曾竭盡威迫利誘之能事，企圖把他說服歸順，可是李司令官始終不爲所動，盧漢因此知道，李司令偉大人格與正氣所感召的官兵團結的精神力量不可侮；遂取得人質担保（李彌夫人質居僞軍長龍澤滙公館）改用懷柔政策，頒發僞軍番號印信，並釋放李司令官回部，李司令官無恙歸來，全軍歡欣鼓舞，表現了無限的熱情。

當李司令官歸來不久時，我軍副司令官兼代軍長（李彌被扣後奉命兼代第八軍軍長）曹天戈和各師師長李彬甫、石建中、孫進賢、田仲達等，即分別由昭通、宣威等駐地星夜趕來。而原駐滇之廿六軍及由桂開來之陸總部副總司令湯堯所率領之少數部隊，亦陸續到達，李司令官爲捍衛國家誓死反共計；遂召開團長以上之軍事會議，決定協同廿六軍反攻昆明，而兩軍部隊，暫歸湯副總司令統一指揮，李司令官此時啣命飛赴西康與胡宗南將軍聯絡。同時飛機傳來上級命令，發表李彌爲雲南省主席，攻克昆明時賞銀洋十萬元，並鼓勵效忠國家，挽救危亡，全軍官兵睹此，益加忠勇奮發。

我依兩軍共同作戰計劃，於十八日進佔小石壩飛機場，十九日黃昏後進攻昆明城，預計廿日可將昆明城完全佔領，一切均已部署完成，並已分別開始攻擊前進了。詎知十九日傍晚，盧漢忽將余程萬釋放回來，當他經過第一線時，竟令該軍全部撤退，並斷絕與我軍電訊聯絡。由於這一突然事件的發生，使整個計劃陷於癱瘓，我軍爲避免被敵夾攻起見，遂於廿日黃昏後將所有作戰部隊撤退大板橋，整頓部署，機動應變。

三、入虎穴得虎子，部隊從容撤退

反攻昆明的軍事行動，因當時余程萬態度曖昧而流產。這還好，盧漢對我軍當時的計劃，仍陷於五里霧中，到廿一日早晨，盧漢先後派遣卓立（原編練部參謀長）及涂舒石代表前來大板橋，要求我曹兼軍長派全權代表前往商討所謂「部隊改編善後事宜」，當卓立的奸僞眞面目被我戰友們發現時，大家義憤塡膺咸以滅此朝食爲快。當時曹兼軍長爲着保全國軍實力，掩護部隊安全撤退，遂將計就計，親派筆者前往昆明，掮起這個「入虎穴取虎子」的任務。在當時的情形來說，充當這樣一個代表，是凶多吉少的，何況這樁「談判」趣劇排演時，也就是我軍撤退的開始。萬一對方發覺，那個敢保險不會被「粉身碎骨」。所以當時兼軍長給我命令之前，曾鄭重地對我說：「李少將，你是本黨忠誠幹部，又是李司令官老同事，當此大局急轉，國家危難之時，你能否担當代表，前往昆明，虛與委蛇，掩護我部隊撤退？」我毫無猶豫地一口氣答應了，我以此舉最低限度與西南安危和本軍存亡，有莫大關係，在此國家危難震撼時期，雖明知此去凶多吉少，然以疾風知勁草，板蕩識忠臣，及革命軍人以服從命令爲職志起見，雖犧牲性命亦義不容辭。我於受命之後，還擬了一項緩兵之計的腹稿，籌劃應用一切手段去達到目的，完成任務。當於廿二日上午進入昆明城，即佯向盧漢提出三項直截了當的所謂「接受部隊改編事宜的條件。」一、釋放我軍在押的全部官員。二、懲辦當時搶劫侮辱我軍眷屬之兇犯。三、給予我軍特別優待，並清發全體官兵三個月薪餉。我在提出這三項條件時，態度儼若出自誠意，盧漢不以爲詐，隨即予以一一答應。同時他也向我表示誠意地說：「倘若我軍接受部隊改編，有功人員均各晉升一級，以示鼓勵。」

四、馬龍遇敵，鋒鏑餘生

我於任務完成後，即於廿三日午後趕回大板橋。詎知我等一行，離開昆明城後，我軍企圖行動均爲盧漢所偵悉，遂派隊星夜向我後撤部隊追擊，敵我一場猛烈遭遇戰，終於在馬龍地方展開了！在步機槍炮火交織中，突有敵人一顆手榴彈飛來，霹靂一聲，在我的身旁爆炸，火花四射，我覺得一股熱氣迎面撲來，右臀腿部和左手股部，都有發麻現象。右邊衣褲冒烟，鮮血直流，我因之昏倒下去，一覺醒來，才知道自己躺在溝道的血泊中，遍體鱗傷，計有五十餘處，痛楚萬狀，差幸尚未粉身碎骨而殞命。我在出昆明城時，購置有線紗厚襪兩雙，將它重摺放於右褲袋裡，不料榴彈片適擊中該處，依着棉衣衫褲和線襪的掩蔽，生命得以保全。此時我們的部隊早已脫離戰場，通過險境而向蒙自方面去了！我的妻子蘇娥聞悉我在馬龍負傷，倒臥溝道，即從曲靖率同我的衛士數人冒險趕來，見我已奄奄一息，連忙把我救護，綁紮傷口後車送霑益醫療，施用一次大手術，把部分破片取出。復於卅九年元月五日轉入昆華醫院施用手術多次，取出破片大部，初癒出院，帶傷冒險衝出滇緬邊區，在車送霑益途中，由於貴陽馳來大批正規共軍，衝殺前來，而且天心橋破壞了，車輛被阻，不能通過，所幸我的身份還未被共方發覺，共軍誤認我為盧漢方面的傷兵，所以沒有把我殺害，否則那就完了！

五、帶傷衝出滇緬邊區，繼續奮鬥

按大板橋應戰，我與李副參謀長（編練部）貞幹等苦撐抵抗戰，並負指揮特務團作戰責任；反攻昆明戰役，我與晉兼軍長馳驅戰場；部隊轉進大板橋後我又奉命深入虎穴，掩護部隊撤退，以致身受重創，九死一生。昆華醫院脫險後，我終為了愛國的熱情所驅使，拋棄了同生死患難的妻子，帶傷冒險衝出滇緬邊區，協助李主席兼總指揮，把西南撤退下來的部隊，位置於滇緬泰三角地區，積極整訓擴編游擊，增強了東南亞自由人民的屏障。雖屬地方不大，兵力不夠，支援不易，補給困難，然以天時地利人和的條件略備，已形成了東南亞大陸上反共抗俄的根據地，保存國家部份的實力。

基於上述戰役及馬龍鋒鏑之回顧，可見指揮官偉大人格與正氣，所感召的官兵團結、強大無比精神力量的不可侮。尤其是在大板橋血戰三晝夜的特務團官兵，係在江西號召而來的一千個平素反共最烈的子弟兵，故雖當主帥被扣，而猶能以必死決心，奮鬥到底，挽回危局。使無大板橋之血戰，盧漢未必肯將張羣、李彌釋放。反攻昆明時，使無余程萬之突然全軍撤退，攻克昆明必告成功，爾後縱使撤退，最低限度亦可保持五萬人以上的實力。

Olympia

HAIR DRYER
MODEL HD868

世運牌吹髮風筒

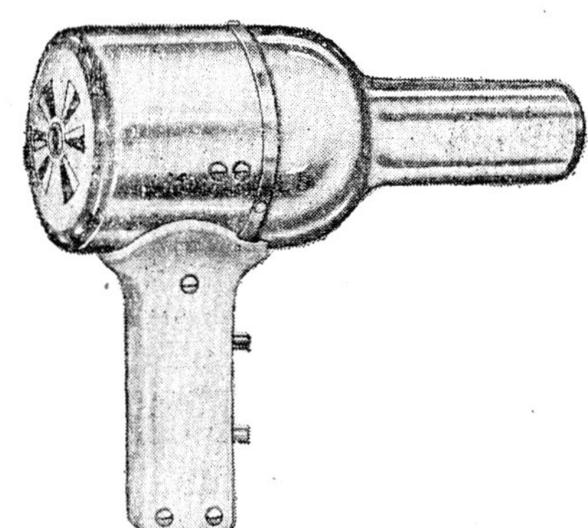

（一）風力特強。
（二）可調節風量。
（三）有冷熱風掣可隨意調節。
（四）裝璜美觀、大方、實用、送禮佳品。

實用電器廠出品·各大電器行有售

地址：香港九龍大角咀塘尾道八十一號至八十一號A四樓

電話：K939082（歡迎電話洽商）

朱執信先生虎門殉難補遺

△恆齋▽

關於朱執信先生虎門殉難事蹟，筆者曾爲文張之於本刊。近承周康燮君贈閱所著一九二〇年粵軍回師紀畧，內載朱先生遇難後，胡漢民先生致朱秩如（朱先生介弟）手簡，及何仲達先生記述朱先生遇害始末一文，堪稱信史。因向周君聲明，錄登本刊，俾昭告世人，用彰忠烈。玆分別轉載如下：

胡漢民先生致朱秩如先生函

秩如我兄鑒：兩書誦悉，我心傷已極，不能詳言各事。玆將何仲達報告剪上，仲達名振固，十餘年與吾輩共事之同志也。此時各事尚未解決，三嫂（朱夫人）一聞消息，即必狼狽奔喪，故暫時瞞之，猶之醫者之於病人，蓋不得已。此事直是上帝萬惡不仁，奪斯人以去，使人類遭重大之損失，而我輩多年形影相依患難與共者至此無術可施。蓋我自有知識以來未嘗遇此可悲可憤之事也。痛哉！痛哉！省垣雖有魏（邦平）李（福林）突起，聯同海軍，威廹莫賊（榮新）、然彼此仍屬相持，魏李等不知先發制人，種種可虞，此時尚難料其結果。執兄遇害之次日，湘芹兄親入沙角砲台，運棺回港，兇徒尚未就捕，實則此輩小醜鼠賊，即捉擒萬個，碎剮萬段，亦無可償也。專覆即頌學祉！

弟漢民頓首十月四日

何仲達記述朱執信先生遇害始末

此次朱執信在虎門要塞遇害始末情形，余均在場目見，今記述於左，以告吾黨同志幷社會欽仰朱先生之人：

自虎門各砲台與太平一帶爲我軍收復後，余與朱先生同駐沙角砲台。九月二十一日午正，在辦公廳與吳禮和司令等相議防守事宜，朱先生忽牽余袂，示有密談。余乃尾隨入室。先生語余曰：「頃聞東莞方面，有兩連人退却，未悉何事，盍同往太平一查？」遂相與乘艦到第四軍司令部，詳詢李哲夫參謀。一面遣人到大較場鄧鈞所部民軍處，磋商調和及編隊辦法。先是鄧鈞率領戴沛等民軍數百人，於二十夜潛近虎門塞第五支隊司令部（按：即馮德輝營，時由救粵軍第四路司令鍾鼎基收編，任爲民軍第五隊），二十一日拂曉，向該部不及備，施行攻擊，繳去槍枝數十桿。由是兩軍勢成水火。鄧鈞本鄒海濱先生所委，與朱先生亦素相識，惟事前未有通知，故事發後，朱先生即派人詰問均無結果。鄧請朱先生來塞就商調和。先生遂挺身逕行。時鍾部梁營長適在座，謂曰：「朱先生此行甚佳，深望能將槍枝勸還，以免兩傷和氣。如朱先生果去，我當以電話告司令部，俾免誤會。」蓋該部民軍駐地甚近，亦係民軍所必經之路也。先生遂安然偕余及李參謀同往，臨行時，并謂梁曰：「此事定可辦到。」及抵鄧營，鄧果從先生請，願將槍枝交還該部，其軍隊之編遣，亦悉願聽先生指揮。時爲三點四十分。

先生與余等正欲辭回，而槍聲陡作，方知該部向民軍反擊也。該部居高臨下，瞬間即將民軍包圍，民軍不支，紛紛散走。先生偕余初伏後牆以避，嗣以火力集中此處，猛烈異常，遂又跳牆隨民軍而走，詎所過皆草地，平坦無障，時後方追擊甚近，彈如雨下，目睹民軍應槍倒斃者無數。余與朱先生遂同臥地下，不敢再前。余自念與朱先生此時不爲亂槍所中，私心甚幸。然未幾，追擊軍已到，余乃勇敢起立，以身障先生，揚手大呼曰：「余等係來調和者，朱先生在此，請勿放槍。」言時大隊散兵已到面前，時先生亦急起坐，揚手疾呼曰：我係朱執信，請勿放槍。」其聲微幾不可聞。余即接聲連續代喊，衆兵果不放槍。不意有繞出余前十步左右者，竟舉槍向先生一轟，當中先生之胸部，旋即移槍向余，余急閃避於一兵之側而緊執其手，曰：「請你保護我，我係自己人，亦係同朱執信先生來調和者。」幸該兵不拒，並且搖手示其人勿放槍。在此瞬時，朱先生尚能瞬目視余，意若曰：「余不幸已中要害，諒不可救，汝萬一幸免，當仍與各同志努力前進勿餒也。」余抹手連呼：「三哥唔怕，三哥唔怕。」語未畢而先生遂倒矣。

余此時亦不自知命在何時，祇得仍緊握該兵之手而隨其進退，蓋余自念一離該兵之手，生命立不可保也。未幾，又有大隊散兵至前，喝令斃余。該兵亦謂自己人勿開槍。衆兵遂遍搜余身，得所有時錶、指北針、千里鏡及零碎銀物掠去，并劈裂余衣服，已復又喝令斃余，聲勢洶洶，該兵至是已不能護余。余在此萬分危急時，忽見有一穿綢衫褲者，余知必爲統領長官之屬，急趨握其手，乞保護如前。該統領（後查爲喻統領）即揮手令衆兵向前追敵去。衆不聽，必欲斃余，該統領大怒，頓足揮之，方始散去。該統領素不識余，遂握執余手，若恐余逃。余曰：余決不逃，但朱執信先生已被誤擊，請即往救，以驗生死。」該統領不答，仍執余手如故，後將余交一副官潘某押回營中，余隨路與言所歷，並求往救朱先生。彼不應惟太息吾國失此一大人物而已。及抵彼營，則見李哲夫參謀縛於石柱上，遍體已被毆傷矣。潘副官本認識李參謀，遂立爲解縛，扶入休息。余到後仍即大呼請往救朱先生，但無有應者。後梁營長來，余急責之曰：「朱先生偕余赴民營中調停時，君言代電達司令部以免誤會，奈何有此禍變！今朱先生已被彈中要害，其速使人護送回營，驗有救否？」彼遂囑某副官長帶兵數名前往。實則余心固知先生必無可救也，不過存此希望而已。後知先生果不可救，余遂由梁營長保護回鍾鼎基之司令部，將手足傷處畧爲包裹，即匆匆乘艦回沙角砲台。時周之貞先生適從港到，遂與吳禮和司令三人商議善後，擬定辦法二條：（一）不信任第五支隊，限即晚離開太平，否則開砲將其轟擊。（二）對於朱先生屍體之處置。議定後，遂乘夜由周之貞先生親往交涉，卒得彼方完全承認。九月二十二日，即由禮和司令派人來港報告一切，二十三晚，余與周之貞先生，親將朱先生之靈柩，用飛雲兵艦運送回港，以待各同志之議葬焉。中華民國九年九月二十七日，何仲達追記。

曹錕庸人厚福

・余非・

直魯豫巡閱使曹錕（一八六二—一九三八），民國十二年以賄選總統，受國人攻擊，於次年奉直大戰失敗下野，被囚於延慶樓。民國十五年，爲鹿鍾麟所釋，寓居天津，至民國二十七年病死。

曹錕字仲珊，天津人，爲人庸碌，其鄉人呼爲曹三傻子。幼家貧，以販布爲業。常於酒後蹣跚街市，放聲高歌。遇有鄉村婦女，輒任意調笑，嬉戲忘形。後以飄泊流蕩，生計維艱，被迫投軍。

曹入營後，頗爲勤奮，深得長官稱許。適北洋開辦陸軍學堂，袁世凱選卒伍中勤奮者入校肄業；曹入選，並以優異成績畢業，回小站從袁練兵。袁見曹庸厚可信，頗器重之。

清末東三省初改行省，徐世昌爲總督，欲調統兵大員，以爲指臂之助。袁以曹爲第三鎮統制，率兵駐守長春，辛亥革命爆發，曹奉命入關，駐守京津一帶。袁當選臨時大總統後，不欲南下就職，乃嗾使第三鎮兵變，然後藉彈壓爲名，拒不南下，使北洋的勢力，得以穩固不搖。

袁世凱小站練兵時，借調各方將校，王士珍、馮國璋、段祺瑞均於是時入選，曹錕亦隨衆人之後投入袁世凱帳下，袁世凱因曹錕忠厚庸碌，待以心腹，當時即有趙子龍之稱，謂其忠心耿耿也。

民國成立後，第三鎮改爲第三師，曹錕任師長，駐防河南，與駐紮南苑的第七師長張敬堯，同以勇猛著稱。贛寧之役，袁世凱爲消除民黨勢力，任曹爲長江上游總司令，使率第三師駐紮岳州。洪憲時代，雲南護國軍起義，袁以張敬堯爲討虜軍總司令，曹錕爲副司令，率兵入川。張敬堯駐軍重慶，曹錕扼守瀘州，屢與護國軍交鋒，然不能勝。幸賴吳佩孚（在曹錕手下任營長）設夜襲之計，乃能予護國軍以小挫。然曹自此矜於戰功，移師漢臯，耽於酒色，不復以戰事爲意。

洪憲傾覆，黎元洪繼爲總統，段祺瑞任國務總理。段素知曹忠厚樸實，推誠相與；曹亦低首下心，歸附段氏。最後，曹得段的援助，升任直隸督軍，兼直魯豫三省巡閱使。地盤既固，勢力亦厚，隱然以直系首領自居，與段氏漸分門戶，遂釀成民國九年的直皖戰爭。

一、自立門戶與直皖大戰

直皖交惡，由來已久，初由派系之見所造成。民七南征，曹錕先後受任兩湖宣撫使及川粵湘贛四省經略使。其部將吳佩孚攻克長沙，湘督一席，自應俾予吳氏，而段以之與張敬堯，曹錕及吳佩孚均不甘心，及新國會成立，馮國璋與段祺瑞爭選總統，皖系為打擊直系，推北洋元老徐世昌為總統，段仍任內閣總理。

徐世昌上臺後，見皖系聲高震主，亟思削除。乃一面挑撥直皖惡感，一面結納奉張，圖對段有所抑制。段手下原分二派：一以徐樹錚為首，一以靳雲鵬為首，兩派權力相爭，勢成水火。及徐樹錚出塞，使蒙古取消獨立，益得段氏信任；靳雲鵬乃倡南北

任第三師師長時之曹錕

統一之說，以獲段氏歡心。詎南北議和之際，北方議和總代表王揖唐，為徐樹錚所派，靳雲鵬無所施展，復聯絡江蘇督軍李純，謀局部統一。因所提條件過苛，引起安福系的反對，靳不得已，乃與吳佩孚聯合倒段。

不久，段祺瑞辭國務總理職，專任邊防督辦，以徐樹錚、段芝貴二人統領邊防軍。邊防軍原名參戰軍，乃段祺瑞假參加歐戰為名，借日款、購日械編練而成，直系對之早懷戒心、嗣以徐樹錚私賣路礦，喪權媚外，直系通電詰責；雙方的爭執乃愈演愈烈。

直皖兩系既通電互訐，曹錕請求徐世昌罷斥徐樹錚，段祺瑞則請將曹、吳褫職拿問。同時，直皖兩方即展開軍事佈署：

皖系方面：段祺瑞組「定國軍」，自任總司令。設定國軍辦事處於團河，分兵四路；第一路為曲同豐的邊防軍第一師，第二路為陳文運的邊防第三師，第三路為魏宗瀚的第九師和李進才的第十三師，第四路為劉詢的十五師。其中第九師一部在俄邊，在北京者只有兩團；十三師一團為公府衛隊，一團尚留豫北，所餘僅一混成旅；十五師一部在魯剿匪未歸；總計兵力不過三師半。且劉詢本直系軍隊，難為安福系所用；李進才表同情於徐世昌，亦未可恃；邊防軍第一師下級軍官多保定軍官學校畢業生，與曹錕關係較密。定國軍較可恃者為魏宗瀚的第九師，段芝貴率之以為中軍，而令邊防軍一、三兩師為左右翼，十五師為後衛。

直系方面：吳佩孚組「討逆軍」，自任總司令。京漢線方面，吳佩孚率第三師一旅、騎砲兵各一團，集於高碑店附近。另以王承斌、蕭耀南兩旅任左右翼。津浦線方面，曹鍈在馬廠、北倉等地佈置軍事，商德全旅將德州境內津浦路之北段炸毀，以阻敵前進，此期間，曹錕派代表劉志陸赴中立各省游說。

戰爭開始時，實際在第一線作戰的部隊，「定國軍」約三萬七千人，「討逆軍」約兩萬七千人，另張作霖派有兩師人入關助吳，吳佩孚的作戰計劃，先以手槍隊佔據固安、涿州兩處，將電報等交通機關守住，然後派大兵馳赴團河擒段，段偵悉此情，一

面飛調救兵，一面向京城逃走。於是前線軍心動搖，相繼潰散。段知大勢已去，通電引咎自劾。靳雲鵬、張懷芝、傅良佐等從中調停，決定辦法如下：一、懲辦徐樹錚，二、解散邊防軍，三、解散安福部，四、解散新國會。直系至此大獲全勝，安福系的重要人物如李思浩、丁士源、段芝貴、王郅隆、朱深、梁鴻志、曾毓雋等，皆避入東交民巷。

二、勢力日盛與直奉交爭

直皖戰後，北京政府在直奉兩系脅迫下，將國會解散，重新選舉。奉張希望能於選舉中獲取總統或副總統之位，曹錕則希望徐世昌蟬連，自得副總統之位以養威望。雙方競爭，不遺餘力。

時徐世昌為總統，靳雲鵬為總理。奉系擬伸其勢力於長江，欲使張勳任長江巡閱使；直系則將此位置給予北洋元老王士珍。惟因蘇督齊爕元接近奉系，從中掣肘，王不敢就任；長江巡閱使一職，即告虛懸。其後，吳佩孚與曹錕商議，積極擴充地盤，以閻相文逐陳樹藩督陝，蕭耀南逐王占元督鄂。吳獲任兩湖巡閱使之職，直系勢力大張。

直奉勢力既盛，北京政府左右為難。靳內閣懼本身動搖，想辦成新選舉，以鞏固其地位。而徐世昌又懼新選舉辦成，足以動搖其本身的地位，雙方意見不能一致。時曹錕欲藉新選舉獲取勝利，站在靳閣一邊。徐世昌主張恢復舊國會，謀於奉張，奉張即通電請緩辦選舉。至是徐世昌與奉張漸接近，而曹錕則對奉張大憤懣。靳雲鵬見徐世昌與奉張相結，初與曹錕謀，欲允曹以直隸不凍港抵借外債包辦選舉，事不果行；乃轉結奉張以安位，遣葉恭綽赴奉為之緩頰。靳於賀奉張壽柬中，有「倚公如左右手」之語，事為曹錕所悉，醋意大發，乃有倒閣運動的發生。

為了緩和局勢，直奉兩方於民國十年四月在天津舉行協商會議。會中奉張主征粵，直曹主征蒙，二人意見相左，久議不決。以鄂督王占元熟悉南方情形，召之來津報告，以定取捨。王占元到津，一面借西南代表到鄂為名，大事炫耀；一面與吳佩孚、馮玉祥、閻相文等握手言歡，儼然為時局上的重要人物。實則王僅能空談，毫無實力，致使天津會議除使靳閣局部改組外，別無成就。會前奉方所提出的六大條件——一、鮑貴卿調充魯督，吉督以張作相繼任。二、以張勳為蘇皖贛巡閱使，率第九師南下。三、長江上游總司令以張宗昌任之。四、保張景惠為烏科唐鎮撫使，汲金純任察區都統。五、東三省一切外交軍事不能與各省一例並論，惟應增加軍隊，由政府供給餉項。六、取締吳佩孚編練模範軍——因皆係為奉張自身着想，自難為直曹所接受。

直奉對峙既久，吳佩孚思有以驅張；張迭召王永江、于沖漢等開秘密會議，以定討吳之計。張曾謂左右云：「吳佩孚亦太不自量，竟欲與我爭勝負，可笑至極。余練兵十餘年，部下已四十萬衆，士飽馬肥，械豐餉足，如前方之馬步工輜，以及機關槍、機關砲等隊，無不完備。後路如飛機廠、兵工廠、牧馬場、軍糧庫、軍裝庫等，亦色色就緒。今所苦者，正無以試驗我之兵力如

任總統時之曹錕

何耳！子玉既來見教，吾亦歡迓之不遑也。」其時，奉系兵力約如下述：一、張景惠所部一師。二、新編第一、第二師。三、奉軍第二十七、二十八、二十九師。四、十個混成旅。五、鄒芬的第十六師（原王廷楨所部）。六、吉軍約二師四旅。七、黑軍約一師二旅。八、京師憲兵一旅（司令秦華）。九、東三省巡防營約三十營。直系兵力約如下述：一、新編四師，由原有的四個旅改編，旅長升爲師長，即蕭耀南、張福來、王承斌、曹鍈。二、閻相文所部一師。三、李奎元所部一師。四、新編四個旅。五、馮玉祥所部一旅。六、衛隊一旅。七、巡防營約四十營。八、吳佩孚的第三師。直奉比較。奉系兵力遠勝於直。且就餉源而論：奉軍的餉源除三省固有的財力外，另與交通銀行總經理葉恭綽有約一旦戰起，月支二百萬，以充軍用。直軍之餉源。當時僅恃一省的收入，和北京政府的補助而已。

直奉勢力對峙的結果，造成民國十一年的直奉戰爭。張作霖令京奉路西段車輛，一律開往東段備用。次日，吳佩孚令京漢路順德以南貨車，一律備用。最後張作霖以保衛近畿爲名，陸續由京奉路運兵入關，駐紮於軍糧城、馬廠、通州等處。十九日，張作霖通電各處，聲明軍隊入關，期以武力爲統一後盾。二十日，曹錕通電反對張作霖武力統一之說。二十五日，齊燮元、陳光遠、蕭耀南、田中玉、趙倜、馮玉祥、劉鎮華等通電宣佈張作霖十大罪狀。雙方電訊既烈，終於二十八日在近畿開火。以吳佩孚督戰得力，事不旋踵，奉軍即告失敗。

奉軍敢於入關挑釁，直省人士指係曹錕私通張作霖所致。直奉戰後，直人聯名電致徐世昌，要求將曹氏三兄弟免職。原電云：

北京徐總統鈞鑒：竊以直魯豫巡閱使兼直隸督軍曹錕，身膺重寄，放棄職權，黨惡害民，開門揖盜，爲人情所共憤，爲國法所不容。仍猶忝總師干，不肯束身司敗，對社會則不知有廉恥，對中央則不知有法律。查奉軍敢於入關，確由曹使密遣胞弟曹銳陰與勾結，暗設詭謀。及曹銳到保，電召吳使佩孚數四，吳不肯前來；曹部軍官又多洞悉內容，將與曹使脫離關係，且以曹銳引狼入室爲詞。於是曹錕自知事洩，又慮一身陷入孤危，乃表示與吳使爲一致之行動。尤可異者，奉軍開始之時，曹銳在保不歸，即以妻孥財物移入租界，第廿六師師長曹鍈聞風逃避，以致兵無主帥，潰退擾民。近日曹鍈暗赴保，隱藉勢力，曹錕竟視若無睹，並與曹銳同等優待，更賴以秘密設謀。前數日奉直交綏，曹錕及曹銳聯銜電飭天津警察廳戒嚴令，對於奉軍在軍糧城設大本營，在大經路設司令部，則毫不過問。對於天津民意機關則阻止開會，對於協謀公安之保衛團則迫令解散。若謂天津尚在曹使範圍，何以孫烈臣佔在中洲，安徽各會館且住警察式之衛兵。若謂天津尚有長官，何以曹銳遁走並未派員暫代？若謂天津可行使戒嚴令，何以警察代奉軍雇車購食物，協助作戰？總之，民國建立十有一年，是非不明，紀綱不振，若輩遂肆無忌憚，甘於禍國，忍於虐民，蔑視元首之尊嚴，橫使個人之威力。近讀大總統查辦一令，仰見立懲官邪，不稍姑息之至意。此時曹錕對官兵則爲傀儡，對國家則猶是強藩。曹銳、曹鍈，一則爲誘敵棄職之官，一則爲臨陣迷亡之將，綜其罪惡所積，國家有不赦之刑，爲此懇請鈞座毅然決然，勿再姑息，立將曹錕、曹鍈等分別罷免官職，依法懲處，以正國憲而快人心。庶大法克彰，羣凶知懼。抑廷玉等尤有進者，巡使爲無用之頭銜，督軍爲共憎之名義，此次果免曹錕本兼各職，不必再簡巡使督軍，以爲由直裁兵之初步，即爲由直發展自治之先聲。我大總統自就職以來，以文治爲前題，民生爲主義，而直隸近都首要之區，又爲各國觀瞻所繫，若能銷兵與日月重光，郅治得共和眞的，不特內博羣生之福利，且外招各國之歡迎。再懇乞乾綱獨斷，立見施行，則直省之幸，亦民國前途之幸也。披瀝陳詞，不勝屏營待命之至。直隸公民李廷玉、周子覺、王照、李飛鵬、張家彥、張英俊、劉恩源、李嚴、吳振鐸等率三千萬人同叩微。此電似爲聯省自治派或國民黨人所爲，目的在乘機打擊軍閥，但當時直系勢力方張，自然是沒有什麽結果的。

三、賄選及制憲受人攻擊

是後，在直系安排下，舊國會恢復，徐世昌下臺，黎元洪復職。曹錕謀進行非法選舉，以竊大位，一面囑由舊國會進行制憲，一面發動閣潮，與黎元洪爲難。擁曹派且鼓動軍警廹餉，發動公民團請願，黎不得已，於民國十二年六月十三日離京赴津。十月五日，曹錕以重賄當選總統；八日，憲法亦五讀通過。此憲法頗引起奉、浙及西南各省的反對，北京政府爲轉移人民耳目，擬借總投票制取決於民，時人對此事論議甚多，茲錄鄧光「論所謂北京憲法」一文，以窺一斑：

> 十二年來，紀綱蕩然，論者每歸咎憲法之未制定，其論未嘗不是。今者北京憲法，已懸之國門，宜其足以定邦基而奠法本。然夷考憲法內容，謬悖矛盾，不遑枚舉。況制憲之主人，乃久失國民代表性之代議士；其條文之通過，又有賄選交換而來，則其不足表示國民之公意，蓋甚彰然。今乃有所謂政論家者，大倡以此憲法付諸國民投票複決說，其爲北京中央政府圖苟全之計，用心良苦，殊不知北京憲法，根本上既不足代表國民之公意，豈經一度複決之通過，即足以增益其價格耶？如謂藉國民投票得予以否決，第吾人一考慮湘憲，暨湘民總投票之往事，知所謂複決云者，不過當局授官吏強奸民意，通過爲「當然」之結果。設北京政府果亦以憲法付之國民投票，吾敢斷其方法，必與湘政府同其技倆。亦將挾軍閥之力，強奸民意，是又爲當然之結果也。果爾，則其術售，而國民公意棄之矣！其持論尤有更悖於理者，即視一省之私利，而慫恿北京憲法之實行。抑知國憲爲一國百年大法，其功效當以全國人民之福利爲前提，國民之同意與否，不能視一人一省之福利爲斷，如因一人一省之私利而即贊成憲法，其居心良足誅矣。此就憲法本身爲不能假借方法而盜民意之說也。且北京憲法，乃曹錕所御批者也。然曹錕入京第一政績，即爲發表大批巡閱使之命令，其酬庸功狗，計誠得矣。不知亦曾思及憲法第五章第三十二條之義務民兵制否耳？如其不知而行，是爲玩法；知而故行，是爲違法。兩者必有一於此。然則曹錕蓋毀棄憲法之首犯矣。以憲法首犯柄國，則憲法將永無實行之日，而吾人又何貴而有此一紙具文耶？更何必爲之複決之耶？

曹錕政府所制定的憲法，反對者指爲「僞憲」，不僅爲輿論所抨擊，因對軍閥勢力剝削甚多，亦引起各省督軍不滿。蘇督齊燮元主張召集新國會，其意不僅欲解散爲曹錕所御用的豬仔國會，且欲推翻新憲法。齊曾遣孫發緒至天津、北京、洛陽、漢口等地，聯絡實力派人物，圖有所作爲。孫氏嘗對人言：「新憲法匆匆成立，於國人平時所延跂仰盼之點，均未列入。南中人士，極爲失望。來至北京，反無人談論此重大問題，究竟憲法何時施行耶？」據說，齊燮元爲了解散舊國會，推翻新憲法，擬採取兩種途徑：一爲召集新新國會，由新新國會修改或否認新憲法；一則由各省發動，攻擊新憲法，從而解散舊國會，另召集國民代表制憲會議。其後，新新國會雖未召開，各省攻擊新憲法之事，則所在多有。直系內部，因此發生了裂痕。

四、直系大分裂

除「僞憲」影響直系內部團結外，曹錕當選總統，吳佩孚繼爲直魯豫巡閱使，權勢日重，亦引起直系內部的猜忌。民國十三年四月二十九日，直魯豫巡閱副使兼直隸省長王承斌自天津直電曹錕，辭去本兼各職。王承斌辭職的原因不外三點：其一、第二十三師師長王維城，自就職以來，事事聽吳佩孚的指揮，不惟不服王承斌的節制，且藉催索欠餉以免士兵譁變為由，逼王甚緊（因為第二十三師的軍餉是責成直省擔任的），王維城且擅自將軍隊開赴保定。其二、曹錕舉辦大選時，直隸墊款三百萬元，原由各縣攤派；此項墊款，曹曾聲明自就總統之職三個月內償清，然事隔半年，曹並未償還此款，各縣士紳為此大不高興，王承斌之政令推行，亦由此受阻。其三、吳佩孚氣勢凌人，使王忍受不住。

曹錕之能當選總統，王承斌盡了很大的力量。無論是奔走籌畫，逼車奪印，或是集款行賄，其功都在直系諸將之上。那時，吳佩孚蟄居洛陽，不惟不幫曹錕的忙，甚且對曹錕的大計陰加阻礙。但自曹錕就職以後，吳佩孚對北京政務事事干涉，各省軍事指揮權，亦操於其手。王承斌僅得一直魯豫巡閱副使的頭銜，對三省軍事絕不能有所主張。王承斌既無兵柄（二十三師師長之位被洛派的王維城得去），財源亦竭。時奉與直處於敵對狀態，為了對奉，洛吳主張用武力解決，津派的王承斌則力持和議。吳佩孚以王有聯奉之嫌，欲入京要求曹錕將王免職，王承斌憤不能平，乃辭職以抗。曹錕雖未予允准，王之積怨難消。此外，馮玉祥被吳佩孚自河南擠入南苑，齊燮元欲侵浙贛屢遭吳佩孚掣肘，他們的心裏亦是不快的。又直系的督軍，凡兼師長的，均須將師長交卸，而以其位置給予吳佩孚一派的人物，凡此，均引起直系內部的離心。除一般下級軍人仰承顏色唯恐不及外，重要將領皆與吳佩孚同床異夢。曹錕雖為直系首領，實權遠不如前，與吳佩孚間亦有齟齬。民國十三年五月五日「申報」專電有云：

昨午馮（玉祥）見曹。……曹曰：「我不願聞你辭職的話，你要走同我一同走。」馮不敢再言辭。曹復發牢騷，謂「入京以來，一事辦不動，洛吳事事干涉。我派五弟（曹鈞）赴洛，告戒子玉。五弟回京，謂子玉說生平對總統唯一忠誠，苟有獻替，動關大局與元首人格，始終處於長子的地位，不認干政為錯。……我為子玉，既得罪杜錫珪，又得罪齊燮元，我之難處，你當諒解。

又五月四日「商報」載北京通訊有云：

然曹側則不滿於吳之事事干涉，而欲使箝其口，如中俄問題，府方對吳之申斥，據府方要人所傳，實不止一電，其措辭非常嚴厲。洛陽來人見曹時，曹又曾盛氣責之。個中之得意語，謂吳氏從此遂不敢說話。並聞吳氏為此致齊、馮、王之電，馮且持以白曹。曹氏左右既與蘇齊相結，又表示親齊而疏吳。且日前王承斌被召來京，彼等亦以吳之氣燄太大，欲結王以制之，以二十三師問題，王對吳亦必銜怨也。

據此，可知曹錕及其左右的人對吳佩孚並不滿意，惟吳佩孚當時握直系軍事大權，誰也奈何不了他。

曹錕身為直系首領，不能與直系主將吳佩孚融洽相處。吳佩孚過於驕矜，除對王承斌思有以去除，對曹錕思有以干涉外，其與齊燮元、馮玉祥間，亦多扞格處。福建督軍王永泉原是蘇齊的人，吳佩孚設計以孫傳芳、周蔭人逐王，在蘇齊看來，是排斥他的勢力。而齊燮元保楊樹莊為海疆防禦使，孫傳芳保張毅為廈門鎮守使，齊助楊而吳袒張，雙方相持，彼此齟齬益深。另外，吳佩孚欲經營外蒙，以與奉抗，擬任命王廷楨為庫倫都護使，亦侵及馮玉祥的退路。

曹錕不能制服吳佩孚，吳佩孚看不起曹錕，同時要削除齊燮元、馮玉祥、王承斌等直系大將的權勢。種種衝突，因之而起。繼王承斌以後，馮玉祥和齊燮元亦請辭，這是直系內部與曹、吳為難的小三角同盟；另外還有奉、浙、粵大三角同盟，亦是為反曹、吳而結合的。吳佩孚雖然主張先攘外（直系以外）而後安內，但內部的危機始終無法消除。五月五日北京「東方時報」有一段報導說：

究其癥結所在，悉出洛吳過於矜驕。以是津派與洛方發生惡感，積怨愈深，竟成為勢不兩立之概。若津派再則聯奉，西結寧，南合浙，北通馮。其最顯著者，如齊燮元變相大聯防，行清鄉之大計劃，及海軍實現巡防操演之舉動，與東北協商對蒙之動作，即素所謂大西北主義者，尤其特徵。殆取三角式包圍，向黃河流域示威，冀可稍壓其自恃常勝將軍之氣燄。然洛系則招其所謂脅段之擋箭牌，實行聯浙而制齊。一方復挾鄂蕭，積極平川援黔以抵抗滇唐，一方復令贛蔡籌備援粵，並力助馬濟回桂，加意聯絡洪兆麟、林虎等，力圖戡定西南，以打破大三角同盟。其最顯而易見者，即對津保各派悉行解除其師旅長，根本上移轉其實力以削奪其兵權，使其無所憑藉，且以洛系人物充任，俾便調遣，將來對東北方面，容易作戰，以解脫對方大包圍之奇計。

由於直系內部的分裂，和國內反直線的聯合完成，到了民國十三年九月，正當曹錕任總統即將屆滿週年的時候，爆發了第二次直奉大戰，而曹、吳的勢力，即在這次大戰中瓦解。

五、直系的瓦解與曹錕退位

曹錕在位一年，在內政和外交上有許多是不理於人口之處，茲擇其要者，列舉如下：

一、承認列強臨城案的要求，以爲列強承認賄選的交換條件。
二、力謀承認威海衛案、金佛郎案、宜陽丸案，以取得列強的援助。
三、利用趙恒惕、楊森佔有湖南、四川，暗助周蔭人，陳烱明擾亂廣東。
四、因袒護賄選議員，大捕安徽省各校學生數百人，並累及其家屬。
五、向外商進行津赤、烟灘、滄石三鐵路借款。
六、在天津購買意大利軍械，價值五百五十萬元。
七、解散膠濟鐵路工會，並開除工人多名。
八、在漢口、鄭州、石家莊逮捕工人楊德甫等七人，在北京逮捕張國燾等五人，均未宣佈罪名。
九、接受日本公使的照會，嚴禁國人「五七」、「五九」開會紀念國恥。
十、容納列強干涉中國商標的要求，商標局聘外人爲顧問。
十一、辦理德發債票案，國庫損失至少三千萬元。
十二、查禁京滬所出多種新書新報。
十三、爲辦金佛郎案，縱令王克敏廹孫寶琦去職。
十四、向美國購運大批軍火，價值三百二十八萬元
十五、以造路名義，力謀攫取各國退回的庚款。

直系勢力的澎漲，已引起各地非直系勢力的嫉視，而曹錕賄選，成爲國人攻擊的對象，非直系勢力因此得以結合，爆發了全國性的反直戰爭。

反直戰爭，因馮玉祥的首都革命，大獲全勝。曹錕下臺，吳佩孚兵潰。曹在延慶樓被囚年餘，至民國十五年四月，馮玉祥爲奉軍所敗，曹獲釋，寓居天津。七七事變後，日人曾慫恿曹錕出任僞職，爲曹所拒。至民國二十七年六月病逝後，國府以其克保晚節，曾明令褒揚，追贈陸軍一級上將。

留學孫逸仙大學往事之二

負笈孫大憶當年

王覺源

在中國「聯俄容共」的時期，俄國人為要討得中國人的好感，施展他們的陰謀；同時，俄國人為要巧飾太平，虛張革命後的快樂幸福，以欺騙世人；在這兩種情況之下，中國留俄學生的生活，無疑的，是享受了相當好的待遇。讀書既不要花一文錢，連食、衣、住、行、育、樂一切問題，大都有了解決。而且每月還有二十盧布（一盧布約合中國大頭一元），作為零用。兼任翻譯或繕寫的同學，更多一點；每人四十到一百盧布不等，如此的優待條件，恐怕也是中國留學史上，少有前例的事。

習慣的生活方式變了

當我們第一次踏進孫逸仙大學的大門時，馬上被一羣中國男女學生所包圍。他們聽說我們是從中國革命基地的廣州而來，更顯得異常興奮！向我們詢長問短，我們幾有應接不暇之勢。後來也才知道他們是從上海、平津去的同學，都是先我們一月或兩月而到的。學校當時即有事務長博古列也夫（後升教務長）親自替我們安排一切。每人分給一張學生證，各有一個俄文名字，和學號，我們的資格，就此確定了，且到了共產國際東方部的檔案裡。我們用慣了俄文名字，固有的中國名字，反而都把他忽畧了。因此，回國以後，道名不見人，常常就有不認識此人的感覺。這或許也是英美留學生中，所沒有的現象。博古列也夫，隨又發給每人飯票，理髮票，電車票各一本，全套寢具，內衣服，洗面用具，凡日用所需的東西，小如梳子，鞋油等，無不盡備。接着洗澡、理髮、檢查身體，不到半日時光，一切都井井有條的安頓好了，使我們的確起了一種奇異之感！不敢誇揚，亦不必固沒人之美。他們這種作法，自然不能說明就是蘇俄的富裕和幸福？相反的，火燒烏龜肚裡痛，或祇有他們自己知道。但他們此時，還有點革命初期的幹勁，設計周全，辦事認眞，確是不可否認的。不然，從籌備到開學，不過三數月，也不會有如是之完備。我們在國內所習慣的生活方式，當天起，也就全變了。

次日，校長拉狄克在辦公室接待我們這批新去的學生，說明本校一切情形和教育方針之後，還囑咐剛離開祖國的我們，更要注意健康的保護！本校全是採用小教授班制，我們二十二個人，恰好編作一個教授班。教室寬大，每人一張大桌子、上課、自修、開會、休息都在此。另外茶室、吸烟室、列寧室、俱樂部等，自然也都有。教授講課，都要通過翻譯，先幾天還不覺得怎樣，日子久了，每覺曠時廢事。因之，人人對於俄文的學習，比任何功課都要熱心。俄文教師，多為俄國女性。我們的教師麗雅小姐，年輕美麗，她的丈夫曾做過中國漢口的領事，他在中國住過兩年，略會一點中國話，這或許就是她能來担任俄文教師的條件。她的態度和教授法，頗有勝人之處，她對我們的稱呼，不叫「同志」而叫「小弟弟」，這確有點異乎俄國人一般的習慣。同學們對她的印象很好，俄文的進步也就特別快。資質好和英文有根底的人，半年一年之後，就能直接對俄文聽講。而學校亦按照俄文程度的深淺，半年或幾個月後，重行分編一次班，不獨便利於教學，且可減少翻譯的負担，加強講義的譯出。此外能使同學們最感興趣的課程；一爲拉狄克講「中國革命問題」；一爲德國教授夏爾曼講「唯物史觀」：因爲在當時看來，都能言之有物，陳理透徹。其餘的教授，則多照着書本或編好的講義唸唸，也就無甚可觀了。老教授瓦克思，教西方工人運動史，能讀三民主義，他很洋洋自得，誇示同僚。其實他讀三民主義，正像中國小孩認字一樣，簡直是一種笑話。一般教學方法，通常是由教授先講一二小時，再發講義，指定參考書，自己去研究。被指定的參考書，圖書館都有大量的準備，足夠借閱的分配。下次上課，即由教授主持討論。平時也沒有什麽考試或測驗，成績優劣的決定，完全即照討論時的心得見解作標準。這樣的教學法，實比較切實而效果大。今日台灣有些訓練機關或學校，雖亦有行之者；但不見得徹底，或許是受了人力物力的限制。上課之外，我們所重視的是出外參觀。但被引導去參觀的，都是蘇俄最好的東西，特別選出再加裝飾的工廠、學校、博物院，使人都能獲得愉快的印象。因之雪泥鴻爪，範圍頗廣。作者曾筆記下來的實際資料，蔚成三大巨冊，回國時，都被俄國特務所沒收。至今思之，彌覺可惜！

說到食的問題，剛到學校，每天都是五頓。後來同學都認爲我們在中國向無此一習慣，而且有點浪費。因之，自動要求學校把下午和夜間的茶點取銷，一日三餐，蠻夠舒服。所謂羅宋大菜，很多人在上海白俄的飯館嚐試過，已覺夠味。然此已經名實不符。眞正道地的羅宋大菜，肉類多於蔬菜，味尤濃馥。但這並不是說明蘇俄的畜產特豐，或一般生活已改善，實因寒帶地方，蔬菜昂於肉類，冰凍生活，無肉食更不足以抵抗寒冷。麵包則黑白皆備，取之無禁。同學們最初非常斯文，或許是吃不慣。菜多剩餘，麵包亦僅嘗點白麵包的心心。過久了，不愛白麵包，反嗜黑麵包。黑麵包營養價値高，而且滋味長。非是過來人，實難明白此中妙諦。國際間的宣傳，曾譏俄人吃黑麵包。此黑麵包或不即是現在的黑麵包，我們却未嘗過。同學們跨進飯廳時，衆目無不注射一個對象，那就是女工（侍應工）媽露夏，伶俐活潑，健美多姿，她也愛勾搭同學，同學稱她爲飯廳之花，很多人都拜倒在她的石榴裙下。近水樓台先得月，據說後來是被管理飯廳的王××同學，獨佔花魁。其餘還有三個女工，雖也不乏問津漁郎，却不太引起同學們的興趣。每星期四的下午，是規定到公共浴堂洗澡的時間。憑學校的洗浴票入堂，池浴、盆浴、淋浴、土耳其浴，任君選擇。已經有了愛人的同學，更可到家庭浴室去，不過要自己另外花錢。是日也，不僅內服全部更換，所有枕頭和墊蓋白毡，亦煥然一新。正如史達林所說：「……然後上床睡覺，……天下最快意的事，莫過於此」。不過史達林是要在「消雪了不共戴天深仇大恨」之後，而我們這祇是人生的一種享受。我們由國內所帶去的衣服用具，實際都已用不着。學校所發的西裝、大衣、皮鞋等，比我們自己的或許還要漂亮貴重。壞了還可以修理或更換。這種半貴族化的生活，似乎把無產階級平民化的色彩都沖淡了。首先因爲同學不多，我們就住在學校的二樓。一九二七年以後，同學多了，寢室要改作教室。宿舍就分散到外面三四塊地方。佈置雖說不上華貴，却很清潔、整齊、方便、舒適。結了婚的同學，則另特闢一室，床床相連，僅隔布幕，一席塌塌米之地，就是他們的閨房。在共產主義的國家，既不重視男女關係；在當事的男女同學，物以類聚，混濁一團，亦自無有芥蒂；在有許多同學看來，則不免要說：「有傷風化」。這特別閨房的風流韻事，傳播出來的特別多亦特別快，好事的同學，更要加油添醬；可是日子長了，也不覺得香，更不以爲臭。好像氣慨都大了一些，從沒有掀起過醋海波濤。有的，還有愛的結晶出產，學校祇是沒有托兒所或幼稚園的設置，生了就送到蘇俄國家的托兒所，成了俄國的公民。吃了他們的麵包，也算盡了一番義務。學校到宿舍，距離都相當的遠。莫斯科的交通工具，當時汽車猶少得很難看見；馬車不是學生和一般工人所能問津的；大衆化的交通工具，便只有電車。我們如果不是步行的話，也祇與電車有緣。學校每週有三兩次晚會、電影、話劇、歌舞、輪流上塲。同學自己也組織有歌唱、舞蹈、京戲、雜技等隊，多祇作什麼大會後餘興演出。俱樂部也有許多頑意兒，對於同學的娛樂問題，也算都有好的解決。這樣一來，我們每月二十盧布的零用費，可以消耗的地方，多在「拍比洛斯」（香烟）和「雅布洛哥」（蘋果）上面。間或去吃一兩頓「中國飯」，因爲路途太遠，電車坐久了又不舒服，終亦視爲畏途。學校對於家庭貧寒的同學，亦有補助金的設置。但不知是小資產階級心理的關係，或是嫌他的手續太麻煩，很少同學，前去申請。憑良心說，學校優待我們同學，總是面面俱到；可是在此時期中，他們所給予我們同學的精神刺激，也實在夠大夠深！縱有更優裕的物質引誘，也彌補不了精神上的創傷。故克姆林宮專家們苦心的設計，終不免於徒勞。

中國學生初到莫斯科，因爲語言關係，不能和俄國男女交往。同學們所追逐的對象，也祇限於中國人這個圈圈以內。兩百多男生、六七十個女生，女孩子不論亮不亮，當時都是很香的。以後大家俄文學好了，便轉移戰線，向外發展，提出一個口號：「向俄國女孩進攻」！於是冷落了家裡，外面鬧得烘熱。在這種環境之下，大家審美的標準也變了，中國女孩與俄國女孩一對比，一般條件，中國女孩總要欠缺一點。自然也有例外，但並不多，又是物各有主。在中國「聯俄容共」時期，俄國女孩子都以交得中國男朋友爲光榮，在此同聲相應，同氣相求情形之下，自然容易拍合。相反的，中國女孩則多不願交結外國朋友，害怕呢或還有封建意識？二者必有其一。中俄男女的羅曼史，以在「多麽阿得底哈」（避暑地）風光旖旎的時候，爲最高漲。及至國內「清黨」運動發生，俄國女孩就多不敢和中國人接近了。結果進攻的多，眞正成功的，則不過寥寥數人而已。結婚又能帶她回國的，更是百無一二焉。

雙料首都莫斯科

古老的莫斯科，是雙料的首都。既是蘇聯的首都，又是共產國際的首都——對世界各國共產黨發縱指使的司令台。在蘇俄革命以前，它的名氣，不及已西化的聖彼得堡（列寧格勒）響亮。莫斯科原是俄國古老的城市；在一八一二年拿破崙進攻的時候，俄人爲阻止法軍前進時，便一炬以絕法人之念。重建的莫斯科，仍是値得俄人驕傲的；但革命以後，莫斯科的赫赫聲明，便使聖彼得堡的光彩減色了。二十年代的中國留學生，幾乎全部集中於此，停留時間最長，也是對蘇俄各大都市瞭解最多的一個。

莫斯科不僅是政治文化的中心，全蘇俄富有學識的精銳幹部底訓練塲所，而且是一個重要的經濟中心。它的中心地位的重要，地圖上由它出發向各方面放射的那些鐵路幹線，就很明顯地表現出來了。直到今天，它的矛盾、衝突、神秘，依然是人類另一個世界中心，與華盛頓成爲今日世界民主和獨裁兩大集團的總樞紐。

莫斯科的地理位置，從蘇俄地圖上來看，相當中心。莫斯科河與莫斯科運河，在此交合。運河則連接了伏爾加河。而莫斯科市，則以克姆林宮爲中心，建成許多同心圓環。從孫逸仙大學前面教堂（莫斯科最大最高的教堂）的樓頂上，一眼望去，幾可全部收入眼底。全市最高的建築，不過四五層樓，大都色調灰暗，沉悶而單調。陽光普照之下，除部份教堂頂端放射一些閃閃金光之外，別無可觀。比較能引人注意的，還是紅磚砌成的克姆林宮和紅塲。紅塲包括旁邊的列寧墓和許多名人墳塚，聖巴塞爾大教堂，以及幾所拱衛的小教堂和商店之外，廣塲約三四十畝。若干教堂的屋頂和紅城許多尖頂城門樓，湊合在一塊，很像一處公墓場地。市區的邊緣，長約七十公里。據云將開闢一條環城公路，當時僅有計劃，還沒有實行。距克姆林宮約十公里之外，有一森林區，名曰列寧山，為市民僅有的最好的郊遊之處，夏季遊人較多；冬季則成了滑雪的地方。

莫斯科的街道，實在不敢恭維。全市街道都是鵝卵石修成的，當時僅國際街（第三國際機關所在處）是一條水泥路。用鵝卵石修路的原因：一為冰凍時不致損壞；二為鐵輪馬車太多，水泥路容易破壞。其實，這理由並不充份，財力和技術似仍為其主要問題。經過革命大破壞之後，政府只全心全力充實國防以保衛新政權，很少注意於民生建設，所以老百姓的生活，仍極艱苦，黑麵包仍為主要的食糧，衣着非常襤褸，很難看到穿畢挺西裝的紳士，黨政要人，也不講究衣着。商店裡的貨色不太多，只有國家公司，才有較多貨品出售；但價錢高得驚人。還有些國家商店，只收外幣，不要盧布，其顧主對象，大都是外國人，光顧的人，更是很少。中國學生如要將美金、英鎊、法郎換成盧布，都要經由學校代辦。否則，就要自己秘密的去找黑市市場，（稱為瑞洛克），兌換率也比政府定價高得多。

莫斯科的房地等不動產，都是公有，房屋亦由政府掌握分配。當時房荒問題，極為嚴重。政府分配住宅的原則，表面上以工人階級為優先。實則內幕重重，黑市賄賂，都可捷足先得，而且繳納房租金的標準，亦可因賄賂而改變階級的屬性。如同樣一所房子，有些份子繳租金十盧布；另一種份子，便非數十或數百盧布不可。所以住房子的鬥爭，對於生活的關係，影响很大。有了房子的人，還得千萬設法保牢；沒有或不夠房子的人，千方百計找門路，也不易得。譬如一家數口，往往只有兩間小房，不但廚廁混襍，連夫婦亦常無法共處共宿，夫婦生活，便大受影响。蘇俄離婚，法律上，是一件最簡單的事，只要雙方到負責機關簽一個字，就可解決；事實上，却往往成為不可能的事。這就是因為離婚以後找不到新的住處。有時，剛離婚的人，就只好在兩床之間，掛起一張毯子或布圍，無乃分居分宿的大滑稽。這不僅是蘇俄人民司空見慣的事，孫大男女同學，在莫斯科成婚者，學校也是採用這種方法。在一間大宿舍中，擺上若干三尺寬的床位，用布簾間隔起來。每床一對夫妻，這床位也就是他和她的家。生了小孩，則送到或寄養（寄養，將來可以帶回）托兒所。中國學生在俄國所傳播出來羅曼蒂克的新聞，也以如此「家庭宿舍」，為最多最精彩。

莫斯科在這種環境之下，市容就很難表現整潔。尤其是冬季，到處積雪如小山；夏季如鱗的街道，綠色又少得可憐。幸好沒有煤烟，因為工廠多在郊區。居民主要燃料，為木柴和煤氣。煤氣是由烏克蘭、高加索等地，用管子接運來的。氣候寒冷（平均溫度為八九度），家裡非燒壁爐不可。燃料都是木柴。莫斯科接近北極，緯度很高，冬季白晝時間很短，不過六七小時，夏季則完全相反。夏季不熱，為一年中晒太陽的季節，夜晚仍須穿大衣。冬天則昏昏沉沉，大雪紛飛，很難見到太陽。雪枯如沙，不易融化，全市有數千馬車和萬餘清道夫，晝夜不停，清理街道上的積雪。使用粗笨掃帚的清道夫，有不少的是婦女。莫斯科市，好像很平靜，安靜得有點奇怪，近乎不自然。街上沒有兒童的喧叫，只有些提着籃子賣蘋果或香烟的老太婆，站着或坐在道旁屋角，靜靜地等待着顧客。一個四百萬人口的大都市，人聲喧嚷，應該是意料中事；可是，它反了常，街上行人很少，冬天或許是天寒地凍的關係，夏天也多不了多少。

如果觀賞標準不太高的語，莫斯科夏季的景色，也還有可觀。克姆林宮的御花園，固不是普通人可去遊玩的。市區仍有一些大大小小的花園，有各種的花草樹木，勉強也可流連。郊外有很多古老和新建的房屋，塗上各種鮮艷的顏色，這些房屋，多是用巨木造成的。許多飲食攤上，出賣一些糖果餅干、麵包、香腸等類東西，劣質的伏特加酒，也隨處可以取得。報紙只有「眞理報」和「消息報」，發行最廣，到處有售。絕大多數市民的交通工具，是電車、馬車成了奢侈品，私家汽車寥寥若晨星，公共汽車和計程車，當時都還沒有。電燈雖很普遍；但光度不強，鄉村更似螢光鬼火。電話只有機關、學校、團體、國家商店、公共場所才有，一般人民的通話工具，就靠公用電話。由於電話設備的不普遍，市民利用它的機會，也就不多。

蘇俄統治者，管制人民原則之一，就是「不讓人民有休息的機會」，所以在各處閒蕩的人，自然少了。街上行人雖然不多，可是乞丐和扒手，在僻街冷巷中，仍是出沒無常。蘇俄宣傳革命以後，社會上「沒有乞丐和盜竊」，這是騙不過親受其擾害的我們。中國學生，初到莫斯科，出街一次，自來水筆、手錶和口袋裡的東西，常常不翼而飛。如以此反問蘇俄共產黨人，他會解釋說：「這是監牢或感化院逃出來的」。有一件事，確是很奇特，即莫斯科街頭，很少見到嬉蕩的兒童。原來兒童都被強迫進了小學和幼稚園，星期假日，又編進了「少年先鋒隊」去參加各種活動。其他的學生，也是如此。一般父母都很忙，一天工作之餘，已經精疲力竭，那會有閑情逸致，帶着兒女逛街、上劇院、進公園呢。尤其一些父母，連休息的時間都沒有，祇好把在家的兒女，交給老祖父母去看管。而他或她們的年歲已高，看管孩子的唯一辦法：是少惹麻煩，「留在家裡不許動」。革命不久的蘇俄，處處還相當落後，大家為着生活，都要去尋工作。工作機會也就很難得了。更不平常的，往往妻子的工作，比丈夫的重要，收入也多。他和她之間，並不會因此引起妒忌或怨恨，因為互相都瞭解，這是蘇俄特有的情形。如孫大一位教俄文的女老師里雅，以大學教授自居，收入亦不亞於一個副部長級的人物；可是她的丈夫，曾在中國漢口做過領事，這時却在一個機關的衣帽間工作，等於是一個看門人。

莫斯科的市民，每年有兩個特定的瘋狂節目：一是十月革命紀念節；一是五一勞動節。十月革命紀念節，正是冰凍的時候，政府雖熱烈的鼓勵推動；市民却身心俱冷，始終提不起大興趣。紅場舉行官樣儀式和閱兵以後，照例的遊行，仿如冷火愁烟，虛應故事而已。唯有五一勞動節，市民們因過久了沉悶的日子，嘗盡了艱苦的滋味，正好藉此機會，把感情與活力發洩一番。一九二五年的五一，天氣晴朗。典禮儀式在紅場列寧墓前舉行，以列寧墓作檢閱台，上午十時開始。軍警和民衆，已早於午夜集合排列於台前，數不盡的旗幟、標語、畫像，上下揮動、迎風招展。史達林和政治局的官員以及部長們，都序列於列寧墓的頂頭。史達林和好幾個大員發表一番高論之後，開始閱兵、遊行。各兵種隊伍和一些戰車之後，是走不完的民衆隊伍，一直到下午兩點鐘才走完。遊行隊伍，出場以後，分很多路線進行，一直鬧到晚上八、九點（天還沒有黑）還不停。看遊行的人更多，湊合在一塊，配合各種樂器，唱歌，跳舞，高叫口號，喧鬧達旦。這種紀念集會的作用，不外炫耀蘇聯力量的強大；老百姓對共黨統治的信心如何？天知道。

我們從莫斯科回國以後很多年，還有朋友問我：「有沒有人跟踪你們？」關於這事，就很難斷言。不過在那幾年之中，中國學生却沒有一個人敢進中國大使館（大使還是北京政府派的）的大門，和與華僑們有所交往。我們的衣箱行李，存放在儲藏室裡，經常被翻動了；信件常有被拆裂的痕跡；却能明顯的看得出。我們除在避暑期間，能接觸一批俄國工人（多數為女工）之外，俄國人也很少與我們有經常交往，這並非是俄國人民不友善，而是蘇俄政府不讓其人民和我們交往。他們或她們雖存着很多顧慮；但是那些會心的微笑，却令人有無限的安慰！他們每個人的心坎中，對於「切卡」，「格別烏」（秘密警察），「集中營」，「強迫勞動」，無時無刻沒有戒心。所以從表面看莫斯科，非常和平、寧靜，實則神秘、恐怖，却籠罩了莫斯科天地。

孫逸仙大學剪影

孫逸仙大學，位於莫斯科阿羅罕街，坐東朝西，是一所方形建築物。前面有個小花園，當中一條甬道，兩旁栽了些樹木。學校正面是三層樓，頂上掛的俄文招牌是：「中國勞動大學紀名孫逸仙」字樣。俄文簡稱爲「烏捉開」我們稱他爲「孫大」。俄國各地的公私建築，爲了適應寒冷氣候，都是採用自動關閉的門戶。所有窗戶都裝上兩層玻璃，以隔絕襲人的冷氣。「孫大」也不例外，進門是傳達兼掛衣帽的地方。經常有校工一、二人在此招呼。照俄國的習慣，冬天一入門，必須脫去大衣和套鞋，出門再穿上，否則就會引起感冒。因爲室內室外，冬令溫度懸殊，自非如此不可。當中是樓梯，底層是飯廳。飯廳的座位，祇能容納百人左右，故學生最多的時候，必須分兩三批進餐。二樓的正面，是學校辦公廳，校長教務主任及教職員都集中在這裡。另外有幾個房間，是黨部，事務處，出納室，印刷室等的辦公處所，餘下的就是一間一間的教室。每一教室，祇容十來二十人而已。三樓是圖書館，裡頭的中文書籍，是同學們從國內帶去的，一律集中在這裡，任人閱覽。這是學校當局一種不成文的「禁書」律。反正每個同學，白天在校，僅有半邊書桌，晚上在宿舍，僅有一張床舖，也根本沒有私人放書的餘地，祇好捐獻出來，交換閱覽也好。後來由於學生人數日增，更感無集體活動的場所，乃擴建一所俱樂部，亦即大禮堂，位於學校的右側方，全部仿大理石墻壁，規模相當宏偉，陳設亦甚壯觀。正中舞台，爲演講表演之用。右首懸我　國父孫中山先生遺像，左首掛着列寧遺像。都是巨幅油畫，維妙維肖！按照我國的習慣，一向是「尊右」的，所以右首爲大；俄共素來「尚左」，則以左邊爲上。從這點看來，他們對這兩幅巨像的懸掛也是別有用心的。據胡漢民先生自俄歸國後報導：當他在俄時，看見俄國有一幅標語，寫的是：「從孫文主義到列寧主義」。他當時就指正他們：應該將這句話，掉轉過來，成爲「從列寧主義到孫文主義」，方合正理。後來這幅標語，終於撤掉了。足見這幅標語的涵義，與兩幅遺像之分懸，用意甚同。

「孫大」的正對面，隔着一條馬路有所大教堂，建築頗爲別致，中間突出一個大圓頂，四面有四個圓頂，比當中的略小略低。全部作蓮花形，遠遠望去，無論從那一角度看都活似僧帽或皇冠。其建築之宏偉，據稱僅次於羅馬大教堂，居世界寺院之第二位。教堂四週，都是廣場，正好作我們早操、散步、溜冰的場所。我們每天至少都要去走一遭，散步遊玩或作呼吸。大家都曉得：蘇俄是舉世唯一反宗教的國家，他們認爲宗教，是人類思想的痲醉劑，所以禁止宗教，猶如禁毒一般。教堂既被認爲傳播毒素的場所，平時則重門深鎖，鴉雀無聲，冷清清有如鬼屋！這所教堂。我們曾經參觀過，入其門，雖是雕樑畫棟，美奐美侖；但覺幽黯深邃，陰氣森森！除了燭台法器而外，還有兩副石棺，據說是一些帝王僧侶埋骨之所。俄國自大革命後，對宗教雖積極禁止；但老一輩子的男女，依然迷信甚深，凡走過教堂前面，輒以手向胸頻劃十字，口中念念有詞，一若不勝其景仰也者；有些則徘徊教堂週遭，低徊而不忍去；有些則俯吻聖像之足；或明或暗以表達其信仰之虔誠。共黨對此，亦只有搖頭太息而已。

教堂西首，即瀕莫斯科河。河面並不怎樣寬；但水流相當的急，常常有覆舟沒頂之災。邵力子之兒媳朱有倫（時亦在孫大唸書）。就是淹死在莫斯科河中之一個。每到夏季，有許多男男女女在此游泳，他（她）們都一絲不掛，嬉戲水中，或仰臥沙灘作日光浴。路上行人，對此固熟視無覩，裸男裸女，因此亦旁若無人，其暴露之徹底，雖頭號性感明星，或極野蠻的民族，亦望塵莫及！我們同學，有時駕一葉小舟，泛乎中流，經過這一地帶，常有成羣男女游至艇邊，或逕自攀登，躍入艇內，裸體相視，恬不爲怪。在蘇維埃統治下的男女界線，既已打破，所謂「性的解放」！一杯水主義之徹底程度，就此亦可見一斑。

由上海、平津到莫斯科的學生，已先一月，都上了課。由廣州第一批來的同學二十二人，休息了兩天，各自安排生活上的一切和認識校內外的環境。第三天，第三國際派來一個不太知名的二流領袖，來本校演講。講的是關於「共產黨之國際性」的問題，算是第三國際創辦「孫大」的開塲白，也算是我們負笈俄京的第一課。大家對於這第一課的老師和所講的內容，都覺得太貧乏無奇。這有兩個原因：第一、他講的這一套，我們在國內已從書本上看過很多；第二、他忽畧了聽衆的學識水準，把中國學生比如俄國工人，加上條文式的解釋，枯燥乏味。先聲不能奪人，大家就不免有點失望。因之，以後對於各種課程，便都有「不過如此」之感。而且事實證明：所有理論課程，平淡膚淺，皆不足觀。

共產黨之國際性問題，我們這批毫無社會、政治經驗的學生，原有一種異常天眞的想法和看法：共產黨是一個國際性的政黨，世界上任何一國的共產黨，都要受共產國際所領導，向着如中國禮運大同篇「天下爲公」的理想道路走。這種天眞的見解，不久就被很多事實打破了。大家都知道所謂共產國際，實際是由蘇俄所控制。各國共產黨服從共產國際，等於服從蘇俄，實現蘇俄一國所要求的利益。這種觀念，到今日雖已成爲舉世人民最普遍、最粗淺的常識，無人再敢懷疑；但在當時，我們却認爲這是我們最早的發現，我們對國內當局和親朋，也作過不少的報告和通訊。至於共產國際如何控制各國共產黨？各國共產黨如何作了共產國際的奴隸？以及俄國共產黨如何與其他各國共產黨不同，又操縱着共產國際？其策畧手法，我們也經過一段很長時間的經歷，才體會了出來。

各國共產黨對共產國際及蘇俄的臣屬關係，從「共產國際章程」上，本可看得出來；但這官冕堂皇的「共產國際章程」，粗枝大葉，都認爲原則不錯，看不出有什麽毛病。過細研究起來，才會發現共產國際（即蘇俄）對各國共產黨控制之嚴密，實遠出一般人想像之上。如原則規定：入黨資格，必須承認共產國際綱領，服從其決議；國際決議，各國共產黨，應無條件地立刻執行；各國共黨活動，只有在國際決議範圍內，才有自由處決權。在組織和人事上規定：各國共黨中央委員的進退，必須國際同意；各國共黨開大會，必須國際批准；大會和中委會的決議，國際有修改和否決權；國際有派全權代表直接領導各國共黨活動權；國際有開除任何一國共黨之權等。我們以前只知共黨控制其黨員很嚴密；今日且發現共產國際控制各國共產黨，更爲嚴密。共產國際對各國共黨組織上的束縛控制，已使各國共黨，絲毫沒有自由；但國際猶認爲未足，再加上一套「政治任務」來綑紮，嚴格規定了廿多條。於是各國共黨的政治路線，也祇有一條路可走，「無條件地追隨共產國際」共產國際同時運用組織和政治兩道綑索，綁架牽着各國共黨，各國共黨也就不得不「唯命是從」。祇有一個國家的共產黨，爲特殊，爲例外，那就是蘇聯。

蘇俄用共產國際，控制各國共產黨，自己轉來又控制着共產國際。手法這一轉，它便成了共產國際的霸王。蘇俄共黨之成爲共產國際的「太上皇」，是因爲在共產國際中，它享有超乎各國共黨的種種特權：如規定代表人數與表決權數目，俄共都佔多數，在政治意義上，蘇俄領導各國；在政治路線上，各國「保衛蘇俄利益」；俄共祇要承認「聯共」的黨綱；俄共中委進退和召集大會，可以自行決定；俄共可以不服從國際的紀律與決議。依上所述，都足說明蘇俄、國際、各國共黨之間的三角關係，蘇俄居了三角的頂角。最明白的事實告訴我們，如後來蘇俄一國可以宣佈「解散」第三國際；蘇俄一國又可以組織「國際情報局」；隨便解散國際，也照樣領導各國共黨。俄共不是共產國際的「太上皇」，又是什麽？蘇俄把握操縱共產國際，當列寧在世時，即已爲許多國家共產黨所不滿，如意大利、瑞典、挪威、南斯南夫等國的共產黨，都有積極的反映。列寧曾以「改良主義和社會和平主義」斥責這些國家的共黨，其實並不是眞正的原因，因各國的主義立場，當時都沒有改變。而眞正的原因，還是在俄共利用國際控制和役奴了它們。近年各共產國家之普遍反蘇，又能說不是這一事實之有力證明嗎？

所以「共產黨的國際性」，在理論上，可以這樣說：在歷史事實上，便說不通了。第三國際的要員，爲我們上這第一課，其動機不外要我們認識、相信、承認：「共產黨是國際性的」。相反的，我們實際所見、所聞、所獲得的，恰恰是「背道而馳」的結論。即令理論可以服人，而事實却不能服衆。同時，各國共產黨爲什麽需要共產國際，且甘受俄共利用共產國際來擺佈控制它們？也並非沒有目的。這正如一九二〇年，巴庫東方人民會議時，許多共產國家的代表，對季諾維也夫（巴庫會議主席，俄共代表）所說的：「我們對俄國唯一需要，只是武器和錢，其他都不是急需要的」。這問題就非常赤露了。

中國問題專家——拉狄克

關於拉狄克，他是孫逸仙大學的校長，是我們多數同學的直接領導者。我們理應知道他更淸楚；可是相反的，我們對他的身世和革命經歷，直接所瞭解的，反而不多。他和列寧，托洛斯基等人，都是同僚朋友。他之參加俄國革命，在時間上來說，或許要晚一點，因爲一九〇五年以前，他的大名，還不大見於經傳。他之參加革命工作，因爲他是一個學者，理論家，所以在理論文化上的貢獻比較多，在實際行動上的做得少。在共產黨中的地位，與布哈林、史達林等，都差不多。

孫逸仙大學，一開辦就是他任校長，不到兩年，被史達林加上一個「托派」「反對派」的罪名，就把他拿下來了。他是個怪人，有點書呆子的性格，做事是很負責的。籌備孫大開學，爲時不過三四個月，一切都能井井有條。我們第一批同學到校，即已有賓至如歸之感。那時他每天到校辦公時間是有一定的，總是上午的九時。見了我們同學，都是很客氣的，除寒暄之外，總要問問同學的學習情形和興趣。記得我有一次告訴他：「俄文不好學，有點傷腦筋」。他很有趣的答覆說：「對任何不傷腦筋的，祇有上帝；對任何要傷腦筋的，才是你我」。我不知道這是不是西洋的格言，常常體味着這兩句話，覺得蠻有道理。他的態度很和藹、平民化、沒有官僚氣，很平易近人。雖其對中國之陰謀，不減於其他共黨領袖，以私人情感言，大多數同學，對之都有相當好的印象。

他的身材並不高大，不像一個俄國人，（有人說是德國人，又說猶太人）。那副尊容，也有點古怪、腦殼大、下部尖，有點像猴爺。頭上前額空了頂，又有點像列寧。說話很幽默滑稽，觀其人，聽其言，最易引人發笑。他患着深度的近視，不戴眼鏡幾乎不能走路，自然更不能看書或做事。頭髮，鬍鬚，常不修整，一套深灰色的西裝，似乎也經常不換。其爲普羅化耶？在中國人看來，却是不修邊幅。難道他是一個大學校長？若是不知道他的話，就不免要發生錯覺。口裡經常銜着一個煙斗，不論有煙無煙，總是吸着吐着，好像成了一種習慣。大家都說：他是一個學者；是一個哲學家；是中國問題專家。一傳十，十傳百，他便無形中成了中國學生的偶像。據說他懂得西方六七國的文字，不知是眞是假，他通俄、德、法三國的語言，却是不錯的。他的頭腦很冷靜，思考很周密，也是可以看得出來的。他演講的時期，口若懸河，有一發不可復收之勢。講到得意之處，習慣的把兩隻手的大拇指，揷在西裝背心的左右口袋裡，另外的指頭，則一起一伏拍着胸膛，好像一隻伏着的大蝴蝶，展翅欲飛一樣。有時更低着頭，像傍若無人似的，在台上散步式的向左右走動着；但並未因此而減低了聽衆的注意力。其時，孫大同學某君，原來的姿態像貌，本有一點與拉狄克相似。他常常模仿着拉氏的神情、態度、聲調作演講。有聲有色，唯肖唯妙。因之，同學亦爭以「拉狄克」呼之。他不以爲忤，恒相顧一笑。從此孫大常常鬧着眞假拉狄克的故事，這是留俄同學之中，至今尚傳爲一種佳話。眞拉狄克，後來被史達林淸算鬥爭了。不幸的，這位假拉狄克，在俄國也蒙過難。雖然他不是受了眞拉狄克事件的直接影響，而是史達林另有陰謀作用在；但其藉口，却是牽扯了眞拉狄克的間接關係。

拉狄克在孫大所担任的課程，是「中國革命運動史」。這是孫大最叫座的一門課，也是唯一的各班合堂的課程。每週講一次或二次，每次二三小時。每逢此課，孫大的禮堂總是塞滿了。東大的中國學生來了，許多所謂研究中國問題的俄國學者或專家，也多趕來聽講。另外跟他跑的也有一批人；但不是保鑣或特務，而是他的速記和捧參考書（每次都帶幾十本參考書）的人，有如衆星拱月，派頭相當壯濶。他有相當天才，記憶也不壞，每講到一事物時，必翻幾本參考書，找出證明來對照，表示不是他的杜撰。他講學的方法，自然很正確，是用科學方法（不一定是辯證法）來分析中國歷史，所以處處都表現有新的見解，能夠吸住聽衆。整個的系統，自不用說，單以他對秦始皇和元朝的政制；劉邦和朱元璋的興起；王莽和王安石的變法；康有爲與梁啓超的維新……的理解而論，實超出一般歷史學家，社會學家之上，自然更不是機械運用唯物辯證法的人，所能望其項背的。關於帝國主義之侵畧中國，舉出了很多帝國主義方面有計劃侵畧中國的證據。多數資料，是我們曾沒有見過和聽過的。特別是從俄宮檔案中所找來關於外交上的秘密文件，如中國欽差大臣受賄，中國外交由勝而敗的經過記錄，使我們聽了很驚奇，也很慚愧！他這次講學，開始於一九二六年的春天，根據他的計劃，大約是分上下兩部份；上部分析中國的經濟政治；下部分析義和團以後的革命運動。不幸至一九二七年夏天，就停了沒有再講。只講完了上部，對於革命運動本身部份，竟沒講到。這是我們深爲惋惜的事。

拉狄克的思想，不失爲一個眞正的馬克思主義者，對於現實世界主張積極破壞改革；但他似不像俄共那些領袖們，專掛羊頭賣狗肉，以革命爲名，以權力爲實的陰謀家。他的政見，大體是和托洛斯基相近，過去常是列寧主張的反對者，最後也是史達林的敵人。他的言論和行動，在一九二七年夏季以後，已被特務警察所限制。孫大的「中國革命運動史」，很久沒有排課，也沒有看到他來學校。後來認眞打聽，才知道校長一職，早在半個月以前，即已換了副校長米夫接替了。究竟是怎麽一回事？大家都如在夢中。新校長米夫，是走史達林路線的，陰險多計謀。今日共黨中的「國際派」，多半是依附於他的。新的副校長，則屬於博古列也夫（原校務長），此人不過一個趨炎附勢之徒，一切皆無可觀。中國有句古話：「不遭人忌是庸材」，說也奇怪，一九二七——二九年，凡是被史達材所排斥誅鋤的人，大都是比較有學識才器的人，拉狄克即其中之一。與他那些所謂反黨的同僚，在一九二九年的在整肅中，也同歸於盡了。

七百年前的中國古城

在莫斯科有「中國城」（亦名「蒙古城」），據說西北利亞也有兩座；但未見過），這實在是令人最興奮也最困惑的事。因爲中國歷史上或地理上，都沒有過這項記載。沒有去過莫斯科的人，自然是不知道的。這座方不滿兩里的「中國城」，正位置於莫斯科的中央鬧區。它不但是佔了俄羅斯開國至今一大半歷史的名勝古蹟，也是我黃帝子孫最早留在歐洲的一個光榮紀念。七百年前的古城，今日雖已名實不符，內部完全俄化了，找不出一棟中國式的建築，也沒發現着中國人的住戶；但「中國城」但個名字，俄國雖屬婦人孺子，皆能道之。現在僅存着高不及丈的一兩道紅磚圍牆，又多殘破圮毀，根本說不上名勝。它的存在，就歷史教育說，應是俄羅斯人的恥辱；就市容來說，也確有點影響觀瞻。俄國人何以不把它拆除？我們常常就有這種想法：他們保存它的意義或許不在這有形的矮矮墻垣，而在其精神影響的價值。沙皇時代要利用它，蘇維埃政府也還是要借重它，所以它才能屹立至今，永垂不朽。

孫逸仙大學的校址。是在阿羅罕街，宿舍則遠在二三里外的伊里引士街。對於「中國城」，却是我們每日必須經過之地。在冰天雪地裡，把臉包在大衣領子裡，雙手揷在口袋裡，低着頭，閉着嘴，往前奔竄。心裡沒有別的想念，祇覺得我們「百折不撓的帝王——成吉思汗」，眞不愧爲歷史天驕，他所組成的蒙古帝國，功業之盛，實爲空前所未有。他的勢力，已由中國北部到了得尼河畔。他死了以後，歐洲人最可怕的蒙古勢力，又捲土重來，自烏拉山，基輔，直至烏地納。一二四一年（淳祐元年）擊潰伏來得利克第二的軍隊，全歐更爲之震動。莫斯科的「中國城」，據說就是在這個時候建立起來的。它不但是當年中國軍隊的駐營地，也是蒙古勢力向西南發展的指揮中心。當時歐洲那些以思維爲主體的歷史家與地理家，無法明白蒙古人的實況，還以爲他們是雪霧裡來的天神，或荒山中來的蠻族。只看見自和林至奧德河，來去如狂飇，鐵騎所至，飛塵蔽天，在無垠的荒原中，永遠飄揚着九條白帶勝利的旗幟。孫逸仙大學西方史的教授舍里可夫會爲我們講述過一些關於蒙古人的神秘故事：如小兒夜啼，他的母親或父親，祇要說一聲：「蒙古人來了」，或說把他「送到中國城去」，這小孩馬上就會停止哭泣。很多類此無稽之談，今猶傳遍民間。當時歐洲人之看「中國城」，或亦若今日人類之看「克姆林宮」，有談虎色變之慨，容或有之。舍里可夫更說：蒙古人到歐洲，激起一種恐怖，使荷蘭漁人不敢去英國海濱捕魚。同時，也給各國執政者一種刺激，改變了他們過去禁錮的作風。如教皇因諾增爵第四，即派遣了東方使臣到蒙古本部去傳教，就想攫取一些什麽似的。其時正十字軍很盛的時候，他並有一個政治陰謀，企圖聯合蒙古帝國，共同夾擊他的敵人，藉蒙古人的威望，來壓倒回教。這是中世紀國際政治史上，也是最重要的一頁。

俄皇伊文第三時代，一四八〇年，雖推翻了蒙古帝國的統治，把中國人從「中國城」趕跑了；可是「中國城」，却又成了俄國人的偶像；成了他們憧憬研考的中心。在俄羅斯後半段歷史發展時，他們所瞭解的亞洲，不是文質彬彬的中國；也不是幽深潛思的印度；乃是逐水草的匈奴民族，馳騁原野的蒙古。蒙古給俄羅斯的影響，實在太深。不祇是俄羅斯受到了他二百年的統治，使他們嘗到暴力的滋味。更重要的，是使他們得到一種歷史教訓；是這「力」的憑依，而且此種力不是靜的，乃是動的。從此以後，「許多俄國人的心目中，沙皇應當是成吉思汗，鐵木耳；蒙古帝國侵畧的繼承者，擁有中亞」。我們不管俄國後來向中亞細亞的發展如何？但蒙古留給俄國人的影響確是深而且廣。後來俄皇彼得大帝之力圖擴張，既是「力」的策動，蒙古的遺傳；今日蘇俄之窮兵黷武，野蠻侵畧，自然又是沙皇主義的最高運用。

俄皇彼得大帝，體格健強，意志堅定，不怕困難，晝夜工作和他的一切事功，這是世人都知道的。但是他最足稱道的，也是很少人提到的，就是他那種敏銳的直覺，能夠把握住俄國人民的靈魂。他明白俄國民族受了蒙古影響後，其特質乃在他們的流動性與團結力。但是這種流動性，假如沒有確定的中心或堅強的組織來維繫的話，其結果必成爲民族的一種弱點。蒙古帝國的崩潰，原因雖多，而這實是主要原因之一。反過來說：假如有一集權的勢力，其性質又固定，組織成一種機動的軍隊，不只可以統治此種游牧民族，而且可以擴展領土。蒙古帝國的成敗，也正是如此。所以彼得大帝，從歷史上所得到的，不是害怕蒙古，不是仰慕蒙古，乃是蒙古人成敗得失的鎖鑰。我們知道在火車未運用之前，俄羅斯對外侵畧最有效的方法，即在哥薩克流動性的軍隊。這是蒙古的遺傳，俄羅斯人的信仰。那麽俄國沙皇和蘇維埃政府，爲什麽要保存這座廢墟——或可說是一個贅瘤——「中國城」？從此着眼，也就不難想像得到。

朱子橋將軍百年祭

．筱臣．

據二月二十五日中央日報消息，朱子橋將軍畢生致力於慈善事業，今天（即二月十五日）是他的百年冥誕，在台北友好屈文六居士，李子寬，查良釗，葉公超，霍濟光等，發起了一項紀念會，定上午十時至十二時，在台北市善導寺誦經追薦。

又說：朱子橋將軍會先後在陝西旱災，長江流域水災中，主持救濟工作。抗戰期間，担任中央賑濟委員會委員長，並主持陝西黃龍山墾務局，安置戰區難胞，免受流離。他不幸於民國三十年一月在西安逝世。

以上的介紹，似乎太形簡畧，對於這一位對國家社會有貢獻的偉大慈善家，我總覺得不夠詳盡，發揚潛德幽光，應該是後死者的責任，茲謹就所輯存有關朱將軍資料，作有系統的報導，也許爲本刊讀者所樂聞。

朱子橋遺照

一、將軍威震遼寧

說起朱子橋將軍，他名朱慶瀾，他是浙江紹興人，他一生負氣任俠，風骨嶒峻，尤其是持躬謹嚴，清風亮節，爲文人所稱道不置。

他的先世是明末朱相國的後裔，到了他父親的手裡，游幕山東，那時就誕生了他，因爲他從小在北方悲歌慷慨的環境裡薰陶鍛鍊，所以他兼有南方人的優良傳統和幽燕的剛勇正直的氣質。

在少年時代，他的幹才，已經充分發露無遺，供職遼寧時，歷任鳳凰、安東、錦州各廳縣事，辦事勤勞，官聲很好。在錦縣任內，地方上鬧土匪，老百姓給騷擾得不得安枕，他就辦理團防，親自帶隊搜剿，把一支嘯聚的綠林好漢，逐一平復下來。

有一回，跟土匪開火，打得很激烈，他的腿部還負了傷。上峰嘉奬他的勞績，給他晉叙同知，統領綏錦營。在田莊台駐防，依舊要他致力剿匪工作。

有一天晚上，他部下的哨弁巡遼河時，因開槍誤會打死了美國的副領事，這就引起了嚴重的國際交涉，事情弄得異常緊張；難得他一力担承，引咎自劾，那些哨兵才得保全，而他自己却受革職留任的處分。恰巧那時有個清朝的宗室叫做洪其文的，仗勢通匪，他查明了，立即把他抓來殺掉，許多人都替他担憂，怕會有不測之

禍，但結果也沒有什麽。

從此他的威聲四播，只要聽到「朱將軍」三字，便使宵小懾伏，再也不敢胡鬧，社會也就安寧了。這些地方可以看出他的不屈無畏，有担當，有實幹，氣概不凡。東三省總督趙爾巽，對於他的才識，十分欽佩，所以清末趙氏移鎮巴蜀，就把他奏調入川。

二、響應四川起義

他到四川後，担任的是第十七鎮統制兼副都統銜，贊理軍務，夙夜精勤，對待士兵，有恩也有威，嚴中帶慈，部下歸心，時論翕然。那時各省正在奉令編練新軍充實國防力量，他便向各方面延攬精明幹練的人才，着手訓練，川軍武力的培養和革命運動的先機，都在他手裡建立了基礎。辛亥保路風潮發生，掀天聾鼓，動地而來，清吏趙爾豐主張格殺勿論，他却極力勸阻，並且冒雨奔走，開導民衆，一舉手，一投足，保全生靈不少。

武昌起義後，重慶光復，端方被殺，成都也聞風響應，組織軍政府，由川紳邵從恩、陳崇基等婉勸趙爾豐交出軍政大權，公推諮議局長蒲殿俊任正都督，負責全省政務，朱將軍爲副都督，負責全省軍務。他們就職後，綏靖地方，撫循軍民，頗爲努力，翊贊共和，昌揚民意，也很熱心，只因擴軍政見不同，發生扞格，而關餉不足，士兵又譁變，省城秩序大亂，蒲殿俊走避，他也把軍權交給尹昌衡，潔身引退。

民國二年出任黑龍江巡按使，當時地方風氣閉塞，庶政待興。他到任之後，首先延聘幹練份子佐理民政軍事；清丈全省地畝，招徠燕魯農民墾殖，分配實邊，廣設學田，興辦學校，開通民智；勘測額爾古訥河及松花江流域，繪印精圖，組織船務局，管理航運；又在中蘇交界處建築軍事工程，以備不虞，治理年餘，黑省政治，蒸蒸日上，民殷物阜，頌聲洋溢，便是帝俄親王到海參威來遊歷，看了他的設施，也很景慕，特地送他一座寶星勛章，表示敬意。

三、百粵長留去思

迨後袁世凱稱帝，他就離職。五年袁死，黎（元洪）繼，授卓威將軍，委他做廣東省長，同時發表陸榮廷任督軍。那時陸氏擁有實力，暗中懷着鬼胎，在梧州徘徊觀望，趦趄不前。可是他一概不管，挺身獨進，先到廣州，把省長督軍印收下，出佈告安民，叫陸榮廷看了空着急，只好也跟踵而來，他便把督軍印交出讓他就職。

粵省烟賭林立，風氣極壞，他看了氣不過，下命令嚴厲禁止，雖然實力派用了鉅金關說，也沒有用，他不肯放鬆一步，畢竟禁絕，廣東幣制複雜，行使困難，他竭力整頓，漸歸劃一。又建朱九江祠，尊崇儒道，矜式社會。

民六，張勳復辟，他首先通電申討，國父回粵，西南各省聯合護法，他也參加擘劃，並且打電報給程璧光，鼓勵海軍南下。後因粵省陸軍起了猜嫌，畧有紛爭，他就把省長所轄的省防軍一百五十營，完全交還粵人，省長印送與省議會，毅然辭職離省。

當他行抵香港北歸時，忽然有某紳士代表民衆餽送贐儀十萬元，他謝却了，分文不受。到得上海、廣東旅外名流伍廷芳、唐少川等知道了這事些，特地開會歡迎，表示慰勞與欽仰。

民國十一年，白俄麕集哈爾濱，東北交涉棘手，當局及三省父老請他出任中東鐵路護路軍總司令兼哈爾濱特別區行政長官，函電紛馳，衆望交推，他却不過國父的敦促，及父老的祈請，便決意東行，出膺艱鉅。先設地畝局，着手測丈，收回中東路沿路附近的地畝，保持產權完整；創辦俄文學校，男女中學，振興邊疆文化，提倡佛教，建築廟宇，轉移人民信仰，直至十三年春解職，鐵路和特區已整理得很有成績了。

四、致力慈善事業

從這時起，他眼見國難民生艱困，就脫離政治生活，致力慈善事業，專心辦理賑濟，拯救災黎。民國十六年，魯豫旱災，他親自跑到哈爾濱勸募賑糧，先後散發六萬石，因災區廣濶，還覺不能普遍，於是聯合平津各慈善團體，募欵一百八十萬元，購糧十二萬石，分配散發，全活災民數百萬人。

民國十九年，陝西旱災，赤地千里，飢饉載道，他又力籌賑濟。當時因時局不靖，晉豫正有軍事，交通梗阻，他克服一切艱險，冒着炎暑的毒氣，躬親押運糧食赴陝，便是坐在悶氣的鐵蓬車裡，和士兵雜坐，吃着粗劣的飯食，逐程挨着到目的地去，也甘之如飴，一些也不灰心。賑糧到陝，關中災民得以延命，又分別派人在天津、上海各地募欵賑災，以「三元錢活一命」來宣傳號召，響應的很多。又因災情慘重，無家可歸的為數不少，他就在西安、扶風兩地設立災童教養院，資以衣食，教以技藝，十年來藝成出院的，已在千人之上。

民國二十年長江大水泛濫，被災六七省，他主持賑災，議定以工代賑，義捐七千萬，一手籌集。於上游受災各地，普設賑務專員辦事處，工賑管理局，兼籌便顧，完成堤壩數千里，各省災民由工賑而全活的不計其數。中外人士都把這一次工賑看做一個不輕易的偉績。

五、援助義軍抗戰

「九一八」事變發生。倭寇侵奪東北，他激於愛國的熱情，以及對東北鄉土的留戀，於二十一年春，在北平設立遼吉黑熱四省民衆後援會，張羅人力物資，援助義勇軍抗日，聲威所播，收效頗大。

抗戰以後，他常往來前線後方，視察災況，量情拯救。西出玉門，東走汴梁，南臨巴渝，冒着敵機和烽火的危險，一意為國奔走，不畏艱險。二十七年冬，黃災慘重，他到洛陽視察一過，提議在陝西黃龍山，開闢墾區，移災民往墾，第二年春天，他上山履勘，主持一切。凡是墾民的分配，交通的建置，衛生的設備，種子的供給，他都費盡心機和力量，綢繆佈置，井然有序。災民才得安樂生活，而他自己的舊病，因辛勞過度而復發，終成不治，溘然長逝於西安病院中，國人同深悼惜，薄海同悲。

總計多少年來，少壯時他做官，辦政事，中老年以後，當慈善家，辦理賑濟，完全以利他為出發點。同時，他也關心文化，修理古蹟——陝西的橋陵、倉陵、大雁塔等，都係由他倡修。——興建廟宇，提倡邊民教育，影印宋板蹟砂藏經，在我國文化史上都有很重要的關係。

六、輓詩綜述生平

根據以上的報導，我們對於這一代偉大的政治家與慈善家，他之豐功懿行，昭然在人耳目，歷久難忘，當他百歲冥誕，自應予以隆重紀念，廣為揄揚，焉可湮沒而勿彰。

在他的一些輓章中，程潛（頌雲）的輓詩頗長，對於他之偉績，均有綜合的報導，可以說恰好寫盡了他生平的一切，謹錄之以為本文之殿：

「我昔錦城遊，謬荷許同聲，
厥初淡如水；久要見平生。
當其血氣剛，豈無是非爭。
君病予疾惡，我誚君好名。
每於風雨夕，常推兄弟情。
東郊一分袂，風塵暗甲兵。

「甲兵乘時起，君心自有眞，
張幟應武漢；長揖辭功勳。
達人雖無攖，豈不念痌瘝。
再出膺疆寄，所至懷惠恩。
廣州讓軍旅，高義厲天雲。
吾慕魯仲速，片言解難紛。

「難紛久不息，生民多俎飢，
窮居企兼善，慮實塵深思。
洪水蕩長江，老幼苦流離。
攖冠拯昏墊，發廩蘇孑遺。
千華一時盡，家無升斗私。
勤惠本天性，私謚復何疑！

「何疑古之人，冰玉齊清潔，
疇昔憾離羣，患難欣同列。
攜手皋蘭行，積痾中夜發，
豈無玄通言，可與釋幽鬱。
勞苦甘如飴，藥餌情所拂，
此老眞倔強，致身惟利物。

「利物幾何成，一朝溘然逝，
念君依大覺，夙昔運悲智。
護法興寶坊，度生宏密誓。
塵刼倘可掃，肢體非所繫。
向來無住心，與我有深契，
登高西望秦，臨風一灑淚。」

東方兵略家蔣百里

虞奇

論學業，他十七歲中秀才；論孝道，他曾割股療親；論榮譽，他得過日本天皇軍刀獎，德國普法之戰的老將，稱他為東方兵畧家。論著作，名震中外，做過軍事最高學府陸軍大學的校長。可以稱得上立功、立德、立言三不朽了！

蔣百里本名方震，百里是他的別號。他是浙江海寧縣硤石鎮人。出生於光緒八年，（一八八二年）陰曆九月初二日。他的祖父和父親都是讀書人，並且也都有著作，所以他是書香子弟。因此，他的思想生活，都潛有儒家的傳統精神。

由於他的父親死得很早，影響家道中落。形成生活貧困。他自幼有孝心，遇事敢做敢當，並不怕犧牲自己。據說他母親病時，曾經割股療親。

他十七歲中秀才，其時適逢戊戌政變。由於他志窺遠大，並不自滿，以後又開始接受新式教育，先後進了上海的經濟學堂和杭州的求是書院。這時他寫得一手好文章，輕鬆活潑，令人讀之心神舒暢，愛不釋手。所以有硤石才子之稱。

大概在庚子以後，他又赴日本留學。此時認識了蔡鍔。蔡鍔和他都是日本士官學校的學生。由於蔡鍔的關係，他又認識了梁啓超，梁啓超甚是器重他的才識。

他在日本士官學校，有驚人的成績，不但是以第一畢業，而且受日本天皇賜給軍刀獎。因為這是殊榮，所以同期的日本同學，心裡都很不服氣。但是中國人的本質，本來是不愚弱的。這又何足大驚小怪呢！

他對學問是無止境的渴求，雖然在日求學，覺得東方的兵學既已知其概畧，欲期適應世界潮流，進而必須學習西方的兵學，西方以德國為首，因此，他就在日學習德文，準備將來可以一展抱負。

他畢業以後，就回到祖國。據說曾經充任過瀋陽督練公所的官員。由於工作成績優異，長官都認為是個人才，不久就奉派到德國去實習軍事。由於他的資質聰明，德國的軍官都很企重他，有一位七十多歲的德軍老將，叫老伯盧麥，他曾參加過普法戰爭，對於兵學有深邃的造詣，著有：「戰畧論」一書。他欣賞蔣百里的軍事天才，允許他有翻譯「戰畧論」的特權。並且親自說：「願你好自為之，貫徹你的所學。我曾聞拿破崙說，百年以後，東方將有兵畧家出。以繼承其古昔教訓之原則，為歐人之大敵也！」這些話，雖然我們並未親自聽到。可是鴉片戰爭以後，外國人豈曾把中國人當人看！上海某公園的大門上，竟掛上狗與華人，不得入內。而在此之時，外國人居然還能如此尊重他。不僅是中國人的榮譽，凡是中國的青年，也豈可不急起直追。

他從德國回來以後，不久就發生辛亥革命，到了民國二年，他出任保定軍官學校校長，這時只有二十九歲。由於做事積極，存心公正，以青年人的盛氣，一意只想把事情做好，把學校辦成功，造就新中國的新軍事幹部。只是他忽略了當時的政治環境和人事背景，都是不必需他來實現他那些公正偉大的理想。

他是一個有血氣有抱負的人，他受過外國人種種輕視，因此一心要強國，深知國家的強弱，比個人的性命更為重要。他認為生而辱，不如死而榮。保定軍校辦不好，他並不諉過於人，深深覺得是他一己的責任！因此，他憤怒，竟是使人想不到的，但竟用自殺來表明責任。這天是民國二年六月十八日清晨。全校師生整整齊齊的集合在操場上。他在司令台上訓話，他並不指責任何人，只說學校辦不好，是他校長一人的責任，他應該以自殺來答謝學生，說着，果然從衣袋裡掏出手槍來，向自己的胸口開了一槍。

死生有命，富貴在天，這話對他來話，證明不謬。當時官方對他這種舉動，感到非常震驚！請日本醫師立刻趕到學校救治，所幸不但沒有死，而且還結識了一位日本籍的護士小姐。她叫左梅女士，後來日久情深，竟然締結了異國良緣。可是校長却不再做了！

袁世凱稱帝，蔡鍔在雲南起義，發起討袁運動。他也參加此役。民國再造以後，蔡鍔病了，他又親自護送到日本去就醫。不幸蔡鍔死在日本，他就一手為蔡鍔經辦喪事。回到祖國以後，還在北平建立「松坡圖書館」，用以紀念亡友。凡此種種表現，都足以證明他是有血性、有勇氣、更是感情豐富尊重道德的男兒漢。

第一次世界大戰時，他正在將軍府工作，他主張對德宣戰。只是中國不幸的事件不斷發生，張勳率兵復辟，他也曾參加討伐之役。歐戰結束以後，他和梁啓超到歐洲去考察，並參加了凡爾賽和會。從此以後，他便不是一個純粹的軍人了。對於文化的活動，有進一步的研究，曾經寫過一本「歐洲文藝復興史」。主編過「改造」雜誌。設立共學社於歐美同學會內，出版各種叢書。梁啓超和蔡元培的講學社，請他做總幹事。並聘請杜威、羅素、太戈爾、杜里舒等處外國名學者來講學，他都出很大的力量。

由於國內當時對他的名聲日著，他以秀才出身，專攻軍事；在文才方面、文學、詩賦、藝術、數理、史地、哲學、外交、經濟，簡直是樣樣精專；對政治方面，更有獨特的主見；在軍事方面，不僅精研七子兵書，對日本、對德國、對法國諸名將的兵學，無不研求通曉。因此，引起當時偽稱十四省聯軍總司令吳佩孚的仰慕，五省聯軍總司令的孫傳芳敬崇，先後都曾禮聘他出任高級幕僚，參與戎機。由於他的理想難與軍閥相合，實際上軍閥的禮聘，也只不過在名勢上着眼，因此終難久處。

國民革命軍北伐成功以後，今總統蔣公任軍事委員會委員長，聘請他担任高級顧問。民國二十四年，蔣委員長派他出國，到歐洲各國去考察總動員法。他在歐洲體會出陸、海、空三軍，必須各自獨立，尤其主張積極發展空軍。他回到祖國的時候，蔣委員長正在西安，就來電報要他到西安去。不幸他到西安之後，張學良發起西安事變，他和中央許多高級長官，都被扣禁在西京招待所裡。不久又把他們分置各處，可是他對於叛軍毫不假以詞色。態度從容自若，並對監視人員說，他要去仁壽里。監視者問以何事？他說：「我的襪子破了，去找我學生媳婦給我補。」他所謂學生媳婦，就是萬耀煌將軍的夫人周長臨女士，當時都蒙難在西安。（萬將軍和夫人現均寓台北新店。）當時，使得叛逆尷尬無措，他這麼臨難鎮定的態度，幽默愚人做法，實在令人可佩。

張漢卿因受蔣委員長人格和日記的感動，請他出面向委員長請求寬恕，停止轟炸。他建議派蔣鼎文將軍先行回南京，就蒙委員長同意。自此局勢急轉直下，終而化險為夷。其調處之輕鬆得當，深為委員長賞識。

西安歸來以後，又在杭州數次晉見委員長，信任之心與日俱增。委員長又派他赴各地考察實情。最後回到廬山，並在廬山軍官訓練團演講「國防論」。講軍人必須要忠領袖，愛國家。

七七事變發生後，國民參政會成立，他被任為參政員，並曾建議組織國際研究所，專事研究敵情工作。

廿六年九月間，他奉命特使意大利，與墨索里尼作秘密外交。說明委員長對意國的期望；更說明日以反共為名，製造事變，侵略中國。並當面舉出具體事實，如民國二十年國軍在江西剿共，第五次圍剿正將共軍圍困，無路可走之際，日本乃出兵中國東三省，製造九一八事變，迫使國軍從江西抽兵北上，無異給共軍放開一條生路。故近來意國加入日德防共協定之說，中國人民及蔣委員長深表憂慮。日本侵華，蔣委員長必定領導中國人民抗戰到底，中國亦必獲致最後之勝利。蔣委員長顧念中意兩國傳統友誼，殊不願目覩意國陷於日本之騙局。」他截然了當的提出了這些話，使墨索里尼頗有一時無措之感。最後墨索里尼解釋說：「請轉告蔣委員長，我的參加日德軸心國，並非反對中國。只因西班牙問題困於英、法。」臨別之時，他把一部四庫全書的縮印精本，送給墨索里尼，並且鄭重的說：「這可以代表中國文化寶庫的一部份，也是中國最後勝利的保證。可是也只有悠久文明的羅馬古國，才能懂得這份禮所蘊藏着的重大意義和高貴的價值。」

十月廿七日，他在東方文化協會歡迎會上演說，其中都是語語警人的警句：「中國的文化，宛如蒼松古柏，根深蒂固，經得起風吹雨打；日本的文化，宛如桃李櫻花，鮮艷奪目，但經不起微風細雨。今天中國國難重重，但深信必然會雨過天晴，否極泰來，松柏長春，定有參天拔地之一日。日本好像春風得意，可惜美景不常，曇花一現而已。羅馬文明悠久，與中國相伯仲，當能知所取捨，擇善為友。」

「中國人最大的武器，就是堅強不屈的意志。敵人可侵佔我城市，可屈服我部份軍民，但決不能屈服中國的文化。更不能屈服中國民族的意志。日本藉口防共，想拿二百萬兵來屈服中國人的意志，等於是夢想。日本一天不停止侵略中國，中國誓必抗戰到底，最後勝利，必屬中國！」

他這些話都是實情，後來的事實，也都給證實了！這就是他偉大的遠見。

民國廿七年五月間，他回到香港，此時南京已經陷敵。他奉委員長電召到漢口述職。此後，就不斷忙着演說，發表了好幾篇轟動抗戰的文章，在「抗戰一年之前因與後果」一文，其中有一段說：「世界上夠得上當領袖的，沒有一個不是意志堅強的。革命正統鍛鍊出來的蔣先生（指委員長）直接繼承着三千年來祖宗遺下的抵抗力，緊握着四萬萬人聲入心通，不同言筌的羣衆意識，是絕對無可疑義的。」又說：「我們應當確信，我們領袖有堅决的戰志，有不自滿的虛心，繼承着中華民族正統的兩種力量：攻擊的同化力，守勢的抵抗力。」

他對國軍將士說：「諸位前敵將軍聽着！敵人是最公平不過的，在那裡考驗我們。我們有辦法、肯拚命，能夠意志堅強，心平氣和，敵人就會用他們自己的血把我們所做的文章，會用紅圈子密密的圈起來；同時還有外國新聞記者，一字一句的不惜電報高價，向世界報告戰績；同時還有本國老百姓，會手舞足蹈的向他們的兒孫演講你們的功勞！所以，平時或許有出力不討好的事，戰時却是出力必討好，不出力必不討好。就是一個歪曲的社會，到了大敵當前，天然都會正直起來的！」

「從前許多淸客們罵老粗升官的方法，一曰吹，二曰拍。其實這兩種還含有積極的性質。如果把方向能夠轉變，向敵人吹，向民國拍，到也不失古代武士的特色！頂不好的——而且大多數的，借着服從命令的招牌，而不負責的，消極的在「等」「等」，就是平時大多數人升官的秘訣。就是打敗仗唯一的禍根。這不但是中國，外國的軍隊，也是一樣，霞飛將軍在開戰時一個月內，將高級將軍換了三分之一以上，現在公認這是他的最大成績，是馬崙大戰，致勝的原因。由這個「等」字演繹出來的，就是所謂「保守實力派」，也就是社會停滯和必敗的現象。可是在抗戰時代，最倒霉的就是這一羣「等客」。你們說，「等」字底下除「死」字以外，還會有別的字嗎？同時肯犧牲的倒大多數保全；想保全的結果必至全部犧牲。因爲平戰兩時的社會性，有一部份是完全相反的；平時最便宜的辦法，就是戰時最吃虧的辦法。時勢造了英雄，環境等着豪傑。毛奇將軍敘述戰爭有益於國民道德，而和平可以使國民墮落，是根據這事實來的。」

他的這些話，不僅鼓勵着愛國的將士；更是刺激着當時只掛着服從政府抗日的共軍，和一部份陽奉陰違的軍閥軍。對國軍士氣來說，確是打了一針強心針。

民國廿七年八月，他奉命代理陸軍大學校長。本來陸軍大學的校長，是委員長兼任的。由於這緣故，他本人非常樂於赴命。同時國人也深欽委員長用人唯才。

他到陸軍大學以後，第一次訓話的題目是：「參謀官之品格問題。」這篇文章不僅是對委員長盡其忠，對陸軍大學的學生，更極盡其愛，雖然事過數十年，吾人今日讀之，仍然有箴規之功，謹錄其文如后：

在國難最嚴重的今日，奉到委員長鄭重的付託，來代理本校校長職務，深感責任重大。今天是第一天，首先把基本事件和諸君一談，即是品格問題：「品」是品性之「品」；「格」是人格之「格」。

我在漢口臨行請示時，委員長告訴我：「用不着高深的學理，我需要一種態度嚴肅、精神飽滿的軍人。」剛才奉讀手諭。中間特別注重「精神修養」，與「武德之鍛鍊」。想諸君當已明白；所謂品格問題，就是這兩句話的註解。

我到本校後，與教育長及校本部諸教官接談，知道諸君的求知欲很高，頗爲心慰。談實際，諸君已有十年以上的經驗；談知識，則諸君在此也有兩年的研究。可是學問和經驗，是養成人才的肥料，不是種子，也不是根本。現在我要說的就是基本問題，就是種子與根本。

我先講民間流傳的一件故事給諸君聽，點石成金的呂洞賓，想找一個得意徒弟，渡之成仙，常常出來物色試驗，都不中意。有一天遇見一個人，便把一塊石頭點成金送給他，他不要。呂洞賓以爲是他不愛錢，就很高興地問他：「你愛什麼？」他却回答說：「我不要金子，要你的指頭，那就隨時隨地可取之不竭，用之不窮了！」

我來到此，不想點金子給你們，却想給你們這個指頭。有了這個指頭，你們就可以自己製造學問，創造知識，點出勝敵之道。不過我這個指頭，是不隨便給人的！英國有本小說，述說有人能製造金子，想用來救濟一村的人，但後來把一村子的人都變壞了。所以我要鄭重聲明「不隨便給」。如何才能給，就是要注意到品格問題。

本校的目的，是養成參謀人才，進而化爲高級指揮官。「參謀」兩字，是從日本譯來的，我們中國原來就有兩個這樣職位的名稱，一個是「軍師」，一個是「幕賓」。

你們研究日俄戰史，普法戰史，歐洲戰史等，我想你們現在研究戰史。就等於看小說，但如其看外國小說，還不如看中國小說，問題是在你們會不會看。「封神榜」、「楚漢春秋」、「三國演義」諸書，你們想都看過，「軍師」兩個字就都出在這三部書裡面的。

中國最古參謀長要算是姜太公，所謂「師尚父」，封神榜裡寫得何等有聲有色！其後就是黃石公給張良三卷太公兵法，並且對他說：「讀此可是王者師」。這是「軍師」二字的來源。這樣一看，參謀長便是司令官的先生。但怎樣才能做先生呢？你看，姜太公窮到那個地步，還在那裡安心釣魚，寧可釣魚，不願自己跑出來找人謀事，一定要等到文王找他，他才肯出來。他不想升官發財，不肯到處鑽門子，這就是所謂「品」，姜太公的歷史，太古舊了，考據不甚明白，最可做模範的還是張良。

把參謀職務刻畫得最清楚的漢高祖。他說：「運籌帷幄之中，決勝千里之外，吾不如子房。」我們且看這位參謀長是如何培養出來的。第一，他家世相韓，韓亡後，散盡家財，誓爲韓國復仇，他不逃到香港（。此幽默語也，諷當時避抗戰至香港的人，猶今人之避美也；此等無國家責任之國民，誠然可恥。）却搖身一變，把一個文弱書生，變成雄赳赳的暗殺黨的首領。（博浪椎。）他最初就肯「爲他人，犧牲自己。」這就是委員長所訓示的「武德之鍛鍊。」這就是軍人，這就是參謀長的「格」，這就是最重要的基礎，這就是「意志堅定。」這就是陸軍大學初審試驗及「格」的「格」字。及格了，所以黃石公才肯教訓他，要他穿鞋，罵他，是教他忍耐。有勇氣的人能忍耐，才算是眞是可教，這是陸軍大學的第一課。諸君想如果讀了三本書，就可以做皇帝的老師，天下那有那麼容易的事？難的就是檢定試驗的「及格」，和第一課入門！如今或許可以瞭解我不肯把指頭亂給你們的道理了了罷！

「犧牲自己，以爲他人。」是張良的一貫精神，他的目的，始終在「南韓報仇」。等到天下大事定後，他便擺脫一切，從赤松子遊，這是他沒有功名心的表現。德國的毛奇，他也是沒有功名心和利祿心的人。現在大家歌頌他，但他前輩子的過程，是痛苦得很的。因爲他不是普魯人，而是丹麥人。暗中受普魯人排擠，所恃惟威廉一世的信任，他總是埋頭苦幹，絕對不出風頭。現在歷史上記載着，當一八六六年，剛民格拉會戰的那一天下午兩點鐘之前，人家還沒有知道毛奇是誰，但到晚上七點鐘，「毛奇」二個字，連全國的小學生都哄動耳鼓了。這個同黃石公磨鍊張良一樣，這才是參謀的根本教育，這才是品格，這才夠得上做軍師。反之，魯登道夫天天替自己吹牛，說勝仗都是他打的。事實確是如此，但是愈吹牛，人家愈討厭他，後來他在政治上不能成功，就是這個道理。

張良的無我精神，直接傳授到諸葛亮。諸葛亮說：「臣本布衣，躬耕南陽；這等於太公釣魚，就是說「不必找事，不求聞達於諸侯。」一定要先主三顧茅廬，然後才感激、才馳驅。但他不出茅廬則已，既出茅廬，於感激馳驅之後，人家把皇帝送給他做，先主托孤時說：「孺子可輔則輔之，不可輔君自取之。」他却報之以「鞠躬盡瘁，死而後已」。他臨死的時候，還給人極大的敎訓，就是「臣家有桑八百株，不使內有餘帛，外有餘財，以報陛下。」這是何等的偉大，何等的道德！

參謀官的位置，由「軍師」漸漸降低，變爲「幕賓」，這不是老師，而是客了。可是人家對他的稱呼還叫「師爺」。雖然不在司令官之上，仍然是對等的地位。幕賓的故事很多，我今祇舉一件：曾國藩同李鴻章的關係。李在點翰林之先，就請曾看過文章。他的父親與曾又係同年，當然是曾的後輩。曾對李最初就用黃石公對張良的辦法，曾說「此間局面窄狹，恐不能容。」但李一定要在他那裡。曾公幕裡是有風紀的，早飯必召幕僚會食，李起身較晚以頭痛辭，但是大家一定要等他來才吃飯。食畢，曾正色對他講：「此處所尙惟一誠字而已（不說謊）。」李爲之悚然謹敬聽命。到後來，曾要參劾李次靑，李不同意，就很坦率地說：「門生不敢擬稿。」曾說：「我自屬筆。」李說：「若此則門生亦將告辭。」我們看，在平常時候，他對老師是怎樣服從，但遇緊要關頭，他又是如何的有主張、有骨氣。後來李走了，一直不得志，迨曾攻佔安慶之後，李寫信道賀。曾就寫信請他來，這次可就不是以學生看待了，完全以禮賓相待。李來了不到多時，曾就保薦他做江蘇巡撫。我們看，老師之待學生，學生之待老師，又是怎樣的風度！這是說參謀在賓位的情形。

參謀官的位置，始而由「師」降爲「賓」。自新軍成立後，又再降爲軍屬了。在民國初年的時候，參謀府簡直是高等的當差，這個地位，今後要一步一步的提高起來，縱然不能提高到「師」，至少也要有「賓」的地位。這點全靠高尙的人格去爭取，如是祇是去找人，弄錢混飯爲目的，人們怎樣能夠尊重你！我們莫怪人家不尊敬我們，首先要自己尊敬自己。假如你們當司令，看見一個既有才幹，對你又有「鞠躬盡瘁，死而後已」的精神，你們怎能不三顧茅廬去請他。請他出來之後，又怎能不信任他、尊敬他。所以委員長手諭中所說：「精神的修養」，就是提高品性之「品」；所說武德之鍛鍊，就是犧牲自己以為他人的「格」。我要你們把封神榜，楚漢春秋和三國演義好好再看一下，如果在國貨中取出寶貴的資料，以教訓自己，修養自己；那末我們再來談談外國的故事，藉資觀摩。今天講「品格」問題，只是一個序幕，下次還有許多問題，繼續再講。

我們讀完他這篇講稿，心裡會充滿正氣，覺得人只要能自強，自己站得住？站得穩，一定是有辦法的。他的學生受了這種正氣的薰陶，必將努力於忠領袖、忠國家、愛部屬、愛百姓，用自己的血汗，來寫自己和國家的歷史。

他在陸軍大學第二次講話的題目，是「知與能」。這裡不再詳錄，只說些大意，「知」就是求學問，求學問不一定在教授前面，也可以在社會，甚至向你的兵卒去求。因此必須「虛心、有容」。第一要虛心到有大海般的度量，能夠盡量吸收大江細流的水。第二是骨要硬，腦却要柔軟，腦柔軟的意思，是要能改變自己，能適應環境。倘若一個人腦筋硬化，墨守陳法，對於新的不能接受，就沒有求學的資格。至於「能」，他舉出毛奇將軍的兩句話：「不知者不能」、「後知到能，尚須一躍。」而最要緊的，是練習「打破難關的能」。

「抗戰以來，他寫過不少文章，每每使國人於苦悶中求得安慰，於失望中求得鼓勵。他那深淵的思想，好像一道光，於黑暗中放出萬丈無阻，遍射到各個心靈深處。他那高超的見解，又好像一種波，在汪洋中盪得萬馬奔騰，影響到全體精神的去向。所以假使國家是一個機器，百里先生決不是一個輪子，或是一個螺絲釘，他是國家生命的電力。」這是薛光前先生的話。

他如此不斷努力，忠愛國家，但是有一個缺失，那就是他總脫不了文人豪放無羈的生活，吸烟、喝酒、健談、作息無定時。又在學問上如作深思，他會發憤忘食；樂以忘憂，不知老之將至。實際上這些都是硬撐，也可說是在預支自己的性命。

由於戰事的變化，陸軍大學要從湘西遷往貴州遵義。他全家擠在一輛卡車內，奔波於坎坷之途，當他走到半路之上，心臟病突發，但還是帶病工作，不肯休養。結果，於民國廿七年十一月四日，病逝廣西省的宜山縣。享年五十七歲。這噩耗傳出以後，舉國震悼，他的學生竟有許多廢寢忘食！人生自古誰無死，他雖然死得稍嫌過早，但是他的令名、文章，修養道德，足為後世法式。

他是浙江近代間的傑出人物，最後謹錄他新人生觀的幾句話：「鍛鍊個性，以為羣衆服務。努力現在，以開拓將來。」「骨頭要硬，頭腦要軟。」「個人可以犧牲、個性不可汩沒。」願我國人繼續努力！

各方賜函、惠稿、訂閱、請逕寄香港九龍中央郵局信箱四二九八號，較為快捷。（附英文）

P. O. BOX K-4298
KOWLOON CENTRAL POST OFFICE,
KLN., H. K.

傳奇人物陳景華

吳蕤

陳景華參加革命工作

陳景華字陸逵，廣東香山縣人，他是光緒二十八九年間的舉人，儀表不俗，言談爽朗，以大挑得任廣西桂平縣知縣。這時岑春煊總督兩廣，岑春煊是岑毓英的兒子，岑毓英於同治、光緒年間，兩次總督雲貴，為時甚久，後來死在雲貴總督任上，可算是貴盛一時，岑春煊出身貴宦之家，出任粵督，不免一派公子脾氣，自行其是，當時的兩廣人士送他一個綽號，叫做「癲三」。他那時招撫了桂平一帶的劇盜陸阿發，陸阿發平時作惡多端，百姓含恨，被招撫之後，進得桂平縣城，爪牙狼犬，橫行肆街，陳景華以為身為桂平的地方官吏，豈能容這些匪徒痞氓之輩，任意胡為，於是他出其不意的密派衙役幹員，抓到了陸阿發，既未禀告督撫，也未訊問取供，馬上就地處決了，消息傳到岑春煊耳中，以為陳景華擅殺招撫盜魁，使他無以取信於人，大為震怒，下令撤職拏辦，押解總督衙門訊問定罪，於是陳景華變作階下之囚，押解他的官吏，因為和他是舊日相識，一路之上，未免予以優容，不料他在旅途客店，乘押解兵弁熟睡之際，竟然越牆脫逃，買舟順鬱江而下，直赴香港，又從香港轉往暹羅，在一家華文報館裡服務，這時革命思潮業已風起雲湧，陳景華也為文排滿，參加了 國父所領導的革命工作。

民國第一任廣東省警察廳廳長

民前二年，陳景華由暹羅返回香港，在禺番韋寶珊所開設的行號裡，當一名買辦，同時他對革命工作也極為努力，當時同盟會南方支部的通訊處，就是借用韋寶珊所設行號的地址，由陳景華負責收發傳遞工作的，辛亥年秋八月十九日（陽曆十月十日），武昌起義，不旬日之間，各省相繼光復，九月十九日（陽曆十一月九日），廣東省各界公推胡漢民先生為廣東都督，胡氏以陳景華精幹有為，便派他為民國尚未建國以前的第一任廣東警察廳廳長。

這時的廣州，以光復伊始，一切雜亂無章，各地民軍麕集；秘密會黨份子，變作了公開活動，新成立的民衆社團，如雨後春筍，咸假革命之名，謀私人團體之發展，青黃不接，百端待理，有人把當時的廣州，比作一所髹漆未乾的房子，稍不留心，就會搞得一塌糊塗，在這個當口，陳景華負起了地方的公安工作，確實是一付沉重的担子。當時民刑各法既未公佈，各級法院當然也沒有成立，由於都督的允准，警察廳長便有殺人的特權，第二年（民國元年壬子）的元旦， 國父就臨時大總統於南京，胡漢民先生應召赴京，担任大總統府秘書長職務，粵督一職，交給了陳烱明暫行護理，陳烱明當時羽毛未豐，其護理粵督，不過是奉命典守印信而已，陳景華更得為所欲為。

警察廳所逮的人犯，照例由陳景華親自審問，開審多在深夜，燈火通明，他高坐在堂上，持械警士分列兩旁，氣象陰森，令人可怖。如其對犯人怒目申斥，或施以箠楚鞭撻者，此種犯人多可獲得訊後釋放；如逢其以手捋鬚，苦笑點頭者，此種犯人必被判槍決。其處決人犯所出的佈告，不用什麼「照得」、「爲佈告事」這些套話，一開頭就直接了當的平敘事實，文意顯淺，使大家易於瞭解。有一次他出佈告，開頭就說：「景華以殺人著，夫人皆知，無俟多說……」這些話，這種不容分說式的布告，只有韓復榘在山東時所出一張布告，全文是：「討逆軍第三路軍總指揮部布告。查劉小二屢次盜人耕牛，情殊可惡，着即槍決，以昭警戒，此佈，總指揮韓復榘。」可與媲美，在此以前以後，照例給犯人一支強盜牌（也有人叫做單刀牌）的香烟，抽過之後，隨即上綁，押赴公案，驗明正身，解往刑場執行，因此，在廣州市上，一般人都認爲強盜牌香烟，是不祥之物，無人問津。

當時廣州的下流社會，有一個組織叫做「百二友」，表面上以贊助革命爲名，實際是無惡不作，欺壓善良。民間的習俗，凡有孝服在身的，才穿白色的鞋子，但百二友的黨徒們却是一律白鞋綠襪，招搖過市，這些人好勇鬥狠，商民被其勒索欺凌者，亦不敢申報警署，以免橫禍臨身。陳景華得知其中內幕，想辦法將這個百二友的流氓組織，一網打盡，民國元年的三月二十九日，他知道了百二友的黨徒要全體參加公祭黃花崗七十二烈士之墓，他派了幹員，僞裝照像館的攝影師，說是永留紀念，請百二友的黨徒們列隊合照，誰知這張照片，就是陳景華按圖索驥的最好資料，照片洗好之後，他下令按像抓人，不到一個月，就槍決了好幾十名百二友的黨徒，其餘的聞風逃匿，遠走他鄉，百二友在廣州的街市上，從此斷絕了踪影。

拆除廣州市的木栅和搬掉廟宇裡的神像

在前清末年，因爲地方治安紊亂，各城市中較爲富庶的街道，多在各交通路口，由本街商民自設木栅，僱人看守，有些街道，一到太陽下山，便把栅門上鎖，不是本街商戶居民，看守木栅的人，便拒絕開門，不予通過。如果是太平時節，也有過了二更才上鎖的。這種情形，一直到民國六七年間，邊遠外縣，依舊存在。筆者幼年，在故里睢縣，南街兩端，即設有栅門，並有巡更更夫，敲梆打鑼，連續的喊着：「天黑夜緊，小心閒人吶！」這類的詞句，廣州光復之初，各繁華富庶的街道，也是各設閘門，尤其是方當鼎革，人心未免浮動，各街自行設立栅門，入晚便各關閉。陳景華就了警察廳長之後，感覺到這種陋習，不特妨碍交通，如果遇有特殊事故，像火災盜警，消防和警察人員，便會處處遭受阻攔，再說省會爲一省首善之區，既然有了警察機關設立，地方治安便應由警察機關全部負責，商民私設栅門，僱伕守更，豈不是對警察維持治安的能力，作不相信的表示，也是給予主持警政者的一大汚辱。他想來想去，毫不猶豫的下了一命令，限全城內外攔街栅門，一律於三日內，自行僱工拆除，過期不拆，即由警察強迫執行，除將材料充公，並將當街首事究辦，商民守舊成性，且各街栅門由來已久，一旦拆除，安全感受到了威脅，於是四出託人活動，無奈這位倔強的陳廳長，執意非按期拆除不可，各街理事已知陳景華的作風，無法可動，只得遵命照辦，各街富庶商民認爲他蠻橫無理，胡作非爲。但有些夜間叫賣的担負販夫，却把他歌功頌德。

中國民間是多神教，所以到處廟宇林立，所供奉的神祇，更是名目繁多，不勝枚舉，有佛家廟宇，有道家廟宇，有歷史上英雄聖賢的廟宇，有小說上人物的廟宇，有神話中人物的廟宇，總之無神無廟，陳景華到任之後，就看到廣州市中廟宇充斥，毫無用處，爲了化無用爲有用，下令除了孔子廟以外，所有廟內的神像一律遷出，把廟宇改成了公共場所，使市民遊憩有所，此令一下，商民們生怕廟產被警廳沒收，但也知道陳景華的作風，又不敢彰明反抗，於是所有廟宇，連夜把橫額一律改爲孔子廟，並且都掛起了「某某街街坊集議所」的招牌，企圖保護廟內的神像，來抵擋警察廳的命令，陳景華早就探知各街的這些擧動，最初是一聲不响，過了幾天，等各廟宇佈置好了，他突然下命各警察分署，將各該管區所有廟宇內供奉的非孔子偶像，一律搬出，悉數運到九曜坊敎育司署門前廣場，搭架陳列，男的女的，高的矮的，面目猙獰靑神判官，騎虎托鞭的玄壇菩薩，幷排羅列，在當時的社會，不僅是一樁奇聞，也是一大奇觀，直到陳景華死了之後，這些神像才被各廟宇又迎了回去。

陳景華創辦女子教育院

陳景華辦事，固然談不上什麼政治思想和法律觀念，只是憑他一念之間，要作就作，更不顧到民間的反映和社會的輿論，但有時動之惻隱之心，却也能做出人所不敢爲的善政。他的創辦「廣州女子教育院」，一直到現在，廣州籍年長一些的先生或女士們，大概還會記得這件事。

他在警察廳長任上，有一天警察帶回一個被主人打得遍體鱗傷的婢女，不過十五六歲，瘦弱可憐，陳景華親自訊問，這個女孩只說她名叫麥喜，至於親生父母的姓氏里居，及何時賣於主人爲婢，她自己也搞不清楚，他訊問過後，馬上命令警署的醫生替她治傷，換上乾淨的衣服，好言撫慰，派人專予照顧。一面通令各街善堂理事，籌辦女子教育院，來安插拯救無數被壓迫的婦女，那知這些所謂善堂的善長仁翁們，大多是富有之家，或是官宦門第，家中都畜有妾婢，視爲私產，一聽陳景華要救濟這些婦女，不消說是「有志一同」的齊力反對，在開會時嘈雜一片，毫無結果，陳景華感到這些人都是假貌爲善，不足與謀，乃決意獨自辦理，請准省方由財政司核撥專欵，擇定了芳村的黃大仙祠爲院址，派警向各大家、寺院、尼姑、妓館調查，如有被虐待的妾侍、婢女、尼姑、幼妓等，即帶往教育院安揷，聘請敎習，教導讀書識字及女紅技藝，不到數月之內，就收容二三百人，一些從不敢向命運反抗的婦女們，進得教育院，不僅獲得身體和精神上的自由，並且有受教育的機會，眞有出地獄而入天堂重見天日的感覺，以前做夢都想不到的事，現在突然實現了，但娶妻畜婢富豪之家，對他大加反對，稍通文墨之輩更是爲文大加抨擊，可是陳景華對創辦此院，意志堅決，不顧一切環境的艱苦與非難，非辦出成績不可，當他親自起草的「創辦廣州女子教育院的緣起」一文中，開首就說：「中國女子，苦人也，初而育之，教則缺如。女子而至爲娼爲婢，則養育且無，何有於教？人權剝落，躋於非人……」就這幾句話，就可知他一定要拯救在當時社會中，一般苦質無依，投訴無門的婦女決心了。當他起草時，新聘的教育院徐院長也在側陪坐，他眉高氣爽，頃刻之間，寫好了五六百字的緣起草稿，完稿之後，他向徐院長說：「生平有此一擧，死也沒有遺憾了。」誰知一語成讖，他的被袁密令處決，底確是因爲他的創辦女子教育院，開罪巨室太多的緣故。

陳景華的幾件軼事

廣州某一個民衆團體，開成立大會，因爲團體裡面的主持人員，和都督公署裡面的要員關係很夠，便把開會的日期時間，直接向督署請求，幷請轉令警廳屆時派警到場維持秩序，陳景華接到公文，心中大爲氣憤，不特不按公事承辦，並且馬上通知這個團體，禁止他們集會，說他們不應越級向督署申請，實是藐視警廳職權。這個團體接到警廳通知，頓時起了恐慌，以爲開會通知早已發出，報章廣告，業已刊載，開會的會場佈置，人員安排，均已籌備就緒，如果突然宣告流會，實在無法交代，這時正值民元隆冬，胡督業經回任，這團體的主持人便直接向胡督交涉，因爲這件公文，胡督事先幷未過目，現在警廳既然有此表示，胡督也以爲依照公文的程序，應先向警廳請准，再由警廳呈督署核備，不該由督署逕爲批准，只得批令改期。團體裡的主持人沒有辦法，只得改向警廳申請，陳景華竟批復要他們早晨五點半開會，六點半散會，時間不得延長。隆冬天氣，晝短夜長，五點半天色尚未大亮，又加以寒風刺骨，與會人員也大多知道是因爲開罪警廳的陳廳長，才弄出了這場尷尬的局面，但也無可奈何。

廣州當初光復時，即下令禁絕公娼，可是過了不久，社會上又喧嚷着開禁，一些商民認爲有利可圖，便想出面承辦「花捐」，但是都知道陳景華的個性倔強怪僻，不敢出頭活動，於是商人們動了腦筋，找出了陳景華的一位堂弟，先是請酒吃飯，以後又動以金錢，託他向陳婉言探詢，誰知陳景華早已聞知此事，他的堂弟才把話轉入正題，便被他拍案大罵：「你太不識相，我們家裡的人，做士農工商、漁鹽負販什麼都可以。就是什麼都做不成，沿街乞討也沒什麼不可。現在你要想去喝淫水，做龜公，眞是廉恥喪盡，頭等王八旦的下流行爲。」他越罵越氣，話也越發的粗鹵，直把這位堂弟罵得只恨地不裂出一條縫來，馬下鑽了下去，來遮掩滿臉的羞慚。

廣州當時爲防止白銀外流，離境旅客規定只准攜帶銀元五十元。陳景華在警察廳長任上，每逢星期六都要到香港度假休息，星期一早晨返省辦公，有某輪船，陳爲其常客，船上侍役賬房，上下人等對他也是招待慇切，並且非常熟識，有一天，船要離開黃埔碼頭，開赴香港，警察上來查船，恰巧陳也在船上，賬房司賬以爲和廳長是熟人，拒絕檢查，但是警察非檢查不可，結果在賬房查出超額的銀洋，司賬慌了手脚，跑到陳景華面前，央告求情，請免於置議，陳說：「那怎麼可以，船上貼有警廳的處罰章程，你明知故犯，如不照章繳納罰欵，我還要重辦。」司賬的無話可說，只得照章辦，他這種不顧情面的作風，倒是值得後人取法的。

陳景華被袁世凱下令處決

民國二年三月，袁世凱嗾使爪牙暗殺宋教仁於上海車站，暴露其與革命黨人作對的猙獰面目，五月底南京國民黨總部被封閉，六月江西都督李烈鈞、廣東都督胡漢民被免職，七月李烈鈞舉兵江西，黃興獨立於南京，陳其美起事於上海，聲討袁世凱。是月今　總統蔣公於廿一日廿八日，兩次率部進攻江南製造局，二次革命遂起，因後援不濟，旋即宣告失敗。八月三日(陰曆六月初二日)，袁派龍濟光爲廣東省都督兼民政長，并授爲陸軍上將軍，這時的廣東是革命勢力最低潮的時期，革命的活動，由公開而轉入秘密，過去黨人執政的也多避往海外，只有陳景華不肯離粤，或者他自己以爲年來做事，多是爲地方出力，維持公安，正直無私，并無任何愧作於人，並且他所辦的婦女教育院，接辦無人，不忍將數百孤苦無依的婦女，使之無所歸宿。那知二次革命失敗之後，廣州過去的舊勢力復行蠢起，以陳景華的作風，和舊勢力斷斷不能相容，於是一些土豪、奸商、買辦、劣紳者流，紛紛連名向北京的袁世凱，和新派來的都督龍濟光提出控告，說他是什麼「民黨餘孽」「專橫濫殺」「浼污神祇」「霸佔人口」等等大罪。袁世凱這時正在濫施威權，誅鋤異己。並且陳景華過去確也曾參加過革命工作，袁也爲了討好舊的勢力，便密電龍濟光就地將陳處決。

在那年八月十五日(陽曆九月十五日)的前一天，龍濟光就事先邀請陳景華，在中秋節的夜晚，到都督府小酌賞月，陳不疑有他，屆時前往，這時督署之中，已佈置停當，入座不久，龍就把袁的密電拿給陳看，陳知事已至此，申辯也無濟於事，只說：「都督請我吃酒，吃了酒再辦可以吧！」於是自己拿起桌上所擺的白蘭地酒，嘴就瓶口一飲而盡，把酒吃完之後，時已午夜時分，龍濟光又照例的問了他幾句話，第二天廣州街市上，衝要之處都貼了處決陳景華的佈告，有些人很清楚的看出是袁世凱的誅鋤異己；也有些人暗地裡責備陳景華不該戀棧；舊勢力的人，更有些罵他該死。

婦女教育院的幾百學生們，聽到陳景

華的死訊，當時就有好些人哭臨致哀，焚紙上香，院內更是哭聲一片，設位弔祭，披蔴服孝。可是過了不久，一些逃婢逃妾的富豪鉅室，紛紛到教育院領人，給原主人重爲婢妾，同時教育院的經費斷絕，教職員星散，一些無人承領的婦女，便由警廳按年齡大小，面貌妍媸而公開拍賣，因之，有些自傷身世，不願受人踐踏的婦女們，跳樓和自縊身死的，也大有人在。

陳景華在警察廳長任內，爲了統計市民的死亡率，和防範奸商利用運棺走私或販賣軍火，於是命令廣州全市的棺材店，如果出售一口棺木，必須將死者姓名、年齡、籍貫、寓所、病症或其他死因等等，彙報警廳，並派員查問屬實，方能出賣。當時全廣州市壽器店的老板們，認爲故意找他們的麻煩，曾經聯合罷市，表示反抗，陳景華作事既作就要作通，立即通知棺材店馬上復業，不然的話即永遠不准復業，並由警廳另從別處購買公賣，棺材商拗他不過，只得遵照辦理。這次陳景華被處決了，棺材商們便向死人報仇，一律拒絕出售，因爲舊例還在，出售棺木必須問清楚姓名、寓所、死因這規定的項目，廣州市的中秋，依然炎熱如夏，陳的尸首，又不能久停，家屬們在無可奈何之中，只好向沙面洋商選購一具西式的銅棺，收殮起來，運到香港，葬於咖啡園墳場，了斷了他一生傳奇性的生涯。

陳景華死時尚不到五十歲，他的行徑雖然不免有些怪誕，但却非貪墨者流，廣東警察廳本來是有油水的機關，可是他死時身後蕭條，家無長物，他在香港的墓銘上有兩句話：「強項之令，猛以濟寬」，就算是他的蓋棺定論罷。

「三不出師」表

——記四川狂士劉師亮——

抗戰初期，劉湘所部遲遲未出師參戰，舉國疑慮，川人尤多物議。劉師亮因以「三不出師表」爲題，寫了一篇短文，在成都報紙發表。文章的大意說：

從前有三個學徒，習藝期滿以後，一致不肯「出師」。一個是學戲劇的人，人們問他何以不肯出師？他說：「格老子我這種戲只好在家裡唱給自己人聽，出外見不得人哪！」

另一個是學理髮的。他說：「我的手藝太差，只好在自己人頭上開刀，到外面去刮誰？」

還有一個是學編織籮筐的，他也提出了不出師的理由說：我的這套玩意只好在家裡瞎編，拿出去就不行哩！

所謂「編」，是四川的俗語，凡是不擇手段以達到「整人」的目的者，皆謂之「編」。此即所謂「三不出師」。

以上這篇短文，明眼人一看都知道係針對劉湘而發，意在言外。劉湘看了實不好受，而身旁文武幹部又復加油加醬，推波助瀾，致使他舊嫌新恨，一齊湧上心頭，於是赫然震怒，立繫師亮於獄。

不久，統帥部任命劉湘爲第七戰區司令長官，飭其率部出師抗戰，他誓師之日，由成都鳳凰山機場乘軍用專機出發，文武官員恭送如儀。他於登機之頃，回首對其參謀長傅眞吾說：「眞吾，你回去告訴劉師亮龜兒子，格老子今天出師了！」

及至劉湘病死，在成都開追悼會。劉師亮送輓聯云「劉司令長官千古，中華民國萬年」，別人問他劉司令長官怎能對住中華民國(意指字數不同)，師亮夷然答道，「劉司令長官就是對不住中華民國。」

三北虞洽卿外傳（二）

胡憨珠

虞洽卿遺照

我於童年時代，在家庭嚴禁觀看非功課書籍的家規之下，曾偷偷的閱讀過錢塘詩人袁子才所著的那部「隨園詩話」。雖然，不能說是我的「早慧」，但是，自問還有一點小聰敏，而強記的能力之高，也覺得不落人後。當時偷看此書，縱然草草瀏覽而過，未曾作仔細的欣賞研讀。不過有許多有關趣味故事的詩句，却給我牢記心版，常掛口角。及年事稍長，跨入社會以後就排日為糊口四方而奔波，更夜以繼夜地為全家的衣食問題而辛勞。對於重讀隨園詩話一事，終無再溫舊夢的機緣，正是光陰負我，瑣事累人。料不想時至今日，在此七十年來的時日過程裡，竟把童年所讀得的那些詩句全部遺棄無剩。追懷心版，搜索枯腸，適覺只是一片空白而已，不禁憮然深慨於此生完了。

洒者，為要繼續塗寫三北虞洽卿先生的故事史實時，不知為何心頭突然湧現起：「垂老風情無我份，斜陽不合照桃花」這兩句的詩句來。不錯，記得這兩句詩的確見之於「隨園詩話」裡，只不過現在我對全首詩句非但背唸不出，即對整個故事也模糊說不清。依稀的記憶中，似乎為一位老年紀人要討娶一個年輕貌秀的姬人，而遭到親友與家人們的反對。大家非議他老年人不應討娶少女，惟因美麗的少女只該配嫁少男的才人，這樣纔成為風流韻事，留作佳話播傳。於是，該老人在忿懟之餘，遂即吟出這首很有趣味的絕詩作自辯，雖短短二十八個字，却把全詩寫得極盡其「怨而不怒，諷而婉」的詩人之旨。只不知詩中本事，是否為隨園老人的夫子自道，則實恕我無法置答，但是，他的老尚風流為如所衆知之事。關於這點，我總覺得虞洽老頗多行為恰恰與隨園老人有酷肖類似之處。因有此一啓示，那我記述他的前塵舊事，就向這方面着筆來繼續塗寫起。

三、老師領導同去吃花酒

話說虞洽卿先生於十六歲的那年春初，因乘同業舒三泰對他挖誘吸引的邀請機會，玩出一套以退爲進的微妙手法，竟向他業師瑞康顏料號主奚潤如舉發自白。從而獲得奚潤如分紅送股的意外利益，乃才以一個學業遠未滿期出師的學徒身份，一躍而成爲本店股東老闆。此爲光緒八年（一八八二），歲次壬午之事，說來對中國舊式商業傳統的學業規律而言，實在是件空前絕後，向所未有的特殊事情。按之實際，不外「機」與「緣」兩字的自然因素所導致成功，現在舉例作個解說。例如貝潤蓀、薛葆成、邱渭卿三人，就是與他們的業師奚潤如沒有機緣，所以他們得不到業師奚潤如的寵信厚遇。惟有虞洽卿一人，却與他的業師則生而大有機緣。例如他的言語舉動，原屬平凡無奇，但經入奚潤如的耳目，便認爲難能可貴，這就所謂是「緣」，他於初次出來學做跑街，竟會被他跑得爲他的三個老師兄所跑兜不得的幾宗大交易的生意，這就是所謂「機」。在於機緣巧合之中，從而他給他業師奚潤如掙賺了大錢，增加了財產。這正是諺所謂「窮通富貴由天命，各有機緣莫羨人」了。

至於虞洽卿自從升爲瑞康顏料字號的股東老闆以後，他的生活情形如何呢？話說起來，那恰正是他命宮交進了時運到達之日，亦爲他財源開始的滾滾而來之時。傳說中凡是由他跑街經手所兜攬得來成交的每宗生意，都是貨品數量龐大，而價値數字自然的也爲之鉅大的了。所以瑞康字號的營業狀況，比之以往年月，益見旺盛發達，大有突飛猛進的趨勢現狀。說句我所聽得令人難以置信的笑話：好像該瑞康字號客堂中所供奉的那尊財神老爺，跟隨他身後，共同在一起跑街相似。因爲他每到各外地來滬所設立的各客幫申莊去兜生意，若與該家申莊坐莊的莊客相遇，不管談貨論價只要一經接觸，無不各得其所交易而退。他在買賣交易上於成功之後既可掙賺得百分之一的一筆回佣金以外，還可以在瑞康號中的盈餘項下，佔有股東利益八分之二的純益金可享。所以當年人們若論虞洽老的收入，其數字之大，的確令傍人聽得爲之咋舌難已的。

大約瑞康顏料字號號號主奚潤如其人是個極懂得生活的享受者。他的生平却有兩種嗜好，一種嗜好是吸食鴉片烟，另一種嗜好即爲嫖堂子吃花酒。在淸代光緒三十年（一九〇四年），未有舉行萬國禁烟會議，以及光緒三十二年（一九〇六年）淸廷政府宣佈以十年爲限禁絕鴉片烟的令文以前時日。全國社會民間，對於吸食鴉片烟一事，並未視爲構成犯罪的一種罪行，是以吸食人多，流毒廣博。在當時吸食鴉片烟的人數之多，多到比眼前吸食香烟的人數，祇怕在伯仲之間而已。不過芸芸衆生的吸鴉片烟，懂得個中儘情享受之樂如奚潤如，相信雖有不多的。原來他於晨間一覺醒轉，就在床上，便即一燈相對，過足烟癮，方始起身離床。及進食朝餐以後，則又匆匆離家，趕到望平街瑞康里的瑞康號子裡來處理商業情事。當他甫下包車，此身猶未跨入室門，早已呼喚他的弟子要爲他快舖眠床，速點烟燈，實踐「有事弟子服其勞」的夫子之道了。虞洽卿做過奚潤如的小門生在他吸烟黑暗如地獄的後廂房裡，對於這份舖床點燈工作，料必曾經服勞過幾個月的。對此一事，曾聞有人賦詩爲證云：「白雲仙窟即眠床，高臥烟霞引興長，有事自勞諸弟子，休言地獄與天堂。」

因此與其說是奚潤如留守瑞康號中，毋甯說是奚潤如高臥吸烟舖上，較爲眞確的實情。要知瑞康是一家顏料的批發字號，不是零賣的門市店舖，終年整日並無一位買客上門。所以他毋須起身招接顧客，得以一榻橫陳，吞雲吐霧，享受其吸食鴉片烟的樂趣。不過有一點却是他處理業務較有意思的表現工作，就是他的四個學生要出去跑街兜生意時，他睏在烟舖上總要逐個作過一番講話。這情形正像作戰軍隊於出發前，司令長官對部下面授機宜，訓話作戰計劃一樣。等到他們跑街回來時，他却又要聽聽他們逐個的工作滙報，再定下一步的接洽計劃，以便爭取交易的成功。就因為此，每天的午晚兩餐，定必留在號中與他的幾個門生弟子，圍坐共食，以盡他做老闆的工作任務。但是他於晚餐完後，便急急的要去妓院裡，享受其第二種嗜好的嫖堂子，吃花酒的夜生活樂趣了。其實在那時間，奚潤如已經在一家長三堂子裡，娶得一位蘇州籍的妓女做姨太太，早享其齊人之樂。於衡情度理來說，是他原不該再要向妓院去尋求樂趣，無如這嫖為他的性之所好，便也於是好之，這也毋怪其然的事。

本來我國的民間社會，對於嫖妓的情趣方面而言，自有一套最正確，最切貼的哲學理論廣自流傳。那即是說：「妻不如妾，妾不如嫖，嫖不如偷，偷得着不如偷勿着。」奚潤如當年之所以「齊人之身」，還要沉湎花叢，流連妓院以致於成為癖好。大概他對「妾不如嫖」的生活情趣問題，在作實驗體會與更深瞭解的關係之故。終因他的好嫖成性，竟把他所心愛的學生虞洽卿對嫖學的門徑，也導引入門來了。但對此事若細加研考，詳事審察，實有三種因素存乎其間。（一）是因寵愛關係，他實對他這個學生寵到頂格，愛至極點。（二）是因環境關係，在當年上海凡屬經營大商業的人士。其交易論價，賣買商討，十九要在妓院裡進行。諒以在大家吃花酒的枱面席上，最容易增厚友誼，培養感情，所以交易賣買都能在三言兩語中，得告成功。（三）是因羈縻關係，此時瑞康的大部份營業，都經虞氏跑街兜來。他怕他再被人挖誘而去，所以導引他到堂子裡去吃花酒，多少有點羈縻政策的作用。因此，每到傍晚的例行工作完畢，奚潤如必定携同他到長三妓院去作應酬，有時請客，有時客請。即使兩者俱無之夕，也得要去打茶會，叫堂差一番，以圖今夕的歡樂。這樣子的情况，大有京戲烏龍院戲中的戲轍兒：「師徒二人同走一條道路」之概。為此，誰不嘗議奚潤如教誨他的學生，什麽都不作育教誨，只教嫖堂子，吃花酒的嫖學，虞洽卿就是個現實的例子云。

四、所受中西教育不及弟

虞洽卿先生所受的中西教育程度，殊為淺薄，遠遠不及其弟利卿（按：利卿名和行）先生。這與他在幼年時代所受的家庭經濟環境，以及鄉村教育關係，都有串連相輔的重大影响。因為當其時，他故鄉伏龍山的地方教育，尙未有所謂新制小學的學校創設。唯一施教兒童的讀書所在，只有舊式私塾的「蒙館」，要知早年間，在這些濱海地區鄉僻的農村地方。那些坐蒙館的教讀先生，決不會有飽學之士，能不教出連篇別字，已屬難能可貴。如果他的家庭經濟環境富有的話，高其脩脯，厚其供饌，那難道還不能敦聘得一位優秀士人前來坐「請館」麽？所以虞洽卿於幼年間，就因以家庭經濟環境的清寒之故，在他故鄉僅僅讀過數年私塾課程的舊時書本，便於十五歲的春初，就來上海到瑞康顏料字號學業了。可是他進店以後，頗能守行自愛，爭向上游，一面勤奮習業，一面努力補讀。但衡量其文字學識，也不過初等小學卒業的程度而已，後來還是全仗他自己作不斷的刻苦自學，終於得告成功。居然能草擬中文的函電稿件，以及英文的會話閱讀，尤其是在常識方面，比之一般商界知名人物都要豐富淵博。世俗稱由閱歷得到的知識，戲名之為社會大學畢業生，像他那樣純從社會經驗所成就的高級知識，可算得是自學成功的代表博士人物了。

曾見有人說虞洽卿所具有的一點英文修養，那是他每天白晝在瑞康字號裡辛勤學業，到了晚間，就跑到四川路的青年會去讀英文。此項說法料必是該說者，所作「想當然耳」的臆測之談，實是不足徵信的，胡吹之話。據我所知洽老一生，從未像模像樣的化用過分文學費，自然也從末進過任何一家的英文夜校。他的一點英文成績，完全從一本書名叫做「無師自通」的英語會話讀本書上，自修勤讀的努力中得來。他是個不恥下問之人，而一張嘴吧生得又甜又鬆，對任何人都會叔叔、伯伯、阿哥、阿弟地叫喊得應天價响，熱絡非凡，人緣極好。瑞康對面的東廂房間是一家洋貨抄莊，却有七八個的小伙計和學生子，其中有好幾人正在讀英文夜課。他向他們就問問讀讀，便是這樣，他把一本「

無師自通」倒眞的成爲無師自通了。原來早期上海自從闢設租界，成立商埠以後，洋人源源而來，有的過埠作遊，有的長期居停。但洋人與華人之間交語，居間必需要有人爲之翻譯作「舌人」。此種舌人俗叫做「通事」。因此，凡有關華洋間事，有了「通事」在傍，他把華洋語言，互作傳譯溝通語言的情意起來。於是雙方當事人的語言隔閡的苦悶，頓告掃除一盡，而所需求之事，亦得迎刃而解，達到目的。不過當時對於受有洋教育而精通洋文語言的通事人才，雖有不多，但是眞有用處則需求孔殷。不知那一個絕頂聰明人，却編印這本「無師自通」的英語會話讀本的長期暢銷書出來，此人料必也發了大財。試想與此同時代，商務印書館的幾個老闆夏粹芳、鮑咸等發迹起家，還不是仗靠了印行出版「華英初階」與「華英進階」這幾本洋文讀本麼？

不過話該說回來，這本「無師自通」的英語會話讀本，編得毫無實用，實在有欠高明。若說以它賺錢騙人，還可說是書名引人，騙得有方。要說以它揚名傳人，却要立即遭到唾棄，擲諸字簍。因爲我於童年，從故鄉離開舊式的私塾，到上海想投考新制的學堂。就苦於英文與算學兩項課程，非但識淺，簡直懵懂。只因投考與求學心切，爲此向四馬路的書坊店購得此書作自學書本，認爲英文無師亦會自通。幸而時不數日，獲得華姓的鄰家之助，爲我介紹到天主教街捷徑英文專修學堂的杜先生那裡作爲日用、夜攻讀英文之處。僅僅第一天上課歸來，纔知道過去數天所用之功，完全白費，所謂「無師自通」實是「無師不通」。原來此書共有一百多句會話，每句英語讀音，全以華字音韻爲配諧，現在我以童年時代所聽得四句華英合璧式的童謠口語，作爲舉例，以見一斑。那謠語云：「來叫克明，去叫哥，廿四銅鈿菌的福，洋行買辦康白駝」。試想華字的字體形式，雖然統一，但是讀唸字音，因地方鄉音關係人各不同。即以我與洽老兩人而言，雖同處浙東一隅，甯紹又是毗聯，可是一經唸讀字音，就有不同的遠距離了。

大概洽老的英文程度不夠湛深，的確是眞實的，是以傳說中有一則小笑話，可能人們是在調笑他說的是洋涇濱英語也說不定。據說有這麼的一次，因有一洋人去巡視洋行倉庫，發現牆脚角間露一小洞及其倉庫中的左右員工，無人能以英語，話說出這個小洞的所以然來。恰好虞洽卿在場，他即挺身上前，便接口答說：「此地 Very much 吱、吱、吱、have not 喵、喵、喵。」該洋人聽了爲之恍然大悟，知道這牆脚角間的小洞，乃是吱吱叫的老鼠洞，因爲沒有喵喵叫的貓兒之故。於是該洋人對虞洽卿頻頻點頭，表示對他賞識其見識豐富，眼光獨到。」對於這本「無師自通」英語會話讀本，我曾全部看閱過，書中語句確屬沒有貓與鼠的兩種動物。這難怪洽老一時回答不出來，只有以「喵喵」「吱吱」作這兩種動物的代名詞了，但亦足以覘知他腦筋靈敏的一斑。可是我對洽老肯定的說，他沒有去青年會夜校讀英文，除掉他的後人們於閒聊時，會告訴過我以外。我還忖想到因有一事可作理解之的辨證，就是青年會的學費，比之一般的英文夜校，取費爲高。別家英文夜校的收費、定章，多爲大洋半元或小洋六角，惟有青年會則鐵定的要收銀元一枚。以在當時學業期中的虞氏，對一枚銀元視之何等重大，更何況一枚銀元尚無來處。他的業師奚潤如把他應得每月一元的鞋襪錢，要留到年終才發，當作壓歲錢的啊。

虞洽卿就因被這些環境因素所囿限，所以他的英文程度，好似命中注定的遠遠不及乃弟利卿。因爲利卿却是正式讀書人出身，亦該說是他的命官生得好，福氣長得足，就是他有一位虞洽卿的哥哥。而他的這位哥哥自十六歲起，便掙賺大錢，又是非常顧及家庭。對於故鄉堂上二老的甘旨之擧，不但無缺，而且豐盛。同時，他又忖想着自己的讀書太少，所受教育不深，所以一心一意地要把他弟弟利卿培植起來。因此不惜所費，把他弟弟利卿送到甯波的府立中學去讀書，從附小讀起，直到中學畢業爲止。認爲如此教育，對基本知識，已可備具，此亦足見虞洽卿的友於之情，既深且篤。這府中就是後來有名的甯波四中，差不多甯波的有名人物，多出身其間。虞利卿於畢業以後，不再進取，就投身於商業之途，的確也是個了不起的人才。一經出道，便在上海虹廟弄開設一家專營呢絨疋頭的洋貨字號。只因經營有術，生意鼎盛，若論賺錢積貲之多，威濶氣勢之壯。不但與他老兄並駕齊驅，甚至有凌駕其上之概。一時在上海的一班甯波人心目中，對於虞洽卿與虞利卿大有如宋郊宋祁的難兄難弟之感。

中國傘兵史話

△傘兵上士▽

一、中國傘兵成立經過

現在談起傘兵，幾乎人人都知道是從飛機上降落地面的作戰部隊，世界上目前一百多個國家，也普遍設置了傘兵，像中南半島的國家——越南、寮、高棉等小國，都有一部份作戰部隊是傘兵，但在三四十年前，人們對於傘兵還是陌生的。除了美蘇等國有傘兵之外，其他的國家，則很少有。例如日本，雖在世界第二次大戰時，幾乎囊括了東亞，也未見到在戰場上使用傘兵部隊。我們這般二十歲左右的青年軍官們也只是在電影院裡的銀幕上，看見戰爭片子的軍事宣傳鏡頭，天空佈滿了朶朶的小白點，憑空冉冉而下的壯觀，當時曾作遐想，假有有一天中國能有傘兵而我又能有機會躬與共盛也能從天而降的話，該是多麽興奮啊。

時間過得眞快，轉眼之間，抗戰已進入第六年，我國東部富庶的地區，以及交通線上的城鎮，幾全部爲日寇所佔領。我們退到西南的大後方——雲南，雖遠離戰區，但日寇的飛機，並未因我們遠處後方而記血腥的屠殺，它還不時的來光顧，令到遠離戰區的同胞，受到生命財產的巨大損失。

民國三十二冬，筆者剛從印度返國不久，（因遠征軍歸路被日寇截斷，翻越野人山至印度，三十二年夏奉命調回原屬部隊。）任第五集團軍總司令部參謀處第三科中校參謀，專辦後勤業務（包括人員、馬匹、械彈、車輛、油料、被服、糧秣等，）某日，正理首辦理業務，總司令的隨從副官王某突來對我說：「×參謀，總司令有請，」我立即放下公文，來到二樓總司令辦公室敲門報告，聽到「進來」二字之後，就推門而入，鞠躬敬禮，總司令說：「你坐下，我有一件事，你馬上去辦。」接着又說：「剛才我同陳納德將軍——時任美空軍第十四航空隊少將司令，（原為美志願空軍飛虎隊。）商談過，想成立一個傘兵單位，協助反攻，他很贊成我的意見。並願把這個意見轉達華盛頓。但在華盛頓方面未作答覆之前，我們不妨先擬一個編制草案，先行編組起來，專訓練幹部的體格。你可依照參考一般陸軍步兵團的編制斟酌擬定，先行成立一個團。員兵則在總部，第五軍及四十八師所屬的三個特務營挑選，挑選責任指定由你親自去辦。你立即擬定傘兵團編制表及員兵挑選辦法呈閱，以便呈報中國陸軍總司令部及下達有關單位遵照。」我辭出之後，就參照陸軍步兵團的編制，盡量縮減人員，擬了一個傘兵團的編制表並上呈中國陸軍總司令部的呈文稿及下達各有關單位的命令。關於編制方面，先成立兩個營，每營三個連，團部直轄一個特務連及軍需副官等必需人員。經中國陸軍總司令部批准之後，並指定陸軍傘兵團由杜總司令督練。杜即委派總部少將參謀處長李漢萍任團長，喬九齡任第一營營長，井慶爽任副營長，林××任第二營營長，李海萍任副營長，總部少校參謀方××任特務連長。並由筆者親赴各軍師特務營挑選精壯的員兵，經過兩週的挑選，大約挑選二百餘人。於是傘兵團即在昆明北郊約十餘里處的崗頭村正式成立。並將挑選的官兵，編制營連各單位開始訓練。當時中國方面，既無傘兵人才，更無傘兵裝備和使用的武器。至於如何編組、訓練、指揮、作戰及運載，更茫無所知，在赤手空拳的情況之下，能作這種大膽嘗試的，舍杜聿明外，恐再無第二人。這種力求在軍事方面創新的精神，也祇有杜聿明——時任第五集團軍總司令兼昆明防守司令——才能想到做到。因此，如果說杜聿明是中國「傘兵之父」，也不為過。我們都知道徐庭瑤將軍是中國機械化部隊的創始人，杜聿明將軍則是中國機械化部隊的訓練和作戰指揮者，中國機械化部隊能在中國各戰場發揚最高的戰鬥力，杜氏的功勞，實在是不可滅沒的。至於後來裝甲兵學校的校長胡獻羣，則原為第五軍的裝甲兵團團長，至抗戰後的裝甲兵第一團團長趙志華，就更屬後輩了。

杜聿明

關於杜聿明的簡史，僅在此作一介紹，以後當另文叙述。杜聿明，字光亭，黃埔一期生，與關麟徵、黃杰、鄭洞國、胡宗南等同期。陝西米脂人，兄弟排行第三，舊制（四年制）中學畢業，民十三年由于右任之介，輾轉南下入黃埔。為人急智，黃埔畢業後，初期從事政訓工作，民十七，還在北伐軍總部担中校科長，未幾調任武漢行營學兵營長，此為杜氏從事軍事工作之始。張治中任中央軍校教育長時，任第七期上校大隊長，今天在台灣顯赫一時的羅友倫上將即為其得意門生。在校內因對軍事教育及訓練不夠嚴格，對學生要求，難免放鬆尺度，故有「毛毛雨」大隊長之諢號。後調徐庭瑤第四師任團長、副旅長，霍邱剿共戰役時第四師轄三個旅，第十旅旅長張聯華，第十二旅旅長王萬齡，補充旅旅長關麟徵。當時任團長、副團者，則有石覺、戴安瀾（三期生）等。九一八事件之後，第四師擴充為第十七軍，北上參與長城戰役，徐庭瑤升軍長，轄第二師黃杰，第二十五師關麟徵，杜任二十五師副師長。民國二十三年，調交輜學校少將大隊長，深為徐庭瑤將軍所賞識。經常在烈日當空或大雨滂沱之下，不畏艱苦，與員生研究戰車的性能、原理、運用及作戰指揮等學術。八一三滬戰爆發，政府成立裝甲兵團，杜氏升任少將團長。所部戰車一度參加淞滬戰役。首都淪陷後，裝甲兵團調駐湖南湘潭，擴編為二百師（一般人均知二百師是機械化部隊。）杜升任中將師長，邱清泉為少將副師長，廖耀湘為少將參謀長。為適應抗戰需要，未幾，又擴編為新十一軍，徐庭瑤任軍長，杜任副軍長兼二百師師長。後十一軍番號改為第五軍，杜即由副軍長升任軍長，直到三十一年遠征緬甸回國任第五集團總司令，軍長由邱清泉接任止。當第五軍番號確定後，杜任軍長，鄭洞國任副軍長兼榮譽第一師師長，戴安瀾任二百師長，邱清泉任新編第二十二師長。這三個師都是步兵師。所有機械化部隊，均歸軍部直轄，如裝甲兵團，騎兵團（摩托化——即裝甲汽車及摩托車）、特務營、通訊營、輜重營（後改為團）、工兵營（後改為團）、戰防砲營（後改為團）、高射砲連（後改為營）及直屬消防連。總計全軍官兵達七萬餘人，無怪當時很多將領覬覦第五軍軍長職位。民二九年冬，日寇侵我桂南，第五軍首次大顯身手，在克復崑崙關役中，殲滅日寇旅團長一名及官兵五千餘名，一戰而名揚世界，與狄青南征儂智高上元三鼓奪崑崙先後輝映。桂南戰後，中樞曾一度擬以俞濟時接替，後經白崇禧、徐庭瑤兩將軍力爭，始作罷論。民三十年初，第五軍調駐貴州平壩、安順一帶，同年十二月調駐昆明附近。民三十年初，杜氏即隨商震將軍往緬、印、馬作軍事考察，預作以後遠征的準備。日寇自發動太平洋戰爭後，力圖南進，中南半島各小國，均被其席捲，英屬緬甸岌岌可危。英國為應付德國的進攻本土，已竭盡全力，至東方的印度和緬甸，實在無力顧及，為使緬甸免為日寇侵佔，不得不藉中國軍隊助其一臂之力，中國方面為保持國際交通線的暢通，遠征緬甸，亦勢在必行。故於民三十一年下旬，原駐滇南的第六軍甘麗初部三個師，即第九十三師，暫五十五師及四十九師，先行進駐泰緬邊境，第五軍所轄三個師，二百師，新二十二師，及九十六師，還有軍直屬部隊，幾乎全部，則由昆明附近車運。本來九十六師改隸第八軍，鄭洞國升第八軍軍長，遺榮譽第一師缺，則將九十六師改隸。師長余韶，湖南平江人，為李根源創辦韶關講武堂一期生，又為陸軍大學畢業，溫文敦厚，大有儒將之風，但對指揮作戰缺少魄力，平時訓練，成績很有可觀，臨陣作戰則錯亂百出。故第五軍在緬甸作戰中，戰績最差，犧牲最大的，首為九十六師。新二十二師師長，原為邱清泉（黃埔二期德國陸軍大學畢業，返國後，曾任中央軍校教育處長，博學多才，常言軍隊訓練，以打勝仗為目的，其他均屬次要的。戡亂期間，第五軍軍紀不良，邱實應負重大責任）。在新二十二師長任內，杜調其任副軍長，由廖耀湘升師長，邱即改請中央調中央軍校第七分校主任，掛冠而去。廖耀湘為軍校六期騎科，畢業後留學法國，頗為我國軍事專家蔣百里賞識，回國後，任桂永清的教導總隊騎兵連長，南京淪陷，廖隨隊撤至武漢。一次委員長召見，問廖原任何職，廖答以「少校」，據說，委座誤聽為「少將」，又因其曾留學法國，當即手令派為第二百師少將參謀長。二百師擴編後，即調新二十二師副師長，邱清泉改調之後，即升師長，廖對部隊訓練，另有一套，嚴格認直，屬下員兵，均為三湘健兒，戰鬥力的強悍，僅次於二百師。二百師師長戴安瀾在出國遠征時，為先頭部隊，緬戰初期，奉命扼守仰光東北方的同古，藉以掩護九十六師在平蠻納一帶，構築工事，準備而後的大會戰。二百師剛在同古部署完畢，日寇即採三面包圍之勢，預備一戰下同古，殲滅二百師，這回日寇估計錯誤，陷入二百師佈下的陷阱，經七晝夜的搏鬥，日寇被殲滅達五千餘衆，二百師則因任務完成，全師而返。這一仗嚇破了皇軍的狗胆，以後每逢遇到草鞋兵，莫不慎重不敢貿然進攻。當時中國戰區最高統帥蔣委員長接到同古大捷之後，曾親臨緬甸東北部避暑勝地的梅苗台見戴師長，予以慰勉，留其共餐，並以軍長記名，遇缺即補。二期作戰計劃，本擬在平蠻納之線與敵決戰，不料扼守左翼的第六軍甘麗初的暫五十五師防線被敵突破，中路沿鐵路大軍為防後路被截斷，正作重新部署之時，日寇亦採中央突破戰術，用機械化部隊沿公路北進。因緬甸中部地勢平坦，無險可守，英軍裝甲部隊，始終不敢與日寇接觸，致扼守平蠻納的九十六師首當其衝，作戰第一天，即陷於苦戰，而二二八團團長凌則民即為國犧牲。幸作總預備隊的新二十二師適時趕到，予日寇以迎頭痛擊，暫時遏止敵人的攻勢，九十六師才有機會撤退下來，暫作收容休息，二百師雖調後方整頓，但為阻截東路北竄之敵，仍鼓其餘勇，東攻棠吉，一戰而下，僅殲敵留守部隊數十名，敵的主力，已越棠吉北進。因此，棠吉雖被攻下並未能達到阻敵北進的預期目的。及至二百師回師中路，九十六師的防線，早被突破，新二十二師則採逐次抵抗，力阻日寇之前進。杜副長官判斷當前敵情，戰勝日寇，既無可能，繞道轉進返回國境乃為上策。經電呈蔣委員長核准後，即於五月十六日，下令各部隊採分進回國路線，令日寇無固定追擊目標，二百師一線，九十六師一線，新三十八師一線，軍直屬部隊及新二十二師又一線，初期本為繞道回國，後來雨季來臨，返國部隊，多數因沿途缺乏給養及醫藥而病死餓死，軍直屬部隊的一部及新二十二師及新三十八，均經歷萬苦千辛，九死一生而到達印度。最令人心痛者，乃是二百師長戴安瀾將軍為國捐軀及第五軍經此次戰役之後，元氣大傷。由五月中旬至七月下旬，軍直屬部隊及新二十二師先頭部隊抵達印度後，杜氏立即乘專機回國，中央論功行賞，特擢升為第五集團軍總司令仍兼昆明防守司令，至第五軍遺缺，則由邱清泉繼任。第五集團軍之始，計轄第二、第五、第六、第八，第七十四五個軍，後來第二軍、第六軍、第八軍分別改隸，第七十四軍王耀武部又擴編第二十四集團軍，最後僅剩下一個第五軍，及原由第五軍直屬部隊的裝甲兵團，騎兵團，汽車兵團改編而成的四十八師，此外還指揮有地方部隊新十九師、新二十一師、預備第六師等。

中國陸軍總司令部成立後，為準備反攻，收復失地，曾將雲貴湘桂等地的部隊作新的部署，並將若干部隊改換美械，計設置四個方面軍，即第一方面軍司令官盧漢，第二方面軍司令官張發奎，第三方面軍司令官湯恩伯，第四方面軍司令官王耀武，總預備隊司令官杜聿明。

民國三十四年八月十四日日寇宣佈投降後，集結在後方的部隊，紛紛東進受降，惟獨第五軍及四十八師駐地不變，且更加緊訓練不懈，經久不用的坦克車則經過試車之後，即令加油數十加侖。一般官佐，均不知杜氏用意何在。及至十月八日，才揭開這個謎底。

杜氏在日寇投降之後，曾一度蒙召赴渝，面受機宜。十月八日，國民政府電令：「軍事委員會委員長昆明行營撤銷，雲南省政府改組，原任行營主任及省主席龍雲另有任用。特任龍雲為軍事參議院上將院長，仰即尅日到任視事。特任盧漢為雲南省政府主席，李宗黃為民政廳長，在盧漢未履任前，省主席一職，暫由民政廳長李宗黃代理，上二項，仰各遵照具報為要。」這封電令是由關麟徵由渝帶交杜氏的，杜氏接到這項電令後，即於十月八日晨八時送達龍雲公館，龍雲得訊後，即由後門逃入五華山省政府，抗不受命。昆明城內有兩座山，即北城的圓通山，已闢為公園。雲南最高學府的雲南大學，即在圓通山旁，另一座山就是五華山，昆明行營及雲南省政府就設在山上。五華山面對正義路，居高臨下，四面圍牆高聳，頗難立時攻下。同時杜氏在送雷令前，已下達命令，令駐防昆明市郊的第五軍的三個師（二百師、九十六師、四十五師、四十八師及預備第六師等部隊，均限定在十月八日八時前遵令接管昆明市郊及市內各機關。各部隊均按時達成任務，至於駐在北郊崗頭村的傘兵總隊，則負責翠衛杜氏臨時指揮所，因杜氏於七日晚接到電令後，即按預定計劃，將指揮所設在崗頭村。在八日午前，原昆明行營憲兵、高射砲隊、及省警察，均被解除武裝，而駐在北校場的護衛旅，却負隅頑抗，經三日的劇戰，才告聽命。此次事件最令杜氏難以處理者，中央電令規定：（一）不准龍氏離開昆明。（二）不准傷害龍氏。當時衛立煌與龍雲同為中國陸軍副總司令，彼此相處亦相當和諧。十月八日晨昆明防守司令部頒佈昆明市戒嚴令時，衛立煌氏的車輛通行證，早經派專人送達，足見杜氏處理事務的精密。不料衛的妻子却將車輛通行證無意中送給龍雲。若非滇池水路方面，早經嚴密封鎖，龍雲大可能從滇池逃滇南。如果事實演變到那種地步，不惟杜氏無法向中央交代，雲南局面又不知如何收拾了。此次事件，作者親身參與，故知之纂詳，幸爾三天之後，宋子文飛昆，直登五華山憑其三寸不爛之舌，力促龍雲接受任命赴渝就任，才告結束。由於此次事件，雖為中央所授意，而實際指揮者則為杜聿明。中央為顧全雲南人的體面和挽回人心，特將關麟徵與杜聿明的職務互相對調，關原被任為東北保安司令長官，現調為雲南警備總司令，杜原為昆明防守司令官，則調任東北司令長官，昆明防守司令部撤銷，杜聿明免職。

這一段插曲，是由於中國傘兵的誕生，是由杜聿明氏所促成，也可以說他所手創。故特把杜氏的簡史，少加叙述，杜氏自抗戰開始時的少將團長到抗戰勝利後升到司令官，如非機智過人，勇於負責任事，實難獲得最高當局的信任的。可惜戡亂末期的徐蚌會戰，未能完成撤退任務，被俘後，又自戕未遂。未能像邱清泉的壯烈殉國，頗為杜氏生平上的白圭之玷。

二、中國傘兵的組訓

傘兵團成立初期，完全是採取步兵訓練方式，一天三操兩講，打野外，整理內務等，眞是空有傘兵之名，而無傘兵之實，官兵苦悶心情達於極點。一年半之後，在中國方面，蔣委員長召十萬青年從軍，當時的口號是「一寸山河一寸血，十萬青年十萬軍。」在大後方成立了九師青年軍。作者曾一次參與青年軍二〇七師的訓練工作。在華盛頓方面，由於歐洲戰場，納粹德國已無還擊之力，傘兵部隊員兵，在戰場上已無用武之地，遂即批准陳納德將軍的建議，派遣大批傘兵人才及裝備武器等到中國來，至此中國傘兵才正式進入編組、訓練的階段。傘兵團也擴編為陸軍突擊總隊，將原有的團營取銷，改編以隊為單位。兵員除原有的經過嚴格的身體檢查將合格的保留之外，其餘的均歸還原被挑選的單位。不足之數，十之八九來自青年軍二〇七師，作者亦由青年軍二〇七師調來任隊長職。突擊總隊司令，也由於前傘兵團長李漢萍與美籍訓練人員不能協調而改由第五集團軍戰車員整補處處長馬師恭少將繼任。副司令則由張緒滋少將續任。參謀長一職先為喬九齡上校，後由徐炎武少將繼任。司令部的組織，有參謀處，副官處，軍需處、軍械處等四處。直屬部隊仍爲特務隊一隊。另編傘兵二十個隊，至於各隊的編制，完全爲適應作戰的需要，而裁去勤務兵等的冗員。每隊設隊長一，階級爲中（少）校，隊附中美各一，階級爲少校或上尉。隊部設軍需一員，階級中（少）尉，特務長「准尉」一，司號一，技術上士一，文書上士一，傳令兵二。每隊轄六個分隊，一、二、三、三個分隊爲步兵分隊。每分隊設上尉分隊長一，下轄兩組，組長爲少（准）尉，每組士兵十二名，前四名爲機關槍組，後八名爲步槍組。四、五、六、三個分隊爲特種分隊，第四分（六十）砲分隊，第五分隊爲火箭砲分隊，第六分隊爲工兵分隊，此外則附有炊事兵一班，連炊事班長共十名。總計全隊官兵約一百三十餘名。爲了作戰損傷的員兵預作補充的準備起見，又增編了四個補充隊，其官兵名額與二十個正規傘兵隊完全一樣。

至於裝備方面，從頭到脚，除服裝由軍政部發給之外，其他如鋼盔、背囊、腰帶、鞋襪等，全爲美式。茲特詳述於下。鋼盔分爲兩層，一層外殼是鋼質的內殼則爲膠質的，因內殼輕便，平時訓練僅戴內盔，作戰時則把內外盔套在一起。其次爲腰帶，爲綠色粗線製成，兩端有鐵扣，可以互相扣緊，帶約三吋寬，全帶每隔三吋，即有圓孔兩個，這些圓孔的用途實在多，可掛背囊、指南針、救濟包、水壺、手榴彈、手槍、特別用途的短箭及構築工事而用的圓鍬或十字鎬及破壞鐵絲網的剪刀等背囊是長方形的，分內外兩層，水壺也分外殼及裝水的壺，外殼既可裝水又可當作飯碗，用完之後洗淨，就把裝水的內殼，裝在外殼裡。救濟包由官佐和技術上士携帶，指北針也則僅有隊長隊附及分隊長組長等才有，至於望遠鏡，夜光手錶及無線電對話機，則僅屬於隊長隊附。鞋子官長是短筒翻皮鞋，士兵則爲長筒綠色翻布膠底鞋。武器方面：隊長及分隊長、組長、技術上士佩有卡賓槍及點四五手槍一枝，一二三分隊每一士兵除美式步槍和刺刀及子彈袋手榴彈袋另配備白朗寧輕槍各二梃，湯姆遜衝鋒槍各四枝。砲兵分隊，配有六生的迫擊砲三門，砲長配湯姆遜衝鋒槍各一枝，士兵則配步槍。火箭砲分隊配火箭發射筒二具，記得是M6式的，工兵分隊則配有小型發電機兩具，以備作戰爆炸橋樑或倉庫之用。上述的各種裝備，二十個正式傘兵隊完全一樣，綜觀上述各項裝備和武器，均爲輕快的火力旺盛的武器，也就是說，傘兵的主要作戰地區爲降落敵後，在短時期內實行突擊任務，絕不能作持久戰，因本身携帶的彈藥有限，限制了它的作戰時間。其次，傘兵爲空中突擊隊，亦即敢死隊的別名。他們的生命，在飛機上，則操在飛機駕駛員的手上，在飛機跳出來之後未着陸之前，以及着陸之後未獲得空投的武器的時候，他們完全沒有作戰自衛的能力。必須等到着陸和獲得空投的武器彈藥之後，才能有作戰的能力，個人的生命才能獲得保障。爲了戰時保密起見，這二十個傘兵隊，除了在後方稱爲一二三四五……直到二十隊的番號之外，更予各隊以特別的名稱，如第一隊爲「定遠」隊，第四隊爲「武穆」隊，第五隊爲「世忠」隊，其他還有「繼光」「文山」「大猷」「成功」等的代名字，藉以紀念歷朝歷代的民族英雄。各隊的隊旗，也與一般部隊有別，旗爲正方形的藍色，右上角爲青天白日的國徽，在青天白日的四週，則有白色的五角星大小約四五個，以表示傘兵隊爲中美混合的部隊，旗的四週邊則綴有紅色的穗約四寸長，旗的總面積爲四尺乘四尺。在每次校閱或紀念週時，隊旗均由掌旗兵站在隊的排頭。

松花江上話開荒

·王漢倬·

序言

我十幾歲時，七祖父已經七十多歲了。他是我祖父的堂弟，因排行第七，人們都呼他爲「七老爺子」。他沒有兒子，年老無歸，父親把他接到家裡來奉養。他的身體高大，脊背微向前屈，頭髮和鬍鬚，像雪一樣的白，眉毛長而下垂，眼睛輕易不睜開。整日坐在火盆旁邊，用火板撥着火，烤着一雙老手，默默無語，常像思索什麽似的。

有時燒熟了幾個馬鈴薯，他從火盆裡拿出來，放在盆沿上隨口喊着：「大孫子們！快來吃吧，土豆熟了。」他的聲音宏亮，每次從屋裡喊叫一聲，我們在很遠的地方就可聽見。我和弟弟們每次聽到他的喊聲，便爭先恐後的跑去；一邊吃着馬鈴薯，一邊請他給講故事。有時他不願意講，我們就扳着他的膀臂搖晃，等到他說：「不要搖晃了，看把這身老骨架子給弄散了，好好坐下，聽我來講。」這時我們都乖乖的圍坐在他的身旁。於是他把話匣打開了，所講的大都是他壯年時代來到黑龍江，開闢荒地的事跡。因爲這是他艱險經驗，所以令人聽了，感到驚奇。當時我只是被一種好奇心的驅使，一再請求他繼續講下去；尤其是在朔風寒雪的冬日，我們不能跑到外面去遊玩，只好悶在屋裡，聽他講這類的事跡。

歲月悠悠的過去，七祖父已經去世三十多年了。我心中的印象，漸漸淡下去，他所講的故事，也久不憶及了。

自從故鄉淪陷以後，我漂流到異地，每當風凄雨晦，輾轉無眠的時候，童年的記憶不覺一一湧上心頭。這時才深切的感覺到當時七祖父所講的事跡，不是平凡的，乃是他們血汗的經驗，辛苦的遺產。仔細想來，他所講的事跡，不但驚險而且偉大。我不必多加說明，只把他當時教我們唱的歌謠，寫下兩段，就可畧見一斑了。

紮槍帶紅纓，
鳥槍壓火繩，（槍機上夾着火繩，和火盤上的藥相接觸，即發響。）
緊緊握在手，
兩眼不放鬆。
山狼來，猛虎來，
黑瞎子（熊）來，
紅鬍子（土匪）來；
打，打，打，不留情。

× × ×

鏟草要用鋤，
開山要用斧，
起早貪晚幹，
爲後人造福。

就這兩段歌謠看，是那個時代生活的反映。我們的先人，是拿生命與血汗，開闢了中國東北角上的那塊土地。現在那塊土地，已非我所有了，這是誰的罪過？七祖父曾說過：「整個的黑江流域，從前都是我們的，後來漸漸被老毛子奪去了。」我寫到這裡，不禁心悸淚流，也曾責罵過自己個個不肖的子孫，對於先人所創的基業，不能保守，因把七祖父所講的事跡憶寫出來，借以策勵將來稍盡我個人的責任而已。

一、三尺深的黑土

我們原來是山東省萊陽縣人，因爲長毛作亂，不得安居，乃跨海北來，到了復州。原來是兄弟三人一同出來的，在大海裡失掉了一人，所以現在的家譜上，缺少一支子孫。後來因爲復州人烟漸多，生計艱難，乃又輾轉北來，到了松花江西岸的榆樹縣。同治元年，大雨不停，江水暴漲，把我們所耕種的田地，淹得顆粒無有。全家七八十口人，沒有吃的東西，天上不下白麵，地下也不生大餅，又不能張着嘴，去喝西北風，沒有辦法，只好再往前走一程，到黑龍江省來開墾荒地。於是把年紀大的人和小孩子們留在江西岸，年富力強的人，一同出來，沿江東下，轉到松花江北岸，在呼蘭河上游停下。

我們是秋天到大荒上來的，越往北走天氣越冷，越往北走人烟越少，等到一過了呼蘭河，簡直看不到人烟了。在茫茫的大野裡，呼嘯的秋風，吹動着草木，揚起了落葉與蓬茅。天上飛動着雁羣，盤旋着鵰鷹，那種高曠肅殺的景象，使人心壯，也使人驚恐。尤其是在露宿的時候，聽到梟鳴蟲叫，狼號虎嘯，眞令人毛骨悚然，但日子久了，聽慣了，也就不以爲意了。

在露宿時，必須有人打更，像雁羣一樣，在睡眠時，留下一個同伴的，瞭望着四野，聽着動靜，倘有「風聲草動」，便趕快把同伴的喚起，以防不測的事情發生。我們和雁羣不同的，是不僅注意着每個人的安全，還得照顧着牲口；並且燃燒着樺木，使火燄長夜不熄，既可以取暖，又可以壯胆。每夜都是如此。在深夜裡，那熊熊的火燄與天上的星辰輝映，照見這羣露宿的人，眞像朱洪武放牛歌裡的話：「天做被子地做毡，日月星辰伴我眠。」不像現在人烟稠密了，隔幾十里路，就有大車店；今昔相比，眞是兩個世界。

初到這個地方的時候，還是在榛莽中露宿，把割下來的細草，鋪在地上，上層再鋪上狍皮，身上蓋着狍皮或鹿皮。再把細草捆上幾捆，當做枕頭，大家擠在一起睡下，身體和身體緊挨着，可以互相取暖。那時做不起棉被，也不像現在的人大脫大睡，不過把腰帶解開，把烏拉脫下，晾晾烏拉草，預備明天起早好穿。但在天冷的時候，往往不解腰帶，至於烏拉和帽子，更是不能脫掉。如果烏拉裡面的草濕了，只得在傍晚用火烤乾，再好好穿上。

當上荒的時候，趕着三輛大車，載着農具，還牽着十幾條大牛，走了好多日子，經過許多艱難困苦，才到了北團林子——這個地方就是現在的綏化縣城。在那時做夢也沒想到這樣繁華，不過僅是兩個團團的樹林子而已；一個叫做南林子，一個叫做北林子。現在樹林子不見了，而代替北林子的，是金碧輝煌的洋樓，及商店的招牌。

我們是最先來到北林子這塊地方，本來可以完全佔領，因爲我們是佔山戶，是開山之祖；不，也有比我們先來的，那只有梭倫人和老虎。等我們到來之後，和梭倫人結成了好朋友，合力把老虎趕走。這塊地方還不是任憑我們選擇開闢嗎？

我的二伯父，他那時五十多歲了，能幹，有經驗，有辦法，他是我們這個大家庭的主事人，處事公正，沒有一個人不欽佩他，沒有一個人不服從他，他領着我們這一羣年輕的人到大荒上來，每走到一個地方，他看看地形，看看土質，秤秤水土的輕重。他也曾相度過北團林子這一帶的地勢，他說黃土多，黑土少，並且是「一馬平川」沒有瀉水的地方，趕上大雨的年頭，最容易受水災，後來那個地方果然常受到水災。我們選擇的這塊地方，是「漫川漫岡」，「旱澇保收」黑土層足有三尺多深，最適宜種莊稼，並且水土的重量，超過別的地方，所以就在這個地方停下了。

這塊地方距綏化縣城不過五十多里路，是在泥河的北岸，呼蘭河的南岸，中間有一道小河橫斜，叫做津河。沒有高大的山嶺，只有長林豐草的岡巒，許多野物，在裡面生存繁殖，不知經過多長的時間了。在天氣清朗的時候，可以遠遠的望見巴彥爾內大黑山的峰巒，我們所使用的碾磨，以及石頭滾子，都是從那個山上運回家的，相距八九十里路，上山下坡，起早貪晚，褥雪臥冰，眞是不容易的事，子孫們那能知道當年創業的艱難。

二、馬架子

在我們所佔有的這塊土地的中間，選擇一處向陽的地方，建築上一所大「馬架子」，（臨時用木材架設的房子」以爲臨時住所。所用的檩子、柱子、椽子……都是就地取材，都是在東坡上砍伐下來的。那些木材都是「直絲直綹」，沒有一根「不上線的的，並且長得「望天吼」（爲華表上的石獸，是形容高的。）似的高，眞是可愛。我們在「砍房架子」的時候，照檩子的長度去使用，所以「廬傘」（房子的寬度）特別的寬。我們一共四十幾個人，住在裡面，還是「綽綽有餘。」

把房架子豎好之後，在四圍的牆基上，埋好了許多黃榆木的椿子；因爲黃榆木最能抗爛。然後用大姆指頭粗的柳條子，橫編上，編好一層，塞上一層「醬巴泥」，和「拉核」（用草滾上泥做墻）一樣，且比拉核牆還有筋骨，能耐久。把墻編好了之後，等泥巴乾透了，再從裡外邊上一層細泥，這墻就很像樣了。把樺樹皮剝下來，一塊挨着一塊擺上去，用手按實在了，勾好了心，眞是風雨不透，既雅緻，又耐久。只是在春秋，天氣乾燥的時候，點火就着，所以必須特別小心。這種房子，現在不見了；因爲樺樹漸漸的被人們砍伐淨了，沒有那樣多的樹皮可用了。

房子裡沒有搭炕，只在地上把樺皮鋪好，上層鋪上狍皮，最能隔潮濕，睡在上邊，不至生病。夏天，在室內點上艾蒿繩，冒出縷縷的白烟，把蚊虻趕走，可以安然入睡。冬天，把五尺多長的樺木斗子，塡在地當中的火槽子裡，發出熊熊的火燄，發出爆竹似的響聲，不但能驅除凛冽的冷氣，就是虎狼聽到這種聲音，也撒腿跑開了。

只有「傻狍子」，往往立在門口，呆呆的望着。雉鷄和野兎及山雀，也往往奔着亮光而來。如果你要想吃野味，把槍口從門縫伸出去，便打得中，等於自家餵養的東西，開門去取來一樣。有的人說：「大荒上野物特別多，你若是想吃雉鷄，先在鍋裡把水燒開，然後把天窗打開，雉鷄便飛到鍋裡；你若是想吃野兎，把房門打開，野兎便跑到鍋裡。」這是形容得來之易，那野物不一定會自己投到鍋裡；不過在大雪的時候，天氣寒冷，雉鷄無處覓食，攢到屋子裡來的事，也常常有的。屋裡正在做飯的時候，烟氣瀰漫，不辨一切，野兎投到鍋裡的事，也偶然有之。至於各種不知名的山鳥，在大雪之後，朔風凛冽，飛到屋中來覓食取暖，更是不稀奇的事。

最奇怪的是家雀（麻雀）和燕子，人到那裡，牠就到那裡，也可以說有人的地方，就有牠們。當我們剛建築好了「馬架子」的時候，家雀就飛來了，住在檐頭上。第二年春天，燕子也來了——是山燕子，在屋內的脊檩上築巢，生蛋，孵出小燕來。等到冬天，便飛回深山，藏在樹洞裡，睡起覺來，什麽都不吃，到了春天，又飛出來。有一種家燕子（麻燕），每年春天，來得很晚，是從南方飛來的；牠們在房簷下築巢，不進屋裡，這是因爲牠們是客居，到了秋後牠還要回到南方去。只有我們這些人是常常住在這裡了，從來沒有回到老家（山東）去過。

三、家畜與野獸

在深山大野裡，到處都是野獸的勢力，家畜時時遭受迫害，倘是沒有人來保護牠們，更不容易生存。所以人們必須做成堅固的牲口圈，以保護家畜。那時的牲口圈，不像現在這樣簡單；現在的牲口圈，只有四根粗椿子，再加上幾根橫木，能擋住牲口，就算了事。那時的牲口圈，是用一丈多高的木椿子，把上端削成劍頭形，密密的排列起來，如同一排利劍一樣，使虎狼不能跳上去，也不敢跳上去。因爲架得堅牢，黑熊雖然力大，也不易弄開。這樣的牲口圈，把牛驢騾馬，放進去，才算有保障。

在牲口圈的外面，向有家犬守護。如果有野牲口來了的時候，那些家犬，一聽着動靜，便汪汪的叫起來。日子久了，更夫也有經驗了，從犬吠的聲音裡，可以辨別出是那種野獸來了。如果是虎來了，家犬先是緊急的叫，等一見到虎的影子，便啞然無聲的遁逃了。如果是狼來了，家犬便迎上前去，不住的叫，牠們的聲音，一陣比一陣加緊。如果是黑熊來了，家犬是在牲口圈左右，打着圈子叫。更夫依照這些經驗，以定防守的辦法，在圈裡的牲口，才得以安然無事。

當把牲口放在圈裡的時候，必須把繮繩解開，以防意外。假如虎狼突然跳進圈裡來，牛馬可以自由的抵抗，或躲避。在這恐怖掙扎的時候，牲口圈裡自然發生一種不平凡的騷動，使你驚心動魄。這時更夫呼喚着家人，一齊起來，拿着火把與刀槍，敲着銅盆與破鑼，呼喊着，奔向牲口圈去。或者在沒有看見虎狼的時候，先放幾槍，驚動驚動，使虎狼逃走。這不過是「一打二嚇唬」，因爲虎狼進到圈裡，滿圈都是牲口，的確沒有法子向虎狼去瞄準開槍，只好把牠們驚動走了。在牠們離開牲口羣以後，才可着實開槍；不過虎狼逃得很快，有時令人見不到影子，實在無法打中，也不敢四面去包圍，恐怕虎狼衝出來，一時措手不及，便傷害了人。在虎狼惦心上了你的牲口的時候，不知什麽時候，就來了。往往弄的一家人不敢睡覺，明燈亮燭的在守護。冬天，凍的手脚像貓咬的一樣；夏天，蚊虻來喝你的血，突起核桃大的包。在那個時候，養護一圈牲口，眞是不容易的事。

如果把牛馬的繮繩，一根一根的，都拴在槽頭的橫木上，像現在圈裡的牲口一樣，使牠們不能自由活動，那就糟了，一旦虎狼跳進來，管保吃個老實的。若是把牛馬都給咬傷了，第二天，大犁就不能下地了，還能談到開荒嗎？還能談到種地嗎？只好餓死在大荒上。所以牲口就是我們的生命，沒有一個人，不愛惜牲口的。有一次一隻餓狼，突然跳到牲口圈裡，更夫聽見動靜，隨手就放了一槍，以後便沒有動靜了，因而沒有想到有嚴重事件發生，也就不管了。

第二天早晨，天剛剛萌亮，老板子（御者）起去餵牲口，看見一條大犍子牛，躺在槽頭，一匹老轅馬也不吃草。他走進圈裡，向牛踢了一脚，想叫牠起來吃草，忽然發見牛屁股下，紅鮮鮮的，他很驚異；又走到老轅馬的跟前一看，肚子下血淋淋的破了一個窟窿。他喊叫幾聲，家人都起來看，才斷定是昨天晚上被狼咬了。狼吃東西，眞是快，俗語「狼饕虎咽」，是說牠們吃得猛而且快，從這件事可以知道了。

後來那條牛好了，屁股缺了一塊，走起路來，一歪一扭的，不能幹重活，把牠放在家裡，推碾子拉磨。那匹轅馬死了，老板子痛哭一場；因爲有一次拉着重載，正下險坡的時候，老板子跌倒了，眼看要塡車脚子，被那轅馬一口刁起來，救了他的命。所以這匹轅馬死後，那位老板子把牠埋葬起來，每到年節，還到墳上去祭奠牠。這個馬墳現在依然存在，在西甸邊上，一棵白楊樹下。

馬牛都有抵抗力，當野獸來到的時候，馬便把鬃豎起來，尾巴舉起來，能跑能跳，能踢能咬；牛力大皮厚，受一星半點的傷，是滿不在乎，並且牠能用角去抵抗。最沒有抵抗力的是毛驢和騾子，牠們和牛犢馬駒一樣的懦弱，所以往往被野牲口吃掉。除掉虎狼黑熊而外，還有豹子、豺狼等，也時常爲牲口的禍患，不過不十分厲害而已。

在夏天的晚間，蚊虻最多，使牲口不得安眠。牲口也和人一樣，如果晚間不得休息，白天便沒有力量去做活，所以必須設法驅除蚊虻。牛馬用牠們的尾巴驅除蚊虻，如同人使「蠅甩子」（用馬鬃或馬尾織成的）一樣，但不停的甩打，也是不得休息。最好的辦法，是用乾牛糞，加上半乾的益母蒿，放在上風頭，使牠燃燒起來，發出黑滔滔的烟，從夜裡着到天亮，不但可以把蚊虻趕跑，就是虎狼，看見了火餤與濃烟，也不敢前來，這眞是一舉兩得的事。

四、開荒

舉目望不到邊際的洪荒世界，草原接連着榛柴岡，榛柴岡接連着松樹林，獸蹄鳥跡，縱橫其間，古木蔓草，盤根錯節，千百年來，沒有經過斬伐，這眞是一塊純樸的處女地。我們這批人來了，斬荆棘，闢草萊，要想把這個洪荒的世界，變成人間的樂園，便不怕艱難困苦，從事開荒的工作，希望把荒原完全開成了熟地。

這塊荒原，得以開成了熟地，是人和牲口的力量。我說這話，並不是故意來糟蹋人，事實是這樣；假使沒有牲口的力量，憑我們兩隻手的能力，一鋤一斧的工作，今天開墾五尺，明天開墾一丈，這成千成萬的土地，不知得到「驢年馬月」才能開墾完畢。並且在耕種方面，運輸方面，要是不借牲口的力量，更是異常困難，所以在開荒的時候，牲口的力量是不可少的。

在我們開荒的時候，三付大犁，一起下地，二付馬犁，每付都是九匹馬；一付牛犁，是用九條大牛。牛的力量比馬大，所以在開闢綠野平疇的時候；是用馬犁；在開闢柞樹岡或榛柴溝的時候，是用牛犁。

一天，在傍午的時候，忽聽東坡上「卡叉」一聲，像打個霹靂一樣。我們正在家裡做午飯，一聽着這個聲音，一齊說，這下子可完了，一定是那付牛犁上的鐵鏵撞碎了。不一會那付牛犁回來了，扶犁的人縐着眉頭；我們跑到跟前一看，果然是那張鐵鏵斷了。

當牛犁下地之前，我們曾將荒地裡的枯樹根，用大斧砍斷，把樹疙疸清除，料想障碍物已經沒有了，不至於撞碎了鐵鏵，究竟是撞在什麼東西上了，眞叫人納悶。

吃過午飯，我們拿着鐵鍬，跑到東坡上，在撞碎鐵鏵的地方，挖掘一番，仔細一看，原來在柞樹根的下面，橫臥着一個石人。在石人的旁邊，拾得幾枚銅錢。把銅錢拿回家來，經過洗刷磨擦之後，顯出「貞觀」二字。我們推斷，這是唐人的墓地。可知這塊地方，並不是從來沒有人跡，是已經開闢過，後來又荒廢了。

有一次那兩付馬犁，在東山下開荒，太陽剛剛落了，那兩付馬犁也就要轉回來。忽然有一隻猛虎，從山上跑下來；牲口一看見猛虎，拚命似的往家裡奔跑，那沉重的鐵犁，隨在後面耍舞，把榛柴和其他的矮樹與蔓草都拖倒了，眞是「滹泥窪子跑個瘴烟起」，一直跑到家裡才停住脚。猛虎看見牲口後面的鐵犁耍舞，並且發出鋼鐵的響聲，不知是怎樣一回事，所以不敢向前來撲。那十幾匹牲口，因而得以脫險；但是那兩付新拴的大犁的零件，丟的丟，壞的壞，再不能使用了。

三付大犁，先後都遭受了意外的損失，全不能下地了，開荒的工作，只得暫時停止。二伯父發下命令，派了三個人，騎着三匹快馬，急忙到巴彥州去，購買鐵鏵和其他的零件。那時臨近沒有賣這種東西的，就是巴彥州裡有一家雜貨舖可以買得到。這回一共買來兩個鐵鏵，其他的零件，也都多買一份，以防意外。

於是三付大犁又重新下地。每付大犁，有一個扶犁的人，是在後頭掌握着「犁把」，如同船上掌舵的一樣，大犁的轉灣磨角，深淺左右，都由他操縱。還有一個趕犁的人，跟在大犁的左前方，手裡拿着皮鞭，驅使着那九匹牲口，與扶犁的人配合着去工作。這兩個人必須有能力，有經驗，而且能合作，才能收到好的效果。

在每付大犁的九匹牲口之中，必須有個好的「裡套」（左前方領路的牲口）能聽從趕犁人的命令，牠領導那八匹牲口向左向右，轉灣磨角，如趕犁的人說聲「迂」，牠就站住；說聲「駕」，牠就前進；說聲「哦」，牠就向右；說聲「月」，牠就向左；隨着鞭子轉，聽指揮。其餘的牲口，也自然隨着牠動轉；所以一付大犁，必須有個好的「裡套」。當然其餘的牲口，也必須抱起套來，一齊出力。

每付大犁的人和牲口都熟練了，所開成的地，不管是多麽長的隴頭，從這頭向那頭一望，眞是「標棍柳直」，一點彎也沒有。假如不是熟練的，所開成的地，可就看不上眼了，東斜西歪，沒有一條隴是直的，並且深淺不等，高低不平，在耕種時，也不容易着手，俗語說：「行行出狀元，類類見高低，」眞是不錯。開荒這件事，更能看出「手把」的好壞。

每塊荒地開過之後，草皮、樹根、土塊，一齊翻在隴上，有的像老鼈有的像母猪，有的像馬猴，各式各樣，從遠處望去，疑是滿地怪物，尤其在黎明之前與黃昏以後，使你不敢正視。經過一番人工，把樹根清除，再用鐵齒耙犁，耙過一次，把那羣怪物消滅了，然後才可耕種。

這塊土地，實在可愛，黑土足有三尺多深，散落落的，油汪汪的，不用上糞，所種植的東西，便長得特別的好，特別的大。老窩瓜長得像一盤小磨似的，一個人搬不動，裡面是白籽紅瓤，蒸熟了，吃一口又甜又麪。一棵大白菜，有十幾斤；一個馬鈴薯，有二三斤。至於高粱、穀子、大豆、小麥……每一墒地，都是收成十幾石糧，這是人人都曉得的，不用我詳說。這塊土地眞是可愛，無怪關裡的人，都願意跑到大荒上來開墾。

五、野火

每年秋天，在舊曆八月末，九月初的時候，西北風呼號而來，天氣漸漸寒冷，三場白露，兩場嚴霜，滿山的樹葉，紛紛凋落，四野的蔓草和蓬蒿，也都很快的枯乾了。這時田地裡的莊稼已經割完，運到場園裡去，人們無所顧忌，往往乘時在山野間放起野火來。

在黃昏以後，站在墻頭上，向遠近的山野瞭望，便可以看見，一片一片的野火。在黑洞洞的晚間，燃起了熊熊的火燄，使人愉快，也使人恐懼。那野火，初起時，像射入高空的朝霞，像剛離海面的紅日，過一會，像一條蜿蜒的長蛇，或像數條長蛇分頭爬行，最後聚集在一起，像一片血海，鼓盪着巨浪，洶洶的前進。尤其是在寂靜的深夜裡，所發出來的聲音特別怕人，如朔風吼叫，如暴雨來臨，排山倒海，使人驚心動魄，果實及樹皮的爆裂聲，接續不斷，如爆竹、如霹靂。鳥獸的悲鳴，人聲的呼喊，彷彿山崩河決，天翻地覆。在野火所過的地方，蓬草、樹木、屋舍、家畜與野獸，以及無法逃避的人類，頃刻之間，化爲灰燼。

野火很快的爬過了山嶺，燒光了蔓草，山上的樺樹像蠟燭一樣，尚留在那裡，明晃晃的燃燒。不能逃避的雉鷄與狍鹿，往往被燒得焦頭爛額，肢殘腹裂，慘臥在焦土中。人們在野火過去之後，往往踏着火跡，到山野裡去，尋覓被火燒死的野物，彷彿刼餘的人類，貪戀着刼餘的野味。我猜想這就是火食的開端，不知道對否？

人們爲了預防野火，每到秋天，先在自已住所的周圍，打好了火道。最簡單的辦法，是把房舍四周的草樹割掉，然後用耙子把地上的枝葉及雜草，耙乾淨了。一旦野火到來，沒有可以燃燒的媒介物，牠就自然熄滅，不至延燒了房舍。或臨時看準了風向，先把房舍左近的草樹燒光，等野火到來，也就自然熄滅了。

當秋草枯乾之後，到山野裡去的人，必須攜帶着「火鏈」或「火繩」；因爲那時還沒見到「洋火」。這時要眼睛乖狡一點，如果看見野火乘風而來，四圍都是草木，無處逃避，就趕快在上風頭，自已先點上一把火，燒光了一塊地方，便站在當中，等野火到時，牠從你周圍延燒過去，你站立的地方不再燃燒，便脫離了危險。

相傳努爾哈赤，有一次打了敗仗，逃遁到一個荒山裡，因幾夜沒有睡覺，躺到山中便睡熟了，這時一片野火從遠處燒來，隨他逃來的一隻青狗，看勢不好，急忙跑到附近的水坑裡，把身上沾濕了跳出來，跑到努爾哈赤的周圍的草地上打起滾來，把一片草地都弄濕了，野火到來，才沒有燒到他。等努爾哈赤醒來一看，周圍的草地都燒光了，只剩下他睡覺的一塊地，草是濕的，那隻狗的身上也是濕的，他才知道原來是那隻狗救了他。

野火之起，有種種原因：有的因爲耕種的地，野草太多，在秋天放上一把火，把草籽燒淨，免得來年春天，再生野草；有的因爲要開闢這塊荒地，先把榛莽燒掉，然後容易下犂；有的驅逐虎狼，把一片山林點着；有的爲預防野火，先把自己左近的地方燒光；也有「罕見的人」，無意中放上一把野火。有這些原因，所以每到秋天，在四野裡，往往看見連綿不斷的野火。

在春乾的年頭，也往往看見野火，惟不如秋天的盛大。這時固然也有放野火的，但往往因爲清明佳節坟頭的紙灰未熄，以至「連了荒」，時常把祖坟上的草木給燒光了。這是一般人最忌諱的，所以每到上墳的時節，家中的老人們，常囑咐年輕的人，等紙灰不能復燃了再離開。家中人燒火，也時常注意把灶坑打掃乾淨，以免「連荒」，延燒了屋舍，這「連荒」二字已成慣用語了。

從開荒到現在每年都有野火，因爲野草是燒不盡的。俗語說：「千年的草籽，萬年的魚籽」，我想不一定經過這長的時間，還能發芽生長，不過是說明草和魚的生殖力強而已；試看有陸地就有草，有水就有魚。白居易說：「野火燒不盡，春風吹又生」，從這兩句詩，可以看出野火所發生的年代是很遠了。

六、野豬

在一個深秋的時候，我們到山中去砍伐松樹，剛剛吃過午飯，在一家梭倫人的門前休息，隱約聽到從深山傳來一種聲音，這聲音越來越近，越來越大，我們以爲是暴風雨將至，急忙站起來，正要到梭倫人家裡去躲避，這時老梭倫從屋裡跑出來，把他的女兒送到樹上，又用手指劃着，叫我們趕快上樹，於是我們也都爬到樹上。這時從樹梢上看見了蔚藍的天色，和鮮明的太陽，才判斷出一定不是暴風雨的到來。

不一會，在緊急的風聲中，發見了大豬羣，向前急馳，在前頭的是小豬，中間的是半大豬，最後是一隻大豬，大豬的後面，跟隨着兩隻猛虎，猛虎向前跳躍，豬羣向前奔跑，在廣大的森林裡，眞是奇觀。

猛虎想越過大豬，去撲捉前頭的小豬，可是每當猛虎向前撲捉的時候，那隻大豬便急向猛虎追去，威風凛凛，氣勢洶洶，張着大嘴，像血盆一樣，兩個大牙伸出嘴外，像兩把銳利的鋼刀，唇邊浮着一層白沫，牠的嘴唇不住的扇動，唇邊的白沫起得很高。牠向着猛虎怒叫一聲，嘴邊的白沫四濺，同時山鳴谷應，樹葉紛紛下落，猛虎陡然後退幾丈。這時前邊的豬羣，像潰兵一樣，拚命的遁逃。

大約有一袋菸的工夫，豬羣才過去了。我們伏在樹上，偷偷的望着，一點也不敢出聲。等老梭倫喚我們下來時，已經是滿身冷汗，幾乎不會走路了。我一輩子只看過一次，眞是難得，也眞是驚險，現在回想起來，還覺得毛骨悚然！

大豬在深山中，是最厲害的東西，俗語說：「一豬二熊三老虎」，可知牠的凶猛，猶超過猛虎。猛虎撲人，牠還撲三次，如果撲不到牠便揚長而去；黑熊是沒皮沒臉非把人捉住不可，但牠把人按倒之後，有時把人坐在牠屁股下玩弄一會，或在人的臉上啃幾口便走開。我看見過被黑熊啃了的人，滿臉都是傷疤，一般人說是被黑瞎子舔了。至於大豬便不同了，牠見到了人，追上來，幾大口便把人咬的腹破肢斷，從來沒有能倖免的，可見大豬是最厲害的了。

在大豬中，最厲害的是公豬，牠常是獨居在山中，自己銜來草木做窩。每天吃飽了之後，便到松樹下晒太陽，擦癢，擦得滿身松樹油，然後又在地上打滾，黏上些細石。日子久了，牠滿身黏掛着很厚的一層松油與細石，如同武士的甲胄一樣，不但猛虎不能咬傷牠，就是用圍槍也打不透，一般人都以爲猛虎是百獸之王，而不知在這個山中，大豬已經奪取了猛虎的王位。

「炮手」們射擊大豬，極不容易，必須胆氣大，槍法準，手急眼快，方有把握。射擊的方法，是先把槍裝好，把火機搬起，走到豬窩的前面，用木棍敲樹作響，大豬一聽着聲音，看見人影，便呼的一聲，張着大嘴猛撲而來。這時炮手向豬的口中瞄準開槍，槍彈從豬的口中射入，打到心腹，大豬便應聲倒地。這種射擊方法，眞是危險，萬一有失，炮手的生命就算完了。

有一次我們打死一口大豬，想要知道牠的重量，用兩個大秤，秤不起來，後來把「耍杆子」（大犁前頭的橫木）弔到樑柁上，一頭放上豬，一頭放上坯，等着兩頭平衡了，再去分開秤坯，結果這口豬秤了一千六百多斤。牠的肉，看着紅鮮鮮的，肉絲却很粗，不如家裡養的豬，味道濃厚，我吃着，總覺得有些松樹油味，也許是疑心？

七、猛虎

我們到大荒上來的第三年春天，那時我們的散牲口很多，每天吃過早飯，把牠們放到甸子上去吃草，到吃晚飯的時候，把牠們趕囘來，有一天晚上，一頭三歲的牡牛沒有囘來，各處尋找不見踪影，以爲牠是單獨離了羣，被野牲口吃了；等到上燈以後，牠囘來了，滿身是汗，累得呼呼直喘，不知是怎麽囘事？第二天晚上還是這樣。

二伯父覺得這件事很奇怪，於是派一個「小牛拉子」（年小的農夫不能做整活）跟着那條牛，察看牠究竟是怎麽一囘事。在上燈以後，小牛拉子囘來了，他跑得滿頭大汗，驚惶的說：「我們的牡牛，每天傍晚，到東山下面，和猛虎打架；因爲他的角又短又鈍，刺不着猛虎，所以打不贏」。

二伯父聽了這話，思索一下，說：「有辦法」。第二天，天剛一萌亮，他老人家便起來，到東屯的鐵匠爐去，打了兩把尖刀，鉗在牛角尖上，弄得牢牢實實；把牛餵飽了，等到黃昏的時候，把牠放出去。

那牛一直奔到東山下，哞哞的叫了幾聲，兩隻前蹄，把甸子上的泥草，抓得破空飛揚，又在土邱上礪了礪角，把尾巴翹得很高，眞是雄猛極了。不一會，那隻猛虎像一陣風似的，從山上下來，直撲到牛的身邊，於是牛和虎，便搏鬥起來。

我們隨着那隻牛，來到山下，伏在一個土邱上的榛莽中，一動也不敢動。這時在蒼茫的夜色裡，望見牛和虎跳躍撲撞的身影，咆哮聲與呼嘯聲，混雜在一起，塵土飛揚，草樹披靡，使人驚奇，使人戰慄。足有一頓飯的工夫，只見那牛猛然向前一撞，大叫一聲；然後立在那裡望了一會，便姍姍歸來。

我們向四外望望，不見猛虎的影子，以爲猛虎囘山去了，這場戰鬥，又算暫時結束；也就隨在牛的後頭囘到家裡。我們躺在炕上睡下，那牛臥在圈裡休息，一晚上靜悄悄的過去。

第二天早晨，才發見那牛角上的刀尖，帶着血跡。二伯父說：「那隻虎，一定被牛撞殺了。」於是我們一幫年輕人，有的拿着火槍，有的拿着扎槍，一齊跑到東山上尋覓，原來那隻虎早已死在榛柴林中了。胸間橫裂着幾個口子，血水流得很多。

我們把那隻死虎，拖到家裡來，剝了牠的皮。吃了牠的肉，剩下的虎骨，不但用做藥材，又做了不少用具；我這個烟荷包疙瘩，還是那隻虎的膝骨做的呢。

有一次我和我的五哥，到山中去打圍，在松林裡，忽然逢到一隻虎，我伸手就是一槍，沒有打中，那虎咆哮一聲，像一陣急風似的撲來，一口咬到我的左肩上。我五哥用手指示，叫我向右歪頭，我把頭一歪的工夫，他立時發了一槍，打中虎頭，那虎倒在地上，我也昏迷過去。我的這隻肩膀，後來雖然好了，每到陰雨的天氣，還是疼痛，那次倘不是我五哥救了我，我早就變成虎糞了。

還有一件值得稱道的事：有一年咱家僱了一個「打頭的」（領導農夫做工的人）叫李鴻，他的家住在我們的村子東頭，在傍晚的時候，他和太太正在屋裡吃飯，聽到外面豬叫了一聲，他的太太趕忙出去看，原來是自己餵養的一口小豬，被虎刁走；她趕緊拿起燒火棍去追，那虎看見她來了，把豬放下，把她刁到山中去了。李鴻這時急了，摸起一杆扎槍，一直追到虎穴裡。不料這時虎又出去了；原來是把李鴻的太太放在穴裡，留着做兩隻乳虎的食糧。李鴻先把那兩隻乳虎刺死，剛剛揹起他太太，離開虎穴，忽然虎穴的出口，好像有人拿一捆茅草給塞上一樣，外面的星光一點也透不進來，他用手一摸毛絨絨的，原來是猛虎的屁股，正向穴中塞進，於是他順過札槍，從虎的肛門下穿入，那虎一頭跌到山下便死去了。李鴻救出他的太太，刺殺了三隻虎，其勇敢不在武松之下吧！

八、黑熊

野獸中，最討厭的是黑熊（俗稱黑瞎子），牠沒皮沒臉，什麼事都做。在包米（玉蜀黍）將熟的時候，牠常常跑到包米地裡，騎着一條隴，跨着兩條隴，「人立而行」，用兩隻前爪當做手去擘包米。把左手擘下的挾在右腋下，把右手擘下來的挾在左腋下，擘了這穗便掉了那穗，從地這頭擘到地那頭，結果只剩了一穗，所以一般人往往指當年的小孩子說：「黑瞎子擘包米，到頭是一穗（歲）。」莊稼人每到七八月的時候，有的在包米地裡，搭上台子，住著人看守，叫做「看青」，如果聽見黑熊來了，便把台上的鑼鼓大敲一陣，黑熊一聽見響聲，就逃走了。

當「青紗障起」的時候，年老的人常對年青的人說：「這時切不可到高粱地裡去打鳥米，到深山裡去打蘑菇，看叫黑瞎子舔了。」其實並不是舔，在牠餓的時候，就把人吃了；在牠飽的時候，把人按倒，啃去臉上的皮，牠便走開了。有經驗的人，在山野裡，遇了黑熊，自己度量已經逃不掉，便躺在地上裝死，牠走到跟前，往往啃幾口便走開了；如果和牠掙扎，牠便把你咬傷，或咬死，那便有生命的危險了。有時看青的人，手裡拿着扎槍，還被黑熊咬死；因為牠的皮厚力強，扎牠一槍兩槍，牠是「滿不在乎」，不容你緩手，便把你咬傷了。

黑熊有時發掘死人的墳墓，把棺材給搬起來摔破，弄得死的人赤身露體，牠嗅一嗅，如果是陳死的人，肉不好吃，便走開了；若是新死的人，便被牠咬得肢斷腹裂，肝腸露在外面。看墳的人，往往號召很多的人，鳴槍放炮，才能把黑熊趕走。

記得有一年，在泥河的北岸，發見了一隻黑熊，腹部生了一簇白毛，過路的人，不知被牠傷害了多少，因為牠產生了小熊，所以牠掠取的食物，不但得夠自己吃，還得餵養牠的孩子；因此被咬傷的人，日有所聞。

這樣下去還得了，若是等到小熊長大，為害不是更甚嗎？地方的人們，都是這樣的傳說着，憂慮着。後來果然小熊長大了，也能攔路傷人了，這時莊稼快要割倒，大家計議，要趕快消滅這羣野獸，以絕後患。

在一天早晨，我們把槍法好的人召集到一起，一共有七個人，拿着槍去圍剿黑熊。我們剛一走到泥河沿，那隻大熊帶着小熊，便猛撲而來。我們一起開槍射擊，大熊受了重傷，腹中的腸子拖露出來，牠把腸子用前爪撕掉，仍然來撲我們，趕得我們塡不上槍，危險極了！幸有鄰近的莊稼人跑來，拿大斧把牠砍死。至於那兩隻小熊倒算沒有費事，剛一開槍時，牠們便一齊倒下了。

至於「殺倉子」，倒是很容易，只要人們胆子大，手頭準，是沒有危險的，因為黑熊到了冬天，牠們回到山中去，蹲在大樹洞裡，我們看見樹洞口上掛着白霜，還冒着熱氣，就可斷定黑熊是在裡面，幾個人站在洞口，手裡拿着鋒快的大斧，把木頭塊，一塊一塊的砍下來。黑熊撿到一塊，就放在屁股下，塡得越多，牠的身子起得越高。等到黑熊的頭露出來的時候，外面的人一起揮起大斧，把牠砍死，這叫做「殺倉子」。土匪們晚上闖到人家去，把一家人給殺死，一般人也叫它做「殺倉子」。

九、山　狼

在山野中，出沒無常，爲患最多的就是狼。往往在晚間，牠跳進豬圈裡，把二三十斤重的豬，給刁出去，拖到野外，當做晚餐。牠刁豬的方法，是用口咬住豬耳朵，回過頭去，把豬揹在背後，四條腿很自由的跳出牆去。若是大的豬，不在圈裡的時候，牠也有方法給趕走，是用口咬着豬耳朵，向前牽引，用尾巴鞭笞着豬屁股，便把豬趕走了。走到僻靜的地方，才開始饕餮。

大牲口在甸子上也往往被狼饕了，老牛和老馬，他們沒有力量和狼抵抗，所以時常被狼吃掉。壯牛和壯馬，能和狼抵抗，還沒有什麽危險。至於牛犢馬駒。若是單獨跑到甸子上去，遇見了狼，那是不會安全的，最無抵抗力的是驢子，狼吃驢子的方法更妙，狼先向驢身上一撲，驢用後脚一踢，等驢的後脚剛一落地，狼一口咬住驢的尾巴，用力往後拉，驢用力往前掙，等驢把力量用足了，狼突然一鬆口，驢便向前跌臥，狼乘機饕驢的後腹，幾口把驢的後腹饕破，驢便不能掙扎了。騾子和驢的性能差不多，所以也往往被狼吃了。

狼的顏色和草相似，行路的人不易辨認，所以往往乘人不加防備時，突然撲來，把人咬傷。每年到了夏天，草木繁密，正是山狼活動的時候，牲畜以及行路的人，時常被狼吃了。至於冬天，在大雪之後，山狼找不到食物，若是在野外遇見了行人，那人是很難倖免的，所以一般人形容一個人的勇猛，往往說像「餓狼撲食」一樣。不論怎樣強壯的小夥子，假如逢見了餓狼，也難免變成狼糞。

我們想了許多防禦和捕捉山狼的辦法，有的有效，有的無效。在豬圈上掛幾個樹皮套子，或把牆上用石灰劃上許多圈，好像套子一樣，起初狼見了還恐懼，日子久了，也是無效，我們曾設置狼阱，把死的小豬放在一邊，以爲狼必定通過陷阱，去吃死豬，那知牠並不去，後來做了一個「釘夾」，用一隻豬腿做餌，埋在雪地裡，彷彿是在雪堆上放着一隻豬腿，但是狼也不輕易去吃。

那釘夾在雪裡埋了好幾天；一天早晨，釘夾翻了，打住一隻狼的前脚，我們很覺驚異；仔細察看，原來是那狼自己用牙咬斷的。推想那狼去吃豬腿的時候，是先用前爪去試探一下，觸動了釘夾的機關，於是把牠的前脚釘住。那狼想盡方法不能逃脫，乃咬斷自己的前脚，犧牲身體的一部份，以保全牠的生命；你想用自己的牙齒，咬斷自己的骨肉，那該有多麽痛苦？但是那狼竟那樣做了，眞算是有決心、有機智。俗語說：「兩條腿的人精，四條腿的狼精」，這「精」字就是聰明的意思。

有一年正月，記得是破五那天，在北溝裡，有一隻狼，咬傷了行人。我和我五哥，坐着一張杆子爬犁，尋找狼的踪跡去追擊，開頭一槍，把狼的前腿打傷，那狼三條腿跳躍，猛撲上來。我們接着又打一槍，沒有打中，那狼便衝上來，猛咬後邊的爬犁板。我們裝不上槍，急忙用槍筒去打狼，結果把兩隻槍都打彎曲了，幸而未被狼咬傷，眞是危險的很。第二天，隨着血跡去尋找，那狼已死在雪地裡。

有一年五月間，正是鏟頭遍地的時候，我到穀地旁邊的墳塋地裡去大便，看見墳洞裡有三個狼仔，大狼不在，我乘機拿出「菸袋挖」，把三個狼仔的眼，都給刺瞎了。到了秋天，那三個狼仔長大了，一個跟着一個，後頭的銜着前頭的尾巴，老狼在前頭領路，攔路撲食行人。我們集合了好幾個炮手，才把這羣狼打死，爲地方除了禍害。

十、賭　場

在忙剷忙割的時候，爲吸引多數的勞工，每個村子裡，都設有賭場，當開荒時，也是利用賭場以招徠工人，不過不如「忙剷忙割」時賭風之盛。日子久了，一般賭家，把原來的意思失去了，竟不以吸引工人爲事，而經常的「設賭抽頭」，以圖賺錢，反而荒廢了正業。於是便出了一批耍錢鬼，專以賭錢爲業，不論忙閑，不管冬夏，到處都有明晃晃的寶局。

寶局比牌局可以多容納人，押寶的方法也很簡單。一個用銅製的寶盒，裡面裝着寶瓢，寶瓢的頂端有紅白二色，用紅硬木與白骨頭併成。寶盒留一缺口，叫寶門，不論怎樣掉轉，不出「么二三四」四門。如寶內么是紅的，三一定是白的，二是紅的，四一定是白的。么與三相對，二與四相對，如押么三兩門，出了二四，叫化紅，無輸贏，如押二四，出了么三，亦如此。或單押一門，叫「孤丁」，押中贏三倍。不論常耍錢的人，或不常耍錢的人，只要坐在那裡，一看就會，拿錢買上幾個「牌子」，就可以押。只要把寶道看準了，推斷對了，放下牌子去押，便會揭出紅來，賺得滿貫銅錢。這樣押寶的人，一宿押幾個「孤丁」就可以；比蒙頭蓋腦亂押的人好的多。

我五哥善於押寶，每到冬天的晚間。夜長無事，叫「老莊」把廂子爬犁套上，順着大路走去，從鄒老根店，到曲堯屯，到幾處大寶局裡觀察一番，輕易不下注，等把寶道看準了，下大注押上幾個孤丁，一定揭出紅來，贏了幾貫銅錢，又走到第二第三處寶局也是這個辦法，所以每夜出去一次，必定帶回一爬犁廂子銅錢，後來幾處大寶局，都不許他下場了；他一到那裡，局東便來招待，請去喝茶抽菸，臨走還給拿錢，說是賞給馬童的，從此他便不好意思再去賭場了。

後來賭場裡，出了些光棍，這些人有的腰裡帶着短刀，有的帶着「腰別子」（短槍），他們贏了錢的時候，輸家是非給不可，他們輸了錢的時候，便「耍泥腿」，往往說：「天上不下錢，地下不長錢，那裡來的錢呢？」這眞是像宋太祖一樣，「輸打贏要」，腰裡橫着扁担，不管三七二十一的橫衝直撞。

有一次，我記得眼看見一個光棍，在賭場裡，把腰中的錢輸的一乾二淨，再沒有一文錢，可以下注了；正在寶倌遞出寶盒的時候，他突然抽出短刀，把自己腿上的肉割了一塊，押了一個孤丁，伸手把寶盒扭開，說，我押中了「紅」。他手中持着刀，氣勢洶洶，那個敢說是「白」呢？硬叫寶倌賠他的孤丁。照寶局的規矩，押中了孤丁，是要賠三倍，按這個算法，局家須賠他三塊腿上的肉，這還了得！後來經人調解，把這處寶局讓給那個割肉的人，抽頭三年，才算了事。

當賭風盛行的時候，一般光棍，成羣結夥，興風作浪，到處欺壓良民，敲詐財物。一個有錢的人家，若是家中沒有一個光棍當「頂門槓子」，那便免不了受光棍們的欺侮，弄得你一家鷄犬不寧。這些光棍，始則設賭抽頭，欺壓良民，終則流爲土匪，結夥搶刼，擾亂農村，使一般莊稼人不得安居樂業。從此許多農村裡的賭場，都變成了盜匪的淵藪。

十一、連莊會

一部份當地的賭徒漸漸流爲盜匪，又有從內地逃來的一批殺人放火的兇犯，以爲大荒上，是「山高皇帝遠」，可以逃出法網，胡作非爲，這些人起初是寄身賭場之中，偶爾偷偷摸摸的到外面去刼掠一次，以補充他們在賭場上的虧損。等時間久了，不能隱避，乃公然爲匪，成羣結夥，打家刼舍。

那個時候，沒有警察和軍隊來保護人民，人民爲了自己的安全，只得設法自衛，起初是每個人家或每一個村莊，預備槍械，築起院墻，修起炮台，以圖抵抗土匪，後來因爲這種辦法力量薄弱，往往被土匪侵入；乃聯絡多數村莊，立下守望相助，生死與共的誓約。

當訂立誓約的時候，招集方圓四十里以內的人家家長，到津河鎮去開會，會場掛上紅布，布上貼着八個大金字是：「弟兄同心，除暴安良」。人數都到齊了。大家公舉出一位武秀才，當主持人；他的年紀快七十歲了，白鬍蹀躞，滿臉噴笑，大家對他特別信仰。當他寫完了誓約，對着大家宣讀以後，大家都異口同聲的贊成，簽名畫押。

在開會的頭一天，便殺豬宰羊，預備好了酒席。這一天，大家聚在一起，談完正事，便大吃大喝，談論着「家長里短」。在酒足飯飽之後，大家喧笑着離開會場，互相講說着「弟兄同心：……」的話，這時更見出每個人豪爽的氣概。這一次的聚會，當時不覺得怎樣，實則奠定了地方上安寧的基礎。

這次約定的辦法，是把津河一帶的村莊，都聯合在一起，每個村莊舉出一個小頭目，帶領這一村的壯丁。由各村莊的小頭目中舉出一個總頭目，當作總指揮。如果這個村裡發見了土匪，立時連着放兩槍，那個村莊聽見了，也連着放兩槍，南北兩村的人，以響槍爲號，把所有的壯丁都聚集起來，有的拿着鳥槍，有的拿着扎槍，有的拿着二齒鈎或絞錐棒，滿山遍野，蜂擁前進，把土匪圍個水洩不透，無處逃遁。所以有時發見小股土匪，一下子就撲滅了。

當時我們津河鎮舉出來的總指揮是吳廣山，這個人高高的個子，大眼睛，黃白鏡子（面色），槍法好，有胆氣，每次打仗，他在前頭，率領着弟兄，衝鋒陷陣，眞是一個人當十個人，十個人當百個人，往往以少擊衆，把土匪打得片甲不留，直到現在一提起吳廣山的名字，不論男女老少，沒有不知道了，該着地方太平，也是人民有福，那時恰好出了這樣的一位英雄，才把土匪打平了。

當時又按照約定的辦法，禁止賭博，遇有賭錢的事，由每個村子裡舉出的小頭目率領着弟兄，去當場捉住，送到總頭目那裡，詢問確實，加重罰錢，以充連莊會的辦公費，然後把爲首的賭徒（如寶倌或局東），趕到深山裡，不使他參雜在良民中間，從此賭徒絕跡；土匪遠颺，人民才得太太平平的過日子。

十二、後來怎樣

自從人民㝵以平平安安的過日子以後，這塊荒地居然變成了世外桃源。從前是一片榛莽，現在開闢成爲良田，舉目四望，隨處都是無邊無岸的莊稼，秋風吹動，禾穗低昂，好像大海裡的波浪。血紅色的高粱，金黃色的年穀，角子累累的大豆，滿山遍野，曝晒在秋陽裡，紅的蘿蔔，綠的白菜，黃的倭瓜，紫的茄子，各種各樣的蔬菜，佈滿在「秧稞地」裡。家家都吃不完，到霜降以後，老黃瓜種，往往腐爛在地裡。

再就野生的東西來說，紫灰色的山葡萄，血點紅的山丁子，油黑色的野星星，（似山葡萄，味鮮美。）牛拉紅、牛拉黃的山梨……：這些果實的味道，都是純美無比。尤其在西風初起，新霜剛降的時候，果子成熟，是最好吃。從前虎狼滿山，盜賊橫行，我們輕易不敢到山上去摘取這事東西吃。現在這些害人的東西絕跡了，我們可以隨意到山中去，大筐小簍的摘取回來。

每天早晨，太陽剛一冒紅，牧童們便趕着馬牛豬羊，到甸子裡去。令牲口們隨意去吃野草；牧童們聚在山坡上，玩「老牛趕山」（棋類）到太陽西下時，才把牲口趕回家，農夫們也是早晨到田裡去耕作，傍晚回來；婦女們在家裡煮飯做菜紡線織布。男耕女織，大家吃的飽，穿的暖，熙熙攘攘的過活。沒有野獸及盜賊的侵害，眞是「路不拾遺，夜不閉戶。」從前是一片荒野，幾十里路，見不到人烟，現在是「人烟稠密，屋舍櫛比」，「阡陌交通，鷄犬相聞」，能說不是世外桃源嗎？

但這樣的生活，計算起來，不過僅有十幾年的光景，後來就完了……。

七祖父說到這裡，把眼閉上，好像思索什麽似的，不論我們怎樣請求，他不願往下說了。經我們再三的請問：「後來怎樣？」他乃太息着說：「後來鬧鬼子，跑毛子，（當地人呼日本人爲鬼子，呼俄國人爲毛子。）土匪又乘機而起，從此天下大亂了！」

（完）

大冶在唐代以前屬武昌縣，五代楊吳置大冶場，南唐升爲縣，清屬武昌府。縣北境有鐵門坎諸山，（原名紅獅山，因山石色紅如血，而又酷肖獅頭，因而得名。東南毗連白犬山，西北通黑貓山，三山相連，形似筆架）鐵藏甚富。唐宋兩朝，已設冶鐵鑛場，大冶之名，遂由此始。

後屬漢冶萍公司，即漢陽鐵廠，大冶鐵鑛，萍鄉煤礦之總稱。清光緒二年，盛宣懷聘英鑛師郭師敦，在大冶覓得鐵苗，十七年贈與總督張之洞，張氏奏准開採，即在漢陽設立製鐵廠。二十二年，因戶部不認官股，改歸商辦，舉盛宣懷董其事。時以採鐵鍊鐵，需用燃料，復於廿四年，由鑛師馬堪師、賴倫二人，在萍鄉勘得煤鑛，遂於卅四年合組漢冶萍煤鐵股份有限公司，將萍鄉之煤，煉大冶之鐵，豐富原料，集運漢陽兵工廠製造洋槍，成績甚佳。唯公司先後向日人借欵甚多，訂有中日冶鐵條約，以致公司大權，旁落日人之手。

抗戰期間，日人積極擴充鑛場設備、發電、地下鐵道、鑽孔機、碎石機、都改爲電動設備，成效尤著。

主要鑛場以紅獅山腹部爲主，所以鑛場員工，都稱此爲第一鑛場。所謂腹部，係在由山洪冲積而成的一片冲積地上。寬約一萬公尺，兩山夾峙，形如仰盂。日人爲謀運輸便利，在峽谷中間鑿地下鐵道，運輸鑛石與補給。車廂緊連，右進左出，環繞不輟，遠望極似兒童樂園中之玩具火車。而鑛場所屬如發電廠、自來水廠、辦公所、宿舍、醫院、球場、游泳池、圖書館及理髮、浴室、彈子房等，都無不一一設立於峽谷之中。

電動鑽孔萬分艱辛

鑛場主要工作，首爲鑽孔。鑽孔機形似單車所用之打氣筒，長約一公尺，粗約廿餘公分。由工人手握機柄，直抵石壁，電扭一捺，即聞呼呼之聲，自機中發出，一孔鑽畢，再移新孔。彼時則利用吊斗與滑車，吊斗彷彿藤椅，是懸在空中三條狀如V字型的鋼索上。鋼索兩端，上下昇降，均由昇降機固定。工人在工作時，膝蓋以下，與吊斗相連，而吊斗則又安排在滑車上，所以前進後退，則在吊斗本身，如向左右移動，則必須利用滑車。

操縱此類機械，表面並無太大困難，

即使一個陌生工人，也只要訓練兩週，馬上可以操作，問題是山壁太高，人在吊斗裡，彷彿變成搖籃裡的嬰兒，偶一俯視，不免要心驚胆落。

加以吊斗本身，並不穩定，以致鑽孔機的把柄，握在手裡，稍一扭動，則差以毫釐，謬之千里，孔壁彎曲，須要補鑽。不僅如此，鑽孔時還須順着天然紋路，倘偶一疏忽，又須重鑽。當然一個熟練的工人，他所鑽的孔，橫看孔與孔之間，高低一致，像巨大的蜂房，很規則的貼在膠板上。縱看則上孔與下孔之隔，又很勻稱的錯開，則又如一朵朵梅花，開在峭壁上。不過像此類成績，並不是一年半載，所能訓練成功的。

而最驚險的，則爲使用雲梯工作，雲梯是用多股麻繩，捆綁而成的竹梯，它的使用多在鑛崖上部凸出，腹部凹陷，無法架設鋼索和吊斗的地方。它的頂端被固定在事先鑽好的孔裡，高低隨現場而定，然後由工人携帶鑽孔機及固定鈎，逐級而上。有如兒童的秋千，高懸空中，搖晃不定，如果固定腰部的繩索鬆懈，或是脚步落空，則粉身碎骨，勢所難免。

雷管爆破威同地震

其次爲安裝雷管。雷管本身，只有烟捲那樣的大小，安在鑛孔底部，然後塞以三公升左右的黃色炸藥，在孔的出口處，封以黃土，引出導火線，接在紅色高壓線上，逐孔如法泡製，串聯到電源上去，如要爆炸，只要電扭一捺，則轟隆鉅響立刻在人們耳邊震動起來。

在爆炸之前，必須先報警報器，警告鑛場員工，以及附近村民，在地下安全室隱避，就連農民所畜養之牲畜，也都要加以掩護，以免遭受池魚之殃。

警報的聲音，是「汪汪，汪汪」的高亢可及四五里。在警報十餘分鐘後，緊接着是爆炸後的鑛石，如鷄卵，如冰雹，如穀粒，織成一片石網，向四週輻射。重的將屋瓦，牆壁，門窗打破，輕的將玻璃震裂，彷彿經過一次不小的地震。

善後的處理，自有鑛場事務人員，隨時予以修復或賠償，從不拖延到第二天的。

鋼軸嚼石易如碎土

爆炸以後，裝噸工人，隨時用噸車搬運鑛石。所謂噸車，猶如煤鑛裏運煤的方型四輪一樣。將滿車的鑛石，推在輕便鐵道上，一輛跟着一輛，又像螞蟻陣，日以繼夜，不停的運到碎石機那裡去。

碎石機先用運轉糟，把大小不等的石

塊，運到碎石機上的喇叭口裡去。那運轉糟外形像坦克車上的輪帶，長約廿餘公尺，寬約一公尺。糟上裝有一隻隻有如量米的方斗，斗內裝滿石塊，隨糟轉到碎石機喇叭那裡，再吐到碎石機的腹部兩條大的鋼軸裏。軸粗如巨甕，石塊一吸到雙軸中間，看那些堅硬的石塊，如同豆腐那樣，很容易碾成盌口那樣的大小，再漏到第二部碎石機上的喇叭口裡，經過第二部的鋼軸，碾成只有菱角那樣大小的鑛石了。

然後再運到運輸的火車上運出鑛場，這樣鑛場開採的過程，全部結束。工人的數字，在農忙時期，只有兩千多名客籍工人，到秋收以後，人數開始增加，到休閒冬季，多達五千以上。主要技術員工，大都來自山東及東北，薪給最高的是鑽孔和爆破工人，他們每天所得，合新臺幣約爲一百六十餘元，如果夜間自願加班，論小時計，所以在鑛場任何一名工人，都可維持五口之家的溫飽，待遇是相當不錯的！

空中花園幽美仙境

而鑛場最大的特色，是有一座建築在山腰上的空中花園。從鑛場那裡去，要通過一座全鑛最安全，長五百公尺的地下隧道。花園在磨山上，佔地約二千餘坪，上爲天然形成，下爲鑛場員工，依山勢用山石堆就的。

而耀人眼目的，則爲園中聳立一座金碧輝煌，飛簷倒角高達十二層的魁星閣，最上爲無名英雄名塔，四壁刻有自開場以來，爲鑛場而捐軀的若干員工芳名，其上懸有林則徐「澤流百禩」吳佩孚等人題贈匾額，每逢春秋佳日，都有各地遊人前來憑弔。

魁星閣最下層是十房一殿，內供佛祖金像，殿前植有冬青樹兩行，夾着一條青石的行人大道。兩旁爲花圃，種着梅蘭竹菊、芍藥、牡丹、杜鵑、雀舌，奇花異草，芬芳馥郁，如錦如綉，入眼不俗。

二層爲宿舍，三層爲爲員工子弟宿舍，四至七層，爲教室，八層爲圖書館，與教師寢室，九至十一層爲鑛場借用。

在整日與機械爲伍的鑛場員工，於公餘之暇，至閣前露天餐廳，喝一杯清茶，或一杯咖啡，伸伸雙脚，躺在竹榻上，享受着山水靈氣，使全身疲乏，都悄然離去。或是沿着閣壁螺旋木梯，上升到七層的七重天，八層的八仙樓，九樓的九曲廊，依欄憑眺。天晴則山色入目，鳥聲入耳；天陰則密雲穿窗，霧氣迷人；曉則有朝陽，夜則燈炬萬千，使人彷彿置身在天上，而非人間了！

道教聖地龍虎山

畢新華

余幼年聽長者告知，張天師住龍虎山，能驅邪捉妖，故對龍虎山有神奇感覺，羨慕已久；幸在三十二年夏，軍次該山附近駐防，因任連絡職務，得償夙願，而五度遊覽，雖時過三十年，至今記憶猶新。

龍虎山爲東漢張道陵棄官隱居之地，張氏在此煉丹修道飛昇，因成道教聖地，龍虎山也隨道教興盛，而名揚中外吸引無數遊客的嚮往。

龍虎山位於江西貴溪縣上清宮鎭，離城六十華里，離鎭七華里，其地有一片層巒疊嶂丘陵突起的二峯，其一猶如龍昂，一似虎踞，氣勢崢嶸，瀘溪環抱東南，迤邐西去，殿閣棋佈道間，益增形勢壯觀。

張道陵所遺的修煉遺蹟，如雷打石、丹井、丹灶等，在斷岩碎石中，尚留有殘跡；雷打石壁立如刀劈，傳說道陵得道時，用掌心雷所擊。丹灶係一土丘，土質焦黃，不生草木，顯示道陵曾煉丹於此。丹井亦名龍井，石潔水清，如遇大旱，人們跋踄數百里來此求龍水，或請天師祭雨。井旁豎有一石碑，上鐫數十古字，惜年代已久，難以辨識。

山麓平坦處，有歷代天師居住的上清宮，唐代名眞仙館，宋稱上清觀，元稱正一萬壽宮，清稱太上清宮。飛簷傑角，碧瓦紅牆，朱門獸頭的宮殿建築，形勢宏偉，金碧輝煌，因歷時已久，形色雖大部剝落，仍顯出古色古香。

宮門曰鼓樓洞，矗直雲霄，樓上供奉玄天大帝像；中有下馬亭，凡廿四柱，建築精巧，匠心獨運，往昔文官到此下轎，武官下馬，雖宰輔尚侍，督撫提鎭，無敢違者。前進爲午朝門，係石砌牌樓，有五門可通行人，再行至鐘樓；左爲鐘，右爲鼓，鐘爲唐代古物，係五金合鑄，傳說有九千九百九十九斤，每日擊鐘，山鳴谷應，餘音繚繞，久久不絕，數里之外清晰可聞，實爲稀世國寶。

再進爲龍虎門，跨上三十六層石階，即至玉皇殿，殿高五層，巍峨雄壯，殿內承塵上的藻井，繪有雲彩鶴鹿等圖案，爲我國有名的建築。中供玉皇大帝，妙相莊嚴。

後爲三清殿，供奉元始天尊、太上道君、太上老君，謂之「三清」，雕鏤精細，神態酷肖（按三清即玉清、上清、太清；又云聖登玉清、眞登上清、仙登太清）。後殿奉祀道陵以次歷代天師，有道陵及其卅世裔孫騎虎像。精工塑成，栩栩如生，其餘各代爲木主，取材名貴，雕鐫精緻。其他各殿供奉各種神像，香火不絕，清燈晝夜長明，令人肅然起敬。每逢初一、十五，天師例行齋戒，親至各殿祭祀，唸誦經文，鳴鐘擊鼓，體制極爲莊嚴隆重。

距玉皇殿之東約半華里處，有三華院、東隱院。三華院建於竹海葉波中，樸實莊嚴，係天師別墅。東隱院在松柏掩映間，清雅高尚，爲衆居士憩息之所。迤西約一華里，萬綠叢中，簷瓦高聳，紅牆隱現，便是嗣漢天師府，坐北朝南，基址寬廣，府宇雄偉，金碧燦璀，清咸豐年間燬於洪楊之亂，同治六年重建，已不及往昔之壯麗了。

門前朱漆金字「天師府」橫額，氣魄豪邁。首進爲頭門，次爲二堂，堂內設知敎、贊敎二廳，爲正副監紀之辦事處，堂內右方爲萬法宗壇，分上下二進，係法師祈禱及作法之會所，再後爲上房，乃天師及眷屬所居，上房之右爲藏書樓，藏書極豐。樓下設書院，爲天師子弟教育之所，尚有齋堂禪房，大小庭院，遍植松柏名花，遊覽其間，莫不佳趣橫生，留連忘返。

東西天目與昭明遺蹟

王杰

江西廬山的牯嶺和浙江的莫干爲近代避暑勝地，人盡知之。但牯嶺爲冠蓋雲集之所，莫干乃爲外人旅居之區，殊非避暑滌塵之至境。去杭州西約百十五里之天目山，海拔一千五百四十七公尺，挺秀特異，氣候溫和，而尤多名勝古蹟，足資探賞，如云避暑，實遠優上述兩地，但歷來遊人足跡罕至此境，令人頗感費解也。

天目山爲浙西主脈，來自皖省（安徽）之黃山，西湖諸山，皆其餘脈。故郭璞詩有：天目山垂兩乳長，龍飛鳳舞到錢塘」之句。山之得名肇自漢，顯於晉，至蕭梁昭明太子建院於此後，因之益著。山雖不若天台、雁蕩、雪竇之有名，但水因山曲折，東西各有巨源若兩目，故曰天目。山西麓與安徽寧國縣接連，峯巒清秀，林木葱翠，泉水緣山而下，爲浙西諸泉之主源。山分兩峯，一峯在東號東天目，在臨安西北界；西天目則在於潛及吉安界北四十里。古人嘗云：兩天目西以石勝，東以泉勝。惟溫之雁蕩，兼泉石之勝。山延袤五百五十餘里，連亙杭、宜、湖、徽四州。縹緲萬仞，高出天半，登山頂望日朝升，色如赤霞，即山海經所謂「浮玉山」也。在佛家列爲第三十四參禪於東天目，並分金剛經於此。東天目之最高處爲大仙峯；西天目之最高處爲龍王井，梁昭明太子讀書於西天目，參禪於東天目；今東天目有昭明寺，西天目有禪源寺。元和志載云：「山有兩峯，峯頂各一池，左右相對，其形如目，故名，道書以爲第三十四洞天。名太徵元蓋洞天。」

東天目著名之八景爲：（1）仙峯遠眺，（2）雲海奇觀，（3）經台秋風，（4）平溪夜月，（5）蓮花石座，（6）玉劍飛橋，（7）懸崖瀑布，（八）古殿棲雲。此外有昭明寺，昭明太子因間於宮監之譖，不能自明，遂逃禪於此山，建昭明院爲修禪處，後人建寺，仍其舊名。

昭明太子爲梁武帝蕭衍之長子，名統，生而聰睿，五歲遍讀五經，讀書數行並下，過目皆憶，天監中立爲皇太子，東宮有藏書三萬卷，引納賢士，相與商榷古今，一時名才並集。能治繁劇，帝使省萬機，百司奏事，塡塞於前，皆能辨析是非，可否立決，性極仁恕，平斷法獄，多所全宥。事母以至孝聞，當其母丁貴嬪有疾，朝夕奉侍，衣不解帶，體素壯，腰帶十圍，後居喪哀毀，減削過半，士庶見者，莫不下泣，年三十一而薨，百姓爲之號泣，謚「昭明」，其所撰「文選」三十卷，總集秦、漢、三國以下各朝詩文甚富，實爲總集之祖，自唐以來甚寶重之。

「昭明文選」亦稱「文選」，凡六十卷（原序作三十卷，今本六十卷，殆爲李善所析。）選錄秦、漢以下逮齊、梁之詩文；古今總集，以是書爲弁冕，唐顯慶中李善受曾憲文選之學，爲之作註，至開元年間，呂延祚總集呂延濟、劉良、張銑、呂向、李周翰五人共爲之註，進於朝，於是世有李善、五臣註二本。南宋以後，取李善註與五臣註合刻，稱六臣註文選。其中惟李善註釋音訓最詳。清季孫志祖有李善註補正，近人高步瀛有李註義疏，均爲詳博。宋時陳仁子有文選補遺四十卷，明代湯紹祖有續文選三十卷，皆流傳不廣。

依古人遊東西天目之路逕，一般是自杭州乘船至餘杭登陸，行二十五里，至青山舖，景色迷人，澗流夾岸，亂山爭至，山無大小，皆竹木衣身，肥翠奪目，過臨安可宿新溪渡，次日早發，峯頂漸出，茂林修竹，携伴來迎，皆如新沐曉妝，整潔可愛，行十里許，至護龍嶺，嶺左有茶亭，清順治十七年東天目住持吳江僧人巖隱，捐鉢資，置田數畝，以供茶資，勒石亭中。亭前羣峯環峙，森若螺髻，獨對面一峯，白雲抹頂，似几案平鋪。亭後二石橋，名子芳橋，駢嶺而踞，過嶺二里許，至橋，東村跨澗爲板橋，澗水清泓，可掬而飲，澗右石壁巉崇，仰視壁上，松篁蔽天，令人低徊不忍去，行五里許至青嶺，又五里至碧淙。四面皆山，中餘一線，泉流淙淙，合山光樹影，攢綠入泉，故名碧淙。溯碧淙而上，山愈濃，碧益深，從此步步入翠微中，又五里至石澗，又名白鶴灘，澗與石門，雪浪蠡起，遙望之如白鶴一羣，竚立水濱，或又云昔有白鶴禪師住此，故名，然未詳何代。又五里至冷水塢，山勢嚴密，迴合無罅，於轉身不得處。忽闢一境，闢已，又復迴合如故，如此轉合轉闢，轉闢又轉合，層折不計其次，始信天下至理，蓋無盡之藏焉。凡自以爲已至者，皆非其至也。又十餘里至沈村，山圍突然頓寬，阡陌棋布，約容萬畝，又五里過大有村，山圍仍狹，又五里至兩花橋，橋上有亭，行半里至雙清莊，已入西天目山界矣！

雙清莊爲獅子正宗禪寺，元初趙子昂奉勅撰碑。即梁昭明太子讀書處。此爲西天目發軔之始基也。寺止存正殿，及殿後祖堂，餘係大覺玉禪師現在經營伊始。重開生面，然規模雖具，鳩工合尖，尙憂憂乎其難矣。殿正東爲陽和峯，正西爲翠微峯，西北爲昭明峯，東南爲旭日峯，此四峯者，皆昂首雲端。有驁然雄長諸峯之意，殿之正南，有隔江大高山一座，名越王屏。端拱作案，氣局之宏廣莊嚴，罕有其匹也，寺左有東澗，右有西澗，兩澗於寺前合流，出兩花橋，時可繞西澗而上，行二里即可至昭明太子庵，路旁皆干霄古木，憂日疑秋，庵內有洗眼池，池水清澈無比，以之洗眼能明目。去祖塔尙十里之遙，遂可從寺後西北行，二里至仰止橋。橋下澗聲怒吼，匹練倒垂不斷，再三里至環翠亭，旁有花石峯，峭崖欲墮，崖上喬松隊列，肅若軍容，俯睇亭前，雲海宛然，波紋起伏，轉瞬萬狀，時有高下峯頂，參差出沒其中，疑百千黛石，蕩漾洪濤，眞快哉未有之奇境也。行五里，至半山橋，澗聲至此益怒，因危石分道相拒，致白練橫裂而下。又有千尋老樹，呼朋碍目，晴晝欲雨，又七里至白雲巖，又名「觀音巖」，再里許，路有眠牛石，相傳高峯祖師初入山修道時，路聞牛鳴，叱之即止，又行里許，至眞際亭，所謂眞際亭，即中峯祖師贈太尉瀋王海印居士之別號也。有眞際說，載廣錄中，內有「眞不立而眞存，不形而際編」等語，過斯亭也，令人如親飲授記焉！行數武至高峯禪院，內供有遺像，今玉師新搆閉關之所。又西南行，至千丈巖，高峯塔院，倚巖而居，左爲獅子峯。若張口欲噬。右爲象鼻峯，有長鼻下垂。東行里許，爲殿之故址。高峯死關，即在其左。閱寒暑十七載，未嘗跬步出關，北行，至斷崖祖師塔院，有大樹前峙，廣四五圍，高約十數丈，又東行爲中峰，祖師幻住庵。師所在結茆以居，皆名幻住，此亦其一也。下有西方庵，稍西爲悟道亭，亭後即中祖塔院，亦有大樹當門，其高廣，視斷祖處更有過之。聞此樹爲一山之冠，云塔右爲活埋庵，昔高麗謁中峯，謂吾師其活埋於此乎。又歷級而上，爲香鑪峯，又名立玉亭，乃中祖宴坐處，峭石林立如玉，左對即玉柱峯，上豐下銳，亭口天表，峯頂古松數株，生自石罅，離奇夭矯，似虬龍偃仰其上，可望而不可即，此時顧千丈巖，已俯懸其下，彙之亭午日高，雲海頓涸，嶙峋萬峯，悉循次匐伏，即雙清莊前所仰睇之陽和昭明諸峯，亦皆俛首帖地，無復敢有桀驁雄長之態矣！古人嘗歎此為觀止矣！如果從間道而下，約五里可至中和庵，此處佔地絕勝，庵後一峯，即玉立峯是也。後可循道回雙清莊，此古人之路逕也。

今人遊天目者，自山麓而上，過垂虹橋，即為山門，曰「天王堂」，形勢巍峨。再進為「彌勒韋陀殿」。更上為「大雄寶殿」。寺位山腰高地，環境優勝，為東山唯一遊客止宿處。由昭明寺上山約五里，有分經台，傳為昭明太子分梵本金剛經為三十二處，昔有台，今圮，有新建小屋三椽。台址四週平坦寬廣，當地鄉民已隔作園圃。門前有古松三株，一名普提，一名雙林，皆百年古物。他如洗眼池（昭明太子洗眼處），等慈寺（梁武帝遣兵迎昭明太子駐候處），昭明下院（舊時文選樓故址）等，名勝尚多，不勝枚舉。

西天目最大寺院為禪源寺，蓋歷代所興修的巨剎叢林，多均毀於洪楊之役。清同治以後，始漸圖恢復，今西天目之禪源寺，規模最宏，東天目之「昭明寺」次之。遊天目者可由杭州至餘杭轉臨安登山，或至王柳橋逕至西天目。二目之分路處稱「青雲橋」。

禪源寺依山而築，拾級而上，廣廈達數百間，香火甚盛，朝香團每接踪而來。由禪源至天目之主峯，俗稱老山，約數十里，以倒掛蓮花峯最著名。下懸飛瀑數十丈，下積潭，景色甚為幽邃。寺左右數里，均有新式別墅，櫛比鱗次，疏疏落落，如天然居，鮑莊等均其著者焉！

西天目在抗日戰爭期間，為浙西行署所在地，故迭遭日機轟炸，損失至為慘重，規模宏大之禪源寺，幾成一片瓦礫。抗戰勝利後已醵資重修，恢復舊觀。太子庵在禪源寺西北之太子峯下，入門有洗眼池，登樓有昭明太子遺像，相傳昭明太子讀書於此，患眼疾，雙目俱盲，掬池水洗之復明。東西天目均有洗眼池，相傳昭明太子掬東泉之水洗之左目明，掬西泉之水洗之右目明，雙清莊之名即由此而來。太子庵曾為行署址，勝利前夕日寇流竄時，已付之一炬矣。

遊西天目者，莫不知有大王樹。自禪源寺西上，經五里亭而西北上山，大王樹即巍然在焉。大王樹一名千秋樹，又名龍柏杉，傳清高宗南巡時曾抱此樹，故名。樹高八十尺，直徑約八尺餘。傳說其皮可作藥餌，故香客每剝其皮，今近根丈餘處，已被剝不少，寺僧特於週圍圍以短垣護之，大王樹始得以安然無恙。

開山老殿為天目最古之寺廟，位於西山半之獅子口上，蓋元高峯大師為天目開山始祖，延祐年間賜額「獅子正宗禪寺」，為了別於山下之禪源寺，故稱老殿。附近名勝，除大王樹外，尚有眞空洞、洗鉢池、玉柱峯、四面佛、藏雲塔等。老殿東北，過半月池不遠，即為倒掛蓮花，一名豎立，甚高，狀似蓮花故名。過老殿再上五里，即至最高峯，峯北十數步為仙人橋，有石樑橫亙其上，傳為始皇於天目剖石為橋之遺址。登石遠眺，錢江一線，縹緲天際，天目之勝，嘆為觀止矣。

天目不但古木參天，琪草芝花，遍地皆是，而蝴蝶種類，不下千萬，尤足為生物學家之研究資料，且交通亦極便利，杭徽公路臨安於潛間之藻溪站即在此處，另有天目支線，可以直達山之鮑家村，為東西天目之中心點。自杭州直達山下，汽車約需三四小時便可到達。

請介紹，

請批評，

請指教。

徐源泉回憶錄（上）

徐源泉遺著

余家世代耕讀，先祖松田公早世，家境因漸微，先父承麟公遂將原來經營之油坊結束，閉門讀書，兼習醫藥。時先父已染肺疾，蓋亦研求自救之道之意。自後日益精到，除自醫外，兼以問世，並施義診以濟鄰里之貧乏者焉。卒因體弱病深，竟至不起！先父棄世之日，吾兄弟姊妹均未成年，而久病之祖母尚輾轉床褥，全賴家母上侍祖母湯藥，下則教養孤兒。雖少有薄田十餘畝，實不足以維持一家數口之生活。養老撫孤，煞費張羅！不久祖母亦逝，喪葬皆由母親一手料理，左支右絀，尤感艱窘。吾母之苦節堅貞，非但外人不盡明瞭，即余亦難道其萬一。至今思之，孺慕感嘆，悲難自已，養育之恩，未報萬一，罪誠深重矣！

先祖母與先嚴先後去世，遺余弟兄姊妹五人，余居次，家兄繼功隨姑父羅公學醫藥，余在家讀私塾。先父生前常言：「清廷失政，親貴當權，滿漢之防日嚴，外患日亟，民生日困，宮廷親貴間且有『寧以中國贈友人（指洋人），不與家奴（指漢人）』之說。所有外交、政治……等等，無一不低能腐敗，形成一種懼外媚外習氣。如不澈底改革，則國將不國，而堂堂黃冑，不久恐遭滅亡之禍！故國人應提高警覺，認清個人與國家之關係與責任。尤其對於子弟之教育，必須文武兼習，以爲國家不時之用」。余余後來投身軍旅，致力於革命事業者，皆先父之言所啓發也。余年將弱冠，適族叔超海公在皖武衛左軍任管帶（營長），返家，欲挈余至其營，對余願負教養責任。余爲仰體先父遺志，並得到先母之同意，乃決心隨同超海公往皖。次年即送入該軍所辦之隨營學堂，住學一年餘，超海公調皖北淮軍之威靖右營，仍任管帶。當時各省皆有辦理徵兵改練新軍之議，故當時老式軍隊，均各預辦隨營學堂，作改制準備。

徐源泉先生遺照

當時兩江總督端方倡辦將備學堂，收集蘇皖各省改制之現役校官，余亦以學習官保送入學。畢業後，分發南京混成協見習。旋陸軍第四中學開辦，舒清阿（質夫）爲總辦。該校之隊長排長助教等，均由該省之新軍連排長及見習等級之現任軍官調考任用。余以學習官身份，參加考試，錄取爲該校第一隊任助教。本屆畢業後，繼續辦第三期。學生係由蘇、浙、贛、粵、皖各省陸軍小學之畢業生，升送來校。余則調充排長。開學後不到兩月，武昌舉義，全國響應者風起雲湧。當時清廷調張勳所部包圍本校，蓋彼時咸認本校爲革命黨集中之所。時本校總辦（校長）爲鄂城萬仲篪（廷獻）先生，監督（教務長）爲丁遠侯（鴻飛）先生，見學校環境日趨險惡，乃集合在校教職員，商討保護學校與學生之安全。緣清軍隨時有搜索本校之勢，教職員咸主解散，使學生各自回家，以減輕學校責任。萬總辦乃採納衆意，遂電陸軍部報告，並請代理兩江總督樊增祥辦理資送學生離校還家事宜。迨資送事稍爲就緒，全校同事亦作歸計，余與同鄉李新民、王毓藻、孫振民等及軍校學生多人，分由南京乘岳陽丸於六日駛抵武漢，至武漢都督府報到，承招待至大朝街之甲棧暫住。是時各省來此之學生及本校同學，均集中該棧，見面後皆喜不自勝，共談當時離校情形，彼此更爲興奮。當時漢口戰況吃緊，武昌危在累卵，但余與新到各省同學等，仍然摩拳擦掌，豪氣干雲，準備即上前鋒殺敵，以達成推翻滿清專制之目的。青年熱血，對此目的之信心，當時至爲堅定。

是日午夜約十點，都督府派員至招待所，請余等推派代表至府商談，並聽取漢口戰況。當時形勢於民軍極爲不利，清廷以其近畿久練之師，傾巢南下，志在一舉撲滅義師，以圖挽救其頹勢。所謂北洋六鎭，除駐魯境之第五鎭六鎭，由吳祿貞率領，駐石家莊未動外，其餘全部南下。當義師發動之時，僅吾鄂第八鎭之一部，該鎭之廿一、廿二兩標，因川漢鐵路風潮，奉調由端方率領入川。卅標爲駐防之旗籍子弟，輜重營爲統制張彪率領反抗起義民軍，正式加入向清軍作戰者，僅廿九標，及工程營，並馬砲各標。至駐南湖之第三中學，及本省之陸軍小學學生，則負責維持秩序、防守倉庫。實際在前作戰者，不過兩千餘人。以如此少數臨時集合之力量，與清軍龐大兵力，拚命週旋，孤軍血戰，無異以卵擊石。同時武器亦僅七九口徑之步槍，其遠射程之野砲，利捷之機槍，均調赴永平秋季演習未回，反爲清軍用作射擊民軍之武器。故民軍當時作戰情形，均在不利之劣勢下，再接再厲，與敵週旋，以待各省響應與援軍之到達，若非具有堅強革命決心，及愛國赤誠，何能支持許久，使各省得以從容響應？吾鄂起義諸先烈犧牲奮鬥之悲壯慘烈精神，足以驚天地而泣鬼神，其功實不可歿。

是時黎元洪爲鄂軍大都督，余以代表之一至督府，列席軍政會議。黎都督即席報告戰事不利，情況甚緊，要求吾等準備出戰應援，以阻清軍急進。並云漢口如無增加抵抗之力量，則漢陽不守，武昌動搖，各省響應之師，可能觀望不前，如此則革命大業，勢必遭受莫大之挫折與損失。余即起立發言謂：「以前吾人無寸土，無兵器，尙不斷作推倒滿清運動，今有土地、有器械、有將、有兵，自當義無反顧，大家同心努力，消滅此腐敗無能之政府，以拯救同胞，完成吾人革命大業。請黎都督發給武器，同仁等及響風慕義而來之各省同學，當拚此微軀，即刻出發增援前線，縱不能消滅敵人，必當誓死抵抗，延長時日，以待湘省援師。則義聲所播，各省志士必多聞風響應者」。語畢即辭出，回至招待所，向大家報告黎氏所說漢口情況，並要求組隊出擊意見，及個人答覆大概。各同學皆攘臂歡呼，踴躍報名，組織學生隊，計各省及國外學生百五十餘人；陸軍第四中學學生，先後到來者，約百六十人，合計三百餘人，組成一大隊，推余爲隊長。並由都督府送來步槍三百枝、彈藥六萬發，連夜發給各人擦洗完畢。於七日渡江，會同胡瑛之第一敢死隊，及漢口商團改組之義勇隊，加入後湖，沿大智門鐵路兩側作戰。尙未進入陣地，即與敵遇，倉卒應戰。以毫無經驗之青年學生，憑其愛國熱忱，與數十倍於我之頑強敵軍，周旋於槍林彈雨中，日以繼夜，使當時戰局得以穩定者，誠屬不易也。九月九日黃克強先生蒞臨武昌，組織戰時總司令部。本隊即隸屬該部指揮。嗣後琴斷口、蔡甸，以及反攻橋口諸役，無不參加。同時黃總司令克強先生，不時親臨前線，在敵軍強烈砲火下，從容鎭靜，指揮作戰，以鼓舞士氣。自後陽夏戰局之逆轉，實乃勢所必至，當時國內部份人士，竟因此而不諒於克強先生者，余不禁代先生憤抱不平，且迄今猶想像當年之大將風度也。至十月九日，卒因敵衆我寡，勢不得不撤退陽夏，作確守武昌之部署。是時清軍雖佔優勢，實則兵心動搖，不利持久作戰。乃派唐紹儀爲全權代表，向民軍議和，並約定先行停戰。武昌陽夏兩月之奮鬥，卒贏得寧、滬、及西南、東南各省之紛紛響應。滿清政權之消滅，至此已成定局。諸先烈拋頭顱與洒熱血，換得來之民主共和政體，亦由茲奠定。

自唐紹儀過鄂赴滬後，停戰期滿，又經展期。此時克強先生不屑計較是非，忍讓引退，離鄂赴滬。余亦暫回鄉省親。不久汪少成、楊飛霞同志等，來電催促赴滬。過南京時，粵籍同事同學張我權、王應楡堅留不放，當允至滬與諸友晤面後即回。但到滬後諸友好又不讓離去，並承陳英士先生派往光復軍充任參謀，旋該軍成立騎兵團，又承該軍司令李徵五先生派充騎兵團團附。旋調充步兵第一團團長，準備北伐。

同年十一月，南京成立臨時政府，臨時參議院票選孫總理爲臨時大總統，黎都督元洪爲副總統，兼鄂省都督。我孫大總統於民國元年元月一日，在南京就任中華民國第一任大總統職，並規定採用陽曆紀年，作爲與世界各國外交上之便利。迨南北和議告成，滿淸皇室退位，交出政權。孫大總統爲求迅速恢復國家秩序與安全，並昭示天下爲公起見，讓臨時大總統位於袁世凱。不意袁氏措施，與共和政體大異其趣，料其終必背叛民國，同時本黨內部意志亦未能一致，予袁氏以可乘之機！自癸丑討袁之役失敗後，更啓袁世凱竊據政權，改變國體，帝制自爲之野心。同志友好，見吾黨已入失敗地步，相約另圖發展，伺機再舉。當時總理與克強先生分工合作，一德一心。並昭示本黨同志不能放棄革命，擁護共和政體之目的。迄滬軍都督府結束，英士先生下野，我光復軍縮編爲騎兵團，併入江蘇陸軍第三師，歸冷禦秋節制。外表固隷屬於袁氏，實質則聽命於孫黃。

新疆都督楊增新爲好友楊飛霞之叔父。余與楊飛霞商去新疆曾去電聲明意志，楊亦覆電云：「邊區需才，極表歡迎」。並滙來路費，乃決定去新。蓋當時本黨環境惡劣，大家都主張即去整理邊疆，倘能有所成就，亦可遙爲吾黨聲援。抵新後，該省情況離吾人理想甚遠，大家以既來之則安之決心，就當時現有物力人力加以適當之整理。該省軍隊素質一仍舊制，除綠營外，祇湘軍新軍，及伊犂將軍廣福，調用鄂軍一標駐伊犂。自辛亥革命後，與迪化又不合作，時有爭端，間且演成戰禍。新到同人，擬將此類不幸事件，設法化除，並擬推派余前往伊犂、及哈什（南路），商談新疆全省統一和平等問題，以謀邊區之建設。正待起程爲西北之行，忽南京張效坤頻番來電，催余迅速東歸，共策倒袁。

緣癸丑革命，反對袁氏帝制失敗後，張效坤接統冷禦秋之第三師，要余南歸幫同整理。當時楊飛霞兄，約同友好商討此事，余以吾人千辛萬苦所企求之目的，既已達到，應當專心一致，安心在新整理，培植本黨勢力，暫不南返。諸同人則均以此次失敗，吾黨損失慘重，祇餘此部力量，彼既電約，必有困難之處，無論公私均應往助，以維持此剩餘力量。乃一致決定，使余南歸，爲余辦理入關回南手續，並另外辦理回京，暨至各省考察軍政之文件，爲期六個月。余以衆意難却，乃決心南行，經兩月餘旅程，回到漢口，先抽暇至家，上慰老母；在家稍事逗留，即赴南京。抵寧後，局勢已變，張所統之第三師已交卸，部隊亦縮編爲陸軍七十四混成旅。另成立一軍官補助教育團，收集退職與現役軍官再施教育，受教期限爲兩年畢業。

時馮國璋任督理，張爲監理（類似校長），余即任該團主任。旋隨張效坤於民國四年至東北哈爾濱，余躬冒危難，率部解散白俄謝米諾夫之部隊，收繳其重武器，（我國解除外人武裝似爲首次。）並辦理該部之結束事宜。至民國五年，開到關內，將七十四混成旅，擴編爲暫編第一師，張效坤任師長。余亦任該師第二團團長。旋値直皖之戰，皖軍失敗，本師退至關外。不久又發生直奉戰爭，奉軍又失敗。本師担任由海道攻擊靑島、烟台、馬頭鎭，及連雲港各點。因本軍主力已退關外，而吉林督軍孟恩遠在吉林指揮其師長高士賓，及盧永貴，稱兵響應曹錕等。本師乃奉調由營口兼程北上，奇襲孟、高、全部再至哈爾濱集中，向南攻擊。沿途收復中東鐵道、穆陵、綏芬河、六站、五站，及東寧鎮等地。並追踪至里河，擊潰其殘餘部隊，收繳其武器，生擒高士賓，解送奉天。張效坤即奉命爲東寧邊鎮守使，兼第一師師長。余仍任第二團團長。直至第二次奉直之戰，乃再度入關。當時曹錕、吳佩孚、及直系諸將領，已擊敗以段祺瑞爲首之皖系，又擊敗東北之奉系。曹錕以爲天下更莫余敵，遂有問鼎政權之舉。乃利用臨時約法，並曲解其條文，施行賄選。復以逼宮手段，驅逐合法代行總統職權之副總統黎元洪，交出印信。黎總統以其非法，擬携帶總統印信離開北京。行至廊房，即被曹錕部下王承斌所刼持相持終日，總統印信，卒被其刼回北京，賄選篡奪之奸謀得逞。而當時負責拱衞京師之馮玉祥所部，亦以罷餉不負拱衞之責相要脅，故黎亦不得不走。聞黎原擬去廣州，後未能前往，乃隱居天津。

民國甲子年，直系軍閥齊燮元指揮其駐蘇軍隊，驅逐皖系駐滬之盧永祥，名爲統一江蘇全境，實乃強奪滬地之權利，因而引起奉直第二次戰爭，結果馮玉祥反戈，直系失敗。軍閥無國家觀念，漠視人民痛苦，且無時代政治眼光，可恨亦復可憐，其崩潰滅亡，意中事也。

至民國十六年我國民革命軍抵達武漢，鄰邦日本，謀我更急，對我分化挑撥之卑劣手段，幾無所不至。當時曹吳孫等均已潰敗，無力抵抗。惟東北軍仍極完整有力。日人奸謀分化，亦無所不用其極。幸各將領均以國家爲重，絕不爲動。蓋鑑於東北所處環境險惡，稍一不愼，不但其本身有滅亡之危險，且將引起整個國家之嚴重問題。當時張作霖氏電請息爭，共謀國事，同心一致對外。日人計不得逞，惱羞成怒，乃起殺張之心，藉圖侵佔我東北之惡念，乃有皇姑屯爆炸案之事件！當時並有日本軍人組織之參謀團數人，至本軍駐馬廠之軍部，對余多方遊說，謂本軍一切需要，日人均可幫忙援助，軍餉、軍械，皆不成問題等語，極盡威脅利誘之能事。予乃以大義向其開說謂：「中日兩國同文同種，同處亞洲，乃兄弟之邦，應眞正親善，携手共進，互助援助，保持兩國強大，以維持兩國和平。今貴國無端用武力佔據我國青島、濟南，爲貴國着想，實不合算。蓋佔據青島、濟南，必須留置足夠維持該地區安全之兵力，如此，則不僅軍費之負担可觀，且必引起兩國間無限期糾紛，使全中國四億萬人爲之憤慨不平，以仇視貴國，積久必兩敗俱傷！貴國如欲爭取市場，以發展經濟，祇要我們兩國眞正親善、平等互惠，則市場之爭取，與經濟之發展，均不成問題。本人分屬現役軍人，只知守土衞國，好意實不敢接受云云」。彼等乃失望而去。旋接天津來電，約予至津開會，隨將所屬部署完畢後，即至天津。其時東北軍已出關，而張作霖氏亦在皇姑屯被日人炸斃，參加此次會議者，僅直魯諸將領及少數曹吳舊部，以及段系之張敬堯等。張敬堯主戰最力，余以「青、濟既爲日本所據，實乃中華民國全國軍人之恥辱！同時京津兩地，一則爲吾國古都，中外矚目；一則爲吾國第二大商埠，國脈所關，不能再步青、濟後塵。現日本仍然虎視眈眈，京津附近萬不能作戰，使此地區遭受糜爛，引起日軍又乘機侵入！造成吾人與國人無見面餘地！目前局勢既無作戰之必要，爲避免同室操戈，日人坐收漁利起見，亟應先將軍隊撤出京津，使地方免遭戰禍。兩方力量，同爲國家元氣，如再對消國力，爲日人所乘，將不僅騰笑萬邦！且將爲中華民族之萬世罪人」！張效坤連稱可以商量，而張敬堯堅持主戰，致使會議無結果而散！次晨，有直省督署參謀等數人，來寓面囑余：「萬勿輕率前往督署，因褚玉璞及張敬堯等，對公有暗害之陰謀，千萬注意，非我等親自來請，切勿前往」等語。予聞之，即回至法租界外之西營盤防地，一面誥誡所部軍隊，嚴守紀律，並嚴令市區駐軍，維持秩序，確保地方治安，以免外人藉口生事。當時青濟既被日軍強佔，日人之氣焰橫暴，無可理喻，同時張作霖出關，皇姑屯事件亦已發生！余負保衞平津、及山東部份地區之責，當時不僅日軍對此一帶地區，眈眈虎視，有伺機奪取之野心；即國內不明大義、好亂成性之軍人，與張敬堯等相互勾結，亦蠢蠢欲動！在此千鈞一髮，內憂外患危機情勢下，若不愼重應付，必演成青島濟南之第二！則日後對日交涉之困難，不知到何種程度？以後之九一八，及長城蘆溝橋事變，必提前發生於當時！幸張敎坤深明大義，亦有鑒及此，遂以全軍屬余。余乃一面嚴申紀律，標擧保境安民；一面整軍經武、防制日軍窺伺平津。毅然電請息爭，以促成國內之和平統一，保全國家實力，共同對外，至是北伐乃告成功，統一大業於焉完成。

國民政府於南京成立後，駐北平之總司令行營主任何雪竹先生，調回南京，就國民政府參軍長職。吳禮卿先生暫代行營主任，楊耿光先生任行營參謀長，閻伯川先生任平津衞戍總司令，商震先生任河北省政府主席。我部則以第六軍團總指揮名義，分駐昌平、南口一帶。

某日楊耿光參謀長來余處面談云：「現有難於應付之重大事件，特來請敎」。余謂：「祇要力所能及當盡力以赴」。楊云：「某總指揮及某某，已商得某人同意，以某人代閻爲平津衞戍總司令，某人代商爲河北省主席，兼天津警備司令，請余以總司令名義命令發表。若照彼等意見作去，平津必發生變亂，關係國家與個人前途，至爲重大，但勢逼處此，弟又深感無法拒絕，兄與雪竹兄爲老友，雪竹兄與總司令關係密切，而兄又掌握重兵對此必有周全良法以敎我也」。余謂：「此事似不甚難，我已約請某人及白、陳、商等即日檢閱我之部隊，請兄亦來參加，到湯山後，可托病留在該處，休養數日，則彼等即無法相強，或可消弭於無形。耿光當時喜動顏色，連稱此計絕妙，約定照辦。至時，余乃大張軍勢，白、陳等檢閱至南口、延慶一帶。見余軍容甚盛，頗感意外。到湯山後，楊即宣佈因病留湯山休養，暫不回城。余更深表歡迎。當時在場之別具野心諸人面面相視，該項陰謀得以無形消滅。

當夜，余與耿光兄談：「吾國歷史，自珠江流域經黃河以達灤河，至長城地區之新興勢力者，甚少先例，今國民革命軍能有此成果，應兢兢業業，以天下之心爲心，示人以誠，善爲保守，藉收統一之功。若任彼等輕擧妄動，僞矯統帥命令，行此搶奪地盤之謬擧，予人以口實，不但閻不得善罷甘休，而虎視眈眈，反覆無常之馮玉祥，亦必乘機而動；散處平、津、青、濟之日本軍，更可藉口以步侵佔濟南、青島之後塵，蹈隙而入，造成內憂外患之極大混亂，如此，則國家前途，將不堪想像！故敢不避怨尤，採此斷然手段，弭隱患於無形，以保存國家元氣，爲他日抵禦外侮之用，再不應輕啓內戰之端。余自來本此觀念，以貫澈余之主張，平生領兵常至二、三十萬，蓋無時不以此爲事上敎下之準則也。

國民革命軍總司令　蔣公，此際一面致力於東北之和平易幟，一面倡議編遣，所節省財力人力，用於建國事業。然其時馮之第二集團軍，閻之第三集團軍，及李之第四集團軍，對於編遣會議方案，均有微詞。余時任第六軍團總指揮，直轄於　蔣公所兼領之第一集團軍，即首先贊成編遣計劃。當時余所轄爲第十一軍（余兼軍長，副軍長栗翔代理）第十二軍（孫殿英任軍長），第十三軍，（張冠五任軍長）以及軍團直屬之補充、騎、砲、工、輜各團，通信衞生諸隊，不下十萬人。遵照方案改編爲國民革命軍陸軍第四十八師，一個師，又獨立第三旅，一個旅。經本軍團各將領會商決定，以第十一、第十三兩軍，及軍團直屬兩軍諸團隊，改編爲陸軍第四十八師，余任師長，馬登瀛任副師長；第十二軍改爲第三旅，孫殿英任旅長，仍歸余指揮。第四十八師轄三個旅，步兵第一四二旅，張冠五任旅長，步兵第一四三旅，栗翔任旅長，步兵第一四四旅，金廣印任旅長，其他直屬團隊亦加以充實，即分駐北平北側，昌平、湯山、南口、及長城居庸關外延慶懷來一帶。於民國十七年底，改編大體就緒。

（未完，待續）

神秘的東南之行

周恩來評傳（二十）

嚴靜文

自從長沙大火，南岳會議之後不久，一九三八年十二月間，周恩來去到重慶，從該時起到一九四六年五月，國民政府還都南京爲止，除曾一度赴莫斯科之外，他經常往返於重慶和延安之間，前後約七年半的時間。這在周的生命中是相當長的一個時期，也是國際局勢和國共關係發生重大變化的時期。

周陳在重慶重逢

在前一章裡已經提到，武漢撤退時，王明、秦邦憲等自武漢撤往延安，隨後去了重慶，而周恩來則偕葉劍英繞長沙、衡山去了重慶。一九三九年一月，周和王明在重慶重逢，又是另一番氣氛。陳紹禹（王明）帶來了中共中央的新決定，原設武漢的中共中央長江局改爲中共中央南方局，並以第十八集團軍駐渝辦事處爲掩護，設在重慶紅崖嘴山坡上。南方局主要領導幹部系列如左：

書記　陳紹禹（王明）
組織部長　秦邦憲
宣傳部長　何克全
統戰部長　周恩來
軍事部長　葉劍英
社會部長　李克農（派駐桂林）
婦女部長　鄧穎超
委　員　董必武（協助統戰）
委　員　林伯渠（協助統戰）
委　員　廖承志（派駐香港）

長江局原轄中共中央東南分局，現在東南分局擴大爲東南局，與長江局成了並行的機構。又另設中原局負責領導華中黨務。

南方局所轄範圍包括四川、西康、貴州、雲南、鄂西、湘南、江西、廣西、廣東、香港等地。

獨立的東南局，以新四軍的活動地區爲中心，包括江蘇、浙江、福建、安徽諸省。

東南局的領導幹部系列如左：

書　記　項　英
組織部長　曾　山
宣傳部長　郭　潛
軍事部長　陳　毅
婦女部長　李堅貞
青年部長　陳丕顯

中原局領導幹部系列如左：

書　記　劉少奇

副書記兼組織部長　朱理治
友軍工作部長　小　項
青年部長　吳祖貽
秘書長　郭啓卜

中原局下轄七個邊區黨委：①鄂西北區黨委書記王翰，②鄂中區黨委書記錢瑛，③鄂豫皖邊區黨委書記郭樹勳，④鄂豫邊區黨委書記向明，⑤豫西區黨委書記劉子久，⑥豫西南區黨委書記王闌西，⑦蘇魯豫邊區黨委書記吳芝圃。

仍不能獨當一面

從上述的人事配備來看，使人得到下列印象：

首先是王明依然忠心耿耿於莫斯科的路線和要求，離開大本營延安，親自掛帥到重慶搞統戰，維繫國民黨，鞏固抗日統一戰線，絆住日本北進進攻蘇聯。

其次，周恩來依然是王明的配角，在南方局裡排名第四，與在長江局時無殊。換言之，他仍不能獨擋一面施展抱負。

第三、劉少奇一直鬱鬱不得志，現在平地一聲雷出任中原局書記，權力躍升周恩來之上，顯示毛澤東已經獲得王明相當信任，否則王明不會讓劉少奇掌握實權。

當時中共設在重慶的機構甚多，大概分左列幾個系統。

（一）南方局設在第十八集團軍駐渝辦事處內，王明等雖然主持大計，但是辦事處主任則由錢之光担任。

據蔡孝乾（曾任中華蘇維埃內務部長，台灣省委書記）的記載，錢之光是江西時代毛澤民的妻舅，當時毛澤民任「國家銀行」行長，錢則任對外貿易局局長。延安時代曾任八路軍西安辦事處副處長。現在調任此職，頗值得推敲，第一此人是毛的至親，必然作毛的耳目，起監視作用；第二，錢之光上海商人出身，頗適合辦總務，做辦事處主任必可稱職。

（二）新華日報由武漢遷重慶繼續出版，社址設在磁器口高峯寺，在工作系統上應直接受南方局宣傳部長何克全的領導。不過據主持新華日報的潘梓年回憶說：

「在整個的抗戰時期，我的工作崗位始終是在新華日報，在這個時期內，差不多一直是在周恩來同志領導下進行工作的。現在回想起來，周恩來同志的領導，至今還在自己身上發揮作用。在那時候，同志們也就經常這樣說：「在工作中有『周恩來同志在』這樣一個強有力的感覺。」又：「……恩來同志對我們的直接領導是從在漢期間的後期開始，一直到一九四七年三月初向延安撤退為止。」

據知一九四〇年夏天周從莫斯科歸來後始任南方局書記，其間差不多有一年不在重慶，實際上無法直接領導新華日報工作，乃極為明顯。因此可推斷在一九四〇年七月以前，新華日報應受何克全領導。

（三）南方局的統戰部，就設在上清寺曾家岩五十號的「周公館」，由秘書徐冰及董必武、林伯渠等協助。

（四）南方局轄下各重要據點及其負責人如左：

A・第十八集團軍桂林通訊處，李克農為主任；

B・第十八集團軍貴陽聯絡站，由鄧止戈負責；

C・第十八集團軍長沙通訊處徐特立返湘，加強統戰工作；

D・新四軍駐南昌辦事處，初由涂振農負責，後改由黃道任處長，陳家康任秘書。

E・新四軍駐平江通訊處，以涂正坤為主任；

此外在成都、昆明等地，則設有新華日報聯絡處，生活書店，新知書店等為掩護據點。

如此龐大的工作網，可是皆非周恩來所能掌握，他所担任的統戰部規模最小，而且任務十分抽象，最重要的一項具體工作，是對參政會的工作，因為那是當時國民黨高級官員及各黨派領袖，無黨派名流薈萃之所，可惜他不是參政員；即使是參政員，也沒有多大作用；因為王明親自領導參政會的活動，沒有周恩來置喙插足之餘地。大概周恩來沒有多少工作可作，因此一九三九年二月乃有東南之行。

懷重大任務東南行

所說東南之行，表面理由是返紹興故里探親掃墓，其實是向新四軍及東南各省黨負責人傳達六中全會以後中央的指示。其實這一工作用不到他去作。第一、十二月他才從湘桂來，僅兩個月就轉回去，顯得重複，沒有必要，容易為人所疑，如果只是傳達中央指示，絕用不着他親自出馬，因為要傳達的中央指示太多了。第二，他當時仍任國民府軍事委員會政治部副部長，目標太惹人注意，傳達中共中央的指示也不適宜。

據以上兩點來推斷，周此行一定有非常重大的任務，非他出馬不可。同時他一定也會欣然前往，因為他還是中共中央軍委副主席，可以去籠絡新四軍，去和老戰友項英敘敘交情。

這次東南之行，二月出發，四月下旬始返抵重慶，前後約兩個多月。

周恩來三月上旬抵達江西，日軍三月二十四日即攻陷南昌。因此當他抵江西時，情況已非常危急，但仍按照預定計劃去到新四軍駐南昌（高陞巷）的辦事處，並以政治部副部長的身份，接見了大批共產黨籍的中央軍的軍官，大部分是當時駐防江西的商震將軍麾下第二十集團軍的中級軍官。據說他在南昌住了三天，接見的人川流不息。

離開南昌他來到吉安，拜會江西省政府主席熊式輝，並在旅邸接見了法共「人道報」女記者西蒙。

三月中旬，周恩來由吉安抵達上饒，寓東湖旅社，拜會第三戰區司令長官顧祝同，洽商有關新四軍的後勤補給及作戰地區等問題。當時新四軍即配屬第三戰區，受顧祝同的指揮，後來皖南事變，下令解決新四軍的也正是顧祝同。

在上饒期間秘密會晤江西省委書記黃道，聽取報告，指示工作。

在上饒期間，新四軍派來兩部軍用卡車及衛隊，護衛周恩來赴浙江。按照他的路程，本應先赴浙西晤浙江省主席黃紹竑，可是他却掠過浙西，先到浙中的金華，有所佈置之後，再轉回頭到浙西會晤黃紹竑，並同遊天目山，假做閒適無事的樣子，其實他正滿懷心腹事。他所以先到金華，是送信給新四軍副軍長、政委、中共東南局書記項英，約定在蘭谿晤面。

與黃紹竑作別，他先逕返故鄉紹興（浙東），四月初又返回金華，因為項英還沒趕到蘭谿（金華之北），因此在金華停留了一周之久，在那裏忙於酒宴應酬，並應各處之請發表講演。同時並秘密會見中共浙江省委書記劉英，檢查工作，傳達指示。

當他離開金華時，揚言即過江西返重慶，其實，他所乘的軍車，一離開金華即轉道北駛蘭谿，在那裡和項英作了數日長談。據當時與周恩來同行的江西省委書記郭潛回憶說，周項二人會談左列四項問題。

（一）「傳達六中全會後中共中央之若干決定。緣因中共六中全會，一般記載說是舉行於一九三八年十月至十一月，但其實際開會日期為四十天，即九月廿八日開幕，至十一月六日始結束。項英出席了這次會議，但因不能久離新四軍，故他於聽完毛澤東之『論新階段』報告後，不待會畢，即離延返皖，以後之若干具體決定，項英並不瞭解。周恩來雖亦提前離會，但在重慶南方局成立時陳紹禹等已作詳細傳達；此次周恩來又將若干問題轉達給項英。」

（二）「傳達中共中央關於新四軍作戰的決定。規定新四軍要積極向東向北發展，即新四軍江南部隊於茅山根據地建立之後，一面向東即向海邊推進，一面渡江向蘇中蘇北發展，並應放手發動敵後羣衆武裝鬥爭；新四軍江北部隊即第四支隊（

按：支隊司令高俊亭），則須加強領導，成立江北指揮部，並應積極向東推進，無論如何要越過津浦路東，與北上之江南支隊和由山東南下的八路軍聯接，創造華中根據地，使與華北根據地聯成一片，控制華中華北廣大地區。」

（三）「商洽三個中央局指揮範圍與協調聯系問題。即南方局，東南局，即將成立的中原局間之指揮地區之劃分……。」

（四）「決定東南局與江西省委之人事調動問題。緣因江西省委書記黃道，要求調派江西；協商結果，決定東南局宣傳部長郭潛調返江西，接黃道再度出任江西省委書記，……關於新四軍駐贛辦事處，亦改派郭潛以新四軍參議名義任處長。」

除了上述四項主題之外，周恩來也談到毛澤東與賀士貞離婚與江青結婚的問題，由於毛會發電通告各單位，幹部和黨員多有不滿的批評，周恩來囑項英代爲解釋誤會。其實項英自已就是反對最烈之人，他斥責毛貪新厭舊，而項英之妻是一纏足婦人，夫婦感情極佳。

在周項會談中，項英對新四軍之作戰方針會感到懷疑；他說「六中全會」的決議是強調國共團結，強調互助互讓精神，而國府軍委會指定新四軍之作戰區域爲沿長江東下至江陰，江北則以淮南路沿線爲範圍，如果自行渡江北上，向蘇中蘇北推進，必將與國民黨部隊衝突，此不僅違背軍委會命令且亦與中共中央六中全會精神不符。周恩來則答覆說，這是中央的決定，東南局和新四軍必須堅决執行，江南支隊無論如何下半年必須渡江北上，至於發生什樣後果，到時再作考慮應付。

陳毅崛起的關鍵

以上周項會談的幾項問題，最值得注意的是第二項問題。對此有三點值得一說。

（一）首先值得注意的是中共中央路線的轉變。一九三七年八月洛川會議時，周恩來爲堅決反對毛澤東乘抗日戰爭擴大實力的方針；王明自莫斯科歸來後，尤其着重國共合作，抗日以保衞蘇聯的方針；六中全會且是「擁護的大合唱」，而現在居然改變了方針，顯示自一九三八年九月到十二月王明等在延安的期間，一定受了毛澤東的影响，改變了主意；可能的改變是：從全力與國民黨合作，轉爲在不碍合作原則下積極擴展實力。

②另一方面，一九三八年十月當時，八路軍已擴展到十五萬餘人，而新四軍僅有二萬五千餘人，爲了加速擴展新四軍的實力，也最好向江蘇中部和北部發展，因向南發展會直接與中央軍衝突，而蘇中蘇北則是靠近日軍佔領，在敵區發展實力，即有衝突也容易解決。

③周恩來和項英雖然一向關係親密，但是關係最深的則是陳毅。周希望能給陳毅較大的權力，增加自己在黨內的份量，也是人情之常。因此，他可能提出陳毅負責率部北進。事後得知負責北進的果是陳毅和張雲逸。

北京出版一九五七年的「中國人民解放軍三十年」載的：

「新四軍江南部隊一九三九年春夏之間，組織了東進縱隊、進入蘇州、常熟、太倉一帶，開闢了游擊根據地，並幾次襲擊了上海近郊。江北部隊一九三九年越過津浦路，進入來安、嘉山一帶進行游擊戰戰爭。……爲了便於指揮長江南北廣大地區的游擊戰爭。一九三九年成立了以陳毅爲首的蘇南指揮部和以張雲逸爲首的江北指揮部。到一九四○年新四軍已發展到十萬人。」

陳毅本是新四軍第一支隊司令，所部是全軍的主力，現在竟伸到江北去發展實力，此事是對他、對周恩來對中共都是一項重大關鍵。

對中共來說，在一九四一年一月皖南事變，留在江南的新四軍幾破一網打盡，幸虧有陳毅、張雲逸兩部隊在江北幸免於難，保存了大部份實力。

對陳毅來說，（一九四○年底在蘇北

黃橋鎮以二千人，殲俘中央軍四萬之衆），他帶兵過江、在江北獨自發展、黃橋一戰，聲名始顯，項英死後繼起領導新四軍，日後乃成為第三野戰軍司令員，與林彪的四野、彭德懷的一野、劉伯承的二野並稱，追本溯源，皆因周恩來這次對項英傳達指示所做的決定。

對周恩來說，自一九四二年王明在延安整風運動中被鬥倒以後，周恩來驟失靠山和「友軍」，而能夠不隨着倒下去，並且仍能保持重要地位，與陳毅的崛起所擁有新四軍的實力以及聶榮臻（時任晉冀察軍區司令）等親信軍人的健在大有關係。這樣說來，一九三九年四月周項會談，是具有重大歷史意義的一會談。

黃紹竑的不同記載

關於周恩來回紹興掃墓一事，大概用了兩三天的時間，只是掩人耳目的行動，做給國民黨人士看，他不是強硬的共產黨員，仍有宗法社會觀念。例如當時的浙江省主席黃紹竑就被他弄得頭暈目眩，他在「五十回憶」中寫道：

「他在金華逗留不久，就到紹興去了。他是紹興人，據說是回家掃墓。這也許是中國人的宗法觀念吧！」

有些寫周恩來傳的人，也據此事論斷周恩來如何孝親，如何敬祖，大概都和黃紹竑一樣，上了周恩來的當。

不過據黃氏的記載，周恩來去浙江的路綫與郭潛的記載有很大出入。郭氏說他先到南昌、經吉安、上饒然後去浙江的、而黃氏說法則不同。

「廿七年（按：一九三八）底，我赴重慶出席中央會議，順便到香港家裡走一趟。廿八年一月裏回到桂林，就遇到他。說是要到浙江來。於是同他由桂林乘湘桂浙贛聯運的通車回浙江。同行的還有新四軍的軍長葉挺。在衡陽停留的時候，南岳游擊幹部訓練班的教育長湯恩伯和副教育長葉劍英到來會面。……此外還有一些教官是中共份子，我所知道的彭雪風（按：應是楓）也是其中之一。在衡陽中央銀行的陽台上，葉挺曾為我們拍了很多照片。

火車繼續東進，葉挺中途下去了：：：我同周氏同車來浙，他當時也算是中央的一個大員，我為盡地主之誼，自然要加以招待。他要到大港頭去參觀兵工廠，我也得陪他去，於是引起各方面非常的注意，報紙上特為登載『黃周同車赴某地』等刺目字樣。……」

黃氏說，他一月裡在桂林會到周恩來，便與他同車來浙，恐怕記憶有誤。果如是的話，他們應於一月底或二月初即達浙江，而周氏返紹興掃墓，當亦必在二月無疑，可是據一份可靠資料——中華民國司法行政部調查局的「關於中共中央委員周恩來來浙經過調查報告」記載說，周恩來於三月廿八日返回紹興抱月橋（保佑橋）掃墓，廿九日在紹興中國銀行行長王子餘家中晚宴。而據郭潛記載，周恩來四月初回到金華轉往蘭谿會晤項英，時間完全銜接吻合，如果是二月初到浙江，則中間空了一個多月，就不接頭了。據此推想，恐怕是周恩來與黃氏同車北上時，途中在南昌下了車，在江西辦完事之後才去了浙江，而黃氏誤記同車一氣抵浙。

但是黃氏所敘，新四軍軍長葉挺曾經同車，過衡陽時葉劍英等來會，則有充份之可能性。

爆發「平江事件」

一九三九年的春天，國共兩黨的磨擦已日益激烈，尤其在華北地區，武裝衝突已不絕如縷。

六月七日周恩來代表中共中央寫了一份公函，給軍委會政治部長陳誠，備言陝甘寧邊區及河北問題的解決辦法，其主旨在要求政府當局認可，中共在上述兩地區擴張的成果。例如陝甘寧邊區（即以中共的陝北根據地），在一九三六年十二月西安事變之前，僅據有保安、神木、安塞等不足四縣之地，西安事變後擴大為十五縣，一九三八年六月周恩來寫此公函時已擴大為十八縣，（其後擴展為二十六縣，該函即要求認可這十八縣由中共自主。

陳誠將周的函件轉上，蔣委員長乃於六月十日召見周恩來和葉劍英二人，對周所提的問題以及國共兩黨合作的問題，做了若干指示。第一點即說：

「一、關於共黨問題之癥結，目前不在陝北幾個縣，而在共黨應有根本的進一步之眞誠，服從中央命令，執行國家法令，為全國革命之模範，而不自居於整個國家體制之外，造成特殊關係，為一般封建者所藉口。」

大概對於所提問題得不到具體答案，而這兩項問題，皆非南方局所能決定，因此周恩來乃於六月十八日離重慶返延安，與毛澤東等商量上述兩項懸案。

在周恩來啓程之前數日——六月十二日發生了「平江事件」。

「緊急指示」出了亂子

從六月七日周恩來的函件得知，到該時為止國共發生衝突的地區全都在八路軍的活動地區，新四軍仍本着抗戰與中央軍合作狀況甚佳，從無不愉快的事情發生，「平江事件」實是第一次衝突，這一事件與周恩來東南之行所傳達的指示」密切相關。也是一九四一、一月皖南事變的前奏。

「平江事件」發生時周恩來雖然尚在重慶，但是在十八日啓程進延安之前似尚未得到報告，茲概述事件的經過。

單就表面的事實而言，「平江事件」至為簡單。一九三九年六月十二日，川軍楊森所部第廿七集團軍部隊，於平江嘉義鎮與新四軍平江通訊處的衛隊發生武裝衝突，衝突中有中共江西省委組織部長曾金聲、省委統戰部長兼湘鄂贛邊區特委書記涂正坤（對外名義是新四軍平江通訊處主任），省委社會部長兼特委組織部長羅梓銘，特委秘書長吳淵等六人被殺。衝突的起因是楊森所部指責共方人員在平江「招集土匪」、「運兵拐逃」；該日楊部武裝人員進入通訊處搜查時立即發生衝突。

欲了解事件的背景，得先於三月間周恩來對江西省委的指示談起。

當周恩來東南之行的旅途中，南昌於三月二十四日被日軍攻陷，他四月中旬由浙江返重慶經過江西，乃代表中共中央給江西省委作了「緊急指示」。據江西省委書記郭潛的回憶，指示的要點如下：

「應作最壞的打算，即預計在日軍進一步深入情況下作緊急的工作佈署，江西省委應即集中力量，以武裝羣衆、準備游擊戰爭，建立根據地為一切工作之中心。周恩來進一步具體指出：在日軍佔領武溪、南昌及將被攻佔之長沙間之三角地帶的範圍，亦即武長路之東、南潯路之西，浙贛路之北，長江以南之廣濶地帶，也就是過去湘鄂贛邊老蘇區為中心，並以幕阜山脈為基地，積極動員武裝羣衆，準備游擊戰爭，創建於新的根據地。」

江西省委根據周恩來這一指示，遂決定以湘鄂贛邊和湘贛邊兩山區作預定的游擊根據地，而自四月下旬起即在湘鄂贛邊區開始武裝羣衆，建立游擊武力。當組織部長曾金聲前往平江佈署工作時即與第廿七集團軍發生衝突。

另一面廿七集團軍部隊進駐平江嘉義鎮，因戰局緊張也積極動員民衆，協助抗敵；不料該地區民衆，竟對軍方人員持反抗與譏評的態度，細查原因因受了中共工作人員的宣傳，這些下級軍官遂採取報復行動，前往新四軍通訊處搜查「逃兵」和「土匪」時遂爆發了武裝衝突。

墜馬傷臂赴莫斯科

「平江事件」發生後，中共江西省委立刻電告中共中央及南方局、東南局及新四軍軍部。

由於王明路綫仍在當令，中共對平江事件和反應極為冷靜有分寸。

周恩來在延安，對平江事件發表談話稱：

「政府當局之處置如何，我們現在尚不知道，但已知者爲最高當局確曾有令查究此事，何總長、陳兼長官（按：應指陳誠，當時兼任第九戰區司令長官），亦曾電告此事。惟經楊森總司令兩次覆電給何，陳兩先生轉復我者，其內容前後不符，顯係其屬下蒙蔽眞相，不敢據實上陳，而以招集土匪、運兵拐逃爲辭，血口噴人，殊爲遺憾！不過楊總司令尚知此事屬於部下妄爲，已將連長撤職，雖尚不足以抵其罪，但較之薛長官（按：薛岳、第九戰區副司令長官）佳午緊電所稱適當措置，顯有很大不同。……想最高當局，本大公無私之懷，必能平反此案。」

不論對多麼激動，複雜的問題，都能沉着冷靜，不卑不亢，表現得四平八穩，恰到好處；這原是周恩來的絕技，這篇談話是篇代表作。

主張擴展實力、對抗國民黨最力的毛澤東當然不肯放過這個大好的煽動機會，八月一日延安舉行追悼平江事件死難烈士大會，毛在大會上以「用國法制裁反動份子」發表講話：

「今天我們一致表示：反對這樣的事，我們要求蔣委員長，要求國民政府林主席，要執行保護革命同志、抗日同志的法律，要全國統一於抗戰，統一於團結，統一於進步。如果法律不靈，再不統一，全國人民就要起來要求，一定要從法律有靈、統一實現、鎭壓壞蛋、鎭壓搗亂份子，鎭壓反動派、投降派、以後不准再有這樣的事情發生。」

這一段話充分表露，毛澤東潛在的與國民黨對抗的意氣，同時在王明路線約束之下，不得不自行抑制，把調子放低的委屈。

大概就在回到延安不久，周恩來墮馬，使左臂受了重傷，大概當時延安和西安的醫藥水準，都無法做最善的治療，而倉猝趕往莫斯科求醫。

他在莫斯科的詳確時間，現在資料無法查考，只知道他曾被邀請出席蘇聯最高蘇維埃於十月舉行的第五屆大會。據日本共產黨首要野坂參三的回憶說，同年他在莫斯科會晤周恩來和他的妻鄧穎超。他大約於一九四〇年六月返國，因爲，由他做代表團長的第一次國共政治談判是一九四〇年七月十六日開始舉行的。

去了一次莫斯科回來之後，周恩來在黨內的地位似稍有改善；若干資料說，當他於六月間由延安去重慶時，他已有兩個新的官銜；一是中共駐重慶代表團團長，二是中共中央南方局書記。不過，我對於在周繼陳紹禹任南方局，是不是有那麼早仍感到懷疑。因該年八月，八路軍還遵照國民政府反攻的軍事方針，在華北發動百團大戰，與日軍鏖戰數月之久，死傷數萬人。顯示八月前後，王明路線仍具有威力。但自十月以後情勢一變，十一月新四軍陳毅部圍殲中央軍第八十九軍於蘇北黃橋，同時新四軍抗命的行動日益明顯，終於一九四一年一月的皖南事變發生。

一九四一年以後王明即亦不在重慶出現，一九四二年一月，毛澤東乃發動「整風運動」，對以王明爲首的留俄派、做最後的一擊，從此使之成爲歷史名詞。

一九四一年是國際和中國局勢發生連串重大變動之年，對周恩來個人來說，則是進入平生最黯淡歲月的開始。

（未完待續）

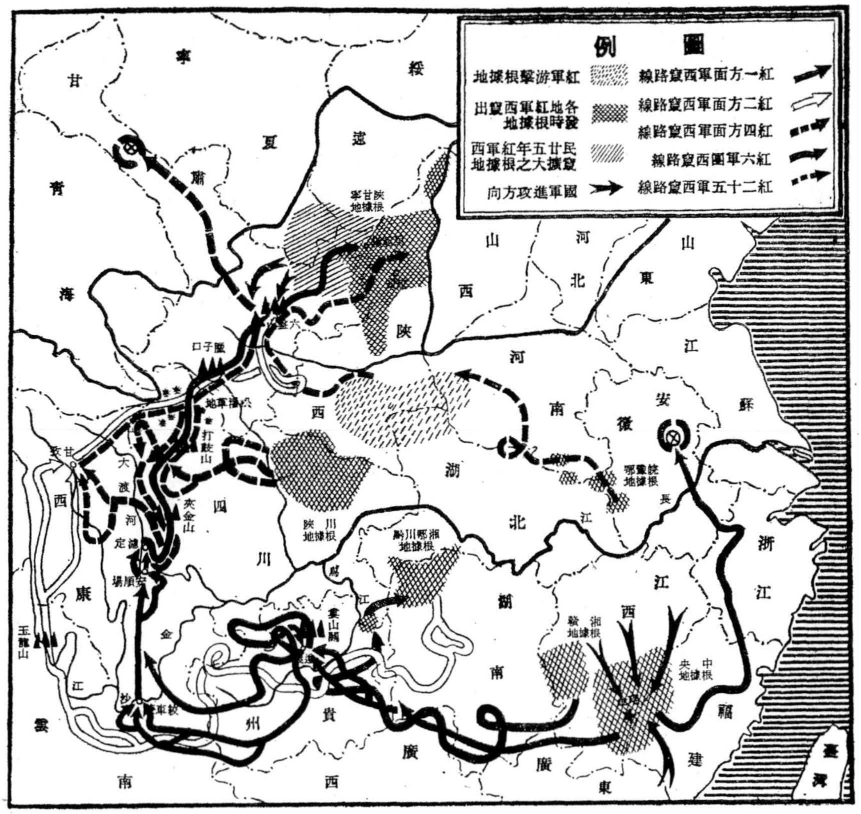

紅軍各部「長征」路線圖

細說「長征」【七】

□龍吟□

當國軍向華容地區大舉進剿攻下調弦口，直指塔市驛時，段德昌即率領少數部隊偷過長江又進入洪湖區，國軍記載四月五日「宋家舖以北之畢家舖、袁家舖、新河口一帶，有散匪出沒，張（振漢）旅長令第二團向該處搜索，匪軍見我軍北進，即分乘小木船二十餘隻，向長江北部渡竄，待我軍追至江岸，即以大力超越射擊，擊斃匪軍二十餘名，我第二團見匪已渡江北竄，乃撤回宋家舖宿營。」（剿匪戰史七二七頁）。

此處雖未說明渡江北竄者有段德昌，但華容方面紅軍祗有此一次機會渡過江北，推測當有段德昌在內，四月五日也正是賀龍攻陷巴東的第二日，國軍正忙於調動，予段德昌以可乘之機。

華容方面殘餘紅軍則逃向洞庭湖畔，自是年三月，中共中央派夏曦任湘鄂西中央局書記，負責領導賀龍，段德昌各部。夏曦到職後，即免去周逸羣特委書記兼軍政治委員職務，周逸羣一怒之下，離開賀龍部，糾合一批舊部至洞庭湖地區另組紅軍，企圖發展游擊戰爭，段德昌部在華容被清剿後，殘餘逃去洞庭湖濱與周逸羣會合，但至五月間即被消滅，周逸羣陣亡。

段德昌逃到洪湖區，此時洪湖區表面雖被國軍佔領，實際廣大地區仍在紅軍手中，段德昌加以組織，又成為支強大武力，乘國軍大部調走，又恢復以前所控制地區。

徐源泉進剿段德昌部同時，即對賀龍部進行封鎖。一九三一年三月下旬命令第三十四師陳渠珍部，佔領龍山、桑植，石門之線，担任南部封鎖。暫編十九旅羅啓疆佔領來鳳、咸豐、恩施之線，担任西部之封鎖。四川第二十一軍劉湘部戴天民旅及郭勳祺旅，扼守宜昌，巴東一帶沿江防地，担任北部封鎖。新編第七旅李宗鑑部及第四十八師徐繼武旅，佔領枝江、公安一線，担任東部封鎖。命令規定各部隊要加強工事，嚴密封鎖，將賀龍圍困於恩施，鶴峰一帶山地，等候肅清段德昌部，再集中全力進剿賀龍。

國軍之部署，賀龍不會不知，也担心國軍清剿段德昌部之後，勢必移師至湘鄂西，就想乘國軍全力向段德昌部進攻時，突破封鎖線，其間曾數次試探突圍，均被國軍擊退。

一九三一年四月四日國軍正全力圍剿段部，戰事發展至最高潮時，賀龍率領主力四五千人，槍四千餘枝，於當日晚突然進攻長江南岸戴天民旅防守之巴東。戴旅防區過長，巴東兵力不足一團，稍作抵抗就退守長江北岸。

巴東陷落，長江上游大震，江北各縣縣長聯電湘鄂川邊區清剿督辦徐源泉，請求派兵馳援。但此時徐源泉正督促所部進剿段德昌部，戰事已進入最後階段，無法調動，祇有電呈武漢行營主任何成濬，請求迅速派兵防守江北。

何成濬也沒有兵，即電二十一軍軍長劉湘即日派兵增援，同時電令駐防襄陽五十三師范石生部注意防禦。

賀龍攻陷巴東之後，於四月七日又渡過長江，攻陷巴東隔江相對的秭歸，四月八日又攻陷應山。賀龍這次用兵異常神速，本來長江天塹，不易渡過，國軍就恃長江之險，隔斷兩岸紅軍，以前豫鄂皖邊區紅軍雖有截斷長江之豪語，但並未能作到，段德昌部與洪湖區紅軍本屬一部，但在國軍進剿洪湖區時，派出軍艦在江面巡弋，兩部遂被割斷，終遭個別擊破。此次賀龍竟在宜昌萬縣之間，長江繁衝之區，輕易渡過，雖未能截斷長江，也算是紅軍渡過長江第一次。

賀龍渡過長江之本意當是爲了衝破國軍封鎖，同時也有牽制國軍解救華容地區段德昌部之意。

此時對賀龍部最有利形勢當爲回竄洪湖根據地，與段德昌部會合，共同對抗國軍進剿。因洪湖不但地形利於守，而且湖內物產豐富，可以供給數萬軍食，其他地區自無此力量。但夏曦却忸於中央蘇區紅軍反圍剿勝利，認爲水不足恃，應當在山區發展。上海中共中央亦曾命令夏曦率全軍回洪湖區，夏曦置之不理，因此，引起湘鄂西蘇區內部爭執，以後湘鄂西特委會撰文指責夏曦「在進攻津、澧時（按此指一九三〇年九月賀龍奉李立三之命，配合紅一方面軍進攻長沙，途中進攻津市、澧縣事）、即提出『離水就陸』的怪論，以後曲解革命根據地是山勢險要，足資依據，選擇五鶴爲根據地主要條件是這樣，經營荆、當、遠及以後退到鄂北也是這樣。並認爲江西紅軍的勝利完全是『東固地方形勢』。他以爲只要山勢依據，何處不可以爭取羣衆，因此，他厭棄紅（洪）湖，寫出『離水就陸』、『洪湖只適宜小部隊逃兵躲藏』、『回洪湖等於落井救人』機會主義的說法（紅旗周報第二十九期，一九三二年一月二十五日出版）。

是時夏曦已死，湘鄂西中央局改爲特委，雖不免有委過死人之意，但大體上說來實有根據。由於夏曦要離水就陸，不肯入洪湖根據地，於是賀龍部就極力向北竄，國軍此時用以對付賀龍的部隊祇有川軍劉湘部第三師，及在襄樊駐防之五十三師范石生部。

賀龍於四月八日陷秭歸，十三日川軍第三師趕到，賀龍就放棄秭歸北竄當陽、遠安四月十八日戴天民旅袁團攻下遠安，賀龍又竄陷荆門。此時賀龍完全採流竄戰術，雖然對國民政府治區可起破壞作用，但對賀龍本部却並無好處，徐源泉認定賀龍既離老巢，東突西竄，漫無目標，不難聚殲，調動部隊向荆門進攻，並採取三面包圍戰畧，到了四月底，國軍克復荆門，賀部竄向京山、應城、天門、皂市各地。

就在此時，國軍部署又有變更，原第十軍四十八師，奉令擴編爲四十一、四十八兩師，四十八師師長仍由軍長徐源泉兼任，四十一師師長由旅長張振漢升任。五月中旬改編完畢，奉令調長沙集中，所遺防務由二十一軍軍長劉湘派隊接替。但此項命令以後可能有變，因六月以後，徐源泉仍留在鄂中，且担任此一地區最高指揮官。

一九三一年六月上旬，國軍在華容地區清剿大體告一段落，乃向江北進剿。當時佈置是第十三師萬耀煌部由京（山）應（城）公路向京山推進，準備在京山以西與紅軍對戰。第四十四軍蕭之楚部在京山亙皂市以西之線與紅軍對戰。第十軍之四十一師，四十八師（欠）、獨立第三十七、第三十八旅於皂市、天門以西之線與紅軍對戰。第三十四師張萬信部於仙桃鎮、沔陽一帶清剿。

賀龍主力在京山、應城、天門、皂市一帶，另一部則佔據潛江之黑流渡、張截港及東西荊河兩岸，段德昌及警備師仍在洪湖。此外尚有李恨冰一支盤據刁汊湖，與賀龍相呼應。

五月十五日國軍張振漢進攻刁汊湖，十九日攻克，當地設有湘鄂、湘西兩省軍委會，第四軍醫院，湘西省蘇維埃、監獄等機構，全部被搗毀。

五月二日蕭之楚師開始向皂市進攻，當日克復，所部王旅繼續北進，此時賀龍在台東廟，段德昌部紅軍第九師在文家墩，兵力似以第九師為最強，因國軍進展甚慢，二十六日始進至文家墩，與段部發生激戰。延至二十九日，賀龍親率所部主力第八師與段德昌合攻王旅，並以第七師向王旅後方聯絡線滲透，企圖截斷皂市援軍。

王旅長當時以一團守正面，吸引住紅軍第八師與第九師，親率一團向北追逐第七師。賀龍、段德昌發現王旅動向，即率主力追趕，與王旅激戰，互相包圍，陷於混戰。

紅軍另一股進犯皂市，牽制援軍，與蕭師于旅激戰。于旅得知王旅受圍，即出擊紅軍第七師，準備增援王旅，第七師最初被擊退，以後又增加援軍阻擊，于旅不能前進，當時四十四師兩旅被分割，陷入兩面作戰之窘境，幸而四十八師黃旅間道馳援，開入皂市，黃旅旅長即後來之名將黃百韜將軍，當時名黃新。

紅軍亦大量增援，猛攻于旅，雙方往來衝殺十餘次，于旅長負重傷，但陣地則屹然未動。

賀龍率紅八師，紅九師圍攻王旅不成，五月三十日轉而向皂市進攻黃旅，血戰半日，解圍之王旅跟踪追至，與黃旅夾擊，戰到十二時，紅軍不能支持，向西敗退，刁汊湖至天門以東地區乃肅清。這一次皂市戰役是賀龍渡過長江後的一次硬仗，雙方傷亡均重，國軍傷亡五百人，于旅長重傷，紅軍傷亡約一千人。

此役賀龍所用戰畧與毛、朱之在江西，張、徐之在豫鄂皖者相同，可知是紅軍一貫戰畧，決非任何人所獨擅。但賀龍未勝反敗，實由於其部隊戰鬥力弱，否則國軍三旅被分割為三部，殆矣。

國軍十三師萬耀煌部由應山向京山推進，未受重大抵抗，但京山地方殘破已極，不僅死屍遍地，且滿地蓬蒿，有田已無人耕種，此等處亦可見賀龍部紀律似不如一，四兩方面軍。

由於攻皂市失利，賀龍內部亦發生糾紛，當時在江西中央蘇區及豫鄂皖蘇區均在整肅改組派，AB團，賀龍在夏曦主持下也發動大整肅，被指為改組派領袖是王壽，牽連被捕被殺的幹部官兵據傳達三千多人，即使數字無此巨大，但也元氣大傷，毛澤東與張國燾整肅異己是在局勢穩定時，夏曦、賀龍却在行軍中展開整肅，此是夏、賀不如毛、張處。

折戟沉沙記林彪（四）

岳騫

四、第二次圍剿

第一次反圍剿戰役由朱德毛澤東指揮，第二次反圍剿戰役則有變化，由於陳毅、滕代遠先後去上海中央控訴毛澤東專權跋扈，任意殺人，中共中央速下兩次命令調毛澤東去上海開會，毛澤東則置之不理。最後中共中央無可奈何，於一九三一年一月十五日宣佈成立蘇區中央局，派項英爲書記，撤銷毛澤東原任總政委，總前委職務，把毛澤東降調爲紅軍總政治部主任，按紅軍編制，總司令與政委同級，參謀長與政治部主任同級，毛澤東由總政委改爲總政治主任，地位上顯然降一級，權力更爲削弱，已失去指揮權。

第一次圍剿失敗後，國軍紛紛後調整補，原十八師只剩一個朱耀華旅，以後仍擴充爲師，保留原番號，初由魯滌平兼任師長，以後即由朱耀華任十八師師長。

紅軍乘國軍後撤，連陷廣安、石城、瑞金，這幾個縣城以後皆成爲紅軍重要據點，瑞金且成爲後來的「中蘇臨政府」的「首都」。

紅軍第一次反圍剿的勝利，雖增强了兵力，擴大了地盤，但是也引起政府當局注意，覺得此股紅軍已非疥癬小疾，決計大舉進剿，派軍政部長何應欽爲總司令，赴贛督剿，一九三一年二月何應欽抵南昌，組織行營，調派軍隊，佈署圍剿。

這次參加進剿國軍，除原有之朱紹良第六路軍，魯滌平之第九路軍，蔣光鼐之第十九路軍，又自湘南增調王金鈺之第五路軍，自魯南調孫連仲之第二十六路軍入贛，到三月下旬集中完畢。

這次國軍方面兵力共計十七個師，一個旅。紅軍番號也有十一個軍，由第一軍團總指揮朱德指揮的第四軍林彪，第十二軍羅炳輝，第二十二軍陳毅。第三軍團總指揮彭德懷指揮的第三軍黃公畧，第五軍彭德懷，第八軍李傑。此外由總司令部直接指揮的第六軍黃智道，第七軍李明瑞，第十一軍古道中，第二十軍劉鐵超。新第十六軍劉德新。

紅軍番號雖有十一個軍，但總兵力據毛澤東以後自稱只有三萬人，平均每軍尚不到三千人，其中有些軍只是虛設番號，由地方民兵臨時改編，至於第二十軍，因AB團事件，全軍幹部被殺殆盡，已不成軍。紅軍當時兵力最强者，仍推林彪第四軍，彭德懷第五軍及由廣西開到江西蘇區的第七軍，因領導幹部皆是正規軍官出身，故兵力較强。

紅軍此次反圍剿戰畧與第一次相同，即集中兵力攻國軍一部，所攻擊對象又在戰鬥力最弱，所處環境又最差者。第一個被選中目標爲二十八師公秉藩部。

公秉藩師會同四十七師上官雲相部王旅於五月十六日發動攻

擊東固，此處在第一次圍剿時爲紅軍根據地，第一次圍剿後，紅軍重心均遷往瑞金，但東固仍爲堅強據點。

東固地處深山中，不但地形險要，天氣亦變化無常，公師及王旅向東固展開進攻，抵達東固附近即遭遇紅軍全力圍攻，公師留守富田之部隊也受到紅軍大部隊圍攻，糧食器材全部破壞，又値天氣陰暗，山地視野不清，空軍無力援助，公師奮力應戰，終以後路被截斷，傷亡過重，無力固守，陣地終被突破。

與公秉藩同時發動進攻的是四十三師郭華宗部，首先佔領源頭，準備協助公師攻擊東固，及至公師被圍攻亦無法聯絡，遲疑未動，延遲一天，紅軍擊敗公秉藩之後，轉而圍攻郭華宗師，郭華宗始下令北撤，原定目標爲水南，中間隔一道河，河水甚深，官兵不能徒涉，所架便橋，又被紅軍僞裝鄉民破壞，郭師進行背水戰，又被擊潰。

處於郭師右方之五十四師郝夢齡部已經攻佔沙溪，準備援助郭師，但已無及，紅軍擊敗郭師後，又由龍崗進襲沙溪，郝師早有準備，自行撤退，但亦受到損失。

第二十六路軍孫連仲部在按照計劃佔領了東韶、水口等地，正要進攻小佈，接到消息紅軍正圍攻沙溪五十四師，當即派出二十七師高樹勛前往沙溪援助，高師行到半途，已遇上紅軍大部隊來攻，一個前衞營陷入紅軍一萬多人包圍中，高師戰鬥力甚強，仍然奮勇前進，擊破紅軍阻擊，進入沙溪，抵沙溪後，五十四師已退走，於是紅軍集中全力攻二十七師，血戰兩晝夜，紅軍死傷甚大，但高師孤軍奮戰，彈盡援絕，打到最後不能支持，乃於五月二十日突圍向招攜退却。

第六路軍朱紹良部第五師胡祖玉，第八師毛炳文，第二十四師許克祥，於四月二十六日克服廣昌，總指揮朱紹良也進駐廣昌。及至聽到五路軍失利，朱總指揮乃於五月二十一日率許克祥師撤出廣昌，留胡、毛兩師駐守。

紅軍擊敗高樹勛師之後，五月二十七日集中主力兩萬餘人猛攻廣昌，四面包圍，毛炳文師前進陣地首被突破，官兵傷亡百餘，胡師情況也危急，師長胡祖玉親率所部抵抗，戰況至爲激烈，胡師長身中兩彈，仍然堅守不退，浴血指揮，卒將紅軍擊退，但胡師長亦因傷重不治。

到五月下旬南昌行營眼見各路均失利，乃下令撤退，結束二次圍剿。

二次圍剿國軍所受的損失實際要大過第一次，因爲紅軍經過第一次圍剿後，得到十八師整整兩旅的武器，裝備大增，官兵信心亦加強，對於游擊戰法也逐漸成熟。國軍仍然沿襲十八師張輝瓚舊路，盲人瞎馬亂撞，兵力雖多，分散各處，爲其各個擊破。

二次圍剿戰役仍以林彪爲主力，有些軍後來歸併，如陳毅之二十二軍，李傑之紅八軍，以後即不存在，由紅軍總司令直按指揮之五個軍，也只有第七軍番號一直保留下來。

自項英到江西蘇區之後，毛澤東兵權黨權均被剝奪，已被排出軍事決策部門，所以從第二次圍剿開始，戰畧指導即與毛澤東無關。但是照當時情形看，項英對毛澤東仍然感到尾大不掉，毛澤東名義雖然沒有兵權，但由於私人關係依然可以左右紅軍將領，對項英百般掣肘，項英沒有辦法，只得向在上海租界的中共中央報告，中共中央也覺得不能壓服毛澤東，對江西中央蘇區即無法控制，於是打出了王牌周恩來，要他到江西蘇區去領導黨軍工作。

共黨組織一向嚴密，所謂鐵的紀律，黨員對上級只有服從的份，毛澤東有何辦法能抗拒項英的領導，推測當是依靠林彪與彭德懷的支持，因爲當時紅軍精銳皆在第四軍與第五軍，尤以林彪第四軍最爲強大，項英對之不能不有所顧忌。

第三次圍剿

第二次圍剿失敗後，紅軍勢力日益澎漲，於一九三一年六月上旬陷建寧、黎川，將贛南與閩西兩蘇區連成一片，江西撫河流域產米區域撫州、南城、南豐均受到威脅。國民政府決計以全力對付紅軍，於是有第三次圍剿。

蔣總司令於六月二十一日抵南昌，以何應欽爲剿匪前敵總司令，指揮朱紹良，蔣鼎文，趙觀濤，陳誠，蔣光鼐，孫連仲，上官雲相，衛立煌諸高級將領，共有部隊約十六師。

紅軍方面番號則較上次減少，僅有第三軍黃公畧，第四軍林彪，第五軍彭德懷，第七軍李明瑞，第八軍項英（兼），第三十五軍鄧剛毅。

這次圍剿，國軍確實用了全力，蔣總司令親到前線臨川，南城、南豐各地視察。國軍於七月一日發動，第一路進擊軍趙觀濤，第二路進擊軍陳誠，在第三軍團朱紹良掩護下，向前推進，紅軍最初也進行逆襲，但被國軍擊敗。七月二日克黎川，解南豐圍，十三日克廣昌，十九日克寧都，陳誠司令部進駐寧都。

紅軍始終不肯與趙觀濤，陳誠進行決戰，將主力集結於寧都瑞金之間，何應欽判斷紅軍將乘隙西竄，命令趙、陳兩部向西推進，陳誠敗黃公畧於青塘，黃部退古龍崗，陳誠部繼續前進，又敗紅軍主力於賴村，趙觀濤則敗紅軍於安福以西之石人嶺。紅軍情況當時頗爲侷促，毛澤東在若干年後提起此役，也說，「此時僅剩此一個墟場（按指高興墟）及其附近地區數十個方里容許我軍集中。」紅軍當時由瑞金、寧國之間西竄，晝夜兼行，繞道興國向北，本意是犯富田、黃陂，襲吉安、泰和，也就是以後毛澤東所自稱的變內線爲外線的戰畧。但國軍發現紅軍此一企圖，也相當機動，陳誠指揮之十一師、十四師先入富田、固陂，蔣鼎文第九師也佔了興國，紅軍西上路徑被截斷，此時第三路進擊軍上官雲相部亦向蓮塘推進，紅軍仍然避強攻弱，決計進攻上官雲相部，自富田以西地區經老營盤，高興墟鑽隙回竄，直撲蓮塘。上官雲相指揮自兼之四十七師，郝夢齡五十四師自沙溪推進，經過四晝夜徒步行軍剛到達蓮塘，立足未穩，突然受到紅軍數萬人圍攻，郝夢齡師力戰數日，殺傷紅軍甚多，但終以衆寡不敵，陣亡參謀長及三員旅長，傷亡慘重，退守沙溪，紅軍繼續向東竄。

這時駐守蓮塘的是第八師毛炳文部，得到蓮塘失利消息，即刻下令所部向黃陂集中，準備迎擊來犯紅軍，但已來不及，紅軍運動較國軍快，由蓮塘回竄紅軍八月十日經南林、小佈等地，猛撲黃陂第八師陣地。當天血戰一日，第八師仍然可以支持，雙方死亡均重。到了第二日彭德懷、李明瑞兩部又趕到，分襲第八師側背及右翼，又兼天降大雨，山洪暴發，第八師臨時建築工事全毀，陣地被突破，死團營長十二員，損失慘重餘部突圍而出。

紅軍此次雖然打了兩次勝仗，擊敗國軍五十四師，第八師，但整個戰局却對紅軍不利，由於紅軍集結進攻郝師與毛師，予國軍以包圍之機。準備殲敵於興國、黃陂之間。但因國內政局有變，國民政府內部分裂，兩廣反對中央，派兵進攻湖南，中央不得不作防禦準備，調江西圍剿部隊至湖南，紅軍所受壓力頓時減輕。

紅軍得悉兩廣有變，國軍將撤向贛州及富田，準備入湘，乃集結全部兵力計林彪之第四軍，彭德懷之第五軍，羅炳輝十二軍，黃公畧第三軍加上直屬軍團約六萬之衆於九月七日，猛攻高興墟十九路軍陣地，蔣光鼐指揮部隊反擊，雙方激戰兩晝夜，肉搏十次，紅軍未能攻下高興墟，死傷慘重，解圍而去。

此役爲第三次圍剿最激烈一仗，事後雙方均自稱大勝，冷靜研究雙方傷亡均重，均未得到眞正勝利，但比較起來紅軍吃虧較大，因爲紅軍自第一次圍剿擊破十八師，俘虜師長張輝瓚之後，除去對陳誠，趙觀濤有小挫，幾乎每戰必勝，國軍前後被擊潰部隊約有四個師。紅軍只要集中全力進攻某部，很少不能攻下，只有這次遇到十九路軍碰了壁，這對紅軍官兵的戰意是一打擊。其次，十九路軍聲稱繳械數千枝，可能是紅軍撤退時，遺屍未及清理，竟然連槍枝一同遺棄，其狼狽情況可想而知。

五、介於周毛之間

自從項英到了江西蘇區，中共中央對毛澤東的壓迫就一日比一日加緊。初步撤銷「總前委改爲中央局。總前委是當時中共在江西蘇區最高領導機構，由毛澤東任書記。總前委改爲中央局之後，改由項英任書記，毛澤東失掉黨權，第二步撤消毛澤東一方面軍總政委職務，降爲政治部主任，毛澤東又失去軍權。但中共中央認爲毛澤東在江西紅軍中勢力根深蒂固，僅撤消名義尚不夠，必須要從根本上把毛澤東排出黨軍範圍，於是有成立「政府」的計劃。

在此以前，中共在江西蘇區活動重點在黨與軍，也設有行政組織，總名爲蘇維埃，如××鄉蘇維埃，××區、縣、省蘇維埃，至省爲止，再高則無。至此，中共中央決計成立中央政府，推毛澤東爲主席，將其逐出黨軍部門。

中共傳統重黨軍而輕政，當在江西時，對犯錯誤的幹部就說「送他去蘇維埃」，所以中共幹部對由黨軍轉入行政部門，不僅視爲畏途，亦視爲恥辱。

一九三一年十一月七日十月革命紀念日，中共在江西蘇區召開第一次全國蘇維埃大會，出席代表六百五十一，通過各項法案，成立「中華蘇維埃中央臨時政府」（簡稱中蘇臨），推舉毛澤東爲主席，張國燾，項英爲副主席。又組織中央革命軍事委員會（簡稱「中革軍委」），選舉朱德爲主席。這一職務以後便成爲紅軍最高指揮官。

全國蘇維埃大會選出六十三名執委，首毛澤東，次張國燾，次項英，次周恩來，朱德排名第六，林彪排名二十四，在彭德懷（十四），賀龍（十九），譚震林（二十）之後，而在劉少奇（三十），陳毅（四十九）之前。

這次大會毛澤東被推爲中蘇臨主席（元首），又被推中央人民委員會主席（總理），不知者以爲毛澤東大權在握，中國國民黨中央組織部調查科出版之「中國共產黨之透視」，亦說：「大會結果，將毛澤東捧至中國列寧之地位，蓋列寧在十月革命後，任俄國蘇維埃政府主席兼人民委員會委員長，而僞中蘇一次大會，則選毛澤東爲僞蘇維埃政府主席兼人民委員會委員長也。」此一說法，亦昧於實情。

中共中央將毛澤東捧爲「元首」兼「總理」，將其逐出黨軍部門，雖屬當時控制中央之國際派所爲，實則仍是周恩來所策劃。當項英向中共中央報告毛澤東不服從黨紀，仍然把持軍權，中共中央即決定派周恩來赴蘇區，周恩來最初準備在全蘇大會前到達，後來可能因路途困難，於十二月中旬到達瑞金。

紅軍攻高興墟失敗後，九月十五日國軍五十二師韓德勳部由興國退向富田，經過崇賢墟，被紅軍伏擊，死旅、團長三，營長六，傷亡慘重，韓德勳幾爲所俘，化裝伙伕跳脫。

徵稿小啟

本刊徵求有關現代史料人物傳記等作品，每千字敬致薄酬港幣二十元，珍貴圖片另議。

已發表文稿，版權即屬本社所有，將來出單行本時不另致酬，但奉贈作者原書二十冊。

來文編者有權酌予刪節之，如不同意，請先聲明，作者請示知眞實姓名，通信地址，作品署名則聽便。

賜稿請寄九龍中央郵局信箱四二九八號，掌故出版社收。

謙廬隨筆

十八

矢原謙吉遺著

沱茶既足，餅乾將盡之際，張復告余曰：

「茶餘酒後，小吃中之天下美味，蓋鮮有超乎四川之「紅油抄手」，「賴湯圓」與「担担麵」者。」

余戲諷之曰：

「君爲川人，曷自任烹飪，治此天下美味，令我一快朵頤乎？」

張開顏而笑曰：

「余於「紅油抄手」與「賴湯圓」，但解如何食之耳。惟担担麵一味，尙可勉力爲之，但亦烹飪術之理論而已。至於親操鼎鑊，則非余所長矣。先生倘欲嘗此天下美味，曷不躬自入厨一試？余當就其烹飪之道，爲先生詳釋之。」

翌日，張果携細麵與調味諸物來訪，余亦欣然入厨。張則立於余後，循循指導。厨僕均聚於一角，遙睹竊笑。吾二人亦不以爲忤，仍悉力以赴。未幾，麵成，味殊不惡，二人各盡數器，捫腹大笑不止。

山中天高氣爽，藍空萬里，令人胸襟一擴。每見遠山之後，烟雲一縷，冉冉而升，不十分鐘，則陰雲壓頂，一片迷濛，迅雷暴雨，亦隨之而至矣。傾刻雨過雲消，重覩晴空，萬物雨洗，更增嫵媚，花前草上，一派清香，松風鳥語，此起彼應。是時也，目不暇接，耳不暇聽，眞如置身仙境矣。

方其雲烟瀰空之際，雖隔案亦不能見人。此時如大敞門窗，戶外雲烟即不待邀而入，迷迷濛濛，似霧非霧，而潮氣逼人。不旋踵即漸淡漸散，化爲烏有矣。

一日，余與張善子坐窗前待雨，張忽謂余曰：

「曷遣貴价聚集家中罎罐於窗下乎？但俟雲烟入甕，立即以紙封之。畧待片刻，即全化爲水，以之烹茗，乃人間天上之享受也。」

余聞之大喜，即命僕价助吾二人「捕雲」。初以之烹「沱茶」，張且啜且讚，謂余曰：

「苟有吾紙筆在此，可立繪一幅也」。

後，有人告余：廬山產雲霧茶，「捕雲」以烹「雲霧茶」，當更覺詩意盎然也。余以之詢張，張欣然頷之。

山中日必數雨，至是，張每來訪，則非有「捕雲」而烹之雲霧茶不能盡歡。一時，余別業中之空罎空罐，堆積如山。每逢雨來，僕价等則「捕雲」以儲之，所以備欵待張善子之用也。

（二）

牯嶺傍山為市，街道井然，市肆櫛比，儼然有城鎮風，而其整潔有序，似於青島之外尚無出其右者。

山上警察，皆衣白制服，御熱帶盔，彬彬有禮，與南北所習見者迥不相同。山上商店却聚居一隅，而住屋別墅，則分散四方，彼此難相呼應，惟治安則極好，鮮聞有盜竊案，是亦一大奇跡也。

友人告余曰：此乃廬山管理局長譚炳訓之功也。譚初為漢口工務局主腦，雖貌不壓衆，而精明能幹，勇於任事。自調主廬山後，頗欲勵精圖治。惟牯嶺之夏，權貴雲集，翁姑如是其多，兒婦顧此失彼，雖長袖善舞，亦深感做人難耳。

一日，余方詣譚於其官邸，遙見五六彪形大漢，身着綉有「公館」二字之運動衫，尾隨於二身御皮夾克，手執小馬鞭之惡少年身後，初為球戲，繼進燒烤野餐，踐踏於譚家草坪之上，坐臥馳騁，旁若無人。余意頗不懌，遂詢譚曰：

「何惡少，胆敢放肆如是？寧不知此處為先生之私家園庭乎？」

譚之惶恐溢於言表，反顧而言他曰：

「那倒沒有什麽關係，反正都是自己人。——誰不知道他們是孔家的少爺小姐？」

余聞而默然久之。此輩於權貴雲集之區，地方長官私邸之中，居然無法無天如此，則對蚩蚩小民又將如何耶？身為當朝宰輔之人，無能教子，焉解牧民？公憤之難平，天下之擾攘，必矣。

後，余以此事告黃秋岳。黃雖於役中樞而不減書生狂態，笑謂余曰：

「君知此君大號『庸之』二字，出於何典乎？」

余莫知所對，黃莞爾曰：

「此簡稱也。原文實為『庸人用之』耳。」

於此公之夫人，亦即民間所稱為「財神奶奶」者，黃亦大有微詞。據云：此婦之驕橫潑辣，往往出人意表。常自謂：「倘我不因庸之善作田徑賽，成績驚人，得我歡心，我已早為汝曹之『國母』矣。吾妹非余讓賢之功，不得有今日也。」聞者咋舌，而「財神」本人則不以為忤。

「財神」府中有「王副官」者，為孔系「公館親信」中最有實力之人物。王為山西人，係孔之小同鄉，府中為奴已近二十年，雖粗俚無文，而深得財神夫婦信任，且尤以能為欲向「財神奶奶」有所打點者，穿針引線見稱。

「庸公」夫人聚斂成癖，而又巨細不拘，有供必納，毫不作態。王副官既能出頭代表「夫人」收受，亦能迅速向「夫人」轉達供奉者之要求。故凡曾至上海亞爾培路公館中一覲「庸公」者，遂無人不知有「王副官」，亦無人不呼王為「王兄」，敬之諛之，惟恐不至其極矣。

黃秋岳雖寄情詩酒，於功名夙示淡泊，而對一時之風雲人物，則頗多臧否，而尤對孔門不齒最甚，於其陰私亦最稔。黃自云有家在上海，與孔公館近在咫尺，其女傭與婢，悉與「公館」家奴，為「姐妹淘」，且為同一「搖錢會」中人，故公館中之秘聞，外間所不悉者，黃知之獨詳。

黃告余曰：王副官頗懶於出門接洽，暇時亦少，故凡有志報效「夫人」者，多能以銀行禮劵，或書明「王盈泉」與「王盈前」戶頭之銀行存摺，親自向王獻上。熟於此道者，例以封套固封之。外書「王盈泉副官賜納」、「惠納」或「勛納」，則皆為請其原封轉呈「財神奶奶」之數。至於外書「笑納」、「哂納」、「親納」者，則王之份內所得也。

此外，外省之賦稅與財政機構，凡走

內線者，無不於「乾薪人物」中，有一「王盈泉」或「王盈前」在焉。待遇優厚，按月滙滬，而其欵亦泰半入於財神奶奶之「綉房」。王亦以財源茂盛，冬必狐裘，頭載水獺帽，指上巨戒纍然，且擁有二妾焉。

是時，「公舘親信」中，尚有參事李毓萬，中文秘書黃某、許某、郭某、英文秘書喬某。李頗耿介淸白，故尊而不親。黃許郭則淸白不如李參事；有力不如「王副官」。喬某則原出於「財神」之銘賢學校門牆下，其妻劉女士，艷冶多姿，亦爲「財神」之及門子弟，且最得「夫子」垂青。其家中佈置之豪華與西化，咸視「公舘」具體而微。「財神」呵護桃李備至，且時時以「公務」爲名，而移樽就教於其家。喬則不與焉。

是時，得劉於「財神」前一語，其迅速有力，不遜「財神奶奶」。於是，喬府之財源大開，孔系人物中深諳內情者，雖私下不直喬劉之爲人，而當面則惟恐有所得罪，致干天譴也。

喬之誕辰，壽筵大張，賓客如雲，饋贈如山，以「部座」之尊，亦親臨致賀，且洋洋然週旋於賀客之中，言笑甚歡，舉座驚爲異數。宴間，忽有一戲院之「戲票黃牛」，來電話促駕云：

「昨日已有人來包去包廂一座，言明係專爲喬秘書祝壽之用。今大軸戲已開始，名角却將登台，蓋速來乎？」

接電話之僕役，以之告喬劉，均愕然不知何人推愛若是，惟念「祝壽而邀請觀劇」，則此劇必屬佳選無疑，故囑僕役問之：「今夜所演何劇？」

移時，僕朗聲囘報曰：

「老爺，太太，今天演的是「釣金龜」。」

舉座爲之噴飯，而喬大恚。事後，劉曾以重金倩「私家包打聽」，探問孰爲此惡作劇之幕後人物，反覆盤問「戲票黃牛」，亦無線索可尋，蓋來者並非熟客，且純係現錢交易也。事遂寢，而此「戲票黃牛」之聲價，反爲之大噪。頗有好事者以訛傳訛，謠稱「財神」携喬劉與「龜」誕之日，同往戲院觀賞「釣金龜」一劇。於是，購「黃牛票」者，每詢「黃牛」曰：

『汝其該「釣金龜」之「黃牛」乎？吾頗欲一見之。』

余詢黃秋岳，「庸公夫人」素以精悍潑辣著稱，雖開國元勛之巨人，統兵百萬之總戎，亦推之讓之，此獠獨不能「御夫」乎？

黃笑曰：「伊之病，在有一「義子」耳。此君出於名門，富於家資，而倜儻風流，遠遜當年但能賽跑，終生非醋不飽之「財神」。其所以號稱「義子」者，亦楊貴妃之呼安祿山爲「兒」也。此義子今已貴爲「局長」，而辦公之處，向在「楊妃榻」上。雖同僚諸儕，私下嘖嘖不休，而「財神」則安之若素焉。」

「久之，『部座』垂青於喬，下問於劉之秘辛，已入「夫人」眼底。於是，房第風雲日惡，最盛時，相詬之聲，徹戶可聞。夫人呼「部座所鍾」爲英文中之「母狗」；而「財神」正式冠其妻」以「破鞋」之雅號。——「破鞋」者，意謂「人人皆可取之」，亦晉中娼家之別稱也。

戰久而休，「部座」有其「門生」；「夫人」有其「義子」，各得其所，遂亦相安毋躁。「公舘」中之僕婢，夫賄妻賂，左右逢源，財源既暢，遂亦得其所哉。

時，「部座」常以「心臟停跳」聞，夫人嗤之以鼻曰：

「心臟停跳者，汝老奴臨幸喬府過密過長耳。

苟彼母狗「停跳」數日，汝老奴之殘喘即有望矣。」

黃秋岳告余曰：該「老奴」聞而赧然，惟屈尊於「母狗」之家如故，足證劉亦人間尤物也。

「財孔」之有「心病」，余於滬醫處聞之再三，諒非虛語。而黃秋岳亦適於「循環失調」與「精力難繼」，乘余過滬時頻頻就診，黃於前朝掌故，民國秘聞，如數家珍，如觀掌紋，故余亦樂與之遊而忘倦也。

（未完・待續）

香港詩壇

臺遊吟草

文疊山

壬子臘月五日晨由臺北乘莒光號火車至嘉義轉車阿里山

一列輕車洞道長，蜿蜒如帶上山崗，蓬壺勝跡於今見，百里松杉翠兩行。

車經吳鳳廟

幾人英烈以身殉，取義成仁石上銘，俎豆馨香長不息，廟前古柏共長青。

三千年神木

神木長年不老春，江山無改歲華新，風雲變態觀今古，雪榦虬枝世所珍。

黄昏抵阿里山

紅霞一抹遠峰低，怪石嶙嶙任品題，四野松巒如在抱，山風伴我過青溪。

夜宿阿里山賓館

山館高臨木石清，奇峰靄靄暮雲橫，冬來未見櫻花放，喜伴寒梅待月生。

破曉乘車登山頂觀日樓

破曉山中景物驕，登樓觀日欲凌霄，霞如少女含羞出，瞬息雲潮似海潮。借句

遊農場過仁壽橋

仁壽橋千日月新，元戎德澤遍南津，披荆斬棘無閑暇，要使天驕識鳳麟。借句

遊梨山農場

曲水一灣廻絕陘，茂林修竹媲蘭亭，閒來坐看風雲變，日影山峰帶遠青。

梨山賓館朝起

皚皚如銀一望遙，羣巒抱雪揷雲霄，天公自是多情甚，指點河山入畫描。

横貫公路

穿山破石奪天功，棧道淩空氣象雄，萬壑泉流涵霽色，雲濤出沒有無中。

車經東海大學訪繼宗

重來學府訪高蹤，竹翠松青未覺冬，妙語解頤人不老，筆端豪氣振霜鋒。

癸丑正初二日立春有作

張方

青陽初暖氣浮天，萬象更新一煥然，可期桃李及時供眼底，江山無語入詩邊，筆下生風雨，不信人間散霧烟，今日宜春又宜酒，何妨共醉接流年。

人日吟

前人

餞歲迎新春，又屆人生日，把盞錦江樓，同叙芝蘭室，酒有陶潛杯，詩有少陵筆，花賞孤山梅，壽頌江南橘，豪情自天來，壘塊從胸出，老氣未橫秋，喜氣自洋溢，叱咤枉風雲，滄海安一粟，異客亦鄉親，歲時談笑密。

紉詩周年展墓

前人

長洲憑弔幾回過，一酹詩魂一放歌，人世嗟如春夢短，墓門愁對亂山多，清才有筆光南海，妙諦無塵入大羅，芳草芊芊思渺渺，懸知雲護水神呵。

上元節感賦

前人

漫街燈火欲燒天，不待良辰色亦妍，東島珠光稱好景，西夷蠻俗愛爭權，何堪一角長潛逸，可笑羣鄰遠乞憐，廿載埋名人已老，客中猶少買山錢。

編餘漫筆

編者

本期出版，適值太原保衛戰二十四周年，本刊特載兩篇專文，太原保衛戰是國民政府退出大陸最後一次血戰，慘烈之處爲任何戰役之冠，本刊以前也曾刊出幾篇報導，但都是旁觀者事後記載，語焉不詳，此次刊出的兩篇倒眞眞是最珍貴的史料，讀者從這次戰役中，可以看出三晉健兒英勇不屈的精神，視死如歸的勇氣，又豈是田橫五百人所可比擬。

昆明戰役已是整個戰事的尾聲，因此不大引人注意，外界知者不多，其實此事亦極富曲折性，過程之驚險，眞有類武俠小說，以後的結果也未釀成大流血事件，南者自南，北者自北。

負笈孫大憶當年，是上期留學莫斯科之續，上文是在途中，末文是在校內，所述孫大當時情景，歷歷如繪。孫大內部不如一批信仰馬克思主義的人所講的這麽好，但平心而論，也不似一般反共人士所想像的壞，雖然這所學校是訓練革命幹部，但畢竟還教人讀書，許多留學孫大的人，實在增長了不少學識，可見當時的孫大還並不盡是專門呼口號，背教條的。

人物方面這次刊出皆是重要的，每個人都有其輝煌歷史。朱子橋將軍，曾任廣東省長，黑龍江將軍，中國最南最北兩個省的方面大員他都幹過，可說是久歷宦海，其人晚年皈依佛門，專作慈善事業，一生動人事跡甚多，陝西大旱時，朱老將軍押車去放糧，因恐有人舞弊，放糧期間，一直未下火車，食宿皆在車上，確實把糧食全交到飢民手上，始走下火車，活人無數，所以當朱老將軍病故時，陝西許多縣份路祭，處處哭聲，此人是民國以來了不起的人物，官雖作的不大，立功即在時人之上。

曹錕人所共知是賄選總統，但其人也頗有長處，居心忠厚一也，知人善任二也，晚節彌堅三也。一般記載曹錕，總是說曹錕扛布去小站賣，被袁世凱看見，召之入伍。此事眞象如何，編者未見過曹錕早年記載，但可以斷言曹錕賣布縱然是眞，但投軍決不始於小站，何以？查曹錕生於一八六二(同治元年)，僅小袁世凱三歲，袁世凱小站練兵始於乙未光緒二十一年(一八九六)(即簽訂馬關條約之年)是年袁世凱三十七歲，曹錕三十四歲，安有三十四歲再當兵之理，即使袁世凱肯收他，充其量也只能當伙伕，不可能十年後就當到了第三鎮統制，足見曹錕之投向小站，並非布販子身份，已經是軍官，不過地位較王士珍、馮國璋、段祺瑞畧低而已。

蔣百里是近代兵畧家，舉世知名，本文對蔣氏一生介紹得頗爲詳盡，從許多小地方可以看出偉人的襟懷。

陳景華的大名，廣東讀者比較熟悉，陳氏使遇太史公，可能會入酷吏傳，但亂世用重典，廣州當年幸而有陳景華的雷厲風行，有罪必辦，社會始得安寧，觀乎今日香港治安紊亂情形，益使人懷念陳景華，如香港有陳景華，而能擁有絕對權力，則不出三月，可卜大治。

傘兵史話，是一篇有價值的史料，作者就是傘兵出身，一切皆親身經歷，當年傘兵還是始創兵種，今日回顧舊事，尤有許多有價值史料，可供研究現代史者參考。

「松花江上話開荒」是史料，是遊記，也是散文，從這篇有趣的文字中，可以看出先民在關外開創基業之不易，今日良田沃壤在當年都是人跡不到之處，全憑一個家庭或部份家族齊心協力，拼手胝足開出田莊，聚田莊而成縣，終於成爲全國物產豐富之區。當初開荒時所遭遇的困難不必說，所經歷的事也奇特，例如野生動物之兇悍，人所共知，但最兇悍者竟是野豬，相信爲所有動物學家所不知，此等處也足以說明古人言格物致知，實有至理。

幾篇連載，均頗受讀者重視，周恩來評傳已經日本中央公論譯載，於本月份刊出。謙廬隨筆更蜚聲各地，不久將出單行本。

本社代售下列諸書

鐵嶺遺民著：

蘭花幽夢（上中下三冊）定價十二元

盧溝烽火 定價五元

民國春秋 第一集 定價五元

神州獅吼（即出版）

丘國珍著：

近代國防觀 定價三元

岳騫著：

瘟君夢 一三二集 每冊定價五元

毛澤東出世 定價五元

毛澤東走江湖 定價六元

毛澤東投進國民黨 七元

紅朝外史 一二集 每冊定價弍元伍角

瀟湘夜雨 定價壹元六角

黃巢 定價壹元八角

掌故月刊社

香港九龍旺角亞皆老街六號B

電話：八四四六七三

蓬萊仙境

掌故

月刊

21

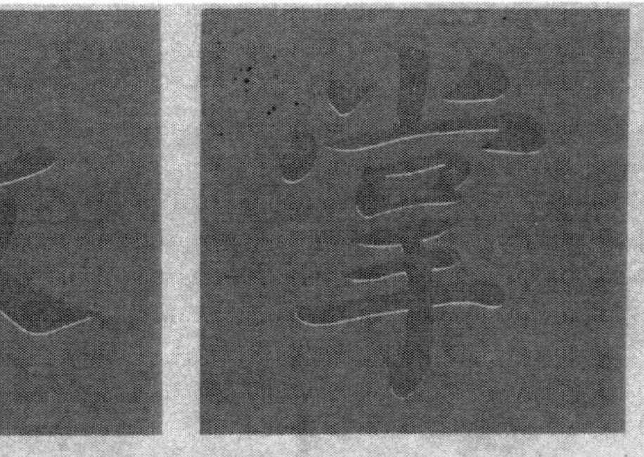

野史·佚聞·人物·風土·

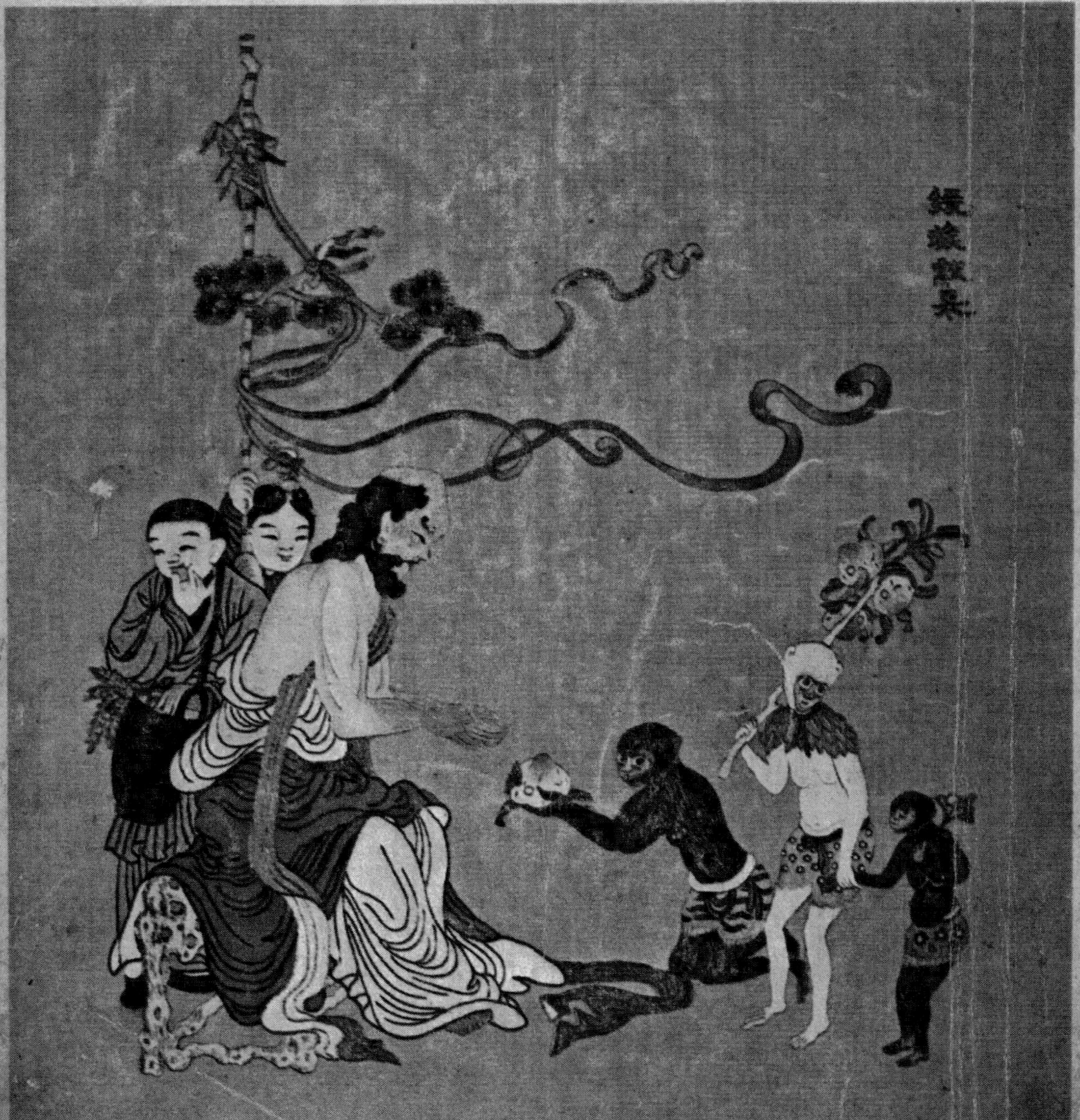

一九七三年五月十日出版

中華月報

一九五三年一月創刊的「祖國周刊」，在一九六四年四月改為月刊，出版滿二十周年之後在一九七三年四月改為綜合性的「**中華月報**」。

這個以「**文化性、文摘性、文滙性**」為特色的大型刊物，設有「**金聲玉振**」（學術思想）、「**秀才樂園**」（時事議論）、「**海峽西東**」（國情報導）、「**天涯比隣**」（各地通訊）、「**大衆小品**」（散文隨筆）、「**時文選萃**」（文摘選載）、「**參考資料**」（文件選錄）、「**人物評介**」、「**書刊評介**」等欄，園地公開，歡迎投稿。

在四月號和五月號的「金聲玉振」一欄中已發表李璜、張忠紱、徐復觀、夏志清、羅錦堂、金思愷等著名學者的論文。在以「秀才未遇兵、有理來講清」為口號的「秀才樂園」一欄，已發表名政論家司馬長風、齊亦魯等作者的精采文章。在「人物評介」一欄中已開始連載名作家司馬桑敦的「張學良評傳」。其他各欄也都內容豐富，不及詳述。

該刊每期一百頁，零售港幣二元，訂閱一年三十元，五年一百二十元。

中華月報社：香港九龍書院道九號

友聯書報發行公司：香港九龍花園街七十三號

掌故月刊 第二一期 目錄

每月逢十日出版

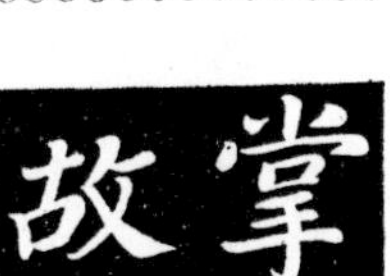

第二一期

一九七三年五月十日出版

每册定價港幣二元正

全年訂費港幣二十元 美金五元

出版兼發行者：掌故月刊社

地址：九龍亞皆老街六號B

電話：K九六一九四四

The Journal of Historical Records

6B, Argyle Street, Mongkok, Kowloon, Hong Kong.

督印人：鄧少卿

總編輯：岳騫

印刷者：和記印刷有限公司 新蒲崗景福街一一〇號超達工業大厦十樓

總代理：吳興記書報社 香港租庇利街十一號二樓 電話：H四五〇五六一 H四五〇七六六

星馬代理：遠東文化事業有限公司 新加坡廈門街十九號 檳城杏田仔街一七一號

泰國代理：曼谷青年文化服務社 曼谷黃橋東北路五六六號

越南代理：聯興書報社 越南堤岸新行街二十二號

其他地區代理：

澳門：可大文具店

亞庇：利民公司

千里達：中華公司

非律賓：華安書局

倫敦：東寶公司

芝加哥：杏林春

波士頓：中西公司

三藩市：新生圖書公司

元藩市：益智圖書公司

加拿大：香港商店

漢城：汎亞書籍公社

寮國：永珍圖書公司

斗湖：光明書店

非律賓：玲瓏書局

紐約：友聯圖書公司

紐約：友方圖書公司

洛杉磯：永安堂

檀香山：大元公司

三藩市：文化商店

加拿大：新國華公司

五三慘案眞史

•關山月•

（一）

「濟南事件」是「九一八」以前，中日關係史上的一件大事。今日事過境遷了將近五十年，許多當日被視爲「絕對機密」的東西，都已經陸續公開。它們所透露的一切，又和一般歷史教科書上的那套老生常談，很有點距離。

那時，自由主義政策的「幣原外交」，正在日本開始受到清算。這種政策，曾經在相當程度上，改善了緊張已久的中日關係。當時比較重要一點的措施，就是：

一、對中國的基本態度，由對立轉變而爲「善隣」。

二、尊重九國公約。

三、決定交還膠州灣，撤除日本在中國設置的郵政網。

四、在「北京關稅會議」上，帶頭承認中國關稅自主權。

五、以自由主義色彩極濃的佐分利貞男，來出任駐華公使。

可惜當時的中國局勢，仍然沒有一點起色。日本軍國主義者，就和政友會，發動了「兩路夾攻」，口口聲聲說：

「幣原外交，雖然獲得了中國的好感，但却沒有收到預期的效果——中國還是亂成一團，而日本在華的利益，却如湯潑雪，大受損失。」

最不幸的意外，發生在「北伐時期」。一些高唱「革命外交」，而又別有用心的過激份子，曾經採用「義和團」的方式，來逼着列強攤牌。——於是，就在「連戰皆捷」的途中，和外國發生了一系列的磨擦。那就是：

A、一九二六年十二月三十一日，「國府外交部長陳友仁，照會美國國務院，對英國提議的一項「口岸繳稅辦法」，提出抗議。他認爲：「上海一地……國民政府本可不戰而得，今必成血戰之地，或使外人商業永受損害，蓋其提議含有危害中國民主主義迅速進行之政策。」

B、一九二七年一月三日，漢口各工團，在英租界與水兵發生衝突，死傷數人。市民包圍了英租界，而且提出了幾項要求：

（一）英方賠償損失

（二）交出水兵，依法懲辦

（三）撤退駐紮武漢的英國兵艦

（四）英國政府正式道歉

（五）租界中，有集會結社自由

（六）租界內的「義勇隊」，全部解除武裝。

（七）由中國派軍警，進入租界

那時，「國府的外交部」，一面根據這幾項要求，向英方提出抗議。一面已經「霸王硬上弓」，派兵佔領了英租界；而且把陳羣派爲駐英國工部局的黨代表。

C、一月七日，九江的英租界，也由中國憲兵和糾查隊，在「因細故衝突」之後，全部接收。

D、一月八日，日本和法國的駐漢口領事，向「國府」外交部長陳友仁探詢：「是否也有收回「日租界和法租界之意？」回答是：「要無條件收回。」

E、一月十三日，美國亞洲艦隊司令威廉、英國亞洲艦隊司令台律特，一致表示：要繼續撤退婦孺，而且準備在上海使用「海軍陸戰隊」來「應變」。

F、一月十四日，英國水兵在長沙登陸。

G、二月七日，「國府」外交部長陳友仁，向英方交涉「英兵退出上海」問題。

H、二月二十七日，「國府」外交部長陳友仁，通知日本、法國和比國的駐華公使：

「中國未有合法政府以前，在北京所訂所議各約，一律無效。」

I、三月四日，漢口「國民黨中央政治會議」決定：

「外交部長陳友仁，應迅速交涉收回漢口法日兩租界。以及廣州沙面英法兩租界。」

J、三月十八日，長沙方面，國民黨當局要求美國領事放棄「領事裁判權」。

K、三月二十三日，英國決定「無條件交還」上海英租界。

L、三月二十四日，「革命軍」佔領南京，向外國領事館、機關、住宅，不斷發生非法行爲。

英美兵艦向城內開炮，導致了重大傷亡。

日本兵艦雖然沒有開炮，但是負責保衛領事館安全的荒木海軍少尉，自認爲「有疏職守，愧對國人」，馬上切腹自殺。

M、三月二十六日，廣州當局以沙面事件，向英國提出抗議，要求道歉和賠償。

N、同日，北京各國外交使團，集會討論「南京事件」。日本代表還主張以鎮定愼重的態度處之。

O、三月二十八日——日本增調驅逐艦八艘來華。

P、四月一日，在「北京使團會議」上，日本還建議：「不用武力調查南京事件」。

Q、四月三日，漢口的日本水兵，與當地民衆發生衝突，華人死傷二三十人，日人被俘四名。日租界戒嚴，而且撤退日僑，兵艦上的炮衣退下。

R、三月七日，武漢舉行對日示威大會，議決了制日條件，而且推舉陳友仁、孫科、徐謙、顧孟餘、鄧演達來組織「對日外交委員會」。

S、四月十一日，英、美、法、日、意，聯合向「國府」提出了有關南京事件的三項要求。

T、四月十四日，「國府」外交部長陳友仁，痛斥五國對「南京事件」的要求。

U、四月二十三日，漢口日租界內，加緊建築防禦工程，江邊停泊的兵艦，也增加到十六艘之多。

V、四月二十七日，武漢當局，因爲面臨兵艦的威脅，忽然軟了下來，成立了「武漢保安委員會」，「取締一切無謀之排外行動」。

這一連串的舉動，實際上對中國的國際地位，並沒有什麽眞正的幫助，反倒給予了外國一種「義和團駕到」的感覺；在客觀上替那些主張「强硬態度」的日本軍國主義者，造成了一個很好的藉口。因此，沒有多久，「幣原外交」就全部垮台，代之而起的是軍部的「長州派」驕子，政友會總裁田中義一大將。

田中上台以後，在外務省次官森恪的一手遮天之下，對華政策當然有了一個一百八十度的大轉彎。

這個森恪，是日本軍國主義者「東方會議」的實際主持人。

「倒袁」的時候，他也曾經想用兩千萬日元的代價，向南方的「倒袁」運動領袖，換取對日本在滿蒙特權的認可。後來，他又和孫科、陳友仁、蔣總司令，都有過一段交往。在他和田中義一，携手合作，大刀濶斧地砍掉「幣原外交」，重新積極展開對中國侵畧的那一段時期，他們的具體政策，大致是這樣的：

A、從專心支持張作霖，轉變爲對張和「北伐軍」雙管齊下，而且還把重心放在後者。

B、在關外，保持張作霖的親日政權，使他能搞成「滿蒙獨立」，來和關內的中央政權對抗。

C、在關內，扶助「北伐軍」，而以默認日本在滿蒙製造的「既成事實」爲條件。

D、基本上和「北伐軍」「劃地而治」，河水不犯井水，在「北伐成功」的光輝照耀下，「不戰而取得滿洲」。

基本上，「北伐軍」也對這個立場，認識得很清楚，而且在一九二七年十月十三日這一天，在日本箱根的田中首相私邸，鄭重地表示「諒解」。在場的人，除掉田中和蔣總司令之外，還有張羣。

恰好在這種新形勢下，忽然爆發了一系列相當讓日本軍國主義者難堪而且啓疑的事件。南京入城亂兵的「越軌行動」，以及日本海軍少尉荒木的剖腹自殺，都使得田中內閣非對輿論有點交代不可。——他和「北伐軍」之間的「默契」，既不能堂而皇之地拿出來「安定人心」，賸下的一條路，當然就是用武力來示威。

這個決定，可能做得相當突然。因此，三月十六日，日本代表還在主張：「南京事件，以鎮定慎重的態度處之。」四月一日，也還在建議：「不用武力調查南京事件」。而只過了兩天，就忽然在漢口大殺中國人，並且很迅速地就把武漢江面的兵艦，增加到十六艘之多！

也就是在這種突然而來的緊張氣氛之下，日本軍國主義者，爲了更有效地侵畧中國到底，也爲了要在「沸騰的輿情」下，多替「政友會」取得些選票，就悍然地出兵到山東去「保僑」，從而造成了「濟南事件」的大流血。

（二）

那時，「北伐軍」已經分兵三路，左翼是孫良誠、方振武；右翼是陳調元，中路是劉峙和賀耀祖，且攻且進，直迫濟南城下。

奉命「死守」的「安國軍」，是孫傳芳和張宗昌的「第一」和「第二」這兩個「方面軍團」，號稱有四十師人馬，實際上大概不會超過二三十萬人。主力就完全靠：

孫傳芳一手訓練出來的第二師、第四師、第七師、第八師第十師和第十五混成旅。

張宗昌手下的白俄兵團和鐵甲車隊。

這些隊伍，因爲不得民心，士氣渙散，簡直不能堵住「北伐軍」的進展。張宗昌當然絕不想把他的地盤，拱手送人，所以就在四月中旬，派了他的參謀長金壽良到青島去，情願在青島和膠濟路沿線，多奉送日本一些權利，只要日本能出兵，揷在「北伐軍」和「安國軍」的中間地帶，使他可以渡過這一關就行。

這一點，當時已經成了半公開的秘密。因此，山東兵工廠長劉通，就從濟南寫過一封信，給烟台禁烟局長梅少珊道：

「我軍如有不測，日本擬於五月一日，進兵山東。所有濟南、青島、烟台、龍口，歸其完全担保之中。交涉已妥，請毋庸慮。」

據有一個資料說：當時的田中內閣，在考慮了張的要求和當時的客觀條件之後，就作了這樣三個決定：

A、派原駐名古屋的第六師團，移防山東。接管鐵路，直至「糾紛解決」爲止。

B、派步兵五中隊，增援天津。派兵到南京去的問題，暫時不談。

C、將山東的中國部隊，加以繳械。

四月十八日這一天，東京就正式宣佈：爲了「保僑」，已經決定增兵山東。據統計：那時在山東的日僑，一共有一萬八千人，只有十分之一，住在濟南一帶。

這一支隊伍，包括齋藤和岩倉兩個旅團，但却一共只有五千人左右。負統率之責的「山東先遣軍司令官」福田彥助中將，除掉可以指揮原駐濟南、青島、博山一帶的第十三聯隊和鐵路守備隊，而且還節制那由「天津駐屯軍」，調去保衞濟南的四個中隊。

東京公佈了增兵的消息之後，中國國民政府，也反應得極其敏銳。二十一日，由外交部向日本正式提出抗議；二十二日，國民黨中央黨部就成立了一個「反日出兵山東運動委員會」。但是，雙方的先頭部隊，都沒有因而減低了自己的行軍速度。——在五月一日這一天，「北伐軍」的第二十六軍、第三十七軍，第九軍、都紛紛攻入濟南會師。蔣總司令和劉峙也在當天進了城，而且命令各部隊「暫駐原地待命」，理由是：

「濟南多各國僑民，須防發生交涉，希……各暫在城外各村落停止，避免混亂。……」

同一天的上午，福田彥助也親自率領了一列鐵甲車和兩列兵車，沿鐵道線，挺進到明水鎭車站。佔領了那個地區的「北伐軍」第二十六軍，派了團長陳時驥去制止他們前進；福田根本置之不理，揮軍逕過。——「濟南事件」，雖然還沒有正式爆發，但是，種種跡象都顯示着一種「山雨欲來風滿樓」的情勢。

（三）

有些人一貫認爲：田中的出兵山東，完全是爲了要給張作霖幫忙。其實，從當時發生的一系列事端，來加以判斷：那種習慣的看法，很可能和事實有一個極大的距離。

一、四月九日，張作霖爲了軍運，把洮南昂昂溪路線上的車輛，調到奉黑路線上去。日本馬上向張提出抗議，而且暗示要「採取強硬手段」。

二、四月十二日，張作霖因爲前方吃緊，要調吉林部隊，星夜入關增援。但是，南滿鐵路當局却正式拒絕，奉軍在長春與奉天之間的鐵道線上運兵。

三、四月十三日，北京方面威脅：要取銷和日本簽訂了的「奉海南滿聯運協約」。

四、四月十七日，張作霖被迫讓步，把洮南昂昂溪的鐵道車輛，交還原處。

五、四月二十六日，北京的外交部，也正式向日本提出抗議，反對增兵山東。

六、東京派遣前陸相山梨米造大將，到北京去勸張作霖「速回關外，保境安民」。

七、日本南滿鐵路當局，和張作霖談判的「吉會鐵路借欵」，「吉敦鐵路墊欵」，都忽然陷於停頓。

八、日本因爲北京和蘇聯新訂了「中東鐵路地畝辦法」的協約，向張作霖提出非常嚴重的抗議。

九、在北京的「中日商約」談判上，張作霖的代表要求：

「航行內河日輪，即日停駛。
沿海航行日輪，定期改訂辦法。」

日本代表要求：

「內河日輪，繼續航行十年。」

結果雙方很僵，北京外交部公開宣稱：日本沒有談判的誠意。

十、張作霖的大將吳俊陞，親自督師，勦滅了在日本駐臨江領事分館副領事田中作與通化領事分館主任書記生阿部又重郎幕後操縱的「大刀會」，把會員叢集的村鎭，十二歲以上的男子，一概「格殺勿論」。

他的這個措施，顯然已經事先得到過張的同意。

根據這些事實來看：張作霖和日本的矛盾，在「濟南事件」以前，早已進入了「相互拆台」的階段，日本軍國主義者，那時是不會為了延長張作霖在關內的政治壽命，來投下自己的本錢，去替他火中取栗的。

所以，福田彥助在和「北伐軍」正式發生衝突以前，部署的要點，似乎的確不在於阻止革命軍向北京的進軍；而是着眼在「保衛」青島、烟台、膠州、濟南這個肥沃之區。當時，他命令：

A、齋藤少將的第十一旅團，担任青州至濟南之間的防務。

B、岩倉少將的第三十六旅團，担任青州至青島之間的防務。

C、上村中佐的第十三聯隊二大隊担任博山至張店的防務。

D、鐵道守備隊，分任濟南、青島、張店三地的護路工作。

E、「華北駐屯軍」的三個中隊，與第十一旅團協同，担任濟南防務，並作巷戰準備。

F、沿線有日僑聚居之處，均須派相當數量之部隊，加以保護。

北伐軍在濟南只住了一天，就覺得許多事都很有古怪。例如：

一、車站，商業中心區和重要路口，都有日軍嚴密佈防，不准中國部隊通過。

二、把「直魯軍」的殘部繳械，槍枝彈藥就都留放在日軍防區之內。

三、用鐵甲車在市區巡邏，並且公開測繪地形要圖。

於是，北伐軍的首腦部，就馬上採取了兩個預防措置。首先是由新任濟南衛戍司令方振武，去拜會福田彥助。然後又由蔣總司令自己約見日本駐濟南的領事西田畊一面談。其實，目的只有一個，就是聲明「對秩序完全負責；保護外僑利益，理所當然。日軍的佈防，實在再沒有必要。」——最初，福田的表現還很識大體，他馬上就下令「撤去日軍在濟南的防禦設施」。

這時，身為日本駐華武官的酒井隆，是軍國主義者「少壯派的急先鋒之一，很相信侵華的八字真言：「無事化有，小事化大」。因此就秘密指使濟南的日本特務機關，在中日兩軍之間的無人地帶，鳴槍示警，引起了雙方的誤會和駁火，而終於釀成了流血飄杵的「濟南事件」。

事件的發生，是在日軍撤除巷戰工事之後，五月三日上午九點鐘。肇事的導火線，有這樣六種不同的說法：

A、中國部隊忽然闖進「滿洲日報」駐濟南特派員吉清良平的私邸，進行搜查，因而發生了衝突。

B、酒井隆指使的特務，向兩邊開槍，因此也引起了雙方同時的還擊。

C、北伐軍的第四十軍賀耀祖部和値崗的日本衛兵，言語之間發生衝突。

D、日本兵不准北伐軍在濟南的店鋪，用中央票來購買東西，因而大起糾紛。

E、北伐軍張貼的標語，日本兵不准老百姓「聚而觀之」，於是鬧成大事。

F、日本兵不准中國部隊進入濟南的商業中心區，因此衝突起來。

總而言之，在五月三日上午九時左右，有一隊中國兵，奉令移駐「戰地政務委員會」外事處（也就是「交涉署」）對面的基督醫院。在搬移的時候，槍聲突起，流彈四飛，兩個日本兵當場回了老家。

下午三四點鐘以後，槍聲漸息，日本兵也已經控制了「交涉署」門外的街道。夜半的時候，忽然撞門而入，其中有二十幾個兵，兩位軍官和一個穿西裝的人。

他們先剪斷了電話和電燈線，然後才用中國話告訴大家：此來只有一個目的，就是想找到白天打死那兩個日本兵的兇手。據判斷：「這兩槍大概是從交涉署裡打出來的！」

緊接着就發生了一件，現代文明國家的軍隊所絕對不會做的事。據當時的資料：

「蔡公時主任……謂：日間所斃日兵，確係爲流彈誤傷。我等外交人員，從不携帶槍彈來辦外交。請貴部隊不必搜檢，免滋紛擾。……

彼尋衅心切……謂必須將全署員役綑縛搜檢。蔡主任以國體攸關，不予承認，乃彼竟恃其強橫，謂若不承允，將行強迫。……由是，除蔡主任外，全署員役均被綑縛，旋復翻箱倒篋，搜尋殆遍，迄不獲一槍彈，乃攫取署中公牘五大包，勢將遁去。……

不半小時，彼復來署，仍執前說……喝令將蔡主任一併綑縛，以相恐嚇。至此，蔡主任忍無可忍，乃操日語致詞曰：

「汝等不明外交手續，一味蠻橫。此次貴國出兵濟南，原係保護僑民，何得借隙尋衅？……至如已死之日兵，如果係敝署所爲，亦應由貴國領事提出質問，則敝國自有相當之答覆，何用汝等如此喋喋不休耶？

若汝等果係奉貴國領事之命而來，則本人即至領事館交涉，亦無不可。」語畢，日本復大譁，……日軍官令日兵以刺刀對所縛諸人之頭部，肆行朘剝。須臾，諸人斷鼻缺耳，血肉糢糊，其狀慘不忍言。

蔡主任目擊之下，大聲呼號曰：「日人槍殺我們了！此種國恥，何時可雪？」言罷涙涔涔下，同人均放聲大哭，羣相痛罵。

日兵益怒，更刀槍拳足，一齊併下，盡力侮辱，後復將諸人分三四組，曳出屋外執行槍決。

依張漢儒所目見，當時蔡主任與張麟書及周某姚某等，爲第一組，實先諸人而殉難矣。

縛於第二組之勤務兵張漢儒，因忙亂中……拾得剪刀，乘黑暗剪斷束縛，乘機逸出。……」

這段記載，在小節上，和一般歷史教科書，以及官方資料，都大有出入。據蔣總司令的「濟案一週年報告」說：

「蔡公時死狀，據其隨從回來之報告，此人於日軍審問時，躲在屋後窃聽。據說：蔡交涉員被綑至司令部後，日軍官命其下跪，蔡不肯。日軍官當場用槍斃死十數中國人示威後，再令下跪，蔡仍不屈。

日軍官命將他腿骨敲斷，蔡倒地大罵，日軍官割下其舌頭，始將其槍殺。」

在當時的「濟南慘案外交後援會」編印的「濟案紀實」中，說得又完全兩樣：

「蔡公於五月三日早八時，在交涉署接事。

槍聲起後，蔡即以電話詢日領。日領答稱：當係誤會，雙方宜即停戰。但槍聲益烈。

蔡自草三函，一呈蔣總司令，一呈黃外交部長，一致戰地委員會主席。三函皆因槍炮過烈，無法送出。

午後四時，日兵二十餘人，闖至署內，在第三樓架炮外射。九時，將署內職員、勤務兵等十餘人，悉縛至樓角，全身衣服，概予洗剝，蔡署長亦在內。九時半，此十餘人悉被槍殺，蔡氏被割去耳鼻，始死。」

這一天，除掉虐殺了交涉署的全部工作人員以外，濟南的日本部隊，還做出了這樣許多無理的行動：

一、包圍了在商業中心區看守槍械的一排人，全部殺光。

二、把駐紮在緯一路廣東會館裡的第四十軍三師七團，包圍繳械。然後又殺掉了一部份，賸下的都押解到日本領事館去。

三、奉命去辦交涉的外交部長黃郛，全部衞兵都被繳械。

二十六枝步槍，弄得一枝不賸。

四、駐在小緯路的第三十七軍第一團，也被包圍繳械，全部當了俘虜。

五、先殺死了濟南無線電台的台長，又用大炮對它大轟特轟。

那時，「國府」的外交部長黃郛，恰好趕到了濟南。福田彥助總部的參謀河野，也正派了憲兵到外交部臨時辦公處，來找他「共商解決辦法」。黃郛建議：由雙方各派一個人，沿線巡行，先使兩邊停火，然後再開始談判。但是，日本代表的態度很壞，先把黃郛帶到福田總部，逼他在衝突報告上，簽了一個「閱」字，又把他一直軟禁到下午七點才放出來。

據蔣總司令在一年後回憶中說道：

「五月三日上午八時，日領同憲兵司令來見，盛誇革命軍軍紀之佳。

去後十餘分鐘，機關槍聲忽起，余命副官查報，始知日軍已與我軍衝突。即命令各師官兵，約束兵士，避免與日兵衝突。一面要求福田：採取同一辦法。

下午，福田派人來述伊之意見，與余相同。

五時，黃郛外長電話，說伊在日軍司令部，囑派汽車往接。

我通知福田，我軍決於下午五時前離濟南，要他約束兵丁，勿得濫放槍炮，殘害無辜。

福田旋要求派員開會，經雙方約定：在交涉署附近會址開會，我即派熊式輝前往。

黃外長回來，我問他何以會到日軍司令部？黃答：槍聲起時，交涉署就被包圍，黃對日軍官聲明身份，日軍官請他到司令部。

黃以與福田有舊，遂去，到時，不見一人，只令坐在一間小屋，要他在文件上簽字，承認中日軍隊衝突，是由於中國兵的搶掠。黃部長不肯簽字，日軍官出手槍說：「汝如要命，就得簽字！」

黃責其無禮，又再聲明身份，日軍官出語益不遜。

此時，黃部長上午派往街頭調查之人，忽同另一日兵回來。日軍官指說：這個中國人，親見日兵一人，被中國兵殺死，汝應簽字證明。黃答：我只能在中國人報告上，寫一「閱」字。日軍官經黃部長簽「閱」之後，始放他回來。

熊代表開會中，日本要求：膠濟路不得運兵，中國軍隊應退出濟南二十里。熊云：我只能回去報告，不能簽字。我知日人目的，在壓住我軍，使中國不能統一，乃命軍隊於當夜秘密渡河。

翌日，日軍探悉，大舉轟炸，我仍留濟南，於六日始離濟，仍留李鄧兩團守衛，與日軍抵抗三日，始退出。」

蔣對這事的處理方式，當時是得到了參謀長楊杰、總指揮朱培德和劉峙這幾個人的支持的。同時，黃郛也以國民政府外交部長的身份，直接打電報給田中義一，提出了嚴重抗議道：

「……五月三日上午，在濟日兵無理起衅，對我駐軍及民衆肆意射擊，當由國民革命軍總司令嚴令我軍離開貴軍所駐區域附近，並命高級軍官自往日軍司令部妥商防制衝突辦法。竟遭侮辱，毫無結果。

日軍並以機關槍掃射，又屢屢開炮，轟擊民房，派隊侵入交涉公署，對山東特派交涉員蔡公時，割去耳鼻，與在署職員十餘人，一同槍殺。

本部長臨時辦公處，亦遭有組織之射擊及搜索。中國兵士人民，死者不計其數。

並侵入我軍駐地，勒令繳械。我軍容忍，不與抵抗。

三日晚十一時，當我軍高級軍官與貴國黑旗參謀長，商議辦法之時，日軍竟放大炮五次，並派員毀我無線電台。四日，日軍所佔區附近，已無一華兵，尤復不斷射擊，以迄現在。……………不特蹂躪中國主權，並爲人道所不容。……」

在事件爆發的那一天，中國在濟南城內的部隊，光是隸屬於「衛戍司令方振武」之下的，就至少有：

第四十一軍

第三十四軍

第四軍團直屬特務團

第四軍團直屬騎兵旅

但都奉命匆匆撤離，只留了三千人「殿後」，這大概也就是蔣總司令在「報告」中所說的「李鄧兩團」。

五月四日上午，由美國和英國的駐濟領事，出頭來加以調解，形勢已經緩和了下來。下午，福田彥助司令官又親自派了代表，到蔣總司令部裡來「聲明誤會」。但蔣總司令却認爲其中可能大有文章，因此，還是繼續把中國部隊撤了出去，而且把他們分成五路，儘快地渡過黃河，「繞道北伐」。同時，又派了戰地「政務委員會」委員羅家倫和曾養甫，去向英美領事館備案：聲明中國軍隊已經離開了濟南。

當天夜裡八九點的光景，槍聲就又越响越密起來。白天的一度緩和，至此又全部付諸流水。

五月五日上午，一向以「反日」來標榜自己的馮玉祥，忽然到了黨家莊，來和蔣總司令「商討北伐第二期作戰計劃」，而且把「革命外交」的急先鋒王正廷，借給蔣總司令去辦「濟南談判」。

這一天，蔣總司令就正式通知了福田彥助：

「本總司令以和平爲重，嚴令所屬，撤離貴軍所佔區域，現在各軍已一律離濟，繼續北伐，僅於城內留相當部隊，藉維秩序。

本總司令亦於本日出發。……

福田一方面對蔣總司令的離開現場，表示「焦急」。一方面却又開始收繳津浦路第一區的中國警察槍械，而且扣留來往車輛，只要一發現中國部隊，馬上就強迫他們解除武裝。

過了一天，福田又在五月七日下午四時，派人到泰安去，向蔣總司令提出了一個「哀的美敦書」，限他在十二小時之內答覆，一共提出了這樣五項要求：

A、中國部隊，必須撤離濟南與膠濟路沿線兩側，二十華里之外。

B、中國部隊駐紮區域，嚴禁一切「反日」宣傳與「排日」活動。

C、對「騷亂」與「暴衆」負有責任之高級軍官，必須「嚴加懲處」。

D、與日軍對抗之中國部隊，必須在陣前解除武裝。

E、爲監視實行上列條件，限於十二小時之內，將辛莊張莊兩兵營，完全開放。

這個「哀的美敦書」，雖然口說「限在十二小時內答覆」，實際上却又在威脅：

「本晚十二時前，如無圓滿答覆，日方即採自由行動。」

中國駐濟南的代理交涉員趙世暄，把它送到泰安車站，交給蔣總司令的時候，已經是晚上八點鐘。大家研究診一番之後，就決定在覆文中，另外提出「六項建議」。那就是：

一、「對於不服從本總司令之命令，不能避免中日雙方誤會之本軍，……當按律處分。

二、本軍治下地方，……早有明令禁止反日宣傳，且已切實取締。

但當時日軍有同樣行動者，亦應按律處分。

三、膠濟鐵路二十華里以內各軍，已令其一律出發北伐，暫不住兵。……濟南爲山東都會，本軍有維持治安之責，應紮相當軍隊，保持安寧秩序。

四、津浦車站為交通要地，本軍應派相當武裝士兵巡防。

五、辛莊張莊之部隊，已令開赴前方作戰。兩莊兵營，暫不住兵。

六、本軍為前日軍所阻留之官兵，與其所繳之槍械，應即交還。

然後，又由戰地政務委員會主席蔣作賓出面，在五月八日上午，派了熊式輝和羅家倫，到福田司令部去開談判。

誰知福田認為：

第一、中國代表到來的時間，早已在「限期」之後。

第二、中國所提的一、三、四項，都「沒有一談的必要」。

第三、從中國的態度來判斷：並「沒有解決這事件的誠意」。

中國代表雖然表示：在日方的五項要求之中，除掉第一項「於北伐軍事，有至大影响，難以承認。其它條件，或可協商。」但是，福田彥助却依舊強硬如故，在濟南正式開始「採取斷然處置」。而且還堂而皇之地，在濟南城內貼出了「宣戰佈告」道：

「大日本山東派遣軍司令福田，為佈告事：照得本月三日突發不祥大事以來，本總司令深憂戰禍波及濟南附近一帶，地方糜爛，人民塗炭，力致和平解決。於七日對中國方面提出條件，要求回答。

但中國方面至回答限期，未接披瀝誠意之回答，反而移動軍隊，向我日軍刻刻準備戰鬥行為。

此種行動，要知華軍方面，不啻毫無誠意，敵對行動，的確無疑。故本軍不得已取斷然處置，貫徹要求，以明保全日本帝國之威信也。……」

這一天，雙方眞的在下午四時之後，打了起來。日軍參戰的有：

第十一旅團的一部份人馬，

鐵道守備隊的一部份，

從華北駐屯軍調來的步兵三個中隊

騎兵中隊

戰車隊

中國部隊參戰的有：

濟南方面——蘇宗轍部的李延年、鄧殷藩兩個步兵團。

黨家莊方面——第三軍第八師

辛莊方面——賀耀祖軍的一部份

田莊方面——高桂滋軍的一部份

馬鞍山方面——楊勝治軍的炮兵團

但是，在這五個之中，只有第二個，眞正打過十幾個鐘頭，其它的四個，都只是遵命挨打，一碰見日軍衝到面前，不是「自動退却」，就是默認倒霉，溜掉了事。

這一天，由日方發動的「敵對行動」，主要的有下面這些：

一、把普利門外濟南醫院中，二十六軍的傷兵二百餘人，全部拖了出去，用機關槍掃殺。

二、佔領張莊、辛莊兩兵營，以及白馬山車站。

三、以步騎炮兵，在戰車掩護下，猛攻黨家莊。

四、襲擊了中國部隊的第三兵站，奪去全部軍米和儲存物資。

五、轟毀辛莊的火藥庫。

六、在段店大殺老百姓。

七、在田莊襲擊正在行軍的中國部隊。

八、派遣飛機，轟炸在泰安的中國部隊總司令部。

九、猛轟濟南城區，即使中國部隊不還槍，也依舊轟個不停。

十、在濟南的商業區，改編了幾百個已經繳械的張宗昌殘部，重新予以武裝，讓他們的担任先鋒。

福田那時的所作所為，自然是存心挑衅，想盡量把事件擴大。而中國方面的對策，除掉「退避」和「不予還擊」以外，也並沒有什麼比較切實有效一些的解決辦法，先命令各軍：

「避免戰鬥……將主力移至大汶河以南地區，暫取待機姿勢。……遇日軍眞面目壓迫時，即後移，……並時取聯絡。……」

同時，却又一反自已在那「六項建議」中，提出的「第二條」下令：

「第三軍，第四軍，應挑選得力官兵，變爲農裝，混住於萊蕪、泰安、肥城、長清各地區內，刺探日軍行動，並鼓吹人民反對日軍，處處予以妨碍爲要。」

這個軍事秘密，形諸於白紙黑字的正式命令，當然也很容易貽對方以肇事的口實。而在一切都非常尖銳化以後，又犯了許多舉棋不定的毛病。其中的犖犖大者，就有：

A、對日方說：一定要在濟南「留相當部隊，維持秩序」。對外說：「仍留李鄧兩團守衛，與日軍抵抗。」而在實際上，却命令濟南守軍：「服從命令，不得還擊。」同時，又在五月八日上午九時，由空軍司令張靜愚，派了一架飛機，到濟南上空去空投了一個給蘇宗轍的命令，要他：

「暫行退出濟南，以利交涉。」

B、既已經在黨家莊大打特打，忽然又在五月九日上午，派了總部參謀何成濬，到福田總部去要求重開談判。却被福田用「先接受五項要求，再開談判」爲藉口，一個釘子碰了回來。

C、在「戰既不願，談又不能」的情勢之下，一面下令各軍：盡量「鼓吹人民反對日軍，處處予以妨碍」。一面却又由中央部發表宣言，勸告民衆：

「務取鎮靜態度，聽候政府交涉。……並向日本民衆宣示：國民革命之眞義，及中日相仇視之謬誤，冀其督促日政府改變對華政策。」

這才眞正是「急驚風遇見了慢郎中」，簡直搞得手忙脚亂。福田彥助也就顯得更加成竹在胸，越發加强了他在濟南和膠濟路的軍事活動：

一、公然派飛機，向中國的濟南守軍，散發「勸降」的傳單道：

「大日本山東派遣軍司令官福田，爲布告事：城內之國民革命軍：……堅示抗爭之意志，屢屢向我射擊，其對敵行動，業已明瞭。日本軍遂决行攻擊濟南城，以武力達成解除武裝之目的。

今後若有自行解除武裝來歸者，無論何時，均釋放之。此佈。

二、炮毀了濟南火藥庫

三、攻佔北邙山和桿石橋

四、拆毀了一段津浦鐵路

五、攻佔黃河鐵橋南端

六、當中國部隊，第二十六軍通過黃河鐵橋時，忽然用密集炮火，加以轟擊，使它傷亡很重。

七、當中國部隊，談經國師在濼口渡河時，發動襲擊，引致了重大傷亡。

八、衝到維口地區，大殺老百姓。

九、炮毀新城兵工廠。

十、對中國部隊的方策軍，發動空襲。

十一、組織小組的便衣隊，在濟南城內大殺特殺。

十二、濟南城內人民，要求日軍停火。得到的答覆是：除非城內中國部隊，全部繳械，絕不停手。

十三、轟炸泰安、兗州，以及膠濟路沿線的仲宮鎮，八里窪。

十四、攻佔了濟南岱安門外各地，猛攻各門，而且釀成了普利門附近地區的大火。

五月九日的深夜，蔣親自從泰安到兗州去，召開了一次，高級軍事會議，討論應付濟南日軍的辦法。——會還沒有開完，福田就已經向濟南發動了總攻：

A、在城外八里凹，設置重炮兵陣地，猛轟各門。

B、先攻入南門，然後再在城樓上架設大炮，轟擊市區。

C、派飛機二架散發傳單。一種是要中國部隊：

「放棄武器，退出城外，必不加以傷害。否則，全部槍殺！」

另一種是要濟南的老百姓：

「即刻疏散出城，日軍日內即將濟南蕩為平地。敢苟留者，一律槍殺！」

那時，專辦「革命外交」的王正廷，已經掩旗息鼓，離開了濟南。何成濬到福田總部去的「和平試探」，也完全行不通。所以，中國部隊的總司令部，就在當晚用無線電下令：

「現正對日交涉，我軍暫時一律退出濟南。」

於是，這一支號稱為「苦戰三日，奉到命令後，始行突圍而出」的守軍，實際上是從頭到尾「服從命令，兼恐貽害傷民，始終不肯還擊」，在當夜的十一時半，由小東門和小南門，分途退出濟南。

在「挨打」和退却的這一段期間，據說一共傷亡了一千人以上。連累那位身為「戰地政務委員」，一度去和福田談判過和平的羅家倫，在後來正式談到這批死難官兵的時候，還硬說他們當時的無代價犧牲，實在是：

「可謂忠壯」！

濟南正式易手的第二天，福田還在「山東督署」的門前，鄭而重之地舉行了一次「入城式」。而且又大張佈告，說是：

「此次來濟，係欲將赤化之南軍，逐出於濟南及膠濟路沿線三十里之外。……」

誰知「南軍」雖然被驅逐出境，濟南的情況，却變成了個活地獄；而且依然對正在「繞道北伐」的中國部隊，大殺大砍。

從五月十一日，日軍正式佔領濟南起，直到五月二十六日，血腥的恐怖活動，一直是家常便飯。後來總算開始了「外交談判」，但却一談就談了多少個月，幾乎拖到了中原大戰的前夕，才眞正告一段落。

在這一段期間，有憑有據的非法活動，至少有下面這些：

五月十一日——用硫磺彈炸毀了火藥庫和津浦路的一段。

在第二十六軍渡過黃河的時候，空炮協同，大殺了中國部隊一番。

放火焚燒濟南的市區。

五月十二日——炮轟濟南的郊區，大殺老百姓。

在離城二十里的週圍，建立了「巡哨圈」，據說凡是犯了下列罪狀之一的中國人，就絕不會有活的希望：

(甲)穿制服者

(乙)成羣結隊者

(丙)留西裝頭者

(丁)穿皮鞋者

(戊)着中山裝與學生裝者

(巳)帶有「南軍」地區鈔票者

(庚)剃平頭、光頭，而有帽痕者

(辛)女子剪短髮者

那一天，張店的日軍，「徵用」了四十多畝農田，來開闢飛機場。

把膠濟路上來往的火車，都加上一個小組的日本警衛兵。

對濼口的黃河鐵橋，大加轟擊，帶來了北伐軍「二十二師」許多傷亡。

衝進了濟南的「前方醫院」，用「排槍」殺死了二百多個傷兵，以及軍醫主任岑振朝，留在院中的幾個道士。

在城內各處，搜殺了三百多個中國傷兵。

用刺刀殺死了在江家池「前方醫院」的七八十個傷兵。

五月十四日——攻佔博山和青石關，張貼佈告：「日軍所駐區域，不准出入」。

騎兵在長清三里莊，以搜索「南軍」爲名，大砍電線桿，大殺老百姓。

縱火焚燒宮紮營的所有民房。

在黨家莊以南炒米店的中國部隊警戒線，騷擾攻擊。中國軍隊不戰而退之後，日軍馬上就在那裡大搶特搶。

五月十五日——炮轟濟南城內的芙蓉街，而且又跑到炒米店去燒殺。

五月十六日——洗劫了濟南三馬路上的大商店和泰康餅乾公司。

又轟炸了泰安，並且在界首和固山一帶，投下了據說有毒的麵包。

五月十七日——許多日軍單位，雖然已經開始調往天津，但仍有騎兵向「北伐軍」的防線騷擾。

又轟炸了泰安和黨家莊。

在博山、張店、崙崙、淄川、青川關，以搜索爲名，大鬧大搶。

留駐在濟南的「聯絡員」謝定遠，向「北伐軍」總司令部報告：退却時沒有衝出城來的官兵，還有一千多人，其中已有兩百多個，被日軍屠殺掉；賸下的也都被強迫去做苦工。

據說：日軍限令濟南的商店，馬上開市，而且每家要先交「保險費」三元。

五月十八日——日軍調到天津去保僑的部隊，已經有兩千以上。只賸下了兩千多人，還留守在濟南。

開始在濟南的商業中心，拉夫修建防禦工事，並且在街上槍殺了一個美國人。

轟炸仲宮鎮，使「北伐軍」第三十師，有相當傷亡。

縱容張宗昌的敗兵，大肆搶刧濟南的西北城一帶。

用機關槍和大炮，屠殺了仲宮鎮和興隆莊的很多紅槍會會員。

五月十八日——濟南的居民，已經逃散了十分之七左右。

濟南人有使用「中國銀行」鈔票者，一被日軍發現，就會加以扣留。如果在五小時之內，找不到保人，就會被槍決。

五月二十日——福田司令以「山東都督」的名義，出示安民，勸告濟南的商家開市復業。

電燈公司還沒有修復，而日軍却不許濟南的居民，夜間關門。

西門外東流水溝，有一家幾口，因爲夜半日軍叫門，開得稍晚，就被當場槍殺了七個。

五月二十四日——日本的中隊附山本武彥，帶了二百名日兵，佔領了新城兵工廠。

五月二十五日——日軍把武英山的火藥庫二十座，全部用炸藥爆破。

五月二十六日——日軍把新城兵工廠裡的全套設備、存貨、原料、傢俱，陸續用火車搬走，使中國損失了六百萬元以上的國家財產。

自那一天以後，日本軍隊在濟南的非法活動，才漸漸地受到了應有的鎮壓，一天天地減少下來。但是，不幸的犧牲者，却早已超過了好幾千人。據「濟南教會」當時的報告：受害軍[illegible]的總數，是四七〇四名。

另外還有一個統計數字，是「濟南慘案代表團」在的。它的紀錄是：

被刺刀刺死者，二五五人

被活埋者，二二一人

被無法槍殺者，一一〇五人
流彈下喪生者，四四人
由紅十字會埋葬，無從判斷其死因者，五七八人
由紅卐字會埋葬，無從判斷其死因者，五一〇人
合計死難者三二五四名，其中至少包括女性六六名
被刺刀刺傷者，一人
被炮彈打傷者，七九人
被流彈打傷者，二五人
由紅十字會收容，無從考察之負傷者，六一三人
由紅卐字會收容，無從考察之負傷者，五三三人
合計受傷者一四五〇人，其中至少包括女性二五名

（四）

濟南事件發生了整整兩個星期，東京才把一向以親華出名的松井中將，派到中國來談判解決「濟南問題」。

談判還沒有一點眞正的進展，中國的「民國日報」和「時事新報」，就在六月十六日這一天，透露了一個驚人的內幕消息，一口咬定：日本這次一共提出了六個新的條件：

A、對膠濟鐵路與青島，日本有行政權。
B、濟南、青島與膠濟路，均置于日本軍事管制之下。
C、問題未解決前，軍費由中日分担。
D、青島劃爲自由市，中國部隊從此不得進入。
E、濟南「特殊化」。
F、日軍可以無限制地長駐山東。

今日事過境遷，就事論事，這些條件，既沒有檔案可查，在內容上似乎也荒唐得多少有點離譜。所以最多只能在史料方面，聊備一格而已。

從七月開始，日本軍國主義者，曾經通過駐上海總領事矢田，向南京的外交部，前前後後，談判過十二次，但却始終沒有得到過要領。最後，那位專務「革命外交」的王正廷，還避而不見。只派亞洲司長周龍光，山東交涉員崔士傑，他打「太極拳」。結果，「談判」沒有一點進展，「苴專家王正廷，反倒被中國人飽打了一頓。

這時，日本也急于要把「濟南問題」埋葬掉，因此駐華公使芳澤，爲全權代表，重新和南京展開談判。

雙方一連談了四次，中國最初提出來的四個條件是：

（A）日本向中國鄭重道歉
（B）賠償中國所受的損失
（C）嚴懲主兇
（D）保證此後不會發生類似事件

結果，在簽訂協定的時候，「革命外交」的氣氛，却早已淡薄得有如晨曦中的輕烟，變成了這樣四條規定：

甲、日本撤兵，與正式會議同時開始。
乙、肇事的責任誰屬？留待正式會議時討論。
丙、雙方合組「濟案調查委員會」。
丁、由這「調查委員會」，來決定雙方的損害與賠償問題，並且以寬大的態度出之。

這個協定，是在一九二九年的四月四日，由芳澤和王正廷，代表兩國政府，在「事前不加洩露」的情形下，秘密簽訂的。——這位「革命外交專家」，爲了「潔身自好」，不再給別人以湊他的理由起見，只讓外交部交給日本公使館這樣一個照會：

「爲照會事，准日本貴公使照會。本部長表示同意，相應照覆，須至照會者。」

「濟南事件」，就是在這種「讓，躲，拖，談」的「革命外交」戰術之下，胡里胡塗地不了了之。——也許正因爲有些人胡里胡塗地對這種作法，還多少感到點洋洋自得，以爲是對付日本軍國主義者的一個獨家法寶；四年之後，才吃了一個更大的虧，把關外的三省河山，在「讓，躲，拖，談」中丟了個乾乾淨淨！

五卅事件與濟南慘案

胡養之

在五月份這個月裏，足以值得咱們回顧與警惕的悲痛事件，當推上海與濟南的兩大慘案。——前者因爲發生於民國十四年（一九二五）五月三十日的緣故，所以稱爲「五卅慘案」。後者則發生於民國十七年（一九二八）五月三日，故又稱爲「五三事件」。這兩宗令人憤慨、恐怖而永難忘記的血腥慘劇，其所發生的時間、地點雖不相同，但因爲日本鬼子和帝國主義侵畧我國之所使然。茲分別敘述如下：

五卅事件的前因後果

所謂「五卅事件」，即民國十四年五月三十日，上海公共租界發生槍殺華人之流血事件也。該事件發生的經過情形，大概是這樣：由於當時開設在上海的日本內外棉織會社工廠，因爲工資太低，待遇過於苛刻，而發生劇烈工潮。是年五月十五日那天，該廠工人一致推舉代表顧正洪等，向該廠的日本廠主進行交涉，不料那個野蠻無人性的日籍廠主，突然發射手槍將顧正洪擊斃！其餘七人亦均受傷！於是工人方面乃向公共租界工部局請求檢驗。想不到帝國主義者都是同流合汚的，該工部局不僅不給予檢驗，反而以擾亂治安的罪名加在原告工人頭上，將他們一併拘禁。

當時滬市各報館，因爲曾經遭受過工部局的嚴厲懲罰，而都不敢主持公道，聲援工人；於是工人乃往各學校求援，便大大地激動了學生的公憤。故在五月三十日那天，上海各校學生於公祭顧正洪時，並向公共租界遊行演說，激烈痛斥帝國主義者的罪惡！這時適逢工部局剛好發表碼頭捐印刷律及交易所條例，全是侵害我國主權的措施，因而成爲遊行學生演說攻擊帝國主義者的資料。租界巡捕當即拘捕學生多人，並加以毒打；多數學生自[illegible]司被捕，故紛紛尾隨其後行進。至工[illegible]，因對方早有準備，並佈置武[illegible]頭英人艾弗生下令開槍，其部[illegible]十四响，當場擊斃學生七人餘人，輕傷數十人，遂成爲中國民衆反帝國主義運動史上平添血腥之一頁！

事件爆發之後，滬市全埠震駭起來，除街頭巷尾紛紛議論之外，罷工、罷市和罷課等行動相繼出現。但從英帝國主義方面的態度看來，他們不僅無悔禍之心，並且調集了萬國義勇隊，及駐上海的外艦水兵登陸，到處遊行示威，宣佈特別戒嚴，如臨戰場。凡遇有華人集會或講演，概使用武力衝擊及驅散。故在此十幾天裏，上海重演流血慘劇，前後達九次之多，共殺死我國手無寸鐵的無辜工人和學生六十餘人，重傷七十餘人，輕傷者不可勝計！可是上海市民目覩同胞被殺，羣情激憤，再接再勵地進行反帝國主義者，並不因它們的殘暴壓迫而停止其活動。

除上海市以外，自慘案消息傳播出來之後，全國各省市區，無不受其激動，舉國一片「反帝」聲，其範圍之廣泛，實爲「五四運動」以來所僅見！而其意義之深切且更有過之。從上海、南京以至武漢、重慶；由廣州、長沙以至北平、瀋陽；所有通都大邑，莫不爲此刺激而羣情洶湧達到最高潮！甚至於窮鄉僻壤的工人農民，亦逐漸跳躍着反日、反英等帝國主義者的宣傳。因之，自從五月三十日以後，我國各地續有對外流血的事件發生，而其中以同年六月中的漢口及廣州兩次事變爲最嚴重。

由於同年六月十日，漢口英租界內所僱用的華籍運貨工人，遭太古公司的英籍僱員所打傷。這事件發生在上海慘案消息傳來之後，民情異常憤怒！翌日，便有漢口碼頭工人實行全體罷工之舉，並進一步地跟三鎮各校學生聯合，舉行了龐大的示威遊行。當時的漢口英領事，馬上調集英駐武漢的海軍陸戰隊登岸，並在租界內部署了機關槍陣地，正式向遊行羣衆射擊。同時，停泊於江中的英國砲艦，也發射大砲助戰。當時遭英軍擊斃的工人和學生共十三人，而輕重傷者則達一百一十餘人，此即所謂「漢口事變」！

同年六月二十一日，香港華工團體，因憤於上海、漢口等處慘案，而曾舉行全體罷工，以示反抗；同時，廣州沙面租界內的華籍工人，也有總罷工之舉，故在粵英人，一如上海、漢口的英人紛紛調兵遣將，如臨大敵！同月二十三日，廣州的農、工、商、學、軍各界推派代表，在東校場召開各界民衆大會後，隨即遊行示威；當羣衆經過沙面西橋口的時候，英軍的步槍機槍一齊發射，歷時半小時之久。這次的廣州事變中，慘遭英帝國主義殺害的中國同胞更達一百五十餘人，受槍傷的約在五百人以上。

對香港影响與交涉經過

自上海五卅慘案發生之後還不足一個月，漢口和廣州又接連發生兩變。足證帝國主義者之於中國視爲殖民地之不如也！無怪孫中民族主義中，把我國形容爲「次殖的。所謂「人必先自侮，而後人侮之」國家亦然。由於當時的中國內部，南北分立；加以北洋軍閥極不爭氣，只有南方的革命政府能與民衆共艱危。——後者的政策，在扶助農工發展，以打倒帝國主義。是故，它與英人這種暴行，處於勢不兩立之地；因而它便担負其全責，協同國民對英作殊死戰。其時除一方面以政府之力量，作長期維持香港罷工工人的生活費外；且曾實行對香港經濟絕交。英國貨物固一律禁止入口，即港澳間的交通，也曾強制斷絕一年多呢！

在此期間，英國對華輸出，異常減少，而繁盛的香港，也曾一度呈現意外的衰退！據日商的調查報告指出：自南方革命政府與香港經濟斷絕往來以後，港九的居民減少白分之四十；地價則降低百分之七十，倒閉的商號達四百餘家，損失總計在四千萬元以上。可知當時英國遭受經濟絕交損害之深，和南方革命政府運動反帝國主義的勢力。然而當時中國的大部份，如上海、漢口等大都市，仍在北京政府統治之下。這個政府的外交官吏，素以媚外懼外見稱，則五卅事件進行交涉的失敗，原爲一般人的所預料。

談到北京政府對五卅事件的交涉經過，確實軟弱無能。如所週知：五卅事件的對方，原本是英國或英日兩帝國主義者；而北京政府却不敢面對現實，單獨地對它們進行交涉，僅在同年六月二日向北京公使團提一籠統的抗議，使它的第一着棋就走錯了。英日兩帝國恃有各國共同對付，共同負責的緣故，所以它們不但不害怕，且其態度愈加強硬，更進而勸令公使團發出強硬的駁覆書。其後北京政府連續提過三次抗議，每次都被駁覆；只答允可由公使團派出代表，會同我外交部人員前赴上海調查罷了。同年六月十六日，雙方大員集會於滬市交涉署，北京代表會提出如下要求：（一）是撤銷非常戒備；（二）釋放被捕華人，開放被佔之學校；（三）嚴懲兇手；（四）賠償死難者；（五）道歉；（六）收回會審公廨；（七）罷工工人復工，仍然原職不得扣薪；（八）優待工人；（九）工部局董事會及納稅代表會，由華人共同組織；（十）制止越界築路；（十一）撤銷印刷律，碼頭捐及交易所領照案；（十二）華人在租界有言論集會出版等自由；（十三）撤換工部局總書記。

一般認爲上列各項，還是中國對那項事件的最低要求，然其公使團人員却表示：除前五條可以接受磋商外，後八條與本案不相關連，不能接受；並於同月十八日逕行離滬時，該公使團對此案發表宣言，聲明「事件所以不能從速就地解決，因爲中國委員提出不相干的條件，應由中國負完全責任。……」由於當時上海若多罷市一日，則華商多損失三百萬元；每罷工一日，則每員工人生活費二、三萬元。這種難於長期維持的問題，已爲外人所深知，因之有意拖延，而迫使上海工商兩界陷於無條件的自動復業之境。果如所料，不久上海商人紛紛開市；十多萬工人亦以最低的條件而復工。惟有南中民衆，因在革命政府領導之下，故能不爲英國所屈服，一直堅持到底；尤其民氣之激昂，更達到沸點，打倒帝國主義與廢除不平等條約，則成爲全國一致的呼聲，遂令北京政府亦不得不追隨輿論之後，而於同月二十四日，向北京公使團提出修正不平等條約的照會。其內容便是借上海五卅事件爲題的，茲摘錄如下：

「查國際友誼之基礎，端賴於彼此了解及誠意。茲爲增進鞏固中外邦交起見，用將促進此項了解誠意必要之問題，爲貴公使團提出之。自近年以來，中國輿情及我國識者，僉謂爲對於中國公道計，爲關係各方利害計，亟宜將中外條約重行修正，俾適合於中國現狀，暨國際公法平允之原則。……外國對華種種不平等情狀，及非常權利之存在，常爲人民怨望之原因；直至發生衝突，以擾及中外和好之友誼，如最近上海之事件，至爲不幸……中國政府亦曾屢以修正條約關係之問題，提倡於有關各國。其最初提出於巴黎和會；顧和會雖承認此問題之重要，但認爲不在和會權限以內，置而未議。其後華盛頓會議，中國亦作同樣之請求；雖有比較善意之考量，亦未能同意根本之解決。……爲彼此利害計，正望貴國政府重念中國人民正當之願望，對於中國政府依公平主義修正條約之提議，予以滿足之答覆，庶幾中外友誼，立於更鞏固之基礎，至爲盼望。」

以上照會的措辭雖婉順軟弱，其對於不平等條約的態度亦不夠積極。但以一向對公使團奉命唯謹的北京政府，竟敢作此空前的提議，實出乎帝國主義者的意外！而顯示了革命輿論的權威。故北京公使團接到該照會後，籌商日久，眞難作答，適値當時北京政府財政困難，欲藉五卅慘案發生後的民衆士氣，促開華盛頓會議條約中的中國關稅特別會議，以增收二五附加稅的欵項，遂續照會公使團邀請關係各國政府派員至北京開會。不料於一九二六年三月，北平發生「三一八慘案」後，北京政府旋起政變，關稅會議因而停頓；五卅事件亦無結果。直到民十九年（一九三〇）北伐成功後，始由上海工部局出撫郵費銀十五萬元了事。

濟南慘案的恐怖暴行

至於「濟南慘案」的起因及其背景，更爲複雜。一方面由於濟南形勢的險要，它踞省境的中樞，東控海宇，西蔽河、洛，北擁平、津，南策蘇、皖，爲中原腰膂之地也。自津浦通車，輔以膠濟交通方便，遂成南北諸省往來之通衢，而爲海岱間一大都會，北洋之屛障者也。

另方面則由於民國十七年（一九二八）四月，國民政府內部問題解決後，繼續北伐。其時第三集團軍從正太路出擊，第二集團軍由京漢路出擊，第一集團軍則向津浦路出擊。這三路大軍的攻勢眞猛，使到直魯軍全線動搖。日本軍閥深恐這班「馬仔」垮台後，影響它的侵畧計劃；而當時的田中義一內閣，久受敵黨攻擊，亟欲製造外交事件，以轉移國內的視線。故於同年四月十八日，便以「保護各國僑民」爲藉口（日本宣言中有「日兵保護各國僑民」一語，引起各方詰難，日方強加解釋謂指在滿州及日租界之各國僑民），因而聲明再度出兵山東。

同月二十日，我第一集團軍攻克曲阜、兗州；而日本海陸軍亦於同日登陸靑島。我軍攻佔泰安、肥城時，日軍於二十五日即向濟南方面推進，分駐博山、明水及膠濟路沿線。四月三十日，直魯軍殘部渡河北遁，革命軍當晚佔領了濟南。日人驚慌，乃令先遣司令福田彥助，率領的部分乘鐵甲車一列，兵車二列，於五月一日午前十一時抵達明水鎭車站。我第廿六軍陳時驥團，則加以阻止，日方聲稱：「赴濟南保護僑民，與貴軍無關！」不聽勸阻，悍然西進。同時，日軍第十一旅團，由齋藤少將指揮，也在濟南商埠遍設防禦物，並於各隘口派軍駐守，禁止革命軍通過。又在商埠收存直魯軍所遺械彈，慫恿直魯殘部及其便衣隊搗亂。

五月二日，革命軍總司令蔣中正氏，召日駐濟南領事至司令部晤談，提出日軍必須撤除一切防禦物的要求。當時日軍派一參謀隨領事同來，對我方要求一口允諾。原來日軍佔我濟南目的在製造事端，阻止我軍北伐；不料革命軍避開濟南正面，而從東北門攻入。佔領濟南後，軍隊駐南門我新育小學，並不侵犯西門我商埠日軍部防區域。日方見我軍處處隱忍，不跟它計較，分區駐守，衝突難起。因之，一聽我方提議，立即欣然接受。蓋障碍物撤除之後，界限不復存在，雙方軍隊較易接觸，尋釁的機會亦較多。

唯其如此，所以日方於當晚便將障碍物撤除。五月三日上午，隨即發生了如下糾紛：（一）我四十軍某士兵與日兵因語言齟齬而發生衝突。（二）四十軍士兵因病被送醫院，遭日軍阻止。（三）我軍在商埠用中央鈔票購物，日軍不許。（四）日軍不准市民聚觀我方所貼標語。（五）日軍不准我軍通過商埠。因日軍於當日淸晨已在其領事一帶部署，交通斷絕。午前九時，有我軍一隊移駐交涉署對面醫院，日軍瞥見，即向我軍開槍射擊，當場擊斃士兵、伙伕各一名。其餘搬運輜重的士兵，則紛紛登樓躲避，日軍又向醫院樓上開火。其時已四面槍聲，交涉署門首有一日兵忽中流彈倒地，又一日兵趕來救護，也遭流彈擊斃。因而槍聲更密，致令交涉署內職員動彈不得！

至同日午後二時，槍聲稍息，街上出現揷有旗幟的汽車來往，那是我國使館人員勸告日軍停戰的。而我軍戰地政務委員會外交處主任，兼特派山東交涉專員蔡公時，正在交涉署內，也曾派員前往交涉，但爲日軍所阻，不准我出。同時，我駐商埠廣東會館的第四十軍第三師第七團全體官兵，均遭日軍包圍繳械，並被殺傷很多。又駐小緯四路的三十七軍第一團，也被日軍繳械，官兵多被俘虜。這由日方預定計劃下的流血慘劇，則已達到高潮！

尤其到了當晚更爲慘烈！日軍除殺我濟南的無線電台守軍和轟擊該電台之外；並有大批武裝日軍撞入交涉署大門，交涉專員蔡公時令開門延入，日軍二十餘人一擁而進，爲首兩軍官：一佩軍刀，一執手槍，入後則蠻不講理，先令士兵剪斷署內電線；並以電筒向黑暗中搜索。另一着西服的譯員聲稱：「現在來搜查槍彈，因白天在這門前被害的兩日兵，必爲你們所殺！所以要找你們的主管理論。」蔡公時答道：「兩日兵是中流彈擊斃的，我們外交人員並無槍彈，請不必搜查。」日軍不由分辯，下令除蔡公時之外，署內所有職員均被用繩綁起，然後進行全面搜索。搜了兩小時，連一粒槍彈也沒有。公時便請它們釋放署內員役，譯員代答：「我們是奉命而來，非得到命令不能釋放。」於是將署內公文一共五大包全部掠去。

詎日軍離署不久，旋又返來，聲言兩日兵確係在署中被槍殺。」公時辯謂：「已經搜查，並無槍彈，貴部應該考察眞象。」日軍官蠻不講理，喝令將蔡公時一併細綁！公時即使用日語對日軍頭目說：「你們不懂外交，一味蠻橫，這次貴國出兵濟南，說是保護僑民，爲甚麽藉端尋釁？採取這種無理舉動，根本不是一個文明國家所應有的。即使中流彈斃命的日兵，認定是敝署所爲，也應該由貴國領事提出交涉，我國自有圓滿答覆。倘若你們是奉貴國領事之命而來，那末，本人就去見貴領事好吧。……」

日軍頭目無言可答，只强將公時綁起，和其他署內職員排列成半圓形，由日軍頭目下令用槍上刺刀分向諸人猛刺！而我國戰地政務委員山東交涉專員蔡公時，遂同其他職員約十餘人，一併遭到日寇殺害！這駭人內幕是由一名死裡逃生的職員所透露。據說署內諸人被綁後，蔡公時與署員周、姚等人爲第一組，勤務員張漢儒爲第二組；漢儒命不該死，拾得由案上墜地的剪刀，暗中剪斷繩索逃出，連越四牆，至一空地，伏在空水筒中，遇一水車夫給他易衣，冒拉車者繞道賺過日軍防線。使這一慘無人道，殘殺我外交人員的日寇暴行，始爲外間所知。

日人企圖阻止國軍北伐

本來這時革命軍在濟南附近駐有好幾萬人，足可抗敵；但我軍事當局，爲顧忌範圍擴大，妨碍北伐進展起見，竭力忍耐，只得於同月六日派人往日本總領事館商議善後辦法；並承認於濟南城外日人居住區內不駐兵；日軍防線內，中國人不得通過；商埠治安由日軍負責維持；這原是我國方面已作出極大讓步。不料日寇爲貫徹其預定的陰謀，後於七日下午，由日軍第六師團長福田彥助，却向革命軍蔣總司令提出無理條件五項，並限十二小時內答覆。其所提條件如下：（一）國民革命軍須離開濟南、及膠濟路沿線兩側二十里以外；（二）停止反日宣傳及其他排日活動；（三）嚴懲有關本事件的中國高級軍官；（四）解除有關本事件的中國軍隊武裝；（五）將辛莊、張莊兩兵營開放。

我軍事當局以第一條影响北伐軍事，無從協商。日方以我未接受其條件，乃於八日清晨即向我軍發動攻勢。其宣戰佈告大放厥詞：「大日本山東派遣司令福田，爲佈告事：照得本月三日，突發不祥之大事件以來，本總司令深憂戰禍波及濟南附近，地方糜爛，人民塗炭，致力和平解决。於七日對中國方面提出條件，要求回答；反而移動軍隊，向我日軍刻刻準備戰鬥行爲。此種舉動，因知華軍方面，不啻毫無誠意，尙且對敵行動的確無疑。故此，本軍不得已採斷然處辦，貫徹要求，以明保全日本帝國之威信也。……」

日軍的安民佈告是：「……照得於本月三日，國民革命軍對日軍及日僑行動，不可言也。然而日軍自八日起，勇猛行動，激烈戰鬥，除濟南城內一部敗兵之外，全然剿滅掃盡。茲歷城一帶秩序治安，特歸於日節制。抑日軍軍紀嚴整，絲毫無犯，本總司令深盼民衆安居樂業。如有不逞之徒，潛入日軍所在，敢爲不法，無論何人，從速通報，以便處置。日軍必然懲辦，以期保全安寧秩序。」

日軍於八日晨侵佔我辛莊、張莊營房及自馬山車站，並以步騎坦克，攻我黨家莊的革命軍（第三軍及第八軍的一部）。九日上午，我軍退出黨家莊，日軍進駐車站，並將以南的沙河鐵橋炸毀！日寇又以大砲猛轟濟南，我軍亦未還擊。接着又以飛機向城中散發傳單，企圖煽惑守城軍心。十日，敵見我軍未退，續以大砲向各城門猛轟。午後一時，又派飛機散傳單，威脅我守軍拋棄武器退出城外，民衆應速出城；否則一律射殺！我軍置之不理，居民亦無一出城者。守軍因服從命令，一直未予還擊。至當夜十一時許，城內守軍奕接無線電命令，謂現時正循外交途徑對日交涉，暫可退出濟南。於是第一軍的第一團由小東門退出；方振武部則由南門退出，濟南乃全歸日本暴力竊據。

由於日軍的猛攻，而我軍則奉令不准還擊之故，因此我軍民傷亡甚衆，據紀錄顯示：計有第廿六軍死傷二百餘人，住普利門外醫院的傷兵，八日全被敵人槍殺！寇軍入城後，我軍所遺傷兵及俘虜，也都被殺害！前方病院的軍醫主任岑振朝，及連長廿餘人，士兵二百餘，全部被殺！某連長因躲在天花板上，而倖免於難。江家池前方醫院傷兵約八十人，悉遭日軍用刺刀刺死！日軍砲轟濟南時，普利門附近中彈起火，延燒千餘家，居民死傷無數！日軍便衣隊入後，見人就殺，民衆遭慘殺者，遺屍纍纍，敵人用汽車將無數遺屍載投黃河中！日軍在濟南周圍二十里，遍設哨崗及巡邏隊，見有成羣民衆，或穿制服者，即開槍射擊！凡遇著皮鞋、中山、學生裝、帶中央角票或額上有帽痕者，一律指爲革命黨，格殺勿論！若遇見剪短髮的女子，則先割去雙乳，然後用刺刀刺死！

日本政府於五月八日已決定第三次出兵，下令名古屋第三師團動員現役預備兵一萬五千人，增援濟南日軍；並於同月十七日運抵青島轉赴濟南。同時爲配合其侵略暴行，又從事下列陰謀活動：（一）濟南日軍於宣佈停止軍事行動之後，而於五月廿日復派飛機轟炸泰安守軍。廿五日焚燬無影山火藥庫。六月一日，發砲轟擊安邱九村，死傷村民卅餘人，並收去民團槍械千餘枝。膠濟路日軍開砲轟擊周村，傷亡甚衆。據濟南慘案後援委會調查，濟南軍民遭日軍共殺死三千六百廿五人，傷一千四百五十五人。（二）分別登陸華南，和威脅東北——日乘濟南事件機會，於五月十七日向奉軍張作霖要求吉會、吉黑、延海、長大各路的建築權，遭吉林各方反對。十九日，日軍陸戰隊在浙江温州登陸。（三）陰謀製造國際糾紛，干涉中國軍隊行動。

蔣總司令勘破日人陰謀

實際上，日本人之所以製造濟南慘案，其主要目的在阻撓革命軍北伐，破壞南北統一。關於那次慘案發生的經過情形及其主因，革命軍總司令於翌年（民國十八年）五月三日，在「誓雪五、三國恥」的講詞中，說得很清楚。他說：「去年五月三日八點鐘，駐濟南的日本總領事，帶同他們的憲兵司令到總司令部來拜會我，我便親自接見了他們。他說我們中國革命軍進駐濟南後，據他們看來，軍風紀都很良好，並且都很嚴肅，非常守秩序，所以他們已派到濟南來的日本軍隊和憲兵司令今日是特來向我辭行的。……那裏知道，他們此次所謂辭行，所謂拜會，其實就是要偵知我本人是否在城內總部，然後再來決定日軍對我們的態度，及其預定計劃開始行動的時間，這可以說是對我一生最寶貴的經驗。後來他辭行出去了，但不過十幾分鐘，我就忽然聽到遠處發生了機關槍的聲音越來越密。……」

當天晚上，日軍除了殺害我外交特派員蔡公時及其屬員十餘人之外，同時外長黃郛也被扣，日軍逼他在「中國軍隊先動手」的文件上簽字；接着由熊式輝代表跟日方會談，也受盡日軍的侮辱！次日，日本飛機更來轟炸我北伐軍總司令部，炸死了幾名衛士，傷了幾位軍官，幸而蔣總司令安然無事。當時有人認爲革命軍的人數比日軍多，處在那種情形之下，爲何不加以還擊呢？據蔣總司令的解釋是：「我想我們現時還不能對日軍開仗，也不和它在濟南發生衝突。我們現在唯一的目標是攻克北京，完成北伐，只有忍辱負重，仍然要與它們設法緩和；如果我們能夠攻克北京，完成北伐，不患沒有同日軍算賬的機會。……」

尤其日方的陰謀詭計更使人害怕，它在案發的次日突然轉變了態度，並派一位高級參謀到總司令部去解釋誤會。其實，當日軍挑起衝突之後，即暗地電知張宗昌，要他馬上反攻濟南。但由於張的部隊已經潰散，一時無法整補，因而日方有意拖延時間，使北伐的革命軍滯留於濟南附近，等到它們駐名古屋的第三師團抵達時，企圖一舉將我革命軍整個解決，乘勝攫取華北的。

日本人這個陰謀，早已被我軍事當局所看破；所以，蔣總司令當晚便下定決心，擬出對策；下令軍隊連夜避開日機的偵察，迅速渡過黃河，繼續進行北伐，一律不許在南岸停留。而他本人則仍駐濟南城內與日方交涉，使它不致懷疑。

同月五日下午，日方發覺革命軍的主力已經渡過了黃河，使其預定的陰謀成爲泡影！於一怒之下，即派遣飛機大砲向革命軍猛烈轟擊，致令已經渡河的我軍隊伍，遂遭受甚大的損失！雖然如此，蔣氏見渡河計劃已告成功，當晚再令留駐南岸的少數部隊，也全體渡河；而濟南城內則僅留四營軍隊駐守。最初，日軍只在北關、西關之外警戒，目的在防止革命軍向北挺進。蔣氏針對這種情況，便以迅雷不及掩耳的手法，從南門移向離城三十里的黨家莊，輕輕地擺脫了日方監視他的陰謀行動。

日將福田彥助一聽到蔣總司令已經出城的消息，則急得像熱鍋上的螞蟻，並連聲說：「現已糟透，今後的事很難辦理了；甚至沒有什麼事可辦的了！……」（這話是被日方扣留在福田隔壁的革命軍參謀陳韜親自聽到的）原來日方企圖逼迫蔣氏作城下之盟，因福田尚未奉到日方參謀本部的命令，以是，不敢將濟南包圍，並對我方表示緩和態度，希望牽制蔣氏行動。但蔣氏一離城，它們則無法施其技了。

濟南慘案交涉的結果

濟南慘案發生後，中日間曾有多次交涉。我國民衆以此次在物質上、精神上、主權上所受損害太大了，莫不悲憤塡膺！因而迭次警告我外交當局，必先要求日寇撤兵，然後再開談判——至少也得令它無條件撤退。可是野蠻的日人則毫無悔禍之意。對於濟南慘案問題，極力避免外交折衝，而以我軍事機關爲交涉對象，派其參謀本部松井中將，跟我軍事機關談判，當遭我拒絕。其後又派矢田向我外交部交涉，查矢田原爲日駐上海領事，所提又是屬無理要求，也被我外交當局予以拒絕。當矢田第三次要求談判時，我外交部則對他提出：（一）撤退日軍，（二）津浦路通車，（三）歸還膠濟路廿里內行政機關，（四）膠濟路的土匪由中國負責肅清，保護日僑等辦法。矢田以無權接受這些重大問題，必須向東京方面請示爲辭，隨即離京返滬。

自床次來華視察之後，日政府才正式派外交官跟我交涉。民國十八年（一九二九）一月，日本因爲國內政潮迭起，一部份人倡議「山東撤兵」，它的態度才開始改變。同年一月十六日，日使芳澤來華，表示將竭力改善中日間的惡化狀態；同時，田中內閣亦訓示芳澤，謂山東撤兵問題，只要中國有安全保障，日本即可自動撤兵。同月廿三日，芳澤到南京訪問我政府當局；廿五日便在我外交部開始進行中日談判。至同年二月四日，雙方意見交換完畢，議會解決濟南慘案的原則四項，大意如下：

（一）駐在山東之日軍無條件撤退，其撤退日期，在正式決定此項原則之正式會議中決定之。

（二）濟南事件之責任，由中日兩國合組之調查委員會，於日軍撤退進行調查後，再作決定，並查明損失。

（三）賠償以平等相同爲原則，如日人與華人之生命，其價格相同，不能有高低。損失多者應照額計算。

（四）日方對蔡公時之被殺，以爲不知其爲外交官，於混亂中有此錯誤，允由日政府道歉，但以原諒勿再提要求爲條件。

從上列各條看來，中國方面仍很吃虧，始終在遷就日本。誰知草案內容傳到東京以後，田中內閣因爲國內政潮漸趨平息，態度忽變，竟然訓令芳澤不能簽字，必須重行磋商。中國外交當局力表反對，於是交涉又告停頓。

至同年三月初，中日雙方再繼續會商。同月廿四日，交涉情形進展甚速；廿八日雙方才將解決濟案的關係文件正式簽字，至此日本恣意陵辱中國的一幕慘劇方暫告結束！最後解決濟案的更是如下：（一）自解決本案文件互換簽字之日起，兩個月內日撤退山東駐軍。（二）撤退後的接防辦法，雙方各派委員就地辦理。（三）濟南不幸事件，認為既往不究，相互不課其責任。（四）組織共同調查委員會，從新調查雙方損失。

以上幾點，已簡單地包括那次正式簽訂的互換照會及聲明書議定書中內容。這些正式文件的全文如下：

（一）日公使致中國外長的照會：「為照會事，山東日軍撤退後，國民政府以全責保障在華日僑生命財產之安全，則帝國政府擬自關於解決本案文件，互換簽字之日起，至多兩個月內，將山東現有的日本軍隊全部撤退，本公使特向貴部長通知。並關於日軍撤去前後之措置，應由中日兩國派委員就地商議辦理，本公使茲特向貴部長提議……」

（二）中國外長復日公使照會：「為照會事，准本日貴公使照會內開（自「山東日軍撤去後」至「本公使茲特向貴部長提議」全文）等，查在華外人，國民政府依照國際公法負責保護，向有聲明，故此後國民政府對於日僑之保護，實為當然之事。並照所開撤兵日期及期間，業經閱悉。關於日軍撤去時之接收辦法，貴公使提議由兩國政府各任命委員，就地商議辦理，本部長表示同意。……」

（三）聲明書：「中日兩國政府對於去年五月三日濟南所發生之事件，關於兩國國民固有之友誼，雖覺為不幸！但兩國政府，現頗切望增進盛誼，故視此不快之感情，悉成過去，以期兩國國交益臻敦厚，特此聲明。」

（四）議定書：「關於去年五月三日濟案發生，中日兩國所受損害問題，雙方各任命同數委員，設立中日共同調查委員會，實地調查決定之。」

從以上各文件看來，可知那次議定的辦法，中國方面眞是處於委曲求全地位。因為：第一、在同年二月四日協定的草案中，日本是無條件撤兵，而這次却要戴上一項「國民政府以全責保障在華日僑生命財產之安全」的帽子。第二、在上次協定草案中，曾規定賠償以同價格為原則，後來日方因鑒於華人的死亡人數百倍於日人，覺得太不合算，所以這次文件中就根本不提賠償問題了。第三、關於濟案責任，上項規定中日合組調查委員會；本來事後調查，已屬不妥。蓋事隔一年後，日人早已將證據消滅淨盡，究竟能得到什麼結果？實不問可知。而且這次則更擱置一邊，乾脆地置之不理！數千華人的生命，視同無物。對於這一措辭，如所謂現視此不快之感情已成過去云云，固見日人外交辭令之妙，然而其如中國之國權民命何！第四、關於我外交專員蔡公時被殺事，上次規定由政府以誤殺道歉，而這次則隻字不提，尤令人不勝其遺憾！日軍雖已撤回，但這一筆血債却仍深刻記在中華兒女之心懷永遠不會磨滅的！

各方賜函、惠稿、訂閱、請逕寄香港九龍中央郵局信箱四二九八號，較為快捷。

（附英文）

P. O. BOX K-4298
KOWLOON CENTRAL POST OFFICE,
KLN., H. K.

張自忠將軍殉國三十年祭

岳騫

岳騫按：本文三年前刊於萬人雜誌，是時亡友張海山（贛萍）先生尚在，文後由海山加按語，今海山逝世已將兩年，重刊此文不僅記述藎忱將軍之功勳，亦悼念亡友海山，二張雖事功不侔，但其立心處世大致則相同也。

民族英雄張自忠將軍之英姿

中華民國五十九年五月十六日是故三十三集團軍總司令張自忠上將殉國三十周年紀念日，張將軍殉國時剛剛五十，今年恰好八十歲。國運蜩螗，人事滄桑，此一代英豪殉國之事，到今天漸漸爲人淡忘了。

爲了使青年的讀者知道我們中國在抗戰期間也曾出過如此偉大的英雄，也爲了使中年以上的讀者回憶一下悲壯的史蹟，恢復對國家前途的信心，覺得有寫此文的必要。

張自忠將軍號藎忱，山東省臨清縣人，生於光緒十七年（一八九一）辛卯，七月七日生，中學畢業後，考入天津法政專門學校，因外侮侵淩，憂心國事，於是棄學從軍，最初投身車震部的奉天新民屯軍，後入馮玉祥部。

民國五年，以功累升排、連、營、團長等職，參加國民軍起義及北伐諸戰役。北伐軍會師北平，張將軍正任廿五師師長，後來又歷任國民軍事兵團團長、國民革命軍第二集團軍軍官學校校長等職。民國十九（一九三〇）年爲了編遣會議引起中原大戰，馮、閻聯合一起對蔣總司令作戰，張自忠當時在馮部下，以後馮、閻相繼戰敗，閻部戰敗仍退回山西，馮部却土崩瓦解，當時馮部將領先期投降南京國民政府的有韓復榘、石友三，及至中原大戰結束，馮部皆向政府投誠，如梁冠英受編爲二十五路總指揮，孫連仲受編爲二十六路總指揮，就連後來因通共被殺的吉鴻昌，公認爲是馮手下最忠實的將領，此時也投降中央，受編爲二十二路總指揮。其中未降的將領，只有宋哲元、張自忠、劉汝明、過之綱等幾人，中央當時任命張自忠爲二十三路總指揮，宋哲元爲二十四路總指揮，兩人均未接受。

宋哲元等未降率軍進入山西，暫時受到山西當局接濟，中間過了幾個月。中原戰事全部結束，中央對馮、閻也寬大爲懷，不咎既往，雙方敵對氣氛完全消失，在馮玉祥勸說下，受到中央改編爲二十九軍，以宋哲元爲軍長，劉汝明任副軍長。下轄三十七師，由馮治安任師長；三十八師就是張自忠將軍任師長；以後又增編一四一師，由劉汝明任師長，副軍長由佟麟閣接充。這就是名揚世界二十九軍的由來。

二十九軍組成不久，即奉命調駐平津，當時中央在北方尚駐有其他部隊，由於日本人的抗議，中央軍全部撤退，河北省防務就交由二十九軍接充。

二十九軍初到河北，就遇上日軍侵犯長城，在喜峰口發生遭遇，張將軍三十八師旅長趙登禹將軍，親掄大刀率領健兒夜襲敵營，砍死日兵數百人，趙將軍自己就劈死了十幾個日本鬼子，二十九軍能戰之名，聞於全國。不久，中央又在二十九軍下面增設了一個一三二師，就由趙登禹將軍升任師長，至此，二十九軍共有四師，在當時來說，一軍轄有四個師的並不多，足見中央對二十九軍倚畀之深。

民國二十二年五月簽訂塘沽協定後，日本人對華北野心更熾，極力要推動華北特殊化，目標是晉、冀、察、魯、豫五省自治。國民政府自不答應，但也不能完全拒絕日本要求，經過兩年交涉，到了民國二十四年十月，在北平成立一個冀察政務委員會，實現冀察特殊化，以宋哲元將軍爲冀察政務委員會的委員長，起用大批親日分子担任工作，以謀取日本諒解，延遲侵畧時間表，使中國方面能得到更充分準備。到了此時，宋哲元將軍以抗日名將又變爲親日領袖，其間還鬧了許多不必要的誤會。

冀察政務委員會共轄兩省（河北、察哈爾）兩市（北平、天津），省市長人選，也就由二十九軍高級幹部輪流担任，張自忠將軍先後担任過察哈爾省主席，天津市長。

其間有一個很微妙的演變，到了民國二十五年之後，日本人突然看上了張將軍，想把他變成一個親日派領袖，邀他率領一個代表團去日本訪問。張將軍也表現得非常友好，一時華北盛傳張自忠親日，到今天對於這一段內幕還未見報導。張將軍親日當然是作戲，但幕後導演是誰，是國民政府最高當局呢？還是冀察政務委員會委員長宋哲元？則不得而知了。

也就因爲張將軍有這一段親日傾向，到了盧溝橋事變發生後，宋哲元已經同日本人撕破了臉，再想虛與委蛇也不成了。但是我政府當時仍希望再拖延幾天，能拖下去最好，不能拖下去，也要拖到中央軍增援來到（當盧溝橋事件發生後，蔣委員長在盧山已下令調五個甲種師北上，但未到保定平津已失）。這時宋哲元就派張將軍出面與日本人敷衍，自己撤退到保定，行前下令委派張將軍代理冀察政務委員會委員長，北平綏靖公署主任（上二職原由宋哲元担任），北平市長（原由秦德純担任），張將軍接受命令時，曾垂淚向秦氏說道：「你同宋先生成了民族英雄，我怕成了漢奸了。」可是張將軍對於他這個任務的艱巨，爲自己着想決不應當担這付担子，實在看得清清楚楚。但是，他並未推辭，毅然負起與日本人周旋的任務，爲了有利於國家，個人的成敗榮辱，根本就不放在心上，此種襟懷，求之歷代名將，亙古所無。在張將軍成仁後，蔣委員長手令全國各軍，特別提到此點，譽爲有古大臣之風。實在說就求之於古大臣，清代只有一個李鴻章，民國也只能找到一個黃郛，並不多見的。

當然日本人也不傻，不會再上張將軍的當，他們此時需要的是完全脫離中國的傀儡組織，不再是表面親日的冀察政務委員會了。張將軍眼見大事已去，繼續留在北平已無必要，乃設計脫險，騎自行車（單車）出走到天津，再乘英國輪船去青島。日本人雖然對他監視，但也只想到火車、汽車，萬不料張將軍會乘自行車走掉。

張將軍到了青島，再改乘火車去濟南。他因爲身陷圍中，看不到報紙，不曉得當時全國對他的批評，從北平淪陷起，全國輿論集中火力攻擊他，認爲是華北特號漢奸，報紙上一律稱爲張逆自忠。他到了濟南，逕去省政府見省主席韓復榘，名刺投進去，把韓復榘嚇了一跳，韓復榘萬不料張將軍竟敢來到濟南，當時只得見面，問起張將軍意見，打算去何處？張將軍說明要去南京向政府報告，韓復榘聽了更加爲難，若是自己把張將軍綑綁送去南京，念及二十幾年袍澤（兩人均是馮玉祥西北軍出身），究竟不忍；若秘密放走他，又恐蒙上漢奸嫌疑，最後决定去電報通知宋哲元，請問他怎樣處理。

宋哲元此時正同秦德純在泊頭鎭督師，收到電報就告訴秦德純說：「你去濟南辦這件事，但是告訴藎忱千萬不要到這裡來。」今天來說這件事，宋哲元似乎對不住張將軍，因爲在當時眞正有資格，勉強也有能力替張將軍辯白的只有宋哲元一人。可是，宋哲元自從平津失守，二十九軍損兵折將（副軍長佟麟閣，一三二師師長趙登禹均於七月八日在南苑陣亡），本身也成爲衆矢之的，不敢再過問張將軍的事，當然也因爲當時輿論對張將軍太不利，使宋哲元胆寒。

秦德純到了濟南見到張將軍，兩人抱頭痛哭一場，張將軍决定去南京見蔣委員長請罪，秦德純也願陪他去。當即電呈軍政部長何應欽，大意說奉宋將軍令，偕同張自忠市長赴中央報告請罪，惟各方謠諑紛傳，對張似有不利，可否前往，請電示等語。旋得覆電：「即同張市長來京，弟可一切負責。」秦德純即與張將軍會同赴京。韓復榘派其省府委員張樾負監視任務，共同前往。

三人乘火車由濟南動身時，不料京滬各報駐濟南記者得到消息，在濟南拍出電訊：「張逆自忠今日解京訊辦」，連坐的火車班次都報出去，京滬報紙一致刋出，三人還蒙在鼓裡，結果火車到徐州出了麻煩。火車到徐州剛進站，秦德純看見車站上圍了許多學生，打着白旗，上面寫的好似有張自忠的字樣，當時就勸張將軍到厠所裡躲一躲。開始時，張將軍自忖於心無愧，不肯趨避，經秦德純苦勸，把他推進厠所，將門扣住。不久一羣學生湧上來，聲稱搜查漢奸張自忠，經秦德純費了一番唇舌，算是把學生們勸下車。這件事對張將軍刺激至深。到了南京，秦德純原準備兩人同住二十九軍駐京辦事處，張樾執意不肯，一定要押去第三路軍（韓復榘部隊番號）駐京辦事處住宿，秦德純也只好由他。

第二天蔣委員長就在四方城召見，由秦德純陪往。張將軍首先起立請罪說：「自忠在北方失地喪師辱國，罪有應得，請委員長嚴予懲辦。」

委員長訓示：「你在北方一切情形，我均明瞭，我是全國軍事委員會委員長，一切統由我負責，你要安心保養身體，避免與外人往來，稍遲再約你詳談。」

第一次召見至此，回到第三路軍辦事處，張樾聽到這種情形，不敢再扣押張將軍，又趕着向他道喜，張將軍當天就搬去二十九軍駐京辦事處住下。

到第三天，秦德純接侍從室錢大鈞主任電話云，委員長要再接見張自忠將軍，要秦德純陪同在明早九時到四方城晉見。晉謁時適逢日機轟炸，委員長鎭靜如常，對張慰勉有加，詢問健康情形及所讀書籍，張答以閱讀郭沫若的日記，委員長說：「應閱讀有益身心的書籍，郭的日記不要閱讀。」最後對他說：「等你身體恢復，我决令你重回部隊，讓你再有機會報効國家，並且到前方看看你的長官、同僚及部下。」態度誠懇温和，儼如家人骨肉的親切。張將軍深受感動。由四方城回寓時，他在車上流淚對秦德純說：「如果委員長令我回部隊，我一定誓死以報領袖，誓死以報國家。」

後來他所以決心殉國，大概志向就決定此時。

二十七年春，隨戰事的進展，中央擬將第二十九軍擴編為七十七軍及五十九軍兩軍，五十九軍軍長一職，何應欽一再徵求秦德純同意，令其担任。秦德純認為該軍幹部多係張將軍所訓練的學兵營出身，張將軍對他們也知之甚深，為發揮作戰威力，似應由張將軍出任。不久中央任命張將軍為五十九軍軍長，返部隊那天，他對部衆痛哭失聲的說：「今天回軍，除共同殺敵報國外，是和大家一同尋找死的地方。」全體官兵誓死効命，泣不成聲。

五十九軍組成不久，敵人已由濟南沿津浦路南下，滕縣血戰失守，川軍一二二師師長王銘章將軍血戰殉國。戰事延至徐州外圍，日軍由側面進攻臨沂，駐守臨沂的是四十軍龐炳勛部，血戰數日，漸感不支。第五戰區司令長官李宗仁飛調五十九軍增援臨沂，張將軍率部正攻兗州，得到命令即兼程前進，一日一夜行一百八十華里，與敵軍精銳板垣師團遭遇，一鼓殲其兩聯隊。板垣師團為日軍有數精銳部隊，經此重創，倉惶後撤。將軍啣尾急追，一日又追一百二十里，造成抗戰史上有名的臨沂大捷。經此一役，張將軍名震中外，再也無人說他是漢奸了，當時中央明令嘉獎，擢升為二十七軍團長。是年十月就升三十三集團軍總司令。

張將軍担任三十三集團軍總司令之後，即駐防襄樊一帶，成為第五戰區機動部隊。民國二十八年（一九三九）三月，敵人進攻鄂西，以第三、第十三、第十六三個師團及騎兵旅團，進犯隨縣、棗陽，正是張將軍防區。不待敵人來攻，自率兩團健兒渡河迎戰，在鍾祥境田家集與敵人遭遇，大破敵軍，擊斃日寇聯隊長三；傷旅團長一；傷敵在一萬三千人以上。殘敵狼狽遺退，是為抗戰史上有名的「鄂北大捷」。張將軍以一對十，竟奏大功。

到了二十九年（一九四〇）五月，敵人又集結重兵再犯襄樊。張將軍指揮部隊扼守襄河與敵對峙，在方家集已打了一次勝仗。假若換了一個普通人，不求有功，但求無過，原可以敷衍過去。但張將軍不是那種人，決心要渡河找敵人打，當時他能控制的部隊祇有三個團，其餘部隊均分散各隘口，不能抽調，本來不應當冒險出擊，但是張將軍却不顧一切，五月六日晚致書副總司令兼七十七軍軍長馮治安一函：「仰之吾弟如晤：因為戰區全面戰爭之關係，及本身之責任，均須過河與敵一拚，現已決定於今晚往襄河東岸進發，到河東後，如能與三十八師、一七九師取得聯絡，即率兩部與馬師不顧一切，向北進之敵死拚。若與一七九師、三十八師取不上連絡，即帶馬師之三個團，奔着我們最終之目標（死）往北邁進。無論作好作壞，一定求良心得到安慰，以後公私均得請我弟負責。由現在起，以後或暫別、或永離，不得而知，專此佈達。」

信發後即揮軍渡河，在南瓜店與敵人遭遇，雙方兵力既懸殊，武器更不如，但張將軍毫不畏縮，指揮部隊奮勇進攻。鏖戰達九晝夜，敵人傷亡慘重，不曉得這支中國部隊何以這樣能打。後來聽說其中有張將軍在，增援反撲，務期要消滅張將軍所部，以絕後患。最後被圍於南瓜店之十里長山，敵人以飛機大炮配合轟擊，彈如雨下。五月十六日一天之內，從早戰到晚上，張將軍所部傷亡殆盡，將軍身中六彈，屢次倒地，屢次爬起衝殺，左右請遷移指揮所暫避，堅持不許，到了最後彌留時，告左右說：「我力戰而死，自問對國家民族對領袖可告無愧，你們應當努力殺敵，不能辜負我的志向。」

這一仗，張將軍雖不幸戰死，我軍損失了三個團，但敵人所付出的代價就更大了。從五月一日至十六日之戰果，計傷斃敵四萬五千人以上，繳獲大炮六十餘門，馬二千餘匹，戰車七十餘輛，汽車四百餘輛。

張將軍平日衣着十分隨便，但此次出戰却穿上黃呢軍服，帶上中將領章，一反平日所爲。事後知道他出發時已未打算回來，身爲國家高級將領，死也不能隨便，所以衣着整齊。及至戰死後，日本人發現張將軍屍體，審認無訛，一齊膜拜，用上好棺木盛殮，並樹木牌。

及至消息傳至重慶，蔣委員長大爲震悼，同時也懷疑何以總司令戰死，副總司令、軍長、師長均未陣亡？下令徹查，並嚴令找還張將軍忠骸，否則重辦高級將領。繼張將軍任五十九軍軍長的黃維綱，奉令後親率部隊再渡襄河搜尋，終於發現張將軍墳墓，乃將靈櫬運回重慶。先由陸路運至宜昌，停靈東山寺，事先並未公佈。但消息一經傳出，宜昌民衆不期而集吊祭者逾數萬人，有的掩面流涕，有的悲傷嗟嘆，尚有一位老太太得到消息，連夜煮了麵前來弔祭。靈櫬由航運到重慶時，在儲奇門下設奠，蔣委員長親臨致祭，撫棺甚哀，政府大員一律臂纏黑紗登靈船弔祭。市民前往弔祭的更絡繹不絕。十一月十六日，葬於北碚梅花山麓。有人爲之銘曰：

「倭患始來，有明末造。底定功成，戚俞征討。死灰復燃，踰三百年。極於今日，烈焰蔽天，桓桓張君，志在平倭。喜峰臨沂，殊勛迭奏。江、漢之原，實惟荊、襄。沃野千里，自古戰場。悍寇乘之，狼奔豕突。君陣堂堂，當者辟易。受命專征，五月鏖兵。靡晝靡夜，大星忽傾。其人雖逝，名已不朽。來者式憑，咨嗟萬口。英烈孰繼，烽烟未消。我銘其墓，以勗同袍。」

靈櫬運抵重慶之當日，蔣委員長通電全軍稱：

「張總司令藎忱殉國之噩耗傳來，舉國震悼。今其靈柩於本日運抵重慶，中正於全軍舉哀悲痛之餘，謹述其英偉事蹟，爲我全體將士告。追維藎忱與敵作戰，始於二十二年喜峰口之役，迄於今茲豫鄂之役，無役不身先士卒。當喜峰之役，殲敵步兵兩聯隊、騎兵一大隊，是爲藎忱與敵戰之始。抗戰以來一戰於淝水，再戰於臨沂，三戰於徐州，四戰於隨棗，而臨沂之役，藎忱率所部疾趨戰地一日夜達百八十里，與敵板垣師團，號稱鐵軍者鏖戰七晝夜，卒殲敵師。是爲我抗戰以來克敵制勝之始。今茲隨棗之役，敵悉其全力三路來攻，藎忱在棗陽之方家集，獨當正面，斷其歸路，斃敵無算，我軍大捷。假藎忱不死，則此役收效當不止此。今強敵未夷，大將先隕，摧我心膂，喪我股肱，豈惟中正一人之私痛，亦將三百萬將士同胞之所同聲痛哭者也。抑中正私心尤有所痛惜者，藎忱之勇敢善戰，舉世皆知。其智深勇沉，則猶有世人未及知者，自喜峰口戰事之後，盧溝橋戰事之前，敵人密佈平、津之間，乘間抵隙，多方以謀我，其時應敵之難，蓋有千百倍於今日之抗戰者。蓋藎忱前主察政，後長津市，皆以身當樽俎折衝之交，忍痛含垢與敵周旋，衆謗羣疑無所搖奪，而未嘗以一語自明，惟中正自知其苦衷與枉曲，乃特加愛護矜全，而猶爲全國人士所不諒也。迨抗戰既起，義奮超羣，所向無前，然後知其忠義之性，卓越尋常，而其忍辱負重殺敵致果之概，乃大白於世。見危授命烈士之行，古今猶多有之，至於當艱難之會，內斷諸心，苟利國家曾不以當世之是非毀譽亂其慮，此古大臣謀國之用心，非尋常之人所及，亦非尋常之人所能任也。中正於藎忱信之尤篤，而知之特深，藎忱亦堅貞自矢，不負平生付託之重，方期安危共仗，克竟全功，而乃中道摧折，未竟其志，此中正所謂於藎忱之死重爲國家前途痛悼而深惜者也。雖然國於天地必有與立，而三民主義之精神，即中華民國之所由建立於不敝者也。今藎忱雖殉國，而三民主義之精神實由藎忱而發揮之；中華民國歷史之光榮，實由藎忱而光大之，其功雖未竟，吾輩後死之將士，皆當志其所志，效忠黨國，增其敵愾，窮此寇仇，以完成藎忱未竟之志，是藎忱雖死猶不死也。願我全體將士其共勉之。蔣中正手啓。中華民國二十九年五月二十八日。」

此電情文並茂，恩義周至，非此文不足表張將軍，非張將軍亦當不起此文，舊二十九軍將士閱後一致感泣！

國民政府不久下令張自忠將軍國葬，追贈陸軍上將。湖北省宜城縣（張將軍殉國之南瓜店屬宜城）改爲自忠縣；宜城縣人又將南瓜店所隸之柴口壟鄉改爲藎忱鄉，縣內長渠，改爲藎忱渠，以誌不忘。民國三十二年國民政府主席林森明令將三十六名殉國將領入祀忠烈祠，張將軍帶隊，謝晋元（死守上海四行倉庫團長）煞尾。

張將軍夫人李敏慧女士因病留駐上海，張將軍殉國後三個月期間大家皆未告知。以後聽到噩耗，即拒絕進食；絕食七日，泣血而卒。消息傳出，國人大爲震動，在重慶開追悼會，蔣委員長題額「相成忠傑」，政府明令褒揚，將生平事蹟宣付國史舘單獨立傳。爲民國史上第一位女子立傳的人。

張將軍殉國後，在重慶開追悼會，各方所贈輓聯，美不勝收，據記憶所及，其中最佳者應推「中國國民黨重慶市黨部」所輓

「驅十萬衆，快九世仇，數中華男兒，盍讓將軍獨步；拚七尺軀，爭方寸土，是復興鐵劵，豈惟吾黨殊榮。」

勝利後在上海開張將軍追悼會，孔祥熙輓聯：

「隨棗之役，勝利之基，日月麗丹忱，聯捷雄風青史在；長城而後，轉戰而死，河山縈碧血，從來名將白頭稀。」不知出何人手，亦復清麗典雅。

詩詞最佳者當推近代名詩人楊雲史（圻）所塡「賀新郎」詞：「拚却全軍墨，渡長河追奔逐北，胡兒褫魄；十萬豺狼齊瓦解，漢幟平明皆赤。鬬困獸一身陷敵，衆寡懸殊都不計，猛無前誓掃荊襄賊。 南瓜店，堪歌泣；喜峰急難英名立，嘆盧溝求全毀譽，看赤成碧。三載沙場千日戰，血洗英雄心迹。好頭顱今番非昔，雪涕良心安慰語，知將軍決死非今日，眞勇將，諡忠烈。」

現在再談幾件張將軍的軼事。張將軍一生帶兵最嚴，兵士如果犯了軍風紀，一定重懲不貸；即在當師長時，全軍皆畏之如虎，背後稱爲「張剝皮」。但將軍立身公正廉明，眞正是不愛錢不怕死，視官兵如子弟。所以部下畏其威復懷其德；部隊凝結成一個整體，故能攻克防固，無戰不捷。到了將軍殉國時，所率特務營全部戰死，無一人肯退走。此種捨死忘生之情，決非命令所能維持，完全靠平日德行所感。

其次，將軍持躬淸廉，亦非一般人所及，平生未妄取一文。當五月六日即將動身赴前敵時，軍中有公欵五千元，存在幕僚處，此人也怕將軍一去不回，夫人在上海無以爲生，建議將這五千元寄去上海。但爲張將軍一口拒絕，慨然曰：「前線將士，如此困苦，正需錢以激勵其精神，吾何忍以國家之財力，濟吾私人之急耶！」終不允，而以此五千元分贈前線立功官兵，將軍淸廉操守，眞可說是貫徹始終了。

再其次，將軍一生生活如苦行僧，本來馮玉祥所訓練的西北軍將領，除去極少數之外，大抵皆立身謹飭，驕奢淫佚者絕少。但生活刻苦如張將軍者，亦不多見。抗戰期間，參政會組織了幾個慰勞團，分赴全國各地慰勞將士。據梁實秋敎授記憶，他當時也是一位參政員，跟着慰勞團一路去各地慰勞，每到一處，駐軍首長一定設宴盛大招待，海參、魚翅、砲台、茄力克紙烟，應有盡有。有良心的參政員覺得不是到前方慰勞，而是到前方受慰勞，內心也至感不安。可是到了快活舖三十三集團軍總部，情況爲之一變，張將軍熱情迎接參政員，敬以土裝紙烟，欵以白開水；中午正式設宴欵待嘉賓，有四個火鍋，菜色一樣，完全是靑菜、粉絲、豆腐大雜膾，加一些肉片、肉丸子。張將軍殷勤讓客，態度誠懇，參政員久饜膏粱，突然對着靑菜豆腐，倒也吃得津津有味，霎時吃得七零八落。張將軍眼見菜不夠吃，連呼勤務兵加菜，但是，廚房實在無菜可加，臨時只賣了十幾個鷄蛋，張將軍命將鷄蛋打在大鍋裡，每客敬兩隻荷包蛋，賓主盡歡而散。晚間一羣貴賓被招待睡草舖，既軟且暖。睡到半夜聽到炮聲，以爲敵來襲，問起衛兵，才知道此地距離敵人只有十幾里路，雙方隔襄河對峙，互相炮轟無日無之。大家不料張將軍總司令部竟在前線，

比起其他總司令部距離敵人數百里者，眞不可同日而語。不過也都覺得這才眞眞是在抗戰。

張將軍一生生而爲英，死而爲靈，以英雄而兼烈士，民國軍人中殆無其匹。張族在歷史上最多英雄豪傑，但是可與張將軍媲美者，只有張飛、張巡與張世傑，四人皆千載人物，中華民族不亡，中國歷史不絕，四人將永不磨滅。

不過，張將軍一死，却創造了幾個第一，不但在當代史未見，就歷史上也是空前，茲縷述於後：

一、張將軍是抗戰八年中第一個陣亡的總司令。抗戰中，我軍陣亡兩位總司令，即三十三集團軍總司令張自忠；三十六集團軍總司令李家鈺，但張將軍殉國較李將軍早了四年。

二、張將軍是入祀忠烈祠的第一人。雖然林主席令入忠烈祠的高級將領三十六人，但張將軍名列第一，自然是他先進去。

三、張將軍是二次大戰中，唯一被步槍擊死的總司令，整個二次大戰期間，不論同盟國、軸心國均陣亡過上將級的高級將領，但是身臨第一線指揮作戰，爲敵人步槍子彈射死的，當代沒有第二人。已故監察院秘書長王陸一氏輓詩云：「死爲軍神生上將，幾見都戎中步槍。」蓋記實也。

四、抗戰八年中，陣亡的將級軍官超過百人，但由最高統帥通電全軍告哀的也沒有兩人。

五、張夫人李敏慧絕粒殉夫，在民國史上也不多見。更難得的是政府明令褒揚，准予個別立傳。在中國歷史上，父子夫妻合傳的甚多，除去帝王后妃外，夫婦分別立傳的，不必說民國史上未曾有，即翻遍二十五史，似乎也找不出第二對夫婦。這是張將軍夫婦所創下紀錄不僅是第一，而且是唯一的了。

由張將軍身上，不由得想起與他同姓也算同名（同音不同字）而且同庚的張治中來。張治中比張將軍多活了二十九年，壽數是高了，但是，在歷史上一個留芳萬古（不止千古），一個遺臭百年（決無萬年）。爲張治中着想，多活這二十幾年幹麽？每想到張將軍，更覺得一個人對生死不必介意，但是，每人祇能死一次，却要好好地死。

（編者按：讀此文而不肅然者是不忠；讀此文而不懍然者是不義；讀此文而不惻然者是不仁；讀此文而不奮然者是不勇。將軍浩氣長存，作者字字血淚，中華好男兒，均當如是！」

Olympia

HAIR DRYER
MODEL HD868

世運牌吹髮風筒

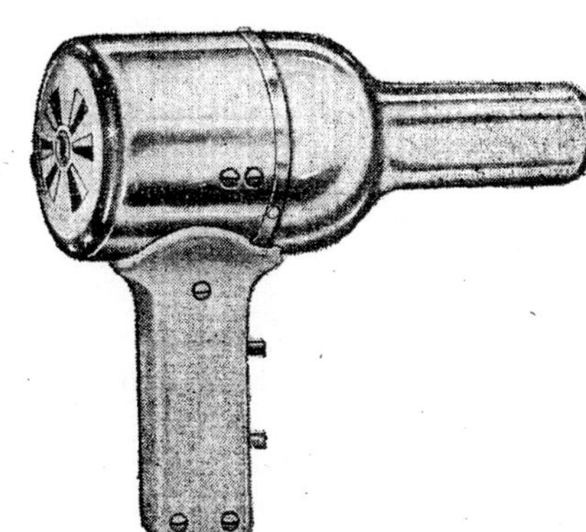

（一）風力特强。
（二）可調節風量。
（三）有冷熱風掣可隨意調節。
（四）裝璜美觀、大方、實用、送禮佳品。

實用電器廠出品・各大電器行有售

地址：香港九龍大角咀塘尾道八十一號至八十一號A四樓

電話：K939082（歡迎電話洽商）

樂道安貧勵晚節

劉己達

開國老成王有蘭

我素所欽遲王有蘭先生，他字孟廸，江西興國人，生於民前二十六年八月三日。家世業儒，昆仲六人，先生居三，均隨父就讀。以天資聰慧，會舉清末秀才。嗣就讀江西高等學堂，負笈來南昌，王湘綺先生至贛講學時，孟廸先生即為其高足，

王有蘭先生遺照

後來由江西保送赴日本留學，入東京中央大學。

先生在日求學時，鑒於滿清腐敗，乃矢志獻身革命，民前四年加入革命同盟會，介紹人為張健、宋教仁。武昌首義之前，即返滬參加同盟會長江流域策動革命總機構，從事革命工作。

辛亥革命成功，各省紛紛響應，當時十七省代表集會南京，成立臨時參議院，先生為江西省代表，並赴滬歡迎國父孫中山先生，選舉國父為臨時大總統，他就投下了神聖的一票，寫下了他一生最光輝的一頁。

筆者隨侍既久，相知最深，他的道德學問，久為士林所推崇，詩詞書法，均有造詣，其書法精於魏碑，卓然成家。留港時與本刊編者亦係忘年交，上年岳騫來台，承專程過訪談及孟廸先生，乃蒙一再敦囑敘其嘉言懿行，以彰有德。伏念孟廸先生已逝世六年，墓木已拱，撫景懷人，能毋動人琴之感，謹述其往事如下，以誌悼思。

一、百歲誕辰談往事

有關他在辛亥革命，參加中華民國開國之一頁，謹錄其在國父百年誕辰那一年，他那時已去到了台灣定居，住於台北之新店鄉村，曾為傳記文學第七卷第五期，寫下了一篇「辛亥建國回憶」一文，這是他自己所寫下的，較之其他紀錄，當益屬信而有徵。

他說：筆者於辛亥冬當任江西都督府派赴南京組織中華民國臨時政府代表，南京代表團之成立是十一月廿六日在南京三牌樓諮議局集會。先是江蘇都督程德全，浙江都督湯壽潛，聯名電請滬都督陳其美

，倡議已獨立各省派代表至上海，討論對內統一對外交涉事宜，故各省有一部份代表抵滬，於辛亥九月二十五日開會，定名爲「各省都督代表聯合會」。但湖北都督府已於九月十九日通電已獨立各省，請派全權委員赴武昌，組織臨時政府，於是在滬各代表商定均赴武昌，惟各有一人以上留上海，赴武昌者議組臨時政府事，留上海聯絡聲氣，爲通信機關。

至十一月十一日南京光復，駐漢口之代表團（當時因漢陽失守武昌代表移漢口英租界開會）議決以南京爲臨時政府所在地，同時代表團遷往南京集會，並通知駐滬代表及各省續派之代表逕赴南京。江西代表爲林子超（森），趙士北及筆者三人，林爲閩人，趙爲粵人，其所以充當贛籍代表者，因光復九江、南昌時參加有功，固無省界畛域之見，其後都督府改派俞應麓、湯漪二人，則在代表團改爲臨時參議會之後也。

獨立各省代表集會於南京，開宗名義第一事，爲組織臨時政府。根據代表團在鄂所制定之臨時政府組織大綱，應選舉臨時大總統，適袁世凱代表唐紹儀至漢口，試探和議，聲言如能舉袁爲大總統，則袁可贊成共和。於是黎宋卿（元洪）與駐鄂代表團商定大總統一職，暫不選舉，留自以待，因當時馮國璋率新軍已攻陷漢陽，武昌在砲火射程之內，阢隉不安，故對袁之交涉，不能不慎重以觀其變。

當時留滬代表忽於十月十四日選舉黃克強（興）爲大元帥，黎宋卿爲副元帥，鄂代表及黎均表反對，並唆使蘇浙軍人，聲言不隸於敗將之下（克強曾守漢陽敗退），黃乃辭大元帥之職。代表團（時已集會於南京）無奈，乃於十月二十七日改推宋卿爲大元帥，克強副之但規定黎駐武昌，由黃代行大元帥職權，黃始終未肯就職。

當武漢光復時，中山先生適在美國，閱報知革命軍佔領武昌，遂赴倫敦向英政府進行與革命軍有關之交涉事宜，旋繞道法國經星加坡，於農曆辛亥十一月初六日返抵上海。滬軍都督陳英士（其美）電代表團請派代表赴滬歡迎，於是代表團派代表六人，有廣西馬君武，山西景耀月，安徽王竹懷及筆者等（餘二人已忘其名），並授權歡迎代表，表示將選舉中山先生爲臨時政府大元帥，因當時黃、黎大元帥副

王有蘭遺墨之一

元帥之爭，尚未結局，同人頗感進退維谷，茲聞中山先生返國，皆欣然色喜，以爲此問題可順利解決也。

歡迎代表，於辛亥十一月初七日晚乘火車赴滬，初八日晨到達，寓三馬路孟淵旅社，即驅車訪英士於龍華都督府，旋偕謁中山先生於靜安寺路斜橋總會後小洋房內，首由君武申述歡迎之意後，即談到組織政府問題。（中畧）

中山先生，既決定於中華民國一月一日（農曆十一月十三日）就總統職，是總統選舉必須於一月一日以前辦竣，各歡迎代表，以時間緊迫，決定於本晚（十一月初八日）返寧，於初九日晨八時到達，十時赴代表會開會，公推馬君武報告在滬與中山先生接洽經過。

代表會對於保留總統位置予袁一節，認爲不必要，惟臨時大總統名稱，除去臨時字樣，因各省有未獨立者，正式憲法，尚未制定，正式總統亦無從產生，認爲仍須冠以臨時字樣。於改用陽曆一節，主張暫時不改者爲多，辯論甚久，莫衷一是，最後君武強調中山先生於此事持之甚堅，甚望同人勉予贊同，始獲通過，旋決日於次日舉行總統選舉會。

十一月初十（農曆）上午九時開總統選舉會，計到十七省代表，共四十二人，因各省所派代表，多者五人，少者僅一人，相差懸殊，在漢口開會時，遇到爭執問題，不能以人數多寡來付表決，故臨時政府組織大綱規定，臨時大總統，由各省都督府代表選舉之，以得票滿投票數三分之二以上者爲當選，代表選舉權，每省以一票爲限。」此次選舉，即照此規定由各省代表自行推定一人投票，開票結果，中山先生得十六票，克強（黃興）得一票，乃湘代表譚石屏（人鳳）所投也。」（下畧）

以上均爲孟廸先生追憶，選舉臨時大總統之經過。

海濱兄惠鑒　兩月未晤
爲念。金獅商店轉信附來，貽誤稍後
惠示。請寄黃大仙竹園道34號B天香
園食品公司轉交爲盼。弟已轉告曉青
弟並請堅謀兄附何先生一函，亦祈轉致
李懇弟爲荷
春祺
弟 孟廸 蘭啟
一月廿三日

王有蘭墨遺之二

二、二次革命 賦流亡

孫中山既已就任中華民國首任臨時大總統，臨時政府亦已組織就緒。孟廸先生隨即在臨時參議會，參與制定臨時約法及正式國會參衆兩院組織法等重要法案，回省任首任內務司長。翌年復當選衆議會議員。

據「江西文獻」第七期記載，江西籍的參衆兩院的人選如下：

參議院議員

湯漪　符鼎升　朱念祖　周澤南

劉濂　蔡奕靈　黃緝熙　黃善達

蕭輝錦　蕭炳章

衆議院議員

王侃　張于潯　徐秀鈞　王恒

梅光遠　文羣　黃格鷗　鄔徒龍

盧元弼　胡懌　辛際唐　潘景海

羅家衡　彭學浚　邱冠棻　鄒樹聲

賀贊元　歐陽成　程鐸　戴書雲

黃攻素　郭同　鄧元　王有蘭

陳鴻鈞　賴慶輝　曾幹楨　劉景烈

葛莊　邱珍　李國珍　黃裳吉

汪汝梅

是年四月先生往北京開會，目覩袁世凱倒行逆施，力謀反對，乃回江西，襄助李協和先生發動湖口討袁之役，終以彈餉不濟而致敗績，乃倉卒隨同李協和先生亡命南洋。

民國五年，雲南起義，袁死黎繼，國會重開，嗣被解散，乃赴廣州護法。先後任廣東省政務廳長，及雲南市昆明市市政籌備處等職。

民十九，江西省主席由熊式輝繼魯滌平，先生應邀返贛任第九行政區行政長官，此爲專員制度之開始。因爲那時湘鄂贛軍事委員會委員長行營，由楊永泰任秘書長，爲適應勦匪區需要，在三分軍事七分政治的原則之下，特別創設此一制度，在江西開始實施，孟廸先生即首膺此一項重要的創新的重任。其後行政長官改爲行政督察專員，先生又任四、一兩區行政督察專員兼區保安司令。

抗戰軍興，江西省臨時參議會成立，中央乃延聘，曾任江西都督的彭程萬爲議員兼議長，孟廸先生爲議員兼副議長，其時臨時參議會議員，共有四十人。及後正式選舉參議員，則爲每縣各一人，先生仍當選議員兼副議長，迄於大陸淪陷，先生違難來港爲止。

三、平生風義兼師友

余生也晚，較之孟廸先生少十五歲，辛亥光復，筆者僅十齡，係小學生，誠屬少不更事。至民國廿一年，始由乃弟王又庸之介紹，晋謁先生。其時先生在吾贛已事功卓著，道德學問，更冠絕一時，是以倍深敬仰，識荊以後，即師事之。其時王又庸先生任江西民政廳長，我那時參加江西縣政講習，講習完畢後，將分發至勦匪區任行政工作。

孟廸先生適任第一區行政督察專員，王又庸當時擬介紹我爲一區專員公署主任秘書，爲之助理，適因事赴南京，未能成爲事實。我之得隨侍先生，乃係民國三十年，先生任江西臨時參議會副議長，我由中央派充江西臨時參議會秘書長，乃得頻相過從，隨時請教，進益良多。

那時臨參會即位於江西臨時省會泰和之上田村附近，離省府有三里之遙，殘破鄉村，居室簡陋，但彭議長與孟廸先生，携眷即駐於該會之側，過着抗戰時期極艱苦之生活，怡然自得。其時民意代表各議員，與省府相處亦極爲融洽。我那時所負責任，除臨參會日常事務外，最重要的任務，即爲溝通省府與議會相互的情愫，我的任命雖係由中央指派，但實際上還由省府主席保薦的。

孟廸先生對會務進行，亦極謙抑爲懷，每事均極推崇彭程萬正議長，他經常赴附近之國立中正大學，作學術性之講學，間亦發爲吟詠，作詩消遣，所以他們的相處，亦極爲協調。

三十三年冬，敵寇迫近，省府撤退寧都，我那時所主持之江西民國日報，亦經過興國遷寧都，興國爲孟廸先生之故鄉，承其昆仲邀我舉家至其珂鄉作客，盤桓多日。因此更結識其二兄王祝秋，時任興國中學校長，其五弟王△△，任縣臨參議會議長，愛屋及烏，備承優待，更成爲通家之好。興國名餚粉蒸魚與粉蒸豆腐，至今思之，尚垂涎三尺。

繼之日寇投降，復員南昌，我那時已改任江西地政局長，孟廸先生亦由臨參會改選爲正式省參議會，一仍舊貫，仍任副議長，卜居陽明路之新住宅區，過從甚密，時有往還。

三十八年大陸淪陷，我至三十九年秋始繞道瀋陽經武漢，抵廣州，旋至香港。始悉孟廸先生已早我一年在香港九龍荃灣定居，當即趨荃灣請謁，並晤及在荃灣流寓之若干同鄉友好，相見之餘，恍如隔世，其內心之慶幸可知。

其時熊天翼（式輝）先生則卜居於香港中安台，與孟廸先生等，時有文酒之會，參加者計有陳勤士、陳孝威、張純鷗（維翰），以及詩人易君左、徐亮之、鄭水心、暨熊天翼秘書江樹聲等。有詩時拈題咏詩，有時作詩鐘（其作品見之於「海角鐘聲」，有時亦散見於星島日晚報附刊，每月至少有一次聚會，由天翼先生作東。

至於孟迪先生之生活費用，則由天翼先生約集江西極少數商人，組織一小型工廠，由某君任經理，孟迪先生任董事長，每月致送少許夫馬費，藉以打發日常生活之需。大概讀書人不善經營，該工廠不到兩年，即因營業不振關門。從此孟迪先生之處境，日益窘迫。

後來爲了節省開支，乃移居九龍黃大仙竹園附近之九室壆，住址極爲僻遠，沒有門牌，郵差也不能送信，所有函件均由附近之南貨店天香園轉（見遺墨一，函中指何先生，即係本刊編者），至於前往所訪謁之友人，更非有人作嚮導不可。

其時夫人蔣蔓芬女士健康尙佳，女僕徐媽更是極其辛勤備至，對二老的照顧亦無微不至。主僕三人，相依爲命，徐媽更與孟迪夫人打籐椅，及爲天香園作零工，每日藉三數元之港幣收入，作爲伙食之費。至於房租每月五十元，則由我邀得甘友蘭涂公遂先生以及本刊編者岳騫兄及暨其他友好燕笙波、孫信堅兄等共集港幣千元，按月取息五十元，由我領得送去，以爲繳房租之用。每年年節，亦由我奔走向友好湊集三五百元，以爲杯水之助。嗣後赴台旅費尙差千元，亦係用同一方式湊集，得以成行，其中尤以甘家馨先生及本刊編者，資助較多，同深感激。因此孟迪先生對我總是嘉許備主，曾集句親書送我一聯，句云：

「桃花潭水深千尺；
逸韻高懷寄一卮。」

後來因爲黃大仙住戶拆遷，改建平民大厦，孟迪先生亦分一間房，租雖已減輕，但三人僅一斗室，衣於斯，食於斯，實太窄小。有時客至，只好借走廊爲談話處所，是誠所謂陋巷，人不堪其憂，但孟迪先生從無怨尤，亦從無疾言慍色，不忮不求，在我所認識的鄉先輩典型中，孟迪先生應該是我最欽佩的一人。

不久，王夫人蔣萸芬女士又適患高血壓，得半身不遂之症，貧無以爲依，經年臥床褥，大小便均賴徐媽服侍，於是孟迪先生的處境，更是困難萬分。

其好友裕台公司董事長洪軌先生等，多方奔走，得當道許可發給入境證，籌得若干旅費，爲了部署赴台，於五十三年夏，定居於台北近郊之新店。並由裕台公司聘之爲顧問，月支台幣夫馬費弍千元。

五、式瞻遺容餘涕淚

我是在民國五十六年冬去台灣定居，孟迪先生則已於五十六年二月十二日逝世的，享年八十有二，年高德劭，典型猶在，自屬了無遺憾，更何況他晚年禮佛，正所謂求得解脫，不過從此人天永隔，晤面莫由，私心慟痛，又何能已？

抵台未久，我即由友人嚮導赴其新店住宅，怎覩其夫人雖仍臥床褥，但已神志昏迷，精神分裂，對任何親友，均視若路人，惟健飯如常，頻呼徐媽，徐媽對她的照料，仍一如往昔，迄無稍衰。我對孟廸先生遺像行禮致哀後，徐媽對着我總是涕淚交流，泣不成聲，我則對徐媽安慰，告知我們可隨時爲之臂助，望節哀爲生者服務。

其時遺容之側，所懸各友好之輓聯，尙未撤除，謹選餘數聯，藉留鴻爪。

江西同鄉會理事長姜伯彰先生輓云：

「天上赴修文，昔日勳名，今成夢幻；家中餘病婦，死者已矣，生將何堪！」

按姜伯彰先生亦係吾贛黨國元老，與孟迪先生同係同盟會會員，參加革命，無役不從，後任立法委員，亦已於去年仙逝，享年八十有七。

中央黨部紀律委員會主任委員，馬超俊亦係黨國元老，對孟廸先生倍極推崇，其輓聯云：

「革命贊鴻圖，開國尙留勳業在；壯猷思鶴髮，謀邦長惜老成凋。」

又監察院副院長張維翰先生輓云：

「滇邊協贊，江戶同遊，往事縈迴常在念；香島聯吟，台瀛聚首，故人寥落最愴懷。」

按上聯則係指他們曾在日本同遊，孟迪先生曾在雲南任昆明市政籌備處長；下聯則係指同在香港，經常聯吟參加文酒之會。

裕台公司董事長洪軌，對先生亦常有資助，先生來台後一切照顧，更承大力維護，其聯云：

「廉吏可爲乎？兩袖清風欽亮節；哲人其萎矣！三朝冷雨弔鄉賢。」

陳翊忠先生輓聯云：

「憔悴斯人，日暮鄉關何處是？文章憎命，滿天風雨下西樓。」

按陳先生（現年已八十，尙健康，係贛縣人，亦係孟廸先生之同學，曾爲四區專署之主任秘書，與先生共事有年。集句渾成，慨嘆良深，自屬佳作。

詩人吳天聲先生輓聯云：

「屈指數耆賢，八十年危持顚扶，更預胆薪光晚節；歸魂招海嶽，三千界雲迷霧鎖，不堪涕淚到深悲。」

其他佳作尙多，限於篇幅，姑不具錄。

鐵手吾兄雅鑒 久未晤教 無任叢思 弟於日昨移居九龍橫頭磡徙置區（樓宇）○座二三八號 關後重賜刊物請逕寄此處 爾肅答 先生贈閱自由報至深銘篆 照附請將來之新住址轉告友好 代為道謝 否爾祗頌

弟孟迪手上 九月一日

閱自由報廣告欄有槐村詩草出售（鍾伯毅著定價二元）茲附上港幣二元 請便中代購一部 由郵寄下為荷

王有蘭遺墨之三

江西五次圍剿時的四大戰役（上）

△彭戰存▽

前　言

當民國二十年春間，國軍在江西剿共失利的時候，十八師師長張輝瓚力戰殉職，該師部隊損失慘重，同時與其並肩作戰的部隊，亦多有波及。當時剿共士氣，爲之大挫。頹風所及，舉國爲之震驚。第十一師此時于參與討逆軍事之後，正在湘鄂地區整補待命。當此風聲鶴唳之際，奉命開入江西增援，該師以三旅九團之衆，加上師直屬部隊，不下十餘萬人，浩浩蕩蕩，士氣極爲旺盛，挽狂瀾于既倒，恢復剿共之元氣，此其時矣。嗣後江西剿共軍事之漸趨佳境，繼起有功者，第十一師的適時參戰，固爲得力，然當時最高統帥　蔣委員長介公的指揮若定，陳誠將軍協調各軍師的英勇作戰，與整飭剿共軍隊紀律的嚴格，尤爲爾後剿共成功的關鍵也。其時我在第十一師三十一旅六十二團第三營當少校營長，隨軍轉戰，出生入死，經過四年的圍剿，直至民二十三年秋共軍北竄，我乃考取陸軍大學十三期，並於是年冬暫時脫離軍旅生活，而進入最高的軍事學府研究，經過三年的切磋，獲益匪淺。

在剿共期中，我所經過的戰役，不下百數十次。以時間太久，作戰的地點與時間記憶不清，以致不能一一筆之于書，作活生生的豐富的剿共史實，成爲片斷紀錄，深爲遺憾。茲僅就作戰中印象最深，事跡最清晰亦即：「贛州之解圍」，「霹靂山之伏擊」，「東灣寨之遭遇」，「廣昌之決戰」等四大戰役，以說故事的方式，陸續分述于後，料爲關心剿共軍事者所樂聞也。至於「贛州解圍戰役」一文，係我奉命到參謀大學報告剿共心得所作，並經羅卓英將軍親爲核正，因該戰役關係江西剿共軍事的得失甚大，而當時的指揮本作戰者，又爲羅將軍卓英也。

（一）贛州解圍戰役

當「一二八事變」之際，日軍在上海登陸，舉國激于義憤，均欲滅此朝食而後快，調遣部隊，政府自應列爲優先。但共軍此時認爲時機不再，乃欲乘虛蠢動，江西東南半壁幾成爲共軍世界。內憂外患，接踵而來，正是此時實景。所以江西剿共的得失，關係爾後抗戰的勝敗。而抗戰的勝敗，又關係國家的安危，這個任務是有連鎖性而極爲艱鉅的。憶自民十九年冬起迄二十三年底止，其間經過了五個年頭，發動了五次圍剿，政府對此曾付出了很大的代價，江西東南部的人民亦苦于倒懸，國家元氣爲之斲喪不少。民十九年冬，魯滌平指揮張輝瓚、譚道源、公秉藩、毛炳文、許克祥、羅霖等師于龍岡，東固附近爲剿共之準備，不幸被潛在黃陂，小佈的共軍主力所擊敗，張師敗績，譚師亦受創，第一次圍剿遂告結束。民二十年夏，何應欽指揮第五路軍王金鈺，第八路軍朱紹良，第二十六路軍孫連仲等八個師于富田東韶各附近地區從事圍剿之準備又不幸被伏在寧都西北地區的共軍主力所擊敗。王金鈺、公秉藩各師敗績，孫朱各部亦有損失，第二次圍剿即爾中止。同年六月， 蔣委員長介公進駐南昌，親自指揮何應欽、陳銘樞、朱紹良等各路剿共部隊，作長驅直入之圍剿，期壓迫共軍于贛江而殲滅之，結果共軍狼奔豕突，避實擊虛，我上官雲相、郝夢麟、毛炳文各師均受到損失。經過三個月的追剿，國軍疲于奔命，官兵疾病相繼，不得不作撤退之計，共軍又乘國軍撤退時，打擊蔣光鼐、蔡廷鍇、韓德勤各師，第三次圍剿亦告中止。民二十二年春，國軍分三路向廣昌進剿，第五軍之第五十二、五九師及第十一師分由樂安、永豐、宜黃各地區向南豐集中之際，前後在蛟湖、東陂附近地區被共軍主力擊敗，第四次圍剿因之停止。民二十二年秋，國軍改變圍剿戰畧，採用「碉堡」、「公路」、「封鎖」等三大政策，步步進逼，將共軍的包圍圈逐漸縮小。廣昌一役，共軍傷亡慘重，殘餘共軍突圍西竄，第五次圍剿亦于焉告終。當時我個人担任的職務小，對每個戰役的全般情況，並不清楚。兼之缺乏參考資料，所以祇能憑記憶所及，先拿贛州解圍戰役作為報告資料，舉一漏萬之處，在所不免，尚望高明有以指正。

一、解圍經過

（一）一般狀況

1.影響該次戰役一般因素及特殊因素之分析與比較

贛州城的東北西三面環章貢二水，河幅均在百公尺以上，部隊不能徒涉，連架橋亦不容易，所有沿河附近的大小船隻，均被共軍掠集一空，兼之共軍大量游擊部隊不斷牽制國軍的後方，沿河戒備又嚴，國軍解圍部隊要想渡河攻擊共軍，是很有困難的。不過當地民衆尚未赤化，民心向我，一切作戰行動都可得到民衆協助的便利。此時使共軍有恃無恐的就是轟動中外的「一二八事變」，政府正有事于上海，陳銘樞在江西剿共的部隊全調到淞滬應變，所遺贛州附近的防務，均交由第十二師三十四旅馬崑接守，其他在江西剿共的精銳部隊，都在作調赴上海的準備。此時第十八軍已奉命開滬，軍長陳誠親到南京向當局請示機宜，職務交由副軍長羅卓英代理。共軍認為有機可乘，乃欲奪取贛州為基地，以打通湘贛交通，進出長江下游，攫取武漢及九江，藉以虛張聲勢，擴大其叛亂陰謀。因此共軍將其一、三、五、七軍團主力包圍贛州的東南西三面，更在贛州城北岸及東岸構成廣大的游擊幕，以截斷我馬旅的後方連絡線。惟贛州城北門通水西的浮橋，仍掌握在馬旅的手中，但不時受到貢水東岸與章水右岸機關槍火的封鎖射擊，僅在夜暗時勉可通行。我馬旅部隊富于守城經驗，當共軍利用東南西三門附近集團家屋的掩護，進行坑道攻擊之際，馬旅針對現實。亦在城內挖設坑道，其中放置大的空水缸，藉坑的回聲，來測知共軍坑道進行的所在。除由坑道中灌滿水源以潮濕其火藥，使其爆炸發生困難外，並在城內針對共軍坑道的方向，加築新城墻多座，同時城墻四周上澈夜懸有大小燈光，照耀如同白晝，使共軍無法偷襲，所以共軍數度將城墻炸毀後，我馬旅部隊仍能藉新城墻以抗拒共軍的前進，其中尤以東門攻勢最為猛烈，設非第十一師六十四團的適時支援，羅指揮官的指揮若定，則贛州城的險象，將不堪設想了。

2.作戰的準備情形

當我馬旅困守贛州城彈盡糧絕之際，雖也得到空中的補給，然以空投地區有限，在事實上仍感緩不濟急，至此告急的電文，急如星火，陳誠軍長此時尚在南京，當據情請准最高當局，令第十一師及第十四師前往解圍，在副軍長兼第十一師師長羅卓英指揮之下，部隊于民二十一年二月底由泰和吉安附近地區出發，以急行軍的速度，開抵贛州城北門外章水北岸，行經沙地及其以南地區時，雖與共軍游擊部隊接戰，然經國軍一擊，即潰不成軍，所以解圍部隊得以適時全部到達預定地區，集結警戒。部隊到達的當晚，贛縣縣長及其十七屬士紳均出城來到羅指揮部請願，並報告城中危急與請求增援情形。羅指揮官當以贛州城情勢險惡，乃令第十一師六十四團，于夜色蒼茫中由浮橋進入贛州城，以支援我馬旅之作戰。羅指揮官緊接第六十四團之後，亦進駐贛州城，當行經浮橋中點時，共軍以拼合的大汽油桶，滿裝燃料，引起大火，逐流而下，藉以燒燬浮橋，幸該浮橋能自由開合，致未釀成巨禍，同時其東西兩面封鎖浮橋的機關槍火，亦以夜暗盲射而失效。羅指揮官鑒于東門戰況危急，當令第六十四團之一營接守該處城防任務，餘作機動部隊。所以當次晨共軍炸破東門城墻之後，國軍能以新銳的部隊擊潰共軍的人海攻擊。次日第十一師三十一旅之第六十三團及三十二旅之第六十五、六十六團亦相繼入城。當時羅指揮官以贛州城介于章貢二水之間，附近無一船隻可資利用，而共軍對沿河戒備又嚴，如欲以部隊渡過章貢二水以行解圍，殊不可能。兼之贛州城危在旦夕，如以部隊由遠處渡河以行攻擊，則又以部隊分離，有遠水難救近火的顧慮。羅指揮官經過縝密的考慮，作週到的準備，乃決心以坑道出擊，因密令工兵營于城的東門各掘坑道一處，爲掩匿企圖起見，在各坑道口處保留約一尺的厚度，于部隊出城前，始將其洞口挖開，並利用南門附近的下水道，以爲通過部隊之用。在坑道作業期間，對于地點的選擇，保防的工作，都做得非常良好。羅指揮官于部署妥當之後，更親赴章水北岸的上窰北側山上，作連續兩日的敵情偵察。因爲該處的位置較高，又可俯瞰共軍的側後方，對于共軍的動態和槪略的位置，都可瞭若指掌，這對于爾後作戰指揮，是有極大裨益的。凡担任突擊部隊班長以上的幹部，都須輪流到城上隱蔽偵察各個突擊的路線和目標，尤其對于共軍輕重火器之所在，部隊及工事的位置，都須洞悉和記憶。同時在沙盤上作突擊預行演習，得到羅指揮官的重要指示，益能堅定官兵三信心，而收到共信互信的效果。當時又顧慮夜間突擊部隊迷失方向，乃又在上窰北邊山上，堆積三堆柴火，更在其上灌以洋油作爲突擊部隊的進擊指標，突擊部隊的官兵，每人的左臂上一律佩有白臂章，以資識別，所以一切計劃和準備是極爲週到的。

（二）特別狀況

1. 作戰指導原則

羅指揮官的三拳頭戰畧，以行反川字形的席捲閃擊，是爲當時作戰指導的最高原則。因爲贛州城外的護城河幅在五十公尺以上，是乾涸無水的，進出與運動，是極爲便利的。當時在城東南西三門各挖有坑道供一個團使用，並于南門附近掘開城墻一處，即在該處的下水道亦在被利用之列。突擊部隊于六日二十四時開始各個由城中魚貫經坑道中潛至護城河，集結警戒，次晨五時三個團的鐵拳，即各向預定的突擊目標，以雷霆萬鈞之勢，向共軍陣地的心臟地帶作猛烈的衝擊，此際在城墻上的燈光，亦令其頓然減少，一明一滅，形成無燈光的狀態。並令士兵們在城上發出油料消耗已盡，無法繼續點燈和一些怨天尤人的反動話，使共軍聽了，疑信參半，對國軍的行動，難以捉摸。國軍當時預定一個團由西門坑道出城，作縱深的突破，主力向右旋廻，一個團由南門坑道出城，作縱深的突破，主力向左旋廻，一個團由東門出城，作縱深突破，主力向左席捲，各捕捉當面共軍而殲滅之。因爲共軍當時的攻城部隊，係以東、南、西、三個坑道爲主，其中尤以東門坑道攻勢最爲猛烈，其部署的態勢有如川字形。羅指揮官窺破共軍的弱點，乃以反川字形陣勢破之，以上的指揮作戰原則，事後證明極爲正確。其進展情形，爾後均能合乎預期的作戰指導，戚繼光所謂算定戰者，信不誣也。

2. 作戰計劃

當時以第十一師第三十二旅第六十五團及第六十六團與馬旅的六十八團爲突擊部隊，六十六團由西門坑道，六十五團由南門坑道，六十八團由東門坑道，各向自己的任務地區邁進，馬旅的六十七團及第十一師的六十四團爲守城部隊，第十一師第三十一旅的六十三團爲預備隊，第三十一旅的六十一團及六十二團位于南橋亙贛州城北門外章水北岸爲佯攻部隊。第十四師爲掩護部隊，在章水以北地區佔領掩護陣地，以策後方的安全。規定三月六日二十四時突擊部隊開始出城，七日五時開始突擊，佯攻部隊于于七日五時開始佯攻，除以各種火器向共軍陣地射擊外，並應沿河打水作響，故作渡過章水姿態，以欺騙共軍，藉以分散共軍對我出城部隊的注意力。突擊部隊出城以後，須切實遵守靜肅原則，即使開始突擊以後，亦不得任意射擊，總以衝殺手榴彈投擲爲手段，有如神兵天降，使共軍手忙脚亂，莫知所措。本計劃實施的結果，大體均能按預定進展，未發生任何阻障，深感計劃之週到也。

3. 戰鬬經過

第十一師第六十二團第三營在上窰附近担任佯攻，其第二營在南橋担任佯攻，團部及直屬部隊與第一營在中窰附近集結。第六十一團則連繫第六十二團之左翼，在章水北岸担任佯攻。事前第六十二團第三營第七連在上窰北側山上設置柴火三堆，並在十八里處取來渡船一隻，約可裝載三十人，當令停在上窰渡河點備用，船夫和篙槳，均已預爲控制，一有機會，可以隨時渡河襲擊共軍。該營將上項工作完成後，予六日二十四時處理情形報告團長方靖。當七日五時佯攻後，該營將預備的柴堆點火，一時火光熊熊，堪爲突擊部隊進擊的良好指標。此際我出城的突擊部隊，毫無半點聲響，亦無任何信號發現，其靜肅沉着，勇敢善戰的工夫，已是恰到好處。因國軍突擊部隊出城之後，各本其作戰指導要領，按照預定攻擊目標以反川字的陣勢，向共軍的心臟地帶刺入。此時共軍官兵均由夢中驚醒，人不及槍，馬不及鞍，大有風聲鶴唳，草木皆兵之勢。我軍此時長驅直入，如入無人之境，所以共軍既無招架之功，更無反擊之力，軍隊組織，已瀕解體，三十六計，唯有走爲上計。何況此時尚是黎明，國軍部隊以捷足先登的氣慨，正如天兵下降，莫知所自。其馳騁疆場，則又如狂風疾雨，莫之能當，這一幕活生生的戰鬥，唯有親歷其境者，才能體味其實況也。第六十二團第三營射擊十分鐘後，以彈藥消耗過甚，乃以喊話代替射擊，但共軍噤若寒蟬，無一答話者，此時晨光曦微，第三營長率各連長到上窰渡河點沙灘上去觀察共方情況，但見對岸沿河一帶，均有共軍設置的燈光，以防止國軍的偷渡。其時西門外章河的木排忽然起火，一時火光燭天，在光幕中發現對岸的共軍人影雜亂，狀甚狼狽，該營長乃令各連長作敵情判斷，他們都說共軍已開始崩潰，該營長很同意他們的意見。當令第八連派兵一排乘上渡船，即向彼岸進發，並對排長郭漢卿說：「如半渡河，共軍射擊猛烈，即順流而下，上岸歸隊。如半渡時，共軍射擊不激烈，即直登彼岸，佔領當面的大土堡，以掩護我後續部隊渡河，同時務將對岸的船隻押運囘來」。至于機關槍連及配屬的廹擊砲排，則令全在我岸放列，以掩護郭排之渡河。時天色已明，發現對岸共軍大部隊蜂擁沿章水南岸西竄，我機關槍及迫擊砲即向其射擊，共軍乃即囘奔。我渡河之郭排，此時距岸僅十餘米，亦即紛紛下水，向囘奔之共軍追擊，將對岸的船隻押囘，於是第八連能以全部渡河，第九連繼之，該營長率第七連第三次渡河，機關槍連及迫擊砲排再繼之過河，當將上述情形報告團長了。迨經營長登陸後，發現我先渡河之郭排已俘獲共軍人槍二百餘，重機槍四梃，當令郭排長率隊看守俘虜，俟交團部或旅部接收後即取據趕上部隊。該營長旋率全營官兵經飛機場繼續向天竺方向追擊前進，此際第六十二團主力亦即賡續渡河。惟我突擊部隊于大勝之後，各在爲其俘獲的人槍而忙碌，一度秩序陷于混亂現象。共軍乃乘機以猛烈的逆襲向我突擊部隊反撲，情勢至爲危殆，幸我第六十二團全部官兵趕到，當展開予以全面反衝擊，得以粉碎共軍的陰謀。時羅指揮官在城內拜將臺指揮，睹此情況，極爲振奮，復令第六十一團渡河加入追擊，卒以該團部誤入城中，等該團部隊轉出城外時，以進出困難，致延誤追擊時間。其間第十四師又以部隊分散警戒，一時趕不及，且渡河工具又缺乏，致將縱隊追擊的機會逸去。共軍以攻擊月餘，師老無功，復經連日的苦戰，以致疲敝不堪，官兵毫無鬥志，落荒而逃。自突擊時起迄戰鬥結束止，爲時僅一晝夜，竟將共軍全部擊潰，洵屬難能可貴。惜未能將其掃數殲滅，殊爲遺憾。是役我俘獲共軍人槍七千以上，生擒其師長二人，其他戰利品無算，我傷亡營長以下百二十人，贛州之圍遂解了。

二、敵我雙方優點缺點之比較

（一）敵方優點缺點

一、優點

①共軍經常澈底集中兵力，以行殲滅性的打擊。贛州之役，其一、三、五、七軍團及其游雜部隊均在該處參戰，即爲其明證。

②避實擊虛，爲共軍在游擊戰時期的唯一戰法。在江西五次圍剿中會多次獲勝，即在抗戰勝利的剿共初期，共軍仍在採用避實擊虛的運動戰法，每能收到預期的效果。

③共軍善用坑道戰術，尤以防禦時爲甚。此次圍攻贛州城達月餘之久，全係利用坑道攻擊戰法，以棺木盛大量火藥，期一舉而爆破地池，達成作戰之目的。但爲我馬旅的坑道防禦所破，致師老無功，自非意料所及也。

④共軍常在其作戰地區百數十里的廣大地帶以外，構成強大的游擊幕，不特蒐集情報極爲便利，而且得到預期的掩護，使担任作戰的部隊無後顧之憂。

二、缺點

①共軍利用一二八事變，國軍剿共部隊紛紛調離江西的時候，嘯聚伙衆，圍攻贛州，採用攻堅戰法，志在必得。但國軍終能派隊馳援，共軍卒蒙割袍剜鬚之恥，未始不是共軍敵情判斷錯誤所致也。

②從共軍的編裝上來看，並沒有攻城略地的火器，而且彈藥亦不充份，今竟行此曠日持久的消耗戰，殊違背其不打硬仗的教條主義，其智不足，其愚不可及也。

③共軍士氣不固，在其淫威控制之下，官兵均敢怒而不敢言，想逃而不可得。此次經我黑夜突擊之際，未聞發一槍一彈共軍即全部瓦解，其脆弱性不言可知。

④地形蔭蔽，情報靈通，裹脅民衆爲共軍戰勝的條件。贛州附近，非共軍力量所及，上述條件無一具備，尤以民心反共爲甚，共軍甘冒此大不韙，所以終遭失敗也。

⑤共軍驕橫，師久疲敝，至此已極，當我突擊部隊將其多數重機關槍俘獲後，共軍官兵始由夢中驚醒，四散奔逃終於覆亡。古人所謂驕必敗者，其信然也。

（二）我方優點缺點

一、優點

①國軍部隊編裝適度，火力比較共軍爲優勢，攻守咸宜，所以共軍一與國軍相遇，即行遠遁，不肯與我打硬戰者，職此之故。

⑤國軍士氣鞏固，精神團結，每與共軍接戰之際，莫不奮勇先登，以赴戎機，用能發揮其旺盛企圖心，達成預期的任務。

④共區民心，皆傾向國軍，尤以五次圍剿時爲甚。因此國軍到處消息靈通，常能捕捉戰機，予共軍以致命打擊，贛州之役，共軍失去民心，所以動輒得咎。

③第六十二團第三營充分發揮獨立果敢，以寡擊衆的精神，當其在上窰担任佯攻時，原無積極渡河攻擊之任務。但該營長在不違背指揮官的企圖下，採取放胆行動，捕捉戰機，由佯攻而變爲渡河攻擊，使共軍背腹受敵，加速其全面崩潰，裨益大局匪淺，值得激勵也。

②當突擊部隊出城之後，官兵均能靜肅沉着啣枚疾走，各向其任務地果敢突擊，不發一槍一彈，即將共軍陣勢衝垮，此種秘匿

企圖，堅決赴敵的行動，即為戰勝的要素。

二、缺點

①在剿共作戰的初期，國軍部隊編裝龐大，行動笨拙，與共軍周旋於山地中，極為不便，甚至因道路擁塞，運動受阻，招致失敗者，所見不鮮。

②國軍為要捕捉共軍而殲滅之，每多方講求發揮高度的機動力，因之後方補給，追隨不上。即或能追上，而其所携帶的補給品，已為其輸送部隊本身消耗殆盡，在第三次圍剿中，剿共部隊有割穀磨米者，有兩週吃不到食鹽者，以致官兵疾病叢生，損耗戰力。

③夜間作戰時，對於識別連絡，最為重要。當第六十二團第三營由上窰渡過章水而抵楊梅時，以係佯攻部隊，事前未佩帶白臂章，第六十團的突擊部隊即向其射擊，雖經第三營以號音連絡，終造成一死二傷慘局，深堪警惕。

④羅指揮官當我突擊部隊突破共軍陣勢後，原擬以第六十一團及第十四師部隊繼第六十二團之後，迅速渡過章水為縱隊追擊，乃第六十一團渡河後即攀入贛州城，待其團長向羅指揮官請示任務，又將部隊調出城外，以致遷延時間。第十四師亦以距離過遠，集合費時，渡河工具又缺乏，致將追擊機會逸去，殊為可惜。

三、經驗教訓

（一）經驗

1.在戰略上，共軍常以不打無把握的仗，不打消耗的仗，不打敵情不明的仗，不打地形不利的仗來自豪，事實上也未必能完全做到，贛州的敗北即是一個最好的例子。

2.在戰術上，共軍又以敵進我退，敵駐我擾，以退為進，以迂為直，以快勝慢，以多勝少，乘虛鑽隙，避實擊虛，團旋打磨，伏擊滲透，化整為零，集零為整的手段，來遂行其作戰之目的，事實上共軍就常常這樣做。

3.在戰鬥上共軍多採用錐形突破，兩翼包圍，人海戰術，前仆後繼，搖旗吶喊，聲東擊西，狙擊喊話，坑道攻擊等方法，以遂行其任務，來勢甚猛。但一遭挫折，又如秋風掃落葉一般的敗退。

4.共軍對於情報極為重視，如蒐集、傳遞、運用等都很迅速確實，他利用其忠實份子打入我部隊、機關、學校、團體中來工作，作為他行動上的掩護，以進行其挑撥、離間、兵運、情報等工作。

5.共軍常以堅壁清野，以困擾國軍。在江西剿共時期，國軍進至共區即被其堅壁清野十室九空的措施，使國軍無法獲得情報與補給，增加國軍行動上的困難，今次贛州附近尚未被赤化，共軍雖欲堅壁清野亦不可能。

6.共軍內部組織綿密，控制森嚴，當時有所謂十八團者，團中必有一二忠實黨員為其組織中的中堅，使能互相監視，成為軍隊的核心，而收到控制的效果。

7.共軍對通信技術極為講究，尤以無線電密碼的推譯工作，做得最好，所以國軍大部隊的行動，多能為共軍偵悉，以致遭到失敗。

8.共軍着重心理戰，每收到冷戰買空賣空的效果，所以他把政治經濟、文化等部門都納入心理戰範圍內，無論在口頭上、文字上、標語上、行動上都能顯示其宣傳性、誘惑性，使人墮入五里霧中而不能自覺。

9.共軍長於夜間行動和戰鬥，以達成其出敵意表的行動。國軍在江西圍剿時期，共軍幾經常晝伏夜動，飄忽無定，使國軍無法捉摸，疲於奔命。

10共軍能做到黨、軍、政一元化，他是以黨保障組織的健全，以軍鞏固政權的建立，以政培養軍事的壯大，所以他能彼此相需，相輔相成。

（二）教訓

1. 共軍對於內線作戰指導，甚得要訣，故能擊敗我四次圍剿，而流竄贛南南城區達五年之久。其內線作戰指導有其獨到之處，爾後我反攻作戰，應多注意。
2. 共軍作戰，極力師法馬陵戰法，慣用後退包圍，我進剿部隊每為所乘，今後反攻作戰，仍須隨時防範。
3. 運用大部隊由坑道出擊，係在狀況不得已時行之。如無週到之準備，縝密之計劃，其危險性甚大，尤其三信心若不堅強，更不可輕易實施。

結論

基於以上所述，可知本次戰役在全盤作戰上所獲得的價值是無可比擬了。因贛州為湘、贛、粵、閩之要衝，四通八達，人口浩繁，物產豐富。東趨江浙，可動搖京滬；北走三湘，可震撼武漢；西越庾嶺，韶梅在望；南跨武夷，福廈當衝，在軍事觀點上來看，為兵家必爭之地。本次戰役如國軍不能取勝，則共軍進出長江，攫取潯漢，不特壯大其聲勢，且可掠奪我資源，為害之鉅，不能想像。何況政府正有事於上海，對於倭寇的困擾，勢將因此而更為棘手。如今贛州一戰解圍，予共軍以重創，使其受到第五次的嚴重圍剿。本次戰役雖未能將其殘部殲滅，然當時能安撫人心，穩定大局，解除政府後顧之憂，得以專心對外，實為當時剿共作戰中一大傑作。所以本次戰役謂為政府的安定劑固可；謂為江西剿共的決定戰亦可，其關係之大，價值之高，概可知矣！

（二）霹靂山伏擊戰役

驕兵必敗哀兵必勝
中外古今歷歷如鏡

當民國二十二年春，我陸軍第十一師，第五十二師，與第五十九師，合編為第五軍，新任軍長為羅卓英將軍，當時我軍是奉命向南豐附近集中的。第五十二與第五十九兩師，分由樂安、永豐附近出發，向南豐前進，係成斜方向行動，故先兩日出發。第十一師由宜黃出發，向南豐前進，因係成直線運動，距離較短，所以遲兩天出發。時共軍主力在廣昌東韶附近窺伺，我軍前進時，其右側背顯然暴露於共軍，這是應該顧慮的事實。當五十二與五十九兩師行至蛟湖附近山區時，遭到共軍的伏擊，我第五十二師師長李明陣亡，全師為之解體。第五十九師師長陳時驥被俘，該師剩下兩個團在蛟湖附近山區與共軍激戰中。我第十一師此時由宜黃出發，行至二都附近，當時本營為前衛，發現右前方有激烈的槍砲聲，我即令部隊停止，將情況報告團長。旋奉命轉向槍砲聲方向前進。於午間大休息時，師部無線電臺，接獲陳師兩個團的求援電報，我師即向蛟湖附近急進，是夜兵不血刃，將陳師兩個團之圍解除了。此時共軍見我後續部隊到來，即刻向東黃陂附近竄去，揚言：「此後要專找第十一師來打，祗要打垮了第十一師，就可爭取江西首先勝利。」第十一師解了陳師兩個團之圍後，曾在蛟湖附近休整了幾天，並掃清了戰場。當時我就對同人說：「共軍現在要找我們來打，此後與共作戰時，必須小心謹慎，切不可冒失，以免為共所乘。」同人對此說法，當然也極為重視，但囿於贛州城的勝利，大家對於共軍的戰鬥力，頗存輕視心理，這是我從旁的一種觀察。後來這種觀察，果然不幸而看中，終於成為我師失敗的癥結，迄今思之，猶不能忘懷。三月二十日清晨，第十一師復由蛟湖出發，經東陂向南豐方向前進，這時才知道我第九師也在東陂駐守，據說將與我師交互掩護前進的。就在這個前進的當兒，我師與共軍發生了一晝夜的激戰，遭遇到共軍的伏擊。此乃本戰役戰鬥的由來。

死生有命富貴在天
吉凶禍福有預兆焉

我的坐騎，因連日的山地行軍，以致跛了一條腿。剩下副營長的一個小馬，頗為健壯，姿態亦佳，能以短走，亦耐長跑，副營長年事較輕，他自己不騎，給我代步。在出發前夕，團長曾孝純打來一個電話，謂他的乘馬有病，囑借一匹代步，我當以副營長的小馬借給他。等到出發的時候，這匹黃色小馬陡然蹦了幾跳，就倒斃在地上，連獸醫也不知道這馬暴斃的原因，於是團長仍然沒有馬騎。迨我團部隊集合的時候，團旗也被風吹倒了，弄得全團官兵莫知其所以。由於以上的事象發生，於是團裏的官兵都在交頭接耳，認為這是不妙的徵兆，倘若要作戰的話，我們的團長不死就是垮，這是積之已久的經驗，決不會有差錯的。這些話都傳到我的耳裏，當然我是認為這是神話，不足取信的。不過我總以為我們團長的臉色近日過於灰黑，眼睛老是呆滯無神，體力不支，這是我常有的一種感覺，因為精神是人生的主宰，如今團長這樣萎靡不振，又接連數次發生這種不吉利的事態，所以我也不免有些替他躭心。團長本是一個沉默寡言，慈祥和藹的人，只以體力不足，精神不能貫注。當他對部隊官兵訓話的時候，他祇是不斷的在說，從不以目視部下，但其帶兵作戰，却能以三信心為基礎，用能協和部隊，使將士歸心。正當部隊出發時，我團的中校團附葉振湘來到我的跟前，我就對他說：「我看團長的精神，近來不很振奮，昨今兩日又發生死馬倒旗的情事，迷信的話，固不足信，假如發生戰事的話，我看對部隊的指揮和運用，還是請你多偏勞一點，免得團長過於勞神。」當我的話還沒有說完，他就毫不猶豫地回答：「我看團長的相，決不能逃出命運的安排。」我對他的此話，並未加以注意，不料在第二天的戰事中，團長果被共軍擊中而殉職。葉團附的話，果不幸而言中，眞是從何說起。像這樣傳奇性的故事，在部隊裡面，可說是數見不鮮了。

戰備行軍中後衛宜謹慎 所得新教訓回憶猶在心

當第十一師的部隊，由蛟湖出發的時候，正是三月二十日的早晨，是日天氣暴熱，有如盛夏，官兵都是汗流夾背。師裡面是按着第三十二旅師部，及直屬部隊第三十一旅的順序，經東陂向南豐方向前進的。當三十二旅先頭部隊的六十六團通過東陂後，即與共軍發生接觸，那時不知敵情虛實，祇是一面戰鬥，一面前進。起初大家都認為這是少數土農共，故意擋住我們的進路，與我糾纏，所以沒有把這些人放在心上。等到黃昏時分，我第三十二旅的先頭部隊，已進抵草苔岡附近，即奉到宿營命令，當時該旅以第六十四團第六十六團担任第一線環境警戒陣地，第六十五團為控制部隊概行村落露營。師部及直屬部隊與第三十一旅在上下界附近構成環形警戒陣地，我旅以第六十一團第六十三團担任第一線，第六十二團為控制部隊，概行村落露營。我此時任第六十二團第三營少校營長，當天係担任師的後衛。經東陂時，我第九師的官兵及當地民衆，大家都在各人的門前，擺設茶水站，四街滿貼歡迎的標語，弄得非常熱鬧，一片和樂而友善的氣氛，頓時充滿了每一個官兵的心靈，使行軍疲乏的我師官兵，得到精神上無限的鼓舞，大家都興奮的向前邁進。當本營通過東陂以後，發現草苔岡西北的靈山方向，有斷續稀疏的槍聲，前進中的部隊，亦時進時止，直到晚上十時，本營纔全部進入村落露營完畢。本日的行程，大約沒有超過六十里，因為天熱和通過東陂後，須排除進路上的障碍，弄得部隊行行止止，不能暢所欲行，使部隊倒覺得困倦。是夜我第九師，仍然在東陂構成環形陣地，其第一線部隊距我也不過兩千公尺，他們比我們早來幾天，對於當地的地形和民情，自然是瞭解得多，這是我們部隊當晚露營安排的情形，也是當後衛最辛苦的教訓。是夜我第三十二旅的警戒陣地前線，澈夜與敵接戰，但不甚激烈，我第三十一旅的第六十三團方面亦有斷續槍聲，因在夜暗當中，共軍正在利用機會，以求接近我軍，一至拂曉即舉行總攻，這是事後證明的眞確，我師此時，已深入共軍主力的陷阱了。

對陣霹靂山徐圖挽狂瀾
一場伏擊戰失策敗師還

就上面所述的部署情形，當晚我師已全部進入露營狀態。此時共軍不斷向我第三十二旅第六十六團行夜間攻擊，並向我師間隙部潛進，因係暗夜行動，能見度減低，雙方的射擊祇有斷續的槍砲聲，表面上局勢並不算嚴重。等到午夜時分，共軍約萬餘人，利用夜暗，由我第三十二旅的第六十四團與我第九師陣地的接合部，竄入我第三十一旅第六十三團的前地，其他大部共軍亦同樣向我師各團陣地接近，惟當時以夜色蒼茫，昏黑莫辯，尚未能充分發覺。但潛入我第六十三團前地的共軍，當其通過我第六十四團陣地前地時，曾被我警戒部隊發現，隨即展開激烈的白刃戰，我第六十四團當時俘獲共軍人槍二百餘，據俘虜供出的結果，知道共軍主力在我師的周圍地區，因為是在夜間，共軍這種人海戰術，反為我所漠視。時羅軍長在東陂，知道這個情報以後，曾令第十一師利用夜暗向東陂第九師靠攏，以便與第九師合力殲匪，俾先立於不敗之地。因為是在夜間，可以隱匿我之企圖，距離短小，時間上可以趕得上，洵為明智的決策。無如我師長蕭乾，是一個企圖心旺盛的青年將領，當時基於第六十四團的局部勝利，認為力足以殲敵，對於軍長的指示，頗費躊躇。曾幾何時，天已漸近拂曉，以致對於轉進的行動，未能實施。迄二十一日早上七時，我從睡夢中驚醒，聞四處尚有斷續槍聲，乃以電話請示團長：「當面敵情如何？本日部隊仍否出發？」團長謂：「當面之敵，係為少數農共，刻正與我糾纏中，本日部隊不出發，午前八時我集合班長以上幹部在露營地區訓話。」當我團幹部正在靜聽訓話之際旅長派一傳令軍官至，令我團即派兵一排，到落馬山頂警戒，如共軍先我佔領該地時，該排部隊，即行撤回歸建。當時我團長，即令本營遵派，我當即命令第八連派兵一排前往。等到訓話剛完的時候，該排長郭漢卿率部歸報，謂落馬山頂已有共軍據守，故遵命將部隊撤回，比以情報告知團長。此時團長分配各人的任務，謂一、二兩營為師預備隊，第三營為旅預備隊，從現在起，大家都應隨時為作戰而準備，不可輕易離開軍隊云云。我當令本營部隊，在原來露營地區集結待命，一面令營部副官在露營地區，搜購全營三日份糧食，一面率領各連長視察我旅各團之警戒陣地，一以瞭解當面共軍的情況和地形，一以熟悉增援的道路，俾能適合戰機，策應我旅第一線部隊之作戰。我們首先到達第六十一團警戒陣地時，即發現成千成萬的共軍，在距我戰地前面約千餘公尺處，以跑步向我陣地就攻擊準備位置。時我第六十一團守軍，不斷以輕重機關槍向其射擊，藉以阻碍其行動，但收效甚微。其第三營營長彭家邁是我的宗親，我們相見之下，彼此認為是共軍主力所在，亟宜節省彈藥，堅強工事，始能殲共於我陣地之前。萬一不能，也可阻止共軍前進，以待我大軍之增援，這一個正確的觀點，我認為是對的。此際已過正午時分，我師各警戒陣地，一時槍砲聲大作，來勢極猛，我於是打消視察計劃，即令各連長先行回隊，掌握自己的部隊要緊，我再擬在現地觀察一下，即行回到露營地區，這時我當時對各連長吩咐的話。當我回至中途，旅長曾先後派傳令兵來找我，謂旅長要我趕快回隊，有重要任務待我執行。俄而看到一連串部隊，向我第六十三團陣處上行進，我疑為為本營部隊，當時我就問旅部的傳令兵說：「現在上山的部隊，你知道是那一個單位的？」他說：「這就是你第三營的部隊，因為旅長急需部隊去支援第一線，等不得營長來地置。」這時我深感局勢的嚴重，我乃跑步向第六十三團所在陣處急進，並緊跟着本營部隊的隊尾，以免失去連絡。等到走到半山腰時，忽由我第六十六團的靈山上，打來一個大約是迫擊砲彈，正落在我團露營區的担架排隊伍中，一個士兵被砲彈擊中，躍出六七尺的高空，然後落下，這一突發的情況，使我驚訝不已。迨我到達山頂之時，本營的部隊，已在霹靂山東南稜線後集結完畢，我旅長黃維正站在山頂上，我就向旅長請示任務。旅長說：「第六十三團第三營在霹靂山第三個山坡的部隊，已漸感不支，你速派一個步兵連，附重機槍兩挺前往該處增援，其餘部隊速帶至第二個山坡南側，集結待命。」我聆悉以後，即令第七連附重機槍兩挺，迅速前往霹靂山第三個山坡增援，餘部我親自率領向第二個山坡急進。等我到達目的地時，第六十三團第三營營長龍佐才已負重傷，官兵傷亡慘重，該營的陣線被共軍連續衝鋒，漸形動搖，我目擊態勢嚴重，若不當機處置，將會影響全局。乃令第八連展開加入攻擊，卒將共軍擊退。斯時我顧慮右翼過於暴露，有被共軍迂迴之可能，更令第九連以一排兵力連繫第八連之右翼展開，一面担任戰鬥斥候，一面為延翼之安全措施，其餘兩排就在第二個山坡南側，控制為營預備隊，重機槍兩挺亦在該處陳放。按第二個山坡，為本營陣線之突出部，我當時站在該突出部，而觀察我陣地之前地時，發現密密層層的共軍部隊，為數約萬人以上，都潛伏在我第六十三團霹靂山的北側山腹上。我在山上的人，很難發覺，共軍此時以寶塔式的隊形向我第六十三團霹靂山巔行連續的人海衝鋒，實行錐形突破，有如前仆後繼之勢，我第六十三團的守軍，雖不斷以密集手榴彈對付共軍之衝擊，但共軍的攻勢，仍未稍戢。我睹此情勢，非常心急，衡量重機槍的射程，雖不甚夠，然為威脅共軍行動計，不無補益，乃決心以斜射和側射的急襲火力，向其掃射，以保障友軍的安全。因本營當面之共軍經我反擊後，其攻勢似較沉寂，已陷於頓挫現象。其時我將敵情及個人對本作戰的意見，曾經寫了一個簡單而扼要的報告，向旅長具呈提出：

一、據職在側方面觀察，我第六十三團及本營陣地前的共軍，為數約在萬人以上，現不斷向我第六十三團行人海的衝擊中。

二、解決本日戰局，最好方策，唯有主動攻擊，如徒取防禦手段，終有被共軍突破的危險。

三、本營以第六十三團第三營陣地被共軍突破，業已加入戰鬥，陣線已趨穩定，惟預備隊僅有兩排兵力。

四、今後本營行動，敬祈隨時指示為禱。

此際我第六十三團及本營的負傷官兵，都在呻吟戰場，並有直接向我求援者，我是個親兵之官，救傷恤亡，自然是我的責任。所以就將報告交與傳令兵，命令火速呈報旅長，並要求速派担架兵前來，以期能適時輸送傷患。正在此時，我偶一轉首西望，發現落馬山方向有約兩營以上的部隊，向我西南方的小河中徒涉過水，旋在茶樹中集結，已經集結者，總數約在一個營的兵力，距本營陣地也不過一千二百米之譜。當時我甚為懷疑，認為是共軍的部隊公算較多，當令本營的機槍予以掃射，但我第六十三團的中校團附李維藩，則疑係友軍部隊，令勿攻擊，惟我始終放心不下，乃令第九連派兵一班前往連絡。因為這個情況是現實的，所以我當面告訴去的班長左傳生道：「一、那茶樹林中，正在集結的部隊為數總在一個營以上，你看見了嗎？如果他們是友軍的話，你就問明他部隊的番號、兵力、主管姓名、從何處調來，同時把我們的情形告訴他。如果他們是共軍的話，你就告訴那山坡下我第二營的吳營長昌起。請其注意戒備，以免為共所乘。你須以最快的速度，將上述的情況弄清楚，回來向我報告。」大約經過半小時後，左班長以嚴肅的神情，跑步來報告說：「茶樹林中集結的部隊確是共軍，它已向我第二營展開攻擊。我第二營吳營長，因受共軍猛烈突擊，業已陣亡，部隊尚在混亂戰鬥中。

當我聽到左班長的報告時，內心非常激動，適派去旅部的傳令兵也回來了，並帶來旅長的手令一紙，旅長對我用兵的建議，未作任何指示，僅指示本營今後應歸我第六十三團李團附指揮。我鑑於死傷的官長，除中級官長我已處理後送外，餘尚無人過問，我就責問那傳令兵道：「你所要的担架兵何在呢？」傳令兵劉得勝回答說：「師團部甚麼東西，也沒有了，更找不到担架兵！」說時並指着霹靂上翻筐倒籠的公文箱散亂在山坡上的情形給我看，我始知整個戰局已在惡化了。此際大約已是十六時左右，大家都在忙於作戰，沒有一個人想到要吃飯，這正是戰場上經常的現象，用不着驚奇的。經過整天來的艱苦戰鬥，各方面與共軍的搏鬥，也已達到頂點，此時氣候的酷熱，也隨着槍砲的火焰而高漲，雖是初春天氣，而我衹穿着單軍服，猶覺汗流夾背，我想正在與共軍搏鬥的官兵，其亢熱的情形，當不言可喻了。我正在觀察全盤戰局，如何來挽救這個危機時，不意重機槍連長邢正明的右手大拇指被共軍擊傷，他當向我報告說：「重機槍已生故障，我右手拇指，也受了傷，不便操作，請示本連機槍如何處理。」我當回答說：「戰局如此的緊張，亟應沉着應戰，不可慌亂，你要士兵們把子彈裝好，等我親自射擊之後，再行定奪，你可先去裹傷。」稍頃我以該重機槍向共軍掃射時，機槍不但毫無故障，而且連放不止，此時我更瞭解戰況之嚴重，官兵心理上已不穩定，但經我從容操作，神情鎮定之後，大家均為之釋然。正在這個緊要關頭，師長蕭乾，由二三參謀伴着從霹靂山巔的東側走下來，口中不住的喊着「不要退」的呼聲，同時指着敗退的官兵作示威射擊。剛經過我跟前時，我正在操縱機關槍向共軍射擊，致未能親聆機宜，等傳兵報告我之後，師長却已經過去了。此時共軍的槍聲漸密，我師長的脚部和臀部，都受了傷，這時戰場上的混亂情形，已屬空前，所謂兵敗如山倒，戰鬥組織已瀕解體，任何人都不能有所作為。惟共軍在與我短兵相接的時候，並不打槍，恃其人海的優勢，祇是口中喊些「中國人不打中國人，弟兄不打弟兄」一類自欺欺人的話。此際我們團長忽然來在我的左後方，我當即向其建議說：「本日的戰局大勢已去，似難挽回頹勢，不如以逆襲予共軍以打擊，掩護我師向第九師的陣地轉進……」。團長對此甚為同意，乃急以一、二營向霹靂山東側稜線下來的共軍，展開猛烈的反擊，不幸我團長陣亡，益以敵衆我寡，致部隊逆襲亦不能奏效。但敵軍仍不斷向本營迫近，其每進一步，必滿插紅旗以相炫惑。距我最近的共軍，也不過五十公尺，致敵我部隊，幾混成一團，彼此的服色都差不多，以致敵我難以辨別。蓋其時漫山遍野都是共軍，我各級幹部及傷亡過重，使得部隊無法掌握，因之局勢急轉惡化，所謂鷦鷯一枝，難挽回天之力。時我第五十九師的餘部在我右前遙為掩護，我乘機率餘部由空隙部向我第九師陣地移靠，到達時已近黃昏，此次戰役遂告結束。我軍見大局逆轉，東陂亦非久居之地，所以當夜，我師及第九師，均向宜黃方向轉進。事後獲悉，共軍以其伏擊目的已達到，並深懼我援軍趕到，是夜亦即急劇的離開現地，向他處逃竄了。

激戰亘晝夜。傷亡最慘烈
四次勦共計，此役受挫折

在一晝夜的激烈戰鬥中，我始終以劣勢的兵力，和優勢的共軍作戰，我處處陷於被動，共以千軍萬馬的活躍姿態，出現於戰場，使我備右則左寡，備左則右寡，備後則前寡，備前則後寡的窘態中應戰。因為我師原來的兵力部署，是一個宿營警戒的態勢，而非作戰的陣營，以致兵力分散，毫無重點可言。迨後通信中斷，各級無法掌握部隊，大家各自為戰，致部隊弄成分崩離析的局面，缺乏共同一體的奮鬥，以致遭到整個覆敗，第四次圍勦計劃因而流產。是役我師師長蕭乾受傷，旅長黃維莫與碩受創，團長三員陣亡，營長傷亡九員，部隊失三分之一強。但當夜我師轉進至宜黃後，旋開到上頓渡附近，經過極短時間整補，不出一個月，又開至崇仁一帶與共軍搏戰，卒奠定第五次圍勦勝利的基礎。據俘虜供稱，與我作戰的共軍，為其一、三、五、七軍團及其游雜部隊的全部，兵力超過我五倍以上，兼以有利的地形和靈活的情報，用能得心應手，完成其僥倖取勝的迷夢。不用說，在勦共軍事上來看，我軍是失敗了，但尤其重要的是勦共戰畧上的失敗。因為我軍第四次圍勦正是在發軔的階段，而第十一師又為圍勦軍的主力。我師經此次挫折之後，當時在江西其他的勦共部隊，都為之胆怯，於是第四次圍勦計劃，遂告中止。直至我師戰力恢復後，方有第五次圍勦之開始，卒能贏得江勦西共軍事的最後勝利，「失敗為成功之母」，此語信不誣也。

置身戰陣裏，感動事情多，
且迹六要點，來日莫蹉跎。

一、集中掩護和游擊掩護，爲部隊行動安全的要素。

此次大軍向南豐集中時，似應一面以相當的部隊，於其進路上行駐止掩護，一面派強大便衣部隊，携輕巧無線電機行遠距離的游擊掩護，使大軍行動和駐止時，均能靈活自如，不受共軍任何干擾，始能得到安全的保障。今次大軍行動，對此似欠週詳，缺乏安全觀念，即或爲之，至少亦不臧也。

二、戰場要點的爭奪，關係戰局甚大，必須注意及之。

第十一師第六十六團第二營，於二十日下午四時許，進至靈山時，與據守該山制高點觀音廟的共軍對峙，第六十六團未作攻佔該要點的計畫，却將團主力位於靈山山麓，迄二十一日晨，共軍主力由觀音廟居高臨下，猛烈向我攻擊，待該團主力增援至山腹時，即爲共軍所乘，其潰敗有如一瀉千里，不可收拾。當時的環形陣地遂被突破，終至造成悲慘的戰局，殊爲指揮官的大戒。

三、兵力部署，違反集中的原則。

第十一師各旅部隊，在這次戰役的兵力部署，完全是順應露營地區的地形，構成兩個旅環形陣地，祇能說是警戒性質，所以兵力是極度分散對於戰術着眼以及兵力集中都談不到，以爲次日是要繼續向南豐前進的，因此部署既無重點，又缺乏戰性，所以第三十二旅的環形陣地，一經突破之後，戰局就一敗塗地而不可收拾了。

四、指揮官要着眼大局，勿爲局部勝負所炫惑。

當羅軍長瞭解當面共情，令第十一師向東陂第九師陣地靠攏，以便合力殲敵之際，蕭乾師長當時爲第六十四團在草苔岡的勝利所炫惑，該團此時已繳獲長短槍二百餘枝，致師的行動未能按軍命實施，卒爲共所乘，第四次圍剿流產，有誤大局。

五、協同一致，在戰場上常難以做到。

當第十一師與共軍激戰時，第九師在東陂附近，佔領防禦陣地，其第一線防守部隊與第十一師的作戰部隊僅一箭之隔。然其正面亦爲共軍少數部隊所牽制，此時該師對第十一師既不能以部隊增援，更不能以大力支援，致爲敵各個擊破，可見戰場上協同之難，故平時對彼此精神上行動上協同，應多加講求，姑可收戰場互助之效。

六、戰地上的情報，往往不能做到迅速確實。

共軍經常封鎖情報，尤以在共區爲甚，第十一師進到東陂附近，對共軍的虛實情形，幾如盲人瞎馬，即與共軍近在咫尺的第九師，亦不知共軍主力的確實所在，所謂不知己，不知彼，每戰必敗，信不虛也。

（未完）

徵稿小啟

本刊徵求有關現代史料人物傳記等作品，每千字敬致薄酬港幣二十元，珍貴圖片另議。

已發表文稿，版權即屬本社所有，將來出單行本時不另致酬，但奉贈作者原書二十册。

來文編者有權酌予删節之，如不同意，請先聲明，作者請示知眞實姓名，通信地址，作品署名則聽便。

賜稿請寄九龍中央郵局信箱四二九八號，掌故出版社收。

偽滿繫獄記實

石堅

此篇是我從事地下工作之際於民國三十三年被僞滿拘捕繫獄之實際情形，除將原因後果忠實紀錄外，並將日僞之殘暴實況和盤托出。此番工作失敗，牽累多人遭難，中央未遑懲處，特書此誌過。

一、被捕經過

民國三十三年春，傳聞宋其恕君被捕，供出東北黨務工作之組織概況，於是日僞擴大搜捕，高懸賞格；正注視發展中，突聞張書記長滔在長春寓所又被僞滿警憲所逮，聞所有文件全數被搜。於是全盤工作暴露無遺，在組織下各點線均有被波及之虞！余時在瀋陽聞訊急思赴長春研究挽救策畧，爰於傍晚赴瀋陽車站擬搭快車北上，不料甫到車站，即見警探密佈，便衣林立，在人叢中搜索觀察緊張忙碌更有翹首而望企足而觀者，好像大敵當前就要爆發什麽事件的樣子。於是我驟生戒心感覺事態嚴重，遂走向路邊人少處裝作候車樣子，以減少他們的注意力。

稍頃開車時間已到，車站人員打開閘門，開始剪票，而軍警密探却站在兩邊，察看，我站在一邊突然看到軍警當中，夾雜了些熟人，也同樣在搜察中似查看每一個旅客的樣子！我仔細辨認，突見興波在內，才知道此關難過了！原來我最親密的同志張滔，在長春被捕，今日又在這裡出現！我在理智方面，無法解釋，但是緊密的排隊，魚貫前進，却無法中途折返，只得硬着頭皮，前去剪票，當車票接到手中時，自以爲這個關算是闖過了！於是匆匆上車，坐在靠邊僻處，靜待開車。三分鐘後，突然來了警探便衣多人，把我圍在中心，爲首那位向我說：「有點事情要證明，請你暫時下車。」我知道大難終於降臨了，只得隨同他們下車，他們緊靠我左右，領我到車站警察局，我終於被捕了。於是我悟到適才那個局面，正是搜索階段。

日本警察局買了三大瓶清酒，轟飲互祝，那位已換着便衣的首長於共同慶祝後，轉送一杯給我說：「我想會見你，已經五年了！但是總沒有機會，今天我們相見也應該共進一杯酒吧！」我想「身被拘捕，氣猶健在，我身雖不得自由，我氣並沒消沉。」於是我接過酒杯，一飲而盡，表示我沒有氣餒。並且說：「謝謝你的厚意。」他的部下，大約有四、五十位，都靜靜的看他表演。夜十二時警探押我上快車，晨六時許到長春，逕解至長春警局拘留所，指定住進第二號監房。

二、指認身份

時晨曦初放，旅途疲勞正昏昏欲睡時，但監門突開，又被送至應訊室（日人謂之取調）坐甫定，驟聞鎯鐺鐵鍊響聲，由遠而近，迨推門入室見偽警押張書記長入室內！，突似半空霹靂，厲聲喝罵問「這人是誰，你快實說。」我一看這是前來證明余之身份所作之現象！，於是張書記答說：「這是我們主任石堅。」主訊者舉手一揮，示意退出，於是張書記長又被押出矣！當余回東北時，早知必須掩護眞正身份，爰以天津慶豐號經理名義及身份證出現，當被捕之際，已被敵偽搜去，是以敵偽仍利用張書記長之親口證明，以擊破我的掩護工具，我在這種指證情形下，遂不得不承認我的眞面目，於是指證階段又告一幕。

訊問人至此，笑容可掬，立即坐在我座位前說：「石先生，我們想要和你晤談。已經七八年了！今天眞是幸會。於是手指室內一排檔案櫃說：「你看這些資料，雖然是各處送來複雜不同的案件，但是追求到最後，都是石先生的主動。我們費盡心機氣力，都是白忙一陣，今天我們能在一室暢談，眞是渴望已久的事，我希望石先生毫無避忌暢所欲言，把一切看法動機以及進行步驟，最終目的，全部吐露出來，這才是我們最盼望的。」我說：「謝謝你的啓示，你說話的語氣和措詞的態度，都很溫和委婉，但是我適才看見的張滔書記長，手拷鎯鐺確受到嚴厲威脅與控制，我曾聽到你們專門刑訊，擅長威逼，以致凡被捕的人，無不異口同聲，驚魂千里，這種聲勢奪人的做法人稱爲『刑事典型代表傑作』，我眞奇怪你們今天爲什麽這樣客氣！」主訊人說：「你所聽到的話，都是不知道我們作風的讕言，我們對於智識份子，自然要和顏悅色的互相傾吐衷曲，若是捕到土匪強盜，自然就要嚴厲處理，因爲他們是不可理諭的。所以我們日後的談話，可能很長，如果我要把這支筆桿——時正寫紀錄——碰你一下，就算我們是野蠻！」隨說：「今天我們很愉快，都能暢述衷曲，你初來此地，先要休息了，等到精神恢復後我們再談，遂把我送回監房去！」

三、我的決定

我靜靜的回味此次所有的現象，我深感離奇，我知道日本自從侵略東北以後即以高壓手段鞏固他們的統治，今天這種態度恐怕是一種陰謀詭計，我警告我自己，以後答訊時，切須愼重留意，不要大意，我默想我既被捕，一切責任應由我負，一切罪名應由我担，方可減輕同志們的刑罰，我是日偽警憲和法律上所謂「反滿抗日的首魁」必然的是一個死刑，那麽把一切責任及罪名集中到我身上，雖然百個千個萬個死，還不是一個死麽！既能完結此案，又能減免許多同志的重刑，這是我應該做的，所以我按照這個決定，佈置一切問題，於是我心安理得，呼呼入睡了。

四、王光遜君

我所住的二號監房與一號監房間，有一小窗，由此可窺伺我的行動，大概是監守者爲察看要犯動靜而設，實際上是嚴重監視的表示，我已被捕，也無暇顧及這些屑事了！晨起後突聞一號房有人低聲喊石先生！石先生！我很覺奇怪，一看原是審訊時之譯者，我以爲他既是譯者自然是審訊人員的親信。他也許就是監視我行動的人，不過我應該有禮貌答話，他說：「我姓王名叫光遜，指另一位說他姓關名叫雁，我們倆人是因爲共黨嫌疑被捕到此。如今快要兩年，但是官事已大致結束，大約再等二個月後，即能釋放出獄。現在你們這個案子，石先生以下，已有三百人被捕，分別押在吉林長春各司法偽警察拘留所，他們叫做留置場。在這裡的大約也有六十多人，他們派我做翻譯，所以你們的情形，我都知道，以後有什麽情況，我都可以秘密告訴你，他們對你的態度，都很贊佩，認爲是個「人物」，可是他們都願意邀功，希望擴大偵訊的，請你小心注意爲要！這時監門開啓，進來兩個看守警，於是他們倆人立即閃開坐下，很怕看守警員看見似的！這時我心中默想他們究竟是監視我的呢？還是兩個犯人呢？一再思維，乃決意不管他們的立場如何，他既然參加審訊，我總要由他們口中多知道一些同志們的動向！以爲應付審訊方針，所以一聽到他們囘到監房，如果看守不在時，就和他們隔窗密語，以探聽一切，因爲常常暢談衷曲，交換意見，我發現光遴君不但思想正確，見識高超，其愛國家愛民族之意念勝過任何人。最後他不但把日僞警審訊的情形，毫無遺漏的告訴我，最後還正式參加我們行列，爲國効力了；這是我在獄中最愜意的一段由衷快樂！

到台後，光遴因筆力雄健，馳譽遐邇，遂從事新聞工作，以司馬桑敦之筆名，享譽中外政壇。是以四十一年時贈詩記實，用相互勉；詩曰：

獄中誓共濟時艱　瀝胆披肝八載前
饑溺襟懷思昔日　蜩螗國事痛連年
胸懷甲胄眞名士　手挽狂瀾是大賢
一語告君祈記取　千秋壯業勒燕然

五、譚學融：

當我被捕後，和後方消息中斷，於是住天津的同志，起了疑竇，協議結果，譚學融君願到東北調查眞象，當時我們的秘密通訊處在吉林是大博醫院，因爲我到東北時，曾在大博醫院住過兩、三月，雖然當時以患者身份住院，而實際上院長劉大博君乃黨內最忠實同志，不過在那做掩護工作而已，所以譚君到吉林後逕到大博醫院，但甫入院門即有便衣警探跟踪前來，問到「你找誰」，答說：「我找劉院長」，便衣警探問「你和劉院長是朋友麽？譚君答說：「我有病，要求他看看！」便衣警探說：「劉院長有事，不在」譚君觀察那種情形，知道發生了事故，隨說：「等劉院長囘來，我再來看病吧！」於是譚君匆匆而去！但是警探們不放鬆這個機會，迅速趕出院門，逼譚君轉囘院內，細加搜查後，就把譚君逮捕了！於是百般凌虐，嚴刑拷問，每次「灌涼水」（註：日僞刑名縛犯者臂以冷水滲煤油灌入犯人口中肺腸皆傷，於是常有死於刑下者。）多達一水桶，氣稍嗆噴水帶血。譚君體素孱弱，經不經這種刑訊，連續三囘，遂中下肺病重患。直到八一四出獄後，連年療治，到台後尚繼續服藥，我贈給譚君一詩以誌顚末！詩云：

悃愊無華態藹然　和風亮采譽時賢
納交有道誠與信　處事多方經與權
爲探虎穴甘入獄　祇緣國難奮着鞭
光榮史蹟光榮病　天相吉人祝速痊

這是我入獄後第一件悲慘事。

六、無辜者之犧牲

馮恕、張春海乃袁樹芳君商業上之往來戶，而袁君實本黨在長春之工作中樞也。馮張交遊素廣，而選擇者少，所以三教九流皆其好友。但袁樹芳同志的住宅，却因張滔被捕，又帶警首搜袁宅，於是亦踉蹌入獄，備受酷刑！而馮張遂被牽入！既不知黨工概況，更不知工作線索，受刑後，只呼負負而已，僞警以爲其不肯吐實，還押監房，以待另找線索，不意翌日已分別畢命監內，僞警莫名其妙，余等亦莫明其妙，只審訊一次即含寃地下，這種事實，誠堪哀悼！這是我入獄第二件悲慘事！

七、張少齋君

一日在監中悶坐，聞有婦孺聲傳來，余之2號監房距看守警頗近，余不覺向外窺看！余尚兩眼模糊未辨清楚，而外來之兒，遽指余而喊大舅，余因而悟及此當是張少齋同志之眷屬，因爲余初到僞境，以秘爲要，到張少齋同志府上時，曾以親戚身份出現，故孩子們稱余爲大舅，今在獄中驟見余面，遂不覺驚呼大舅！余在衷心酸痛中，愴然淚下！後聞少齋在獄中受刑極重「喝涼水」「上大掛」皆曾親嘗，於是清癯之士益感支離矣。這是我獄中第三件悲慘事！

八、劉大博君

大博醫院是我們在吉林的工作中心，院長劉大博是本黨老同志，雖在嚴重監視下經常和我們秘密聯繫！所以我到吉林後，住進醫院。凡黨的會晤洽談推動策劃諸工作，均以該院爲中心，大博尤能盡其全力，協助進行，所以大博對黨的貢獻和犧牲，委實可貴。

長春方面，自從張興波（滔）住宅被剿，袁樹芳聯帶被捕後，大博醫院遂演變成敵偽監視目標，而受到逮捕，表面上雖然照舊營業，而警探密佈，伺機捕人，實是一個陷阱，所以譚學融同志，因此落網。

大博被捕後，意志堅強，言語滑稽，裝做毫不知情的樣子，偽警問他：「什麽是三民主義，」他答說：「這個我可知道，就是王道主義霸道主義和皇道主義。」這些話正是當時偽滿協和會宣傳的口號，他很機警的巧妙的把他利用來了！偽警很氣憤的打他，他順勢倒下，一隻手正碰到一個饅頭，他伸手撿起隨即坐起來，大嚼特嚼，並且說：「這幾天眞把我餓壞了，管他什麽三民四民的呢？偽警又問：「那個老頭你怎麽讓他住院呢？他答說：「我是開醫院的，不管他是老頭，是小伙，有病要求住院，我就應當表示歡迎！偽警說：「他是國民黨啊！」他答說：「那個老頭沒說他是國民黨啊！你們也沒告訴過我，收留病患住院時候，須先問他是不是國民黨啊！或是說：「如果是國民黨就不許住院啊！」他這樣的裝呆裝傻，表示不懂黨義不明工作的粗獷態度，竟把一切責任都付諸不知不覺中，偽警也無可如何，以後偽警也曾問過我：「你認識劉大博麽。」我說：「我原先不認識他，因爲我患嚴重感冒咳嗽不已！想到必須住院療養，我抬頭一看，有個大博醫院，我就進門求醫，才會見院長劉大博，經詳細檢查後醫生告訴我：「你的氣管已經發炎了，咽喉也腫脹了，如此嚴重，必須長期診療！」我遂決定要求住院，經允許後，我方認識檢查我病的，就是院長劉大博。」偽警對照兩方供詞後，判斷事先無關聯，於是大博仗憑醫療技術，胸襟豁達，終於在獄中醫務室幫助他們工作了！但是足踝已經被打陷了，遍體鱗傷了，醫院被沒收了，財產被充公了，損失眞是太大了，這算我在獄中又一悲慘事件。

九、張明倫君

監房寂寂禁相往來，防串通供辭及互通聲息也。偶聞鄰監嘆惜聲，細辨之，似張明倫同志之聲音，於是私衷忖度，希與一談，乘看守不在時，大胆低聲動問，據答果係明倫同志，並言長此寄押，五中如焚，担心出監無望矣！緣講總理蒙難英倫之故事，以資慰藉。明倫同志問余供辭如何？余答：勢須坦承一切工作責任，以減少「同志罪名」之原則相告，明倫勸以死亦無補於事，不如用巧妙措詞，欺騙朦混，以期將來之再起相勗，並說諺語說的好，「留得青山在不愁沒柴燒」，這是緊要關鍵所在，請你留意。但常聞鐵索鎯鐺，進入監房，似仍不斷捕人，因屢受刺激，感慨愈多，爰咏書懷四首以誌鱗爪。

1. 獻身黨國不辭難
重慶歸來摘驪肝
滿目瘡痍驚玉碎
誓憑熱血挽狂瀾。

2. 爲愛鄉關萬里還
那期遽陷鐵窗前
縈心最是同監犯
底事紛紛繫獄間。

3. 愛國愛鄉不愛身
間關萬里滿征塵
誰知獄裡饑寒客
竟是當年健鬥人。

4. 萬里歸來未面親
柔腸百轉痛傷心
遙知二老思兒甚
愁滿慈顏淚滿襟。

獄吏有倩余書字畫者，常書其一以應之，故外間頗有能道之者！

十、張滔之中計。

晨起，犯人中之罪狀輕微者，被看守警叫出掃地能得片刻之活動，人多羨之。一日掃地犯人偸偸送來一紙條乃張興波同志所寫者，大意爲「據估計說我們不至於被處極刑，因爲初進留置場時，警察一再說只要你們能知無不言把罪犯全部供出來，將來結案時，必有特殊優待，甚或奬勵你們誠實與功績，還要給你們一個警佐呢！」你看究竟能如何？我遂恍然大悟興波之所以把我們機密，全部洩漏的原因，就在這一點僥倖心，直至今日，他還不知是被敵利用，而希望能脫羅網，眞是錯誤到極點了。我於是回他一個條子，只寫三個字「不可能」希望他能打消這種幻想。

一日傍午獄中悶坐，看守警爰將各監門鎖打開，令到樓頂去晒太陽，並說不得互相談話，只准晒晒太陽吸吸新氣，到台上一看大約有六、七十人，在默默相視之下，我才知道組織內同志多數被捕，很少倖免者，不禁凄然欲絕，五中似沸。這時恰有柳綠新放，柔條似錦，我隨咏七絕一頁以誌心懷，詩曰：

悶坐監中萬慮焦　登樓一望氣方豪
多情端賴園邊柳　也向囚人慰寂寥

吟興甫罷，突聞遠處一聲高呼：「張滔，你這個小子，看看這些人，都是你的傑作，被你陷害得都作囚犯，家破人亡。你這小子眞不相個「人」樣。」大家一齊向那個僞警看，不敢作聲，但見興波立在僞警旁邊垂首不語，這幕滑稽劇不知從何而起，而張興波確是十分難堪，這不是公開羞辱麽？我想到興波被他們利用完了，業已沒有剩餘價値了，公開的汚辱譏笑，這不是故意折磨他麽！我眞替興波惋惜憤怒。以後就不見他的踪影，聽說他被解往監獄去了！咳！兎死狗烹，鳥盡弓藏，這是當然的道理。敵僞在審訊時就常說像張滔那種人，我們如何能看起他呢？我明白這是他們套口供的方法。但是人格也的確是重要的條件，我常想興波固然是被他們愚弄了，但是家也零散了，父親和岳父都因案牽累瘦死獄中，一家僅剩下妻龐淑貞一人是自由的，最後不但被人戲弄，聽說他本身被移送監獄後，獄吏指說他違犯獄規，把他衣服脫光，驅至門外罰站。試想東北嚴冬的長春，溫度常在零下三〇度左右，一站二、三小時，還能不着凉生病麽？聽說這樣的處罰，先後數次，最後只聽他在獄中監房徹夜大喊大叫，天明就氣絕而亡。可證明這是敵僞故意把他折磨死了的，這是我在獄中最感到悲慘不平的一頁。

十一、袁樹芳君

袁樹芳同志爲在長春工作中樞，其弟亞義亦多才多藝，張一中、郭溍華諸同志皆其所介紹入黨者，此案發作後紛紛繫獄，僞警爲株求牽連計，常施撻楚，故袁君除敲扑外財產商業，全部損毀，愛子喪於火災，是皆爲黨盡瘁所留之淚痕也。樹芳同志被逮時，係僞警帶同張興波搜捕者，適張一中前來探望，故亦同時被捕，於是其交通張淑芬以及柳小姐于成恕等亦聯帶被捕，致一時風聲鶴唳震驚遐邇，當時興波曾安慰樹芳說：「這些事我們關係尙小，只要把墨堂（余之字）找到，此案就可了結，我們不會有大關係的。所以逮捕我已是敵僞早已決定的方針。曾記當時有位在綏中做司法官的林君曾間接告訴我：「司法軍警已決定懸賞十萬逮捕石先生，請轉告要注意安全，行動切須秘密。」因爲一二三〇事件及天津趙田事件，敵僞早已認爲我是要犯，必須設法逮捕。但是我責任在身，任務未了絕不能半途而廢中途逃避，所以我只當作耳旁風，照舊活動了。

十二、張淑芬君

一日張淑芬在監房大哭大鬧，看守警鎭嚇敲打均無效，吵鬧半日形似瘋狂，看守警置之不理，樹芳乘看守不在，手敲鐵柱說：「淑芬！我對不起你，把你聯累到此，但是又何必如此傷感大鬧特鬧呢？這是不能解決問題的！」淑芬聽到樹芳聲音，隨答道：我是故意吵鬧，表示我是無辜的，並且可引起你們的注意，以期互相聯絡，想個解脫方法，若如此長久不相聯繫，豈不是徒坐無益，而討苦吃麼！從此以後只要看守不在，就可伺機互通消息，研究避重就輕，應付敵人的對策了。這是張淑芬同志運用聰明得來的碩果也是淫威之下逼出來的策畧。

十三、王蘭君

王蘭同志是我在瀋陽的連絡員，張萬波同志携日警到瀋陽時首先赴王宅將王蘭同志及其老父王賦佳逮捕至警察廳，嚴刑拷問，王老先生那裡知道這些事情，八十四歲高齡，竟被兇惡的僞警活活打死，眞是天下最慘的事，直到今日，我還感覺十分抱歉，對不起他老人家！但是王蘭同志並無怨言，眞是涵養功深，純德可欽了！其姪王春大，被韋仲達同志所吸收，參加工作，負珠河縣黨部責任，第逮捕至長春獄，稽押二十餘日，竟爾溘逝，遺妻子三人，頓陷困頓，哀哉！余知其逝世消息，不覺涕泗縱橫，不知淚之所從出矣！書此，倂以誌哀！

十四、王秀娥

在王蘭同志父女被捕後，敵警立赴余妻王秀娥住處查抄時，小兒永堯，尚在稚齡，乘開門之機，逃出門外敵人不知也，永堯雖逃到鬧區，仍担心家事，騎在天齊廟石獅身上，遙望家中情況，直至日落西山，敵僞未撤，乃馳赴西關王蘭同志家，擬探消息，第未敢逕入，踟躕於窗外，鄰有老叟，告以小孩快走，不要進王家，他們招事了，全家被捕，留下坐樁人，誰進去就捕誰，你快走吧！於是堯兒走還東關至金如九兄處，賢明之金太印文斗，告以此際你不能回家，只可到鄉下你的舅父家去暫避，於是給以路費，遣令遠颺。時余妻被驅於室之一隅，大肆搜索，上拆屋棚，下掘磚地，所有衣物，無處不檢，住樁月餘始迫妻携二女歸大南關家嚴居處，並勒令到警局投案。及到警局，不問任何話，一聲令下，羣警皆動；持長棍者持膠繩者持木劍者持鐵棒者持膠管筋者，紛紛暴打，立即皮肉青紫，潰爛裂腫，血水不斷流下，縱你任何哀號，置若罔聞，迨聲竭力盡，不能動轉閃避，始漸停頓，早已奄奄一息成一血人矣；既不能抑臥，亦不能俯休，眞是人間地獄，慘絕人寰。遂將此不能轉動之半死人，送還拘留所，同監有日犯婦，驚駭萬狀，急取手帕輕輕拭血漬，午夜方甦，翌日將家父帶出，不然絕不能生還，日犯婦亦私訊你犯了什麼案？問你什麼？要你說什麼你就快說吧！省得打的這樣利害，內人答說：「他們說我丈夫做了錯事？認爲我知情不舉，我說不知道，他們就打。」日犯婦說：「那麼就讓他們問你丈夫好啦，不應該這樣打你啊！」內人答說：「我說我不知道他們就打！」日犯婦說：「眞是太不講理了。」過了四、五天，又把內人提去追問他：「你丈夫是反滿抗日的頭子，你快把那些黨羽部下全盤供出，假如不說，我還是打你個半死！」內人說：「你去問我丈夫好啦，你說他做錯了什麼事，我怎麼知道？」審訊人說：「你還是不說，我就打你。」於是又演出全武行，刀槍齊下，棍棒橫飛，又打個半死，才拖回監房，從此三兩天一小打，四、五天一大打，或跪暖氣鉋，或跪碎玻片，或燒胸背，或剝指皮，等到傷勢自然養好點，就再度施刑，如此連續三四個月之久，才逐漸疏減下來，但是她從未牽累一個人，只說「不知道」。敵僞至此，亦無可如何，只得罷休，拖延到六個月時，沒有一句口供可資記錄，恰巧這時家母因胃腸病不治逝世，停屍室內，無人成殮，家父年邁，遭這些慘變，那有精力去治喪，於是在黃昏後將內人提出說：「你總是不肯供出同黨，現在就把你拉出槍斃。」內人無可如何，只得隨他們走出警察拘留所，車行到大南門外，突見老父站在路旁，車停於側，於是送者說：「你家人來接你啦！你快去吧！但是切要記住，回家見到任何人不准說出在拘留所這些事，我們時常還要到你家查看。」於是內人遂乘家父車還家，這一場災難，算是結束。然而一到家中，陡見家母停屍床上，不覺嚎啕大哭，悲從中來，始悟到這是警局的安排，算是敵偽一點仁心，但是兒子被囚，子媳出獄，手中無錢的情況下，只得草草把喪事辦了，這段慘極人寰的往事，眞是不堪回首，」這是千眞萬確不折不扣敵偽暴政下的實錄，我在光復後，方知此段悲劇，回憶慈幃，悲痛欲絕，在無可如何中，寫幾首絕句，以誌哀忱：

1. 艱苦備嘗十四春，江邊賣笠憶酸辛，叮嚀稚子休多事，十字街頭莫認親。
2. 械指烙肌跪鐵墀，窮兇極惡苦羅織，堪欽幾度暈甦後，咬定牙關只不知。
3. 洗罷衣裳送飯忙，饑囚那識婦皇皇，友機痛炸敵監後，坐起驚疑半喜惶。
4. 隱姓埋名走異鄉，那期曼女竟夭亡，傷心最是還家日，淚洒慈幃遺恨長。

十五、張光張蓉兄妹

一日到會見時間，把我從監房提出，我意會到是老妻來送飯菜哩，因爲拘留所內的囚飯，實在太惡劣了，有時一盒飯內，全是鍋粑，雖然餓腹需食，也無法下嚥，所以囚犯家中常要送些飯菜，以便果腹，不過他限制囚犯，要和家人會面，必須先繳獻金八十元，方准會見、送食品，犯人家中縱然貧困，但爲犯人餓腸起見，不能不忍痛繳納，或許因爲會見談話關係，能多了解一些情況，這是家人與囚犯間一點微妙的心理，所以在限期內多數希望會見的，如果接受家屬的要求，那麼犯人才能在此會見時間內，和家人一晤，這等於開天恩拉，我在提出會見時，被那位日籍看守岡琦部長瞧見，大概此際日軍節節敗退，島島失守，他把怒火放到我頭上說：「這都是你們這些反滿抗日的分子造成的災禍，這時還讓你們會見眷屬，眞不應當。」順便踢我一腳，以資洩憤，我此時能說什麼？只有順受而已，同時會見者多數是我們同志，於是都敢怒而不敢言，待走到會見所時，大家才得低聲小語，互相慰藉，或交換審訊意見！此際突然有位同志向我說：「你是石主任嗎？」我說：「正是」他說：「我眞是嚮望已久，不料竟在獄中晤面，雖然是本黨的大不幸，他確是我個人的大幸，今天匆匆會面，不知何時才能再晤，我請你給我起個名，以誌今日之幸會！」我內心十分感動，因爲同志們在這種不可抗的壓力下，還能精誠團結，沒有一點怨恨忿懣的心理，這實在象徵到我們勝利的光明，可喜可賀！我隨答道「你姓張，取名光，以表示我國的前途光明，勝利在望，附近的幾位同志，一致同聲贊賞，這雖是刹那間的事蹟，我心情上確十分快慰！這是我在獄中感到最歡喜的一頁！等我在八一四出獄後，和家人晤面，談到送東西到獄中時，才知道張光同志之妹張蓉，每次都是她代替填寫一切。她只是一個十三歲小女孩，因爲哥哥被捕，特在長春侍候，風雨不誤，經常探監！忍受一切折磨，絕不灰心回家，眞是友於兄弟的典型，直至長春監獄被蘇機轟炸，一般人都紛紛逃避，長春幾變空城，而她還是始終不懈，守在獄外，以期見到哥哥的出獄，這種偉大堅毅的精神，我眞十分敬佩。到台後，張蓉繼續讀書，終於完成大學教育，而不幸的却是張光同志，竟罹不治的癌症而逝世，哀哉，我曾送一輓聯，以紀實況！

志慮忠純革命情殷，猶記敵監容與，弄頑寇於指掌

澹泊謙冲友于誼篤，那期病魔潛纏，赴玉府而修文

十六、韋仲達君

韋同志是一個最樸實誠懇的學者，我在吉林的掩護，是菜園業者，他摒棄一切長袍、西服靴襪，而穿上農夫所慣用的拉烏、皮帽，身穿破短襖，腰繫布條帶，任何人看他裝束，也認爲他是個不折不扣的菜園工人，絕不認爲他是知識份子，他見解的高超，認識的正確，人格的修養，學問的豐富，許多人都表欽佩，他在獄中，寫

給我一篇「工作的教訓」是用鐵釘在紙上寫的，須仔細辨所畫印痕，方能認出所寫文字，眞令我十分佩服贊歎不已！他負責佈置哈綏線上的珠河帶河，方正……等六縣黨務工作，都能井井有條，進入軌道，李芳春、王春火、楊化之……等都是他所領導的同志，也都和他一樣的堅毅篤實，績效卓著，眞是黨內標準同志，可惜他當敵人宣佈把罪犯送往吉林時說：「能走的都換膠鞋站排，不能走的站在那邊，我們同志都站排待發，而他因蘇機炸監獄時屋頂灰棚震落，膝蓋受傷，所以他又離隊站到另一邊去了！我當時曾喊他回來，他沒理會，所以當我們被押解出監獄時，他沒同行，後來方知瘋狂的看守們，竟把所留下那十三人同時慘殺，於是韋君也遭毒手了！寫至此處憶起仲達那種皎潔人格，堅毅黨性，不覺涕泣滂沱了！至於他的愛女韋克信，愛婿趙翰庭皆在教育界服務！念及故友不禁唏噓欲絕矣！

十七、梁肅戎君

梁同志是僞法大的高材生，袁樹芳同志之好友，自介紹入黨後，即負責長春法大等文化工作，樹芳既入獄，肅戎亦被波及，遂被捕於拘留所中，其鄰監有日人具島三郎者爲共產黨犯，因肅戎是精通日語的國民黨，是以常隔房悄聲辯論兩黨主義的得失，嚴厲的互相批評，申辯不休，此雖小事，然以縲絏之身，尙在求刑之中，猶能斥斥維護主義，誠可謂黨的忠實信徒矣，曾記日本投降之時蘇軍壓境，長春市街充滿赤軍，黨部雖然恢復活動，而蘇軍中之將校混有甚多之中國共產黨員，如黃上校（即日後之共黨雲南省主席周保中）等幾數百名，但此際之中國共產黨，羽翼未豐，尙在中蘇友好的名義下卵翼孳息，接收日軍之槍械作叛亂之準備，但黨部同志如王光逖等，却公開召開兩黨主義辯論會，各申理由互相詰難，此種豪邁氣概、大胆作風，誠足寒共蘇之胆而惹殺身之禍。而本黨同志明知係虎口弄牙，却毫無畏葸之態，前後輝映，彌足珍貴，此種忠黨愛國大無畏精神，確有大書特書之價值！三十四年四月六日余被提出至僞滿特別法庭時，法官問及梁肅戎由袁樹芳介紹參加你們陣營，其工作情形如何？我答說：梁肅戎是青年學生，尙未成熟，我在袁宅雖見過他一次，但是並未交他任何工作，這因爲樹芳、肅戎及興波之供詞各異，法官期明瞭工作眞像，所以我裝作雖然見過並無工作，以減輕他的處刑，不料肅戎在特別法庭公然自承一切工作，並且聽到我被判死刑，於是向德田審判長說：「我們所有被捕同志，甘願一律判爲無期徒刑但是請求你將石先生也減判爲無期徒刑，大家一齊在監獄裡給你們服役一生，這豈不是最公平，最理想的麽！德田說：「你的意思我是十分欽佩你們的道義精神，此際還能互相維護，眞是難得，不過這是國家法庭，只論罪刑，不涉情感的，請你原諒！」人在生死關頭，多數是只顧自己的，而肅戎不但不避暴露工作而遭刑責，却反而以全體同志的無期徒刑，願換取我的性命，這種精神確是十分偉大而爲常人所不及的！所以我曾作七律二首以誌感慨！

1. 河山帶礪四千年，忍教敵塵肆侵邊，
壯志原期舒國難，出師詎料竟身捐，
多羅罪狀甘承認，不吐實情怕累牽，
任是千方逼口讞，終無片語道眞詮。

2. 經年縲絏杳餘歡，猶記征塵拂玉鞍，
十載河山繞夢寐，半生奮鬥膽辛酸，
思家獨念親無告，廟謀應懷野有賢，
試上高樓重展望，國軍當已定幽燕。

此舉震憾了所有的人心！德田深深認識了我們的團結精神，也佩服萬分。這是肅戎個人的人格表現。

其夫人當時還結婚不久，深明大義，在接見肅戎時碰到老妻說：我知道你在長春沒有親友，如果發生重大事情時，請你去找我，我可以幫助你辦理一切的，（隨把住址交給她），不要客氣。老妻雖然聽到我已被判極刑，但不知何時執行，聽到梁太太的話，遂悟到我的執行；大概不遠了！更感激梁太太的義舉，這是梁太太的表現，請看他們夫妻的精神何等偉大，這是我在獄中精神上最大的安慰，到台後肅戎索書補壁，爰題七律一首，並誌顛末。

曾記僞都晤面初，一接雅度頓心舒，方殷國難期同靖，肆暴敵氛誓共除，不避兇燄欽道義，却緣死讞辨親疏，令聞最羨還遼日，譽載鄉邦頌載書。

肅戎志弟與余共革命事業多年，雍容大雅，志慮堅貞，臨事不懼，應變有方，當卅四年，余被判處極刑之際，竟不避兇燄，毅然庭爭，聞者咋舌，知者駭歎，光復後同地方工作，貢獻極豐，近在立院尤多建樹，每憶及過去可歌可泣之實蹟，感有風世勵俗之價值，爰書短章贈之，以誌鴻爪，而資永念！

十八、死的考驗和麵條風波

在（留置場）拘留所裡，大部份是訊問，日本人謂爲「取調」，一日在訊問時，獄警報告田中股長說「〇號病重，有死亡可能！」田中說：「任憑他吧！現在縱然找醫生，也無藥可治！這是戰時的現象，無可奈何！」田中隨問我：「你對於死的觀念如何？」我說：「人生如夢，死是必然的，秦皇漢武那樣權勢地位，也難逃死的降臨！所以我認爲死是必然的現象，不過有遲早的分別而已！我看這位將死的同監犯人，眞是幸福，一死可以把百事化除，毫無煩惱！我今天只欠一死，如果能早點死，那是最理想的事！我最盼死的早日降臨！若是你們能早些判決我「死」，或是讓我自殺「死」我都是感激不盡的！我絕不說半句你們的處置失當！」田中急急問我說：「你不怕死？」我說：「不但不怕死，反來說我是歡迎死！」田中於是說：「我們不談這些了！」我回想他的用意，也許想把死來威脅我，但是我十幾個月的拘留生活，眞是太膩了，太煩了，如果能痛痛快快得到一死，那眞是求之不得的事！

監獄裡慣例，給犯人食物，不准送麵條！如果送麵條就表示要執行死刑啦！我雖被判死刑，但並未宣佈行刑日期，可是入伏之日，俗例都要吃伏麵，以誌節令！老妻以爲我已經定了死刑，來日無多，所以在吃伏麵季節，也送了一包麵條！看守警看到，很驚疑的問：「你爲什麼送這個？」她說：「他愛吃麵條，今日又逢入伏，所以我才送給他麵條！」看守警說：「這是不准的！監獄裡不能隨便送麵條！你懂麼？」她說：「我不知道！不過他已經判極刑了，來日無多！我也顧不得其他了！請你他修修好讓他得到暫時的安慰吧！」於是看守警勉強的收下了麵條，轉送給我，我也不知這些往例，看見麵條，就大吃一餐，藉飽朶頤！此種眞誠的表現，和慣例的衝突，造成一段笑話！雖堪噴飯，亦頗耐人尋味！

十九、信致文君

信君是吉林軍校出身，所以對軍方情形十分熟悉，丁超李杜謝文東……等等抗日事件，直接間接都和他有關係！他參加我們工作，爲期甚早，如王迺政于曉夫王育文王松齡……等都是好友，于曉天到哈爾濱時，即持信君所塡的身份證，後于案發生，信君被波及，遂去僞職，於是我們在警察方面的掩護失去了屛障，信君因熟悉地方情形及軍事線索所以對於哈綏線上工作，展開極易，我黨工作深入基層這是信君的力量，迨本案發作覊押於吉林獄中旋移長春受到許多刑訊，光復後因蘇軍中共搗亂，我們不得不組織武力，多半是信君所佈置的，東北行轅撤退時共軍攻入長春形勢異常危險，但信君仍能以吉林先遣軍名義督勵同志作反共抗蘇佈置，其精神之堅毅有足多者。

二十、最後供辭

四月六日晨田中股長告訴我說：今天要到特別法庭去，晚間可能移送監獄那邊，天氣很冷，我送你一套棉衣，以資禦寒，你在這留置場（拘留所）中，已經一年多了，你的人格，我很欽佩，到監獄後，請你自己保重，我也無法照顧了！我聽到這些話，知道最後判決的日期到了！雖然死期降臨，爲期已近，而沉悶氣氛，可能解除，也是變換生活的好消息！在田中小西等人的悽惻表情上我已知道是死刑無疑！於是我接受棉衣，套在身上，戴上竹帽，隨幾位同監犯到特別法庭去！

走進特別法庭我看見旁聽席上已擠滿了人羣，後來的無位可坐，起先還搬些凳子來，擺在走路上，後來走路上也滿了，就站在後排的後邊或是門窗的旁邊以及走廊上，顯得十分擁擠與嚴肅！振鈴後，審判長以下七人依次坐於長廣的審判席上，審判長令書記官宣讀紀錄文逐條訊問是否事實？我說：「這個紀錄是十幾月所得到的文獻，可是幾年來的陳迹，沒有十分價値！你們在程序上要我認可，好作判決的依據，但在我個人立場上看，這些紀錄，不過形式上的疇範，我全部認可，絕不否認，因爲你以爲這是犯罪的實錄，量刑的根據，而我以爲這是我國人的光榮文獻，爲國效勞的歷史，我既然全部承認了你們再宣讀牠，徒佔些有用時間，等於浪費，沒有必要！

審判長說：你既然全部承認了，那麽，就依你的要求，不用宣讀了！但是我還有二件事，要問你！你要據實答覆！第一件：「你在大博醫院住院療病，是預先約好的？還是臨時住進去的？」我答：「我有病，才想住院，預先我不知道我要有病！何必約會住院呢！這不是很顯明的道理麽？」審判長又問：「第二件你和梁肅戎會面時，曾否交給他任務和工作？」我答：「這是初次會面，一個青年學生，我怎能相信他！縱使我有許多任務和工作，急需人去作，也不應當一見面就給他，請你想一想，你能一見到陌生人就相信他麽？就把十分秘密的工作交給他麽？這是絕不可能的！況且我既承認會面了，又何必斬於任務和工作呢！沒有就是沒有，又何必懷疑呢！」

於是檢查官起來說：「這次國民黨案件以及以前那些反滿抗日事件，都是由犯人石堅領導的，按照國法應該以首惡罪處死刑！」審判長遂宣佈說：「依照治安維持法的第一條判處石堅死刑」全庭千餘人都在屛息聆判，突聞哭聲起於旁聽席之後，叫鬧不休，法警趨前告以「犯人家屬，聞判零涕，要求輕減，而哭鬧聲越來越近，細看乃舍妹秀敏及內人秀娥，余見此狀，亦不禁淚零！於是審判長向余說「石先生，你是知識分子，不應令家人如此哭鬧！」而在座上之審判人員已受到感情上干擾，紛紛退席，余於是勸慰妻妹等，勿感情用事，須要沉靜！而上午之審判告一段落！法警引余至旁室稍憩，見梁肅戎同志已先在，乃將家人所送餅大嚼特嚼，並談及許多後事！顧梁同志已受重大感觸不能下嚥矣！

午後重復開庭，審判長問：「你還有要說的話麽？」我答：「我所以不願你們宣讀那些紀錄，就恐怕躭誤了大好時光，我看今天旁聽席上坐位全滿，看樣子都是知識分子，我希望在此時間，談談些眞正的中國問題的癥結，而不願掩耳盜鈴自欺欺人象所排演的鬧劇而無補於實際！把中日兩國人民間的感情愈弄愈壞，也許在百年千年後同歸於盡，豈不是東亞民族的可悲可慘的結局？我個人的生死存亡，無關輕重，相信我死後必有千人萬人步我後塵，再接再厲，從事打倒日本軍閥兇慘手段之工作，現在這種不從根本上讓感情融洽而用高壓手段口講協和的掛羊頭賣狗肉的辦法，是絕對徒勞無益，不能成功的！要知道人眼睛是雪亮的，人心靈是光明的，萬不能用言語欺他，用手段矇蔽他，一旦他了解眞象，一定會用全力去反抗，那時弄巧成拙，自食惡果，這是眞正的東方文明，忠恕之道，而不是口說王道，實行霸道，就可以掩蔽一切了！自欺尙不可，那能欺人呢！請問天下能有幾個「阿摩林」呢？大時代的演進是開明的！進步的！不是壓力所能壟斷一切！在自由平等博愛的號召下，不知犧牲了多少生命頭顱熱血，才造成了思想的定型，在今日時代下，還想把原始的方法，欺騙人民，那是絕對行不通的不可能的！我說這些抽象話，也許認爲我是唱高調，我舉個實例，以證明我理論的正確！

（一）決策上的錯誤：在日本發動戰爭後，侵畧東北，拒絕所有的仲裁，想享受侵畧的果實，但在「衆口皆非」情形下，才聯絡德意志義大利爲與國，而組成軸心陣容，這是求得與國以壯聲勢的策畧，在遠交近攻的原則下，不可厚非！尚足自解！但試問德意兩個，遠處歐洲，各懷心事，在日本能得到他們任何眞正援助麽？是他們能派遣軍隊助你們攻城陷地呢？是他們能派遣軍艦，助你們海上作戰呢？是他們能運來軍械，助你們槍炮子彈呢？這些事我想在結約之前，早該知道「遠水不解近渴」的道理，是無濟於事的！然而這種有名無實的盟邦，意義究竟何在？但是你們確因爲聯盟的關係，增加了許多敵國，幾乎和你們友好的國家，也無法中立，遂造成處處是敵人時時受攻擊的現象！遂至疲於奔命，顧此失彼，險象環生，要津被奪，這豈不是「爲求虛名而遭實禍」的決策麽！請問這個大錯特錯的決策，是謀國嘉猷呢？還是禍國實蹟呢？

審判長：「這事件當時國內，也有許多不同意見，紛紛辯論，莫衷一是，但是政府既然有了決策，我們做官吏，只有奉行，不能批評！

（二）觀念的歧途：我繼續說日本軍人有一個武力能解決「一切問題」的觀念！所以九一八後日軍攻佔東北各大都市部署軍政各事宜！縱然遭到了許多軍民的反抗與阻碍也毫不猶豫的掃蕩敉平，建立了滿州國，以爲「既成事實」之張本，不料中國政府不承認這個組織！日本軍人憤而進攻長城各口，佔領平津，遂演變成立了冀察華北各組織！中國政府仍然不予承認，於是又演成淞滬之戰，仍然得不到結果，遂又進攻南京佔領東南，成立了「新中國政權」甚至進軍湘桂兵迫獨山，幾乎把中國的心臟部分都佔領了而日軍所期待的城下之盟竟不可得！而當時中國權要起初是東北邊防司令長官張學良宣稱「不抵抗」主義，雖然軍民一致反對，而中央亦不詰責！最後軍事委員會蔣委員長曾說和平未到絕望時期決不放棄和平；犧牲未到最後關頭決不輕言犧牲，又說：「我在此次戰爭中只希望能照九國公約獲得光榮和平！並不想根本消滅日本，猶冀其最後之有覺悟！」都表示了不顧竟在武力侵畧下，有所屈伏！而當時國際聯盟和簽訂巴黎非戰公約和九國公約先後都作了和平決議與制裁，這因爲世界潮流已經從「武力戰爭」轉變到「和平談判」了！如「民族自決」啦，「輔助弱小民族」啦，：：：等，把「征服」的觀念，改變爲「和談」，這個潮流是正義代表，無人能挽回，而日本軍閥還是把中古以來的觀念，處理現代的問題，難怪他走不通了！這並不是中國的難纏，也不是計劃不周，也不是軍事上失利，只是「觀念」上陳舊而已！今天我是一個囚犯身份，在特別法庭上給我一個說話機會，我深願在座的知識份子冷靜的客觀的深切考慮這個道理，不至於認爲我是強詞奪理吧！今天日本所得到只是令全世界人之體認出日軍野心勃勃，而無引起同情心的積極作用，這種無限消耗無謂犧牲，眞是太不値得！確是可憐可惜的事！

（二）優越感的作祟：日本歷史學家，認爲天照大神是日本的祖先，而不願提及徐福東渡的事，於是日本人在思想上有個「神之子孫」的根念，而生起了不平凡的優越感！明治維新後，政治家輩出，乘機圖強又在中日日俄兩役獲得勝利，遂躋入強國之林！於是優越感愈益濃厚！具有惟我獨尊的先天因素。偏偏這時的清廷毀滅戊戌變法，自甘落後；民國初建又陷入軍閥割據無暇整頓；迨統一成功始漸就緒，安內攘外，百廢待舉！於是日本人眼裡認爲東方病夫無藥可救只有消滅牠才能改造！這就是田中義一以下的併吞思想所由來！日本軍閥秉承這個衣缽遂演成九一八事變，想把理想實現在新國度中，所以一方面拒絕國際仲裁，一方面實行滿洲建國，不能不說根據優越感的淵源，而創造這個理想新天地，如果這些人眞能做到眞善美的政治，自然可以向世界誇耀，可是人心複雜，品類不齊，理想既不易實現，紕漏却層出不窮，原先本想把這個資源豐富的產物，供應所有軍需，但是橡膠輕金屬等無法取得，遂不得不進軍南洋。於是戰線太長了，分散太多了，不但兵力不夠分配，照顧也難周到，縱然美國不參戰，已經險象環生，顧此失彼，況且兵家最忌的「兩面作戰」，如今日本犯了多方面作戰的形勢，還有什麼勝利可言呢？這種思想的作祟，已經把日本人送至駕到雲霄以上遂演變成不可收拾的局面，而軍人擅政，只想用武力強迫奪取更不顧遷就和平！於是氣燄萬丈的軍勢，可能於未來的一旦間就瓦解冰消，無法收拾！

以前說的三個因素，還屬於原則性質的！我還願把「滿洲國」的政治上實際措施分析一下：

（四）出荷制度和徵兵：近年來因為軍事需要，而想出了這兩樣政策，行軍必有軍糧，為充實軍糧而需徵糧，所以應時而起的就是「出荷」。東北本是糧食生產倉庫，取之不盡用之有餘，但是軍用浩繁方面太多，自然也發生捉襟見肘的形勢！況且大豆可以製纖維造炸藥更是軍事上所必需！高粱可以備軍食肥戰馬，都是迫切需要，所以強迫「出荷」自是事實所必要！但是「民以食為天」，你要他的糧，是他們最痛心的事，所以在這個政策下，固然可以儲備不少軍食，而事實上大傷人民對政府的信心！有了「時日曷喪」的感慨！隨着出荷後又有徵兵的行使，按正常觀念說來不可厚非，人民有服兵役的義務！但是在人心未固國情紛擾的期間，令他們担任戍守輸送，甚或第一線的勞役恐怕有害無利未戰先潰了！請你到鄉村細細考察一番，就知道怨聲載道憤怒滿村，除了協和會自製些歌頌外，沒有一個人不恨入骨髓的！這個政策，我看是離間政府與人民的關鍵，擾亂人心的根源，不知諸位的看法如何！

（五）差別待遇的影響：「滿洲國協和會」的，口號，是「日滿協和，共存共榮」的但是你實地考察，就發現了無比的矛盾，待遇上有很大的差別，日本人要加國外津貼，滿洲人則低俸自給自足，生死存亡，各憑天命！配給上也有差別，日本人的配給項目多至二十餘種，朝鮮人的配給也有七八種，惟獨滿洲人除粗糧外，別無其他配給！最可怪的，若「各從風俗習慣」的食米規定：日本人食稻米，朝鮮人則間配雜糧，滿洲人則配高粱玉米，縱然在一個餐廳共食，也不能違反這種規定！諸位試看一個餐廳裡同時進食，有的吃稻米，有的吃高粱，相形之下該是何等難堪！請問滿洲人沒有稻米的味覺麼？不懂稻米好吃麼？這個刺激該發生何種感想！我想這是設計是利用高壓手段養成服從方法，讓被征服者自知份際，不要妄想！而養成永不反抗澈底服從的奴隸慣性！方能建立征服者的尊嚴！但是人是平等的，那有主奴之分的先天性呢！這種不平等的待遇，當然引起了許多不平！於是形成了普遍不滿引起了許多不安而為衆叛親離奠下了基礎！這種階級政治本是中世紀所施行的愚民政策落伍思想，那有在今日實行的價值，這顯然是大錯特錯的設施！所以政府越說協和，人民越想叛離政府，越倡共榮，人民越受侮辱！這因為他們沒享到協和共榮的利益，而只得到反面的刺激！能不各走極端羣思叛變麼！我認為這只足以刺激人心，而不是收拾人心的良策！況且受這種差別待遇的人，不是學生；就是官吏，不是替政府工作的公務人員，就是拿槍桿的士兵，可以說都是社會中堅分子，他們的感受與觀察既然如此，那麼他們在民衆面前能說些什麼呢！說好吧，他們沒享受任何好處！說不好吧，他們沒有那樣勇氣！一旦有變，自然就水乳和合，一氣貫通了！所以我認為這「差別待遇」，是施政上最大障碍，影響之大，莫與比倫！亟應廢除的！

（六）併村與築路：做盜匪生涯的莠民，充斥各鄉各鎮，為害閭閻，至堪憂慮！為清除亂源防患未然計，遂產生了「併村」政策！把散處郊區僻地的人民，統統歸納於鄰近村內，設圍牆以資防守，嚴管束以靖閭里，消弭盜匪之糧源，安定村民之生活，使盜匪無米可食，無物可掠，那麼匪徒自然消滅了！這個辦法中國在勦捻匪時候以及江西剿共期間都會用過，但是流弊甚多，試看任何一個村落，附近都有許多散戶，這些散戶，大半都是貧民獵者，不能自給的居民，一旦併入村內，等於絕其衣食所依靠！例如燃料則無從檢到枯枝，充飢則無處可種山芋，他們怎能生活下去呢？這些散戶既不是市井遊民又不會爲非作歹，只是貧窮困乏須賴天然資源生活而已！統計起來只佔人口總數百分之一二，但是施行起來總算人數就有多數衣食無着者，可是他們不能自甘死亡，那就得在村內挪借偸摸苟延殘喘，所以我認爲這是病民政策而不是除害方法！據社會經濟家估計，自從這個併村政策施行後人民富力減低了百分之三十。因爲漫山遍野的隙地，無人耕種，掃數荒蕪，更無人願意開發了！雖然匪患稍戢而人民的困窘，逐漸加深了！於是富者變貧，窮者變爲無業遊民，不但沒有欣欣向榮氣象却發生許多盜竊案件，這也是一個値得注意的問題。

至於修築公路，許多人認爲擾民，多持異議！但是我站在改善環境發展交通的立場，我原則上贊成此舉！因爲東北的鐵路縱橫連貫向稱便利，但是因爲地大物博常看產物豐盛不易運出之地區就如密山虎林等村有許多積糧萬倉糜成齏粉的現象這太可惜了！如果能發展公路使窮鄉僻壤都能暢通無阻，那麽產物都能運到鐵路沿線，自然就能運轉自如了！所以我對於修築公路一事却是十分贊成的。東北秋後天寒地冷農民休閒何妨築路修橋共興交通的建設呢！如果能做到鄉村都市化，那更有百利可言了！雖然費些勞動力費些建築費，那是有意義的有收穫的！

以上所說這六點是癥結所在，是人人叫苦的，可是當局者迷，不願道出來！我是個死囚無所避忌我願在臨死之前和盤托出不稍隱蔽，把所觀察到的利害得失，陳述一番。小的方面，能使人民生活下去！不至於流離失所！大的方面，如果能因爲我提及而決策人能翻然變計，誠意和中國修好，撤除這些僞裝，以祈求中日的眞正和平，進而躋諸世界和平！那才是我最大希望！中國有句古語，「鳥之將死，其鳴也哀，人之將死，其言也善」，我今天說出兩個警闢的道理甚盼各位都能有一個澈底改進，以拯救東亞人民於懸崖之下，解決多年糾紛，才是中日兩國人民眞正的福祉！那時我是雖死猶榮了！

這時候已接近午後五時多鐘，審判長說「石先生我聽你的話我很感動，你不是爲自己設想，而是爲東亞民族立論，我眞願和你作朋友！以後你和家人接見通信，只管交給我，我都能替你辦理！在獄裡如果有什麽困難，也可以通知我，我一定替你解決！」我說：「謝謝你！」於是宣佈退庭！這是我最後供辭的大概情形！

二十一、宣判後

自四月六日宣判後，已將我移送至監獄，恰巧張興波被他們折磨逝世，遂把我送到張興波的監房中，傍晚，獄吏將張所用鋪蓋被褥，全數拿出，又送進一套潔淨的，我當時並不知情，只有聽其擺佈而已！過幾天，又送進一個少年犯年僅十三四歲，我一問，方知他是韓國的共產黨犯，他知道以前這是張滔的監房，張被折磨，才把我送進來，我聽到興波逝世消息，不禁泫然流涕，五中欲焚！敵人的手段眞太陰險了！敵人的辦法，眞太詭譎了！他們的騙術眞太高明了！再一想我是個待決之囚，行刑有日，何暇哀悼他人，但是腦中時時映出興波的影像，令我難忘！縱然我正待死，而沒死之前，常有感舊之想，無法抹掉的！

可是一見法警警戒佈崗，即知將執行死刑！爰想這是執行我的死刑罷！於是靜待提出，留心門響！不久警戒解除，恢復寧靜，方悟：這次暫算脫過，須待後期了！這種憂患疑慮，常擾心懷的情況，深深體驗到「度日如年」的滋味！在這種憂患之下，爰寫了幾首絕句，以紀實況：

革命營中健者多，一環破滅又如何，
得機急囑梁同志，淬礪聲求殲惡魔！
爲國捐軀死猶生，千秋信國姓名榮，

拊心一事成遺憾，未見敵氛報肅清。

慘澹經營十四春，那期一旦遽沉湮，
黃龍直搗復鄉計，盼有賢能作繼人！

不惜頭顱不顧身，拚將熱血洒長春，
他年黨史成仁錄，差可平添一頁新。

特別法庭判極刑，頑敵不嫌血汗腥，
常欽正義成仁訓，留取丹心照汗青！

宣判乍終姝怒瞋，愁聽內子泣吞聲，
嗷嗷哭訴情詞切，生死關頭見至親！

二十二、蘇軍參戰

在同盟國作戰正酣之際，蘇聯按兵不動，態度曖昧，美總統羅斯福遂將東北接收權給他以期出兵，但是他還是袖手旁觀坐看成敗，直到美軍在廣島長崎投下原子彈，他知道勝利屬於同盟國，他才派遣了飛機投下三枚炸彈，把偽滿監獄炸壞了，這算是他參戰的功績，眞是可恥的手段滑稽萬分！可是日本在東北的新設施全部被蘇軍搶走，志在掠奪，行同土匪，那有半點國際道義！軍隊的素質低落到偷盜搶刼，姦淫擄掠，無所不爲！最扼腕的，是以蘇軍爲掩護培植了大批中國共產黨把所繳日軍的槍械炮彈，掃數轉給共軍，於是在東北早已銷聲滅跡的中國共產黨，立刻變成械彈充足裝備齊全現代化的軍隊，所以不到三年光景，竟把全中國國土侵佔了，陰險毒辣莫此爲甚！回想當時蘇軍共黨的奸謀詭計，眞令人不寒而慄！

不過在蘇軍參戰前夕轟炸偽滿監獄時，有一段事頗饒記載價值的！日本獄警部長岡琦是一個窮兇惡極動輒打人的魔鬼，獄中有俄共犯人二名被他天天罵時時打，重則吊在樑上狠狠鞭打，輕則棍棒齊下連罵帶打，不到氣竭聲嘶，絕不住手，人人側目，個個懷恨，八月九日那天警報一響，長春市內燈火全部消滅，而岡琦反在獄內中心區部長室召集會議，於是全部警衛人員集中室內，燈光閃閃光明外露，蘇聯空軍在燈火管制中正愁目標不明，他却大放其光，於是定着監獄部長室投下三枚炸彈，岡琦以下三十餘日警全部罹難，無一倖免，而思想犯人只一人膝部受傷，眞是天理昭彰，報應不爽！迨昧爽時，偽警出動，方將日警全部罹難情形透露，全獄人犯，額手稱快，歡聲雷動，待拂曉天明，始將日警屍體淸除，這是大快人心的起端！因此我們知道蘇軍參戰了，我們勝利快要降臨了！心情上有無限安慰和希望！

二十三、出獄的驚險

日本關東軍知道蘇俄參戰軍情危急，因爲監獄作防衞堡壘，此際日籍高級官吏知大勢已去紛紛回國，監獄官吏不敢抗命，只得將犯人疏散至吉林監獄方可交房！但吉林監獄過小，無法容納，遂將輕刑者紛紛放出，十二日晚將死刑無期各犯，脚鐐剷開，集中待命，突見劉大博同志闖入室內，給我三百偽幣，並急遽告我說：「要把你們送吉林去，途中如有機會，千萬逃走，日本註定失敗了，這錢留作路費！」我深深感到大博義氣干雲的豪舉，照顧周到的溫情，眞不愧肝胆相照患難與共的同志！

十二日午將一切死刑無期各犯，集合在庭前、訓話，我是排頭，監理科長爲主持人，宣佈徒步往吉林意旨，並令換上膠鞋以便行程！但是日本犯人却荷槍實彈作監視員了！出門時監理科長對我說：「我給你作佣人，你要不？」我答：「笑話！只要中日能携手合作，一切問題，都容易解決！」他說：「今後必須切實合作了！」大隊走到長春近郊二道河子，前行的探路人回來報告說：「前邊有叛軍刼路！」這時我們犯人隊伍就停止前進了！日本監理科長以下數人，在路旁開會，將我們犯人隊伍，圍在中間，日本監視隊員，則在四周放哨！這眞像預備槍決的樣子！會中監理科長力主「此際不宜多殺防備種下更大惡感，對日本人將來不利！」於是監理科長向犯人隊伍問道：「我們日本人對於滿洲人各位認爲如何？」隊伍中人答：「很好！」監理科長說：「據報告前邊有匪人刼路，我們不能前進，諸位如能自己往吉林固好！如不願去，我就把你們釋放，但是千萬不要立即回長春，以免擾亂視聽！」隊伍中人答：「我們遵命」，於是把手銬解開了，向不同方向分散，當集合出發時，韋仲達同志聲稱不良於行而留下，現在只剩下袁樹芳信致文和我三個人，仍然在一起，我們鑑於日本人持械圍伺狀況，尚不安，遂一同向附近田苗深處行去，藉避眼前威脅，而徐圖回長！旋聞身後有喊聲，細辨之爲董超同志聲音，乃佇足而待尋覓者！時已黃昏，在月色朦朧下確認是自己同志，爰相携暫往董同志妹丈家中，靜待一切發展！各同志聞訊，紛紛前來慰問，互慶重生，欣喜若狂！

同志間有談及明日有重要廣播者，爰於翌日午備收音機，始知日本天皇已宣佈正式投降矣！於是歡聲雷動，相慶我國眞正勝利了！余乃提議在長春重新設立省黨部，恢復工作，以期名正言順，竭盡棉薄，以維護國家權益，各同志一致贊成，乃紛紛籌備，不日就緒，於八月十五日我黨國旗幟，首先飄揚於光復後長春矣！

二十四、李光忱和蕭達三

李蕭二君是遼寧和黑龍江兩省黨部的主任委員，當東北黨務辦事處分爲三省黨部的時候，我早和他們二人有聯繫，我將東北黨務辦事處已奠定的成果，分別介紹給他二人以便進行新機構之佈置與運用，而不至遺漏舊組織之基礎與成績，其效果當更宏大，他們二位十分同意我的看法，接我的介紹，於是三省黨務都有長足進展！光忱是東北黨務辦事處的舊委員，精明幹練，富進取心，對遼寧黨務甚爲熟悉，可稱是駕輕就熟，光芒萬丈！蕭達三雖係新手，但機警弘毅，久爲識者所贊佩，余心儀其人，故一見如故，暢談衷曲，對黑龍江之黨務，頗具發展信心！加以關大成爲書記長更能相得益彰，這兩位長才，被中央挖掘到，眞是人人贊羡，事事順利，不料敵僞探知底蘊，竟於三十三年春先後被捕，將他們分別監禁於瀋陽及哈爾濱監獄，遼寧省黨部被捕者有委員王肯文督導員侯天民李繼武及崔榮，幹事有張達平王化宇傅乃新，助幹有陳滌凡許士林及重要幹部范振民等同志，判處死刑者爲李光忱王育文侯天民三人，判處無期徒刑者爲崔榮，判處二十年徒刑者爲李繼武張達平二人，判處十二年徒刑者爲王化宇陳滌凡二人，判處七年徒刑者爲范振民，至傅乃新未及宣判已庾死獄中，就中僅許士林無罪釋放！至光忱夫人朱旭輝、崔榮夫人王思靜，則在外作營救工作。而達三在哈亦判處死刑，但日本投降後東北被難同志，除監禁於佳木斯者被敵人慘殺外，餘均先後出獄，未遭毒手，此勝利之所賜也。

光復後李光忱鑒於吉林省黨部已在長春恢復工作，遂在瀋陽糾合同志重建黨部，隱然爲南部中心！惟蕭達三因國軍跼蹐於長春四平間，未能北上，而蘇軍掩護共黨，猖獗於嫩江流域，雖來長春晤余於吉林省黨部，但急欲與書記長晤面，遂隻身擬赴中央請示機宜，迨搭北寧路車抵溝幫子時，被由熱河竄入之共黨發現，爰遇難於錦州之北！而李光忱則不屈不撓，再接再厲，與共黨武裝奮鬥於遼東一帶，其弟光武率領武裝同志三百餘人，日與共軍相周旋，迨國軍撤退，形成孤立，終被擊潰！於是光忱兄弟及王育文，先後被害！噫擾攘於敵僞中，前後亘十五年，雖被捕獲，猶保生命；而馳驅於共黨中爲時三載，竟先後喪生，可見共黨之毒辣兇狠手段甚於敵僞多矣，哀哉！

請介紹，請訂閱，請批評，請指教。

甘肅由紛擾到安定

—民國二十年前後的甘肅局面—

王禹廷

一、群雄割據

西北軍馮玉祥所部，於十五年九月十七日，在五原誓師後，全部經由寧夏甘肅，東出潼關，參加北伐。以後又反抗中央，黷武作亂。兵源出自西北，軍需亦出自西北，大量徵發，民窮財盡，兼之久旱不雨，連年歉收，人禍天災，民不堪命。於是各地豪雄，揭竿而起，羣圖反抗，以求生存，初無政治上之目的。迨十九年春，中原大戰爆發，馮部悉數東調，西北局面，演變如下：馬麒接任青海省主席（不久，馬麒病故，由其弟馬麟繼任）馬鴻賓接任甘肅主席並暫兼代寧夏省主席，青寧兩省及甘肅河西走廊，全爲馬家軍勢力範圍。甘肅省在馬鴻賓未到職以前，由民政廳長王貞代理主席，地方耆彥如楊思、張維、喇世俊等人，均任省府委員，省政推行由八大委員共同具名負責。雷中田師（番號不詳）及警備旅高振邦等部，駐守蘭州及附近各縣，爲西北軍僅有之控制地區。另於平凉及隴西兩地，伸出兩隻觸角，分別以楊承基及郭某爲警備司令。楊郭實力薄弱，不久即被陳珪璋、魯大昌分別消滅。原受馮氏收編之地方民軍：甘肅第一路警備司令陳珪璋（慶陽人，黃得貴之舊屬）部，佔據隴東地區，以平凉爲首府。甘肅第二路警備司令魯大昌（臨洮人，黃得貴之舊屬）部，佔據隴西地區，以岷縣爲首府。未被收編之馬廷賢（臨夏人，回教徒，馬廷勷之弟，原馬安良軍之餘系）部，佔據隴南地區，以天水爲首府。黃得貴（臨洮人，原董福祥軍之餘系）部，佔據固原及海原兩縣。其中以陳魯兩部勢力較大，馬廷賢部次之，黃得貴部較弱。但黃氏聲望，則遠高於陳魯馬三人，而魯的知識程度，又較陳、黃、馬諸人爲高。以後中原大戰，馮部失利，上述諸人，看風轉舵，紛紛自立番號，以響應中央，以討逆反馮相號召，招兵買馬，大事擴張。陳珪璋自稱甘肅討逆軍隴東路司令，擴充至六個旅。魯大昌自稱隴西路總司令，擴充至三個旅。馬廷賢自稱隴南路總司令，所屬番號不詳。黃得貴自稱隴北路司令，兵力最少，只有一個旅。以上各部，番號雖多，實力並不充實。陳部約有萬人左右，魯部不過七、八千，馬部五千左右，黃部不過兩千。而且兵多槍少，彈藥缺乏，重武器更談不到。外強中乾，割地稱雄，爲禍地方。陳珪璋本人尚老實，但其參謀長汪飛西，第三旅旅長楊抱誠（兩人均臨洮人），能力頗強，野心亦大，珪璋惟汪楊二人之言聽，該部且共尊稱汪爲大哥。十九年八月，珪璋約同各路，合攻蘭州。自行派出兩個旅，由楊抱誠統一指揮，向西進軍。其他各路，不但無配合行動，且於楊抱誠所部，行至靜寧繼續西進時，佔據固原之黃得貴，突以全力進襲平凉，圍攻數日，幾至破城，迨楊抱誠率部回援，內外夾擊，黃部始不支撤退。此次陳黃兩部鬩牆操戈，雙方損失均重，黃部惟一旅長驍勇能戰之李富清，陳部最爲剽悍之團長李仲芳，均陣亡，陳之得力大將第三旅長楊抱誠亦因氣致疾，旋即身死，進兵蘭州之舉，竟成畫餅。二十年春，陳部輕騎突入固原，將黃得貴擊斃，旋即退出。固原城仍由黃部李貴清（富清之弟，固原人）旅進駐。

二、玉帥出山與陝軍入甘

十九年秋，中原戰事結束，楊虎城以潼關行營主任（主任初為顧祝同將軍，旋由楊氏繼任，廿一年初行營改為西安綏請公署）兼十七路軍總指揮及陝西省主席身份，率軍回陝，開府西安，統攝西北全局，備極煊赫。楊氏頗具野心，有統一大西北之企圖。於是派杜斌丞等人為代表，不斷往來甘肅各地，與各實力派周旋連絡。二十年夏請准中央，將雷中田部改編為新編第八師，陳珪璋部改編為新編第十三師，魯大昌部改編為新編第十四師，李貴清部改編為新第十旅，均駐原來地區，整編訓練。馬廷賢部因紀律太壞，不但深受其害的隴南民衆，痛恨入骨，即其他各地的人，亦因異常痛憤。楊氏洞悉其情，故未建議收編，二十一年春，被馬青菀消滅。另以陝西民軍石英秀部，改編為新編第十一旅，進駐靜寧。於是甘肅境內，插入此陝軍一支，為以後陝軍入甘預佈一棋。以上各部，均雖接受改編，表面上服從命令，實際則各自為政，割據依然，自非楊氏所願。故於陝西局勢確實底定後，便圖向西發展。當時全國粗告統一，中央洞察楊之野心，自不能聽其過分膨脹，形成尾大不掉之勢。同時甘肅各地，除有零星小匪出沒刼掠外，大體尚稱安定，楊氏亦無向西發展的藉口。不意九一八事變發生，予楊以利用的機會，而認為吳佩孚奇貨可居。只要吳進入西北，必然震動全國，即可派兵西進，討逆靖亂了。於是乃密派代表，潛赴川中，向蟄居數年，苦悶思動的吳大帥，進行游說：「日軍侵華，全國憤慨，只要玉帥出山，領導抗日，全國必然景從，虎城願率西北軍民，竭誠擁護。」吳氏心高性直，不諳世情，正當窮途末路，得此有力慫恿，認為楊虎城眞堪與共大事。遂偕同眷屬幕僚及衛隊等，浩浩蕩蕩，命駕北上。二十年十月底，行抵天水，受到駐軍首領馬廷賢之熱烈歡迎，招待於該司令部大樓上，待以隆重的上賓之禮。不意閱日看報，却見登載着楊虎城發出的反吳通電，吳知上當，頻頻大罵「楊虎城反覆小人」不止。然已勢成騎虎，只好繼續北上，於十一月下旬到達蘭州。是時蘭州實力，仍操在雷中田手中，恰巧中央前派來甘視察的馬文車，亦尚滯留蘭州，（二十年夏，中央派馬文車、譚光敏、嚴爾文、劉某等四大委員，來甘視察，此時譚、嚴、劉三人，均已離去，惟馬未走。）馬乃一典型政客，在中央不得意，亟欲利用此一機會，攫取權力，遂與當地軍政首腦串合，一致擁吳領導，吳乃進駐督轅，（明肅王遺址，歷為陝甘總督府，甘肅督軍署，甘肅省政府所在地。）成立帥府，通電全國，宣布領導西北漢回軍民，共同抗日。吳以孚威上將軍名義，為西北抗日聯軍最高統率。以雷中田為第一方面軍總指揮，馬文車為甘肅主席，其他西北各軍政首腦，均有偽職發表。並將原被羈押之馬鴻賓，予以釋放。（十九年春孫連仲離甘時，馮玉祥以馬鴻賓為甘肅主席，馬未到職前，由民政廳長王貞代理。馬鴻賓旋由寧夏輕騎抵蘭就任，却被雷中田軟禁。）北洋政府時代的五色國旗，亦飄揚於蘭州街頭。被吳派任的人，有的拒受偽命，有的虛與委蛇，也有願為驅使的，西北各地，一時為之騷動。吳氏離川前後，到處發表談話，鼓吹抗日，中央對其動向，早已密切注意。今既演變至此，情勢已極緊張，如不及早作有效的制裁，將至擴大而不易收拾。乃令楊虎城迅速出師靖亂，實為勢逼處此的措施。楊氏擁吳討吳，向西北大下擴張的狡計，也就得逞了。

楊虎城奉令後，劍及履及，立派其嫡系大將，潼關行營參謀長兼十七師師長孫蔚如，率領所部第四十九旅（旅長楊渠統字子恒，甘肅靈台人），五十旅（旅長段象武河南人）兩個旅，擔任正面，沿西蘭大道，向蘭州兼程挺進。另以陝西警備師馬青菀部，擔任側翼，進兵隴南。十二月初，孫蔚如抵平涼，已奉中央任命為甘肅宣慰使，乃稍事休整，重行部署。以楊渠統為前敵總指揮，率領兩旅四個團。為進攻主力。另於平涼設立運輸司令部，以陳珪璋為司令，並留置一個步兵團，擔任後勤運輸及交通線之維護。又令陳珪璋派遣得力部隊，協同行動。陳氏在強大壓力下，親率其精銳之第三旅（旅長孫志遠，臨洮人），及一個騎兵團（團長李振武，陝西人）隨同西征。楊渠統頗善用兵，又得人地相宜之利，揮軍西上，勢如破竹。於會寧擊破王家曾所部後，直趨定西，與雷中田主力接觸，激戰兩日，將雷部全數殲滅。從此一路無戰事，於十二月二十八日中午，進抵蘭州以東十華里之拱心墩，一面準備次日拂曉攻城，一面向城中發動心理攻勢。此時蘭州僅有高振邦一旅，兵力不足，人心惶亂。省垣紳耆，為避免地方糜爛，乃推賈子珍、高禹門為全權代表（賈高皆教育界人，為楊渠統平涼中學同學，）馳來楊處，接洽和平解決辦法。楊氏當告訴賈高兩君：一、吳佩孚及其有關人員，限今夜離開蘭州。二、駐在蘭州黃河以北地區之馬鴻賓部，立即撤回寧夏。三、高振邦旅移駐黃河以北地區，聽候點編。四、蘭州治安，由省會警察局負責維持。五、政府各機關保持現狀，聽候交接。賈高二氏表示全部接受，立即趕回蘭州。楊渠統於次日（十二月二十九日）清晨，率領所部，進入省城。吳大帥最後稱兵之一幕，至此烟消雲散，其政治生涯，也從此結束了。事後有人問楊，何以不責令交出吳佩孚，押往南京獻功。楊氏笑謂：「吳大雖屬反動，但地位甚高，如果把他抓住，不但主任（指楊虎城）不好處理，就是中央政府，也有為難之處。擒虎容易放虎難，我們還是不沾手為是。」此乃閒話一筆，也可見政治情勢之微妙。楊渠統未發跡以前，曾在蘭州當過警察，此番衣錦還鄉，且成風頭人物，可謂躊躇滿志矣。與此同時，馬青菀已進軍天水，馬廷賢部全部潰散。甘肅省會及隴東大部地區，全入陝軍掌握之中。

三、孫陳交惡與陝軍東調

孫蔚如於戰局底定後，進抵蘭州。設置宣慰使署於省府，並成立甘肅政務維持委員會，孫任委員長，以杜斌丞為秘書長、民、財、建、教各廳長，亦均派人代理，甘省耆宿，多被延任委員。任楊渠統為蘭州警備司令，維持省會及附近地區的治安。陳珪璋率少數警衛駐於民政廳舊址，其部隊則駐於東教場營房。魯大昌、李貴清、石英秀及藏族領袖黃正清，陸續晉省，表示輸誠效忠，青、寧諸馬，亦派代表來蘭，申通情愫。一時冠蓋往來，表面上呈一片新氣象，暗地裡却在醞釀着另一爭端。

原來楊渠統早與地方紳耆及軍政首腦，常通欵曲，故克復蘭州之後，即策動各人，聯電中央，請以孫蔚如主甘。中央並未採納，特派邵力子為甘肅主席，各廳長省委，均在南京決定。孫自以大功未得封賞，而從龍攀附之士，亦皆慾望未達，實已不慊於心。適有秦峻峯等人，與陳珪璋極度接近，高唱甘人治甘，陝軍回陝，暗中作迎邵倒孫之活動，更犯孫之大忌。同時，孫所派任之平涼，涇川等幾個大縣縣長及稅局局長，多受陳部參謀長汪飛西的阻撓，未能到職，孫認為政令不能貫徹，益增加不愉快。但孫對陳，雖有厭惡之感，却無殺害之心，蓋認為陳氏粗淺易與，不會有大作為。而直接引發導火線成為催命符的則是陳之政治部主任孫伯泉，由南京送來的一封密信。原來陳早派孫晉京，有所活動。孫於二月初有封長信給陳，關於中央對西北的政策，與楊虎城的微妙關係，有頗為詳盡的報告，對西北各方面的複雜情勢，亦有深入的分析。並建議陳聯絡甘肅各實力派，共同反孫。如此重要的文件，陳閱後漫不經心，隨手擺在案頭，而被孫之參議與陳等經常酬酢往來之某君，乘機竊去。由於陳之粗疏，遂使此君活演了一齣「蔣幹盜書」，成為孫陳成敗之關鍵，良堪警嘆。而保密防諜之重要，實不僅今日為然也。孫蔚如看見此信，大吃一驚，認為孤軍深入，兵力並不甚強，（此時孫部在蘭州有兩旅四團，陳部有一旅四團，兵力雖相當，裝備及士氣，則以孫部為佳。）後方交通線既在陳部掌握之中，隨時可被切斷，而蘭州近郊，尚有未曾就範之武力。如陳果接受此等策士之慫恿，聯合異動，自己將有遭受「滑鐵盧」命運的危險。於是斷然決定，將陳剪除，責令楊渠負責執行。而陳則粗疏成性，毫無警覺。舊曆正月十五日晚間，陳被誘捕於佛照樓之酒色徵逐中，旋即槍決於民政廳後花園內，就地掩埋。秦峻峯亦被捕，慘遭榜掠後被殺。其駐蘭部隊，因旅長孫遠志回臨洮原籍過年未歸，羣龍無首，毫未抵抗而繳械潰散。陳氏到蘭州後，以鄉下佬進入大都市，日與孫派清客及地方耄彥，酬酢往還，徵逐聲色。處輦轂之下，既不輸誠，又不警惕，離軍獨居、毫無戒備，其不敗也幾希。陳以粗署青年，鋌而走險，未兩年而陳師開府，儼然羣豪之首，但不旋踵間即告潰滅。可謂其興也倏，其亡也暴，雖屬機運使然，要亦人謀有關。陳氏被捕後暫置於警備司令辦公室中，對人侃侃而談……自謂起事時，只有一枝單响毛瑟和一把馬刀，能至今日，已甚滿足。且囑轉告孫楊兩氏，妥辦善後，以免糜爛地方。似亦自知不免，筆者身置其境，耳聞其語，實有無限的感慨。

陳既被殺，原駐平涼之陝軍黃兆華團，亦於次晚（正月十六）向陳部發動攻擊，經過一夜激戰，將城內陳部一旅四團，全數消滅。汪飛西縋城逃走，收容殘部，尚有謝紹安，蔣漢城，李彥和等三個旅及獨立團等五、六人，聚集於慶陽五屬地區。楊渠統於正月廿日由蘭馳抵平涼，從事善後措施，立即與陳部各部隊長取得聯絡，只要求逮捕汪飛西一人，部隊則完全改編，一切照舊。蓋認為陳珪璋的一切罪惡，皆由汪飛西一人造成，故不寬貸。但以後幾經談判，汪飛西縱逃遠方（當時汪如被捕，必死無疑。但廿五年，汪在南京，楊曾派人送法幣五百元，人情變幻，眞難捉摸。）部隊全數收編，旋又譁變。楊渠統奉任隴東綏靖司令，和戰兼施，擾攘數月，始告敉平。除蔣漢城（字雲台，定西人）率領少數殘部，投奔十四師魯大昌外，其餘仍由楊收編為兩個旅。

筆者對於此段經過寫得如此冗長，固由於身履其境，所知甚確。主要的還是此事對於西北整個局面，影響至大，甚至說與國運有點關係，亦不為過。所以不嫌詞費，詳細寫出，以留眞像。至於影響為何，非本文所能盡，如有機會，當再細談。

四、中央勢力進入全局改觀

邵力子奉任甘肅主席，以林競為民政廳長，譚克敏為財政廳長，劉汝璠為建設廳長，水梓為教育廳長。林譚乃外省人，劉、水係本省人。林曾在青海工作多年，與西北淵源頗深。譚於二十年夏，曾來甘肅視察，亦可扯上一點關係。人事上如此安排，顯然有一番用心，鄧寶珊奉任西安綏署甘肅行署主任，原駐甘省之新十旅新十一旅，歸其指揮。以上諸人，於二十一年春天，先後經過西安、平涼，前赴蘭州，就任新職。過平涼時，曾小住數日，略事休憩，接受當地各界的盛大歡迎。並曾遊覽平涼名勝崆峒山，當時有人謂崆峒不及華山雄，但比華山秀，筆者未曾登臨華山，不敢置一詞。同時，甘肅宣慰使署撤銷，孫蔚如改任三十八軍軍長，仍駐蘭州。是年秋，駐防隴南之馬青菀師，突然叛變，楊渠統奉令進剿，旋即平定。是年冬，共軍徐向前股，由豫鄂邊境，竄擾關中。楊虎城部初戰不利，匪勢頗為猖獗，大有直撲西安之勢。飛調楊渠統率部馳援，將徐股迎頭擊潰，由關中追至陝南，徐股竄入川北。孫蔚如軍部移駐平涼。二十二年春，西北剿匪軍事，重新調整部署，胡宗南之第一師，由漢中進駐天水，孫蔚如率部，移駐陝南，對徐股聯防圍堵。是年夏，楊渠統回任隴東綏靖司令，率領所部兩個旅，堵剿陝北劉子丹高崗等股共軍，並請除地方散股，隴東地區，漸趨安定。陝北劉子丹高崗等共軍不斷越境竄擾，均被楊部擊退。楊部仇子康團，且曾跟踪追剿，深入陝北保安安定等縣，對劉子丹的祖墳挖掘，劉子丹廿五年春，竄犯晉西，被國軍擊斃，一般傳說，與掘墳破壞風水有關，姑妄誌之。在此先後，邵力子調任陝西省主席。朱紹良出任駐甘綏靖公署主任，兼甘省主席。西安綏署駐甘行署撤銷，鄧寶珊改任新編第一軍軍長，仍駐蘭州，所轄部隊依舊。二十三年冬，楊渠統部改編為新編第五師，調駐河南。至此，陝軍全部離甘，甘肅地方性武力，僅存魯大昌之一師，李貴清之一旅。以後，中央軍楊步飛、王均、曾萬鍾、毛炳文、周翔初等部，陸續入甘、西北局面便整個改觀了。

註：一、未文內所稱之玉帥、大帥、中央軍、陸軍等字樣，純為

行文方便，沿用當時一般的習稱，並不含推崇其人或劃分畛域的意味。

二、吳佩孚離川入甘之一段內幕，一般人知者甚少。筆者係得自與聞其事之某君，及爲馬廷賢掌理機要之王人傑先生（曾任成縣甘谷兩縣縣長）面告，知之甚稔，統非揣測或虛構。又中華書局四十六年五月出版之「吳佩孚傳」（此書乃大陸未淪陷前陶菊隱編著，在台重印），謂吳「過蘭州時曾與劉郁芬見面」（見原書二〇〇頁），絕對不確。因劉郁芬於十八年調任陝西省主席，早已離甘。甘主席由孫連仲繼任，孫亦於十九年春夏東行。吳劉絕無於廿年冬間，在蘭州見面的可能。

三、西北各省地境毘連，一省的事，往往與他省有關。本文敘事每有牽涉鄰省之處，蓋爲求脈絡貫通，顯示全貌。並無越境取材，叨光掠美之意。

安步當車的吳稚暉

白圭

吳稚暉先生是一個最有平民風度的人，他是黨國元老，他雖然不曾做官，可是却受到　國父孫中山先生和今　總統蔣公的禮遇。他生平不坐轎，不坐人力車，他不願意把自己的安樂寄在別人的苦力上，安步當車，數十年如一日。

民國十四年，吳先生住在北平，今行政院蔣院長曾和他住在一塊。吳先生逝世後，蔣院長曾以「永遠與自然同在」爲題，在報紙上發表紀念性的文章。文中敘述吳先生幾個小故事。其中的一個有云：「那時我住宿讀書，都隨着他在一起。……有一天，不知道是誰送了一輛人力車給先生。他接受之後，等到客人走完，立刻要我拿一把鋸子來，把這輛車子前面的兩根拉槓鋸掉。當時，我以爲先生在開玩笑，不敢動手。後來，他說：『我要你鋸，你就鋸！』我心裏雖感到奇怪，但終照他的話做了。先生看着槓子鋸斷，哈哈大笑，就同我把這輛沒有拉槓的車身，抬到書房裏，他一面坐下去，一面對我說：『你看舒服不舒服？我現在有了一張沙發椅！』接着，先生又說：『一個人有兩條腿，自己可以走路，何必要別人拉？你坐在車上被人拉着走，豈不成爲四條腿？』這是一件小事，我當時也不感覺什麼，但是今天想起來，確有深長的含意。」

上面寫的是吳先生不坐人力車的故事。再有一段故事是說明吳先生不坐轎的。大概是在民國二十九年他到了貴陽，準備往苗村參觀苗人的生活。苗村遠在深山之中，須翻山越嶺始能到達。當時，貴州省政府特爲他備了一乘滑杆代步，吳先生婉謝說：「我有一雙腿，何必坐轎？且遊山坐轎，來去如一陣風，焉能領畧天然美景？豈不辜負此行？」隨從者聞言，都不好意思坐轎，跟他步行。行到半山，隨行的人都汗流浹背，吳先生以古稀之年，還覺得輕鬆自如，毫無倦容。只是把長褂脫下而已。隨行的人中有一位向吳先生說：「你登山不感疲勞，有無祕訣？」吳先生說：「有有！登山有三祕訣：①舉頭三尺無危險。②舍正路而不由，③跑路要學狗。因爲登山最忌縱目力之所及，向上眺望或向下俯瞰。因仰首見到山峯巍峨，沒入雲端，或俯見懸崖絕壁，深不見底，必定心驚胆怯，以致腿酸而寸步難移矣。惟三尺之內，地必平坦，無危險，心境自覺泰然。遊山基於興趣，若循舖就之石級山路，拾級而登，行久必生厭倦。故必須找尋不規則之羊腸捷徑，扳藤拊葛而上，則興趣橫生，歷久不厭。狗之跑路，張口吐舌。故能便利呼吸。人們登山，呼吸必促，雖不必吐舌，亦要學狗之大張其嘴，俾呼吸可以自由，不致有呼吸短促氣喘之弊。」這些話，非常風趣，但確是登山玩水的一些小祕訣。

吳先生過八十歲後，儘管歲數大了，還是安步當車，儘量不坐車子，當然如什麼人力車，滑杆轎子之類，他是生平拒絕乘坐的。在民國三十二年八月，當時國民政府主席林公子超逝世，在歌樂山官邸舉行公祭那一天，稚老站在上淸寺街路旁，等候公共汽車。適值當時　蔣委員長車子經過，派侍從去請他同乘，他說公共汽車很舒適，再三謙遜，然後上車。吳先生平時很少搭乘別人的小汽車，只有鈕惕生先生每星期一從歌樂山考誠院到國府作紀念週時，車子經過他門首，順便接他一起去國民政府，他不推辭。除此以外，怎樣請他，他總不肯上車。

這位革命元勳逝世多年了，他生前的平民風範，和他那種安步當車的神態，至今猶如見其人。

阿里山神木

樹齡四千一百二十八年

・胡泉寅・

經過國內專家學者的勘查測量，今天正式認定台灣阿里山「眠月紅檜大神木」的樹齡約數為四千一百廿八年，是目前所知台灣最大的神木，及世界上活存最久而又最大的紅檜。

這株稀世神木，生長在距嘉義眠月下線約十二公里，離南投杉林約廿五公里的深山密林中，恰在阿里山正北偏西三度方向，即距阿里山約十五公里處，由阿里山步行單程需要五小時。

眠月神木位於東經一百廿度四十分，北緯廿三度三十分，高聳立在海拔一千九百五十公尺的西斜山坡上，坡斜三十五度，東西二面的緣樹的積土高度相差約四公尺，北面有小谷，造成西北面險斜的地勢，該地地質年代屬於第三紀中新世，大神木的周圍蔓草叢生，外圍盡是四十多年的杉木植林，由此可知它是前人開發時所留存，而最近才引起人們重視的。

枝葉茂盛活力充沛

它的順坡量直徑八點六公尺，高有四十八公尺，其東北面有裂罅，可看見樹心，其他各面都很完整，而且樹皮清新，樹梢分二大支幹，蒼鬱聳天，上長寄生木姬石南和羊齒科雜草。枝葉茂盛，外貌魁梧雄壯，顯出無比堅強的活力。在那空間，晴天裏，陽光透進映照樹林，襯托着藍天白雲，山風拂面，鳥鳴娛人；天雨或霧來時，山林都被白茫茫的水氣籠罩，若隱若現，充滿着大自然的神秘。

參加勘測這株神木的包括台灣省林產試驗所森林施業系主任洪良斌，地質調查所測繪室技術員吳景祥，林務局專員翁廷劍，省立博物館助理研究員劉毓雄，及自然博物採集專家鄭明能等人，由台灣省觀光局副局長李正領隊，於六月二日清晨，自阿里山搭乘林產專車抵眠月，再徒步至眠月大神木。

這是台灣省林務局和觀光局，根據報載有關眠月大神木的價值及保護問題後，成立保護會，並決定實地勘測而採取行動的。

據服務林產試驗所廿五年的洪良斌解釋，這株絕世巨樹的年輪，是依客觀學理，由試驗所內現有大小的五塊紅檜圓板，作為旁證求取的！利用這些最大有一千一百年，最小也有四百多年的圓板，算出紅檜的平均生長率為每十二點四年，生長長度為直徑二公分，再將這數字運用於勘測所得表面尺寸，即可得到一個約數。

樹齡約數已逾四千年

他指出：眠月紅檜大神木的地面水平圓周為廿點九公尺，直徑六點六六公尺，半徑為三點三三公尺；胸高圓圍為廿公尺，胸高直徑為六點三七公尺。順坡量直徑八點六公尺，加上坡水平直徑五點六公尺的均數爲七點一公尺，半徑爲三點五五公尺。爲了愼重起見，把順坡及地面水平二式的半徑的和，再除以二，即爲可靠性最高的半徑數字，所得是三點四四公尺，最後乘以平均生長率，即得四千一百廿八年的樹齡約數。

阿里山原有的另一株神木的地面周圍爲廿公尺，胸高周圍爲十七點一公尺，概算約爲三千年。

隨隊前往勘測的阿里山林管區工作站管理員郭永寬，住在阿里山上已有三十七年，現年五十九歲，他說：他登過玉山一百三十多次，在中央山脈見過很多大約二千多年的紅檜樹，但像眠月大神木那麽大的，還是第一次看到。

阿里山香林派出所主管劉松本表示：眠月大神木屬於玉山林管區阿里事業區第四十六林班管理區域內的天然神物，民國三年有運材鐵道通過，但在光復後已被拆除，目前從各地通往神木的路徑，都不太方便，有待改善。

稀世古木應予保護

曾經三度上山勘測的自然博物採集專家鄭明能認爲，眠月大神木實是國家稀世之寶，但現在發現它的表皮已被一些登山隊員削掉，在上面刻下他們的單位和姓名，如「遠東工專登山社」、「台鋁登山隊」、「逢甲學院登山隊」及「台南市青年山岳會」等。類似這種情形，有關方面應予禁止，並設法保護。經過他向有關單位如台灣省林務局、觀光局等呼籲後，已普遍引起注意。

臺灣省觀光局副局長李正強調：這次勘測目的，主要是瞭解大神木的生長現狀，及如何保護它與今後發展觀光的目標。

李正說，爲使這株稀世古木長遠留存，天然保護區的設立，實居首要。觀光局計劃建議在以大神木爲中心的周圍一百公頃，劃區設界作爲天然保護區，禁伐、禁墾、保持自然狀態。

如果這項計劃實現，在保護區內可種植及保護台灣特產的動植物，同時，將附近的天然物如大石猴、佛洞等古蹟，加以修飾佈置，增加未來森林公園的優美景色，以供國內外遊客觀賞。

善加維護改善交通

另外，他表示，觀光事業的大前提是以交通爲主。今後對於大神木附近的交通，需要改善。但是一切建設如觀光大道或停車站，應遠離樹身，旅客經由小道導引至大神木。

林務局專員翁廷釗指出，眠月大神木存在地的地質表層漸次風化而脆弱，故加強地面水土是當急之務。

同時，在大神木頂端裝避雷針，以避免雷電所擊，並置二塊木牌，一塊作爲說明有關大神木的資料，另一塊則作爲預備遊客留字之用。

本刊合訂本第二册出版，由第七期至十二期，皮面燙金，裝璜華麗，每册定價港幣拾五元，本社及吳興記均有代售。

整棟樓房可搬運　震驚了建築界

陳新福專門大搬家

林山峯

四十年前聲譽鵲起

現年七十六歲的陳卒，世居朴子鎮應菜埔，即現在的永和里，四十餘年前，他的一位李姓鄰居，由於流年不利，年年發生不如意的事情，求神問卜均指點是房屋的風水不好，必須拆除重建，因房屋剛建好，拆除非常可惜，將此事與他商量，陳卒認爲可使用整棟移動的方法，使之轉移到「風水」較好的地方，李姓鄰居起初半信半疑，由於陳卒說有信心，就委託他辦理。

在當時搬遷房屋是一大事，也是一件從未有人做過的事情，所以不但李姓鄰居整天爲此煩悶，就是所有的鄰居也都爲他擔心。陳卒就是在這種情形下，絞盡腦汗，發揮了他的最高智慧，發明了這種人工「搬屋」方法，也許是一種巧合，那位李姓鄰居，自從陳卒爲他搬移房屋後，即全家平安，事事如意，陳卒的名聲也因而大震，自此以後，凡是村裡的人要搬遷房屋，陳卒都很樂意服務。「搬屋」風氣也就從此漸漸旺盛起來。

專心致力技術研究

陳新福告訴記者說，在他年紀很小，還在唸小學的時候，就很喜歡跟着他的父親到外地爲別人搬遷房屋，他認爲這是一件善

陳新福和他的笑臉

住在嘉義縣朴子鎮永和里七十四號的陳卒、陳新福父子發明一種巧妙的人工「搬屋」方法，在全省各地實施，鋼筋水泥樓房在他手裡整棟搬遷，震驚了建築界，並引起中外人士的重視。

舉，所以他對搬遷房屋的興趣，超過於唸書，他小學畢業後，雖然考上嘉義市立初級工業學校，但也就只讀了一年即告輟學，專心致力於遷屋技術的研究，他要把他父親的搬屋方法再加以改進，用最少的人力，收最大的效果，而且也希望更上一層樓，不但要搬遷木造平房，也要搬遷木造樓房，更要搬遷鋼筋水泥樓房及其他大建築物，經過他不斷的實驗研究後，終於成功了。

陳新福現在不但可以將建築得很牢固的鋼筋水泥樓房搬遷到很遠的地方，就是那種建築龐大的大禮堂會議室或各種集會所等，他照樣可以把它搬移到數十公尺遠的地方。

陳新福說，他從十八歲起即單獨爲別人做這種搬遷房屋的工作，今年已四十三歲了，在此廿六年的歲月裏，他搬過數千幢的木造平房，也搬過四十餘幢的鋼筋水泥樓房，其中以去年在台北搬移美國學校的圓屋爲一件最大的工程，不但被搬移的建築物很重，遷移的距離也最遠，經他運用豐富的經驗，以熟練的技術，仍如期完成圓屋的遷移工作，使美國建築工程師大爲驚奇。

爲美國學校搬圓屋

陳新福說，美國學校的圓屋有九百噸重，原來在該校的小學部的北面，小學圖書館的西面，經他的努力後，把它搬移到中學部馬蹄形教室的中間，不但遷移二百八十五公尺的距離，而且轉過三個彎，實在不是一件簡單的事。

他記憶猶新地說，在去年七月初，他帶着二十多位助手，動用了四十多個「千金預」一百多根粗木棍，六百多個小木棍，首先將圓屋內部地面的水泥打掉，從牆脚下鑿幾個洞，以一尺多直徑的粗木棍橫伸前去，將整個屋子的重量，平均地放到那些木棍上，再以小木棍撐着，並以瓦斯燒斷屋基下的鋼筋，再用「千金頂」將圓屋擡高，使它和地面保持一尺距離，然後塞進粗木棍爲移動輪軸，再用四輛挖土機作爲動力，將圓屋一寸一寸地從原有的地方，向新的地點推進。

轉彎抹角小心遷移

他說，圓屋的原地點和新址的空間距離實在不遠，但是圓，却不能騰空飛越小學圖書館，它必須先轉個四十五度彎，穿過小學部圖書館之間的角度，然後再以四十五度角轉進小學圖書館與餐廳之間，再由此轉一個廿五度的彎才移到新址。

移屋的技術，他是從父親那兒學來的，他說，移屋有幾個步驟要把握住，第一先要把移動的房屋固定下來，然後切斷地基，用輪軸的慢慢移動，在移屋過程中，最重要的就是要穩定及平均的移動，否則整棟房屋就要龜裂，使前功盡棄。

陳新福說，這種移屋工作非常費力與費時，工具的消耗也很大，所以工資不太便宜，但比起整個房屋拆掉再建，那要合算多了，他對屋主所要的移屋工程費，大約是以該屋價值的四分之一做爲計算標準，譬如說，你所要遷屋的房屋有一百萬元的價值，那移屋工程費就要二十五萬元，當然這是一種計算的標準而已，詳細的數目，還要考慮建築物的重量與遷屋距離的遠近等因素在內。不過他說，凡是廟寺或慈善機關房屋的遷屋，他都以不賺錢爲原則，照成本收費。

美籍人士重金禮聘

最後陳新福向記者透露一個消息，他說，他的這種古老的移屋方法，已獲得美國人的欣賞，目前有一個美籍商人，正在和他接洽，準備遷屋他在美國的一棟十一層大樓，房屋價值有四千萬元台幣之多，因馬路拓寬，必須移動廿八公尺，如果條件談好，這是他有生以來，一件最大的工程，也是要將中國人發明的移屋方法介紹到國外的最好機會。

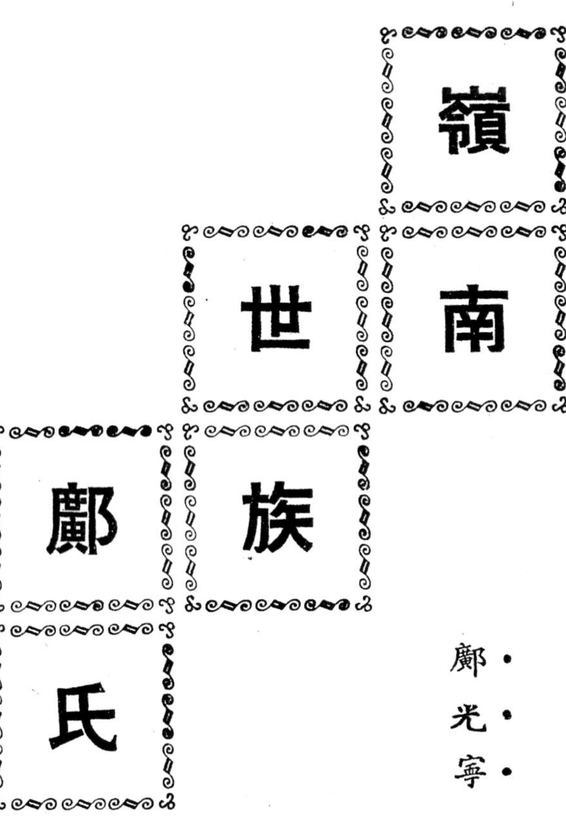

嶺南世族鄺氏

鄺光寧

我國芸芸姓氏，大都發軔於秦漢以前，以言鄺氏，則肇始於東晉，殆爲後起者也，王應麟之「姓氏急就篇」，以鄄鄍鄔郯鄭郅與鄺併稱，王圻之「氏族源流篇」，指鄺爲異姓，而列諸於「歷朝異姓」之林、諡鄄鄍鄔郯郅，殊不多覯，鄺與併列，則屬異姓之說，可不言而喻矣。

攷鄺氏族人，散屬於南北各省，以及世界各國，其數甚衆，在廣東省，又較諸在各省者爲多，世人有以爲鄺氏族衆，僅廣東省有之，此是對於鄺氏情況與由來，無所知耳，因爲鄺氏之篇。

一、鄺氏肇始於東晉

鄺字，最先見諸典籍者，一爲「四部集要」經部之玉篇，玉篇爲南朝梁武帝大同九年時顧野王所撰，其所載之鄺字，註爲姓，晉荒，二爲隋文帝開皇初陸法言撰之切韻，至唐玄宗時，孫愐襲而廣之，易名爲廣韻，其所記之鄺字，在唐韻與蕩字韻內均有之，三爲丁度宋祁撰之集韻，成於北宋仁宗寶元二年，亦稱宋韻，宋代以前羣書之字，畧見於其中，鄺字亦兩見，註亦爲姓。

玉篇收集之字，皆爲南朝以前所有之字，許慎說文，既無鄺字，至玉篇有之，是爲鄺字見於典籍之始，既有鄺字，便是有鄺姓，可無疑義，據羅浮山志載：「晉時，有鄺仙其人，渡嶺至羅浮，遊朱明耀眞之天，騎牛入明福石中」云，又香山黃佐（明武宗時國子監祭酒侍讀學士）之羅浮志，載述羅浮古蹟中之鄺仙石謂「廣姓、自晉建武元年，加邑右旁爲鄺」，又河源鄺成祺爲宣城郡鄺氏族譜序，有云：「吾族鄺氏，先姓廣，原是廣成子之裔，晉元帝建武元年，易姓鄺」，凡此記載，足爲鄺氏肇始於東晉之證，亦與玉篇之有鄺字吻合，倘東晉時期無鄺姓，則玉篇不致有鄺字也。

北宋仁宗嘉祐時，歐陽修等奉敕修撰新唐書，在列傳中，記述唐禧宗時之高駢事蹟，謂「高駢爲部屬畢師鐸囚殺於道院，其左右奴客，踰垣遁避，高駢與其子弟甥等七人之屍，裹以敝毡，一坎而瘞，高駢之故吏鄺師虔，不畏兇暴，毅然挺身將七屍收葬，鄺師虔誠義士也」，此爲晉時有鄺仙，唐時有鄺師虔，是鄺氏人士，一再見諸典籍也。

據計，鄺氏歷史，自東晉元帝建武元年肇始，迄今已一千六百五十餘年。

二、鄺氏先世是廣氏

五胡亂華時期，黃河流域，陷於混戰之中，人民慘遭殘殺與被迫害者，達百萬衆，益以五胡極度兇暴，征兵征工征糧征稅，無所不至，人民不勝其苦，乃紛紛向東南逃避，居於雍邱（今河南杞縣）之廣成子後人昆仲數輩，亦在逃避之列，在流亡中，爲應付惡劣環境以策生存計，乃循晉時易姓之風氣，毅然更易姓氏，而攷慮易姓時，仍以保留廣姓爲原則，因就廣姓之廣字左右旁，加日爲曠，加邑爲鄺，以廣字蘊藏於曠鄺二字之內，而廣曠鄺三字之音，又同切韻，即是廣曠鄺三字，無甚差別也，又約定兄爲曠，弟爲鄺，共同到達長江以南，然後分道揚鑣，各赴前程，迨經過若干時間，兄曠自江西之楮婆坵地方，往湖南之衡山，弟鄺自江西之高安，以趨廣東，其後曠氏湖南總祖祠，建在衡山，鄺氏廣東始祖祠，建在南海，鄺氏始祖祠大門有紀實之聯云。

北雍留祖泰
南嶽溯宗風

聯中所云北雍，以雍邱在北方，是鄺氏先祖所自來也，南嶽，是兄曠定居處之衡山，同宗之風是弟鄺所不能忘也。

鄺氏初在廣東，丁齒稀薄，顧篷篳甕牖之家，而有不世出之豪傑，曾藉五嶺以南之特殊地勢，紛亂轉變之時局，建立一小型王國，即路史所載之古鄺國也，鄺國範圍甚小，又無任何文獻與紀錄流傳於後，故其情狀，尚待稽攷，而我國史乘，對於五千年來彼起此伏之大小王國，其後著者，容有簡畧之記載，其小焉者，則未筆及，以致湮沒無傳，鄺國不爲後世所知，亦猶是也，惟當趙宋統一宇內時，派遣潘美統率大軍入粵，宣稱「削平僭僞」，所謂僭僞，是各大小王國也，潘軍抵粵北時，南漢王劉鋹，首先投降，五嶺以南各王國，即相繼爲潘軍所滅，鄺國命運，亦告沒落，但鄺國王位之繼承者，初猶秘密通傳，直至北宋末期，秘密繼承王位之鄺奎，童年曾居於桂省之僮族區，僞與僮族人同化，故以奎字爲名（奎字，僮族通用之字，范成大之桂海虞衡志，謂奎字爲桂省俗用之字），藉避宋室鷹犬之注意，壯年，又先後隱匿於粵湘桂各邊境，以期締交草莽英豪，中興鄺國，其後，審時度勢，認爲鄺國無復興之望，乃自動退爲庶人，但爲維繫鄺氏血統計，乃隱居南海縣神安司扶南堡大鎮鄉，成家立室，而轉爲廣東鄺氏之始祖，即廣東鄺氏族譜記載之三七公。

三、廣東鄺氏發祥地

南海扶南堡大鎮鄉，位於廣州市之西，佛山鎮之東，距廣州佛山兩地均不遠，執其兩端而居其中，全鄉面積約五六平方里，鄉之東南，有廣三鐵路線，廣三鐵路設奇槎大鎮兩車站，以供大鎮鄉人來往，鄉之西北，有廣雲公路（廣州至雲浮綫）禪炭公路(佛山至花縣炭步綫)兩公路綫之交接處，即在鄉之西北隅邊沿，珠江分流之水，由鄉之東南來，穿過廣三鐵路綫以入鄉內，名扶南河，縣志謂又名扶溪，扶南河進入鄉境後，分而爲二，以灌溉全鄉田疇，其流勢有七曲十三灣者，所經過處，小橋流水，或堤柳如盖，往昔承平之世，不啻天上人間，全鄉人口，最盛時四千餘衆，屋宇約達千幢，鄉之形勢，自西北而向東南，是以擴展的步驟，亦依其形勢而推動，初期以偏在西北隅之尚書郎里爲首腦，繼而進至東部之南安里大門樓，最後進至扶南書院廣三鐵路綫。

廣東鄭氏始祖鄭奎，所居之處在大鎮鄉西北隅之尚書郎里，鄭奎成家立室，即在其間，先後娶何氏夫人洗氏夫人，生四子，長曰諺，次曰讓，三曰誠，四曰諄，由南宋時起，歷經三傳，基業逐漸展開，官宦相望於途，小王國之尾聲，亦已逸響，故不爲宋室所忌，是以大鎮鄉遂成爲廣東鄭氏之發祥地，而廣東鄭氏，亦成爲一方之望族，蓋南海縣神安司令下之大瀝平地，扶南，梯雲，四堡，扶南爲四堡之冠，四堡下之九十六鄉，扶南堡佔有二十八鄉，大鎮鄉又爲二十八鄉羣龍之首，觀於大鎮鄉賦之記述，可以概其餘矣，賦文畧云：

嘗思民怡族美，猶牽采以觀風，勝地名津，詩人譜爲吟咏，盛事難逢，不欲沒於荒烟蔓草，美景不易，尤當先於鄉里門閭，表父母之鄉，未免大方見笑，寫見聞之景，實爲本地風光，緣夫廣東南海扶南大鎮，乃野分粵地之舊，星臨牛斗之期，郡本盧江派從庾嶺，歷宋，元明以來，奕朝科甲，自高曾祖而下，世代元魁，侯爵宣城，高官朝議，詩禮眞傳，人傑盛於昔時，地靈著乎今日，東接珠江之秀，西連樵嶺之陽，會百滘於南溪，羅星鎖鑰，枕諸山於北海，汾水來朝，數九鼎之書香，顧一言而難盡，計千秋之善事，分八景而呈祥，此皆吾鄉之勝也。

觀此記述，可見大鎮鄉之優美環境與聲勢之顯奕，至於鄉中人才，曰宋明兩朝，最爲鼎盛，南宋孝宗、光宗、寧宗三朝，二世祖諺公，獲贈朝議大夫，諄公獲封宣城侯爵，三四世祖，官刑部尚書中奉大夫，朝議大夫，諫議大夫，布政使司等，明朝成化、弘治、嘉靖、萬曆年間，以進士而官監察御史，巡按副使，禮部司務工部員外郎以及知州知府知縣等，約三十餘人，鄉中且有「一連三進士，五巷兩尚書，村中一司馬，村角兩都堂」之口碑，南海縣志則有鄭氏祖孫父子兄弟，叔伯相繼登弟者五十餘人之語，以是之故，鄉內乃有繡衣碑樓，以及繡衣坊，進士里，大夫里，司馬坊，中秘故里等街巷，五馬家，郎官第，尚書第，都堂府等第宅，誠一時的輝煌，而爲鄰鄉所羨艷，但歷經喪亂，浩刼重重，昔日繁華，盡成泡影，駟馬高車殘骸，平添衰草斜陽之悲，舊歡如夢，無處追尋，徒令人不勝惆悵而已。

鄉南之扶溪河畔，有景湛園，原是乾隆時成均進士鄭世華讀書處之逢源別墅，由鄉人醵資購以紀念鄭湛若者，易名爲景湛園，顧名思義，是爲景抑鄭湛若也，湛若名露，別署海雪畸人，祖父爲明隆慶辛未進士鄭彭齡，是鄉內之中秘故里，崇禎年間，湛若在廣州策馬出遊，衝及南海縣令黃恭廷行幰，黃大怒，欲拘而懲之，湛若乃走粵西，入傜山，爲傜女執兵符者雲嚲娘之記室，因撰成後人稱爲奇書之赤雅三卷，其後，北遊吳越燕趙齊楚，然後返粵，丙戌十二月，清軍佟養甲李成棟自閩攻粵，兵薄廣州，湛若命長子鄭鴻，率北山義旅應戰，以衆寡之勢懸殊，戰死於東較塲，庚寅三月，清軍兩王自贛攻粵，當廣州被圍時，湛若以城內守將杜永和等，會合全城軍民，戮力死守，湛若之次子鄭閑，亦參與作戰行列，經十越月之久，以編將范承恩開門揖盜，城始破，湛若之次子又戰死，湛若則抱綠綺台琴高歌殉國，湛若之著作，除赤雅外，有嶠雅詩集，其中二臣詠，趙夫人歌，七哀述征，赤嬰母諸什，鼓舞當年臣民毋忘民族大義，充滿激昂慷慨情緒，故清廷甚痛恨之，經由軍機處奏請將嶠雅銷燬，不許留存，是鄭湛若者，團一門忠烈，亦萃文章節義於一身也。

明成化年間，新會陳白沙，曾數到大鎮鄉訪問鄭宏鄭文父子，宏字筠巢，善詩，恒與白沙唱和，文字載道，成化二年，丙戌二甲六名進士，官監察御史，白沙有游大鎮之詩，句云：「舟行石門浪，（按，大鎮鄉距石門不遠，石門即羊城八景之一石門返照，）不識扶溪口」。（按，扶溪即扶南河。）又云：「何日扶溪棹，還來別老仙。」（按，老仙指鄺筠巢。）又與鄺筠巢求蘭詩句云：「白雲只隔扶溪水，不使餘香到白沙。」而次韻鄺筠巢早春見寄詩，尤足見其敬重，鄺筠巢之摯誠，併錄於茲詩云：「城郭塵埃不到身，扶溪看老百回春，里中物態渾非日，墻外桃花只賣新，此老直於三代見，諸郎雖在一宦貧，楚天何處堪回首，目斷襄陽不見人。」白沙殆以三代遺老視鄺筠巢矣。

白沙門人張詡撰之白沙先生行狀，畧云：「成化己丑禮闈，復下第，有神見夢於人曰，陳先生卷，爲人投之水矣，其後二十年，御史鄺某聞之禮部尚書某之從吏云，某所爲也。」查行狀中所說之御史鄺某，即鄺筠巢之子鄺文，時官監察御史，尚書某，是姚夔，陳白沙參與己丑會試，即成化五年，此爲陳白沙與大鎮鄉之一段友情也。

四、四大血統的分佈

廣東鄺氏，自鄺塗創始後，四子繼之，螽斯振振，子孫繩繩，而支條別，遍佈各地，迄今八百餘年，傳世三十餘代，丁齒總數，雖無統計，但由二世起之，諺讓誠諄四房，釐而爲四大血統。

一、諺房主幹在大鎮鄉，故諺房族衆，居於大鎮鄉爲最盛，次則散處於鄰近南海之三水，順德，高要，番禺，花縣，從化，各縣，遠赴桂省及東南亞各地區者亦不少，其祖祠一在大鎮鄉，一在廣州市，在大鎮鄉者稱西祠，往昔祠內懸有紀念鄺湛若父子殉國之「忠烈世家」，及永曆帝追贈鄺鴻之「錦衣千戶」直匾，但數十年來，一再遭受變亂，已被拆毀矣，在廣州者，是城內衛邊街之鄺氏宗祠，清代末期，康有爲等，曾講學於是。

二、讓房讓公原屬於大鎮鄉，以志切向外發展，故遷至廣州大市街一帶，其後子孫蕃衍，乃散居於歸德門小市街一帶，至明代洪永初及弘嘉時，有先後遷往高雷瓊崖各府縣者，居瓊山縣南渡江，東岸者尤衆，其留在廣州者，當清軍兩王入粵時，守軍閉城死鬥，雙方鏖戰極烈，城內居民，羣入六脈通渠，圖避鋒鏑，鄺氏族衆亦入渠內，詎大雨忽降，渠水暴漲，渠內生靈，盡被溺死，讓房子孫之在廣州者，經此一役，靡有孑遺，可謂慘矣，所僅存者，乃早已遷往高富瓊崖之少數族衆。

三、誠房初亦聚居於大鎮鄉，傳至三四代以後，陸續遷往番禺縣之滘湖，兩丫潭，各鄉，其後有再遷至從化，花縣，清遠，三水，各縣鄉間，亦有遷至廣州市北郊之小北下塘一帶，但其幹部，則在兩丫潭，以祖祠祖墓，均在於是，族衆勤儉刻苦，而文事武藝之能者，又大有其人。

四、諄房諄公壯年北上，官於臨安，直至九十高齡，始辭朝南歸，居於河源縣，遺囑三子，一留河源，一遷新會，一返大鎮鄉，其後人遂遵遺囑以奠其基，留河源者，散佈於龍川、永安、（紫金）新豐，和平，各縣，以至惠州潮州，遷新會者，散佈於新寧、（台山）開平、中山、新興、陽江、陽春各縣，以及美國、加拿大、澳洲、菲律賓、星加坡各地，返大鎮鄉者，一部份居於鄉內，一部份居於鄉外各村落，但諄房幹部，仍在大鎮鄉，奉祀諄公之祠宇，即鄉內之東祠，但日軍及共黨在鄉內大舉拆毀祠宇與房屋時，東祠已慘被毀滅矣。

廣東鄺氏人士，不論散居何縣，其血統皆不超出上述四房之範圍，此爲廣東鄺氏全族之概觀也。

五、鄺字讀者的檢討

鄺，是字書，非普通習用之字，其音與義，據典籍記載，甚爲明顯，爰檢討如次。

玉篇　鄺，音荒，註，姓也。

廣韻　鄺，徒郎切，音與盲音同，義

與荒同。

集韻　鄺，古晃切，徒郎切，義與荒同。

姓苑　鄺，即曠字，一音荒。

路史　鄺，是字書，古鄺國有劆氏音荒，又有荒氏。

姓解　鄺，音荒。

古今姓氏書辯証　鄺音荒。

姓觿　鄺，音荒，又音廣，屬陽韻，養韻漾韻。

萬姓統譜　鄺，音曠，一音荒。

古今圖書集成氏族典　鄺，陽韻，與黃荒房茫等字同一音韻。

辭海　鄺，古慌切，養韻，呼汪切，陽韻，音荒。

辭源　鄺，庫磅切，音壙，漾韻。

康熙字典　鄺，音荒，義同。

中華姓府鄺，古晃切。

基於上述，鄺字讀音為荒，毫無疑問，廣東鄺氏族人之屬於南海、番禺、花縣、從化、開平、台山、新會、陽江、新興、河源各縣鄉間者，亦讀鄺音為荒，正是與典籍所載之音吻合，頗疑鄺音為荒，是中原之古音，即是正確之音，但廣州香港的都市人士，則讀鄺音為礦，頗疑鄺音為礦，乃是變音，然廣州香港的都市人士，則以為鄺為荒，是鄉土之音，實則礦字，古猛切，音獷，梗韻，與鑛磺同，而與鄺字異，故鄺礦兩字之音，是分道而馳，各有切音，各有韻屬，極為明顯，絕不相同，然都市之人，竟指古音為土音，指變音為正音，以非為是，以訛為準，黃鐘毀棄，瓦釜雷鳴，信乎禮失而求諸野矣。

六、雷方與鄺非同宗

雷方二氏與鄺氏之由來，據姓氏典籍指出，是各有淵源，錄其記載以證之。

（一）方氏　風俗通姓氏篇云，方，方雷氏之後，（中國姓氏集按，方雷氏，黃帝元配西陵氏，名方雷，故稱方雷氏，西陵氏，古國名，嫘祖，即西陵氏之女）。

明宋濂方氏族譜序云，方雷者，西陵氏女，軒轅之正妃，是為嫘祖，或曰，楡罔之子曰雷，封於方山，後人因以方為氏。

方正學族譜序云，方氏，出於楡罔之裔，方雷，比他姓為最先。

（二）雷氏　姓苑云，雷，黃帝臣雷公之後，後以雷為氏，（按，雷公名斆，善醫，著有致敎論藥性泡製等書。）

姓纂云，雷氏，方雷之後，為黃帝妃，生玄囂，蓋古諸侯國也。

（三）鄺氏　路史云，曠，鄺是字書，鄺，古國，有劆氏，音荒，又有荒氏，（按，劆字，廣韻苦郭切，集韻古晃切，音擴。）

易言之，方雷二氏，是互有淵源，鄺與曠，亦有淵源，但方雷二氏與鄺曠二氏，則風馬牛不相及，故雷方與鄺，並非同宗，可以斷言。

雷方與鄺，既非同宗，然所以結合者，亦有原因在，緣道光元年（一八二〇），美國在香港招募華工，前往美國西海岸從事築路開礦，當時應募赴美者，大都為新寧（台山）開平兩縣鄉人，其後每年應募陸續赴美者，仍屬不少彼輩到美後的工作，無限艱苦，如在懸崖削壁中，開鑿通路，在冰天雪地捱飢傲寒中，建築隧道，爆炸石山，又如在食住於荒山絕嶺野獸縱橫中，發掘礦山，採取金砂，均冒盡種種危險，費盡許多血汗，以及犧牲生命，忍辱含垢等等，以是之故，凡在同一地盤或同一塲工作者，無不互相提携，互相憐惜，以至守望相助，疾病相扶持，成為患難與共情如手足之友，新寧開平兩縣之鄉人，又因言語生活相同，彼此更為親切，其中雷方鄺三姓之人，數量最多，彼輩工作之餘，鑒於遠適異國，舉目無親，乃約同訂為異姓兄弟，生死契盟，有無共通，如此關係，即俗所謂「同撈同煲」，以同撈同煲之關係，乃從而以骨肉互待，兄弟相稱，其後，進而為堂會性質的結合，作為在工餘之暇，敦睦聯歡之所，初期參加份子，僅少數人，再其後，堂會性質的結合，擴大為雷方鄺三姓之溯源堂，地址在舊金山二埠，參加份子，乃大增加，因份子增加，經費寬裕，再在舊金山大埠創立雷方鄺三姓溯源堂，又於道光二十七年，（一八四七）滙欵回國，在新寧開平兩縣雷方鄺三姓中心地帶之開平縣單水口墟，設立溯源家塾，以與舊金山二埠大埠之溯源堂相呼應，又規定凡屬雷方鄺三姓人氏，均可加入，均可稱兄道弟，此爲過去的事實，如果追溯源流，實應回溯此淵源也，可惜一般罔識其淵源者，竟誤以異姓兄弟爲同宗兄弟，以患難之交爲同胞之親，此百餘年來，所以有雷方鄺三姓同宗之說，未會以昧於宗子法爲恥也。

溯源堂雷方鄺宗親會，對於同宗云者，持說有二，但雷方鄺三姓人士，以華工應募赴美築路開礦，從而創立溯源堂之淵源，則不與焉，茲併錄其二說，以資參攷。

一、開平縣單水口墟溯源家塾序文云：「吾鄺氏之姓，始自方來，方氏之姓，本於神農，始得姓曰雷，係神農八代孫帝榆罔之子也，世居雷澤，相黃帝伐蚩尤有功，封以方山，食采其邑，因以氏焉，歷、夏、商、周、漢、代有偉人，見於經史，亦復不少，溯自諸公出雄公，雄公出儲公，儲公生三子，讚之，私之，觀之，三房觀公，生琡公爲顯宦，方氏遂以琡公爲一世祖，（墳在古岡州）出二世祖殷符公，宋僖宗成進士，官至威王府，生七子俱稱名士，（殷符公墳在福建汀州府）長子廷康、次子廷年、三子廷範、（係古宅圍涌南海香山廣肇各處方氏之祖）四子廷遠、五子廷英、六子廷輝、七子廷滔、世居河南郡，五房廷英，號朝儀公，生三子，長以平，號三七，（廷英公七兄弟，以祖爲三世，故云三七。）誌父之嘉運也，二三祖居別省，三七公生四子，諺、讓、誠、諄是也，諄公行四，號念十三，字愈平，宋進士，官京城尹，女選皇妃，封宣城侯，食采其地，故郡焉，從方改鄺者，祖與三世祖官刑部尚書太子太保，以國舅之誼，大臣之職，上緩金伐元疏，被秦檜陷害，忠言忤旨，挈家南奔，因改鄺姓以避禍焉，而各省郡縣之有鄺氏者，皆以三七公爲始祖也，郡本盧江，以宣城爲郡者，愈平公封宣城侯，故郡焉，大清道光丁未年，在肇慶府開平縣單水口墟，建立溯源大宗太祖祠，坐艮向坤兼丑未三分，陳主事其琨題。」

門聯云：原同一脈　衍以三宗

棟聯云：

溯其始食采方山繼封宣城合
三族而無二本
源是流春嘗秋禴左昭右穆序
老幼同屬一家

二、金山二埠溯源堂披露之「溯源同宗史畧。」文云：「古者因生賜姓，胙土命氏，其得姓之始，莫不有源可溯也，我雷方鄺得姓分姓之由昭然可考，第散居各省郡縣，年湮代遠，文獻闕如，間有問以三姓同宗之故，保有數典而忘厥祖者，閒嘗攷諸古史，黃帝命諸臣察明堂，究息脈，同時與俞跗岐伯齊名者，則有雷公，雷姓導源，實由於此，據福建莆田縣方氏舊譜宗圖序云，方氏之姓，始得姓者曰雷，神農八代孫帝榆罔之子也，相黃帝伐蚩尤，以功封於方山，故其後再別而爲方，猶沈諸梁爲葉公，而子孫又有別而爲葉者也。又攷諸晉語所載，黃帝之子二十五人，其同姓者，二人而已，唯青陽與夷鼓，皆爲已姓，青陽，方雷氏之甥也，註云：「方雷，西陵之姓，黃帝娶於西陵氏之子曰嫘祖，實生青陽，嫘音同雷，故稱方雷，若複姓然，又攷諸風俗通，雷字之下，註以方雷之後，方字之下亦註以方雷氏之後，雷方二姓，異委同原，信而有徵矣，據南海丹桂坊方氏譜，猶稱方雷氏，蓋以示後人不忘所自也，至方氏之後，歷傳至唐僖宗朝，有方殷符公，官威王府參軍，平黃巢有功，兼御史中丞，生七子，廷康、廷年、廷範、廷遠、廷英、廷輝、廷滔、譜稱其第五子廷英公，號朝儀，生三子，長以平，號三七，生四子，諺、讓、誠、諄、顯名於朝，諄公號念十三，字愈平，宋進士，官京城太尹，宋高宗朝，以女選妃，封宣城侯，蒙上賜姓爲鄺，後官刑部尚書太子太保，寧宗朝，金元交訌，本貴戚之誼，上綏金伐元疏，忠言忤旨，被權奸陷害，挈眷南遷，此嶺南之有鄺氏也。據鄺氏譜云，吾鄺氏之姓，導源於方，蓋紀實也，我雷方鄺，源出一脈，支衍三宗，前清道光丁未，在開平單水口之有溯源家塾者，溯同源之謂也，凡我雷方鄺三姓父老伯叔兄弟子姪，覽斯始文者，庶可曉然以三姓同宗之故，而敦宗睦族之念，當亦有油然生勃然興者矣！金山二埠溯源堂披露。」

右錄兩說，是指由雷而方，由方而鄺，一脈相承，支衍三宗，但有堪研究者，（甲）關於溯源家塾序文一部份，一、方氏「二世祖殷符公，宋僖宗成進士。」查宋代皇帝中，並無僖宗，唐代皇帝中，則有僖宗，疑是誤唐為宋。二、「從方改鄺者，是諄公與三世祖上綏金伐元疏，被秦檜陷害，忠言忤旨，挈家南奔，因改鄺姓以避禍焉」，查秦檜相宋高宗與金議和，始於紹興八年，至紹興二十五年，死於相位，據鄺氏族譜記載，紹興八年，諄公年僅十歲，紹興二十五年，諄公年二十八歲，是時既未任京城大尹之職，亦未獲侯爵，三世祖則於紹興二十五年出世，是諄公父子二人，均未與秦檜同朝，不能強說被秦檜陷害，故所云南奔改姓被禍，絕對不確，諄公係於寧宗嘉定十年，以九十高齡，泰然南歸，並非「南奔」，更無改姓避禍之事實。（乙）關於溯源同宗史畧」部份。一、「唐僖宗朝，有方殷符公，生七子，第五子廷英，生三子，長以平，號三七。」質言之，由方殷符至三七，是祖父孫三代而已，據鄺氏族譜記載，三七公生於宋徽宗崇寧二年，而乘史記載，由唐僖宗至宋徽宗崇寧二年，為二百五十七年，祖父孫三代，相距二百五十七年，決無是理。二、諄公於「宋高宗朝，以女選妃，封宣城侯，蒙上賜姓為鄺。」據鄺氏族譜所載之諄公年譜所示，諄公是宦於孝宗、光宗、寧宗三朝，以女選妃以及獲封侯爵，均在孝宗朝，足証高宗朝並無對諄公賜姓為鄺，所以，鄺姓決非始於高宗所賜。三、「上綏金伐元疏，忠言忤旨，被權奸陷害，挈眷南遷，此嶺南之有鄺氏也。」查諄公九十高齡，辭官歸里，顯然非被權奸陷害，諄公為嶺南人，其南歸是正常的歸宿，何得謂為「南遷」，嶺南早有鄺氏，且曾有鄺國，是嶺南之有鄺氏，決不在諄公「南遷」以後。

依照以上分析，而知序文與史所說畧，不無附會之處，所謂雷方與鄺同宗，以及從方改鄺之說，亦附會也，鄺氏賢哲，宜探討之。

漫談釣鱸魚

陳惠民

鱸魚是屬於魚類中的硬鬚類。鱗細口大，眼呈金色，背部淡蒼色而有黑紋，間有黑點。我國以錢塘江和吳江的鱸魚最為出名。春末尚幼苗時，本係棲育於近海，夏初則入河而成為淡水魚，秋季長至一斤許，最為腴美，過秋再又入海而成為魚鱸。江南人論魚必曰：「春鰣秋鱸。」晉張翰在洛陽，因見秋風起，就想着故鄉的蓴羹鱸膾，因而辭官回家，成為佳話，過後不久，就有永嘉之亂，許多在河北的人欲南奔而不可得，大家便更羨慕張翰的知機；此公也就因此被列為吳中三高士之一，可以說是因蓴鱸而成名的。

鱸魚是釣魚人心目中，夢寐難求的魚類之一。不熟諳其棲息處所、流動覓食的路線、出現的季節和潮永的計算者，挪怕十年八載，也休想釣起一條來。筆者從幼年起就愛上了一竿在手的垂釣生活，熟知每一港口的垂釣處所。

台灣以安平港口的鱸魚最為龐大。每逢深冬，號稱為「鐵板」的安平港口兩岸，護堤石上面，不論日夜都站滿了釣魚人；尤其是颳大北風的夜晚，無計消遣，於是三五同好，相約赴釣，一人帶一件草蓆、毯子，就在木麻黃下睡開來了，以等候潮水的來臨。此時此地正是鱸魚最好覓食的時機，出現者均特別肥大，曾經有人釣到過一條三十六斤重者，故安平港的鱸魚，聞名遐邇，得以媲美錢塘江和吳江所出產者。這種海野自然生長的鱸魚，不論是營養價值或其美味，絕非池塘所飼養者能夠相提並論。台南縣下山寮港口也是釣鱸魚的好場所；該處的鱸魚大者十多斤，小者一斤許，不過，兩地魚兒出現的時間，稍有不同，下山寮所見者，均在台灣光復節前後，因此在那段時間，釣魚人都蜂擁至下山寮港口。其次是曾文溪口的鱸魚是最使人迷惑不過了。牠來得更早，當雨季剛結束，溪水乾枯，海水倒流而入，成羣的小鱸魚，即隨着潮水游至溪內護堤石邊緣覓食，一被釣魚人發現，不上兩週，即有數百尾一斤許的小鱸魚，被釣起來。或許被釣光了，秋未深，即告絕了跡。

釣鱸魚的用具，目下最流行的是尼龍竿，誘釣，長一丈三尺最適宜，十七號的鱸魚釣鉤，配上十五磅的魚線，那怕是十來斤的鱸魚上鉤，也不易被掙斷了。

鱸魚嗜食活蝦，故必須以活蝦爲餌。至於鉤釣餌的方法，垂釣鉤在尾端，由第二節刺入，穿出第三四節，露出鉤尖，才容易使魚兒上鉤，誘餌則掛在頭部，但不可以傷到腦，蝦子才不會死掉。古都釣魚一向蔚爲風氣，每天晨曦初佛，即有專賣活蝦者，聚在固定地點叫賣，購買便利。

可是，時因氣候潮水的影響，蝦子奇缺時——尤其是釣鱸魚用的，三吋來長的大沙蝦。奇貨可居，常常被賣蝦者大敲竹槓，使你徒嘆奈何。

鱸魚吃餌最爲狐疑狡詐，釣魚人必須瞭解牠的習性。當你一竿在手，來回誘釣，感覺蝦子在水中跳動，接着魚線輕輕地被移動，這便是鱸魚吃餌的前奏，此時整條活蝦已被銜在牠的口中，這瞬間，你必須運用技巧；把魚線拉緊少許——以能拉動蝦子爲原則。魚兒以爲蝦子要逃跑了，便一大口吞下牠的獵物，魚兒就這樣上鉤了。

鱸魚的性格暴躁，一旦上鉤，必定順流水往外衝。把握時機，適當地拉緊釣竿，以欲擒故縱法，等牠力竭浮上水面，再慢慢的拉到一邊，下網子撈起牠來。不過，在相持的時候，惟一應注意的，千萬不能讓魚線鬆弛；倘若鬆弛了，容易脫鉤而去，同時，也不能拉得，否則牠會忽然衝出水面掙扎，有時來個大翻身，控制稍不得宜，也有斷線或脫鉤之慮。

釣鱸魚是釣魚中最易使人着迷之事。魚兒上鉤後，要逃走的那份衝勁，其力既大且猛。與魚兒比賽力的片刻，更使人興奮萬分。這種釣魚的樂趣，激揚起興高采烈的情緒，難怪許多人都心甘情願，日夜等候牠來上鉤，樂而忘返。

釣鱸魚氣候有利與否，並不是主要的關鍵，惟潮水必須計算適宜；潮水初漲的片刻和漲七分起，退八分止，是鱸魚較好覓食的好時機，此外，必須熟諳地理環境；港口護堤石邊緣；深窪凹陷積堆岩石處；堤岸轉彎形成的游流或內海吊蚵區，這些都是鱸魚喜歡棲息或覓食的處所。

筆者熱愛垂釣生活，八年來單就鱸魚釣得二百三十一條，其中以五十八年光復節後第七天，在下山寮港口釣到的十二條，每條兩斤多重者爲最多，而於同年冬天在安平港口釣獲的十六斤半爲最大，堪稱佳績。

鱸魚是魚鮮中的逸品，可以清蒸或作膾，其風味雋永，是嗜好魚鮮者大快朵頤的佳品。台灣習俗，咸認海鱸是病後最佳的補品；尤其是大手術後，倘若每天服用少許鱸魚薑絲湯，對傷口及體力的復元，非服用任何藥物所可比擬，因此鱸魚在病人眼中，就被認爲是珍品了。

釣魚可以修心養性；尤以釣鱸魚爲然。讀詩仙的：「昭昭嚴子陵，垂釣滄波間，身將客星隱，心與浮雲閒。」頓然想起這位垂釣嚴子瀨的隱者，光武界予諫議大夫，數召不往，視榮華富貴如草芥，他的心眞像浮雲一樣悠閒。林語堂博士也有：「人生何事不釣魚，在我是一種不可思議之謎。」之說。可見古今騷人墨客，都有相同的興趣。

在秋風落葉聲中，又勾起我釣鱸魚的情趣。公忙之餘，重搦釣竿，去偷那人生半日閒，深感此乃生活中最大的樂趣，也是人生最高的享受。

報壇奇人張丹斧

•醒藝•

吾郡儀徵張丹斧於清末民初迄至抗戰前，在新聞界以文字嬉笑怒罵，傳神阿堵，並以擅長金石詞章，精通篆籀甲骨，名震一時。後署名丹翁。儀徵張氏，爲書香門第，篤信程朱之學，世代相承，奉行勿替。丹斧父某，爲廩膳生，遵守祖訓，品端行正，爲一循循儒者。丹斧幼年，聰慧過人，讀書十行並下，故在其十一、二歲時，已讀畢四書五經，詩文操筆立就，清晰可誦，一時有神童之稱。其父對其希望甚殷，里人亦以大器相目。但其個性，詭譎機警，尤善惡作劇，使人受其愚弄，引以爲榮。其父守「易子而教」古訓使其從一老儒讀，同塾學童十餘人，其中有長於彼五、六齡者，均無不爲之欺凌，甚至塾師有時亦不免爲之侮弄。李涵秋所著廣陵潮中之喬家運，即爲丹斧，所寫種種惡作劇，雖不免有穿鑿之詞，但泰半俱爲眞實。塾師因學童哭訴，以及己身受其侮辱，對其欲加責罰。丹斧已事先預爲佈置，嫁禍他人，塾師唯有搖首歎息。丹斧因此在塾中更無顧忌，頑劣行爲，愈演愈烈，層出不窮，全塾學童終日爲之哭鬧不休。塾師亦時受其侮弄不安，無法教讀，因往告其父，令其退學。同時受其欺凌各學童之父兄，亦紛紛向其父訴告，其父怒而欲加以重責，丹斧已潛逃無踪，閱時甚久，始經其父遣人將其尋回。其父因與老友吳恩棠商，欲使丹斧從其讀。恩棠字召封，一字還翁，亦爲儀徵廩生。文名重一時，從其學者甚衆。性豁達；瀟脫不羈，尤喜詼諧，無頭巾氣。雖明知丹斧行惡劣，但愛其聰慧，欲化腐朽爲神奇，欣然允諾，接受教讀。自丹斧從讀後，不但不嚴予管束，每於課後，師生對坐相談，上下古今，甚至涉及戲謔。丹斧因受其師人格感化及薰陶，習性大變，一反往昔所爲，對於其師，固極尊敬，對於他人，亦無任何惡劣行爲。埋首攻讀，日夜不輟，所學大進。惟其好爲戲謔成性，始終不改。其時有與同讀之蕭某；嘗藉故曠課，一日遣其女傭至塾中，謂因鬧痰生火，前來爲其請假云云。丹斧因以紙書曰：「袪痰惟有陳金汁」，（糞汁）爲恩棠所見，復續其後曰：「清火還須老鴨湯」，師生相與撫掌狂笑。丹斧旋即入學，其父在其入學不久，即爲之授室。丹斧婚後數月，謂上海有一報館聘其爲編輯，即行前往，在上海何報館任職，以及居住何地，行時既未向家人相告，而於至上海後亦從未向家中來一函信，置其父與妻在家，不聞不問，惟賴其父館穀其妻母家佽助，以爲生活，極爲艱苦，乃至年後，方始回家一行。其時丹斧年僅二十三、四，蓄有鬍鬚，着黑洋襪，手執司的克，出入茶寮酒肆稠人廣衆之間。時風氣未開，鄉人見而皆以其爲奇形怪狀，無不驚駭。其師吳恩棠更怒不可遏，因作歌以斥之，其詞曰：「不老而鬍，不靴而烏，有妻而鰥，有父而孤，小子鳴鼓而攻之，以杖叩其脛，非吾徒」。傳誦一時。丹斧此次回家，不久即返上海，雖對人言，仍任報館編輯，但久已爲一古玩商人介紹爲某洋行英人鑑定所收購古物字畫，並隨同該英人至蘇、皖、魯、豫、平、津、關外各地，收購古物字畫，丹斧亦復乘機收購。故於所得優厚薪津之外，收購之古物字畫，更因賣得高價，所獲愈豐，因此生活極爲優裕，非復當年一個寒酸。曾又回家一次，非爲省父視妻，係爲英人收買顏姓在天長購得一古磁器，迨甲骨發現，大批爲英人及羅振玉等所購外，丹斧亦購得少許，因不時以考訂甲骨文字登諸報端，並爲人專書甲骨文而以甲骨專家相標榜。民國四、五年間，袁寒雲因反對其父帝制，逃避至滬，此後，即在滬定居，丹斧爲其座上客，與寒雲談論詩文小學之外，並共同鑒定其所收藏古銅器，以及古錢、古鏡、古磁器、書畫、碑帖、宋元明版等書籍。寒雲雖爲蘊藉瀟灑、博學多才，精於鑒賞考據之濁世公子。但有一癖好，凡其所喜愛之物，與其所喜愛之如夫人同，在未爲其所有時，不惜煞費任何氣力，千方百計，謀爲其所有。迨爲其所有後，積久生厭，棄之如遺，不予一顧。丹斧於其逝世後，曾對人言，某日彼持一似前代朝笏，顏色土氣，頗類殷墟出土古物，至寒雲家中，請其鑒定。寒雲一見，愛不釋手，堅以宋版書一部與之相易。寒雲因在烟榻中婆娑不已，迨放置烟盤中時，偶一不愼，將烟盤中茶杯傾倒，水浸其上，乃視其水浸處，成爲爛紙，再一檢視，通體俱爲粗紙。丹斧因又謂，彼係見其夫人經期後所棄之紙，血痕斑斑，與殷墟出土某一古物顏色相同，因加以仿製。而於製成之後，携與寒雲視察，寒雲爲其欺矇，竟以宋版書一部與之相易云云。丹斧雖對人言如此，余以爲婦人經期後所棄之紙，斷無仿製殷墟古物之可能。且縱使能予仿製，寒雲非盲目者，其紙筋畢露，知其非殷墟古物，而不受其欺矇，此爲顯不合情且不可能之事，丹斧反自稱有此事，蓋因寒雲墓木已拱，無可對證，藉此以炫其能。但寒雲所有宋版書籍，確曾悉爲丹斧以吾鄉徐氏兄弟所僞製古銅鏡、古壺、古盤，以及王某僞製孤本碑帖與之相易，據阮慕白語余，彼在寒雲家，見丹斧持一古錢，向寒雲謂係在揚州鄉間所購得。寒雲見而認爲係在古泉家多年搜求而未得之珍品，當時喜極欲狂，欲其相讓。詎丹斧竟支吾謂已有一日人與之相購，價已談妥，特携來以供鑒賞。後經再四相商，方肯以宋版書一部，所藏清宮流出郎世寧所畫屏條一幅摺扇一柄相易。丹斧將所易得寒雲宋版書悉予出賣，獲得巨欵。以及因爲英人鑑定收購字畫古物，獲有優厚薪津；買賣字畫古物與易得寒雲古物字畫，得有高價，積資甚豐。但對於新聞界之崗位，始終不肯脫離。民元錢芥塵在上海創辦大共和日報，丹斧主編該報副刊。該報爲接近袁世凱進步黨人所主辦，故其所爲文字，多爲袁張目，而不滿於國民黨。尤其對於開國元勳，及國民黨中堅份子，揑造事實，妄肆抨擊，不遺餘力。丹斧在該報副刊內，亦時有諷刺文字。迨袁病斃，大共和日報停刊，丹斧亦銷聲遁跡，不以文字與人相見。後錢芥塵接辦神州日報，余大雄在刻報創辦小型報三日刊晶報，延丹斧專寫該報類似時評之小言。並特約彼時所謂名作家包天笑、李涵秋、孫臞猨、侯疑始、畢倚虹，等爲該報撰述，該報因此頗風行一時，每期小言，既均丹斧所撰，標題亦均爲丹斧所書，或爲篆籀、或爲甲骨，或爲漢隸，或爲怪體草字，其意蓋欲使人知其博學多能。所寫小言，大都利用時日，迎合一般人心理批評時事，指摘當代人物，嬉笑怒罵、冷嘲熱諷，皆具有刺激性，閱者不乏其人因此丹斧在晶報頗擁有一部份讀者。丹斧曾著有「尿聲賦」，（仿秋聲賦）「太陽曬屁股賦」。雖係爲游戲諷刺之作，博引廣徵，滔滔不絕，非博覽羣書腹儉者所能爲。又清末有汪某者，本寠人子，善於夤緣，得爲淮鹽場商，因結交官場，納資捐爲後補道。子某爲清幫「大」字班，鄉人呼爲幫會中人爲「青皮」，丹斧因作一聯以嘲之，其聯爲「阿爹紅頂含鹵汁」，「大少青皮比糞香」。民國七、八年間，胡適之提倡白話文，其時人多競譯文言爲白話，丹斧在晶報以其署名丹翁譯爲「通紅老頭子」並譯胡適之爲「那兒去」。民國十一、二年間，上海三日刊小型報觸目皆是，其以晶報得風氣之先，係爲首創。丹斧爲該報自始寫稿之人，又因其年雖甫滿五十，白髮如霜，舉步蹣跚，形態龍鍾，皆尊其爲前輩，丹斧亦復藉此倚老賣老。其時上海方面，公司揭幕、新店開張、平伶登台、影星拍戲、結婚做壽，無不以盛筵招待記者，成爲風氣，丹斧均皆參與，且以前輩自居，席間大都由其致詞。丹斧在滬居住多年，其居住地極其隱秘，雖至友亦不以告，平時會晤朋友，函信往來，接洽事件均在晶報館，因此人多不知其上海住所。民國廿二、三年間，丹斧在晶報所爲小言，大都爲平淡無奇，言之無物，有時僅作似歌非歌、似謠非謠的之打油詩一首，聊以塞責，令人不禁有江郎才盡之感。民廿六年日寇侵華，上海淪陷，余大雄加入僞組織內爲漢奸，爲愛國志士所殺，晶報停辦，丹斧銷聲匿跡，迄至勝利後，不知其蹤。

三北虞洽卿外傳（三）

胡憨珠

五：白羅衫被唾一氣成病

是我話說虞利卿（乳名瑞芳）先生經營洋貨的呢羢疋頭字號，其掙錢之多，與積財之雄，只怕他的老兄對之亦會自嘆弗如。相信此話，我實說得決不會錯，原來洽卿先生個性，就是事業心重，生意經多。是他滿腹盈腦所貯有的思維想念，全是那些怎麽地經營事業的投資計劃，以及怎樣地幹做生意的賺錢盤算。是以他在瑞康顏料字號的這幾年來，凡有所獲，便即慨然投向於各界層的社交方面運用活動，作爲廣事交識天下士的張本。以期將來在創辦甚麽的一門事業之時，或者日後在經營那種的一行生意之日，說不定可以會產生輔助導引的力量，和收得發展作用的效率。他這種慷慨豪邁的行爲，在江湖人士們的口語中，所謂「修道行」者是也。就因爲他進修道行的努力不輟，終於使「虞洽卿」三個字的名號，成爲上海灘上的十里洋場中一位，响噹噹的人物。不但競傳於高層社會階級中人之口，而且流傳於低層社會羣衆人們之間。非祇上海本埠，亦且遠及外地，雖然，他的名號廣爲遍傳，但是他的衣袋長期空癟，做到俗語所謂「一手來一手去」的地步。所以當時有人對他說笑話，「阿拉虞洽卿先生非但是個赤脚財神，還是一位赤手財神呢」。

可是他的老弟虞利卿就與他的行爲脾氣，完全不同，整個異樣。誠如古老傳言所說：「一母生九子，子子不相同」的那兩句話，若對虞氏洽卿與利卿兩兄弟來說，似乎非常吻合。原來利卿的賦性，生得躁急而偏差，不像他阿兄的隨和易與。而他氣度也生得狹窄而驕傲，自然的也不像他阿兄的恢宏寬大，這正是諺所謂「同胞不同人，同傘不同柄」了。利卿唯一的好處，就是生有寗波人傳統的「做家」行爲，知慳識儉，力事撙節。凡有聚積餘財，便即寄回三北家去，以資作爲買田造屋，光耀門庭的打算。他的堂上二老，眼看他已經立業，應該成家。於是，爰以父母之命，媒妁之言，同他阿兄一樣，娶了近村鄰鄉的鄭姓之女爲室。因爲三北鄭氏乃是一個巨族，是以虞氏兩弟兄所娶的妯娌，便順理成章的同出鄭氏的一姓之女了。不過成文老先生認爲所生二子，均已成家立業，向平之願，業經終了。但猶慨念於樹大分枝的一種自然定理，爲一勞永逸計，趁他健在之日。遂於不久以後，擇定日期，召得兩子歸來，並親自主持爲二子舉行分爨，析產的協議分爨之舉。

畢竟虞利卿比他阿兄多財，於分家之後，斥其所資，遂於分得伏龍山下老宅傍近的一方空地，建造一所高大樓屋住宅。並名其宅中廳堂曰「聚紀堂」，意者其堂名的題取，可能取自「詩經」書中那句「有紀有堂」的所涵之意義吧！且於堂後建有小屋一椽，作爲讀書之室，室懸匾額，題爲「古箬山簃」。室外四周，遍植花木，頗饒於景色風物的幽趣。究因他是讀書人出身的轉業商人，所以對廳堂書室的匾額題名，對小園花樹的景物佈置，自有其雅人深致之概。後來洽老有鑒於他老弟已有肯構肯堂的建築物，巍然矗立，眩耀鄉里。做老兄的不得不作急起直追，也就在老宅的間壁毗聯着蓋造一所巨大房屋。稱之為「新宅」，以所有別於舊有的「老宅」，同時，他也題取堂名為「天叙堂」。顧名思義，欲假這所室以叙他的天倫之樂了，雖然如何急起直追，他的新宅落成之期，還是要落後了一些時日。但是，老弟有的是聚紀堂，老兄有的是天叙堂，恰恰如廣東人的口語，成為「年晚煎堆，你有我有」。從此以後，伏龍山後的「山下」地方，有了虞氏弟兄所建的兩大建築物交峙，確屬是件里閈增光，花萼競輝之事。

此後的數年間，虞利卿所經營洋貨字號的業務，一直處於春風得意的狀況之中。每個人在事業成功以後，總喜歡要陶情尋樂一番，一則藉以安慰辛勞，次則得以消遣無聊。當然，虞利卿也不例外，何況他所經營洋貨字號一業，其業務重心都在跑街夥計身上，做號主人的空閑無聊達於極點。他為了要消遣無聊，為了要消磨時間，便揀選一種看戲和聽歌，這兩樣最廉價的尋樂之道。據傳說他在某一年的仲夏時日，有一天午後，獨個兒到四馬路畫錦里口的第一樓歌場去聽歌，不料在場中與人吵架，竟至一氣得了神經分裂的病症。原來這第一樓原是一家大型茶樓而兼大烟間，其中間的後部，設有歌場一所。其佈置計為搭舘成有一個高度不盈尺，濶度約五五乘深度約三五的長濶方型歌壇。壇間用四張四仙桌並放亦作長形，桌前繫以紅緞子綉花的長桌帷，桌後並排置放交椅十張，各張以綉花椅帔。所有歌者的少女們，都來自各家長三堂子的妓女，她們一半是獻藝鬻歌掙包銀，一半是希望在歌場裡弋獲嫖客。因有此項希望目的存在，故歌女例必排坐滿桌，好似美女展覽會中的陳列品。極盡其燕瘦環肥，姹紫嫣紅的綺麗風光之能事。

在當年四馬路上，頗多此類歌場，如青蓮閣、四海昇平樓、小廣寒等等幾家大烟間而兼大茶樓的。（按：小廣寒因樓上地方狹小，無法排列烟榻，成為純歌場，地址在青蓮閣斜對面，後來房屋翻造，就開設高長興紹興酒店）其內無不闢設歌場，所取的茶資，每客祇有小銀元一角或二角而已。就因為代價低廉，所以虞利卿要時去歌場，聽歌為樂。料不想那次他尋樂生悲，聽歌成災，竟因與人在歌場裡吵架起來，以致一氣患上了不治的病症。若論其起因事由，實在微末細小之極，那是為了吐一口痰的關係。原來時屆仲夏，天氣已暖，因此，虞利卿在這天所穿着的衣裝服式。於絲織品的短衣衫褲，外穿一襲白色羅紡長衫，而且這襲白羅長衫還是最近新製？所以他非常珍惜愛護，視同金縷玉衣，今天之所以穿了前去聽歌，可以理解他旨在歌場風光風光。誰知風光未曾佔得分毫，他所穿的白羅長衫上，已被一名聽客唾吐了一口濃篤篤的黃痰。如果這口痰唾出於像趙飛燕的美人嘴裡，說不定虞利卿見之，也會以「石上花」相視。偏偏唾這濃痰的却是個臭男子，痰色焦黃，既髒且臭，當然，他要和他吵鬧起來。

無奈清朝時代的上海租界地區，既沒有注意到清潔運動的治政問題，對於茶樓酒肆也沒張掛過「隨地吐痰，嚴予禁止」的阻嚇牌示。所以這個聽客隨口唾痰，弄髒了人家的白羅長衫，非但不肯認錯，賠個不是給人消氣了事，還是蠻猛無理非凡，而又狡獪善辯，口出惡聲，反把虞利卿駁斥得無語答對。向來利卿這個人不論在三北、在上海，都安處於若父若兄的卵翼庇護之下，只有受人趨奉，從未遭人欺侮。今天所遇的一切情形，可說是他自生命以來，認為從所未有的奇恥大辱。而他的胸襟素向狹窄，性格又極躁急，再經受了極大的刺激。於是，在氣忿的鬱抑難伸，與怒火的激越猛揚的兩個交攻之下，遂致心臟創傷。從而影响到他神經方面，就患上了極嚴重的神經分裂症，雖經療治，藥石無靈。最後結果，只得把他所手創的這家洋貨字號收歇，還鄉終身休養完事。這對當時的治老說來，縱來有雁行折翼之悲，但棠棣榮枯之感，那是情所能堪的呢。

抱孫心切孫女代孫兒

虞洽卿先生的父親成文老先生，對於處理一切家務問題，其設想的縝密，佈置的妥善，處處以「宜爾子孫」作打算。的確不失其爲一位老謀深算的賢能父親，但有一事他老人家却有「謀之不臧，算之失準」的無限遺憾之感。其事維何，就是他對他大兒子洽卿的婚姻問題，牢牢被「父母之命，媒灼之言」的這兩句古訓，纏繞不放，栓塞不鬆。他沒有忖想到眼前是何時代？上海是何地方？可能在他的心腦中，只覺得他們三北鄉間的伏龍山容巋然未改，鳳浦湖水，悠然依舊。實不知道世界大勢如巨輪般的向前轉動，時代世風跟隨其後，作着不斷的變遷和改進。尤其是海禁大開，五口通商以後的中國，對上海一地，更佔得一切開風氣之先。當此十八世紀，九十年代的上海地方，早已沾染着歐風、美雨的所謂西洋文明的浸潤薰沐。而西洋文明中最使中國青年男女們感到快慰而高興的一事，即爲自由戀愛的婚姻自由。同時，他和她們對於那種以父母之命，媒妁之言的婚姻，認爲不合理，少幸福的舊式婚姻制度。曾表示竭力反對，有人作出野性的呼號，有人作着低聲的啜泣，中國青年男女的婚姻問題，就從此多事矣。

虞成文老先生未曾瞭解他大兒子去了上海年多時日以後，已經變了本質，據一般人的說這是喝了黃浦江水的關係。因爲黃浦江中，經年累月總是濁浪滾滾不絕，從沒有清澄湉湉之日。所以外來的人們一經多飲江水，就會混淘淘起來，會把個性行爲，變成黃浦江中水色一樣的渾濁不堪。例如其人的個性所禀，素向是誠樸篤實的人，自到上海之後，便變得峭薄輕浮，狡猾虛詐了。又如其人的行爲所使，原先是克勤克儉的，自來上海之後，就變成驕奢淫逸，浪費無度了。這樣子的「人心大變」與「大變人心」，在乍想驟思之下，似乎與飲喝黃浦江水，大有關係。其實不然，完完全全的不然，這變與喝飲黃浦江水毫無一點牽連關係之可言。要知世人們的生活環境，本來鄉村與都市，有遠距離的大不相同處。更何況這個上海的都市，却是有關國際性的中國第一通商口岸，海舶的往來如織，番人的去留似潮。所以一切環境和生活，於無形中就與世界潮流有或多或少，息息相通的關連之處。時代在不斷的作着進展，於是世風在變，世俗在變，從而世道人心無一不在變了。

久處上海一年多時日的虞洽卿，若說他變了本質，倘使衡繩之以常情，實屬錯誤之談。蓋他的本質毫沒有變，所變的祇是外表上有關於世風世俗的生活環境，發生了一點變的形式。因而在實逼處此，於不得不變的狀況之下，所引起的作了有限度的，有計劃的變。因爲他在家庭中，一直以來，確屬是個好兒子的身份，對於堂上二老的甘旨之奉，豐腴無缺。他的賢孝之名，向來交譽稱道，遍傳於鄉黨的親戚鄰里間。甯波地方，俗尚早婚，凡是有兒子的人家，不論貧富貴賤，只要兒子成年，做父母的無不急亟爲子作討娶媳婦之謀。即使窮到家無担石，也得要千方百計地想盡辦法，討娶一個童年的小養媳婦來家，等長大了爲之圓房成親。這是風俗使然，是件無可奈何之事，虞洽卿的堂上二老對此，自然不爲例外。是以當時都說他是輕輕年紀祇有十六歲時，已經當上了瑞康顏料字號的跑街職位，薪給高優。並且深得號主的信任和寵愛，前程如錦，未可限量。不知誰家的小姑娘有福氣，得能嫁給虞家瑞岳（按：洽老鄉間乳名爲瑞岳）做老婆（按：甯波口語，讀此婆音爲銀字）云云。

凡此類種種的風傳人語，早已在他故鄉的靈緒鄉裡，不脛而走，便也散播成爲四鄉村中的男女老少人們的談話資料。這不打緊，却帶給虞成文老先生的這對年老夫婦，爲了招呼人客，份外忙碌，而以虞母方太夫人爲尤甚。原來他們的一班親戚朋友，新識舊交，大家你來我去的紛紛到虞家來去的，都是前來爲洽卿做媒說親。而方太夫人本性又是和氣好客，來者不拒，無不一一予以善事招待。在經她精選細擇，博問周訪之下，終於挑選了一家鄰村門當戶對的鄭姓家姑娘，蓋因是她認爲她備具有極合適於相女配夫的各種條件。於是，就是這樣的以父母之命，媒妁之言，擇吉行聘，完成了舊式婚姻制度中的「文定」儀式。虞洽卿於事後接到他父親來信通知，方始知道這分明是件造就了已成事實的盲目婚姻，對於他實有心不甘服之慨。因爲進來上海有無數接受西洋文明的中國青年男女，都在擁護自由戀愛，提倡自由結婚。他是個青年人，自然對此種自由婚姻的西洋文明的新風氣，欲想嘗試，如果換了別人儘可以提出表示反對。只要寫信直接通知女方，申明未曾徵得本人同意，所以此項片面的婚約，宣佈無效就是。可是他不敢這樣幹做，這並不是他怕砍傷「好兒子」的這方招牌，實是他非常畏怕他的母親。因爲虞母方太夫人自入嫁虞門以來，一直以賢能方正名於鄉，向受大衆鄉人所尊崇敬服的。

到了揀定他結婚的大喜日子迫近，虞洽卿連連接得他老父手書，催促他趕快回去結婚完娶。這是使他「犯關」，「犯關」（按：犯關係甯波人口語，即非常爲難之意，亦爲洽老常掛口邊的一句口頭談）感覺難於處置的難問題。就是不回去結婚吧，畏怕惹得老父母的動氣發怒，會把禍事鬧大，家庭不安。回去結婚吧，實是一件非心所願的盲目姻婚，忒嫌辜負了他身當維新時代的青年人沒有嘗試和享受着西洋文明的自由結婚之樂。幸而他是個極頂聰明人，滿腦所貯，計謀多端。所以最後結果，給他想出一個解決難問題的兩全其美，極其微妙的對策。據說他這個微妙對策，那是他若無其事的歡然回去結婚，嘻嘻哈哈一切如常。及到了大喜之日，他在他阿伯、阿姆（按：阿伯、阿姆爲甯波人敬呼父母的稱謂）歡天喜地的主持婚禮之下。一切的一切，他都百依百順，遵照他們三北地方的鄉風習俗之婚禮儀式行事。是以他和他的第一號鄭氏夫人，曾經交拜天地，一對新夫婦也雙雙進行廟見之禮。不但洞房花燭，而且同床共衾，所欠缺的就是他牢不情願的「多此一舉」。作爲他對他堂上二老的奉父母之命，聽媒妁之言的擅作主張，以致造成盲目婚姻的錯誤措施，作出無語的強烈反抗。

所以說虞成文老先生實在不知道三北地方的天地以外的世界，都在大變而特變了，尤其是對於中國相傳千數百年來的婚姻問題，變得格外厲害，訝異斥奇。蓋青年男女們對此都不再以奉父母之命，亦不再以憑媒妁之言，一切要以自主自動出之。從而達到自由戀愛的目標，發而爲自由結婚的終極，這就是所謂現代西洋文明婚姻問題的眞諦。可憐他們虞氏這對老夫婦懵然無知於時代的進化、世風的變遷，仍以所墨守的舊式婚姻法，作以施爲。料不想他倆的好兒子瑞岳，却以「不情願多此一舉」作爲無語反抗的對策。導致他們兩位老人家抱孫心切的願望，無法早獲實現。正如京劇「女起解」劇中人崇公道所唸的兩句戲轍兒，就是：「非但躭誤了兒子，而且把孫子也躭誤了」。覺得這兩句戲轍兒移用之於成文老先生爲子成婚一事，所連成不愉快結局的眞實情況。因爲他兒子的不願從事努力耕耘，試問在美腴稻田裡，怎能有穀子的收穫，這便是他躭誤了兒子，也躭誤了孫子。

因爲成文老先生的體弱多病，早事休養在家。當在他所有兩個兒子外出就業以後，雖然含口有飴，但是繞膝無人，空虛寂寞之感，愈覺沉重難已。抱孫心念，尤爲殷切，所以他竭力主持爲大兒子提早完娶成婚，一心以爲孫子將至。他是個閒居家中，靜日無事可爲之人，爲未雨綢繆計。便替他下一代的兒孫輩，預先擬定名字的題取。如果他鄭氏媳婦的第一生男，其名爲某，生女則名爲某。並且其名字却用紅紙書成，置放於祖先家堂裡，作爲將來誕生孫男女的時日，取出展看應用。其情形意念，大有前代帝王家的金匱玉匣，深藏冊牒之概。事固有趣發笑，但亦可以覘知他老人家望孫情切之一斑。只因虞氏家族定例，凡屬子孫的名字題取，定有字輩排行，以別尊卑次序。他的孫兒一代爲「順」字輩，故定其名爲順恩，名字雖取，人則杳然。他老人家日盼夜望，總是盼不見他媳婦的肚皮膨脹高大起來，其內心的惄焉憂急，殊非筆墨足以描寫形容。幸而虞洽卿的另一位夫人生下一個女兒，這位小姐就是虞澹涵女，却成爲虞氏門中的「大阿姊」。不過在她老祖父的「生女不若男，慰情良勝無」的概念之下，要令家人們一致叫喊她爲「虞順恩」。所以虞家大阿姐冒名頂替她的大弟弟之名，却有二三年的久長。及她另一位母親生下她大弟弟正式墮地之日，她方始把她虞順恩的名字，作了原璧歸趙。這是虞家家事中的一件小故事，也是虞洽卿外傳中的一個小插曲。

中國傘兵史話（二）

傘兵上士

三、中國傘兵訓練經過？

傘兵既是特種兵，在訓練方面也有它的特種設施和動作，綜括的說起來，是堅苦的、嚴格的，比起陸軍軍官學校，在術科方面更艱難萬分。現在先談學術科一般的訓線；因爲突擊隊總司令部駐地附近，多爲民居，平地太少，每隊都選定在離昆明較遠的地區作爲訓練基地，既可免除日寇的空襲，更因遠離城市，官兵能專心致志的從事學科的學習。經過美籍顧問的建議，選定昆明東南方的宜良縣爲訓練中心點，除分隊長以下的官佐及士兵駐民房外，隊長、隊附則住帳棚，每天晨早五時起床，晨操一小時，有跑步，柔軟體操，器械操等科目，早餐後，就由美領顧問講解小戰術的運用及戰鬥動作，講完之後，立即進行實地演習，這樣日復一日，每隊訓練兩個月到三個月，每一個官兵對小戰術戰鬥都能熟習運用。就囘到昆明附近從事跳傘訓練，由昆明的巫家壩機場近在咫尺的關係。在這種訓練當中，除美顧問之外，最辛苦的是翻譯官，他們都是從西南聯合大學，雲南大學，更有遠從四川大學來的外文系的大學生們，他們在接任翻譯工作之前，都先行受訓一個月，以便熟習各種軍用術語，可是他們受訓的時間太短了，很多軍用術語有時翻錯了，有時完全不會翻，臨時只好各隊的隊長加以說明和糾正。

爲了使官兵有實戰觀念起見，在約一百公尺長五十至七十寬的平地上，架上距離地面一尺到一尺半高的鐵絲網，鐵絲網的構成是交叉形的，在鐵絲網裡每隔若干距離的地下，散埋些小包的炸藥，象微着地雷，這些炸藥雖然不傷人，但爆炸聲和因爆炸而引起的烟霧瀰漫和滿天塵土，確令人胆戰心驚。這樣炸藥都由地下埋藏的電線受發電機所控制，在這塊架有鐵絲網的平地兩端，一端掘有四至五尺深的壕溝，在另一端則架設一座五至六尺高的平台，平台之上架一至兩挺機關槍，當教官哨子一響，壕溝裏的官兵即挺身而出爬上地面，這時每一個官兵，都是全副武裝，隨即伏地前進，鑽入鐵絲裡，頭既拾不起，祇有匍匐前進，另一端的平台上的機關「嗒嗒嗒」不停地從頭上飛過，鐵絲裏的炸藥，又或前或後，或左或右的爆炸，這同實際作戰完全一樣，這樣反覆的訓練，官兵的胆子都壯了，聽到槍砲聲，爆炸聲，等於家常便飯，不把它當作一囘事。一旦實際作戰，指揮官對戰鬥士兵的掌握和控制就容易得多了。在爆破訓練時，均以樹木爲爆破對象，在距離爆破二到三百公尺的地方，用發電機控制。從事爆破官兵，先將一磅或半磅的黃色爆藥綁在直徑約一至二尺的樹幹上，綁妥之後即按裝引爆電線和雷管，然後再將引爆延長接在控制引爆的發電機上，操縱引爆的人，在這種情況之下，祇要發電機的手掣向下一按，炸藥即隆然巨响，直徑一至二尺的樹幹就炸爲兩段。至於迫擊砲的訓練，在此不加贅述，因爲國軍當中，這種六十公厘口徑的小型迫擊砲幾乎每個部隊都編制這種武器，它的使用幾乎完全相同。關於火箭炮的訓練，這種武器是專門用來對付坦克車的，口徑是六十公厘，長度約一公尺二十公分，分爲兩截，不用時，兩截折成雙管形抗在肩上，使用時兩截因中間鉸鏈關係可駁接爲一，另一邊有固定掣固定，發射時由尾部裝彈，裝妥後，就把尾部關緊，這時祇要對準目標，一扣扳機，炮彈即行射出，如在夜間，管尾的火光可遠達五公尺。因爲這種武器是沒有底的，更沒有炮兵所使用的大砲有膛壓作用，砲彈的前進，完全是由於尾部噴出火燄所揮動。當時國軍中用來對付坦克車的武器，祇有戰車防禦砲，即小口徑二公分的平射炮或者是三公分七厘的平射炮兩種。以上兩種戰車防禦炮的缺點，目標太大，口徑太小，一兩人是絕對無法使用的，同時戰防炮的炮彈和普通炮彈一樣，破甲力不大，而這種火箭筒（炮），非常輕便，除一名射手和一名副手之外，祇有三名彈藥兵隨伴，目標小，使用方便，並且能前進到敵人戰車死角之內，彈頭的穿甲力特彈，非穿破到戰車之內（普通爲三至五寸）是不會爆炸的。訓練火箭炮射擊時，先選定目標，然後選定有掩蔽的地形，大約距離目標二百公尺以內，即行發射。這種新武器，祇有陸軍突擊總隊才有幾十門，以上所敘述的，祇是野戰戰鬥、心理，戰術及武器使用的種訓練，也可能是一般的作戰訓練。

第一、特種訓練（跳傘訓練）：

跳傘訓練可分爲兩方面，第一是基本訓練——地面訓練。一個傘兵在未跳傘之前，必須先熟習跳傘的動作及操縱降落的技術，才能成爲一個跳傘人員。如何熟習跳傘的動作及嫻熟降落傘的操縱法，祇有從事艱苦的基本訓練之後，再受空中的訓練。基本的訓練，大約分爲四大部門：①背傘及操縱訓線；在四公尺高，三公尺寬的四方形木架上，每一面掛三副背傘繩，教官先令每一受訓的官兵搬一張木凳放在背傘繩的下面，然後站在木凳上，穿好背傘繩，再令其他人員搬開木櫈，這時身體懸空。教官就解釋背傘繩的用途及操縱方法。背傘繩共有四條，分爲前後左右四個方向，如果運用純熟，就可以令人在跳出飛機之後着陸之前，在空中操縱傘的方向和下降速度，也就是說如果拉前繩，即可向前方移動，操後繩就會向後方移動，操左右繩的話，也同樣能令身體向左或向右移動，這種操縱降落傘的方向，說來是非常容易，但身體懸空在木架上，做起來就不大容易，假如這種訓練不純述，降落目標就會發生偏差，那種後果實在是不堪設想的。因此，這種訓練必須反復的訓練，每一個官兵每一次至少要訓練十次以上。練完一批，又換一批。直到每一個都能在教官口令之下，操縱動作整齊劃一又能隨意運用自如爲止。這種訓練，要經過二至三個星期。第二種地面基本訓練爲滾翻的動作訓練。這種訓練動作，大致說來，等於普遍翻筋斗。但又絕不像翻筋斗那麽簡單。因爲翻筋斗祇有向前翻向後翻或懸空翻（無底筋斗）而已。跳傘訓練的滾翻，除了向前翻或向後翻之外，更要向左向右翻或適應地面的情況隨意翻，更要運續不斷的滾翻十次二十次甚至三十次，要把一個人練成皮球一樣隨地翻滾，也切不可用手肘、肩膊或臀部着地。因爲那樣，在跳傘着陸時就會受傷，爲了避免着陸時無謂的傷害，教官對於滾翻動作的要求，十分嚴格。必須每一官兵都達到一定的滾翻水準，這種訓練就決不停止。試想翻滾的訓練，連續十個二十個或三十個不停的翻下去，該是多麽艱苦啊！一個三十歲以上的人實在吃不消。第一天勉强挨過去了，第二天很多官兵走起路來，總是歪歪斜斜的，週身疼痛，四肢無力。第三天情形略有改善，一個星期之後，每一個官兵滾翻起來，雖比不上馬戲班裏的武術表演，但滾翻起來，都能中規中矩，個個身手靈活而嬌捷，兩個星期之後，已經完全純熟。緊接着第三個地面基本訓練又開始了。這種訓練雖比較單純而且易學，但對於每一項官兵胆量的鍛練，實在不可或缺的。跳傘架高達五十公尺，架的一邊有曲折的梯子，可由地面直達架的最高層，架爲四方形，每邊爲一丈五尺，用直徑約一尺的四方形木柱四根，一層一層的下大上小直到五十公尺的高度，最上層兩邊有欄杆圍住，另兩邊有一半有欄杆，一半留有缺口，作上架及跳下之用。受訓者依次沿梯子上到架頂，立即穿上背傘繩，教官則在旁邊指導，然後兩手扶住缺口處的欄杆，左脚在前，右脚在後，聽到「跳！」的口令後，就一躍而下。這種訓練嚇壞了許多人，上去就不敢跳下來，要教官從背後把他推下來。其實這種跳法是絕對安全的。身上所穿的背傘繩的末端有一鐵鈎，直接鈎在一條長達約一百五十尺的粗鋼線上，這條粗鋼線上端固定在跳傘架頂，下端則固定在高達十五尺的木架上，由高而下傾斜，人從架上跳下之後，背傘繩的鐵鈎就沿粗線滑下，直到末端，雙脚就可以安全的着地。不過一個人站在五十公尺高的木架上向下看，心裡恐懼，任何人都免不了。記得有一位劉君，他身軀臃腫，本不適宜作傘兵幹部，但他不自量力，就冒然登上跳傘架，穿上背傘繩，兩手扶住欄杆作跳下狀，但始終不敢跳，作者站在架下爲鼓勵他，特高聲說：「老兄，儘管向下跳，我在下面接住你。」結果他還是不敢跳，因爲他的地位較高，教官也不敢勉強他，後來祇好任他由後梯而下。另外有一位巾幗女英雄，是第八隊鮑隊長的太太，她比那位劉君強得多了。那天鮑隊長參加跳傘架的訓練，鮑太太也不甘後人，記得她在從架上跳下的時候，態度從容不迫，姿勢也美妙絕倫，眞羞殺一般昂藏七尺的男子漢。作者也參加這項訓練，站在架頂，心裡也有些害怕，但因鮑太太已先跳下，爲怕別人笑我是無胆之輩，也不顧一切，一衝而下。自己以爲可以過關了，不料教官在架上說：『×××忘記了數數，要再跳一次。』，祇好硬着頭皮，再上到架頂，穿好背傘繩，並且在跳下的同時，大聲數『一秒鐘，兩秒鐘，三秒鐘。』因爲這種數法，是在空中學跳傘時從機門跳出之後所需張傘的時間，每一位跳傘者是必須緊記不忘的。如果數過『一秒鐘，兩秒鐘，三秒鐘，』背傘仍未張開的話，就要立刻拉保險傘，否則的話，跳傘者的生命就可能發生不堪設想的慘劇了。第四項的地面基本訓練是機門跳出：利用一架D.C.(43)型業已報廢的機身，在機身之前近機門的地方，掘一個長方形的沙坑，長度約十五至二十尺，寬度六至八尺，深度約二至三尺，另鋪上一尺至尺半的細沙，坑的平面至機門的高度約六至八尺。在機倉內部，兩邊各有十二至十四個坐位，受訓官兵爲了熟習動作反減少疲勞起見，全爲徒手。這種基本訓練，每次爲二十四人，他們登機之後，即面對面分坐在機倉左右的坐位上。當教官命令坐在右邊的人起立時，他們迅速起立並即向右轉，然後右手就指向機倉頂部的粗鋼繩作掛鈎狀，教官再叫『掛鈎』的口令時，他們的右手作向下拉緊狀，並把頭左右轉側，以檢查所掛之鈎是否掛妥，檢查完畢之後，立即面向前方。這時每一位跳傘者都胸背緊靠，不留距離。聽到教官喊『當門』口令時，坐在右邊排頭的第一位，立即向前跨一大步並向右轉，左脚在前踏在機門檻上，右脚在後成前弓後箭狀，兩手分別扶在機門兩邊的門框上，兩眼向前上方四十五度直視，不准向平或向下看。等到教官再叫『跳！』的時候，或者用手將跳傘者右腿彎一拍的時候，於是右腿向前一踢跳出機門，同時大聲數著：『一秒鐘、兩秒鐘、三秒鐘』，然後身向左轉，謹守跳傘三要訣——頭低下，手抱緊，脚攏攏。開始訓練這個動作的時候，是單人訓練，要求十分嚴格，一次做不好，再做二次或三次，務求達到確實迅速。到單人訓練純熟之後，就實施集體訓練。右邊的一班跳出機門之後，坐在左邊的人也用同一方法，依次逐個跳出。如此反覆的訓練兩個星期，就可說是一個傘兵的地面基本訓練完成了。按理凡是受過地面基本訓練完全合格的人，參加空中訓練是絕無問題的了，但最後還有難過的一關——體格檢查，特別是血壓高的，他們雖然經過堅苦而長期的地面基本訓練，仍然不能參加空中跳傘。關於血壓高的官兵，有些需要經過治療，令血壓降低之後，才能參加空中跳傘，假如經過治療而血壓仍不降低，那祇有望機興歎永遠不能達到跳傘的素願了。

第二、空中跳傘訓練：

空中跳傘訓練，每次用三架D.C.(46)型運輸機三架，每一隊的官兵要跳兩次，大約每天可訓練一隊。跳傘的高度一般是一千到二千五百公尺，每一個參加的官兵，頭戴雙套鋼盔，脚穿短筒皮鞋，身上背着背傘和胸傘(保險傘)，背傘背在背，胸傘則掛在胸前，背傘的傘蓋，有一條長三十呎的引張繩，繩端繫一個鐵鈎，引張繩大部縫在傘蓋之內，露出傘蓋之外的僅有三四呎長，太長就會影响跳傘者的動作不便，胸傘體積較小，重量也較輕，通常祇用五磅的力量就可引張，引張控制機分爲兩種，一種爲手拉式，另一種爲拍打式，引張極爲便利。爲全隊到達機場之後，就分配登機的人數及所登飛機的編號。一般是每架飛機二十四人，另教官二人，編配妥當之後，就按編定次序登機，分坐在機倉兩旁的坐位上，機倉兩邊的頂上各有粗鋼繩一條，專作跳傘掛鈎之用。這時候跳傘者的心情十分複雜和矛盾。有的人談笑風生，心情輕鬆，有的木口木面，毫無表情；有的心情沉重，面帶愁容；有的外表輕鬆，其實內心萬分驚恐，甚至手足都震戰不止，尤其每排坐位的第一人。他們要先當機門，要先跳，心情更加複雜。飛機的發動機响了，螺旋槳轉動了，慢慢地從機場一端滑行向另一端，飛機升空了，一飛冲天，從未坐過飛機的人，大有飄飄欲仙的感覺。快到降落目標了(通常降落目標用紅色烟幕作標誌)，教官第一個口令是右邊的一班『起立』，緊接着第二個口令『掛鈎』，大家都緊張的掛好傘鈎並作詳細的檢查。第三個口令是『當門』，這是平時地面訓練成熟的動作。沒有甚麼大了不的，可是這時候機倉裡的空氣似乎凝結了，各人幾乎透不過氣來，當門的那一位，他的心情更緊張萬分，與平地面訓練有完全不同的感受，他這時身當機門而立，左脚在前，右脚在後，成前弓後箭形，兩手按扶在機門的門框，兩眼向前上方直視，飛機到達降落目標了。教官在他身後用手拍在他的右腿肚上，緊跟着他的右腿向前一踢跳出機門，不到三妙鐘，祇覺得腦部嘭的一聲，下降的速度忽然驟減，抬頭一看，傘張開了，紫金山的國父陵園，江寧縣屬的方山歷歷在目，北極閣、獅子山、五台山，更浮飄在足下，南京城的全景一覽無遺，這時的心情與登機時相比較，眞是前後截然不同。試試操縱繩，向左向右，向前向後，運用自如，大有飄飄欲仙之概。離地面越來越近了，面前正是一個水塘，不得了，假使不避開而垂直降落，豈不成了落湯鷄。於是把後繩猛力一拉，一下子倒退了二十幾尺，離地面大約還有二十多尺，爲了穩定着陸不受震盪，將操縱繩猛力向下一拉，到離地面不到十尺的距離，又將操縱繩突然鬆開，兩脚接觸地面時，並未作滾翻動作，就輕輕地站住，如此輕而易舉完成第一次空中跳傘，大出乎個人意料之外，造成這一次順利跳傘的原因有三個因素，第一是天氣好，風速低，第二這空氣浮力大，第三是嚴守地面基本訓練的方法和原則，掌握着操縱的技術。第一名跳出機門之後，緊接着第二名至第十二名均依次跳出，右邊一班跳完了，左邊的一班也接着跳出。如果右邊一班跳出機門之後，着陸的目標已過的話，飛機就要再繞飛一圈，令左邊一班再跳。有些胆子小或年齡不足的孩子們，爲了怕他們跳或者在他前面的一位，在跳出機門時，順手一拉就把他拉出機門去了。也有少數胆小如鼠賴着不肯跳的人，教官會毫不客氣地一脚將他踢出機門的。總之，空中跳傘訓練，祇要你上了飛機，就得跳出來，絕不能隨飛機降落地面的。

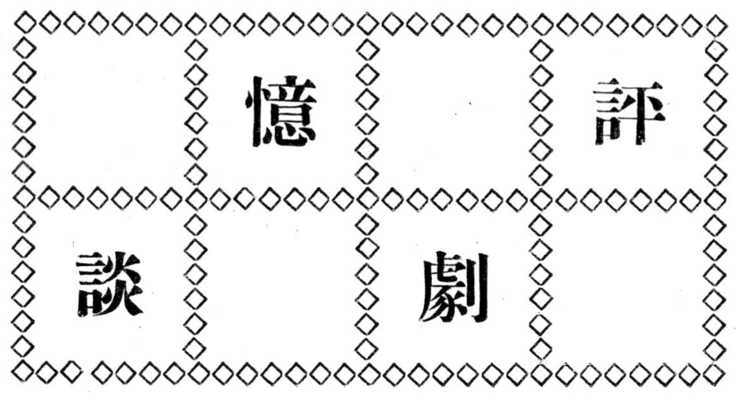

（一）

方士胡

評劇最早發源於河北省東部唐山一帶，是一種受人歡迎的民間戲劇。因它出自「蓮花落」，俗名「落子」，又以吸收冀遼土劇「二人轉」最多，「二人轉」別名「蹦蹦」，故評劇亦稱「蹦蹦戲」。還有「蓮花落」彩扮之後，棄「高腔」而取平腔，傾向「河北梆子」，故曰「平劇」；又有一說，說它發源於平谷縣，而叫平劇。因後來中國的首都由北京遷南京，北京改爲北平，京劇改平劇，恐怕類同，故加上個言字旁名爲評劇。依筆者度之，當以平腔梆子稱平劇，改爲評劇爲是，至「評論古今，警化世人」而呼爲評劇，似亦理由不很充足。

要談評劇之先，必須得談談它的前身「蓮花落」與「二人轉」。

「蓮花落」，原名「蓮花樂」，本係佛曲，起源甚早。清仁和翟灝「通俗編」引宋釋普濟「五燈會元」云：「俞道婆常隨衆參瑯琊，一日丐者唱蓮花樂，大悟。則蓮花樂爲丐者所唱曲名，其亦已久」。可見宋朝已流行，其與「道情」差不多，都是些僧道化緣，乞丐討飯，所唱的曲調。唱時一手持長約六寸，寬約兩寸之竹板兩塊，兩塊在一端用皮條串起，名曰「乍板」，相擊而發聲。又一手持長約三寸，寬約一寸之竹板五片，也用繩在一端連串一起，再於兩片之間，隔串制錢兩枚，名曰「節子」。唱時以拇指挑起中間，四指托之相擊，與「乍板」拍合，配托唱腔，亦無何樂器。唱起蓮花落：「閒來無事東園兒裡摸，一到東園菜畦兒多，矮瓜滿地是，瓠子結的多，紫薇薇的茄子倒滴流着多，哩哩蓮花兒落呀！」也至爲悅耳，俚俗中另有一番韻味。鄭板橋的「道情」第六支：「儘風流，小乞兒，數蓮花，唱竹枝，千門打鼓沿街市」，蓋指此也。它的曲調，不外是「流水」，「胡胡腔」，「喇叭牌子」，「子調」，「慢板」等。

「蓮花落」由唱而至有情節的故事，又演進爲彩扮，據說始於清嘉慶年間，名曰「彩扮蓮花落」，一名「十不閒」。「都門紀畧」所詠「輕敲竹板弄歌喉，腔急還將氣暗偷，黃報遍貼稱特聘，如何子弟也包頭」，也是此種玩藝。唱者由旦丑，也增至數人，戲裝除採取當時婦女裝束外，又參以京劇之行頭，演來做派身段，揷科打諢，儼然成爲戲劇矣。這其間，又有扮演者脚紮高蹻者，則名曰「高脚子」。不紮高蹻，便在平地廣塲演出者，則謂「地蹦子」。「地蹦子」最普遍，農村莊稼之閒，都以之做爲喜愛的娛樂。

「二人轉」，是集「蓮花落」，「花鼓」，「秧歌」，「大鼓」演變而成，又名「雙玩藝」及「對口唱」。最早發源於東北遼寧西部錦州、義縣一帶。它由清唱而至彩扮，演唱的方式分兩種：一爲「拉塲戲」，即俗稱「小落子」；一爲「單出頭」。腔調有「梆子腔」，「柳子腔」，「胡胡腔」，「喝喝腔」；還有些民歌小調，如「茉莉花」，「下盤棋」，「放風箏」，「鋪地錦」，「叫五更」，「茨兒山」；另有「文咳」，「武咳」，「吱兒調」，「十三咳」等等。它的樂器有「板胡」，「橫笛」，「哨吶」，「竹板」。唱時多爲一旦一丑，且都稱「上裝」，丑都稱「下裝」，對歌對舞，詼諧清新，俚俗而有情趣。

「蓮花落」與「二人轉」，因在冀東、東北，盛行起來，聽的人多了，觀衆的要求也高了，簡單的伴奏，平凡的劇情，已站不住脚。於是很多藝人，遂將「彩扮蓮花落」原有的「乍板」，「節子」，增加上拉的「呼呼」，吹的「喇叭」，打的「堂鼓」，「湯鑼」，「小鑼」，「鍤鍋」，「大鍤」，「和板」，「單鼓」，「皮鼓」等。腔調也低迴宛轉；又加上「二人轉」對唱的精華，再汲取「河北梆子」的曲調，遂形成了迥異曩昔的一種戲劇，有人呼之爲「平腔梆子」或「對口落子」。

這時在冀東也產生許多「蓮花落」的科班，如「崔家班」，「孫家班」，「高景山班」，「郭連錫班」，「趙小齋班」，都在鄉村，市集活動起來。更出了著名的丁香花孫洪魁，東來順成兆才，東方亮孫鳳鳴，佛動心張玉琛，白菜心王常順，金銀花董春祥，小金龍張化龍等等。其中成就最大，表現最突出的人物，便是成兆才。此人可以說是評劇的開山祖師，談評劇必須得由他說起。

成兆才與警世劇社

成兆才，係河北省灤縣耙齒港鄉繩家莊人。生於清同治十三年。父母早逝，初依靠灤縣榮各莊舅父家，但窮困不足溫飽，十八歲即跟光水坨村的金開福學「蓮花落」。金外號金長腿，是奠唱蓮花落的一位老討飯的，曲調會的很多，爲成兆才打的基礎很好。成學了段日子，即與哥哥成兆文組了個「二合班」，專在四鄉唱「蓮花落」。後來娶了個老婆張氏，生了兩個兒子，在二十二歲那年，老婆和兒子都先後因時疫死去，只得又離開「二合班」，與村中的本家成永玉，北上豐潤縣魏莊，投了「趙小齋班」中。跟着趕廟會，走四鄉，收入還不錯，也稍微有點名，便又被樂亭縣廟上「崔家班」約去，還是唱「蓮花落」。這時「蓮花落」分西東兩路，西路有位唱「蓮花落」的藝名叫「西來順」，很受歡迎；成兆才因唱「包頭」也很出名，便起了個藝名叫「東來順」，並且與張玉琛，張聲遠，劉玉川換帖，結拜爲把兄弟，共同合作。

不久成兆才便與由喜峰口經過遷安來冀東的一班「二人轉」藝人，如錦州人「王大腦袋」，興城人姓周的「大碗粥」，和「梁半截」，「金鴿子」諸人，聯合張玉琛，孫鳳鳴，孫鳳崗（藝名東方紅）等，到天津演出。在天津河東的「東天仙」，法租界的「天福樓」，「下天仙」，胡家坟等戲院，都登過台。此時之「蓮花落」經過改革後，除了「合籟」，「對口」，「拖篇」，並添上折出戲，和老八套的「借髦髦」，「小姑賢」，「四大賣」，「拾枝梅」，「小借年」。

天津是京劇，秦腔，崑曲的世界。乍聽這冀東的土戲，又有些「拴老婆橛子」的情節，故大受歡迎，因此被直隸總督知道了，便斥爲有傷風化，加以禁演。不但將成兆才這班人驅逐出境，竟將在天津小茶園上演的其他戲班如「慶順班」，「義順班」，「二合班」等九個班子，也給趕走。成兆才回到灤縣，只得在茨榆坨的一家釀酒人家，去當燒鍋工人，維持生活。這時又和魯各莊一位姓張的寡婦結婚，且帶了前夫所生的一個兒子來，這兒子生性遲鈍，呆頭傻腦的，人都叫他「瞎禿子」。結果成在外做工，老婆在家做針線，一時疏忽，這個兒子竟在茨榆坨東的一個水塘給淹死了，從此成兆才又成了無子之人。

光緒三十四年，慈禧太后與光緒皇帝相繼逝世，遇上「國喪」。成兆才還是不能唱「蓮花落」。做燒鍋工人也苦不堪言，且東家陪錢，成又被辭退，便又湊了點錢，去賣「香麵」。這種香料，北方人只有裝荷包才用，銷路很少，所得不足養活兩口家，便於走頭無路之中，跑到樂亭縣，爲人家扛活種莊稼。

後來有幾位唱「蓮花落」的同行，如張化文，姚及勝來找成兆才。想約他組個班，再來重拾舊業唱一下，於是一拍即合，便一同到永平府演唱。永平地方近松嶺山脈，境內多山，就是今日之盧龍。爲古代北平遼西二郡之地，漢唐以來，以至明代，都以此爲講戰守之地，爲邊塞之一。曾轄盧龍、遷安、撫寧、昌黎、灤州、樂亭、臨榆七州，還外掛豐潤，玉田，遵化。當時在此居官的多爲南方人，素喜高腔、崑曲，對「蓮花落」向來看不起，覺得淫褻不堪入目，多方干禁。雖然「蓮花落」在鄉鎮很受歡迎，但也不得不另謀出路。於是這夥人便將「蓮花落」改稱爲「平腔」，並將折出戲的「烏龍院」，「對口」的「開店」，武戲的「鬼扯腿」拿出來表演，一新耳目。結果，永平府的官員一看，有唱有做，相當熱鬧，遂不禁止，任其演唱，竟漸漸紅起來。連灤州、昌黎、樂亭、倴城、浭陽、山海關，以至玉田、豐潤、都流行起來。成兆才遂又編了「十萬金」，「黃愛玉上坟」，「還陽自說」，「打狗勸夫」，「安兒送米」等折出戲。

這種「平腔」，在冀東各地流傳起來，使它發展最快，對以後影响最大的地方，便是唐山。說起唐山來，本是灤縣開平鎮西南十八里的一個小村莊，因發現煤田，光緒七年，李鴻章正任直隸總督，便派前天津道丁壽昌，津海關道黎兆棠，會同招商局員候選道唐廷樞，進行察勘。復派唐廷樞爲督辦，成立開平礦務局，仿照西法開採。所出之煤，均係瀝質粉煤，最適合機器，輪船，工廠之用。故輸出遠及日本，星加坡，香港諸地。後以拳亂波及，礦務局督辦張翼，遂借英債，另於開平鎮設灤州煤礦。光緒末，天津官紳又將開平、灤州兩礦合併，設開灤煤礦總局於天津，於是由二百萬磅的資本，增至七百萬磅，礦區東西達四十餘里，南北也有十多里。從蘆台鎮東到胥各莊的運河，河頭到礦所之馬路，也暢通無阻，無形中唐山也由一個名不見經傳的荒僻小村，一躍而爲大市鎮。商業繁榮，礦工麕集，人口大增。娛樂方面自不能少，且有了一座茶園，於是「平腔」的「蓮花落」，也從農村，走進茶園裡去。

宣統元年，唐山有位商人王永富，做生意發財。和他的兒子王鳳廷，都愛戲劇，尤醉心於落子。便聯合北寧鐵路局與開灤礦務局，又在唐山的小山建了座新永盛茶園。以「什樣雜耍」改良雜技」，申請官府批准開業。此時所謂「平腔」的「落子」也正紅，恰巧成兆才在永平府戲班中，大家因生意發達，互爭名利，意見不合，成兆才和姚及勝，張化文離開戲班，轉塘沽同張景會箱，另組「慶春班」，在豐潤河頭演唱。便來到唐山，住在川興店。遂又拉攏張玉琛，王常順，王福宏，孫鳳鳴，孫鳳崗，馬奎，董春祥及月明珠等二十多人，進了唐山的新永盛茶園。

這個戲班便推舉成兆才爲領班，王鳳廷負責財務。他第一步便是先改良場面，由藝名金不換的任善慶掌管鑼鼓，除了原來的伴奏，更加上簫、笙、管、笛、琵琶、弦子、「胡胡」、四弦。結果，與唱腔合不來，只用了「胡胡」和「橫笛」。但場面伴奏，却比以前好聽多了。腔調也删去「高腔」，趨向「平腔」，同時旦脚，則起用月明珠。按月明珠本名任善豐，係灤州胡家莊坡人，兄弟四人。兄任善慶是場面上的名鼓師，弟弟任善年唱小生，任善誠唱旦，藝名賽明珠。眞是唱落子的世家。月明珠，扮像秀麗，出聲洪亮甜潤，做派也好，後來評劇的「反調」，即是他創的。在班中算是成兆才徒弟中的第一把手。其他如張玉琛，王常順，董春祥，「月牙紅」馬奎，也爲一時之佼佼，都成了名，轟動冀東。成兆才並依「陽功報」編了「馬寡婦開店」，從「聊齋誌異」上的「王桂菴」編了「王少安趕船」，「胭脂」編了「夜審周子琴」；從「今古奇觀」又編了「占花魁」，蔚然大觀，眞是名震遐邇。連塞外八溝，喇嘛廟的趕驢牽駱駝的，都到唐山來看。唐山原來有個唱「河北梆子」的「慶仙班」，都受「落子」的影响，而黯然失色。就是京劇的名脚也都看着「落子」的竄紅，說它「土疙疸成了精」。

民國初年，袁世凱當大總統。唐山因煤礦的發展，市面一日千里，比以前越法繁華起來。尤其是軍閥盤據，吃喝玩樂，樣樣俱全。就連灤河出產的貢品紅鯉也抖起來，比從前更名貴。烟花柳巷，更不用說，唐山的八道灣，老車站，白薯地，小山棗，那些花區，也跟着活躍起來。地痞流氓，所謂灤州的「七狼，八狗，六虎頭」，任意橫行。成兆才仗着那點當年在家鄉古槐台聽金秀才講聊齋，「今古奇觀」的底子，又編了「杜十娘」，依照漢口董小青的事實編了「寃怨緣」，將東北、上海的時事故事，更編了「槍斃駝龍」，「槍斃閻瑞生」，因之又大受激賞，天津人都來約他們去登台。

民國四年，這「慶春班」便應天津河東奧租界大馬路的「晏樂茶園」之約征天津，由成兆才領班。以月明珠，張志廣，劉永泰，金開芳，于如江，侯天泰，任善年，尹福全，李國祿，陳斌爲台柱，浩浩蕩蕩有三十餘人。這些脚色也出色，如月明珠，當然爲主脚唱旦。像張志廣，藝名大娘們，小生，老旦，彩旦都會。劉永泰，藝名石榴花，灤縣倴城東人，是次於月明珠的花旦。金開芳，是灤縣人，在早年唱「巧換緣」極有名，頗得成兆才之器重。于如江，本名于安江，藝名人樣子，樂亭人，是始創大花臉唱腔的人。侯天泰，藝名滾地雷，唐山南侯莊人，唱三花臉，彩旦，早年在鄉村就有名，口才便捷。任善年，是月明珠的弟弟，唱小生，爲次乎張德信之台柱。尹福全字壽芝，藝名銀蝴蝶，灤縣尹莊的大戶人家，初唱「蓮花落」彩旦，後來改老生，資格很老，武工很有名。李國祿是灤縣柏名莊人，專唱三花臉，滑稽冷雋，在礦井上紅極一時，和灤縣辛莊的「文丑子」陳彬，爲當時班中的兩位開心菓。所以，一到天津後，他們的「斬竇娥」，「合家歡樂」，「勸戒洋酒」，「俠婢代主出嫁」，「夜審周子琴」，「于公案」，「後娘打子」，「孝感天」，「雙婚配」，「勸愛寶」，「井台認母」，「吳家花園」，「洞房認父」，「盛德格天」，「高成借糧」，都頗受歡迎。

到天津演出最叫响的便是月明珠。他的「開店」，「杜十娘」，「占花魁」，「王少安趕船」和「花爲媒」的連台本戲「巧姻緣」，尤能叫座。成兆才爲他編的「沉香牀敗子回頭」，更是風靡了天津衞，紳商們送給他的賀聯中就有「明珠新出蚌，一起平腔，壓倒男伶女樂」的頌詞。那時天津有位山東人呂海寰，字鏡宇，曾做過外務部尙書、督辦、商務大臣、津浦鐵路督辦。正隱居沽上，對月明珠最傾倒，曾親書大紅匾：「風俗攸關」贈給他，使他身價大增。票價初到時僅三個銅子，後來竟漲到十個銅子，京劇的名脚梅蘭芳、劉鴻聲，都捧過他的場，說他的玩藝動人。

民國六年，天津鬧水災，馬鬼子樓，天福樓都被水淹，「慶春班」才拉箱回唐山。準備出關到奉天演唱，適「永盛茶園」歸王鳳廷主持。王與成兆才私交甚篤，便挽留該班在「新永盛茶園」演出。仍請成兆才做教師和編戲，成便一口答應。並將「慶春班」改爲「永盛合班」，財政也交成兆才掌管。這時該班除在唐山演唱外，並到秦皇島朝陽北街的「普樂茶園」，山海關南門外西的「興業茶園」演出，結果月明珠因襲取「蓮花落」的演法太多，重於描述色情，又演得過火，故遭官廳干涉。將「開店」，「花為媒」，「杜十娘」，「珍珠衫」，「敗子回頭」，「黃氏子游陽」，「移花接木」，「占花魁」，列入禁戲，不准上演。大家的演出，遂生了問題。

此際有位旗人奎旭東，過去曾做過三任河南知府，和奉天營務處長。素喜落子，人思想通達，辦事能力也很強，也參加了這「永盛合班」。並大力整頓，先揭櫫「落子」有「評論古今，警化世人」之旨，並將「永盛合班」又易名「唐山首創警世劇社」。正式聘請成兆才為班首，兼負編劇和財務。同時更響應政府號召之救災運動，答應為華北五省唱義務戲籌欵，於是所唱的戲才解了禁，營業復甦。

這頭班的台柱，即為月明珠、余鈺波（楊柳青）、張化龍、張志廣、張有泰諸人。成兆才且與張德禮（海裡蹦）、倪俊聲，以過去的「蓮花落為藍本，參以「灤州皮影戲」，「河北梆子」，「樂亭調」，去蕪存菁，改革了許多，創了不少新腔。又遇上灤縣馮家狗兒莊，有位小土財主的兒子高占英，與大嫂，五嫂通姦，而殺害其妻楊二姐，發生楊三姐告狀一案，一時成了冀東的大新聞。灤縣有位賣書的商人玉池水，會寫戲本，便把這段事編了出戲，在「灤州皮影戲」上出演，結果很能叫座。於是成兆才也編了一出「楊三姐告狀」，而轟動一時。奎旭東也對成兆才之才思敏捷大為欽佩，並替他起了個號叫捷三，於是成又埋頭編了「賣子孫賢」，「大劈棺」，「六月雪」，「小天台」，「因果美報」，「劉翠屏哭井」，「金錢鈿」，「回杯記」，「孫悟空上坟」，「張小鳳過年」，「代友完婚」，「二縣令」，「芙蓉屏」，「樊金定罵城」諸劇。

次年，東北營口有位商人郝相臣，是早年下關東發了財的冀東人，與奎旭東，王鳳廷都相熟識，便約「警世劇社」到營口，在張海山戲院登台。以成績大佳，連賣半月滿堂，營口本來有間李子相開的「隆春茶園」，這回也受到影响，生意不振，因此對「警世劇社」，雖心懷妬恨，但也不得不刮目相看。

隨後又轉長春商埠三馬路的「燕春茶園」，繼又到哈爾濱的道外南三道街「慶豐茶園」，都相當賣座。在哈爾濱時，連阿什河，呼蘭的商家都趕來捧場，結果又與道外正陽街的「同榮茶園」續了一期。這時成兆才又遇到灤縣甸子村的小同鄉李興州，在哈爾濱做生意，往昔在故鄉曾親眼見過高占英與楊二姐一案，便又從李興州的口述材料，又編了「改良楊三姐告狀」，更大受歡迎。接着還根據瀋陽發生的實事編成「黑貓告狀」，一路賣座不衰，得到比在唐山演出還高的評價。不幸至民國十一年，在東北巡迴演唱時，月明珠在瀋陽悅來棧病逝，年僅二十九歲。

於是成兆才只得選「警世劇社」二班的金菊花，小迷糊為台柱。金菊花本名杜枝玉，灤州杜家人，原來唱「蓮花落」小旦出身，故由蓮花落移到落子的唱腔最多，著名的評劇「四大口腔」，便是他創出來的。小迷糊本名劉春生，亦灤州人，唱做不錯，腹笥很寬，捧之者亦衆。但終不如月明珠時代為佳，成兆才遂將其姪成國楨召來，助其編「鐵牌山」來號召，但仍不及當年之盛，同時評劇因日漸普遍，唱者益多，且有女脚出現，成兆才亦收了陳艷霞，和金桂芝、金桂蘭、金桂茹姐妹為女徒。尤其金桂芝，生得臉蛋甜美，長眉入鬢，神采飛揚，身段也好，比起當時的男伶，如張樂賓的閨門旦，金開芳的小旦，可妙艷多了。就是紅遍冀東半邊天的月明珠如不死，也將退避三舍的。所以，班中自有了女演員之後，大家就鬧意見，於是「警世劇社」也於民國十四年解散。成兆才乃到「北孫家班」去教戲，並為其編「槍斃駝虎」，「綠珠墜樓」，「桃花扇」，「盜金磚」。

民國十七年，成兆才因一手培植起來的「警世劇社」許多子弟，都各奔東西，生活很不得意。在吉林旅次即患病，後回到灤縣故鄉繩家莊休養，也未見起色，即於是年十二月二十九日病歿，享年也只五十六歲。

（未完・待續）

徐源泉回憶錄（下）

徐源泉遺著

其時第一集團軍所轄部隊之在北方者，惟余所領此一部份，有孤懸之慮，因請南調，遂奉令調駐南京附近。然沿途友軍，頗不可測，不敢以鐵道直達輸送，幾費思考，決定行軍計劃：第一步由平津依鐵道輸送至平原禹城一帶，先行集中，然後分數縱隊，徒步行軍於平陰、東阿間、渡黃河，經濟寧、碭山、至蚌埠，再以鐵道輸至南京附近待命。此番調動，自民國十八年元月開始，至五月間，始完成。

先是孫殿英以盜陵案，頗自疑懼，又以馮玉祥之慫恿，對改編方案，實陽奉陰違。余亦微有所聞，預防其有變。其時該軍駐紮居庸關外，延慶康莊一帶，特命其最後出發，至禹城集中。果如所料在集中後，不肯續進，迨第四十八師全師出發後，孫乃率其第十二軍向膠東逸去，且對余表示不滿，以作為對中央之掩飾。時國內亂象漸萌，中央亦且聽之，始予以寬容，而余則亦如釋重負也。

徐源泉遺像

余部至南京，適逢本黨　總理孫中山先生奉安大典。余與於典禮後，而「桂系」將領之在武漢者，顯有不軌跡象，中央乃有西征之役。急命余率部溯江西上，以船舶輸送至黃岡附近，以待後命。幸不久西征事平，余部移調信陽。

民國十八年秋冬之交，余部奉命參加討逆。即由信陽進出臨潁，西向襄城、郟縣，直下臨汝縣城，進抵城西之臨汝鎮，與馮玉祥數倍於我之衆，相持達一月之久。時我中央軍以南路取洛陽，一路由隴海線進出鞏縣、虎牢關，一路即從汝州（臨汝縣）進出龍門，余為首衝「與第四十七師王金鈺部均隸於楊杰之第十一軍」。馮玉祥對我隴海虎牢關一路取守勢，對汝州一路，遂行猛攻。將一鼓而下汝州，直趨平漢線，以拊隴海之背，則我中央軍殆矣！臨汝鎮，乃兵家要點，為攻守洛陽者所必爭，中央以余之第四十八師戰力最充實，幸得下臨汝鎮而確保之。馮乃舉全力以攻臨汝鎮，集輕重火砲數百餘門及其龐大之戰車向我陣地猛攻，連續達三日夜之久，卒不逞。我軍遂下洛陽，民十八年討逆之役，至此結束。

是役繼余後者有第二師第九師第十師（方振武之第四十五師，與方鼎英第十師，互易番號）。及孫殿英部，在臨汝鎮激戰中，第十師之阮玄武、受馮玉祥之紿，方持首尾，而孫殿英尤反側無常。洛陽既下余部主力集結於西宮，一部進出陝縣，第二九師亦至洛陽附近，孫殿英部留置臨潁、汝州間。又×××、萬選才、王震等部與阮玄武之第十師，均在豫西山嶽地帶，態度頗多遊移。

先是唐生智附於武漢政府，叛離中央。清黨後不久，我 蔣公予以寬容，遂爲討逆軍第五路軍，轄何成濬之第九軍，及楊杰之第十軍，以中央軍之精銳，不及所附之衆之多，又爲西山會議所間離，至是又萌異志。其對余部，派其保定軍校同學張某來煽動，張某爲余執教陸軍第四中學時學生，余責以大義善遣之，以是唐銜余甚。迨唐由平漢路上作亂，圖襲武漢時，余部奉命回師側擊臨潁。行至汝洲附近之春店街，唐乃嗾使孫殿英部在余行軍路上分段截擊，時值大雪，連綿三十餘日，豫西凹道深達丈餘，積雪與田野平。余部困不能進……（以下似有脫落），而唐之叛亂，亦因以失敗。

民國十九年，夏秋之際，第二次討逆之役，余所部初戰於許昌，以隣軍失利，退守漯河數月之久。掩護友軍進出武漢，及南陽地區，轉用於隴海線者，不下十箇軍。時何成濬接任第四路總指揮，余任第十軍軍長，轄第四十八師，第四十四師，另三箇獨立旅。「隸何指揮」。秋盡終獲勝利。回師荊州、沙市。從第四十八師中，擴編出第四十一師。是時第十軍轄三箇師，及若干獨立旅。時共軍大作亂，鄂東山區，及武漢附近之洪湖，皆漸爲共之巢穴。共軍乘我討逆之際，且由江西竄陷長沙，中央特加重視。民國二十年乃任余爲湖北全省清鄉督辦，夏秋間沿長江水災奇重，武漢市區，成爲巨浸，匪禍水患，使我國大困。日本乘我之危，而九一八難作矣。既而余又兼任川鄂湘黔綏靖公署主任，四省邊區軍政諸務，皆將縈心。自此四五年間，剿匪之役，有鄂東蘄水洗馬畈之戰，潛江沔陽之戰，洪湖之戰，以及來鳳龍山之戰，無一日之安，而部下官兵傷亡亦不可勝計。中央以余克復洪湖，議劃洪湖爲縣，以余字「克成」名之，經余辭讓再三乃作罷。

民國二十五年雙十二之變，我 領袖蔣公西安蒙難之際，人心惶懼。武漢扼吭西南諸省，有議以余兼綰省政者。余堅決表示反對，極力辭讓。余以爲此際唯一要務，在營救 領袖，不應爲一省謀，尤不應爲一身謀也。至十二月二十五日， 蔣公脫險回京，余適在京，因晉謁時 蔣公腰背蹉跌尚未全愈，引余於臥榻旁，暢談達半小時，主要在促余入川，並畧示拔擢之意，余堅辭之。又娓娓話家常不休。余見前廳候謁者尚多，乃興辭。

民國二十六年，七七事起，淞滬之戰，抽調余所部老兵，充實各軍戰力。余仍作鎭夔府、萬縣、及荊州各要點，一面編練新兵。是年冬衞戍首都之役，復起用唐生智，余任第二兵團總司令，「又隸於唐」。初戰於棲霞山，掩護首都之佈防。既而令余守烏龍山，指揮要塞，時日軍以海陸軍攻我烏龍山，一面總攻孝陵衞，南京城遂不守。余苦戰於八卦洲、烏龍山間，遭敵海空軍之攻擊，歷黃天蕩之險，僅而全師以就爾後之部署。而唐生智復加譖毁，幸 領袖明達，未爲所惑，此後大別山之戰，在潛山、王家牌樓，虜獲甚多，而余部傷亡亦重，舊部消耗殆盡，乃請辭職。抗戰後期，余則致力於後方事業，特重發展航運。又襄日在余故里倉子埠所辦正源中學，育才尚多，特注意復校，亦欲思効綿薄焉耳。

勝利後中樞還政於民，結束訓政以行憲政。乃接受黨之提名，鄉人之付託，得膺立法委員之選。方幸與於建國大業，得遂平生之志，乃共軍暴亂日甚，國際惑於邪說，國內誤解民主，大局墮敗，禍亂難救。狂妄政客，乃迫我 領袖去職，我立院同仁，僉謀遷會廣州。余則力主 領袖復行視事，俾保臺灣，借資復國。十年以來，臺灣已向三民主義模範省之途邁進，惟願有生之年，能追隨我 領袖返回大陸，獻可替否，以不負吾平生之志。

紅軍各部「長征」路線圖

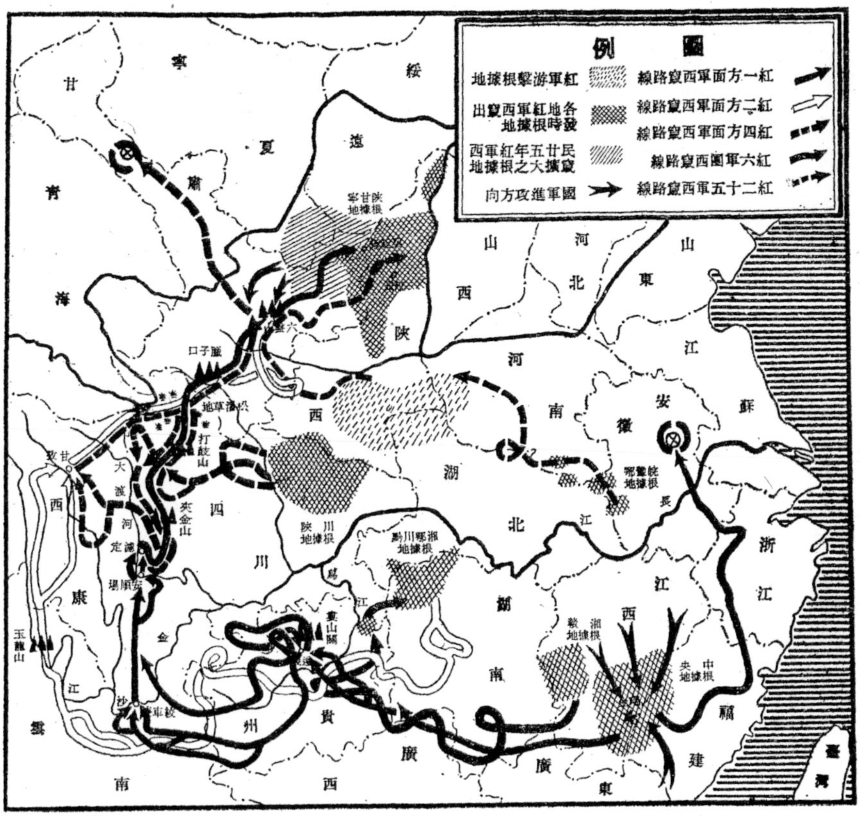

細說「長征」【八】

□吟龍□

紅九師殘股，逃出桃花山後，奔去五鶴與賀龍會合，當段德昌被冠以AB團罪名處死，這時鄧中夏被調走，陳紹禹為首之國際派剛得勢，屬於國際派二十八名布爾什維克之一的夏曦繼任湘鄂西分局書記。

夏曦到職之初，因賀龍實力大減，取銷紅三軍番號，分為五個大團，由分局直接指揮，此時賀龍處境極險，已在被整肅邊緣。至四月間，夏賀關係即見好轉，迨解決段德昌之後，起用廖漢升（賀龍外甥）、賀炳炎、鍾炳然等皆是賀龍子弟兵。夏曦雖然名列二十八布爾什維克，但與毛澤東是總角之交，也是毛澤東新民學會中堅分子，夏曦去俄國留學，亦多得毛澤東鼓勵。故毛夏關係非同尋常，夏曦由反賀轉而支持賀，是否受到毛澤東影响不得而知，但賀龍捕殺段德昌及紅九師幹部，冠以AB團罪名，與毛澤東在江西，張國燾在豫鄂皖屠殺異己之手法完全相同，可知是中共當時的一般政策，定是由夏曦策劃，否則以賀龍為人，尚不是暗算朋友同志之人。

賀龍在兼併紅九師及由江北逃來的紅六軍殘餘之後，勢力大增，乃恢復紅三軍番號，此後湖南省軍又曾數度來攻，均被擊退，賀部又擴充至三萬人左右，成為江西中央蘇區及豫鄂皖蘇區之外最大勢力。

賀龍在幾股紅軍「長征」中，發動最早，但由於兵力所限，起的作用並不大，雖然如此，賀龍却開了風氣之先，在此之前，各區紅軍祇知道如此擴大佔領區，從無放棄根據地向其他方向流竄之事，有之，自賀龍始。

張國燾與徐向前所以放棄豫鄂皖邊區，向無目的地區流竄，還是受了賀龍的啓示，同時也因爲賀龍已到鄂中，希望與賀龍會合，在鄂中另組根據地。

賀龍部到達鄂中較張國燾爲早，當張國燾部到棗陽縣境吳家集一帶時，賀龍已到達京山縣以北，兩部相距在三百華里以內，如果雙方互相靠攏，一日內即可會師，但由於張部在吳家集失利，無法突破國軍陣地向賀龍部佔領地區前進，同樣情形，賀龍也無力突破當面國軍接應張國燾，時機稍縱即逝，張國燾在吳家集失利後，即決計北上經陝南入漢中，雙方距離更遠。

賀龍部在京山、應山一帶遭到國軍圍剿，尤其紅四方面軍離開鄂北進入陝南後，留在當地國軍，轉而圍剿賀龍。加之鄂北地方貧瘠，當地已十室十空，餓殍遍地無人掩埋，賀龍在當地實不能停留下去，擺在面前祇有兩條路，若非沿紅四方面軍舊路北上，追上紅四方面軍會師，就祇有南下，仍然回到人烟稠密，物產豐富的湘鄂西。賀龍與夏曦權衡利害，覺得北上困難太多，祇有暫回湘鄂西地區休息補充，徐圖再舉。

但國軍也不願賀龍重回湘鄂西，希圖在鄂北地區予以殲滅，所以一旦發現賀龍部南移，總司令部即通令各軍堵截，不得放賀龍回湘西。賀龍部均湘鄂西地方人，要他們北上由於氣候，生活習慣均不適宜，鬥志低落，但要回竄湘鄂西，打回老家則戰意轉盛，此係中國農民安土重遷之一貫保守性，紅四方面軍在吳家集失利後，官兵也有回竄豫鄂皖的要求，爲張國燾所勸服。但賀龍不足語此，賀龍腦筋中仍然充滿山大王佔山爲王的想法，自以回湘鄂西爲宜。因此，賀龍在發現與紅四方面軍會師已不可能，即決定回軍湘鄂西。

由京山、應山一帶地區南竄，遭遇到國軍層層阻擊，雖然所遇到國軍戰鬥力均不強，但賀龍部飢疲交加，戰鬥力更弱，行經枝江渡河時，夏曦匆忙間落水溺斃，不過，賀龍終於竄回湘西五鶴山區老家，去時三萬人，回到家鄉已不足一萬。

由於夏曦已死，電台喪失，賀龍與江西的中共中央又失去聯絡，變成一支土匪，是爲賀龍第一次「長征」。

現在要敍述與賀龍拍擋的蕭克了。

在抗戰以前剿共時期，官方報紙上習慣將某一股紅軍以領導人姓氏仍之，如江西蘇區爲朱毛，豫鄂皖區爲張徐，一直未變，祇有賀龍的拍擋人却有過變更，在南昌事變時，紅軍領導是賀龍、葉挺，所以習慣上稱爲賀葉，及到南昌事變失敗，賀葉紅軍全軍覆沒，葉挺去了德國與中共中央脫離關係，賀葉名詞也就消失，直到一九三四年八月之後，賀龍與蕭克兩部會師，合組爲紅二方面軍，於是此一股就定名爲賀蕭，以代替原有之賀葉。

但蕭克爲人與賀龍並不相同，蕭克並非草莽英雄出身，畢業於黃埔軍校第二期，畢業後在葉挺部下任職，與林彪同事。南昌暴動，賀龍、葉挺南征失敗，蕭克自回家鄉湖南嘉禾，組織一股小型游擊隊在地方活動。南昌暴動失敗後，殘餘者惟有朱德一團，當朱德一九二八年底背離范石生重新打起紅軍旗號時，蕭克就率部前往投奔，隨同朱德一道入井崗山投奔毛澤東，任紅軍第四軍二十九團一營二連連長，以後參加歷次戰役均有功，且曾負傷。到一九三二年升任紅九軍軍長。

一九三二年秋，蕭克已經升任紅九軍軍長，此是地方部隊改編，戰鬥力不強。此時中共中央爲了對抗國軍即將發動的第四次圍剿，特派蕭克入湘贛邊區爲紅八軍軍長，担任中央蘇區的西翼，這一地區包括贛西之永新、遂川、蓮花、安福、寧崗等縣，井崗山就包括在內，實爲毛澤東、朱德之發祥地。當時設有湘贛蘇區，初由孔荷寵之紅十六軍盤據當地，孔荷寵失敗後，餘部併入紅八軍，由蔡會文任湘贛特委兼紅八軍政委，蕭克到地方成爲軍事最高指揮官，受蔡會文領導。

中間一度紅八軍縮編爲十七師，蕭克任師長，蔡會文任政委，王震任政治部主任，李達任參謀長。蕭克部成長甚速。到了一九三三年底，人槍已超過七千，號稱萬人。中共中央對蕭克部也特別重視，派任弼時前來領導，以王震繼蔡會文為十七師政委。不久將蕭克部擴充為第六軍團，轄十六、十七、十八三個師，以蕭克為軍團長，王震任政委。

就當蕭克去湘贛邊區接任紅八軍軍長，領導該區紅軍之同時，國軍贛粵閩邊區剿匪總部成立，總司令何應欽以十八軍軍長陳誠任第二路軍總指揮，指揮第十一師羅卓英，第十四師周至柔，第二十八師王懋功，第四十三師劉紹先，第五十二師李明，第五十四師郝夢齡，第九十師吳奇偉，共計九師精兵進剿湘贛邊區，當時蕭克初到，紅八軍本是民兵改編，沒有抵抗力，在國軍追剿期中祇能亂竄以自保。以後由於贛南局勢吃緊，十八軍他調，湘贛邊區壓力減輕，蕭克始獲得喘息徐圖發展。

到了五次圍剿開始，國軍對湘贛邊區也發動猛烈攻勢，一九三四年八月上旬，在贛西北的蕭克部第十六師全部被殲滅，在贛西的第十八師也損失大半，國軍先後克復蓮花、永新、寧崗各縣。這時蕭克部祇有一個十七師，連同殘餘部隊尚有六千人，所據地區也祇餘遂川、安福兩縣，國軍仍在步步進逼中，勢難支持。

同樣情形，到了是年七月底，中央蘇區紅軍敗勢已定。是年四月上旬國軍東路迫近建寧，北路軍攻抵龍崗和廣昌外圍，準備進攻蘇區北方門戶廣昌。中共方面也認為廣昌萬不能失，決計要同國軍在廣昌決戰，四月中旬中共中央及紅軍巨頭，總書記秦邦憲、軍委主席周恩來、紅軍總司令朱德、國際顧問李特、前敵總指揮彭德懷、總參謀長劉伯承、總政治部代主任顧作霖等齊集廣昌，佈置「廣昌大會戰」，這次會戰歷時約二十天，從四月十日至四月二十八日，雙方均出全力相搏，結果紅軍不敵退出廣昌。是役紅軍傷亡精銳達四千人，國軍亦陣亡兩千五百人。接着五月一日國軍攻佔龍崗，東路國軍於五月中旬佔領建寧，蘇區門戶洞開，防守已難。

廣昌會戰失敗後，中共中央召開會議，檢討失敗因素及應變方策，毛澤東也有出席，在會議上毛澤東提出四路分兵作戰計劃，主張把蘇區紅軍兵分四路，向福建、浙江、江蘇、湖南進攻，國軍勢必要回師救援，紅軍便可乘機回蘇區，擴大原有地區並加以鞏固。這個辦法當時未能通過，但是，也引起了紅軍首腦的靈感，根據毛澤東的建議，派出兩支部隊到國軍後方流竄，以牽制國軍，同時也可以探測國軍後方虛實，準備在蘇區不能堅守時，突圍而出，作為行軍的參考。

當時決定派出兩支部隊，以尋淮洲第七軍團與贛東北方志敏的紅十軍合組抗日先遣隊，深入閩浙腹地以牽制國軍，另一部就是以紅六軍團入湘與賀龍紅二軍團會合，從東西兩方分散國軍的圍剿兵力，便於中央紅軍作戰或突圍，蕭克便是在這種情況下奉命「長征」。

蕭克奉到命令後，於八月初秘密將主力集結於遂川以北地區，因為遂川以北，寧崗以南國軍碉堡封鎖線尚未構築完成，有隙可乘，蕭克先派遣小部偷越封鎖線潛至湘贛邊萬洋山區，試探國軍封鎖之強弱點，乃於八月八日由遂川以北五斗坑附近突圍西竄。

西路剿匪軍總司令何鍵得到消息後，當即採取軍事、政治並重之策，下達命令：

一、令第一縱隊司令劉建緒，率領第十五、第十六兩師，由永新附近跟踪追擊。

二、令第十九師主力，第六十三師及湖南保安團沿衡陽、耒陽、郴縣、湘水一帶部署兵力，嚴密防堵。

三、令湖南保安旅及第十九師一部馳赴零陵、祁陽、東安，構築碉堡線相機堵截。

四、令湘東、湘南、湘西各縣於交通要道及河川，渡口構築碉堡，以團隊式剷共義勇隊防守，且各團隊無論兵力大小，應不分晝夜四出活動，協助國軍搜匪、截匪，不可呆守碉堡，坐令散匪流竄。

五、各縣鄉鎮，均應組織化裝游擊隊、偵察隊、通訊隊，組成有系統之活動搜索通信，偵探網，密佈全境，由縣長統一指揮，隨時報告敵情。

何鍵的五項命令，實際上祇有一二兩項較切實際，後三項全係紙上談兵，民衆平時缺乏組織訓練，一旦有事期望其能發揮作用，自然很難。

就以第一二兩項追剿而論，亦不容易，因爲紅軍最長於鑽隙蹈瑕，輕裝急進，國軍輜重多、運動慢，除非前有阻力，否則想追上紅軍甚難。

蕭克自一九三四年八月八日由遂川西竄之後，八月十日抵達萬洋山區，以後就在崇山峻嶺間行軍，沿途避實就虛，鑽越碉堡間空隙，極力避免與國軍甚至地方團隊遭遇，專繞山僻小徑，甚至晝伏夜行，國軍追剿部隊雖然尾追不捨，但始終未能發現紅軍主力何在，雙方捉迷藏一周之久，至八月十五日紅六軍團竄至資興、汝城中間之牛口壟一帶，始被國軍發現，劉建緒指揮之第十五、第十六兩師，即向資興猛追，八月十六日國軍追至資興界，紅軍即棄資興繼續西竄，到了四月十八日經郴縣西渡來水，到達桂陽縣境，圖北渡湘水，竄入川黔地區。

南昌行營眼見蕭克行動神速，知道非何鍵所能解決，當即電令南路軍總司令陳濟棠派兵一部推進至湘南宜章附近，防止紅軍向南進入廣東，又電令第五路軍總指揮白崇禧以有力部隊推進至全州一帶，防止紅軍追入廣西，至於追剿之責，仍責成何鍵。

到了八月二十日紅六軍團主力竄至零陵南端，企圖續渡湘江，恰在此時湖南保安旅長胡達率領所屬兩團到達湘江北岸之祁陽、東安一帶，將湘江嚴密封鎖。紅軍幾次偷渡均未得逞，而追剿部隊第十五師，第十六師也在八月二十一日到達新田附近，眼見將要追及，蕭克恐被圍殲於湘江岸邊，乃向零陵東南之陽明山回竄，因陽明山地形險峻，山深林密，蕭克在長途跋涉之後，感到部隊亟須休息，所以暫時遁往陽明山。

（未完・待續）

本社重印「蘭花幽夢」、「盧溝烽火」預告

九一八事變是中國苦難的起點，在毫無抵抗下失去了東北四省，在這四省的地區又出現了一個由外國人扶植、由外國人充當政府官吏的滿洲國，其滑稽處爲古今中外所未有。但這個國家畢竟在地球上存在了四十年，最後且得到一些國家承認。究竟它的眞象如何，始終缺乏一個完整的介紹。

鐵嶺遺民先生對「滿洲國」史事饒有興趣，多方搜集資料，撰成「蘭花幽夢」一書，詳述「滿洲國」之起滅興亡，原刋本港工商日報，極受讀者歡迎，其後出版專書，更風行海內外。是書久已售罄。本社現徵得原作者及原出版社之同意，重新付印，並由著者重新校訂，改正其中部份錯誤史料，更臻完善，定於九一八四十二周年出版，全書約七十萬言，分上中下三冊，定價港幣十五元，美金三元。預約時間八月底截止，準九月份出書。

「盧溝烽火」爲鐵嶺遺民先生所著抗戰說部第一部，內容從抗戰前夕日本人策動華北五省獨立，冀東成立僞組織，至七七事變爆發，二十九軍奮起抗戰，副軍長佟麟閣，師長趙登禹英勇殉國。張自忠將軍受命留守，希望拖延殘局，未能成功，間關出走，以至抗戰全面爆發，馮玉祥受命專征，指揮華北戰局，受韓復榘抵制經過。全部眞實歷史，加以穿插，十分引人入勝。

本書出版於八年前，當時曾一版再版，行銷遍及海內外。久已售罄。本社現取得原作者及出版社同意，由本社重印，並請原作者校正，增加圖片，內容更加豐富，定價港幣五元，美金一元。以上兩書凡本刊讀者預約，一律八折優待。預約時間六月底截止，準七月份出書。

折戟沉沙記林彪（五）

岳騫

周恩來於一九三一年十二月中到達蘇區（周恩來抵蘇區詳細日期，各方均無記載，此是根據現在台北之陳然先生紀述。），周恩來當時扮了一個天主教神父，留了一把大鬍子，由上海經福建進入蘇區，在周之前，項英、張聞天均已抵達，中共中央仍留在上海。

周恩來去蘇區主要任務就是對付毛澤東，因為在公的方面說，周恩來是中共中央軍事部長（相等於以後的中央軍委主席），正管轄毛澤東，偏偏就管不住毛澤東。在私的方面說，周恩來從黃埔軍校就追隨蔣總司令，對於國民黨內部鬥爭蔣之所以勝過胡汪，原因所在，了然於胸，所以周恩來一開始就抓軍權，心甘情願將黨權讓與國際派一羣少不更事的青年，一心一意要抓住軍權。但毛澤東此時却向他的軍事領導權挑戰，在周恩來看來是可忍孰不可忍，如果不能鬥垮毛澤東，將來說不定會敗在他的手上，所以周恩來親自冒險去蘇區，同毛澤東鬥爭。

在周恩來未到之前，毛澤東已經受到三次打擊，第一次在項英抵蘇區之後，撤銷了毛澤東的總前委（黨），一方面軍政治委員（軍）的職務，但在改組後的中央局，毛澤東仍是委員，排名次於項英、朱德。在軍方由總政委降為政治部主任，顯然降了一級，但軍職仍在。但到了一九三一年秋間，王稼祥由上海到了蘇區，接替毛澤東任政治部主任，是為第二次受打擊。第三次是由張聞天、項英等合力導演的第一次蘇維埃大會，選舉毛澤東為「中華蘇維埃臨時政府」中央執行委員會主席（元首）兼人民委員會主席（總理），至此毛澤東完全被趕出黨軍部門，去担任「智者不為」的蘇維埃工作。

因此在周恩來到達蘇區後，毛澤東已經無權無勇，沒有權力可供剝奪，但是周恩來仍然猛打窮追，終於在一九三四年一月二十二日開幕第二次全蘇大會上，又將毛澤東兼任的人民委員會主席（總理）換了張聞天，毛澤東保留了一個執行委員會主席（元首）的虛名，下放到雩都去督導蘇維埃工作。

從周恩來到蘇區起，至紅軍離開蘇區止，是毛澤東生命史上最黯淡的日子，不但職權被剝奪淨盡，平時所受到批評、打擊及公開場合受到的白眼，都難以使人忍受，但當時毛澤東又不能不忍。

據龔楚著「我與紅軍」紀述一次開會情形：「這時周恩來已上來，他祇向大家點點頭，那副冷酷的臉孔，可比較平昔溫和，毛澤東斜眼望他一下，又望望我，好似有點不自然的情形。」此等處顯而易見毛澤東對周恩來的畏懼。

又同書記述以後討論如何處置新投降的國軍二十六路官兵。「林彪提議，為了保持這一勝利果實，對於該軍政治控制工作，應馬上展開。請國家政治保衛局迅速計劃，並展開工作。毛澤東聽了之後，即對周恩來說：『林彪同志很進步呢？是不是？』周恩來微笑點頭。」此等處可見毛澤東對周恩來已近似阿諛，同時也仍然不忘提携林彪，以結林彪之心。

從一九三一年十二月中周恩來到蘇區，至一九三四年十月中紅軍突圍西竄，前後將及三年時間，是周毛對立最尖銳時期，毛澤東完全處於劣勢，平時開會受批評，在報紙刋物上被攻擊，已是家常便飯，最重要的一次要算是一九三三年十一月在福建發生的閩變，主其事者是李濟琛、陳銘樞及十九路軍將領蔣光鼐、蔡廷鍇，這次事變雖然也是國民黨內部的鬥爭，但却較任何一次徹底，自從北伐成功以後，國民黨內部雖鬧過無數次分裂，但都是人事糾紛，大家對於共同信仰的三民主義，中山先生手創的中華民國，却從無人提出異議，祗有這次閩變，廢除了國號，改了國旗，放棄了三民主義，在李濟琛、陳銘樞的想法，革命應該徹底，但不料此舉引起國民黨人一致反對。久已形成半獨立的兩廣，也通電指責，其他態度曖昧各省更不敢响應，李、陳乃陷於完全孤立。即使十九路軍內部高級將領對此也不盡同意，因此更影响了軍心鬥志，加速其崩潰。

閩變之前一個月，閩方曾派徐名鴻至瑞金與中共談判，至十月二十六日由徐名鴻與共方全權代表潘健行（即潘漢年）簽訂「反日反蔣的初步協定」，規定「雙方立即停止軍事行動，暫時劃定軍事疆界線」，「恢復輸出輸入之商品貿易」，「準備進行反日反蔣的軍事同盟」，「並立即進行反日反蔣軍事行動之準備」，「雙方應於最短期間，另定反日反蔣具體作戰協定」（見紅色中華四十九期，一九三四年二月十四日出版）。

閩變時，國軍第五次圍剿已經開始，蔣委員長下定決心要消滅紅軍，是以在南昌一聽到閩變消息，失聲說道：「天眞欲亡中國嗎？」（見陳布雷回憶錄），可知閩變對剿共軍事打擊之重，中共如果能把握時機與十九路軍打成一片，恐怕非有六次圍剿都不能將紅軍驅出江西。

但中共當時對閩變異常冷淡，閩變後一個月，中共中央發表「爲福建事變告全國民衆書」，指出福建「人民革命政府……它不會同任何國民黨的反革命政府有什麼區別。那它的一切行動將不過是一些過去反革命的國民黨領袖們與政客們企圖利用新的方法來欺騙民衆的把戲。」又說「……中間道路是沒有的。一切想在革命與反革命中間找出第三條出路的分子，必然遭到慘酷的失敗，而變爲反革命進攻革命的輔助工具。」

因爲中共中央發表此項宣言，更決定了紅軍對閩變袖手旁觀的立場。

閩變正式揭幕之後，閩方曾要求紅軍迅速派主力入閩並肩作戰，抵抗國軍進攻，並建議紅軍於十二月底以前到達沙縣，由蘇區至沙縣中間皆爲紅軍及十九路軍防區，紅軍開往沙縣，無須戰鬥。中共方面對此建議表面上表示同意，並組成東路軍，由彭德懷率領三、五、七軍團準備向沙縣推進，但實際上則是一種姿態，紅軍到了黎川、建寧、泰寧一線即按兵不動，坐觀福建革命人民政府失敗。

紅軍此一決策，絕非少數人意見，既有中共中央發表宣言於前，又有彭德懷擁兵不進於後，可知是有計劃行動，大概在開會時，毛澤東曾說過不如坐山看虎鬥的話。及至閩變迅速被敉平，原十九路軍由六十一師師長毛繼壽率領反正，被改編爲第七路軍調離福建，國軍再度合圍之勢已成，繼續五次圍剿。

閩變在不足一月時間即被國軍平定，出乎蘇方任何人意料之外。當時正開第二次全國蘇維埃大會，因爲得到閩變失敗的消息，匆促結束了會議，但這次會畢竟免去了毛澤東人民委員會主席兼職，改由張聞天繼任，至此，毛澤東成爲空頭的「元首」。

紅軍未能同閩變當局密切配合建立軍事統一戰線，無論就軍事，政治觀點來看，都是一大損失，最重要的是第三國際因爲閩變取得廈門海口，準備給予紅軍大量援助，包括飛機、戰車、輕重機槍、步槍及彈藥，在海參威上船待發，廈門已經失守。史大林爲此甚爲震怒，來電追究責任，周恩來、秦邦憲、張聞天一齊向毛澤東身上推，指毛澤東主張坐山看虎鬥，於是毛澤東受到嚴厲處分，派去雩都督導縣蘇維埃工作，直到紅軍西竄始被召回，幾乎送了性命。

對於此一公案，至今仍無定論，由於敵對雙方毛澤東與周恩來以後又密切合作，彼此都盡量避談舊事。我們以旁觀者立場來評斷是非，毛澤東主張坐山看虎鬥自是實情。毛澤東在「二蘇大會」上報告也攻擊閩變是「欺騙民衆，沒有絲毫革命意義。」但毛澤東當時人微言輕，軍事方面眞正有決策權力的是周恩來，負責指揮的是朱德，在周恩來、朱德背後還有一個第三國際派來的軍事顧問德國人李特。毛澤東已沒有軍事方面職銜，他的話如何能算數，但最後還是把責任放在他的身上。

在周、毛鬥爭的三年中，林彪究竟是何立場，未見到記述。推測林彪當時是採取緘默態度，一切服從命令。所以如此，一是由於林彪年資既淺，地位又不高，雖然他掌握的是紅軍最精銳的第四軍，但軍人當時在領導階層中所佔比重甚輕。另一原因是林彪同周、毛兩人均有良好關係，上井岡山之後一直受到毛澤東的提携，但在廣州時期則受周恩來的領導，南昌事變時，林彪的一個連去担任周恩來總部警衛，可能就是周恩來指定，以後被衝散，林彪隨朱德上了井崗山，完全屬於偶然。所以林彪對周恩來也是受恩深重，自不能完全站在毛的一邊，不過，當毛澤東最倒霉的時候，在周恩來指使下，朱德、王稼祥、劉伯承、陳毅都曾在會議上對毛澤東提出猛烈抨擊，迫使毛澤東低頭認錯，祇有林彪對毛澤東從無一句惡言相加。所以陳毅在被紅衛兵鬥爭時，說：「有幾個人沒有反對毛主席，很少，林副主席沒有反過，很偉大。」雖是諷刺話，倒也是眞話。

毛澤東被下放雩都之後約半年時間，紅軍在蘇區已無法支持，決定突圍西去，此事在事前毛澤東並未與聞，中共中央當時決定在江西蘇區留一部份兵力繼續游擊，以牽制國軍，派項英、陳毅留守，據傳當時曾準備將毛澤東留下，此事經過，較爲重要的高級幹部無人提過，直到文化大革命的始由紅衛兵揭露出。紅衛兵當時所發表資料，大部均有根據，由於中共中央有意供給及紅衛兵無孔不入的調查，許多重要史料均被發掘出來，尤其有關劉少奇部份，更爲豐富，則紅衛兵此說似非虛構。後來所以未曾留下，紅衛兵僅說因紅軍指戰員反對，不能留下，至於何人反對，則未道及，推測當是彭德懷，如果反對者有林彪，是時正值林彪聲望如日中天時，此一大好材料，沒有不拿出渲染之理。而當時彭德懷又正在倒霉，被紅衛兵專人赴成都押解去北平，自不能再表揚彭德懷的大功。

總之，林彪在毛澤東最黯淡時期既未落井下石，亦未對毛澤東有所幫助，祇是採取袖手旁觀態度，此固由於林彪個性使然，亦因爲當時形勢使其不得不如此。

紅軍離開江西至湖南、貴州途中，仍由周恩來指揮，毛澤東對大局不能過問，也不敢打聽，祇是每日行軍過後，在馬燈下查看地圖，推測明日將去何處，其心情苦悶可想而知。

經過三個月的流竄，一九三五年元月到了貴州遵義，此時紅軍將領對於最高指揮者周恩來、李特普遍發生反感，即使周恩來最親密戰友劉伯承也指責指揮的錯誤，一向親毛的彭德懷，更扮了急先鋒的角色，身爲總書記的秦邦憲，軍委主席的周恩來不得不召開會議，商量對策，誰知這次普通的會議，竟使毛澤東東山再起，奪得了軍權，也就是中共當局至今豔稱的「遵義會議」。

謙廬隨筆

十九

矢原謙吉遺著

黃於當代「偉人」，除「財神」外亦多譴辭。一日，於扁舟蕩漾之際，忽詢余曰：

「先生知馮玉祥命名之故乎？」

余以否對，黃乃笑曰：

「馮之原名煥章，足證其先代乃麻將專家與星相學者也。何耶？馮一生以倒戈易幟，爲其特色。麻將中，以牌易牌，謂之「換張」。此與「煥章」同音而不同字，故馮之先代乃錫以是名焉。」

又如何應欽，黃笑語曰：

「君亦知敬之必不得實權乎？」

余叩其詳，黃曰：

「敬之者，敬而遠之。豈不君也悉漢文成語乎？」

於時，酒酣耳熱，黃之狂士氣息益濃，忽語余曰：

「倘吾問曰：

「文有庸之，武有敬之，何以了之？——先生當以何「謎底」答我？』

余愧無以對，黃乃浮一大白：

「無他，只「不了了之」四字耳。」

一日，余赴津門，爲卞府太夫人視疾。卞爲土著中之巨富，家資之雄，不在王占元、王承斌、張彪者流之右。其宅第亦巍峨有王者氣，而僕從如雲，一呼百諾。絕非燕京富戶，青衣小帽，殷實而內斂者可比於十一。

與余會診者，除余友松本醫生外，尚有古都名中醫孔伯華，天津名中醫查文舫與黃際午。中西醫會於一堂，勢必各執一是，亦不可多見之事也。

余與孔醫素稔，遂同車往津，抵站時，夕陽猶在，而卞府少君先肅余等至逆旅，復設晚宴於「法國俱樂部」，備極奢華。席次，松本君私以日語告余曰：

「是處曩非華人所能涉足讌遊之所，而卞府中人獨得登堂入室，足見財可通神，「獅心王」與拿破崙之後生，亦甘爲阿堵物而折腰也。」

宴畢，復肅余等返逆旅小憩，始再四道勞而去。余等遂坐候卞府派車來接，而至時已近夜半矣。甫入門，又復肅余等「進點心」數事，且歉然示意，花廳側後方有密室，可「供」嘉賓閉目養神片刻」。衆皆笑却之，蓋我儕中，除查外皆無阿芙蓉癖也。

至是，始入內會診。衆人所見畧同，卞太夫人疾寖已久，其子孫所以殷殷求診者，實則盡其心之所安而已。

診後，復肅余等進點心數味，亦嘉肴也。其少君又導余等至一空車房中，示以楠木巨棺一具，并告余等曰：「此地習俗，斲木成棺，手起斧落，聞其裂帛之聲，可卜病人吉凶。據匠人告卞府，就斧聲而論，卞太夫人尚有將近二旬之壽也」。

次日，其少君復邀宴余等，款待之殷，雖屬北人，亦不多見。席次，談笑風生，余戲詢孔伯華：

「此劑中又有羚羊角乎？」

蓋孔特喜用羚羊角一味，友「好中甚至有直呼之爲「羚羊角」者。孔聞余言，莞爾答曰：

「不用羚羊角，其能爲孔伯華乎？」

是時，查忽投著而起大笑曰：

「津門病人咸知，黃際午喜用柴胡與朱沙。二公會診，而能水乳若是，誠異數也。

事後，孔告余曰：「卞之先世，雖不學而善事權貴。未識緣何竟得李合肥之青睞，且與李之「張大姑爺」，亦爲折節之交。後遂以李之因緣，爲聶士成等部採製軍服，包辦「糧台」，月積年累，乃成巨富。雖多金而事李相國之門，恭謹卑微，如一价然。李府長幼，雖時或詬之不稍假借，而卞甘之如飴，遂益得合肥之鍾愛，從此財源茂盛，富甲津門矣！」

次日，松本醫生忽過余曰：

「君其雜爲會診壽家乎？吾在津門另一巨富之家，安姓其人者，視疾有日矣。病人膏肓，無以報命，而病家頻頻以延醫會診爲念，君何移玉一行，以証余之診斷不妄乎？」

余以友情與天職，均不容余有遁辭，遂往會診。安府氣派，頗似卞府，負責接待者且以余學歷之故，再四告余曰：

「安府亦有少君一人，留歐深造有年，且亦與西人媾婚矣。」

診視結果，與卞府殆無二致。蓋此輩富貴尊榮，諱疾言醫，一旦病不能起，始圖以「會診」之舉，嚇退病魔，其不敗於死神之手者，幾希矣。

是夜，就寢前，松本忽又來電話曰：

「此番擾君清睡，絕與會診無關。惟余有一病人，曩屬風雲人物，今在津閉戶隱居，日惟有糖尿病自娛，頗有與君一晤之雅興，君其有意乎？」

余意世間豈有以病自娛之人？而松本頗不謂然。但云君在中土，失勢顯貴，車載斗量，能自甘淡泊而以糖尿病自娛者，尚屬上選，視彼輩營營終日，忽南忽北，以求再起者實多多矣。

次午，果有一車迎余於逆旅，余友松本亦在焉。

既抵其地，主人幾親臨其閫，與吳玉帥隱居燕京之風，迥然有所不同。其人修長而目有凶光，眉宇間則仍存秀氣。腕上有佛珠一束，笑容可掬，啓口之際，不云「有緣」即稱「善哉」。此固當日之五省聯帥孫傳芳也。

余聞孫曾負笈東京有年，頗異孫之談話，隻字不用日文。余乃悄謂松本曰：

「孫大帥不乃日文如流者乎？」

時，孫忽操已不甚流利之日語，笑而言曰：

「自日本處處待我輩如高麗人後，余已漸忘日語矣！」

余聞言爲之大慚。

（未完）

談馬奎氏當代名人錄

菊農

在一次猜職業的電視節目中，有一位仁兄的行當，爲所有猜謎的選手們所無從猜中：他是在公路上劃線的。觀衆的笑聲，不禁引起作者的一陣沉思！「社會分工」與「專業化」，乃是同義字。

社會分工，不是把一碗飯分給一羣人吃，而是各人創造各人的飯碗。在飯碗裏裝更豐富與更營養的菜餚。

美國是一個高度分工、高度專業化的社會。出版事業的專業化，也到了令人驚異的程度。我這裏專談一家以編名人錄爲業的出版商：設在芝加哥的馬奎氏名人錄公司（Marquis Who's Who,Inc）。

馬奎氏出版的名人錄，有十三種之多：①當代名人錄；②政府名人錄；③歷史名人錄（一六〇七年至一八九六年）；④已故名人錄（已出四冊）；⑤東部名人錄；⑥中西部名人錄；⑦南部與西南部名人錄；⑧西部名人錄；⑨金融工業界名人錄；⑩世界名人錄；⑪婦女界名人錄；⑫科學名人錄；⑬醫界專家指南。以上十三種名人錄合稱「傳記參考叢書」。

就中對社會貢獻最大的，是「美國當代名人錄」(Who's Who in America)。其出版始於一九〇八年，每兩年修訂一次。一九七〇年以前，每次僅有一巨冊，但是今年出版的第三十七卷，首次擴充爲兩巨冊。全書三千五百四十五頁，包括當代名流約八萬人的小傳。由於它的優異參考價值，各級學校、圖書館、公司行號、政府機構、民間社團，沒有不予收藏的。大家給它一個大紅書(Big Red Book)的雅號。

依照它的取材標準，被搜羅的名人包括十七類：

一、國會全體議員。
二、聯邦政府各部會首長。
三、聯邦各級法院法官。
四、各州州長、各屬領總督。
五、各州司法首長。
六、各州法院與屬領最高法院法官。
七、駐外大使與全權公使。
八、各國駐美大使與公使。
九、駐外重要城市總領事。
十、主要大專院校校長。
十一、武裝部隊將領。
十二、慈善教育與科學團體領導人。
十三、文學、藝術界知名之士。
十四、教會團體領袖。
十五、工商界領袖。
十六、世界各國元首。
十七、其他知名之士。

以上第八與第十六兩項，使今年的「大紅書」之內也包含了一些國際人物。「編者解釋說，把這些外國名人容納在美國名人錄之內，只是爲了便於查考而已。

「名人錄」不同於「傳記」，用不着玩文字遊戲，一切但求眞實與簡明。對於每一位名人，只依序說明以下各事：全名，現職，出生年月日，父母姓氏，學歷，配偶姓名，與結婚時間，子女，歷任職務，軍籍，勛獎，所屬社團，政黨，宗教，著作，寓所，辦公地址。

尼克森總統的小傳佔十七行，同頁一位魯巴克醫生，却佔三十四行。艾格紐副總統的小傳佔十三行，同頁一位雕刻家阿哥斯汀却佔三十五行。白宮紅員季辛吉教授佔了二十七行。

布萊德雷元帥是現存軍階最高的將領，但是姓名之下，開宗明義却指出「鐘錶公司經理人員」（按布帥現任波露華公司董事長）。

影星亨利方達、女珍方達、子彼得方達，以各有成就，均分別立傳。諧星傑利路易的小傳與尼克森總統不相上下。佛蘭克辛那屈和鮑勃霍伯的小傳，長度是艾格紐的兩倍。

賈桂琳的小傳：一九五三年九月十二日下嫁第三十五任總統甘迺廸，一九六八年十月二十日再嫁希臘船主奧納西斯。

除了馬奎氏美國當代名人錄之外，美國各界常備的同類參考書還有兩種値得一提：

「全國現職新聞人員錄」（The Working Press of the Nation）—一九七二年出版的包括四巨冊，第一冊專列報紙工作人員，第二冊專列雜誌工作人員，第三冊專列廣播與電視工作人員，第四冊專列專欄作家。

「美國學人指南」（Dicectory of American Scholars），也包括四巨冊，第一冊專列史學學人，第二冊專列文學學人，第三冊專列外文學人，第四冊專列哲學、宗教與法學學人。

香港詩壇

醉花陰 偕亦老看花展歸得水仙一束　　包天白

欲撥閑愁尋好句，有約花間去，春色舊亭台，劉阮重來，已是華年負。夢中珮韈今何處，洛陽歡重賦，綽約素心同，竝影芸窗，明月休相妒。

虞美人 贈蕭詠儀　　包天白

江山畫景何曾換，再上宜樓看，詩篇粉稿問平生，喜道多才雛鳳正聲清。當年問字情長在，捉筆傷難再，洛陽花譜寫新枝，留得一分春色一分思。

秋夢 寄調過秦樓次包天老韻　　徐義衡

夜靜更殘，月明霜冷，睡未穩心神悄。新愁滾滾，舊恨綿綿，說甚麼情難了。千里遠絕音塵，魂斷錢江，夢隨潮杳。想當年景物，風光如畫，寸心頻擣。

空悵惘，一枕迷離，幾般煩擾，又再聽鷄啼曉。龍華不住，歲月如梭，往事已隨烟渺。誰識天鈞地爐，鍊出塵寰，淚痕多少。嘆人生似夢，不醒黃粱最好。

少年遊 答子修　　張　方

匆匆歲序去如流。白了少年頭。剪燭情長。栽詩夢短。何處憶同遊。深宵愛把佳章閱。重與話西樓。舊日風光。還來酒畔。消盡古今愁。

少年遊 賦贈張方　　葉子修

十多年了。苦無消息。懷念兩心同。宵來通話。平生意氣。都在笑聲中。閣下弄孫添吟興。清談見豪雄。我羨辛蘇詞雙絕。揚州北。大江東。

壬子生辰偶賦　　亦　園

殘冬未覺朔風寒。天佑老人歲月安。放目山川青不改。驚心髩髮白爭攢。孤松耿介辭凡鳥。晚菊清幽伴畹蘭。漫道此間乾淨土。朝朝桑海靜中看。

一簪羣集萬方人。我亦埋名寄此身。往事漸忘天地變。新情倍覺友朋珍。論詩茗畔常爭早。拄杖花前不問春。自笑年來頑石似。更無寸策慰斯民。

壬子金婚　　鄭水心

結髮同心五十年。幸全樗櫟亦前緣。八方風雨經千刧。半壁河山隔一天。異域絃歌聊鼓吹。上庠陶鑄等雲烟。嘗登廣武思人傑。何日中原共着鞭。

水心先生金婚雙壽

十年鍵戶謝塵緣。不問滄桑幾變遷。小病端能添厚福。長生猶待著佳篇。山中野鶴無言佛。天上文星不老仙。今夕金婚宜一醉。畫堂紅燭照顏妍。

前題　　文叠山

金婚雙壽慶嘉辰。南國梅花報早春。遠水閑鷗拖翠浪。懸雲野鶴出紅塵。文騰江海聲華茂。筆落珠璣氣象新。杖履優遊饒晚福。綠生山上老松筠。

次韻壽水心兄嫂並祝金婚　　徐義衡

梁孟相莊五十年。白頭金石證良緣。承歡兒婦能知孝。久閱滄桑懶問天。遯世塵心清若水。平生宦跡淡如烟。今宵喜對當頭月。高咏期頤着壯鞭。

換曆　　亦　園

春來宜換曆。歲月莫嫌新。滄海浮家久。窮岩養性眞。梅花香漸透。茗椀味猶珍。髮白難爲客。眼青易近人。百年原幻夢。萬里異風塵。不惜鄉仍遠。但憐生不辰。干戈長未息。風雨永難湮。昏晦無佳日。痴狂有野民。天心何渺渺。世事更陳陳。但願旌旗返。重教殿廟振。南荒風土厚。北國夢魂親。一笑吾甘老。何須問此身。

編餘漫筆

編者

這一期有關現代史料的稿件有四篇，即五三慘案眞史，「五卅」與「五三」，張自忠將軍殉國三十年祭，僞滿繫獄記實，四篇皆是日本侵華的眞實史料。這不是本刊專門鼓吹反日，實在因爲要談現代史，無論如何也撇不開日本，日本對中國的侵畧手法，眞是四面八方一齊來，無所不用其極。談到日本侵畧中國，近來有些學者還在反躬自問，認爲中國本身也有責任，但是責人必先責己，這是中華民族的美德，但是我們要認淸一點，就是從倭寇之亂到七七抗戰，五百年中，中國沒有一人一騎去日本鬧過事，全是日本人到中國殺人放火，搶掠奸淫，如果說中國人有對不起日本的地方，就是對日本的侵畧有時表示反抗，如此而已。

八年抗戰，日本屠殺了千萬中國人，南京失守被日軍閉門殺了四十萬中國人，這是人所共知的事，但是誰又知道濟南事變那樣一塲小規模的衝突，中國人又被日本皇軍殺了六千多，也許我們中國人太多了，上天生下來專門供日本皇軍試刀的，否則實在找不出可以原諒日本，忘記仇恨的理由。

人物方面，張自忠將軍一篇係編者舊作，但因刊出時間已久，所以重行刊出，以紀念抗日殉國的民族英雄。

王孟迪（有蘭）先生爲民國大老，其人如光風霽月，生前居港時，編者曾多次晋謁，每次皆淸談半日，風度之高雅，學識之淵博，更難得的是一種高貴的襟懷，從孟老身上可以想像到中山先生革命之所以成功，實非偶然。惜乎孟老逝世後，記載甚少，編者不願一代元勛大名不彰，特浼劉己達先生撰此文，以表崇敬之意。

張丹斧是當年上海的名報人，五十歲以上的上海人多數對之有深切印象，上海當時有許多小報，風格別具，與此間的娛樂報並不相同，頗爲引人入勝，但有時愛揭人陰私，甚至揑造事實以遂行敲詐，逐漸爲社會所輕視，始作俑者，則是張丹斧，故樂意爲之介紹，此亦報壇野史也。

由「紛擾到安定」係叙述甘肅省政情況。本刊自創刊以來，有關甘肅政情報導，此爲首次，故甚樂意向讀者推荐。

五次圍剿的四大戰役，本期祇刊出兩大戰役，作者身臨其境，不但記載翔實，而且態度客觀，比起官方記載，內容豐富得多，是一篇有價值的史料。

評劇憶談作者博學多才，對於評劇源流如數家珍，不知者以爲作者可能是個中人，實則不然，此特其餘緒耳，其他方面所知更多。

嚴靜文先生因小病，周恩來評傳暫停一期，下期當繼續刊出。

掌故月刊訂閱單

請將本單同款項以掛號郵寄香港九龍中央郵局信箱四二九八號

英文名稱地址：

The Journal of Historical Records
P. O. Box No. K4298, Kowloon
Central Post Office, Hong Kong.

姓名（請用正楷）中英文均可		
地址（請用正楷）中英文均可		
期數及金額	一年	
	港澳區	海外區
	港幣二十元正	美金五元
	平郵免費・航空另加	
	自第　期起至第　期止共　期（　）份	

錦繡神州

出版者：德興文化事業公司

我國歷史悠久，文物豐富，古蹟名勝，山川毓秀。尤其歷代建築藝術，都是鬼斧神工，中華文化的優美，在世界上有崇高地位；所以要復興中華文化，更要發揚光大，我們炎黃裔胄與有榮焉。

如欲研究中華文化，考據博古文物，瀏覽名山巨川，遊歷勝景古蹟；畢一生精力，恐亦不克窺全豹。往年雖有此類圖書出版，惜皆偏於重點介紹，不能滿足讀者理想。

本公司有鑒於此，不惜巨資，聘請海內外專家搜集資料，歷三年編輯而成；圖片認真審定，詳註中英文説明，堪稱圖文並茂。內容分成四大類：「**文物精華**」「**勝景古蹟**」「**名山巨川**」「**歷代建築**」將中華文化的精英，包羅萬有，洵如書名：**錦繡神州**。並委託柯式印刷廠，以最新科技，特藝彩色精印。八開豪華精裝本，金線織錦為面，織成圖案及中英文金字，富麗堂皇。「**內容**」「**印刷**」「**訂裝**」三並重，互為爭妍；所以本書被評為出版界一大傑作，確非謬贊。

凡備有本書者，不啻珍藏中華歷代文物，已瀏覽全國名山巨川，遍歷勝景古蹟。如購贈親友，受者必感隆情厚意。

全書一巨冊　港幣弍百元

經已出版。【付印無多，欲購從速。】

總代理

吳興記書報社

地址：香港租庇利街十一號二樓

電話：H四五〇五六一

Ng Hing Kee Newspaper Agency

No. 11, Judilee Street, 1st Fl., HONG KONG

九龍經銷處

德興書店（旺角奶路臣街15號B）

吳興記分銷處（吳淞街43號）

外埠經銷處

星馬婆　遠東文化有限公司

曼谷　青年文化服務社

菲律賓　華安書店

越南　聯興書報社

紐約　友聯圖書公司

三藩市　益智圖書公司

三藩市　新生圖書公司

三藩市　文化書店

波士頓　中西公司

芝加哥　文華書局

檀香山　大元公司

倫敦　東寶公司

加拿大　香港百貨公司

澳門　可大文具店

斗湖　光明書局

亞庇　利民公司

清 雕象牙蚌式盤 Carved ivory plate in the shape of an oyster, Ch'ing dynasty

掌故

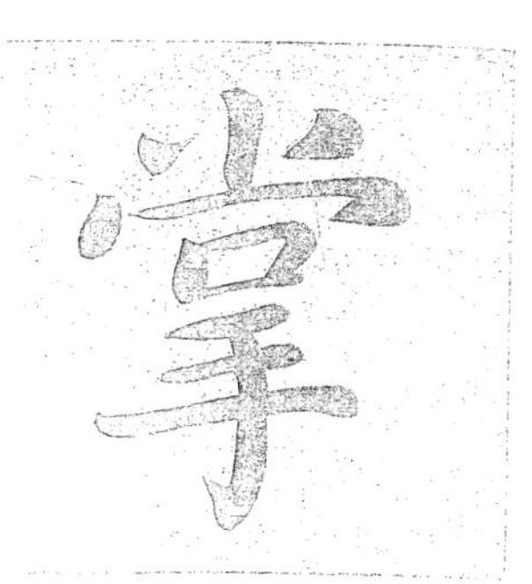

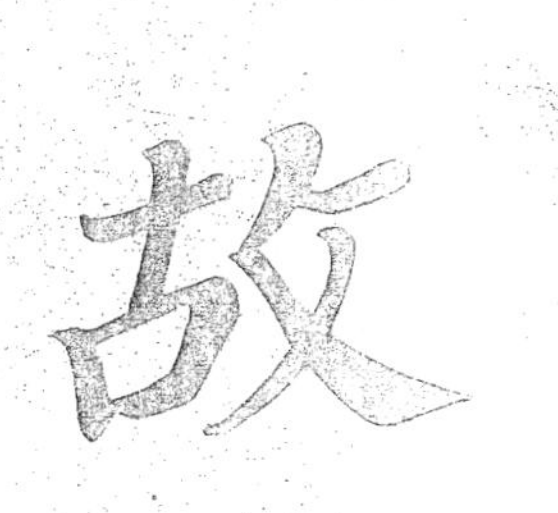

月刊

22

野史·佚聞·人物·風土·

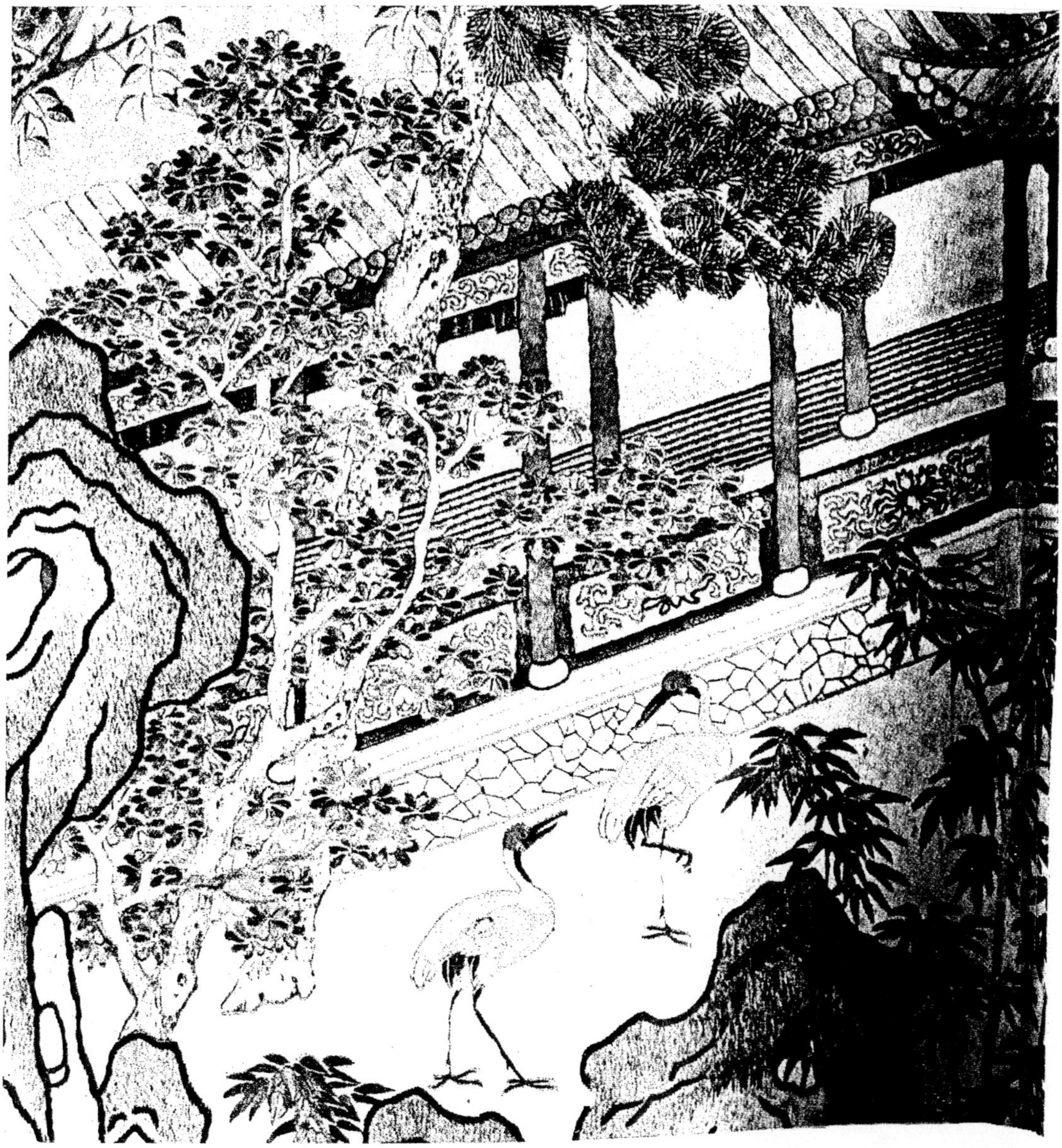

一九七三年六月十日出版

中華月報

一九五三年一月創刊的「祖國周刊」，在一九六四年四月改爲月刊，出版滿二十周年之後在一九七三年四月改爲綜合性的「**中華月報**」。

這個以「**文化性、文摘性、文滙性**」爲特色的大型刊物，設有「**金聲玉振**」（學術思想）、「**秀才樂園**」（時事議論）、「**海峽西東**」（國情報導）、「**天涯比隣**」（各地通訊）、「**大衆小品**」（散文隨筆）、「**時文選萃**」（文摘選載）、「**參考資料**」（文件選錄）、「**人物評介**」、「**書刊評介**」等欄，園地公開，歡迎投稿。

在四月號和五月號的「金聲玉振」一欄中已發表李璜、張忠紱、徐復觀、夏志清、羅錦堂、金思愷等著名學者的論文。在以「秀才未遇兵、有理來講清」爲口號的「秀才樂園」一欄，已發表名政論家司馬長風、齊亦魯等作者的精采文章。在「人物評介」一欄中已開始連載名作家司馬桑敦的「張學良評傳」。其他各欄也都內容豐富，不及詳述。

該刊每期一百頁，零售港幣二元，訂閱一年三十元，五年一百二十元。

中華月報社：香港九龍書院道九號

友聯書報發行公司：香港九龍花園街七十三號

掌故月刊 第二二期 目錄

每月逢十日出版

掌故

第二二期

一九七三年六月十日出版

每冊定價港幣二元正

全年訂費港幣二十元 美金五元

出版兼發行者：**掌故月刊社**

地址：九龍亞皆老街六號B

電話：K八〇八〇九一

6B, Argyle Street, Mongkok, Kowloon, Hong Kong.

The Journal of Historical Records

督印人：**鄧少卿**

總編輯：**岳騫**

印刷者：**和記印刷有限公司**

新蒲崗景福街一一〇號超達工業大厦十樓

總代理：**吳興記書報社**

香港租庇利街十一號二樓

電話：H四五〇五六一 H四五〇七六六

星馬代理：**遠東文化事業有限公司**

新加坡廈門街十九號

檳城杳田仔街一七一號

泰國代理：**曼谷青年文化服務社**

曼谷黃橋東北路五六六號

越南代理：**聯興書報社**

越南堤岸新行街二十二號

其他地區代理：

澳門：可大文具店

亞庇：利民公司

千里達：中華公司

非律賓：華安書局

倫敦：東寶公司

芝加哥：杏林春

波士頓：中西公司

三藩市：新生圖書公司

元藩市：益智圖書公司

加拿大：香港商店

漢城：汎亞書籍公社

寮國：永珍圖書公司

斗湖：光明書店

非律賓：玲瓏書局

紐約：友聯圖書公司

紐約：友方圖書公司

洛杉磯：永安堂

檀香山：大元公司

三藩市：文化商店

加拿大：新國華公司

塘沽停戰協定經過述要

・劉本厚・

壹、前言

中華民國二十年九月十八日夜，日本關東軍爲實行其所謂滿蒙政策，以武力侵佔我瀋陽，當時東北長官張學良以不抵抗主義，被日軍很快的佔去了東北三省（遼寧、吉林、黑龍江）。繼之熱河省亦被攻佔。我大塊河山隨成爲日軍鐵蹄下的刀俎魚肉，凡我國人無不憤慨。但咸能遵照領袖：「和平未到絕望時期，決不放棄和平；犧牲未到最後關頭，亦不輕言犧牲」的訓示，忍辱負重，化悲憤爲力量，採取不與日本直接交涉，而訴諸國際聯盟的政策。國際聯盟理事會當即受理，並派該會英人李頓爲團長，由英、美、法、德、義五國代表組成調查團，來遠東中日調查事變眞相。自二十年九月二十三日受理起，至二十二年五月間塘沽停戰協定前，調查團調查結果，報告書譴責日本爲侵畧者，並已超越日本藉口自衛權利的範圍。

日本惱羞成怒，立即退出國際聯盟。因此，諸般挑釁，製造事件，層出不窮。例如：二十一年的「一二八」淞滬戰役；二十二年的長城各口戰役，以及製造僞「滿洲國」傀儡政府；塘沽協定，亦復如是，其企圖爲得到消化所謂滿洲國喘息的時間。

我國以救亡圖存計，一面實施「安內攘外」政策；一面爭取時間，以作全面抗戰的準備，不能不以忍辱負重的心情，致力於各種建設，並容忍一切挑撥事件，以努力爭取充實軍備力量的時間，所以雙方才有塘沽停戰協定之訂定。茲述其經過概要，以供參考。

塘沽停戰協定要圖

民國二十二年五月三十一日

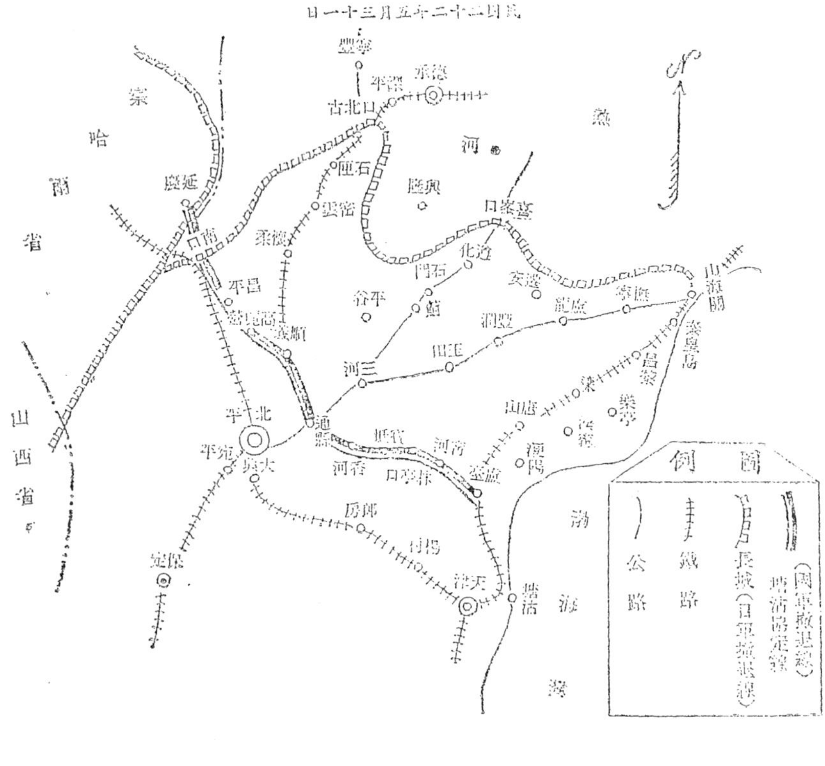

貳、塘沽停戰協定前敵我情勢

一、日軍企圖

日軍基於其傳統大陸政策，發動「九一八」事變，照其預定計劃，不到三天侵佔我東北三省。一面消化其既得的權益，在我國淞滬製造「一二八」事件，更在東北製造僞「滿洲國」；一面以武力南進，由東北攻佔熱河，進窺我平津。因於二十二年一月間，即展開其軍事行動，以藉口一名士兵失踪，攻佔我華北門戶之山海關；同時攻取熱河省，並歷經長城各戰役，渡過灤河西犯，企圖佔領我華北地區，以爲其侵略大陸的根據地。

二、淞滬「一二八」事件

東北事變發生後，我全國憤慨，高唱收復失地，在經濟方面與日本斷絕往來，這是全國國民應該而且當盡的權利和義務。也是至當的防衛行動。亦爲世界各國所公認。但是日本却以強權爲抑制的手段，並以保僑和保護其既得權利爲藉口，以武力來執行其行動，發動淞滬「一二八」事件。此時世界輿論，對「九一八」事變正在責難日本，其關東軍爲了轉移國際視線，企圖在中國南方上海方面製造事端。於是日本駐滬武官田中隆吉收買中國無賴漢奸，傷害日本托鉢僧人，隨藉口保僑發動淞滬戰爭。

於二十一年一月二十八日，日本在華派遣艦隊司令官鹽澤以保護日僑，使陸戰隊登岸警戒。當時我第十九路路蔡廷鍇部，担任淞滬守備，責任所在，不能不與之對抗，阻止日軍的進犯。二月一日日本急派植田謙吉第九師團及下元熊彌的第二十四混成旅，於十九日開始從江灣向廟行鎮實行全線攻擊。我軍堅強抵抗，並憑堅固陣地工事，予敵人以重大打擊，使敵人陷於苦戰狀態。

日軍預想不到的遭遇我軍嚴重的打擊，影响日本整個計劃與國際輿論的觀感。其爲挽救這種頹勢，再派遣大將白川義則爲總司令官，編成上海派遣軍，率領第十一，第十四兩師團，迅速增援上海。同時動員母艦「加賀」及「鳳翔」號上的飛機參加滬戰，並增派野村吉三郎爲新增艦隊司令。二月末白川大將率主力部隊進入長江口，沿江上行，三月一日於瀏河口附近登岸，攻擊我軍左後方，由眞茹、嘉定之線，展開包圍態勢，我蔡軍爲調整戰局轉移有利地勢，繼續作戰。

當敵人決定增援軍隊，擴大滬戰時，我方已察知其企圖，迅速編成第五軍，星夜赴滬增援，與第十九路軍夾擊敵人予以重創，使敵無法進展。

三、僞「滿洲國」成立

日本在東北四省製造傀儡政府，挾持清遜帝溥儀僭位就任僞「滿洲國」執政，於民國二十二年三月九日成立，並向國際宣佈。事前，日本特務機關長土肥原賢二大佐，特奉其關東軍司令官之派遣潛來天津，以威脅利誘手段，綁架溥儀到東北。此種卑劣手段，在當時許多日本知名之士，咸認不當，有失日本體面。其中幣原外相，就是反對之一人，他曾發出警告，認爲綁架宣統到東北，世界各國均對日本將發生不良影響，中日之間的問題，亦將無法獲得諒解而善其後。因爲滿洲是中國領土，日本是對華九國條約的加盟國，分裂東北不但違反條約，而且有背國際信義，幣原外相在「九一八」事變發生時，曾有一句名言：「日本無異吞了一個炸彈」。

僞滿洲國的組織，溥儀任僞執政，張景惠任僞最高行政委員會議長，臧式毅任僞奉天省長，熙洽任僞吉林省長，馬占山任僞黑龍江省長。日本關東軍司令官担任實際太上指揮權，操縱溥儀傀儡政權。

日本政府對關東軍的行動，並沒有嚴格的制止，所以發動事變的日本關東軍司令官本莊繁雖然離職，而其少壯軍閥仍以滿洲既得權益和其國防生命線的想法為前提，忙於所謂滿洲國的建國問題，僞滿洲國的安全問題，並謀求建立與中國之間的緩衝地區，和把握將來進出華北有利的長城之線。所以不顧國際調查團譴責的處理，斷然承認僞「滿洲國」，作為既成事實之藉口，立即退出國際聯盟，以擺脫國際的壓力。同時仍以武力南侵，發動長城各戰役，睥睨平津，進窺華北。

四、長城各戰役

民國二十二年初，日軍攻陷熱河的同時進攻山海關，以失踪一名士兵為藉口，向榆關我駐軍搜查。當時我榆關駐軍何柱國部，以日軍無端侵權，隨發生衝突，雙方激戰三晝夜，我軍依城堅守，予敵重創，俟因左後方長城方面，被自熱河追擊而來的敵人近迫喜峰口，隨撤出榆關。此時，我第二十九軍宋哲元部率張自忠、馮治安兩師增援喜峰口，羅文峪一帶，於三月九日抵喜峰口與日軍遭遇，展開爭奪戰，戰況至為激烈。我趙登禹、王治邦兩旅分從喜峰口兩側，抄襲日軍側背，尤以趙旅王長海團的大刀隊，奮不顧身，勇敢殺敵，用大刀斬獲日軍甚衆使日兵為之胆寒，造成有名的喜峰口大刀殲敵戰。這是自九一八日寇侵佔我四省以來，所遭遇的第一次最大損傷。

自此役以後的各次戰役，日軍對我軍的勇敢精神，不敢小視。同年五月間塘沽停戰協定的順利完成，不為無因。在正義消沉，公理不張之際，實力的表現還是第一。

叁、塘沽停戰協定經過

一、協定前的接洽

在塘沽協定前，為了華北戰事的停戰，曾在上海有所接洽，在當時的行政院長汪精衛曾有邀請第三國：英、美、法、義等國斡旋華北停戰之議，而日方使舘代辦中山詳一亦與駐華英使藍博森在平有停戰的洽商，終因國際情形複雜關係而終止。國際斡旋之路既絕，中日直接談商之門，仍為開啓。

中日直接談商停戰前，黃郛與陳儀曾在上海以私人資格與日人板西、岡田、船津、鈴木、根本博諸人晤談，交換停戰意見，此談雖無形勢上的成就，但對爾後塘沽協定上頗有助益。當時鈴木不過是一大佐，而根本博任中佐，都是日本荒木陸相組織中的重要份子，其言行足以左右日本極右派的政策，因當時日本軍權大部都操在少壯下級軍人之手中。爾後根本博調升北平，鈴木在背後對塘沽協定的事出力不少。根本博於民國三十四年日本投降時已任華北軍司令官，曾於同年十月十日代表華北日軍向中國第十一戰區受降長官孫連仲將軍簽降書。筆者當時參予此會，曾親手把根本博所佩帶的軍刀解除。看到日本軍閥的末路，已非昔日趾高氣揚的神情。

二、塘沽停戰協定雙方參予人員

塘沽停戰協定雙方參予的人員，中國主要者為當時行政院駐平政務整理委員會委員長黃郛、軍事委員會北平分會代理委員長何應欽，內政部部長黃紹雄，顧問張羣，陳儀，軍委會北平分會總參議熊斌，黃郛顧問李擇一等。日方為關東軍參謀次長岡村甯次，科長喜多誠一、上海日本使舘武官根本博、北平日本使舘陸軍武官永津佐比重、海軍武官藤原喜代間等人。

三、協定的完成

黃郛在滬與日本武官根本博接洽停戰之時，華北軍事正在緊張，於二十二年五月中旬，日本節節向我進攻，密雲、三河、遵化、薊縣之陣線，紛紛失陷。此時黃郛奉命出任北平政務整理委員會委員長，於五月十七日抵平，平津已陷在日軍威脅情況之下，我北平軍分會仍嚴督堅扼白河之線。但此線防務長達四百餘里，而可戰之兵不過七十餘團，平均每團須守四里長之陣地，其薄弱可知，在談談打打的情形下，平津地方中日糾紛事件不斷發生，有天津海光寺的投擲炸彈事件；駐日本海軍武官門首被打毀及愛國青年刀傷日使館衛兵等事件，都爲日軍增兵進攻的藉口。在此種狀況中，停戰協定能否順利完成，其關鍵在日方，不在中國。日本關東司令官武藤曾於四月末電根本博，指示其停戰企圖。眞崎參謀次長也於五月六日指示，希望停戰協定能在六月間實現。黃郛委員長窺知日軍眞意，只在包圍我平津逼我作城下之盟。其盼華北停戰有過於我方。因當時僞滿新立內部未靖，吉黑義軍活躍，北滿蘇俄力量加強，熱河及東蒙地方均待整理消化，且有待關東軍之回軍鎮壓綏靖。調查團的譴責，國際輿論的壓力，更爲日軍關心。僞滿洲國的安全在長城以南劃分緩衝地帶，中國軍撤至延慶，昌平，順義，通州之線，日軍撤回長城之線，中間地帶雙方不駐兵，爲日軍目前最所企望的。

黃郛密派殷同與關東軍方面，幾度深談，經岡村甯次，多田駿等之張羅，更由黃氏親往一夕商談大致就緒。隨於五月十八日作最後決定，由日本參謀本部發令關東軍華北停戰，並指定關東軍爲簽訂停戰協定的當事人。

四、停戰協議步驟

停戰協定分三步驟，第一步：停戰之申請由何應欽承諾。於五月二十三日派上校參謀徐燕謀（祖詒），前往密雲接洽停戰事項。第二步：停戰覺書之簽定，由徐燕謀在密雲辦理。徐於五月二十五日偕秘書李擇一赴密雲。日方代表永津出示關東軍停戰書稿五項如左：

1. 對上校徐燕謀停戰申請受諾之。
2. 貴軍應撤至延慶、昌平、高麗營、順義、通州、香河、寶坻、林亭口、甯河、蘆台以西以南之線，此後不得再越該線，亦不得有挑戰之行爲。
3. 日軍爲認識對方誠意，得隨時派遣飛機及必要人員，視察中國之撤退狀況，中國應予保護及便利。
4. 上列各款確認後，由關東軍司令與何委員長各派全權代表在北甯路某一地點會合，提出正式委任狀，經相互承認後訂立停戰協定。
5. 迄至協定成立中國軍不挑戰爲限，日本軍不向中國軍撤退線追擊。

第三步：簽訂停戰協定地點——在塘沽舉行。

日方代表團全權代表關東軍副參謀長岡村甯次少將，代表喜多誠一，永津佐比重、藤原喜代問、中山代辦。中國代表團全權代表軍事委員會北平分會總參議熊斌中將，代表錢宗澤、徐祖詒、雷壽榮、殷汝耕、李擇一。

五月二十九日晨我代表團，由日武官永津陪同，專車抵塘沽，午後四時開第一次會議，雙方換閱全權代表證書。翌日（三十）上午九時開第二次會議，岡村提出停戰協定案，純屬有關軍事條文，並無涉及領土及政治問題。我代表熊斌提出謂：雙方撤退以後，中間地區萬一有匪徒破壞交通和秩序，無力鎮壓殊屬危險，主張以武裝警察進駐。日方代表岡村認爲值得顧慮。此時日方代表喜多誠一（關東軍作戰科長）起而反對。岡村提出折衷辦法，必要時，中國武裝警察爲鎮壓非法份子維持秩序，得進入撤退區，但須先通知日方，如荷同意，作爲備忘錄，列入協定附件，我方代表，隨予同意。

三十一日上午開第三次會議，簽訂停戰協定。

五、停戰協定內容

一、中國軍隊即撤至延慶、昌平、高麗營、順義、通州、香河、寶坻、林亭口、寧河、蘆台所連之線以西以南地區。不得前進，又不行一切挑戰擾亂之舉動。

二、日本軍為確悉第一項實行之情形，可用飛機或其他方法施行視察，中國方面應行保護，並予以便利。

三、日本軍確認中國軍已撤至第一項協定之線時，不超越該線續行追擊，且自動概歸還至長城之線。

四、長城線以南，第一項協定之線以北及以東區域內之治安維持，由中國警察機關任之。在列之警察機關，不得以刺激日本軍感情之武力團體担任。

五、本協定簽字後，即生效力。

肆、結論

一、協定全文不利於我方之處甚多，僅就全文口氣，不是雙方對等的地位，日軍充滿了戰勝者對戰敗者之氣勢和口吻，故此協定一經公佈，各方輿論多有指責。停戰區含有河北省十九縣市與兩設治局，在這廣大區域我國不得駐軍，即維持秩序的警察也須仰承日方鼻息，否則就是有違協定。不但束縛了中國失去了主權，而且孕育了爾後冀東殷汝耕傀儡組織的亂源。當時我代表熊斌，非無預見，特以停戰協定之規定，已無可挽救。

二、塘沽協定公佈者只有五條，都是有關軍事者，並無涉及偽滿土地及政治條款，但全文約定由雙方同時公佈，其第四條第二項則不予公開，故外間傳有塘沽協定尚有附件之說。實際上除文字協定之外，尚有口頭約諾日方希望事項四點如左：

1.駐豐寧（熱河省西部）西面之騎兵第二師，望即撤退。

2.平津附近約四十師之華軍，望即他調。

3.白河附近塹壕及其他軍事設備，望予撤去。

4.中日戰爭禍根之排日，望即徹底取締。

據日方資料，以上日方希望，我國代表概予承諾，惟第四點顯係政治性質，是日本外相內田康哉的希望。按希望與實際不同，「希望」不一定如願以償。

三、另一方面論此協定，關係我國此後抗戰八年的結果，至為重要。因我國當年正在實行安內攘外政策，實在無暇亦無力顧及華北，正以此協定予我以喘息的餘裕時間，以整備全面抗戰之力量，完成了「七七」事變後總體戰的抗戰八年勝利的基礎。否則平津一失而華北不保，影響整個國策，那就不可設想了。所以說塘沽協定形式上，日本雖以戰勝姿態出之，而我國確收到了協定的果實。

附註——本文參考書：

八年抗戰之經過——何應欽著
九一八事變史述——梁敬錞著
日本侵略華北史述——梁敬錞著
亦雲回憶（塘沽停戰）——沈亦雲著
塘沽協定經過——熊斌遺著
日本軍閥興亡史——伊藤正德著（陳焯譯）

西來庵風雲（二）

林藜

吟嘯聚台南，風雲鼎足三。
龍騰兼虎躍，抗日西來菴。
——嶺南林渠詩

一、國民革命起台南

在日閥竊據台灣的五十年中，台胞犂起抗日的革命事件，眞是層出不窮，無法一一計算。正如日人所盛傳的「三年一小反，五年一大反」，使得日閥疲於奔命，幾無寧日，其中尤以民國初年台南余清芳，所領導的西來庵革命事件，它的規模最爲宏大，而且除了日後的霧社事件外，也是台灣最後的一次大革命。那範圍的寬廣，抗戰的猛烈，犧牲的慘重，在歷時半世紀的日據時期中，也可以說是最嚴重的一次了。但是，日人治台的殘酷手段，猙獰卑鄙的面目，也在這一革命事件的過程中，暴露無遺。

西來庵革命的時代背景，正當我國辛亥年八月十九日起義之後。那時　國父所領導的國民革命軍，正在武昌高舉義旗，全國南北隨之響應，不久之後便推翻了滿清二百六十八年的專制統治，建立了五族共和的民主國家，奠定了中華民國的民主初基，因而一舉便聳動了全世界的視聽。

這一來，漢土恢復了，五族共和了，而民主和建設偉業，也正急遽而大大的展開。但是，相反地台民却苦於日本帝國主義的殖民統治已十九年，他們設法擺脫羈絆的心願，從來沒有間斷過。如今又鑑於祖國國民革命之成功，受了這一鼓勵和刺激，民族意識更加濃厚了，益增驅逐異族統治的信心，有志之士，無不暗喜光復台灣的革命時機已到，於是自民國二年起，國民革命的思潮瀰漫了全台灣，三民主義的思想滲入於每一個人心。各地義士聞風興奮，紛紛起來糾合同志，將謀大舉，志士們更不避艱辛，不懼斧鉞地，挺身出而從事國民革命運動，以期早日從日閥的鐵蹄下，把民命挽救出來。

辛亥革命，是我國歷史從專制時代，到民主自由時代的一個轉機，同時也是一個民族運動的巔峰。這一股革命洪流，洶湧澎湃，激盪着沉鬱的台灣海峽，更掀起了反殖民，反帝國主義的風暴。辛亥革命的成功，對於全世界的弱小民族是一大興奮劑，對於台灣的國民革命，是一絕大的鼓舞。所以自民國元年起到四年底這一段時間裡，台灣曾先後發生了六、七次大規模的武裝抗日革命事件，遠遠地和祖國內地的革命浪潮相呼應。

在這一階段中，台灣幾件革命事件的動機，雖各有不同，規模也大小不一。但是，爲推翻異族的統治，投回祖國的懷抱，這個基本的目的却是相同的。如民國元年三月由劉乾領導的林圯埔革命事件，民國二年由羅福星領導的苗栗革命事件，以及民國三年由羅臭頭所領導的六甲革命事件等等，目的無不相同。故這一次（民國四年）西來庵革命事件，實在是我國國民革命的支流，而毫無疑問。

偏巧這時正當中日交惡，兩國外交關係瀕於斷絕邊緣。但這却成了這次（民國四年）台灣國民革命最佳的刺激劑。原來第一次世界大戰發生於民國三年（西元一九一四年）七月，一個月之後，日本對德國宣戰，同年十一月攻陷青島，第二年（民國四年）正月，日人乘機向袁世凱提出了二十一條條約，到了五月，更送出了最後通牒。迫使袁世凱承認，中日邦交面臨斷絕危機，國內民氣激昂，誓死起來支持政府，因而也刺激到隔海的台灣，掀起了無比的抗暴怒潮，後來竟然波及全台，一發不可收拾。

雖然，這次西來庵革命，仍然免不了藉迷信來團結同志，但較之過去各次的革命事件，顯然有了很大的進步，而且頗具組織和規模，因而各階層的人士，都紛紛起來參加，絕不後人，所以不到兩年工夫，革命人衆即已超過兩萬。可惜在準備還沒有完成之前，便被日警和密探所偵破了，功虧一簣，眞叫人扼腕三嘆。

這次的革命，雖然最後仍歸失敗，但是這個推翻異族，光復國土的志向是值得嘉勵的。而且目標正大光明，頗爲後人所仰止。値到民國三十四年，台灣光復後，余清芳、羅俊等奉祀於台北市圓山忠烈祠。從此忠魂有託，血食千秋，成了後人的榜樣。

二、風雲際會西來庵

這一次如火如荼的西來庵革命事件，地區之大，牽涉之廣，幾乎遍及了大半個台灣，抗日的情緒，普及全民。而其中的主要領導人爲屏東後莊人余清芳，楠梓仙溪里人江定以及嘉義他里霧人羅俊等。他們打算藉着宗教的宣揚爲名，以行掩護革命工作之實，並有蘇有志、鄭利記等之從旁多方協助，或助以金錢，或補充人力。總之，他們的目的在於驅逐異民族，收復河山，推翻日人統治，建立大明慈悲國。使能發揚民族精神，爲我國家爭一口氣。

這兒就先一述余清芳吧。

余清芳亦作余清風，字滄浪，但一般人都稱他爲「余先生」。父名余蝦，母名余洪好。他們從閩南遷家到台灣來，便卜居於台南廳長治二圖里後鄉莊。兒童時期曾在鄉中讀過幾年私塾，後因父親死了，家中生活困難，他也從此停學，而當起小工來。

余清芳自小即喜好交遊，生性爽朗，更好結黨爭氣。那時眼看異族種種侵淩，施政乖張，又懷着亡國亡族的憤痛，便立志投身於武裝抗日的組織裡，可惜爲了整個局勢的關係，抗戰終歸失敗。後來便隱忍收斂，不稍輕露仇視日本的態度，一心以待有利時機的到來。

余清芳的生活圈子是很寬廣的，二十三歲以前，他當過小工、學徒、店員以及抗日軍，接觸面非常廣大。後來更給他打入日人的統治機關，任起巡查捕一職來。先後服務於台南、阿公店、鳳山等地，但因民族的畛域，便和日警時起芥蒂與紛爭，且每事多感不平，因此心懷不滿。後來因與日警意見不合而遭停職，從此更懷恨在心，便誓志報仇。一生以驅逐日人爲職志。

就從這一次事件起，余清芳再也無意去任日人控制下的公職了，自此設法尋覓一些志同道合的英豪才俊，故一有空閒便往四方走動，或往來於台南、鳳山等地的齋堂，好利用宗教信仰去鼓吹抗日。就在三十歲那年，余清芳遊遍了台南、林莊、舊城各地歸來，立即着手組成他的革命黨，但表面叫做「食菜會」，使能私下從事抗日運動。後來又於光緒三十四年（明治四十一年）加入鹽水港的二十八宿會，這會和天地會有很密切的關係，大倡反日言論，並逐漸加強反日組織。

可惜事機不密，僅僅一年工夫，便給日警發覺而加以逮捕，送到台東加路蘭游民收容所去，余清芳在那兒給管訓了三年才獲得釋放。在這一段艱苦的日子裡，他對於民族獨立運動的使命，並不因此而中斷，解救同胞的熱忱，也不因此而消滅。故當他一回到故鄉來，一面經營礱米廠來掩護他的行動，一面又兼人壽保險公司的業務員，俾能因業務的關係得以多多接觸民衆，宣傳反日，又能糾合同志，互通聲氣，對他的抗日大業，實有許多的幫助。

憑着余清芳的一表人才，多方見聞以及三寸不爛之舌，他到處廣結人緣。加以豪放的個性，濶綽的手頭，獨特的識見，所以在台灣的南部，幾有「天下誰人不識君」之概。就在這一段時間裡，余清芳無意中結識了大目降世家，又是當時台南廳參事的蘇有志。有志極端的迷信神佛，他是當年台南市亭仔脚西來庵（即王爺公廟）的董事，因他平日篤信佛祖，故常常在庵中走動。有一天，他在庵中的王爺佛像前面，邂逅了不時來庵裡串門的余清芳。兩人相談之下，話頗投機，眞有點後悔相見過晚，說着，再由蘇有志介紹了大潭莊區長鄭利記和余清芳相見認識。

說起這個鄭利記之迷信神像，比蘇有志更見深厚得多。後來竟辭去區長而專心去當西來庵董事。從此，余清芳便常常和蘇、鄭二董事密談於西來庵，以傾吐反日的心情。而蘇有志、鄭利記兩人，簡直把余清芳視爲神明，更把他的言論認爲綸音聖旨般的，而大大的加以贊許，但終以身分關係，只能暗中對革命事業加以援助，而未敢直接參與實際工作。

這一次的革命事件，最大的經濟支持人，當然是蘇有志（綽號三頭）。有志是大目降街（今新化鎭）人，他是當地殷商蘇孝子蘇振芳的第三子。他的父親振芳是個白手成家的鉅商，當有志的兄弟們長大了，父親便爲他們開了一間振芳號餅店，一間振香號藥房和一間振順號布店。餅店，仍由他親自主持，布店交給他的第二子蘇福，藥房交給他的女婿。而對於他的第三子有志，却另設糖廍及魚塭給他經營。後來糖廍發展到十三處之多，魚塭稱爲「鼎臍塭」，也發展到附屬田園五百多甲之大，而且在台南草花街及噍吧哖兩處，也各開設了山產商行，這種種的表現，可知蘇有志是個企業人才。

蘇有志爲人慷慨，交遊很廣，更樂善好施，故有「富人」、「善人」等的尊稱。那時有個僻鄉名叫糠榔脚（今荊拔林牧場）的，附近盤據了土匪，碰到山地出入的擔客（以挑貨爲業的人），便任意收取買路錢或搶奪貨物。可是一旦聽到：「這是三頭的東西」，那便立刻讓他們無條件通過，於此可見有志在當地是很吃得開的。

日人竊台後，聞到他的大名，便聘他爲台南廳參事，後來又被譽爲全台十二大企業家之一，因此他才有督府參加企業大會的機會，他才知道地方性的企業，實有擴大發展的必要，所以後來有志力主組織公司，加強對國外貿易，他自己便在民國元年設了一個米穀公司來示範，自此事業蒸蒸日上。但他自始就不知道日閥對台的野心，後來竟中了日商的狡計，插手於股票的買賣，終於被人騙買所謂「東新株」的股票，而竟把血本虧得乾乾淨淨，甚至不得不變賣自己所有的產業和田園，以償還債務。

——自此，他便對日人起了深深的反感。

有志生平信神，尤其崇奉台南亭仔脚西來庵，這庵有一乩童，名叫劉抱，也是大目降人。他常常在夜間聽到靴聲得得而來，有一晚，他偷偷的爬起來一瞄，才曉得是一位大將軍（王爺）的顯聖光臨。過了一會，他才敢走進廟內道場一看，望見那兒的桃枝已自跳在桌上寫着字，因爲他不識字，所以趕快跑到街上去請王舉人來看佛字。那王舉人名叫王藍石（後來當蘇有志的參謀），他來到一看，心中有數，但嘴上不便說，因爲那是指示抗日的機宜的（有人說那可能是余清芳所設計）。

乩童劉抱回到大目降，便把這些神秘故事告訴了他的同鄉蘇有志。有志就來到西來庵，跪在神前，用大碟（皿盤）作爲乩杯，問以心事，並請神明指點迷津。說也奇怪，那時大碟擲到地下，毫不損破，而且他所問的心事，也一一有了答覆，因此，有志便深信他的事業必成，而他的所謂事業，就是反抗日人，把他們趕出台灣。

從此，蘇、鄭、余三人，時時聚首於西來庵，「推翻日人統治」，便成了他們的定議。並決以神道爲號召，招募信徒爲同志，勸募香火以充軍費，並隨時伺機發動革命，務期以攻滅日閥，盡忠報効祖國，光復台澎爲目標。

三、兩巨頭密室長談

余清芳自從獲得蘇有志、鄭利記兩人的暗中協助以後，就選定台南西來庵爲革命的大本營。並藉着修葺神廟的名義，大向信徒、黨員以及廣大的善男信女去募捐，好作爲來日革命軍興的基金。就這樣，他們積極的加緊籌備。

有一天，有一位名叫張重三的幹部，他負有專門吸收黨員之責。因爲不久之前，他從派到台中工作的一位同志口中，得悉老革命家羅俊，已着手在台中一帶組織革命黨的情報；據說已有了相當的基礎，他便把這些事實報告給余清芳，並建議南北響應，同時起義爲上策。因此，爲了使得這兩大革命怒潮的滙流起見，張重三便選定在台南市府東巷街福春號碾米廠－余清芳家裡的一間密室，作爲南北兩大革命領袖余清芳、羅俊會見之所。

說起羅俊這個人，眞是個頗有本色的大英雄。他那時已是年過六十的老人，但他還是精神矍鑠，身體健壯，而且富有革命精神。原來羅俊在咸豐五年（西元一八五五年）生於嘉義縣的他里霧街（今大林鎮），讀書不喜愛科舉業，曾當過他里霧五間厝的漢文書塾老師；後來轉而學醫，學風水以及五行相法。當台灣被日人佔領初期（約在光緒乙未前後），那時他正在斗六局任書記職，忽地日軍來了，跟着他們姦淫擄掠的種種不法的行爲，眞是氣憤不過，便在光緒二十六年（即明治三十三年）憤而起來參加抗日行列。

據抽著瀛洲斬鯨錄載：他首先爲鐵國山四大王中賴福來的參謀，協助並參與籌劃抗日的種種策畧。最後時移勢遷，無法抵抗，日警也追捕很急，便由布袋嘴港乘帆船暫渡廈門，歷遊祖國各地七年之後，於光緒三十二年（明治三十九年）改名羅璧或羅秀，潛返故鄉一看，那時他的三個兒子都死了，太太也已改嫁，家散人亡，眞是欲哭無淚！而自己又有被日警發覺之危險，家產已盡被姪輩所霸佔，無可奈何地，只好在同年六月再返回祖國。先後在廈門、漢口等地做地理師、醫師、藥師等，又過了幾年之後，即輾轉棲隱於福建的天柱岩寺，持齋禮佛，渡過他的孤老而淒寂的生涯。但對於驅逐日人，光復台灣一事，實在時刻都未曾忘懷過。到了宣統三年（明治四十四年）武漢起義，清帝退位，河山光復。羅俊東望台灣，感慨無比。於是再萌壯志，誓死殺退日人以報國恨家仇爲職志。

民國三年（大正三年）八月，有一位台南人名叫陳全發的，他偷偷的來到廈門，一心尋訪羅俊，告訴他有關余清芳在台南大事籌備起義的經過道：「如今台灣有革命領袖出現在台南，同志數萬雲集，將起來驅逐日人！」接着，便勸他早日返台共謀大事；此外，羅俊又得到台灣的舊友－嘉義廳西螺堡新安庄賴成，及台中廳燕務下堡黃厝庄賴慶，共同出錢一百元，經鄭龍之手送到。羅俊即以這一筆錢作旅費，在民國三年十二月中旬，以齋友名義，率同同志許振欽、余金鳳、余炳祝、余大志及白氏石紫、余氏世鳳二女士由廈門出航，於同月十六日抵台灣淡水登陸。羅俊一行，先拜訪舊友賴水於台中廳燕務下堡過溝庄，更會賴慶、賴成、賴淵國、賴発、賴宜各同志，並分頭討論如何以中部爲基地，進行推翻日本政府統治之策，以期早日光復台灣。

這兒話說回來了，自從張重三給余、羅安排好會面的程序後，羅俊便改名爲「賴守」，帶了同志三人逗在台南，終於在車站那裡，和派來歡迎他的人連絡上了，然後由接待的人領他到一間預定的密室裡，會見了久聞大名的余清芳。那時在密室中的：一個是白髮皤皤，精神煥發，一個是身長碩健，儀表非凡。一老一壯，你一句來我一句的交談着革命的理想和路線，無不處處志同道合，大有英雄相見恨晚之慨。

以地主的身份自居的余清芳，便首先開口道：「我們以十二萬分的誠意歡迎羅老英雄的光臨。聽說羅老英雄當年曾任過鐵國山（抗日陣營）的參謀，對革命的貢獻極多。」羅俊趕忙謙虛的答道：「那裡，那裡，本人年已過花甲，老朽了，獨當大任，還是請年輕有爲的余兄多多領導。」

「你看我們這次的起義抗日，應循的步驟該如何？」

羅俊略略的沉吟一會，便道：「我看：第一應分頭大力去宣傳日本暴政，喚起民族覺醒，以宗教團體爲掩護，多方組織民衆，並利用迷信以鞏固革命信心，而積極展開抗日的各種活動，這樣，將來才有後繼的力量。」

「不過，這些信佛人到底以慈悲爲懷，眞正的革命實力，還是不夠堅強的，組織也不夠嚴密的。所以我們南北兩面必須竭力去爭取地方武力，作爲我們革命的主流。所以凡是與日人利害衝突，或有仇怨的個人以及團體，我們都千萬不要放過爭取誘導的機會。」

「是的！那麼在北部，我設法去爭取腦丁，隘勇和墾民；在南部，你便設法拉攏信徒、農民和客籍移民以及化番。人數愈多愈好，但是這筆龐大的革命經費，却不知道打從那兒出，因爲信徒的捐助到底是有限的。」

余淸芳胸有成竹地道：「我這兒倒有兩位大財主在背後支持：一位是企業家蘇有志，一位是現任區長鄭利記。這兩人對革命事業不但熱心，而且更有信心。」

於是羅俊拍拍余淸芳的肩膀道：「這事却大大可爲啊！這全得看你的了。」

就這樣，兩大巨頭終於結束了這次的會晤。

跟着，羅俊和他的幹部們馬上趕回台中的基地，然後急不及待的展開宣組工作。先以燕霧下堡員林爲大本營，繼以南投下各庄爲活動範圍。他除了自行吸收了部分北投堡民外，另派幹部阿緱廳楠仔仙溪東里大坵園庄氏名叫游榮的，前往林圯埔、羌仔寮一帶招募。據劉枝萬的南投紀要道：民國四年（大正四年）二月十日，游榮又往訪舊友腦長李火見，於沙連堡羌仔寮庄土名新寮那裡，當即對李火見道：

「我革命爲了籌募捐款來建設觀音佛祖，玉皇大帝及漢聖君的廟宇，故不辭遠路，由台南來到這裡。日前觀測天文，今年七月初一起七日間，天昏地暗，狂風暴雨，飛砂走石，伸手不見五指的時候，革命軍將乘機由中國前來攻打台灣，登陸打狗，進軍台南，和日軍大戰一場。那時當有一個老翁出現於甲仙埔山中，他是由中國渡台的，口操泉州話，兩耳垂肩，手至膝下，隱身在騰雲中，無所不至。他所佩用的寶劍，拔起能立斬千人。革命大軍，即由他所統率（按：當係影射羅俊其人）。到時全台同志，將風湧起義內應。如對佛祖有虔誠信心的，可事先出資二元（貧民可酌減），領取神符一張，不但可消災保平安，且可以作加盟革命軍的憑證。又加能自動招募同志，當按照所募多寡以及身份關係，將來可任爲參事，百夫長及其他等職，而且可以領取薪俸。一旦革命成功，羅俊爲聖王，加盟的人均按勢力以任官補職，撥給田園，決不食言！」

腦長李火見聞說心動，便欣然加盟，並踴躍地去招募了同志一百五十人，其他的黨員幹部也都非常努力去從事，沒多久便形成了一股很大的勢力。

四、余羅江鼎足成三

自從余、羅晤面，密室決策後，各人分別加速進行革命的工作，並設法團結地方武力，一時革命的情勢非常蓬勃，頗有一番大大的作爲。

這之後，余淸芳得到部下林吉的牽引，深入堀仔山去，訪謁所謂地方勢力的擁有者——江定，會面的地點就設在南庄興化寮林吉的家裡。說到這位擁有自衞武力的江定，他在這兒山居已有十多年之久，似乎有點不問世事的意味。但對於反抗異族日本統治的意圖，却始終未變。後來他們傾談之下，一見如故，眞是互相欽仰無比，便立刻決意參加革命行動，只等時機一到，當即率領全體幹部下山大殺日人，會後，即由林吉備酒款待，以表示慶祝兩大英雄的初度携手合作，宴中約定這一革命行動，以余清芳爲主，江定爲副，地區則爲台灣南部。至於中部則劃爲羅俊的勢力範圍。

西來庵革命事件主角之一——江定，世居台南廳楠梓仙溪里竹頭崎庄的隘寮脚，他的資望財富都很高，而又喜打抱不平，救助貧苦，極爲當地人所欽仰。日據初年曾任區長，頗爲人民排難解紛過。後於光緒二十五年（即明治三十二年）的一天，爲了維持公務上的必要，忽失手誤殺了庄民張掽司，當時駐在噍吧哖的憲兵隊，便把他逮捕下獄，問以殺人之罪。江定心有不甘，但有寃無處訴，只好逃獄出來，深藏入番山中，後來日警追捕得很急，他便再深入到今日的南化鄉玉山村的後崛仔山那兒去。

在逃匿山中的這一段日子裡，江定冷眼旁觀，發覺日人治下的台灣，無一不是殘民以逞的措施，因而决心起來從事革命，出斯民於水火之中。但當他的勢力還沒有形成之前，只好天天含辛茹苦地，埋頭在山中訓練，以作來日救國之用。就因爲他這樣深隱山中，社會上好久以來，都沒聽到他的名字了，日警們也都以爲他早已死在山中了。

有一天，出乎日警意料之外地，江定突於光緒二十六年（明治三十三年），率領了七十多位久經訓練的精悍幹部，出沒於嘉義廳後大埔方面，到處襲破日警所、憲兵隊，感到無比的困擾。弄得日本憲警焦頭爛額，敵小則進，敵衆則隱，就這樣以大吃小，經過了不知多少次的戰鬥後，到了光緒二十七年即明治三十四年三月二十四日，終被日警發動全力把他圍住了。一場大廝殺過後，有兩名當地的老百姓被殺。那時日警請來了一位鑑定人名叫張牛的，他因感於江定的革命精神，便昧着良心僞證其中一人確爲江定無疑。因此日警就信以爲眞，立即撤圍而去，但是天曉得，江定還活得好好的呢！

「藏龍後大埔，何處尋江定？
嶺雲捲復舒，難辦來時徑。」

山居多年的江定，像老馬識途似的，他東奔西竄，終於和他的兒子江憐，幸運的衝出重圍，逃回後堀仔山中，擇天險要塞來作防線，並且把羅臭頭的殘部及甲仙埔的隘勇，一一組織起來屯墾訓練並重，糧食充備，軍械購足，一心專等有利時機的到來，必以立予截殺，使日人措手不及。至於他們的衣物等必需品，槪由竹頭崎一帶鄉民所供應，一點都不感到缺乏，也並無一人敢走漏消息。

不覺間，江定山居已有十三個年頭了，兵馬糧草已足，訓練也告完成，而且基地已變成反強權，反暴力的自由燈塔，一時抗日的氣燄極昂高，他們隨時尋覓機會，以作一番救國救民的事業。只要有那麽的一天，江定登高一呼，四面八方，三山五嶽的革命志士們，必會羣起響應。

江定在台南的號召力，可以稱得上是第一號人物。當他參加余清芳的反日組織時，年齡早已過了半百，但他的愛國熱忱，絕不稍後於一般年青的後輩。而余清芳自從晤見了羅俊、江定之後，深喜協助有人，物力、經費亦已有了後盾，大事可成，便立即加緊起義的準備。

首先，余清芳在台南市西來庵以拜佛傳教來掩護，而傳教內容又多是些反日思想和事實，同時藉了捐款建廟來充實軍費。因爲他知道利用信仰，固定革命信心是最有力的武器，而宣傳日本暴政，喚起民族精神，便是招募同志的最好方法。所以余清芳一面宣傳，一面糾合同志，更一面分發神符，咒文，並對大家說：拿了這些符咒便可以避彈保平安，用這來固定信徒的信心；又常常藉扶乩、神示來宣告台灣光復國土的革命一定成功。

余清芳也有他的核心部隊，那是以食菜人來組成的。說到食菜人，他們既不剃髮，又不穿袈裟，那是佛教臨濟宗的一派，他們的教義，着重大我爲公，任何犧牲在所不計，因此信徒們個個都是視死如歸的鐵漢，跌倒了也能爬起來，絕不含糊。他們自後加入組織後，無不個個磨拳擦掌，以待革命聖火的點燃，以貢獻一番大好的身手。

其次，江定在山中所訓練的武裝抗日部隊，也越聚越多，羅俊在中、北部的推展革命事業，也是一日千里，成果絕不稍讓余清芳。他們各方面齊心協力，所以沒多久便組成了一支龐大的革命武力。

五、日人高臥夢方酣

紙到底是包不住火的，何況這還是燎原的革命之火？

因爲余、羅、江紛紛發展勢力，招納黨員，雖然在極端秘密下進行，但日警也稍有所聞，知道台灣最近可能有不穩的事態發生，然而事屬秘密，故個中詳情不得而知。後來綜合各方的情報來加以判研，推知甲仙埔、噍吧哖、蕃薯寮各支廳，以及台中、員林附近，都有陰謀事變的跡象，無奈總查不出實情和中心的人物來。所以日方憲警除了對上述各支廳所在地加以注視外，而對於台灣的任何港口，也一一的予以加強警戒。

當時中日兩國之間，正因爲日方提出二十一條件，並以最後通牒強迫我承認，如此一來，兩國正陷於糾紛擾攘之中。省人僻處海島，雖未能公開的反對日本，但內心都深深痛恨着日人的橫行霸道，欺壓祖國。這一反日潮流的激蕩，頗有利於余清芳等革命的宣導，故一時的黨員加入數字大增，遍佈於台南、嘉義、南投、阿彬、台中、台北各廳，尤其接近山區所謂兩不管的地方更多。余清芳眼看時機已熟，便選定幾個交通的樞紐，以及黨員信徒分佈較多的地區，於民國四年（日大正四年）六月，以「大元帥」的名義，發布了一道諭告式的檄文，文中義正詞嚴，誓與日閥不共存。自此檄文一出，人心奮起，怯懦皆立，這也是台灣抗日史中的一則重要文獻！原文如下：

「奉大明慈悲國之旨，東台征伐大元帥余示諭三台萬民知悉：天愛萬民，篤生聖主，爲民父母，所以保毓乾元，統馭萬邦，坐鎮中央。古今中華主國，四夷臣卿，邊界來朝，年年進貢。豈意日本小邦倭賊，背主欺君，拒獻禮貢，不遵王法，藐視中原，侵犯疆土，實由滿清氣運衰頹，刀兵四起，干戈振動。可惜中原大國，變爲夷狄之邦。嗟乎！狂瀾既倒，天運未至，孰能挽回？彼時也，雖有英雄，無用武之地，忠良亦無棲身之處。豪傑義士，屈守待時，忍觀顛倒？吾輩抱恨，倭賊猖狂，造罪彌天，怙惡不悛。乙未五月，侵犯台疆，苦害生靈，刻剝膏脂，荒淫無道，絕滅綱紀，強制治民，貪婪無厭。禽面獸心，豺狼成性。民不聊生，言之痛切。台民何辜？遭此毒害！

「今我中國之南陵，天生明聖之君，英賢之臣，文有經天濟地之才，武有安邦定國之志，股肱棟梁，賢臣輔助，三教助法，聖神仙佛，下凡傳道，門徒萬千，變化無窮。今年乙卯五月，倭賊到台二十年已滿，氣運將終，天地不容，神人共怒。我朝大明國運初興，本帥奉天舉義討賊，興兵伐罪，大會四海英雄，攻滅倭奴，安良鋤暴，解萬民之倒懸，救羣生之性命。天兵到處，望風歸順，倒戈投降。本帥仁慈待人，憐恤性命，准人歸順，倘若抗拒，沉迷不悟，王師降臨，不分玉石，勿貽後悔！」

「本帥率引六軍，戰將如雲，謀臣如雨，南連北越，北盡三河，鐵騎成羣，玉軸相接。海陵紅粟，倉儲之積靡窮；江浦黃旗，匡復之功何遠；班聲動而北風起，劍氣冲而南斗平。喑嗚則山岳崩頹，叱咤則風雲變色。以此制敵，何敵不摧？以此圖功，何功不克？但願爾等萬民細思，有犯前過者，應即止鞭，回頭猛省，洗面革心，改過前愆，去惡從善，勿假倭奴之勢，本帥慈悲施仁，爲世深懷，渡衆行善，諒人改悔。望爾等良民聽從訓示，遵守王法，早引歸順，勿生異心。爾等有志，意願投軍建功立業者，本帥收錄軍中効力。但願奮勇爭光，盡忠報國，恢復吾台，論功封賞。本帥言出法隨，爲國薦賢，執法如山，決無偏私。爾等萬民，各宜凜遵，毋違天意！特示。」

自從這一諭告檄文發出後，革命黨的秘密行動漸漸公開了，反日的構想付諸行動了，當然，這種種的做法也慢慢的被日方憲警所注意到了，從此，日人高枕無憂的酣夢也給驚醒了。

「讀罷憂時檄，台民血淚紛。揭竿揚義纛，澎湃自成軍。」

六、日警憲虎視眈眈

打從光緒二十一年（西元一八九五年）至民國四年（西元一九一五年）止，日人已統治台灣二十年了，在這一段日子裡，台民受盡壓搾，吃盡苦頭，所以一聽到有人高舉義纛，便紛紛以恢復我國國土，發揚我民族精神爲目的，而納入余清芳所領導的這一革命行列裡。當時的態勢是這樣的：余清芳、江定在台南一帶，所部謝成、張重三在台中一帶，羅俊在雲林、嘉義及台北一帶，分頭募集信徒同志，共得四千多人，一時革命的情勢，風起雲湧，戰火一觸即發。

可惜得很，就在這千鈞一髮之際，革命行動的秘密終被日警密探所探悉而告揭發了。原來那時日人因強迫我國簽訂二十一條件的關係，已特下令警戒台灣各地反日分子的活動。於是先後派出大批警探，分佈全台各地以作監視。不久便探得台民有起事的計劃和行動，但由於事屬機密，實際的情形尚無法得悉，只知甲仙埔、噍吧哖以及台中廳員林附近、有着不少的華僑不斷的入境，且與台民接觸頻繁，這便意識到將有不平凡的行動了，日警闘訊，立即對各大港口特下戒嚴令，以期截獲那些所謂「不穩」的份子。

事情終於爆發了：那是民國四年五月二十三日，在一艘正要自基隆港開往厦門的日本客貨輪—大仁丸上，查獲一位台南廳阿公店人蘇東海的乘客，因他素與日警列爲重要的、嫌疑的追捕犯賴淵國，有着多次的秘密通訊而致遭逮捕的，又和蘇東海同行的兩名華僑，雖極力辯稱不認識蘇某，只是萍水相逢而已，但他們之間似乎有着默契，而且形跡也極可疑，於是給警方同時拘捕於基隆支廳，他們雖經屢次慘絕人寰的酷刑偵訊，但革命黨員都是些血性男人，視死如歸，守口如瓶；尤其個人所負的任務，那是絕不會輕易招認的。

就是這當兒，蘇東海終於找到看守不大注意的空隙，趕快的把一張字條和日幣二十圓的酬金，託給當時同被羈押的基隆田寮港某遊廊的日本籍妓女（婚姻違規，被拘禁三天，當日下午即可出所）寄信給員林的賴淵國同志，可是，這件事終被日警發覺了，這眞是一個重要的關鍵，日警便如獲奇珍地將這封信沒收，便按址抓人，因此日警當局便得到革命黨員起事的確證，這信是這樣的：

「我在此地（基隆）受到日警的盤問偵訊，如果你在那裏也受到偵訊的話，千萬不可吐露事實，我會答覆日警所問的年齡爲二十九歲，從事買藥，至於我們的認識，那是兩個月前在台南一家旅館裡，這是極其重要的，望能雙方一致，事關性命，切盼！切盼！」自從這事發生後，日方憲警提高警覺了，而且在台、中、南三地同時開始偵查，展開檢舉，結果，經過多方的印證，已判明余清芳、江定、羅俊、張重三、謝成以及賴淵國等，都是眞正的抗日份子，而且烽火一旦點燃，那麼規模之龐大，牽涉之廣，影響之鉅，實不在苗栗羅福星大革命之下，故日人獲悉之後，大起恐慌，偵查拘捕之事，幾乎沒一天空閒過，一時人心泛蕩，惶然不可終日。

消息傳來，余清芳立即下令召集幹部開緊急會議，當即決議。

一、放棄西來庵這一革命機關；

二、轉進山區或番地，以避鋒頭：

三、所有資金及名冊一律攜走；

四、立即設法與江定會合再作計議。

說着，余清芳知道西來庵不能再住了。，立即攜同平日所募集的現款三千元左右，於間不客髮之際逃出台南市區，在噍吧年附近的後崛仔山中，找到了江定的大本營，暫時躲躲再圖大舉；而日警方面，聽說革命黨的總機關在台南，便如臨大敵般，立即組成龐大的偵緝隊，前來圍襲西來庵的時候，可惜已遲了一步，人去庵空、一無所獲，僅有避彈，避傷的神符和軍書、文告等散亂各處而已，日警撲了這個空，眞是懊惱萬分，但也立刻展開偵查範圍，以期一網打盡。（未完．待續）

抗戰時期發生在上海報館區的悲壯故事

血濺望平街

·藝公·

上海市的報館，大多開設在前公共租界的望平街附近。每天清晨出報時間，報販都集中在望平街上，批發全市的大小報紙。因此，上海人提到望平街，就是代表新聞界，或是報業。

在抗戰初期，國軍堅守滬濱，和日寇作三個月的血戰，後因日軍在金山衛登陸，國軍撤退，上海市遂告淪陷。但在市區中心，有公共租界和法租界兩個特殊區域，受英、美、法等國際勢力統治，日本當時尚未和英美宣戰。因此日軍未能進入租界。這繁華的十里洋場，遂成了四週均是日軍淪陷區的「孤島」。江南各地的難民，紛紛遷入避難，人口增加，市況更加熱鬧。

租界因國際勢力的關係，暫時獲得維持。居住「孤島」上的中國人，享受到一點點的自由，免得受日寇所迫害。在「孤島」上出版的報紙，處於這特殊的政治環境下，仍然是堅守崗位和立場，擁護政府抗日國策，不和日偽合作，盡可能的宣傳抗日。這自然引起日偽的不滿，務必除之爲快，因此爆發了屠殺新聞界人士的大慘劇。

當時孤島上海的報紙，以歷史悠久的申報和新聞報銷路最廣，這兩家報館站在擁護政府的立場上，但宣傳抗日比較和緩。至於中美日報和大美晚報等抗日態度很激烈，對日偽嬉笑怒罵，頗得讀者歡迎。漢奸恨之入骨，因此種下了殺機。

日偽對抗「孤島」上海的新聞界，展開收買報人和出版親日的漢奸兩項工作。有少數意志不堅的人士，被日偽威脅利誘，墮入彀中。出版了幾張漢奸報。其中「新申報」是日軍報導部的機關報，完全日本報紙的風格，利用流氓在淪陷區內，強迫商人訂閱，作風十分惡劣。

偽「中華日報」是汪組織機關報，偽中宣部長林柏生任發行人，主筆胡蘭成，就是女作家張愛玲的前夫。這張報紙在民國三十年春季，曾鬧過一個大笑話，在廣告中，出現一行五號字「打倒賣國賊汪精衛」。在汪組織報紙上罵他們的頭子，當然潛伏的是抗日份子的傑作。排字房的工人被汪偽特務機關「七十六號」捉去一大批審問，但幹這事的愛國工人已潛逃無蹤。

「國民新聞」是汪組織特務頭子李士羣的報紙，主其事的是寫過「南北極」等小說，跟在日本作家橫光利一後面，以「新感覺派」自命的穆時英，後來被政府肅奸人員所消滅，飲彈畢命，橫死街頭。和穆時英一起，被刺激的文化漢奸，還有劉吶鷗。

「時事新聞」後台是偽江蘇省教育廳長袁殊，後來投入日本特務「梅機關」爲走狗。（日本在中國的特務機關，以「梅蘭松竹」四字區分。「梅機關」統轄華中地區）又拉上日本「興亞院」的關係。這張報紙收容了不少左派份子。

日僞辦的漢奸報，和抗日報並存於上海租界中，壁壘分明，展開罵戰。但漢奸報理不壯，言不順，無人要看，屈居下風。而汪組織拉攏抗日報人，收買新聞界，又鮮成效。這可惱怒了「七十六號」的特務頭子，發出「黑名單」，將上海租界上的抗日報紙從業員，上自老板，下至編輯記者，均列入單內，抓到了格殺勿論。甚至英文的「密勒士評論報」主筆美國人鮑威爾的大名也在黑名單中。

日僞想用屠殺來迫害抗日報紙，頓時望平街頭血風腥雨，報人遭到最大的厄運。

首先被日僞開刀的是蔡釣徒，此人是個貪利忘義的無行文人，辦小報出身。被日本人收買，拿了巨額的津貼，要他發表親日言論，和拉攏抗日報人。但蔡釣徒愛的是日本人的鈔票，却沒有胆量去完成交給他的任務。因爲留滬的肅奸人員，鐵血制裁大小奸逆，日有所聞。蔡釣徒吃了豹子胆，也不敢露出漢奸眞面目。仍在報上發表抗日言論。這可惱了日本人，認爲受了他的欺騙。一聲令下，把蔡釣徒捉去，割下血淋淋的腦袋，掛在望平街的電線木桿上。殺鷄警猴，威嚇上海新聞界。

接着是記者金華亭腦袋掛上電線桿。各報先後被投炸彈。甚至暴徒在望平街上，殺害報販，刼燒抗日報紙，搗亂發行工作。各種卑劣的手段，全都施展出來。企圖一舉壓迫抗日報紙關門。

上海新聞界緊張萬分，各報的門口都堆起沙包和鐵絲網。向街的窗口用磚塊封砌，大門裝上鐵板，內外兩三道門。請警探荷槍實彈看守，每個進出的人，均嚴密查問，和檢查衣物。報社形似軍事堡壘，戒備森嚴，如臨大敵。這種情況，恐是世界新聞史前所未有的。

這不但是抗日報作此安全保護，就是漢奸報也是如此。因爲肅奸人員正在制裁他們！隨時會挨槍彈送命。

這可苦了新聞從業員，尤其是列入「黑名單」的人士，一不小心，就遭綁架或殺害。大家不敢輕易走出報館一步。因此乾脆住在報館內，連家都不敢回去。要是想和太太見面，先用電話連絡，約定時間地點，再化裝後從側門偷溜出去，東張西望，害怕被跟蹤。見了太太，交代數語，又匆匆回報館。

這不是故作緊張，實在有好多從業員遭綁架和殺害。如「中美日報」的副刊主編張若谷，出外會妻，就被綁走。「大美晚報」副刊主編朱惺公，在泥城橋畔被日僞特務盯住，堅決不屈服，當場被殺害，碧血丹心，永留青史。

民國三十年十二月八日，太平洋戰爭爆發，抗日報紙全部停刊，至此，這一連串的艱困恐怖的鬥爭才告一段落。

請介紹，請訂閱，請批評，請指教。

各方賜函、惠稿、訂閱，請逕寄香港九龍中央郵局信箱四二九八號，較爲快捷。（附英文）

P. O. BOX K-4298
KOWLOON CENTRAL POST OFFICE,
KLN., H. K.

日軍初佔領香港時之回鄉雜談

·雲煙·

日軍侵略中國如雙足踏入泥淖中不能拔，竟冒天下之大不韙，偷襲珍珠港，轟炸星加坡及啓德機塲，向英美宣戰，該時筆者寓灣仔區，第三天米舖都打了烊；民以食爲天，港政府在若干地區發放「飯和菜肴」，但有時日機在天空中盤旋，則停止發放，以免貧民遭殃，而日機時來，致發放飯和菜肴無形中停頓。

港督鑑於外援已成爲泡影，新界、九龍早已落入日軍手中，銅鑼灣繼筲箕灣又有一股日軍登陸，向西前進，爲免居民財產和生命損傷起見，接受投降條件。迄至二十八日（十二月）即投降第三日，街傍始有出售罐頭食品及花生、豆類之小販，商店仍未復業，對外交通仍封鎖，第三國（中立國）航業公司申請開航，不准；因在日軍機構中之工作人員有米糧配給，再加農民有多餘之麥及農產品亦在街旁出售，但不多且價較貴；另一方面，工廠亦不冒烟開工，升斗小民當然叫苦連天，但更感困難者：若干工廠及商店供應員工一日兩餐或三餐者，日軍當局亦不公開宣佈何日開始配售糧食，香港糧食和蔬菜等依靠外來接濟，雖港島無戰事，但其他地區戰事方興未艾，當局亦憂慮：治安和居民食的問題等，遂成立一歸鄉指導委員會於怡和洋行樓上（現新怡大厦之地基）勸告無業居民和年老體弱者回鄉；因此各同鄉會（多數係粵籍）紛紛租賃民船遣送同鄉回鄉，若干熱心人士貼秘方（數種藥草製成丸藥）食數粒可抵一日之飯量於牆上，因船上不供應膳食；但外省人返鄉則困難，蘇浙兩省人在港較其他省人則多，離港僅有兩條路可走：水路、坐民船往廣州再搭駛往上海之輪船，該時港粵之間有兩艘船對開（每月來往共四次）或轉往其他省，但廣州旅店住滿了候船赴上海者，且民船難免有不良份子混充搭客，或搭上盜賊之船；另一條走陸路，往新界翻山越嶺進入粵省，但途中難免搶刼等情；如不想返上海往大後方，則可水路往廣州灣（舊法租借地現名湛江）進入廣西桂林；本港雖有江浙同鄉會的組織（地點在港島）但毫無生氣，主持人非上流人物；因此若干江浙工商界人士假座華人行某企業公司舉行了坐談會：主要討論「回鄉問題」爲集思廣益起見，出席人士分頭邀請同鄉共同商議；第二次坐談會出席人數較前一次多：麗新紡織廠諸文綺，前中國旅行社唐渭濱（非目前之中國旅行社），中南銀行章叔淳（非目前中南銀行），市商會駐港辦事處曹志功，福利營業公司葛福田，某玻璃廠廠長蕭三平……等，尚有其他人士姓名不詳，爲辦事便利起見，先推定委員若干人；爲聯絡感情起見，宴請歸鄉指導委員會主任（廣田），副主任（濱本），科長（台籍同胞）一人及其他若干職員，席間歸鄉指導委員會負責人勸導江浙人士組陸路回鄉團；嗣後又舉行坐談會，建議當局：「由東南亞駛回上海之運輸艦（空船），搭載難民回滬……」該項建議書託李祖永面交港督磯谷；另一方面籌備陸路歸鄉隊，請重慶政府派員向綠林豪俠，曉以大義，發揚愛國精神，對難胞歸鄉隊勿予以阻撓和打刼等情，歸鄉指導委員會允諾發給證明文件，請沿路軍人予以通行和保護等情，第一批歸鄉隊五十人（正副隊長各一人）於四月下浣出發。

至於在日本軍人家中之傭僕人等要回上海，須由其主人（上尉以上之軍銜）申請，搭乘由東南亞駛回上海之運輸艦，每月有二三條，每艘有三十餘艙位，廣州佔一半艙位，其餘留給香港，誰知此項消息被洩露；該時本港若干高級長官喜結交上流社會華籍人士，若干軍人不免沉於酒色，舞女知悉上述之消息後，請與伊相熟之軍官出面申請，佯言該軍人家中之女僕或廚司欲回上海，舞女得到了許可證（船票價十八元軍票或十八元港幣）出售高至八百元少至四百元，上流社會華籍人士請託者亦不乏人，但粥少僧多，申請者日多一日，而艙位有限，且船期有時拖延，管理人員難於應付，甚至若干申請人怒而拍管理船舶部門之桌，誰知此舞弊傳入港督耳中，而江、浙工商界人士所提出之建議書，港督閱後，認爲可採納，將軍人家中之傭僕人等之回鄉事宜與普通平民統一辦理——由歸鄉指導委員會發給申請表格；申請書上須填明：介紹人之姓名及簡歷，保證人相同；如軍人代申請，則保證人須寫該軍人。筆者知之較早，因屢出席江、浙工商界人士舉行之坐談會，往歸鄉指導委員會索取「申請回上海之表格」，申請書號碼爲第七號，申請書中：須言明「來港之目的」及一滬上與汝相熟之親戚或友人，申請書送入後，等待審查，核准後，申請人之姓名及申請之號碼公佈在該會門首牆上；筆者填「來港接洽某項交易，因戰事致稽留，茲旅費用罄，且母病，須急返滬等情」，誰知申請書三百餘號已公佈：「搭四月中旬之艦返滬」；筆者爲第七號，而榜上無名，因漏填「來港接洽交易之商號名稱」，成爲漏洞，雖申請書上所寫之介紹人及保證人均係留日學生，前者係一紡織廠經理且又是興亞會舘理事（日人之香港統戰機構），後者爲一玻璃廠廠長；不得已請保證人蕭氏書一名片謁見歸鄉指導委員會副主任濱本，因申請書均爲其審核，誰知一女職員代見，謂：『在審查中視緩或急而分先後裁決」等情』。誰知四月杪公佈第二批名單，又榜上無名；友人蕭氏之同鄉數人，亦欲急須返滬，因此其爲筆者等宴請濱本，疏通、說情，因船期不定所以第二批核准之人時往探詢「船期」筆者雖榜上無名，亦時往歸鄉指導委員會，某日往較遲，誰知若干已核之人及未批准之人識余者謂：『一台籍科長呼你名，何不速入內？』筆者即入洽事室，見該科長，其問余姓名後，查閱名單後，命一女工作人員陪見副主任，畧詢問後交余一式六紙表格，填後交該會轉送憲兵隊蓋印，五份留憲兵隊，搭船之人隨身攜一份帶備查；在船啓駛前三天，須往港疫檢查處驗大便；檢驗方法：被檢驗之人，前半身蹲下，臀部高起，醫務工作人員將一如溫度表大小之玻璃桿，頭畧彎如鈎，塞入肛門即拔出，鈎上有少許大便，檢驗大便內有無霍亂病菌，如無即發給無病菌證，攜帶乘船許可證等文件，往「曉二九四部隊」即船舶管理部）購買船票，軍票或港幣通用（一抵一），一律十八元票價（統艙）；原定五月上旬有船，延至五月杪；上船之前，乘客將所攜之行李排成一字型數行，等待檢查——結果抽查。

因燃料不足，先駛往基隆加煤，未抵達基隆前，每一搭客須將大便送往基隆港檢疫處檢驗「有無霍亂傳染病菌」，如有一人，則所有乘客上岸集中，船隻消毒，須俟有病菌之人大便檢驗無病菌後，始可開船離基隆，俾全船搭客均無霍亂病菌，在基隆停一宵，但搭客不准上岸，晚間燈火管制，以防國民政府或美機來炸；經過汕頭、廈門兩地，均靠岸一宵，乘客不准登岸，等待該區憲兵上船檢查，檢查時所有搭客排成一大圓圈，憲兵巡視一週，察看搭客之臉色，兩地之中有一地，個別乘客曾被審問，俾未遭殃；船上伙食，晨係稀飯，中午與晚每人一大盆飯另加葷素菜，有時出售鹹蛋；廁所在甲板上搭一木棚，滾水供應有定時；睡眠地點，在艙內或甲板上，搭客自己處理，船抵滬上，泊黃浦碼頭。慈母及妻子等見游子歸，喜出望外。瞬息忽已三十年，茲北望神州，有家歸不得，能不悲乎？

燎原星火憶耒陽

天爵

共黨在耒陽發展，照說從十六年溯起，爲之播種孵育的，要以鍾先嶸蔣笑青兩人資格最老，鍾在廣東政府服務，蔣爲湖南舊制三中校長，所有回到地方工作的共黨幹部，幾乎都是他兩個介紹支派的。他如軍校畢業的伍中豪劉德超，則跟隨毛澤東朱德分任蘇區中央的高等軍職，沒有介入地方事件，劉在富田事件中，爲反毛派的軍事首腦，失敗後被處死，伍在美國記者史諾所著的西行紀畧一事中，還見過他的名字，以後的結果怎樣？抑是病死或整肅；便不得而知了，鍾先嶸雖終其身，未曾回到耒陽，但初爲縣蘇維埃發展組織任務的王鏡清，就是得了他的援引而代替其使命的，蔣笑青的影响力，那不用說，可算是紅極一時了，當時耒陽共產黨的聲勢，恐怕不弱於毛澤東之在長沙，劉泰劉霞，則掌握着縣農會，被稱爲毛澤東的妹婿陳芬，則控制各學校和兒童團，發動清算鬥爭，沒收地主富農的家禽畜物，尤以縣中學生，對校長李杜，極盡侮辱詬罵，春寒雨夜，令其跪伏庭中，供認所犯貪污劣蹟，限期勒繳，故當馬日事變後第五天，李氏因激憤不堪，即親率槍兵搜捕兩名最爲暴橫之學生鄧調、李條馨，立予正法示衆。

那時縣長爲石亭如，一切莫能自主，聽由他們擺佈，有一次，他們與北鄉曾家村發生衝突，曾家村的人民，不肯接受他們的亂命，居然引起一塲械鬥，縣農會吃了敗仗，先鋒隊被打死一人，姓陳，是個潑皮無賴，白天包食，夜間偸搶，他們大開追悼會，勒令石亭如主持公祭，並縞素送殯，刋碑列匾，稱爲烈士，葬於城北勝地馬阜嶺。有個黃埔畢業的段子平，剛從武漢回來，段與他們都是舊交，談論不忌，他們佯爲親洽，請段向羣衆發表講演，段乃以蔣總司令的政治主張，懇詞勸告，切勿操之過急，使地方騷擾不安。羣衆頗爲感動，不想演詞甫畢，退入休息室，沒有三分鐘，即以捧喝團的罪名，推出槍斃，而各鄉蘇維埃，查倉派食的暴行，正挨村挨戶，逐日推展，使非馬日事變，爆發得快，耒陽早已不堪設想了。但政府還是以寬大安撫爲懷，列名通緝者僅只主要重犯十六人，可是他們已轉入地下活動，採取暗殺的恐怖手段了。

民國十七年春正月二十五日，適朱德率領叛兵過境，招誘煽惑，黨徒蠭起，縣挨戶團主任王曠宣，本爲前清老貢生，懦不知兵，倉卒間率隊抵禦，隊長賀某，臨陣叛變，王曠宣遂以身殉，縣長蕭庶喬裝脫走，朱乃進駐縣城，派遣部下四出裹脅，成立各區鄉蘇維埃，肆行燒殺。寫到這裡，筆者要順便敘述我在先晚，得了一個夢兆。夢見隔居十餘里外的親戚，特來我家告警，說縣城已被共黨攻陷，叫我家快作逃難準備，我那時只有十一二歲，因怕共黨暗殺，經常寄宿於他人家中，次早醒來，回到家裡，探首向祖父門口一看，果見那位親戚來了，我心知不祥，趕快走入母親屋裡，母親快不及待，馬上叫我喚衣吃飯，暫到平田的親戚家中躲避，像這樣奇異的夢兆，我竟不止一次，前後都應驗不爽，在現在的科學家看來，是絕不承認有靈魂先知的玄學的，然而，我却可以人格發誓，絕非別有作用的虛構和扯謊。

後來我由安仁到了長沙，仍然寄居在親戚家，一天上午，忽然街道兩旁，人羣擁擠，神色非常，我擠入一看，見有一隊槍兵，簇擁着黃色包車上一位穿咖啡色的長袍男人，頭戴禮帽，嘴角一撇八字鬍鬚，顯然是個官紳模樣，後面竹椅上，抬着一個貴婦打扮的女人嚶嚶啜泣。直往又一村教育坪而去，我靠在門旁邊的觀衆，他們告訴我，是執行處決陰謀投共的國軍師長賀對庭，後面的婦人，就是送他臨刑訣別的妻子。是日午後，我的門口牆壁上，便貼出了省府主席程潛的告示，宣佈這件以軍法訊決的事由，字裡行間，好像充滿了嚴肅武健的反共作風，誰想到三十八年後，他竟搖身一變，又做到赤色政權下的湖南主席呢？

由於衡陽駐有桂系兩個師，一般難民，便在衡陽廬集下來，組織請願團，向之呼籲，迅速派兵進剿，挽救浩刧，經於閏二月初四，蒙李朝芳師長派王傅兩團，配合難民協助嚮導，一鼓而收復縣城，同時南鄉的民兵，又在小水鋪的紅崗，黑夜偷襲朱德總部，大獲勝利，朱德幾乎送命，竄入溝中潛伏以免，後共方定是日爲紅崗蒙難紀念日，但到了初八晚上，王團長竟受了共方賄送大量烟土，突然宣告撤兵回防，傅團長雖很不同意，奈拘不過王團長與李師長的親密關係，只得一同退軍，於是那些隨軍而來的難民，就在這突如其來的消息，還趕不及逃跑的當兒，被共軍反攻入城橫死於槍兵之下的，爲數更不知多少？到了三月十九日，總算李師長大發仁心，大張撻伐，自動率兵攻入耒陽，隨即分派部隊，下鄉清剿，並成立縣、區、鄉各挨戶團，才把秩序漸漸恢復。其實，朱德雖擁有人槍約三千多人，大部份都是烏合之衆的地痞流氓，但持鳥槍大刀叫囂吶喊而已，眞正能夠作戰的，最多不過五六百人，然亦彈藥有限，不敢長久相持，而在耒陽竟盤踞兩個多月的時間，日夜焚燒不息，流血滿道，腥臭沖天，這眞是要拜那位王團長意外之賜，助桀爲虐的大傑作了。綜計燒燬房間約一千三百餘間，被害人數約達九千餘口，殺人的方式，很少是用槍彈，大多是用槊標亂戳，宛轉呼號而死，嬰兒呢，則把他如皮球似的拋向空中，用標槊承其肚腹，穿入旋轉以爲樂，婦人則類由陰戶披入腸肚，狼藉凌遲，不忍目覩，其中尤以陳大猷一家死得最慘，陳以七十高齡，臨死前，先把他的鬍鬚一根一根除掉，然後再用刀行刑，他的兒子，則在割去腎囊後，剖胸截腹，摘其心肝而啖之，他的孫女，年才十四五，勒令配與某佃農之子，否則便不得活，某佃農心甚憐之，暗囑該女權且答應，實際上他仍以客眷看待，必不使之同房，但該女以名節攸關不屈，寧願引頸就僇。

有邱氏女，在學校讀書時，就加入共黨，風頭甚勁，這回，農會把她的父親挽到，已經提去刑場，她從縣城得則母親的信趕下鄉來，及與鄉農會一談，不但不敢求保，還親手舉刀，把父親殺死，後來縣挨戶團捉獲她，在訊供時，她辯稱是怕父親不得速死，爲了減輕他在臨刑時的痛苦，所以忍着良心，由她動手，免受他們零刀碎割的殘酷，這幾句話，竟爲那登徒子之類的豪紳，藉爲理由，向縣府要求減免，意中是想收爲妾侍，漁其姿色，縣長的答覆也婉曲得妙，以該犯負有弒父的惡名，縱如其說，情有可矜，也得徵求他的兄長的意見，此關人倫大變，不敢輕率枉縱，結果，他的哥哥力主判處極刑，以慰先父之靈。市人見者莫不稱快。

前見佳戈先生之文，說毛澤東在十六年發動秋收暴動失敗後，即匿居耒陽戚友家，至十七年朱德過境，才與之會合，僭稱名號，同上井崗山，這與共方及我方所有文獻的記載，均覺不合，毛澤東果會在耒陽隱藏多時，事後亦不必爲諱，他在耒陽的戚友，照一般人的說法，宜莫過於陳芬，其他似均無什麽私人的交往，陳芬家世貧賤，共黨得勢時雖露頭角，平日在地方，實乏有利人緣，他在十七年國軍反正後，即單騎出奔，望門投止，無人肯予藏匿，至爲狼狽倔促，卒於不久，便爲敖河鄉的挨戶團截獲，解送縣城伏法，足證毛在窮蹙之餘，決不會冒失地跑到人地生疏託命於毫無安全感的陳芬，何況毛在安源礦場，建立了一枝土匪式的基本武力，這一點瘟君夢一書寫得很明白，我們不必橫生異議，且陳芬究竟是否毛的妹婿，殊有疑問，因爲在文化大革命時，海外左派各機構，曾將毛的殉難家屬，自楊開慧起，至澤覃澤民兄弟，與長子岸英：：等人的照片，都刊列窗櫥，並撮述其經歷事畧，未見有同胞妹妹叫毛達湘者，或許毛達湘冒稱爲毛之血親兄妹，以提高其身價，陳芬固亦附和其妻的僞說，以紅色駙馬的天潢貴戚自命。此原是熱中於政治行情者的常態，不必追根深究。但陳芬之死，毛澤東却把他與在長沙先一年伏誅的郭亮，都寫在前湘南公路局長劉岳峙的頭上，劉爲何鍵主湘期內反共最力的右派領袖，三十九年在石門被捉，毛曾手令交付公審，我在郴州看到人民日報，心裡不禁發笑而爲劉氏呼寃叫屈。

朱德在耒陽，與伍玉蘭結過婚，玉蘭的哥哥萬春，是黃埔一期生，兄妹均面有雀斑，但玉蘭的才氣胆識，却遠勝乃兄，據說她在離開耒陽隨朱德奔向江西途中，被國軍將其夫婦同時俘獲，她自知身份暴露，無可狡脫，而以朱德相貌不揚，易於迷混，乃手指朱德對國軍侃侃而言曰：你們國民黨的軍隊，太過無理，我是朱德的妻子，自是罪有應得，難道他是朱德的勤務兵，也要株連並坐嗎？那個將領聽了，居然被她朦過，即將朱德釋放，這話的眞實性如何？未敢肯定，錄之，聊備軼聞待考耳。萬春辦過自首，卅七年受任縣自衛隊長，大陸變色，即投靠共幹，繼而襆被入京做朱德的座上客去了。

林彪之擢升營長，是在敖河鄉芭蕉發表的，這話印證當地人的傳記，似是完全不錯的，但與劉含莊舉行過婚禮，則是一時的訛傳，兩個人的友誼往來，或許很是親密，鄉下人少見多怪，便誤以爲他們已結成終身伴侶，大概婚議儘有可能，林彪或者尚未作出決定，以至胎死腹中，旋告永別，佳戈先生未暇詳審，僅憑虛聲而採錄之。所指證婚人爲導子洲王鏡清，更覺不大可靠，這個人在難民羣中，都對他陌生，筆者却很了解他的身世，他家境甚裕，早歲就讀北京，學問修養均好，他之加入共黨，上面已經說過，是受了鍾先嶸的鼓勵和吸引，十六年馬日事變，他是縣府通緝名單中十六人之一，但在十七年，他表示得很消極，只是騎虎難下，欲罷不能，常託病在家，謝絕一切應酬，預爲脫身引退之計，故未及國軍反攻，縣城收復，便已鴻飛冥冥，不知去向了。追索當時我從長沙回來的記憶，亦未聞有王爲證婚之說，此雖微末小事，無關重要，但劉女却以此事爲其一生之誣，我既知之甚悉，不得不辨白其眞相。

至於農會副主席劉霞，照說也是個恂恂儒雅苦學力行的讀書人，他的加入共黨，完全是爲了報復劉厚基的裔孫劉竹榮的歧視起見。自朱德敗退井崗山，他仍留在白區，從事地下工作，民國二十四年，才以足疾求醫，被地方團隊發覺捕獲，他與邑中當道諸公，皆有深厚的交情，故在獄中，頗受優待，且爲之聯名上書，請求自新免死，據說事已大有轉機，適劉竹榮由省方回縣，聞之甚恐，逕向衡陽專署提出抗議，並左右托人，打通關節，劉的一位密友吳某後來告訴我，劉爲此事，曾特地下鄉賣田，破費了不少的錢財，始在專署的電令嚴催下，將劉霞處決了案。於是那些奔走援救的人，竟揑造爲劉霞拒絕受撫，必以一死殉黨，言下大有讚其舍生取義不愧爲烈士之概。可是反共陣營內的顢頇腐敗，已呈現着精神崩潰的惡劣傾向了。

在劉霞轉入地下活動時，爲他最得力的助手者，當以劉厚總最稱凶悍，此人從小就做煤礦工人，練就一身矯捷如飛的本事，每在地方團隊三四里路的防哨內，一夜連殺三四家而不能及時發覺，來如疾雨，去如飄風，行踪閃忽，寂靜無聲，不由得人心惶惶，相驚伯有。一聞到他的名字，小兒便不敢啼哭，直到二十七年，國共既已合作抗日，他才下山就編，調往前方參入戰鬥了。地方人士，不覺額手稱慶，從心底裡吐出了一口冷氣，這是民國十七暗後朱德所留下的恐怖餘波。這個時期的年殺數字，約計也在七八百以上。

王覺源

共產國際對中國政策之爭

中國革命問題，當一九二三至二七年（民十二——十六年）之間，是使共產國際的頭頭們最爲棘手，最費考慮的事。問題之所以存在，因爲蘇俄帝國主義之與歐洲各國發生關係，並不是放棄在西方的革命活動。他們製造西方德、匈諸國的革命，失敗以後，無路可走，便使他們自然要轉向列寧所認爲很重要的殖民地和半殖民地的國家。經過克姆林宮諸酋縝密的分析以後，認爲世界帝國主義根據地的中國，似乎更易使革命宣傳，煽動整個東方，動搖世界資本主義。

眞的，第一次世界大戰之後，中國的一般環境，確是給共產主義活動一個最適當的場合。經過蘇俄第一個駐華公使加拉罕、和幾個神秘的國際人物，秉承克姆林宮的計劃，先後在中國活動之後，頗獲相當成效。一九二三年九月，鮑羅廷跑到中國廣州，便已身價十倍，成爲政治上紅極一時的人物。共產國際這政策，在中國最強有力的實施，即在一九二三年至二七年間。表面與中國國民革命的勢力合作，對中國國民黨予以援助。事前蘇俄黨內，關於這個政策的討論，因爲列寧在世，由於他的威望所加，黨徒閒話尚少。迨列寧死後，俄共對這一政策的爭辨，也和俄共黨內其他的政策問題一樣，爭論時起，糾纏不淸。在孫逸仙大學和東方大學的中國學生，因此政策關係本身的利害太切，亦同樣展開了熱烈討論。作者一九二五年冬，到達莫新科，恰巧躬逢其會。中國學生方面，除國民黨籍的同學，根據三民主義的革命立場，另有一種主張之外。而共產黨籍的同學，所討論的意見，都不過是在共產國際幾派意見中打轉轉。而共產國際的各派意見，又是與其整個國際政策相連結的。其中心的主張，大約可分爲三派：布哈林派，托洛斯基派，史達林派；各派各擁勢力，旗當鼓對，吵吵鬧鬧，一連幾年，互攻其非，百無一是。

布哈林的意見，原是屬於保守的一派。對於國際政策，他是主張爭取國外非共產集團的擁護，來達成蘇俄帝國主義的企圖。因之，他對於中國的政策，認爲在中國佔最要地位的農民，其意識尚不夠協助無產階級革命。因極力主與中國國民黨合作，完成資產階級的民主革命階段。他並寫了一本「中國國民革命問題」的專著，強調他的見解。托洛斯基依據他的「不斷革命論」，則主張在國際上積極推動社會革命。因之，中國共產黨，應極力爭取自己的機會，在中國發動蘇維埃式的革命，應不惜不怕與中國國民黨從此分裂。托洛斯基這種意見，所謂中國問題專家拉狄克，和其他所謂左派黨人，都是極力贊成的。布哈林和托洛斯基的意見，是兩種根本對立的主張。而第三派的史達林，實際並沒有提出第三種主張，不過欲藉戰爭以達其權力目的而已。史達林最初，大體持着布哈林的意見，以對抗托洛斯基。他認爲「世界的共產運動，都要擁護蘇聯這『祖國』。祖國是世界各國共產運動所由發生的力量源泉。」這與布哈林「爭取非共產集團的擁護，來達成蘇聯的企圖」的說法，實無二致。史達林是蘇俄當時實權在握的人，他的主張，即容易得到實現。所以中國的「國共合作」，尚能維持到三、四年之久。迨托洛斯基被打落失勢以後，史達林則轉用托洛斯基的說法來打擊布哈林。他認爲「假如沒有他的革命，是無法從革命進到建設一個社會主義的社會。」其爲依附托洛斯基之說，亦很顯明。因之，乃有一九二七年中共在中國實行暴動，而有國共分裂之事發生。鮑羅廷被中國驅逐回國，中共黨徒，便在中國各地，進行所謂蘇維埃式的革命。事實告訴我們：國民黨與共產黨過去的「合作」和「分裂」，原來都是由中國國民黨所主動的，蘇俄帝國主義遭了一次慘敗，却很顯明。可是蘇俄和共產國際，却死要面子，不但不承認失敗，還認爲是他們政策的成功，領導的正確。火燒烏龜肚裡痛，這也祇有他們自己知道。

過去共產國際，關於中國革命問題的討論，正如俄共其他問題的爭議是一樣，「一切決於權力」。隨後，史達林對中國問題的論調雖也變了；一方面是由於中國革命勢力壯大起來了，一方面或許又要表示與托洛斯基的不同；但其基本觀點：「世界革命完成，維持蘇俄十月革命的果實，依然是成問題的。」這便是史、托兩人，始終並無不同之處，陰謀侵略中國，實現沙皇主義，也無兩種想法。他們兩人，其所以不能相容者，無非在應付局面的方法與其待時而動之別耳。中國「國共分裂」，既成爲俄共國際活動的慘敗。人死了，還要來開追悼會。布哈林即仍持其「爭取非共產集團的合作的主張」，對英國希望爭取英國工會合作；對德國希望與德國社會民主黨，結成聯合陣線；對於中國，初於一九二七年四月，指示陳獨秀與剛從外國回來所謂國民黨左派份子汪精衛，發表僞國共聯合宣言，企圖維持合作；繼則企圖勾結譚平山、鄧演達等所組織之所謂第三黨，再整旗鼓；再則授命中共黨徒所謂「八七會議」，尋求「國共合作」死灰復燃之道。結果，共產國際都是空勞畫餅。俄帝詭計未售，一九二八年，共產國際召開大會，把國際政策變了方向，把中國革命之失敗，完全歸罪於布哈林，認布哈林思想有偏差，布氏的政策，即被斥爲危險的政策。這樣一來，爭論若干年的中國革命政權問題，在史達林威力之下，便鴉雀無聲了。蘇俄從此也走到了「關門建設社會主義」——史達林一個國家的社會主義建設——的道路上去了，對於世界共產革命的活動，也停息了一個相當日子，一直到第二次大戰結束時期。

國共兩黨理論鬥爭

在中國聯俄容共時期，孫逸仙大學的當局，對於中國學生的態度，是依據共產國際的策略來決定的。表面不分國民黨員和共產黨員，尚能一律平等，無分軒輕。所有中國學生，能爭取爲共產黨員，固然很好，如不可能，盡量使之成爲他們心目中之所謂「國民黨左派」，依然可以利用，亦不負辦理這所大學的初衷。因之，在中國方面，剛到莫斯科前半年之中，兩黨黨員，心中雖不免有些芥蒂，表面上却能和諧共處。但漸積之勢，由微而顯，終於不免展開了兩黨的鬥爭。

先就黨的組織上來說，當時在蘇俄，原有兩個「旅莫支部」：一爲「中國共產黨旅莫支部」；一爲「中國國民黨旅莫支部」。雖在共產黨區域，但在所謂「國共合作情況」之下，「國民黨旅莫支部」，自然也是合法的組織。而且所有共產黨員，不管眞正跨黨沒有跨黨？都自稱是國民黨員。國民黨旅莫支部，既無從查考，亦沒有可能來拒絕。至於純粹國民黨而不兼共產籍的同學，則無法冒充爲共產黨員。故從形式上的「量」來看，國民黨實佔百分之百的優勢，而共產黨員，則尚不及三分之二（因有一百餘同學，未入共產黨）；但從實際的控制力來看，孫逸仙大學則盡是共產黨的天下，國民黨沒有絲毫活動的餘地。後來，共產黨員復積極展開活動，由廣州所去的百分之九十以上的國民黨員，再被共產黨零星吸收了一部份。而純粹國民黨籍的同學，頂多也不過佔全體同學的三分之一強。從此國民黨員，也有了較高的警覺，認爲情勢可慮，乃於無形之中，自動結合起來，實行堅壁清野政策，由是兩黨鬥爭的暗潮乃起。

國民黨的同學，自知在共產黨全面包圍環境之下，與國內情形迥然不同，恰成一反比例。國民黨員所感到最苦惱的，祇能秘密，不能公開；頂多祇能表之於理論，而不能見諸於行動。不能與共產黨作公開積極的鬥爭，也就祇有採取消極防禦的手段。故在組織方面，實行閉關主義，阻止黨員的外流，即大有「自掃門前雪，休管他人瓦上霜」之概。在理論方面，不敢直接或間接的詆誹共產主義，祇能轉彎抹角的來宣揚三民主義，根據　國父言論的實質，化解對三民主義的的誤解或曲解。在態度上，最難最苦的，又不能不以他們所指的「國民黨左派」的姿態出現，這也就是我們的「護符」，也是我們爲達目的所不能不採用的手段。換句話說：國民黨員的鬥爭活動，祇限於守，而不能攻；祇能應戰，不敢挑戰；而且還要有高度的秘密。中國國民黨的歷史上，在可以公開的時期和地帶，還必須採用秘密活動的方式者，這恐怕還是第一次。

當時在理論方面的鬥爭，老實說：由於都是學生，雙方都尚在幼稚的階段。在今日看來，實覺沒有多大價值。如共產黨批評：「國民黨是小資產階級的黨」。國民黨員則說：「中國是國民革命，國民革命，是全國各階級共同的要求，因之，領導這革命的黨，是各階級包括工、農、商、學、兵和無產階級所組成的黨，並非完全代表某一階級的利益」。共黨批評：「三民主義是資產階級民主革命的主義，是不徹底革命的主義」。國民黨員則說：「國民革命，就前階段說，是民主革命。就後階段說，是社會革命；因爲他不會停止在民主階段，還要實現他最高理想——世界大同」。這種討論的結果，無疑的，共產黨是敗了。因爲他們祇是空口說白話，沒有針對着中國實現環境；沒有瞭解到三民主義的內容和目的。從此以後，一部份共產黨員，才開始作三民主義的研究。像張聞天、陳紹禹、沈澤民輩，一天到晚，手裡都抱着一本三民主義。他們終於有一個重大的發現，也就想從此一發現，來曲解與扼殺三民主義，尤其是民生主義。他們把握着　國父的言論：「民生主義就是共產主義」這句話，向國民黨員作理論攻擊，認爲講共產主義，就是講民生主義；行共產主義，即是行民生主義；這是二而一，一而二的東西。　國父已一言定論，我們何必固爲紛歧，多傷腦筋？誠然，這是一個可以懷疑的問題，也是一個近於學術的問題，不像過去那些無聊的討論。這一個理論問題，當時的確轟動了一番。共產黨人洋洋自得，以爲國民黨的同學，從此非屈服不可。而國民黨的同學，當時也未必對於民生主義有深切的瞭解。由是亦激起了研究主義的熱潮。集合各人研究之所得，由同學蕭某集合整理而成「民生主義不是共產主義」一文，發表於「壁報」。這張壁報，並不像今日國內祇裝門面而沒有多少人去看的東西，它却是國共兩黨共有的唯一的宣傳機關。一張壁報張出，經常總是圍滿了讀者，更有不少的人，要把它的內容要點摘錄下來。蕭某這篇長達兩萬字的論文，的確具有澄清思想的價值。他根據　國父遺教的見解，用科學的歸納方法，毫不參雜主觀的意見，揭露　國父對共產主義的理解和民生主義的眞諦之所在。他這篇文章的內容：首先指出國父在聯俄容共以前，並沒有說過「民生主義就是共產主義」或類似的話。其次，指出　國父在聯俄容共時說這句話的對象，用意和作用之所在。第三指出國父對共產主義一貫的態度。第四、指出國父對「共產」二字。有六種的理解，他所指的共產主義，究竟是那一種。第五、指出 國父對馬克思主義，有所批評，第六、指出 國父對共產主義與民生主義在範圍、內容、方法、目的上所作區別。凡所論述，都有確切根據，絕無杜撰臆造。措詞溫和，深入而透澈，把對「民生主義就是共產主義」一言之誤解與曲解，批駁得淋漓痛快。一般共產黨同學讀之，都大爲張目結舌，不知所措。從此以後，共產黨即偃旗息鼓，不再討論這一類問題了。一般共產黨員，本來不學無術，平時復被「禁止研讀三民主義」。除了作應聲蟲之外，便祇會空口白話，造謠中傷。眞正面臨有關學術性的討論。自不能不作論壇上的敗兵。關於這種討論，我們認爲是非常有價值的。國民黨同學之未繼續流入共產黨陣營；留俄的共產黨同學，回到國內後，馬上自動登報脫離共產關係者；此實爲一重大因素。後來我們回國，所見與共匪在理論方面鬥爭之情形，不如當時留俄同學之積極熱烈，又實令人難以索解。

從這次理論大鬥爭之後，共產黨已看出國民黨的同學，修整了防線，佈置了理論基礎。所謂國共兩黨同學共有的壁報，乃永被共產黨同學所霸佔，不給國民黨同學在紙壘上有置喙的餘地。同時，在行動上，又有幾度向國民黨同學猛烈的進攻。他們不但重劃國民黨同學中的左、右派、攻擊右派、拉攏左派、造謠中傷、煽動分化、威脅、利誘，（此中小故事最多，暫置不說）在手段方面，無所不用其極。國民黨的同學，知道來勢洶洶，祇好沉着應付，抱定「敵來我退，敵息我動」的戰術，與共產黨週旋。我們這樣的「橡皮戰畧」之運用，一直維持到國內淸黨運動發生，國民黨籍的同學回國爲止。從組織活動來說：當時旣有兩個「旅莫支部」，而國民黨在實際上却又有兩個國民黨的組織：一爲國共兩黨所共有的公開的國民黨（即國民黨旅莫支部）；一爲純粹國民黨同學，自動秘密所結合，祇有實質而無形式的國民黨。前者，已被共產黨所操縱把持，一切開會活動，都祇畧備形式而已，等於是共產黨的外圍組織。後者，在共產黨指定專人分別嚴密監視之下，幾乎一下都不能動彈。然而國民黨的同學，並未因此而罷休、反而意志更加堅定，興趣更增濃厚。我們沒有旣成的小組，偶有三四個人在一塊，就可算是一次小組會議。似乎人人都是小組長或通訊聯絡員，一有決定，馬上即反映到總的負責人（時爲谷、蕭、楊、李數人），和傳遍到我們全部同志。所謂開會形式，祇是在「散步」或「休息」的幾分鐘，至多半小時就完了。所謂討論，祇是「三言兩語」；所謂議決祇是「一言爲定」；也從沒有什麼大的歧見或行不通的事情發生。以視一般近於形式的小組會或其他會議，會而不議，議而不決，決而不行的情形，眞不免有勞民傷財，曠時廢事之感！有人說：「政黨在秘密時期，最有力量」。這確是很可相信的。辛亥革命以前的國民黨，少數同志之努力，就把國體變更了，又何嘗不是得力於此。留俄國民黨的同學，正式開小組會旣沒有機會，所謂大會也者，自然更不可能。然國民黨的同學，在必要時，還是非召集大會不可。這多半是利用禮拜天或假期，藉遊覽「列寧山」爲名，露天席地而爲之。沒有形式，一散一合，（散即分組研究，合即統一意見），二度的散合，即完成一次大會。一合僅四五分鐘，全會時間，亦常不超過一小時。蓋防共產黨監視人之跟縱也。這種集會。後來終被共產黨發覺了；查無實據的，共產黨雖莫敢奈何（如在後來，不死也得坐牢）；但在共產黨內部，却掀起了一次不大不小的風波，鬧了兩三個禮拜。使他們從此更提高了警覺，加強對我們的監視。過去共產黨對國民黨表面友好的態度，從此即一變而爲歧視敵視的態度。卒因國民黨在國內的淸黨，藉口學業告成（早到的已近二年，遲到的，僅一年或數月，都算畢業了），把國民黨的同學，送回中國和扣留失蹤一部份之後，莫新科的國共鬥爭，才告平息。繼之而起的，便是共產黨內部鬥爭的高漲（共產黨旅莫支部的風潮）且待另文述之。

旅莫支部開場與收場

所謂「旅莫支部」，讀者或許對他很生疏。前面已經告訴讀者：當一九二二——三〇年時，莫斯科有兩個「旅莫支部」，一爲國民黨的，一爲共產黨的。現在我說的是後者。這是中國共產黨駐在莫斯科的最高組織。機構雖不大；但對後來中共的作風和影響是很大的。當中共成立之初，陳獨秀、李大釗等與留法勤工儉學生周恩來、李富春等，都想爭取中共的組織和領導。結果陳李一派，捷足先登，陳獨秀且被共產國際指定爲中共的總書記。留法學生，心有未甘，乃推出周恩來爲領袖，於是在中共黨中央，暗中即形成了「法國派」的小組織。隨後瞿秋白以新聞記者的資格，遊歷俄國，與共產國際和俄共首腦發生聯繫，亦欲從國際關係上，取陳獨秀而代之。終以彭述之等之阻撓，未獲實現。一九二二年，瞿秋白乃拉攏留法學生任弼時和沈澤民、陳昌浩等組織所謂「旅莫支部」，以對抗陳獨秀等，這就是中共旅莫支部組織起源。陳獨秀知道了瞿秋白和周恩來等的野心，亦唆使彭述之、陸成等，組織「擁陳派」，以對抗俄、法兩派。隨後兩湖派之毛澤東、夏曦、惲代英、董必武等，又結成一派。於是中國共產黨，即成了這四派所結合的東西。後來中共內部派系之爭，亦無一不是由此演化出來的。

當一九二五——二七年間，中國留俄學生，以東大與孫大爲主，特別是孫大。旅莫支部的活動中心，亦完全落在孫大。而當時之旅莫支部，仍舊被留法學生所把持。國內陳獨秀派的陣容，雖已漸漸整齊鞏固，而旅莫支部對之，却仍陽奉陰違，各行其是。一九二七年，中國國民黨在國內舉行清黨，給了中共以嚴重打擊之後，一般專以成敗論事的共產黨人。却不估計「共產主義是否適合於中國？」「中國需不需要共產黨？」這一根本問題。他們爲了權利爭奪，即藉題發揮，完全歸罪於領導者的錯誤。用了他們的辯證邏輯，轉外在矛盾而爲內在矛盾，即把對國民黨鬥爭的目標，轉移到中共內部而對陳獨秀了。一犬吠影，百犬吠聲。由任弼時首先發難，反對陳獨秀的「家長制」。周恩來等，更大張旗鼓，策勵反陳運動。兩湖派之毛澤東等，亦同聲附和。次年，陳獨秀終於被共產國際給了「右傾機會主義」的帽子倒了臺。總書記一職，一時無法產生，乃由第三國際所派來的代表暫代。一面由周恩來等組織所謂前敵委員會，策動各地暴動；一方派任弼時等赴莫斯科，向共產國際報告，並掀起中國留俄學生起來響應。

國內中共反陳獨秀事件尙未發動之前，莫斯科的留俄學生，在旅莫支部領導束縛之下，早已有了滿肚皮的憤懣，沒有機會發洩出來。及國內反陳獨秀的消息傳到莫斯科之後，留俄的共產學生，乃爆發爲一種不可收拾的風潮。這風潮固以反陳獨秀的「家長制」爲開端，而事實的發展，旅莫支部正是引火焚身。由反陳獨秀，轉爲反對旅莫支部的家長制，反對旅莫支部機械訓練的束縛。何以會有此急劇的轉化？蓋當時的中國學生，身處異國，對於所謂中國革命的成敗，尙未直接感到它的壓迫。但對切身所感受到的種種痛苦，却有急求解脫的要求！這痛苦是那裡來的？自然是旅莫支部所直接賜予的。當時旅莫支部的負責人，以領袖自居，以家長自命，對於一般共產黨員，施行機械訓練，即一切日常生活，事無巨細，皆加管制。以致弄得人心惶惶，不可終日，疑神疑鬼，人人自危！正像莫斯科昏暗沉悶的天氣，夜長晝短，雪地冰天，冷酷無情，緊壓得透不過氣來一樣。大家鑽上鑽下，緊張萬分，好像天將崩，地將塌，大禍即將來臨！一般共產同學，都如患了神經病似的，有些人茶飯吃不下，有些人則得了失眠症。人人都祇知道精神異常痛苦，却始終找不出一個道理來。人人都想解脫這種痛苦，也就愈向旅莫支部這個圈套裡鑽。結果正好像一個人掉在水裡，想抓住浮萍以求生，愈抓愈緊，沉溺愈深。不祇一般共產黨人如此，就是旅莫支部負責人的心情上，似乎也沒有卸下這個精神上的重担。因之，反陳獨秀運動，一發即轉而為旅莫支部的運動，大勢所趨，實非偶然。

這次反陳獨秀和反旅莫支部所結合的運動，一九二七年春共產黨的同學，關起門來，在孫大大禮堂，一連開了好幾天的大會和小會，結果雖把旅莫支部過去一切作風方式，都和盤托出來了；可是始終得不出問題癥結之所在，沒法子來作決定。幸好孫大校長拉狄克，原已參加大會，旁聽了好幾天，明白了問題的產生和發展。中國共黨同學不能自作決定，最後祇好借助外國人，請出拉狄克這張王牌來作結論。拉狄克講了三四點鐘的話，歸納出一個重點說：「中國學生來到莫斯科，主要的任務，是學習俄國革命的理論和經驗。理論是行動之母，經驗是行動之師。至於黨的工作技術，是要有好的理論與經驗，將來到實際工作上去發揮」。拉狄克這一番講話，分析入微，確把握了事態的重心。故他講話以後，全塲歡呼雷動，掌聲歷久不休。即是作繭的那些旅莫支部的負責人，亦無不為之感動。拉狄克的建議，雖沒有正式提付表決，亦即等於毫無異議的通過。於是孫大和東大的共產同學，都如撥雲霧而見青天，人人皆有喜色，像從監牢裡解放了出來一樣，一身都輕了。從此以後，共產黨的一切活動，似乎也停了很久。縱有活動，也大半成了形式。不過到了一九二九年，東大之併入孫大，是「反對旅莫支部餘孽」，一九三〇年，孫大之解散關門，也是「反對旅莫支部餘孽」；這都不過是一種藉口，實際乃是史達林派與托洛斯基派之爭。然而孫逸仙大學以旅莫支部始，亦以旅莫支部終，也是不可諱言的

中華故土海參威

我們對蘇俄最熟習僅次於莫斯科的城市，就是海參威。由中國海道到俄國，這是第一站。一九二五年冬季，我們赴俄時，為等往莫斯科的火車票，在此停留了五天；一九二八年夏季回國，為候至滬海輪，又住了一星期。前後十多天。無所事事，祇好竟日亂跑亂闖。去時，為了好奇，心情固比較愉快，祇惜冰天雪地，拘束了遊玩的行動，除一片銀色之外，也沒什麽好看好玩。回時，氣候算是很好，景色宜人；但我們在蘇俄特務監視之下，祇好自己處處檢點，由於情緒的低落，也沒有興趣去欣賞這塊原是我國固有的土地。

在蘇俄地圖上，是找不出海參威這個地名的。他們把它叫做「烏拉吉瓦斯托克」，日本人則稱之浦朗斯德，位置於日本海的西北岸。在若干年代以前，祇是一個小小的漁村，是屬於中國的領土。後來被沙俄步步侵佔，造成一些既成事實。我昏庸懦弱的清政府，亦視此叢爾漁村地帶、無關重要，乃於咸豐時期割讓給了帝俄。帝俄西向不逞，轉撥侵畧箭頭對東方，積極經營，闢之為商港與軍港，修築西北利亞鐵路，亦以此為終點。帝俄的野心，終於引起了日本眼紅與恐懼，因帝俄佔據了滿州不撤退，進窺朝鮮，乃爆發了一九〇四年的日俄戰爭。帝俄大敗，遠東海軍，幾於全部消滅；遠東海上權利，幾於完全喪失；打破了它遠東的迷夢。迨十月革命以後，蘇俄對西方發動共產革命失敗，侵畧目標，復由西轉到東，海參威自然又成了它極重要的駐點。

今日的海參威，已成了蘇俄東方重要的海港，貿易頗盛，商店林立；但很少高樓大厦的建築。有堅固的要塞，亦蘇俄遠東海軍之基地。惟冬季冰封數月，諸多不便。沙皇與蘇俄之一貫垂涎我旅順，大連，其野心企圖之一，即在彌補此一點。我們對於這座半山城市，並無太多好感，因為既無名勝古跡，可以流連，亦無博物館，圖書館、名大學、大文化機關，大公園等，足以引人。冬天一片白，冷得要命；夏天僅面對大海，差可一觀。海參威的人口，當時不到二十萬，有華人、俄人、日本人、朝鮮人，比例雖不太清楚，從浮動面觀之，華人似佔多數，俄人反而覺得少。或華、日、韓人種面貌難辨，混亂了我們的視覺。縱橫幾條馬路，比較寬濶，地勢不平，坡度極大。當時僅有電車、作為代步的工具，此外馬車，人力車，我們却沒有利用過。

我初次到海參威時，係蘇俄招待，由大旅館改住一家公寓，類似學生或工人宿舍。除住宿外，飲食都要到外面解決。我們卻沒有打聽這宿舍，公營抑係私營；但茶役都是一些老太婆，頭腦古板得狠。如果衣着不整出了自己臥室之門，她們就要咕哩囉嗦。比莫斯科人民的頭腦，似乎差了一個世紀。第二次到海參威，食宿都是我們自己花錢，這般中國學生，顯然已不被他們重視，——沒有剩餘價值可利用了。我們住在凡爾賽旅館，這裡比較貴族化，有酒吧、餐廳、舞場、旅館中的規矩，也比較莫斯科開放，茶房公開拉皮條，叫妓女，並不嚴格禁止。特務警察，除有關政治性的事情外，其他也視若無睹。這或許是因港口碼頭，特別開放，好多撈一點外滙的關係。市中心區，入夜稍形熱鬧，所謂阻街女郎，滿街穿上穿下。她們有一種共同的特徵，不像上海四馬路的野雞，佇守街邊拉客。她們卻不停的在人行道上作急行軍，彷彿有什麼急事趕路式的，眼睛則盯看着緩步閒蕩的男人。那男人如果照樣回敬她一眼，或跟踪着她，她便大胆的靠近，挽着他的手臂，一邊繼續向前衝行，一邊交談生意。條件談妥，便上她的香巢或旅館。我們看慣了，便叫這些妓女爲「衝鋒女郎」。這在我國任何都市，恐怕都是沒有的。俄國革命以後，當局宣傳，大吹蘇俄沒有娼妓和乞丐，不是自欺欺人嗎？

海參威因爲華人多，一切生活習慣，很多還保存着中國風味。像飯館酒店華人所經營的很多，佈置陳設，多古香古色；招待客人，一呼百諾，必恭必敬。我們上飯館，每餐都少不了大蝦、螃蟹、據說這是當地名產。蟹腿大過鷄腿，大蝦視爲粗菜，皆鮮美可口，價錢也極低廉。我們在海船上吃不下一點東西；在莫斯科吃膩了羅宋大菜；一到海參威，便爭找中國菜館，家鄉口味，總是百吃不厭的。此間娛樂，極少正當消遣之處，多的是低級的酒吧，舞場和咖啡館。華人的家庭或商店，麻將之風極盛，莫斯科中國飯館雖也有，但是不多。我們僅僅看過幾場蹩脚的京戲。歌劇院，電影院，尚不普遍。至於電視、廣播，那時連京都莫斯科也沒有。

在海參威令人最難忘的一件事：即當我們搭海輪回國時，在碼頭上，已經過海關一度嚴格檢查。上了船，又是特務警察的檢查，所有西裝，外套衣裡子都要扯開，箱子、皮包經過幾次敲驗，沒有問題之後，才准進入艙房。特務警察臨去時，還囑咐我們；身上所帶的「盧布」（俄幣），不要放在口袋，都要放到房間裡。我們初以爲是他們準備謀取財物，反而把它隨身謹藏起來。不意輪將啓錨開航之前，又來一次大檢查，命令所有旅客下船，走上碼頭，實行徹底脫衣解帶的搜查。帶有違禁物品的，自然連人扣留，「盧布」一塊都不准帶走，祇能留交當地的親戚朋友。我們固沒有違禁品，而身上所帶的「盧布」雖不多，卻也大傷了腦筋。結果，還是幾個特務警察幫了我們的忙，分別帶了我們出碼頭走一轉，花了幾分鐘的時間，又回到碼頭，對檢查人員說一句：「他們的盧布都交給朋友了」，我們就無事的上了船。我們始終想不透：蘇俄既禁盧布出國，特務警察又爲什麼放我們帶盧布出國，不很矛盾嗎？蘇俄特務警察是有名殺人不見血的，爲什麼對我們會這樣好起來？現在想起來，卻還是一個不解的謎。

留俄學生脫險歸國

莫斯科「孫逸仙大學」的創設，原是蘇俄利用第三國際向東方發展多種陰謀之一。藉紀念我國父孫中山先生爲名，遂行赤化中國青年，作其爪牙爲實。繼他們設立「東方大學」、訓練東方純共產黨員（中國共黨青年、有四十餘人）之外，專設「孫逸仙大學」，即在爭取中國國民黨籍的青年、歸化共黨，供其利用。正如孫大校長拉狄克，對美國記者來校參觀時所說：「完成二十年後的中國政治，就在這輩青年身上」。所以孫大最初絕大多數的學生，爲中國國民黨籍的青年。共黨份子，不過百分之二十。本校當時且有「中國國民黨旅莫支部」的設立，經常有組織訓練上的活動，亦不被學校當局和共黨所阻禁。稍後，中共旅莫支部，秉承中共意旨，採用種種方法，分化控制。初則公開討論批評三民主義，以動搖同學們的思想；繼則利用女共黨員的分途包圍勸誘同學加入共黨。不幸的，國民黨籍一部份同學，意志不堅，認識不足，竟落入了共產黨粉紅色的圈套。而大部份同學，始終保持本來立場，陽與共黨周旋，陰則自已關緊了門戶。除十數同學被共黨視為所謂國民黨右派外，其餘則全目為國民黨的左派份子，尚有利用的價值。同學們也因得相安於一時。

莫斯科的氣候，是陰沉寒冷的：孫大學生的生活，是機械苦悶的。兩年以來，所有中國學生，無論國民黨或共產黨的，都有一種早日脫離苦海，歸心似箭的心理。會一九二七年夏季，中國國民黨在南京舉行淸黨時，第三國際東方部，乃有遣送中國學生回國的決定。消息傳到孫大和東大以後，無不歡欣鼓舞，暗自稱慶！隨即有谷某等數人，先後返國；迨武漢舉行淸黨時，孫大當局奉命，解散了「國民黨旅莫支部」，並決定遣送鄭某等多人回國。當時遣送中國學生回國，原來決定四條路線：一為經海參威取海道至滬，為國黨籍同學的主要路線；一為經由哈爾濱，國共學生皆有；三為取道蒙古，則全為共產黨籍學生；四為取道歐洲，限由於歐洲各國來俄的同學。次序的安排：國民黨的學生先走，然後才是共黨學生。俄共用心之周密，即此亦可見之。不久，蘇俄派駐中國的顧問鮑羅廷，被武漢政府驅逐回國。他到莫斯科以後，隨向第三國際東方部議建，認為「此時遣送中國學生回國，等於幫助了國民黨執行其淸黨工作；如係共產黨份子，也等於送他們上刀俎；對於共黨皆屬不利。不如因時控制及軟禁這班青年。如其不願或不可能，等待相當時日以後，再行遣送，亦不致誤事。到那時，中國共黨革命情勢，或能好轉。縱或不能，國民黨中央，對於由俄回國的學生，即令不加殺害，也會不敢不信任」。東方部接納了鮑羅廷的意見，迅即改變了此項遣送決策。凡共產黨籍的學生，一律分配到軍事學校受訓。以前除基也夫空軍學校，有中國學生（多為馮玉祥派送）外，現在莫斯科的步兵學校，炮兵學校，高級射擊學校和陸軍大學，也都有了中國學生。同時，已經取道蒙古回國的共黨學生，到了庫倫，也被召返莫斯科。至於一部份國民黨籍的學生，便無不垂頭喪氣，欲留不願，欲歸不得。心中雖萬分苦痛，仍不不能不強裝笑臉，貌若積極，與共產黨來敷衍。

此時共黨，對於國民黨籍的學生，仍不肯放鬆牢籠。利用大震盪的時代，國內消息不靈的機會展開分化，利誘（安頓工作），也綁架了幾位同學。其餘的同學就祇有抱定「聽天由命」的想法，以待時會。幸上帝不負苦心人，是年十一月七日，蘇俄在莫斯科紅場，舉行俄國革命十週年紀念大會時，俄國史達林派與托洛斯基派發生激烈衝突，互相鬥打。中國共黨學生當中，自然有史派，也有托派，亦參加了這一滑稽場面。而國民黨籍的同學，利用中共學生的複雜心理，則乘機起而反對俄共。這時，史達林的特務警察，雖早已積極展開了活動，但還未十分注意到外國學生的頭上來。過了兩天，僅聽到炮兵學校半夜裡拘捕了三個中國學生（自然是共黨托派分子、忘其姓名）而已。第三國際東方部，知道中國學生為不可屈，也不可留。當史達林決定放逐托洛斯基之同時，亦決定將國民黨籍的中國學生、遣送返華。

俄共凡有關特務性的決定，執行起來，是非常迅捷的。中國回國學生，這次首批為九人，於是年十二月二日，離開莫斯科，十四日抵達海參威，已先乘船赴滬。第二批十七人，於七日離開莫斯科，十八日，始至海參威。其時，中國共產黨，正在廣州發動大暴動；我國民政府恰於十八日正式宣佈與蘇俄絕交。由於中俄兩國外交關係的劇變，蘇俄當局對於這批到了海參威的中國學生，便置之不聞不問，無法搭輪回國。幸這批十七人之中，有位劉姓同學，原係日本早稻田大學的學生，大家商決結果，推派代表三人與劉同學，同到日本駐海參威領事館交涉。好心的日本的領事，雖許為協助；但有一個條件，祇能搭乘日輪經長崎轉船赴滬，不能在日境登岸停留。大家為急求脫離虎口計，對於日本領事的要求，當然完全接受。乃急於十二月二十日上午九時，登上日輪，以防不測。迨日輪行將起碇發航，日本領事忽然急促登輪，表示送行，並告大家一項驚人消息說：「莫斯科已經來電，向日本交涉，要求逮捕此批中國學生」。奈此批學生已登上日輪，因外交關係，俄人亦莫敢如何！這批同學，既幸脫險，而日本當局的態度亦大變，我們不僅在輪上享受了若干優待，也允許大家由敦賀港登岸，遊覽東京、西京等地。我們也獲得從容計劃的機會，電告中央，由外交部接助返國。因為大家由莫斯科啓程時，已被特務警察嚴格檢查，多少東西，都被扣留，除簡單的隨身衣服用具和些微用費之外，眞已別無長物。倘非日本當局的優待和我外交部之幫助，恐早流浪莫定、生死莫測了。

至於第三第四批的同學數十人，後來，有些已經到海參威；有的尚留在莫斯科待發，則全部拘捕監禁，或遣派勞動營作苦工。直到我國民革命軍統一全國以後，我國際地位提高，中俄關係亦趨改善，已經由俄回國的同學，才將被蘇俄所扣留之第三第四批名單，報請中央黨部，轉由外交部委託德、日兩國大使，向蘇俄交涉，費盡若干周折，始得獲釋返國。有幾位同學，且直到抗日戰爭時，經政府交涉，才得返回。同學們在被俄扣留監禁或服勞役期間，皆受盡無窮的折磨虐待。並有幾位同學如林俠、高儒臣等，則困死於蘇俄的牢獄中。今日回思往事，猶覺不寒而慄！

Olympia

HAIR DRYER
MODEL HD868

世運牌吹髮風筒

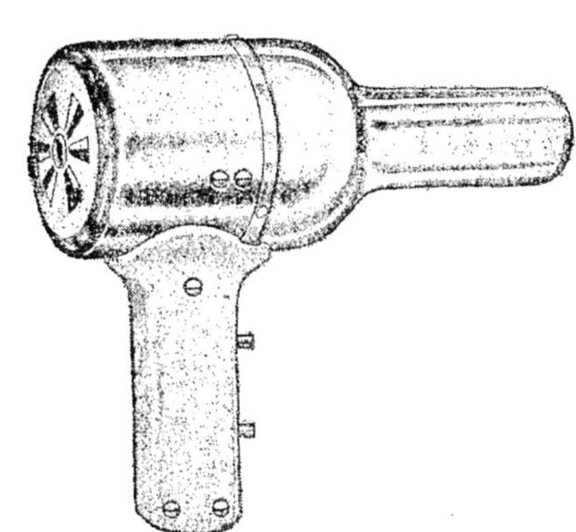

(一)風力特強。
(二)可調節風量。
(三)有冷熱風掣可隨意調節。
(四)裝璜美觀、大方、實用、送禮佳品。

實用電器廠出品・各大電器行有售

地址：香港九龍大角咀塘尾道八十一號至八十一號A四樓

電話：K939082(歡迎電話洽商)

「二十八個標準布爾什維克得名由來」

關峰

莫斯科孫中山大學二十八個布爾什維克之形成：（一）由於孫中山大學第一任校長爲卡爾・拉狄克（Kari Radek），係一著名托派，米夫（Parel Mif）則任副校長，以史達林派自居，史托兩派鬥爭，拉狄克被免職；米夫於一九二七年春繼任孫大校長，學識經驗均不如拉狄克，但他是一位野心家。（二）由於前輩中國問題專家威金斯基（G. N. Voitinsky），鮑羅庭（Michael Borodin）等指導中國革命失敗回俄後史達林不予理睬，米夫乘機攻擊他們的錯誤，由孫大校長一躍而兼任共產國際東方部下的中國部部長，自以爲是共產國際中唯一的中國問題權威。（三）東大和孫大一般學識較好且有實際工作經驗的學生，大多數是反「旅莫支部」，反史達林，反米夫和二十八個布爾什維克，不滿學校當局行政和教育措施。米夫等則認這羣學生爲小資產階級，陳獨秀殘餘，托派分子和「江浙同鄉會」分子。

米夫領導的二十八個的中國學生，以陳紹禹（安徽立煌人，原名陳山泰，號王明）爲領袖，孫大學生稱陳紹禹爲米夫的「走狗」和「兒子」；米夫則稱陳紹禹爲「中共最有威望和最有天才領袖之一」，稱秦邦憲爲「黨的最好幹部」（見米夫著「中共英勇鬥爭十五年」一書。）

此二十八個布爾什維克名單列舉如下（參看國際關係研究所出版郭華倫著「中共史論」第二冊一八三頁）：

陳紹禹、盛忠亮、李竹聲、張聞天、秦邦憲、沈澤民、陳昌浩、王稼薔、陳原道、楊尚昆、何子述、汪盛荻、殷鑑、夏曦、李元杰、王雲程、王盛榮、陳微明、孟慶樹（陳紹禹妻）、劉羣先（秦邦憲妻）、張琴秋（沈澤民妻）、朱子純（女）、杜作祥（女）、朱阿根（工人）、徐一新、袁家庸、孫際明、王保禮（工人）。

盛忠亮（盛岳）和李竹聲係陳紹禹的左右手，此二十八個布爾什維克在孫大大清黨時期，做了很多政治陰謀的工作：

一、揑造「江浙同鄉會組織」：陳紹禹等在中共六次大會開會時，逢人便說「中山大學內，有一個國民黨的江浙同鄉會的小組織，參加者達一百五十多人」，並向中共駐莫斯科代表團及共產國際東方部控告，說該組織與陳獨秀派、托派相結合，以拉狄克的理論成為該組織的依據，實際上他們不滿意米夫和孫大學校黨支部的領導，要求改革學校行政，要求改革學習狀況。嗣經中共駐莫斯科代表團調查結果，覺得所謂「江浙同鄉會」事實上並不存在，因此這個案子就不了了之。一部份著名反米夫份子先後轉送到其他學校去學習，如俞秀松、周達文、董亦湘等送到列寧學院去，另一部份送到列寧格勒軍政大學去就學，但孫大反米夫及反二十八個布爾什維克的活動仍然是繼續不已。

二、以謀殺學生趙延卿（俄文名字稱媽媽西庚）鎮壓反米夫的風潮：東大歸併孫大時，趙延卿、劉胤、趙濟等代表東大反米夫的學生領袖，而米夫和陳紹禹則以「托派」和反史達林的大帽子壓制東大學生，反米夫風潮已鬧到無法收拾的地步。史達林乃派第三國際主席季米特洛夫前來孫大主持三天三夜大清黨。陳紹禹唆使俄國特務將趙延卿謀殺，再把趙延卿屍體吊於孫大學生寢室中，學校當局說他是托派份子畏罪自殺的。趙延卿河南人，北京大學畢業，曾任中共河南省委會書記，品學兼優，獲得東方大學一部份學生的敬仰（在東大學生中有趙媽媽之稱呼）。

三、分散和逮捕東大學生：在這三天三夜大清黨當中，米夫對這批反對派學生採取高壓政策：動員史達林的特務逮捕了大批東大學生，如學生領袖季達才（浙江人，活動能力極強），安福（江蘇無錫人），范金標（浙江人）等秘密放逐到西伯利亞勞改營中。有的學生送到工廠中做工，有的學生送到各地（烏克蘭、喬治亞、亞美尼亞等共和國）去參觀，有些學生被遣送回國，這數百名學生歸國後，爾後成為中華民國反共中堅幹部。

四、各軍事學校畢業生一部份放逐到新疆：東方大學軍事班鬧事的學生，分送到各軍事學校（步兵、炮兵、騎兵射擊）就學畢業後，怕他們思想有問題，靠不住，又把他們放逐到新疆去，如竺青丹、李平等一百餘人。

五、米夫勾結陳紹禹一度控制中共中央：米夫為控制中共中央，乃陸續將二十八個走狗送回中國，一度奪取了中共中央的權力。

這羣米夫的走狗既無實際工作經驗，被中共黨內有歷史的幹部看不起，陳紹禹與何孟雄（華北工運領袖，民國十六年起即任中共江蘇省委，為積極反立三路線者）合作推翻李匪立三之後，陳紹禹遂出賣何孟雄，向龍華淞滬警備司令告密，一九三一年一月間何孟雄等二十五人在滬被捕。陳紹禹派的窮凶極惡的權力鬥爭，引起中共黨員大批自動脫黨，形成很多新反對派。

中共於一九三一年四月間顧順章遭捕，同年六月二十二日總書記向忠發亦就捕槍決，從此中共組織迭遭破壞，損失殘重，陳匪紹禹掌握中共中央：總書記（陳紹禹）、宣傳部部長（沈澤民）、組織部部長（張聞天）、婦女部部長（孟慶樹）、少共中央書記（秦邦憲）。

一九三一年九月，共產國際為加強對中共中央領導，並為緩和因右派而造成對陳紹禹之積怨，主調陳紹禹赴莫科斯，出任中共中央駐莫斯科國際代表團首席代表。

徵稿小啟

本刊徵求有關現代史料人物傳記等作品，每千字敬致薄酬港幣二十元，珍貴圖片另議。

已發表文稿，版權即屬本社所有，將來出單行本時不另致酬，但奉贈作者原書二十冊。

來文編者有權酌予刪節之，如不同意，請先聲明，作者請示知真實姓名，通信地址，作品署名則聽便。

賜稿請寄九龍中央郵局信箱四二九八號，掌故出版社收。

著譯文章中外譽

劉師舜的中譯英

劉己達

一、前言

據中央社台北二月十六日電：陳立夫博士著的四書道貫，英文本出版了，書名是The Con F U Cian W A Y. 由美國紐約聖若望大學，國立政治大學，商務印書館和舊金山中國晨報四處同時發行，並已列入美國國會圖書館登記，目錄七七、一八二四〇號。

又說：這部六百四十頁的著作，是由劉師舜博士翻譯，透過他的典雅，謹嚴和流暢譯筆，介紹了四書道貫的總論、格物、致知、誠意、正心、修身、齊家、治國、平天下、結論等十篇精闢闡述了中國儒家的哲學。書末附錄了重要的專門名詞的註釋。這部書的中文本，出版以來，已銷售十一版四萬一千多冊。

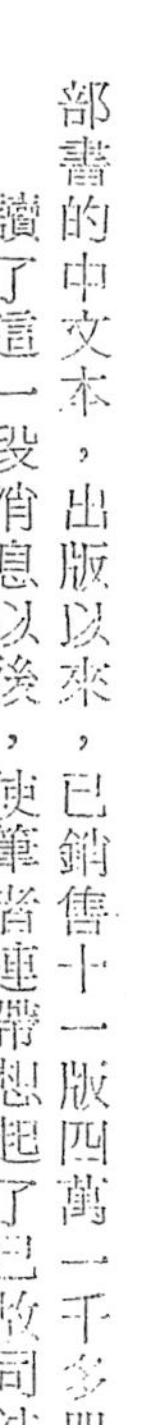

讀了這一段消息以後，使筆者連帶想起了已故司法院長謝冠生先生送給家叔劉師舜的七秩大壽的一首詩，其中有一句是說他的著譯，已經享譽中外之句爲「著譯文章中外譽」。此詩雖已經在本刊去年五月登載過，但爲了閱者便利，謹重錄於下：

「金石論交卌載餘，海天修阻悵何如！折衝壇坫勳猷樹；著譯文章中外譽。偕老同庚臻福慧；承歡有子美璠璵。欣逢杖國稱觴日，萬里風雲任卷舒。」

有關家叔劉師舜曾任外交部政務次長以及加拿大暨墨西哥大使等職，以至於與謝冠生先生兩人交誼，筆者已在本刊有詳細介紹，茲不再贅。

本文特選擇這一句詩，以爲題目，用來說明家叔中譯英的經過，以及中外的好評，當屬確切之至，可見謝冠生先生的善頌善禱，亦絕不是過甚其詞。

這裡且說有關中譯英的工作，此時在復興中華文化爲朝野極端重視之下，已漸入高潮，尤其是在美國盛極一時。家叔洞燭機先，多年前即致力於此項譯述，而且有最好的成就。

二、先說「中詩選輯」

首先是特選古今詩人張九齡，賀知章，李白，李商隱，劉長卿，柳宗元，陸游，孟浩然，白居易，陶淵明，王安石，韋應物

，以及近代詩人熊希齡先生五十一位詩人的作品，譯成英文，名爲「中詩選輯」。

近代詩人何以特選熊希齡，則因家叔之祖父劉寶壽（字茶生），他是甲午進士，歷任湖南、江蘇、江西知縣，政聲卓著，與這一位湖南夙儒熊希齡先生有深厚之交誼。當家叔幼年在北京清華大學肄業時，曾由祖父之引見，多次晉謁熊希齡先生，耳提面訓，受益至多，因之，對其學行亦極爲仰佩，印象至深，所以他之詩亦特別被選入。

這書是在民國五十五年（一九六六）出版，在香港大學出版社印行（定價港幣二十五元，合美金約爲四元，當時紐約牛津大學出版社亦可承訂。）其時我還旅居香港，在經常與家叔通訊中，獲知該書編譯以及出版經過。

我的英文程度太差，對家叔這一本「中詩選輯」，實在是游夏不敢置一詞；但是我的直覺，認爲我國的傳統文化，博厚悠久的倫理哲學，以及典麗的文藝，詩詞歌賦，音樂舞蹈，均有多予介紹友邦認識之必要，此亦係無形的國民外交，潛移默化，收效實宏。過去的工作實在做得太不夠，所以引起許多外人對我們的誤解。

尤其是今天的美國，姑息逆流的因循誤國，嬉痞少年的狂妄無知，精神上的崩潰，識者早引爲憂。更有賴於中國文化的啓示，予以補偏救弊，此亦今日美國傳習中文之盛，而譯述工作更佔有重要的位置。

筆者既已述及對該書不敢妄置一詞，這裡謹引述中外學人對該書之評介與推崇，藉以供學術界的參考。

三、司密斯的評介

首先是該書剛出版之際，美國聖若望大學英文教授司密斯博士Thomas Jsmith Jr.寫了一篇「中詩選輯」的評介由劉琦言女士（其時劉女士正在聖若望大學專攻英文文學）譯成中文如下：

有些書早於他們的時代出現，有些書出現得正當其時，而似乎僅有少數的書永垂不朽。從閱讀「中詩選輯」的一些令人愉快的詩中，這本詩不僅超越了時間，而且出現得正當其時。該書由劉師舜教授選譯——一位著名的學者和翻譯家，現任聖若望研究教授。這些詩有自然象徵的主題，敘述的範例，以及用以創造一種最不平凡的特質，而可被現代文學評論家稱爲「存在的」或「

寫像的」題材。

十九世紀把中國和西方帶進錯誤複雜的文學關係，如今英美都已覺察到東方詩在他們文學中影響的程度。二十世紀的文學批評，毫無遲疑地，承認Kcir Kegard Nietr She 與Satre 對現代詩的影響，但 Era Pound 曾譯大學（Great Lear Ning）論語（Cof-uci an Analects）與詩經（Shih Ching）中部分的歌，則是少數注意到把中國詩與「寫像主義」連結起來的學者之一。這個學術性的翻譯，對促進比較文學的研究，似有很大的貢獻。

這本書的結構如此完善，它將是一本很充分的參考書，所譯的詩都經過適當的選擇與編排。其中包括 John Cairncross 極有意的前言，作者指出從一種固定的、古典的表意文字，翻譯成一種抽象語言的一些困難。此外，譯者在序言中，也包括了頭等與次等譯作的比較說明。材料的安排，使研究文學的學生，對中國語言雖不能完全了解，也可研讀。同時，因爲中文的原文在一邊，它也便於語言學的學生，對照欣賞。

這些選譯的詩，事實上是不能被稱爲「浪漫的」，雖然他們能動人感情，而又有感官之美。不過，他們證明了一種更爲明顯的確「存在的」的特質，反映了人生經驗的不安、孤獨，與無可改變。存在主義與寫像主義必須認爲是連在一起的，而可有如下的定義：一首詩的精義，在於其本身所代表的意識與目標，不拘於寫作方法形式，而以運用精確的、固定的，視覺與寫像爲特徵。這本詩集似乎有雙重的價值：第一，清晰地表現了中國文化，作爲對現代文學主要的影響；以及，第二，爲東方文化的藝術增進了一種新的興趣。

文學界感謝劉師舜教授爲了他的選譯，十分令人愉快的，眞正代表性的中國詩，以及呈現如此一部學術性的，清新可誦的英文譯作。

以上的評介，早見於六年前的「中西文化」，看過這一篇書評的閱者，也許記憶猶新。

四、李超哉的讚譽

家叔在五十七年四月曾經偕同我嬸母回國渡假，那時大書法家亦係文學家李超哉兄，與家叔謀面時，獲知「中詩選譯」出版的經過，他爲了表彰鄉賢的造詣，特別在當年某期，江西文獻」上作了如下的讚譽。謹節錄如下：

「近年以來，西方學者對於我國文化日趨重視，英美各國翻譯中國古今詩文者亦接踵而起，惟外人之深諳中文者究屬有限，而國人能將詩文譯成外文，亦屬不多，即國人亦有將詩詞譯成英日法德文字者，大多不能達成信、達、雅的境界，或亦錯誤百出。最近澳洲總理高登氏請我以草書寫蘇東坡前赤壁賦屛風一套，以請多人以英文譯之，最後很難定稿，可見譯事之難。

琴五先生多年從事外交工作，與英美學者名流接觸甚多，加以其對此有深邃的造詣故其英文程度有如第二土語(Srcond Native Tongue)所以有許多人說：「談笑有風趣，全身富詩意」。因此，他這本中詩選輯，得到了中外人士一致的讚許，現任牛津大學英國著名詩學教授(Edmund Blunqen)對於本書不但自動担任校閱，並且自告奮勇的作了一篇序文加以讚揚，這確是一件不容易的事。」

五、薛光前的評介

再其次，則爲家叔最近所譯的「四書道貫」，這一本名著，是陳立夫先生對於研究中國哲學的力作，早已洛陽紙貴，爲中外學者所稱許，國內的讀者，看過的人亦很多，毋庸贅述。

由於近十年來，家叔與陳立夫先生同寓紐約，志同道合，時相過從，立夫先生的大著，早已有意將之譯成英文，苦於沒有找到適當人選，因鑒於「中詩選輯」的獲得外國學人推崇，所以一再央請家叔予以臂助，俾償夙願。家叔亦因是書有關中國文化之闡揚，關係重大，義不容辭，樂於接受，每日埋頭伏案，不眠不休，樂此不疲，得以順利完成是項艱鉅任務。

現任聖若望大學亞洲研究中心主任薛光前先生且爲之評介，並在去年十一月某日中央日報附刊發表，其全文如下：

陳立夫先生原著「四書道貫」，自前年出版以來，風行一時，前所未有，其英文本亦由前我國駐加拿大大使，現任美國聖若望大學亞洲研究教授劉琴五(師舜)博士，經多方之研究，費積年之心思，親自譯成，近由國立政治大學與聖若望大學合作於本年教師節在台出版。一代巨構，得與世人相見，不可無一言以介之。立夫先生之原著，都三十餘萬言，將四書全部集納，重加次序，文意一貫。其全部原文，竟無一語越出八目，亦無一語未曾包括。綱舉目張，天衣無縫，弘道明德，有裨於孔學之闡揚，自不待言。今復得琴五先生製成英譯，俾天下之人，對孔門之學，獲得更進一步之體認，則其有助於中西文化之溝通，貢獻多矣。

英譯四書，爲數不少，舉其著者，首推英儒黎琪之作。他如衞理、西歇爾雖亦有譯述，但較黎琪所譯者，殊多遜色。至休士及龐德等之作品，手高眼低，不足重視。國人常以辜鴻銘之英譯「中庸」，較爲出名，但主觀較深，評價不一。至他人之所譯，或爲片段，或難當意。是以劉譯四書，能利用前人之所譯，資爲參考者，當以黎琪之譯本爲主，但就此譯本而言，優點固多，但美中不足之處，亦所在多有。琴五先生精於國學，而於英文造詣尤深愼思明辯，下筆認眞。就事理之推敲，作忠實之解義。措詞安雅，淸新可誦。剔粗取精。闕疑愼信。使深奧之學，脫穎而益章，前人之誤，不攻而自破。嚴幾道論譯著，必須「信、達、雅」三者兼備，方臻上乘。今讀劉譯，益信無疑。

譯述原非易事，英譯中國經書，尤爲困難。良以中國文言用字十分簡賅，一字之設，含義千萬。全憑讀者悉心體會，方能探驪得珠。例如「天」、「仁」、「道」、「誠」、「義」等字，含義不一，處處用法不同。而英文用字，十分呆板，一字有一字之肯定意義，是以欲以有限固定之英語字彙，對含有多種之同解釋之相等中文字彙，予以確當的解釋，其爲捉襟見肘，概可想見。

抑有言者，中國文字，因時代演變，古今寫法不同，其含義亦不同，非博古通今，舛誤難免。劉譯之中，即指出前人誤譯之處，不一而足。例如中古寫之「蚤」，與「早」同義，但譯者不察，竟譯爲跳蚤之「蚤」，文字乖異，成爲笑談。諸如此類，均經一一指出，予以糾正。

劉譯之作，突出前人之處，不勝枚舉，稱為傑作，實非過譽。但由於上節所述漢書英譯之根本困難，欲求譯文之盡如人意，實不可能。例如「天」字，如譯為HEAVEN，似嫌不足，因孔子言天，並非自然之「天」，而具意志及權力之「天」，但如依辜鴻銘或吳經熊先生之譯法，而譯為COD，在基督徒讀來，當心滿意足，但在一般心目中，又覺過分。又如「道」字，有「人道」、「天道」、「大道」、「道理」之別，如一概譯為PRINCIPLE當屬不妥，劉譯為WAY自較切近，但仍無法曲盡其義。其他如「誠」、「仁」、「君子」等等，決非英文中之一字一義，所能充分表達其涵義。凡此情形，唯有將此字字彙，依音直譯，庶幾譯者不必費心費力，徒勞無功，一切由讀者自己摸索體會，豈不省事？其已備有中文者，再有英譯本互相參閱，當更有意味也。

六、浦薛鳳的書後

本年一月份傳記文學第一二九期，更登載了一篇浦薛鳳先生所寫的有關「四書道貫」的書後，題為：「讀劉譯陳著『四書道貫』書後」。開首便說：

筆者此一短文，不是西方典型式的「書評」，而係吾國傳統式「書後」。蓋篇中所述盡為個人閱讀此書英譯後發生之深列感想。概括言之，不外三點。其一，劉譯淵博精細，句斟字酌，對於此後引用譯本或另譯經書，當能承先啓後，發生示範作用。其二，陳著匠心獨運，融會貫通，其於闡揚儒家哲學，貢獻本多；今有劉譯，則更可增進西方學人對吾傳統文化之了解；以故，此著此譯，相得益彰，其可並垂不朽，不容置疑。其三，所謂「一以貫之」之「道」究竟何指——亦即究竟是一個永恒不變的道理，或一套（甚至相反相成的）永恒道理？而且究係崇高理想抑或運行鐵律？此一中心問題似值得仔細推敲。筆者願將多年來一得之愚，約畧附述以就正於高明。

吾友劉師舜兄將陳立夫所著「四書道貫」譯成英文，余素慕劉兄學問精深，對中英文字造詣均高，今作此項貢獻，自以先讀為快。蓋率直言之，予對中文英譯稍有經驗，深感此中艱苦，畧識其間粗細，故對「四書道貫」之英譯，尤感興趣。

上週末，聖若望大學亞洲研究中心薛主任光前兄將前煩定之譯本，囑同學何君送來。甫一到手，即開卷循讀，及閱畢卷首之「譯者簡記」，又翻看卷末之「書目」，不禁拍案叫絕！蓋「書目」所列係將近一百年來歐美及吾國學人分別譯成英文法文或德文之全部或部份四書，計有二十一種，而「譯者簡記」則例舉若干英譯本中之巨細乖誤。此非國學富有根底而且眼明精細者，不能為之，是則「四書道貫」英譯之佳，不問可知。（下畧，因原文極為冗長，多引實例為證，姑不詳錄）。

中間還有一段對家叔劉師舜揄揚備至的，則為：「吾國學術界中尚有若干人士強分從政與執教為不相容之兩途。易言之，此輩視教授從政一若婦女失節，官吏著書，一若闊附風雅。其實，此種歧視與誤會，斷非吾中華民族傳統文化之精神，蓋「學而優則仕」、「仕而優則學」，才是崇高理想。劉博士琴五兄先後從政執教，治學著書，可為學優則仕與仕優則學之良好代表。

最後薛浦鳳先生還提出了項建議：願表一個希望。他又說：並請劉琴五兄與薛光前兄鄭重加以考慮。（此因光前兄不僅對於「四書道貫」英譯本之行世，協助甚多，而且對於下列建議與希望，當有促成力量。」予之建議與希望無它，即劉譯既已包括四書每章每節每句，自可一舉手之勞，化零為整，返本為原，出版一部四書新譯本。祇須明白指陳——「譯者簡序」中早已明白指陳——新譯本係大體根據理雅各舊譯本，而詳細另加修改，料想出版方面當無問題。筆者深信世界學術界有此一部新譯本之需要。

此固不僅薛浦鳳先生個人之希望，我想全世界學術界亦均有此企待，以家叔現雖已年逾古稀，但體力尚佳，治學亦勤，從事此項工作，當可勝任愉快，謹錄此以為本文之殿。

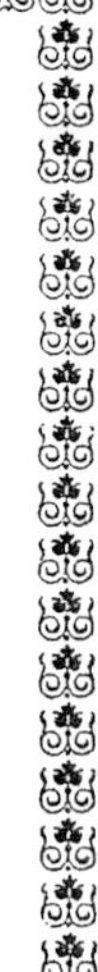

抗日英雄李海青

——栗直——

李海青將軍照

李海青，名忠義，字丹忱，原籍山東，少跑關東墾荒不遂，乃佔山頭號海青隊，出沒於黑龍江兩肇間，嗣改編爲騎兵營長，駐防肇東肇州等地，遂以松花江濱，爲其第二家鄉矣。急公好義，豪爽不羈，卒爲結交朋友所累而繫獄焉。

九一八事變後，十月十三日，黑河警備司令，兼第三旅旅長馬占山，受命代理黑龍江省主席，十四日洮遼鎭守使張海鵬附逆，率僞軍越泰來大賚等地，沿洮昂路向省城進展，馬代主席占山，先遣徐景德團到省，十九日夜車親抵江垣，二十日宣告就職，任濮炳珊爲警備司令，調集程志遠、吳松林兩騎兵旅，及蘇炳文步兵吳團，會同軍署衛隊徐寶珍團，布防於嫩江橋一帶，適屯墾軍統帶苑崇穀，亦率炮騎步聯合兵力，八千餘衆，奉命應援，馬主席釋李氏於獄中，委爲第三路自衞軍司令，招募民軍參加江橋作戰，十月二十七日，倭軍要求修復江橋，勸馬主席退出江垣，延至十一月四日，長谷旅團，以飛機掩護工兵，進襲大興站陣地，十二日派特務機關長，林義秀面致警告，十四日復派大軍，威脅三間房陣地，守軍不爲所動，嚴陣以待，十八日倭軍下攻擊令，十九日午後二時，以多門中將爲總指揮，率長谷旅團、矢野旅團、弦前部隊、及朝鮮軍萬餘人，輔以濱松第七飛行聯隊，太刀洗第四飛行聯隊，平壤第六飛行聯隊，投彈轟炸，殿以猛烈炮火，開始整個進攻矣，兩翼守軍騎兵先潰，敵騎實行包圍戰術，倭軍坦克車隊復又突破正面陣地，直至下午七時二十五分，馬代主席目覩形勢不利，乃下令全軍撤退，李氏率其所部，堵擊於拉哈站，擊斃倭虜八百餘名，是爲李氏參加抗日戰役所立之首功也。

迨二十一年二月十六日，敵僞以謝介石渡江作質，邀馬占山到哈市謀和，二十二日抵濱參加建國會議，李氏激憤之餘，渡江南下，一舉克復扶餘，集合武裝民衆八千餘人，分編十團，李氏就任東北民衆救國軍第二路司令，柳槐三副之，提軍進襲農安，壓迫縣城西門，將以主力直搗僞都長春，適倭寇大軍趕至，集中炮火反攻，無已退守扶餘，是役截獲倭鐵甲車三輛，機關槍十架，迫擊炮彈一百發，子彈六萬粒，斃敵二百餘名，旋與逆軍吳旅作遭遇戰，卒將吳旅擊潰，四月二日午夜，馬占山輕騎密抵黑河，通電繼續領導抗日，李氏率部聲援，僞軍鐵道守備隊尹團，及張海鵬部一支隊，合力沿江堵擊，李軍且戰且進，擬截斷中東鐵路西線，佔據滿溝站，與馬軍取得連絡，以便實行包圍哈埠計劃，日軍第十四師團宇宮部，與僞軍程志遠部，合力進襲，苦戰肇東五晝夜，卒將全城克復，斃敵三百餘名，設總司令部於肇東縣治。

五月二十八日拂曉，日機復來投彈，繼悉僞軍涂團，勾結日軍反攻，馬團逃亡附逆，李氏親臨大敵，引軍迎戰，薄暮已將敵僞擊退，翌晨敵僞利用飛機掩護，三面兵臨城下，全軍由西門撤退，斃敵三百餘名，繞道大仙堂，復與敵軍接觸，兩方互有死傷，卒於綏棱山裡，會晤馬代主席占山，以報江垣知遇之情，七月間率軍克復青崗安達等縣，八月間佔領安達站，斃敵二百餘名，復由蒙界轉攻昂昂溪，斃敵三百餘名，擬與江北張殿九旅聯絡會攻省垣，不意日軍竟調大軍，由中東洮昂兩路截擊，被圍於官地，幸由南面闖出，退據蘭西一帶，集合兵力，以圖再舉。

民二十二年春，李氏率軍由索倫山草道西上，途經開魯、林西、多倫各地，千里迢迢，風塵僕僕直達察境，委韓總參議春喧，爲駐平辦事處處長，旋奉命爲獨立騎兵二十四旅旅長駐防張家口，嗣由二十九軍宋哲元部整編，李氏就任軍事參議院少將參議，七七抗戰到夕，李氏遄返察境，重整舊部，不幸竟遭察省縣長（馮玉祥舊部）嫉視，始則爭執座上，繼而格鬥室內，終被縣長待從槍殺，不久該縣長，復爲李氏舊部一隻鷄刺死，一隻鷄者，係馬鳴春之綽號，原爲松花江畔一漁戶，抑饒古蕭恩之遺風歟？

民國清官列傳

陸軍上將曹浩森

曹健民

公氏曹，諱明魏，字浩森，以字行。江西都昌人。生民前廿六年冬。祖諱常綱。父諱逸仙，早歲舉孝廉，爲饒州府教諭。文章道德，羣士翕然宗之。時稱青山先生。伯父諱光斐，無嗣，以公兼祧。公少秉庭訓，伉爽有志，克勤克儉；曠達守禮，事親至孝。一日遇善相者言：「觀君氣度汪洋，顏軀端偉，目光澄澈，宅心仁厚，異日必光明顯達，膺方面之寄，登民袛席。不爲子孫計，而以天下之憂樂爲心也。」公頷之，不以爲意。未冠，補博士子弟員。文有高名，傳之遐邇。爲詩亦見抱負。有「平生志不在公侯」句，口碑一時。周溪，公之故鄉也。處彭蠡之濱，攬匡廬之勝，風景如畫，民情淳樸。鄉人終歲勤勞，或耕或漁，惟多難得溫飽，又或惡吏恣暴，如臨刀鑊。公育陶於明山秀水之間，傳習乎內聖外王之業，默察其國弱民貧之實；鑒清政之不綱，憂外侮之日亟，革命豪氣，油然而生；壯士狂願，不可抑止。嘗曰：「當年蓬矢桑弧志，豈爲功名始讀書？」於是，間關千里，棄文修武。民國前四年入日本振武學堂，辛亥畢業，適值革命風潮瀰漫，如火如荼，乃毅然束裝返國，參加革命之實際工作。民國元年任職江西都府，旋入保定軍官學校第一期肄業。民國二年秋，參與二次革命，隨贛督李烈鈞起義討袁，作戰負傷，亡命日本。嗣赴南洋羣島，輾轉走荷屬棉蘭等地，鼓吹革命；初任蘇門答臘報總編輯，繼任敦本學校校長。明張撻伐，筆秉春秋；作育英才，開發僑地。民國四年，滇南護法軍興，公應李烈鈞之召兼程返國，參與討逆，任護國軍第卅一團團長。累遷大元帥府少將高參，調援桂第三路軍參謀長。運籌帷幄，克敵致果。而瘴霧蠻烟，腥風血雨，亦足發人「兵非易道」之思也。民國十年，公以戰功勞績由國父選送日本陸軍大學深造，十三年冬畢業返國，隨李烈鈞遠征邊陲。民國十四年任西北邊防公署中將參謀長。民國十六年擢國民革命軍第三集團軍總參謀長。民國十七年國民政府奠都南京，成立軍政部，轉任國民政府軍事委員會委員。翊贊委員長蔣公，指揮若定，成不居功。同年冬，調軍政部陸軍署署長。民國廿年升常務次長，兼豫鄂皖三省剿區總司令部參謀長。越五年，遷政務次長。先後任職軍政部達十三年之久。民國卅一年任江西省政府主席。時國步阽危，日寇犯境，贛北諸縣，相繼陷落。省政府播遷泰和復轉寧都。大敵當前，輿論惶急。公洞察倭情，關心民瘼，文事武備，成竹在胸。先以撫輯流亡，厚養民生爲著手。本三民主義之精神，改非常時期之體制，藉三九兩戰區之後援，作一戰之奮革，相互協力，全面動員，卒致軍民大和，敵爲氣折。民國卅四年秋，日本降。省政府遷返南昌。公鑒兵燹之苦，痛廬里爲墟，切於殘破，民不聊生，乃力主休養生息，用圖修葺斷垣，重建家鄉。公之爲政也，一本良知良能，政簡刑輕，自奉儉薄，而獨留鉅金，備派留學生之用，旨在造就復國建國之人才，而爲百年大計打算，邸中自書韋蘇州「自慚居處崇，未睹斯民康」句，懸諸座右，用以自勉，兼勉僚屬。民國卅五年夏辭職。贛人士感公德政恩澤，欲興建「浩森圖書館」，並於館旁造下榻之處，以誌不忘。公力辭乃止。去郡之日，市民夾道相送，競以明鏡清水，置諸路中，十數萬人，歡呼之聲，震動天地，令人有攀轅臥轍之思，子產遺愛，不是過也。民國卅七年夏，膺選行憲後第一屆監察委員。是年冬，奉 總統蔣公令晉級陸軍上將並奉准退役。積功，獲三等寶鼎勳章，二等雲旌勳章，二等景星勳章等等有差。民國卅八年，共禍猖狂，大陸淪陷。公隨政府遷台，阮囊羞澀，一貧如洗。夫婦兩人借住審計部一隅，聊蔽風雨而已。一日 總統蔣公悉公苦況，特召面慰，公對曰：「余雖苦，尚有一份監察委員薪俸可領，胡家鳳羈留香港，作工度日，苦尤過之。」胡因是亦得來台，而公之謙退友愛，更足感人。民國四十一年春，公因積勞，患胃癌，越二月，不治。享年六十有六。垂危，獨以神州未復爲恨，語不及他。家貧，無以爲殮，由中樞爲之成禮焉。葬之日，風雲慘淡，日色黯然。哲人其萎！老成凋謝！無論識與不識者，皆莫不涕泗交頤，情不能已也。夏 總統蔣公特令褒揚，詞曰：「故監察委員陸軍上將曹浩森，操履清純，才獻練達。早歲負笈東瀛，精研軍事，辛亥返國，參加革命、討袁、護法，靡役不從。迨政府奠都南京，洊充軍政部署長，次長等職，協贊戎政，深資倚畀。嗣主政江西，察吏安民，肅奸禦侮，效績超卓，輿情翕然。近年膺選監察委員，復多靖獻。乃以積勞嬰疾，遽爾憖謝。追懷彝績，軫念彌深。應予明令褒揚，用彰政府篤念賢能之至意。此令。」 總統蔣公，另親頒輓額「懋績清操」，皆切合遺念，固身後之哀榮也。公兄弟六人，排行以魏、蜀、吳、統、緒、綿序之，公居長焉。四弟統任職台北救濟院；六弟綿任職招商局襄理。餘均陷大陸。原配方夫人，前卒，繼配李夫人。子二：長榆，卒業持志大學，早歿；次艮，卒業國立北平藝術專科學校，曾任職江西省銀行。女二：長茵，適段萬傑；次蕉，適何道若，皆方夫人出。孫男四，孫女二，均幼。嗚呼！滄海橫流，浮生若夢！公逝世已十年矣。茲覽公遺物，緬公往事，感公恩德，綜公生平，不禁握管愴痛，悲從中來。論曰：古之鑑人，各有別焉。雄略高廣，包容可法，是謂器度之家，藺相如黃叔度是也。建法立制，強國富人，是謂法制之家，管仲商鞅是也。思通變化，策謀奇妙，是謂術謀之家，張良范蠡是也。公兼包涵泳，饒有三材。三材備者，是謂國體。其行足以厲風俗，其法足以正天下，其術足以謀廟勝，此公之所以得聚歷中外，出入生死，公忠體國，勤慎不衰，而垂垂四十餘年者，其來有自矣。公豈獨「聰明亮達，文武兼姿」。才華英拔，博通今古，而戔戔於學能術謀也哉！公居崇弗恃，寬衆知人，如婁師德；居敬持志，平易近人，如呂蒙正；居貧自適，節用愛人，如范仲淹；居功不爭，謙退揖人，如馮公孫。公屋無一椽，田無半畝，清風兩袖，澹泊一生。一筆一巾，用之經年累月；一粥一飯，念其物力艱難。當今濁世婆娑，羣相競逐，其廉退又豈無晏子之風也乎？公乎！盛德之君子也。公乎！有道之君子也。裴行儉曰：「士先器識而後文藝」。曾國藩曰：「必先有豁達光明之識，而後有恬淡冲融之趣。」余予此知公漸漬於聖人之敎也深矣。附詩悼敬，用誌哀忱：「哭到傷心淚轉貧。天涯自後有誰親？世情猶水原難定。恩重如山未敢申；公逝蕭條無一物，爲官廉正有幾人？而今遺我清操志，當挽狂瀾救萬民！」

清代最後一個國文桂祥

民國元年因袁世凱不肯南下就職引起的北京兵變，皇親貴族受損失最大者為慈禧太后之弟，光緒皇帝舅父兼國丈，隆裕皇后之父桂祥，其人其事，頗足一談。

·高石·

江蘇淮陰縣，清代叫做清河縣，這地方本為清江浦鎮，運河由此出口。在百年前，交通尚未發達，南方人要北上赴都門的，多在這地方捨舟登陸，成了水陸交通的孔道。道光中葉，安徽盱眙的吳仲宣（棠），以舉人大挑，分發到江蘇來，補桃源調署清河縣知縣。他有個姓陳的同鄉病故，要運柩返皖，喪舟正泊在清江浦，為着鄉誼，他便封了一張三百兩的銀票，作為賻儀，叫家人拿了名帖送去。

這時清江浦的岸邊，正停泊着一艘從安慶來的喪舟，舟中除了一口大棺材外，只有一位中年婦人，帶着兩男兩女護靈。黃昏時分，孤兒寡婦照例依時舉哀奠飯，大小姐捧了冥鏹出來船頭；正待焚化，驀地來了縣衙門的二爺，恭敬地呈上拜盒，說是本縣吳大老爺送賻儀來的。這大小姐正感到世態炎涼沒人理會，忙將拜盒取下，回到艙裡面，打開一看，白紙藍簽寫的是「賻儀」，下署「吳棠頓首拜具」，內貯三百兩一張銀票，母女們看得呆了。知道是當地縣官所送，又不知這吳知縣和亡人生前有什麼交情，但白事的禮是不能璧謝的，便即收下了，給了「敬使」，附了謝帖，打發這家人走了。

這家人回到衙裡，把謝帖呈上，吳仲宣一看帖上的名字，錯了。叫家人到簽押房回話，說是個旗籍模樣的人家，景況頗為蕭條。吳仲宣想想：要追討呢？成了笑話；因錯就錯，索性人情做到底吧！便命備轎，親到河干，另封一包賻儀，找到陳姓同鄉的喪舟，慰唁一番，再由這家人，引到誤送的船上拜弔，並和喪家致意才回去。

原來這艘船裡的棺中人，是個落魄在安慶的失脚旗下官兒的遺骸，姓那拉，名惠徵，由司員外放徽寧太池廣道，駐在蕪湖（轄徽州府太平府池州府寧國府廣德州），算是道班兼理關務頗為潤氣的缺份。做了幾年，宦囊頗為充牣，却給人參劾，撤任調省，幾經託人打點，吐出若干積蓄出來，才免了被扣押在按察使衙門清理公欵之苦，悄悄挈了太太佟佳氏並兩雙子女搬到安慶住下。在安慶閒居了一時，看看掙來的錢所賸已無多了，坐食山空，總不是事。恰巧那年當巡撫的是他旗籍的好朋友，又動起官癮，將所餘銀子，拼拼湊湊了兩萬之數，趁巡撫做生日時，孝敬進去，求給一個辦賑的差事。其時皖北正鬧水災，那巡撫也想給他個機會，偏是運氣不濟，剛做過生日的五六天，疝氣發作死了，護理遺缺的人恰是惠徵對頭的按察使，把賑務給了別人去辦。惠徵受此打擊，就一下子窮了下來，破財痛心，連上了癮的大烟也告絕糧，挨不多時便要了老命，瞪眼伸腿撒下下妻兒死了。身後蕭條，還靠了故舊幫忙，扶柩北返，不意竟有此雪中送炭的吳知縣，還能不使這寡婦孤雛們，感激涕零。

窮困落魄的惠徵，一棺附身，千里歸葬，淒涼是淒涼極了，吳棠這三百兩銀的賻儀，却維持了這孤寡五人的生活若干時日。也算這五個人的福命不淺，從同治到光緒五十年中，老太太成了承恩公太夫人，大女兒成了「玉座珠簾」的天下母，次女是「朱轂黃韁」的王爺福晉，兩個「未嘗學問」的兒子，一個是承襲承恩公，一個勅授承恩公。——這就是末清孝欽顯皇后葉赫那拉氏的一家門。

滿文漢譯：那拉亦作納蘭，清宮詞：「納蘭一部首殲誅，婚媾仇讐筮脫弧，二百年來成倚伏，兩朝妃后姪從姑。」註：「清人入關以前，太宗（皇太極）先聘尼堪外蘭之女，而葉赫納蘭爭娶之，太宗遂征服尼堪外蘭，復討葉赫納蘭，滅其部落。納蘭之後，以部落為姓，即那拉氏，孝欽皇后其後裔也。」這裡應該補充說明：葉赫是古吉林一個部落名，其先是蒙古人，姓土默特，滅那拉（亦作納喇）部據有其地，因冒姓那拉，後遷葉赫河岸，改稱葉赫部，服屬扈倫，為扈倫四部之一，其地盤為今吉林省伊通縣及其附近之地，明時屢犯邊境，後為清太祖努爾哈赤所攻，又急而附明，清人數明所稱「勸葉赫陵我，遂嬰七恨」云云，即指此。努爾哈赤定葉赫，肆威屠戮，男丁罕有倖免，部長金台什臨歿恨曰：「吾子孫雖存一女子，亦必覆滿洲」。因此，據說清朝祖制，宮闈避選葉赫氏。

孝欽后小名蘭兒，居長，弟照祥，妹名蓉兒，幼弟為桂祥。父喪扶柩北返，碰上吳棠誤送厚賻，又復登舟行弔，這份人情可感激大啦！當時她把吳棠名帖，摺藏在奩屜中，噙着眼淚對蓉兒說：「妹妹，咱們姊妹倆，將來如有個出頭的一天，都別忘這個好知縣。」

她生長南中，自幼慧黠生成，又是「嬛豔無比」，咸豐帝奕詝即位初年，徵選八旗秀女，她報了名參加，便被選上了，派入圓明園，編在桐蔭深處，做一名宮女。其時正是洪秀全金田起義不久，清兵屢戰屢北，警報頻傳，年輕的奕詝，轉寄情聲色自遣。一天，行至桐蔭深處，忽聽有唱南中小調的聲音，問隨行太監：「是誰在唱着？太監答是宮女蘭兒。奕詝記了名字，便直入桐蔭處，踞坐炕上，傳蘭兒進去，略問了幾句話，即叫她在廊闌坐着唱曲，聽到入妙時，便傳茶，這蘭兒見侍從們無一在側，便起身進茶。……「帝德乾坤大，皇恩雨露深」，這便是蘭兒所承恩澤之始。

那拉蘭兒得幸後，咸豐元年，號懿貴人，四年，封懿嬪，六年三月二十三日生載淳，其時新由貞貴妃立為皇后的鈕祜祿氏，尚無所出，咸豐帝大喜，哼着「庶慰在天六年望，更欣率土萬斯人」的調子，便把她晉號懿妃，七年，進為懿貴妃。英法聯軍入京那年，嚇得奕詝急奔熱河，以巡狩為名，駐蹕木蘭行宮，把對外交涉的重責交給他的六弟恭王奕訢去負，自己稱為「且樂道人」，仍是不忘醇婦，還外加一個山西籍曹寡婦，和唱戲的小花旦朱蓮芬。虛弱的身體，拼命吃着鹿血人參來補充元氣，在第二年的七月，便崩在行宮了，得年三十一。其年那拉氏為廿七歲，鈕祜祿氏廿五歲。

「母以子貴」，咸豐帝死後，六歲的載淳在顧命王大臣簇擁之下，就「梓宮」前嗣帝位，改元祺祥，尊鈕祜祿氏、母后，聖母那拉氏便以親子之尊，便施展她的手腕來。她輕巧地拉任六爺奕訢，把所稱顧命的王大臣端華載垣肅順匡源景壽諸人，殺的殺，充軍的充軍了！兩太后垂簾聽政，以慈安慈禧並稱，並改元同治元年。王湘綺的獨行謠：「號弓俄委裘，祖制重顧命，姜姒不佐周，誰與同道章，翻怪垂簾疏，不能召親賢，自刎據天圖，戮之費一紙，曾不驚殿廬，祺祥改同治，御座屏波離」。以及宮詞中之「北狩經年蹕路長，鼎湖弓劍黯灤陽，兩宮夜半披封事，玉璽親鈐同道堂」。都是咏這把的事。史稱「三奸之誅」，其實是那拉氏弄權之始，也可以說是清亡之漸，讀史的多已詳悉，這裡不再多贅。

那拉氏得意之後，對她自一家是怎樣施恩呢？王國維的頤和園長詞，開頭一段有云：「漢家七葉鍾陽九，澒洞風埃昏九有，南國潢池正弄兵，北沽門戶仍飛牡。倉皇萬乘向金微，一去宮車不復歸。提挈嗣皇綏舊服，萬幾從此出宮闈。東朝淵塞會無匹，西宮才畧殊稱絕。內殿頻聞久論恩，外家頗惜閑恩澤。……」據說慈禧對她的寡母是不大孝順的，但對弟妹却肯照顧，在她晉爲貴妃時，將她的妹子蓉兒，配與咸豐帝的七弟醇王奕譞做福晉，弟照祥於咸豐十一年十一月廿八日，授護軍統領，桂祥補都統銜食俸。垂簾聽政後，於同治元年八月，追封她外家三代：父安徽寧太池廣道惠徵，爲三等承恩公，諡端恪；祖刑部員外郎景瑞，三等承恩公，諡莊勤；曾祖戶部員外郎吉朗阿，三等承恩公，諡端勤。各各封官予諡，照祥同時承襲公爵。

清代沒有國丈什麼的稱謂。未入關前，草昧干戈，制度未備，從順治時起，追進崇封，外戚恩澤實始其時。雍正八年，世宗胤禛詔定外戚爲承恩公，乾隆四十三年，高宗弘曆又詔：后族承恩，與佐命功臣櫛風沐雨拓土開疆者，實難並論，俱改爲三等公。裁抑制防，頗爲周備，故清世外戚皆謹守法度，無敢參預政事，慈禧頗以重「祖制」自詡，故其二弟都沒有特沛殊恩。

同治九年，慈禧的母親逝世，這老太太生前沒有得到做太后的女兒孝順，死後倒很風光。翁松禪是年日記載：「八月十七日：昨日照公母夫人出殯，塗車芻靈之盛，蓋自來所未有，傾城出觀，幾若狂矣，沿途祭棚絡繹，每座千金，廷臣往弔者，皆有籍，（如近代在簽名簿題名一般）李侍郎（鴻藻）未往，頗忤意旨。往弔者皆易素衣。」以一位當權的天下母之母，來個大出殯，原不是過份，祭棚之多與冥器之盛，亦無足怪，比起當年她父親之喪，一棺蕭然，淒泊水際，自是不可同日語了。高陽未往，不知何故。其時李任禮部左侍郎，仍直弘德殿及軍機。這照公爺在喪母之後十年，於光緒七年二月也死了，諡恭懿，同年六月，由其子德善承襲。

蓉兒是咸豐十年十九歲時，奉旨與同歲的七爺醇郡王奕譞成婚。皇子成婚，例須分府出宮，其時醇王府在宣武門內的太平湖東岸，自同治初元起，這位又是皇叔又是太后的妹夫，寵信大加，接二連三地得到一大堆頭銜，如正黃旗漢軍都統，正黃旗領侍衛內大臣，御前大臣，後扈大臣，管理善撲營事務，署理奉宸苑事務，管理正黃旗新舊營房事務，管理火槍營事務，管理神機營事務等等，辛酉政變時，他在半壁店親擒肅順返京，這時他只有二十一歲。過了兩年，勅加親王銜，同治十一年正式晉封爲醇親王了。同治十三年載淳去世，慈禧把奕譞和她妹妹所生的兒子載湉接入宮，嗣位嗣統，是爲光緒，奕譞加封「世襲罔替」，「親王雙俸」，「紫禁城乘轎」，他哥哥六爺恭王奕訢失寵，罷議政王大臣時，慈禧又命軍機大臣們，凡有重大政務先和醇親王商議，但他夫婦都能持盈保泰，自署「思謙堂」「退省齋」等等，某次慈禧賜他夫婦坐杏黃轎，他也沒敢坐。清宮詞中有「娣姒原從姊妹行，遙源葉赫啓靈長，宮廷每敘家人禮，八座安輿賜杏黃。」即指此。這醇王的嫡福晉蓉兒，秉性和她姊姊完全不同，墨守成規，一絲不苟。同治喪後未久，慈禧在宮中仍時有聽戲之舉，召她進宮賜坐同看，她坐在戲台前，却閉上雙眼，慈禧問她：「這是幹麼？」她仍不睜眼的答：「我不能看這個戲。」慈禧給她這麼一頂，也無可奈何。

奕譞歿於光緒十五年正月，這醇福晉到光緒廿二年五月才死，慈禧還帶了皇帝去視疾。她一生拜佛，成年放生燒香，夏天不進花園，怕踏死螞蟻，她一共生了五個孩子，第一個女兒和第一個兒子，自幼便夭折了，載湉是她的次男，四歲便離了她。以後她又生了兩子，一個只活一天半，一個叫載洸，也只活到五歲，以後做攝政王的載灃，則是第二側福晉劉佳氏生的，排行第五，載洵載濤排第六第七。載灃的福晉，爲榮祿的女兒，也是慈禧給他指婚的，生溥儀。

慈禧的兩個弟弟照祥和桂祥，大概也和蓉兒一般，雖都在內廷當差，都不出色，外戚既不得預政事，這班旗下大爺們便樂得養尊處優，除吃喝遊樂外，而唯一的就是在家裡躺烟炕了。自道光季年，五口通商，鴉片之禁大弛，上自內廷，下及民間富室，無不以「香兩口」爲家居遣興之具，美其名曰「益壽如意膏」，咸豐帝即是一個鴉片癮者，稱鴉片爲「紫霞膏」，太平軍騷擾東南，英法聯軍猖獗京闕，咸豐帝在熱河對國事悲觀失望，沉溺更深，當時的懿貴妃即是從那時候開始上了癮的。照祥兄弟自不例外，照祥未及中年便別婦拋雛死了，據說是內臟給大烟薰乾了的。

桂祥年紀最輕，鴉片癮卻最大，他在內廷當差當了二十多年，卻幸沒有什麼差錯，有人談他的生活很有趣。原來他一大早便得進宮，要午後兩點鐘左右才下值回家，照理癮頭大的人，不可能熬到八九個鐘頭而不發作的，可是他一來年輕，忍耐力強，在大內莊嚴之地，他深知他那太后姊姊，是個權勢慾非常強烈的人，爲了保持她自己的權威和莊嚴，什麼至親骨肉，外戚重臣，一概是順我者昌，逆我者亡，冒犯了她，準沒有便宜的，因此不能不打足十二分精神來，恭謹執事；二來他也爲自己安排得很週到，在凌晨三點鐘起牀後，他吸足二三十口鴉片，灌了一半壺的人參湯，在所佩帶的荷包裡，別人裝的是檳榔之類，他卻滿滿裝着桂圓般大小的彈好的烟泡，癮上了，吞下一兩顆，再含一兩片人參片，既過癮又生津，自然露不出馬腳來。因此他在內廷當差了那些年，卻沒有失儀過。

但一到下班時，他的原形便畢露了。一蹬出午門心裡乍鬆，感到此時唯我獨尊了，兩條腿只覺得酸軟無力，站立不穩，早有他的家人六七個在伺候着，一見他下來，便擁了上前，七手八腳將他攙扶着上轎，放下軟簾，由四名精壯的轎夫，展開毛腿，又穩又快地把他抬回大方家園的私邸。轎子一直進了後堂，再由家人丫頭細心地把他連攙帶抬，送到上房，揭開羅帳，塞了進去。這時帳裡面，早由他家裡準備好烟由幾個吃了就噴，成了濃烟重霧，馥郁氤氳的天地。桂祥在濃厚烟味的帳中，躺着十幾分鐘，才悠悠醒轉，咯了一口痰，於是兩個姨太太連忙脫鞋登牀，捧好烟槍，由幾個俏老媽捧着烟盤，一邊一個替換着，給桂祥呼呼的就着孔明燈一口氣吸着，又轉而接着左邊的一枝。烟斗上的盈寸的烟泡，歇了就換，換了再吸，如是一二十筒，便精神百倍，丫頭送上滾熱手巾把，連頭帶臉，擦了一過，又就小壺裡人參湯呷了兩口，下床後再吃一碗冰糖沲的燕窩湯，才起身去辦他私人的事件。

德宗載湉，於光緒十三年正月十五日開始親政（這年載湉是十七歲），但朝廷大事，仍由慈禧來處斷。及頤和園修建工程告成，她於次年四月初九，便搬在園裡仁壽殿住下。六月十七日，諭旨籌辦皇帝大婚，十月懿旨冊立皇后，定十五年正月成禮，二月初三日歸政。她指定的未來皇后，便是桂祥的親生女兒靜芬。因此桂祥也晉封了三等承恩公，本來大方家園已是公爺府，此時大家又改稱桂公府。一門兩世爲天下母，京都人士羨稱這所宅門裡是「出鳳凰的窠兒」，詩人也吟出「門楣光采鳳凰窠」來。這一來，桂祥更抖了；但因他女兒太醜了，又無樛木之仁。由於妒忌載湉偏寵珍妃，她偏向着她姑媽，慈禧和光緒帝之水火，有說是起因於房幃，是有幾分可信的。

這桂公爺未嘗學問，做了承恩公不必每天再去當差，更使他的大烟癮一天大過一天。甲午那年，日本侵略朝鮮，清廷下詔宣戰，吳大澂自請統軍赴鮮，一時湘淮老將如宋慶、劉坤一等均被召用。不知光緒帝是否和他的丈人開玩笑，或是慈禧要給她的弟弟圖個建功的地步，八月丁卯，廷旨「命承恩公桂祥，統率馬步各營，駐山海關」。他硬着頭皮前往。好在他是欽差大臣，那些統軍的人們誰敢對公爺不敬；當然不放他們在眼裡，在行轅裡鴉片烟自然還是照吹。何況宋慶、劉坤一也是吃兩口福壽膏的。所以當時詩人有「祇學吹簫便得仙，霓旌絳節擁諸天」之詠，以及「洋槍生銹，烟槍生光」，「烟槍與洋槍並耀，烟斗與刁斗齊鳴」的笑話。

遼海師熸，桂公爺曳甲而回，仍然過

他舒適豪侈的生活。戊戌秋，他姑爺皇帝鬧變法的失敗，給他太后姊姊因置瀛台，「一灣流水自涓涓，惆悵薇垣春晝永」，乃至己亥圖謀廢立，鬧得鼎沸，他什麽也不能說。不料到廿七年七月，因爲闖下拳禍，洋鬼子打進北京城，姊姊帶了外甥姑爺倉惶出奔，桂公爺也騎着馬隨駕，跟着逃命。慈禧光緒一路千辛萬苦，喫盡苦頭，走了三天才到懷來縣，縣官吳永接駕，才得到小米菉豆粥及五個鷄蛋充飢。

桂公爺慌慌忙忙逃了出京，自然顧不得携帶他的「生命之糧」。說也奇怪，在那一路兵荒馬亂的途中，幾個家人護着他蹩躠而行，餒憊之極，他只顧着逃命要緊，勞什子的烟癮却沒有發作。第四天他也趕到了懷來，吳永也招呼他住下，才停了喘息。

等他驚魂稍定，他的家人記起公爺是隨時要香兩口的，奇怪他何以沒有了癮？一問向他請示，要不要去買。不問猶可，一問之後，桂公爺記起在家納福的玩兒來了，立即眼淚鼻水直淌，整個身體也癱在地下，人也暈了過去。衆人忙作一團，急急四出找買，好容易找到一二兩，才把公爺的小命救了轉來。以後桂祥每對他的獨子德恒談起，還是唏噓不止。

慈禧對這親家弟弟煙癮之大而且深，素有所聞，她本人也是一天離不了福壽膏，提起福壽膏，是一個廣東人陸作圖之秘方配製的。據說陸家有一口井，水湛而碧，用來煑烟，任何地方的水都比不上；加以煉製時火候恰到，自稱秘方虔製，吸時芬芳酷烈，迥異尋常。此物自五口通商後，稱爲洋藥，官吏秘以上貢，名「福壽如意膏」又稱「紫霞膏」。咸豐帝用爲振奮之藥，慈禧因而沾染成癖，壽寧宮所用煙鎗煙斗煙燈無一而非粤省產品，鎗爲廣州竹製，色如紅玉，質粗如小兒臂，上安小管，藉通呼吸；鎗有架，隨燈之高下遠近，慈禧躺在炕上，內監跪地燃膏，民初出宮老監多能言之。辛丑迴鑾之後，慈禧亦頗想畧畧革新，以挽回頹勢，從廷右諸臣言，下諭：「鴉片爲生民之害，禁吸尤必禁種，着限十年，將洋藥一律革除淨盡。」同時，命大小官員戒絕「嗜好」，爲了表示積極起見，還定下了檢驗之例，但一品官則毋庸檢驗。她的話說得好，全國的一品大員，不過一百幾十人，自有皇帝親自考察；誰有這個「嗜好」，早已「簡在帝心」的了，可不必檢驗。其實，她知道年紀老邁的大臣，一時不易戒煙，何況現擺着她的弟弟親家桂公爺又是煙癮最大的一個，做姊姊的怎可不爲這國丈留些面子？

當時做都察院最高長官的都御史陸寶忠，恰是一個頭號癮君子，副都御史陳名侃及睿親王魁斌、莊親王載功，也都是癮家。這時候袁世凱正在走紅，某次爲言官所劾，疑是陸寶忠做的鬼；因在慈禧面前，奏說陸寶忠等嗜好甚深，並說都御史是監察大員，如果置而不問，誰肯革除習染？慈禧立即下諭，將魁斌、載功、陸寶忠、陳名侃停職，待戒絕後報請復職。並命溥偉、鹿傳霖等爲禁烟大臣，立戒烟所，專司查驗。魁斌爲多爾袞一系之後；載功爲康熙第十六子胤祿之後，他的二哥載勛本襲王爵，因義和義事件革爵賜予自盡，載功是老四，以鎮國將軍於光緒二十八年才襲爵，袁世凱不敢動桂公爺，無端拉這兩人做陪襯，也算倒霉的了，陸寶忠經此打擊，不久即因戒烟致疾而死。

其時慈禧正以行憲愚民，「行憲目的在圖強，圖強之要，莫急於禁烟」，做臣下的要戒，那高高在上的老佛爺，豈能自外，獨享烟霞之樂？因此她也發狠戒烟，絕口不吸，只用「戒烟藥茶」來吃，七十多歲的人，結果病倒了。徐珂清稗類鈔載：「光緒末年（戊申），再申烟禁，孝欽亦自克，及大漸，慶王勸開禁，以小金盒進，曰：『太后爲天下臣民主，朝野攸賴，日來慈躬弗豫，爲艱鉅益增，今以戒烟致疾，萬一不諱，恐非所以重蒼生之寄也』。孝欽擲其盒於地，且加申飭，翌日遂崩。」這老太婆之狠，對自己也不肯通融。清宮詞詠此，寫得很妙，抄以結束本文。詩云：

「益壽佳名錫紫霞，香膏製就米囊花。一般遺恨湘妃竹，應向重泉訴翠華」。

台北第一好官

調查局長沈之岳

葛其潭

多采多姿的經歷，
無私無我的生活，
和易近人的個性，
堅定不移的作風。
——這便是沈之岳·

中華民國司法行政部調查局，不僅在台灣有崇高的聲譽，即在世界各國皆有好評，該局長沈之岳更蜚聲中外，左舜生先生生前即贊沈氏爲國民黨最有希望的第二代，以後又見到其他諸人屢次著文稱讚，但可能由於各人與沈氏無深交，故對其身世所知不詳，海外僑胞知沈氏大名者雖多，了解其身世者恐絕少，區區與沈氏多年知交，所知較詳，茲就所知錄出，以貢獻於掌故讀者。

一、光輝的一頁革命歷史

沈之岳是浙江仙居人，今年五十六歲，先後畢業浙江省立警官學校、三軍參謀聯大、國防大學和國防研究院。他在臨海回浦中學肄業時，即以該校學生領袖的身份，領導臺州六縣青年學生，展開打倒土豪劣紳的運動，當時即成爲兩浙青年崇拜的偶像。

在國共鬥爭中，他是潛伏共黨時間最長，出力最多的一個國民黨員。自從民國廿三年間，在上海求學開始，即奉戴雨農之命，滲入共黨組織，由於他的僞裝工作做得特別好和對共黨工作，表現特別有成績，所以不到三年功夫，即由一個起碼的共黨黨員，而提升成爲共黨上海市負責人之一。此後他滲入陝北中共老巢延安，以優異成績畢業「抗日大學」第二期，由於中共高級人員的賞識，毛澤東即派其担任追隨左右的機要人員，陳毅在蘇北組織新四軍時，他担任政委工作，負責監督陳毅組軍秘任，毛澤東對他的信任，由此可知矣。

他在中共組織中，先後潛伏了十五年之久，經常和政府中央電臺聯絡，始終未有暴露自己身份。他對毛澤東與及中共重要領導人的個性、品德、學識、能力、思想、派系等，是目前自由中國中，瞭解最深的專家，也是目前最有方法打擊的能手。

卅八年大陸撤退之後，他仍在大陳列島前線工作，經常深入京滬杭等地區，策動敵後工作人員，進行游擊和行動工作。此後他担任胡宗南所領導的江浙反共游擊總指揮部的政治部主任，聯合東南各省游擊健兒，不斷突擊大陸，時常予以重大的打擊。後來他又兼任浙江省政府秘書長和大陳行政督察專員，興建大水壩、開闢環島公路、推展機動化捕魚、設立中小學和養老院育幼所，在他四年的任期中，時刻照顧人民的生活，時刻和人民打成一片。因此，當大陳撤退時，男女老幼的三萬餘大陳列島人民，均願離鄉背井，棄家拋產的自動追隨政府來臺，成古今中外空前未有的奇績，也是震動世界的一大新聞，此實他平日親民、愛民、教民、養民之結晶也。

大陸撤退之後，他前後担任調查局督察室主任、調查局副局長、國民黨中央黨部第二組副主任、國防部情報局副局長，至五十三年六月升任調查局局長迄今。在今天官場中，他是以清廉忠誠，負責幹練著稱，成爲自由中國政壇最隆的人，也是各方人緣最佳的一位官長。

二、滬杭車上戴笠收他做門人

民國廿二年春間，他由故鄉至上海繼續深造，在杭州到上海的火車中，他乃是一個稚氣未脫的英俊少年，像一隻活潑的小貓，蹦蹦跳跳的進入了頭等車廂內，有一位自稱姓易的紳士型人物，逗着和他閒談，經旅途數小時攀談之後，姓易的對他頗生好感，自動的願意幫助他的一切，讓他在上海讀書。

到了上海後，憑着易先生的一個電話，他就進入公時高中去插班，次年畢業後，又轉入大學政治系讀書。在這段時期中，他經常去看易先生，總是看到那位易先生，在馬不停蹄中忙着，他也不知道易先生忙的是什麼？但是對他所雲需的一切費用，開口多少，就給多少，絕沒有打過一次的折扣，因此他在學校中，是手頭最寬裕，交遊也最廣的人。

在一個初秋的晚上，易先生派人找他去談話，以最嚴肅的口吻對他說：「你是一位聰明有爲的青年，可惜圍繞你四週的朋友，都是共產黨人，你那些朋友，所辦的刊物，沒有一篇不是毒化青年的，與你最接近的張某，就是共產黨派在上海市的地下負責人。」他沉思了一回之後，氣憤憤的說道：「我要去檢舉他們。」易先生微笑答道：「那倒不必，假使你眞心愛國，我希望你打進共產黨的組織，刺探他們的秘密，藉以揭發共產黨的種種陰謀和禍國殃民的事實。」

從此以後，他就憑着張某的關係，參加了共產黨的組織，先在浦東煤炭公司做工人，因成績優異，張某又介他去淮河輪船公司當賬房，負起工人運動之責。數月之後，公司發生了一次勞資的糾紛，他就鼓動工人，展開罷工大風潮，因欲取得張某的信任，在行動上頗爲激烈，至遭公司發現，結果被警方拘捕入獄，半年之後，才被開釋。張某對其工作表現，讚賞有嘉，乃升爲共產黨上海市委兼交通工作的責任。

在他担任共產黨上海市委兼交通工作後不久，易先生就設法接他去談話，首先以安慰的口吻對他說：「這段時間，你委實太辛苦了，所表現的也確不平凡，這是你高度愛國熱忱的所致。現在共產黨的政策，是吸收青年，擴大地下組織，憑你的智慧，一定能戰勝他們，我對你的希望甚大，今天我要坦白的告訴你，我並不姓易，我是中央政府負責特種工作任務的戴笠，爲了工作，你應該原諒我對你的隱瞞，你要放大胆子去做，一切我負保障之責，以後來此連絡，按電鈴一長兩短爲號。」這是他和戴雨農先生發生工作關係，在開始時的一段珍貴密史。今日他能爲國家立功，爲社會除害，也可證明戴雨農先生當日的慧眼識人才也。

三、到調查局後的新作風和新政策

自從民國五十三年六月一日，他接任了司法行政部調查局長之後，即向全國同志提出了：「工作是整體的。每個人應該獻出眞心誠意，發揮了每個人一切的潛力，以局作自己的家，大家團結合作，向着共同的目標來努力」。在作風上，他一切以身作則，早上七時就到局上班，晚間普通都七時左右返家，每個月總有一半以上時間，到各縣市業務單位巡視和督導工作，住小旅館，吃陽春麵，步行或坐公共汽車，絕不接受招待和事前告訴巡視日期，也不和地方軍政首長打交道，一切日常生活開支，全由自己薪水支付，絕不向公家報銷一日出差費用，遇上組站工友和小職員，也會和他們攀談一回，或者請他們在小店吃杯冰水和牛肉麵，對外勤單位的一切問題，即談即辦，絕不拖泥帶水，移交任辦處室去研究簽辦，設若發現重大案件，也會化裝小販或鄉下佬親自去偵查一番。假使途中遇上同鄉故舊，不管地位高下，也會買點東西，到他們茅舍草廬去坐坐，說家鄉話，講當年事，獻出一些眞心的人情味，使左右鄰居，隨聲前來交談，也不知道他是現今政府要員調查局局長。

至於他到調查局之後，在政策上，也有了很多的改變。一切都是配合着時代的巨輪前進，一切朝着開明民主的道路邁進。筆者特將其中最重要的，最有效果的三個新政策向讀者報導於下：

（1）實施「機關公開，業務秘密」——不容諱言的，過去我們一般人談起調查局，就有神秘和疑懼的感覺，誤認爲這個機關，有非刑拷打，不審不判的特權。沈氏到任之後，深知人民有此誤解，提出了在業務是要保持工作內容和工作進行技術的機密性。但是欲人民知道該局的任務，方針和態度等，非機關公開不可，使善良的人民，瞭解同情和支持他們工作，叫爲非作歹的壞人，有所警惕，達到預防犯罪，阻遏亂源的目的。

（2）實施「科學方法和科學技術」辦案——他着重秘密搜證。偵查蒐證，一切要依賴科學方法和科學技術，必俟發現了秘密證據之後，才採取其他措施。現在該局已添有遠程照相機，紅外線照相機，以及遙遠控制的無線電錄音機等，能在一千公尺之內，達到搜證的目的。絕不能用訊問代替偵查，用刑求逼出口供，辦理案件，一定要遵守法律程序，絕不使用特權。

（3）「實施起用大專畢業青年，作爲基層幹部」——沈氏從五十三年接任起，每年公開登報，招考大專畢業優秀青年，經過適當訓練後，作爲該局的基層幹部，據說這項政策實施之後，對國家和社會的貢獻，效果至大。而使有志報國，學識優良，奇謀異才的優秀青年，有機獻出智慧，參加除暴安良的神聖革命工作。

四、無私無我和待人處世

自從卅八年大陸撤退之後，他在舟山、大陳、滇緬邊區和敵後等地區工作，先後有十餘年之久，這些地區的工作，都是出生入死，辛苦萬分的，是要有高度的智慧，純熟的技巧，同時更要有適應當地政治環境的常識，以及有能力瞭解當地的語言文字和風俗習慣等。故在當時，以其同等地位的同事中，鮮有能接受是項任務者。而他常能欣然接受，此種無私無我的革命精神，爲人所不能，爲人所不敢的工作，而且每個任務，都在他的勇敢、沉着、機敏、細心、忠誠和守秘中，創造了光輝的成果來。他常告訴到敵區去工作同志說：「一個人在敵區工作，不可因爲環境的險惡和工作的困難，而灰心消沉，只要你能化五分鐘的時光，把最緊要的關頭堅持過去，勝利就會跳到你的手裏來的。」又云：「事情到了萬險萬難的時候，你必須放大胆子去做，一個成大功立大業的偉人，都是經過了千危萬險之後，才能得到的。」

在民國五十年十月間，某夕他患了急性盲腸炎，由其夫人陪

圖爲三月間總總明令授勛時攝右起第一人即沈氏

同進入某醫院急診室求醫，因其衣着破舊，夫人又是像個鄉下婦女打扮，值日醫師誤認他是個窮小公務員，故不叫主治大夫前來診治，就命在實習的醫師來開刀割盲腸，結果開刀二個小時之後，那個蒙古大夫還找不到盲腸所在，急得沒有辦法，只好再派人到主治大夫公館，請主治大夫前來，又弄了一個多小時，才把盲腸割出。而他在這三個小時中，死去活來，却做了該醫院的義務解剖學生的實習者。次晨蔣經國先生前往探視病况，院方才知道他是中央黨部第二組副主任兼國防部情報局副局長的沈之岳先生。後因腹痛如舊，乃用愛克斯光透視，始知腹中藏着一塊棉花，再行開刀取出。此事若一般人身上發生，非去法院告該醫院不可，但在他看來，醫師非故意出此也。由此觀之，其對自己身份之保密，與待人之寬厚，在當今之官場中，可謂不可多得者。

至於在他個人的私生活說，他是以儉樸克苦着稱，平日家中七八人吃飯，不過三菜一湯，大都是些瓜果青菜和豆腐，很少魚肉上桌，四五年前，每日菜金不過二三十元，現在也不過五十元左右。而其個人，對於煙酒從不上嘴，電影戲劇，也無愛好，有閒陪同夫人兒女，上上教堂，散散步子，算是他唯一的享受了。

他有敬老尊賢和不忘故舊的美德，每逢過年和佳節，必不忘鄉老故舊，或登門拜候，或親送禮品。對於一般友人，是做到了至誠的敬重，公開的讚美，秘密的規勸，必要的幫助。對於車伕佣人，視同家屬的一員，家中事務，親友來往，必先與商量，遇有疾病生育等困難問題發生時，必予傾力相助。平日喜與貧民來往和舊屬接觸，在大陳時，許多船伕漁民，小販老翁，婦孺孩童，士兵青年，都是他的好朋友，住中山北路九條通時，左右鄰居的成衣匠和三輪車伕，現在都常到他家裏，作座上的貴賓。他對大陳人民，一直視爲同甘苦共患難的義友，有來拜訪，必予接見，遇有問題，必予解決。對大陳青年學生，看作自己子弟一樣，不管求學也好，就業也好，他必像對自己兒女一樣的，予以適當的照顧和協助。其人求之古代，亦不可多得况今日乎。

記國術大師孫福堂先生

劉如桐

先生名福全，字祿堂，世居河北完縣城東南任家疃村，幼年習技擊，研內家拳，體輕捷，野外低飛之鳥，能健步追及，空屋內十數人追逐之，先生跳躍閃避，均不得撫其衣巾，追奔者已疲憊不堪，先生若無所事，縣中習國術者，均不能敵，遠近敬慕，聲名大噪，雖婦人孺子，莫不知先生之名，後外出，訪名師益友，深究苦練，無間寒暑，遂得登峯造極，出神入化，中年後著有形意拳學、太極拳學、八卦劍學等書行世，論者認爲融合內家拳各派之長，而集形意、太極、八卦三拳之大成。先生有一絕技，能將雙手雙足貼掛於壁上，面向外，體空懸，歷半小時不墜，此爲任何人所不能者，民初過津，應好友之請曾於中華武士會當衆表演，雖年屆知命，尚能歷時一刻，余曾親詢之，先生謂幼時每應衆請表演，非虛傳也。

先生在東北時，某寺僧依恃武功，睥睨同時，先生友人某，思有以懲之，而未敢造次，以告先生，約同訪僧，及出，先生謂曰，以君之技，擊之而有餘，友問故，先生曰：「人之造詣，觀其形色，察其氣質，可以知其高低，彼雖魁武，而爲余遞茶時，覺其體外無渾元之氣，以斷其內功之不深也」，友平日甚敬先生，因堅其信念，後藉故與僧較，果敗之。

技擊家周祥，設擂臺於津浦綫某地，少年氣盛，擊敗多人，自謂無敵，適先生過其地，厭其狂大，乃登臺與較，初以花拳進，周甚輕之，俄而改內家拳，取攻勢，因覺有異，自度難敵，忽思孫某爲北方健者，此人面貌與傳聞者似，殆非孫歟，乃急退出場，拱手詢曰：「君非孫祿堂先生乎。」孫曰然也，因改容長揖謝罪，孫曰：「吾適過此，非欲挫汝也，人生雖有成就，務宜謙遜，不可驕狂，須知滿招損，謙受益，所以儆汝，免後日取辱也。」周五體投地，拜受教言，自此潛心研練，不露鋒芒矣。

先生幼時赴保定戲園觀劇，仇者二人伏於門，及先生至，前後襲擊，先生動作迅速，前者以劈拳擊之，後者以右足踢之，二人同時仆於數尺外，先生從容入園，神態自若，自此仇者不敢再萌暗算之念。

民初先生任北京總統府侍從武官，日本名拳擊家某，赴先生寓所請教，先生婉謝，某堅請，令先生抑臥地氈上，彼則跨坐先生腹部，兩手以全力按胸際，使先生起，先生以指點其腹，彼躍起仆於數尺外，某驚疑錯愕，要求再試，依然躍起仆地，遠且過之，彼羞忿而起，直撲先生，先生取守勢，廻旋於廳內，彼進攻愈急，無法罷手，先生乃以劈拳出擊，彼仆於丈餘外之墻角，架上書册，紛紛落地，彼起整衣冠，尷尬而去，翌晨携重金至先生寓，謂深服吾國之內家拳，願拜門下，先生曰：「吾向不收外國人爲弟子，不能破例也。」彼失望持金而去。

南北統一後，政府爲提倡體育，發揚國粹，於首都南京，舉行全國國術比賽大會，規模宏大，開歷來未有之盛典，各門各派之人才，薈萃首都，風雲際會蔚為大觀，時先生在京、亦列席盛會，仇者（姑隱其名）忽登臺，指名先生上臺比試，一時觀衆愕然，會場空氣頓呈緊張，先生緩步登臺，笑謂大衆曰：「今天某某先生邀我上臺比試甚感榮幸，不過我先請教，現在國家隆重舉行此次大典，是否為洩私忿之擂臺，如係擂臺，余雖駑鈍，只得遵命奉陪，如非擂臺，則是否為藐視國家大典，擾亂會場秩序，請在場諸公，以公平冷靜之態度，决定此一大前題。」先生每講數語。觀衆即報以熱烈掌聲，在數次掌聲斷續下，始結束其豪氣萬丈之質詢，張之江等數人，速上臺挽先生下，婉詞慰解，並促繼續開會，一場風波，始告平息，是晚先生弟子數十人，集寓所，倡議翌日以行動報復，先生責以國家大典為重，不可輕啓事端，而衆人不平之氣，終未盡消，先生恐有意外行動，乃於深夜潛行赴滬，翌日衆知先生已離京，此事乃寢。

民國二十二年春，先生倦遊返縣，寓城內南大街，時余任縣教育局長，聯合各界為先生洗塵，先生壯歲離鄉，迄未返縣，茲以暮年歸來，為發揚國術，提倡教育非特為良好時機，且亦有此責任，乃發起組織國術研究社，敦請先生教導，先生慨然諾，入社者為師範校長張子衡、高小校長于贊卿、民衆教育舘長張旭光等、及余共十八人，以隆重古禮，拜先生為師，每週二、五下午，學習三小時，初習太極拳，由先生高足齊洛望實際教授，先生旁座指導，興至時親自示範；令衆觀摩；並特為講解太極拳之原理、及體用之道，齊君不辭辛勞，循序教導，入社同仁；興趣甚高，昕夕演練，期月而全式貫通，余及張子衡、張旭光等數人，以小有根底，進步尤速，甚蒙先生嘉許，繼練推手，並由先生女公子孫劍雲授八卦劍。

先生返縣之年，已七十五歲，鬚長盈尺，瘦骨嶙峋，精神矍鑠，兩目有光，出入持杖，飄飄欲仙，每於興至時，應予等之請，廻旋室內，聊比數首，但未嘗露其絕技，一日，在師範張校長子衡室，談及拳理氣功，先生令張握其腕，方握定，而張已於不知不覺間，反躍五步，端坐於牀上，旁觀者驚愕不止，先生笑謂衆曰：「此氣功也，茲因興至演示，藉以知吾國國術之奧妙耳。」先生謂五十歲以後，不與人交手，以觸及皮肉，每致內傷而危及生命也。

先生童年僅讀私塾數載，長則潛心自修，於書無所不窺，所著諸書，均自行屬稿，不假他人，中年後復臨池習書，尤善行草，求書者踵相接，以得先生書懸諸廳室為榮，返縣數月間，所書條屏中堂，不下數百幅，一日在教育局作童日書，懸筆飛舞，頃刻而就，龍蟠鳳翥，莫識其端，圍觀者無不驚異，以畢生習武何能有此文事也，先生謂：「余之書法，得力於余之劍術，以劍之舞姿，運用於書之轉折；以劍之腕力，運用到書之腕力，書劍有相通相得之妙，不習劍者不知也。」

先生於二十二年夏杪，因事赴平，秋間返里調息；無疾而終，彌留之頃；謂次子存周曰：「劉局長負時望，有德行，余卒後可為余點主，不必延他人也。」余受寵若驚，辭不敢應，存周以遺囑曷可違，余乃勉強接受，發引之日，余任成主官，延縣內局長、校長等，分任禮賓襄贊，余鄉習俗，為長輩成主，例須跪點，乃遵循舊禮，對靈跪點，儀式極為隆重，是日弔客如雲，途為之塞，有不遠千里而至者，弟子多人，於靈前表演國術致敬，為最後紀念，余亦被推演太極拳，各方聯幛多至不可勝計，出喪行列，長達數里，為轟動一時之盛大喪儀，身後哀榮，可謂極矣。

先生有子二女一，長子早故，次子存周，女劍雲，家學源淵，均得眞傳，於形意、太極、八卦諸拳，俱獲登峰造極之境，存周體魄雄偉，濃眉方口，有威儀，喜書畫，善墨松，中年傷一目，常戴有色眼鏡，但於工力無損，劍雲輕盈秀麗，談吐風雅，舉止大方，不知者以係名門閨秀，而未料其有出類拔萃之絕技也。

談堵口經驗

·宋希尚·

一、黃河之水天上來

黃河是世界著名河川之一，爲我國第二大河，因它的水色黃濁，含泥量太多，所以稱曰「黃河」，又以河道屢次遷徙搬家，肇成了慘痛災害，談虎色變，故又有「黃禍」之稱。它的源在青海巴顏喀喇山東路星宿海，流經青海、甘肅、寧夏、綏遠、山西、陝西、河南、河北，山東等九省，在渤海灣入海，全長四、四五〇公里，流域面積廣達七五六、六八四平方公里，全流域內之總人口約爲一三二、六五一、七五三強，而以山東一省，人口較密，其密度竟達每平方公里爲二六三人之多。

河源在星宿海，高出海面竟有四、四五五公尺，因此民間傳說黃河之水天上來的，東流至甘肅蘭州，始漸降爲一、〇九〇公尺，至寧夏爲一、〇六六公尺，綏遠包頭爲九九公尺，所謂河套平源是也，其歷來水利之富爲全流域之冠。從包頭到河南陝縣，海拔降至二九二公尺，東至山東孟津，僅爲一一五公尺，由此進入勃海冲積平原矣。河流兩岸以人力築堤，用以東水防洪，實始自河南鄭州，東趨與泰山山脈相聯，而止於山東之利津，故歷代河防重心在河南、河北、山東三省，所以有豫、冀、魯三省河務局之組織，主管沿河南北兩岸之堤並負責防守。

黃河的爲患，數千年來，歷史不斷有所報導，據大小決口統計，不下千餘次。而全河因河床高淤搬家遷徙，自動的尋覓入海出路，則自周定王至清咸豐年止，共計六次，其災情之重，損失之大，人民傾家蕩產，流離失所之痛苦，非楮墨所能盡言。所以歷代河患，重視決口，尤特別重視河流改道之遷徙，認爲極大浩刼也。民國二十二年秋，河北石頭莊一帶決口，據當時陝縣水文站報告，水位高達二九九·四公尺，流量每秒竟達一四、三四七立方公尺，超出近百年所有記錄。豫、冀二省兩岸土堤，漫決之口多至五十八處，而在石頭莊口門，水流自馮樓直奔，居建瓴之勢，順自然水性，竟奪全河正流，已形成改道北徙之勢矣。當日政府召集中外專家會議，多數主張放棄堵塞，聽其自然，作爲第七黃河之改道，若勉強違反水性施工，不但爲費不貲，太不經濟，且亦毫無把握，可見當日事態之嚴重。

二、破天荒利用航測

當河南、河北、山東三省境內黃河決口災況電報，如雪片飛來，中央方面一時措手不及，無法立刻瞭解與搜集災區面積，決口所在與災地實況等等資料。況當洪水滔天，泛濫橫流，決堤決口一片汪洋，時間空間，均無法迅速調查。代理行政院長爲宋子文氏，徵詢多方意見，惟有立即航測，由陸軍測量局動員航測工程工程師李景潞先生率領迅赴災區，作航空測量拍攝照片，數小時內即可製圖，公佈報章，使全國人民，目覩災禍之嚴重；並在長垣縣馮樓一帶，大車集至石頭莊，次日分別航測較爲詳細之水道地形圖，又在泛濫區域內有關之開封、蘭封、考城、鉅野、濮陽、長垣、東明等縣，對堤防潰決，口門地形，水位高低比較等分段低飛攝測，因以在二三天最短期內，得以瞭解實地災情與一般狀況。宋氏對外國專家，具有信心，於是召集所有在華之外籍工程人員，如海河與廣東治河會總工程師、全國經濟委員會蒲得利、上海浚浦局查得利等，在京開緊急技術會議，商討如何應付此次大決口，一面嚴令在西安養病未愈的黃河水利委員會委員長李儀祉，抱病赴工服務。從這次表演，深知航空測量的迅速、廣泛、準確有效，對此類水災事變之測勘報導，確有莫大的貢獻與滿意的協助。成爲今後水災測勘最有效的方法了。

三、決口狀況——幾乎成第七次改道

河北省大堤在南岸者，自豫、冀交界之婁寨起，經長垣、東明、濮陽而至冀、魯交界之劉莊止，計長六十餘公里。北堤至長垣大車集接築舊太行堤，經河南滑縣、河北濮陽、山東濮縣至耿密城止，計九十二公里。此次決口，南岸爲長垣縣之小龐莊亦在長垣境內，共計三十處，最爲嚴重。查該大堤原爲民埝，歷年加高培厚，迨至民國七年始收歸官守。二十二年八月三日晨，李石頭莊爲匪所佔，因民團追擊甚急，遂有掘堤拒捕之舉；聞初掘時僅兩小口，各寬數尺，流水不多，經六七日方達濮陽。當經河北省黃河河務局設法搶堵，費時六日，已堵合一口。正在進行堵第二口之堵塞工程，而十日午夜陝水大至，十一日午水又續漲。北岸一帶，本非險工，十數年來未遇災警，故民衆毫無準備。當時不獨李石頭莊堤上匪掘之堤儘量擴大，即自石頭莊以西至大車集，在此三十公里內，大堤漫溢，冲刷成口，其中以李石頭莊口門，過水最多。形勢險惡，大有奪溜改道之傾向。加以太行殘堤，尤較大堤卑矮，順流而下，復泛濫四十餘里。按當時最高水面，高出大堤半公尺，超出太行堤約一公尺餘，居建瓴之勢，奔騰直瀉，附近村落頃刻間埋毀殆盡。狂流奔放，未及一日，即過滑縣、濮陽，入山東境，循金堤之南，經濮縣、滑縣、壽張、陽穀，至陶城埠，然後乃歸正河，如此三百六十里，頓成爲改道之局勢矣。此次長垣受災，共八百餘村，其未被水冲者，僅二十七村。濮陽雖在下游，然被淹者亦在六百村以上。河北省之滑縣，則尤甚於濮陽。而山東境內，雖大堤因防守得力，未有損害，然其受他省決口下注之損失，亦慘遭同等災難。茲將各縣各項損失之可統計者，列表如下：

各縣受災損失統計表

縣名	被災面精(方里)	被災人口	淹沒村莊	統計損失
長垣	二、七一八	二六八、九一〇	七七三	三七、二〇九、三〇〇
濮陽	三、〇〇〇	二六一、〇〇〇	六〇〇	三九、〇〇〇、〇〇〇
范縣	五五三	六五、七四八	二五二	四、三二〇、〇〇〇
壽張	五三七	一〇六、〇〇〇	三八〇	六、四〇〇、〇〇〇
陽穀	一六七	三七、三〇〇	一六〇	一、三〇〇、〇〇〇
東阿	一、三〇〇	八一、六八〇	二〇三	一、六五八、〇〇〇
濮縣	六八〇	四八、五七八	三七〇	七二〇、一九〇
滑縣	五、〇〇〇	二九〇、一七二		二九、九〇〇、〇〇〇
統計	一三、九五五	一、一五九、三八八	二、七三八	一二〇、五〇七、四九〇

第十三號決口位於石頭莊，計寬三百二十五公尺，平均深約六公尺，流速每秒約三公尺，不特在河北省爲最大之決口，亦即爲二十二年黃河決口中之首屈。水流自馮樓邊起，直奔石頭莊、香亭，由此轉東，流入魯境，至陶城埠，後歸納於黃河。水道既順，河床又低，已完成天然自闢良好之出路第七次之黃河改道，照形勢而言，欲從事違反水性之堵塞，不但所費不貲，且亦毫無把握，等於愚公移山，自開玩笑，事實上所萬難辦到者也。所有出席會議之外國專家聯名建議，「放棄堵口」，「聽其自然」爲計之上策。但因當日中共早有陰謀，趁機散佈謠言，謂政府無能，以鄰爲壑，置華北地區數百萬人民於水深中而不顧，借此製造政治糾紛。所以政府當局毅然不採納專家的主張，在國民政府下組織黃河水災救濟委員會，以行政院長爲委員長，敦聘朱慶瀾（子橋）先生爲賑務處長，下設工賑組由周象黎氏爲主任，而以總工程師一職，指定爲黃河水利委員會李委員長担任，其他若干處均同時成立。李氏因抱病奉令駐工，不勝辛苦，病又大發，遂由鐵路逕赴德國醫院，施行大手術，命在旦夕。萬不得已，薦我自

代，並在病榻上，親函寄託，務須勉為其難，一再相囑。復經周氏就近敦促，任重責巨，深懼不勝，在此公誼私交中我就勉強代總工程師之職。三十壯年，肩此重担，事後每語人曰如天天在緊張中工作，一生中豈可再乎。

四、堵口經過

十月下旬，水位愈低落，自第一號至第二十六號、第二十八號二十九號等決口次第漸見涸乾，或僅剩停潴積水，已經不再過水。故馮樓開始堵口工作之前，即由河務局着手各口之修復。為便利指揮起見，設立大車集，香里張兩分段事務所，仍由河務局原駐地之段長兼充。大車集段管轄第一號至第十五號決口，香里張段管轄其餘各決口。土方單價自四角起五角五分止，視取土之遠近，分別酌定，取土在一百公尺以外者，大車集段每方加洋三分五厘，香里張段每加洋五分。硪工則以點工計，照章實行。該處決口，因堤低水高漫溢所致，故其上下一帶，數里之間，均成漫灘，全屬細沙。總計兩段取土共為五〇九七九、二二華方，合洋二五九六三、〇〇五元。

按照規定計劃，暫決放棄大堤決口所在之修復，而以堵塞臨河馮樓之溝口。蓋溝口堵合，即所以挽水入槽，大堤之口，自即斷流。查馮樓溝口又分為四，其中以第三溝口奪大溜而下，口門之寬為一百六十公尺，水深十四公尺半，洶湧澎湃，工程最為艱險，亦即為此次堵口工程重心之所在。茲就當年工場日記實際情況，擇要縷述之，或可供後日參考。

（一）緩溜工程

第一、第二、第四溝口，在未堵塞前，水流甚旺。當飛機在上空攝取漫決情形時，本為一片汪洋，一似第三溝口。迨至十月下旬，流入香里亭之第一溝口，漸見減緩，左岸微露淤灘，最大流速每秒僅二公尺，因水中挾帶所冲柳枝橫梗溝口，當以時機可乘，即利用此種柳枝並就地加多柳枝，進行緩流工程，以冀落淤堵塞。緩溜之法，頗為簡單：用長約六公尺之木樁，插入溝中，隔一二公尺一根，或單排或二排，左右前後繞以鉛絲，以防單獨被水冲去，樁與樁間直插以柳枝，梢向下，榦向上，柳枝間亦以鉛絲層層捆緊，使十分結實，打成一片，有透水落淤功用。

溝中流水，由上游挾多量泥沙而來，一遇柳枝，雖可透水，但流不暢；所帶泥沙，因之沉澱；泥沙落淤，溝身自然抬高，流水更形不暢。如此循環進展，溝身上下遂漸淤塞，溝口一帶，逐漸斷流，其見效也速，其堵合也出於自動。故決臨時就地取柳，設法緩溜。十月三十日，第一溝口先行興工。十一月五日七日第四第二溝口繼之，不數日全部修成，再由第一口起，從事密加柳枝，以增落淤效率。十一月九日第二溝口果然自動斷流，離興築之日僅二日耳。其淤墊之神速，實為意想所不到！至十一月底第一第四兩口亦幾淤成平陸。昔日濁浪滔天之香亭口門，今僅用土數千方，即可修復完整。緩溜工作之驚人成效，分析研究，有下列數點：

一、以透水之物料，作阻水之工作，水透泥沉，泥沉水減，且有剛柔並濟之功用。

二、藉自然之水力，使河底普遍淤平，減少斷流後土方，及避免口門上下一帶習見之深潭。

三、落淤斷流，其作用出於自然，不致抬高水位，激成急溜，冲毀兩岸。

四、就地取材，除鉛絲外，所需材料，如柳枝、柳樁，均屬就地廉價之物，輕而易舉。

五、柳樹普遍為當地災民所有，大水時不受冲失，災民賣柳亦足以資救濟。

（二）護岸工程

堵口工程中之護岸工程，關係之大。是猶行軍在進攻之先，必須有把握維持原有陣地，方可進退有據。其方法，亦甚繁多，有防護河流之頂冲者，有防淘深河底者，有防侵刷兩岸者，全視實地情形而應付之。此次設施，計有五種：除下述（一）（二）外，（三）（四）（五）從畧。

（一）掛柳：第三溝口門東岸，在堵口工程進展之先，因當時水流頗急，大溜有頂冲之勢，即俗所謂掩溜，岸邊冲刷坡度甚陡，臨岸水深，已達三四公尺，乃以掛柳法，阻其坍刷。法以整枝柳樹，沿岸倒掛於水中，其步驟爲：

一、於岸邊安全處打二公尺樁一排或數排，以實地需要而定，樁頂離地面約二三公寸。

二、以柳樹於其榦部用鉛絲繩作伸縮，鉛絲繩他端，即固繫於後面樁上。

凡遇溜勢急烈之處，柳樹竟可沉掛十餘棵之多。至其功效，在利用其軟性，有緩溜殺勢減輕冲刷之長，而無因勢被阻轉向淘底之短。且因黃河挾沙量大，流經柳枝，沙即淤澱，蓋速淤即所以護岸也。

第三溝口東岸，經施工後，不久河岸坍刷漸止。在下游半公里兩岸亦發生同樣之危險，坍陷甚烈，施用掛柳後 坍亦遂止。該處因水較深，柳樹浮力加大，因而飄動。施用磚石實中之鉛絲網，掛壓於上，飄動遂止，成效大見。

（二）柳捲：馮樓村西南第一壩附近河岸，與上來之溜正冲，十一月十六日，大溜改移直趨河岸，然後折向西行，河岸一面受大溜頂冲之勢，一面又因其南來西去有迴旋之力，將溝底淘深，致河岸壁立，坍塌甚速，日約數丈，爲急救計，自當先護岸脚，阻其淘深，乃下沉柳捲，藉以防禦。柳捲做法：

一、整理柳枝勻接紮成長約四公尺，直徑二公尺半之柳把，或稱柴龍。

二、以柳把十個左右，中實塊石或土包，或磚龍，以鉛絲繩圍繞紮成直徑一公尺之丹柱，是項丹柱，即稱柳捲，俗稱「舂捲」，以其形似也。

如合龍進展時，以此護底，不使因水急增而淘深，收效甚大。惟是項護岸法，亦僅爲治標計，如須長時期頂冲，則非局部工作所易制勝也。柳捲紮成後，推入河中。每柳捲重在一千餘斤，一時不易被水冲去，迨其到底則因自身重量，向河脚虛處陷入，又因柳捲用柳紮成，具有軟性，能自動適應河床形勢而適合之。旋向上逐步加高，成一相當坡度，高與岸平爲止，水溜洶湧至此，亦嘆無用武之地矣。沉柳捲，不僅可護沿岸，即河底之刷深，亦大可防制，此項發明應用，確大有助於堵口工程。

（三）挑水壩

凡決口所在之處，水性往往失其常態，越軌奔放，若野馬難馴，如能審度形勢，默察環境，或先校正其流向，或設法減緩其流速，因勢利導，以就我範，當可收事半功倍之效。挑水壩作用，在挑溜遠去。河防紀畧有言：挑水壩與護岸工程不同，護堤長不過三四丈，僅護堤身而已；挑水壩則長可十餘丈，乃至二三十丈不等，伸至河心，能挑遠大溜，使溜以下堤脚可免冲刷。並能掛淤，即對面嫩灘老坎，均可藉挑出之溜，以資刷卸。如險工太險，應做挑水壩數道，注意空檔間距離，務須遠近得宜，使上壩挑溜，接住中壩，中壩挑溜，接住下壩，方免迴溜刷堤之患。對於堵口工程之有賴挑水壩者：

一、挑溜他去，藉以減輕口門之急溜。

二、因溜之改向，予口門以改善之機會。

三、壩根一帶，希望掛淤。

故審度當時形勢，有建築五座挑水壩之設計，而照原計劃完工者爲第三挑水壩，得力亦最大。今日截流壩之西翼，實即第三壩變相之利用也。

（四）引河工程

開關引河，爲狂瀾尋找出路，即所以減輕堵口工程之壓力，推其功用，可分爲三：

一、分流以緩衝也。全流側注，奔騰激蕩，功無所施，楷埽亦無所用；故於對河上流，擇適當地位，另開一河以引導之，目的是避重就輕爲分流緩衝之計也。

二、預淩以迎溜也。河身淤積成灘，慮其漲漫爲患，預開一渠以迎之，使水到歸渠，遂其湍汛之勢，則刷沙有力，而無旁溢之虞。

三、挽險以保堤也。水性猛烈，方其順流而下也，則藉其猛以刷沙；當其橫突而至也，則挾其猛以崩岸，當其倏忽激射之時，宜酌左右之中，急開一渠，以挽所衝之溜，引入引河，以奪其勢，而後危堤可保。

對於堵口工程引河之應用，其目的在分流。黃河流至馮樓，本由西南而東北；大水後，新漲淤灘，舊道被塞，流向改趨正北，直冲口門，一瀉三百里；其進老河（正河係指馮樓村以上之黃河，老河係指馮樓村以下之黃河舊道，其分別如此）乃沿淤灘北行至馮樓村邊，始折向東南而入河，流向劇改，其角度幾成直角。故以形勢觀之，向老河者曲而逆，向口門者直而順，挽回工作，實反天然之水性。堵塞口門，自當削減口門之流量，歸納老河，爲當務之急。欲削減河量，當先謀分水緩溜之策；是以有挖掘引河，溝通正河老河間水路之設計，尤以選擇其位置，成敗所關，不可忽視。河頭須遠覓，審度形勢，毋淺毋嫩，河尾項寬順，亦噴亦湧，有建瓴之勢，具吸引之力，方期成效。況黃河水性日有變動，今日大溜逼近處，一二日內即可變易方位，甚或移至對岸，前後情形爲之一反。此次引河地點之選定，均在馮樓東南淤灘前後，共掘四道，每道位置，均以實地情形不同而各異。然其注意之點，不外上口須迎合正河之流，下口須順接老河之路，並須顧及土方之多寡，土質之優劣，及施工難易數事。

（五）墜石柳壩工程

上述引河，其輔助堵口工程爲效甚大。然當引河開掘之始，黃河河身之廣泛如此，水性之變遷靡定，次求引河通後，初步過水，固屬不難，維持暢通，實無把握。第一引河可爲殷鑒，自不得不另謀補救之法，以達分流之的。故有墜石沉柳水壩之設計，綜其目的有四：

一、束狹河面，矯正水勢，使改良流向不致時時發生不可捉摸之變化。

二、度量形勢，輔導水流，誘入引河。

三、所不需要廣泛水面，因透水落淤之功用，足以速淤。

四、有挑水壩之功用，而無挑水壩淘深之弊端。

至建築之簡便，有足述焉：

①材料所需，僅柳、石、鉛絲三種，至爲簡省；

②沉墜工作，簡單迅速，每日進展甚快，足收速效；

③修補整理，皆屬局部，甚爲簡單；

④壩之上下游，因透水促成沉澱，因沉澱足以增強已成工程之鞏固性。

此外尚有一問題，頗饒研究，即柳與石兩者，其沉放孰先孰後，據經驗所得：

（甲）水淺無浪之處，可對準沉放位置，先將柳枝沉好，然後將石塊擲向上游。

（乙）水急浪高之處，須先向上游遠處投石，俟石到底，再放柳枝。否則石塊尚未到底，所墜鉛絲尚未得力，而柳枝因浪冲早已飄至下游數丈遠矣。遇此情形，則停船地位之上下，投石之遠近，須隨時斟酌改變，此則全賴於經驗之斟酌矣。

每晚收工之處，於次晨開工時必行較收工時爲深，且有深及數尺者。此因流過壩，其行不暢，勢必繞道壩頭，因之從事刷深。此項刷深，有費工料，故應設法避免。避免之法，即在增進工作時間，減少停工次數，如能工料準備充足，分班輪流，一氣呵成，大爲有益也。

（六）截流壩工程

第三挑水壩築至島樹後，以人力戰勝洶湧澎湃之水溜，溜移而流緩，流緩而泥沉，泥沉而灘見，水流沙漲，形勢爲之一變。深覺研究所得，採用水工原理與夫透水壩之計劃，實爲準確之設計，對於堵口工程，更有進一步之把握。遂擬定第三溝口截流堵合工程，即以第三挑水壩爲西翼，另定東翼位置，再接再勵，以竟成功。

①施工實況

簽打防凌樁之際，截流壩工程仍繼續進行，先就層石層柳法去鋪高，原期靠近長樁有所憑依；後見各樁均有傾斜之勢，仍又臨時更改方針，採用動壩式，由兩端趨中進行。環境所迫，已告成合龍之形勢矣，惟壩身透水，較之舊式閉不滲漏者，按以減輕水壓利用積淤之原理，似有進步。壩身平均高約八公尺，用磚石拋成兩旁坡度。同時於中部斷樁之處，深恐因此淘深，曾一度採用南通保坍工程所習用之柴排，沉以護底；終因折樁處，急流如注，且無拖輪機械力等以資輔助，欲至沉放位置，頗難措施，較之浚浦局及南通保坍會可以利用潮性候潮平時沉放者，形勢不同。旋又改用長二十公尺之大柳捲，上游拋若干鐵錨，以鉛絲繩繫於柳捲，由兩端滾入斷樁中間，如是柳捲不致因流急而冲動，砥柱中流，保障河床。除投柳捲外間亦酌視情形，採用短柳把紮成之小柴排，中嵌石塊，投入河中。其目的總求中段斷樁處之河床，不因兩端推進，口門束陝，而冲刷過深。此項工作頗收一時之效。然工愈增進流亦愈急，狀同瀑布，墊護口門之工作，可暫而不可久。爲加速前進計，兩壩頭又採用捆廂法，分兩班前進。法以大船三隻，一隻泊於壩頂，稱爲捆廂船，兩隻停於壩上壩下兩邊，稱爲幫廂船。船上均置木架，以編鉛絲網之用，其網之編製，先於壩頭打長約二公尺柳樁三四排，每排約六七樁，樁上繫以鉛絲繩之一端，另一端即繫於捆廂船之木架上。

兩幫廂船上亦互繫鉛絲繩數條，其方向適與前者成直角，若是縱橫交叉，乃網形，然後放置柳把，相連成蓆，三面進行，圍已成之壩頭，適成一四方匣子。其中即拋柳擲石，層疊而上，船上鉛絲繩亦隨之鬆放，柳把亦隨之增加，直待至柳石下沉到底，於是向上加高，與兩端壩頂相齊，遂將三面柳捲包轉，緊鉛絲繩於原有木樁，此段壩身，乃較成就。

如此段段前進，不分晝夜，至二月七日，口門之寬，僅剩三十公尺，而天氣轉暖，因慮凌汛將至，如幸而「文泮」，則可安然渡過，不幸而爲「武泮」時，此三十公尺之口門，似不可不爲冰塊留一出路，減少擁擠堆積之危險。况後壩身單薄之處，亟待處理。爲完全審愼計，遂努力於後方鞏固工作，加高培厚，添築前後坡面。

同時避免口門刷深起見，復以全力在船上拋沉柳捲，及小柴排等軟性物質，務使河底不致加深。此外復培修道路，增築輕便鐵道，以利合龍時材料之運輸，修築臨河岸之土埝，藉防開凌時或合龍時水位意外之高漲。並派員四出，收買柳枝，催運鉛絲大磚，分電當局，扣船運石，以期合龍之先，所貯材料，充足有餘。二月十四日（即廢曆元旦）午時正在工作之時，上游水凌開凍，蜂湧冲來。即調集全體員工，持破冰器緊急處置，如遇大敵。計劃上準備之防凌樁，首當其衝，滿河巨冰，挾移山倒海之勢，浩蕩而來，爲樁橫阻，相持不下，終仍折斜倚之鋼軌，斷中流之木樁，而巨大冰塊，因遇此當頭強禦，抵抗一陣，亦由大化小，由整化零，逐漸由所留三十公尺之口門，徜徉流過。翌日來凌更多，人員與防凌樁分別盡責，努力營救，雖其時各樁大半截斷，鋼軌亦多失陷，但已成透水之壩身，兀然未動，其有大於三十公尺之巨冰，亦因兩壩頭之阻，而折半焉。全工成敗關係之凌汛，幸得安然渡過。對於已成工程亦得一相當之試驗。在工人員無不激勵精神，增進信心，預料合龍後，水位雖不致過分驟然抬高，然壩身之安全，更宜特別注意。雖以水力計算，壩身之安全率有三倍之多，但為慎重計，特於壩之下坡，緊貼壩身處，打二十公尺之樁兩排，以資防護。時口門之中，流速增急，但流量以斷面積日漸減少；每秒僅為四二九立方公尺，較之二十二年十一月二十四日所測每秒九八八立方公尺，已少過半。老河流量已達二四三立方公尺，約佔全流量百分之三十六。凌汛至後，水位增漲，引河轉見進步。二月十七日第二引河與第三引河被流自動冲成一片，合而為一，流量遂受自然之支配，而日有增加。迨至三月十日，口門寬度僅剩九公尺，兩岸已在一望之中。不料十一日突生慘劇，佚目楊慶坤、河兵耿高，平日最為賣力，勤勞尤為表率，因大工在握，奮勇萬分，站在尖端，不避艱險，正在吃緊關頭，成敗之際，東壩頭復再沉陷，天崩地陷與驚心動魄之險狀，兩人竟告失蹤，為洪流所吞噬，埋葬壩底，嗚呼痛哉！是夜北風怒號，濁浪排空，較往日更甚，遂使辛苦狹成九公尺之口門，竟又擴大到二十二公尺，虧一簣之工，失兩位得力之人，面對此種失望與悲慘場面，不難想見我當時心境惡劣至何地步也！

②合龍情形

口門由狹復寬，堵口將成未成，於悲傷哀悼之餘，萬分叢脞之中，自不得不再接再勵，鼓舞士氣，與洪水作殊死之搏鬥。所幸口門雖重寬至二十二公尺，測其深度，似未見有不良之變化，最深之點，仍不過四公尺而已。因以深信冲失蝕陷大部分材料，並未隨流走遠，不過全部落墊於壩基左右，造成自然的坦坡，反得一堅實基礎，間接有助於堵塞，換言之，不啻為合龍的初步準備工作。亦可謂造成一臨時滾水壩也。於是精神為之一振，信心亦因之加強。是日實測口門流量，每秒一六九立方公尺，正河則忽增至每秒四〇五五立方公尺，形勢轉佳。惟水流極急，有建瓴之勢，壩上下水位之差，竟達一·五公尺，三月十三日再度加工，仍用捆廂法向前伸進。至三月十五日東西兩壩之捆廂船已相啣接，十六日沉一較小之捆廂船，而抽去其大者。所謂馮樓的口門，至此上口僅寬十八公尺，下口僅寬五公尺，正一髮千鈞時矣！十七日準備合龍，兩端壩頂同時並進，滾沉十二公尺長之石心柳捲，而繫鉛絲繩生根於上游所拋之大錨，使巨大柳捲墊實口門，每見柳捲下沉，則駭浪高洒，驚濤飛噴，與水量爭容積較長短也。是日全體員工目擊合龍在望，精神奮發，爭先效命，負者負，提者提，忍飢耐渴，機動策應，遠見青旗起處，飄搖天空，所以示急需磚料也！而匍匐肩負，羣以磚至。三角旗起，所以示石料缺乏也！或抬或抱，聯貫相望。旗中有圓形者，所以示柳把也，則滾滾長龍，摩肩於途，一時情緒緊張，如臨大敵，人人賣力，奮不顧身。午後一時，見柳捲平鋪河底，似有露出水面之意，遂即變更策畧，就兩壩頭畧偏上游，竭其全力，以極大速度，拋下巨大石塊。同時並於口門上游，抽出停泊大船一艘，協助拋投。但聞入水石聲，丁東作響，如陳擂鼓，如驟雨密至，愈接愈緊，愈緊愈猛。間或投置一層散柳或柳把，以為之輔。至三時許，已露出水面約一公尺，流勢銳減，四時起竟告斷流矣！遂策其餘勇，不分晝夜，全體加工，繼續不息，一場成敗搏鬥，有汗有血，有不可磨滅數千人之勞力，值得大書特書而記述也。至十八日黎明，口門石壩已堆高與東西壩相齊，寬則過之。事後研究，此次合龍如此順手與迅速，固因各項佈置得當，全體員工努力從事，而最大原因，即在十一日之失陷犧牲得力工友，同仇敵愾心情，奠定合龍基礎，終收一氣呵成之果。語云「失敗為成功之母」又曰「泰山崩於前而色不變」，毅力到底，鎮定不移，實為千變萬化不可捉摸的黃河堵口工作中應有的態度也，我在此二十四時中，不眠不休，站立壩頭，指揮照料，目赤音啞，疲憊不堪。

③合龍後之形勢

在合龍之先，最堪注意者，為合後水位抬高至何程度，初意當不在少，不料合龍後實測，壩之上游，僅增六公分，上游則減二十四公分，上下游水位之差不過一·八五公尺，較合龍前一日之水位，僅增〇・三公尺而已。推其原因，不外壩身透水，即能減去水位之抬高，而引河及老河下游，洩水量之激增，適與口門縮狹程度相呼應。合龍後水流已斷，除由石隙中，尚見滲水外，已無溜勢之可言，且水中含之泥沙量，盡行停滯於壩身柳石之間，觀壩後滲漏之水，其色甚清，已不似上游來水之混濁。透水壩在此，實有濾沙之功用。由此推測若能假以相當時日，不獨透水壩本身俟泥沙飽合後，即可自動閉氣，且其上下游已冲深之水潭、水溝，不難因濾水所積之泥，逐漸淤高澱厚。第一第二第四溝口水溝等自動淤平，可爲明證，且可避免將來引溜內注之慮。此則當日採用透水壩堵口用意中之最所希冀盼禱者也。

④閉氣問題

余自揚子江水道整理委員會奉調來工，隨諸工程師後，駐守河干，忽忽半載，時揚會適在改組，疊電召歸，勢不可留，遂於楊耿壩合龍後十日返京。壩以楊耿名者，乃紀念兩工頭之犧牲性命，同時在壩旁建一小祠，以祭祀之。當離工前夕，北風怒號，推波入引，曾與駐工中央監察委員于洪起、邵鴻基諸公，乘小汽輪巡視壩前一帶。已覺馮樓前岸盡現漲沙，昔日帆檣林立，深水足以靠岸之處，今已不復可能矣。停船埠頭，已移至馮樓東三里之遙，其落淤之速，實足驚人！返京後，據各工程司報稱：決口合龍後，石頭莊大堤之修復，固急不容緩，但當日情勢所趨，透水壩之滲水，勢不能坐待其自動淤積沉澱，亟須設法使其提早閉氣。故經一再研究，在透水壩前後拋投土袋，將壩身前坡一帶深淺不一之水潭，一律塡平，再戧以厚土，自坡脚起，逐漸塡高，情形甚佳。透過水量在三月二十日爲六九・三秒立方公尺，至四月三日土袋及戧土，已與低水位相等，透水量即遞減至三一・二秒立方公尺，迨四月九日至十二日桃花汛至，水漲一公尺，壩身上部未加土處透水尚多，當於十三日商定：試用若干蔴袋，雙層縫連成一大被，下端包裹磚籠重壓到低，滿覆於全壩坦坡之上，以禦滲水；復於大被之外，擇加粘土，使與滲水所溶，利用膠質之漿，盡溶化於蔴袋孔隙之中，製成一大片膠土泥被矣。試用結果，收效甚宏，透水量果因之銳減，四月十六日僅剩五・四秒立方公尺，十七日三・九秒立方公尺，至十八日完全閉氣。

五、苦戰搏鬥經驗談

査黃河決口，每出意外，決口之後，災民遍地，無家可歸，嗷嗷待哺，爲狀之慘，目不忍覩，無一不切望早日之堵合，以求生活之正常。故其間迫切緊張形勢，若待解懸。堵口工程計劃之不容從容設計，周詳考慮，限時立刻，迅赴事功，實爲環境所迫成。尤以黃河水性特殊，隨時隨地有變遷更漲之可能，若不把握時機，則稍縱即逝，根本治導，自非短期間所爲辦到，則今後決口堵口工作，恐尚不能倖免於一時，前車之轍，後車之鑒，過去千辛萬苦中所得來不易之經驗，大足供今後從事此項工程者之借鏡。茲就此次親身體會經驗所得，擇其關係重大之點，分別論之，要亦即前尹告後尹區區之意也。

一、透水老之適宜壩黃河堵口也。因決而堵，因堵而斷流閉氣，此固黃河歷年來堵口之原則。故舊法用料以層埽層土爲之，施工以步步進占爲主，最後冒險一氣合龍，成敗與否，悉聽天命，事前固毫無把握也。此次試以透水速淤材料，作爲堵合主要工具，雖屬創舉，實收奇效。民可以圖成，而難於圖始。由此經驗所得，堵口工作已有新的啓示與成就矣。即以第三挑水壩接至島樹一段工程而言：居四面直冲，河心水深在十公尺以上，挾全河之量，居建瓴之勢，環境險惡，無以復加；如不用柳石透水之料，不獨島樹啣接不上，即使十公尺以上之水潭，將如何使之提早淤墊？況合龍本爲最無把握之事，合龍後提高水位，又爲必有之險象。此次合龍迅速穩定，本位抬高有限，固得助於他輔助工程之處甚多，然對於透水壩功用之認識：一由透水而減輕合龍時之水壓，二在減少水位之抬高，三可利用水含泥沙而速淤，況磚柳等料均可就地取材，施工方法簡而易行，雖不免有隨時蟄陷之慮，然局部整理，部署甚易，一蟄之後即見穩定，工作所至，水溜淤沉，不久即飽和於淤泥之中，彷彿鐵筋混凝土之溶合於三合土中。故廣而言之：舉凡黃河之護岸，或束狹河身或固定河槽，或用以迫溜落淤，或用以裁彎取直，此項透𡑞功能實具剛柔並濟之效，可以勝任而愉快。深願今後主持河工者，加以進一步之研究試驗；認爲黃河堵口工程中成功之新法，俾成竹在胸，當機立斷，迅赴事功，尤足以拯救災民早登衽蓆也。

二、墜石柳𡑞之有助於挑水也。以柳一束、石一塊、鉛絲一根，連結一起，相疊成𡑞。借石之重以繫柳，借柳之蓬鬆以落淤，用最簡單之方式，極便宜之材料，竟可迫使濁流馴爲我用！實收緩溜落淤之大效，適用於黃河，眞有不可思議之結果。而工事之省，進行之便，效率之速，尚屬餘事。據經驗所得，在初期試用之時，以此戔戔之物，投之河中，抵禦萬馬奔騰之溜，顧不啻以卵擊石，螳臂當車；又以其一束之柳，在水漂浮，遠望之若河燈，故工次習以「放河燈」名之；熟知燈燈啣接，於無抵抗情況之中，實行柔和弛緩政策，漸漸掛淤，慢慢淤積，所謂以至柔克至剛者是也。迨經一再改良，落淤之效更宏，迎溜迫溜之功尤見。即其間下兔因溜過急而沖毁，然所毁者局部加强不難。故此次堵口工程，得力於引河之處實多。而引河之所以得力，則此迫溜入引，速淤成灘之墜石柳𡑞，厥功最偉。今後堵口，如有引河計劃，應以墜石柳𡑞爲主要幫手。而治導黃河，欲利用含沙束狹河身，或固定河槽，抬高河槽之高地，或欲改良溜向，則積此一柳一石之𡑞，雖有數里之長，不獨爲費甚微，且可於短時間內即見奇效，誠如此次試用之成功。極願爲將來治河者，鄭重推荐與介紹也。

三、引河工程宜特別重視也。堵口工程中之引河，乃爲洪流找出路，爲歸納舊槽之先聲，足以轉移聲勢，用得其法，不獨成效立見，且可收事半功倍之果。試觀馮樓水奔決口，既直且順，直自然水性，水向低流，又爲自然趨勢，今欲挽水高流，迫其捨直取曲，既反天然規律，實背工程原理。引河者目的在引誘水溜去邪歸正，以溝通舊河，爲東口所依賴，故必須酌量情形，審度形勢，吸引大溜，改變水性，凡堵口工程順利進展之際，亦即引河工程加緊佈置之時。迨後口門一面束狹，河口一面擴張，雙方呼應配合，一剎那間，終使大溜由引河歸槽，口門即可立即斷流，完成引河職責矣。惟其地點之選擇，迎溜之便利，坡度之適宜，尾閭之通暢，關係之大，尤以黃河流向，在堵口工程進展中，幾朝異而夕不同。往往引河河線選定之時，明知大溜靠近，及尚未完工，而溜已徙矣，亦有定線之時，溜本不近，完工之際，溜忽移來，其變幻不測如此。，必須注意上下游之形勢，如能採用墜石柳𡑞以爲之輔，則今後堵口，利用引河吸溜、緩溜或引溜歸槽，必可運用得宜，大有益於堵口工程也。

四、淩汛防範之須事先準備也。淩汛爲黃河一年中必有之過程，其間相距有武泮、文泮之別。所謂武泮：即指流冰淩隨流而下，其勢洶湧，其狀龐大，頗有赳赳武夫，萬夫莫敵之概；文泮則反是。查河工決口往往在夏秋之際，堵口着手，則在冬春。換言之，堵口工程，勢必經一度之淩汛，幸而文泮則爲害較淺，防範較易；不幸而成武泮，則挾移山倒海之勢，則橫衝直撞之性，容量既大，勢力不弱，尋至沖毁堤𡑞，舉凡已成工程，均可一掃而去。虧一簣之功，毁九仞之山。故無不於淩汛之將來，惴惴若大難之將至，其危險性自不待言。按歐美河工書中，對於防淩問題，極少研究，除日本在松花江有防淩樁之設計外，其普通之法，主張另闢一溝，以排洩冰塊。然此非黃河環境所能採用，加以截流𡑞兩端進展，當淩汛之時，僅三十公尺之口門，大塊冰來，洶塞對高，其危險可以想像。故不得已，事先在𡑞之上游，有防淩樁之設備，上復斜架鐵軌，希以鐵來折碎冰，由大化小，由整化碎，而不知冰塊之堅厚，來勢之悍烈，竟足以折斷鐵樁而有餘，極盡破壞之能事；雖其結果，達到大小鑿碎之改道，然已兩敗俱傷矣。今後堵口施工，對於此項淩汛之防禦，事先不可不加以研究特別準備也。

五、柴排工程有助於堵口也。柴排工程為治河之要工，足以平墊河床，避免冲刷，同時足以落淤、速漲、保岸、護坡。荷蘭河工用之最多，即美之密西西比河治理亦習用之。上海濬浦工程、南通保坍工程，均以柴排為其基礎。此次堵口，滿擬在決口縮狹後，堵口門中間，沉放柴排數層做底，以免淘底刷深，打定口門基礎。但據此次經驗所得，不難於柴排之製造及其推進，實難於柴排沉放至預定地位缺乏機械方面之幫助而生困難。蓋柴排沉放，自水面至河底，必須直線式下沉，方期達成任務，在此過程中，一受水溜之橫冲腰擊，即失去其預擬沉放之方位，現最大流速地位，在黃河約在〇。二之深度處，正與柴排下沉時，大有不利。上海、南通一帶，為揚子江潮汐所至之區，故其沉排時間，往往在「平潮」一時，其用意即在利用流速最低之際，使柴排可以一沉到底也。此次紮成之排，計長二十公尺寬十公尺，原定在三十公尺口門內沉放三塊，結果竟因受急溜之冲動，被移遠置在口門下五公尺之處，雖不無有助之處，但原擬計劃，終難實現。惟柴排工程，應用最廣，對於將來治黃，大有用處。應如何改進沉排方法，及如何利用拖駁等機械之力，以便操縱靈活指揮，不難求一圓滿之解決也。

六、打樁工程須注意其應受力方向也，黃河打樁工程，除建築鐵路橋外，素之大規模應用。平日河工習用之樁，其長僅一二丈者。打樁之法，乃以人工扶樁，就土中搖撼而下，雖略費時間，然竟可達其所至，足見泥沙之鬆動，即屬「黃壤」特殊之性質。此次樁木均長六七十英尺，對徑平均約一英尺平，以蒸汽機打之，錘重兩噸半，其最後樁之入土，平均約半英寸，即可知其有荷重之力，惟樁工之在黃河，據此次觀察所得，似猶勝垂直之壓力，若受一橫衝之力，則因土質關係，每易動搖漂浮，而致發生傾斜之狀。故在採用打樁之前，對於應受力的方面，須加以注意也。

七、此次堵口工程，中央派監察委員駐工監察，用意至善，所以工了，毫無閒言，惟遴選委員，必須具有水利工程常識，抱協助合作態度。因在堵口進展中，坍陷蟄蝕，勢所難免，必須協力同心，再接再勵，鼓舞士氣，以底於成。若吹毛求疵，少見多怪，動輒質難嚴詢，不獨於事無補，反致人心惶惶，影響工作情緒至大。回憶往事，不禁遐思當日朝夕相處，三餐同桌，以小弟兄視我之于洪起與邵鴻基兩委員也。

民國二十三年春，堵口合龍後，余仍回交通部揚委會工作，公餘將堵口經過詳情，寫成「黃河馮樓堵口實錄」，附以圖表照片等等，黃河水利委員會李委員長儀祉，為之作序。時中國水利工程學會總編輯汪君幹夫，鑒於挽大溜復歸故道，工程艱鉅，可供今後治黃參考，特將堵口實錄節錄轉載，見中國水利工程學會發行「水利」第九卷四期中。

檢討馮樓堵口工程之得以順利告成，由於主持者之得人，與多方面之合作；而工程方面，辛勞不辭與我共患難什苦者，如孫慶澤、齊壽安、楊子玉、何廷鐘等多人，給我極深刻的印象而不忘。不知三十年後的今天，老朋友的生活如何耶？

六、我所見到的所謂「龍王」

在此次馮樓堵口工作中，有一幕親眼目覩身歷其境的動人插曲，幾令人不敢置信，記之可借茶餘飯後之談助。當工地佈置就緒，物料分別到達，堵口計劃全面展開，正在緊張關頭，隆冬歲暮，冰天雪地之時，余正在臨時辦公室中與與豫、冀、魯三省河務局長等，有所商討計議，忽聞傳來歡聲雷動，由遠而近，震撼荒郊，若有意外驚奇之事發生者。繼見辦公室外，一老船夫某，手持其氈帽，疾馳而至，與接踵圍觀者數以千計，某跪地，高舉其帽，大聲高呼曰：「龍王爺到，剛從運石船上雪堆中發現，請總工程師接駕。」雙手執帽敬獻，余出而諦視，蟠伏於帽中者，乃一金色小蛇耳，余正驚訝間，河北河務局孫局長慶澤老於河干，遂知余為留美學生，必不輕信，但時機迫切，不容絲毫遲疑，遂高聲自余身後代余應曰：「歡迎！有賞！」即命侍者覓一大盤，迎龍王爺升座。果然見此蛇徐徐自帽移坐盤中昂然其首，炯炯其目，長方其面，鎮定安祥，毫無畏懼驚惶狀態，出我意料。於是三省河務局長聯席召開緊急會議，商討如何遵照黃河慣例應為何供奉之法，當經分別若干條，請余核定。並公推孫局長代表，密向余進言，大意謂河口工程進行已三四月，大家心理與三省民衆無不渴望龍王之早日降臨，象徵着河口工作之有希望，俗語「龍王爺到萬事具」，大有心理上鼓勵作用，千萬不可以迷信視之，致僨大事！萬一不能因勢利導，失去大衆信心，則堵口成敗則將誰屬，彼以待罪之身，極盼早日合龍完成大工，獻此赤忱為公忠告云云。余為適應環境，及俯從輿情起見，就所議定辦法中，指示五點：①離公地三里之遙，照河工上慣例，擇地建造一臨時性棚屋，設立供奉，並指派老河工數名，駐守照料，以便利四方民衆的瞻仰。②明日上午八時，由總工程師率領全體員工前往致敬。③照例演戲酬神，以一星期為限，所需經費專案報銷。④呈報上級及三省有關政府。⑤此案交由駐工三省河務局長，全權會商處理。果然大家以歡欣鼓舞的心情，與衆志成城的氣氛下，日夜同心工作，堵口進展特別順利，若有神助。幾乎釀成第七次改道之馮樓大決口在四個月後，居然宣告合龍。若非置身其間，親眼目覩，孰能置信！今日在台，前河南建設廳長張靜愚先生（現任中原理工學院董事長）及河北建設廳長張鴻烈先生（最近受政府褒揚），均先後奉省主席特派代表前來工地致敬。今年去世我國腦病專家前空軍總醫院院長李旭初博士，時任黃河水災救濟委員會衛生組長，亦曾親覩現狀，去年在中國之友社，歡迎自美回國學人講學時，曾與余聯席並坐，回憶談及此事，認為不可思議云。按黃河金龍四大王之名，歷史上亦有其紀錄。近閱謝冠生先生所著簋笙堂文稿，在其讀書記中，有下列一段考證，錄之如次：吾謝氏遠祖有諱緒者，沒而為江河之神，世所號金龍四大王也，四者兄弟之行次，不知金龍之稱，何由而來。旋閱章矩齋雜記，謝氏兄弟四人，紀、綱、統、緒，緒最少，隱錢唐之金龍山，宋亡赴水死，明太子與蠻子海牙，戰於呂梁，雲中有天將揮戈驅河逆流，元兵大敗，帝夢儒生素服前謁曰：「臣謝緒也，上帝命為河伯，今助眞人敗敵」，次日封為金龍四大王云。是以金龍為神生前所居之山名（王屺浣雲集亦曰，金龍四大王者，王嘗建白雲亭於金龍山巔）。彭孫貽客舍偶聞，長江大河之上，金龍四大王之神，最為顯赫，予意以為稱金龍，必神物之長水族者也，及讀廟碑，乃知神為宋諸生，浙東人，姓謝氏，兄弟四人，曰紀曰綱曰統曰緒，神名緒而行四，元人滅宋，緒投水而死，義不臣元也，明太祖起兵定金陵，將北伐，神見夢於帝曰，吾宋諸生謝緒也，元滅我宋國，臣義不臣元，死於水，今報仇有日矣，王師渡河，當為先驅以助陣，當必克，太祖異而志之，及徐中山達統兵驅山東，師渡黃河，有黃龍見河上，元兵不戰而走，遂下山東，元順帝走沙漠，燕京即平，太祖乃封緒為金龍四大王，為江河神，忠義之士，沒為明神，於茲益信云云。是以金龍為神之法身，二說未知孰是。

七、河上滄桑

在馮樓堵口期間，會見了一位老河工，姓朱名長安，山東東阿人，為一年逾古稀精神矍鑠的老翁。自稱於光緒九年二十六歲時，入伍當兵，繼編入黃河河防隊從事防守工作。民國三年，濮陽大決口時，調到河北境內，協助堵口，自從服務河工以來，屈指計之，已五十餘年，先後參加大小合龍工程，多至二十餘次，現任黃河河北省北岸第三段段長。雖目不識丁，但經驗豐富，可謂飽經驚險，在當日河工上深受一般人的尊敬。

公暇夜晚，余獨居一室無聊消遣，每約朱段長閒話滄桑，一部黃河近五十年來歷史盡在此老記憶之中。所述下列兩事，不僅足資警惕，且富有教育意義。

一、黃河設立巡防隊，原為當日政府重視河工的措施，深恐決口災害之嚴重，希望隨時隨地，有組織的加以負責照料，消滅水患於未形。河防以「營」爲單位，其編制最高統帥，即爲「河督」，每營有兵五百名，分前、後、左、右、中五哨，將黃河分成南北兩岸，防段之長，約在七十里不等。營官每月薪餉爲庫銀一百兩，公費二十兩駐守河干，在春、夏、秋三季，河水上漲時，督率全體河兵，日夜巡視認眞防守，冬季水落安瀾，則調集訓練，除一般軍事操練外，並授以搶險、築堤、編河等等手藝技術，如在附近大村集處，兼員冬防，維持地方治安之責。故其設置與辦法，不可厚非。詎料日久玩生，光緒、宣統之季，尤日見腐化，兵伕名額，每打七折，冬季無事，竟缺少過半，一聞點卯，即拉壯丁，臨時充數，敷衍應付而已。營官坐吃虛額，生活優裕，於是趾高氣揚，驕淫無度，聲勢煊赫，姿意享受，早已忘却身負河防之重任矣。據其記憶中，盛讚袁世凱於光緒二十七年巡撫山東時，對河防工作有一番雷厲的整頓，因其就任後，漸漸發覺時有黃河大大小小決口的報告，因以造成搶救護堤等虛報開支，足見防守營官，泄泄沓沓相沿成習的積弊，於是通令山東省內各段河防主管，凡決口出自某段者，不管情節如何，該段營官着即就地正法，以昭炯戒。一聲霹靂，全河震動，立即紛紛修防，大事刷新。亦有勸袁未免操之過切，乃改令各該決口段營主管，應立即革職，永不叙用，並令身帶枷具，匍匐工地，立功贖罪，必須堵口完成，方准開釋。從此雷厲風行，在袁氏任內，山東河防，振作一新，竟未肇禍。可見天下事事在人爲，執政者如能毫無個人利害起見，大公無私，則一切政令，自可徹底推行，爲民造福也。

二、朱老十分感慨地說，在他服務五十年中，伺候上司，先後多至數十人，一家老小，處在席豐履厚，頤指氣使，一呼百諾的官場環境中，其下代兒孫，耳濡目染，均一一養成「大少爺」習氣，好吃懶做，眞眞要不得！他曾目覩昔日嬌生慣養，出則駿馬，前呼後擁，無所不爲的大少爺或二少爺，想不到後來偶爾在北平、天津在馬路上遇見，竟伸手向他乞錢，以求一飽，並深自懺悔少年荒唐，憑父母一時權勢，橫作橫行，肆無忌憚，既無一技之長，又無耐勞吃苦習慣，靦顏求人，弄到這様地步，痛悔晚矣！故他認爲任何青年，無論如何，必須自覺自拔，奮發自強，方有前途，方能立足。絕對不可空手好閑，成爲社會廢物，而爲父母者因一時溺愛，任其游浪，養成不可救藥的不良少年，貽誤終身。彼縷述此輩「少爺」，內心衝動，不禁老淚承睫也。

古今巧事多

負　翁

天下事，有許多爲理之不可解者，率多歸之於數，非迷信也。

唐，張說，自中書舍人，拜禮部侍郎；子，均，亦自中書舍人，拜禮部侍郎；孫，濛，復自中書舍人，拜禮部侍郎。

宋，石守信，以檢校太師使相，領陳州節，州五十七，卒於鎮；子，保吉，亦檢校太師使相，領陳年節，年五十七，卒於鎮。

晉，納賈充女爲后，以壬辰歲，而劉聰入洛以丙子；宋，納賈似道女爲妃，亦以壬辰歲，而元人入臨安，亦以丙子。

宋，丞相趙鼎，庚申生；繼韓者史衛王，甲申生；繼史者鄭清之，丙申生。每相生年，皆相隔一紀。

宋時，狀元生多同歲：徐爽、梁固皆生乙酉；王曾、張師德皆生戊寅；呂溱、吳寘皆生甲寅；賈黯、鄭獬皆生壬戌，彭汝礪、許安世皆生辛巳；陳堯咨、王整皆生庚午。

唐，武元衡與李吉甫齊年，同日拜相，比出鎭，二人分領揚、益；迨吉甫入，元衡亦還，吉甫先一年，於元衡生月卒，元衡後一年，於吉甫生月卒。

唐，元和元年十一月一日斬劉闢，西川之亂平；二年十一月一日斬李錡，淮西之亂平；十二年十一月一日斬吳元濟，淮西之亂平。

丁晉公治第，楊呆宗爲之督役，華麗無匹，丁後籍沒，而呆宗以外戚起家，竟以沒收晉公之第，以賜呆宗。

錢思公有幼女，令銀匠龔美，預造妝奩器皿；既而龔美以國戚拜官，思公以爲妹婿，龔美向造器皿，乃歸之美家。

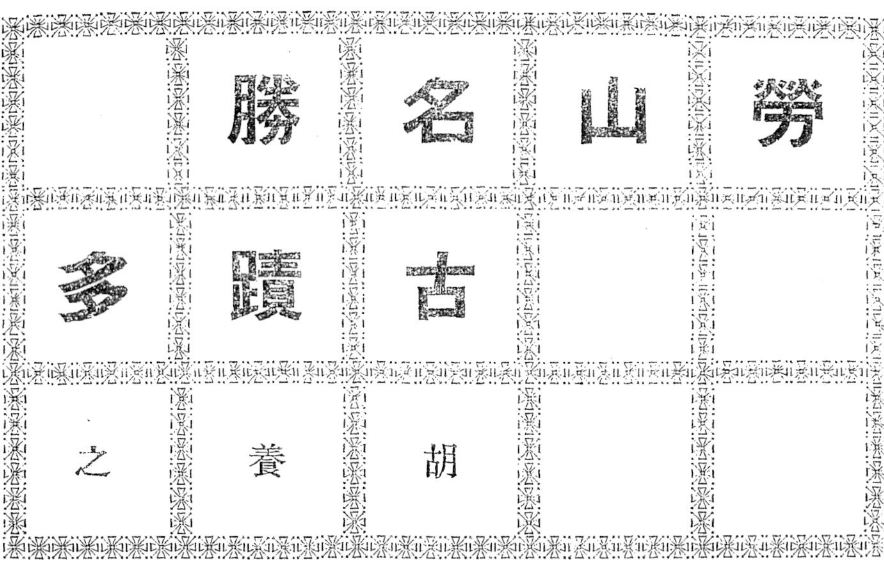

民國三十五年（一九四六）六月，筆者隨軍自廣州北上剿共，登陸青島，掃蕩膠東，爲時達兩年多，除了率軍入勞山搜索殘餘敵人之外，並趁換防的時機，曾分數次攀登勞山遊覽。勞山周圍約五百里，且有「九水路名勝」、「南路名勝」、「東路名勝」、「北路名勝」、及其他古蹟風景，多至不可勝記！故此，非一星期之遊，不能窺其全豹。茲將最顯著，而爲人所覺得奇異者概畧記述如下。

勞山，一名鰲山，又稱輔唐山，有大勞小勞之分。齊記謂「泰山高不如東海勞，秦始皇登勞盛山即此，以勞於陟也，故名。……」位於今即墨縣城之東南約二十里，青島市區之東約三十里；該山之東西南直距海上，山形延亙如城雉，峯巒如堞，縱橫高卑，直突旁擁，相傳凡五百餘里，其奇峯怪石，不能名狀，崩崖幽谷深巖，絕壑峻嶺，曲崦不盡；且峯上有峯，谷下有谷，又以所傍東海，雲氣嵐光，離合變幻，爲內地任何名山所不及者。正如唐李白的「登勞山」五言詩云：「我昔東海上，勞山飧紫霞。親見安期生，食棗大如瓜。中年謁漢主，不愜還歸家。朱顏謝春輝，白髮見生涯。所期就金液，飛步陞雲車，願隨夫子天壇上，閒與仙人掃落花。」尤其是元時戴良的「望大勞山」一首，對於勞山形勢的描寫，更爲雄壯莊嚴，詩云：「稍入東膠界，即見大勞山。峯攢侔劍戟，峯叠類雲烟。稜稜插巨海，渺渺漾中川。波濤共突兀，天日相澄鮮。祗若棲島嶼，觀宇連樹阡。旣館如節士，交葉遁老賢，客行積昏旦，水宿倦舟船。茲焉思獨往，結茅徵顯言。桅師不我從，太息歸中原。

正因爲勞山的山勢既如此奇秀，故自古以來，咸目爲神仙聖境。據寰宇記說：「秦始皇二十八年嘗登勞盛山以望蓬萊。同年，遣徐市（福）率童男女數千人入海求仙，相傳亦由勞山南面乘船出發者。……」直到現在猶存其古跡，如東面的「徐福島」是。祇以勞山偏居一隅，致遊客甚少。往時，惟有讀書修道之士，隱居其間，作君子避世。清人孫鎮詩云：「吾愛逢子康，掛冠都城門。國危不可居，避世甘沉淪。泛海豈安流，蓋比塵烟尊。高躅邁一時，清風今尚存。山深海濤隱，谷靜巖泉喧。遺跡杳難辨，代遠道彌敦。嗟彼草元者，齟齬安足論。」又王士禎「贈勞山隱者」詩云：「何許藏名地，泰山海上深。半夜白日出，風雨蒼龍吟。靜侶行道處，不聞樵採音。清冷魚山梵，寂寞成連琴。曉就諸天食，暝棲薝蔔林。因知安居法，一契無生心。我亦山中客，悠悠悔陸沉。」

但自清末光緒二十三年（一八九七）十一月，德人藉口曹州教案，而佔據膠州灣，闢青島名商埠之後，乃慘淡經營，開闢了通勞山的路綫十餘條，其後又增建若干條通山公路，以致昔日遊太清宮必須乘汽船者，後來則乘汽車亦可直達。記得由青島市內往勞山的公共汽車有二：（一）是青勞綫；（二）是遊覽綫；平均每日有四至六班。因之，凡是到過青島的中外人士，莫不以一遊此景爲快的。可是勞山名勝古蹟特多，若漫無系統，殊不便於遊客。爲了入山遊覽便利起見，青島市政府會就其天然形勢，編成遊覽小冊，將分佈全山的名勝古刹，劃爲九水、及南、東、北等四大遊覽綫，按照次序進行，約三至五日方可遊完。

（一）勞山的九水路名勝

九水（一名南九水）：南九水位在柳樹台的西南，距青島市區僅四十餘里，爲勞山中部西面的門戶，千岩萬壑，古樹蓊鬱，竹窩河折向南流，東有彈月橋，穹窿臥波，曲澗側崖，橫岡突起。張鶴的「九水紀遊」序云：「九水發源勞山至龍口。出山爲白沙河；山外觀之，與衆壑無殊，入大勞水，忽變黛色，百尺見底，澗道一髮，隨山九折，每折則兩岸巖岫，必蓄奇氣，瓌瑋恢詭，虛濶心目，路窮壑轉，豁然改觀，遊人至此，心棲太古，不復念世事，蓋二勞靈奧之氣，於是焉萃矣。」而周細的「九水」詩，描寫九水，亦有異曲同工之妙。詩云：「尋勝屢有期，苦被塵氣誤。風日値重陽，始經九水渡。奇幽倒空青，波激雷霆怒。石骨露巉巖，林壑鬱迴互。罵奕金光草，璀璨武陵樹。行行忘近遠，雲天迫日暮。磵戶絕客踪，欲去頻回顧。暝宿訪幽人，遙月峯際吐。蒼茫烟霧昏，失我來時路。」

彈月橋畔有一小村，由村內觀川口，更有洪述祖的故居，臺榭環周，軒窗四啓；後有曲池，小橋流水，宛轉相通，題曰「觀川台」。南九水自此出峽，康莊大道，盤廻入勝，與北九水的風致不同；而其東北面，則爲「九水庵」。

九水庵：位於九水的東北約二公里，庵址當台柳路的北面，前臨海岸，東南爲蔴山，西北爲葛場山。庵後有老樹數十株，庵內設有小學（但在抗戰剿共期間停課），當峰廻路轉之處，最宜眺望。由此沿海向東北盤折而上，越過王子澗，經板房、柳樹台，而達北九水，沿途風景極佳。陳述齋的「詠九水」詩云：「九水山家竹萬竿，綠蔭深處宿雲寒。惜無當世倪迂筆，收入畫圖掛壁看。」又孫篤先的「九水庵」詩云：「茅屋傾敧柴戶閉，繞籬莖草間蔬麻。道人十日九不在，遊客空來踏落花。」

柳樹台，算是九水所經之處的第三風景區，也是南、北九水的中間名勝。其上北路九水約六公里，下至九水庵約四公里，高達四百六十公尺，爲九水北和九水南的分水嶺。西面爲台柳路，東首之盤道躋極陡削，而平整寬濶，山半有前德總領別莊，及德國大飯店遺址，入山賃轎，均由此起程。

南九水、內九水、北九水；都距青島市區約三十公里，爲白沙河上游，有內外通行之分，自大勞觀東南迤邐至太和觀（即北九水廟），叫作外九水。自太和觀再向東南行進至魚鱗口，則稱內九水。內九水爲白沙河上游的南段，外九水則爲白沙河上游西段；內九水兩山相夾，一水中穿，峭壁危巖，奇山蒼松，層巒疊嶂，清流急湍，諸勝錯出其間，遊人行其中如入山陰道上，令你目不暇接，誠二勞之邃處，集山水之奇觀也。昔日的遊人，多半由外而內；自從南九水路開闢後，遊客則全部取道柳樹台，以遊覽魚鱗瀑，而外九水則很少有人經過的了。北九各澗流瀑瀑，遊者多數喜憩於此，然後再往北九各廟觀光。

北九水廟（即太和觀）：位北九水東岸，爲內九水與外九水的分界處。廟的正殿爲三元宮，有明代天順二年建太和觀碑，壁間嵌有崔撫軍應階所題「玉鱗口」（即魚鱗口）詩一首：「何處砅崖萬壑雷，高峰雲淨石門開。盤空瀑瀘飛泉落，拂面吹花細雨來。碧水澄潭堪洗滌，青松白石任徘徊。支筑未盡遊觀興，熱唱還從天際回。」又有龍陽易氏的詩，也膾炙人口：「清溪回轉聽流泉，隔絕塵寰別有天。諸澗好花如靜女，數峰奇石似飛仙。三春海上尋三島，一日山中抵一年。獨倚橋欄更惆悵，斜陽紅到古松邊。」廟的前面是一所學校，這裡的有石屋石院，爲即墨邑紳課士之所，溪流淸淺，地極幽邃，最適宜讀書。

在太和觀的西山上有一大洞，洞額鐫着明周魯所題「仙古洞」三個大字，筆者以其簡單，未嘗入內參觀，乃往廟的東南面約一公里處，溜覽雙石屋，這是至魚鱗瀑的著名地方。倚崖數家，稱爲雙石屋村，有品茗的小茶樓，可供十餘遊人休憇。自此南上，沿水摩崖，曲折而入，踰二水、三水、鷹河、流至東北，破峽下注，峽峭湍急，聲震山谷。過此更入於五水的飛風崖，六水的錦帆嶂，七水的連雲巖，次第呈秀。在七水之內，復有冷翠峽之水，自南來會，再進入魚鱗瀑，又名崖門（俗稱衙門），兩沿危崖陡立，峭壁千仞，澗底有道，寬僅數公尺，人行其間，仰視巨岩懸空，搖搖欲墜！其石壁凹入之處，可容數人坐臥，故俗又稱大堂、二堂。由此宛轉入於金華谷，屏障四合，狀似巨甕，仰視天光皎然一圜。東上出谷，即聞大聲澎湃如雷霆，左右巒峰，更聳技獻奇，廻折更入，便是魚鱗瀑了。

「巨峯之陰九水源，萬壑曲折通天門，鷹巢巖畔羅怪石，蛟龍騰攫獅象奔。東南陡壁飛瀑布，半天澎湃聲遠聞。乍疑銀河忽潰決，還驚長鯨吸百川。水簾橫空垂不捲，萬斛雪浪湧山根。……」——這是黃體中詠魚鱗瀑布詩。

魚鱗瀑、靛缸灣及觀瀑亭。——魚鱗瀑發源於五指峰黃花山頂之北，名叫凉淸河，至勞頂西北，相距約四公里處。當陡崖斷岸上，飛瀑下垂，高約數丈，三折而落，實爲九水發源之地，並與魚鱗口相毗連，故名魚鱗瀑。崖上有葉恭綽所題的「潮音瀑」三字，其他名人題壁也很多。瀑下有兩瀑，一上一下相距十餘公尺，下潭周圍約三十餘公尺，深約七至九公尺。因潭水甚深，呈碧綠色，俗名靛缸灣。由此西北距北九水約三公里，崔景三的詩云：「吾愛潮音瀑，源源落石潭。深藏幽谷裏，怕爲俗人探。高道殊難度，雲峰未易參。悠悠絕壁望，無限好烟嵐。」潭的岸上半山有觀瀑亭，設石桌石凳，供遊客憑眺憇息。魚鱗瀑爲勞山名勝中最名勝者，故遊人在此躭擱最久。

由魚鱗口北岸攀援而升，越過一座山腰，即至蔚竹庵（其他原名蔚兒舖），或由雙石屋分道登山直達。此庵爲明代宋冲眞所建，路旁有五級浮圖，係民國十九年紀念于西淑眞人而建立的。山嶂上有太子石、鷹咀石、相公石、相公室諸勝，風景極佳。殿壁有題詩云：「峭石開靑壁，峋嶙不記年。叩門驚宿鳥，隔澗聽流泉。樹老含秋色，峰高入暮烟。逢君棲隱處，遙望白雲間。」離庵東行二、三里，有岐路分出，其向東南者往勞頂；向東北者則達棋盤石。

但一般遊客在嚮導的引帶下，必先遊覽外九水。因外九水爲勞山內部景色最秀麗的區域，其東南起自北九水的太和觀，向西北流過，山嶺的曲折處，即稱一水。凡九折至大勞以東的菊灣山，長可十餘里，故總名之曰九水。其所經過的長度及風景，一如杭州西湖山中的九溪十八澗，每當峰廻路轉，山溪欲盡，輒又柳暗花明，別有一天。若遊勞山而不遊內九水，均不得領畧兩地山水的眞趣。其實，今人遊勞山，大都取道內九水以達魚鱗瀑。若能西從大勞入山，逐步尋幽，自一水至九水，然後再從九水上至魚鱗瀑，攀登勞頂，以窮其極，則集內外九水的奇觀勝景，可以一覽無遺。蓋外九水諸勝如下：

一水：在大勞東的菊灣，南爲玉筍峰，北爲黑虎山，雙峰夾峙，大石磊磊當澗，水湧石擊，聲震林谷。

二水：危崖排空壁立，淸流潺潺，引人入勝，東百餘步便是三水。

三水：削壁東向，巖巒廻映，北有巨石，遠望酷似披袈裟兀坐狀，巖下溪流淸激。

四水：兩崖一束，對峙若門，水自內奔騰下瀉，激盪噴湧而出，滙爲深潭，人於南崖之下，鑿石爲級，俗稱「脚窩石」。

崖門之內，爲天梯峽，東出古木蒼松中數里，而至杏樹庵，亦即五水。山環潭淸，西北峭壁上，鐫「天啓四年月日及天開異境」十餘字。

五水以東里許爲六水，危崖夾水，聲若雷霆，南岸山勢，詭異莫狀，北有疊峰叫駱駝頭，陰惡粗猛尤甚，稍東爲鷹咀岸，卓然權立，上插天表，峰下有潭一泓，淸澈可鑑。

在六水之東有七水村，又名西河，烟村四、五家，溪水環抱，最饒情趣。北有峭岩頗秀麗，則名小丹邱。

七水之南約半里許，即爲八水，地名松濤澗，南山有仙古洞，東山則有西人所築的石樓，一望蒼松，松風與澗底水聲相應，有如驚濤遠至。由此南上，即抵九水。

（二）勞山南路名勝

遊勞山南部，首先要接觸亦即必經之地爲沙子口，是南端濱海市鎭之一，峻嶺四環，松竹葱蔚，並爲魚菓市集。

其次爲登窰，位在沙子口東北約八里，有登窰村，三面環山，南面見海，在一片平原上，廣積蘋菓、梨樹等，據說來自烟台、萊陽的樹種。花開時燦白一片，不亞於桃源古蹟。

從登窰村沿涼水河，向東北行約四、五公里，即達茶澗。其北是大圈子，西爲狼山秋千崗；兩岸矗立，於此有三元宮，門簷上懸一鐵鐘，係淸康熙二十八年所製。茶澗與石竹澗東來之水相滙合，而成爲涼水河源頭之一。

再登上約四里，便是大圈子，四圍諸峰，環峙碧立，北頂爲矮兒崗，中有平原，方廣約數畝，成一天然之圈，內有德管飯店遺址。這裡東通勞頂，北通靛缸灣及北九水，西北通板房、柳樹台；南經茶澗、迷魂澗、荆條澗而達大河東，山內衝要區域，當以此爲最著。

自登窰越涼水河，向東南行五里即烟雲澗，兩山相夾峙，岩石蒼秀，竹樹迴合，濃蔭掩蓋，流水淙淙，殊饒幽趣，范九臯詠烟雲澗詩云：「澗路何重重？烟雲鎖碧峰。黃精初黃夜，紅蕊正凌冬。絕壁看棲鶴，深山數曉鐘。不知塵世外，多少羽人踪。」同時著名的尋陽庵，也在烟雲澗附近，倚山傍澗，景色淸幽。

在烟雲澗的東南數里，有聚仙宮，爲元代古剎。廟西有奇石狀似靠椅，置於一半島之上。仙宮上鐫「淸龍庵鎭水廟」六字，爲仙人所聚之地。明時鎭守該島的徐注詩云：「堡戍巡行路轉艱，壯懷無奈鬢毛斑。魂消征雁家千里，夢破啼鳥月滿山。樓角聲哀靑嶂暮，海涯春到白雲閑。太平何處堪投隱，仙子遺宮烟靄間。」迤西爲南窰，半島之南面海中，則有大福島、小福島。大福島亦稱徐福島，相傳係秦徐福求仙航海出發的所在地。

在聚仙宮之東約四里許，即爲流淸河，山色奇秀，澗水騰流下注，儼若雪練；如果在雨後，尤爲美觀。大小平嵐，在流淸河以東，山險巖高，危踞海濱。由流淸河南口迤東，循天門澗向東北攀登層巒約九華里，便是天門、山口二峰，高數十仞，兩峯對峙，上插雲霄，下瞰滄海，崖上鐫有長春眞上所書「南天門」三字。陳泝詠「南天門」詩云：「望入天門十二重，臯然飛霧半虛空。千尋不假勾梯上，一竅惟容箭括通。風氣蕩摩鵬翮外，日光搖漾海波中，欲求閶闔無人問，但擬彤雲是帝宮。」其東爲差八字口，西面是摩頭崗；而崗之西南則有巨石成構，即將軍槽。由天門峰向東北至天門後，約四里處有天門庵。再東北有巨盤，稱天茗汪，爲八水河的上流，北面高峰爲天差項。天門峯餘勢，向東南蜿蜒直趨，陡入海中。海濱奇險處即梯子石，俗稱「閻王爺的鼻子」。在峭壁懸崖上，鑿石階達二千七百級，以爲越嶺的梯階，但行經這裡，却非常危險！

上淸宮在明霞洞南約八百多公尺，在太淸宮西約三公里，均有人行道，四面環拱，中拓平原，水淸木茂，氣象恢潤，在勞山各廟中，獨具勝境。舊址在山上，名勞山廟，鄭康成曾授徒於此；且康城書院的遺址猶存，周璠有詩詠之：「三征不起老生徒，漢葉中屯末易扶。赤帝但知窮黨錮，黃巾偏識拜眞儒。只今閭里傳通德，自昔山靈睨嵩夫。欲向講堂尋妙緒，離離書帶繫芳模。」宮內牡丹尚旺。其西渾元石上，刻有長春子七絕十首，太長不錄。石底有泉。名曰聖池；岩上並刻長春子青玉案詞一闋，宮中里餘有丘祖墓，而成為長春子七十二塚之一。

由上清宮南行至八水河，約四里許即龍瀑潭。其瀑布高約二十公尺，分三段：第一段高約五公尺，水勢激湍，懸空下注；第二段高約七公尺；第三段高約九公尺。由第四段以下分成四股，注入下面的龍潭中，潭水清澈，洗盡塵心，較諸魚鱗瀑，寬窄急緩，各擅其妙。北方名山大都少見瀑布，惟魯東勞山獨擅其勝，實為靈山增色不少。

在梯子石以東的八水河，其上流為龍瀑潭，雨澗巖壁峭立，澗底一潭清水，古木蒼松，風景絕幽。再向東行為東平嵐，頂上有廟。而磚塔嶺，則在烟霞洞東北約四里，從磚塔嶺山頂向北，可以望見巨峰（勞頂）之重巒疊嶂。南望大福島，似一青螺，浮在海中。東有金壁洞，形勢雄險。北上風口有甘泉，西為釣魚台，傳姜太公垂釣於此。其上的七十二疊山，遍植松杉桃李，蔚然成林，再北至鐵瓦殿（建於明代），後倚疊嶂，旁臨深壑，南望海天，有如仙人宮闕。

鐵瓦殿之西有金剛崮，再上至靈旗峰及掛峯。下有白雲庵，與鐵瓦殿同稱勞山古剎。周如砥詠白雲庵詩云：「崎嶇千澗白雲睽，乘輿遙遙詩道家。門外青泉滋碧草，甑中白石變丹砂。平台客上臨雲靄，斜日人歸帶落霞。最喜諸眞頻見戀。洞天幾度飯胡麻。」又庵上有葫蘆洞，甚為深幻。

在鐵瓦殿東約二里地有石罅、白雲澗。泉至石罅流下，落地成潭，水味正甘，為流清河的發源處。其旁又一洞，可容數百人，曰朝陽洞。昔時牧童每將牛羣驅入洞內過宿，故俗稱之為「避牛石屋」。自鐵瓦洞西經老君洞，崎嶇盤折而至慈光洞。該洞處於絕壁之下，危峯聳立而臨深壑，俯視大海水在足下。由此循原徑攀藤捫葛而上，約三華里便至石門，係兩巨石南北峙立，上橫一石為蓋，極似城門。通過此門，則自然碑已在目前了，碑高十餘丈，寬約三丈，雄偉突立，面平如削，頂橫一石，宛若碑額，比之泰山的沒字碑，洵有人天之別。從自然碑再升，經七星樓、新月、慕雲諸峯，再隔一公里餘，即到美人峰。此峰特別秀美，俗名「比高崮」，削拔不可攀，但傳有德人綽號山賊者，曾冒險登之，創下空前紀錄。

由美人峰再上即巨峰，又名勞頂，海拔一千一百三十公尺，頂端僅容二、三人，並設台階，圍以鐵欄。登其上，全勞雲巒盡入眼底；城市村野，歷歷可辨；東南則大海浩渺，島嶼浮錯；遠近高下，皆在指顧間，洵海上之巨觀。峰北有地曰磕掌，下有泉叫源泉，其水冬暖夏涼，為白沙河最高發源處。

自大河東有滴涼水河，北經荆條澗，再東即至迷魂澗，為至勞頂的捷徑。谷深十腆，樹木叢鬱。北面山上有大石稱望海石，墨客騷人每藉題發揮。尤其在峽峰上的明霞洞，蒼松翠柏，殿台隱約，更像仙人樓閣。院內正殿供有玉皇像，南屋客房，推窗眺望，從竹林深際，見羣峰搖動，宛如浸在浩瀚碧海中，西院滿蒔牡丹、芍藥、丁香、梅花、玉菊、黃梅等花木。北上約半公里，有玄眞洞，傳為明代張三丰修道之所。再上至玄武峰，峰巔有凹處，儲水不涸曰天池。

太清宮、又名下清宮，為莊太路南端，北通明霞洞、上清宮，南臨海灣，後倚巉巖，宮前竹林運動場及園圃，占地數十畝，其殿宇之宏麗，為山中羣院之冠。院內有五百年歷史的銀杏兩株，及耐冬、茶花、紫薇、牡丹花等，而以耐冬為最老。又有龍頭楡一株，石上刻有「烟霞勝境」四字，及元太祖賜丘眞人詔書石刻。殿內藏明版道經五千零十八卷（缺七十冊）。東面廡子崮通東道旁，深刻大楷「海波參天」，下刻「始皇二十八年遊此山書」。

八仙墩與張仙塔——前者在上清宮東約八公里，為勞山極東南一角，俗稱勞山頂，在斷岸與懸崖間，留有方廣數公尺之大石十餘塊，經波濤沖刷成墩形，即八仙墩。其北有散錢石，往遊者每拾得宋錢，但多已銹蝕。自墩上東望，有亂石重疊，宛如一寶塔，稱張仙塔，傳係張三丰遺跡。

（三）勞山東路名勝

東部的兩大山村爲靑山與黃山——前者在明霞洞之東，太淸宮之北，八仙墩之東北；而黃山又在靑山之北，相距約一公里，依山傍海，各成部落，居民多業漁。相傳靑山村的村民，多半於明時由福建移來，當時僅有林、溫、唐、姜四姓，其後以林姓爲最盛。兩村皆爲漁村，倚山結合，景色幽美。自黃山沿海循莊太路北行，經鷹咀石約四公里，而至望海嶺上的斐然亭，依山臨海，曲澗橋岡，觀海聽濤，最爲相宜。由此西上，可至華嚴寺，向北可到釣龍咀（又名雕龍咀），陡峰百仞，下臨深海，濱海奇險處，便是釣龍磯。再北過泉兒嶺、直達海雲庵，傳爲唐太宗征高麗時所築；明時爲海盜要隘。庵東爲仰口灣，灣內風平浪靜，漁舟紛集。

談起華嚴寺，給我的印象最深，它位於那羅延山東麓，爲勞山中唯一的僧寺，明憨山法師曾施法力佈教，開山建剎爲海印寺。至於華嚴庵，初爲即墨黃氏捐建，在今寺的西山高處，燬後經坦復建於今處。黃宗臣刻詩其上云：「秋色淡孤烟，危橋斷復連。人過幽渚下，忽發小山前。石氣寒生雨，濤聲暮接天。夜闌淸梵起，寂寞禮金山。」淸順治時，慈占和尙增廣之，今巍然仍存。山門外有第一代大師慈占寶塔，有老松蟠屈環抱塔身，寺內魚池蓄有五色金魚，山門上藏經閣，貯有乾隆朝所頒藏經一部，客房懸憨山大師手書，雄雅絕倫。院中丹桂高丈餘，玉蘭可合抱，山茶、紫薇、牡丹均盛。

從華嚴寺西上不遠，即到魚鼓石，上有一洞深不可測，如投入石塊等物，便隆隆作响，故名魚鼓石。再上約一公里，有一極廣濶的大石窟，即那羅延窟，從窟內仰視，有如井底觀天，傳爲西方哲人演教處。再北上有華嚴洞，在此可觀海上日出，崔景三詩云：「一入華嚴洞，飄然俗內空。路緣靑壁上，人在白雲中。松老千峰翠，花開百日紅。靈山鍾秀色，觸目鬱靑葱。」

在華嚴洞以西三公里，即明道觀，矗立於招風頂之前，爲勞山宮觀中地勢最高的一座。相傳此觀創於唐代，經元、明迭次重修，花木茂盛，東向有觀日峰，刻「浴日奇觀」四字，勞山觀日出之地甚多，但皆不如明道觀之光爽。沿山向北爲桂月峰、望海門，西望壁立，上有橫石似門樓，人從門內望海，宛如明鏡一面。觀後有洞二：名天然、三眞。明道觀東南，有棋盤石，其頂方廣約四丈，西邊懸空，下臨陡壁，登者須足履其人工作成的石窩，石上刻有一雙鈎十字，相傳南北斗星君會對棋於此。

勞山東面的巖洞特多，除華巖洞外，尙有白雲洞、老君洞、二仙洞、菩薩洞、普照洞、貯雲軒——白雲洞在華巖寺西北，太平宮東南，居高達四百公尺的頂上，背依危崖，前臨深淵，東南俯視大海，氣象萬千。洞下殿宇，亦甚精雅，從雕龍咀登山，經過老君洞，象鼻洞及二仙山、貯雲軒、菩薩洞、臥雲窟諸勝，即至白雲洞。洞的南邊，還有淸靈洞、普照洞，均極淸幽。由白雲洞西上，穿過西望海門，向北即玉觀音岩。岩高數十丈，形似觀音像，故名。再西經毛兒嶺，南經夾嶺河，曲折南下即到石障庵，庵旁有伏龍洞、樓雲洞諸勝。

尤其著名的更有太平宮、翠屏宮及獅子峰等，都是具有歷史的名勝。「三月春將暮，重遊覽物華。雲開山見骨，潮長海生花，嫩竹森寒翠，夭桃爍晚霞。塵間無此景，知是羽人家。」——這是楊舟詠太平宮的五言詩。太平宮在勞山的東北隅上，沿山東面的山腰處，由海雲庵可以攀上。北距王哥莊約八里，相傳始自漢代，山名太平，因此爲宮名。明淸重修，今猶巍然。上有翠屏岩、北爲獅子峰，峰勢似一巨獅，向西張吻作怒吼狀。岩上刻有「山海奇觀」，及金、明、淸各代鐫題。鄒善的五絕云：「白雲擁翠屏，望望靜如削；

坐久淡忘歸，崖頭松子落。」

在翠屏岩下有猶龍洞，其旁爲龍眠石，橫鐫「猶龍洞」三字，洞上有仙人橋，橋北有白龍洞，西倚危巖，東臨大海，洞壁上刻有丘長春七絕二十首。關帝廟在上苑山南約三十里，北距太平宮約二里，山麓環抱，幽邃異常，有嘉靖重修碑，民初又曾修葺一新。位於猶龍洞以北約三里，即爲槐樹洞。洞內甚廣。可容數百人，當地土著於宋末、明末屢次避兵於此。向東行約二里，乃東華宮，是祀東華帝君的。其北有北斗石，爲道家禮拜北斗之處。

（四）勞山北路名勝

在勞山北面，王哥莊以南，文華峰的西南約四里有塘子觀，相傳宋太祖曾在此晒過甲呢。明萬曆年間重修，鰲山（元明兩代每稱勞山爲鰲山）觀前有方池，水極清澈。文華峰的東面，另有一峰叫觀光崮。其北有攔馬溝、飲馬泉，由此可通滑溜口及土濟龍口。而王哥莊前臨河之地，便是修眞庵，爲明代古剎。清代屢加修葺，大門及其前院，有銀杏數株，大有兩抱以上。後院古柏五株，大者更達三人合抱。其西北有凝眞觀及熱狗洞，南有對兒山、靈聖寺。再向西南數里，即至劈石口。位於王奇莊之西約八里，因山澗巨石中分、劈痕宛然，爲通勞東北的要道，大哥路由此經過，鑿山開石，以通汽車，形勢奇險！

由王哥莊北進，經王山口轉東南約十六里，有一半名小蓬萊。其上一山突出海中，怪石嶙峋，山上有紫霞閣，石坊之上題「小蓬萊」三字，自此沿海而北至馬山，山麓有碧霞玄君祠，祠西便是鶴山，高二百五十餘公尺。馬山有觀音寺，殿內壁畫奕奕如生，就勞山諸觀寺中的美術而言，當以此畫爲最佳。鶴山上有遇眞庵，庵後有洞，洞旁石屋，鐫長春眞人書「鶴山洞」眞跡。山上並有聚仙門、梧桐金井、徐復陽墓；捨身台、摸錢澗、仙鶴洞、滾龍洞、朝陽洞、聚仙台、及金蟾諸勝，在鶴山上廻望，西南諸峯，插立雲霄。總之，小蓬萊多采多姿，誠如藍啓華詩云：「大壑渺無際，蒼蒼日夕流。百年憐逝水，千里送孤舟。島嶼稿鰻背，陰晴變蜃樓。空聞不死藥，何處是丹邱？」

鶴山西南約九里的上莊，從前有怪山堂、竹涼亭、來鶴亭等勝蹟，現時多已荒廢。西北面是豹山，山色斑駁，宛似豹皮，故名。山麓有醒腫庵，山南有仙台，再南即抵烟台山，而山的更南則有峽口廟，以其建築欠宏麗，未曾入內欣賞，乃越劈石口之北而遊三標山。山高約四百餘公尺，頂有三峰矗立，因名。明人藍田詩云：「三峯海上接雲平，洞裏丹經不識名。東望仙丹悲漢武，西隣書舍憶康成。崎嶇百轉泉流遠，蒼翠千重夜氣生。多病年來忘百慮，猶於林壑未忘情。」該山迤西有不其山，一名鐵旗山，相傳三國時魯肅曾建旗於此。（按魯肅吳人，於此建旗史無可考，或另一人俗傳之誤耳）。而鄭康成的書房亦在此，南面有草叢生，葉如菲，長尺餘，堅韌異常，名曰書帶草；又有樹名絳華秋，皆他處所無，書房遺址已湮沒不可尋，而其南邊的玉蕊樓，亦已廢圮。不其山的西南麓有百福庵，係宋代古剎；內三清宮、玉皇殿、翠園洞，清時有烟霞散人修養於此。棟宇清幽，林壑尤美。庵之西南十餘里有童眞觀，是祀漢代不其縣令童恢的。西有馴虎山，相傳童恢曾馴虎於此。

我們一行從王哥莊北經王山口、鰲山衛而到達了湯上村溫泉，計程約三十五里。村南埠上有菩薩廟，西邊河流環繞，溫泉之水即自該廟西南岸側湧出，潺潺有聲，泉眼之大如拳，小則如珠，爲數甚多，熱度和沸水相等，內含鹽質及琉質，河之兩岸，彌望皆呈黃白色。土人導泉水入池，浴於其中，以療皮膚或風濕諸症。戰前已由當局修治館可遊山玩水，又可濯垢去疾。由此經藍家莊向西約八里，即玉華樓山，高達三百五十公尺，山色風光之秀麗，名勝古蹟之繁多，爲勞山北路諸宮、寺之冠。蓋山上有清風嶺、王喬崮、聚仙台、翠屏巖、迎仙觀、高架崮、玉皇洞、凌烟崮、玉女盆、虎嘯峰、碧落巖、南天門、松風口、夕陽澗、梳洗樓、普通塔、黃石洞諸勝。正如前山東提學鄒善的七律所寫

：「千巖萬壑盡蕭疏，幾日幽尋得自如。疊石遙連蒼海岸，華樓高接太清居。仙人洞悟陽生候，玉女盆迎日照初。試問同遊蓬島侶，可能此地即重廬。」

元代王思誠曾定爲華樓十二景，各繫題詠，實則山內其他名勝尚多，如華樓宮，即在華樓山上，內有玉皇宮、老君殿、爲元代長春子丘處機所建。黃宏世詠華樓宮詩云：「海上名山此壯哉，金銀宮闕坐中開。松門雲結四時雨，澗石風生萬壑雷。遠水魚龍洋寂寞，空林麋鹿重徘徊。青霞久矣供招隱，披服而今好日哉。」老君殿西有眞人志堅道行碑，院內銀杏三株，圍均合抱，修竹環繞，青翠欲滴。宮的右上有翠屏巖，峭巖如屏，蒼翠襲人。巖上刻陳沂書「翠屏巖」，及明代蔡叔達所書「東海勝遊」等字樣。迤東鐫丹訣一首，作「大德三年十一月二十日雲巖子上石」。巖下有玉皇洞，再東尚有五洞，內係南五祖、北五祖、七眞人等塑像。更上經虎嘯岩、天液泉、憑虛石、玉女盆諸勝，而登上華樓正中的高架崗。

在華樓宮的後面，便是碧落巖，鐫有長春子詩多首。巖下爲金液泉，甘美不涸。虎嘯岸在其東北，鐫雲巖子丹訣一首。華樓宮前是南天門，石上鐫明許鋌題「勝覽」兩字。石的背面，除明詩外，又有草書「最樂處」三字，另有明碑四座，都是敘此山盛景的。如在山巔凹處的靈烟崗，水盈不涸，名玉女盆；西首藏有元眞人、雲巖子、劉志堅遺蛻。高架崗東面，一峰層疊，名梳洗樓，樓之險面有「聚仙台」、「八表峰」等字樣。北面有峰名迎仙觀，峽名松風口。華樓山下有自上僧人圓寂石塔，爲昔日蓮台寺僅存的建築物。而南面尚有華陽書院遺址，院前石牌鐫有「談經地」、「梳流漱石」、「曲水流觴」等字樣。院東里許，溪畔太平岩，上有「八仙台」三字，西去里許爲華陽洞。

華陽北面的黃石洞，位於王橋崗之南。洞內塑有黃石公像，栩栩如生，站在這裡南望華樓石門諸岸若屏障，俯視華陽，集若棋盤。白沙河流於其前，舊日黃石宮，係分上中下三級，現僅存殘石洞。楊澤的五絕云：「山巔一醉醒，百慮眞忘絕；虛白映松窗，危峰吐殘月。」西岩上鐫「採芝」二字，下有清泉。而東面爲夕陽澗，有明代即墨知事許鋌石刻「海上名山第一」六字，現僅餘「名山第一」四字了。從此地凡十八盤而登清嶺。入華樓之路，由北响石村較爲平坦，南面則怪石塞路，稍作陡險。

石門山在五龍山的西北，高達六百餘公尺，因山頂兩峰對峙如石門，故名。山前則爲石門庵，刻有董樵七律詩云：「數年夢想石門地，今日尋幽步水源。巖上苔紋連老檜，山中雲氣到孤村，坐來聲色春雞樹，行過香爐屐齒痕。」其西鳳凰山下，尚有慧炬院遺址的石柱直立未傾，傳爲仙人飛昇之處。明代李太后所頒海印寺的旃堂佛像及藏經，均移於此。再西爲神堂口，向爲即墨西區入山孔道。南面當白沙河，月子口河流由此出山。宋維翰詠慧炬院詩云：「東麓招提境，荒涼碧澗阿。頹垣過鹿雉，殘碣隱松蘿。法象花龜合，藏書壁閣多。哲人今杳矣，惆悵意如何。」

烏衣巷與大勞觀：前者在華陰集之東，乃山水清幽的一個小村。由此東行約四華里，便到了大勞觀。這座觀在華樓宮的東面，金居岳的西北，西距大勞村約三里，而適當芙蓉峰之北，背山面水，別開異境。觀的正殿奉眞武，有明代重修碑碣。院宇寬敞，與鮮字莊隔河相望，景色天成，觀之西北爲龍王河、白沙河滙流之處，巨石當岸，下有深潭，潭中產魚。觀的南面約五里，即芙蓉峰，高達五百公尺。峰前有神清宮，依山結構，爲宋代古刹。元時創造正殿三清宮，爲長春子棲眞之所；並有丘長春所題「游仙崙」、「訪道山」、「尋眞」等字樣。明、清兩代，迭次重修；民國二十三年（公元一九三四）新建的南樓客廳，登臨遠眺，宮前潮浪松濤，唱和成韻。每年的三、四月間，祈福進香者絡繹不絕。

最後我們一行始得欣賞到「勞山石人」，在勞山之麓陰山池畔，有一酷似人形的石柱，長一丈五尺，大十圍，旁有馬跡，世傳秦始皇遣此石人逐勞山不得，遂立於此。後參放「西陽雜俎」，亦有此說。

天然景色美不勝收的

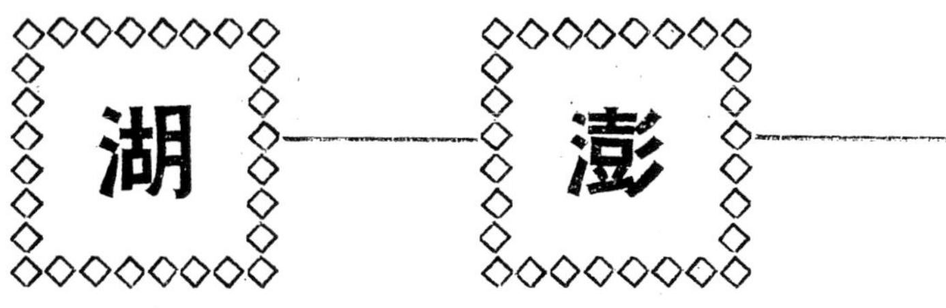

·李之華·

澎湖縣在台灣本島的西方海面，地處台灣海峽的中流，位置在台灣省的嘉義縣和福建省的金門縣間，東離台南安平五十二海里，西距福建金門七十六海里；南達高雄七十六海里，北至基隆一百九十五浬。假如以直線計算，則東距台灣本島最短距離爲二十四浬。西隔福建省爲七十五浬。

澎湖羣島，在經緯度上，北回歸線（北緯二十三度半），穿過虎井、桶盤、和嘉義成一直線，正好通過澎湖羣島的中心。

澎湖羣島是由大小六十四個島嶼和許多岩礁所組成的一羣火山島，其中以澎湖半島（又名大山嶼）、漁翁島（西嶼）和白沙島（又名北沙海嶼）等三島爲最大，總面積約爲一百二十六餘平方公里。在六十四個島嶼中，現在有人居住的只有廿一個「有人島」，其餘四十三島還是沒有人居住的「無人島」。

到澎湖去遊覽的人，大部份利用飛機作交通工具；但也有部份人是利用高雄——馬公的台澎輪船。乘飛機的話，可以直接從台北到馬公，也可以從台中、台南、高雄等地前往。

澎湖羣島，在行政上區分爲一鎮五鄉，即馬公鎮、湖西鄉、白沙鄉、西嶼鄉、望安鄉及七美鄉，縣治設於馬公鎮，是澎湖羣島唯一的城市與較大的港口，並有一現代化的飛機場，與台灣本島每天均有定期班機。

澎湖的風，在每年十月至次年三月是「黃沙千里，巨浪滔天」，但是每年四月至九月這半年的時間却是「風平浪靜，水不揚波」，因此四月是遊澎湖最佳季節。

當遊客步出了馬公機場時，最好先往近在咫尺的林投公園，這裡是澎湖唯一的天然風景區，環境優美。林投公園，建在樹木葱鬱間，是利用一大片海岸林，加以人工整修而成。

離開林投公園，車子經鎖港，往馬公港對面的風櫃尾半島。然後分別沿途遊覽風櫃洞奇境、馬公城、媽祖宮、觀音亭、

澎湖跨海大橋

孔子廟等，風櫃尾半島腰部蒔裡灣的海水浴場，有被外籍人士譽爲「東南亞第一」的沙灘，最適於夏日弄潮或散步。

海岸邊的風櫃洞石洞，以「奇景」聞名。洞內可以坐數十人，周圍石壁如魚鱗重疊，上有一孔道穿越山脊，孔道旁有一小旋風灌入，沙土滾滾而下，聲如鳴鐘。洞口另有一溝，內寬外狹，風起潮來，巨浪激盪，於是，孔中沙土噴出，飛射半空，高達十多丈，有若鯨魚在海中噴水。

「媽宮城」在馬公，是殘留的古城，在光緒十二年（一八八六年）興建，本爲一軍事防禦設施，現僅剩西面臨海的城壁及大西門（又名順承門），但仍完壁無損，頂邊古樹繁茂，雄偉壯觀，是富有歷史價價的古蹟，每當夕陽西斜，古意盎然。

馬公的「媽祖宮」，是台灣各地最古的媽祖廟，寺內有沈有容諭退紅蕃碑，也是台灣最早的碑跡，坐北朝南，建築巍峨。清康熙二十二年水師提督施琅大敗明守將於澎湖，以爲媽祖神佑，奏請加封爲「天后」，故又稱爲「天后宮」。

「觀音亭」是一規模宏大的佛寺，供祀觀音佛祖，是清康熙三十五年（一六九六年）薛奎所建。廟前展望樓古色古香，可登臨觀海，令人心曠神怡，誠爲「西瀛之勝境」。

「孔子廟」是乾隆年間爲培養地方優秀人才而立，完成後充爲官立書院。書院是當地特產的文石砌造而成，玲瓏而美觀，取名爲「文石書院」，取澎湖特產文石所建，五彩繽紛。

「白沙島」的海岸有無數用石頭築成的小漁屋，屋旁聳豎着一個紅磚烟囪，那是專門用來煑鹹魚的爐灶。該島漁獲量佔澎湖羣島第一。

通樑的「大榕樹」樹齡已有三百年以上，所蔭蔽地域達六公畝，有鬚根廿八根分列左右，與主幹無異，當地人士曾砌牆柱十餘條爲其支柱，枝葉茂盛，與樹後華麗堂皇的名刹保安宮分庭抗禮，上端因風吹襲所阻，枝葉似人工剪折之整齊，爲一罕見的名樹。據說，遠在三百年前有福建貿易船，在汪洋遇風浪遭沉沒，

留一樹飄流海面，後被波浪捲至保安宮前，被鄭享拾起贈給林瑤琴，林氏頗覺奇異，手植保安宮前，以爲永久紀念。

西嶼外垵村山頂有漁翁古燈塔，建於乾隆四十三年，是本省的第一座燈塔，外形似古式航標，砌石爲基，高五丈，上面建了一座七級塔，每級七尺，遠望極其鮮明。

「古炮台」的西嶼，是李鴻章所建，爲澎湖最具價値的古蹟。

八罩島是澎湖羣島的第四大島，島上最高點爲天台山，山頂有一塊巨石上留有巨大脚印，據說是八仙過海時，呂洞賓所留下的右脚脚印。

「七美嶼」上有「七美人塚」，相傳是明嘉靖年間海盜侵犯時，七女子怕受辱，而相約投井自殺，以保貞操，其後鄉人封井以葬之，塚上有長樹七株，黃花綠葉，人稱是烈魂所化，故而立「七美人塚」石碑，以紀節烈。遊罷了這些風景名勝地區後，由馬公沿澎湖第二號公路東行，到東衞循第三號公路北行，入湖西鄉，過潭邊村，抵澎湖本島之中島半島北方，白沙島南，有中屯嶼，皆有堤橋連接；此堤橋於清同治年間僧柯光及紳士舉人鄭步蟾等捐資建築上半段簡單石堤，光緒十二年陳尙賢、許棼等又募資建築下半段簡單石堤，名爲繼安橋，在落潮時可以步行，但不能通車馬，漲潮時交通即斷絕。此橋位於澎湖本島與中屯島，而中屯島白沙島之間亦有一簡單石堤，名爲永安橋，已不知何時所建。民國二十六年，才改建南北兩石橋堤爲永久橋樑。長一千〇七公尺。永安橋約五百公尺，橋高約三公尺餘，寬三公尺，可容單行汽車行駛。民國三十七年政府爲了配合需要，再將石橋加寬一倍而爲雙車道，民國四十一年五月間落成，並統稱兩橋爲中正橋。每當月白風淸之夜，波平如鏡，漫步堤上，神怡飄然。

過了中正橋，即入白沙島，這是澎湖第三大島。

據說白沙鄉漁民在澎湖羣島雖然不算多，但就漁獲量來說却佔第一位。這可能是因爲白沙島專業漁民較多之故。車過白沙，向西行，可見路邊有風力發電所的水泥塔，最後抵白沙島西北端的通樑。

通樑因留有明代大榕樹而著名，該樹樹齡已三百年以上。

遊覽過通樑大榕樹，便很快就可以到達遊覽澎湖目標的跨海大橋了。

澎湖跨海大橋（見圖）有「遠東第一長虹」之稱。它使澎湖的馬公、白沙、西嶼連成一氣，而且在經濟、軍事上，有重要價値。

這條長達五千五百多公尺的海上長虹，由於工程的艱鉅，使所有工作人員獻出了自己的智慧和能力，歷盡千辛萬苦才告竣工。

在民國四十九年，台省議會第二屆第一次大會時，因省議員郭石頭提案：「請政府迅速設法在澎湖西嶼與白沙間，架設海上長橋。」而有興建的計劃。

澎湖地區的風沙多，潮汐變化無窮，每天能工作的時間，平均不到三小時；加上海底勘查工作艱鉅，此橋計劃及興建歷時共十年，耗資一億四百五十萬元新台幣。自五十五年正式開工，五十九年全部完成，六十年三月廿六日正式通車。

這座橋樑除了陸上引道，水中路堤外，橋樑長約二千一百六十公尺，橋墩七十四座，橋孔一百公尺及六十公尺的各二孔，四十四公尺的四孔，三十五公尺有六十孔，均爲預力混凝土長孔簡支梁及懸臂式預力混凝土架設。大橋完工後，不單橋面可通車，連二百噸級的船隻，也可從橋下往來無阻。這座大橋相傳在明朝萬曆年間，荷蘭人就由此一大橋下的吼門海峽入侵，進攻澎湖島，因海流湍急，雙方對峙數日夜，由於波溝洶湧，如萬馬奔騰，荷軍艦隻終於全軍覆沒在這急流駭浪中，眞令人興起無限的感懷。

步行到西嶼橋頭，再乘車奔小門島看鯨魚洞，車停小門島對岸，步行過小橋可抵小門，約十五分鐘跋涉丘陵抵洞口，洞臨海濱，懸岩峭壁，奇石嶙峋，天然形成，連山通海蔚成奇觀。

孤峯奇石嶙峋 海底暗礁棋布

乘船遊覽。最適宜

離開小門島，乘車沿第三號公路向西嶼外垵出發，途經赤馬村，呈另一特色，即該村房屋大致為水泥房，而屋頂却以紅水泥瓦蓋着，與碧海、白浪成一幅天然景色之圖案，是澎湖其他地方所無法欣賞到的景色。澎湖的特產非常多，但選購時必須要識貨，尤其是文石、珊瑚，價格高低不一，遊客購買時，在還價上，千萬要小心。

澎湖的特產包括：文石，原稱「寶石」，係岩石的結晶體，產於望安鄉之天台山，色彩萬千，可製造各種首飾。且石質美麗華貴，含有畫意；全世界產地僅意大利與澎湖兩地。

珊瑚：澎湖的珊瑚，產量多，品質好，光彩奪目，為世界珍品，其色分為紅色、粉紅色及白色三種，多製成裝飾品。

海樹，型如樹木，但枝茂無葉，質堅體重，姿態優美，經製造後，色彩光潤耀目；其價值次於珊瑚。分金黃與黑色兩種，可製各種高尚用具或陳設品。

高粱，是澎湖主要農產之一，每年收穫大部份由菸酒公賣局收購，作為釀造高粱酒原料。

花生為澎湖主要農產之一，製成花生酥，香甜可口，美味無窮。

洋香瓜，由於土壤適宜，是澎湖唯一出產之水果；其種子係何應欽將軍於四十五年訪歐時帶回。

海鮮有龍蝦、鮑魚為澎湖最珍貴的海產，新鮮味美，含有豐富營養。

貝殼：澎湖海產豐富，貝殼種類亦多，不但味美可食，而且其殼奇形怪狀，大小各有千秋。

遊客遊畢澎湖，返回台灣，最好採取搭船回航，這是一個兼得海空樂趣的旅程，當船隻離開碼頭，出港口之後，兩岸的風光，特別是船隻通過西嶼的小頭角、外垵、風櫃半島的四角嶼，乃至於桶盤嶼、虎井嶼和東吉嶼的燈塔時，更應睜大眼睛仔細觀賞，因東吉孤峰形勢險要，奇石嶙峋，對面一片浩瀚大海，就是聞名的澎湖黑水溝，為赤道黑潮海流所經過，海底暗礁星羅棋布。天氣惡劣時，海浪湍急，波濤洶湧，過去曾有海難發生。過此海溝，即離開澎湖海域。

澎湖掌故

元汪大淵「島夷誌畧」澎湖條云：「島分三十有六，巨細相間，坡隴相望，乃有七澳居其間，各得其名，自泉州順風二晝夜可至。有草，無木，土瘠不宜禾稻，泉人結茅為屋居之。氣候常暖，風俗朴野，人多眉壽。男女穿長布衫繫以土布，煮海為鹽，釀秫為酒，採魚、蝦、螺、蛤以佐食，爇牛糞以爨，魚膏為油，地產胡麻、綠豆。山草之孳生，數萬為羣家以烙毛刻角為記，晝夜不收，各遂其生育，工商興販，以樂其利。地隸晉江縣。至元年間，立巡檢司，以週歲額辦鹽課中統鈔一十錠二十五兩，別無差程。」

按：「欽定四庫全書提要」云：「島夷誌畧一卷，元汪大淵撰。大淵字煥章，南昌人，嘗附賈舶浮海，越數十國，記所聞見，成此書。」再據書中吳鑒序，大概書成於至正九年間。所記皆目擊實情，確切可信，其記澎湖情形，已迴殊前代。

江西五次圍剿時的四大戰役（下）

△彭戰存▽

（三）東灣寨掩護戰役

我軍集黎川，敵竄閩贛邊，
清剿決心定，部署策萬全。

民國二十二年秋天，第三路軍總指揮陳誠將軍令周渾元率領第八縱隊，自黎川城附近，進佔東北，並令第十一師及第六十七師各派一個步兵團，分佈其左右翼担任游擊掩護。那時正是暮秋初冬天氣，就江西的氣候言，此時是少雨季節，那天天氣晴朗，寒風拂面，無碍於行軍與作戰。彼時我任第十一師六十六團中校團附，團長爲胡璉上校，他是一個饒有胆畧的青年將校，對部隊的訓練，甚爲嚴格，但對官兵的生活，亦爲注意。每遇官兵疾苦，均不惜以金錢相助。故團隊的團結精神，頗爲鞏固。用能戰勝攻取，爲我師最有戰鬥力的一個團。當時師長爲黃維，他是一個鐵漢子，勇敢善戰的猛將。當時就派本團担任周縱隊左翼的游擊掩護任務。時因胡團長稍有感冒，未能成行，師長就命令我率隊前往。我受命之初，對於當面敵情的動態，實在知道太少。因爲我們的部隊，於昨夜剛開到這裡，部隊駐在黎川城廂附近，將來的任務爲何，也還未能確定。不過我們可以特別注意到的，此處是接近福建的泰、建、寧共區，共黨潛力很深，是失而復得的地方，人民對共軍的態度，雖無好感，但對國軍的來去無定，深感沒有保障，故亦不敢明顯的表示善意，在這樣一個錯綜複雜的環境中，部隊的行動，是需要多方考慮的。當我知道這些情况時，如何去達成這個任務，事前根本就沒有時間去推敲過，因爲命令上祇是提到須經過東灣寨道担任游擊掩護，所以認爲是輕而易舉，活動性很大的一個任務，用不着去大驚小怪的。當我將師長派我去執行此任務的電話報告團長時，團長祇說你遵照師長的命令去做好了，也沒有別的指示，同時師長更未提到應注意的事項。我總認爲「游擊掩護」是一個保有機動性的任務，給我行動自由的地方很多，但我必須遵守唯一的途徑，是要遵照師長指示的前進路線前進，不能因爲敵情的阻碍，來規避作戰，或因山高路險，而隨便變更前進路線，這點我是看得最清楚的。我基於以上的看法和想法，所以就做了以下的緊急處置，因爲奉到命令之後，不到兩小時就要出發，所以一切措施是要斷然的處置，其大要如左：

一、部隊一律輕裝，不帶背包。
二、彈藥和器材祇帶作戰上所必需的基數，餘均留營。
三、官兵各帶乾糧一日份，大小行李均留黎川城內。
四、患病和業務上的官兵一律留營，不必隨隊出發。
五、將處置大要報告團長後，即行出發。

但是要協同主力軍的前進時間，所以本團的部隊，於十二月九日九時就出發了。我當時的神情是愉快的，同時也是謹慎的，因爲我不是部隊的主將，對於用兵，多少總有顧慮存在，成功固不必在我，然偶有失着，則將無以對主官，無以對團體，這一事的兩個相對性的看法，在內心已是相互地交織着，這樣要發揮我本來的放胆行動，是確有相當困難的。黎川城外附近地區，多屬山地，但緊接黎川城的西南方却有一塊平原，夾着一些丘陵地，道路也很平整，部隊的行進速度是相當順利的。我們過去總認爲游擊戰法是避實擊虛的，所以我這次接受任務後，也存着這種深刻的印象，却把「掩護」的觀念，也從「游擊」二字上減輕它許多份量，這是容易忽視本任務的所在了。値得吾人反省的。

主力戰共軍，側翼能協同；
東灣寨一戰，掩護最成功。

當部隊出發之前，我將便衣隊先行派出，使距我本隊保持十里左右的幅度，以便於行進路上，迅速傳遞所搜索之敵情，這樣不但使本隊的耳目靈活，而且行動可以保持自由。大約行進至三十里處，遙聞右前方有稀落的槍炮聲。此際已近正午時分，先頭部隊，已行抵東灣寨附近，據報共軍已據守該寨東西之線，其兵力約在兩營以上，我當作如下處置。

一、令便衣隊作進一步的偵察，隨時將所獲得的敵情報告。
二、令前衛部隊在現地隱蔽地警戒集結，待命行動。
三、令本隊向前集結，爲攻擊作諸項準備。
四、我率第一、二兩營長及特種兵部隊長，親到前衛第三營所在地，實際觀察敵情，以爲决心之根據。

十二時三十分，我行抵前衛的高地上，當以望遠鏡眺望東灣寨全盤狀況，發現共軍在東灣寨東西線上攢動，爲數甚多，同時與各幹部在地圖和現地上作迅速的研究，知東灣寨爲我游擊掩護路線之要衝，非擊破該寨上的共軍就不能達成本團游擊掩護的任務。時我右翼主力軍的槍炮聲漸趨激烈，以彼此距離過遠，雙方均未能取得直接連絡，殊爲失策。我鑑於本團與周縱隊主力軍有生死與共的關係，以及本團任務的艱鉅，乃斷然爲迅速之攻擊行動，當下口頭命令如左：

一、團即攻擊東灣寨之共軍而佔領之，以掩護周縱隊左側之安全。
二、第三營即就現地展開，攻擊東灣寨東端之共軍而佔領之。左與第二營，右與便衣隊切取連繫。
三、第二營即就現地展開，攻擊東灣寨西端之共軍而佔領之。右與第三營切取連繫。
四、便衣隊應即潛伏於東灣寨東端之森林內，待命第三營攻擊奏效後，乘勝截擊共軍，並與第三營切取連繫。
五、迫擊炮機關槍即於現在高地附近，進入陣地，確切支援第二、三營之攻擊。
六、第一營及團直屬部隊爲預備隊，暫在現地待命。
七、通信連以現地爲基點，開設總機，務使兩個攻擊營及迫擊炮連能以隨時通信。
八、衛生隊即在現地開設綳帶所，準備收容傷患。
九、予在現地指揮，爾後隨部隊攻擊之進展，向東灣寨山頂前進。

上述口頭命令下達以後，各部隊即就現地迅速展開，各向目標區攻擊前進，共軍以高屋建瓴之勢，據險頑抗，但我官兵攻擊精神旺盛，意志團結，大家一條心，利用地形地物，堅強的向共軍攻擊前進，同時我機炮兵能適時適切予攻擊部隊以强力支援；雖傷亡官兵十餘人，卒能於兩小時的搏擊中，攻佔東灣寨東西之線，圓滿達成任務。共軍以我攻擊猛烈，乃向東灣寨東端之森林地區逃竄，經我便衣隊的截擊，當被我俘獲人槍二十餘，其餘共軍均向其主力軍方面潰竄，我當面經此一陣攻擊後，並未發現其他共軍，至此已成爲一種寧靜的狀態。此時我已隨隊到達了東灣寨的東端山巔上，側視團山南邊的蔭蔽山地稜線後面，發現潛伏那裡的共軍密集部隊，不下數萬人，正與主力軍作激烈的搏鬥中。此時已是十六時左右，我師團部尚在黎川城，當攻擊東灣寨奏效之後，曾將情形報告團長，然係徒步傳令，所費時間較多，而此間距離黎川城在三十多里，所以在黎川城師的主力，已不能適時向此間增援。在我想像中，原擬以本團的全力向共軍密集部隊猛烈衝擊，期能促進周縱隊主力軍的攻擊，詎估計敵我兵力過於懸殊，如放棄現在的制高點，貿然作無把握的攻擊，其結果不但無以掩護我主力軍左翼的安全，反增加本團達成任務上更多的困難，因此這個理想上的攻勢，終未能如願，深引爲憾。我正對此躊躇之際，夜色蒼茫，已籠罩大地，霜風交加，寒氣襲人，官兵均無背包，不無觸景生情之感。正因爲這個感觸，幾使我犯了一個最大的錯覺，就是把掩護的時間性未看清楚，以爲天色已晚，又係游擊性質，部隊似可部署作折返黎川城之計。我正在進行這種部署之時，幸我團長胡璉趕到東灣寨上，下令本團在此要點上，與共軍要澈夜保持接觸，以確保周縱隊左翼之安全，不然的話，我幾鑄成一個不可寬恕的罪過。入夜以後，敵我僅保持緊密的接觸，並未行大規模的戰鬥，迄二十四時許，共軍以受創過重，計不得售，遂乘夜暗向福建方向潰退，我亦順利完成任務了。

共禍竟連年，贛閩民哭天，
此役挫敵後，解民於倒懸。

我們知道共軍盤踞江西時代，是以瑞金及其鄰近各縣山區爲其主要根據地，福建的泰、建、寧各山區爲其次要根據地，趁着國軍有事討逆或與日軍週旋之際，它憑着該些險要山區，裹脅民衆，謊騙青年，以壓榨勒迫手段，恐怖人民，不斷以優勢的共軍，陸續竄出根據地以外，傾巢來犯，使守備薄弱的國軍部隊，無法抵禦，甚至招致多次的失敗。它之所以如此坐大的原因，主要的當時政府首先以急其所急，鞭長莫及。其次是共軍於空隙中求發展，有利地形中求生存，用能造成另一個暫時局面，大肆活動。就東灣寨而言，這裡是通泰、建、寧的要衝，當時周縱隊左翼的制高點，如東灣寨我攻不下來，則共軍的主力部隊，可藉此爲掩護軸，在其支援下，以攻擊周縱隊之側背，甚至危及黎川城的安全。萬一周縱隊或黎川城有失，則剿共軍事的預定部署，爲之一亂，不但將拉長剿共的時間，而且影響剿共官兵的士氣，其爲害之烈，不難想像。所以嚴格說起來，戰場上的要點是在所必爭，當時我將東灣寨攻佔之後，既可穩定周縱隊的左側背，又可威脅共軍的後方，使共軍不得不利用夜暗落荒而逃。國軍因此得到徹底勝利後，共軍又退回到它的老巢休整，如是整個剿共軍事能有裕餘時間，部署第五次圍剿的工夫，終能迫使其突圍北竄，廓清贛閩要域。

攻佔東灣寨，其影響有如此之大者，這是我帶兵作戰中，永遠不能忘懷的一環。同時也是我作戰經驗中，最有深刻印象的一次，値得大書而特書的。

此戰雖成功，教訓仍極深。

一、認清任務，研究任務，爲達成任務的基礎。我們受領任務以後，首先要把任務中有關的敵情、地形、友軍等問題認識清楚，進一步在地圖上研究，如何去達成任務中所賦予的使命，萬不可對命令有任何懷疑和打折扣的情事，如不把這個基本觀念確定的話，將來的爲害，就不可挽救了。我這次陡然受了游擊掩護的命令後，不到兩小時，部隊就要出發，以致對任務認識不夠透澈。臨行執行的時候，又不能徹底，幾乎鬧出大禍，至今思之，猶有不寒而慄之感。

二、着重自信，注意連絡，爲戰勝的要訣。

東灣寨之役，我當時係游擊掩護性質，所以一切着眼，都以輕裝爲主。事實上團部尚缺乏無線電的裝備，有線電話，則又以距離過遠，行動飄忽，無法與師團部直接保持連絡，剩下來的連絡手段，唯有以徒步傳令爲主，所以當我部隊攻佔東灣寨而發現共軍主力所在時，正是我們攻擊共軍側背極有利的當兒，可是當這個情報送達師部時，已是黃昏以後，故不能捕捉良機，爭取徹底的勝利。

三、士兵作戰的必要裝具與械彈，必須携帶齊全，始能達成任務。

我此次率隊出發，以時間倉卒，不能多加考慮，更為「游擊」二字所誤解，以為當天定可歸來，一切均可力求輕便，連士兵的背包，亦未携帶，械彈亦以游擊所需者為限，孰料當天的戰事，未能結束，本團士兵與共軍徹夜在陣地上相持，官兵均為夜寒所苦，不得已各連隊均抽派士兵回營取來裝具，以維官兵的健康。曾憶第一次世界大戰時，德軍在東線作戰，以旺盛的企圖心，向俄軍採取猛烈的攻擊。德軍官兵當時亦係將背包放在原地上，以減輕其攻擊負担。又誰知俄軍不堪一擊，在德軍的攻勢下，幾如秋風掃落葉一樣，德軍前進近百里，等到夜神來臨時，德軍得不到裝具上的便利，此點可為殷鑑。

四、徹底執行命令，不容有絲毫折扣，以免貽誤大局。

東灣寨之役，在游擊意義上來說，本可避重就輕，繞道通過，以免與共軍作正面之衝擊。但當時我衡量命令的尊嚴，當前任務的嚴重，如不將命令中所指定經過道路上的共軍擊破，非特本團部隊無法通過，而且將影响友軍之作戰，基於這兩個理由，所以不惜任何犧牲，唯有徹底攻佔東灣寨，奉行上級命令，才是戰術上唯一的眞理。

五、戰場上要點，往往為作戰上勝敗的關鍵，兵家所必爭。

東灣寨標高達三百米以上，為附近諸山之冠，扼本團前進路上之要衝，為通東山的孔道，如奪得此一制高點，可以俯瞰一切，左右戰場，關係之大，莫可倫比。

所以當時本團決心攻佔此寨，就是針對上述的理由，用能鼓舞全軍，爭取最後的勝利。

（四）廣昌堵擊戰役

人急懸梁，狗急跳墻，
求生心理，原無二致。

國軍鑑於以往四次圍剿共軍的艱苦和經驗，深知共軍挾「敵駐我擾，此剿彼竄，追南逐北，疲於奔命」的慣技，非另圖良策，不足以竟剿共的全功。自第五次圍剿的開始，國軍乃採用碉堡、公路、封鎖，三大政策，使包圍和補給，日臻完固，敵我形勢，優劣立見。因實行碉堡政策以還，國軍的行程僅日行四十里，到達一地之後，即開始利用地形構築碉堡，各個碉堡之間，相隔亦不過千餘公尺，重兵器的火力，都可行交叉射擊，共軍因此無法衝出我碉堡線。尤其國軍更在碉堡線的要點後方，控置強大的機動部隊，萬一共軍向我某碉堡線猛撲時，更可憑碉堡線的抵抗，有足夠的餘裕時間，來打擊共軍逃竄的詭計，因此國軍每進一步，共軍所佔領的地區，即縮小一步，使其圖窮匕見，自相慌亂，這是國軍碉堡政策所收的效果。在進行構築碉堡的當兒，為使國軍補給圓活，運輸便捷計，乃同時向後方主要交通線溝通公路，使部隊每到一地，不出十日，即可與大後方通車，使國軍的補給後送，易如反掌，毫無追送不到，受共軍要擊的痛苦。這是公路政策所收的效果。國軍將碉堡公路完成以後，接着就將碉堡線嚴密封鎖起來，使共區內的人民，日感食鹽糧食衣着的恐慌，於是紛紛向國軍投靠，國軍部隊均予收容，並報請政府從優處理，因之共軍所佔領的地區，日漸縮小，而可利用的強壯民衆，亦潛逃殆盡，窮荒所及，幾如驚弓之鳥，成了狼奔豕突的現象，這是封鎖政策所收的良好功效。由於以上三種政策實施的結果，共軍外受國軍圍剿壓力的日增，內受物資人力的困乏日甚，士氣消沉，兵士個個體瘦如柴，一有機會與我軍接觸時，即不戰而降，在此皇皇不可終日的狀態中，共軍到處亂竄，總欲乘隙突圍，以圖他竄。人急懸樑，狗急跳牆，共軍的艱險處境此正其時。國軍對於共軍的窮極圖逃，早在意料之中，最高當局對此曾嚴令剿共部隊切實圍堵，以期滅此朝食。此時共軍所處之境地，確如甕中之鱉，舉手可得。不意於廣昌堵擊戰役之後，能乘虛向筠門嶺方向突圍，以致演成爾後二萬五千里的大流竄，終而逃至陝北盤踞造成爾後叛亂的禍源。

當機立斷，防患未然；
是安全保障，是處事良方。

記得是民國二十三年的秋天，我第十八軍的主力正在廣昌附近堵擊共軍，已發生了激烈戰鬥，我第十一師則由驛前出發，向廣昌北側地區前進行至鹹水岩附近，但見東南方一座高山，其形勢爲南北向，長達十餘里，地勢險要，顯爲我前進時右側背之最大威脅，所以師長黃維對此山上有無敵情，深感顧慮，曾集中全師便衣隊遠在師的進路上及右側方的鹹水岩上，行遠距離的偵察和掩護，大約行至三十里左右，部隊行第一次休息，我第六十一團是師的先頭部隊，正在鹹水岩的西側地區，成營橫隊的團橫隊，面向敵方集合休息，師長亦緊隨第六十一團之後，接着到達第六十一團的側小高地上向鹹水岩山上瞭望，我此時爲師部的中校參謀主任，亦跟在師長的身旁，此際我由望遠鏡中看到共軍約二、三團之衆，以密集隊的人海戰術，猛向我休息中之部隊直撲，師長所處的地形較高，故能瞭如指掌。但第六十一團所在的地方，地勢較低，不能觀察全盤態勢，此時該團及師部所處的險象，王嚴團長似無所悉，當時我即建議師長道：「我去告訴王嚴團長，火速迎擊該敵，並請其速派一個營歸師長直接指揮，以確保師部之安全，同時令後續部隊迅速前進。」師長認爲時間迫切，處置適宜，同意我的建議。我當即以跑步的速度向第六十一團前進，行至師長與該團的中間地區時，我師的聯合便衣隊被敵壓迫回奔，我見狀不妙，乃以手槍指着厲聲說道：「你們往那裡跑？如再敢退卻，即行就地槍決！」便衣隊的官兵。聽此嚴厲的斥責後，不由得勇氣百倍，大家化恐懼爲振奮。又向共軍行反衝鋒，同時我第六十一團的第二營亦在該處，我當告以當面敵情的緊急，師部方面的空虛，飭其以攻擊手段，掩護師部的安全。我比即跑到王團長處傳達師長命令，飭該團速在現地爲攻擊之準備，以迎擊當面共軍，該團動作迅速，官兵驍勇，當我返到師長所在的小高地時，敵我的猛烈戰鬥已在進行中。因我軍的輕重兵器都排列妥當，所以當共軍來撲時，我能以火海消滅共軍的人海攻勢。激戰約一小時，敵傷亡過半。殘部狼狽向原路遁去。這一場劇烈而險惡的戰鬥，若不是事前發覺，則我必措手不及，爲敵所乘。正在這個時候，第十四師師長霍揆彰急電求援，謂夏楚中師與該師之間，空隙很大，敵正向該接合部前進，情勢危急，盼速赴援，以全大局，因此，師長派我率領人員，前往霍師連絡，俾憑處理。

連絡協同，互助合作，
是戰勝的要素，是殲敵的要訣。

當我奉到師長要我前往霍師連絡的命令後，比即率特務連士兵一班，參謀副官各一人一同前往，彼時對於廣昌附近的戰況，並不很清楚，祇是於出發前曾在地圖上對廣昌附近的地形道路，作過概略的研究，一面找到嚮導帶路，以期適時趕到霍師的所在地。幸運得很，我在前進的途中，未遭遇到任何敵情，亦未迷失方位，約在一小時後，即趕到霍師陣地上。師長霍揆彰當時看見我時，詢明來意之後，極爲高興，比即以手指示當前敵我的狀況，並加面示道：「本師現在的陣地是在廣昌城北以右的地區，以左的地區，爲我第六十七師傅仲芳的陣地，本師以右的遠前方高地上，爲我九十八師夏楚中陣地，惟本師與夏師間的距離過遠，形成一個大空隙。據情報所知有大部共軍正向該接合部潛進，大有截斷我軍連絡，威脅我右側的危險，故望貴師速向該地前進，以確保大軍後方安全」。我當時瞭解全般狀況後，比即以最快的速度，趕回預定的接合部地區，並與留置該地區的警戒員兵相會，一面前往該處附近偵察部隊備戰集結的地形，一面留置嚮導於進路上，以便導部隊進入備戰區。我剛做完上述的部署後，適第六十六團團長胡璉率部先到，當全部隊先佔領預定抵抗線，趕築工事備戰，其餘的第六十一團團長王嚴亦率部繼至，第六十二團團長靳力三再次到達，第六十五團最後到達。此時師長偕參謀長葉佩高亦隨第六十六團之後到達，我當將上述情形，詳爲報告，並導往附近北側高地上視察全般情況時已近午後二時，伙夫將飯菜在第六十六團陣線上直後方安排開飯，當進餐將半之時，一陣激烈的槍炮聲的喊殺聲，震天價響，直撲本師而來，當時的彈着點都落在我們的菜盆中，情形至爲危殆，幸我第六十六團正以團橫隊的態勢，架槍築工，一聞嘶殺之聲，即拆除槍架，向來犯的共軍斷行急劇的反衝鋒，第六十一團亦隨之加入戰鬥，本師以雷霆萬鈞之勢，士氣極爲高昂，衝殺不到兩小時，共軍不支，狼狽向原路逃竄，當時除派隊追擊外，大部隊仍與左右友軍密切連繫，當在陣地上徹夜，迨拂曉以後，共軍已全部逃竄無踪了，這是本師在江西剿共最後的一仗，也就是國軍在江西剿共軍事結束的一天了。

共軍懍於國軍第五次圍剿之徹底，日使共軍的活動地區縮小，致使衣不得衣，食不得食，尤以食鹽缺乏，共軍官兵體瘦如柴，有氣無力，這是共軍最大的致命傷，所以極欲突破江西國軍的包圍圈，向湘鄂地區逃竄，但在廣昌遭此痛創之後，知此路不通乃改向廣東筠門嶺逃竄，不幸該處國軍疎於防範，協同不夠，致使共軍突破成功，爾後繼續向廣西、貴州、四川、陝西北竄，造成二萬五千里的大流竄，雖經我沿途國軍的截擊，然以事前無備，力量單薄，終使共軍殘部逃至延安紮寨。此時適因抗戰軍興，政府爲團結一切力量從事抗日，致未竟剿殲之功。正因爲此，共軍得藉共同抗日之名，而陰圖壯大自己，擁兵自重，以致造成今日養虎貽患，叛國殃民的惡果，言念及此，深堪浩嘆。江西地區自共軍逃去之後，一部份國軍協同地方團隊，不斷清剿散共，而一般羣衆，皆是純樸的農民，經過共軍數年的壓榨蹂躪，大家都苦不堪言，個個人心思漢。所以地方稍有灰色份子，民衆都自動予以檢舉，沒有多久時間，整個江西共區乃顯出一片寧靜狀態，復經政府輔導救助，地方元氣，得以迅速恢復。前此逃出的難民，此時均有家可歸，重整家園，繁榮日增，所以在抗戰期間，江西民間仍有潛在的力量，來支持抗戰，這是大難之後，必有太平的現象呢。

本刊合訂本第二册出版，由第七期至十二期，皮面燙金，裝璜華麗，每册定價港幣拾五元，本社及吳興記均有代售。

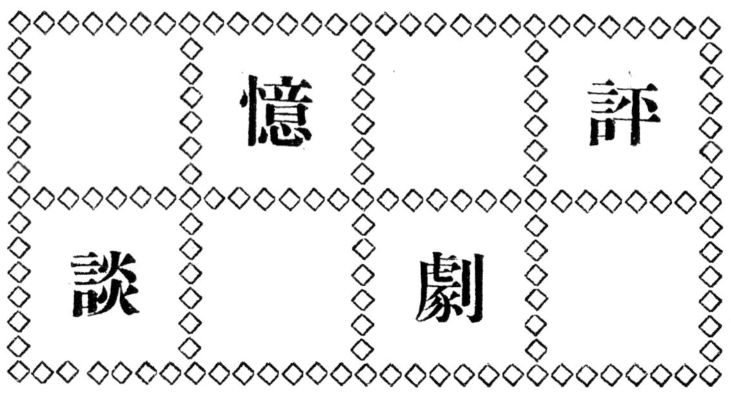

（二）

胡士方

評劇女伶人才輩出

綜觀成兆才的一生，從小以「蓮花落」討飯，刻苦自修，集編劇，教師，演員於一身，孜孜不休地為評劇奠下基礎，打開局面，而又發揚光大，其功是不可泯滅的。尤其是後來編的新劇如「安重根刺伊藤博文」，「岳宵醉酒」等，都是頗有民族意識的不朽之作，就是今日看來，也是很有價值的戲曲作品。

評劇自成兆才逝世後，雖然遠播東北，流行於平津，又有青出於藍的「奉天落子」。但却起了很大的變化，第一是老套的小折出戲已落伍，第二是自張有（外號小老）和張彩亭創製武戲後，因後繼無人，已少人演；第三是男伶來飾女脚的乾旦時代已成過去，代之而興的以曲折的劇情為主，絕少武打，幾乎全由女伶來演女脚。且各方環境的促成，女伶也就成了每戲班的台柱。最初的女伶如遼寧鐵嶺人小靈芝，天津人小菊花，哈爾濱人紅芙花，吉林人金鳳凌，山東人金靈芝，以及花蓮舫，李金順，小桂花等，就如過江之鯽。所以，想談評劇的發展，必須得從這些有代表性的女伶談起。

最早而著名的是花蓮舫。她是冀東人，在唐山享名，唱「慢板」由「黑板」起，而「頂板」唱，樸實有力，頗能叫座。唱起來雖還沒有像後來的用「搶板」，但已能在收腔時用「扣板」及「甩腔落板」，比「蓮花落」的曲調精彩多了。她的吐字以清晰見長，唯發音仍是冀東土調，一般所謂老灘（TER）調。她最好的戲是「張彥趕船」，「杜十娘」，「蓮花菴」，「五女哭墳」諸劇。與她合作很久的乃是花秦樓，其名稍遜，亦冀東人，早年曾唱過「二人轉」，後改工評劇。

李金順，天津北部人。幼年學過「大鼓」，後進灤縣的「郭連錫班」。該班在冀東名氣很大，後改「醒世劇社」，是僅次乎「警世劇社」的評劇戲班。李金順早年即與該班的一位遷安人唱小生的劉子熙合唱「芙蓉屏」馳名，民國六年前後在天津，很負盛譽。在東北曾拜老伶工張來爲師，按張來，字有泰，藝名神動心」，灤州蘭蛇人。青衣，彩旦都好，當年佐成兆才甚久，對調腔很研究，故李金順得其益頗多。以大鼓揉於評劇的曲調中，便是張的啓發。李金順也以新腔著名，清弦起唱，唱中夾白，先字後腔，便是她創起。是月明珠之後崛起的一位能手，她不但有「大口落子」的高昂，且有「京調大鼓」，「樂亭調」，「西河調」，「牌子曲」之韻致。一般人都稱她爲「自由調」的鼻祖，後來都稱爲李派。

她與花蓮舫不同，她唱「慢板」將上下八小節的格式多數改變了。且任意頭尾合併，省畧過門，使用兩種「槍板」又有時每句故意以「黑板」唱起，使每句和每個音節的開始都「頂板」夾唱，當時很多聽慣四平八穩腔調的人，都大加反對，說她違犯成規。但其唱「珍珠衫」最爲人稱讚。那段「慢板」：「反身下牀整整衣衫。輕移蓮步倚窗行，但只見；紅日滾滾天色淨，雲收霧散倒也清明」，眞是動人。她在東北哈爾濱演唱時，正在「北孫家班」的成兆才，便和她打過對台，成兆才都大大受挫，新編了出「盜金磚」與之抗衡，寶座還是不如她，可見其號召力之強。她的跨刀旦脚爲喜彩春，唱作亦好。她二人的「三節烈」，一飾張春蓮，一飾張秋蓮，公堂上的對唱，用「頂板」唱起，「搡板」與「二六板」，兩人在公堂上的答辯，平穩，沉實，活潑，俏皮，兼而有之，可謂冠絕一時，一直成爲後來演唱者的典型。如李派中的李銀順，花小仙，張彩蘭，雅麗君，皆學其腔調知名。

芙蓉花與筱桂花，兩人享名頗久。芙蓉花最拿手的戲，是「馬寡婦開店」，「小老媽開嗙」，「蝴蝶盃」，「王少安趕船」等。尤以「小老媽開嗙」最轟動。其容貌生得娟好，且係「小放脚」，蓮足纖纖，窈窕婀娜，演來越見妖冶。民國十六年，在北平大柵欄「三慶戲園」出演，由趙德廣飾殺柱子，一時成爲雙絕。當時憲兵司令王琦，警察局長鮑毓麟，都是東北軍出身，在奉天已沉迷評劇，對芙蓉花捧得最烈，兩人都成了芙蓉花的乾爹。

筆者少時曾隨先君觀其劇頗多，她的唱腔華麗中墊字爹音特多，在「搭調」轉「慢板」，中間行腔最受聽。善用拖音，唱「迷子」雖然遵守隨「慢板」一板三眼，隨「搡板」一板一眼的規矩，但她長短上却多賣弄技巧，加上些吟唱，使樸實的調中，另外花梢起來，這是以前演唱者所少見的。學她的一派，以唱「迷子」著稱的有位周紫霞，在北方頗有名。尤以在天津、濟南、青島、濟寧、爲人稱道。

筱桂花，天津人，擅演悲劇，哀宛纏綿之中，別具一股明朗激昂之氣。她的腔調運用自然，情緒表現逼眞，「慢板」，精彩紛呈，又長於走低音。最得意的戲是「李香蓮賣畫」，她由「咬銀牙，切玉齒」，一直唱到「閏月年一十三個月」，把一年受拋棄的悲苦，眞是唱的有聲有色，在爲嬰兒舖牀之際，如泣如訴的吟哦，聽來更是過癮。筆者當年就愛聽她這一段，曲調雖俚俗，但頗反映北方婦女獨守閨門的情況。現在不妨寫出來，以見評劇唱詞的一斑：

「咬銀牙，切玉齒，恨罵強人，家中的苦處細聽着妻云。有正月和二月，你的妻我與人家織布紡綫，到夜晚彈棉花夜靜更深。有三月和四月，你的妻我上南窪拾柴剜菜，遍地花札妻手十指連心。有五月和六月，你的妻與人家拾田捋穗，到晌午去做飯汗透衣襟。有七月和八月，你的妻我與人家上塲挑麥，摘豆角，撿棉花，哎喲！掃破衣襟。有九月和十月，你的妻我與人家推碾搗碓呀！賺乏糠與碎米奉養雙親。十一月和臘月，你的妻與人家縫連補綻，賺幾塊破鋪陳綻補娘的衣襟。好難過的閏月年一十三個月，有一雙兒和女摟抱妻身，只摟得爲妻我心頭起火，拉過來打幾下恨罵強人。有東鄰和西舍全來解勸，他嬸嬸乘機說：還不嫁人！你嫁一夫找一主，吃頓飽飯，也省得跟高家身受苦貧。只說得爲妻我面紅過了耳，指東鄰，罵西舍他們誰是一個良人」！稍晚於筱桂花，還有位劉翠霞，成就不但超過前人，即後來還是少有的傑出人材。她的特點是嗓子寬，音調高，本錢十足，可高唱入雲，具有金石之聲。因爲嗓子便利，運腔周折廻旋，也不留痕跡。其「玉鐲記」，「孟姜女尋夫」，「勸愛寶」，最膾炙人口。她學筱桂花，以「慢板」做爲「垛板」的起落，稱譽一時，「迷子」與「扣板」，也妙絕非常。板眼亦極靈活，在北方評劇界中名聲頗高。

女伶之中受劉翠霞影响最巨的有孫育舫，十三妹。孫育舫嗓門無劉翠霞高，但咬字清楚，行腔柔順，聽來甜潤。高鼻樑，長臉蛋，面目很美，唯個頭太高，純以唱工取勝。聽她的戲，無論在戲院的那一個角落，都可一字一字的灌到你耳朵裡去。

十三妹學劉翠霞，唱工不及，姿色過之。她也與一般評劇女伶一樣，鑲了滿口的金牙，一笑一顰都閃閃的露出來。膚色亦白，可謂雍容華貴。據聞在北平演唱時，就被張宗昌看中，而金屋藏嬌列爲第十三姨太太，故後來脫幅即名十三妹，馳譽舞台。她對工的戲是「王少安趕船」的張翠娥，「花爲媒」的張五可。

與劉翠霞同樣好嗓子的尚有一位鮮靈霞，能唱「筒子調」，猶如音樂上的「1＝C」調。咬字也有工夫。她在「垛板」中最喜用頓音及襯字，唱起來明朗流利。他的出色戲是「井台會」，「杜十娘」，「桃花菴」等。於天津最紅，人都愛聽其高調門。聽說以後喜將其高嗓拖長，故意賣弄，有令人生厭之感。私生活過於隨便，自嗓音失潤後即一蹶不振，而淪於北平天橋。

白玉霜，亦冀東人，本名李桂珍，父親李景春是一位唱「蓮花落」的，她從小學「京韻大鼓」，十四歲又名「蹦蹦戲」。後入「孫家班」拜東方亮孫鳳鳴爲師。當時孫家班有位名脚葡萄紅，河北遷安人，本名張鳳樓，唱旦出名，最受人歡迎。但白玉霜聰明伶俐，學戲很快，竟後來居上，一躍而爲頂尖的名脚。她的唱腔，也非當年花蓮舫、李金順，那樣樸素簡單。旋律不但豐富，腔調做派也細緻多了。尤其她的場面伴奏特別講究，都是和她的做派台步，行腔道白，配襯得嚴絲合縫。

白玉霜的嗓門本不高，又畧帶沙音，但她會運用，反而顯得有魅力。最適合演悲劇，又善用「反調」。唱來比「慢板」還低，配以「二胡」，「堂鼓」，再以悲淒之情，添於行腔中，眞有入化之妙。她的做派爲人所不可及。如其演得稱絕的「馬寡婦開店」，是由「柳子戲」中「天開榜」改編而來，又名「陽功報」。乃表說「山西河陽縣狄仁傑，京師赴考，經母佛中途化座村店，居一孀婦，試斷其人誠否，人傑果有坐懷不亂志，至（京師）天榜有名，承爲陽隲報」。劇本無何出奇，白玉霜却唱得聲色俱佳。「他好像終南山的韓湘子，又好比三國呂布他二次又重出。小奴我越看哪，越把他來愛，可恨死人兒嘞！奴家我們看他，他怎麼不看奴哇，若不然我進房去說上幾句話，唉！且慢哪，新來乍到面兒不熟」。「慢板」，「垛板」的精鍊，道白的清妙，又加上細膩的表情，如癡如醉，眞是可迷陽城，惑下蔡。

她演起戲來，除了妖冶淫蕩之外，作風也相當大胆，如用洋娃娃向觀衆撤尿，故意亂澆前幾排的捧場看客；解開扭扣，露出紅兒兒和雪白的酥胸，給洋娃娃吃奶，演時觀衆嘘聲四起，口哨齊吹，她也欲解還羞，眞是風騷入骨，開了評劇的新頁。

所以，白玉霜是自有評劇以來，最出盡風頭，紅得發紫的一位。當年在北平「三慶園」演「槍斃小老媽」，「玉堂春」，「珍珠衫」，「大劈棺」，「開店」，得安冠英、劉魁演之助，與樊桂卿的力捧，簡直風靡一時。「粉戲」之轟動，更是空前。袁文欽當北平市長時，便因她「有傷風化」，向她開過刀，將她驅逐出境。天津更不用說，她在「大舞台」，「國民戲院」，唱的天津衛拉膠皮的都會哼哼她的「小老媽，在上房，打掃塵土」。

上海自民國九年，中法大藥房主人黃楚九主辦大世界遊樂場上演評劇後，評劇的脚兒就沒有在十里洋場紅過。白玉霜於民國二十四年應徐培根、張偉燾、閔采章之約，到上海出演於「恩派亞大戲院」，上海人對評劇才由好奇而着迷起來。白玉霜的一齣「武松與潘金蓮」，更是大紅。按該劇係評劇與京劇「兩下鍋」

，鈺靈芝的評劇王婆，武松一脚則由創演「歐陽德」，「黃慧如與陸根榮」，「舞女黃白英」出名的趙如泉飾之；又有小蓋三省的矮步武大郎，劇本且經歐陽予倩和洪深改編，也分外緊湊，演來更是精彩。白玉霜的潘金蓮，對小叔武松性的飢渴，臥刺時，解衣露胸的大胆，尤淋漓盡致，妙到毫端，上海人也大開眼界，

白玉霜自此以後，洪深爲她編「閻婆惜」，趙如泉爲她排「河東獅吼」，尤金柱爲她道「西廂記」，無形中將白玉霜捧上了天。她在北方水性楊花慣了，在上海更不用說，像上海四馬路吳宮飯店的小開馬勤伯，以及魏廷榮，銀行界的錢新之，都曾做過她的入幕之賓。

張石川是明星公司的老闆，見白玉霜如此之紅，也大動腦筋，來請她拍電影。那部以評劇女伶爲題的「海棠紅」，便是由白玉霜主演。導演爲鄭小秋，除了白玉霜飾主角海棠紅外，且配以銀壇壞蛋王獻齋的海棠紅丈夫，譚志遠的督軍，鈺靈芝的小砦，其他還有謝雲卿，尤光照等。因劇中白玉霜飾一評劇女伶海棠紅，故在片中也大唱評劇，其賣座之盛，出乎意料的好，比上海的大明星不見遜色。

白玉霜自在上海登上了影壇，膺得「評劇皇后」後，一路到南京、漢口，而回天津，身價自不同凡响，各地爭聘，可以說是她的最紅時期，七七事變後，她依然紅過一陣不幸民國三十一年即臥病不起，次年即逝世，卒時僅三十六歲。

在天津還有位劉艷霞，名遜於白玉霜，做派無白之潑辣風騷，唯腔調之美有過之。因爲劉艷霞是唱「大鼓」出身，比白玉霜的「大鼓」底子還深，所以，每唱悲劇「慢板」、「迷子」，由八小節，加工爲四十九小節，輔以對白，又轉入「慢板迷子」時，由低訴而哭泣，悲切慘淒，能使人潸然淚下。她的得意之作是「玉鐲記」，「杜十娘」，「孟姜女尋夫」。

劉艷霞有時還將「京韻大鼓」的「嘎調」，用於評劇中，將「河北梆子」的「導板」，添於評劇之「慢板」內，都能使腔調生色不少，聽來動人。她的嗓子與白玉霜一樣，也不能拔高，只能走低腔，唯其不如白玉霜之纏綿、平穩，她是清脆、生動，而委宛清新的。

在唱腔出色的，還有小麻紅和愛蓮君。小麻紅資格很老，久在唐山一帶，她的「杜十娘」有獨到之處，嗓子很便利，行腔圓潤，不以俏皮取勝，純以功力見長。如「杜十娘」的「未從說話眼淚淋淋，兒的媽媽媽媽，你老人家太狠心，娘啊！自兒十歲把院來進，打罵凌辱，兒我發過了幾次昏！化拳行令送舊迎新……」用「反調慢板」的過門接「正調慢板」，後改「垛板」，而以「迷子」收腔」，一字一淚，使人稱道。其在評劇的地位，猶如評劇界的黃桂秋。

愛蓮君早年曾到過上海，與白玉霜同過台。在天津、北平、烟台、青島、濟南，很受歡迎。她的腔調都叫「疙疸腔」。她一出台，細碎蓮步，幾步扭後，一張口就如黃鶯出谷，腔調溜溜亂轉，抑揚頓挫，也乾淨利落。她的腔調華麗，有時也走低腔，用鼻音，吃調比白玉霜高，唱起來也活躍生動。最有名的「于公案」，那幾句「慢板」如：八月中秋雁南飛，跑腿在外總有三不歸。啊這個頭不歸，二老面前不能行孝，二不歸牀前的妻子無人陪，這三不歸病在招商旅店，端茶捧水無人陪」，在冀魯一帶的人，都喜歡學，也無人不知愛蓮君唱的受聽。

喜彩蓮與朱寶霞，是後期評劇佼佼者。喜彩蓮腔高昂，清脆俏皮，是評劇的地道花旦，扮相亦佳。在天津之受歡迎不下於白玉霜。她和桂靈珠、李少舫、喜彩雯，都是老搭擋。早年到過上海，曾與林樹森合演過的「兩下鍋」的「戲迷傳」。淪陷時期久在天津，其最特色的地方是戲裝、行頭，向平劇看齊，絕不用評劇傳統的簡陋裝扮。勝利後，在北平大紅特紅，出演於華樂、長安兩戲院，荀慧生、尚小雲，都視爲勁敵。

朱寶霞，嗓子很寬，有金石裂帛之聲。很像當年的劉翠霞。她受平劇的影响很大，台風頗好，身材豐腴，演來莊重中含有嫵

媚之姿。最拿手的戲是「燒骨記」，「眞定府」。

後來白玉霜有個女兒小白玉霜，本名李再雯，專學乃母，擅長苦戲。唱「反調」很有功力，說起「反調」，在初期的評劇是少有的，它與「正調慢板」差不多，但比「慢板」低四度，猶如平劇之「二黃」和「反二黃」，後期的女伶，多以之用於悲劇中。低沉、平抑，非常動人。小白玉霜，幼年得力其母，「反調」不但好，由「反調慢板」轉入「二黃迷子」尤精鍊，故她唱苦戲氣氛最佳，悲傷哀怨，頗富感情，其造詣且有過乃母處。「秦香蓮」一劇曾拍為電影，香港人不少聽過，雖然腔調改變很多，但仍可見其才華。

說到這裡，想起二十多年前，筆者在冀東的唐山住過一段日子，唐山的娛樂集中地叫小山，那裡除了有兩間戲院，唱平劇由北平的脚兒張曼君、賈少棠、「唐山荀慧生」李丹林分據外，其餘完全是評劇的天下。因為是原產地，也最地道。其時最不能忘懷的一位女脚，便是花淑蘭。她到過東北，在東北比在唐山還紅，她的一齣「茶瓶計」可說獨步劇壇。不但清明，咬字有力，唱快的「頭板」，更是好聽。筆者在灤州一帶，到過開平，趙各莊，古冶、林西、北戴河、昌黎、山海關諸地，聽的評劇可多了。唱的好，而不成名的，也大有人在，唯提起花淑蘭來，沒有不知道的，都稱讚她「嘴皮子」上一絕。她的身段也好。在「茶瓶計」裡，她飾春紅，以豐富的曲調，隨着生動的節奏，表現着聰明、頑皮，活潑的神態，眞給她演活了。她的一位配角趙鳳霞，陪她飾秀英，亦極出色。

民國三十五年之後，兵燹四起，所見評劇也少。比較佳者除喜彩苓，碧燕燕，鏇艷玲、韓以雲、孫桂霞、劉奎英、雪玉霜、郭硯芳，小金鳳，花硯雯、李憶蘭等人外，僅於青島遇到一位新鳳霞，算是最紅的一位，也足以提出來談談。

新鳳霞本姓楊，姐姐楊京香，是平劇的刀馬旦。未能走紅，遂由新鳳霞改學評劇。十五歲即拜小五珠為師，小五珠本名王仙舫，是一位老伶工，一向教戲認眞，故新鳳霞未出師，即在天津登台，演「打狗勸夫」頗叫好。以後「花為媒」、「楊三姐告狀」、「王少安趕船」也不錯。在北平天橋萬盛軒，曾以連賣一月滿堂轟動一時。她的嗓子雖不响亮，但走腔很有技巧，襯字、頓音和轉板，都很委婉動聽。作派尤細膩。貌屬中姿，扮起來却很甜，為後起不可多得之材、勝利後，在青島出演於東鎮，寶座不弱，比起中山路「華樂戲院的戴綺霞、高百歲；平度路「更新舞台」的雲燕銘、胡少安，還受一般小市民歡迎。

猶憶當時有位友人酷愛評劇，尤捧新鳳霞，也不時和她來往。有一次請新鳳霞吃飯，我也忝為陪客。新鳳霞為人謙虛，談吐溫文，倒不很俗氣。唯讀書甚少，評劇的掌故也一無所知。十幾年前，即與吳祖光結婚，吳並為她導了一部電影「花為媒」，以李憶蘭、張德福、杜寶寧、趙麗蓉為配，她的張五可，一時頗得好評。後來又拍了一部「劉巧兒」，即不聞其消息了。

說起評劇的興起，比其他如「柳子腔」、「皮黃」，都晚得很。因由「蓮花落」及「二人轉」蛻化而來，故色情成份很重情節也以農村家常和兒女私情為主，一向看重女脚不重視男脚。唱腔方面，它與平劇恰恰相反，乃男脚用假嗓，女脚用眞嗓，男脚必須依女腔用「越調」來唱。故男脚無論老生、小生，老旦等，在戲中很少有大段唱，除了像「楊二舍化緣」、「保龍山」、「劉伶醉酒」、「岳霄醉酒」、「楊八妹游春」、「芊建游宮」、幾出有些唱外，其餘多是一出台，簡單幾句，一唱了事，人亦不理其好壞，遂造成只有女腔發展，男腔始終是貧乏單調。溯自孫鳳崗、任善慶，正式創造了老生腔，張德信和倪俊聲創造了小生腔，于如江定了花臉腔後；直到民國三十幾年，男腔的唱法主要還是一個「二六板」。不是「小生二六」，就是「原板二六」，仍是那股平淡無味的腔。也沒有出過像平劇譚鑫培、余叔岩、程繼仙、郝壽臣，那樣成就的人。就是裏子老生，也無像鮑吉祥、張春彥、哈寶山之流的人材。以評劇的開山大師成兆才來說，雖多才多藝，編輯之外，老生能唱「狗報人恩」的張義，老旦能唱「六月雪」的張母，彩旦能唱「李桂香打柴」的李金氏；更可飾「鋤愛玉」小花臉蒲賢，「占花魁」三花臉卜喬，但他終未能自成一家而因唱紅起來。小丑雖有佳者如文丑子，李國祿、趙德廣諸人，但也不很出名。其他比較有成就的，也只有張治廣、尹福全、唐永盛、李義亭、武寶盛、解士奎、喬世恒、張筠青、席玉昆、成宗瑞、卓俊峰、劉小樓、郭貴臣等人而已。

至於評劇的劇本，雖不如平劇有千齣之多，但統計一下自「蓮花落」搬過來的「目蓮救母」、「拷打紅娘」、「孫繼臯賣水」、「王金保借當」、「老媽開嗙」、「孟姜女哭城」、「狸貓換太子」、「夜宿花亭」、「度林英」，「秦雪梅吊孝」等；自「二人轉」改編過來的如「藍橋會」、「楊八姐游春」、「楊二舍化緣」、「寶玉探病」、「洪月娥作夢」、「金定觀星」、「摔鏡架」等等；和成兆才從清末開始編「拾萬金」、「偏心眼」、「烏龍院」、「告扇子」等；到民國十七年左右編的「對銀杯」、「老娶少妻」、「金釵計」諸戲止，也有九十多齣；再加上後來流行的像「劉公案」、「于公案」、「活捉南三復」、「玉堂春」、「鋦閣老」、「五女哭墳」、「桃花菴」、「昭君出塞」、「秦家花園」、「剖腹驗花」、「劉雲打母」、「井台會」等等；和一些清裝的「宦海潮」、「楊乃武」，時裝的「槍斃小老媽」、「槍斃羅小明」、「馬振華哀史」、「愛國嬌」、「桃花泣血記」，我相信總有數百齣之多的。

最後說到評劇的腔調，由「乍板」、「節子」，及民調，漸漸演變爲「慢板」、「垛板」、「流水板」，以及「反調」、「搭調」，「迷子」等；聽來悠揚悅耳，純樸自然，明朗易懂。又加上情節動人，故在唐山時興後，很快就傳到東北，而流行於平津，遠播大江南北；以至西南諸省，且成了次乎平劇的一種受歡迎戲曲。唯間於評劇的歷史和發展的情形，却少有人介紹。就連近來出版的一部孟瑤的「中國戲曲史」，對評劇也付闕如。

三字經、千字文雜譚

杜負翁

三字經、千字文，在昔爲童蒙必讀之書。不拘貧富貴賤，一經入學，首先授讀，成爲通例。及學校既興，敎科書應世，二書乃廢。客窗靜坐，就以上二書，畧舉所知，藉爲談助。

三字經，三字一句，音韻協調，使初學兒童，易於誦讀。無鈎輈格磔，詰屈聲牙之苦。雖僅三百五十六句，內容豐富，在兒童讀物中，非任何書所可比擬。舉凡倫理、道德、三綱、五常、五經、四書、歷史、常識，雖動物、植物、數學、音樂，皆畧舉其要，使兒童得知一切綱要，直可謂有益兒童之書。前人著作，多不署名，幾經考證，爲宋末區適子撰。區籍廣東順德，字正叔，入元抗節不仕。原本三字經，歷史一段，至炎宋興，受周禪，十八傳，南北混爲止，下接十七史，全在茲。今本加遼金元明清五世，將十七史改爲廿二史。爲宋末時著，此爲一大證明。

千字文，爲梁周興嗣編，王右軍書。人多不知原始。據唐、李綽編尚書故實云：梁武敎諸王書，令殷鐵石於大王書中，揚一千字不同者，每字片紙，雜碎無序。武帝召興嗣謂曰：卿有才思，爲我韻之。興嗣一夕編綴進上，鬚髮皆白，而賞賜甚厚，右軍孫智永禪師，自臨八百本，散與人間，江南諸寺，皆留一本。則是千字文係以字傳。吾以爲千字文每句四字，不僅其文可觀，練句之精，嘆爲觀止。如從開始天地玄黃，宇宙洪荒，日月盈昃，辰宿列張，寒來暑往，秋收冬藏，閏餘成歲，律召調陽，雲騰致雨，露結爲霜。一直到末了，無一句不是千錘百練，聲調鏗鏘。通篇無量疊之字。確爲大手筆。至云鬚髮皆白，未必果然。宋進士周遜，改編千字文，名天寶應道千字文，請頒天下，先呈宰執右相陳公。問之曰，有添換乎，遜曰，翻破舊文，無一添換。又問翻破盡乎？曰盡。右相曰，枇杷二字，如何翻破？曰，惟此兩字依舊，右相曰，若如此，還未盡，遜不能對。觀此，益見周興嗣所編之稿，絕非等閒。今以千字文，不合時宜，因而廢讀，恐不久將來，知者已鮮。隋，潘徽，撰有萬字文，今已失傳。又周興嗣千字文中，律召調陽，坊本多誤爲律呂調陽，係仿智永禪師草書之誤。經考呂氏春秋，「此之謂以陽召陽」。原文召字蓋本此。于右任標準草書，即爲律召調陽，可見于氏臨文不苟，確爲標準草書也。

燕京舊夢【九】

李素

步在師韻兼和羅音室主

一自驚飛燕不回，孤城落日照空杯。
飄搖樹曳天邊影，零落燈寒劫後灰。。。
莫向醒時尋碎夢，且從忙裡遣煩哀。。。
花開花謝渾忘却，誰憶千秋詠絮才？

詩外有詩

「悼亡友朱淑璚女士」那幾首拙詩，只是我在燕大時的習作，後來，似乎在什麽刋物上發表了。眞想不到像這樣一塊質樸粗糙的泥磚拋出後，却竟然引來了一件光采奪目的晶瑩寶玉！我覺得有借這個機會爲那位詩人宣揚的必要。顯然的，他對朱女士有更深的瞭解與同情。我看他所用的是掃蕩報總社的稿紙，便可以猜想他是一位新聞界的，資深學博，才華高絕的前輩先生。可是，抱歉得很，我這百刼餘生，在國內和國外都丟掉了很多東西，寫，流浪到香港也已二十多年，搬了幾次家，一時實在找不到他給我的信，也想不起他是誰，故暫時只有存疑。因爲朱女士是燕大校友，死得太年青，太悲慘，而他這首悼詩及附註，都有助於瞭解朱女士的生平與死因，所以也該算是本文的補充資料而値得追記吧？

現在先把那首洋洋洒洒，聲情並茂，悲感動人的傑作錄出，以餉讀者。（希望我不久終於能找到作者的原信，而報告他的尊姓大名）

原書原樣

悼朱淑璚女士詩（一）

原書原樣

悼朱淑璃女士詩（二）

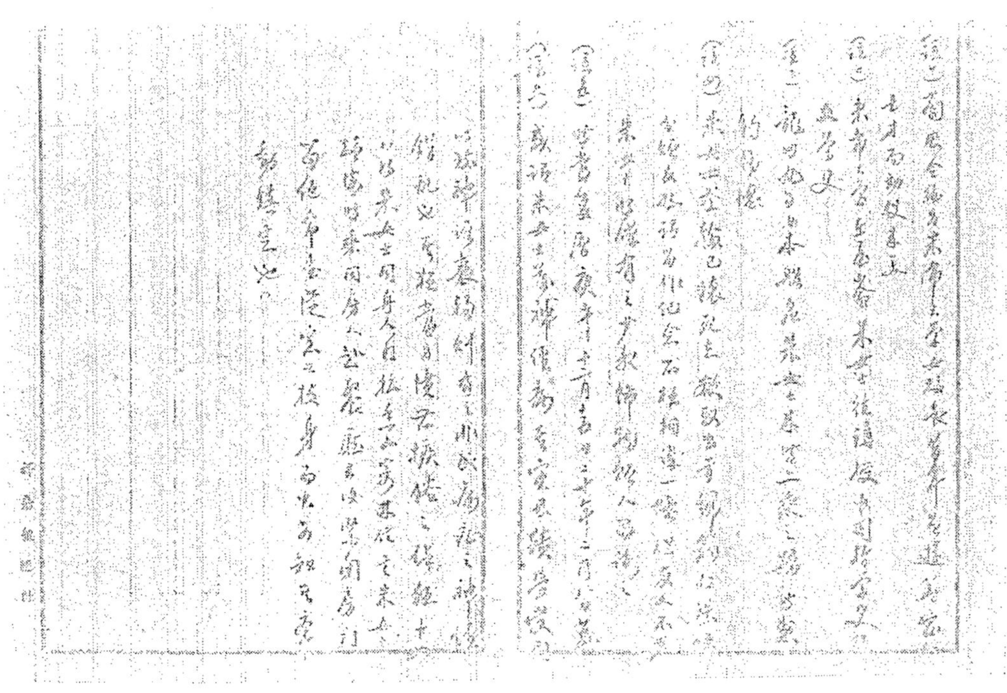

悼朱淑璃女士詩（三）

夢中之夢

在為學與做人方面，我承認自己確是個慘敗的小卒，因此我常感到慚愧和自卑，覺得對母校、師長及社會，都欠負太多。不過，在努力爭取升學機會這一點上，我却是戰無不勝的健將，是得償夙願的幸運兒，這是我唯一堪以自慰的微末戰績。

因為我讀大學的確是不自量力的極大冒險，本身已是「泥菩薩過海」，還敢帶着世妹同闖江湖，作雙重的冒險，豈不是等於閉着眼睛向難測的崎嶇長途瞎衝麼？當時年紀輕，入世不深，不知顧慮，只有一股壓不住的衝勁，故能泰然自若。現在回想，才覺得那種處境實在險象環生，令人驚悸。

我之所以胆敢作冒險中的冒險，固由於個性裡的一點橫與蠻，同時也因深信翔姊會為我撐腰，兼有特生多方鼓勵，遂使我勇氣倍增而能不顧一切地跟命運挑戰。

提到翔姊，我就想起這個舊夢裡還有更湮遠的舊夢，而且覺得似乎應該最簡畧地述說我自幼至長的往事。是的，那次為繼續申請美國女青年會的獎學規定要我寫自傳時，我發過脾氣，因為勉強我回憶已往的不幸會使我痛苦與難堪。現在事過境遷，我不再是零丁孤苦的可憐人物，無論吐多少苦水，都不至涉嫌為博取他人的同情與憐憫；既能心安理得，訴說身世又何妨？也許我這小小努力的經過，尚足以安慰及鼓勵一些與我的遭遇相彷彿的青年朋友，同時也免使別人誤以為我出身不清不白，有難言之隱，所以雖是節外生枝，也不是全無意義吧？

我出生於貧苦的家庭，先父曾是一位能幹的小學校長，更是名滿鄉黨的青年詩人，書畫俱佳。但虛名有什麼用？他一旦撒手塵寰（逝世時虛齡二十八），就再也無法庇護一個幼小的孤女。更不幸是連我母親也很快就跟着他息勞歸天，任由這顆他們心目中的「掌上明珠」隨地亂滾了。

從此我蒙一位仁慈的世叔收容撫育，視如己出，我得以安然在渾噩中生長。後來世叔家道中落，我只接受一位世伯的資助，而先後寄居在另一位世伯和世叔家裡。我漸漸明白自己的孤兒身份，也懂得了受人慷慨施與，寄人籬下是多麼可憐的境地時，我開始感覺精神上的悽苦，變得敏感而愛哭。所幸我身心健康，賦性樂觀，忍受和適應力都不弱，每次抹乾了眼淚之後，依舊昂頭望天，絕少作無濟於事的憂慮。更感謝父母遺給我一個不太笨的腦袋，使我在學業上能一帆風順，因而獲得世叔伯們的好感，樂於扶持與培植。

我第一次在上海聖瑪利亞讀小學時，我據有的第一名寶座從未給人搶走過。那時翔姊（原名祥生，投考燕大時始改用翔聲）比我高兩班。兩年後我隨一位世伯回廣州，轉入白鶴洞眞光中學附屬小學。也許因為上海學校的英文程度較高，也許因我持有可觀的成績表，竟然讓我考上了高小三年級，畢業後升上中學。我在眞光總共念了兩年半，自覺因多讀中文，大獲進益，英文的進度則不夠理想。於是在春季開學前我便獨自乘船到上海，重返聖瑪利亞女校，我竟然胆敢投考中一（當年的學制是：小學八級，中學四年），而又僥倖考上了。這樣一再轉學，也不明白關鍵何在，總之我佔了太大的便宜，比起以前所屬的年級，我整整跳高了四級，因比我反而比翔姊高兩班了。這是事實，最低限度有翔姊欣賞，並認為是奇蹟的呢。

跳高是吃力的，除了國文，其餘各科都必須發憤苦追趕。但不久，我反漸進佳境，還有時間學習投稿，撈幾元稿費作零用，也參加過商務印書館主辦的短篇小說徵文比賽。我那篇「苦境餘生」獲得了第二名優勝獎旗及獎金二十元。到中學畢業時，我已經是三幾個優異者之一。還有，我領受過全校中文作文成績最佳的金獎章。這枚金章後來給我的大女兒要了去作為紀念品，現在我猜想已經落在她的大女兒手上了。

這「想當年」的一連串的得意事，到了數十年後的今天，實在絕對不値得一提，如此坦然說出，只顯得太幼稚，徒然使人感覺肉麻得想作嘔，或者笑掉了大牙吧了。「小時了了，大未必佳」，我正是這麼一個繡花枕頭，還敢說出來，豈非加倍地丟臉！眞該是「無聲勝有聲」啊。

不過，我的環境是特殊的。以一個舉目無親，貧苦無告的孤女，看到別的小姐們養尊處優，百事如意，有的是好機會，精神物質方面都有豐厚的享受，既舒適，又歡暢，還可以撒嬌；相形之下，我心中便永遠充滿了濃重的自卑感。若沒有高度的自信因而產生堅強的鬥志，就很容易悲觀、軟弱，成為林黛玉型的人物，只合多愁善病而悲慘地鬱鬱死去了。

所以雖是微不足道的點滴的成績，雖是毫無實際價值的分數，而在我這缺乏父慈與母愛的提携與鼓勵的渺小生命中，卻是一股非常的提昇的力量，使我煥發飛揚的神采，從而獲得了優越感，增加了我掙扎的勇氣，支撐了我全部生命，整個靈魂。

當我得意時，自卑仍鞭策我努力續求上進，企圖「更上一層樓」。當我受了挫折和失敗時，優越感又伸手一把拉住了，不讓我跌進頹喪、消沉的深淵中去，卻促我捲土重來。也就是這優越感與自卑心的矛盾、交替與調和，形成了我的倔強性格。同時，因環境的壓力與內心的衝勁相激盪，也便是橫天的蠻勁的來源。我曾自號競天，又名魂影。多大的矛盾！

在這一段中學時期雖然在學業上我終於能應付裕如，沒有什麼困難，但精神方面卻過上了黑暗時代。我經歷了人情的冷暖，受過無端的寃氣和難堪的輕蔑與譏評，還加上了經濟上的拮据。不過，我得聲明，我一向都是在學校裡寄宿，每逢假期才住在校外，而一切不愉快的事都不是來自校內。我這不幸的人，竟同時有福星相照，無論進那一間學校，我都遇到幾位良師益友，對我特別垂青，善意匡扶，所以我的學校生活總是相當快樂的。縱然如此，我還是深嘗了人間的悲哀與酸苦。事隔數十年，偶然回憶，仍禁不住熱淚盈眶。

好不容易挨到畢了業，我當然是應該自謀生計了。但四顧茫茫，那裡是我棲身的地方？空拳赤手，不名一文，如何是好？暑假已開始，我不能再留在宿舍裡，但又絕對不願回去我寄居的使我不愉快的籬下。就在這徬徨無計的時候，翔姊伸出友誼之手，當了我的救星。

翔姊心地仁厚，富有同情心。我們第二次同學時，恰巧住同一座宿舍，而且是貼鄰，天天都碰見的，雖然不同班卻談得很投機。她常為我的境遇嘆息，欣賞我能埋頭苦學，也比較了解我的性格，每逢周末，她家裡總有人送菜肴、食品，換洗的衣物等等給她（這一種風氣，因為同學中至少有半數是富家小姐），她看見我這窮酸的孤雁，沒有人關懷，一無所有，便很常請我分享的食物。最使我感激的是她的言詞和態度都那麼委婉而誠懇，惟恐傷害我的自尊心。這點善意是超乎我所領受的物質之外之上的，最可珍貴。

翔姊見我走投無路，便毅然接我到她家裡居住，並介紹我給她的姑母，請我教她的三四個小學程度的兒女。不久，母校的師長也替我找到另外的工作，於是我充當了幾處的家庭教師，生活問題總算解決了。這是我生平第一次領略到獨立的尊嚴與歡欣，並且能開始對那位受先父託孤，最初撫育我，也是惟一最愛我的世叔，竭盡我微薄的心意。我把世妹從南方接到上海來，送進瑪利亞女校去攻讀。同時我又極力節省，等到我儲備了兩個人一年的費用時，便同翔姊一起報名投考燕大。

所以翔姊和我可以說是三度同學。她是大小姐，家裡有母親，有胞弟妹各一，另有庶母及三個弟弟。還有一位九十高齡的祖母獨攬經濟大權而為全家之主，凡事必須經她批准才可以做。他們姊妹兄弟中，除學費數目不同之外，所獲其他待遇一律平等。翔姊把我當作親妹妹，她的家人也對我很友善和關懷。我是窮慣了的，對物質生活並無奢望，能自立而昂然地做人，我已經非常知足，故心情是愉快的。

（未完．待續）

在重慶的日子

周恩來評傳（二十一）

嚴靜文

一九四〇年夏周恩來從莫斯科回國，接替王明爲南方局書記，常駐重慶，全權負責統戰工作，這是獨當一面的新形勢，本來應該高興，可是黨內情勢，隱憂重重，他的處境並沒有實質的改進。

同年一月毛澤東在延安出版的「中國文化」創刊號上發表了「新民主主義論」，針對當時中共的實際環境，提出了全面的政治綱領。此事顯示，留俄派與毛澤東派在黨內的平衡已經消失，留俄派開始失勢，毛澤東已經佔了上風。

上述中共領導層的權力變化，實與從一九四一年那個期間國際環境的變化息息相關。

一九三九年八月二十三日，史大林與希特勒簽訂蘇德互助協定，德蘇瓜分波蘭，促發了歐洲大戰。

一九四一年初史大林已偵知希特勒進攻蘇聯，同年四月十三日與日本簽訂互不侵犯協定；以擺脫東西兩面作戰的險惡形勢。依此協定日本承認外蒙，蘇聯則承認僞滿。由於蘇聯對華關係的冷却，國共的關係隨之更爲惡化。

一九三九年五月在外蒙指揮蘇軍，諾門坎一役大敗日本關東軍的朱可夫將軍，此時（一九四一年）正在重慶，担任駐重慶軍事顧問團團長。蘇聯大概仍不相信日軍放棄進攻蘇聯的念頭，因此透過朱可夫曾向重慶軍事當局建議，對日軍進行大規模反攻。

同年六月二十一日，納粹揮軍進攻蘇聯。

同年七月日軍進佔越南。十二月八日偸襲珍珠港，掀起太平洋戰爭。

一九四二年八月新疆掙脫蘇聯控制，歸附重慶，使中共與蘇聯的陸上連絡陷於斷絕。

上述國際局勢的變化，知對中共極爲有利，對毛澤東一派尤其有利。（一）因爲日軍主力轉用於南洋，確定中日戰爭長期化，中共有較穩定，較長的時間來發展自己的武力，以準備打倒國民黨的革命；（二）由於蘇聯遭遇納粹的軍事進攻，進入危急存亡之秋，自顧不暇，對於中共鞭長莫及；留俄派失去莫斯科有力支持，乃逐漸失勢，中共獨立性的加強，毛澤東個人霸權的樹立，也都在這個時期開始。

留俄派的失勢，對於自一九三六年十月，依恃留俄派對抗毛澤東的周恩來，是一個打擊。留俄的囂張跋扈，雖也使他感到討厭，但是他們缺乏政治經驗，只知抓黨權，不知抓軍權，只顧遵行第三國際的路線，不注意在黨內鞏固權力，只知把持高級職位，不知在羣衆中生根；是比較容易對付的；只要留俄派繼續當權，周恩來便有機會籠絡軍隊，恢復權力。留俄派失勢，使他失去掩蔽，而且必須調整態度和立場來適應新形勢。此時（一九四一年一月以前）他還不至於急切向毛低頭，因為還有新四軍存在，他對新四軍的影響力仍非毛澤東所能企及。

王明路線迴光返照

另一方面由於國共關係的惡化，使周恩來的統戰任務十分艱鉅，在重慶的處境極為困難。

中央公論 5

特集 変革の渦中を生き抜く志士10人

青春の周恩来（評伝第一部）

司馬長風

訳・解説 竹内実

日本銷政最大「中央公論」譯載本刊嚴靜文（司馬長風）著周恩來評傳開始連載

國共關係的惡化，與「王明路線」的式微有相當的關係。王明自一九三七年十月回到延安以後，即集中全力爭取國民黨的信任與合作，堅定國民政府抗戰的方針；這完全為了遵行莫斯科方針，牽制日軍進攻蘇聯。但是在毛澤東等人看來，抗日戰爭正似十月革命前帝俄對德奧的戰爭，列寧利用那場戰爭，擴展實力，乘沙皇政府疲弱，實行武裝奪取政權（當時俄國仍在對德作戰），這本是列寧主義最精明有一頁。抗日戰爭期間的中國，形勢正復相同，正是中共擴展實力，準備內戰的黃金機會，絕不可以認真抗日，消耗自己的實力。因此，六中全會（一九三八年十月）雖照確定了與國民黨合作抗日的政治綱領（王明路線），但毛澤東總是陽奉陰違，竭盡全力來擴展武力，且不惜與國民黨軍隊磨擦。而大規模軍事衝突則開始於一九三九年冬天，中共策動山西新軍十餘團叛變投共。繼而是一九四〇年十月，蘇北的黃橋事變，陳毅率新四軍江北部隊殲俘中央軍近萬人，第八十九軍長李守維以上戰死者五千餘人。於是一九四一年一月，有中央軍在皖南解決新四軍事件。雙方的軍事衝突越來越激烈頻繁。

到一九四〇年中共黨員發展到八十萬人，軍隊五十萬人，其勢已不可制。從一九三七到一九四〇短短三年發展這麼大的實力，毫無疑問是毛澤東路線的勝利，單憑這一點，便使留俄派及「王明路線」黯然無光了。一過直到一九四〇年為止，「王明路線」仍有迴光返照的表現，其具體事實則為同年八月和九月，第十八集團軍所屬部隊對華北的日軍展開了「百團大戰」。此事使毛澤東大為痛心。一九四四年四月十二日在延安高級幹部會議上他曾慨乎言之：

「……但在此階段內，我常有一部分同志，犯了一種錯誤，這種錯誤就是輕視日本帝國主義（因此不注意戰爭的長期性和殘酷性，主張以大兵團的運動戰爲主，而輕視游擊戰爭）……」由於輕舉妄動，召來日軍大規模報復，使共軍受了極大損失。文化大革命期間，一九六八年八月十七日刊載「徹底清算彭德懷纂軍反黨的滔天罪行」一文中，明白指出：「他擅自發動『百團大戰』，爲蔣介石撐腰，幫了國民黨的忙，使華北根據地和我軍的發展遭受嚴重挫折。」

從種種方面來考察，彭德懷恐怕沒有權力擅自搞「百團大戰」，而是在莫斯科的支持之下，「王明路線」仍在起作用。朱可夫既然可以建議重慶當局反攻，當然更可以要求八路軍反攻。

統戰工作之王

從一九四〇到一九四五，周恩來爲國共談判經常往復於重慶與延安之間。但是居重慶之時較居延安之時間爲長。在重慶的日子，由於國共衝突日烈而益爲緊張。關於國共談判，將另立一章加以說明，這裡畧談他在重慶期間的工作和生活。

關於「統戰工作」，由於時間的演義內容迭有變更。在西安事變以前，統戰工作着重對東北軍及第十七路軍的滲透，因此當時中共中央不設統戰部，而設白軍工作委員會；西安事變以後，則專注重對國民黨當局的統戰，爭取國共合作抗日局面的實現；一九四一年以後情勢又一變，此時國共在政治上已經公開對立，因此中共的統戰工作乃趨向集結煽動反國民黨派及分子。這包括參加民主同盟的各黨派，及左傾的大學教授和學生。

在白軍工作委員會時代，促發了西安事變，在一九三七年到一九三九，國共合作會出現高潮，都說明周恩來的統戰工作成就的輝煌。而一九四一年以後的統戰工作成就，較前兩個時期有過之無不及。像沈鈞儒、張申府等那些原來反國民黨分子，以及羅隆基、李公樸、聞一多等那些著名的知識分子都趨集其周圍，成爲中共的擁護者和國民黨的批判者；即使像思想反共的中國著名哲學家，鄉村建設派領袖梁漱溟，也都爲他所惑，在某個時期成爲中共主張的同情者和支持者。顯示了周恩來的統戰手腕，確是卓絕不凡。

民盟原名「中國民主政團同盟」，是以反共的青年黨及民社黨爲中心的；後來被左派分子滲透壟斷，遂改名「中國民主同盟」；「政團同盟」唯黨派和團體始可參加，「民主同盟」則個人亦可參加。勢力雖日益膨脹。儼然成國共之外的第三勢力。使人感到是眞正民意的代表，是國共爭端的仲裁人，事實上他們則向中共「一面倒」。

周恩來不但將「民盟」及左傾分子，像玩偶一樣玩弄於股掌之上，使他們隨着中共的樂譜如時的齊奏大合唱，造成反國民黨的輿論和聲勢。在日後巧妙的配合了解放軍的行動，在內戰中取得了勝利。毛澤東嘗說，解放戰爭勝利靠三個法寶：一是黨，二是解放軍，三是統戰。而統戰這一套，所以靈驗，主要因爲周恩來的才能。可以說，無論古今中外，周恩來實是統戰工作之王。他不但善於集結同路人，製造同路人，並且善於化敵爲友，以壯大自己，孤立敵人。

抓得緊．放得開

除了統戰工作，另一項看不見的工作，透過南方局組織部所領導的秘密滲透工作，幾乎在國民黨各機構各階層中播植了黨員細胞和黨小組。此外還把無數的左傾知識青年送往延安受訓，參加工作。

周的衛士龍飛虎在回憶錄中寫道：

「……在這極端困難的日子裡，黨的南方局在周副主席的直接領導下，工作更活躍了。在敵特極嚴密的封鎖下，辦事處竟然成了由內地到敵後的交通站，招待所，接待和輸送了不少有志的青年到革命聖地延安；並且辦了一個規模不少的整風訓練班，培養了許多紅色種子。」

除了統戰，秘密的組織工作外，周恩

來對於宣傳工作似乎特別感興趣。這大概與他自幼喜愛文學工作有關。龍飛虎回憶道：

「……為增強『新華日報』的戰鬥威力，周副主席經常在百忙中抽出時間，親自給『新華日報』撰寫社論。副主席是位多才多藝，才華出衆的人，他不僅寫作政論文章，而且還常幫助同志，朋友修改各種文藝作品。在給『新華日報』撰稿時，副主席常常是泡上一杯茶，坐在椅子上，他一面說，秘書一面記。說完了，記好了，就是一篇絕好文章。副主席對文章中的每一個字的運用都是異常愼重的。他經常教導我們說：「不能錯用一個字的。應該認清每一個字的份量，它有時甚至與四億五千萬人民的利益有關！」

抗戰期間一直在「新華日報」工作的潘梓年、會寫過「在周恩來同志領導下的『新華日報』」一文，曾詳述周恩來的領導作風，筆者認為這是了解周恩來極重要的資料。茲摘錄有關的幾段話：

①「在整個抗戰期間，我的工作崗位始終是在新華日報。在這個期間內，差不多一直是在周恩來同志領導下進行工作的。現在回想起，恩來同志的領導，至今還在自己身上發生作用。在那時候，同志們也就經常這樣說：在工作中有『有恩來同志在』這樣一個強有力的感覺。」

②「恩來同志的領導，主要是抓政治、抓思想。……在我們初到重慶的時候，……當時的工作一時就顯得非常繁雜。恩來同志回到重慶以後，立刻就在磁器口高峯寺召集我們作了一次關於整個時局的報告，對各方面都系統地進行了分析，描繪了全局的面貌，指出了發展的趨勢，當前關鍵問題之所在。這樣，一下子就使我們思想認識中的混亂狀態得到了澄清，不但使我們認識了時局的全貌，以及其發展的總趨勢，而且對自己今後應該如何進行工作，也看出了頭緒，找到了中心。這種領導方法，在我還是第一次碰到。遠的不講，就以報館工作來說，一九三七年在南方，一九三八年在漢口的大部分時間，是在別的同志領導之下進行工作，就沒有聽到過這樣的報告，只是經常在電話中受到瑣細的指責，弄得工作同志們不知如何是好，整天苦惱不堪。」

這裡所說「別的同志領導之下」，是指王明、秦邦憲、何克全那羣留俄派。

③「在中央有什麼指示和決定的時候，恩來同志不管工作如何繁忙，時間如何緊張，總是立刻就向我們傳達、講解。有的時候，約定了我們晚上去聽報告，常常會到深夜一兩點鐘他還沒有回來，等他回來以後，却還看不到他有一點疲倦的樣子，仍然是很詳細、很具體，常常是一兩個鐘頭時間的講話，這樣就使我們感覺到自己是經常在中央的領導下工作，……」

④「恩來同志對於幹部的領導，我覺得可以用兩句話來概括：放得開，抓得緊。放得開，是說他在把對時局的分析，和中央的政策精神清楚的講解和指導以後，我們的工作要怎樣具體的去進行，就鼓勵我們自己去考慮、想辦法。他經常出題目要我們寫社論、代論、專論這一類的文章。文稿他是要看的，但是需要修改之處，他總是指出要點。讓我們去進行修改，對寫文章是如此，對其他工作也是如此。說抓的緊，當他發現你有什麼問題的時候，一定馬上就找你去弄清楚。……」

筆者常聽到國人對周恩來有一種普遍的批評，認為他事必躬親，不能用人才，沒有做領袖的格調。從上面「放得開，抓得緊」的話看來，顯然這種批評是片面之見。只看見他細膩、「抓得緊」的一面，沒有看見他「放得開」的一面。「抓得緊」是不放縱部下，放得開是訓練部下自主創造的工作。

中外人士對周恩來還有一項不太中肯的批評，即認為他務實際，作風細膩，有時流於瑣碎，不喜過問政治思想，從上述他教育「新華日報」幹部的情況看來，他是頗能掌握全面形勢，並且注重政治思想。總言之，他決不是瑣瑣碎碎的實務家，也不是規規矩矩的二把手，而是自具雄才大略的人。

親手紅燒獅子頭

周恩來對於攏絡幹部之肯下功夫。龍飛虎有一段生動的回憶。

「……四面八方傳來了斷斷續續的爆竹聲，舊曆新年到了。為慶祝政治協商會議的勝利閉幕，迎接新年的到來，在年三十晚上，我們舉行了餐會。首長們和我們重慶辦事處的同志歡聚一堂吃『斷年酒』。副主席親自下廚房做菜，他會燒許多味美可口的菜肴，紅燒獅子頭是他的拿手好菜。一大盆熱氣騰騰、香味撲鼻的紅燒獅子頭端了上來，副主席招呼大家說：『來，嚐嚐味道怎樣？好多年沒有燒，怕不行了。』同志們一邊吃一邊稱讚說：『蠻好，副主席眞不愧是下江人，這菜是道地的江蘇味。』有的說：『眞是見物生情，吃了這菜，又使我想起當年在上海堅持鬥爭的情景來。』我們邊吃邊說，……。」

會餐後便開始了文娛晚會，副主席、董老、博古、王若飛等幾位中央首長都參加了。因忙着開會，沒有來得及準備，就現拉現演現唱。有的唱了『打嚴嵩』，有的來了個二胡獨奏，有些同志唱了紅軍時代的歌曲，許多人唱了家鄉民歌。我對文娛是外行，可說一門不門，但是副主席和同志們再三要我來一個……。

每一個節目演完後，副主席、董老等中央首長慈祥的臉上都浮現着笑容，熱烈地鼓掌。最後我提議要副主席表演一個，大家都熱烈地贊同，一面鼓掌一面說：『好！好！』副主席答着說：『嘿嘿！我酒喝多了，不能唱，下回一定給大家唱一個淮北小調。』」

共產黨人雖然以走羣衆路線起家，但是一旦達到如周恩來的高位，仍有興趣給中下級幹部甚至衛士，親自下廚做紅燒獅子頭，那恐怕是空前絕後了。在這裡透露出來，當時的周恩來，頗有臥薪嘗胆的意味，在黨內下苦功夫收攬人心，培養幹部，準備他日重登最高的權力寶座。野心含而不露，堅忍守時待機，這正是周恩來的本色。

在重慶期間，周恩來培養的幹部極多，諸如今天最活躍的聯合國大會代表團團長喬冠華、中日友好協會會長廖承志、文革期間被清算的前「北京市委書記」龔澎、范瑾等却是其中的皎皎者。直接培養幹部還是次要問題，主要是使那些幹部，心悅誠服、肝腦塗地，將周副主席的化雨春風在黨內傳播開去。這是中國人傳說的政治鬥爭藝術，也是了解周恩來政治作風一把鑰匙。在文化大革命期間，周恩來也全憑這套本事乘機再起當權。當江青鼓動紅衛兵揪鬥黨政大員、衝擊軍事機關的時候，周一方面依附毛的文革論調，一方面竭力維護被揪鬥的幹部和軍人。一九六八年秋天，當毛的文革路線走到盡頭，不得不與現實妥協，收拾局面的時候，周恩來在黨政幹部，實力軍人支持下繼劉少奇、鄧小平掌握了實權。

處境日益艱危

前已言及，國共軍事衝突日增和激化，使周恩來在重慶的處境越來越壞。自一九四〇年夏軍事委員會改組，周恩來已不再是政治部副部長。而變成只是中共駐重慶代表團團長，由政府的高級軍事幹部一變為敵對的談判對手了。他所感受的政治壓力遂越來越嚴重。這裡根據龍飛虎的回憶，摘述幾個事件，以概見當時的情況。

①「皖南事變後，……在曾家岩『周公館』的前前後後，安下了五十多個專職特務。我們每個人外出，總有兩個特務盯梢；副主席的汽車一開動，特務的汽車馬上就跟上了。」

②「正因為敵人對『新華日報』又怕又恨，所以一連串的迫害行動就接踵而來。先是國民黨當局通過苛刻的檢查制度大刪大砍、扣留稿件。有時送檢查的十五篇稿件被扣留十一篇，……繼之憲兵、警察、特務……在街頭巷尾使用武力禁止賣報和捕捉叫賣『新華日報』的報販。……同時特務偽裝成平民或僱用一批流氓，兇橫地搶下讀者手中的『新華日報』撕成碎片，並且恫嚇說：『讀新華日報者即為漢奸！』，『小心危險！』……後來國民黨又

經常扣留全部發往外埠的報紙，迫使分銷處停業，並公然封閉分館，綁架負責人：：」

③「一天傳達室送來一疊信，其中一封飽鼓鼓的信件引起了我的注意，仔細一看信封上寫着『周恩來先生親收』，立刻使我警覺起來。我反覆端詳着、研究着，我當時以爲裡面是炸藥。……後來我留神地拆開一看，原來是一封恐嚇信和一發手槍子彈。信的大概內容有兩個：一個是叫囂着讓共產黨把軍隊交出來，一個是威脅着不讓我們活動。最後的竟無恥的說：請看看這發子彈，如果不答應，就莫怪我們不這樣送子彈了！……」

④最危險的一次事件，是國民黨的激烈反共分子用眞槍實彈刺殺周恩來。也是他命不該絕，一九四五年十月八日傍晚，周恩來陪着毛澤東出席張治中（軍委會政治部部長）的送別酒會，周令秘書、「新華日報」編輯李少石乘周的座軍送民主人士柳亞子回家。暗殺者把李少石誤當作周恩來，從車後開槍把李少石殺死。「……當我們來到病房時，李少石同志已經過急救躺在病床上。副主席一步搶上去握住少石同志的手，焦急而關切的問：『少石同志，你怎麼樣？』李秘書見副主席，……一句話也說不出來。副主席看見他那難受的樣子，哀傷得流出了眼淚，副主席帶着悲痛嘶啞的嗓音說：『少石同志，你是代替我遭遇了不幸！你是個好同志，好黨員！……在二十一年前你的岳父遭到暗殺，我也是在這樣的時候趕到的，沒想到二十一年後你又遭到同樣的毒手！』……」

據知李少石是國民黨左派領袖廖仲凱的女婿（廖夢醒的丈夫），是廖承志的姐夫。一九二五年廖仲凱遭激烈反共分子刺死於廣州，時周恩來任職黃埔軍校。而廖則是黃埔軍校黨代表。

類似上述的事件還有很多，本文不及備載。這些事件有的是國民黨當局下令做的，如對新華日報的檢查與限制；蓋當時當國共雙方已儼如敵國；有些則是反共分子的個人行動，如李少石之被刺。因爲當時毛澤東、周恩來正在張治中送別酒會上，國民黨當局如欲置毛周於死地，不會情報不靈通，誤殺李少石。

敵人進屋我們上樓

一九四六年春，因佔領中國東北的蘇軍拆走工廠機器，並逾期拖延不肯撤兵，而蘇軍紀律太壞，到處搶掠姦淫，消息傳到重慶，東北籍人士的痛憤，乃在國民黨幕後支持之下，於二月二十二在重慶舉行了一次規模浩大的反蘇反共遊行，竟包圍、搗毀「新華日報」。在應付這一示威行動上，顯出了周恩來一貫的機智和堅忍。

龍飛虎寫道：

「反蘇反共的烏雲籠罩着重慶，越來越深了。二月二十二日，爆發了大規模的反蘇反共示威遊行，事前我們就得到消息，說特務分子要來搗毀我們代表團的住所。我很着急，心想要是被打進來怎麼辦呢？經再三考慮，我終於想到了一個對付辦法：特務分子要是眞打進來，就撒石灰粉和澆開水，使那些狗東西無法進來。我自認爲這個辦法很好，就跑去和鄧發同志商量。不知怎麼我這個想法給副主席知道了，他把我叫去狠狠地批評了一頓。這是我跟隨副主席九年來受到的第一次嚴厲批評。他把我批評後又耐心勸導說：『是的，你這種心情是完全可以理解的，尤其你是從軍隊來的。我心裡何嘗不痛恨特務，但是要知道，參加遊行的人除了少數特務之外，大多數青年學生是受了欺騙。因此我們要忍耐要讓步，決不能造成流血事件，否則就上了敵人的當。』當時我腦子裡還轉不過來，就說：『要是他們打進來怎麼辦？』副主席笑笑說：『他們打進來我們就後退；他們進大門，我們就退到客廳；他們進客廳我們就上樓。』我一時仍弄不通，氣乎乎地說：『好吧，就照你的指示去辦。』……」

在退却爲最佳選擇的時候，就咬牙忍耐退讓到底，除非有利時機到來，絕不輕舉妄動。周恩來就憑這個「忍字功」，在山窮水盡（實力）之後，仍能在黨內維持第三的位置，直到文革之後脫穎而出。但是不可說他是忍耐主義者，一味只知忍耐。

上街叫賣「新華日報」

周恩來也有衝動、發狂，不顧一切的時候。其顯明的例子之一，即是一九四一年一月皖南事變，新四軍被解決的一次了。根據潘梓年的記載：

「皖南事變，葉挺被捕。新華日報準備了一篇系統的報導。國民黨新聞檢查機關不讓登載，反覆交涉、反覆修改，總不讓登。報上就留下了一塊半版之大的空白，那時叫做開天窗，周恩來同志悲憤交集，就親筆題了『為江南死國難者誌哀』！「千古奇冤，江南一葉；同室操戈，相煎何急！」二十五個大字交報館製版補上。到出版時，國民黨竟不准報紙往外發行，派了大批人員分頭攔截。恩來同志聽到後，立刻跑來自己拿着報紙沿街叫賣，報館的許多同志也同樣跟着這樣作，就這樣，終於把報紙發行出去了。……」

自己親自抱着大綑報紙，到街上去叫賣，這種不顧一切的行動，顯出了周恩來另一面的個性。他不只是謙和溫文，到必要時會有極其潑辣、尖銳的表現。據知，有一次在重慶，他為了梁漱溟沒有完全支持中共的主張，百般遊說，梁亦不為所動，周放聲大哭邊哭邊罵：「我從前以為你是偽君子，現在才知道你是真小人！」使舉座的民主人士都相顧失色。

從年方二十八歲即領導南昌暴動，率三萬大軍南征一事，足以說明周恩來鬥爭的膽魄。許多外國人惑於他的機智風趣和伶俐口才，誤以為他是一典型的近代知識分子，誤解未免太深了。

話說回來，周恩來對於江南新四軍被解決，為何這般衝動呢？前此屢次說過，這因為新四軍是他與毛爭雄最後一張王牌。而項英的存在尤其重要，他在新華日報的題詞中只言「江南一葉」不及項英，是因為一般讀者多知葉挺是新四軍軍長，不知副軍長兼政委項英其人。

項英是毛澤東的死敵。在江西蘇區的階段，項英以蘇維埃人民執行委員會副主席，而代行主席職權，主席毛澤東經常不在葉坪辦公。一九三八年毛澤東與江青結合，亦遭受項英最激烈的批評。另一方面項英工人出身，兼有才幹，是中共黨內無產階級優秀代表。項英及所領導的新四軍存在一天，毛澤東即難以建立一尊的霸權，周恩來便可在毛項之間有所周旋。如今新四軍和項英一齊覆滅，使周在黨內失去縱橫捭闔的餘地，其內心之激動，實非同小可。

雖然，新四軍被解決的只是在江南的部分，在江北陳毅和張雲逸兩部新四軍已經發展壯大，但是因為和八路軍打成一片，其後劉少奇又出任政委，擁毛的傾向乃日益濃厚。可參攷左列一段有關記載。

第一、據「毛澤東新傳」，即被推斷為王力編寫的「毛主席偉大革命實踐活動」（見「東西風」月刊一至四期），是代表毛澤東觀點的一本書，其中有一段話提到項英：

「以後中原局的項英不聽主席的話，在江南不轉達主席的指示。在皖南事變前，把北上的路線都告訴了國民黨，相信敵人，不相信黨，結果被敵人七個師八萬多人的突然包圍襲擊，新四軍的倉促應戰，打了七天多，損失了九千多人。當時陳毅同志在江北，傳達了主席的指示，部隊就沒受什麼損失，這件事情給大家震動很大，不按主席的指示就要吃虧，使大家受到一次很大的教訓。」

皖南事變後，陳毅代理新四軍長，很久不能實任，大概因為周陳二人的交情太深了，可是終於沒有委任他人，可能因為陳毅的功績太大了。

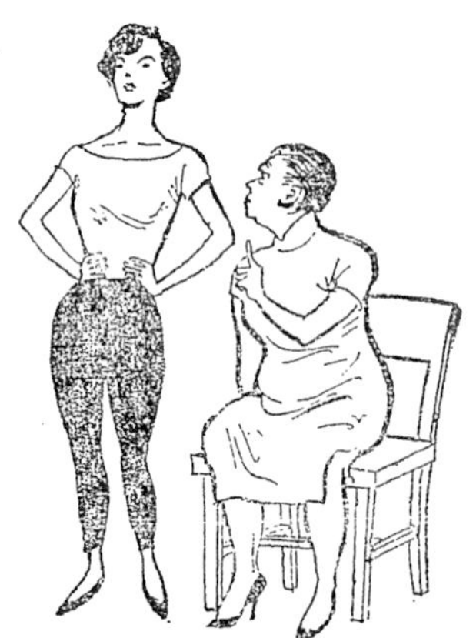

折戟沉沙記林彪

（六）

岳騫

遵義會議是否合法，毛澤東當權之後，無人再提起，但在當時確實引起爭執。因爲根據中共六屆五中全會共選出十四名政治局委員，爲秦邦憲、陳紹禹、張聞天、周恩來、項英、陳雲、王稼祥、張國燾、朱德、任弼時、顧作霖、何克全、康生、關向應。在遵義的祇有秦邦憲、張聞天、周恩來、陳雲、王稼祥、朱德、何克全七人。當時顧作霖已死，共計十三人，在遵義既然有七人，已超過半數，可是問題在於王稼祥在江西被國軍飛機炸成重傷，不能起床，每日要靠抽雅片止痛，不可能出席會議，政治局委員出席者祇有六人，自不合法。所以後來紅一方面軍與紅四方面軍會師後，紅四方面軍人員堅不承認遵義會議爲合法的政治局擴大會議，沒有權力改選總書記，補選政治局委員，此事不關本文，不贅。

毛澤東在遵義會議補選爲政治局委員，再被選爲常委，兼任中央軍委主席，成爲軍事方面最高領導人，此是第一次奪權成功，助其成功的是劉少奇與彭德懷，林彪當時是候補中委，在會上並未發言，是否投票不得而知。但可以看出林彪的態度仍是消極的，充其量祇是未反毛澤東，也並未與毛澤東任何助力。

遵義會議之後，毛澤東雖然担任中央軍委主席，成爲紅軍最高領導人，但毛澤東本身並無指揮大兵團的經驗，故實際指揮紅軍前進的責任，仍握在由中央軍委主席降爲副主席的周恩來手上。由當時事態發展可以看出，毛周雖然敵對數載，此時倒是合作無間，奠定以後數十年合作基礎。所以然者，一是由於大敵當前，同心協力尚未知是否能渡過難關，本身若再携貳祇有同歸於盡，不得不相忍爲黨。一是由於兩人相格容易合得來，毛澤東具有一付作領袖的野心，決不爲人下，周恩來在經歷過黨外黨內無數次鬥爭風波之後，深悟了一個道理，決不想作第一把交椅，兩人互相看透了對方的底牌，倒是眞的化敵爲友了。

林彪在中共黨內祇有這兩個「恩公」，毛周携手，林彪就沒有事齊事楚之難，也就全心全力爲毛澤東效力。

遵義會議之後，毛澤東雖然奪得軍權，但情形却更加困難，因爲紅軍已損失過半，中央軍追擊部隊日漸迫近，必須要作死裡求生之計。當紅軍從江西剛出發時，原準備與又折回「湘鄂西蘇區」的紅二方面軍會師，擴大當地蘇區，但由於國軍堵截，不能向紅二方面軍靠攏，祇得繼續西竄，希望能與到了川北已建立川陝蘇區的紅四方面軍會合。

在毛澤東指揮下的紅軍，番號雖然尚有一、三、五、八、九共五個軍團，但實際有戰鬥力的也祇有林彪一軍團與彭德懷三軍團，尤以紅一軍團戰鬥力最強，此後所有重要戰役大部是紅一軍團打的，其中特別關乎毛澤東部紅軍生死存亡的兩次戰役即搶渡大渡河與奪瀘定橋，均是一軍團打的。

搶渡大渡河由紅一軍團第一師（當時紅軍編制沒有軍的一級）第一團，第一營担任的，軍團長林彪，軍團政委聶榮臻，團長楊得志，營長孫繼先，率隊首批渡過大渡河的就是孫繼先。就軍事形勢說，當地實是絕地，太平天國翼王石達開即覆滅於此，紅軍若不能搶渡大渡河，勢必要蹈石達開覆轍。但紅軍渡過大渡河之後始發覺問題並未解決，因為大渡河水流太急，不能架橋，完全靠渡船載運，渡口又祇有幾條小船，决不能將全部紅軍運過河，而追擊部隊又將趕至，唯一辦法是佔領一個有橋樑的渡口，負責指揮全軍的總參謀長劉伯承就下令奪取上游三百二十里的瀘定橋，這一任務又落在紅一軍團。

担任搶奪瀘定橋的是紅一軍團第二師第四團，師長劉亞樓、團長王開湘、團政委楊得志。經過三百二十里路的急行軍，終於奪佔了瀘定橋，已經渡過大渡河的第一團，也從對岸迂迴過來。由於瀘定橋被攻佔，紅軍才順利渡過河，未蹈石達開的覆轍，在長征途中，任何一次勝敗都不關乎存亡，祇有大渡河若是過不去，毛澤東領導的紅一方面軍就必定完了。

過了金沙江之後，沿途戰役大部份也是紅一軍團為主力，一直到與紅四方面軍會師為止。紅軍一四兩方面軍會師之後，因權利人事問題發生爭執，林彪也並未介入其中，但此時紅一方面軍兵力所餘無幾，不能與紅四方面軍相比，毛澤東、周恩來均有戒心。

紅四方面軍的領導人張國燾、陳昌浩與毛澤東、張聞天發生爭執，相持不下，最後决定將政治問題擱置，暫時集中軍力北上，進入甘肅南部岷縣、臨潭一帶，再作計較，這個辦法也得毛澤東的同意。

當時行軍計劃實際是分為左右兩翼，左翼是朱德、劉伯承率領的紅一方面軍第五、第九兵團與紅四方面張國燾率領的第九、第三十一軍。右翼是徐向前、陳昌浩指揮的紅四方面軍之第四軍、第三十二軍，及毛澤東、周恩來率領的紅一方面軍之一、三軍團林彪、彭德懷部。但左右翼又有區分，右翼由毛周率領的一、三軍團實際是右翼的左翼，成為中路，一、三軍團的任務是保護黨中央，在編制上，全軍皆歸總司令朱德指揮，但朱德祇能指揮左翼，右翼則由徐向前指揮，其中包括一、三軍團在內。

根據紅軍總司令部作戰計劃，以甘肅南部岷縣、臨潭為目標，左翼軍經過刷金寺前進，右翼軍則以包座為目標。

包座為通往松潘要隘，臨包座河，由胡宗南部四十九師防守，紅軍由三十軍程世才主攻，此役經過情形，剿匪戰史隻字未載，張國燾「我的回憶」僅稱殲滅胡軍一團，未說紅軍傷亡，實則是役紅軍傷亡四五千人，三十軍損傷過半，至胡部則損失可能尚不止一團，因師長武某陣亡。但包座終被攻下。北去通路打開，毛澤東此時兵力單薄，又處於紅四方面軍兩翼之中，乃决定自行北上，脫離張國燾控制，將原一、三軍團番號取銷，改稱陝甘支隊，以彭德懷任司令員兼第二支隊司令員，林彪為副司令員兼第一支隊司令員，毛澤東兼任政委，渡過包座河北上。

毛澤東此次行動在當時確不理於衆口，不必說四方面軍一致反對，就是一方面軍被毛遺棄的朱德、劉伯承、董振堂、羅炳輝也都憤慨不平，以後張國燾另組南方中央，得到一致擁護，可為明證。

林彪當時隨着毛澤東北上，但內心對毛澤東的作法可能不太同意。尤其是林彪在臨行時，電告徐向前與陳昌浩，在北進途中有一座懸崖險橋，現有一連人駐守，這一連人屬於第一軍團自然也要北撤，因此，林彪通知趕快派人接防。從這一點可看出林彪比較顧大局，不似毛澤東獨行其是。

毛周此行又打了一次硬戰，就是攻破臘子口，這一仗關係重大，如果攻不下臘子口，紅一方面就要再翻過草地回去毛爾蓋，即使不致覆滅，起碼毛澤東也要失去一切權力；成為張國燾的俘虜。結果臘子口終於被突破，紅軍順利竄入隴南。這一仗又是紅一軍團楊成武打的。

不過，紅軍到了陝北之後，林彪表現得意志消沉，與毛澤東、彭德懷均有歧見，所以然者，當由於目睹中共內部分裂，不滿於毛澤東之獨斷作風，更重要者是毛澤東當時推行大湖南主義，凡是湖南籍幹部均不次超擢，也使林彪不滿。

林彪祇是不滿毛澤東與彭德懷，對共產主義的信仰並未動搖，當時林彪駐防陝甘邊界，毛澤東及中共中央在瓦窰堡，林彪要求率一營兵力去甘南打游擊，毛澤東自不允許，兩人函電往返，爭執甚烈，以後是周恩來親自趕去林彪防地勸說，林彪始去瓦窰堡出席會議。不久，毛澤東也取銷了陝甘支隊名義，仍恢復紅一軍團與紅三軍團的番號。

一九三六年陝北缺糧，毛澤東率林彪紅一軍團渡黃河入山西搶糧，最初頗為得手，後來中央軍二十五師關麟徵部趕到，經過幾次血戰，紅軍損傷慘重，毛澤東幾乎被俘，林彪脫離部隊，逃至農家潛伏，然後再化裝回至陝北，此為林彪畢生吃的最大一次敗仗，劉志丹即於是役戰死。

紅軍退至陝北後，毛澤東下令抽調紅一軍團幹部充實其他部隊，林彪提出反對，當時曾受到本位主義批評。說到本位主義，也就是習慣說的小圈子。林彪這一特性頗為強烈，試看他在文革之後所重用的共軍將領，多是紅一軍團出身，有些（如李作鵬）是從當兵就在他手下，一直提拔到獨當方面，也特別信任。

一九三六年六月一日毛澤東在瓦窰堡成立抗日紅軍大學，由林彪任校長，所以要冠以抗日之名，是因為中共當時以抗日為號召，又因為眞正的紅軍大學在包座北上時，留在張國燾那邊，目前還在西康，另辦一所紅軍大學，不得不多冠兩個字以資識別。

毛澤東把林彪派去辦學校，未嘗不是有意剝奪林彪的兵權，當時毛澤東眞正扶持的是彭德懷，任命彭德懷為第一方面軍總指揮，以繼朱德之缺。

林彪任抗大校長，表面看來似乎投閑置散，但對他自身說，却獲得很大成功，以後在紅軍中林彪勢力所以最大，也就因為曾任抗大校長數年，訓練出大批軍政幹部。

紅四方軍抵達陝北後，兩紅軍大學合而為一，仍由林彪任校長，林彪對紅四方面出身幹部並不歧視，因此，許多紅四方面軍出身幹部轉入林彪系，如鄭維山、韓先楚等人。

西安事變後，剿共戰爭已經停止，顧祝同任西安行署主任，負責進行改編共軍，中間經過多次談判，到了七七事變後，始完全議定，國民政府軍委會決計將紅軍編為第八路軍，下轄三師，總指揮朱德、副總指揮彭德懷，軍委會完全同意，唯獨三名師長人選，據傳蔣委員長面告周恩來，應由黃埔學生一人或兩人出任，並指定徐向前應為其中之一。周恩來報告陝北，毛澤東不同意，因為徐向前如任師長，紅四方面必編為一個師，毛澤東本意在拆散紅四方面軍，故仍由周恩來謁見蔣委員長懇求，改為林彪任師長，徐向前任另一師之副師長，原紅四方面軍編為兩旅，一旅由徐東海任旅長，編入林彪一一五師，一旅由王維周任旅長，編入劉伯承一二九師，徐向前則任一二九師副師長。

此說可能不假，可見當時國軍將領對徐向前評價高於林彪，否則蔣委員長不會指定徐向前任師長了。

不過，林彪任師長之後，確比其他諸人賣力，不久，在晉北平型關打了一仗，是為紅軍改編為國軍之後的一次對外戰爭。

謙廬隨筆

二十

矢原謙吉遺著

（一）

是時，燕京之上流社會中，無人不識福開森，余與之交往多年，尤於吾友「溥三爺」之詩酒會中，屢與並坐。其人舉止平易，出語詼諧，有其在座，滿室生春，極爲賓主所傾倒。而其中國友好之多，亦絕非若輩驕狂木訥之一般「洋人」，所可望其項背者。

其人久居故都，屢睹巨變，經驗之宏，舞袖之長，「人緣之佳」，每令余興「嘆爲觀止」之感。是時，燕京之電話，例須先經電話局之接綫生，爲之撥號。余聞人言：市人中僅福開森與管翼賢二君，其語音爲電話局所素稔，接綫生一聞其聲，即接綫特速，有時且向之欣然問候。蓋福管二君均極善博人好感，出語親切而彬彬有禮。逢年過節，且不忘向接綫生致意焉。

以其稔人之衆，故福開森乃有「北平電話簿」之雅號；而管翼賢則被稱爲「電話總機」，較福氏尤高一級，蓋「電話簿尚須查考；而「電話總機」，則無一號碼不知，亦無一號碼不通也。

是時，北方之馳名政客中，亦有二人以特長交際，而獲綽號，惟遠不如福、管二氏之能登大雅耳。此二人者，厥爲北洋時代之國務總理潘復，以及二十九軍之所謂「智囊」蕭仙閣也。

自宋哲元入主幽燕之後，大肆收羅北洋人物，如高凌霨，王揖唐，李思浩，潘毓桂之流，均一一延攬，畀以空名，而任其活動。潘復自亦見獵心喜，頗欲乘機重登政壇，遂乃日夕奔走奉承於二十九軍之將級人物中。余與雷嗣尚，林世則宴賓之會，曾數遇此公，面團團而油潤如脂，肥頭大耳，長袍馬褂，見人則「呵腰示敬」，每二三語輒抱拳拱手，以示謙和，實予人以天橋江湖藝人之感。席上，口不停言，頭不停點，左答右問，而復與其他諸客，眉目傳情。宴間之忙，概可想見。宴後言旋時，乃於其肥頭上，加一「小結帽」，而上軀亦作半折之狀，雙臂慢搖，有如曳重物者。別時，目半張而作痛苦狀曰：

「實在想再談談，兄弟作東，「那一天能多聚一聚？」

余聞：潘之卑躬屈節，以在「進德社」中最甚。不識之者睹其狀，咸以渠爲承辦軍裝或包修兵營之一老板也。

「進德社」爲宋哲元之「招賢館」。人言：有北洋遺老以段祺瑞之安福俱樂部業蹟，言於宋者。宋爲之大喜，遂立於鐵獅子胡同闕精舍爲之。一時，北方之風雲人物，夜間不週旋於「進德社」者，千中無一。有志登龍者，自亦百方鑽營，以一進爲榮。而屢進不疲，乃竟青雲直上者，亦比比皆是，故當時既有「進德飯莊」之號，更有人命名之爲「上天梯」；而凡能在「進德社」中朝夕出入者，遂爲人贈以天橋「怪」——「雲裡飛」之綽號，蓋喩其已有騰云駕霧，呼風喚雨之望也。

人言：潘復每至「進德社」，輒哈哈連天，頭如搗蒜，脅肩諂笑，見人則捧。惟除秦德純商虛與委蛇之外，師長與參謀長之流，如馮治安，張維藩，程希賢，張自忠，趙登禹之流，見之亦傲然相對，甚鮮辭色。潘雖與之言賭言「抽」，亦時有嘗閉門羹之痛；遂惟有見輒大談其女人耳。

久之，「進德社」中人，遂錫之以「潘大舅子」之名。蓋潘於社中見人則以「床第風月談」，爲羈靡對方之技；而二十九軍中之將級人物，十九出身行伍，藉隸燕趙，雖喜聞之於先，而必笑詬之於後。每聞其言畢，輒莞爾曰：「×他個妹妹」！或逕如趙登禹笑予以四字短評曰：「你個舅子！」相因成習，潘遂以「潘大舅子」之名，斐聲於故都；而亦終未能直上青雲，一遂所願。

蕭振瀛仙閣，於二十九軍中，手無一槍一卒，而能覆雨翻雲者，善逢迎，小聰明之外，相識滿天下，廣交三教九流，自亦助其成功不小，余聞人言；蕭常喜自詡曰：

「我蕭仙閣身上有「兩大」。一個手大，一個嘴大。——手大四方拉，嘴大吃四方；這就是兄弟我的看家本領！

蕭之爲人也，貌似豪爽，而城府極深。與人交時，初識即熟；再唔已成「托妻寄子」之交；三唔時則非拜把子，願「生生世世結爲兄弟」不可矣。是故，其家收藏「蘭譜」之多，亦臻駭人聽聞之境。一日，天津銀行巨子楊天受，造其私邸，蕭適外出而懇楊稍候於花廳內。移時，楊入廳旁之盥洗室，自窗中見一庭院，遍地皆有紅色信封，而上置石子一枚，使勿隨風飄去。院中尚縱橫大箱數具，僕价多人正自其中抱出更多之紅色信封，散置於地上。楊返花廳後，一小价以熱手巾進，楊予以「賞錢」而詰之。小价笑曰：

「日來陽光極好，夫人遂令我輩將老爺所收之蘭譜，取出一晒。此事年年一度，不足爲怪也。」

蕭爲關外產，體豐碩，頭呈長方形，而前額特寬，蕭亦自詡其天庭爲稀有之福相，故每於表示驚喜，或追憶舊事，或愼重思考時，輒以五指拍其前額，而意在使人驚其異相，肅然起敬焉。即外出時，蕭亦喜將其帽「扣」於後腦之上，而令人對其「天庭」一覽無餘。

余以行醫糊口北方，既歷十餘寒暑，日本駐屯軍中將校及其家庭，自多爲余之病人。是時也，蕭仙閣正以冀察當局之「相國蕭何」自居，而朝夕挾日本以自重。日人在華北稍有地位或名望者，以及長袖善舞之輩，蕭均百計結納，務期親近。且屢擇其心地耿介者，約爲「異邦兄弟」。初時，自以爲得計，久之，乃見其弊。——蓋宋哲元以次之二十九軍人物，除秦德純等二三人外，粗通文理者已幾希矣；惟其於「扶正誅邪」之心理，則可謂人人有焉。是時，中日二邦，表面虛相委蛇，實則已等敵國，身爲日僑者，處處感兩難之嘆。而華北風雲人物中，眞正挾日人以自重者，非特爲丘八老爺所共棄，且亦爲自愛與明智之若干日人所不齒。而蕭仙閣其人，則此輩中聲名最穢者也。

以其勤於與日人「換譜」，「結拜」，乃大爲二十九軍之層峰所恚。而日人中之曉事與潔者自好者，亦避之若蛇蝎。蓋一朝有「兄弟」如此君者，無不啻與龜兎蛆虫爲伍耳。

余聞舊識高木君言：若蕭某者，名爲親日派，實則摧殘中日關係之烈，爲他人冠。高木君志在政治，而中年喪妻，復喪其愛子，遂忽而萬念俱灰，決心歸隱故園，禮佛自懺，其情可憫，其志可嘉。異土一別，再見何日？行前余餞之於慶林春，高木君感觸萬端，不覺醺醺然醉矣；於當時之華北人物隱秘，多所臧否，而最爲其齒冷者，厥此蕭君也。

高木君語余曰：

「初時，蕭之見寵於中日雙方者，實其賣弄小聰明與辯材之功也。蕭既於風雲緊急之會，廣結日方關係，以「親日嫡派資格出現。遇事自可以「自己一家人之身份，爲日方於幕後畫策，以爲進身之階。

倘日方欲求一方圓十里之地，蕭即慨然曰：「貴邦人士眞君子人也，惜未悉中土處世爲人之道乎？君欲十里，必索五十里，百里千里；始可令此十里唾手而得。如但直索十里，則最多不過得三五里耳。」

日人欣然納其計，乃索五十里，以至於百里，千里。蕭遂轉而語華北當局曰：「吾之日本關係，多如牛毛，重逾萬鈞。苟用我一力支持，當使倭奴得地不逾其所索者四五分之一，而令其舞蹈謝恩也。」

於是，雙方皆重用之，而日方乃得方圓十五里之地而退。對日，則蕭可稱：「苟非我，貴邦何多得此五里之區？」對中國當局，蕭則云：「苟非我，吾國且將失方圓百里之地也！」

語畢，高木君喟然嘆曰：

「如此一蕭君者，固於日本愈多愈佳，惟余於清燈禮佛之際，必欲禱告神靈，令扶桑三島千秋萬世勿有此型人也！」

余雖從未與高木君一型同流，而於其臨別所言，頗多警惕；且又嫉惡成仇，世故不深，故乃對蕭避之惟恐不速；而蕭則屢有拉攏之意，且動輒欲結「金蘭之好」，余多方却之，極以爲苦。

一日，蕭忽排闥而入，見余則眉開眼笑，以掌猛拍其前額曰：

「喲，我的個太爺！您可到哪兒逍遙去啦？我找得您眞苦呀！」

旋即力促余以生辰八字與之并告余曰：北洋巨子王揖唐，携來一命相聖手張某，連日於「進德社」中，爲顯貴大談休咎，而所言皆中。渠知余醫務甚忙，故特來取「八字」，代我一行，蓋此機一失，日後必增交臂之嘆也。

余雖覺蕭之來意非惡，惟頗疑其志在賺取「八字」，自書「蕭譜」送上門來，逼我「生生世世永爲兄弟」。遂故作不解人情之狀曰：

「吾家世代，多爲武士，於卜筮休咎，素未置信。况余生時，乃在東京，東京時間亦與中國相差甚巨。猶若此一命相聖手，倘設館於燕京，今日王某來，生於雲貴；明日李某來，生於遼瀋，雖同爲某年某月某日之丑時，而實際則大有先後，相差何止分秒。然則此名相聖手於卜算時，究以何地時間爲準？余不敏，尚望有以敎之。」

蕭聞之愕然，繼則連打哈哈曰：

「妙極啦，妙極啦！您是不但看病的本事高，連開玩笑都是一把好手！兄弟我是甘拜下風，甘拜下風！」

未久，余友林叔言，亦即當時之北平財政局長林世則，私告余曰：

「仙閣恚君甚矣，昨謂常小川，鄭大章與余曰：

「媽糕×！那個矢老頭子眞不識抬舉！沒想到一個日本窮看病的，架子比南京的「孔老西」還大！」

「孔老西，蕭在中樞之奧援，乃當時既肥且貴之「財神老爺」也。

（未完待續）

香港詩壇

七二自詠

孔鑄禹

莽莽風雲百感生，莫從封外卜陰晴，千秋功罪存青史，萬里乾坤陷赤城，大筆偏難書國恨，小詩猶望振天聲，偏安甯是黔黎福，滄海孤巖面面驚。

淡泊生涯靜裡過，於今茶飯尚調和，平時知足眞爲樂，末世難忘可奈何，七二老人仍未老，萬千磨折任消磨，回天無力餘塵劫，慷慨尊前自放歌。

暮春長洲偶賦

乘風破浪上長洲，長幼聯羣作壯遊，爲愛春晴尋日浴，偏來霪雨滿江樓，疎林野竹浮泥路，亂草平沙古渡頭，還有一杯傳韻事，好從詞客共吟酬。

雨餘薄暮賦歸來，游興還濃亦快哉，引吭高歌流水急，驚濤飛鳥浪花開，昇沈心有凌雲感，顚簸身如策馬回，况是迷濛烟樹裡，微光盪漾隱樓臺。

步亦老搖落吟韻四首

孔鑄禹

久客香江興未闌，九州風雨賦歸難，年臻大老長存愛，人到新春倍覺寒，深感浮生同夢寐，好謀長醉渡危安，翻天覆地知何極，都在先生一笑看。

釣得鮮鱗入市沽，例妨換酒更提壺，堅冰曾識成寒水，新我奚如笑故吾，世外猶堪觀海樂，山中何事對天吁，幽情調寄漁歌興，醉看銀河種白榆。

曠古奇災不忍言，萬方動盪盡啼痕，無辜碧血如潮湧，該死黔黎帶淚吞，濁世豈能求佛果，浮家何處覓桃源，須知多難興邦日，應振天聲猛士魂。

最難憂道不憂貧，末世幽巖好避秦，閒自吟哦宜不老，忙他花草更相親，欣逢七十華嵩日，須頌千秋鶴算人，文采風流傳妙筆，一觴幾韻總超塵。

讀寒山詩作

能言人不能，能作我自作，悠悠天地寬，在在山水約，一身空寄影，萬物皆有託，誰念方寸間，性靈受剝削。

水花鏡月亦迷人，花月空浮水鏡身，一現怡人心自淨，無痕無色幼來眞。

清明又是望歸期，愈覺歸期不易知，瓊海先塋哀父母，香江新塚泣妻兒，家山渺渺嗟何在，局勢茫茫變已遲，戡亂空呼三十載，時兮可有再來時。

壬子歲暮與友同飲

劉家山

臘鼓又催今歲盡，深杯喜與故人同，相看賸水殘山外，却在廻黃轉綠中，事有至難翻至易，道緣成物始成功，高談欲挽流光駐，醉倚晴牕氣吐虹。

鑄禹香江來書却寄

暮雲春樹動相思，渺渺予懷在水湄，老驥不輸千里志，貞松永保後凋姿，書來念我狂杯酒，望久知君富篋詩，見說收京消息近，海隅且復暫栖遲。

次韻壽義衡

吳漱溟

劫鎛此夷居。麴塵牛馬走。栖栖十載思。落落一樽酒。喪亂擲華年。晏安成老叟。時衰道亦乖。人命賤於狗。海角接吟壇。論年長我九。咫尺蹤跡疏。相期意良厚。塋悴總關情。緩急通無有。高談動寥廓。心光豁戶牖。安得世慮忘。徜徉同攜手。長葆歲寒姿。共結三益友。

宜樓夏夜

趙湘琴

踏過花園道，登門笑語融，一樓紅影裡，萬樹綠煙中，酒可連宵醉，詩難即席工，嗟余才已盡，靜坐沐清風。

編餘漫筆

編者

這一期仍以反日的文字較多，實在是因爲日本侵畧中國的事太多，時間太久，所以記述不完。際茲各方面都在推行對日友好，不願重提日本侵畧中國的舊事，本刊若不大量刊出，則戰後出世的中國青年固然不知道日本先後侵畧了中國五百年（自明代倭寇之亂算起），即年歲較長身受日本之害的中國人，也都漸漸淡忘。因此，本刊更覺得多刊載日本侵畧中國的史實，爲本身的天職，姑不問將來局勢如何演變，先立此存照。

本期所刊反日文字，要以「西來菴風雲」一篇最有價值。近二十年來，日本朝野或明或暗扶植了一小撮台灣省的敗類，進行台灣獨立運動，詭稱台灣省老百姓歡迎日本人統治，看了「西來菴風雲」記述當年台省軍民反日鬥爭之勇烈及事後被日本屠殺之慘酷，倘有人再說台灣願歸日本統治，眞是禽獸不如了。本刊以後仍當繼續發表台省軍民反日的史料。

對蘇俄方面也有兩篇重要文字「留俄琑記」與「二十八個布爾什維克得名由來」，兩篇作者均是莫斯科孫逸仙大學學生，王覺源先生大作已在本刊發表兩次，深得讀者贊美，關峰先生大作尚是首次在本刊發表，關先生談起當年中共黨內二十八個標準布爾什維克得名由來，實在是一般同學（主要是共產黨籍學生）的挖苦之詞。因爲人人都反米夫，只有這二十八人擁護米夫，陳紹禹更自稱米夫的兒子，所以爲米夫所喜。一般同學憎其無恥，賜以「標準」之稱，當時在莫斯科決非好字眼，但此輩返國之後，竟然將錯就錯，將別人挖苦詈罵之詞，作爲眞的代名，即此一端，可知其標準如何矣。此事從未經前人道及，關先生特爲指出，至爲可貴。

本期特闢民國清官列傳一欄，而以曹浩森爲首，居官清廉本是應該的，但在中國，清官眞是鳳毛麟角。本刊以爲勸善即所以懲惡，對於已逝的清官將盡量介紹，本期曹浩森，及十七期發表的胡家鳳，均在其列。

對於現任官史，清廉正直，特立獨行者，也應提出表揚，本期發表之調查局長沈之岳，譽滿台灣，凡是去過台灣的人都知道，因此，特將葛其潭先生大文刊出。下期可能發表另一位局長的事蹟，以作激勸。本刊與官方既無關連，又未申請去台灣銷售，對任何有勢力人物皆無所求，只是說自己的良心話，凡刊出揄揚文字，皆是事實，可向讀者負責。

也許有一天，本刊會增闢民國貪官列傳一欄，只恐到時材料太多，難於取捨，要增加篇幅了。

其他有關風土文章，黃河之水天上來，最稱佳構，願讀者留意。

掌故月刊　訂閱單

請將本單同欵項以掛號郵寄香港九龍中央郵局信箱四二九八號

英文名稱地址：

The Journal of Historical Records

P. O. Box No. K4298, Kowloon

Central Post Office, Hong Kong.

姓名（請用正楷）中英文均可		
地址（請用正楷）中英文均可		
期數及金額	一年	
	港澳區	海外區
	港幣二十元正	美金五元
	平郵免費・航空另加	
	自第　期起至第　期止共　期（　）份	

錦繡神州

出版者：德興文化事業公司

我國歷史悠久，文物豐富，古蹟名勝，山川毓秀。尤其歷代建築藝術，都是鬼斧神工，中華文化的優美，在世界上有崇高地位；所以要復興中華文化，更要發揚光大，我們炎黃裔胄與有榮焉。

如欲研究中華文化，考據博古文物，瀏覽名山巨川，遊歷勝景古蹟；畢一生精力，恐亦不克窺全豹。往年雖有此類圖書出版，惜皆偏於重點介紹，不能滿足讀者理想。

本公司有鑒於此，不惜巨資，聘請海內外專家搜集資料，歷三年編輯而成；圖片認真審定，詳註中英文說明，堪稱圖文並茂。內容分成四大類：「**文物精華**」「**勝景古蹟**」「**名山巨川**」「**歷代建築**」將中華文化的精英，包羅萬有，洵如書名：**錦繡神州**。並委託柯式印刷廠，以最新科技，特藝彩色精印。八開豪華精裝本，金線織錦為面，織成圖案及中英文金字，富麗堂皇。「**內容**」「**印刷**」「**訂裝**」三並重，互為爭妍；所以本書被評為出版界一大傑作，確非謬贊。

凡備有本書者，不啻珍藏中華歷代文物，已瀏覽全國名山巨川，遍歷勝景古蹟。如購贈親友，受者必感隆情厚意。

全書一巨冊　港幣弍百元

經已出版。【付印無多，欲購從速。】

總代理

吳興記書報社

地址：香港租庇利街十一號二樓

電話：H四五〇五六一

Ng Hing Kee Newspaper Agency

No. 11, Jubilee Street, 1st Fl.

HONG KONG

九龍經銷處

德興書店（旺角奶路臣街15號B）

吳興記分銷處（吳淞街43號）

外埠經銷處

星馬婆	遠東文化有限公司
曼谷	青年文化服務社
菲律賓	華安書店
越南	聯興書報社
紐約	友聯圖書公司
三藩市	益智圖書公司
三藩市	新生圖書公司
三藩市	文化書店
波士頓	中西公司
芝加哥	文華書局
檀香山	大元公司
倫敦	東寶公司
加拿大	香港百貨公司
澳門	可大文具店
斗湖	光明書局
亞庇	利民公司

明　嘉靖雕漆九龍圓盤
Carved round lacquer plate decorated with nine-dragon motif, Chia-ching ware (1522-1566), Ming dynasty

掌故

月刊 23

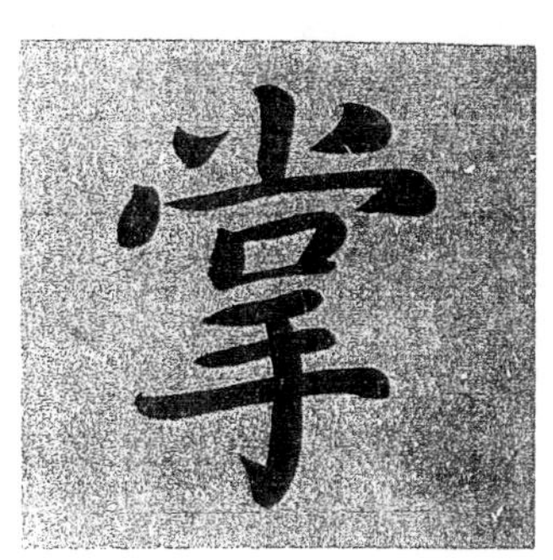

野史・佚聞・人物・風土・

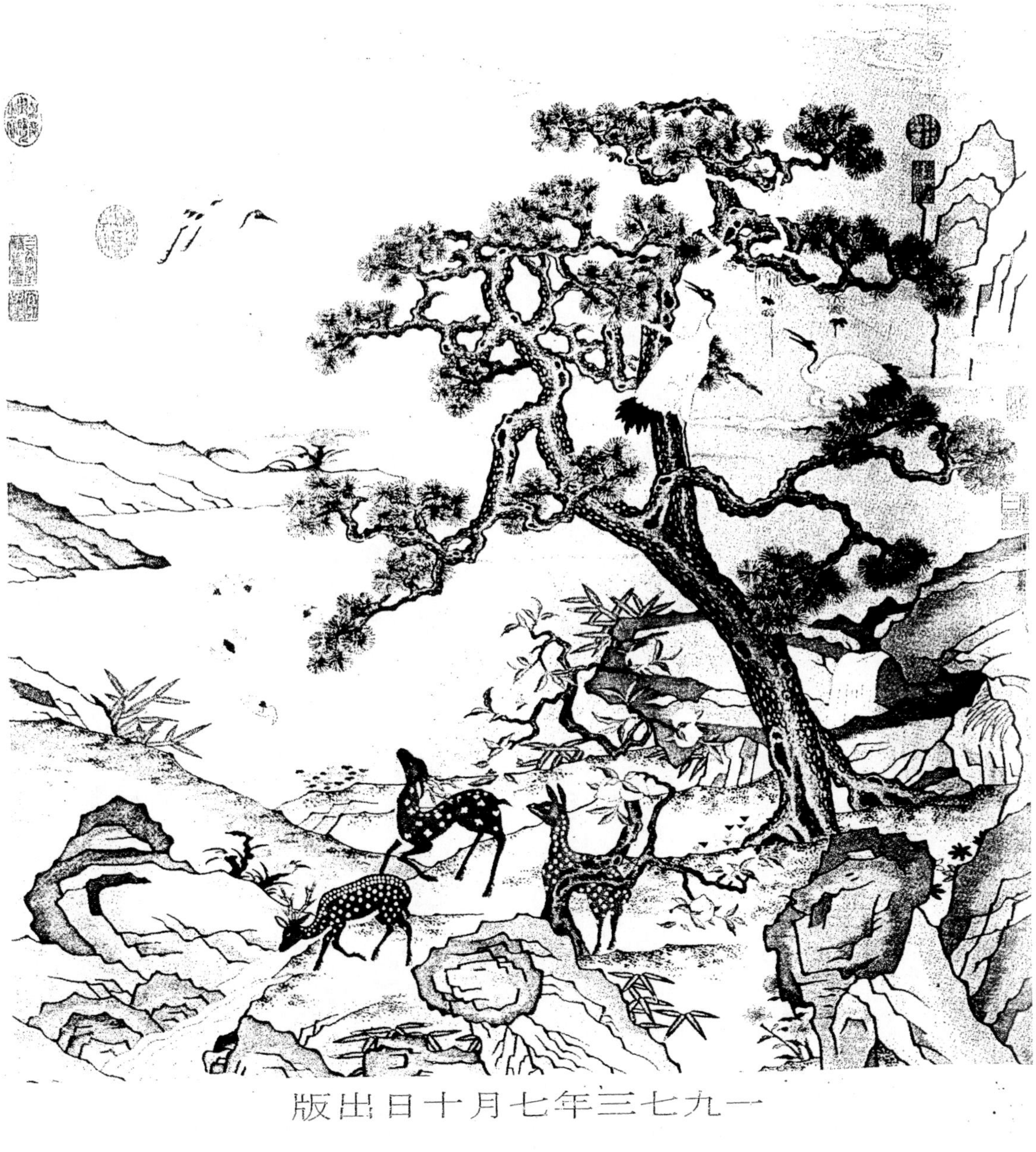

一九七三年七月十日出版

中華月報

一九五三年一月創刊的「祖國周刊」，在一九六四年四月改爲月刊，出版滿二十周年之後在一九七三年四月改爲綜合性的「**中華月報**」。

這個以「**文化性、文摘性、文滙性**」爲特色的大型刊物，設有「**金聲玉振**」（學術思想）、「**秀才樂園**」（時事議論）、「**海峽西東**」（國情報導）、「**天涯比隣**」（各地通訊）、「**大衆小品**」（散文隨筆）、「**時文選萃**」（文摘選載）、「**參考資料**」（文件選錄）、「**人物評介**」、「**書刊評介**」等欄，園地公開，歡迎投稿。

在四月號和五月號的「金聲玉振」一欄中已發表李璜、張忠紱、徐復觀、夏志清、羅錦堂、金思愷等著名學者的論文。在以「秀才未遇兵、有理來講淸」爲口號的「秀才樂園」一欄，已發表名政論家司馬長風、齊亦魯等作者的精采文章。在「人物評介」一欄中已開始連載名作家司馬桑敦的「張學良評傳」。其他各欄也都內容豐富，不及詳述。

該刊每期一百頁，零售港幣二元，訂閱一年三十元，五年一百二十元。

中華月報社：香港九龍書院道九號

友聯書報發行公司：香港九龍花園街七十三號

掌故月刊 第二三期 目錄

每月逢十日出版

掌故

第二三期

一九七三年七月十日出版

每册定價港幣二元正

全年訂費港幣二十元 美金五元

出版兼發行者：**掌故月刊社**

地址：九龍亞皆老街六號B

電話：K八〇八〇九一

The Journal of Historical Records

6B, Argyle Street, Mongkok, Kowloon, Hong Kong.

督印人：**鄧少卿**

總編輯：**岳騫**

印刷者：**和記印刷有限公司**

新蒲崗景福街一一〇號超達工業大厦十樓

總代理：**吳興記書報社**

香港租庇利街十一號二樓

電話：H四五〇五六一 H四五〇七六六

星馬代理：**遠東文化事業有限公司**

新加坡廈門街十九號

檳城杏田仔街一七一號

泰國代理：**曼谷青年文化服務社**

曼谷黃橋東北路五六六號

越南代理：**聯興書報社**

越南堤岸新行街二十二號

其他地區代理：

澳門：可大文具店
亞庇：利民公司
千里達：中華公司
菲律賓：華安書局
倫敦：東寶公司
芝加哥：杏林春
波士頓：中西公司
三藩市：新生圖書公司
元藩市：益智圖書公司
加拿大：香港商店

漢城：汎亞書籍公社
寮國：永珍圖書公司
斗湖：光明書店
菲律賓：玲瓏書局
紐約：友聯圖書公司
紐約：友方圖書公司
洛杉磯：永安堂
檀香山：大元公司
三藩市：文化商店
加拿大：新國華公司

抗日戰史上的「平津之役」

魏汝霖

（廿六年「一九三七年」七月上旬至八月下旬）

第一：戰前一般情形

北平爲我國故都，自國民政府奠都南京後，遂改爲直轄市，因歷代建都與地畧形勢的關係，仍爲華北政治之中心。自廿二年（公元一九三三年）熱河失陷及長城抗戰以後，敵迫平津，乃設北平政務整理委員會，處理該方面之一切地方政務。迄廿四年（公元一九三五年）十二月後，日人又迫我成立冀察政權，以宋哲元爲主任委員，此外殷逆汝耕並在冀東成立僞組織。天津與秦皇島，同爲華北兩通商口岸，且有平漢、津浦、北寧、平綏、平成、正太等鐵路以與華北及東北蒙疆交通。但自塘沽、何梅協定成立以後，（註一）與敵僞勢力，日益接近，以致衝突磨擦，迄無寧日。

河北平原，位於五河下游，西北山嶺綿延，東南沽河支幹，縱橫交錯，太行山脈橫亙於西，與山西省成爲天然界限。松嶺燕山兩山脈，由熱河入境，爲白灤兩河之分水嶺；五臺山脈斜臥於西北境，重關疊障，形勢天成。北倚長城，東瀕渤海，南恃黃河與河南山東爲界，境內沃野千里，歷來雄長中國者，無不以河北平原爲重。但河北之控制，必須確保北方之天險，如山海關、古北口、居庸關、八達嶺、平型關等，以及西方之山地，如北方之天險不保，即不能固河北，西方之山地不保，亦將無法以守冀中。

塘沽協定以後，日本在天津設華北駐屯軍司令部，由田代皖一郎中將，轄混成第四旅團，（步兵三聯隊，騎兵一聯隊，炮兵一聯隊，戰車及高射炮化學兵各一大隊）分駐北平、通縣、天津、塘沽、唐山、秦皇島、臨榆等要點。又冀東僞保安隊萬餘人，分駐冀東僞區。（註二）

二十四年（公元一九三五年）「何梅協定」後，第二十九軍担任冀察兩省之衞戍，惟是時冀東與長城內外及察北均劃爲非武裝區，各部隊配置概要如左：（一）第卅七師及獨立第廿五旅大部駐北平城內、西苑、盧溝橋、長辛店等地，一部分駐保定。獨立第三十九旅駐北平北苑，另保安隊分駐北平近郊。（二）第三十八師及獨立第二十六旅駐天津、廊坊及馬廠、滄縣一帶，一部駐北平南苑。（三）第一三二師及第二十七旅第二十八旅，分駐任邱、河間、大名一帶。（四）第一四三師及廿九、四十旅與騎兵十三旅，分駐張家口、宣化及察南各地。（五）騎兵第九師駐良鄉、固安、涿縣、易縣一帶。（註三）

第二：盧溝橋七七事變

民國廿六年（公元一九三七年）七月七日午夜十一時，日軍駐豐臺之一部，在宛平縣城外盧溝橋附近，以夜間演習爲名，藉口失蹤一日兵，日本武官松井，要求率部進宛平城內搜查。當時我宛平城部隊為第二十九軍第卅七師二一九團吉星文之一營，以時值深夜，當予拒絕。於是日軍即向宛平城東西兩門外，開始炮擊，我軍並未還擊，旋日軍炮擊更烈，形成眞面目戰鬥。我軍為正當防衛計，乃開始抵抗，雙方互有傷亡，兩軍在盧溝橋北形成相持狀態。

翌日（八）雙方商定同時將軍隊各向永定河東西兩岸撤退，宛平城防，由河北保安隊接替，惟日方並堅持我軍不得在長辛店與盧溝橋駐防，當經我拒絕，相持至十日午前，日軍援兵七百餘名炮廿餘門到達，下午五時即向我開始炮擊，同時向我龍王廟陣地猛撲，我軍沉着應戰，敵未得逞。嗣又佯示願意和平解決，事實上則陰行調集大兵，作三路圍攻北平之計。（一）由關東軍派鈴木、酒井兩旅團，經熱河向北平前進。（二）由朝鮮派川岸師團入關，向北平以南地區前進。（三）以華北駐屯軍河邊旅團向北平以東地前進。（四）另由日本國內派來第五師團配合海軍進攻天津。

事變之次日（七月八日） 蔣委員長在廬山牯嶺，得日軍挑釁之報告，乃決心應戰，準備動員。一面令孫連仲部兩師及龐炳勳部八三師開石家莊保定一帶應援，一面召集全國各界領袖在廬山開會，決定抗戰大計。同時電宋哲元、秦德純應以不屈服不擴大的方針，命其就地抵抗（註四）。七月十七日 蔣委員長在廬山開會演說，對於盧溝橋事變，作嚴正表示（注五），說明中國已到最後關頭，已不能再忍受日本的侵略，若日本再漠視中國最低限度的立場，我國決心犧牲到底，抗戰到底。此時 蔣委員長仍希望日本軍閥在此最後關頭，能夠懸崖勒馬，勿使中日兩大民族，陷入萬劫不復之境地。同月（七）廿日， 蔣委員長同南京，特別注意於日兵撤兵交涉問題，希望華北和平解決。可是日本近衛內閣，不僅不制止日本軍閥的橫行，而且發表比軍部更為強硬的論調，重光葵敘述此事說：（註六）

「當時中國的情勢，只要稍有國際常識，便會判斷一定要對日軍抵抗的。近衛內閣對軍人的行動，不加節制，以致後來演變到無法收拾，這是日本政治的破產，及日本國民政治力量的缺乏所致。軍部首腦還不認識事態的嚴重性，竟而大言欺人，說是幾個月裡，就可結束「中國事變」。近衛內閣，鑒於九一八事變，政府被軍部拖着走，成了關東軍的尾巴。所以這次趕在軍部前面，竟發表比軍部更強硬的論調。所謂「支那膺懲的聖戰」，所謂「建設東亞新秩序」等口號，一股腦兒都搬了出來。一方面仍以不擴大的方針，號召國內外，這不是自欺欺人嗎？……盧溝橋事變發生當時，侵中國派的杉山陸相，態度非常強硬。近衛接任首相不久，對於軍部內情，也不十分明瞭，……同意軍部的意見，派了對華積極的寺內大將，繼任華北統帥；華北中日軍事衝突，遂致迅速全面化。其後近衛接受石原部長的意見，花了最大的力量，把杉山換掉，想向中國政府講和；但為時已晚，中國方面，未予置理。」（註七）

日本近衛內閣漠視了我 蔣委員長的呼籲，向華北大舉侵略，八月十三日又發動上海事變，迫使我國不能不奮起抵抗，中日大戰，遂從此開始。

第三、平津之作戰

一、北平附近之戰鬥

七月廿五日下午一時，日軍鐵甲車一列載敵兵百餘，由天津駛則廊坊，藉口修理電話，強佔車站。經我駐軍卅八師部隊勸阻無效。僵持至同日（廿五）午夜，敵軍開槍射擊，我軍奮起抵抗應戰。翌晨（廿六）拂曉，敵機十四架對我廊坊守軍首次轟炸。七時許敵第五師團增援部隊到達，我軍營房及車站，已成一片瓦礫。十時許，我軍轉移廊坊西北地區，與敵對峙。同日（廿六）北倉、楊村等車站，亦為敵軍所強佔，平津鐵道交通，遂告中斷。

同日（廿六）下午七時，北平城外財神廟附近之敵軍約五百餘人，分乘載重汽車數十輛，經廣安門入城，已進入數輛，城外敵兵忽向我守門兵射擊，我軍立即閉城門，雙方遂發生衝突。當夜（廿六）敵華北駐屯軍司令香月清司（時田代皖一郎已死），派其特務機關長松井謁宋主任，送最後通牒。大意爲應速令盧溝橋、八寶山附近之卅七師部隊退至長辛店，又駐北平城內及西苑之卅七師應即移出到永定河以西地區，並賡續輸送至保定方面。（註八）當被宋主任哲元拒絕。翌日（廿七）晨，敵軍未待我方答覆，即向我北平近郊守軍開始攻擊；同時敵飛機於是日異常活動，除濫炸我平郊駐軍外，並偵察我河南開封、鄭州、洛陽、孝義等地。通縣附近寶珠寺我獨立卅九旅傅鴻恩營，被步炮聯合之敵兩千餘圍攻，激戰至夜半，始突圍到南苑。

七月廿八日拂曉，步炮聯合之敵分數縱隊，向我北平四郊駐軍陣地，猛烈進攻，敵機同時助戰，我守軍奮勇拒敵，戰況激烈。我廿九軍副軍長佟麟閣，第一三二師師長趙登禹親赴前線督戰，壯烈殉國，官兵傷亡尤多。其他方面作戰，尚稱順利，如豐臺車站於同日（廿八日）下午爲我軍收復，廊坊之敵亦爲我劉振三旅肅清，通縣冀東保安隊官兵激於義憤，不甘受敵奸之驅使，其第一、二兩總隊張慶餘張硯田於廿九日晨率所部反正，將縣城日本一中隊，敵特務機關人員及日僑約四百餘名，全部殺盡，並當場擒獲殷逆汝耕，通縣遂告克復。旋經敵大軍反攻，日機多架狂炸，激戰甚久。卒因平局猝變，乃於同日（廿九）夜向西轉進，沿途再遭敵機襲擊，又遇友軍誤會衝突，頗有傷亡，最後突圍經西山小徑由門頭溝來歸國軍行列。其愛國犧牲之精神，至爲敬佩，惜殷逆汝耕於途次混亂中脫逃，列爲美中不足之憾事。（抗戰勝利後，殷逆在南京伏法）。

我軍倉促應戰，初無整個計劃，後因空權爲敵所有，日機到處濫炸，北平城郊，卒爲敵四路大軍（註八）全部控制。此時，宋主任哲元爲避免包圍，從新部署作戰計，即於同月（七）廿八日夜離平赴保定，並授權天津市長張自忠主持冀察軍政事宜。同月（七）廿九日以後，敵關外後續部隊源源增加，並指派日韓浪人與漢奸組織恐怖團，到處逞兇，並組織所謂「大北方人民自衛偽政府」，張自忠鑒於事已不可收拾，乃乘間赴京請示，八月四日遂放棄北平。

二、天津附近之戰鬥

七月中旬以後，敵始於塘沽構築軍用碼頭，並佔用各大建築物爲兵站倉庫，其陸戰隊與我駐軍對峙警戒，如臨大敵，大沽口外泊日兵艦三艘，東局子敵飛機場，經常停機百餘架，東西車站亦均爲敵軍盤踞，形勢至爲嚴重。同月（七）廿九日，敵驅逐艦兩艘抵塘沽近岸，與原泊三艦同時炮擊我大沽口岸守軍，並以機槍掃射。我一一二旅沉着應戰，午後敵陸戰隊強行登陸，雙方激戰甚烈，敵機亦反復轟炸，陣地盡燬，入夜始漸向新河、東大沽轉移。同時（廿九日晨）市區敵軍突佔我天津四分局，並向我保安隊進攻。我李副師長文田率一一四旅主力及保安隊立向海光寺、東局子及各車站之敵，分別進攻，日軍兵營與機場均被我包圍，東西車站亦爲我佔領，並攻佔旭街敵警察署，炸斷海河大橋與金鋼橋，東四區及車站一帶敵遺屍甚多，旋敵機五十餘架及戰車多輛助戰，雙方呈混戰狀態。是時宋主任已離平赴保，張師長自忠在北平協商安定地方，乃下令停戰，我軍乃逐漸退出平津市，向馬廠集結。

翌日（卅）我軍業已撤離市區，日軍飛機大炮，仍繼續轟擊濫炸，且到處縱火，如是暴行，達三日之久，陳屍塞巷，廬舍爲墟，難民無家可歸者，達數十萬衆。

第四・戰後之局勢

天津市長兼卅八師師長張自忠於八月四日間道赴京離平後，

我留平維持治安之獨立廿七旅亦突圍赴察。第廿九軍即在下列各地區，整理補充並佔領陣地對敵警戒。（一）第卅七師及所屬各部，在涿縣、高碑店、新安、高陽一帶。（二）第卅八師及所屬各部，在靜海、馬廠、大城、青縣一帶。（三）第一三二師在固安、任邱一帶。（四）騎兵第九師在永清、霸縣一帶。敵軍控制平津後，以一部扼守平津兩地市郊，主力向西北集結，作進犯平綏鐵路之準備。

我最高統帥　蔣委員長於宋主任哲元到保定後，曾發表戰局宣言，其要義如左：（註九）

一、宋主任之責任問題依軍事觀點，宋主任早應到保定，不宜駐在平津。余身爲全國軍事最高長官，所有平津作戰一切問題，如此轉變，早爲國人有識者所料及；日人軍事政治勢力之侵略壓迫，由來已久，故造成今日之局面，絕非偶然。軍事上一時之挫折，不得認爲失敗；平津之戰，不過是戰爭之開始，決非戰爭之結局，今後國人，惟有一致決心，共赴國難。

二、今後政府對日之方針，自盧溝橋事變發生，余在廬山談話會，曾切實宣告，此爲我最後關頭之界限，並列舉解決此事之最低立場，計有四點，（註十）爲中外所共知，絕無可變更。余曾言，我不求戰，祇在應戰，今既臨此最後關頭，豈能復認平津之事，爲局部問題，任聽日軍之宰割，或竟製造傀儡組織。政府有保衛領土主權與人民之責，惟有發動整個計劃，領導全國，一致奮鬥，爲捍衛國家而犧牲到底，此後絕無局部解決之可能。國人須知我前次所舉之立場，實爲守此則存，逾此則亡之界限。總之，我政府對日之限度，始終一貫，毫不變更，即不能喪失任何領土與主權是也。祖國處此存亡關頭，惟望全國民衆，沉着謹慎，各盡其職，共存爲國犧牲之決心，則最後勝利必屬於我也。

第五：申　論

一、敵　方

（一）盧溝橋爲北上進入故都必經之要道，日軍啓釁地點選定此處。可謂扼得北平之咽喉，使我軍無進退之餘地，乃爲事先綿密有計劃之挑戰。日軍蓄意侵華達數十年之久，每次發動，均自造事變，再嫁禍於我國，爲其一貫詭計，重光葵在「昭和之動亂」一書，明白揭出，堪爲日人自供之鐵證。

（二）日軍奪我平津，雖遇到國軍抵抗，而犧牲甚小。論者每謂其戰略戰術能配合，爭取主動，四路進兵，態勢有利等語。實則此乃日本帝國主義多年來侵略成果之積累；如平津市內郊外以及鐵路沿線均有駐兵權，冀東又有僞組織，戰爭發動地點，更選定北平之咽喉，焉有不勝之理？固不足爲奇也。

（三）宋哲元在華北的政權，是日本人希望建立的；請看重光葵的記載可以證明。「中國政府在華北勢力，逐步後退，日本所希望的政權，先後成立。一個是以宋哲元爲中心，和日本軍部及土肥原機關有聯絡的政權，名曰冀察政委會，其範圍自河北的平津以迄察哈爾。一個是以殷汝耕爲首的冀東反共自治政府，於一九三五年十一月成立，以去北平約十哩的通州爲其首府。」（註十一）可是七七事變發動後，宋哲元部首先奮起抗戰冀東保安兩總隊在張慶餘張硯田領導下，全部反正，殺盡通州日軍僑民。這都是日本人妄想分裂中國，認爲中國人都可作漢奸的錯誤。

二、我　方

（一）華北平津一帶，自長城抗戰，塘沽協定後；冀東以到長城線劃爲非武裝區，國軍不得駐防。日軍則在北寧鐵路沿線駐兵，並在平津郊區築軍用飛機場。所謂「何梅協定」後，中央軍及黨部更退出華北，甚至「新生活運動」亦須停止推行。敵特務機構，遍設各地，干預當地政務，寇既升堂入室，已成半淪陷狀態。故平津之失，可謂「非戰之罪」；蔣委員長所謂：「須知平津形勢，如此轉變，早爲國人有識者所料及，日人軍事政治勢力之侵畧壓迫，由來已久，故造成今日局面，絕非偶然。」即此意也。宋哲元、秦德純奉到　蔣委員長的電示爲「以不屈服不擴大的方針，就地抵抗。」可謂完全作到；尤以副軍長佟麟閣、趙師長登禹督戰殉國，壯烈犧牲，更爲我冀察當局與二十九軍將士忠貞黨國之光榮表現。

（二）張自忠在北平，可說是「見危授命」，當他逃出平津後，頗爲一般人所不諒解，秦德純將軍記錄當時情形說：「我與張將軍會同赴京，到徐州站，突有學生卅餘人要到車上搜查漢奸張自忠，來勢頗爲凶猛。我一面安排張將軍暫避，一面請學生派代表四人到車上談話，並到各房間查看，代表等未見張在車上，始下車而去。……我們到京的第二天，我陪着他到四方城晉謁委員長。張將軍首先起立請罪說：『自忠在北方失地喪師辱國，罪有應得，請　委員長嚴予懲辦。』委員長訓示：「你在北方一切情形，我均明瞭，我是全國軍事委員會委員長，一切統由我負責，你要安心保養身體，避免與外人來往，……等你身體恢復，我決令你重回部隊，讓你再有機會報効國家，並且到前方看看你的長官同僚及部下。』態度誠懇溫和，儼如家人骨肉的親切。張將軍深受感動。回寓時他在車上淚流滿面的對我說：『如果　委員長令我回部隊，我一定誓死以報領袖，誓死以報國家。』」最後張將軍自忠果於廿九年夏，敵以重兵犯襄樊時，堅守襄河，壯烈殉國。由這個故事中，可以體會到　蔣委員長是何等的愛護部下及有「知人之明」。張將軍亦算作到了「士爲知己者死」。（註十二）

（三）冀東保安總隊是殷逆汝耕手下的武力，但七七事變後，在通縣手縛殷逆並殺盡日軍倭僑、高舉義旗，眞不愧爲中華兒女與黃帝的子孫，當時給予抗戰軍民精神的鼓勵很大。殷逆雖於中途脫逃，但於日本投降後，終於在南京伏法，明正典刑；「暴政必亡，漢奸必滅。」又得了一個史證。

註釋

一、傅啓學：中國外交史四七三頁
二、日人：日軍在中國方面之作戰紀錄一卷上三頁
三、國防部：抗日戰史第四篇五章七頁
四、傅啓學：中國外交史五二五頁
五、國防研究院：蔣總統集九六二頁
六、重光葵：昭和之動亂第三十四頁（宓汝卓譯）
七、國防部：抗日戰史第四篇五章卅五頁
八、見國防部研究院抗日戰史第四章第二節九、同注七
十、傅啓學：中國外交史。按四點爲①任何解決，不得侵害中國主權與領土之完整。②冀察行政組織，不容任何不合法之改變。③中央所派地方官吏，明冀察行政委員會委員長宋哲元等，不得任人需求撤換。④第廿九軍現駐地，不得受任何的約束。
十一、重光葵：昭和之動亂廿九頁
十二、秦德純：海澨談往九十二頁

平津作戰直前敵偽在冀察一帶兵力一覽表

（廿六年七月）

- 日本華北駐屯軍司令：田代皖一郎
  - 獨立旅長司令部：河邊正一郎
    - 第一聯隊—牟田口廉也
    - 第二聯隊—萱島高
  - 野戰炮兵聯隊——鈴木率通
  - 戰車，騎兵，工兵各一隊

平津作戰前我軍兵力指揮表（廿六年七月）

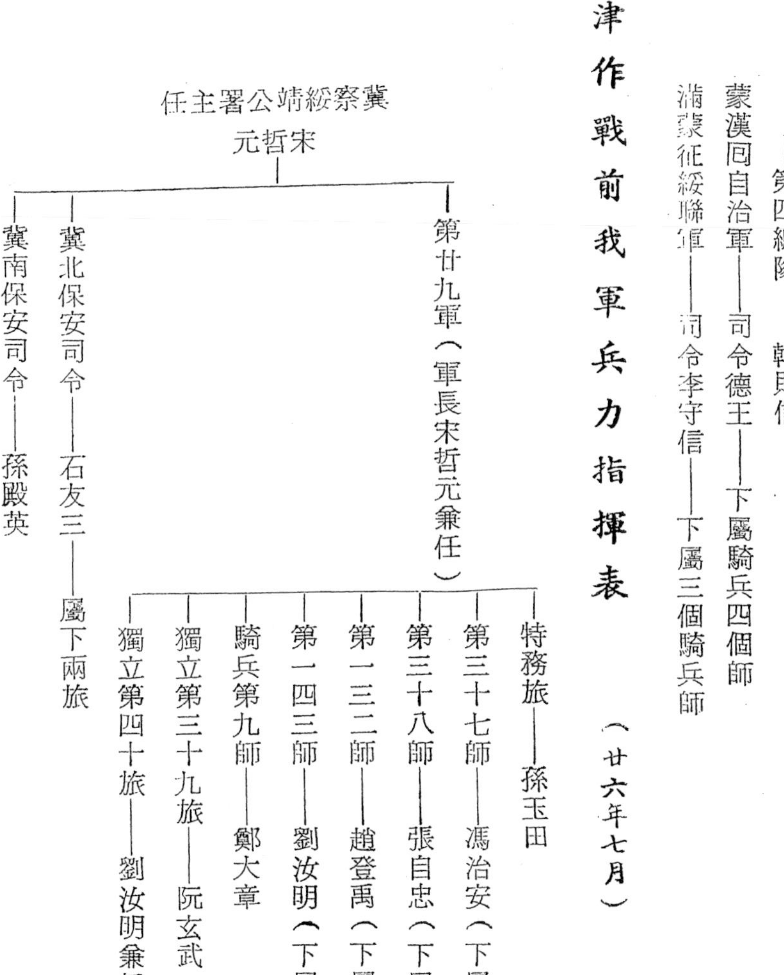

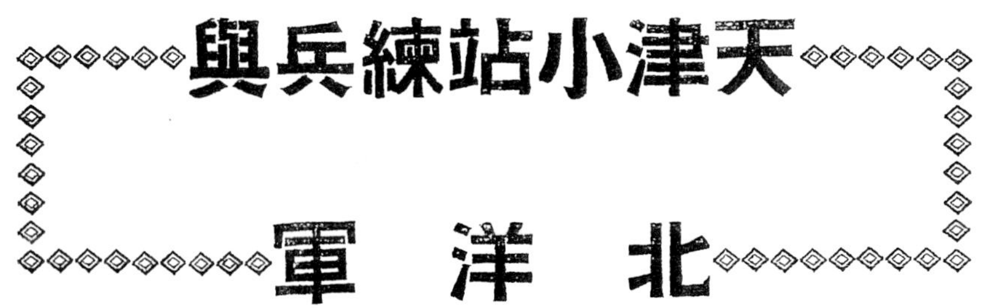

天津小站練兵與北洋軍

張華棠

小站位於沽河下游右岸，在大沽口右後方約三十餘華里，是大津通岐口之濱海交通要道，亦津郊之駐兵要地，自清末年咸同之世，即由淮軍名將劉銘傳、周盛波、周盛傳等諸將調駐該土，因濱海地薄人稀，軍事補給困難，故由兵工開河「由運河之九仙閘｜經灣頭｜小王莊｜曹莊橋｜小站｜東大站至入海處東西約百餘里，西高東低，其地平面西部高於東部約四十八公尺餘，以便河水之易瀉也，其河名曰飲馬河現名減河，其曹莊橋以西爲劉銘傳所開，以東爲周氏兩昆仲所開「屯田」淮軍皆爲淮河附近子弟，習於稻作，其在小站所屯之田皆係稻田，利用減河之水，溝渠縱橫，互相交流，未幾均變膏腴之田，設有營田局管理，小站又名爲新農鎮，淮軍所建之兵營是以其屯田之方位而區分之，分中前左右後，每營各距五六里不等，余年六歲隨先父到小站，入國民小學讀書，家住在老左營北義和莊，早期在營田局領到稻田兩百餘畝，生活寬裕，當時淮軍已歿落，而繼之以起者爲袁世凱所練之新建陸軍，小站駐有一四兩師，馬廠駐一師，保定駐兩師，餘駐津郊韓柳墅各地，袁世凱當時人稱袁公保，遇兵極嚴，他駐在小營盤內，其部隊均駐在新建陸軍之新營房地，當時其軍容甚整齊，無論其武器裝備，軍風紀可稱一等，何豐林時爲標統，其家眷住在義和莊，余族叔家，所以武備速成各期畢業學生均羅致在新建陸軍軍中，如早期之曹錕、王占元、倪嗣冲、陸建章、盧永祥、李純、孟恩遠等，日本留學生亦引用不少，如吳祿貞、張紹曾、藍天蔚等，本國陸大卒業者如齊燮元等，是以其軍事素質，均臻上乘，後來袁氏之政治地位亦奠基於此，到了袁氏沒後，其所練之北洋軍因擴編太快太多，其素質亦不若其當年所謂「北洋六鎮」「新建陸軍」之牌號響亮而爲人所樂道矣，茲將北洋軍之發展及其歿落逐段分述之：

一、鼎盛時期：由辛亥到民五止，此階段爲北洋軍發展至頂峰時期，據有奉、吉、黑、熱、察、綏、冀、魯、豫、秦、晋、甘、新、蘇、浙、閩、贛、皖、鄂、湘、川、粵、桂、滇、黔二十二行省三特別行政區及蒙藏各地之行政權，無論其軍事政治及其一切爲清末民初之大統一最完整時期。

二、割據時期：由民五到民十三年，此階段爲北洋軍漸分派系，又因派系不同而引發內戰，如直皖兩系之戰，齊盧之戰，吳馮之戰等，鬧得民窮財盡，國將不國，其憂國者均引爲浩嘆。

三、沒落時期：由民十四年到十六年，此階段爲北洋軍各領兵首要未能認清時代之變化，仍擁兵自衞，爲時代所淘汰，其各部較優者改編國軍，餘逐漸天然淘汰，此亦時代之使然耳。

北洋軍（北洋六鎮／新建陸軍）發展史表解（一）

北洋軍練兵大臣袁世凱

幕府首要幕僚

徐世昌、王士珍、馮國璋、段祺瑞、陳其宦

（北洋六鎮）

- 第一鎮—王士珍—田中玉—馮紹閔
- 第二鎮—馬龍標—王占元—孫傳芳—馬寶珩—王金鈺—上官雲相
  - 王金鏡
  - 李寶章　郭華宗
  - 段承澤
  - 鄭遵彥
  - 謝鴻勛
  - 上官雲相
- 第三鎮—曹　錕—吳佩孚—王承斌
  - 盧永祥
  - 蕭耀南
  - 張福來
  - 閻相文
  - 楊清臣
- 第四鎮—楊善德—李厚基
  - 何豐林
- 第五鎮—張懷芝—張樹元
- 第六鎮—段祺瑞—吳祿貞—李　純—齊燮元
  - 周符麟
  - 馬繼曾
  - 張敬堯

北洋發展及其沒落表解（二）

擴編各軍師及其他各單位

- 第七師—張敬堯—吳新田—劉和鼎
- 第八師—李長泰—王汝賢—王汝勤
- 第九師—陸　錦—董政國
- 第十師—何豐林—張佑明—陳樂山
- 第十一師
  - —李奎元
  - —馮玉祥—張之江—孫良誠—吉鴻昌
    - 李鳴鐘　孫連仲　梁冠英
    - 張樹聲　韓復榘　孫桐軒
    - 鹿鐘麟　宋哲元　曹福林
    - 劉郁芬　石友三　張自忠
    - 馮治安
    - 劉汝明
- 第十二師—陳光遠
- 第十三師—李進才—王懷慶
- 第十五師—劉　勳—彭壽莘
- 第二十師—陳　宧—張紹曾—藍天蔚—吳光新—范國璋—閻相文—閻治堂—唐之道
- 第二十三師—王承斌
- 第二十四師—張福來—王維城
- 第二十五師—蕭耀南—劉佐龍
  - 寇英傑
  - 陳嘉佑
- 第二十六師—曹　英
- 拱衛軍—馮國璋
- 長江上游總司令—吳光新—盧金山—于學忠—閻得勝

重慶行營史話

周開慶

國民政府北伐成功，統一全國後，在中央與各省地方間，常有一種中間性的軍政組織，承上轉下，秉承中央政府的命令，督導轄區三數省份的軍政建設工作，這種組織有時叫行營，有時叫行轅，有時叫綏靖主任公署，有時叫軍政長官公署，這種組織的特徵：第一，是臨時性的，有需要時就設置，否則撤銷，第二，轄區常在一省以上，有多至三四省的。第三，是軍政兩管，以發揮轄區的統合力量為目的。這種組織在過去軍政措施上收到不少的效果；以我國幅員的廣大，將來光復大陸後，當仍有採行的必要，研究以往的軍政體制，我以為這種組織是值得注意的。政府機關如國防部、三軍大學、或國防研究院，應該指定專人，從事蒐輯資料，作有系統的研究。研究我國現代軍政制度的專家學者，拿這種組織作一個專題來研討，也是很有意義的。

我現在所要談的是「重慶行營」的一段歷史，重慶行營的正確稱謂應該是「國民政府軍事委員會委員長重慶行營」，並且我要講的不僅是稱為「重慶行營」這一階段，而是從民國二十四年一月行營駐川參謀團成立起，一直到民國三十八年的西南軍政長官公署為止的。

在民國二十三年底，北川共軍既轉趨猖獗，由江西西竄的共軍，又突入貴州境內，有進犯川境的企圖，中央政府為適應當時情勢的需要，遂決定由軍事委員會委員長南昌行營派遣參謀團入川，設行營駐川參謀團於重慶，策劃指揮川康滇黔各省剿共事宜，並督導各省軍事政治的改進。參謀團由南昌行營第一廳廳長賀國光主任，率領全團於二十四年一月十二日抵達重慶，以重慶城內舊鎮守使衙門為辦公地點，展開工作。同年十月三日，參謀團奉命改組為重慶行營，以顧祝同為主任，賀國光為參謀長，楊永泰為秘書長，於十一月一日正式成立。民國二十六年三月，賀國光昇任副主任，並奉命在主任顧祝同未返川以前，代行主任職務。在對日抗戰爆發以前，參謀團和重慶行營的主要任務，為督導剿共與安川。剿共工作為指揮國軍與西南各省軍隊，肅清川北共軍與由江西西竄之共軍，於二十五年五月完成。安川工作為促成政治統一化與軍隊國家化。政治統一化於二十四年四川省政府成立，打破防區制開始，在抗戰前兩年中，各方面都有不少的推進。軍隊國家化，至二十六年七月川康整軍會議舉行後，亦已大體完成。這些工作，為中央政府西遷重慶奠定了基礎，四川和西南各省終於負起了抗戰根據地的使命，重慶行營的領導推動是有其功績的。

抗戰發生，川康綏靖主任兼四川省政府主席劉湘率師出川，於二十七年一月二十日在漢口病逝。中央調整西南軍政人事，二月十二日，令派鄧錫侯爲重慶行營副主任。同年四月二十六日，以鄧錫侯已出任川康綏靖主任，改派劉文輝爲行營副主任。同年八月一日，改派張羣爲重慶行營主任，於五日就職。張氏發表談話：「行營此時中心工作，注重國防各項建設。」「根據國防需要，以迅速完成人力物力、精神以及物質的動員。行營在其職責範圍以內，必竭全力，求其貫徹。」二十八年二月一日，重慶行營奉命結束，國防最高委員會即在行營原址，開始辦公，由張羣任秘書長，另於成都、西昌設委員長行轅，派賀國光、張篤倫分任主任。同月二日張羣說：「重慶行營成立三年有餘，對於西南軍事政治經濟交通之進展，均有相當貢獻，使今日之西南，成爲抗戰建國復興之根據地。現時軍事委員會移渝辦公，行營奉命結束，另於成都設一範圍較小之委員長行轅，已發表本行營賀副主任國光爲主任。又寧遠（西昌）天惠優厚，物產豐富，亟待開發，現已決定設置行轅，主辦其事」云云。

民國三十四年八月，對日抗戰勝利，三十五年五月，國民政府由重慶還都南京，四月二十三日，明令恢復設置重慶行轅。原令謂：「軍事委員會委員長重慶行營，前因政府移駐重慶，經二十八年一月令飭撤銷，改設成都行轅有案。茲以政府還都在邇，爲期西南各省市之建設工作加速完成，及協助復員未竟工作起見，着將該重慶行營恢復設置。其原設之成都行轅，並即撤銷，所有業務，歸併重慶行營辦理。」又令：「特派何應欽爲軍事委員會委員長重慶行營主任；何應欽未到任前，特派張羣代理。」五月一日，重慶行營成立。代主席張羣在成立典禮上致詞，謂：「西南各省爲全國奧區，居高屋建瓴之勢。近數十年，外侮頻仍，國難日亟。委員長深知西南各省爲民族復興之根據地，抵禦外侮之大後方，故於統一川政，即在重慶設立行營，指揮軍政，促進建設。至抗戰軍興，國府西遷，重慶遂爲戰時的首都，乃改設行轅於成都，任川康兩省軍政的指導。現戰事已於勝利後光榮結束，政府還都。回顧抗戰中西南各省人力物力財力對於抗戰貢獻的偉大，西南各省同胞同仇敵愾情緒的高漲，更值得懷念，由此更可知道西南對於國家的重要。建設西南，即所以建設中國；建設中國，必先建設西南。委員長有鑒於此，對恢復重慶行營，明定任務爲期西南各省之建設工作，加速完成，及協助復員未竟工作：今後希望各方同心協力，共同策進」云。同年七月，軍事委員會委員長重慶行營，奉命改稱國民政府主席重慶行轅，其組織及職權均照舊。

三十六年四月，重慶行轅代主任張羣出任行政院長，五月二十八日，朱紹良奉命繼任重慶行轅主任，六月十六日就職。據說：「行轅主要任務，在承上轉下，作中央與地方之橋樑。建設方面：中央決心首先完成西南建設，使人民安居樂業。」三十七年政府行憲，五月十九日國民政府發佈明令：「國民政府現今改組，國府主席各地行轅，亟應隨同調整；重慶行轅着即改爲重慶綏靖公署。」六月一日，重慶行轅改爲重慶綏靖公署。三十八年一月十八日，國防部發表人事命令：特派朱紹良爲福州綏靖公署主任，張羣爲重慶綏靖公署主任。

四月五日，行政院會議通過，特任張羣爲西南軍政長官。五月一日，西南軍政長官公署成立，重慶綏靖主任公署同時結束。長官公署爲加强保衛大西南工作，軍事政治同時並進，並成立政務委員會，下分政務、經濟、文敎、土地四處，展開工作，惟大局日形逆轉，華東、西北、華中、華南相繼失陷，共軍已逼近西南，十月十二日，政府宣佈自廣州遷重慶辦公，十三日廣州陷落，十一月二十九日，共軍已逼近重慶外圍，政府再由重慶遷成都辦公，三十日重慶淪陷，十二月七日，政府發佈明令：西南軍政長官張羣辭職照准，特派顧祝同爲西南軍政長官，胡宗南爲副長官兼參謀長。同月底，成都淪陷。三十九年元旦，西南軍政長官顧祝同，副長官胡宗南，曾在西昌聯名發表告西南各省軍民同胞書，謂當「竭盡忠誠，率領我忠勇戰士，反共人民，與共黨周旋到底。」三月二十六日西昌撤守，胡宗南飛抵海南島。二十七日，西南長官公署奉命裁撤。此一自民國二十四年行營駐川參謀團開始一脈相承之西南軍政機構，至此遂告一結束。

引敘至此，我還要引述兩段令人感懷的事。一是　總統於重慶淪陷前一日巡視重慶行營的辦公舊址，抗戰時期的軍事委員會，也設在這裡。據蔣經國先生的記述：「當天（按指三十八年十一月二十九日）下午四點鐘，父親突然命令駕車到重慶市區去看一看。那時，重慶市內紊亂不堪，人心惶惶，大有不可終日之概，各機關的人員，紛紛準備逃難，差不多都走空了。父親的座車首先到了衛戍司令部，又命令開到抗戰時期的軍事委員會，一路悲悽冷落的情形，難以形容。父親在自已從前的辦公室裡走了一遍，這間辦公室裡外的一桌一椅，一草一木，無一不是在抗戰期間曾經陪伴過父親六個年頭的東西；覩物傷情，在這一行離難開的時候，父親對於室內的每一物件，都顯露出深切的眷戀。最後，看到壁上掛着一幅軍用地圖，就令我把他取下燒燬，然後才安心登車回去。」（見蔣著：一位平凡的偉人。）

另一件事是我自己所遇到。從民國三十五年重慶行營恢復設置，我即參加工作。三十七年下期改爲重慶綏靖公署階段，我任辦公主任，辦公廳有一位上校監印官，做事負責盡職，給我很好的印象，但彼此談話的機會不多。三十八年十一中旬，西南長官公署人員大部資遣，重慶淪陷前五日，我因公赴蓉。行前兩日，這位監印官來家裡看我，說他是江西人，南南行營成立時，他任上尉監印官，後隨參謀團入川，經重慶行營，成都行轅，而再重慶行營、行轅、綏靖公署，直到西南長官公署，一直担任監印工作，官階昇至上校，十多年來，眞是「以軍作家」。但是這次被資遣，家是沒有了，國也殘破了！他越說越激動，最後終於流下眼淚來。我當時盡力的安慰他，但我也感到無限的悽愴。這一幕映象，至今還留在我的腦海裡。追懷往事，眞不禁無限感懷！

林故主席之詩

閩侯林子超（森）先生以開國勳耆，致力黨政工作。九一八瀋陽事變，中央爲團結禦侮，推選先生爲國民政府主席，謙冲和易，從容中道，爲朝野所親敬。二十六年七月七日，日寇大舉入侵，先生認爲義無反顧，毅然以全國統帥權完全付與當時軍事委員會委員長今總統蔣公，一心一德，從無閒言，所謂溫良恭儉讓五美德，聿昭於海內外焉。

子超先生，素性恬淡，雖處繁難之環境，仍常保持其閒靜之志趣，布袍革履，白髯飄拂，望之如神仙中人也。三十二年，卒於位，葬於渝都，生平論著及在位時所有講演詞有關治道之遺稿，均存國史舘，尚待整理中。邇年以來，其族人亦頗有蒐輯者，除字畫外，以私人函件爲多，他則尠見。近於某收藏家，獲見其七言律詩四首，均爲逭暑之作，亟錄之。

竹院敲棋：「滿園綠葉任風吹，長夏客過宜奕棋；一局輕敲聲的園，千竿斜曳影離離。氣高合讓淇園種，人俗還須君子醫，靜坐幽篁堪避暑，盤桓不覺日斜西。」

松下納涼：「朱明施政晝方長，赤日當空火傘張：緩步園村神澹逸，潛身松菊樂徜徉。閒看塵世人何俗，靜聽濤聲意亦涼；避卻炎威壽勝境，此情也可比羲皇。」

柳蔭垂釣：「閒來垂釣柳蔭邊，好趁斜陽雨後天；碧藻重重魚隊隊，淸風拂拂水涓涓。靜看濠濮生機活，默體尼山道念堅；一曲漁歌一篇詠，歸來看我也如仙。」

荷塘晚步：「金烏斂翅下西簷，晚景淸幽映眼簾；靑草一池新漲滿，荷盤萬柄翠痕添。嘗來雪藕情猶戀，看到蓮花意亦恬；浣卻俗塵兼俗慮，滿懷氣爽不知炎。」

九龍城寨話滄桑

春申移民

現在一般所稱的「香港」，是毗連廣東省珠江口東岸一個地區的名稱，它位居北緯線二十二度九分至二十二度三十七分，東經綫一百一十三度五十二分至一百一十四度三十分，在廣東省廣州市東南九十英里。香港島本身面積有二十八英方里半，附屬小島共有面積約半方哩：包括小青洲、鴨脷洲、熨波山島、火藥洲、羅洲島、狗髀洲、大頭洲、五分洲和離市區最近的昂船洲在內，共二七六英畝。

香港本島以外，九龍半島方面，舊九龍面積共爲三方哩半，新九龍面積九方哩，新界方面共有陸地二百七十一英方里半，新界大小島共有二百三十五個，佔面積八十五英方里，其中較大的有大嶼山五十方哩，青衣島三方哩，赤鱲角島一方哩，糧船灣洲三點五方哩，滘西洲二點五方哩，南丫島五方哩，蒲台島一點五方哩，馬灣島，吉澳洲、坪洲、塔門洲、黃灣洲、喜靈洲、長洲共三〇六九英畝。

上述土地面積加在一起，共爲四〇三、一英方里，總稱「香港」，向屬中國。

鴉片戰爭．割讓港九　五十年後．續租新界

十七世紀之末與十八世紀之初，中國與葡萄牙及英國的貿易多在澳門和廣州進行，其後中英之間數度發生不歡，最後因英人販運鴉片來華，被我充公，英人要求發還不遂，訴諸武力，爆發了鴉片戰爭。

多年以來，英國一直想得到中國外交的承認和通商權利，所以趁戰爭機會，英軍即於一八四一年一月二十六日登陸港島，在太平山頂升起英國國旗，但中國對於英國的主權未予承認。

鴉片戰爭結束，清廷戰敗，一八四二年八月二十九日簽定南京條約，割香港於英國。首任總督於一八四三年到任，是年六月

九龍城未拆除前之面貌

二十六日，正式宣佈香港成爲英國一『直轄殖民地』，七月「議政局」「定例局」成立，那就是現在的「行政局」和「立法局」。

一八六〇年，發生義和團事件，英法聯軍攻陷北京，訂天津條約，清廷又將界限街以南之九龍半島，及香港附屬小島昂船洲割讓英國。

一八六一年一月十九日，第五任香港總督羅便臣爵士由英駐遠東統帥伊里近伯爵陪同，接收九龍割讓地。

一八九八年六月十一日，清廷又將新界及港島週圍七十餘島嶼租與英國，租期九十九年，由一八九八年七月一日起計，準確計算，該項租期將於一九九七年六月三十日屆滿，離今尚有二十四年正。

九龍城寨情形特殊
港英政府無權管轄

無論是永久割讓或者定期租借，上述「香港」地區之內，在一九九七年七月一日之前，該地區內之行政權均屬英國，但有一點於條約經特別訂明，在九龍半島九龍城寨的城牆以內，仍由中國政府行使治權。因此在四百〇三又一平方英里之內的「香港」之內，彈丸之地的九龍城寨，成立了一個與衆不同，無論香港政府或英國政府都無權管理的特別區。

就因爲這地區與衆不同之故，多年以來，發生過不少問題與紛爭，最近一次，發生於今年一月，起因於九龍城寨的分界線上，經過情形約畧如下。

兩座建築引起糾紛
官民雙方各執一詞

九龍城砦側東正路，五十七號及六十一號兩座新建築的樓宇，忽由港府下令封閉，理由爲該兩座樓宇未經當局批准，乃屬僭建。

但建築物的業主和建築商對此提出反對，強調聲稱這兩座樓宇所在地址，是在九龍城寨內的龍城路四十九號和五十一號，而非城砦外的東正路，香港政府無權加以干預，因此要求政府當局對九龍寨的界線加以澄清，並要求政府在未曾澄清之前，暫不進行拆卸工作。

政府發言人稱：「事實上城寨並無明確的分界線，當局當然已經研究清楚，認爲有充份理由，才發出是項命令的。」

熟悉九龍城寨當地情形的九龍城民政主任梁盛邦答外界的詢問時說：九龍城寨的界線，在龍城路方面，西邊的雙數號碼屬城內，東邊單數號碼屬城外。詢以有什麼證據可以證明是項說法時，這位民政主任表示他也並未清楚，他只是接獲上峯的指示，指出「東正路五十七號及六十一號」屬於違法建築物，其毗鄰的其他建築物均屬合法。

據目前的事實情況，港府現所稱的東正路，其西邊建築物均座落龍城路東邊單數門牌號碼，由於東正路靠近東頭新區繁盛地帶，該等龍城路單數號碼的舖戶，均開關後面，以後門爲前門，所以，他們實際上仍舊屬於龍城路。

引起爭論的建築物，民方說是龍城路，官方却絕口不提「龍城路」，而說是東正路。實際上，該建築物一邊座落龍路單數門牌號碼的範圍，一邊則超出了整列龍城路單數門牌現有屋宇的範圍。

該建築物的業主及建築商發表的書面聲明指出，他們是看到龍城路左邊有東南樓，右邊有源興樓，均樓高十層或十一層，所以才改建現有十二層樓宇，動工約有五個月之久，爲何左邊與右邊的樓宇屬合法，夾在他們中間的就不合法？

他們也指出九龍城民政署對某報記者的談話與事實不符，他們並沒有避見民政司署的人，他們並且留下地址及電話號碼在該署。同時，他們曾到九龍城民政司署，表示他們的反對意見。

該份由業主黃軼羣，建築商倪健榮署名的聲明說：九龍城民政司署聯絡主任蔡浩對某記者所說政府當局曾在他們着手興建時提出過警告，亦非事實，他們是在去年十二月廿九日才接到當局通知他們的建築物是非法僭建的。

聲明稱：「根據蔡主任說，九龍城寨範圍，在民政司的地圖上，有四條紅線圍着，所標示出來的界址是：西城道，龍津道，東頭村道和龍城路四條街道以內的整個範圍，面積是五英畝半，本樓既然是建築在龍城路內，所謂僭建，理由本不能成立。」

前任港督葛量洪爵士在他的回憶錄「港口」一書中，便曾表示該六英畝的土地，雖然清廷在租給英國的時候保留若干權利，但香港政府視之與其他租借地無異，行使法治權力，但他並沒有抹殺施政時所面臨的困難。

九龍城歷史八百年

割讓香港九龍城在外

九龍城寨最初建於一一九七年，至今已有八百年歷史，宋朝用以駐紮軍人來管理鹽政，當時稱爲「官富寨」。及至一八四二年，即清道光二十二年，清廷爲了增強九龍城寨的防禦力，在原來城砦內城之外，動工興建高二十呎，厚五呎至十呎的石牆，全部建築工程歷時五年才建成，內城成長方形，濶七百二十呎，長三百九十呎，城內並分設有東、西、南、北四個城門，作半月形，南門爲正門，門方刻有「九龍城砦」四個大字。

一八六〇年清朝將九龍半島尖端割讓給英國時，九龍城砦仍未劃入，三十八年後，才以爲期九十九年租給英國，但北京條約內容規定當日在「九龍城砦內駐紮的中國官員仍可在城內各司其事，惟不得與保衛香港的武備有所妨碍……又議定在展拓界內，不可將居民迫令遷移，產業入官。」因此九龍城砦於清廷官員撤走之後，便成爲三不管地帶，以致後來在一九四七年港府進行遷拆九龍城砦時發生意外事件，廣州沙面的英國領事舘被焚。

戰後往遊印象深刻

戰後至今面目全非

筆者於一九三七年「八一三」滬戰發生後移居香港，在一九三七年秋季到一九四一年太平洋之戰發生前的四年內，曾去過九龍城寨多次，每次都是以郊遊遠足的心情，前往憑弔遺跡，流覽風光，而吸引力對我最強的一點，就是因爲它仍爲中國領土，中國雖然未設官府或派遣人員治理其地，但理論中依然有權加以管理，不受香港政府統治。那時九龍城附近共劃分爲三十六鄉，建築簡陋，人口稀少，九龍城寨是三十六鄉中最獨特的一鄉。

當年九龍城近郊週圍，包括啓德機場以北地區，這一條路線，東由金比仁道起至稅關路止。

根據這一地區的範圍，今天的東頭村、西頭村、啓德新村、竹園村，以至鑽石山一帶都包括在內。在戰前，九龍城廿六鄉，有點像客家村一樣，建築物多屬石屋，木區或泥屋，近年可不同了，住在這兒的並不一定是客家人，也不一定是難民，有些是小商人，受薪階級，或者工人，小販，而建築物大部是政府建爲徙置區的平民大廈，祇有山區的居民仍保留着自建的石屋和木屋。

九龍砦城的面積，大約七、八百畝以上，城牆用花崗石砌成，倚山而建，由山麓到山巔，下廣上狹，狀如蟹鉗。在三十年前，城內居民僅五十餘戶，男女居民不足千人，多以耕田，捕魚，或泥工，木匠爲業，城中垃圾塡積，隨地養猪，極不衞生，至一九四零年，砦城內部份屋宇被拆毀，祇剩下了老人院，龍津義學，和曾生祠居等，一九四一年十二月日軍攻佔香港，其後牆全部被拆毀，一部份用以擴建機場，遺跡已不易辨認。

九龍砦城的出口處，原有一座碼頭，那就是歷史上著名的龍津石橋，根據過去紀錄，龍津石橋長六十丈，濶六尺，橋柱廿一條，是一八七七年建成的，在十八年後，續建十橋，增長了廿四丈，橋的盡頭，作丁字形，寬一丈二尺。六十餘年前住在九龍城的居民，相信有機會看到龍津石橋的原來面目，但後因那座橋因日久失修，橋身的木石逐漸散失，曾幾何時，碼頭的遺址已不易尋，而龍津石橋的遺物，如碑記，土炮等，也一一化爲烏有。

在歷史上，最著名的九龍城古跡，莫過於宋皇台石。宋皇台在馬頭涌山崗上面，高僅一百一十尺，週圍有百碼左右，一九四一年以前，外來遊客，莫不以一遊宋皇台爲快，而港九居民，每於春秋佳日，或公衆假期，更多扶老携幼，登台遊覽，可是太平洋戰爭後，日軍因欲擴建機場，於一九四三年將宋皇台拆毀，只剩下一塊原在台上厚四尺，高七尺六寸，濶十尺六寸的大石被保存於現在的九龍城公園內，藉供遊人瞻仰。

宋皇台的西南端，昔日有二王村，距離九龍砦城約半英里。二王村在馬頭涌附近，即戰前馬頭涌難民營所在地，後來當局開拓九龍城區域，宋皇台附近的村落都遷移，二王村當然不能例外。近年由紅磡伸展到土瓜灣，九龍城一帶，大批多層新樓出現，二王村的遺跡，也就蕩然無存。

城內治權始終保留

劃界不明引起麻煩

九龍城寨在香港曾一再引起問題，這個地區的主權到底屬誰，因爲條約載有明文，其屬於中國而不屬於英國當然不成問題，但於年代久遠，界限劃分不清，因之問題也就不是完全沒有。

據文件記載，一八六〇年，九龍半島尖端割讓香港時，中英所簽的條約上，九龍城寨內的統治權聲明由中國保留，及至一八九八年，擴大九龍租借條約完成，新安縣的轄地已經去了三分之一，連九龍城也包括在內，於是便有保留九龍城內治權的聲明。

一八九九年的租借九龍條約，對於九龍城內中國治權的保存，也不是毫無附帶條件的，「展拓香港界址專條」的內容，原來是這樣的：「溯查多年以來，素悉香港一處，非展拓界址，不足以資保衛，今中英兩國政府，議定大畧，按照所附地圖，展擴英界，作爲新租之地。其所定詳細界線，應俟兩國派員勘明後，再行劃定，九十九年爲限期，又議定，所有現有九龍城駐紮之中國官員，仍可在城內各司其事，惟不得與保衛香港之武備有所妨碍，其餘新租之地，專歸英國管轄，至九龍向通新安陸路，中國官民照常行走，又議定仍留附近九龍城原舊碼頭一區，以便中國兵商各船渡艇，往來灣泊，城內官員任便利用。將來中國建造鐵路至九龍英國管轄之界，臨時商辦，又議定在所展界內，不可將居民迫令遷移，產業入官。」

雖然，在中英所訂的條約中，對拆遷權力有新聲明，但是，九龍城的居民有過多次被迫遷的歷史。

多次廹遷發生　最後一次風波最大

第一次是在一九三三年，即民國二十二年六月十四日，當時新界南約理民府通告城裡居民，叫他們在九月以前，全部遷出，得酌量給回建屋費，並指定他們到慈雲山脚狗虱嶺地段建屋，理由乃是認爲九龍城無人管理，居民不講究衛生，深恐市區受到影响，因此要將房屋拆除，加以清潔。當時甘介侯任五省外交特派員，根據條約和英政府交涉，英方終於取消原議。

第二次是於三年後（即一九三六年）的十二月二十九日，有英警二人，華警二人，工人五名，到城裡門牌第二十五號一間民屋，實行督拆，於是，又惹起一塲交涉。

當時，九龍城居民代表於當日上午十時，用長途電話向兩廣外交特派員刁作謙報告，刁氏將情形轉呈外交部，卅一日，刁特派員繼續和英國駐廣州總領事費理伯談判。

這一次交涉的結果尚未解決，抗戰即已發生，未幾日軍在廣東登陸，攻陷廣州，拆遷九龍城房屋問題竟成懸案。

九龍城廹遷引起的風波，以第三次爲最大，事件發生於一九四八年一月五日，其時國府尚在南京，由於港府派員強行在九龍城砦拆屋，引起衝突，當地區民代表張忠武遭槍殺，同時中彈受傷者十餘人，當地區民代表朱沛唐、劉毅夫被拘，當即引致全國性的支援城寨同胞的反英運動。

反英運動全國震動　警察開槍造成慘象

港府實施拆屋時，曾經發表一個聲明，中有：「拆遷九龍城寮屋，背景事實，頗爲簡單，過去一年來，政府已繼續執行拆遷本殖民地各區內影响公共健康的寮屋的政策……一九四八年一月五日，九龍城寮屋居民仍無從此不衛生住宅遷移之動態……負責當局遂於是日強制執行……拆除彼等之寮屋。」

但國府當局却並不以爲這地區是英國殖民地，外交部發言人旋於民國三十七年一月十日發表聲明，對港府破壞一八九八年的中英條約事，向英提出抗議，指摘港府強迫遷居，係違反法律原則及人道主義，要求港府釋放被拘兩居民代表。同時，國府駐兩廣外交特派員郭德華亦四訪港督，力促港府尊重我國主權，放棄對九龍城的行動。

在當時全國輿論支持下，被拆屋之城砦居民重又以「惜字亭」爲中心，蓋搭木屋草寮，並在「惜字亭」前豎起青天白日滿地紅國旗，以示決心。

一月二十日，警方在施巴路代警率領之下，偕同二百多名手執籐牌，配備防毒面具，荷槍實彈（包括摧淚彈）的華警，以上書有「散開，否則開槍」字樣的橫額警告牌前導，直向城砦前進，此時石塊如雨飛來，就在石塊擊中施巴路的算樑之後，槍聲四起，居民代表張忠武首先中彈，倒地斃命，婦女王賴化的左乳也被子彈打穿，此外中彈的約有十餘人，居民逃至惜字亭，又為催淚彈襲擊，卒至分途星散，造成警方事實上的勝利。一九四八年一月十二日的九龍城大慘案的梗概，大致如此。

慘案發生後，曾經引起我國國內全國性的示威，廣州方面，沙面英領事館且為示威者燒燬，英國旗及大鐵桿都被扳到地上，廣州太古亦被焚，英國領事逃到美國領事館求取保護。

同時，上海各大學亦舉行大遊行，並在英領事館前遍貼巨幅標語，堅持降下英國國旗。擾攘多時，直到是年年底，方因時間的冲淡而逐漸平息。

最後和最小的一次風波是：一九七〇年六月廿一日，九龍城寨老人街一建築地盤底下掘出兩尊古炮，該古炮具有一百六十年歷史，為清朝嘉慶年間製造（公元一八〇二年），香港政府民政司署當局曾考慮將之放在九龍城區一公園內，以供市民觀賞，但城寨內的左派居民組織機構提出反對，指這兩尊古炮係中國的遺產，不准搬離九龍城寨，又掀起了一場不小不大的風波，結果這兩尊古炮直至現在仍然棄置在城寨內，這兩尊古炮被一部份居民認為係「國寶」，但不負起任何責任，反而令「國寶」棄在路邊，無人問津，在陋巷中遭冷落。

形式上，九龍城寨由於早已沒有城牆，目前已漸消滅於無形，那座小山也在開闢中，相信在數年後，這座小山亦告消失，因為香港政府當局計劃在該山的地基興建新的徙置大廈，以供居民居住。

時代冲激古蹟消失
侯王古廟獨善其身

在香港政府擴展道路及整理土地下，九龍城寨已完全改觀了，在許多新建的徙置大廈及新興建的樓宇蠶食下，九龍城寨將成為歷史的陳跡，一如宋皇台，而成為公園內的一塊石頭。

此外，九龍城寨唯一的古蹟就是侯王古廟，直至現在仍然在東頭村道口，侯王廟遠在香港開埠前已建立，後來香火甚盛，侯王廟經過多次重修，第一次在一八三二年，第二次在一八五九年，第三次在一八七九年，以至近數十年來再重修，成為目前唯一的古蹟，侯王廟舊日有一塊大石，上刻有一個大「鵝」字，廟後也有一塊大鵝石，字體作牛行草，一筆寫成。侯王廟的來歷，據九龍城寨的老居民對記者說，古老相傳，宋帝是駐蹕城寨時，夜聞野獸叫聲甚慘，詢之土人，則曰係黃寨，因是得疾，苦無御醫，君臣憂懼，唯幸得土人云為楊二伯公者，自來行宮，為之醫治，問其居址，則曰何家村，使人殺之，則其人早已死去，僅有楊二伯公墓而已，土人謂楊侯顯靈，乃為立草廟祀之，楊二伯公詣行宮醫治事，雖跡近神話，未足深信，但從宋朝史上稽查，侯王姓楊，名亮節，脫二王之險，又輔政，生封侯，歿封王。

直至今日迄立在東頭村的侯王古廟依然香火鼎盛，表示香港的中國人對古代的精忠報國的歷史人物的敬仰。

侯王古廟以及兩尊古炮，將成為九龍城寨遺存的歷史及古物。

三不管區人口三萬
龍蛇混雜賭毒流行

特殊的是九龍城寨的治理權從未徹底澄清，多年以來，有人把這一帶當作「三不管」地區，而不肖之徒，開賭販毒，無所不為，形成了一個「特殊地帶」。

你一進這個「特殊地帶」，便會看到這裡有紅丸檔，賭檔，小電影，鴉片烟館，狗肉檔，妓寨……林林總總，數不勝數。當然，除了這些以外，也有飲食店，小型工廠，醫生，住所，寨裡每一條街道小巷均四通八達。

奇怪的是，雖然有不少歹徒進入城寨活動，但奇怪的是城寨內的治安却頗為良好，雖然警察很少進入城寨內，但城寨內很少發生刧掠、盜竊、兇殺案件的發生。

久居寨內的一位居民說，最大的原因係城寨內的「特殊人民」控制了該處的環境，這些「特殊份子」爲了保護他們自己的利益，如果城寨內發生刧掠外來的顧客的話，他們的「生意」就會受到影响，就沒有人胆敢進入城寨內了，他們的「生意」包括了大賭檔，狗肉檔，鴉片烟舘等等。

城寨內有一個居民的組織，這個居民組織係專門對付香港政府的，他們認爲九龍城寨的土地以及一切古物都是中國政府的，香港政府當局無權過問。

九龍城民政處主任曾經承認，多年以來，九龍城寨內建築的樓宇，所有圖則都沒有向工務局申請批准，但他認爲，有關九龍城寨的法權問題，原則上大前提是有權管理的，例如屬於九龍城寨之東正道，過去有一幢樓高數層的屋宇發生火警，警方當時爲樓宇居民之安全着想，曾禁止入內一個時期，直到該樓宇經工務檢驗，認爲無危險存在後方准原有居民返回居住，事實上，在九龍城寨內執業的牙醫醫生，也未有向醫務衛生署註冊，至今爲止，牙醫診所數目超過一百。工務局和醫務衛生署對九龍城寨內的一切措施，在未作正式決定時，是採取暫時維持現狀的政策。

港府在九龍城寨內建築了男女公厠及浴室，街道上安裝有公衆水喉，給城寨裡的居民免費享用食水，每日皆有市政衛生局的清道伕進行城寨內的清潔工作，警察因公幹，常進入城寨內調查案件。

九龍城寨內有慈善團體十多個單位，各自設立西醫診療所，收費廉宜爲城內居民服務，醫生大部份是大陸畢業的西醫。

僭建樓宇已被拆

人口激增問題嚴重

港府曾經指出，該地被認爲僭建的兩幢毗鄰九龍城寨十二層樓宇，已被拆卸。

兩樓宇一座落於東頭村道四十號A，原爲「坤興」木箱店，由業主王木平及女兒王素能經營。他們因爲看到隔鄰的四十號及後面的合興布廠，均於年前改建爲新樓，並未受到港府干涉，所以，才接受了一間建築公司的要求，決定改建，王木平對記者稱：「改建工程進行得很順利，港府事前也沒有任何警告，但樓宇建成後，却突然宣佈封閉及拆卸。」

另一幢座落於東正道五十七至五十九號，業主爲黃軼羣，建築商爲倪建榮，他們說：「這幢新樓早在四、五個月前就已開工改建，但從未獲有關方面阻止，如今，却驟然又封又拆，使他們的建築費，血本無歸。」

港府發言人表示，該兩幢樓宇的業主和承建人，都沒有循正式手續取得土地業權，他們的建築，完全是在官地上非法僭建，政府這次採取行動的原因，乃根據「一九七二年官地條例」第六欵而執行，目的一方面是爲了保障公共人士，另一方面，是希望藉此警戒那些物業發展商人及業主，今後不敢從事這種非法僭建以及出售，因爲，他們都未有取得有關土地的業權，亦無核准之建築圖則。

港府飭令該兩幢大廈停止興建及封閉，是在去年底，拆卸工作，則隔了一個時期才開始，在港府突然採取行動之後，承建該兩幢樓宇的建築商及業主，住戶多人，曾到九龍城民政司署，表示反對及要求善後，但當九龍城民政司署官員，要他們提出書面意見，而約他們再次商談後，他們即沒有再到民政司署去，之後這些承建商及業主，於一月六日，召開記者招待會，堅持這兩幢樓宇是座落於城之寨內，但是，政府發言人指出，根據工務司署田土廳的紀錄，該兩幢樓宇，是在官地上興建，乃屬毫無疑問。

九龍城寨目前正面臨一個十分嚴重的問題，即區內人口激增，已經接近了即將爆炸的程度。民政司署官員預料五年內人口將加多一半，並且坦白承認，由於複雜微妙的政治關係，當局無法在該地區展開正常的市政計劃，不過仍舊在改善社會福利，水電供應方面多方努力，一間新的消防分局也正在計劃興建中，目的無非是改善該一特殊性地區的居民生活。

我國最早的革命文藝團體

·陳敬之·

所以命名爲「南社」之故

南社，是我國清末民初的革命文藝團體，也是我國最早建立的文藝團體。關於這個文藝團體，筆者前曾在其他刊物上作如左的一段介述：

中國文藝史上最早建立的文藝團體，應自南社始。它是在己酉年（一九〇九）由陳去病、柳亞子、高天梅等所倡導組成的。也是應同盟會而起的革命文藝團體。它所出版的「南社」刊物，大多數作家都爲同盟會會員。它所糾集的既爲全國才氣縱橫，放歌豪飲的革命文士，故所選刊的內容，都是慷慨激昂的詩歌，熱情充沛的散文，烈士殉難的傳記，……幾至沒有一篇不是天地間的至文，也沒有一篇不是中華民族魂的一種結晶品。這是文藝的觀點上，確都稱得起是一些不朽的有着永久生命的作品。「南社」先後出版到二十餘期，歷時也有十數年之久。直到民初始行停刊。它不僅在推動革命文藝上盡了最大的努力；而後來的新文藝團體之相繼而起，也是肇始於此。

儘管這兒於南社組成的時間，發起的人，組成的份子，以及其所創辦的刊物的內容和所發生的影響，雖然大都有所涉及；但究嫌簡而寡要，畧而不詳，故有另就新獲的有關資料，加以參稽引證，而另以專章詳爲補充說明之必要。其所以必欲如此，蓋以此一文藝團體在中國現代文藝發展歷史上的重要性，誠然有如前文所指出的；乃是由於「它不僅在推動革命文藝上盡了最大的努力；而後來新文藝團體之相繼而起，也是肇因於此」的緣故。

玆請先從這個文藝團體所以命名爲「南社」的緣由說起。

革命先烈而兼詩人的寧太一（名調元，湖南長沙人。民國二年死於武昌之難），曾爲「南社集」作序，他在序文中早已爲我們如此明白揭出：

吾友高子鈍劍、柳子亞盧等既以詩詞名海內，復創南社，以網羅當世騷人奇士之作，蔚爲巨觀。鍾儀操南音，不忘本也。昔啓禎之際，太倉二張，首倡應社。貴池劉城和之爲廣應社。嘉魚熊開元宰吳江，進諸生講藝。而復社乃興。由是雲間有幾社，浙西有聞社，江北有南社，江西有則社，又歷亭有序社，昆陽有雲簪社，而吳門有羽朋社、匡社，武陵有讀書社，山左有大社。流派雖別，大都以詩古文詞相砥礪，而統歸於復社。山鳴谷應，風起水響，於斯爲盛。春木之菴兮；援我手之鶉兮；去之三百載，其人若存兮。有踵接而起者，固可以觀可以羣可以怨也。

序文中所謂「鍾儀操南音，不忘本也」，即爲南社所以命名的旨趣之所在，而同時南社社友們當時的那一股強烈的反清意識，也充分蘊藏和表現於其間，此在高明之士當不難一眼覷破。至於此一序文於列舉啓禎之際的各社社名之餘，而以「流派雖別，大都以詩古文詞相砥礪，而統歸於復社」數語結之，則於前一命名的旨趣尤具有畫龍點睛之妙。因爲由明末清初的復社到民初的南社，雖然在它們彼此之間，其所處的時代各不相同；而其所欲完成的志業則並無二致。而此一共同的志業，一言以蔽之，則是「反抗異族，入主中華」。正唯如此，所以我們即把清末民初的南社，視之爲明末清初的復社之延續，似乎也並無不可。是則南社之所以命名爲南社，我們由此也就更可悉爲瞭然了。

其次，說到南社當時爲了「應合同盟會」而創辦的「南社」這個機關刊物的內容，它的倡導人之一陳去病在創刊第一集的序文裡，則也會爲我們作有如下的介紹：

……然而語重心長，幸非無疾以呻吟；興往情深，畢竟傷時而涕泣。寥寥車轍，不同幾、復當年；落落襟懷，差比河、汾諸老。……每相逢其痛哭，或獨往而迢遙。時從詹尹卜居，輒向宗祈祝死。黃冠野服，驚看方外之人，踽地蹐天，如抱無窮之恨。……

儘管由於陳去病的這篇序文，係用駢文寫成，對於「南社」這份刊物的內容，在介紹上顯然有些說得比較隱晦；而以當時他們的處境而言，爲了避免因文字而賈禍，當然也有其不得不出之以「隱晦」的苦衷在；但我們從其字裡行間，要亦不難看出這一份富有歷史意義和文藝價值的刊物，當時對於革命的鼓吹和人心的轉移，自然都發生了莫大的啓廸和影響作用。

假如我們爲了說明的便利，而以從辛亥革命到民國建立爲一分界的話，則根據可靠資料的紀載，獲知在此一分界之前（一九一〇—一九一二），「南社」會先後出版了四期。在此一分界之後（一九一二—一九二三），「南社」又會陸續出版了二十二期，此外還出版了「南社小說集」（一九一七）一本。這以下所列舉的，便是在此一分界之前，亦即在辛亥革命以前的「南社」所刊載的兩組專題的文目：

「關於秋瑾殉國」：秋瑾女士哀詞（王鍾麟），鑑湖女俠秋君墓表（徐自華），軒亭弔秋俠文（沈昌直），秋社啓（陳去病），爲秋瑾改葬麓山公啓（鄒澤），鑑湖女俠秋瑾傳（陳去病），鑑湖女俠秋君墓碑（柳亞子）。

「關於明末愛國英雄」：陳臥子先生傳，陳臥子先生安雅堂稿叙，書安雅堂稿後（以上高燮），跋長興伯集（沈昌直），松陵文集敍（柳亞子），忠誠伯周公傳、劉廷樞外傳、劉蘸石先生傳（以上邱馥），南雷文鈔敘（華龍），張鶩庵先生傳（龐樹柏）。

我們從這兩組專題的文目中，顯然可以窺見在辛亥革命以前的「南社」所選刊的詩文的內容之一斑。在辛亥革命以前的「南社」亦既如此；不用說，自辛亥革命以迄於民國建立以後的「南社」，當然也不會有什麼重大的改變。由是而知「南社」這一份刊物，實以提倡民族氣節和激勵革命精神爲其發刊的主要旨趣之所在。而其大有裨於辛亥革命的成功與民初倒袁的勝利，其故也正在此。

夠稱「革命文學」的正宗

擷諸南社這一份刊物，當時對於革命的鼓吹和人心的轉移，其所以能夠具有如此重大啟廸和影響作用之故，一言以蔽之，乃是由於它歷期所選刊的作品，都是屬於一種所謂革命文學的正宗（這與後來郭匯沫若之流所倡行的一種掛羊頭賣狗肉式的所謂「革命文學」，截然不同）。關於這，我們如果不以人廢言的話，則汪精衞於民國十二年（一九二三）在其所撰「南社叢選」的序文裡，確爲闡發得精審而週備。他說：

中國之革命文學，自庚子以後，始日以著，其影響所及，當日之人心，爲之轉移，而中華民國於以形成。此治中國文學史者，所必不容忽也。近世各國之革命，必有革命文學爲之前驅，其革命文學之采色，必燗然有以異於其時代之前後。中國之革命文學亦然。核其內容，與其形式，固不與庚子以前之時務論相類；亦與民國以後之政論，絕非同物。蓋其內容，則民族民權民生之主義也。其形式之範成，則涵有二事：其一，根柢於國學，以經義史事諸子文辭之菁華，爲其枝幹。其一，根柢於西學，以法律政治經濟之義蘊，爲其條理。二者相倚而亦相扶。無前者，則亡國之痛，種淪之戚，習焉已忘，無繇動其光復神州之念：無後者，則承學之士，猶以爲君臣之義，無所逃於天地之間，無繇得聞主權在民之理。且無前者，則大義須著，而感情不篤，無以責其犯難而逃死，無後者，則含孕雖富，而論理未精，無以辨析疑義，力行不惑。故革命文學必兼斯二者，乃能蔚然有以樹立。其致力於前者，則有國粹學報南社集等，其不懈於前者，而尤能致力於後者，則有民報等。舉此爲例，凡當時革命之文字，勿論爲單行本爲月刊爲日刊，皆可類推焉。革命黨人所以能勇於赴義，一往無前百折不撓者，恃此革命文學，以自涵育，所以能一變三百年來奄奄不振之士氣，使即於發揚蹈厲者，亦恃此革命文學以相感動也。

這則不僅是一種所謂「革命文學」的純正詮釋，不僅已爲我們充分說明了當時的革命文學對於革命黨人和革命事業所給予的重大影響，而南社的基本精神之所在，亦即南社之所以爲南社，要亦於此而悉已爲我們和盤托出了。

唯其如此，所以「南社」歷朝所選刊的作品，正如前文所已指出的：「都是慷慨激昂的詩歌，熱情充沛的散文，烈士殉難的傳記，幾至沒有一篇不是天地間的至文，也沒有一篇不是中華民族魂的結晶品。這在文藝的觀點上，確稱得起是一些不朽的有着永久生命的作品」。此類實例，殊難悉舉，這是由於南社所糾集的都是「全國才氣縱橫，放歌豪飲的革命文士」之故。亦唯如此，所以由於這些革命文士的撫時感事與論政述學，因而遂至發而爲革命文學，則無論其爲詩歌、詞曲、散文、雜著，要自無一而不成爲一種所謂「不朽的有着永久生命的作品」，是則更是一件毋庸置疑義的事了。

茲且姑舉出版於民國五年（一九一六）一月而由上海中華書局爲之發行的「南社十五集」裡所選刊的太湖李少華「贈稚蘭七古一首」爲例：作者即在其詩前面的序文中說：

立國二年四月十日，稺蘭投我長書，血淚模糊，不知是字非字，有字無字，通夜視之，爲之不寐，早起，忽忽若有所失，欣欣若有所得，走筆作歌報之，亦不知是字非字，有字無字也。稺蘭見之，或亦若有所失，若有所得乎？

我們只要單從這幾句序言來看，詩的內容，也就早可概見了。至於詩的全文，則是：

交臂失君龍江樓，傾心遇我虎林道；湖海新憐邂逅遲，風塵舊愧交游早。爲君一笑脫形骸，爲君兩淚落懷抱；君之意氣何軒昂？君之顏色何枯槁？君之頭角何崢嶸？君之情緒何惆悵？知君不屑伍絳灌，知君不屑師郊島；知君不爲魯二生，知君不爲漢四皓；知君腸斷君猶迴，知君心碎君猶擣；神愴鬼瞰知君忘，人亡邦瘁知君惱。我爲君獻破酒瓢，我爲君獻騰詩稿；祝君莫使書劍廢，祝君莫負身手好。英雄寧受時勢羈，時勢原仗英雄造。龍江之龍龍已顚，虎林之虎虎已倒。邊氛願君投筆掃，逆虜願君飛檄討。踏天割雲日杲杲，時利雖逝風偃草。君乎君乎愼勿等閒老，夢寐求之香花禱！

這詩的作者李少華和受者穉蘭，究竟名爲何許人，筆者因未曾詳考，固不得而知；但就詩論詩，則其人其行要已思之過半了。此詩雖非出自南社名家的手筆，然其不失爲南社的革命文學裡的代表之作，則應是讀者所一致公認的。故筆者曾爲之熟讀成誦，而文友胥端甫則於此詩不僅愛之彌甚，抑且評之至當。他說：

（此詩）開頭四句，言彼此的遇合，「爲君」兩句，言對穉蘭的傾心。以下正寫穉蘭，以四個「君之」，八個「君知」，把穉蘭這個人的志趣之高，懷抱之大，和精神之崇偉，以及遭遇之艱難困頓，都具體而栩栩然活畫紙上。再以「我爲君獻」和「祝君莫使」、「祝君莫負」以期望之，而揭出「英雄寧受時勢羈，時勢原仗英雄造」兩句，這種鼓動力量，不啻千鈞。龍江之龍，虎林之虎，回應起句，具有無限情懷，也有無限意趣。最後仍以「邊氛」「逆虜」之掃之討，希望穉蘭，拿出「踏天割雲」的工夫，樹立「風行草偃」的功效，再以「寤寐求之香花禱」結之，這是何等的力量？（「芝山藝談錄」。）

即此一例，可概其餘。故由此足證凡被「南社」各期所選刊的作品，不論其是否爲出自社內名家或非名家之手，要無一而不是當時的革命文學中的傑作，則是言之殊實而有據，信而足徵的了。王平陵曾說得好：

那時的南社文壇，在中國文藝史上是最早的革命文藝集團，糾合全國才氣縱橫，放歌豪飲的革命文士於一起，力圖在他們的熱情文學中，放射沖天的光燄，燒燬陳腐的典型，照亮彪炳全世界的民族精神，使頹唐的古國，從垂死的病床上振作起來，而能長春不老，永遠年青。我記得「南社文集」的形式，是有光紙的石印本，封面是一張薄薄的藍紙，僅比古版論語稍勝一籌；然倘能被那時期的青年們找到一兩本，無不輾轉閱讀，珍若拱璧。（「卅年文壇滄桑錄」。）

由是而知南社之所以爲南社，原就其來有自而並非出諸偶然的了。

自形成和發展到演變和衰落

雖然如此，但到了民國十二年（一九二三），由於胡樸庵編輯「南社叢選」，而由柳亞子作序。我們從柳的序文中，藉知南社這個革命文藝團體，自其形成、發展、演變，以迄於衰落的這一過程而言，其中實又有其許多艱苦曲折而不是我們所能盡知且不能不知者。柳亞子說：

中華民國紀元前三年，余與陳巢南（按：即陳去病）諸子，始創南社，迄今十五載矣。高岸爲谷，深谷爲陵，一時國運之變遷，人才之代謝，均有不勝今昔感者。約而言之，可分爲三期焉：自己酉至辛亥爲第一期。時則胡燄方張，士氣彌奮，西臺慟哭，人謳皐羽之歌；眢井沈書，家抱所南之史。一時澤畔行吟，山陬仗劍，不少慷慨義俠之士。迄乎革命軍興，而建牙開府，與夫參贊帷幄者，率多吾社俊流，是曰醞釀時期。不啻全盛矣。自壬子至丙辰爲第二期。新邦初建，想望太平，顧周實丹首義淮上，身死而仇未報，海內已竊竊然憂之，有刑賞不明之憾。其後賊凱盜國，誅鋤異已，逆謀未露，先隕遯初，虐燄將銷，猶殘英士。而寧太一、楊性恂、陳勒生、周仲穆、仇蘊存、范鴻仙、程韻蓀、吳虎頭、姚勇忱諸君子，並斷頭瀝血，白首同歸，幾幾乎舉吾社之良而盡殲之，是曰摧殘時期。然青燐碧血，抑足蔚爲國光焉。自丁巳至癸亥爲第三期。洪憲附逆，涇渭始淆，元兇天戮，小醜繁孳，安福政學，靡不有吾社之敗類。甚至賄選獄成，名列丹書者，赫然一十九輩。而其他反顏事賊，奔走僞庭者，猶不與焉。彼其之子，豈不口仁義而筆孔孟；然廉恥道喪，抑又何說？此則吾社之大辱，雖傾西江之水，不足以洗之。縱蔡幼襄流血於夔巫，易梅僧横尸於楚市，一薰而百蕕，寧堪相抵哉？是曰墮落時期。蓋哀莫大於心死已！曠觀前史，幾復清流，臥子瑗公勿忝維斗，名在日月之表，而陳名夏李舒章輩則何如，又孰謂古今人不相及也。

由是而知南社自始至終，雖然經過了三個時期，亦即始由醞釀時期，中經摧殘時期而終至墮落時期，綜計其先後所歷時間，約有十四五年之久（一九〇九—一九二三）；但探諸它在這三個時期裡其興衰隆替之跡的所由形成，要不外基於以下三個因素：一是時代的遞邅；二是政情的變異；三是社員的才品。而其中如社員的才品，則與其興衰隆替之所關，尤具有決定性的作用。此點不僅柳亞子在其序文中曾屢屢言及；即傅鈍庵（熊湘）替同書（即「南社叢選」）作序，也曾爲此而再三强調。他說：

歲戊申，松陵陳佩忍、柳亞盧，倡南社於上海，余與甯太一自長沙應之，初不過數十人，洎辛亥光復。海上之會，號稱極盛，社籍所錄，亦纔及二百人耳。先是社中方以激勵國人爲幟志，又嘗脅於清吏之羅織，則廋其詞，隱其旨，以求抒其志之所鬱結而一通其道，於述往思來之旨，容有當焉。昧者不察，至有以明季遺老相譏者，蓋未審作者之志，無足怪也。清社既屋，海內之士，飇發雲起，人奮筆，家振響，通都大邑，率有日報以相鼓吹，則又多爲南社人所萃，互引並進，聲應氣求，不二年間，而社籍幾及千人。其文詞務爲蹈厲奮發，不可一世，如日初出，震金炫采，然於憂微之旨，未嘗不三致意也。厲大盜當國，欺時竊帝，威暴陵轢，士或以鬻，而吾社斷軀庾獄，逃名遁迹，不爲威屈利疚者，蓋頂趾相望，而劉歆楊雄之倫不與焉，則數年來砥礪氣節之效也。顧徵應既廣，其來無方，華士鶩名，習爲標榜，維蕭艾於蘭荃（中略），社事不斬，蓋亦幾希。佛說因緣，生住異滅，例之社事，已庚而生，元二則住，丁戊漸異，今乃滅之是憂，中興之圖，抑其有待。蓋通國之憂，而非徒吾社之憂也。

原來南社社員的才品之所以逐漸趨於卑下，此固與時代的遞邅和政情的變異有關，而於其人數吸引之漫無選擇，且至有增無減，則尤爲其根本的癥結之所在，此則誠如傅鈍庵在其序文中所說：「初不過數十人，洎辛亥光復，海上之會號稱極盛，亦纔及二百人耳。」「清社既屋，互引並進，聲應氣求，不二年間，而社籍幾及千人」。「徵引既廣，其來無方」，「推厥本始，其失也濫」。像這樣的一種久已形成的根本癥結亦既迄無有人爲之加意，又如何而不使南社終於走上「墮落時期」呢？

另據有關資料的紀載，藉知嗣在國民政府既已統一全國並定都南京之後，原來的「南社」，則已改組並稱之爲「新南社」了。而當時的黨國要人諸如行政院長汪精衞、立法院院長邵元冲、司法院院長居正、考試院院長戴季陶、監察院院長于右任、中央黨部秘書長葉楚傖、江蘇省民政廳廳長胡樸安……等等，幾乎無一而不是南社中人，而始創南社的柳亞子則仍爲主持社務的中堅份子。其間曾有一次集會，係於民國廿五年（一九三六）一月，假上海湖社（陳英士紀念堂）舉行。此次集會的後一星期，柳亞子曾寫信給人家，說及他對於此次集會的觀感。他說：

「新南社」生命的歷史太短促了，所以大家對她都很忽畧；其實「南社」是散文的。講到文學運動，「新南社」好像已經走浪漫主義的範圍了吧？「南社」的代表人物，可以說是汪精衞，而「新南社」的代表人物，我們就可以舉出廖仲凱來。廖先生則是散文的。所以我說，無論如何，「新南社」對於「南社」，總是後來居上的；倘然廖先生不死，也許近十年來的中國政治局面，不會是現在的局面吧？

前文又曾一再提到「南社叢選」一書，此書爲涇陽胡樸庵（韞玉）於民國十三年（一九二四）四月所輯印，內計「文選」十卷，凡三百九十八首，作者一百零七人。「詩選」十二卷，凡三千零三十七首，作者一百六十七人。「詞選」二卷，凡三百九十七首，作者六十一人。此蓋爲南社的人文精華之所薈萃，亦爲當年革命文士的血淚之所結晶，凡欲瞭解南社精神和研究近代文學史者，實爲不可不讀之書（現已由文海出版社就原版影印行世）。胡樸庵於其輯印此書的序文中曾說得好：

文章與時代有關係。一時代之文章，必感受一時代之影響而成。其影響也，有順受，有反感。其順受也，昌黎所謂和其聲以鳴國家之盛是。其反感也，其弱者則有變風變雅之作，其強者則有弔民伐罪之辭。南社之文章，一時代影響之反感者也。夫文章之道，和平難工，激昂易妙。和平之文章，非涵養有素，不能得其沖粹之氣，非幾研極深者，不能發其精微之理。若夫激昂之文章，慷慨之夫，剛強之士，出於胸中，流於腕底，固可以使頑廉懦立，泣鬼神而感風雨；然而意氣用事之徒，亦得奮筆於其間，時代之反感，其發爲文章也，固宜出於激昂之一途，惟其出於激昂也，掊淸廷，排斥帝制，大聲以呼，振啓聾聵，垂涕而道，曉喻顓蒙，氣類所通，薄海斯應，故慷慨之夫，剛強之士，歸之，意氣用事之徒亦歸之，不得志於滿清，無由奮跡於利祿之途者亦歸之，流品雖雜，目標則一，異其心跡，論其文章，固一時代影響之反感，而不可以忽者也。民國成立，反感之目標既去，向之意氣用事者，不能固其初志，無由奮跡於利祿之途者，反得假爲捷徑焉。於是其黠者，致身於通顯之域，其愿者，奔走于權勢之門，激昂之氣，一變而爲脂韋之容，南社減色，吾輩亦覺汗顏焉。雖然南社文章，影響一時代之反感，其可存之價值，初不因少數不肯者而稍減，即不肯者，當時之文章，亦確確發抒反感之思想，而有義形於色之概。文章者時代之出產物，非個人之私事也。茲編所錄，存一時代之文章，用以推見一時代反感之所及。至於文之美惡，人之賢否，則非茲編之所注意者也。

這不僅是編者所以編印「南社叢選」的緣起之一種說明；而同時也是他對於此書的內涵的一種深得體要的通評。

海天唱和

張大千　陳定山

去年，美國傳眞電視，李德言訪問國畫大師張大千，短短的十五分鐘之內，會數次提到現居台中的名畫家陳定山，故人情重，至性可感。陳定山先生看後，頗爲感動，乃以大張宣紙書成「貂裘換酒」一詞，遙寄美國。大千居士收到後，因眼病入院，未即作答。直到最近眼疾痊癒，才走筆奉答。由大千先生近詩看來，可知他的視力，已經可以算是相當好，粗筆和大字不用說，就是細筆的花卉和小字，也無困難，在休養期間，「不准」作畫，但作了很多好詩，這首奉答陳定山的詩，便是近作之一。茲將張、陳唱和的詞和詩錄之如下：

貂裘換酒

陳定山

觀美國傳眞電視，李德言訪問大千，僅十五分鐘。而大千數稱定山不已，深慰海隅之心，吁！可感也。卒爲此曲，還寄八兄正拍。

老至尤相慕，是六十年來肺腑交情深處。我處東南君四海，魂夢經常來去。似皓月當頭十五，各把相思都付與。更通明朗澈無纖霧。太空船，誰能阻。

眞情潭水深如許，記西門年少，萬種豪情風趣。共擘蠻牋橫六丈，督促阿兄（善孖）畫虎。有多少美人爲侶。把臂清湘題醉墨，却贏得秉燭雙鬢語。千載事，我和汝。

定山賦「貂裘換酒」見貽，走筆奉答

張大千：

貂裘換酒氣仍豪，更欲煩君賦楚騷，
各據一隅同一笑，海山高峙兩孤標。

定山二歲長於我，老益縱橫我不如，
頭上花枝盃裡酒，不辭爛醉有人扶。

定山求志不求名，託命花叢萬戶輕，
好在十雲情不妬，從君廣列女門生。

（十雲女士定山夫人也）

徐子明教授遺愛在人間

·劉復興·

八十五歲的徐子明教授逝世了。他的葬禮原可以「備極哀榮」，但是在他「不准發訃、不准開弔、不得接受賻儀」的遺言下，家祭時的靈堂，只有六個花圈，和少數幾幅輓聯。

徐老教授是清華第一期畢業生，是清華校友會中輩份最高的一位。他的去世，等於是在台的清華前二期校友最後去世的一位。從他的親友口中，徐老教授是個和藹可親、擇善固執的學人。民國初年，當一般人還對社會主義存着幼想，還認爲社會主義是一項時髦時，他認爲社會主義不是中國之福。爲了這一點，他曾對毛澤東、陳獨秀、李大釗等人的言論嚴加駁斥。

當徐老教授從清華大學的前身——清華學校——畢業後，在庚欵留學會考中獲第一名，去美國威斯康辛大學研究西洋歷史和西洋文字學。

在威斯康辛大學獲碩士後，再到德國海德堡大學修哲學，獲博士學位回國。

他進入海德堡大學時有一段曲折。當時海德堡大學從不收外國學生。徐老教授在威大求學時，教過他的一位德國籍女教授非常欣賞他，便把他的一篇論文寄到海德堡大學，這才獲准入學。

當時，從沒有外國人得過該大學的博士學位，而徐子明先生得到了。這也是他所創下的記錄。

在中國學術界中，精通外國文字最多的是辜鴻銘。辜鴻銘精通八國文字，徐子明精通六國文字。所以，在我國學術界中，大家公推徐子明是續辜鴻銘後，懂得外國文學最多的教授。

徐老教授回國時，正是民國初年，受聘前北京大學教書。當時與他一起執教的學術界名人有辜鴻銘、黃季剛和劉師培等人。其中，黃季剛對徐子明佩服得五體投地，他說徐子明是「騎在一

寒齋坐著記高呼碩學耆齡膽氣麤域外文章能盡雅（註一）眼中魑魅聽依狐語知幽憤嵇中散微似佯狂屈左徒太息暮看長夜掩（註二）幾人推死漫將枯

子明先生 千古

湘鄉許君武拜挽

（註一）先生英文造詣尤勝國文，用字之雅，鍊句之工，非惟今之浪得虛名者不能望其項背，即英美作者亦多自愧不如，而世人殊少知者，亦可怪可歎也。

（註二）先生諱光而字子明，今竟長眠，乃化長夜矣。

子明先生 千古

陽羨奇人抱道尊忘年交每枉高軒狂瀾力障心常極續學甄微言自翻宿志未酬公有恨斯文將喪我無言何堪一奠椒漿際風雨平添淚滿樽

桐城周鼎珩拜挽

為女公子令儀所繪嫦娥圖題句

仙姝早已絕人寰無奈胡塵拂廣寒碧落風知難避寇何處地上覓桃源

子明題

致女公子令儀函

令儀如晤：汝抵港後承藏皮箱待我等閒之不勝欣慰。石祥舍弟並其賢妹快婿現在舍中，今汝在港就見不啻一家團聚，何樂如之。汝母患之疾早已痊可，無需憂慮。震孫到校後尚未回家，震瑄及震璟則常在左右，故不寂寞也。汝往港時資費有限，不知港方購之物太多，故須量力為之。來信所及松子等物，此間不缺，然恐甚貴。如石贊昇此間飲食起居一切如在家時，如人口啟祥，而廚房又設前向易也。九龍將撥出常見吾民為港方盡之地，如曾一往甚好。而為此對至為港便美，出國之事不過矣，現住為當曾經為好。汝夫人在異日見面時不要多話，可旅也。玫瑰花及玫瑰酥曾編列在此，乃此汝可最宜托汝志之也，然為港備有此物，亦無可奈何耳。余後即向汝祝

好

子明

爹爹手書 四月七日

石祥及其妹婿等均此問好

個樑上，既可看到這邊；又可看到那邊。」這是指徐老教授的中外文底子好，不像他只懂中國文字。

為了這一點黃季剛和徐子明成了換帖的兄弟。

當徐老教授在北大教書時，毛澤東還是北大的圖書管理員。毛澤東是不懂外文的，但是想學「社會主義」，便跑去找徐老教授，請他講解「社會主義」。

徐老教授當時對這樁事非常不滿，他教訓了毛澤東一頓，意思是說：「你不懂外國文便罷了，為什麼思想還要學外國人的？」為了這件事，毛澤東覺得沒面子，曾經私下和別人說，如果他毛澤東有一天出頭，一定要教徐某人好看。

這時正是五四運動展開的時候，徐子明看到共黨份子陳獨秀和李大釗等人，假五四愛國為名，興風作浪，便撰了兩篇文章：「息邪」和「闢謠」，駁斥社會主義之非。

五四時代的人，如羅家倫、傅斯年，都是徐子明親自教過的學生；現仍健在的毛子水教授雖不是他直接教過，也算得上是他的學生。

徐教授一生從不把他做過的事炫耀給親友們聽。連他的兒子，都是從別人處輾轉聽到部份他的事蹟。

當美國哈定總統發起「華盛頓會議」，徐老教授以他流利的英文和國際問題常識，出任中國代表團秘書，在「折衝樽俎」上出過很大的力量。

從民國十六年，政府奠都南京以後，徐老教授曾在上海復旦大學、南京中央大學執教；還曾在中央軍校教過德文。

民國卅七年，當朱家驊做教育部長時，曾邀他做意大利或法國的交換教授，但是他拒絕了。

當時他說：「國家正在危難時，其他國家不見得比我們更安定。」他寧留在國內。

正好當時的臺灣大學缺教授，朱家驊問他願不願意到臺大教書。他想到台灣經過五十多年來日本的統治，正需要發揚中國文化，便慨然允諾了。

這一來，他在教授崗位上一直連續了五十四年了，是目前台灣最資深的教授。

他對他死後的事的看法，都是利用每天帶着兒子、女兒散步的時候，暗示給他們。他認為發訃聞是人為的虛偽。喪事，讓別人送輓聯、幛子等，不但「死人看不到；活人更無好處。」

所以他主張「返璞歸眞」，要求家人把他屍體火化後，投入海中，實在不能做到投入海中，便把骨灰裝進盒子裡，帶回家鄉。

這樣的一個讀書人，在臨死的時候，仍能對匡正社會風氣作了貢獻，實在難得。

美國兩總統的巧事

林肯與約翰・甘迺迪有若干奇妙巧合，茲記於左：

亞伯拉罕・林肯和約翰・甘迺迪，選上國會，兩人相距整整一世紀：林肯被選於一八四七年，甘迺迪被選於一九四七年；兩人爭取副總統提名，又差一世紀：林肯在一八五六年，甘迺迪在一九五六年；兩人當選總統，又相差一世紀：林肯在一八六〇年，甘迺迪在一九六〇年。

林肯與甘迺迪遇刺悲劇，又有若干不可思議的巧合：兩人皆被刺於後腦，兩人夫人都在場，當兩位夫人住在白宮時，皆意外喪亡一個孩子，林肯和甘迺迪皆死於星期五。不但此也，他們兩人的刺客，也有奇妙的相同之點：暗殺林肯的約翰・威克斯・步絲，生於一八三九年，暗殺甘迺迪的李・哈維・奧斯華，生於一九三九年，又是相差整整一世紀；兩個被斷定的刺客，都在他們被審判以前被人殺害；尤奇者，步絲在戲院射殺林肯，逃至倉庫，奧斯華從倉庫窗口射殺甘迺迪後，逃至戲院；兩個刺客全名皆有十五個字母。

林肯之繼任總統，名詹森，繼任甘迺迪之總統，亦名詹森。安德魯・詹森生於一八〇八年，林頓・詹森生於一九〇八年，兩人又相差整整一世紀。這兩位詹森，皆曾服務參議院，皆是南方人，兩位詹森名字皆各有十三個字母，他們兩人皆未能連任總統。

林肯、甘迺迪兩人都在三十歲結婚，他們的夫人結婚時都是二十四歲，都是淺黑色膚髮，都會說流利的法語。

林肯總統有一秘書，名甘迺迪，甘迺迪總統有一秘書，名林肯，互相交錯，是奇之又奇者。

吾以為吾國歷史上巧合之事，絕不及林肯與甘迺迪之多，古今，中外，凡此種種，幾令人難以置信。負翁由少而壯，由壯而老。亦不知經過若干巧合之事，祇以皆屬細微，不願瑣瑣絮煩，有汚筆墨。吾恐閱者，亦必各有巧合之事，若能追憶，則可信吾言之不謬矣。

台灣少年棒球隊主將

林祥瑞之死

・王杏・

一九七二年元月廿五日，少棒小國手林祥瑞在日記裡寫着：「期考完了，校內舉辦了一次電影欣賞會，『父子淚』正是影名，叫人看了眼眉發紅。劇中的男主角因患了壞血症，而渡過短短的六個月後亡，他的父親爲了使自己的兒子快樂，花費了許多錢和精神，可見父親也是多麼愛自己的孩子啊！父母養育我們，不辭辛勞和艱苦，我們身受他們的恩惠比海深，比山高，所以我不可忘記，等將來日報答吧！」可是，這位因血癌住院曾代表我國參加去年世界少棒大賽衞冕成功的功臣，却終究沒能報答親恩，而於一九七三年五月十二日晚上九時三十分逝世！可是，儘管他生命只短暫不到十四年，他仍然活得光輝而有意義。他帶着父母的眼淚，世人的關懷及崇拜，去了另一個世界！

「樹木傾風擺着，籠罩在朦朧細雨之中，狂風似怒直吼，雨滴高高急遽而落，重重的擊在樹葉上，飽嘗挫折的枝木，却不以爲然的豎立着，多堅強的意志啊！『毅力』，對，毅力！一個人怎能因稍微不順而屈服呢？鼓起你的志氣，提出毅力，去爭取最後的榮譽吧！」

這是林祥瑞病中的日記，可是，無奈的是，一棵病中的小樹，雖然有着沖天的意志，終於抵擋不住疾狂的風雨。林祥瑞，就這麼去了！

生命，終究是無可奈何的。林祥瑞會很快的被埋葬；會有很多手持鮮花的人前往他的墓地致祭，然後，他的墓碑會漸漸的長上青苔；可是，他，一個十四歲的小孩，一個生命雖然短暫却光亮得耀眼的小孩，所留下的將是無數人的追念，和一個値得所有小孩效法的榜樣！尤其是她的母親，在母親節的前夕，痛失愛子，白髮人哭黑髮人，雖然她或許能很快的化痛苦爲慈愛，更用心的照顧林祥瑞的二歲的弟弟，可是母親節前痛失愛子的哀慟在她和林祥瑞的父親心裡又將如何平復！

少棒小國手，十三歲零八個月的林祥瑞是在晚上九時三十分瞑目的，凄風苦雨下著，他的父母和乾爹、乾媽哽咽着，醫院落成後走道兩旁所栽植的椰子和花樹都早已成蔭，而人的生命却是那樣的脆弱和無常，石牌的風雨化成了林祥瑞母親的淚，不斷的落着！

病中，林祥瑞曾在健康情況稍好的時候，起床寫過最後的日記，最後一次的日記日期是三月廿五日，他用拙樸的文字留下了這樣的句子：「春花當開一霎時，夏季當頭汗熱流，秋水之落掊難離，冬雪之旅惟梅尊」。「春花當開一霎時」，十三歲走向十四歲的林祥瑞正像一朵春花，在短暫的生命裡，留下了耀眼的紀錄！

六十一年世界杯少棒賽，中華民國代表隊的台北市隊過關斬將的為我國爭取到了第三度大賽冠軍的無上榮譽，這個榮譽屬於台北市隊所有少棒隊員和教練，可是林祥瑞所得到的那份榮譽却有着不同的意義。

林祥瑞並不是有錢人家的子弟，相反的，毋庸說，他的家庭是極端貧苦的，苦難使人成熟，由林祥瑞在學校裡品學兼優的成績和他在日記中所表現的寫作能力和智慧，他是個知事的兒童，這或許就是他遭受「天妒」的原因吧！六十一年二月十六日的日記中，林祥瑞寫道：「寺廟是新年的好去處，因為大家都要求財神，除了寺廟外，難道無別道來生財了嗎？努力奮鬥、和氣，才

林祥瑞之娃娃照

少棒隊凱旋歸台之受歡迎場面

是好財道哩！」這一天，他提醒自己：「佛不可重信。」這是一個十二歲多的小孩能有的智慧嗎？

林祥瑞家境很苦，多年來，他的父親林進財，母親林王來秀都在和貧病作戰，他的父親曾是長期肺病患者，母親也罹胃腸疾病。父母和他，以及他兩歲的弟弟，四個人擠在民樂街那間數坪大的小屋裡。貧窮使人上進，貧窮也能產生孝子，林祥瑞是個例子。

母親帶淚哭愛子：他太好了

在他父母的記憶裡，林祥瑞不曾有過什麼太淘氣的事情，他的母親哽咽着，訴說着愛子失去後的哀傷：「他給了我們太多，我們給他的太少！」

他們簡陋的家誠然是簡陋的，簡陋到除了兩張桌椅沒有什麼

值得提起的傢俱，可是，相反的，他的家也是光輝的，全是林祥瑞從小學到初一，靠着不斷努力，用全副精神和體力所爭取到的榮譽紀念——獎狀和獎品！

從一年級到六年級的，他們家牆壁上貼滿的獎狀和他的「學生手冊」上所留下的紀錄是證明！

流着淚的母親撫摸着那冊他小學六年中使用過的泛黃的舊「學生手冊」說：「這個小孩子太好了！」

棒球打得好固然是值得誇讚的，可是這還不夠，十二個學期中，自小學二年級以後連續拿五年的榮譽，和做級長、副級長，代表學校爭取榮譽，才更值得驕傲！不過，「文武全才」仍然不夠，孝順才是最高的要求，林祥瑞代表我國參加世界少棒大會遠征美國威廉斯堡時，當所有的其他隊員忙着和別國隊員交換禮物、玩樂、買玩具時，林祥瑞所帶回來的是爲自己學英語所準備的錄音機，和替父親買一套刮鬍刀——爸爸鬍子長！

在美出賽之英姿

有些人是會被「勝利」和「榮譽」沖昏的，可是，林祥瑞沒有，當他贏得少棒冠軍返國後，因蔣夫人特許進入私立華興中學就讀初一後，他第一學期仍然獲得了「中心德目訓練選拔實踐優良學生連獲全班三次第一名」的獎狀，以及一年忠班學業成績第一名，和操行第二名。

人貴自知，這種認識對兒童而言或許是過份而且是不可能的要求，可是，當林祥瑞還在唸四年級時，他曾代表永樂國小參加台北市傑出兒童選拔而未入選，對這件事，他的日記寫道：「我曾參加過這樣台北傑出兒童的選拔參加的人個個聰明，人人都是優等生。所以大家都是『仙鬥仙』，拚得很激烈，因爲我平時成績良好，所以不太用功，才會被淘汰，現在我已明白了；人成功不可驕傲，否則會永遠的失敗！」一個小學四年級的學生能寫得出運用標點符號這樣利落的確確不多見，更可貴的是有這樣好的反省功夫。

奮鬥、孝順、聰慧，這些用來要求成人已經算苛刻的德性把林祥瑞濃縮成了一個當代小朋友都應當效法的楷模，這些德性保存在認識他的親友師長的心裡，也靠着他流利的筆，記在他的日記裡！從小，他就喜歡讀書、作文，他的作文程度超過了他的年齡，少棒隊的人都知道，他是個能「舉一隅以三隅反」，能「觸景生情」的小作家！

日記中見至情

有一次他從外婆家回來，穿過「無法明確方向」的黑夜，才很費事的到家，日記裡他寫着：「我想，只要人肯努力，奮鬥，有恆，而不怕困難，終能克服一切，那怕多黑暗，多淒迷的路程。」這是他在民國六十年所寫的。

有一次他在學校上五年級，老師爲了使學生能順利通過期考，毫不厭倦的複習功課，可是，台上的老師在講解，台下卻有一些「敗類的同學」在賭博。他急憤極了，在日記裡，他寫着：「

這些同學眞是大壞蛋」，「老師眞好！能夠忍耐波折教我們，我要努力用功，專心學業，好爲國家效勞，爲社會服務。」這種正義感和對自己的期許，多不像是個小學五年級學生的手筆啊！

他的表姐訂婚，他關心表姐，希望表姐夫是個好丈夫。

五年級結束過新年，家家戶戶的浪費使他覺得這是不好的行爲，那一天，他在日記裡勉勵自己要「節約儲蓄」；話到這裡，他的母親眼淚又落了下來：「祥瑞眞是太節省了，我給他的零用錢，他都捨不得化，要留下來繳學費！」

聰明，勤奮的人往往是天妒的對象。林祥瑞的勤奮在家裡、學校、和少棒隊中都是著名的。除了練球的時間外，他都留在家裡讀書，他看的書往往超過了他的程度，這可以由他桌上所置放的各種成人看的書籍得到證明。

林祥瑞的棒球生命誠然短暫，他是民國五十九年底才被選爲永樂國校的棒球隊，初進棒球隊時，他在日記裡寫下了自己的感覺：「當時我的球技不佳，動作笨拙，眞是一個出人意外的球員。剛進球隊時，那些精力旺盛的老選手們，把我取了一個綽號——『毛猪』！後來又換爲『肉包』，眞頑皮啊！」

可是，林祥瑞却勤奮得很，他是個用心學習的孩子，從永樂國小，到台北市少棒隊，每位教練都誇他最用心學習，最內向。經常，他會把教練和隊友教給他的要領，記在日記裡，用心揣摩，因此，他進步得很快。棒球對他，是僅次於功課的，他沒有什麽遊樂！

去年少棒大賽，台北市少棒隊代表了我國前往威廉斯堡衞冕，林祥瑞精進的球技，尤其是他一點八的打擊力，使他成了第五棒打擊手，第五棒打擊代表是打擊的靈魂。結果，他沒有辜負了國人的期望，關島初戰，他擊出了一支全壘打，這是定塲的一擊，克服了日本隊，林祥瑞跑壘得分的鏡頭，上了關島大西洋日報的顯著地位。

老師不在時

記得上回，老師在教室時，大家都很安靜的自修，不敢出聲，忽然老師說「我去開會，安靜的自修啊！」說完，便走出教室。

老師走後，大家卻大鬧起來，如：唱高聲歌、騎馬打仗、西部大鏢客、飛天怪俠……等等花樣都有，鬧得天翻地覆。不久，老猴子站了起來，跳精彩的迷你舞；大狼狗在捉小偷，海龍王扮神鎗手，扭斜裝鐵力士，真是花樣百出。忽然，擦皮鞋喊著：老師來了！大家趕緊坐下自修，過了很久，老師還沒來，大家才知道受騙了。不久，尖嘴大喊：「老師來了！」大家都不相信，照樣鬧下去。忽然，老師站在門口生氣了一會兒，老師走到講台大罵我們，那時，大家都覺得很難過，個個都擡不起頭來。

回想當時，真是慚愧。現在我們已四年級了，相信再也不會說那種[illegible]

林祥瑞作品

林祥瑞有一「小作家」之稱，他的一個作品「老師不在時」曾經獲得中國語文學會的頒獎，並且參加了「第一屆新時代兒童作品展覽」，當時他只有九歲，在永樂國小讀三年級。

將全部生命獻給壘球

衛冕之戰，中華隊對美北區代表隊，立功最大的是林祥瑞，第一局雙方掛零平分之後，他在第二局下半時，又以一支全壘打，先馳得點，奠定軍心，自此後，中華隊開始愈戰愈勇，六A比零，衛冕成功。

可是，致命的血癌却正在這個時候發作，比賽前，尚在國內集訓時，他的身體就已開始不舒服，他的父母親和他的乾爹，永樂國小棒球隊家長後援會的葉蘭桂夫婦，就曾經多次偷偷的帶他到媽祖宮和關帝廟求過神明保庇，然而，神明終究沒有保庇他，回國後不久，血癌被證實，林祥瑞住進了榮民總醫院！就在這個月，醫師宣佈醫治無望，他的父母，忍着悲痛曾將他帶回過家，家人團聚，可是，他並不知道，那次之後，他就再也回不了家！

短短不到十四年的一生，林祥瑞像火花似的一閃即滅，母親節前夕，就這樣由絢燦歸於無有！

未去之前，林祥瑞，孝順的十三歲零八個月的小孩，仍然忘不了他的惟一的心願，他要設法為他的父母籌一間屬於自己的屋，這個願望，不知道是否能達成？

林祥瑞的一生，短暫而絢爛，像春天一開即逝的春花？像一閃即滅的火焰？可是春花的芬芳，火焰的光亮，都是值得懷念的，對一個十三歲，不到十四歲的小孩，所有成人們未必具有的德性——勤奮、刻苦、孝順、智慧——他都有了，他是個值得所有窮苦而不衰其志的小朋友們學習的榜樣，或許，他真是個早熟的「英才」！

住院期間，曾有無數關心他的人前往探問，溫暖在人間，他們充滿了關懷的留言簿，成了林祥瑞的父母一項最富有的財產，林祥瑞帶着父母的眼淚和這些人士的關懷，在母親節的前夕，就這樣離開了！

林祥瑞在美國旅程中的日記，正是贏得少棒王座的後一天！

學者風度的徐誠斌主教

——他是首位華籍主教學貫中西的善牧

△盧幹之▽

幹之先生台鑒：承賜新聞稿，藉悉近況，至為慰。兄撰寫「名人兒童故事」講稿，可喜可賀。兒童讀物之重要遠在一般書籍以上，先生努力於此，造福兒童，必獲社會人士之讚賞，天主之祝福也必以從。如有意出單行本，吾甚望可以合作。端此奉復，即頌

撰安

弟 徐誠斌 手

十一月十一日

香港教區徐誠斌主教不幸於五月廿三日下午二時四十五分在午餐時因心臟病突發在急送醫院救治途中已告逝世，享年五十三歲，噩耗傳來，人人都感到異常哀悼！港督麥理浩爵士在獲悉徐主教逝世消息後表示：「徐主教是一位偉大的基督教徒，見識淵博；且是一位睿智而忠誠服務社會的熱心人士，宅心仁厚……」香港佛教聯會會長覺光法師則稱：「徐主教固然為天主教一傑出領導者，亦為香港社會一不可多得之人才，他除宗教事務外，對社會福利、愛護和平、排難解紛致力良多，為人所稱頌，尤以胸襟廣濶，見解深邃，近年發起聯絡各宗教團體交誼，化除門戶成見，各方均予好評，今遽然逝世，實乃香港社會之損失，本人及佛教同人亦至表惋惜！」

徐誠斌主教一九二〇年二月二十日生於上海，二十歲即在聖約翰大學畢，「聖大」是國際聞名的學府，在三十年前的時代，能夠於二十歲在大學畢業，確是不容易的事，由此可知徐主教的聰明智慧。一位與徐主教做過同學現在中文大學校長室任特別助理的宋先生曾說：「徐主教待人接物，一如他名字中的「誠」字，他對什麼人都是那麼誠懇，眞心眞意……他在大學時選修新聞一科，後來獲得獎學金到英國牛津大學研究院攻讀英國文學。」由於徐主教的英文造詣精湛，一九四七年學

成返國後，曾任國立復旦大學英文系講師，南京中央大學英文系教授，及英國牛津美頓學院講師；又曾於一九四二——四四年（抗戰時期）担任重慶英國大使館出版處繙譯員，一九五○——五五年担任東南亞英國總事員辦事處高級研究員，外籍人士都對他的英文修養表示欽佩。

徐誠斌主教的父母都是虔誠的基督徒，但他於一九四九年五月決心皈依天主教，這種意圖，起於他在南京中央大學任教時；一九五○年大陸淪陷，他由大陸到了

徐主教與作者（中立道）合影

香港，成爲北角區的一位教友，他開始考慮自己的前途，他特別和當時的神師耶穌會龔樂年神父商討，最後他決定犧牲一切，隨從天主聖召，於是便辭去所謂「金飯碗」（指高級研究員）的職位，他曾說：「爲救人靈魂，給人精神上安慰，勝過在大學講堂上教十年莎士比亞或研究工作。」一九五五年秋初，他離港前赴羅馬，進入聖京專爲栽培成人聖召的宗座伯達學院修讀神學，經過四年的修程，獲得了優異的成績，一九五九年三月十四日在羅馬總堂榮陞神父，他奉香港教區白英奇主教的命令，在歐洲各國考察新聞事業，同年十月初回港，担任公教報主編（後兼眞理學會主任），並派在北角聖猶達堂區協助傳教工作，每主日對信友用英文講道，筆者是北角區的教友，就在那時候認識了徐神父，首先給我的印象：他是一位學者風度的神父，他喜歡穿着中國學人所穿的長衫，瘦削的身材，充份表現文質彬彬，言談之間，書卷味甚濃，謙虛耿介，平易近人。由於筆者常常在公教報寫文章，又因爲在香港電台撰寫中外名人兒童故事專題播出，徐神父得知後，即致函筆者表示嘉許，並謂：「兒童讀物之重要，遠在一般書籍以上，先生致力於此，造福兒童，必獲社會人士之贊，天主之祝福也，如有意出單行本，眞理學會亟願合作……」（原函附圖）該書於一九六二年出版，一九六四年再版。徐主教爲該書作序，序中有云：「公教教師盧幹之先生，爲青年教育家，嘗於課餘爲各報章雜誌撰寫教育論文或主持編務，又應香電台之聘，撰寫「中外名人兒童故事」專題播出，內容側重中外名人在兒童時所發生之故事而具有教育意義，且對該名人成長後之成名有關係及影响作用者……」由於該書之出版，筆者與徐主教接觸頻繁，益覺其做事認眞勤謹，他把「多做事少說話」作爲座右銘，對事客觀，秉性豪爽，富正義感，有責任心，這是筆者深深的感受。

徐誠斌主教是一位傑出的人物，他於他於一九六一——六八年担任公教進行社社長（天主教的聯絡及對外機構）時，已爲各方面所倚重和敬仰。羅馬教廷鑒於香港爲一中西文化交流之區，地位相當重要，於是任命徐誠斌神父爲香港輔助主教，協助白英奇主教管理教友，教宗保祿六世任命徐神父担任此崇高的聖職，爲華籍神父之創舉，但亦由於徐神父有淵博的學問，豐富的處理教區事務的經驗，有以致之。祝聖大典於一九六七年十月七日在堅道天主教總堂舉行，祝聖儀式除由白英奇主教主禮外，並由台北總教區羅光總主教及新竹教區杜主教執禮，前教廷駐華大使後任駐印度大使高理耀總主教特來港担任典禮主席；應邀觀禮的有：澳門維戴斯主教、法國修會惠化民主教、馬利諾修會德化隆主

教、聖公會白約翰會督、聖約翰座堂主任霍士達牧師等，盛況空前。一九六九年，教宗保祿接受香港區白英奇主教的辭呈（因年事已高返義休養），是年五月廿九日徐主教奉委爲香港教區主教，並於十月廿六日舉行就職儀式，從此，他正式爲香港教區的首牧，亦爲華籍首任主教。

徐誠斌主教眞除主教之後，即積極致力於改進教區工作，曾召開教區會議，歷時數月，廣泛討論，作爲適應今後趨勢之藍本，對於教育、醫院各方面均有進一步之擴展。徐主教又担任亞洲區主教團協會常務委員兼秘書長，國際天主教福利會亞洲區副會長，教廷萬民福音傳播部委員。最近爲港府與文憑教師薪給糾紛担任調停，解決了兩年餘之爭端，這是對於香港社會安寧之大福，故此，香港全體官津補校文憑教師特於報章及學校書寫誄辭，辭曰：「爲徐誠斌主教不幸逝世致以最沉痛的哀悼」，並於舉殯安葬之日，集合在天主教墳塲門外恭候靈柩，可見徐主教之受萬人景仰，澤及各方。現在香港教區共有教友二十五萬人，各類中小學二百九十間，就讀的學生約二十多萬名，醫院六間，共有病床九百多張，明愛中心服務，遍及港九，天主教對本港居民服務貢獻至大！徐誠斌主教除對宗教事務悉心以赴，並担任香港教育委員會委員，香港大學及中文大學校董，一九七二年三月八月榮獲香港大學頒授榮譽法學博士。

徐誠斌主教逝世，不只爲天主教痛失一位傑出領導者，抑亦爲香港社會痛失一位熱心工作者。徐主教息勞主懷，遺體於五月廿五日上午十一時由瑪麗醫院移至堅道明愛中心大會堂供各界人士及教友瞻仰遺容；廿六日（星期六）下午二時半在堅道總堂舉行安息彌撒，由香港教區輔理主教李宏基主祭，中華民國教區總主教羅光、教廷駐中華民國代辦高樂天蒙席、澳門副主教顏儼若、法國外方傳教會惠化民主教、香港教區艾巧智副主教，四位男修會會長（耶穌會龔樂年神父、慈幼會馬耀漢神父、米蘭外方傳教會祁良神父、美國瑪利諾會石禮文神父）及六位分區總鐸（廖錫光、麥耀初、劉蘊遜、余遠之、嘉志靈、德天道神父）等陪祭，到塲追悼致哀者有：港督麥理浩爵士、羅理基爵士（與徐主教同受港大博士）、醫務衞生處長蔡永業醫生（徐主教逝世前共進午餐）、三軍司令韋達中將夫婦、聖公會白約翰會督、馮秉芬爵士、勞工處長徐家祥、社會福利署處長李福逑，以及擠滿了聖堂內外的教友逾萬人，他們都面帶愁容，使莊嚴肅穆的塲面益增傷感。安息彌撒後，隨即舉殯，由本港教區三位神父與米蘭外方傳教會三位神父扶靈出堂，即由警察開路，經堅尼地道、皇后大道東、黃泥涌道，直達跑馬地天主教墳塲，徐主教遺體安葬於第四段編號八九八一A，葬禮於下午四時半舉行，塲內擠滿了人，由於天氣炎熱，黑雲驟起，令人更覺心酸！李宏基輔理主教恭讀祝文後，主禮神父講述徐主教生平，禁不住泣聲四起。徐主教的五位親屬：三位妹妹張徐誠裕、徐誠立及徐誠甦，妹夫張愛慈以及外甥女張一眞，均由台趕抵本港，參加徐主教安息彌撒及殯葬禮，他們對於徐主教突然逝世，極表哀痛，神容悴憔，哀慟流淚，而當徐主教遺體在「同詠永安」歌聲中下葬，他們按習俗行撒土助葬禮時，因傷心過度，不覺放聲痛哭。（徐主教尚有一位大姊在台北，因病未能來港，尚有一位弟弟及兩位妹妹在美國，未及奔喪。）

堅道無原罪總堂門前有一副輓聯，可爲徐主教爲人做事的寫照，聯云：

「矢志誠悅事主今竟鞠躬盡瘁哀徐牧
存心耿介爲人詎知力竭而終悼哲人」

香港教區自高主教肇始至今已歷四位主教，除白英奇主教尚健存外（退休後居義大利）高主教於一八九四年九月廿七日逝世（現設有高主教書院紀念他），恩理覺主教於一九五一年九月三日逝世，而徐主教又因心臟病遽然離開人間，執筆至此，不禁黯然！

哲人其萎，遺愛難忘！願天主降福徐主教，使其靈魂早升天堂，安享永福！

西來庵風雲（二）

林藜

至於台中廳員林附近的羅俊，他也得到黨徒傳來的警報，而機警地突出了警戒線，走避入嘉義廳的山地裡。日警得報，就動員南投、阿猴二廳參加聯合偵查，開始了盲目的大搜捕。因此黨員同志或無辜百姓大批的被緝捕，捕風捉影，稍一不順眼便有被拘禁的可能，眞是怨聲載道，甚至有些人本來不是黨員，乃憤而走入革命的陣營裡，所以所謂革命黨員，却越來越多，捕不勝捕，但余淸芳、羅俊、江定等幾位領袖人物的踪影，却杳如黃鶴，不知所踪。

台灣總督府警察總署自發見這一重大的革命事件後，立即將余淸芳七、八年前在台東游民收容所中，管訓時所攝的照片爲原版，再冲出二百多張，分發給各廳警員及各車站站長，令他們多多注意偵查；至於羅俊，因無相片，只得請認識羅俊的人，將他的相貌畫出，並附加相貌的說明書分別寄給各地，各縣有重賞，竭力偵查（上據瀛洲斬鯨錄）。

自從日警於五月二十三日偵破這一西來庵革命事件後，立即作一縝密的佈置，並多方設法誘捕黨員，但因人民激於愛國心，極大多數都不肯和日警合作，所以日本處處碰壁，半個多月來，只是瞎子摸象似的，毫無所知，更毫無所得，直至一個多月之後，即同年六月二十七日，才由台南廳管轄的路竹火車站得悉了部分的情報，報告給台南廳警務課。略謂：「有一個有着羅俊特徵的人，揹着一個簡便的行囊，和同伴兩人由路竹站下車，形跡可疑地向新化方面而去。」

台南廳接報，火速派出巡查幹員十名前往追捕，並在台南、嘉義二廳的援加之下，竭力偵查羅俊的行蹤。終於在六月二十九日的深夜，月色微朦的森林中，羅俊和他的同伴兩人，一起被捕於竹頭崎（今在南化鄉玉山村）土名尖山那裡。那時森林中漆黑一片，只有羅俊他們三人燃燒着野火，火尾拂拂，山風陣陣，夜梟時鳴，山魈長嘯，景像陰森可怕，而日警成組的十人搜山隊，已個別分佈了四方，作成一大包圍圈，然後用台語喊話道：

「朋友，你們幹嗎的？」

「牧羊的！」羅俊的一個幹部在回答。

「羊呢？」

「在林子外邊。」

「沒有聽說過牧人不跟羊羣走的——」

「你們來路不明，一定是歹人！」另一個巡警道。

「那個老頭好像通緝單上的羅俊。」又一個巡警補充地說。

於是，忽地「嗖」的一聲，一柄鋒利的匕首，打從火堆前黑暗的地方，電光石火般的飛了過來，然後「唉喲」一聲，不偏不倚的正刺中剛才說話那個日警的臉上，跟着「轟隆」一聲倒下地來，血流如注。

導火線引發了，搜捕的行動展開了，羅俊他們也拔脚便跑，但怎奈這早就佈好的天羅地網，所以，沒跑幾步就給逮住了，當時羅俊雖手無寸鐵可以抵抗，但仍不甘示弱，即以牙齒作爲武器，當場咬斷前來捕他的矢澤刑事的大姆指一隻，老當益壯，眞是雖死猶生，令人敬佩不已。後來大搜他的身上，別無什麼秘密文件、名册或自殺藥物，僅搜出虔誠的祈禱文兩張。其中有一張原文道：

徒衆祈禱文：

「奉道求法弟子某等住某地，年歲若干……。因日本據我台灣，首尾二十一年，酷虐已甚，橫殺忠良，黎民塗炭，慘莫勝言。某等目擊心傷，思欲招募義氣忠良之輩，共掃日本，以安人民。其奈日本嚴禁偵查，橫擄毆辱，某等進退兩難，無計可施。今審地設壇，在台灣嘉義縣尖山坑庄山頂，志心戴禮，虔誦經咒，求學妙法。伏求

玉皇上帝勅令衆仙祖、佛祖，神聖降臨，現身指敎，傳授妙法。某某等願輔國安民，若有異心，願受誅責。切切此叩！

天運乙卯五月十四日戊子日牒

弟子某某等再頓拜」

從這些祈禱文中，人們不難看出革命家們，被日閥壓迫不過才憤而起來革命，他們只是以救世救民爲目的，絕不求個人的幸福和享受，這眞是悲天憫人的表率啊！

七、噍吧哖地翻天覆

日警旣逮捕了羅俊，便以全力去搜尋余淸芳及江定的行蹤。但余、江兩人所住之處，在嘉義、台南、阿緱三廳交界的後堀子山（今西阿里關）中，那兒深菁密林，仰首不見天日，在上者，懸崖疊崿，在下者，河池交錯，走在上面，步步驚心，行軍不易，如果沒有本地人來作嚮導，任何人也莫想得其徑而入，但本地人都深明大義，又極愛護余、江兩人；故台南、嘉義兩廳所派出的警察隊二百七十名之多，圍山達七、八天也沒半點收穫。後來到了七月六日，護衛架設電話線的日警二人，在台南廳噍吧哖支廳的牛港仔山中，竟和江定所領的抗日軍發生衝突，爲時僅二十分鐘，各有死傷，日警一人當堂被擊斃，抗日軍也有一人傷重死亡，這人正是江定的兒子江憐。

這一接觸之後，日人大起恐慌，馬上集中警力在各要隘來防範，並四下裡兜捕；而余淸芳也眼看當前的形勢越來越險惡，於是當前決策，先發制人，四出狙擊日警，但江定自從兒子死於非命後，一時非常喪氣，甚至有天塌下來也不管之概，後來經大家的多方鼓勵，他才勉強的支持起來，誓死抗日。

事態演變到這一步，余淸芳、江定他們只好一不做二不休地，在七月九日的拂曉，就在山中大集了黨員一千多人祭旗興師，並以日前打死的日兵腦袋來致祭，又當衆發誓一致爲江憐復仇。祭畢即由余淸芳親自率領黨人前往突襲甲仙埔支廳，另分一隊往襲小張犁、大坵園、阿里關等地警察派出所。

這兒先說甲仙埔之役，事前革命軍探得甲仙埔支廳長，率領了大部分警員外出搜捕抗日軍去了，當時抗日軍是打從支廳的後方攻進去的，發見廳內只有少數的日警在警戒。於是一聲令下，抗日軍像猛虎出閘似的，大喊大殺的衝進來，沒一會工夫，便把留守的四名警衛一一殺死，此外支廳宿舍裡，還有警員和他們的家屬多人，不死即傷，一一被抗日軍所擊斃，共死十二人。後來因有部分日警來援，當即混戰起來，但因事出意外，抗日軍不敢戀戰，只得退入支廳後面的小山去。

再說，這一役革命軍的出動，曾分好幾支隊同時異地分頭並進，但除了攻擊甲仙埔支廳的一隊稍有錯失外，其餘各隊都照着預定程序，完全收到勝利的成果：如一隊攻大坵園警所，擊斃日警服部莊五郎等六人；又攻小張犁派出所，殺日警長澤照太郎等三人；另一隊攻蚊仔脚警所，殺日警佐竹伊勢吾及他的家屬數人；又攻河表湖派出所，殺日警龐生美歲和他的家屬數人，以及小林、阿里關等駐在所三處，通通殺盡他們的駐守巡警，並佔據他們的辦公廳，前後共殺日人男女三十四名。

抗日軍所使用的武器，只有少數搶來的步槍，其餘的都是鎌刀，長矛和竹篙鎗，所以殺敵的效果不大，所佔據的派出所、駐在所也只好先後放棄，後來更因日警自西阿里關增補大批警力，抗日軍這才退回山中去。這之後，日警爲期一網打盡起見，便不分晝夜地去進行搜索，抗日軍深藏在後堀仔山中，幾乎爲日警所層層包圍，後來幸好山路多歧，日警守不勝守，終被抗日軍設法衝出，並招聚了山中的

民衆四百餘人，經過整補之後，即以出其不意的急行軍，前往偸襲南庄派出所，日警眞連做夢也想不到，這支被圍的抗日軍，僅僅兩天的工夫，却反過來包圍了日警的派出所，這一仗，不用說日警又得輸定了。

拙著有關這一段的記載道：八月二日下午十一時，南庄派出所東北的山上，忽聞傳來陣陣的槍聲，吶喊聲，原來抗日軍在那兒已闖關斬將，殺奔前來了，日人吉田警部補以下十二名警員，立即武裝起來，在東北邊和東邊的堤防那裡構築掩堡以作抵抗，日警雖也竭力應戰，無奈人力過少，終不能抵禦而相繼陣亡，最後僅剩三名日警，指揮部分人伕，還在那兒死力抵抗，那時抗日軍中有一軍官叫林新友的，他英勇過人，正率領着一小隊敢死隊向前衝，不幸就在這時的眉間中了一顆流彈而斃命，敢死隊因無人指揮便停止下來了，這種種的經過，都給藏身在龍眼肉樹林裡的余清芳和江定所看見，眞是傷心之至！

爲了替隊友報仇雪恨，余清芳決定放火焚燒南庄派出所官署。於是派人前往南庄民間徵用煤油十桶，分別裝入瓶裡，共得二百多瓶，然後將它一一點燃，由玻璃窗及屋頂擲入派出所，因此，派出所裡立刻變成一片熊熊的火海，這時在派出所裡避難的日人婦孺老幼，以及一些文員人伕，無不悲鳴地逃奔出屋外，這一來，便給在屋外等待的抗日軍以可乘之機，一個一個的，被竹槍、鐮刀亂刺亂砍身亡，而這一南庄派出所的警員，最後全部宣告斃命。總計這一役，擊斃日警員和日僑共三十二人。

考余清芳的革命軍攻南庄時，可以說是最猛烈的一役，那時革命軍的戰鼓由烏山頭方面响來，日本警察隊就集中在今日的派出所（即今台南縣南化鄉）裡，而革命抗日軍的火力也並不大，但是由於余清芳大元帥立在陣頭直接指揮，因之士氣大振，當即全力猛撲，南北的守士日警全部消滅後，又在其中捕得間諜一名，余清芳立即下令處死祭旗，以討吉利，又此役抗日軍戰死了二人，除林新友外，另外一人很有勇氣，他不顧死活的跳入派出所窗戶裡去，打算出奇制勝的以捺住敵人，却不幸反被日警用銃尾刀（即刺刀）所刺死，而壯烈成仁了。

這之後，抗日軍乘了戰勝的餘威，率領了一千多名來自各方的志士們，分別前去佔了噍吧哖支廳東北一千八百公尺，標高五百七十三公尺的虎頭山（在今玉井鄉沙田村）和虎尾山（在今玉井鄉竹園村）的稜點，憑險築塞，居高臨下地包圍了噍吧哖市街，展開了整日的戰鬥，到了八月六日，日警的駐地便全給抗日軍所包圍住了。

那時的台灣總督，是上任不久（五月一日）的陸軍大將安東貞美，當他接到這項報告之後，心中非常氣惱，非給這些「匪徒」們以顏色看看不可，於是先來一個下馬威，下令出動軍隊，由黑田少佐帶隊，自台南向大目降進軍，又獲大目降警察隊三百名的晝夜來援，於是車轔轔，馬蕭蕭地向山區進發，可是日軍初戰不利，只能做到兵來將擋，完全處於挨打的地位。

後來抗日軍下攻擊令了，只見漫山遍野都是一些武裝的鄉民，他們不怕死地，倒了一批又來一批，後來日警實在抵不住革命軍的炮火了，這才派來了台南守備步兵第二聯隊，並且出動了步兵兩個中隊和野戰炮一個中隊，雙方進行了很長的一段射擊戰，跟着又來一段威烈勇猛的白刃戰。統計日軍在這一役中，發射了野戰炮彈五百發，殺傷力很大。

一直戰到了這天傍晚，抗日軍的本身條件就不夠，加以又是些烏合之衆，經過這一天日方正規軍的猛攻，情勢漸走下坡了，而且抗日軍平素的訓練就感不足，戰時所使用的武器又感陳舊，彈藥更是缺乏，就因爲這種種的因素，雖然盡了最大的人事，奮力苦鬥，也終於不能支撐了，四山的要塞、碉堡，一一被攻佔了，午夜之前，余清芳不得不下令放棄陣地，分批退入更深遠的山谷之中。

跟着，日警進行圍山，大事搜索，這

一次戰鬥，可以說是台灣歷次革命抗日事件中，戰鬥最激烈，犧牲最慘重，規模最偉大的一次戰役，又這一役中，日警損失雖說慘重，但革命軍也損失了三百多人，被捕的不在少數。

八、當年慘殺絕人寰

噍吧哖一戰慘敗後的余清芳，雖曾退入山中繼續抗戰，但相持了一個禮拜後，終於補給困難，不得不在八月十二日的午夜，設法衝出日方軍警的包圍圈，經過放弄山、風櫃嘴山麓，寄宿於鹽水坑的岩石中，第二天拂曉首途，經後堀仔山，穿越石壁天險，而來到四社寮的溪畔；這時江定也聞訊率部來會。他們鑑於今後的態勢，眞是來日大難，革命的步驟必須改變一下，才能應付時艱，於是兩雄在山中乘夜懇談，商量復商量，計議再計議，不覺東方之既白。

按那時抗日軍還有六百多名，但因日警已在發動了大規模的的反攻，並且日漸的縮緊了包圍圈，這一般形勢，恐怕不是散漫的抗日軍所能對付，但如果老是合一在一起，勢必全軍給人家吃掉，且糧食、彈藥的大量消耗，補充也極感困難，不得已，只好暫將各同志分散，各奔前程，以減少被敵人合殲的危險，而等待有利時機的到來再行聚義，於是余、江二人集合了全體幹部信徒在後堀仔山中，將抗日軍目前所面臨的困境報告給大家知道，並說明了生存，只有暫時解散以候良機，說着便把他們分組，每組有一中心人物作為領導人及聯絡人，又將所用的大炮一尊埋在離四社寮溪畔不遠的地方，這一來幾年來同生共死的難友，只得灑淚而別，分道揚鑣了。

就在余清芳撤退噍吧哖的虎頭山前一個星期中，日軍中村上尉所率領的第二聯隊的步兵，開到噍吧哖時，因為日警對於這一次抗日事件，抱着無比的仇怨心理，所以當軍隊一到，他們便立刻加以惡毒的報復，見人就殺，所有玉井、左鎮、玉山、大坵園、阿里關、後厝等地的無辜百姓們，無一不慘遭毒手。

本來日軍對這次所謂的「征伐匪徒」的行動，他們的總指揮官即曾發佈過如下的命令：

一、逃亡匪徒（指革命軍）所遺之房舍，應予以監督管理。

二、凡對逃亡匪徒家族表示同情，或從事活動者，應視為同犯。

三、凡播放謠言，足以妨害治安者，應嚴加取締。

四、對良民及婦女，不得有粗暴行為。

明文如第四條，雖看來相當漂亮，但事實並不如此。如天今玉井國民學校的校址，便是當年日警集體屠殺我同胞的地點。那時日警為期一網打盡，便苦心孤詣地擬定了一個誘殺我同胞的詭計，這是個慘殺人寰的詭計。

對於這段慘史，筆者前曾噙着淚，寫過下面那一則文字：「首先，由日方軍警當局懸出安撫的告示，准予歸降者免死，到了在逃的庄民大多數回鄉之後，日警表示懷柔，而且優待備至，表面上毫無動靜，但等到回鄉的庄民畢集了，日警便藉口分別善惡，命令庄員所有的壯丁，不分年齡全部在郊外整天集合，然後再命令他們携鋤前往挖壕，等到了壕溝挖成了，便在八月三日那天把他們包圍，一聲令下，使用排槍瘋狂地掃射，一時呼娘叫兒的悲聲慘語，悽厲地響遍了整個山谷，哀轉久絕。

「然後，把他們的屍體掩埋在他們親手挖成的壕溝裡，全村不分老幼，在這一集體槍殺中，被剿滅淨盡了。事後日人深深的秘藏這一槍殺事件，所以被慘殺的數字，至今還是一個謎，據傳至少也有三千二百人。後來台人每每談起噍吧哖革命事件，無不咬牙切齒，痛恨日人不止，可見日人殘酷行為之深印民心，並不因時間的久遠而冲淡。

「又八月八日，在竹頭崎（即今南化鄉玉山村）方面，日警假借開會名義，召集當地凡十六歲至五十歲台胞，在現在玉山派出所對面的空地上，實行集體屠殺。死狀極慘，眞可說是滅絕人倫，其屍堆中有部份僥倖死裡逃生的，未被槍彈射中要害的，因不忍心慈母、嬌妻在旁哭泣，便偸偸地抬頭一看，這一來却被日警識破了，知道屍堆中還有未死的人，於是一一用刺刀去大刺而特刺，直到血流漂杵，趕盡殺絕爲止，如今玉山村方面的住民，每於農曆六月二十八日（即陽曆八月八日）祭天祀祖的，都是當年爲國犧牲的遺族。」

——這是國家的血債，這是民族的仇恨。

老實說，這次的革命事件，余、江的合作，還沒有做到默契的地步，江定又處處想保持實力，所以被日軍各個擊破，這是很不值得的，尤其後來余淸芳弄到很落魄，惶惶然如喪家之犬，到處逃亡，終歸失敗。

抗日軍終於解散了，部分幹部也得過流亡的生活了，那是八月十四日，余淸芳帶着不管怎麽說也不願分離的死黨十一人，經過了土潭，在大竹坑的曠野露宿一夜之後，第二天（十五日）即翻過台南、阿緱兩廳的交界處，而來到新寮溪的上流，這兒地方相當的僻遠，情勢也很穩，他們一行便在流藤頂上住了四夜，但是他們的行動，終給龜丹庄（今楠西鄉龜丹村）的地方壯丁團所發現。

那時抗日軍的大勢已去，但這一地方的壯丁團（共三十六人）中，還有六名血性愛國的青年，不顧一切的後果，投奔到這一爭自由的抗日陣營裡來，這眞是難得，也眞令人欽佩！可惜這壯丁團中，也有一二敗類漢奸，貪生怕死的，生怕受到連累，便將發現抗日軍行動的情報，一一的告訴了日警，消息傳來，追捕更急，余淸芳知道事情不妙，立刻逃到更深遠的二層林坪去，原來日警更機警，早就派了眼線跟蹤在抗日軍的後面，所以對余淸芳他們的一舉一動，探聽得一淸二楚。

抗日軍一行十八人，於二十一日由密枝山（在今楠西密枝村）來到曾文溪支流，在那兒小憩五、六個鐘頭，然後趁夜急行軍過鹽水窟而來到芼萊庄（在今楠西鄉照興村，以產鳳梨有名）的渡口，余淸芳認爲大夥乘船過渡，多少有點招搖，爲免麻煩起見，便在較上游的淺水處，一個一個的泅水過去，以策安全，就這樣，他還以爲人不知鬼不覺的便可以偸渡過溪，誰知他們的行動，早就被日警四佈哨樁所監視，並已追踪到相距不遠的掩蔽物，所以當余淸芳等一爬上岸，即被哨樁遠遠的包圍住，但日警們畏余淸芳如虎，輕易不敢靠近，便強迫附近鄰里地保們作爪牙，向余淸芳一行大獻殷勤，把他們迎入了毛萊庄，先行設法藏匿他們的槍械和子彈，等到他們正在用飯的時候，然後突然出來逮捕，使得革命軍措手不及，無法抵抗，就這樣，余淸芳等一行十八人中，除了三名給漏網外，其餘都被逮住了，這時正是民國四年（大正四年）八月二十二日的上午二時。

九、開殺戒生靈塗炭

余淸芳被捕後，即在庄中加以簡單的審問。

「江定那兒去？」一位警部在問他。

「他帶了幹部到番界去了」，余淸芳答道。

「你的其他幹部？就只有這麽的一點點？」

「唔，其餘的散夥了。」

「那兒去？」

「因爲逃命要緊，誰也管不了誰的事，他們那兒去我也不知道了。」

「你這次被俘的十四個中，那幾個是你的得力助手？」警部看問不出個所以然，只好改了話題。

「其中除了六名是由龜丹庄拉夫來的外，其餘個個都是我的得力助手。」余淸芳不想把那幾個最近入夥的同志拖累，所以才這樣回答。

日警看問不出什麽名堂來了，於是大搜他們的行囊衣物，希望搜出一份革命黨員的名單，俾能按名追捕。但任由日警如何的細心檢查，也一無所獲，只搜出余淸芳的一本手記，上面記述着一些革命大事，也很簡明扼要，頗補正史之不足。這兒不厭其詳地，引述記中的兩三段，俾知革命家的氣度和精神，確實與衆不同的。原文道：

「民國四年（大正四年）陰曆五月二十二日（即陽曆七月四日），我等連夜冒淋漓大雨，由鹽水坑至交嫂坑。第二天二十三日（初五日）歇足一天。此日三十八人皆告平安，本帥因見衆部下夜不能安眠，憂念之餘，食不下咽，是夜再往牛角嶺，第二天二十四日（初六日）再歇足，殊不知犬虜（指日警）二人到來，是時適值中午，有一位忠將名叫福朝的，匆匆執槍，瞄準犬虜，但不幸被埋伏於旁的另一犬虜所槍殺，壯志未酬而先犧牲，本帥與部下均哀哭一場。拜命日期尚未到，神佛的玉旨即受挫折，至堪痛惜！

「直至二十四日下午，我等爲策安全，不分晝夜，不管飢餓，不論大江山湖，勉強急迫行軍，移到再頂寮山。第二天早晨二十五日（初七日）至大坵園歇足一日，至傍時再動身。是夜招兵謀營，攻甲仙埔支廳及小衙門，獲步槍五、六梃，犬虜大敗，僅存三人，但以人馬不協和而未得盡滅。至二十七日（初九日），本帥發令與犬虜戰一場，天兵八人敵數十名犬虜，亦得大勝，至是晚率兵連夜跋涉危險的關隘以赴鳳櫃嘴，眞是：忠心扶國不辭苦，志慮忠純滅犬奸！

二十八日（初十日）起爲了休兵養息，暫時歇足四、五日，不料竹頭崎出奸賊，甘心做犬虜走狗，陰害本帥部下，使本帥等無計可施，於是想起舊時之興化、火燒兩寮或可安身，就在六月初四日（十五日）的晚上，本帥與部下江春、吳張達、陳振添、丁進添等同志前往該處，不料興化、火燒兩寮之林吉（本是余的幹部）等奸黨，陰圖毒計，擬將本帥等擒來，而立功補罪，因此，我等是夜止宿於後面山林中，而上蒼聖仙知佛機，即時起了大顯化，電鞭閃閃，雷風烈烈，大雨淋漓，保護平安，使奸賊無法前來擒拿，到日落之後，幸遇天助，田家父子一門忠良，被他帶回家吃飯，並將此奸情一一跪報本元帥知道，忠良的天助，緊急地引路過關，但到了半路因途徑不熟，幾乎迷失在茫茫的黑夜中，幸好吉人天相，再遇一忠良新幹部引路過關。

是日不分晝夜，沒一頓飽餐過，而只飲水充飢，急行軍至石壁寮歇足，沿途挖地瓜，採生香蕉，拾柴烤食，亦自可憐，亦自可笨；本帥曰：「生香蕉之味道，實在大勝於菱角。」衆部下曰：「此因飢餓過度之故也。」便作詩二首。詩曰：

『興化火燒奸黨多，忠良受害夜奔波。山林茂密險關隘，步步難行心鬱陶。』

其二曰：

『不怕泰山百仞峨，人心半寸起陂陀。英雄末路遭強害，後到天兵可奈何！』

「是日下午一時到達土潭之草廬，宿兩夜後，六月初八日（十九日）再移到大竹湖針山後厝歇足，至六月十五日（二十六日）曉再宿臭聾山，是時因兵力微寡，人心未定，既無倉儲之粟，亦無堅利之甲兵，便不得平台而望成功，滅盡犬虜奸黨，故不得不收兵暫守。」

六月二十日（三十一日）起程，連夜至頂公舘之寨營，六月二十二日（八月二日）夜裡，本帥率軍共攻南庄的犬虜，犬虜大敗，衆軍兵得大勝，並獲步槍四挺，此次只失隊長林新友同志，第二天二十三日（三日）本元帥率兵往內庄內歇足一天，俾養衆軍兵之精神，是日四萬忠良皆欽仰，本元帥能仁慈待人，憐恤忠臣義士，延頸翹望仁政，眞可謂望風懷想，是日不知那裡來的衆忠良一體歸順，投軍建功立業，而王師所至，老百姓皆簞食壺漿以迎，第二天二十四日（四日），本元帥率軍擬攻噍吧哖，軍至夢明庄奈因庄有奸詐人，先率犬虜來攻，然對我革命軍亦無可奈何，是日本元帥再率軍兵過溪，在虎頭山上紮營，第二天二十五日（五日）清曉發令進攻噍吧哖之犬虜，我軍兵皆得大捷……。」

余清芳自民國前一年結識了台南參事蘇有志，得到他的協助和支持，而能借台南亭仔脚西來庵（即王爺廟）來積極籌畫革命起，前後共計五年，他們假藉神道來大事宣傳國民革命，推翻日人的統治，並以修建王爺廟爲名義，向各界捐欵來充作革命軍費，他們組織的健全，規模的龐大，抗戰的猛烈，眞給日閥以無比的一個大打擊，可惜事機不密，革命的籌備工作，終爲日警事前所偵知而告功虧一簣，眞叫人仰天浩嘆。事後台南、鳳山一帶流行一首民謠歌道：

「王爺公，害殺余淸志；
王爺無保庇，害死蘇有志！」

圖謀驅逐異民族統治的西來庵革命，終於敗露了，此後日人便大集軍警，先後出動警察三百七十人，憲兵八十名，台南守備隊步兵第二聯隊等約一聯兵力，在台南、嘉義、台中；阿緱等地作爲期三個月的大圍剿（自民國四年五月二十三日至八月二十二日）在這整整三個月的戰役中，革命軍志士陣亡的有三百六十多人，被捕的約二千；至於日方軍營，雖挾有銳利威猛的新式武器，但是他們的傷亡也極慘重，於此可見革命軍作戰的英勇了。

和圍剿革命軍同時進行的，是台灣總督府的大事檢舉革命黨人，一時颱風迅雷般的捕去一千九百五十七人之多，其中且有部分是無辜的，弄得處處哀鳴，做成一片陰森恐怖的景象。

也在同一時間裡，台灣總督府以府令第五十號，開設臨時法院於台南，準備適用那則所謂「匪徒刑罰令」以處置革命黨人，並即日任命高田富藏等五人爲台南臨時法院審判官，手島兵次郎等五人爲檢察官，自八月二十二日余淸芳被捕後，八月二十五日即開始審判，至同年十月三十日終結，被告一千九百五十七名，被判死刑的八百六十五人，判有期徒刑的四百五十三人，判行政處分的，二百一十七人，判不起訴的三百零三人，判無罪的八十六人，其他情形不詳的三十三人，這是世界司法史上一件最殘酷的慘案。

後來日本國會對台灣當局的處置失宜，慘殺過甚頗引起一番疵議，安東總督無法辭其咎，便藉口大正天皇的登極而大赦天下，於同年十一月十八日以所謂勅令第二〇五號宣告減刑，可是那時被判死刑的人中，已有九十五名先後執行了，計有九月六日羅俊、賴宜等七名，九月二十三日有余淸芳、蘇有志、鄭利記、張重三等四名，十月二十一日有林庭錦、陳振等三十五名，十月二十六日有卓錫一名，十月二十九日有李保、王朝枝等九名，十一月一日有黃旺、李烏番等三十八名，此外還有未及執行即已冤死獄中的有陳枝南、嚴從等十一名，至於未經正式判處而被槍殺的，更不可勝數了。

義士們爲了國家民族而捐軀，却創下了無比光榮的革命史，在當代各殖民地抗爭史上實屬罕見，就是在世界革命史上，也應佔着重要的一頁。

十、夢一場風流雲散

自從余淸芳被捕之後，江定他們因勢孤力竄而退入方圓約一百公里的後堀仔溪、楠梓溪及羌黃溪方面去，那兒一方崇山高疊，一方溪流縈繞，却是個最有利於打游擊戰的地方。日警所組成的搜查隊，雖不分晝夜的疲於奔命，大事搜索，但終不能發見江定他們的踪跡，或者像驚鴻一瞥似的，一瞬即逝，沒奈何，日警只好改用勸誘的方式了，用種種優厚的條件，以期誘出全部的逃亡者來，但是，能自動出而投降的却爲數不多，而且也都是些小頭目們，沒掌大權的，於是，日警不得已只好再度更換投降的方式：那是暗中派出日人素所信用的所謂地方大牌紳士，以自動的姿態，從各個角度出來宣揚日本政府愛民的至誠，決無誘殺詐騙的惡意，藉以安定逃亡者的疑心。

這一來，名士們紛紛出動，大效其勞了，計先後有台南紳士許廷光、辛西淮，阿緱參事藍高山、江德明，原區長張阿賽，現任區長江亮等爲之出力，因爲他們態度穩重，所作所爲自然而合情理，故一時頗收宏效，一些意志不夠堅强的，終被所愚而來歸的也日有其人，其他如阿緱廳參事七十二歲老人江以忠，他臨終之前還大作勸降書來詐誘自已的同志，以效忠於日本政府，這些爲虎作倀的人，眞是愚不可及，後來他們更自動組成所謂的「民間勸降隊」，表面與日政府無關，以促進地方安寧爲宗旨，於是積極展開工作，並以江德明專責入山勸降。

民國五年四月十六日，忽有一江定舊部名叫石端的上堀仔山來求見，這石端早在兩個月前已歸降日警，這次純以個人名義上山拜見舊長官，於是江定接見他，聽取他們投降後的情形和待遇，石端即以日政當局事先所授意的詞語，一一複述無遺，但江定終於不敢相信日人的這種措施會有誠意，懷疑那可能是一種騙局，原想與其出而受辱，不如自殺了事，但石端是他的舊日股肱，且又誓死保證他，同來的原區長張阿賽，更是極力慫恿，他們都以徒死無益相勸勉，且眼看大勢已去，這才心動，江定於是決意下山歸順，獻出隨身刀槍子彈，隨同張阿賽等，自首於噍吧哖支廳（上據斬鯨錄）。

又黃旺成的抗日篇載：自江定下山以後，一時還留在山中觀望的其他黨員同志，也陸續的出來歸順，直到同年的五月一日，江定所統的革命軍已全部被來自各方的甘言巧語所誘出，共計二百七十二名，但當這項誘降的工作要結束時，台灣總督府即翻臉說：這些反叛份子今日雖然已自首投降，可是「國法」不可不尊重，國家的威嚴也不可不保持，所以必得稍加懲處才能服天下之人心，說着，日警們又恐怕消息洩漏，那些被誘而來的革命黨員，一旦聽到了風聲，一定要再逃回山中去，這一來便麻煩大了，故日政當局於五月十八日的凌晨，便以迅雷不及掩耳的手法，立即台南、阿緱兩廳同時舉行突擊檢查，大捕這次被誘降回來的革命黨人江定等五十二人，分別收押於噍吧哖和甲仙埔兩支廳，其餘的二百二十人則處之以不起訴。

跟着在六月二十日，即於台南地方法院開庭，對江定五十二名開始審判，到了七月二日才結審宣判：江定等三十八名均判死刑，並於同年九月十三日在台南監獄執行絞殺；其餘的亦被判處有期徒刑，計十五年的十二名，九年的二名，至此，這一駭人聽聞，壯列無比的西來庵革命起義事件，便告結束了。

光陰眞是有脚，這一轟轟烈烈的西來庵革命事件，一下子便過去了半個多世紀了，到如今，台南、玉井、楠西、南化等地，人們每當夕陽芳草，訪古尋碑之餘，無不大興唏噓感奮之情的。近代詩人劉淵源有「玉井（噍吧哖）弔古」五言律詩一首。詩道：「千古傷心地，招魂一首詩停鞭懷往事，下馬認殘碑碧血埋芳塚，青年弔晚曦騎鯨人已矣，草木不勝悲！」

（全文完）

西安碑林

西安碑林，名震中外，可以說是我國金石學的一座寶庫，歷代名家翰墨，盡萃於此，地址在文廟西邊府學巷內。係隋唐國子監舊址大門橫額大書碑林二字。碑林創於宋朝，初稱碑洞，最先僅集唐開城石經和顏眞卿石碑等，到元朝逐加增修擴建，逮清代陸續將聖教序及淳化閣帖移入，內容更加充實，共計有石碑一千餘方。民國二十六年間，重行加以整建，並增闢專室多處，如于右老收藏石碑專室，（多爲小型石刻），至此整個碑林計分七室六廊遊覽參觀，井然有序，考全部石林中，以開成石徑，孝徑台和大秦景教流行碑等最爲珍貴，此外，除著名的王羲之草書聖教序外，唐碑有顏眞卿書之顏氏家廟及爭座位書稿，多寶塔碑等；柳公權書之玄秘塔碑，歐陽洵書之九成宮碑等，宋碑有皇甫儼書之千字文。元碑有趙孟頫書之梅花碑等。明清碑如佛經太上感篇等石刻，均甚名貴，此外比較著名的，還有尚書馮宿碑、神道碑、史晨碑、曹全碑、孔宙碑、禮器碑、宋篆千字文、李氏先瑩碑等，碑林附近府學巷書院門一帶有出售碑帖裝裱碑帖的商店百十家，爲觀光人士提供碑林石碑拓本，生意不惡。

三北虞洽卿外傳（四）

胡憨珠

故園變成媳婦的堆棧

三北虞洽卿先生的聰敏智慧，心靈計巧，那是無可否認的眞情，也是如所衆知的實況。是以一般人談說他在旅滬六十多年來的時日過程，上海不知經過多多少少的大小事變，只要有虞洽老插手其事，處身其間無不爭得最後勝利，於是風光面子的凱歌歸來，實因他靈敏的腦筋會動，巧妙的心機會用，對任何多大的、多難的棘手事件，是以謀取對付的辦法，自會有動得出尅毒的念頭，想得出制惡的計劃，非要搞到使惡毒兇狠的對方承錯認輸爲止不可；舉一個例，當光緒二十四年，（一八九八年）法租界公董局第二次欲圖佔用四明公所的義塚地，作爲設立廣慈醫院、華童公學、以及屠宰場等的用途爲藉口，於是，旅滬的甯波商人罷市，甯波工人罷工以示與法公董局不合理的措施行爲作對抗。並且他們爲了捍護公所的產業與保衞泉下的尸骨，還與法國的軍警迭起衝突，據理力爭，誓不退讓，要知這班法公董局的法國人都是強橫非常，刁蠻無比的惡毒之徒，他們既無悔禍之心，亦少和善之意，固執已見，志在必行。

因此，形成雙方對峙的頑強局面，閱時凡達半年之久，始終無法謀取和平解決。致使當年四明公所値年董事的嚴筱舫、葉澄衷、沈仲禮、朱葆三等諸鄉前輩，祇能作徒呼負負的嘆息之聲，幸而最後還是給朱葆三想着虞洽卿這個善想辦法，滿腹計劃之人，於是立即就把他招去，參贊當前抵禦外侮的計謀之事，而且一再關照他說洽卿，你要趕快想出好辦法來對付他們，必要使阿拉甯波人在上海，對死去前輩的泉下人，得免屍骨飄零的悲慘遭遇，對現存未死的同鄉們，佔有面子未失的光榮感受，洽卿，你要記牢阿拉甯波人，以後，住在上海灘上，能得生榮死安的一點風光，都要靠你一個人想出辦法來呢，像阿拉介相貌一班老頭，全派弗來用場哉，此後同鄉們格事情，你該要多做一點，曉得拉哦。虞洽老確實是個善於想辦法的專家，果然不負「葆三老頭」的知人之明，（按：甯波人口語的老頭，係尊稱老年紀人之意。與廣東人口語的老豆，爲父親的代名詞，其意義完全不同，朱葆三當年，頗多甯波人呼喊他爲葆三老頭的。）比之尊稱他爲葆三先生的，不知多到多少倍，即刻給他想出一個辦法，而這個辦法的實施進行，不滿三天五日，其迫壓的力量所加，正是重大無比，頓使僑居於英、法兩租界區內的所有西人，紛然羣起，向法公董局的各法國董事責難，有的個人直接寫信或通電話相詰責，有的通過各國領事，一致向法國領事敏禮尼薩作聲討，後來，連法公董局的各法國董事的太太，竟也加入西人責難團，各對丈夫予以大義滅親式的興起問罪之師。

一時法租界公董局的局面形勢，演變至此，迫壓得法國董事們，只有自動放棄圖佔四明公所的義塚地之謀，力求爲和平了結其事，究竟虞洽老當年所想出這條辦法，其內容的實情如何，筆者塗抹至此，不想作詳細的記述，只得暫告打住，留待至以後的事到其間時，再來作仔細的敘話，話說給讀者先生們聽罷，至於筆者之所以偶舉此事作例子，乃是旨在說明給老的聰慧絕頂，善想辦法，實非常人所能企及一個的辯證。試想當年對這件法公董局欲圖侵佔四明公所義塚之事，社會所關的風潮之大，與國人所受的損失之鉅，並且盱衡當時形勢的嚴重，情況的惡劣，縱未絕後，亦當空前，但是經不起虞洽老所想出的一個辦法，輕描淡寫，毫不費力地爭得全盤的勝利。這可見他的辦法會想與腦筋會動之一班，難怪其堂上二老替他所娶親事，遭到他的暗來違抗父母之命於不覺中了，只不過話該說回來的，虞洽卿實在生得命高運好，福厚機巧之極，所以在他一生中，隨處所遇的，都是好人，隨時所做的，盡屬巧事。就以他所娶的第一號夫人來說，不就是人間難得有見的第一好人麼？要知一個既成正式配偶的女子，於洞房花燭夜，空負其衾之名，未賦同夢之樂，此何等重大事呢。可是她堅持以順爲政之道，對丈夫的「不願多此一舉。」她亦將順其意的盡量隱瞞，永永遠遠不使人知，却不知她家中的堂上翁姑，日望其腹部膨脹隆了起來了，幾乎雙眼望之欲穿咧。

只是今日世界的男女，絕少有人能夠做到生平不二色，而以男子爲尤甚，這是毋可否認的事實問題，但是在中國舊時代社會裡的婦女，更其是在鄉村社會裡的婦女，大多數受着舊禮教的薰陶束縛，從而有不少人抱定從一而終的主張，慨念我國自從五口通商，海禁大開以來，東西洋的文明生活隨之海舶輸入與俱，於是所謂開風氣之先的新青年的男女們，無不對文明生活的需求爭取，滿口所掛的，不是自由戀愛，即是文明結婚。在關設商埠四十八年後的上海，正是此種東西洋文明生活的輸入潮流，泛濫洶湧達於極點。虞洽卿自然身當其衝，躬逢其盛，諒以他是個活動能力極高強的年輕人，一心嚮往以這種新潮流生活的實受踐履，無奈他如詩經所說的「母也天只，不諒人只」。結果，仍由母氏方太夫人親選鄰女，還是要他從父母之命，憑媒妁之言，實踐其舊時代的婚姻老路子，終於迫壓得他想出這個「不願外此一舉」的辦法，作爲無言的反抗，力向他堂上二老從事於純孝的和平鬥爭，是以他於虛度新婚蜜月的還不滿月，便向他老父老母推說號中有事，急亟離鄉出門，趕回上海瑞康顏料號裡來了。

這不僅是他的商人重利輕別離，並且還不遵守商業中人的傳統規矩。因爲我國各地民間俗例，向來凡是出外經商之人，任何一業與任何一家的店東舖主的定例，對夥友的新婚娶親，規定有一個月的假期，滿期回店銷假工作，這是一般的大衆常規，像他時不滿月，就回店銷假，事成例外，大概只有虞洽卿這次的還鄉娶親，諒以不愜於心婚無所戀，燕爾欠樂，故而越發輕於與他新婚夫人離別了，據說他回到上海瑞康號中以後，心中所念念不忘的一事，就是如何的獲得自由戀愛、與文明結婚的實踐。其實上海雖說爲首開風氣之先的地方，但對於男女間的婚姻之事，非要有媒人爲雙方作牽引說合不可，除却上海人口語中所謂最自由戀愛的「撩淌牌」以外，就是說「打野鷄」罷，亦還要由「搭客娘姨」自任媒人的。古人早已有原理的定例之話，即爲說：「伐柯如之何？非斧不克。娶妻如之何？非媒不得」，這兩句的名言，所以當時虞洽卿要堅決反對奉父母之命，憑媒妁之言，從而獲得自由戀愛，文明結婚的新潮流妻子，則如何能可，後來還靠朋友幫忙；介紹一位名門淑女給他相識成友，總算對自由戀愛問題，方始如願以償，不過在舉行文明結婚儀式，與吃喝喜酒的時候，對他朋友的身份稱謂，不是舊時代的稱做「媒老爺」，已改爲新潮流的喊作「介紹人」了。

虞洽卿於婚後，忙即寫信回家，稟告堂上說明他已於某月某日與某某女士結婚，這是他以既成事實來向二老相交代，作爲上海人語中那句「打過門」的辦法，是亦所謂「兒子好做，過門難逃」之謂也。可是成文老先眞正是一位「知子莫若父」的開明而仁慈之父，他的回信寄來，並不責備兒子不告而娶的不是，又而殷殷以努力生產多個兒女，以慰我們兩老抱孫心切之語相勗勉。

只不過在信後邊寫着一段說話，其大意畧謂「爾母極想望看看她第二房媳婦的如何面貌，所以要你就帶同新媳婦回轉家來。趁此她進門的時日機會，便要祭祭祖宗，見見鄉親，此乃爲人之道」的應做事情云云。如所衆知虞洽卿對他母親爲最畏怕，所以讀他父親的來信以後。就即按排出幾天的空閒日子，偕同他第二號夫人雙携歸去拜見翁姑。自然，形成伏龍山下虞代第宅中一片的熱鬧喜氣，無限的綺麗風光，這却不在話下。

但是世事就像月圓易缺，雲好常散的情形，一般無二，這也是人間的無可奈何事。例如虞洽卿居鄉的日子，轉眼屆滿準備帶了他第二號夫人又要離家回去上海。料想不到他母親呼喚他的小名，慈祥和溫和地對他說：「瑞臣，你們號裡的生意要緊，你要回上海去，那就去罷，只要你把新媳婦留在家裡，可由我來親自照顧，隨時隨地我會著意關心她的，爲因我怕如果有天她坐了喜以後的情況發現，那你們兩人都是年輕，怎會懂得點啥呢，你要聽阿姆的說話。」他向來對他母親之話，從不反對，自然這次也遵奉母命行事，只得留下了二夫人在家而去，不過在回去上海路上，時時想着他母親要收養媳婦在家的行爲，覺得非常有趣而可笑，好像要把故居家園變成爲她收藏媳婦的倉庫堆棧相似，因此，他便想出一個向他母親作無言反抗的辦法，說句時髦話，也就是向他母親挑戰的行爲。那即爲：待我再討娶一房媳婦給你看！

三夫人係徐雨之寄女

「三北虞洽卿先生究竟娶有多少夫人」？料想讀我蕪文的先生們，對這個問題必欲所知曉的事情，因爲這是有關於他的家族組織體系中，所佔最重要的一個環節。說句老實話，在六十多年以來，愚蠢不才如我，對於虞洽老的夫人究有幾何人數一事，從未注意及此，同時，也很少有人談說起，即使有人談說的話，所聽得的也無非一句囫圇吞棗式之言。不是說：「虞洽卿先生的夫人很多」。即是說：「阿拉阿德哥的老婆交關」，任誰都舉說不出一個確定的數字來。所以一向對我總是說過揩過，聽過算數，始終也不放在心版上，留在腦系裡。這次不自量地承担塗寫「三北虞洽卿先生外傳」的蕪文，當塗寫至此，覺得我不能再作囫圇之言，該向讀者有詳確明白的交待之必要，但是再作進展一步的思考，便感到此事實是件大難事，就因爲年代過去太於久遠的緣故，在此時此地，靜思如何能尋求得一位深知洽老家庭世系的人士，叵耐人海茫茫尋求非易，偏偏澹涵大阿姊又以有事，離港遠去，欲問不得，欲訪無從，正教我咄咄書空，徒呼負負，方知傳記文字，欲求其事事眞實，語語不虛之難也如此，終於在無可奈之下，只得向故紙堆中與舊書冊裡，作大海撈針式的妄想之求，找尋出解釋這個答案的難題。

於是，破費了半天工夫，凡事搜尋，總算天可憐見，後來竟翻閱着一篇述記「虞洽卿先生的家世」的文章，而此文的可喜傑點却出之於老友鎭海李孤帆先生的手筆，這正如諺所謂「踏破草鞋無覓處，得來全不費工夫」那兩句古老的傳言了。須知道撰寫傳記的文化作者與被寫傳記者，必須二人共事年多，相處日久，才能撰寫出美好的傳記文章來。諳知孤帆兄所撰作此文的卓爾不羣，優異勝常的佳處，在於事眞語實以外，還有豐富的感情，涵溶其間，只要一讀文中叙述，其與虞洽老共事相處的年多日久，就可想而知他的情文並茂之有所自來了，現在摘錄他叙述中的一段文字，藉以作爲傍証之一斑。其文畧云：「作者青年時代，追隨虞先生創設上海證券物品交易所，中經五四，北伐、抗戰諸役，莫不與虞先生共同努力。最後於民國三十年在港、渝二地布展，既迎虞先生由滬蒞港，再迎虞先生由港飛臨重慶，並與虞先生令坦江一平兄陪同虞先生考察川、陝二省，以迄虞先生在渝逝世之日，無時不在虞先生左右。（下畧）

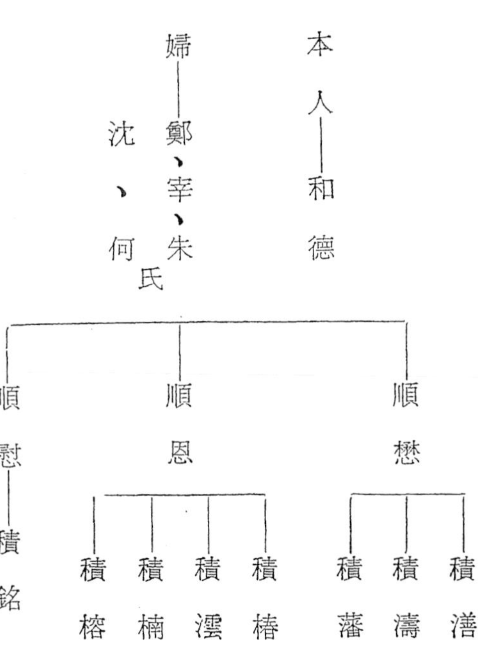

實在說，下走也魯愚不才，既是老悖昏庸，又復疏懶善忘，竟會對「平生風義兼師友」的李孤帆兄，忖想不到。這該是要受竟夕苦思，半天辛勞的厄運，但說來還是徼天之倖的事。在該文末文，只見孤帆兄短短綴寫着這樣的一片提示之話。那片話的文字記說：「茲將虞氏家譜中，從虞先生的曾祖起，至虞先生的孫輩止的世系，列表如左」，於是，我就老實不客氣的不告而抄只不過所抄的祇是從虞洽老本人的一系起，至他的孫輩止，製版如圖，以供衆覽，便就於所刊出圖版上的紀錄，作仔細親察亦以知道當年洽老陸續所娶的夫人，計共有五位之多，其夫人姓氏族的姓數，則爲「鄭、宰、朱、沈、何」等五氏，一般人的指語評說，誰不艷羨讚說他生得命高運好，福大機巧之極，試想他左揖浮邱，右拍洪厓，享盡其齊人之樂，實則他佔了「其生也早」的大大便宜，因爲他生於滿清朝代，在大清律例所定，似乎多娶幾位如夫人爲男子所應享的權利，不會認爲觸犯重婚罪的罪行。要知中國厲行一夫一婦的男女平等制度，還是時入民國年間的事。但在「王道不外乎人情」的寬恕觀念之下，當時司法部所編訂的一部六法全書，對婚外所攪的男女關係之事，載在該書中的法律規定通姦事件，屬於告訴乃論，而且被告多不負刑事罪責，祇負民事訴訟責任，究若談到婚姻問題的實際情形，時至今日，仍然充份顯示出男女之不等。

更其是浙東甯（波）紹（興）兩府地區的民間社會，一向以來，常有財勢的人家，俗例有行其婚後重婚，娶了再娶之事，可是對重婚再娶的新夫人，不得稱她爲「小老人」（甯波人口語）「小老婆」（紹興人口語）等等妾侍的名詞稱謂，當時呼之爲「兩頭大」，這「兩頭大」的涵義，即爲嫡庶不分，尊卑無別，妻權平等，主權同享，但是要娶「兩頭大」的媳婦不是易事，因爲她們都屬門當戶對的上等人家千金小姐，是以亦自有她形式條件的規定，就是必須要以紅燈花轎迎娶，設筵讌飲親友。總而言之一切的一切，其結婚的儀式和禮節，實如迎娶嫡妻一般無二，所分的只有入門的先後，遲早一點而已。在當年當時，阿拉洽卿先生因以其生也早，對娶妻結婚一事，竟得大佔其便利和便宜，蓋以時代背景在滿清的政治朝代裡，既有大清律例可根據，又有鄉間俗例作依靠，於是，乃得放胆安心，大娶其妻，只要兩心相印，雙方相愛，便以「兩頭大」的名義方式，舉行文明結婚的儀式禮節，就完成男女婚姻大事，所以他的第三號夫人便是從這樣環境情勢中娶得，雖然有新的「父母之命」、與「媒妁之言。」但是究竟「新的」要比「舊的」差，不論在禮節方面和手續方面，却要簡化得多。何況他有前例可援，舊事足師，於是其婚事的進展與完成，速度自然輕便快捷了。

（未完・待續）

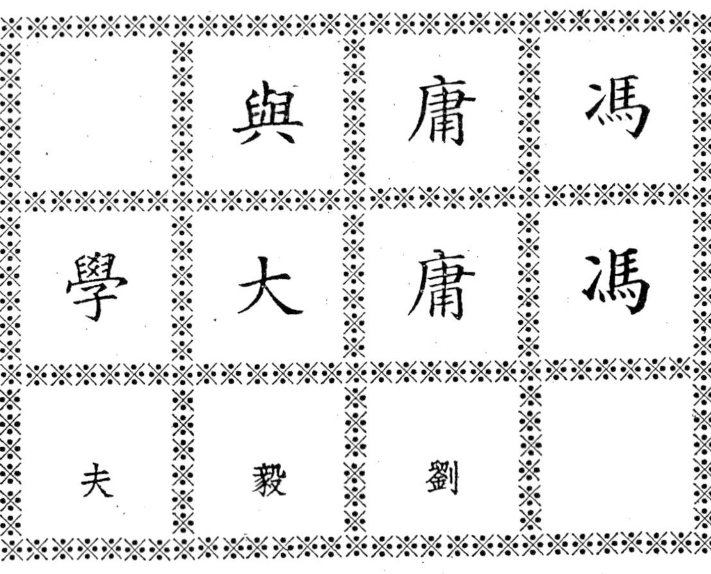

「八德八正務欽崇，教育均等責在藐躬，學行實踐救國以工、富貴等鴻毛，名利如蓬蒿，拯濟孤寒責繫吾曹，國勢日非，國權日削，經濟列強操，吸飲我民膏，魚肉我而笑中刀，愛國青年憂心悄！」

這是日本軍閥侵佔我東北時期的國勢，和青年心理寫照，也就是東北奇人馮庸，毀家獨資創辦的馮庸大學的校歌，因歌知其人，因歌知其心，九一八一聲炮響，毀了東北，毀了馮庸大學，也毀了他的理想。

崇實求是的馮庸，在東北九一八事變時不向日本人投降毫無妥協餘地的拒絕了當滿洲王，並且設計回到祖國，不向窮困的環境低頭，在一無所有的狀況下，仍要復校。當日軍侵熱河與上海時，他基於青年責任的愛國必須實踐思想，乃勇敢的起而行，先後兩度組成義勇軍北上和南下，對日抗戰，如今他，雄心雖在身已老，國土未復恨未消，最難得而感人的是，不怨天、不尤人，每與朋友談天，仍然是「需要努力團結啊，不要忘了國家興亡匹夫有責呀……」話是老話，但此時此地依然是當頭棒喝的新聲！

馮庸先生，遼寧北鎮人，父馮麟閣，與張作霖為盟兄弟，趙爾巽長東北時，馮、張分任東北軍廿八、廿七師，馮麟閣原是秀才出身，但却沒有不識字的張作霖詭詐，終被張作霖奪去兵權，張作霖所以成為關外王。在於一併馮麟閣取得奉天，再併畢桂芳取得黑龍江，三併孟恩遠取得吉林。

馮麟閣罷官後在家鄉辦實業開銀行，亦多得張作霖幫助。馮之長子馮庸，與張之長子學良，為總角交，同為東北聰明有為的佳公子。

張在父蔭之下，被擁為少帥，馮則接長父業，常與民衆接觸，深感農民艱苦，當直奉戰時，被任為鐵甲車司令，對內戰殃民，頗為痛惋。年紀漸長，接觸益多，愛國愛民之心，並不因生在膏粱之家，而為物慾所蒙蔽。

當郭松齡叛離東北軍之前，馮被好友張學良薦任為空軍司令，率飛鷹、飛豹兩個航空隊，駐於國內，郭軍叛變、馮曾奉令轟炸郭松齡叛軍，但因馮不忍屠殺同胞，乃留書掛印，潛赴大連，張學良雖因此被張大帥嚴厲申斥，但張學良對好友馮庸，並未深究，馮亦趁此返璞歸眞，開始其自我的理想生活。

馮庸在家務研究國勢，認爲救國圖強、提倡教育、振興工業，實爲當務之急者，於是乃有毀家興學之決心。

首先回到馮家產業所在地的通遼縣，整理產業，發現很多佃農，多係欠馮家借債太久，以地契抵押後而失去產業，更多的是一欠再欠，淪爲農奴式的長工，生活至爲清苦。

他首次集合欠債者，當衆焚去債券，再集合典押土地者，又當衆歸還地契，焚去借據，於是歡聲載道，老幼稱頌，馮先生變成了萬家生佛。

馮庸這種作法，絕非沽名釣譽，他回到住處，召集衆管家，宣佈了一件大事；那就是把馮家全部財產，移作馮庸大學的校產。

馮先生匆匆返回瀋陽，在瀋陽西郊南滿車站西側，渾河北岸的攬軍屯、胭粉屯、汪家河等三個村莊之間的一大片土地上，劃爲馮庸大學校址，以二百五十萬元銀洋，作爲建校經費，彼時的二百五十萬銀洋，以今昔的物價計，等於今日之五千萬元美金，而馮先生毫不吝惜的爲國家爲社會，投資爲百年樹人的資本。

當時廿幾歲的馮庸，辦學目的是爲國家造就工業人才，自知經驗不夠，故於辦大學之前，先辦了一所大冶工業專科學校，以馮家小型兵工廠，爲該校實習工廠，馮庸大學開學後，即以大冶工科教授與學生爲基礎。

馮庸大學的左側，是日本帝國主義者以經濟爲利器侵畧東北的大據點——日本站。校門正對南滿鐵道，每五分鐘就有一列火車通過，由五十節載重四十噸的火車，載着東北的大豆、高粱、木柴、煤、鐵，馳向大連出口，馮大師生每天看到東北人的血液向外流，無不痛心疾首！馮庸先生選擇這塊土地建校，實是期望師生有所警惕。

馮大每晨五點鐘起床，全部沒有臉盆、沒有浴盆，每個大寢室有一個冷水盥洗室，每個學生都要赤條精光、跑進去接受冷水淋浴，室外零下四十度時，冷水反而等於熱水，浴後集合在風雪刺面的旗壇上行升旗禮，然後是一小時的晨間運動，馮先生說：「要去掉東亞病夫的侮辱，就要先鍛鍊體魄。」

馮大師生要進瀋陽城，必須經過日本站，那裡有日本的南滿醫大、南滿中學，他們的制服整齊，質料也好，學生們在次殖民地裡當然格外神氣，馮先生要爲中國人爭氣，他不惜給學生們製備了更好的制服，以防止馮大學生的自慚形穢。

馮大建校不及三年，馮大的體育，在東北四省運動會得了總分第一，馮大的紀錄牌上，幾乎全部是全國紀錄。

當蘇俄進軍侵犯東北國土時，馮大同學義勇軍，於民國十八年立即北上抗俄，發揮了學生報國最高精神。

馮大義勇軍的組成，也是東北人民醒覺的象徵，濟南慘案於前，黃姑屯事件於後，中原青年浴血革命，東北青年焉能沉睡，同時馮先生看出了俄帝國主義的野心，所以喊出反帝應先抗俄的口號。

三百多人的隊伍，自然敵不過蘇俄的一個團，可是大學生義勇軍上前線的號召，所發生的影響太大了，集聚在瀋海車站的歡送羣衆，將近廿萬人。

廿萬人看見了義勇軍北上列車，列車車廂上都貼滿了反共及俄的漫畫，廿萬人的怒吼，是「打倒紅色帝國主義，打倒俄帝共產強盜……」

列車北上了，沿途大小站，都有成千上萬的人歡迎、歡送。列車到了哈爾濱，整個的哈爾濱進入狂潮，男女老幼，全體湧向車站，這個完全俄國化的城市，早就恨透了俄國人，現在中國人要打俄國人了，這是歷史上沒有的事兒，誰不高興呢！

馮大義勇軍一個多星期的行程，鼓舞了千萬民衆，把愛國種籽，播進他們的心田，把抵抗強權的勇氣，注進他們的血液，這項豐收，是馮大同學最大的貢獻。

滿洲里緊急了，馮大義勇軍前進海拉爾，當夜聽說俄軍攻擊海拉爾與滿洲里間的要點札蘭諾爾，馮先生下令列車加速前進，車過興安嶺山隘，過了海拉爾，接近了戰地，命令下來了，「上刺刀，上子彈，準備下車戰鬥！」

每個人都視死如歸，毫不遲疑、磨拳擦掌，準備一戰，軍歌響徹各車廂，歌聲驅散了出戰前不可避免的，初臨戰場的緊張。

列車在黑黝黝的興安嶺外大草原上停止了，馮大同學們都變成了原野的猛虎衝上山崗列陣等待哨探的報告。

草原上吹着猛勁的冷風，脚下是沒膝的白雪，天空中閃耀着星羣，遠遠燒着大火，升起很多火頭，教官說：「那就是札蘭諾爾。」

沒有槍聲、沒有炮聲，只有札蘭諾爾的大火，斥堠回來了，他們沒發現友軍，沒發現敵人，馮大同學不能再等了，救兵、救火都需要即刻前進。

在火光引導下端着槍前進，準備隨時會發生的戰鬥，手榴彈捲在前邊腰上，準備隨時與衝來的俄國戰車同歸於盡。

看見了札蘭諾爾煤礦出煤井的高大黑影，又看見了火車站的水塔，漸漸的看清楚了，札蘭諾爾已變成了一個破碎的火城。

突然，一陣轔轔車聲，由對面傳來，全軍立刻列陣埋伏，準備向來敵迎頭痛擊。

聲音越來越大了，看清了，是一列慢慢開進來的火車，火車進了車站，下車的是中國軍人，迎上去，才知道是滿洲里派出來的接援提到了，帶兵官是十五旅副旅長魏長林，他見了馮庸校長，深致歉意，並說，「你們太冒險了，太勇敢了。」

當馮先生問他當地戰況時，原來俄軍是以全部機械化部隊，突襲韓光第旅的防線，韓旅長在毫無防禦的大平原上，僅有短暫時間的倉促抵抗，迅被擊潰，韓旅長亦當時殉職，當魏長林與馮大義勇軍，兩路馳到陣前，俄寇早已退去，祇留下一個破碎的札蘭諾爾，已失去了防守價值，馮大義勇軍的列車，乃隨魏軍列車西去滿洲里。

兩軍對峙，最怕的是不知敵方態勢，我守軍梁忠甲旅的不利情形，恰是如此，馮校長乃自告奮勇，自駕無武裝的小飛機，冒險飛入俄境偵察，獲得很多資料，梁忠甲非常高興，次日又偕魏長林副旅長，再度升空越界偵察遭遇了俄寇驅逐機的追擊，幸而當過空軍司令的馮校長，憑着他的飛行技術，和豐富的空戰經驗，迂迴低飛，安返我空軍陣地，也幸而馮大同學，都受過對空作戰訓練，故當馮校長飛回我陣，又見後上方跟有敵機時，正在陣地挖戰壕的馮大同學，立刻操槍對空射擊，以旺盛猛烈的火力，掩護馮校長的飛機，平安降落小山谷裏。

敵機雖對馮大義勇軍陣地輪番掃射，但馮大同學以更猛烈的火網還擊，敵機乃不支退去。

由這一役，戍守滿洲里的十五旅官兵們，不但欽佩馮校長勇敢機警，也欽佩馮大義勇軍的饒勇善戰的精神。

遠征歸來的馮大義勇軍，回到學校，放下槍桿，立刻拿起筆桿，又在學業與體育方面用起功來。

某次黃昏行降旗禮時，日軍竟向馮大旗壇發炮三發，馮大師生仍然屹立不動，數百日兵，乃躍過鐵路，向馮大校門衝來，當其將接近校門時，馮大久經上陣的幾十位校警，紛紛躍出警衛室，拔槍向日軍反撲而上，日軍見我有備，乃倉皇狼狽遁逃，屹立在旗壇的馮校長笑諭學生：「看罷，狗怕狠人，帝國主義怕的就是力量！」語重心長，同學們更知警惕了。

馮大實習用的大工廠，在校園裏建立起來，承製東北軍的刺刀冶製，並修造輕型武器，馮大自己的軍械庫也在逐漸充實，因爲日本人侵略東北的野心，日漸明朗，愛國青年不能無備。

民國二十年九月十八日日軍終於攻佔了北大營，奪取了飛機場，當然也搶佔了瀋陽城。馮校長正籌劃率領學生有所行動時，日本憲兵把馮校長拘禁了，並以大批日軍，圍繳馮大的軍械庫。

馮校長雖在日軍拘禁中，毫不屈服；當筆者冒險進入日軍憲兵隊，探看馮校長時他仍能鎮定的暗傳命令，「寧死不當亡國奴，快進關去！」

同學們在他的召示下，含淚離開故鄉，奔向祖國政府的自由土地。

日本人對馮校長的態度是威脅利誘，對他的作人是敬之畏之，馮校長的威武不能屈，富貴不能淫的大無畏精神，更使日人無可奈何，日酋荒木，數度長談誘之以「滿洲王」，而馮先生毫不為所動。

不久，馮校長經馮大教育長郭甄泰，邀請馮大日籍教授岡部平太郎向日軍申請担保，日軍允馮校長經大連乘船赴日暫居，又經人通知在北平的馮大同學，由王友慶面見馮先生老友張學良，張少帥故人情深，當即面交五千元，作為行動費用，王有慶懷欵化裝返東化，與郭甄泰陪伴馮先生由大連，上了一艘赴香港去日本的船，船過上海時登岸赴南京，晉謁蔣委員長，深蒙嘉許。

抵北平之後，政府允借予西直門裡的陸軍大學校址，為馮庸大學校址，在經費無着的情況下，勉強樹起復校招牌，正準備復課時，又逢滬戰發生，馮大師生，本於愛國不後人的國民天責，又組成馮大義勇軍，南下上海，被指定防守瀏河陣地，經過數度血戰，奉命轉移蘇州城防。

滬戰結束，返平復校，日本又進軍熱河，馮大師生，又再提起武器，出古北口，過承德，越平泉，開上熱河第一線的凌源東部佈防。

日軍以裝甲縱隊，長驅直入，一日夜間下朝陽，被葉百壽，衝向馮大義勇軍陣地。

馮大倉促佈防，猝然迎敵，退至卅家子收容整頓，日軍陸空並進，馮大義勇軍傷亡慘重。

經半月餘，生存者始在北平集結完畢。是役中，教授、職員、男女學生，均有傷亡，馮大師生對日本人，眞是仇上加仇，恨上加恨。熱河丟了 中央軍北上 浴血守住了長城，馮大同學壯志未消，而人力與財力均感不足窘況下，再度發揮愛國熱心，以前陸大的馮大校舍，改作傷兵醫院，同學們自己到西直門外的火車站，把第二師和卅五師在長城戰鬥中負傷的官兵，揹回馮大，又向協和醫院哀請支援醫藥，再向北平市民勸募被褥飲食。幾個小時之內，五百多位傷患，都換了藥，吃了飯，一切情形，逐漸安頓下來，但馮大同學由熱河返校所僅有的棉衣、被褥，都給了傷兵，到夜晚，每個同學，祇好蜷伏在屋角。

傷兵們也被這羣大孩子們的眞摯熱情溶化了。

三個月之後，馮大再無復校力量了，於傷兵醫院移交給北平軍分會之後，師生們乃各奔東西，多數人都投考了軍事學校，也有人轉入其他學校，也有的回東北打游擊，其餘的則各自謀生。

學校雖然沒有了，但每當八月八日校慶時，只要有兩三人在一起，也要集會高唱，「馬革裹吾骨，作鬼也豪雄，身體死而名不死 骨雖朽而勳不朽……」以伸壯懷。

民國廿二年政府邀馮校長出任軍委會研究委員，從此馮先生走入革國民命軍陣容，身為中將，心仍赤子，坦蕩從公，不務名利，繼任第六戰區軍法監，更是鐵面無私，對第六戰區之法紀森嚴，實具巨大貢獻。

勝利後，受命為東北政務委員兼監察處總監，大陸陷共，展轉來臺。出任高雄港口司令，對港口檢查，及樹立新軍廉能風氣，貢獻至大，而於舟山撤退時，親自徵集船隻，作到完全保密，而能迅速達成任務，尤著勤勞。

馮先生於高港任內退役隱居臺北，雖出無車，食無魚，住無屋，衣無兩套，鞋無二雙，仍然安之若索，夕朝禮佛，日守慈母廬墓，以盡孝心。

錢復前途似錦

·林幸一·

中國政府已決定自六月一日起，將教育部文化局所屬主管廣播電視的第三處與主管電影檢查輔導的第四處併入行政院新聞局，合成一個處，另外，內政部出版事業管理處也將納入新聞局編制。屆時，新聞局將擁有國內宣傳處、國際宣傳處、資料編譯處以及新加入的兩個處，成爲政府遷台後，新聞局組織最龐大的一個時期。

目前主持這這龐大機構的人物就是今年三十八歲的錢復博士。

三十八歲這個年紀，在目前中國官場裡是太年輕了，的確，錢復是一位青年，

錢復近照

他在千萬青年中脫穎而出，受到蔣院長經國的賞識而提擢爲政府主管國內外新聞宣傳工作機構的首長，當然，他有優異的條件。

錢復的父親是前台灣大學的校長，現任中央研究院院長錢思亮先生。錢復二十一歲參加高考外交官領事考試獨占鰲頭，二十五歲得到美國耶魯大學政治學博士學位，二十六歲回國出任政治大學副教授，二十八歲當選爲第一屆全國十大傑出青年，三十三歲成爲外交部北美司司長。

背景良好加天資聰明加努力用功，終使錢復出人頭地。

錢復很用功，很有機智，外表清秀，口才更好。他在台大讀書時，是學生代聯會主席，師長很稱讚他。在外交部服務時，他發揮專長，贏得長官的器重，由專員而科長、司長，去年更上一層樓，當了行政院新聞局局長。

錢思亮老先生說：「我因終年忙於公務，很少管教我的兒子。好在錢復喜歡讀書，肯求上進，不要父母操心。」

錢復的同事說：「錢復有能力、有才幹、有學問。」

前外交部長魏道明說：「錢復是一個青年才俊。」所以把他提升爲北美司司長。

蔣院長經國於去年組閣時，也認爲錢復是一個青年才俊，再把他調升爲新聞局長。

錢復就是在「父母曰好，同事曰好，長官曰好」的大好形勢中嶄露頭角。

既然大家皆曰好，錢復的成就決非僥倖。錢復的爲人處事必有足堪效法者。

他充滿信心，懷抱理想，想爲苦難的國家做點事。年輕給他活力，學問給他智慧，「年輕才俊」給他一壓力，壓迫他展現與衝刺。

儘管錢復才氣縱橫少年得志，他的部屬又多已屆不惑知命之年，但他却深知詩經中「難無老成人尚有典型」的道理，因此他文質彬彬，敬老尊賢，這是錢復於去年六月就任新聞局長時，可以看出來。

新聞局長就職的地點是在新聞局二樓會議室。由政務委員周書楷主持新舊局長交接典禮，典禮中，周書楷先講話，其次輪到卸任局長魏景蒙，最後才輪到錢復。

錢復在講話中，頻呼魏景蒙爲「魏伯伯」，直使魏景蒙含笑點首。

錢復在機場歡迎外賓

新聞局的老職員也說，他們的年輕局長硬是要得，謙恭有禮、不驕傲矜飾。

王陽明有言：「不有老成，其何能國？」所謂「老成謀國」在中國人的傳統觀念中仍很濃厚。錢復以居高位而能謙恭，尤重尊敬老前輩，或說錢復因敬重老輩而使他們樂得交出「棒子」。但無論如何，錢復的作法與看法是成功的，這何嘗不是給予一些急進派的年輕小伙的一個教訓與啓示？

錢復局長鼻樑上架着一支五百度的近視眼鏡，在公共場合裡常表現出一幅「道貌岸然」的樣子。據一位接近錢復的人說：「錢局長喜歡把面孔板起來，這樣子可以顯得「老成持重」一點，正符合孔夫子「君子不重則不威」之古訓也。」

不過，如果認爲錢復一年三百六十五天，一天二十四小時總是道貌岸然的表情，那就錯了。據錢復的一位同事說，錢復外表洒脫，很富幽默感，高中時他喜歡打彈子，現在他打高爾夫球，也談談羅曼蒂克的往事，不過這位錢復的同事曾謂記者代問錢復：「錢復身膺要職，公事繁忙，是否剝奪了他那多彩多姿的私生活？」

錢復的太太田玲玲女士，畢業於政大西語系，美麗如花，賢淑端莊。田女士在學校時，曾參加過國際學生會議，結婚後主持家務，相夫敎子，堪稱賢內助。

的確，錢復主掌新聞局長以來，是夠忙的，但他有忙的代價與成就，尤其在國際宣傳方面，成績相當可觀。去年雙十國慶，同時來了十多個國家的記者，他們很驚異的發現，中華民國在遭受一連串嚴重的外交挫折之後，依然堅強的屹立着，各行各業依然在安定中欣欣向榮。

不可否認的是，我們雖退出聯合國，但年來國際間對我中華民國並未淡忘，一些著名大衆傳播媒介諸如：紐約時報、時代週刊、時代雜誌、美國新聞與世界報導，不斷報導台灣的經濟繁榮，社會安定與各方面的進步與實況，此項績效，新聞局應居第一功。

年來新聞局對外宣傳方式，在廣播、視聽、圖片、書報等宣傳方面，亦逐漸擺脫「八股」窠臼，而代之以富於人情味的方式來報導台灣的經濟繁榮、社會安定、教育進步與民主自由，是以國際人士對中華民國的瞭解與友誼亦大大的增進。

據瞭解，新聞局於下（一九七四）年度預算中，共編列了九千九百八十餘萬元用以作爲加強國內外宣傳的經費，錢復認爲，六十三年度爲是主持新聞局後第一個會計年度，他將好好利用有限經費，作極限效用，在國內宣傳部份，新聞局將注意蒐集輿論、舉辦民意調查、推行公共關係，並加強新聞發佈與敵情研究。在國際宣傳業務部份，新聞局將努力配合外交工作，加強宣傳，爭取國際輿論對我基本國策的同情與支持；同時亦將大量編譯編印中外定期及不定期書刊，以作視聽宣傳，並邀請外賓來訪，俾鼓動風潮，擴大宣傳效果。

現代梁山泊——吳山述概

張鶴情

吳山，亦名吳嶽山，屬陝西隴縣縣治，山之中心，位於隴縣東南百二十里，距寶鷄西北汧陽西南均各九十餘里，脈勢來自崑崙，廣袤數百里，嶺峯起伏，峽谷交錯，三峯舉霞，叠秀參天，崩巒傾返，山頂相捍衞，望之恒有落勢！秦都咸陽以爲西岳，清稱之爲西鎭山，其山勢之雄偉，氣魄之磅礴，秀麗中有壯偉，幽靜中具氣勢，惟以位置隱於陝甘邊陲，距官道遠，在交通不便的情況下，既不爲遷客騷人所吟詠：更未在史乘爭戰中露鋒芒，故雖具各山之實，而在一般稱頌中，湮沒未彰，論其實際，我國五嶽之外，此山之景物並不亞於江南黃山及四明等勝境。

吳山主山，有峯十七，得名者五，曰：——鎭西峯、大賢峯、靈應峯、會仙峯、望輦峯。鎭西峯居中，卑而獨秀，龍脈起伏，溝渠環繞，自成主體。左爲大賢峯，山勢陡峭，成中峯屛障，右爲靈應峯，峯上有神仙洞，峯下石崖壁立千仞，飛流飄漾，謂之晴巖飛雨，此地有靈湫，歲旱時鄉民禱雨於斯，輒有靈驗。

——吳山靈湫祈雨，實係吾鄉民俗之大典，在吳山鄰近汧陽寶鷄等縣，每値農曆七八月麥苗播種前 若久旱不雨，無法耕種 鄉民則集衆抬神轎，執事手捧香火，排成行列，鑼鼓敲打特定節奏，亦步亦趨，人們均折帶葉柳枝盤頭頂，不許戴帽張傘，在烈日曝晒下漫步，口唱水號，聲調悽楚而形同拜苦路，裹糧宿廟，前往吳山祈雨，過鄉村亦有鄉民招待齋食及供應茶湯者，名曰「取湫」，倘去時艷陽高照，而歸途甘霖沛降，或有雷電陣雨，則此湫取得靈驗，事後必演戲酬神，此象徵吳山神靈對人民之庇佑，乃筆者幼時親歷之民俗，頗値回憶，故詳述之。——靈應峯之南爲會仙峯、大賢峯之左爲望輦峯，峯下有大錦屛、小錦屛，相去里許，崢峻聳削，其餘有眞人洞、餐霞洞、閻王砭、神岔溝、元鶴巢、鳳凰石巢等，在吳山吳廟（供奉主神，似係夏禹之父——鯀——）前，有筆架山，山形如筆架，亦名小五峯，山多古木奇花，風景優美，山坡中盛產櫻桃，當收麥季節後，櫻桃果實壘壘，紅綠相間，披滿谷峨，晚霞映若寶石鑲成錦屛，山高人稀，鮮有摘採，其他各地實少見。

吳山主山概貌，有如上述，至其環繞外圍之大山及市鎭，亦均脈絡相聯，成爲吳山天然藩籬。其較著名而可資記述者，在市鎭中；入山之主要關隘，爲八渡鎭，鎭在於進山谷中之盆地，有住戶商民百餘家，汧隴兩縣建築房舍，多於此地採購木材，山中產物，以人力搬運至此地販賣，山區居民所需日用品，亦可於此鎭購得，同時八渡鎭地勢險要，位於森林石壁間，入山則谷嵐交叉，悉爲崎嶇羊腸小道，盤旋於茂林籐葛間，外人入恒迷途，亦如水滸傳中，往梁山泊必經石碣湖，其險隘若此。再東三十餘里爲新街鎭，則爲已離吳山山叢而可往吳山之大鎭，有水旱農田及公私校塾，地方富庶，多縉紳世家，迤西深山內有通洞峪鎭，再西南爲赤砂鎭，在通洞峪與赤砂之間，有一險峻地曰靈寶硤，或係羚膀硤。此一狹谷，爲兩大石山夾一河道，折轉盤旋有里許深長，所奇者爲兩旁石壁天然削成，高可百十丈，壁面光滑潤澤，惟多火成岩之風穴，山下川道較寬，可容併騎，山頂兩峯相距僅丈許，峽中觀天，僅一衣帶寬，回聲特別清澈，觀光者目爲勝境，有戰事可作扼守險關，値得遊覽。至外圍之名山，其可舉而且每年有朝山廟會者，由新街入山不遠，有清凉山，山上廟宇壯麗，每年夏季廟會，百里內外之善男信女，步行朝山，至爲虔誠！此山之特點，爲森林茂密，古木參天，山下有懸崖撲出，成天然石板平頂，崖下廣可數畝，石頂上水珠點滴，終年不斷，但亦不致淋濕之石几，可供遊人憩息，路旁藤蘿繞樹，遮蔽天日，崖下滴水清流，激湍有聲，雖在炎夏盛暑，到此亦有寒意，陰森濕潤，其情景頗似西遊記中之洞府，淸凉山之得名，或即因此。此外在吳山東南接寶鷄縣境內，有名山曰佛巖崖，土人轉音爲佛爺崖，亦稱西武當山，每年亦有朝山盛會，此山樹木較少，山勢玲瓏突兀，主山石崖數十丈向前傾，登山道路，在山腹中有天然洞穴，由山跟石洞進口，裡面石坡稍寬曠，可容三兩人併行，其折轉幽暗處，在朝山時，於石壁間均置有油燈，盤旋到達山巔出口地：則爲懸空之大廟，藉山勢斜建而成，精巧而亦甚驚險，出廟憑欄俯瞰，大有凌虛御風之感，男女登其頂者，必燃紙爆由高空擲下，在半空中響徹山谷。大殿宇及廟會戲樓，均建山下平地，高下相望，眞是人間仙境，別有風趣。主山旁石坡間，有窰洞數座，洞外綠柳白楊，幽靜高雅，名曰黨閣老洞，相傳爲淸初閣老黨崇雅，辭官後隱居地，黨崇雅，寶鷄人，先仕明，官至戶部侍郎，滿淸入關後，明末遺老多殉國，淸廷急需了解田賦戶政人材，乃啓用黨崇雅爲閣老(即戶部尙書)。黨在滿淸居官近十年，雖備極榮顯，但目覩故舊殉國，自己名列貳臣，終覺內疚難安，乃告老還鄉，不願與人多接觸，遂於此深山中隱居避世，其地乃爲後人所追念，此係筆者就寶鷄鄉老所傳聞，其與正史是否相符，未加考證，惟相傳數百年之名山軼事，亦未可埋沒，特誌之以供鄉人憑弔。而吳山中心與外圍山鎮之大抵形貌，就此亦可供一瞥。

從來一談到綠林豪傑，一定就不離開深山峻嶺，作爲山寨，梁山泊因在才子施耐庵文筆下，乃將此綠林中一百零八人，寫爲後世崇拜武俠者的偶像。吳山溝灣交叉，峯巒起伏，森林茂密，較之梁山湖泊中之蘆葦港叉，更爲迷人，在民國初年北伐之後抗戰以前，西北地區之混亂，尤勝宋末。因爲此一地利此一時勢的孕育，乃有吳山王友邦股之綠林盜匪，嘯聚人槍數千名，騷擾陝甘川三省邊界，縱橫歷民國十五六七等數年，當時西北軍馮玉祥之正規部隊，一師一隊，亦不敢正視吳山。王友邦係行伍出身，粗識文字，性情豪邁，會弄錢而不吝惜錢，只此已具備江湖上成功的先决條件，先在地方部隊當到排長，因不堪無糧無餉之苦，乃率親信弟兄數人，携械逃走，沿途再裹脅徒手壯年多人，進吳山紮營結寨，最初只有快槍幾枝，人數十名。當時西北社會動盪不安，荒旱連年，只要有幾枝槍作號召，自有携土炮或刀矛者投靠，爲虎作倀，守山霸隘，儼成一部勢力，在先除打刼鄉村富戶外，主要籌錢方法，爲綁票勒贖，將人綁架到窩寨後，先稱爲供財神，即對綁來肉票，不但供給良好飲食，並且焚香禮拜，迨至勒贖不遂，就要烤財神，鞭打火燒，烤掠備至，將苦況輾轉傳至其家人，苦主若照其需索數目（約爲銀洋數百至千元）將錢送到，亦必按約定時地，將人安全放回，決不順水漲價，此點頗講信用與義氣。王友邦，更反對奸淫婦女，綁來女票，必用老嫗看守，贖欵到後，完璧歸趙。蓋「大盜亦有道」，以上兩點，或亦係王友邦成功坐大原因之一。未幾，王友邦旣在吳山生根壯大，即不屑於搶民戶架肉票等辦法，乃改在官道攔大官商，及截擊過境小部軍隊旣可掠奪械彈，增强實力，更不愁金錢來源。前面已經說過，王友邦不吝惜金錢，對來山投夥聚義的人，眞是大塊肉、大碗酒，用稱分金，有功重賞，遂有不少落拓文人，入夥繕文寫稿，運籌幃幄，各部散兵游勇，携械投誠甘充嘍囉，王遂大刋印信，縫製旗幟，號曰「討逆軍」，旗上書「總司令王」。究竟所討何逆，如何救國，即不必深究，亦不含任何政治意味。在吳山主峯周圍，建築營舍，於入山關隘八渡鎮，依山傍林，構築險固防守工事，一夫當關鷹隼難入，出八渡北行二十餘里，即爲汧陽縣屬之草碧鎮，鎮右隔一大土山，鎮前汧河南岸，均屬隴縣。由隴至汧，官道繞山環行，為陝西甘肅必經之路，有一次西北軍馮玉祥部，由甘肅解送大批銀元至陝，（須知爾時西北汽車極少）已知此途時有盜匪，乃派加強連一連部隊，携輕重機槍，護送馱騾，眞是盔甲明亮，械彈精良，部隊長及送銀軍官，騎馬分別領先殿後，中間步兵百數十名，荷槍實彈浩蕩行進。當中午正繞山邊官道將達草碧鎮時，忽而汧河對岸，分左右兩翼槍聲大作，叫囂吶喊，官軍部隊長確係久經戰陣，毫不含糊，回顧山上並無匪衆，乃留兩班在路上看守馱馬，迅快的將精銳部隊，作一散兵線，徒步涉深不及膝之汧水，作半圓形挺進圍擊，所怪者過河後只有疏落村舍，廣大農田，農夫老幼，携帶鋤頭耕具，驚惶奔走田野間，前不及半里之土崗上槍聲斷續，農人亦指稱匪徒在彼，官軍憤怒前追；忽而後面官路山上，槍聲大作，馱騾已被裹脅，部隊緊急回軍，不料適才所見之老弱農夫，手中農具迅快變成槍枝，村舍內亦擁出無數農人，長短槍齊發，且均準確異常，一發一中，血隨聲濺，倒地者倒地，繳械者繳械，為時不過數刻，官軍已全部覆沒，騾馬銀元武器，由八渡解進吳山矣。從此吳山之名，更由此一扮演「刼奪生辰綱」之後而威震遐邇，當時駐防鳳翔府所屬汧隴鳳寶岐等縣軍隊，為黨跛子（黨毓琨）一師，素質本不純潔，對於吳山，只能作暗地勾結，表面和平相處。

王友邦勢力既壯大，馬匹亦多，乃本諸「兎子不吃窩邊草」之原則，採取近撫遠吃策畧，南向掠糧掠財，遠及甘川邊界之徽成兩當等縣，並在該地區潛伏支股，以作吳山不守之時流竄後路，北邊與其主力最近處，有一極其狡猾之慣匪李水娃，為其得力之外圍組織。李水娃，官名李得勝，但頗少知其官名者，為汧陽城西南二十里柿溝村農民，能跑善走，鷹眼豺聲，身材短小竄躍靈便，為匪早於吳山而被殺則晚於吳山數年，先後打家刼舍十餘年，人槍最多時未過一百，蓋彼不願龐大，恐難領導，完全寓匪於農。在汧陽河南岸山根，由草碧鎮南下至柿溝三十餘里農村，皆其勢力範圍，日間耕作，無異常人，槍不離身，與農具雜放，一有任務，立時嘯聚，李匪本人蓄舊式短髮，布衣布鞋，無論冬夏，均着大布腰帶，內藏短槍，與任何人談話，均蹲地上而不坐，談數句輒出外盤旋移時再來談，絕不會靜坐片刻。統馭方法，全係心狠手辣，稍懷貳心者，即全家遭殺害，十數年綠林生涯，不但根據地無部落可尋，即搶掠得來的太太共五人，亦均相互不知其住處。只是李水娃事母至孝，時或背負其母奔竄，對吳山王友邦股，則儘量為其効忠圖存而不受其編遣。前文所述王友邦在草碧鎮截刼馮軍部隊，其主力即係李水娃利用人地熟悉，與其徹底之農民身份，協助完成此一任務，故王對李水娃不特安撫，且予支援，而李匪之屠殺焚掠，縱橫逾十年，眞令小兒不敢夜啼。王友邦在北邊，掠奪至甘肅靈台等地須經汧陽縣北九十里山地中之高崖鎮，高崖鎮常年駐在武力，為綽號萬什長者所嘯聚，萬本人名紹雲，原為四川籍獵戶，後當兵作過什長，故人以萬什長稱之，其盛名起於使用步槍，百發百中，遂成一時之雄，以高崖鎮為山寨，聚衆六七十人，有槍四五十枝，不事搶刼，只依向過境客商收保險費及向駐地民衆攤派錢糧維持生存，時受縣府保安團隊之名義，而本人決不往官府，與吳山為敵而不友，王友邦部欲經山地侵甘，必須拔此眼中釘。王友邦乃派其精幹部屬強振鐸別號強毅安者，率隊消滅萬部，提到強毅安，亦頗有可述，強本隴縣新街鎮世家子弟，此人在後數年任保安中隊長時，曾駐防汧陽縣西城數月，生得眉清目秀，英俊瀟洒，所寫行書寸楷字，尤其秀勁超脫，為雅俗所共賞。身材清瘦，喜穿長衫，面孔時帶微笑！但誰知此一外貌頗似文弱書生，實係矯捷縱躍如猿虎，殺人不眨眼的混世魔頭，長衫下經常不離三號盒子，時或左右兩把，其出手之快速準確，罕有其匹，吾人於看電視快槍俠士，即常憶及此一綠林豪俠，其生性狹隘，不講溫情，對至親友好拂其意者，常於談笑中一舉手，即令其永久安息。茲舉一例，亦可說明當時汧隴等地混亂之點滴，強毅安有一族叔名強伯箴，亦地方士紳，對毅安固亦器重，但無論毅安敵友，伯箴均與之往來，某一歲末，強伯箴由毅安所妒忌之某團隊盤遊歸來，在夜間臨睡前，強毅安穿皮袍來訪，衞士置門外，此本平常事，伯箴接談移時送至門外前行數步，毅安笑顧道：「伯箴叔休息吧！」話未落點，砰砰兩槍，穿頭貫胸，伯箴倒血泊中，毅安率衆不顧而去，家人聞聲趕至收屍，此類事在當時習見不怪。再談強毅安當時奉王友邦派，喬裝行商，帶驢騾二十餘頭，人幾十名，抵達高崖鎮後，強毅安即藉生成之商店小開外貌，並藉萬友某君介紹名義，帶五六人携大批香烟酒肉禮品，面謁萬紹雲，佯作接洽納保險費過境事，萬當然不疑有他，即倒茶拿烟，在強毅安向萬遞香烟中，手在腰中一摸，槍彈已由萬胸穿出，同來五六人貌似老弱，實均係高手，此一動作，正如電光石火，砰砰磅磅，霎時間萬住處之十餘槍枝，已全部收繳，再率喬裝匪衆，圍繳散部槍械，在高崖鎮稱雄多年之萬什長，於焉結束，而吳山通甘山路遂暢通無阻。

王友邦聲勢之大，自然的與地方紳耆，駐軍僚屬，互通聲氣，暗相勾結，看水滸傳中赤髮鬼劉唐與宋押司送金事，古今同然。在幾縣縣紳與駐軍黨師屬內，有不少人與之往來，因之陝甘邊境軍隊之調動，富商大賈之往來，吳山雖無參謀處之建制，情報實極靈通，迨後已成大患，第二集團軍乃下令圍剿。尤憶當時汧陽隴縣縣長公署接到代電，文中有此數語：「……茲派甄師戴師冶旅孫旅馬團等，赴汧隴一帶剿匪，仰即籌措糧秣，並洽商兩縣聯合供應事宜……」。當時先開到隴縣者，確有馮部冶旅長全旅及一個馬團，但未幾又調走，後到隴縣者爲甄壽珊全師，甄部全銜爲：國民革命軍第二集團軍第十二路（衞定一）第三師，全師有三旅，每旅兩個團及師直屬部隊，由陝西臨潼開到隴縣，因甄壽珊師長係陝人，故第一有爲陝剿匪之決心；第二地方情形易於深入了解，來隴未幾，即知地方士紳團隊，多與匪有勾結，甄遂將計就計，先佯派代表，與吳山往還，且事有湊巧，當時第二集團軍正瀕臨與中央分裂階段，其他部隊之改調，即以此故。甄部亦確奉令進駐興平，甄部遂藉此假戲眞做，一面在師部欵待王友邦派來代表，一面下令第三旅先向東開拔，同時亦派代表同王部來人至吳山，則甄師東開實況，王部已悉，且使者互在，防守自鬆。部署既定，甄師長入夜乃親率一二兩旅，直撲八渡鎮，另命令第三旅中途折往吳山，拂曉時先頭騎兵，到達八渡進攻，八渡防守雖懈，但究係據險守隘，必有一場慘烈搏鬥，攻此地使用武力，爲戰鬥力最強之第二旅，旅長黃彥英，陝西武功人，外號黃老鼠，（係形容其瘦小機敏而非謂胆小）所轄第三團團長閻立三（名閻振鋼麟遊人）第四團團長胥俊卿（鳳翔人退伍後任紫陽縣長）均慣征善戰，甄師長親自提槍督陣，猛烈進攻，午飯前已佔領八渡，死傷官兵數十人，第四團尙營長及第三團一個連長陣亡，隴縣紳民正在懊惱甄部東開之際，午間城內外各牆壁上，已張貼大字號外「奪回八渡大快人心」。甄師在八渡午飯後，後續部隊已到，甄壽珊師長乃率所部直打吳山巢穴，在山中戰鬥搜索歷兩晝夜，吳山已肅清，王友邦率殘部竄至渭河北岸之赤砂鎮一帶，甄部亦急於開赴興平，爲善後計，由師收編王友邦，畀以綏靖總隊名義，勸其歸順，而王友邦巢穴雖被攻破，但對甄壽珊師長則尙由衷敬愛，故亦作「南人不復反矣」之打算。在甄部東開後（此後甄即被馮脅迫將部隊交出，甄壽珊本人改任陝省印花稅局局長併以附註）率少數親信，流竄至徽成等縣已往部署之山區，其部衆逐漸星散，前文所述之強毅安，即係此後由甘川邊境之兩當縣越秦嶺返回隴縣，受其族叔任隴縣南區保衞團長之強勵之收編爲保安中隊長（後爲部屬暗殺），而吳山名勝地，在民國初年之一段武俠小史，於焉結束。此後餘波，即爲汧隴鳳寶各地之保衞團長，良莠不齊，擁槍自雄，直到中央軍第一師胡宗南部坐鎮天水後，各地始隨時代之進步而逐漸安定。

夜探少林寺

○○○○○○○○○○○○○○○○○林　藜○○○○○○○○○○○○○○○○○

日來台視播出臥龍生的玉釵盟國語連續劇，這故事的發生，是以中原少林寺爲其背景，故當畫面在螢光幕上顯現時，但見烟雲縷縷，林木森森，加以凌空峭壁，巨壑深懸，好一片山幽林密之景，使人看來，自有一種神秘不測之感。

少林寺在河南省嵩山西峰少室山的北麓，其下是潁水的發源處，距登封縣城約二十五華里，但山上林石岩谷，千態萬狀，而且古跡古剎極多，山高一千六百八十八公尺，周圍約四十華里，是中嶽的一部分，爲我國文化史上第一大名山。詩經載道：「崧高維嶽，峻極於天」；而山峰之高，幾與天齊；山峰之多，至今尚無一正確數字。

筆者前曾到洛陽西工公幹，趁暇作過中嶽之遊。

這一天，中午過後，我和同事四人打從洛陽西車站，趁隴海鐵路東行的客貨車到偃師縣，然後改騎毛驢南行，因一路躭擱，過唐廬陵王墓時，早已是黃昏時分，猛抬頭，但見霧籠石表，鴉噪夕陽，雖然時令僅屬初秋，但少室山下已深深的蒙上了一片寒意。

我們一行踏着當年唐高宗幸少林寺時，所開鑿的鑾道而上，遠矚山石嶙峋，其勢巍巍欲墜，而蹊徑逼仄，步履極爲艱險，經緱氏過吹笙祠，這兒與轘轅關相望，緱山夜月，襯以點點疏星，聲聲啼鳥，景物極見淒冷感人。

我們繼續山行，東南向，經過望仙橋、望嵩橋而來到參駕鎮。鎮西有一座湯王廟，屋宇顯得極其凋破。我們一行進了土城西門，然後走出東門。西門匾題「瞻伊洛」三字，東門則匾題「望太少」三字，筆畫清麗，不知是誰的手筆。考參駕鎮是古來轘轅關地，唐時即見車駕駐蹕，從臣參侍，故名。如今人們叫它做「三家店」，大概是一音之轉吧。

從此過東白寺，沿轘轅山北麓上嶺，攀踰崿嶺口，一路巇崎難行，登躡攀援，頗夠刺激，且步履顚危於迷茫月色之下能見度極低，約行八里，終抵爲二百株古柏長林圍護住的少林寺。

說起這些古柏，眞不愧爲少林寺的一大特色。它們挺直端圓，沒有一些兒欹側媚態。每當庭除明淨，月寫其影的時候一看好像荇藻縱橫滿地；而遇到菩提樹未開花時，那些凌霄則多托根柏樹旁，作花柏頂，殷紅欲燃，人見人愛，尤以月下觀看，更見柔媚。

少林寺初建於後魏太和二十年，爲西域佛陀禪師參禪之所，隋文帝曾改名陟岵寺，唐朝復名少林，四週峰巒峭拔，少室山當其前，五乳峰擁其後，層崖刺天，橫若列屛。而崖下林盛泉清，風烟披薄，巑岏累積，望之令人却步。這時我們一行人手火炬一束，衝過岩壑，逃過山魈，高照山路，顛顛危危而來，雖已抵達了目的地，然每人的心靈中，還蒙上了一層山深月黑，不知伊於胡底的魅影。

少林寺的環境，實在寬閒幽邃，形勝天然。當年跋陀造塔，慧光翻經，已經早著神異；自從達摩祖師南來，寄跡在少林寺裡，竟然得到神光，以傳心印，東土禪宗，自此振興，至今已儼然成為中原的一大叢林了。

入得寺來，眼見前殿已毀於兵燹，殘垣斷壁，一片劫後蒼涼。右壁有宋朝米元章所寫「第一山」三大字，寺壁四周多嵌石碑，數以百計。漢以前的，大抵已漫漶不清了，其中有一唐碑為武德年間秦王（唐太宗早年封號）告少林寺主餝文，即唐太宗討王世充後賜寺僧的御箚。當時計有寺僧十三人立功，俱受封誥，曇宗授大將軍，其餘各僧不想做官，這便欽賜紫羅袈裟各一襲。自此少林武藝，即不脛而傳遍了中國。此後寺中僧徒常習武功以自衛，世上技擊也就有了少林派之稱，而少林寺也成為少林拳派的發祥地。樵書九道：「今之武藝，天下莫不讓少林；其次為伏牛，而伏牛亦學於少林。其次為五台，五台之傳本於楊氏女，所謂楊家槍者是也。」武林拳擊，素有武當、少林二宗派，又有五台、峨嵋諸傳，後世俠義小說，大多依此神而化之。

寺的東廊後有秦槐二株，夾墀而立，高偉而整，為當年六祖所手植，大已四人圍，柯葉貞蔞，蔽虧月影，那是當年打從廣州置於鉢中帶來的，相傳秦時即封為五品。寺右有達摩初祖面壁石，高約二尺，白質黑章，有紋如西僧趺坐。相傳初祖九年面壁，身影透入石而成。但據一般說法，認為本是水中石塊，經水波蕩漾，久而成就了無數的人物花鳥，不過這石偶然像一個和尚罷了。

西北三里有一面壁庵，庵成洞形，那便是當年達摩初祖面壁九年處，壁間有李屏山庵記，眞能發明初祖之心意。又嵩山的寶藏，主為石闕（形似牌坊），上有花草文字，但經二千年來的風吹雨打，大部已為風化剝落之物。其中由太室山至少室山途中，距邢家舖不遠處有一少室闕，它是中嶽三闕之一，傳為漢安帝時朱寵所建。闕文為陽篆，高一丈，寬八尺，厚八尺，分峙東西，題名篆刻，多已漶蝕，至今尚可辨認的有孟李令蓉一處，林芝至趙始又一處，共得九十二字，至於畫象，尚可認的只有月形和蟾蜍而已，北額留有「少室神道之闕」六個字，這是我國現存最古老的金石文字之一。但圖文大多殘缺，且難辨認，尤其月夜探索，更令人如入鬼域，有無所適從之感。

總之，嵩山少林寺，為從來臥虎藏龍之地，處士大儒，所在多有，仙俠奇人之跡尤多，實非人世常情所能臆測、評估的，前者如唐朝大詩人王維，即有「歸嵩山」之作。詩道：

「淸川帶長薄，車馬去閑閑。
流水如有意，暮禽相與還。
荒城臨古渡，落日滿秋山。
迢遞嵩山下，歸來且閉關。」

於此，足見當時學人，大多以歸隱嵩山為樂事的；後者譬如那一夜，我們艱辛萬苦地爬山，行來氣喘如牛，幾乎十步一停，五步一歇，但當時跟見前面不遠處，即有一瘦弱山僧，他肩挑着約百來斤的沉重麵粉兩大包，健步如飛地山行，一如升猱飛鳥，我們徒步空身，亦不足以望他的項背，只一眨眼工夫，他的身影即失却所在，然附近絕無庵廟足以息肩或藏身的，顯然地，早已上山去了，他走路的速度可知。這一山僧，大概就是水滸傳上所稱的神行太保吧！

請介紹，
請訂閱，
請批評，
請指教。

黃帝發明足球

李廣淮

可能很少人知道，我們祖先除了發明火藥、印刷術和指南針之外，在幾千年前還創始了現今世界上最狂熱的「足球」運動。廿多年前，首次發現並推崇中國是踢足球的老始祖—是英國人。

去年八月，懷疑並提出推翻中國發明足球論調的—是以色列人。

這樣說來，我們後代子孫應該感到非常慚愧，不但未能把祖先的悠久「運動」遺產，發揚光大，甚至幾乎讓它湮沒流失。

師範大學體育研究所主任吳文忠教授，於去年在以色列舉行的亞洲體育史學會議中，會竭力與懷疑中國發明足球的以色列學者尤里奧博士，爭辯反駁良久，但沒有說服了對中國史一知半解的尤里奧。

返國以後，吳文忠教授携手與另一位足球教授王森典，埋首於我國古經史書中，竟找出豐富的資料，足以考據證實中國發明了足球。最近，王森典並寫成論文：「中西足球運動的創始及其演變之比較」。

他們希望將這些資料譯成英文，寄給國際各體育學術團體研究，以史蹟例證粉碎以色列「温基特體育及運動」科學主任西姆利。尤里奧對中國創始足球的懷疑曲解。

先說在一九四八年，第十四屆倫敦奧運會出版的宣傳文物中，初次披露：「中國黃帝最先發明足球遊戲。」

一九四九年五月，美國新聞處刋出英國作家坦克立克香克的「足球遊戲的焦點」一文中，也強調說：「中華民國是足球的創始者，在兩千四百年前，中國已有足球的活動，且爲軍事的一部分。並說明球是用八片皮革所縫製的」。在這篇文中，並把中國古代的蹴踘（足球的古稱）與英國足球繪圖相比較。

在這兩種說法之外，廿三年以來，倒沒見到中國人自己考據中國發明足球的文章。

直到去年八月，以色列召開的亞洲體育史學會議中，開始討論「古代中國踢球的運動及其遺蹟」這一篇尤里奧研究報告中，提出三項疑點：

①中國的足球（蹴踘）是一種踢的運動，不能視爲與現代足球同一類型的運動。

②中國蹴踘運動，到唐朝由實體的蹴毬，改進爲氣球的史實，尚存懷疑。

⑧把擊踘（馬球）視爲蹴踘的替身。

爲甚麼中國古時的足球稱「蹴踘」呢？

踘，爲蚩尤二字之合音，相傳公元前二六九七年，黃帝戰勝蚩尤後，斬下蚩尤的頭顱，在祭壇內踢來踢去，慶祝勝利。

轉過來看西洋足球，在公元一〇一六年英國被丹麥佔領到一〇四二年丹麥人才被逐出英國本土。但憤慨的英國老百姓，仍挖掘丹麥人的墳墓，找出丹麥人的頭骨踢來踢去，以發洩怨氣仇恨。——一直到十六世紀，歐洲人仍不叫踢足球，而稱踢丹麥人的頭。

在中國漢朝劉向「別錄」中，已清楚記載黃帝爲激發軍隊作戰士氣，用蹴踘訓練士兵。漢朝末年的貴族少年，走馬打獵，飲宴之後，即舉行馬球競賽。那時又演變出策馬杖擊的運動，當時稱爲「擊鞠」。

五代花蕊夫人宮詞裡說：「自教宮娥學打球，玉鞍初跨柳腰柔，上棚知是官家認，遍遍常贏第一籌。」這段美麗的記載中，可看出一千年前的中國晚唐五代，連宮娥女侍在馬背上打球，都有樂此不疲的風氣。

唐朝蹴踘的方法，是以高及數丈的兩隻竹竿，裝置於地面，並將網子掛於竿上作爲毬門，分成兩隊比賽，必須將毬從網的上面踢過，才能得分。當時比賽顯然以踢毬的高度準確爲優劣之分。

蹴踘技術，到唐朝已達高峰，那時並出現明星球員韓永義，他踢球無論肩、背、胸、腹均能運用自如，而繞身不落，更能相敵數人不懼。另一明星球員張芬，一蹴即可超過塔的一半高度。

晚唐時，已由實體笨重的踘，改進爲吹氣的氣毬。這從歸氏弟子「嘲皮日休詩」中的記載證明：「八片尖皮砌作球，火中燀了水中揉，一包閒氣如常在，惹踢招拳幸未休。」

宋朝更熱愛足球運動，現藏於台北故宮博物館的宋人張敦禮的「閒庭蹴踘圖」中，畫着一個女孩以足弄踘的生動表情，四個男人在旁參觀。此外，還有宋人宋漢臣的「鞠場叢戲圖」，是六個人賽球的情形。

描述最精彩的該是水滸傳第一回中：「也是高俅合當發跡，時運來到，那個氣球騰地起來，端王接個不着，向人叢裡直滾，到高俅的身邊，高俅見那氣毬來，也是一時的胆量，使個鴛鴦拐，踢還端王。」

端王是宋神宗第十一子即後來的宋徽宗。居然親自下場踢球，難怪宋朝宰相李邦彥常自謂要：「賞盡天下花，踢盡天下毬，作盡天下官。」

奇怪的是，足球傳到明代民間，就已沒落消聲滅跡了。從此，竟變成「踢毽子」的鄉土遊戲。據考證：蹴踘從晚唐以來爲皇室偏愛，進入宮廷，反而民間受到環境的影響，倡導無力，演變爲布包銅錢的踢毽子遊戲。

再到一八四二年鴉片戰爭後，香港割給英國；在香港的中國人，才再接觸到足球，但那已是純西洋式的足球了。

在英國，從公元一一七五年起，足球普遍流行，比賽人數兩邊各以五百對五百，甚至三千對三千，形成激烈破壞的「暴徒式足球」。後來演變改良，直到一八六二年英國公佈了足球規則，成爲流行全世界的運動。

翻閱我國足球演進史，公元前廿三年漢成帝嗜蹴踘，並曾普設蹴場。公元八七四年，唐僖宗時，除設兩修竹爲球門，並改進爲氣球。同時女子也喜好蹴戲。公元九〇七年，宋朝已有足球團體組織，稱爲「圓社」。

歷史比較，中國人踢足球遠比西洋人爲早。

可是，爲什麼中國人後來不踢足球了？最後一次歷史記載爲：公元一三〇八年，元武宗喜蹴踘，當時並有周佺其人善踘。

王森典教授認爲：中國人講究精細，並受到古老保守觀念影響，而把足球演進爲斯文細緻的毽子遊戲。

但是，西方人士却不同，他們講求粗獷，富有蠻幹精神，場面愈變愈大，成爲目前世界性的運動。

目前，「國際足球協會」擁有一三五個會員國及地區，組織規模超過了「聯合國」及「國際奧林匹克委員會」。

在總共舉行過的十屆遠東運動會中，我國除第一屆以一比二輸給菲律賓外，則蟬聯了第二屆到第十屆九次冠軍。甚至，到第二、三屆亞洲運動會，我國還兩次獲得金牌，被譽爲亞洲足球王國。

可是，往後我國足球運動即一蹶不振，到今天國內還蓋不出一座夜間足球場；出師角逐國際比賽，也每每鎩羽淘汰而歸。甚至比賽都很少參加。

若是，國人認識了我們悠久光榮的足球歷史，再回頭看到今日國內足球沒落消沉的景象，將會有說不盡的愧疚唏噓。

陝北石油之開採

董蔚翹

資委會陝北採油

民國二十一年，國民政府軍事委員會國防設計委員會成立之初，（二十三年改爲資源委員會）鑒於石油在國防上的重要，由北平中央地質調查所派王竹泉、潘鍾祥先生到陝北一帶作地質調查，並於二十二年秋派張心田、孫越崎兩先生前往陝北勘查鑽探石油區域，及交通運輸路線。同時拜訪延長、延川兩縣長，洽請協助。孫張二位返京後，即由張氏負責積極籌辦鑽探及一切設備材料。至二十三年夏成立陝北油礦探勘處（此爲資委會成立後興辦之第一個事業）於延長縣城石油官廠舊址，孫越崎先生任處長。後來孫到河南焦作整理中福煤礦，任整理專員，探勘處處長職務由嚴爽代理。探勘處組織簡單，處長之下，在延長、永平兩區各設主任一人，延長主任爲嚴爽先生，永平主任爲劉夢符先生。永平辦公處係臨時租用民房，主任下設礦冶或機械人員一人，延長區爲單喆穎，永平區爲董蔚翹，兩區各有會計事務一人。另有機廠設於延長，有鉗工、鍛工、車工、鉚工等十餘人，均由平津地區所招僱。至於鑽井則借重原來石油官廠訓練好的老鑽工（均爲當地人），也有一部份是就地新招僱而臨時加以訓練者。至於其他如土木工、雜工等則全在當地招僱。筆者隨劉主任在永平担任鑽探工作，因出學校後，僅在煤礦金礦短期工作，到了油礦也和其他人一樣必須從頭學起。陝北交通不便，平津報紙信件需十餘日始到延長，公文來往，更費時間。所以在延長探勘處內設有專用電台，作爲與南京西安通訊聯絡之用，永平與延長探勘處之通信聯絡，則由專用信差經常往來送信。

探勘處成立後，即展開鑽探工作，當時在延長縣城用一部鑽機，在延長附近之烟霧溝用一部鑽機，在延川縣之永平鎮附近用兩部鑽機，同時進行鑽探。由二十三年七月至二十四年四月底，探勘處總計在延長及其附近之烟霧溝鑿井三口，在延川永平鎮附近鑿井四口，均屬淺井，最深者不過一百四十餘公尺，有二井見油，一在延長縣城西門外，一在永平鎮之東約五公里（每日均產油十餘桶）。原油爲棕綠色，含硫份較高，汽油成份佔百分之十，含臘百分之八。所產原油由延長石油官廠煉製。永平距延長八十餘公里，原油採出後則裝桶以驢和馬馱運至延長提煉，煉出成品，僅銷售於當地及其附近各縣。最遠至西安。

陝北採油之沿革

陝北石油，漢唐已有記載，當時居民僅用以療瘡。在民國二十三年陝北油礦探勘處成立之前，早於清光緒末年，陝西省行政當局在延長縣設立石油官廠，聘請日本技師開鑿第一號井，其後陸續開三井。民國三年日人辭去，由國人繼續工作。民國十五年至十七年鑿井三口，十八年至二十年鑿井五口，總計前後二十餘年，共鑿十二井，最深不過一百八十公尺，有三井見油，所產原油用臥式蒸溜鍋先後分次蒸煉，先用較大蒸溜鍋蒸煉提出汽油煉油，所餘渣油，再用柴油蒸溜釜將柴油蒸出，柴油內含有臘油經冷却後，臘油凝結即可將其中凝結之臘油分出。所有煉油設備，都極簡單陳舊。到陝北油礦探勘處時代，因產油不多，仍是因陋就簡，利用其原有的煉油設備。

石油官廠之外，民國二年熊希齡任國務總理時，美孚油公司與中國政府簽約，利用美國資金和技術（耗資二百五十萬元）於民國三年至五年在陝北探油，計用衝擊式鑽機，原動力用蒸汽機，在延長鑿井二口，在中部縣及膚施縣鑿井五口，最深者達三百餘公尺，因未見有生產價值之油層，同時洪憲政變，陝北地方不靖，工程中途停頓，當時的工程及地質工作，無一中國人參加，僅有中國人作買辦辦事務而已。可惜鑽井記錄及地質資料，由於美人回國，人事散亂，此項資料及岩層記錄亦皆散失，不能供吾人參考，殊屬可惜。祇是剩些套管油管之類器材。後來在石油官廠及陝北油礦探勘處時代，予以利用。

運輸的困難

在民國二十三年那個時期，西安至陝北還沒有公路，原有道路祇是行人小道，馬車不能通行，所有運輸，僅靠騾轎馱運。民國初年，美孚油公司由西安向陝北運大批器材時，一面修路，一面用大批人馬搬運，時間金錢，耗費頗鉅。

此次陝北油礦探勘處所購衝擊式鑽機三套，利用舊有衝擊式鑽機一套，除木製井架及底木由當地採購外，蒸汽機用鍋爐由德國購買。鑽鋌、鑽頭、鑽具鋼絲繩等由美國購買，其他各件國內能配製者，由上海配製，總計器材一百餘噸。運輸路線係經京滬、津浦、北寧、平漢各鐵路，而達石家莊，然後轉正太鐵路至太原。於二十三年四月底，器材由上海交運後，員工由南京出發，到太原後，器材先由太原僱馬車運到汾陽，再由汾陽僱卡車或馬車經離石至軍渡。離石至軍渡之汽車路，為民初華北大旱災華洋義賑會所主持修建，以後很久未用，多處不能通車，此次經沿山西閻主任協助，臨時趕工重修者。器材運達軍渡後，再用木船渡黃河下放至延水關。查軍渡為山西渡黃河至陝西之渡口，南距延水關一一〇公里。由延水關至延長縣城及延川縣之永平鎮，則用騾轎及騾馬馱運，百餘噸器材，公路運輸自然甚屬容易，但是騾馬馱運，每個騾馬僅能馱二百至二百五十斤重，裝配上頗不簡單。其中最大件為德製輕便式四輪拖運鍋爐，拆開後最大件每件重在半噸以上，由延水關內運時，騾馬馱運不便，則須動員大批人力，每行一、二公尺換班，抬運至延川需時五六日。當器材船抵延水關（距延長約六十公里，距永平約九十公里）之後，多數人員先赴延長籌備安裝鑽機，一部份人員留後辦理運轉器材。一面向延長騾運，一面在延長陸續安裝，前後運輸次序，配合頗為適當，等到延長的部份器材運完，則第一井的鑽機亦即裝完，馬上即於八月開鑽，繼則籌備烟霧溝鑽井，約於十月初赴永平進行鑽機安裝工作。由延水關向延長延川運輸機件，在當地僱騾馬馱運頗為困難，因為延長延川均是窮縣，蓄養騾馬者少，幸賴清澗、綏德兩縣政府之鼎力協助，在該兩縣代為招僱，始得解決。

黃河灘多水急，行船艱險，稍一不慎，一經觸灘，薄板木船，即行粉碎。為適於穿越險灘，轉彎靈活計，黃河木船，船身短而寬（約十七八呎長，七八呎寬），船底平，吃水淺，每隻船最多僅載四五噸。所以百餘噸器材，裝船三十餘隻。將船裝完後，編列號數，排隊開行，每船僅二三人輪替掌舵，即可進行，浩浩蕩蕩，順流而下。但是險灘大石甚多，計有四處淺灘，河水環繞大石塊向下流，水流喘急，浪聲怒吼，所以每到一灘，大家提心吊胆，如臨大敵，所以船隻先停集於河岸，由水路熟經驗多之幾位老艄公，集在一個船上，合作掌舵把槳，然後下放。要手急眼快，左轉右轉將石灘躲過，第一隻船平安放過，再放第二船第三船，俟所有船隻完全渡過一個險灘後，再結隊照常前進，直到幾個險灘過完，大家才完全放心，高興非常，到了延川關後，置備酒肉，犒賞船工，慶祝平安到達。

土共爲患

陝北童山禿嶺，地瘠民貧，雨量極少，氣候乾燥，樹木奇缺，所住房屋大部份用黃土堆砌，或則挖進黃土崖中，頂部挖成拱形，不需木材作樑柱，僅僅門窗用木製成，一般所稱「窰」者，即此之謂也。窰洞冬暖夏涼，頗爲經濟而實用祇是不太寬大耳。陝北素以土共多聞名，當二十三年秋，我們初去永平時，土共劉子丹幫已漸壯大。不過我們是以開發國家石油資源爲目標，祇知加速探油，不問其他，而土共有時襲刧軍隊，有時與延長縣自衛隊作戰，時常搶奪槍枝。陝北油礦探勘處有鑒於斯，故在延長及烟霧溝（延長東北十五公里）兩處探勘，均有自組礦警隊担任保護，延長縣城除保衛團隊外，並有軍隊駐守。在永平鎮之探勘隊，係由陝北駐軍高桂滋派團副率兵兩連，在永平專責駐守保護。後來情形嚴重，亦有礦警隊之設，永平區主任原爲劉夢符先生，工作頗爲敏捷，於十月間開始籌鑽二〇一井，十一月正式開鑽，跟即安裝二〇二井鑽機，旋亦開鑽，到十二月間二〇一井鑽深百十餘公尺見油，每日出油近二十桶，產油不斷的送往延長。二十四年二月劉主任應開灤煤礦之聘，辭主任職，由劉啓瑞先生接替。爲了鑽井工作，大家都是早出晚歸，往來於永平及井塲間（在鎮東五里），即此短短路程，均須軍隊保護。鑽井工作本來日夜兩班不停，夜班只有工人工作，土共時常於夜間到附近三公里馮家坪開會，路經井塲，恒徘徊多時，工人爲之驚懼，但過後還不敢聲張。有一次附近百姓，被土共逼迫，慘殺自己父兄，陳屍道上，以表明其確是聽命而忠於共黨，並貼大字報假造死者罪狀，悲慘令人不忍卒覩。又在永平之西南僅里許，爲去蟠龍之要道，土共常常大隊人馬來往經過，初時尚有迴避，只在夜間行動，後來竟毫無忌憚，在光天化日之下，自由來往。所以駐守永平之軍隊，構築工事，戒備森嚴。常有夜眠正酣，忽聞附近山頭槍聲大作，員工驚起，趕快進入碉堡，從事警戒，等他們過完，才回屋再睡。有時一夜槍響數次，竟至夜不成眠，但次日仍然照常工作，永平第三井第四井就是在這種環境下所完成的。

延長陷共永平撤退

永平距延長八十餘公里，兩方公務聯繫，有兩名專僱信差經常往來對開，步行送信，平時公文信件均用明文，後來土共勢日張，附近各縣駐軍已感疲於應付，土共常在路上檢查信件，於是有關係的公事，不得不在明文中另加暗碼，以通消息，而免發生麻煩。民國二十四年四月二十日以後一段時期，每次信差回來都現驚慌神色，追問時即說遇土共。有一次信差一進大門即面紅耳赤馬上報稱：「不得了！不得了！土共正在延長近處甘谷驛集合大隊，紅旗無數，準備進攻延長縣城。」我們向延長回信時，用密碼告知，僅能請其注意警戒，再無其他營救的方法。到了四月三十日，信差應由延長返回永平，但是一直盼到第二天晚上仍未見來，大家頓覺有異。果然五月二日凌晨，瓦窰堡駐軍之團部派駐軍一營到永平，由駐永平武團副偕營長扣門入，即秘密告以延長陷共，奉命永平軍隊撤守，限準備兩小時，於五點鐘向瓦窰堡出發。大家相對無言，倉促間將公文印信錢欵賬簿草草整理，在附近僱了幾頭驢脚，馱運些重要物品，由主任率領我們員工及礦警等人，隨軍隊撤至瓦窰堡。其餘二十多當地工人，令其留守。永平老百姓一見軍隊撤離，跟隨撤退者甚多，後以經濟無着，又各自返回永平。延長探勘處陷共人員計有嚴代處長、單喆穎、林鏡清及崔某諸先生以及報務員吳某等，後來林崔二人因非技術人員被共放出，報務員及電台被帶走。嚴單二先生均是學工程者，以及二十餘技工，土共要靠他們維持生產，所以不肯放出。

在永平撤退途中，軍隊戒備森嚴，前面及左右兩方山頂上，均佈有尖兵，從事瞭望及掩護，以防中了計，陷入重圍。（三個多月前，在清澗至瓦窰堡道上山谷中，因戒備不嚴，一營軍隊，全副武裝，整個被圍繳械。）到了瓦窰堡，駐軍首長李團長親來慰問，並告以安心稍候，當設法送至綏德，然後即可平安渡黃河東返矣。從談話中，延長縣城牆上守軍，被共軍夜襲防線因而失守，縣長及自衛團長均已被共軍慘殺。詢問探勘處同仁消息，彼云：「尚無確實消息，不過探油工作與共軍無利害衝突，員工安全想無問題。」五月下旬某日午夜，忽接駐軍緊急通知，即刻動身，我等隨騎兵一營由瓦窰堡動身，經清澗縣城時，草草午餐，緊急趕路，當晚抵綏德縣城。到了綏德大家才算安心，綏德爲陝北重鎭，駐軍甚多，治安較佳。次日向駐軍高師長桂滋深致謝意，彼稱「委員長早有電令，囑妥爲保護」。吾等詢問延長員工同仁消息，彼稱：「軍隊一連，縣自衛隊五六十人，礦警三十餘人，當已繳械，探勘處之電台已爲共軍奪取利用，至於其他情形，尚無詳報。」第二天師部派兵一連，護送我等至綏德以東二十公里之吳堡宋家川（與山西軍渡相對，爲黃河西岸之渡口），然後搭木船渡黃河而抵山西軍渡，隨即僱乘馬車東進至柳林過夜。翌日乘卡車經離石而達汾陽，大家始完全放心，安靜地休息一夜，次日再乘卡車抵太原，已是二十四年六月初了。

陝北探油結束

陝北探油不及一年，即遭共軍刼持，到此不得不結束。到了太原後，劉主任啓瑞將撤退經過情形向南京資源委員會詳報，得復電深爲嘉慰，並派員來太原慰問。隨即指示員工回家候命，筆者則被派赴南京三元巷二號資委會工作。大家一起工作一年，到後來落得如此的分手，不禁悵然若失，祗有互道珍重後會有期而已。

Olympia

HAIR DRYER
MODEL HD868

世運牌吹髮風筒

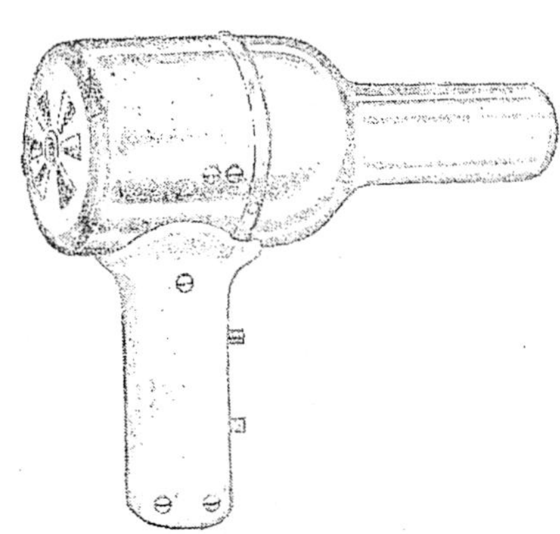

（一）風力特强。
（二）可調節風量。
（三）有冷熱風掣可隨意調節。
（四）裝璜美觀、大方、實用、送禮佳品。

實用電器廠出品．各大電器行有售

地址：香港九龍大角咀塘尾道八十一號至八十一號A四樓

電話：K939082（歡迎電話洽商）

漢陽鐵廠設立的經緯

一

清末士大夫的工業化運動，首先是從製造洋槍、洋砲、洋船開始，與先進國家工業化運動的程序相反；這是中國工業化發足之特點。英國爲工業革命之祖，原是由棉紡工業起家，漸次發展到重工業和軍用工業；即比英國工業落後八十年之德國，也是以發達輕工業爲先，並不是一開始建立軍用工業。但清末士大夫其所以最先運用全力建立軍用工業重大原因，實鑒於當時國家遭受列強軍事壓迫，感觸洋槍、洋砲、洋船的威力，土槍、土砲、帆船，根本不能抵抗，時有瓜分滅亡之禍；鴉片之戰敗於英，太平天國之亂的平定，爲新武器効力最顯明的事實；此等切身的經驗，慘痛的教訓，激勵他們發奮圖強，不得不然。所以李鴻章上同治「籌議造製輪船未可裁撤摺」上說：

臣愚以爲國家諸費皆可省，惟養兵設防，練習槍砲，製造兵輪船之費，萬不可省；求省者必屏除一切，國無與立，終不可得而強矣。

李鴻章首先於同治元年（一八六二年）在上海及蘇州設立製造局，鑄造大砲；曾國藩於同治四年（一八六五年）在上海設立江南造船廠，製造洋船、槍砲、火藥、子彈，同治五年（一八六六年）左宗棠設立馬尾造船廠；同治九年（一八七〇年）天津機器製造局成立，製造軍火等；都是集中全力以發達軍用工業爲當務之急，且以爲富強的根本法門。

製造洋槍、洋砲、洋船，主要的原料是鐵；中國用鐵，自春秋戰國時代起有幾千年的歷史，都是土法鑄造，不能大量生產而質又差，不適合於製造武器之用；從海外購買，體積笨重，運費過昂，也不上算；只有採用新法自己製鐵。製鐵的燃料是煤，而新法開採的煤礦當時大半在外國人資本支配之下，不能自主；於是激起政府普遍勘察全國的礦產，民間也展開了收回礦權運動，企圖自己能力大量的開發煤礦和鐵礦以製鐵，也是要從根本上強大軍用工業的基礎。

二

張之洞在清末士大夫的工業化運動中，是一個突出的人物；他的中體西用思想，表明對「洋務」的看法，至今引起一般人的評論；固然在權勢和地位的影響不及李鴻章，然在經濟方面建樹的事業並不遜於任何人。在兩廣總督六年任內，建立繅絲局、鑄錢局、銀元局，向英國定購化鐵爐兩座，籌辦鐵廠，也是着重製造軍用工業的基礎。光緒十五年（一八八九）張氏調任湖廣總督，繼任兩廣總督爲李翰章，不以舉辦鐵廠爲然，拒絕接收承辦；乃將運到廣州兩座化鐵爐，隨着調任湖廣而運到漢口，並選定漢陽大別山爲廠址（兼設槍砲鋼業專廠），這便是漢陽鐵廠設立之由來。有人問他，「鐵礦在何處」？張答：「還沒有找到」。有人建議，武漢附近無鐵礦，鐵廠不宜設立在武漢，張謂：「建廠於武漢，則吾猶及見鐵廠之煙突也」（見龔駿編中國新工業發達史大綱，民國二十四年，商務版）。從這種談話看來，一面表現張氏籌辦鐵廠沒有整個計劃，一面也表現張氏是如何迫切希望新式工業發達的心情。

漢陽鐵廠於光緒十六年（一八九〇年）興工，資本兩百萬兩，由政府投資；使用的是光緒十四年（一八八八年）由盛宣懷率領英國礦師探勘大冶獅子山的鐵礦。張氏又派德國技師再勘察大冶縣附近鐵礦，發現礦產分佈，遍地皆是，而且最易開採；該技師即以此洩露德國駐華公使，向中國要求開採該地鐵礦權和建築鐵路運輸的權益；幾經交涉，結果，由中國方面聘請德國技師指導，購買德國機器，纔告解決。這是勘察大冶鐵礦一段插曲，可知當時列强對中國無理要求，無孔不入。接着張氏在大冶又購買象鼻山、尖兒山、光山三處礦區。光緒十八年（一八九二年）建築由鐵山舖至石灰窰長四十五里的鐵道，以便由礦區運礦石至揚子江南岸，再由水路運至漢陽鐵廠。製鐵燃料的煤則仰給於開平和日本的供應，於光緒十九年（一八九三年）鐵廠開始出鐵。但鐵礦和煤從幾百里外運來，成本過高；又加以經營不善，虧累甚多，不能維持；於光緒二十三年（一八九七年）改爲官督商辦，招收民股，由盛宣懷主持。又添購大冶縣的鐵門坎、紗帽翅、龍洞、大石門、野鷄萍、金山等礦區，連同張氏所購的礦區，據德國工程師的過高估計，總共鐵的儲藏量爲一萬萬噸，實際儲藏量三千五百萬噸，所含的鐵量爲二千萬噸（見楊大金編：現代中國實業誌下卷，民國二十七年）。又以使用河北開平的煤運輸不便，決定在附近省份尋找煤礦，遂派德國礦業技師調查湖北、湖南、江西、安徽諸省，於光緒二十四年（一八九八年）發現江西萍鄉的大煤田儲藏量有兩億噸，煤質又適於製鐵，先由政府撥一百萬兩開採。光緒二十五年（一八九九年）爲了擴充礦務，便利運輸，建築株萍鐵道，向德商禮和洋行借欵四百萬馬克，於是可由株萍鐵道轉粵漢路，或由湘江水運至漢礦鐵廠，比較從開平運煤的里程縮短了許多。

光緒三十三年（一九〇七年）漢陽鐵廠改換了新的化鐵爐，原有的化鐵爐，因礦質不同，不相吻合。一般化鐵爐分「卑司麽爐」和「馬丁爐」兩種，兩爐又有酸性鹼性之別，大冶鐵礦，包燐較高，不適用「卑司麽爐」；但張氏向英國購買時不了解應購買何種化鐵爐，亦未附寄礦石化驗，而英國即以一酸性「卑司麽爐」和鹼性「卑司麽爐」與之，因此，所煉出之鋼鐵既不好而價格亦高，遂派人携帶礦石和鋼鐵成品到歐洲請人化驗，始知大冶鐵礦，不適用「卑司麽爐」，須用鹼性「馬丁爐」，再從事改進，購買「馬丁爐」六座，又建造二百五十噸之冶鐵爐兩座，其出品也比較精良，除出產生鐵外，其他如輕重鋼軌，厚薄鋼板，大小鋼條，方圓鋼筋及工字鋼等（見實業部經濟統計年鑑第十一章工業），都能鑄造，可供建築鐵路和橋樑器材之用，而鐵廠的規模也就比從前鴻遠了。

漢陽鐵廠，大冶礦鐵，萍鄉煤礦，雖相隔遙遠，但業務的關聯究屬一體；爲便利指揮，統籌兼顧，於光緒三十四年（一九〇八年）合併而成立漢冶萍鐵廠礦有限公司，資本總額二千萬元，盛宣懷爲總理。在未成立公司前，盛氏與日本簽印合同，預借日金三百萬元；並規定大冶鐵礦於三十年內供給日本礦石七萬噸至十萬噸，以後繼續向日本借欵，供給的礦石數量亦隨至增加，而且礦石作價甚低，中國方面所受的損失不小。

當歐戰之時，各國擴充軍備，鋼鐵需要激增，價格高漲，漢冶萍公司計劃擴充產量，以應需求；且鑒於漢陽鐵廠運用大冶鐵礦，運費過高，遂在大冶附近，另設新廠，採用美國式日出四百五十噸的冶鐵爐八座，也是使用萍鄉之煤煉焦製鐵；不意第一座冶鐵爐沒有建立完成，歐戰結束，鋼鐵價格大跌，而建設新廠計劃自不能不終止。

民國時代，大冶鐵礦石的產量與年俱增；但萍鄉之煤，因受軍事和工潮的影響，產量遞減，甚至於停工；漢陽鐵廠亦然，受辛亥革命及北伐影響，時停時開；但無論停工與開工，也無論官辦時期，或官督商辦時期，漢陽鐵廠製鐵的成本過高，增加業務開銷的負担甚重，而受實惠者只是日本八幡製鐵所。

三

漢陽附近既沒有鐵礦，也沒有煤礦，製鐵的原料和燃料的必要條件不具備，則鐵廠不應設廠立在漢陽，這是最顯明的道理。現代資源缺乏的國家，也有從外國遙遠的區域運輸原料和燃料，例如日本運用菲律賓的鐵礦，臺灣輸入科威特的原油，實不得已。但在本國內既具備設廠的原料和燃料的區域，自不應該使廠址和原料及燃料相隔遙遠，應依照工業區位理論遷就其重大因素而設立，關於漢陽鐵廠運輸原料和燃料的費用，國聞周報第四十八期，敘述頗詳，節錄如下：鐵廠與礦區相隔數百里（水運二百里）；鐵自大冶起運，須先用人夫挑至鐵船，再以輪船洩之，溯江而上，至漢陽江邊，由輪船卸下，轉入火車，運輸入廠；計自礦區至廠，每運鐵千噸，費時四五日，每噸運費，平均銀元兩元餘。若萍鄉之焦煤，運輸出山後，經株萍路至株州，陸路經粵漢路，運至漢廠，水運自株州經湘江直達廠門，焦煤多由水運，陸運不能直達廠門，多暫堆於對江之鮎魚套，再由船舶轉運入廠。焦之運費每噸計需七元餘，煤之運費約五元。運費既大，成本增高，製鐵不如買鐵，而外國鋼鐵必然的壓倒內部鋼鐵生產之不振。

第二，以當時官僚政治經營新式工業，既沒有科學知識，也沒有經營新式企業經驗，任用一般閒散官紳，當作肥差美缺，變成新式衙門；後改組織冶萍公司，仿照現代公司組織，有董事會，董事長，正副總經理，分工務、商務、會計、若干課，以下分股，各股不但缺少連繫，而且彼此敵視，各就其勢力範圍，購買不必要的機件，多僱工人，增加公司負担。顯示以沿襲中國過去幾千年官辦事業的傳統態度經營現代的工業不相稱，這也是如實的表現中體西用思想的不徹底。

第三，尤其製鐵煉鋼事業更不簡單，製煉的火候，熔化的程度，成品的檢查，須要高深的技術；西方製鐵煉鋼經過兩百餘年不斷的改進，始有今日一貫作業的方式；漢陽鐵廠始終在外國工程師指導之下，沒有培植研究改進發展的人才，所以鐵廠好只能維持現狀，稍有不良的影響，便不能支持，更談不上改進與發展。

然而當時滿清政府顢頇無能，樞臣彼此猜忌，「人才的難得，經費之難籌，畛域之難除」，一般士大夫深閉固蔽，認為將洋人驅逐出中國，便可太平無事；可以想見舉辦「新政」種種阻礙和難關；而張氏在兩廣和湖廣任內完成許多新的事業，實是難能可貴。因為他是向開放社會方向前進，雖然在意識上沒有推倒滿清政府；但其作法，是開通社會的風氣，認識時代的需要辛亥革命，所以成功於武漢，不能不說是張氏在事前無意中播散了的種子。左舜生先生在中央日報，評論張氏「說得好一點，他還是李鴻章批評的所謂「書生」，說得不好一點，他乃是徹頭徹尾的「巧宦」就不是「書生」，「書生」與「巧宦」加在一個人的頭上，似乎不倫不類。據羅惇融的「庚子國變記」，李鴻章與各國議和，「鴻章謂樞臣不明敵情，徒亂人意，閱竟旋毀之，幕僚不及見也。鄂督張之洞亦迭電干議，鴻章笑曰：張某作官數十年，猶書生也」。此是就外交方面說，張氏未身當其衝，自不免隔膜，故有此諷刺之語；而左先生借此評語作為批評張氏之一切，似不適合，張氏提倡廢科學，興學校，練新兵，築鐵路，辦實業，而且一一見之於實行，豈是不適時務的書生做得到的麼？「所謂徹頭徹尾的巧宦」也不盡然，如依照景善的「庚子拳變日記」所說：「張之為人，善觀時勢，……看風轉舵，並無胆力」，為其評判「巧宦」的根據，也很薄弱，他曾數次彈劾大臣的違法失職，與載灃監國攝政爭論國事，甚至於憂國而死；辦理三十餘年的實業，「家不增一畝」，沒有做過喪權辱國之事，從這些事實來看，似乎不能說是『徹頭徹尾的巧宦』。而且這種「巧宦」是所謂百無一用的「書生」而能為之，更不相稱，當有根據，我不是研究近代歷史的，除此外，也就不能詳說了。

憶荊州

胡繼翰

一

荊州，在清代爲荊州府及江陵縣治之所在，春秋時爲楚之郢都，楚文王自丹陽（按周成王封熊繹，初都丹陽，後移枝江，亦曰丹陽。）徙此。後九世平王城之，平王所都，在今江陵縣東北之郢城。荊州城東北有草市，相傳即古之郢都。

荊州據長江上游，爲四戰之地，東控武昌，南接洞庭，北制襄樊，西扼三峽。所以從三國一直到清季，都有其軍略價值。尤其在六朝偏安時代，荊州尤爲江南屏障，屹然重鎮，得失之際，動輒關係皇室安危。因此，清代在荊州亦有將軍的設置，所有旗人，全都居住東城。自從粵漢鐵路通車以後，荊州的形勢，已退居於次要地位了。

二

荊州的盛況，我沒有親眼得見，而我所見到的荊州，却是一片荒涼。當我在學生時代初見到荊州城郭時，感到牠是那麽的嵯峨雄偉，的確是一座名都。當時追想古人作戰，不過是刀矛箭弩，而荊州的城牆是那麽高大堅實，縱有千軍萬馬，要把城池衝陷，又談何容易！不過荊州畢竟經過了幾許興亡，又感到古人所說「在德不在險」，自更有一番至理了。這是我初次離開家庭在外求學接觸到新事物的一點感想，至今記憶猶新。

在我進入荊州城之後，（我們松滋人到荊州去，必經沙市由東門而入。）所見到的全是斷瓦殘垣，一些廢墟上面，亂草披離，入眼的景物，與這座名城，實在太不相襯。經過打聽，才知道是辛亥人民起來在東城打倒滿清旗人的結果。現在我們知道政治是無情的，回想當滿清入主中國之後，中國人都是臣民，奴主之間，累二百餘年，該是積下了多少仇怨。一旦有了機會報復，當必盡情發洩，這些斷瓦殘垣和亂草披離的背面，該是有多少哀悽啊！老子說：「天地不仁，以萬物爲芻狗」。斯言果信然歟？

三

從關羽坐鎮荊州，威震華夏以來，經過羅貫中在三國演義中渲染而後，荊州之名，可說是國人皆知。至於關羽在荊州的勝蹟，千載以下，已渺不可得。僅僅在南門大街有一座關帝廟，在我見到的時候，廟貌清輝已滅，廟門更被一羣賣小吃的攤位所堵塞，據說守廟的人乃關羽之後（確否未曾查證），每年農曆五月十三日，即將關羽所著之袍帶等件展覽一次，我想這些袍帶等物，或係後人立廟時所獻，絕非眞是關羽當年所著者。相傳五月十三日，乃關羽磨礪其青龍偃月大刀之日，故展其遺物，以資紀念。關羽對漢室的忠貞，固足欽佩，由羅貫中再加塑造，就更爲神化了。足見果有一德足稱，就可流芳百世，精神教育，當然是社會的一根大撐柱。西城有老萊子里，就在荊南中學（省立八中）隔壁巷內，事隔二千餘年，自無老萊子當年住過的房舍存在，不過歷代故老指點相傳的一個遺跡而已，在巷口有一石碑龕於牆上，上書「老萊子里」四字。只要知道老萊子七十戲彩娛親這個故事的人，過其里門，自不覺油然興思親之念。

荊州城西門外有觀曰「太暉」，觀址宏敞，其中房舍櫛比，不下數百間，分爲左右兩個院落。中有一藏經閣，高聳雲表，登臨其上，可以俯瞰荊州城內全部景色。最後一進爲金鑾殿，拾級而上，兩旁又各有石級，迴欄曲折，據傳此觀乃王宮改造，所謂金鑾殿者，即衆臣朝拜之所。按荊州自漢高時就置有封國，歷代時置時廢，謂觀爲故王宮所改造，當不爲無據。觀右有一塚，石碑所鐫，爲某一楚王之墓，可惜我現在已記不清了。

離太暉觀不遠處，有一土坵，上有廟名龍山寺，相傳爲孟嘉落帽處。昔人文酒之會，每留韻事，較今之留連觀光飯店與特種酒家，似覺有其高雅處，足資後人景慕。

江陵張居正，爲明代大臣，其軼事多爲人所艷稱，歷五百年後，人皆仰慕不衰。我在荊州所到之處，幾乎都在客廳中掛有江陵拓墨。胤嗣張建在大陸易手前猶安居在荊州城內，現況如何？無從臆測了。

荊州確是歷史名城，城廓建築，極其堅實雄偉，城周四十餘里。然而在辛亥以後，已成滿目荒涼，足見事定之後，沒有人能加以整理和保存以致日趨廢弛。惟有東城一帶廢墟上，以後由林業試驗所植有大片漆林，可謂地盡其利，這就可以象徵科學的實用價值。

四

張之洞督鄂時，就昔荊南書院改建爲荊南中學堂，入民國後改爲荊南中學，嗣改爲省立九中，革命軍北伐後又改爲省立八中。從荊南書院時代起一直到省立八中時代，這個黌宮，都是人文薈萃，擁有鄂西最高學府榮名。我記得八中的第一任校長是江陵陳祖炳（文彬）先生，所聘教師有曾在大學任教或獲有外國學位者，故在當時湖北沒有設置省高以前，八中的校譽幾乎冠於全省。第二任校長爲沔陽王焯生先生，第三任校長爲大冶程發軔（號芷芸）先生，一直都能保持原來的校風於不墜，戰後改爲江陵高中，似乎就沒有以前的隆望了。我本非八中學生，祇因當時有幾個知己的小學同學就讀該校，每年寒假期間，他們都約在荊州等我武昌趕去相聚，每次總得小住二三日，然後結伴溯江西上回家。因此，荊州成了我最熟識的地方，戰後我將私立華中中學由重慶遷至沙市，而荊州更成了我的第二故鄉。當時在荊沙一帶，除省立江陵高中，江陵師範外，有筆者所辦的私立華中中學，雷鳴澤所辦的郢都中學，熊務民辦的武德中學，丁瑾辦的晴川中學，較之戰前，可說在量的方面，大爲提高了。

五

荊州有些風味，也是我難忘的。每次從武昌到了荊州，同學們總是以宣傳的口脗告訴我，說南門大街葛洪興菜館的小菜極爲可口。眞是言不虛傳，這個菜館的辣蘿蔔，一大塊一大塊，又嫩又甜又脆，加上香蔴油之後，眞是辣香甜俱備，比之今日台灣任何上品辣蘿蔔，何啻味同嚼蠟。還有紫菜苔，又鮮又嫩又脆，較之最出名的洪山菜苔亦毫無遜色。白山藥煨豬蹄湯，入口亦甚鮮清，芹菜又香又嫩，入口即化。這些菜品，價錢均極便宜，大約四個人吃一頓飯，絕不超過一元大洋，正適合學生的需要。當我們一進館子，那個胖胖的老板娘就會親切的招待，我想在荊州的幾位同學，可能是菜館常客，再者那個時代，荊州的各行業對荊南中學的學生都有幾分敬愛，一般人對學生的親切，並非是純商業技術，實在還有一點「儒爲席上珍」的味道。可惜戰時葛洪興菜館被炸毀，以後我再到荊州，就沒有這份口福了。

安清幫與羅祖教

莊練

我國過去的許多祕密社會組織，由於其內部情形一直對外嚴守祕密之故，其歷史淵源及實際狀況，遂一直不能爲外人所知。近年以來，一則因爲幫會組織已漸成歷史陳跡，二則因其祕密文獻頗有流傳於世的，於是乃可使我們約畧窺知其內容大概，從而亦可糾正社會上對於幫會情形的若干錯誤傳說。今先談「安清幫」，亦能俗稱之「青幫」，或「清幫」。

筆者曾在一篇名爲「幫會祕辛錄」的文章裡看到有關安清幫的記述說：「清幫是洪門裡分出去的。『但見金盆開花，不聞清洪分家』。明末，史可法殉難，他的參謀長洪英戰死於三汊河，歸天之前，吩咐他的五位部將蔡德忠、方大洪、胡德帝、馬超興、李式開建立洪門，以反清復明爲不二職志。

這五位部將便是洪門的前五祖，後來曾經到達臺灣，投奔鄭成功，再奉鄭氏派遣，潛回國內，在全國各地散佈革命種籽，發展洪門組織。寖假到了乾隆年間，清廷鑒於盜賊遍地，漕運不通，於是貼出皇榜，招徠天下英雄豪傑，替他們承辦漕運，輸送糧米。乃有洪門弟兄翁德惠、錢德正、潘德林三人，想出臥底反間之計，得到洪門弟兄的允許，公然揭了皇榜，歸順滿清，另組清幫，承攬漕運。其實，他們做的是反間工作，供給情報，爭取財源，尤可借清幫之名擴大組織，培育實力。

佛家禪宗，衣鉢相傳者凡六世：始祖達摩，二祖慧可，三祖僧燦，四祖道信，五祖弘忍，六祖慧能，是爲震旦六祖。六祖慧能未再傳衣鉢，於是，清幫創始者利用『五祖傳六祖，六祖永不傳』的故事，直承道統，供奉羅祖爲祖師，組成糧船幫。亦即安清幫，簡稱清幫。翁、錢、潘三位洪門弟兄既組成清幫，自立門戶，陽爲清廷効力，實則培養羽翼。他們猶不敢數典忘祖，於是提出『替天行道，帶髮修行』的口號。對清廷解釋，替天行道是替天子行道，暗底下的意義則爲替天下行道。帶髮修行，對清廷說是清幫中人本是羅祖弟子，原該剃去三千煩惱青絲；但是爲了協助清廷維護漕運，迫不得已，惟有帶髮修行。於是，清幫中人可以不薙髮，不留辮。

有這種種關係，所以終清一代，清洪弟兄相遇，不但不存敵意，而且和衷共濟，患難相共。基於此，又有所謂『先清後洪，鯉魚跳龍；先洪後清，剝皮抽筋』之說。其意爲從清幫跨入洪門，等於由地下工作者變爲攻堅摧銳的先鋒，有鯉魚登龍門而聲價百倍之意味；若先洪門而後入清幫，便是陣前戰將向敵人倒戈投降，自然要處於極刑。並且清幫尊奉羅祖，衣鉢相傳，必須講究班輩。所以清幫以師徒遞傳，而洪門却一字並肩。這一點，清幫與洪門，又是大大的不同。」這一段話，敘述清幫的起源及其大致性質，若以今天所能看到的幫會文獻及歷史檔案等互相比較，便可知道，其中的錯誤實在太大。

首先，筆者可以指出如下三點事實。第一，清幫並非是由洪門中分出去從事反間臥底的洪門支派。第二，翁、錢、潘等三位清幫祖師，其生存的時間甚早，並非在乾隆年間方纔因承攬漕運而組成清幫。第三，雖然清幫中的文獻資料以翁、錢、潘三人爲清幫的開山祖師，但若由雍正乾隆間的官方文件看來，此三人應當是羅祖教中的重要人物，而與組成安清幫一事無關。謂予不信，且看筆者在後面所徵引的有關資料。

清幫祕籍「通草」中曾有如下一段記載，說：「康熙皇帝又爲南漕朝夕躊躇，意將南方諸郡民稅漕糧移運北京，以爲滿蒙祿食。傳旨午門外張掛皇榜，招募義士，護國匡漕。翁、錢、潘三位老祖揭下皇榜，康熙皇帝下旨，命三位義士領幫匡漕，潘祖爲正統，翁祖爲左統，錢祖爲右統。三祖奉了皇帝聖旨，領運通漕，名爲安清幫。雍正四年，船齊下水，開始運糧。翁、錢、潘三祖因人類不齊，殊難約束，經漕督何公立邦奏明，恩准三祖各開山門，廣收弟子，支配各船服務。再由徒傳徒，人才日衆。全幫合力合心，漕運于斯爲盛。昔日遞運艱難，人畏其險，今則交通便利，人賴以安，故定幫名曰安清。」

這一段話，說明了安清幫的興起確是爲了領運漕糧，誠然不錯。但由「通草」的文字記述看來，此書中不但沒有一點「反間臥底」的革命意味，反而充滿了以服務滿清爲榮的痕跡。如書中的「江淮四總幫頭」一節說：「金頂金絲盤龍雀杆，大紅四飄帶，絳黃龍鳳旗。每月初一十五兩日用杏黃旗，進京鳳旗，出京龍旗，陰陽紫金鎖。雀桿是雍正御賜，旗子是正宮娘娘親賜。靠船紫金碼頭，吃長流水，燒昆山柴，交糧飲龍鳳大票。」

又所記香堂詩中多有類似口吻的詩句，云：「二對寶臘滿堂紅，幫中豪傑出英雄，雀桿以上落彩鳳，船艙以內起臥龍。」「雙手舉起紅線繩，九江八河他有功。三老四少來拉縴，護送皇糧通州行。」「祥雲紫霧照達臺，三老四少兩邊排。未從開壇先宣令，奉命聖旨和龍牌。」這些文字中屢屢提到「龍鳳」、「御賜」、「聖旨」、「龍牌」之類加上其他「揭皇榜」、「受皇封」、「吃御筵」、「欽賜家法盤龍棍」、「欽賜家廟匾額」等等，我們祇能看出清幫純粹是以爲滿清皇朝效忠爲榮，全無反清意味存在。

民國元年，革命先烈譚人鳳呈請政府設立「社團改進會」，其呈文中會說：「清幫起于漕運，船桅高張『天庾正供』旗號，乃殘吾民以齎寇糧者，烏可視爲同道。」他以會黨中人的立塲說出此話，很可以看出當時一班革命會黨如洪門會等，對清幫所劃的界限何等清楚。由此而論，清幫當然不會是由洪門中分出去的支派。如果再由雍正乾隆間的官方文件中鉤稽查證，則翁、錢、潘三人的生存時間甚早，更不可能是以洪門弟兄的身份開創清幫的。

根據另一種清幫祕籍「道遺指南」的記載，翁祖德慧生於清世祖順治十一年正月十八日午時，卒於清高宗乾隆六年正月初三日，享壽八十八歲。本係山東聊城縣人，移居山西，身入黌門秀才。

錢祖德正生於順治十三年五月十三日，卒於乾隆三年七月二十日，享壽八十三歲。本係山東濟南府濟陽縣人，移居河南，亦會入黌門。

潘祖德林生於清聖祖康熙四年六月初六日，卒於乾隆十三年十月十三日，享壽八十四歲。係浙江杭州府武林門外狀元街潘狀元六代賢孫，先充秀才，繼中舉人。此一記載，若與清代的官方文件相比，便可知道其全非事實。

故宮博物院所出版的史料旬刊第十二期，收有乾隆三十三年十一月卅日閩浙總督崔應階所上的奏摺一道，其中說：「該臣看得，杭州北新關外拱宸橋地方，向爲糧船停泊之所。明季時有密雲人錢姓翁姓、松江潘姓三人。流寓杭州，共興羅敎。……」此疏中所說的「錢姓、翁姓、潘姓」，即是清幫所尊的翁祖、錢祖、潘祖。但清幫祕籍以「三祖」爲清初時人，崔疏則以此三人爲明時人，且翁錢二人籍隸北直隸之密雲縣，潘則直隸南隸之松江，無一人與清幫祕籍所記相合。可知清幫祕籍，實係後人所僞託。我們何以知道崔應階疏中所述的翁錢潘三人即是清幫所尊的三組？這一層，在接敘安清幫與羅祖敎（即羅敎）的關係時便不難知道。

前引「幫會祕辛錄」中已曾說到，清幫以佛敎禪宗爲衣缽相傳之道統。但自六祖之後衣鉢不傳，遂以羅祖直承道統，供奉羅祖爲祖師。此「羅祖」，殆即淸幫祕籍中所記的「羅淨卿」，或「羅淸」。

淸幫祕籍「通草」一書記述淸幫的「道統」是：從釋迦牟尼傳至達摩，是爲「中華初祖」。至六祖慧能以後。「道降火宅」，傳于金淸源，是爲「安淸父子道」前二十四輩的第一輩，即「淸」字輩。金祖再傳「淨」字輩弟子陳淨覺、林淨修、羅淨卿。

羅淨卿稱爲羅祖。羅祖傳「道」字輩陸道元。陸道元稱爲道祖。陸祖傳「德」字輩翁德惠、錢德正、潘德林。由德字輩下傳，至民國時已共傳至二十四輩。「道遺指南」記述金祖之傳羅祖，羅祖之傳陸祖，陸祖之傳翁、錢、潘三祖，輩次與此並同。但二書所記羅祖的生存時代，則又彼此互異。

「通草」：「羅祖生于嘉靖年間，萬曆時官戶部侍郎，爲奸臣所忌，被禁天牢。後奸臣事敗，萬曆帝醒悟，降旨赦罪還官。羅祖上殿謝恩，面奏：『臣在天牢九年，久已看破紅塵，虔心修道。在牢曾作經書五部。第一部正心修身，能知未來過去。第二部祛欲辟邪。可使一身淸正。第三部鞏固形骸，可以長生不老。第四部樂詞上，第五部樂詞下。今皇御覽。臣心已死，不願爲官。又賜統一淸道人。」

道遺指南：「羅祖居甘肅東鄉羅家肚，其父人稱員外。所生五子皆亡，惟留行五，即羅祖。羅祖聰明過人，名諱淸，字愛泉，生於崇禎明末年間。十九歲中鄉魁，淸初間官居戶部尚書。同兵造反，羅祖在金殿請下聖旨，乃至邊疆搭起高臺，對反賊講說仁義道德禮義廉恥，反賊不戰自退。羅祖班師還朝，被奸宄魏忠賢奏聞天子，言羅祖私通外邦。皇帝大怒，遂將羅祖下至天牢一十八年。那時羅祖在天牢參禪悟道，讀經誦卷，靈性發現，遊玩三山五岳，觀遍桃紅柳絲。在天牢著作眞經六部，靈遊西域，留給西域國王三部，下存三部，寄在杭州武林門外八角琉璃井內，後來西域進貢，文武兩班無人知曉，聖上宣羅祖出牢，方言眞經來歷。遂至杭州八角井內，將上三部眞經取回，共獻聖上，聖上大喜。其名曰，一曰佛光不昧經，二曰項法無爲經，三曰心猿多心經，四曰陀來醒世經，五曰南無經，六曰泥門多吸經。羅祖遂上表辭朝，不願爲官，遍訪三山五岳。行至黃花山，得遇周祖點傳。後列棲霞山紫雲洞修養。爲開道祖師。」

這兩段記載，多有荒廢不經之語，可以不必管他。最奇妙的，無過於後一記載之將魏忠賢作爲淸朝初年時的「奸臣」。這當然也可以不必管他，然而却可以看出這一類記述之誕妄難信。

按，羅祖名羅淸，或稱羅孟洪，羅淨卿，其出生時間，遠早於明世宗嘉靖以前。因爲他所著的「巍巍不動泰山深根結果寶卷」，早在明武宗正德四年時，便已有刻本傳世了。此一寶卷中有羅祖所自述的履歷身世，云：「俗家住在山東萊州府即墨縣豬毛城成陽社牢山居住。祖輩當軍，密雲衛古北口司馬台悟靈山江茅峪居住。我爲出家在家，四衆菩薩，打七煉魔，苦行無處投奔。發大好心，開五部經卷，救你出離生死苦海，永超凡世不同來。苦功悟道卷，嘆世无爲卷，破邪顯正鑰匙卷，正信除疑自在卷，巍巍不動泰山深根結果寶卷，信受奉行。

由明武宗正德四年所刻羅祖經卷推測，羅祖的生存時間，最晚當是明憲宗成化至孝宗弘治間。羅祖所創的敎，後人通稱之爲羅祖敎，但其本名則是「无爲敎」。他在「破邪顯正鑰匙卷」中自稱爲「无爲居士」，明末收圓敎經典「古佛天眞龍華寶經」述及明代的各種祕密宗敎，也說：「无爲敎，四維祖。」「四維」即是「羅」字的拆寫。

另外則史料旬刊第十五期中收有乾隆三十三年十月初一日江蘇巡撫彰寶所上一摺，中云：「無爲敎起於前明人羅孟洪，以淸淨無爲創敎，勸人修證來世，稱爲羅祖。」由這些文字所記述的內容約略看來，所謂羅祖，當是存在於明代中葉的一支祕密宗敎的重要首領。

彭公案的成書及作者

彭公案是一部武俠小說，共計三百四十一回，約八十萬字，係描寫淸康熙時旗人彭朋由三河縣任起，至平定西下止，都有綠林豪傑幫他的忙。因爲彭公斷案明確，與宋代包拯相似，取小說的包公案而名此書爲彭公案。

彭公案無著者姓名及年月，幼時看過覺得很熱鬧。近讀周貽白的「洪門起源考」，始悉彭公案即以征羅利（俄羅斯）爲背景而寫的小說。不過作此彭公案的人，時間較晚，是前輩中聽到的傳說，而且是站在靑幫的立場來撰寫的。

彭公案說彭朋是「鑲紅旗滿洲五甲喇人氏」，淸史稿列傳六十七朋春傳說是「滿洲正紅旗人」。這是對的。但彭公案說彭朋於康熙三十九年中進士，「特授三河縣知縣」，按朋春傳說朋春於順治九年襲封，康熙十五年爲蒙古副都統，沒有爲三河縣知縣事。查淸史稿列傳六十四彭鵬傳，說彭鵬「順治十七年舉鄉試，康熙二十三年授三河縣」與彭公案相符。幷且說「三河當衝要，旗民雜處號難治」，與彭公案以左奎的叔父是裕親王府的糧莊頭，武文華是索皇親索奈的的義子也相符。又云「諭大學士曰：彭鵬人才壯健，前知三河縣，聞有賊即佩刀乘馬馳捕，」亦相符。彭公案說武文華搬弄人情，把彭公參了，彭鵬傳說「被順天府尹劾，降十三級，俱從寬留任，」也相符合。不過，彭鵬是「福建莆田人」，由三河縣歸里，後起爲工科給事中，後爲貴州按察使，爲廣西巡撫，而彭公案的彭朋由三河縣升爲紹興知府，後升爲河南巡撫（三十八回）。廣西河南地雖不同，而爲巡撫則一。惟彭鵬卒於康熙四十三年。朋春於征俄羅斯後，又征喀爾丹，於康溍三十六年卒。後半部彭公案是朋春的事。按朋春在淸史稿聖祖本紀作彭春，廣陽雜記作彭椿，因二人名字的音相同（旗人的漢名往往如是），故作小說的誤將二人事合而爲一。

茲從紅幫的文獻中證明彭公案：

康熙時西魯番造反，朝內點起御林軍兵數萬不能征服，屢屢損兵折將，無人敢敵。以後皇上出下榜文，不論軍人民等，僧家女將，山林豪傑，有能力到來扯榜，征服西魯，即封萬戶侯，賞黃金萬兩。粘有日久，無人敢扯。後來少林寺衆僧聞知，前來扯榜，軍士看見，帶至玉田縣知縣，至京都朝見皇上，龍顏大悅……僧人一百零八人，個個英雄無比，方征服西魯，得勝回朝，龍顏大悅，勅封衆僧萬戶侯，賜黃金萬兩。僧奏道：「我等出家人，不願爲官，黃金要來何用？即望我主賜一堂袈裟足矣，何必過賞，不過爲朝廷出力。」帝見奏，過意不去，又見衆僧十分見却，即賜袈裟一堂，衣錦回寺。衆僧謝恩，回轉少林不題。」——天地會文獻錄

「康熙甲午年，西魯國犯界，擾亂中原，淸兵出敵，屢戰屢敗，敗將郭廷輝帶本上朝，奏上聖駕，出下皇榜，不論軍民人等並僧道，有能平却西魯國者，賞千金，封萬戶侯。有福建圃龍縣九連山少林寺一百二十八個僧人，聞知此事，就將皇榜扯下，各携行李，一同往北京，太臣奏上，康熙皇大喜，即封少林寺僧人爲提督兵，即賜印信寶劍，此印有「日山」爲記，又命鄭君達解糧軍前應用，不滿三月，剿西魯國，班師回朝，大臣上奏道：「僧人聽封」，衆僧奏道萬歲，「出家之人，不敢受封。」大臣又奏「可賞黃金千兩，賜素宴齊物，待他回寺修行。」僧人謝恩。乃封鄭君達分州總鎮，鄭乃與衆僧人結爲八拜之交，往湖廣赴任而去。」——近代秘密社會史料

以上兩記載雖有不同，但征西魯是事實。朋春傳作羅刹，以其「在極西」，應名爲「西羅」。彭公案作「西下」，當是一地。彭公案由第三百零一回起，記載紀有德、張文彩、高志廣、周百靈，在外洋學的製造機器，而且以嘉峪關外不遠爲外洋地界，這是如廣陽雜記所云：「羅刹國在極西」，在作彭公案時，往俄羅斯是從甘肅出嘉峪關，他就誤認西下在寧夏以北，嘉峪以西，而且不知當日彭春征俄羅斯是從瀋陽由黑龍江而西，後來彭春征額爾丹到甘肅的。作彭公案的人，將後事的路程放在前事中了。

彭公案對於征俄羅斯事，可考者有八：

（一）彭公案以征西下，有五百子弟兵爲基本軍隊。淸史稿聖祖本紀康熙二十四年「命彭公春赴黑龍江督察軍務，命侯林興珠率福建籐牌兵從之」，朋春傳「二十四年詔選八旗及安置山東、河南、山西三省，福建投誠籐牌兵，付左都督何祐，率赴盛京，命朋統之，進剿羅刹。」劉獻廷廣陽雜記卷二云「命彭椿公領鐵騎三千爲陸路將軍，林興珠領滾牌五百，爲水路將軍，往之。」廣陽雜記說五百人，又爲水軍，與彭公案五百子弟兵中有馬玉龍的二百水軍也相符。

（二）彭公案以西下白天王擺下牧羊陣。按淸史稿邦交志俄羅斯條云：「羅刹……樹木城居之」，廣陽雜記云：「……在烏龍江側與梭倫近，柵木爲城，」是以木爲城，彭公案作者在中原沒有看見過木城，乃改爲牧羊陣。」紅幫中以木斗爲木楊城，開山時以打木楊城爲隆重典禮，這是爲紀念攻打阿克薩的木城。

（三）彭公案以未破牧羊陣之前，先破其西的金家坨，金家坨臨水，「有水兵，下水進去（第三百十一回）。又進兵暗取飛龍島，金景龍始罷兵。」按廣陽雜記云：「阿克薩城有守將，其父亦守一城，相距七百里，城待烽燧，其父率衆五百，自上流乘筏，順流而下，林侯曰：「是兵自上水來，若使登岸，則不可當，吾以水軍往迎之」，則皆令衆裸而入水，冒籐牌於頂，持扁刀以迎，羅刹衆見，驚所未見，呼曰「大帽韃子」，衆皆在水，火器無所施，殺傷大半，餘奔潰而逸。興珠不喪一人，復圍城。」淸史稿聖本紀云：「五月，彭春等攻雅克薩城，羅刹來援，林興珠率籐牌兵迎擊於江中，破之，沉其船，頭人額里克舍乞降」。

（四）彭公案第三百四十一回，以征服西下，彭公進京見駕，陈邱成、伍氏三雄、勝魁、劉雲、陳山、周玉祥、萬景春、余化龍、錢文華、紀有德十三人不願爲官，各賜金牌一面，綵緞十疋外，有功人員，以馬玉龍頭品頂戴，陞寧夏府將軍，高通海陝甘提督，徐勝以提督缺升用，有爲千總守備遊擊的，至少也以五品頂戴用，以「所有在事出力人員，聖上皇恩浩蕩，俱有陞賞」爲結。淸史稿聖祖紀云：「六月癸卯詔曰：鄂羅斯入我邊塞，侵擾鄂倫春、索倫、赫哲、飛牙喀等處人衆，盤據雅克薩四十年，今克奏厥績，在事人員，咸與優敘。」是彭公所帶攻西下的人員有

功者應賞。

（五）彭公案以牧羊陣中有中國罪犯飛雲、濤臣等，白天王那面有蔣雲龍等來歸。按清史稿列傳六十七郎坦傳云：「羅剎不得納我逋逃，而彼之逋逃，且絡繹來歸。」薩布素傳「招撫羅剎降人，授以官職，更令轉相招撫。」情形亦符。

（六）彭公案以西下白天王投降，並訂有條約。按清史稿朋春傳云：「羅剎頭目額里克舍詣軍前乞降，乃宥其有罪，釋還俘虜，額里克舍引六百餘人徙去，毀木城，以歸附巴什軍等四十五戶，及被掠索倫、達呼百餘戶安插內地。」郎坦傳「羅剎酋額里克舍請降，郎坦宣詔宥其罪，引衆徙去，毀木城。」邦交志俄羅斯條，以斯役戰勝，乃於康熙二十八年（西曆一六八九年），與俄訂立尼布楚條約，以「一循烏倫木河相近格爾必齊河上游之右，大興安嶺，以至於海，凡山南流入黑龍江之溪河，盡屬中國；山北溪河屬俄。一循流入黑龍江之額爾古納河，南岸盡屬中國，北岸盡屬俄。乃歸中國雅克薩、尼布楚二城，立石於黑龍江兩岸，刊兩會議條欵，用滿、漢、拉提諾、蒙古、俄羅斯五種文。」

（七）彭公案以彭公所帶之人，僅有李環一人在探牧羊陣而死（第二百九十二回），再有蘇永祿在靈寶被殺（一百五十回）尚有王德泰（一百七十三回）、吳占鰲（三百零八回）、陸氏昆弟（三百十三回），這四人均非彭公部下。廣陽雜記云：「建議侯林興珠領滾牌五百……侯之衆在瀋陽墜馬而死者一人，病於途者三五人，未嘗亡一夫於敵也。」天地會文獻錄云：「不傷一卒全勝而回。」均爲相符。

（八）彭公案中的綠林豪傑大半是河北、山東、河南、山西以及陝、甘的人，廣陽雜記云：「甲子之冬上上景山召見，語良久，論及火器之利，因問所以禦之者，曰：「惟滾牌第一」。問：「能用滾牌之人，何方可以召募？得人幾何，可以成一旅？」曰：多則一千，少則五百，可以用矣。惟臣鄉漳、泉之人多喜此者，須入閩募之。」上曰：「此去閩遠，往還非數月不可。今直隸、山東、河南，多台灣投誠墾種者，皆閩人，用之，五百可得也。」侯曰：「誠如上諭」。遂召募、教演，未幾而成，亦未知上之將何用也。至乙丑春夏間，上命往征羅剎國阿克薩城。」朋春傳「二十四年，詔選八旗及安置山東、、河南、山西三省，福建投誠籐牌兵，付左都督何祐，率赴盛京，命朋春統之，進剿羅剎。……鑾儀使建議侯林興珠。……祐、興珠，皆鄭氏來投降者也。」按清史稿列傳四十八黃梧傳「康熙七年，兵部議裁汰諸行省兵額，梧標下額……餘移駐河南。」是河南住的福建人，也不一定全爲投降者。又彭公案第二十八回黃三太說：「小民原籍福建台灣永和鄉人氏，寄居紹興，」是鄭成功部下不全移住北方。按東華錄康熙二十二年八月「施琅報：……所有成功子……劉軒國等子弟，俱陸續移入內地。」這是台灣鄭成功部下於康熙二十二年被俘，還於山東、河北、河南、山西四省安置作爲屯墾，於二十三年應募，二十四年開往瀋陽，由黑龍江而西，攻俄羅斯所佔的阿克薩城，於二十五年歸。

這五百人功績甚大，而「不酬其勞」，於康熙三十五年征額爾丹之役後，全被暗殺，此事在紅幫中的紀錄是：

「衆僧一百零八人，寺中有一名馬二福，乃少林寺第七條好漢，使鐵棍一條，重三十六斤，故此名叫亞七。因他回寺之時，他不細心將少林寺寶燈打爛，衆人見他打爛寶燈大怒，趕他出去。他心懷忿忿，直入京都，叩見左右丞相陳文耀、鄭德勝二人面前哭哭啼啼奏曰：『我不願棄了這一座明主江山，少林寺衆僧蓄意謀反，上年征魯，通番賣國，作爲內應，我見主上仁慈，不忍坐視。』說得二相信實，細想上年征魯時，見此人亦在內。況主上御林軍共調外省兵馬數萬，不能取勝，他一百零八人，不傷一卒，全勝而回。今日馬二福所奏必實。二相待至五更，帶二福面奏。這昏皇不問虛實，不念前功，問：『衆卿有何高見，能滅少林？倘被他走出，定有後患。』二相出奏道『依臣愚見，賞賜御酒爲名，順帶御林軍，暗帶硫黃引火之物，視其飲醉睡着，焚之，方無後災。』蘇洪、杜能初戰削職，因蘇洪有一妹，天資國色，亞七一心追尋二人，二人聞之自盡而死，留下一桃李劍，將亞七萬剮千刀。七月二十五夜三更當候，少林寺被火盡焚，可惜有功之人，一概不知。驚動佛祖下凡，化成火坑一座，救出一十八人。」——天地會文獻錄

「後有奸臣張建秋、陳宏二人，暗奏一本，謂『少林寺僧人如狼似虎倘生異心，江山難保。況僧人與鄭君達有八拜之交，恐其同謀反叛。』主上降旨，以紅羅將鄭君達賜死，並命建秋以賜酒爲名，率領兵馬，暗帶引火之物，前往少林寺，因不識路，途遇馬伕馬寧兒，以曾爲寺僧所辱，願引路，抵寺後，即密加佈置，嗣以衆僧識破酒中有毒，乃當場將張建秋殺死，而寺已着火，衆僧一面抵敵，並殺死馬寧兒，終因清兵猛勇，僅逃出十八僧」——近代秘密社會史料

以上史料，可分別討論於左：

（一）征羅剎原爲五百人，歸後有些與家庭關係不大的，在少林寺出家，共計出家者爲一百二十一人，待十年之中，有死亡的，至康熙三十五年征額爾丹時只剩下一百零八人。

（二）少林寺依中國古今地名大辭典所載有二：一在河南登封縣，係後魏建；一在河北薊縣西北盤山紫葉峯下，舊名法興寺，元時建。洪門志云：「傳旨建臨他林寺，又允於每年八月十五日，帝駕臨寺行香，光耀佛地，」當以近於北京的少林寺爲宜。當日林興珠招集五百人訓練，當在薊縣法興寺，征羅剎回來，也駐紮在法興寺，他們有一部分要出家，因他們好拳術，可與河南少林寺比美，乃將法興寺改爲少林寺。

（三）馬二福亦名亞七，馬亞音同，與朋春彭春彭朋一樣，因旗人的姓寫成漢字，沒有一定。於是疑馬二福爲彭公案中的馬玉龍，因他爲旗人，自然袒護滿清政府。並且彭公案中說馬玉龍共有四妻，天地會文獻錄說馬二福追求蘇洪之妹。

（四）出家的原因，福建台灣人到了山西、山東、河南、河北、氣候不同，風俗不同，而以語言不同爲甚，因福建人說話與北方人說話相去太遠，在北方墾屯，與鄰居語言不通，困難甚多，是以在征羅剎歸，對於家庭關係少的，即行出家。因他們出家在一個廟內，彼此語言相通，比到了家中與鄉鄰彼此語言不通爲樂。

（五）逃出十八人，朋春傳「朋春仍參贊軍務，出西路，破噶爾丹於昭莫多。師還以本隊護軍驍騎十八人戰死，未收其骸下部議。」征喀爾丹，兵分三路，北路是薩布索，中路是康熙親征，西路是費揚古，朋春是贊助西路軍，彭朋當時曾隨他征羅剎，現已在少林寺出家之人出計一百零八人，帶其征喀爾丹，這一百零八人中，見於征羅剎「不酬其勞」或出怨言，或不聽指揮。在回歸少林寺內，以賞賜爲名，暗爲殺戮，一百零八人中殺死九十人，有十八人逃走，以朋春「未收其骸」乃「下部議」，因這十八人逃走了。其骸無從收得。

鄭成功據台灣抗清，時明已亡，台灣地不廣，清廷屢派人勸降，鄭成功怕他部下貪功名富貴，乃依他父親鄭芝龍爲海盜的成規，加入他在南京太學時知道東林黨復社的秘密組織，乃在台灣設立幫會組織，開「金台山，設「明倫堂」，是以乾隆年續修台灣府志稱鄭成功廟爲「開山王廟」。鄭成功爲團結部下，但結果被他部下施琅（施公案的施世綸之父）於康熙二十二年在他孫子鄭克塽手中，把台灣平了。他部下人既有幫會組織的訓練，在二十三年招集五百人征羅剎，又以散而復聚，其中一部分在少林寺出家，經過十年之久，其團結力更大，在第二次被召征喀爾丹後被殺，逃出這十八人，自然憤而組織幫會。

這十八人逃出，清廷到處捕捉，結果又死去十三人，只剩五人，這五人是蔡德忠、方大洪、馬超興、胡德帝、李識弟，紅幫中名爲前五祖。這五人後與吳士祜、林大江、張敬之、楊仗佑、方惠成聯合，紅幫稱爲中五祖。後又遇姚必達、吳成、杜永超、李式地、洪太歲聯合，紅幫稱爲後五祖。以至康熙末年台灣朱一貴、陳近南在四川、湖北一帶組織漢留，於乾隆中年乃有天地會出現。

茲再談作彭公案的人他是什麽地方人？在什麽時代作的？他作此書的背景如何？關於何人所作，一時間考不出確實姓名來。茲分言於左：

作彭公案的人，對於西北地理不熟：

（一）他以嘉峪關在寧夏（見彭公案第一百八十回及其以後），殊不知嘉峪關在甘肅玉門，距寧夏在千里以外。

（二）他以爲由潼關到慶陽走一天路程就到（見彭公案第二百十七回至二百十九回）殊不知潼關離慶陽五六百里，至少要走五六天時間。

（三）以慶陽東連環寨爲水寨，（見彭公案第二百三十七回至二百六十二回），殊不知慶陽以東沒有大水。

（四）第六十九回說紀有德「自幼在大西洋學藝十年，他練會各種削器，各種希奇密法。」第二百九十四回紀有德說：「在嘉峪關西北，中國外國兩搭界，有一座山，叫青雲山，有一個猿鶴嶺，那裡隱居着一個賢士，當年我在大西洋，我兩人是知己之交，此人能爲藝業，在我以上，善曉西洋削器……此人姓張名文彩；當我前在西洋學藝，在這猿鶴嶺住有三四年，」他以嘉峪關西北的猿鶴嶺，是他在西洋學藝的地方，他竟認西洋在嘉峪關以外。

不過他尙知道靈寶、潼關、慶陽、固原、寧夏、嘉峪關這些地名，當是從往西北經商的商人聽到，他是沒有親自走過的。

彭公案的作者，他站在青幫方面所說的話：

（一）青幫以達摩爲祖師，第一百三十九回說葛山眞「拿出一部達摩老祖易筋經，給馬玉龍看。」第二百六十二回說馬玉龍出了鎭塢龍王廟，「由西山坡來了一個和尙……眞似達摩老祖」。

（二）紅幫組織天地會，彭公案由一百八十九回佟家務起，屢言天地會、白蓮教、八卦教事，並且第二百十二回標題爲「鄧飛雄倒反天地會」。反天地會的對方當與青幫有關。

彭公案作者，他是天津一帶人：

（一）他知道三河縣在康熙年中有一個知縣爲彭鵬（見第一回），而且能捕盜，這當是離河北三河縣不遠的地方。

（二）靠近大水的地方人：由潼關起經過淸水灘（二百七十二回）、臥龍湖（一百八十六回）、連環寨（二百三十七回），均是大水，建有水寨。尤其是有魚船、巡船、戰船、大炮船，「得了戰船五百餘只」（一百八十五回），與西北情形不符。這是靠近大水地方的情況。況第二百三十九回馬玉龍要進連雲寨，船戶說：「總得下半夜潮來」，潮水是靠近海的地方才有。

（三）他對於北平城內的情形頗爲熟悉，他當是到過北平的人。

彭公案作者懂得江湖話：

（一）「合字調瓢兒昭路把哈，果衫頭盤兒尖尺寸，念孫衫架着入神，湊字訓訓，萬架着急付流扯活……訓訓坨窰在那——這乃是江湖中黑話，「合字」是他們一夥之人。「調瓢兒昭路把哈」是四頭瞧瞧。「盤兒尖尺寸」說是這婦人長得好，年紀小「念孩衫架着」是沒有男人跟着。「訓訓坨窰兒」是問他家在那裡（第一回）。這類的例在全書中舉不勝舉。

彭公案作者大約是咸豐時人：

（一）青幫在道光十一年時，已是「設有三教，一曰潘安，一曰老安，一曰新安，所祀之神曰羅祖，每教內各有主教，名曰老官，每幫有老官船一隻，供設羅祖。入其教者，投拜老官爲師，各船水手聯名資助。統計三教，不下四五萬人。」與現在青幫的組織相同，而且在運河中已有三四萬人，其勢力之大可知，但是「近年挾制旗丁……若不嚴行懲辦，將來藐視之徒，何所底止」（東華錄），是在道光十一年時青幫尚未幫助清朝。

（二）彭公案第二百十四回說天地會白蓮教主佟金柱佟家務失敗，由孽海溝「告訴勝崑闖出重圍往雲南楚雄府大竺子山，或四川峨嵋山兩處。」按白蓮教徒劉之協等，於乾隆末年奉河南人王氏子，言爲元朝後裔，在四川、湖北一帶舉兵，於嘉慶七年被楊遇春等討平。是彭公案作者當在嘉慶七年以後。

（三）咸豐三年，洪秀全據南京，將運河截斷，至光緒十二年方爲恢復。洪秀全本身爲紅幫，以運河中運糧是接濟清朝，但對於在運河中運糧的青幫，不免有所殺截。於是往時反清復明的青幫，這時也站在清朝一條戰線上反對紅幫。是以彭公案作者在咸豐初年，根據傳說，以當時的情況寫了這部彭公案。

彭公案中以黃三太鏢打竇爾敦故事（第二十二回），按兒女英雄傳第十五回：台上唱的是飛鏢黃三太打敗了竇爾敦，大家賀喜，他家人來報說：『生了黃天霸』。所載與彭公案第二十二回第三十三回相符。按兒女英雄傳前雍正十二年序，而且書也以紀獻唐影射年羹堯，當係雍正時間作品，况閱微草堂筆記如是我聞二「又傳竇二東之名，每夜入人家，伺婦女就寢，脅以刀，禁勿語，併衾褥捲之，挾以越屋數十里，晨鐘將動，仍捲之送還。」原註云：「二東獻縣劇盜，其兄曰大東，皆逸其名，而以乳名傳。他書載作竇爾敦，音之轉耳。」按此書作於乾隆五十二年，紀昀言家鄉事，當屬實在，是彭公案中的故事，在雍正，乾隆時已有傳說，彭公案作者，是根據此傳說而作的。

本港氣溫掌故

最熱三十六點一度最冷零度

本港今年以來最熱的一天（即上週日——七月廿三日），該日所錄得的最高氣溫攝氏三十四點七度，並未打破過去的紀錄。

根據天文台紀錄，本港有史以來最熱的一天，是一九〇〇年八月十九日，當時紀錄得的最高氣溫達到三十六點一度。其次是一九六八年七月二十五日，最高氣溫爲三十五點七度。

好像本年七月二十三日的溫度，在本港紀錄中已出現十多次。

至於本年到現在爲止最冷的一天，是二月九日，當時紀錄得最低氣溫攝氏三點八度。

這個溫度雖然已經使到大帽山山頭結冰，但在本港的最低氣溫紀錄中，仍然未能列在五名之內。

本港從來連續最冷的一段時期，是一八九三年一月十五日至十八日這幾天。當時最低氣溫逐日下降，十五日爲二點二度，到十六日降至零點八度，十七日再跌到零點三度，每日都寫下新的紀錄。到十八日更跌至恰好零度（冰點），成爲本港有史以來最冷的一天，然後到十九日始回升至三點一度。但曾經嘗過當時滋味而現在仍然生存的市民，相信爲數不多。

最低氣溫較上述紀錄稍高的是一九五七年二月十一日的二點四度。而三點一度的紀錄，在一八九三年那一次之後，亦曾再出現兩次。

天文台的紀錄顯示：每年一、二兩月，是本港最冷的月份，平均最低溫度及絕對最低溫度（即上文及一般人所稱的最低氣溫），都在這兩個月出現。

另方面，每年七、八兩月，則是本港最熱的月份，平均最高溫度及絕對最高溫度（即慣稱的最高氣溫），亦在這兩個月出現。

但是，農曆節令的「大暑」，不一定是全年最熱的一天，而「大寒」亦不一定是全年最冷的一天。

「新聞界的文天祥」

趙雨時先生

趙尺子

雨時先生名柿霖，字雨時，別署畏園。遼寧省興城縣人。幼失怙恃，由二伯父扶養成人，故終生事二伯母為生母。二十四歲卒業北京大學法科。二十六歲當選奉天省議會議員。次年當選省議會省憲起草委員會委員長，在議會中被推為翹楚；而在鎮威上將軍張雨亭（作霖）的心目中更是第一流的法學人才。張氏統一東北和華北，就任安國軍大元帥，即民國十六年，簡任雨時為京師學務局長。大刀濶斧，整頓暮氣沉沉的中小學教育，一舉撤換把持中等學校的校長二十餘人；而他所任命的新校長都是社會有名的教育家，如黃廬隱女士的出長女子中學，她事先便絕不知情。北京第一屆全市運動會就是他主持而召開的。北伐軍北上，張大元帥出關，所有東北大吏各部總長之流，幾乎沒有不備妥專車，把部中財務下至沙發竹椅，滿掠而去；只有雨時將學務局應交未代的業務清列案頭，存款七萬元、汽車一輛點交一位老局員，移交新任；然後獨身登上火車，返回東北。其才其品，可以說是并世無雙。

張漢卿繼承父業，內定他為奉天省教育廳長；他婉辭了，自請主持東三省民報。據他親自告訴我，眞正的理由是，這種廳長非中央所核準，他要等候張氏接受了國民政府的任命後，個人才能再入合法的仕途。第二年，張氏奉中央任命為東北保安司令長官，他方就任長官部的主任秘書，仍兼東三省民報社長，並創辦新民晚報。他在公務鞅掌之中，每週仍然撰寫社論二三篇，鼓吹統一，全力對日，以轉變老一輩實力人物的反對東北統一於中央，確會發生很大的影響力，因爲那些老一輩實力派是相當重視輿論或者說是懼怕輿論的。當年中央曾派大員（不是張岳老）前往東北，遊說老派人物贊助統一。這位大員向中央報銷了不少「花賬」，送某鉅老若干萬元，送某實力派若干萬元云云，此項密電原稿已在牯嶺街發現，現歸某名作家買去。請他查一查，有沒有雨時受賄的記錄？

由於他是五四運動的先鋒人物，所以東三省民報和新民晚報都極力提倡五四運動向東北擴展。反抗日本帝國主義，提倡民主和科學的社論都出自他和許興凱（筆名「老太婆」），潘甂公的手筆。我和雨時由文字交進而充作他的助手，便起於我從東京發給東三省民報的通信和「來論」（即今日的「專論」）。二十年五月四日我的「來論」題爲「關外五四運動的展望」，我在「民主」、「科學」之上冠以「國家」一詞，成爲「國家——民主——科學」體系。這一體系的提出，頗邀他的激賞。除了滙給我一筆可觀的稿費外，並親自拿着這篇「來論」給張氏閱讀，請他聘我到東北大學去教書。張氏允許了，也滙來一筆旅費。

我應邀返國後，他立刻用長途電話向北京報告。隔了不久，張氏以東北大學校務委員會主任委員（大約是如此，不是校長）的名義，發來一紙講師的聘書；我拒謝了，因爲他看不起留日學生。但我接受了雨時的聘書（和他爲我先容的萃升書院的聘書），担任東三省民報的主筆，並主編副刊「瀋水」、「讀書」和「社會」。

「九一八」事變，日閥懸賞緝拿；但他於二十七日化裝抵平（其實也不算化裝，他是衣冠楚楚，挾着公事包，昂然登上南滿頭等火車。日軍檢查時，他拿出「趙柿霖」的律師名片，說是到大連去出庭），任東方快報總編輯（由陳語天實際主編），並任北平晨報總主筆，每週著論兩篇。不久，任北平綏靖主任公署少將副處長，主持發佈新聞。「九一八」二週年紀念日，創辦北平復生新聞編譯社，兼任社長並兼總編輯，我爲代理總編輯，「胡謅」（林霽融）爲採訪主任，郭振先爲業務主任，都是東三省民報的舊人。兩年之間，他和我朝夕相處，彼此相知益深。他時常說：「我們應在人所不知處，爲國家民族做一些『傻事』、『冷事』；不要儘在人多處湊熱鬧」（三十三年一月下旬，他把這幾句話寫在「懷念邊疆屯墾員」一文裡，刊於重慶益世報）。二十四年，我前往蒙古工作，並創辦邊疆通信社於歸綏，發行蒙文邊疆通信報，直至三十九年，固然是受了幼年研究司馬相如的啓示，也不能不說是獲得了他這耳提面命的鼓勵。三十多年以來，筆者始終堅守新聞、教育、文化崗位，希望「爲國家民族做一些『傻事』、『冷事』」，不願「在人多處湊熱鬧」，在主觀上總是他給我的影響。此間，他向六十七軍王鼎芳（以哲）軍長爲我促成了東望週刊總編輯的兼差，月支公費五百元，又爲我找了北平晨報編輯兼差，代他主編畫報主寫社論（他立意，我執筆）。

當時在北平的東北黨務人員，如曹重三（德宣）、梅佛光（公任）、馬愚忱……攻擊他是青年黨；但我深深地知道，他作的社論沒有一篇不是主張擁護中央、反對割據、準備抗日，甚至當國人還沒有喊出「擁護領袖」以前，他早在北平晨報、東方快報上推許　蔣委員長是將來對日戰爭時唯一領袖了。只因社論例不署名，無人知道是雨時所寫的而已。爲了調和黨人對他的誤解，我幾次向排字房索回他親筆的原稿，拿給攻擊他的人看，後來風波便漸漸停息。二十四年九月，我第三次入京，寄寓東北黨務辦事處三樓檔案室，發現中央頒交該處轉發而發不出去的黨證四大柳條包，逐一檢查，理出東北軍政要人如萬壽山（福麟）、馬秀芳（占山）、張輔忱（作相）、莫柳忱（德惠）……和雨時諸公的黨證數百枚，由我簽領，帶往平津，一一送達。當我把黨證送到雨時手中的時候，他先是一驚，並說：「我也是國民黨麼？」接着他仔細看着黨證上所貼的照片，忽有所憶地說：「對了，這是十七年底東北統一時，小爺（指張漢卿）手令文官荐任以上武官少校以上集體入黨。我當時是在內的；但我早就忘了。」以後他在七七事變化裝入京時，就在日軍嚴格檢查，發現國民黨必被當場槍決的情況下，仍把黨證帶了出來。

先是，二十二年元旦，東方快報徵文，題目是張漢卿自己出的，名為「東北失地收復策」。雨時命我應徵；我表面上沒有答應；但用筆名「木堂」投了一稿。文章竟被張氏核定為第一名。總編輯張慶泰按「木堂」地址親送稿費，才洩漏了天機。雨時知道了，大為高興，馬上拉我去進順承王府拜年。這篇徵文是主張擁護中央及撤換熱河省主席湯玉麟等等。其後，張氏下野。二十三年回國，他對新聞界發表談話，內有「姑信仰一個主義，姑擁護一個領袖」的話，致使他的部下如高崇民、王化一、王卓然、閻寶航、車向辰之流，暗通共黨。我遂在「東北青年」上用「東風」筆名發表「論『兩姑主義』」一文。張氏看見了，致函雨時設法找「東風」赴鄂一叙。雨時打聽好久，知道「東風」是我，力促前往，並作函懇切推薦，其中便有「其人即知即行，才堪大用」的話。由此我也知道雨時也是「即知即行，才堪大用」一輩人了。

當雨時知道自己也是本黨同志之後，在他所寫的北平晨報社論裡便完全站在本黨的立場上發言了。當年北平晨報是張漢卿作老板的報，而雨時是這家報的言論指導人，因此社長陳博生不能不登他所寫的社論。但陳博生當年是反中央的，不願他太露骨地為本黨說好話，因此常常刪減不記，以致兩位鬧得很不愉快。如果博生某夜刪去他一兩大段說國民黨好的文字，第二天中午必請雨時上玉華台（八大胡同隣近的一家名飯莊），招妓賄酒，表示歉意。我也得借過多少光大打其牙祭。

到二十五年春間，他倒底對博生不能忍耐了，於五月一日在西安創刊西京民報。西京民報不單奪取了北平晨報在東北軍中的萬餘份銷路，而且也將要瓜分了張氏所給北平晨報的津貼。但他終歸失去行將到手的津貼，而且報館被人接辦，並把他禁閉獄中。這是因為他堅決支持剿共政策，每日自撰「良心話」一篇，署名「傻瓜」，刊於社論地位而用散文小品筆調寫出，風格新穎、開創我國新聞史上的新紀元。他說：「祇有傻瓜，才能不為名，不為利，才是真正愛國。可惜今天傻瓜太少，所以國家才到如此地步」（見李是中先生「趙雨時先生畧傳」）。文多諷勸張漢卿擁護中央，積極剿共。每晤張氏，必說：「只有服從中央，服從領袖，乃真救國之路。消滅共黨，掃除全患，抗日始克有濟」（引文同上）。當時周恩來領導的「西北軍事工作委員會」，早已滲透張、楊（虎城）兩軍的內部。張氏的機要室少將主任黎天才、中校參謀栗又文（三十六年任中共「安東省政府主席」）等，作周的內線，並以攘奪西京民報為任務之一。黎密報張氏說：「趙係拿着中央的津貼辦報，以阻止東北軍和共產黨『合作抗日』」。張氏遂於八月二十六日邀雨時到總部晤談。他仍力主「把握時機，迅速剿滅共黨。否則一旦使其蔓延，將來遺誤國家匪淺。倘再聽到孫鳴九、苗勃然（綽號「瘋子」）等奸人讒言，恐自己必至身敗名裂」（引文同上）。張氏以為黎天才的密報已經親身證實，拍案大怒，把他扣押在特務營；並條諭黎天才接收西京日報，徹查經費來源。結果證知機器係借自北平晨報，開辦費出諸雨時典賣家鄉土地二萬餘元項下，並無中央分文津貼。假使此中有一文津貼，張氏勢將置他於死地，似無疑義。是年十二月十二日，張氏刼持領袖，發生西安事變」。十四日，剿總秘書處長吳仲賢恐雨時死於共黨叛軍之手，「矯命」釋放雨時，白天置於秘書處，夜間宿在吳公館。「西安事變」的後果，張氏「身敗名裂」，共黨「遺誤國家」，果然都未出他之所料。二十六年春，筆者持陳立夫先生親筆函，送領袖簽名玉照，赴西安迎他赴京。他先赴北平，適其長女公子淑媛肺病，陪她赴西山靜養，並續賣祖遺產業，準備南下。旋「七七事變」起，雨時約於九月中到京。十月任東北中學校長。次年二月，任教育部東北青年教育救濟處副主任。朱騮先先生繼立夫先生長教育部，「召見」雨時；勉往一謁，相對無言約十分鐘，不歡而散。返寓即函朱辭職。事因起於五四運動。據他說，當年火燒趙家樓，朱先生認係雨時所為，面予嘉獎；他當即否認，說：「我只講法，不會放火。」事後兩人建立了交情。二十年後，朱先生作了教育部長，他是教育部的東北教育處副處長，忽然奉諭「召見」，使他出乎意外，感到老友官僚化了。他有句云：「怕履朱門防受辱，不辭冤獄為成仁」，上句即指「召見」事；下句則咏西安被囚。

當他被囚而經查實並未領受中央津貼後，張氏感到對不起他，親赴獄中探視，贈魯迅書籍數冊；被他當面拋出窗外。張氏說：「你還是這樣頑固，不接受新思想！」他說：「我早就看過了，魯迅是共產黨的應聲虫！」張氏說：「那麼，你要看什麼書？」他說：「陸放翁全集。」張氏立即派人送去。他從此才自修作詩。記得他獄中寫了七古一篇，有句云：「救國是我平生願，不重空談重實幹……只緣心比金石堅，博得身比猪羊賤。……羞把蒼生當芻狗，忍將國命買殘年……」（遺忘），這裡的「不重空談重實幹」仍是「在人所不知處為國家民族做一些事」；而「羞把蒼生當芻狗，忍將國命買殘年」則是痛責張氏而看出他將要搞一宗「殘年」賣「國命」的事變，這就是後來的「西安事變」了。

他於離開教育部後，由漢入川，始終担任益世報主筆，也曾兼過中央、掃蕩等報的主筆，直至勝利，任中央宣傳部東北特派員，接收新聞事業，同時兼任瀋陽和平日報主筆、瀋陽中央日報主筆。三十六年冬，陳辭修先生出任東北行轅主任，邀他任和平日報社長。同年經瀋陽新聞同業選舉為國民大會代表。他從二十二年左右開始反共。曾刊「北平晨報社論集」一二集收文三百餘篇，我担任三校，確知他是站在國家立場上反共。我當時並不懂得「共」何以必須要「反」，私下未表同意。二十七年我才看清「中國共產黨是俄國第五縱隊」。二十九年赴渝，伏在他寫社論的桌上寫成「中共論綱」；他是這本原稿的第一位讀者，當下便跳脚稱「絕」。他這跳脚的特別習慣，凡屬在台他的友人都會記得並值得回憶音容的。當時相約：小冊子奉批准後，彼此便分別在社論中「大力推銷」。一個月後，奉領袖批「充實內容」，這一研究便於十一月十二日益世報社論上公開了，題為「立在民族立場追思　國父」後來收入他所寫「益世報社論集」中。原文有云：

「乙國（今按：指俄國）根本是在甲國（今按：指中國）組織第五縱隊；但發明了一個前進的名詞，硬把第五縱隊叫作『黨』（今按：指「中國共產黨」）這個『黨』身為外國第五縱隊而不自覺，自立政府（今按：指各「邊區政府」），嘯聚暴民，脫離祖國，破壞祖國，破壞社會，便是溥儀、德王、王克敏、汪兆銘等一流叛逆了……」

這是說明毛澤東的眞正身份。

「……革命如果成功，就必須馬上脫離外國的支配，純粹站在國家民族的立場上，制定自己的內政政策和外交方針。如果始終聽從外國的命令，執行外國的政策，俯仰由人，不求自主，那便是眞正的第五縱隊，成為漢奸，不是什麼革命黨了……」

這是代籌毛澤東的正確前途。當時中宣部評為「本日各報社論中最新穎精彩正確者」。

從此以後，直至三十七年冬東北淪陷，他寫的社論，凡屬有關中共，無不基於這些觀點而立論。現在手頭存有他三十六年八月十五日見報的「讀東北文協宣言」：

「東北文教工作動員協會……宣言的全文……先就歷史上說明了古今中外想要亡人國家的魔王，都是由『用間』做起，由組織間諜漢奸即第五縱隊做起，使他們以本國人制本國人，而這個魔王坐收漁人之利。共產黨在這樣受外國組織的第五縱隊中，是比較進步的一型。它不同於過去許多第五縱隊的地方，是在甘言厚幣之外，另被人戴上一頂忠於『主義』的高帽，獻身『革命』的榮銜。這使他們迷惑，使他們甘心爲虎作倀而不自知……」（和平日報）他自「知」道國民黨和國民政府應當擁護，便用他的一枝筆來實「行」擁護；他自「知」道共產黨是俄國第五縱隊，便用他的一枝筆來實「行」反共：兩者時間自十六年算到三十七年，共二十餘年；他的筆力隨着五六個大報而無遠弗屆。這位「知行合一」長者的所以報效國家者，據我所知，絕不在張季鸞先生以下。

因此，中共對他恨入骨髓。三十七年十月三十日，東北剿共總司令逃亡，他以病足不能「搶」上飛機。但仍從容發行了「最後一報」，寫了社論「再見罷！瀋陽！」發放了員工薪餉，開列了移交清單，留下現欵和汽車，避入郭振先家中。一月後，被林楓捕去，押往佳木斯集中營。次年一月，他的夫人託人到獄裡去看望他，在零下三十度的天氣裡，還穿着夾袍！這位友人問他有什麼話帶給親友們說？他稍微沉思一下，說：

「告訴他們罷！我正在寫新正氣歌！」

他本不會作詩。二十五年坐獄，讀陸放翁詩遺懷，寫出相當成熟的七古。入川以後，已推作手。二十九年夏，臨川警備司令姜寶德少將，遼寧省營口縣人，城陷，自戕。他爲撰「弔姜寶德將軍歌」，起句云：「東北男兒多好漢，不重空談重實幹。臨川司令漢將軍，孤軍苦戰昏復旦……」（詩長，待另行發表）。曾邀楊雲史爲之擊節。因此可知他所說「寫新正氣歌」，必是事實。但事實並不關重要，寫成了也必會被中共撕毀，不使流傳；頂重要的是語意，這是告訴我們，他自身就是一首「新正氣歌」，那麼浩然！那麼偉大！那麼從容！東北在台新聞圈中友人稱他爲「新聞界的文天祥」，誠可謂是當之無愧了。

他生平所寫社論、專論、小品文字，東三省民報約百餘篇，北平晨報約五百餘篇，西京民報約五十餘篇，重慶中央日報約二十餘篇，益世報爲六百餘篇。三十一年六月五日，重慶大防空洞慘案發生，以主管機關疏於職責，致無辜市民窒息喪生逾數千人。他在益世報發表「借人頭，平民怨」社論，一紙風行，官吏駭汗，讀者感泣。領袖披閱後，也受了感動，曾派陳布雷、潘公展兩先生面致勞勉。王委員大任有詩云：「抗論曾邀元首知，萬方酒淚讀君詞」，即紀此事。這都是他「在人所不知處，爲國家民族做（的）一些『傻事』，『冷事』」。但他眞是「傻瓜」嗎？黨國元老故錢公來先生悼文裡說：「趙雨時先生殉難成仁，余以爲死得好。有國家思想的文人應當有此下場。雨時已千秋矣。……二十五年東北軍駐西安，掛牌剿共，染上親共鼠疫，一時風氣大談其『和平』，敵講友情，士談革命，嗚呼！此天地何等時乎？雨時爾時主西京民報，他沒受國民黨津貼，而能毅然反潮流，存正氣，愛東北軍，愛東北人，即所以愛國家也！他今日名正言順，『孔曰成仁，孟曰取義，而今而後，庶幾無愧』，余故曰死得好也。」故莫德惠先生悼詩云：「欲將隻手挽狂瀾，報國文章力已殫。落筆動關天下計，立身早做古人看。死生名節千秋重，絕塞音書一紙難。回首雪山同駐馬，如何老淚不闌珊？」這兩段文字，對於雨時之爲「傻瓜」，可以說是蓋棺定論了。

徵稿小啟

本刊徵求有關現代史料人物傳記等作品，每千字敬致薄酬港幣二十元，珍貴圖片另議。已發表文稿，版權即屬本社所有，將來出單行本時不另致酬，但奉贈作者原書二十冊。來文編者有權酌予刪節之，如不同意，請先聲明，作者請示知眞實姓名，通信地址，作品署名則聽便。賜稿請寄九龍中央郵局信箱四二九八號，掌故出版社收。

燕京舊夢【十】

李素

進了燕大一年後，我雖然獲得了奬學金以應付學、膳、宿等等費用，但書籍及衣物之類的費用也是少不了的。每當我捉襟見肘時，翔姊總是一本她已往解衣推食的仁心，供給我和世妹的零星雜用，有時也贈送衣物。還有，逛市場，上館子，看電影，遊山玩水，也大半是她付帳的，我只安然領受就是了。她家裡雖富有，但她每月所得却有限，而我們這兩個無賴人物常常分薄了她個人應有的享受，這一點使我心中歉然，同時也加倍感激她的情義之深厚。世妹第二年學費沒有着落，我只好向翔姊的妹妹借了二百元，說明將來有力量時歸還，結果，這難關也度過了。世妹因一向在南方讀書，英文程度較差，只考上了燕大國文專修科，兩年就畢了業，離校教書去了。

翔姊攻讀教育學，畢業後不久，跟原籍北方的同學李先生結了婚。他們都當教師，一向住在北京。翔姊慷慨好義，人緣很好，而且擅長烹飪，精於女紅，愛做家務，是一位道地的賢妻良母。在燕大時，女生宿舍每一層樓都有一間小廚房，專供小姐們忙裡偷閑，做一兩樣佳餚，開開胃口。翔姊很講究吃，大概每週至少下廚一次，弄些五香牛肉，獅子頭，無錫肉骨頭，紅燒蹄膀之類來打牙祭，而我和世妹，常是當然的食客。我的愛好恰恰跟她相反，對縫衣服及編毛線物品，我倒有一點兒興趣。生平就最怕廚房，一踏進去便覺手足無措，一籌莫展。在非下廚不可時，我總覺得是一種不勝其煩的苦工。像我這種女人，不是活該餓死的嗎？却偏讓我有機會叨翔姊的光，享盡口福，所以我自覺命運之神並沒有薄待我，反而常在駭浪當前時，都使我能渡過險境，遇難成祥。我自中學畢業以至讀完大學，能夠安心工作與求學，而且生活過得相當愉快，翔姊的功勞實在不小，這份深摯的友情，使我畢生銘感。這種基於同情的仁愛，是對我精神上的一股支撐的力量，不是物質所能報答的。可恨水遠山遙，至今仍未能和她重聚。但願我還有機會住在她附近，侍候她，替她做點小事情，彼此開懷談笑，增添她的歡樂，那多好！

見面雖然不容易，但我仍能間接和翔姊互通消息，這是值得欣慰的。她早已退休多年，也當了幾任祖母及外祖母。李先生近年來也退休了。他們倆閑中栽花消遣，弄孫為樂，生活安定，身體健康。而這些，都是我最愛聽的最珍貴的佳音。

譚超英學長與「清溪遺墨」

譚超英學長也是我的舊夢裡的好友之一，曾和我兩度同學。提起她的大名我相信許多燕大校友都不會覺得陌生。她是廣東開平人，字淡秋，英文名字是Willow，在廣州白鶴洞眞光中學畢業後教了兩年書便升學燕大，入國文學系，畢業後繼續進研究院深造，一九三四年獲碩士學位。翌年她和同學陳觀勝先生結婚，抗戰時期曾回到陳先生的出生地夏威夷居住，過了一段日子，然後夫婦倆相偕赴美。陳學長是去深造的，目的達成後就在美國定居，並歷任哈佛大學，加州大學洛杉磯分校，及普林斯敦大學的教授。他們有女霄蔚，子樂同，都已成家立業。

大概在一九六四或六五年的暑假吧，我記不清了，陳學長在普大教學，照例輪到他有一年長假，遂前往日本作學術研究，偕夫人同行，路經香港，逗留了幾天。我曾參加一部分燕大校友公宴他們兩位的聯歡會，也曾單獨專誠去某酒店拜候他們，畧談別後情形。就這樣，我和超英姊兩次會面之後，又匆匆遠別了。

一九六九年夏，陳學長爲搜集研究資料兼渡假，由夫人陪同前往歐洲。不幸，超英姊因膀胱宿疾發，十月一日在巴黎某醫院開刀，竟一瞑不醒，與世長辭！親友驚聞噩耗莫不痛失良才，深致哀悼和惋惜。

「而我，十月中接紉就姊的電話，噩耗傳來，禁不住心頭驀然一震，百感交集，說不清是什麼滋味。我記得上次見面時，超英姊的身體還是那麽康強，精神也那麼健旺，步履安祥，談笑風生，誰會料到那囘的分手竟成永別！

當我想到世事如此無常，生命如此飄忽，故交像深秋黃葉，一片又一片地凋落，而感到心中漲滿無限悽酸時，我忽然記起她，的遺稿——一封信。於是我連忙從一個久歷風霜的舊箱子裡找了出來，重讀了一遍，囘憶它的來歷。

在燕大讀書時，超英姊班級比我高，却同是國文學系，彼此都喜愛詩詞，並且都特別喜歡蘇東坡和辛稼軒的作品，故不約而同的選讀了顧羨季老師講授的「稼軒詞」。學期結束時，似乎是因奉命寫「讀後感」之類的課卷，超英姊就寫了這封超過五千字的長信給苦水（顧老師的別號）先生。等到卷子發還那天，我向她借來拜讀一番。這一看，可看得我入了迷，死不放手，邊讀邊連聲讚嘆。我喜歡她那活潑清麗流暢的文字，充滿詩意的筆觸帶着豪氣與濃情。她引用稼軒許多詞句來表現他的爲人，用得那麼妥貼貫串，通篇有一氣呵成之妙。我贊同她對辛詞的見解，也佩服她對稼軒性格的深切認識。同時我又喜歡她那一手氣格清秀的字迹，是那麼瀟洒脫俗，富有英爽自然的神韻。總之，這篇大作處處顯示了她在文學方面的造詣與才華。當時超英姊見了我那股傻氣，便欣然說道：「你那麼喜歡它，就給了你吧。」

我歡天喜地的道謝，從此就把它珍藏起來。在過去的三十餘年裡，幾經戰亂，遷徙流離，我循海陸空走徧了天涯地角，被我拋棄了或失落了的東西多到數不清，但很僥倖，超英姊這一封給苦水先生的信，竟然還存在！這多少總有一點特殊的意義吧？所以我把它抄錄下來，交給主編「燕大校友通訊」的陳禮頌學長，請他斟酌刊出，作爲一種更廣、更深、更悠久的紀念。

原信用的是很薄的八行箋，最末一頁已畧有損壞，缺掉的幾個字，我依據稼軒詞的原文和超英姊的語意代爲補足。但年份只剩「一九」兩字，以下恰巧殘缺了。究竟是一九三幾？已經無從查考了。」

（當「給苦水先生」一文發表時，以上『自「而我，」起』幾段話是附誌於超英姊的原文之後的，我現在複述時則偶然在文字上畧有改動，改的是自己的東西，諒無大碍吧？）

我更想起多年前，超英姊曾應我的請求，把拙作「燕京賦」從她所藏的「燕大年刊」上影印了寄給我，使我能重睹舊物，感到「失而復得」的無限歡欣。而同時我也恰巧爲她保存了這一篇學生時代的作品，這難道不算是一段緣嗎？所以我認爲是值得記述的一痕夢影。

那年陳觀勝學長獨自囘美後，就檢出超英姊遺下的著作，請好友謝扶雅夫人尹振雄女士代爲編輯，並交託李曼瑰學長校正及在台灣付梓，於是一本大字精印的線裝書「清溪遺墨」就在民國六十年十二月面世了。

陳譚超英女士的「清溪遺墨」內容豐富，包羅頗廣，有古體、近體律詩、絕句、詞、新詩等共一百十餘首，並有雜文七篇（包括「給苦水先生」在內），還有附錄。詩詞多抒情、寫景、傷時、感事、寄興、懷人之作。超英姊足跡及於亞、美、歐數洲，故作品中自然少不了異國情調，而尤多勝地風光，描述山川景物，皆歷歷如在眼前，使人覺得清新可喜，醉目怡心。

錄幾首我喜歡的，多哼幾遍，未嘗不是樂事之一。

別府清風莊旅次海上觀日出

穹廬一夜如漆黑，破曉始放魚肚白，海中舟影尙糢糊，遠近幾點難辨別。驀然東壁火球騰，衝破濃雲密霧層，紅光明淨如圓鏡，醒人眼目照人心。金彩搖曳落水中，風起水湧影搖紅；閃爍閃爍復閃爍，閃出層光萬丈虹。疇昔有人夢天梯，扶搖直上九霄重。眼前長虹如可渡，不問龍宮問天宮。升天願化爲雲彩，常隨日月過長空。參得大知成大覺，來無痕跡去無踪。

一九六五年六月二日，時客日本。

看她寫海上觀日出，寫得多麽生動眞切，風生水湧，天海交輝，金光四射，氣勢如虹！那樣壯麗輝煌的奇景，不是仍在讀者眼前麽？「升天願爲雲彩……」四句，境界尤爲高遠，反映了她的抱負，兼含有禪機妙悟，頗饒韻味。

飛渡大西洋

飛入雲層第幾重？蓮花脚下有綠峯。虛舟縹緲心無繫，莫問人間鬥虎龍。

我最愛「虛舟」兩句，因爲表現了她的胸襟與修養，有超塵拔俗之姿。

巴黎卽景　四首

重訪花都日已秋，賽因流水去悠悠！街頭呼酒街頭坐，道是無愁却有愁！

男御錦袍女短裝，語言鶯囀似吳孃。分明異地浮沉日，滿眼梧桐認故鄉！

金杯綠酒肖燈籠，軟語温柔意倍濃。弄影花光人入盡，佳肴美釀且從容。

（筆者按：「盡」字不知是否「畫」字之誤？也許只是我多疑，淺陋得太可笑了。）

長街短巷樹婆娑，近水樓台月色多，萬道金蛇何處去？舉頭月闕問嫦娥。

超英姊把街頭茶座，男女服飾，語音神態，紅燈綠酒，月色花光等等，寫得簡明而突出，花都風物確是如此。但當你在巴黎目睹的時候，只覺得平平無奇，經過作者的妙筆表現出來，你才感到以前所得的印象忽然變爲更淸晰玲瓏，也更優美可愛了。對嗎？我尤其喜歡：「分明異地浮沉日，滿眼梧桐認故鄉。」一點輕愁，鄉思無限。

武間花園白玉蘭

一樹花開照眼明，莊嚴靜穆散天馨；枝如大士千雙手，瓣似蓮台萬盞燈；昨夜風聲昨夜雨，今朝鳥唱今朝晴；凌霄欲共白雲侶，肝胆瀝披堪與盟。

贈天涯故人

荏苒光陰逐水流，更深幾度夢神州！朝來展卷還鋤地，自種紅花伴白頭。

夢醒

夢裡年華似酒濃，不妨一夜醉千鍾。醒來猶倦餘情繞，簾外鳥啼花落中！

人間

人間路窄海天長，劍氣沖霄牛斗芒！破浪乘風登彼岸，靈山處處紫霞光。

霜雪

雪壓霜欺第幾重？飄零身世雨烟中！危巢老樹相依附，心事唏噓問太空！

湖畔

竹枝劃水字成詞，隱引心中無限思！總滙大流隨幻化，源原空色不須疑！

詠白玉蘭那首七律，狀物寫景，既能神似，又別有深意。其他五首絕句，不是都有淸氣盎然，靈思縹緲麼？集子裡的佳作甚多，可惜我還不夠資格來選錄。我只是憑個人的愛好，隨意錄幾首來欣賞一番，也許同時顯示了我對超英姊的片面點滴的瞭解罷了。

超英姊的道德與文章，一向爲師友所推重，茲節錄評語三則，以見一斑。

謝冰心老師說：「闊君文章，多沉摯奇警語……去夏臥病，得君相伴遣月，乃稔君於奇、雅之外，尚有極溫柔敦厚者在！『不是逢人苦譽君，亦狂亦俠亦溫文』，此二語先寫我心矣。」（節錄卷首墨寶之五）

曼瑰姊的「代序」裡說：「超英姊於中英文學造詣精深，少時嗜白話新詩，入燕大後，主修國文，乃沉酣舊詩詞，旁及梵文，研究佛學，復與佛學專家陳教授結婚，熏陶於儒學，佛道，與基督教義，對人生感悟至深。每有吟詠，必極超逸淳厚……篇幅無多，然極具格，讀之如見其人，足爲親友鑑賞而爲後學所仿也。」曼瑰姊這些話，說得確切恰當之至，因爲她與超英姊是效世交，又是同鄉同學同系，數十年來，情同手足，故知之最深。

還有一說：「女士處世，待人接物，情辭懇切，意態淸嫻。相與論學評世，使人如入芝蘭之室，如立荷池之畔。顧盼俯仰：淸風生，正氣盈，感人於不知不覺間。……偶一聚首，無不受其虛懷若谷，去惑索玄之精神所召也。」（謝尹振雄女士：編後致思）

由此可見超英姊確是一位品德高尚，性情純厚，多才多藝的女作家，女詩人。

「海溪遺墨」最末一頁有我的三首絕句，詩雖拙而意誠，一並錄出，聊誌哀思。

敬輓譚超英學長

憶昔湖光映柳絲，羨君博學志雄奇，情懷瀟灑秋如水，文采頻驚友與師。

客裡重逢訴亂離，翻尋遺墨不勝悲！香江一別人天隔，長憶淸溪瀲灩姿。

人海浮生兩渺茫，花都魂斷最堪傷！文章淑德典型在，千載靈風泛暗香！

本刊合訂本第二冊出版，由第七期至十二期，皮面燙金，裝璜華麗，每冊定價港幣拾五元，本社及吳興記均有代售。

折戟沉沙記林彪（七）

岳騫

平型關之戰，抗戰初期曾轟動一時，眞象至以後始明。七七事變後，戰爭重心在冀察，及至南口戰役結束，湯恩伯十三軍在傷亡慘重之後，沿平綏路西撤，日軍即分爲三支，一支沿津浦路南下入山東，一支沿平漢路南下入河南，一支則沿平綏路西上攻晉北。

九月三日至十一日，中日兩軍在天鎭、陽高間苦戰，負責守衛兩地指揮官是原屬晉軍的第六十一軍軍長李服膺，由於日軍運動速，李服膺缺乏對日作戰經驗，天鎭首告陷落。天鎭、陽高一失，影響了大同，鎭守大同的是十九軍王靖國部，也在九月十三日撤退，全部退守內長城線。由於晉北要地失守太速，追究責任應由李服膺負責。第二戰區司令長官閻錫山親自審判李服膺，當庭判決死刑，即予槍決，是爲國軍第一個因失職被處死的高級將領。

平型關也是內長城線一處要隘，控制冀晉交通，日軍在攻下大同後，一路攻雁門關，一路則由第五師團（即板垣師團）三浦旅團進攻平型關。當時在蔚縣、平型關之間與日軍血戰的是十七軍高桂滋部及一七三師劉奉濱部。

高桂滋本是陝北地方部隊，抗戰初起時任八十四師師長，直屬西安行營，湯恩伯在南口血戰時，中央調八十四師增援，打得異常出色，以後中央乃將八十四師與二十一師李仙洲部合編爲十七軍由高桂滋任軍長仍兼八十四師師長。南口撤守後，二十一師調去忻口作戰，八十四師則退守蔚縣平型關一線。一七三師則是晉軍，屬三十三軍，軍長孫楚。

高桂滋指揮八十四師、一七三師在平型關作戰，損失慘重，僅八十四師傷亡即達兩千人，一個舊式師，其實足人數不能超過六千，若傷亡兩千人等於三人傷一，自然影響了戰力。中央當時命令十八集團軍火速增援，於是林彪率一一五師趕至平型關。

林彪部隊抵達平型關附近，日軍已擊敗高軍，乘勝西進，遭遇林部埋伏，受到損失。是爲十八集團軍第一次與日軍進行的陣地戰，但此次戰役全部經過則不似中共方面宣傳之甚，林彪第一次伏擊獲勝，實際是日軍輜重隊，全部汽車二百多輛，護路軍只有步兵兩中隊（每中隊等於國軍一連）。林彪獲勝之後，續攻三浦旅團左翼，遭受挫折，重傷團級幹部田興堯、楊勇，據說林彪自身亦受輕傷。官兵傷亡近千人，此次戰後，十八集團軍即未曾與日軍進行過正面陣地戰，蓋自知力有未逮。毛澤東當時且公開聲稱要同國民黨分工。毛澤東說：在戰爭問題上，抗日戰爭中國共兩黨的分工，就目前和一般的條件說來，國民黨担任正面的正規戰，共產担任敵後的游擊戰，是必須的，是互相需要，互相配合，互相協助的。（見毛澤東著戰爭和戰略問題——毛選第二卷第五四一頁。）

究竟平型關戰役眞象如何？五年之後，彭德懷於一九四二年十二月十八日在太行區營級及縣級以上幹部會議上，作了「關於華北根據地工作的報告」時曾說：關於羣衆游擊戰，是從平型關戰鬥之後，更加認識到其重要性，平型關是一次完全的伏擊戰，是敵人完全沒有想到的，但是結果我們沒有能俘獲一個活日本兵，只繳到不上一百條的完整步槍。」（見中共中央華中局宣傳部一九四三年八月二十日出版之黨內秘密刊物「眞理」第十四。此處係轉引自郭華倫中共史論第四冊第二十八頁，台北國際關係研究所出版）。

彭德懷當時是第八路軍副總指揮（不久即改爲十八集團軍，總指揮改爲總司令，副總指揮改稱副總司令），是林彪的上級，一一五師入晉參戰，雖然歸第二戰區司令長官部建制，但實際仍由彭德懷負責指揮，對戰後情況自然有全盤了解。所說未繳一百條完整的槍，與日軍實際只有步兵兩連之數亦相符合。

後來一直到林彪担任了「接班人」，中共報刊也未再提平型關戰役，若非因爲此事內情已爲全部高級幹部所知，即是因爲與國軍進行陣地戰違背了毛澤東的戰畧思想。

毛澤東與林彪在陝北時

一九三八年春夏之交，林彪率三四三旅陳光部在晉西與日軍一〇八師團（下元熊彌）作戰，黑夜中誤爲在同一地區作戰的晉軍所傷，傷勢頗重，即將部隊交與政委羅榮桓，旅長陳光統率，自回延安休養。

林彪這次負傷經過詳情如何，各方面均無記載，共產黨方面更隻字不提，可見確是誤傷，如果是被日軍擊傷或被晉軍有意狙擊，共方一定要擴大宣傳，不會諱莫如深。

不過，林彪這次傷勢可能眞不輕，在延安住了一年多無法治療，不得已去蘇聯療養，中共中央給以駐蘇代表名義，可能是爲了到蘇聯之後可得到較好待遇。

一九三九年冬去蘇聯就醫，並兼任中共駐蘇代表，同行有劉亞樓、鍾赤兵、方強、王尙榮、李達、解方等軍事幹部共計十多人，這批人到了蘇聯後，均入伏龍玆軍事學院。林彪在蘇聯是否也入過軍事學院受訓練，不得而知。但，筆者一九四〇年冬，遇到在共軍中工作的同學，偶然談起林彪，曾告知林彪赴蘇聯學習指揮機械化兵團，敝同學只是起碼小幹部，亦知此事，可見林彪赴蘇當時已經公開，至於去蘇之後情形如何，甚少人知。

林彪在蘇適逢德蘇戰爭爆發，初期蘇軍失利，日蹙數百里，直至史太林格勒一戰始扭轉危機，據傳林彪曾參加史太林格勒戰役，且任軍職，但並無確證，推測也許去實地觀察過德蘇大戰情況，未必眞的實際參與戰爭。事實很名顯，若以之爲指揮官，蘇軍他未必指揮得了，以之爲參謀人員，則蘇軍也不乏參謀人才。

林彪在蘇俄停留三年，活動情況不詳，但可以判斷林彪雖是中共駐蘇代表，但與當年陳紹禹身份不同，蘇俄決不可能以待陳紹禹看待林彪，林彪在勝利後入東北，與蘇軍曾有摩擦，種因可能在留俄三年期間。

當林彪由莫斯科回延安時，在一九四二年一月，正值毛澤東發起整風運動，大鬥陳紹禹等國際派時，林彪回到延安立時宣佈支持毛澤東的整風運動，對共軍高級將領影響甚大。毛澤東在延安發動整風固然大權已在握，但是如果不是剛由中原局回到延安的劉少奇及由蘇聯回到延安的林彪共同支持，恐怕也不會勝利得如此容易。

但林彪回到陝北之後，並不能馬上恢復帶兵，留在延安任中共中央黨校副校長（校長毛澤東），此不知是由於林彪身體尚未復原，不耐繁劇，還是另有其他原因。

一九四二年秋，正值共軍在江蘇襲擊韓德勤，在山東進攻于學忠，國共關係正惡劣時，中共方面突然通知軍事委員會派駐十八集團軍的林參謀，說明擬派林彪赴重慶晉見蔣委員長請示有關問題，林參謀即致電軍委會得到批准，林彪乃去重慶，先在西安晉見蔣委員長，這次晉見結果並不圓滿，到重慶時在重慶黃埔軍校同學會曾開會歡迎，林彪曾在席上談起校長態度之嚴厲，猶有悻悻之態。

不過，那次林彪去重慶畢竟開了談判之門，次年三月周恩來與林彪會見參謀總長何應欽時，曾提出四項要求：

一、共黨取得合法地位；二、共軍希望編為四軍十二師；三、其陝北邊區改為行政區，其他各區另行改組；四、黃河以南共軍開入中央指定之作戰區域，請俟戰後。（見蔣總統著蘇俄在中國一〇九頁）。這項要求為何應欽所拒絕。

林彪於一九四三年三月回延安，此後又無消息，直至一九四五年四月，中共召開七全大會，當選為中央委員，再度露面。七全大會在毛澤東對黨內鬥爭大獲全勝之後，並由劉少奇創出「毛澤東思想」，實際上已將毛澤東變為中國史太林，史太林生前蘇共高級幹部包括赫魯曉夫在內，均自稱為史太林的黨，實際上七全大會閉幕後的中共，已成為毛澤東的黨。

七全大會共選出中委四十四人，候補中委三十三人，林彪當選名次僅次於毛劉周朱及林祖涵，林彪名字所以次於林祖涵，並不一定票數少於林祖涵，可能兩人同票，林祖涵名字筆劃較少，故排名在先。是時担任中央書記處書記的高崗、陳雲，担任十八集團軍副總司令的彭德懷，名次均遠遠落後。中共那次選舉，提名雖由中央巨頭決定，但投票仍由各人自行選擇，林彪當選名次如此之前，足見其聲望之高，已越彭德懷之上，在中共軍人中地位僅次於朱德。

中共七全大會開會四個月，美國在日本投下原子彈，日本託日本代為接洽投降，蘇聯却乘機參戰，席捲東北，中共也決定向東北進軍，以林彪為東北民主聯軍司令員，政委彭真，副司令員周保中、蕭勁光。

中共派去東北的幹部，在黨內皆是一時之選，軍事幹部則林系的軍人全部隨林彪出關，其他尚有不屬於林彪嫡系的黃克誠、蕭勁光等。

黨政幹部以彭真為首，尚有高崗、李富春、林楓。當時彭真任政治委員，並負責地方行政責任。不久就同林彪發生摩擦。中共黨內之爭，一向與人印象全是權力之爭，毛澤東在文化大革命時已坦承為了奪權。故林彪與彭真在東北之爭，彭真是失敗者，一切罪名皆加於彭真頭上，但真象如何，也無從斷其是非。

那次林彪所以鬥倒彭真，得到高崗助力甚大，後來林彪率部入關，高崗留在東北，坐上「東北王」的交椅，成為中共地方上權力最大的幹部。

不過，那次勝利也埋伏以後大鬥爭的伏線。彭真在東北失敗調回關內，一直黑了幾年，直到中共進了北平，聶榮臻調任總參謀長，彭真始担任北京市委書記及「北京市長」。

但是林彪同高崗却沾上了關係，一九五四年高崗被清算，林彪也牽連在內。幸而那次中共中央是成立政權後第一次大整肅，不願牽連過大，決定除高崗與饒漱石之外，只清算七人，屬於高系者六，屬於饒系者只有一人。林彪地位既高，又得到毛澤東庇護，未遭波及，據說也被剝奪了政治局委員職位。

（未完，待續）

國共軍事談判

周恩來評傳（二十二）

嚴靜文

前一章談過周恩來在重慶時代所從事的各種工作，那已經十分複雜和繁重了，同時期他還代表中共與國民政府當局進行十分艱難的談判工作。這一工作對國共兩黨、對中國以及對周氏個人都這樣重要，必需費較多篇幅、做獨立的說明和探討。

綜觀他担任的談判工作，分爲兩個階段；自一九三九年六月到一九四四年十一月爲第一階段，從一九四四年十一月到一九四七年三月爲第二階段。前一階段談判的主題在軍事，後一階段談判主題在政治。本文說明着重前一階段。

中共暫且做勾踐

一九三七年八月二十日，國民政府宣佈改編陝西的紅軍爲第八路軍，人數不足三萬人；其後又收編江南的游擊隊二千餘人，擴編爲新四軍（一萬二千人）。合起來也不過四萬人。人微則言輕，一個政治集團力微則發言權就小，因此當紅軍收編之初，幾乎放棄一切固有政治主張和立場，不惜高唱擁護蔣委員長來求取順利改編。惟恐一旦決裂，再遭受圍剿。據張國燾在「我的回憶」中記載，中共中央討論收編條件時的情景：

「我們在窰洞外院裡，圍繞着一張方桌坐滿了。毛澤東拿出一張周恩來拍來的電報給我看，其內容大致是說，南京准許共產黨人自新的條件是精誠悔禍，服從三民主義，恪遵國法，嚴守軍令，並要立即改編紅軍、取消蘇維埃政府、停止赤化宣傳、放棄階級鬥爭。經商談結果，南京已允許在陝北蘇區範圍內，設立特區，歸陝西省政府管轄，特區設行政主任一人，其人選由我方推荐，由陝西省政府呈請國民政府任命，特區內所有行政體系單位概按國民政府的規定辦理。周並電稱，對方不能再有讓步，只能表示是否接受。」

他們討論的結果還是接受了，因爲當時沒有其它的選擇。毛澤東對此的結論是：「對！就讓蔣介石做阿Q，我們來做勾踐！」

「做勾踐」的意思十分明顯，現在實力相差懸殊，只有忍氣吞聲，充實力量等到翅膀長成，再起而打倒國民黨。

毛澤東在發言中也提到：

「我們覺得接納所謂投誠條件，也有危險的一面。抗日戰爭如果一時不發生，蔣介石就有翻臉的可能。如果他雷厲風行的執行這些條件，派人來點驗紅軍，實行滲透，並任意調遣，同時派大批特務滲到陝北特區下層機構裡，實行搗亂，那我們就拖無可拖了……」

其實南京當局確曾派人前往「點驗紅軍」，可是還沒有來得及「滲透」和「調遣」，盧溝戰火已經燒起來了。

七月七日盧溝橋事變，國民政府八月二十日宣佈收編紅軍爲八路軍，收編之後不久，八路軍即開上戰場，想要「滲透」和「調遣」也來不及了。蔣介石氏在「蘇俄在中國」一書中寫道：

「二十六年九月，中共指說第十八集團軍（第八路軍改名）進入山西。此後即自由行動。……」

其實「自由行動」並沒有那麼早（最少還在平型關配合中央軍打了一仗），但是中央軍因忙於應付日軍，已無力約束八路軍是眞。如盧溝橋事變遲發生半年，國民政府軍事委員會徹底將八路軍收編，以後局勢的發展就可能完全不同了。

所謂「自由行動」，當不止是不聽調動了，而是擅自擴展兵力，大概當時的「勾踐」急於報仇雪恨，在太原作戰（一九三七年十一月）之後，即開始吞併河北、山西地區的抗日地方部隊，其後更與中央軍正規部隊磨擦。事實上自一九三九年以後，中國已在進行三個戰爭，即中央軍的抗日戰爭，八路軍新四軍的抗日戰爭，中央軍與八路軍，新四軍的戰爭。這種情勢對抗日戰爭之不利，不言而喩。

周恩來開啓談判之門

對於上述國共兩軍的磨擦，國民政府最初僅透過軍事機構對共軍下命令制止，雖然一直無效，但也未採取懲處行動，固然由於大敵當前，力有不逮，另一方面也因爲當時蘇聯是唯一軍援中國抗戰的國家，可能顧忌如果將共軍的問題公開化，會影响蘇聯的軍事援助。

大概周恩來看透重慶當局這一心理，遂於一九三九年六月七日向政治部長陳誠寫了一封解決邊區糾紛及河北問題的函件，這封函件的目的在要求當局承認擴大的邊區及兵力爲既成事實，予以合法地位。

所謂邊區即中共中央所在的陝甘寧邊區。這個邊區在西安事變之前，即瓦窰堡時代，僅流動的據有保安、安塞、神木、府谷四縣，西安事變以後，中共總部進駐延安，擴大爲十五縣，一九三八年擴大爲十八縣，到周恩來致函陳誠時要求擴大爲二十三縣（五縣爲緩衝區）；要求政府承認這二十三縣爲邊區政府轄地，中央軍不得駐兵。到了一九四一年則擴大爲二十六縣。擴大的秘訣，是在鄰近各縣製造「民變」或「國變」（地方軍隊譁變）共軍即進駐據爲己有。

所謂解決河北問題，是要求中共幹部參加河北省政府，並要求將八路軍由三個師擴編爲三個軍九個師。即與原來編制擴大三倍。事實上早擴編了，現在只是要當局承認，照正式部隊發給餉械。

擴大的邊區是侵略政府轄地而來，增加的軍隊則多是襲擊抗日地方部隊而來，現在要求政府承認擴張的事實，當局遂感到怒不可遏。

六月十日（周致陳誠函後第四天）蔣委員長召見周恩來、葉劍英，要求中共實踐諾言，服從命令，遵守法紀，實際上是訓斥了一頓。但是周恩來以柔克剛，使蔣氏終不能不考慮中共擴張的既成事實，因此遂有參謀總長何應欽與周、葉舉行談判。結果未達成協議。

周恩來固然知道難以達成協議，但這封函件達成了兩大成果：

（一）開啓了談判之門，使中共由絕對從屬的地位，轉爲與國民政府、國民黨對等的地位；這一轉變是絕大的關鍵。

（二）主動的向當局攤明共軍的實力，迫政府承認事實，使政府在談判上居於被動地位。

九年六月十日，蔣委員長召見周恩來（時仍爲國民政府軍事委員會政治部副主任）及葉劍英，要求規誡中共部隊，服從命令，遵守紀律。遂後當時的參謀總長何應欽即與周、葉進行具體事項之會談；周、葉乃乘機提出擴大第十八集團軍的兵額為三個軍九個師，並要求擴大「陝甘寧邊區」。

這次會談是周恩來從國民政府軍委會政治部副部長的身份，轉為中共的代表與國民政府談判的首次。這以後周即返延安請示對策，即在此期間墜馬傷臂，赴莫斯科留醫，直待一九四〇年夏始回國。在他出國期間，國共兩軍的磨擦已如火燎原，因此他才返抵重慶不久便恢復了馬拉松式的談判。

政府接受中共條件

周恩來返國後的第一次談判，由政府方面主動提出了四項解決辦法，七月十六日由何應欽交與周恩來。這四項辦法主要內容如左：

（一）劃定陝甘寧邊區範圍（此時准其包括十八縣），改稱為「陝北行政區」，暫隸行政院，但歸陝西省政府指導；

（二）劃定第十八集團軍及新四軍作戰地區。將冀察戰區取消，其冀察兩省及山東省黃河以北併入第二戰區，仍以閻錫山為司令長官，以朱德為副司令長官，秉承軍事委員會命令，指揮作戰，新四軍則由長江以南地區移至江北地區。

（三）第十八集團軍及新四軍於奉令後一個月，全部開到前條規定地區之內；

（四）第十八集團軍准編為三軍六個師，三個補充團，另增兩個補充團，新四軍准編為兩個師（每師三團）。①

從何應欽所提上述四項辦法看來，顯然是對一九三九年七月周恩來所提條件的答覆，幾乎接受了全部條件。大概其後中共方面又提了新條件（周恩來去蘇留醫期間），例如周恩來致陳誠函件中未提及新四軍而這裡提了新四軍。

周恩來原要求十八集團軍擴編為三軍九師，每師三團，九師共廿七個團；現在政府答應給予三軍六師的正式番號，另外五個補充團（無正式番號但發給餉械，實際上是五個團兵力）計二十三個團，照中共要求只少了四個團。組新四軍則由六個團（原編制三個支隊，每支隊兩團）擴大為兩師九個團，實質上增加了三個團。而將朱德昇任為第二戰區副長官一點，尤表示對共軍實力的重視。

關於「陝甘寧邊區」，政府照中共要求改為「陝北行政區」直隸行政院，提高其地位，並且承認擴大為十八縣，另外中共所要求承認的五縣，雖未提及，亦屬事實上承認。可以說，中共一九三九年七月所提要求，百分之九十均獲實現。但是事隔一年，中共實力已續有擴張，上述的條件已不能滿足了。因此周恩來獲知上述條件後即返延安，久不答覆，直到同年九月他從延安回到重慶，對政府所提條件擱置不提，反向陳誠提出三項新條件。要旨如左：

（一）擴大第二戰區，應包括山東省全部及綏遠省一部（河北、察哈爾原包括在內）。

（二）中共所擴編的游擊隊應與第十八集團軍和新四軍同樣發給經費。

（三）認許每一游擊部隊在各自的作戰地區從事獨立作戰。

依照中共這三項要求，其實際的意義是認可華北五省（冀晉魯察綏）為中共控制地區，同時使其由政府發給經費之部隊，由既有的四萬人擴增至六十萬人！②這當然是政府無法接受之事，因此談判陷於僵局，國共軍隊的內戰遂日益激烈，事實顯示，在這一內戰中，政府部隊因同時要與日軍作戰，致節節敗退，由中央軍正規部隊掩護的山東省政府及河北省政府都相繼被共軍逐出省境。

林彪見蔣稱校長

在中共與政府的馬拉松式談判中，周恩來似乎並未獲得延安百分之百的信任。尤其是新四軍事件（一九四一年一月）前後，毛澤東開始打擊王明一派，建立其個人霸權的階段，周恩來的地位顯然十分困難，在談判上有力不從心的跡象，致毛澤東先後派林彪和林祖涵（伯渠）出頭參加或主持談判。

林彪的出場一九四一年十月。正值德蘇戰爭爆發（一九四一年六月）之後四個月。林奉毛澤東之命往西安會見蔣委員長，執禮甚恭，其言甚甘。蔣氏在「蘇俄在中國」一書中記述林彪談話內容：

「毛澤東一再告學生，今後兩黨應『彼此接近，彼此打成一片』，以求現在能『精誠合作』，更求將來『永遠團結』。見此種口號已成為中共普遍熟知之思想，見之於中共七七宣言，且已成為政治上全黨一致遵從之行動，誰也不能動搖。

中共雖信奉共產主義，但決不能照恩格斯馬克斯與史大林之具體辦法，依樣實行。彼等所主張與實行者，決不能依樣行之於中國。

即如　孫總理在三民主義中所指示革命救國之方略，與中央對於抗戰建國所決定之方針，凡此規定，中共均無異議。

目前因為彼此作風各異，一時尚難苟同。吾人唯依三民主義與抗戰建國綱領努力，期望達國民之公意，而共趨團結抗戰與統一建國之鵠的，此則中共所盼於　委座領導之下，奠立穩固基礎以底於最後成功者。」

蔣氏認為中共這一態度「仍然是莫斯科對華政策之反映」。因為當時蘇俄正遭受納粹進攻，切盼中國牽制日本，以免東西兩面作戰之危險。

林彪的話說得那樣恭謹甜蜜，可是在談判上卻寸土必爭，五個月之後向政府所提出來的條件都極放肆、嚴厲。

一九四二年三月二十八日，周恩來由林彪陪同會見何應欽，提出了新的四項談判條件。

（一）給予中共以合法政黨地位；

（二）所屬軍隊擴編為四軍十二師；

（三）改組陝北特區為正式行政區，即不受陝西省政府指導；

（四）黃河以南各部軍隊開往黃河以北，請保留到戰後實施。

在談判中何應欽強調一九四〇年所提四項解決辦法，周恩來表示中共「在原則上」已接受，對具體的安排要求重新商談。

當時共軍正以高速度繼續擴展，顯然不顧與政府協議，提出上述四條件，似為拖延戰術。因為從四萬人的編制擴大為二十三團，近二十五萬人（照政府答允條件），政府增加供給之餉械數量極為可觀，中共不急於取得這一經濟實力，可知拖延必有更大的利益。

自從這次談判弄成僵局之後，中間中斷了兩年多，直到一九四四年春才恢復，這個期間毛澤東無論對重慶當局還是對莫斯科當局都已經有恃無恐，正全力關起門來大搞「整風運動」，徹底清算王明路線。這個期間周恩來居延安的時間增加，居重慶的時間減少；為他在黨內處境最惡劣的時期。

林祖涵取代周恩來

談判中斷了兩年多，一九四四年五月四日才又在西安恢復。不過這一次中共的代表不是周恩來而是林祖涵，政府的代表則是王世杰。

這次談判進行時間最久，雙方所提方案也最複雜，是在抗戰期間最重要的一次談判，可是有談判專家之稱的周恩來竟不見踪影。揣度當時的情況，周恩來在延安沒有任何不可分身的工作，除了毛澤東對他的不信任，找不出其它原因。

五月四日到八日，在前期會談中，林祖涵提出了十七條，內容雖然複雜了一些，但是仍以一九四二年三月林彪所提條件為骨幹，關於軍事問題要求擴編為四軍十二師，移駐防地問題仍要求戰後再說，邊區問題要求不受陝西省政府領導，關於黨的問題要求給予中共合法地位；值得注意的新意見是要求「釋放政治犯」及「撤除陝甘寧邊區的軍事封鎖」。這個十七條本來可以做為雙方討價還價的基礎，可是在沒有任何進展情況下，六月四日林祖涵又提出「關於解決目前若干急切問題的意見」十二條。提出了許多新的爆炸性的問題。

（一）關於共軍名額問題，要求擴編

爲五軍十六師；

（二）關於邊區政府，要求「承認陝甘寧邊區及華北根據地民選抗日政府爲合法的地方政府，……」

（三）關於移防問題，主張「中共軍隊防地，抗戰期間維持現狀，抗戰結束後，另行商定。」

（四）要求「同盟國援助中國之武器彈藥、藥品，應請政府公平分配於中國各軍，十八集團軍及新四軍應獲得其應得的一份；」

（五）要求「請政府飭令軍政機關取消於陝甘寧邊區及各抗日根據地的軍事封鎖與經濟封鎖。」

（六）此外並提出政治要求：

1、請政府實行民主政治，保證言論出版集會結社及人身自由；

2、請政府開放黨禁，承認中共及抗日黨派的合法地位，釋放愛國政犯；

3、請政府允許實行名符其實的人民地方自治。

從上述中共所提條件可知，中共在這次談判中，一改卑躬折節的態度，蓄意與國民黨分庭抗禮，這是劃時期的轉變，其重要性可知。周恩來沒有主持這次會談，證明他正遭遇麻煩。

這次會談，繼續了近三個月，由於中共所提十七條建議尚未獲協議，又提緊急十二條件，大有一波未平，一波又起之勢，不單是中共要價太高，使會議失敗，亦顯示中共當時不在乎是否達成協議，毛澤東正着着準備戰後階級大革命了。反之，重慶當局正陷內外壓力之下，急切求取有利的妥協。所謂內部壓力是指「民主同盟」等中間黨派的活躍，促使政府實施民主，解決國共糾紛，外部壓力則指成爲中國主要軍援國家的美國，迫切關心對共產黨的問題。上述雙方心理的對比可從兩個聲明見其端倪。

國民黨宣傳部長梁寒操一九四四年七月二十六日在記者招待會上表示，國民政府對於國共談判有所進展，可望達成協議；八月十三日周恩來則在延安，對新華社記者發表談話，駁斥梁寒操說，爭執的問題沒有一個獲得解決，沒有任何進展。顯示國民黨急求有進展，而中共則毫不在乎。

代替周恩來與政府談判的林祖涵，是毛澤東在廣州時代即相好的老友，爲人機智多計，極得毛澤東信任。歷任七八兩屆政治局委員，排名第八，爲僅次於鄧小平的人物。他取代周恩來實非偶然。

談判由軍事轉爲政治

從一九四〇年開始國共軍事談判，到一九四四年五月王林會談起，已由軍事問題進入政治問題，及至一九四四年十一月，美國特使赫爾利被邀請往延安訪問，遂完全將軍事問題擱置，變成政治談判。

當時中共的統戰策畧有兩方面，一是爭取中立黨派，在民衆之間孤立國民黨，一是爭取美國人同情中共，分化政府與美國的關係。在這兩方面都收到了重大成果。例如在對美外交方面，史廸威將軍事件及赫爾利之訪問延安，都是中共國際統戰的重大收穫。

關於史迪威事件③，當事人蔣介石氏在所著「蘇俄在中國」中曾痛切言之。

「史迪威將軍到中國工作，在緬北作戰，我時時感懷他的勞績，對於他平時的各種建議，亦無不信任有加。但是他在中緬戰場的時期，正是美共及其同路人宣傳中共是『土地改革者』和『愛國民主黨派』，同時誣蔑我個人是頑固和反動法西斯的時期。他也是受了這種宣傳的影響之一人。他誤信中共部隊可以服從他的指揮，他向我要求把國軍和共軍同等裝備起來，將共軍開出邊區作戰，同時也將晉、陝兩省被共軍牽制而防備其叛亂的國軍，開出作戰。可惜他對於共黨的陰謀毫無了解。他不知道中共在莫斯科指使之下，破壞中國國民革命的事實。…史迪威將軍後來對我的爭執，完全是共黨及其同路人所一手造成的。中美兩國軍隊在中緬戰場上的合作，幾乎因此而完全破壞。」

史迪威因此遭受免職，美國另派魏德

邁將軍繼任。使中美合作一度發生危機。赫爾利之訪問延安，適在史迪威事件不久，赫爾利是派駐重慶的特使，他應中共之邀訪問延安，顯示華盛頓當局對中共的興趣，並不因史迪威事件而減低。中共也將計就計，在赫爾利見證之下再與重慶當局談判。

一九四四年十一月七日，赫爾利赴延安訪問時，周恩來已久不在重慶露面，中共在重慶的工作概由林祖涵主持，因此陪赫爾利往延安的也是林不是周。

赫爾利在延安住了三日，順利的與毛澤東簽訂了五項協議，偕同周恩來興高彩烈的回到了重慶。

其實那五項協議，是中共對國民政府提出的政治條件，及對華盛頓的一項有力的宣傳。

（一）中國政府、中國國民黨，及中國共產黨一致合作，以期統一中國所有軍隊，迅速擊潰日本，並建設中國。

（二）改組現在之國民政府為聯合國民政府，包括所有抗日黨派及無黨派之政治團體代表，立即宣佈一新民主政策，規定軍事政治經濟及文化等之改革，並使其發生實效。軍事委員會應同時改組為聯合軍事委員會；由所有抗日軍隊代表組織之。

（三）聯合國民政府擁護孫總理之主義，建立一民治民有民享政府，實施各項政策，以資促成進步及民主，樹立正義及信仰自由、出版自由、言論自由、集會結社自由，向政府訴願權、保障身體自由權、居住權，並使無恐懼之自由，不虞匱乏之自由兩種權利，實行有効。

（四）聯合國民政府及聯合軍事委員會承認所有抗日軍隊，此項軍隊應遵守並執行其命令。

（五）聯合國民政府承認中國國民黨、中國共產黨及一切抗日團體之合法地位。

從這五項協議，可以嗅出熟知美國政情、西方理念的周恩來氣息。他使用了所有美國人喜聞樂見的字眼，連羅斯福總統的兩句口號「不虞恐懼的自由」及「不虞匱乏的自由」都用上了。中共只想借此來打擊蔣介石及其政府，結果如願以償。蔣氏堅拒組織聯合政府，引起赫爾利及美國人深切不快，赫爾利亦隨之去職。

周恩來隨同赫爾利到重慶，只是顯示中共認真談判；本來他在名義仍是南方局書記，他仍可繼續住在重慶，但是他沒有，他慌慌張張又回延安去了，之後，寫了一封信給赫爾利，說中共中央反對一切所談判的條件。這是當然的，否則未來的毛澤東選集中出現「不虞恐慌的自由」、「不虞匱乏的自由」的字樣，對一個共產黨領導人來說，那簡直是思想的投降。

由溫文謙和而怒髮衝冠

一九四五年一月，大概周恩來在黨內的政治煩惱告一段落，他重新被派到重慶，與政府當局接觸、談判。但是，他此次從延安出來，似乎變了一個人，一向說話溫和、婉轉的他，一變而為粗暴和苛薄，充滿了尖銳的鬥爭氣味。蔣氏對他本來印象不壞，現在惱到了極點，連在多年之後，著書回憶時，猶禁不住使用痛恨的字眼。

「三十四年（一九四五）一月下旬，中共又派周恩來到重慶。這商談，完全是他一種政治的宣傳攻勢，其所提出的口號就是『聯合政府』。其擺出的面貌亦愈變猙獰。而他在此次宣傳攻勢之中，不但公然詆譭政府，而且公然誣蔑赫爾利大使。因為赫爾利大使曾經聲明：『美國不以武器支持中國擁有武力之政黨』，所以他到了最後亦成為中共攻擊的對象。」

蔣氏對聯合政府的回答是於同年十一月召開國民大會。到了五月下旬，周恩來完成了宣傳攻勢的任務，回延安去了。

這五個月的談判，實際上是五個月罵戰。周恩來破例的扮演了一個尖銳的罵戰者的角色。對他這一作風的突變，筆者推測是一九四二到一九四三年在延安受「整風運動」磨練的結果。從他自一九四二到一九四五的消聲斂跡看來，他似是受了相當的批判和鬥爭，而他的主要罪名，當是「右傾機會主義」，即與國民黨妥協太多了。因此回到重慶不得不以鋒芒畢露的鬥士姿態出現。（未完・待續）

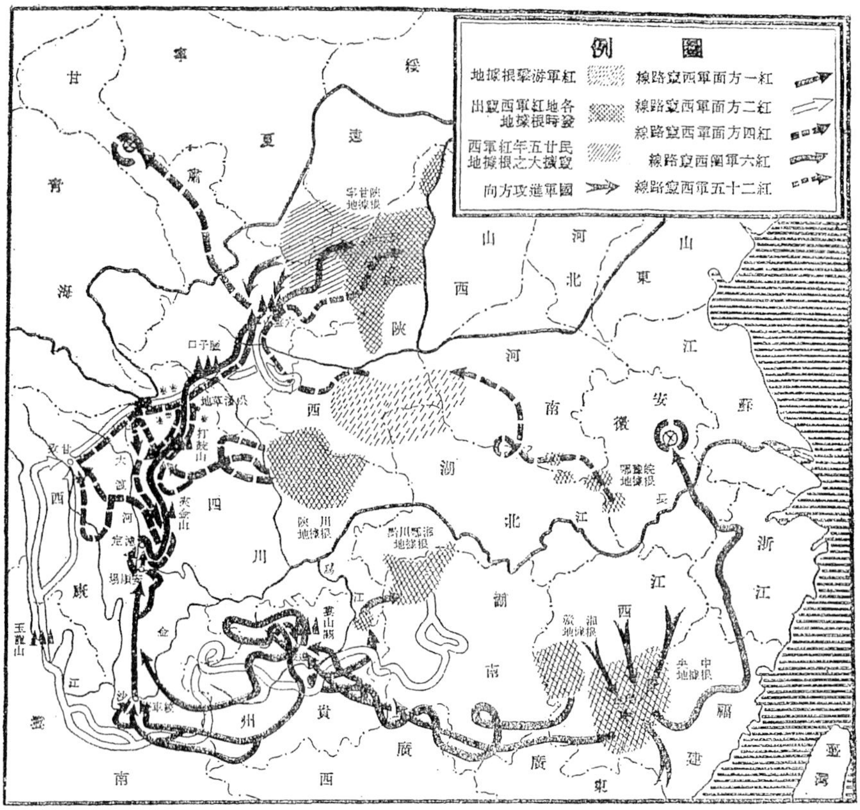

紅軍各部「長征」路線圖

細說「長征」

【九】

□吟龍□

這時西路追剿軍總部已推進到衡陽，總司令何鍵得到蕭克仍盤据陽明山的消息，當即下令第十五師王東原部由新田推進至陽明山西南麓，第十六師章亮基部推進至陽明山西北一帶，對蕭克部展開包圍。又令湖南保安旅旅長胡達率部封鎖湘江，以防蕭部回竄，又令六十三師陳光中部推進至郴縣，策應第十五、第十六兩師作戰。

一九三四年八月二十二日王東原指揮第十五師、第十六師分爲兩個縱隊由新田北進，下午七點多鐘第十五師進抵陽明山東麓之白水嶺，劉子坪附近，發現當地有少數紅軍警戒部隊，即向之展開攻擊，激戰半個鐘頭，擊斃紅軍十餘名，其餘均逃入陽明山，這時天色已經黃昏，王東原因爲地形不熟，又曉得紅軍一貫戰略是埋伏襲擊，因此，王東原未敢深入，當晚就在劉子坪附近宿營，對陽明山監視，第十六師章亮基部也進到陽明山東北端白菓市宿營。

第二日拂曉，王東原見到山中沒有動靜，即令第十五、第十六兩師分由東北西南兩方面向紅軍合圍，逐步推進，誰知紅軍主力已於夜間撤走，留在山區的祇有一百多人作爲疑兵，第十五師順利佔領陽明山，祇擊斃俘獲了這一百多人。蕭克率部乘夜向南，準備暫回贛西休息補充。

此次戰役經過頗富戲劇性，紅軍在江西蘇區曾清算過毛澤東的「三國演義戰術」，有紅軍戰略家之稱的劉伯承曾爲文痛斥這種三家村學究的戰術（見中國工農紅軍總政治部編印革命與戰爭第一期，一九三二年八月一日出版，此轉引自中共史論第二冊三六五頁）。但平情而論，當時紅軍許多戰術實在得益於三國演義、水滸傳，即以這次「蕭克夜詐王東原」一仗，完全自三國演義學來。

王東原攻下陽明山，得悉蕭克行踪，可能旣慚且憤，率十五、十六兩師啣尾窮追，同時電告總司令何鍵，命令沿途嚴密堵截蕭克。

八月二十四日國軍六十三師陳光中部在郴縣附近構築工事，嚴密戒備。同時南路軍總司令陳濟棠也派出第一軍，獨立第一師抵宜章佈防。

蕭克原來打算經桂陽、郴縣回贛西，及見到國軍在郴縣佈防，自覺難越粵漢鐵路，乃於二十五日由新田以北之石坂、晋江寺折而向南，二十七日到達新田以南之鷄絲坪、良塘橋一帶。

王東原指揮的國軍第十五師、第十六師隨即急追，也迫近新田。蕭克乃繼續向南逃入嘉禾縣境。蕭克本是嘉禾人，地形熟悉，於八月二十九在嘉禾以南徒涉過鍾水，竄至新村渡附近，三十日晨，繼續竄至藍山以南之雪霧洞、湖頭一帶，有入粵北連縣的企圖。以後何以未入粵北，「剿匪戰史」說是因為連縣一帶山地曲折，出產甚少，紅軍恐怕入後難以生存，致遭圍殲，所以折向西竄。實際情形並非如此簡單，當時兩廣處於半獨立狀態，廣州設有西南政務委員會統治兩廣，與南京分庭抗禮，對南京命令概不奉行，關於剿共問題，兩廣與中央之立場就有很大區別，中央是希望聚殲，兩廣則祗求不入我境，互不相犯，內心未嘗不希望有紅軍存在困擾中央，使中央無力對半獨立各省用壓力。共產黨對政治行情旣敏感又善於抓緊機會，此可能是蕭克不入廣東的眞正原因，以後中央紅軍由湖南經過廣西，也祗在全州一掠而過，決不深入桂境，與蕭克此次行動頗為相似，若把兩次行動聯在一起看，可知是有一定計劃。

蕭克部於八月三十一日經藍山、江華之間的九嶷山、井塘一帶，越過沱水竄入湖南道縣境內。紅軍進入道縣後，第十五、十六兩師由嘉禾向西猛追，九月二日國軍抵達道縣東端四眼橋附近，正準備渡河搶攻。蕭克就在當晚由道縣以南之新車渡向西北方面急進，九月三日經高明橋，永安關竄至廣西邊境。

九月三日中午十二時，蕭克率部竄到廣西全州與灌陽中間地區之文市附近，遇到事先已佈署在當地的廣西部隊第七軍，雙方當即展開激戰。蕭克可能因為事前毫無防備，突然接觸，就被第七軍沾上，無法退下去，祗得拚命打一仗，雙方始而用機槍，繼而用刺刀、手榴彈互拚，從中午戰到下午五時，分不出勝負，蕭克也走不掉，就在這時王東原率領的追擊部隊第十五師第十六師趕到了。當時天色已經黃昏，王東原部雖然也放了一排槍，並未認眞攻擊，祗採取包圍形勢，準備明天再全面進攻，誰知到了夜間蕭克重施故技，留下一小部份在牽制國軍，自率主力脫離戰場，經文市以北之五桂嶺向西竄去。

九月四日拂曉王東原指揮之西路軍十五、十六兩師與桂軍第七軍會師，檢查戰果，紅軍遺屍五百名，並俘獲二十餘人，據俘虜稱：此為蕭克西竄後最大一次戰鬥，損失巨大，實力大減，今後企圖為經過貴州往湘鄂西與賀龍會合。這種說法自是實情，蕭克西竄以來也祗有打這一次仗，當然吃了大虧，所以然者，蕭克低估了桂軍戰鬥力，以為不如中央軍，不知第七軍在北伐時即戰績輝煌，雖事隔八年，人事已非，但軍官中仍保有優良傳統，更重要者，兩廣當局當時均抱自固吾圉之念，如果蕭克不入廣西，中央命令桂軍出境兜截，無非敷衍了事，旣入廣西，則為了保衛家鄉，就不能不悉力以赴了。

再由文市之戰看來，王東原及其指揮的部隊實在不濟，如果當時追剿指揮官是薛岳，蕭克從文市脫走的機會就不大。為將之道，鹵莽滅裂固然不可，因循瞻顧亦誤大事。

九月六日，蕭克竄至資源（西延）、油榨坪一帶，因為追剿部隊尾追過急，不敢停留，繼續向西北方面流竄，九月九日中午，抵城步以南之賀家寨，大江水一帶，與湖南全省保安司令兼第十九師師長李覺指揮之湖南保安第二團譚有晋部遭遇，激戰三小時，紅軍傷亡兩百多，譚部也傷亡官兵一百多人。此處足見蕭部當時確是強弩之末，否則保安團如何能抵住蕭克的攻勢。

蕭克當日雖受挫於譚有晋團，却未停留，仍由城步以西之舟口突出，繼續西竄，至九月十一日抵龍園、廣南、城步、孟公坳一帶山地，暫時得到喘息。

南昌行營對於蕭克動向十分注意，可能也因其行軍快捷而有戒心。當時頒佈三項命令：

一、令李覺率第十九師及保安團、補充團等部，由城步向綏寧方面推進，協同黔桂兩省部隊圍剿。

二、令王東原率十五、十六兩師協同桂軍第十五軍由油榨坪向西追剿，務啣尾猛追，蕭股一日未滅，則任務未了。

三、令貴州省政府主府兼黔省剿匪總指揮兼第二十五軍軍長王家烈，派出有力部隊至湘黔邊境之通道、黎平一帶堵擊，相機協同湘桂兩省部隊進剿。

南昌行營的佈置雖不錯，但三省部隊作戰不易密切配合，而貴州省在王家烈統治下更成為人間地獄，王部官兵既乏訓練又因官長吃空名缺額甚多，以之與蕭克作戰自然不成。

蕭克於九月十二日突自龍崗向北移動，目標在攻綏寧，正值此時，李覺率部進駐綏寧，蕭克此時兵力自不足與李覺碰，暫時就放棄進攻綏寧意圖。

這時王家烈也派他手下獨立第一旅周芳仁部推進到湘西靖縣，桂軍十五軍與王東原部十五師、十六師分為兩路由油榨坪向大寨及孟公坳追擊，這時三路國軍逐漸靠攏，圍殲之勢漸成。蕭克既不能攻綏寧，又不能再退城步，就徘徊於兩地交界山地中。

九月十三日李覺師推進至水路口向紅軍發動攻擊，蕭克一連受了兩次打擊，決不再同國軍正面作戰，當時未作抵抗即由綏寧以北地區竄至靖縣，綏寧中間地區之寨牙一帶，又脫離了國軍監視，國軍原來計劃在綏寧、靖縣、通道三縣地區圍剿計劃，至此也全盤落空。

九月十四日早晨，蕭克突然向靖縣進攻，蕭克所以選中靖縣為攻擊目標，當是看透了貴州軍隊不能作戰，企圖一戰消滅周芳仁旅，挫折國軍士氣。

周芳仁旅雖然不濟，到底是生力軍，尚未打過仗，對付紅軍久戰飢疲之師，還可以應付，雙方激戰兩小時，王家烈部駐在會同一部，也參加戰鬥，向南壓迫攻紅軍側背，李覺又由水路口向寨牙猛追。蕭克感到三面受威脅，不敢再攻靖縣，九月十五日竄至通道以西之紐沖附近，終於被李覺同周芳仁追上，又打了一仗，紅軍傷亡近三百人，損失步槍二百餘支，但紅軍也終於突破包圍圈。

蕭克九月十五日在紐沖與十九師李覺，二十五軍周芳仁旅激戰後，雖受相當損失，却也脫出重圍，於九月十九日抵平茶向黎平前進。

黎平是貴州要地，貴州省政府主席王家烈得到消息即增派步兵三個團由黔東剿匪指揮官王天錫率領，由貴陽赴錦屏一帶防堵，並令周芳仁旅原駐黎平之一團嚴守陣地，周旅即由靖縣向黎平集中，王家烈總指揮部也進駐馬場坪。

九月二十日蕭克先頭部隊抵達黎平以北之譚溪，與周芳仁旅搜索部隊遭遇，周旅即發動攻擊，並以一部向蕭部右翼包圍，激戰約五小時，紅軍因飢疲過甚，不支後退譚溪以東約五里處一高地堅守，周旅因為天色已暗，不敢窮追，採取嚴密監視，準備次日再進攻，是時周旅全部已到達譚溪，但蕭克却在夜間率部暗向譚溪以北中土橋方面竄去，到了二十一日早晨，周旅向當面紅軍展開威力搜索，才知道紅軍主力又逃走，僅擊斃及俘虜後續部隊四五十人，周旅本身亦傷亡十幾人。

此時湘桂黔三省部隊逐漸向黎平集中，桂軍第七軍周祖晃師及王東原指揮之十五、十六兩師追至通道附近，黔軍由王天錫指揮的三個團也將追抵三穗。（未完。待續）

謙廬隨筆

廿一

矢原謙吉遺著

（二）

余雖未與蕭仙閣「義結金蘭」，而渠仍深信：他日余或大有可供其驅策之處。故仍不時屈尊過訪，或折節招宴。

天津大辦其盛況空前之「黃會」時，渠復以市長之尊，八行一紙，專簡相邀，并以預定旅館房間與頭等車票為餌。房間自未便倩人頂替，而車票則於力辭不獲之餘，連同「貴賓入場証」，一併轉贈於余診所中十餘年之老司事成啓駿君。成君木訥耿直，而忠實逾人，故恒為儕輩譏為「成傻爺」。子女成羣，布衣素食，從未一睹聲色狗馬之盛。至是，余乃餽以車票與遊資十蚨，使作津門之遊。歸來後，容光煥發，精神倍長，為其同人與家族，娓娓道「黃會」中之盛況者，累週而不倦。而尤以平生首次坐「頭等車」，且於「飯車」中畧食數事，視為異數焉，余亦為之欣愉竟日。

中日經濟開發之首腦，兒玉總裁，匆匆訪平時，宴酢過多，乃突感不適，召余往診之。注射與小休之後，仍能應酬如故。遂一夕招余預其宴會，以示答謝。席間，得邂逅秦德純將軍，時之北平市長也。秦告余曰：

「數聞仙閣道及大名」，旋即絮絮與余談蕭之「為人四海」及「口才蓋世」。

余惟默然，唯唯諾諾而已，秦似覺余意在言外，乃告余曰：

「此人讀古書甚多，吾聞君於漢學頗饒興趣，是則與蕭大可切磋一番矣！」

余聞秦言，微感不懌，覺其頗有情殷意諂之嫌，蓋渠既屢聞余名於蕭之口，當已深悉余於蕭攏絡之術，未肯就範。奈何仍為其進言以紿余乎？加之，蕭雖屢以「學冠全軍」自詡，實則余之故都文友，早已洩其底蘊，并不足以使「化外之人」見而起敬也。

余聞人言：蕭每於得意忘形之際，佯醉以告人曰：

「西北軍裡，真正把古書讀通過的人，其實頂多只有兩個半。一個是王鐵珊，那半個是湖南才子雷繼尚。還有一個，人家都口口聲聲說是兄弟我！」

蕭雖自詡如此，而恒時出語，則多俚句，而尤以「尿」字，爲其口頭禪，幾於無語無之。人謂此係其土語，自小養成，余實未知其然也。

「尿」字之用，既極頻仍，其涵義自爾包羅萬象。友人告余曰：蕭口中之「尿」字，可作「駭」解，可作「懲」解，亦可作「欺」解。而「尿了」二字，可作「虧」解，可作「敗亡」解，亦可作「受騙」解。

是故，蕭之口頭禪，幾於華北風雲人物中，無人不知，而率皆與「尿」字有關。舉其大者：

「咱哥倆是肝胆相照的朋友，誰還會「尿了」誰不成！」

「咳，你這麼一來，可眞把我給「尿了」！」

他敢有個三心二意，咱們先「尿了」他！」

「咱們是老哥們，你就是眞「尿了」我姓蕭的，也還不是哪兒「尿」哪兒丟嗎？」

蕭既口不離「尿」，見人輒「尿」；凡識之者，皆知其語病。久之，遂爲人錫以「蕭尿壺」之名。管翼賢告余曰：命名之意，蓋有二焉，一則以蕭語多「尿」字；二則隨時爲最汚穢之服務，而絕不擇用之者爲誰也。

人言：「朝陽門事件」時，土肥原力主不爲已甚，永見參謀長和之，遂交涉未久，數語而決。議罷，蕭與土欣然離場後，土忽向蕭低語笑曰：

「蕭閣下！今天是您「尿了」我？還是我「尿了」您？還是誰也沒有「尿了」誰？」

蕭聞之，滿面通紅，捧腹大笑。後遂於言詞中「尿」字大減矣。

更有人言：「尿壺」先生之所以漸少言「尿」者，蓋係宋哲元躬自誡之也。先是，冀南保安司令孫殿英，本屬西北軍中驍將，風頭不讓宋哲元韓復榘孫連仲之流。而勢窮來歸，形同伴食，目睹昔日之隨軍閒員（蕭曾任河套設置局長，與一「縣知事」相等），呼風喚雨，自不心服。於是，一夕乃於「進德社」中，佯醉告宋哲元曰：

「明軒，咱們都是同棚的老弟兄哪，有啥就說啥！我看吶，那個蕭仙閣，什麼都能替你爭臉，就他奶奶的不能跟小日本辦外交！他那個一口一個「尿」，「尿」得小日本心想：「咱們二十九軍的人，成天啥都不想，就想着個雞×！」

宋聞言甚以爲然，當其時也，蕭與師旅長廣結「金蘭」，自成一黨，已大觸宋之忌，對之頗有「禮遣」之意。至是，更覺不可耐矣，遂於再度晤蕭時，一聞「尿」字，立即正色告之曰：

「仙閣，咱是個老粗，你可多包涵包涵，也用不着在咱的面前專講髒字！」

當時在場者，聞有秦德純，張自忠，李顯堂，戈定遠，馮治安，趙登禹，李筱帆，王長海等十餘人，蕭覺無地自容，顏面盡失。翌日，遂悄然返津，表示「倦勤」。而二十九軍中之實力派，則聞之大快。是時也，有小報綴一聯曰：

「小一號登龍因鴨步，
蕭二爺丟官爲雞×。」

「小一號」者，當時故都最馳盛名之「女招待」也，在食堂任職，而使戶限爲穿，未幾即有金龜婿量珠載之以去。一時傳說：其最動人處，厥爲其行走時，全身扭動，有如鴨然，故該聯於其「鴨步」特加讚美焉。

蕭仙閣去職前後，一日，余於「實報」副刊之「瘋話」一欄中，見隨筆一則，大致云：「偶見一精印詩冊，作者爲蕭劉輔瀛，據查乃一市長夫人。」

此外未置評一語，余頗以爲異。蓋余與此欄之作者「老宣」，亦有數面之緣，諒其必非爲幗而忘，遂言止於此，而未多一筆。自忖其中必有文章，乃請管翼賢，告我以個中奧妙。（未完。待續）

香港詩壇

癸丑重五茗集聯句

午日風雲會一樓、天涯詞客對閒甌、亦園
何須佳節傷懷抱、聊借吟篇樂唱酬、志鴻
避世身憐居鶴壑、離鄉俗尚競龍舟、張方
撫今追昔終無補、自有豪情散百憂、醉書

重午

伍醉書

默坐茗邊別有思、天涯午日問何爲、題紅拾翠餘殘夢、弔古懷人又一時、亂世文章空自賞、層樓風雨獨歸遲、臨江不盡蒼茫感、似此浮生欲廢詩。

端陽

高龥賜

節令傳流原有意、滄桑變換却無端、褭蒸只媚牙關用、競渡聊娛眼界存、禹甸九州成竹幕、洋塲十里作桃源、人潮海上翻新浪、空想珠江舊日船。

擾攘羣魔到幾時、瘡痍滿目感張機、道窮亂起新潮派、荔熟空懷故國思、屈子佐君原直士、鍾郎吞鬼是奇兒、美人香草今何在、誰向風騷展楚辭。

前題

黃志鴻

簫鼓龍舟競渡來、飛濤猶未洗沉哀、湘江夜夜流嗚咽、誰起騷魂酹一杯。

前題

張方

陵谷遷移滯海濱、年年飄泊夢中身、龍洋又聽龍舟鼓、獅嶺還黏馬足塵、似妒蛾眉讒靳尚、空憐蘭芷弔靈均、白頭一任天涯老、濁世糊塗强做人。

生朝

張方

傾尊坐對小窗檠、兀兀窮年誤此生；一舸浮江歸有夢，衆花經雨落無聲。空文難障新潮急，老眼猶期浩刼平！笑共蠹魚爭食字，人間鐘鼎不關情。

爲瞿蛻老詩稿梓就賦謝

王質廬

綴玉囊珠意獨勤，故人許爲寄朝雲，雕搜力盡新成楮，什襲年增舊種芸。正擬催開腰鼓節，敢忘下拜瓣香薰。猶應勝在空箱裡，疊損銀泥軟舞裙。

浩浩高風水接天，漫收身世入吳牋，寫龍鈎鑿曾何補？夢鼠菁華恨久遷。異地誰求蘇玉局，並時無待杜樊川。不惟留向東林寺，意重南金傲昔賢。

放情

伍醉書

已信孤懷一往深，未因多難廢登臨，眼前小謝前山意，嶺外大蘇赭荔吟。吹火幾時容蠟屐？當風無地論披襟！新來頗憶齊安守，稍近坦然自可任。

心花

伍醉書

霽月光風欲吐葩，初無芥蔕與生瑕，芬涵浩氣翻成熱，艷借文章散作霞。但許得時應怒放，本妨拾韵鬥尖叉。精誠千載猶丹碧，不數江家夢筆花！

青山灣垂釣

伍醉書

一角青山指顧間，扁舟容與任迴還，此來好試綸綸手，要釣灣前老鼠斑。誰寫漁村竹樂圖，扣舷有客唱卬須，却看日近長安遠，愁煞烟波舊釣徒！

「詞浣谿沙」次醉書韵

包天白

鶯老何堪隔樹啼，停橈人在柳橋西，江城又是落梅時。廿四番風春去早，三千里路客歸遲，日長無賴雨霏霏。

酒不成歡意未濃，依依別夢謝樓空，銷魂長是鳥聲中。愁有相思催鬢白，信無消息到榴紅，月移花影忒匆匆。

谿溪沙 初夏次醉書詞長韵

徐義衡

辜負黃鶯不住啼，飛花逐浪小橋西，荷錢梅雨又當時。一院新篁人寂寂，幾行烟柳日遲遲，曉窗無那待晨霏。

翠栢蒼松綠蔭濃，濔濛早霧蔽晴空，遠山如黛有無中。數點沙鷗翻浪白，幾株金鳳映霞紅，可憐鶯燕太匆匆。

浣谿沙 有感二闋

伍醉書

破寂鶯聲樓外啼，樓頭殘夢覺遼西，惛惛芳緒惜芳時。東鄰鬥草尋春去，別浣哀絲怨語遲，隔簾紅雨自霏霏。

瀲灧香醪琥珀濃，醉時歡樂醒時空，戀情長在月明中。春山恨重新描黛，酒釅愁添別樣紅，了無言語去匆匆。

南天書業公司

South Sky Book Co.

香港總公司：香港軒尼詩道一〇七至一一五號

107-115 HENNESSY ROAD HONG KONG

TEL. 5-277397 5-275932 CABLE "SOUTHSKYBC"

美國分公司：7034 SOUTH ALASKA TACOMA, WASHINGTON 98408 U. S. A.

TEL. 206 472 4309

南天書業公司

圖書最多。。廿餘萬種三百萬冊減價書城
價錢最平。。定價公道折扣便宜週滿價
場地最大。。五千方呎設備新穎分類清晰
設郵購部。。方便外地讀者購書迅捷周到
附設畫廊。。經常展出名作如什代辦展覽
全頁書不必東跑西跑慳錢慳力南天最宜

唐詩選譯（中英對照巨型精裝）
Poems of Tang (Chinese-English) by Tang Zi-Chang（唐子長）HK$ 32.00

孫子重編（中英對照巨型精裝）
Principles of Conflict (Chinese-English) by Tang-Zi-Chang（唐子長）HK$ 25.00

中日姓氏彙編　（陳澄之）
A Handbook for use in Chinese-Japanese collections name. by Charles K.H. K.H. Chen HK$ 50.00

中日手册　（陳澄之）
A Librarian's Handbook for use in Chinese-Japanese collections by Charles Chen HK$ 65.00

戴震原善研究　（戴震）
Tai Chen's Inquiry into Goodness by Chung-ying Cheng (English)
Hardcover HK$ 18.00
Paperbound HK$ 10.00

大學教育五十年　（陳炳權）
Fifty Years in University Education A Memoris – Vol. I, II by Chen Ping-Chuan, B.A.M.A.LL.D.
Hardcover HK$ 50.00
Paperbound HK$ 40.00

上海春秋　（南天）
A Spring and Autum Annual of Shanghai by South Sky Book Co.
Hardcover HK$ 60.00

中國文學史　（易君左）
History of The Chinses Literature by Yi Chun-Tso HK$ 15.00

中國近代思想研究　（溫心園）
Studies in Modern Chinese Philosophy by S.Y. Wan, B.A. HK$ 5.00

老子重編（中英對照巨型精裝）
Wisdom of Dao (Chinese-English) by Tang Zi-Chang（唐子長）HK$ 25.00

寰國遊踪（精裝巨册）　（屈武圻）
World Trips (Hardcover) by Ch'u-Wu-Ch'i HK$ 40.00

漢語音韻學　（王力）
Chinese Phonology by Wong-Li HK$ 30.00

美國圖書館員對中文編目之認識
Elementary Chinese for American Librarians by John T. Ma（馬大任）HK$ 75.00

弘一大師遺墨（附書信、圖照年譜）
The Calligraphy of Hung Yin (Incl. correspondence, picture and year-book)
Hardcover HK$120.00

上海通研究資料　（南天）
Shang-Hai Tun by South Sky Book Co.
Hardcover HK$ 30.00

漢英翻譯文範　（溫心園）
Specimens of Chinese-English translation by S.Y. Wan, B.A. HK$ 2.80

蘇軾東坡詞（手抄本）　（曹樹銘）
Songs of Su Shih, Alias Tung-P'o (hand written book) by Shu-Ming T. Tsao HK$ 18.00

唐津疏義（廿開精裝）　（東海書店）
Tang Tien Shu I by East-sea Book Store
Hardcover HK$ 65.00

門邊文學　（徐訏）
Beside the door of Literature by Hsu Yu HK$ 7.00

陳榮捷哲學論文集
Neo-Confucianism, etc. essays by Wing-Tsit Chan
Hardcover HK$ 42.00
Paperbound HK$ 25.00

我怎樣寫杜甫
How I write Tu-Fu by Hung-Yeh
Hardcover HK$ 5.00
Paperbound HK$ 3.00

太平天國與中國文化　（簡又文）
Taiping Tien Kwo and Chinese Culture by Jen Yu-Wen
Hardcover HK$ 5.00
Paperbound HK$ 3.00

東坡詞　（曹樹銘）
Songs of Su Shih, alias Tung-P'o by Shu-ming T. Tsao HK$ 9.00

秦璽考（附秦璽彩圖）　（曹樹銘）
Archaeological researches on the Imperial Jade seal by Shu-Ming T. Tsao HK$ 10.00

金文編（正續合編）　（容庚撰）
Character written in Gold (Original and duplicate) by Jung Keng
Hardcover HK$120.00

香港學校指南　（南亞）
A guide to School-Hong Kong by South Sky Book Co. HK$ 10.00

段四慯先生遺墨　八開大本　仿古綫裝　HK$30

段四慯先生法書，爲當代一絕，于右任傅心畬香翰屏三位極所推崇，新近出版。

撝叔遺墨　八開大本　仿古綫裝　HK$30

趙撝叔之隷法書，世所推選，年久失珍，今印成冊，公諸好者。

于右任草書　于右任先生草書，當世無兩。　12開本　HK$15.00

新中國黨政軍人物誌　HK$50

本書爲黨政軍幹部自用本，從未公開發售，內容包括黨政軍工首要人員，由毛澤東以下凡２０４人，附每人近照，及詳叙其出身，與一生經歷事功，爲新中國政府首要人員最完善詳細之資歷介紹。

周曹通信集　第一集　周作人致曹聚仁的信　HK$100

周曹通信集　第二集　周作人致曹聚仁的信（附致鮑耀明的信）　HK$100

周曹通信集，係周作人晚年與曹聚仁所通信札，可以視爲周曹之間各在晚年的心聲，國事私情的連繫，窮困潦倒的情景，躍然紙上，爲保存眞實起見，全部原紙原大套色影印，十六開本精裝。

錦綉中華大畫集　增加篇幅再版出書　HK$200

中華風光大畫集　最新出版中國介紹畫集　HK$150

中國風光大畫集　最新出版中國介紹畫集　HK$60

波文書局

香港皇后大道東二五二號地下　Tel. 5-753618
252, Queen's Road East, G/F., Hong Kong
PO WEN BOOK CO　P.O. Box 3066, Hong Kong

出版經售文史哲叢書·供應知識分子讀物

最　近　發　售　新　書

我與文學（中國新文學叢刊之一）　HK$

鄭振鐸　傅東華編　生活書店1934年　320頁　25.00

本書是「文學」雜誌一周年作者散文特輯。收集五十九位作者發表自己對於文學親切的體驗，及與文學發生因緣的經過；其中很多篇數，簡直是各作家文學生活的詳細自傳，是新文學史的珍貴資料。

現代中國作家剪影　黃俊東著　友聯1972年　4.00

·中國現代短篇小說選集　宏業書局1972年　321頁　5.80

·詩歌欣賞　何其芳著　作家出版社1962年　115頁　4.00

·詩論　艾青著　新文藝出版社1953年　245頁　3.00

本書是作者二十年創作經驗的積累。其中有對詩的理解，詩的任務，詩人在藝術上所應該具備的修養等。從這些文章，反映了新詩的發展過程。

柳亞子詩詞選　柳無非柳無垢編　人民文學1959年　247頁　12.00

·魯迅思想的邏輯發展　華崗著　新文藝出版社1953年　228頁　8.00

·亡友魯迅印象記　許壽裳著　人民文學1955年　116頁　6.00

·論郭沫若的詩（中國現代文學研究叢書）　樓棲著　文藝1959年　8.00

古典小說戲曲叢考　劉修業著　作家1958年　內文128頁　圖片20頁　7.00

庾信詩賦選　譚正璧　紀馥華選注　一新1973年　224頁　5.00

譚正璧紀馥華寫的24頁序言，是一篇很好的「庾信論」。

中國歷代文選上下　馮其庸等選注　南國出版社73年　805頁　16.00

卷首有前言45頁，論述中國散文的發展和地位。

古詩十九首探索　馬茂元著3.80　新註唐詩三百首　朱可大注　2.00

印章概述　羅福頤、王人聰著　香港中華1973年　6.50

古玩指南（精裝正續二冊）趙汝珍編著　95.00

中國版畫史　王伯敏著　南通1973年　318頁　12.00

聞一多楚辭研究十種　聞一多著　維雅書房1973年　235頁　15.00

第一次革命戰爭時期的農民運動　人民出版社編輯出版1953年　40.00
（中國現代革命史資料叢刊）439頁

本書對第一次國內革命戰爭時期的農民運動的資料，有詳細的臚列和評論，對于學習和研究中國現代史、中國社會經濟史，本書有極高的參考價值。

中國變法維新運動和康有為　齊赫文斯基著　35.00
張時裕、梁昭錫、呂式倫、姜豔瀛合譯　三聯1962年　384頁

本書的作者是有名的漢學家。本書是一本嚴謹深入的著作。從「附注」中可發見作者引用資料、文章、書籍之豐富；並對所引用的文章、書籍提出了自己的看法和批評，在附錄的「研究中國變法維新運動的著作」，作者對德國、英國、法國、美國、蘇聯、日本和中國的著作，亦提出了批評和討論。

·隋唐五代史綱要　楊志玖編著　人民出版社1957年　165頁　3.00

·魏晉南北朝史　王仲犖編著　人民出版社1961年　482頁　40.00

至目前爲止，本書是唯一詳細深入的魏晉南北朝史。

·魯迅論美術　張望編　北京人民美術出版社1956年　內文254頁　版圖55頁　15.00

在這本書中集印了到目前已經看到的魯迅先生關於美術論文和重要書簡——包括從很多魯迅全集，近十多年，相繼發現的魯迅遺稿和書信。爲中外研究魯迅先生和中國現代文藝思潮的人初步提供出可靠的資料。

·胡適思想批判論文彙編　（第1—3輯）三聯書店1955年　987頁　35.00

本書收集國內學術界的代表人物近百人，對胡適的學術思想等，作了全面的批判和討論。

沈思試驗　無名氏著　真善美圖書公司1948年　216頁　6.00

本書是無名氏最重要的作品，共分五輯，第五輯有畫論兩篇，1.林風眠：東方文藝復興的先驅者，2.趙無極：中國油畫界的一顆彗星。

我們的讀者遍天下

—◁▷—

世界五大洲越來有越多的讀者利用函購辦法，向本局購書和享用本局的各類文化服務。請把你的地址寄給本局，你就可以每月收到油印圖書目錄。

函購辦法

一、讀者專賬：凡海外讀者一次滙存本店港幣三百元即可開戶，每三月照來往情形結算一次。

二、未開戶者：可來函指定所要之書，加上郵費，寄來足夠支付之款項，本店即把書掛號平郵寄出。

編餘漫筆

編者

這一期仍然是人物較多，其中有三位最近剛逝世的，身份地位絕不相同，本刊特在同期發表，一位是徐子明老教授，此老是當代名教育家，但却很少人知，所以然者，是因爲祇知道埋首教書，從不搞自我宣傳，實際上此老的國文、英文程度，都在所謂「大師」之上，人品更非「大師」一級可及，由於生前不愛宣傳，死後又嚴戒鋪張，所以生前死後皆不爲人知，但此公自是千載人物，故特別刊出，以存信史。

棒球小國手林祥瑞，曾經揚威美國爲國爭光，品學更兼優，可惜患了血癌症，到今日仍爲醫學界不治之症，奪去了他的生命，眞是無可如何之事。本刊前曾刊蔣桂琴事跡，本期又刊出林祥瑞的一生，這兩人都是中華民族的奇葩，惜乎都未能享大年，獲更高的成就，實在是國家民族的不幸。

徐誠斌主教之死，在港也引起極大波動，盧幹之先生與徐主教私交甚篤，所寫紀念文章眞誠動人，徐主教之死，對全港天主教友而言，實在是一大損失。

自上期起，本刊每期盡可能發表一位當代名人，本期發表了新聞局長錢復，由於錢復是台北政壇紅員，又主管新聞文化工作，本刊介紹錢復成就，未免有攀附之嫌。爲此，編者特別鄭重告訴本刊讀者，編者與掌故月刊，過去、現在、將來永不會有求於台北任何人，因爲本刊既不需內銷，更不需要補助，自信清白，就毫無顧忌，祇是將當代有作爲的人，載入本刊，在目前是人物介紹，幾十年後，也就是歷史了。

馮庸與馮庸大學一篇，也是有價值史料，這是眞正私人辦的大學，而以個人名字命名的。馮庸當時雖然沒有名列幾個貴公子，但比較起張學良，實在是佳公子。可惜馮大很早就停辦，不爲外界所知，就在北方幾省，大家也祇聞其名，不知道眞實情況，本文對馮大作了詳盡報導，更難得的是馮庸先生現仍健在台灣，可以告慰散處在全世界的「馮大」校友。

「九龍城寨滄桑」是一篇珍貴史料，尤其是港九人士平時最注意關切的問題，作者對此有清楚的交待，編者看過之後，覺得長了不少的見識。

近接到不少讀者來函，囑增加趣味性的文章，及各地少數民族的風俗文物，意見甚爲寶貴，自當盡力改進，以符讀者雅意。

上月以來紙張飛漲，上升達百分之六十，獨力經營的刊物，實在難以維持，本刊也祇有竭盡心力，繼續辦下去，以期勿負各界厚望。

掌故月刊 訂閱單

請將本單同欵項以掛號郵寄香港九龍中央郵局信箱四二九八號

英文名稱地址：
The Journal of Historical Records
P. O. Box No. K4298, Kowloon
Central Post Office, Hong Kong.

姓名（請用正楷）中英文均可		
地址（請用正楷）中英文均可		
期數及金額	一年	
	港澳區	海外區
	港幣二十元正	美金五元
	平郵免費・航空另加	
	自第　期起至第　期止共　期（　）份	

錦繡神州

出版者：德興文化事業公司

我國歷史悠久，文物豐富，古蹟名勝，山川毓秀。尤其歷代建築藝術，都是鬼斧神工，中華文化的優美，在世界上有崇高地位；所以要復興中華文化，更要發揚光大，我們炎黃裔胄與有榮焉。

如欲研究中華文化，考據博古文物，瀏覽名山巨川，遊歷勝景古蹟；畢一生精力，恐亦不克窺全豹。往年雖有此類圖書出版，惜皆偏於重點介紹，不能滿足讀者理想。

本公司有鑒於此，不惜巨資，聘請海內外專家搜集資料，歷三年編輯而成；圖片認真審定，詳註中英文說明，堪稱圖文並茂。內容分成四大類：「**文物精華**」「**勝景古蹟**」「**名山巨川**」「**歷代建築**」將中華文化的精英，包羅萬有，洵如書名：**錦繡神州**。並委託柯式印刷廠，以最新科技，特藝彩色精印。八開豪華精裝本，金線織錦為面，織成圖案及中英文金字，富麗堂皇。「**內容**」「**印刷**」「**訂裝**」三並重，互為爭妍；所以本書被評為出版界一大傑作，確非謬贊。

凡備有本書者，不啻珍藏中華歷代文物，已瀏覽全國名山巨川，遍歷勝景古蹟。如購贈親友，受者必感隆情厚意。

全書一巨冊　港幣弍百元

經已出版。【付印無多，欲購從速。】

總代理

吳興記書報社

地址：香港租庇利街十一號二樓

電話：H四五〇五六一

Ng Hing Kee Newspaper Agency

No. 11, Judilee Street, 1st Fl.

HONG KONG

九龍經銷處

德興書店（旺角奶路臣街15號B）

吳興記分銷處（吳淞街43號）

外埠經銷處

星馬婆　遠東文化有限公司

曼谷　青年文化服務社

菲律賓　華安書店

越南　聯興書報社

紐約　友聯圖書公司

三藩市　益智圖書公司

三藩市　新生圖書公司

三藩市　文化書店

波士頓　中西公司

芝加哥　文華書局

檀香山　大元公司

倫敦　東寶公司

加拿大　香港百貨公司

澳門　可大文具店

斗湖　光明書局

亞庇　利民公司

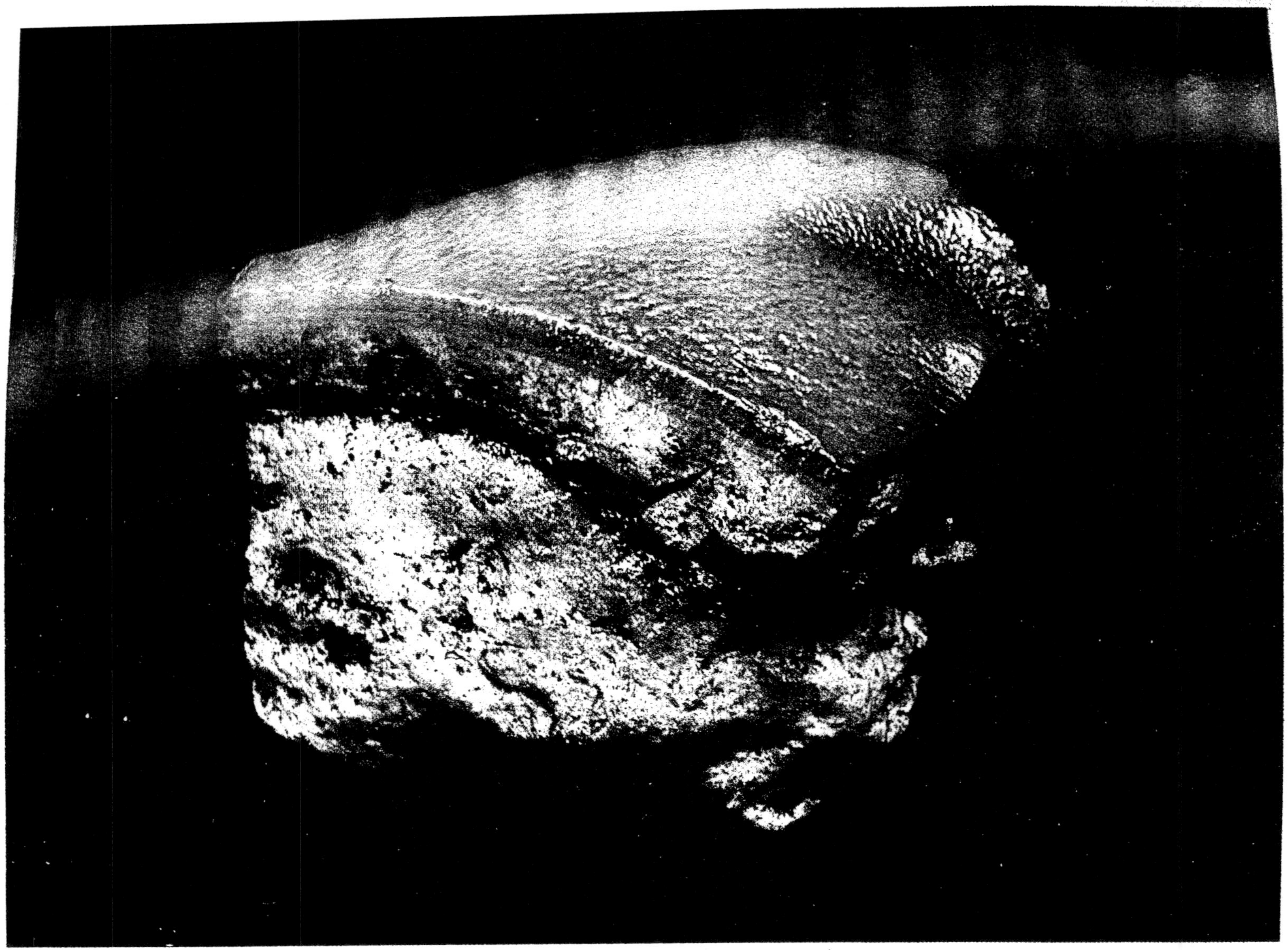

清　肉形石 Meat-shaped Stone,　Ch'ing dynasty (1644–1911)

月刊

24

掌故

野史・佚聞・
人物・風土・

一九七三年八月十日出版

中華月報

一九五三年一月創刊的「祖國周刊」，在一九六四年四月改爲月刊，出版滿二十周年之後在一九七三年四月改爲綜合性的「**中華月報**」。

這個以「**文化性、文摘性、文滙性**」爲特色的大型刊物，設有「**金聲玉振**」（學術思想）、「**秀才樂園**」（時事議論）、「**海峽西東**」（國情報導）、「**天涯比隣**」（各地通訊）、「**大衆小品**」（散文隨筆）、「**時文選萃**」（文摘選載）、「**參考資料**」（文件選錄）、「**人物評介**」、「**書刊評介**」等欄，園地公開，歡迎投稿。

在四月號和五月號的「金聲玉振」一欄中已發表李璜、張忠紱、徐復觀、夏志清、羅錦堂、金思愷等著名學者的論文。在以「秀才未遇兵、有理來講清」爲口號的「秀才樂園」一欄，已發表名政論家司馬長風、齊亦魯等作者的精采文章。在「人物評介」一欄中已開始連載名作家司馬桑敦的「張學良評傳」。其他各欄也都內容豐富，不及詳述。

該刊每期一百頁，零售港幣二元，訂閱一年三十元，五年一百二十元。

中華月報社：香港九龍書院道九號
友聯書報發行公司：香港九龍花園街七十三號

掌故月刊 第二四期 目錄

每月逢十日出版

第二四期

一九七三年八月十日出版

每册定價港幣二元正

全年訂費 港幣二十元 美金五元

出版兼發行者：**掌故月刊社**

地址：九龍亞皆老街六號B

電話：K八〇八〇九一

The Journal of Historical Records

6B, Argyle Street, Mongkok, Kowloon, Hong Kong.

督印人：**鄧少卿**

總編輯：**岳騫**

印刷者：**和記印刷有限公司**

新蒲崗景福街一一〇號超達工業大廈十樓

總代理：**吳興記書報社**

香港租庇利街十一號二樓

電話：H四五〇五六一 H四五〇七六六

星馬代理：**遠東文化事業有限公司**

新加坡廈門街十九號

檳城杳田仔街一七一號

泰國代理：**曼谷青年文化服務社**

曼谷黃橋東北路五六六號

越南代理：**聯興書報社**

越南堤岸新行街二十二號

其他地區代理：

澳門：可大文具店
亞庇：利民公司
千里達：中華公司
非律賓：華安書局
倫敦：東華公司
芝加哥：杏林春
波士頓：中西公司
三藩市：新生圖書公司
元藩市：益智圖書公司
加拿大：香港商店
漢城：汎亞書籍公社
寮國：永珍圖書公司
斗湖：光明書店
非律賓：玲瓏書局
紐約：友聯圖書公司
紐約：友方圖書公司
洛杉磯：永安堂
檀香山：大元公司
三藩市：文化商店
加拿大：新國華公司

山西戰將陳長捷

・雁飛・

一個人的功名際遇，往往是有幸有不幸。嘗憶漢時，以李廣之將略，又逢明主，然終身不得封侯；他如世稱有王佐之才的賈誼，更是懷才以歿。現代山西將領中的陳長捷，庶幾可與不幸的前賢併列。

陳長捷字介山，福建閩侯人，其先世原籍山西繁峙。陳氏爲繁峙的望族，祖上以游宦福建，因而落籍，至介山之世，遂爲福建人。當介山從保定七期畢業之後，投效山西，也許與此不無關係。

介山初到山西時，在豐玉璽之新編營中做見習，時李生達任連長，相見恨晚。從此，陳追隨李生達，亦步亦趨，李生達升任第七十二師師長，介山爲所屬第二一七旅旅長。

民國廿五年冬，李生達駐軍晉西離石，防陝北共軍東渡，一天的夜裡，被隨身多年的衛士打死，那衛士亦飲彈自殺，其中的恩怨，外人則不得而知。李生達死後，介山升任第七十二師師長，統率李之舊部。

山西閻先生的嫡系將領，共有八個系統，李生達爲其中之一。其餘那七個，是傅作義、孫楚、趙承綬、王靖國、楊效歐、李服膺、楊澄源等。商震是離開了山西。楊愛源資望在各將領之上。徐永昌原是率國民三軍入晉，不屬閻之嫡系，徐到中央後，所遺部隊撥歸孫楚與王靖國。介山自從繼統李生達之部隊後，在晉綏軍中才獨當一面，然資望仍在各將領之後。

介山是曠代的一員戰將，以多年蟄居李生達麾下，處山西一隅之地，不爲國人所知。迄抗日軍興忻口一戰成名，擢升爲第六十一軍軍長，不久，升任第六集團軍總司令。其時，第二戰區閻司令長官，退守晉西南，依呂梁山作長期抗戰。閻屬下的諸將領，在當時能與強敵周旋，支撐呂梁山之危局者，惟陳介山一人而已。

陳將軍天性純潔，除讀書而外，別無嗜好，雖在戎馬倥傯之際，亦手不釋卷。將軍爲人矮而健，上身長而下身短，方面大眼，神氣閃爍，不怒而有威，乃一典型軍人，只知推赤心馭軍，初不習人間尚有虞詐與權謀。

正因爲不諳於防閒，進入抗戰中期，被王靖國等排擠出山西的圈子之外，隻身到了重慶，入陸軍大學深造，終抗戰之八年，再無一顯身手的機會。如論才具，陳是遠超出一個集團軍總司令的職位，不料狡兎未死，走狗見逐，飛鳥猶在，良弓先藏。

抗戰軍興

民國廿六年七月七日，中日戰爭爆發。日軍陷平津後，矛頭西向，八月廿三日南口失守，廿七日張家口陷落，至此，日軍的企圖已十分顯然，意在進窺大同，由雁北入晉。

八月，閻錫山就任第二戰區司令長官，在代縣之嶺口設立行營，命第六十一軍軍長李服膺在天鎮佈防，由該部之一〇一師守天鎮，二〇二旅守陽高。十九軍王靖國守大同。傅作義之三十五軍與趙承綬之騎兵軍守綏東。陳長捷在各將領中是後進，爲第二線部隊，駐兵渾源。

九月中旬，晉綏軍初次與現代化裝備優勢之敵作戰，雖士氣極壯，人皆願與日本鬼子一拚，怎奈看不到一個鬼子兵，所痛切感受到的，是頭上的飛機，地上的坦克與大炮，炸彈與炮彈密麻麻如雨一般，一輪轟擊之後，血肉橫飛，天鎮守軍一〇一師因而失守盤山，軍長李服膺溜之乎也。主將在逃，部隊失去重心，全軍崩潰，天鎮、陽高相繼陷敵。李服膺因此被扣，押解太原交軍法審訊，於十月初在太原正法。

九月十一日，敵佔領蔚縣後，直撲廣靈，同時陽原亦發現敵踪南下，閻急令陳長捷部回守平型關。陳率軍急馳，一日夜行百八十里，趕到平型關紮駐了陣地。

從大局上着眼，敵鋒既達廣靈，側面便感受威脅，大同已難於堅守。閻令趙承綬之騎兵軍仍留綏東活動，其餘王靖國、傅作義等部，都退守平型關、雁門關、寧武、神池之線。敵人遂進入雁北。

敵之主力爲板垣之第五師團，進向平型關；鈴木旅團直趨雁門關；本間旅團經朔縣向寧武蠢動。

雁門關爲內長城線，山巒重疊，絕壁懸崖，北高而南低，自古稱爲天險。而且敵之機械化部隊，一入山區，即失作用，重炮兵亦難以排上用塲。往日內戰時，馮玉祥之國民軍與張作霖之奉軍，都經此問兵山西，未能越雷池一步。

從軍事觀點看，雁門關的正面是不適於使用重兵的，問題在東西兩翼。右翼平型關自古是兵家必爭之地，我方置重兵於此——陳長捷之七十二師，劉奉濱之七十三師，全是晉綏軍的精銳，且有既設之國防工事以資憑藉。左翼寧武口，爲同蒲鐵路經過處，正是明末李自成打到寧武關，周遇吉殉國處，我方亦置重兵於此——傅作義之三十五軍。

九月下旬，敵開始進攻平型關，戰鬥非常之激烈，劉奉濱部之四二四團團長呂雲台，於是役陣亡。但由於指揮官是陳長捷，士氣旺盛，且有既設之國防工事，使強敵屢攻不逞。萬想不到，敵人對這一帶的兵要地形，是出乎意料的熟習，九月廿八日，敵竟然從茹越口之鐵角嶺鑽入，這完全出乎了意外。敵人突入我防線後，直趨繁峙，平型關陣地的後路遂被敵人切斷。

三十日夜，陳長捷奉命撤出平型關。陳率軍繞道晉東山區，全師而返，撤至五台定襄一帶。雁門關防線亦全部瓦解。至此晉北屏障盡失。

忻口一戰成名

山西戰情惡化，引起最高當局的關注這固然由於山西地形完固，在華北戰塲佔舉足輕重的戰畧地位。但最高當局還有更深一層的顧慮，是深恐敵人控制山西之後，繼侵陝、甘入川滇走忽必烈滅宋的舊路，如此，則抗戰前途頗堪隱憂。所以，最高當局令衛立煌率四個半師，星夜入晉，以挽救晉北戰塲的危局。同時，經已用中央的精銳部隊，在上海發動攻勢，攻擊日軍的海軍陸戰隊。此舉造成日軍逐漸增援上海，終於將敵之主力轉移於江南，成爲中日戰爭勝敗的關鍵。

衛立煌到達太原後，決定守忻口之線，選定龍王廟、界河舖、大白水、南峪之線爲主陣地，以衛立煌爲總司令，統一指揮中央軍與晉綏軍，作戰部署，區分爲右中左三個兵團，右翼兵團指揮官是劉茂恩，左翼兵團指揮官是李默菴，中央兵團指揮官是王靖國。其時，閻長官經已認識了陳長捷的作戰才能，任命陳爲中央兵團副指揮官。實際王靖國未上前線，陳長捷成爲中央兵團的實際指揮官。

忻口陣地是一道小的黃土丘陵，東依五台山，西接雲中山，中間僅十數里的正面，以忻口爲樞軸，配備了三個強大的兵團。慮敵由東西山迂迴，東面五台山派楊澄源分區響戒，西面雲中山由傅作義部佔領偏關、五寨，威脅敵之側翼。並以原平爲前陣地。

十月八日，敵佔領崞縣，忻口會戰於是開幕。原平的守將是姜玉貞，爲晉綏軍第一九六旅旅長，指揮三個團，與強敵第五師團鏖戰兩日兩夜，寸土不讓，予敵重創，我軍傷亡亦十分慘重。十日姜玉貞身負重傷，決心殉國，引槍自盡，部隊亦退出原平。

日軍指揮官爲板垣征四郎，原是日軍

中有名的悍將，指揮第五、第一及十三等三個師團，配有重炮坦克及飛機，總兵力在五萬以上。十月十三日，日軍開始向忻口主陣地進攻。

這一戰敵人是用中央突破的戰術，攻擊重點指向忻口陣地的南懷化高地。陳長捷師首當其衝，其屬下之四一三團團長陳繼先就是在南懷化陣亡的。戰鬥一開始就是立體戰，激烈空前。左翼兵團李默庵指揮下的第九軍軍長郝夢麟，五十四師師長劉家騏，都是在此一戰役中殉職的。

當戰鬥進行至最慘烈的階段，我方之游擊隊夜襲陽明堡敵飛機場，焚燬敵機二十多架，這增加了我軍的士氣。反之，在敵人方面却碰上了釘子，他們是在華北戰場第一次賞識中華民族的精神。忻口戰役，也在我抗戰史中寫下輝煌的一頁。

担任中央兵團的晋綏軍，論戰鬥能力，並不比西北軍強，爲什麽在忻口之戰有，如此突出的表現？這與其歸功於部隊能打，莫若探討陳長捷是怎樣指揮這一戰役。

陳長捷嚴禁炮兵與機關槍過早射擊，步兵更是不準開槍。因敵人的火力佔絕對優勢，我軍炮兵與機關槍一經發射，就被敵測定位置，立被敵集中炮火摧毀。我方陣地是一片沉寂，敵因不知我之火力配置，飛機大炮全是盲目的轟擊，打天打地。當時，陳又發明了一種防空壕，正如現在北越對付美機轟炸所使用的那種單體小壕，不過他所用的是能容一班人的短壕，在一個短壕之內有一個班長指揮戰鬥。當敵之飛機大炮猛轟時，士兵全伏在壕內不動。炸彈與炮彈如冰雹一般落下，陣地上硝烟與塵土相混，伸手不見五指。敵人滿以爲將我方的陣地轟平，然後敵步兵蜂湧而上。當敵步兵接近我陣地五十公尺附近時，敵之飛機大炮均停止轟炸，此時我方士兵才開始露頭。等到敵人進至距我二三十步時，我方士兵用手榴彈與衝鋒槍，一時齊發。

手榴彈和衝鋒槍是山西的兩種特效兵器。手榴彈是木柄內裝黃色炸藥，每彈可炸三百三十三片，在三十公尺的直徑之內，絕難幸免。衝鋒槍原是德國人用的一種打老虎武器，口徑十一米厘，射擊速度特快，一分鐘可達七百發，不須瞄準，百公尺之內，可以看見彈着點。

當手榴彈爆炸時，我方重武器如機關槍與炮兵，亦在步兵陣前六百公尺處構成火網。我方打的全是近戰，戰場的主動權便操在我手。

所以敵人每次進攻，除了遺尸遍野而外，是撼不動我陣地的一根毫毛。忻口陣前，依最保守的估計，消滅敵人也在兩萬以上。

當戰鬥達白熱化時，陳長捷三天三夜不曾打過一個盹，亦不知飲食之味。當時，他隨身的一位名張子仁的參謀，被炸彈和炮彈嚇到兩手發抖，不能執筆。陳一手拿電話，一手寫戰報，在他隔鄰的一個防空壕內，是一部無線電台，這是他賴以指揮作戰的唯一通訊設備。

板垣所率的是華北日軍的主力，既在忻口碰壁，土肥原便率第二十師團及第六師團之一部，由石家莊沿正太鐵路線西攻。我最高統帥部料到日軍有此一着，派黃紹雄指揮孫連仲與曾萬鍾部，在娘子關、井陘之線佈防。

無奈黃指揮失當，十月廿六日娘子關陷敵。十月三十日敵佔領平定。部隊以佈置過度分散，臨時救援不及，陽泉與壽陽又相繼陷落。以致太原危急。忻口陣地於是動搖。

十一月二日閻長官命令忻口守軍撤退至太原北青龍鎮之線，原計劃與東路正太線守軍聯合，在太原作依城野戰。忻口守軍於二日夜撤出陣地，次日天明即被敵發覺，敵之飛機與機械化部際，跟踪猛追，使我軍立足不定。衛立煌總司令不得已命部隊向晋南轉進，而且東路軍僅黃一人進入太原，部隊因屢次轉進，序秩混亂，一時取不到連絡。閻長官遂命傅作義守太原，長官部撤退到臨汾。

陳長捷以戰功升第六十一軍軍長，所部因犧牲太重，撤退到臨汾整補。

敵人用飛機與重炮日夜猛轟太原，守城軍部署未定，敵已衝入北城。傅作義見太原已無法可守，率軍衝出城外，撤上了西山，於十一月九日，太原陷落。

呂梁山保衛戰

日軍佔領太原之後，並未窮追，僅推進一部到平遙、汾陽之線，採取了守勢。這或者是因爲在忻口損失慘重，或者因爲華北日軍的主力正企打通津浦路而將山西的兵力調走，總之，是給了我軍一段喘息的時間，做了許多整編和補充的工作。

當第二戰區長官部退到臨汾，打算佔呂梁山爲根據地時，衛立煌也率中央軍佔領了中條山，另成立第一戰區。其時，傅作義也升任第八戰區副長官，率三十五軍到了綏西。閻長官實際的兵力也只剩得趙承綬、王靖國、陳長捷等三部。

陳長捷之六十一軍在臨汾整編後，轄兩個師及一個獨立旅——第七十二師、第六十九師及第二〇八旅。這時閻對陳長捷倚畀甚殷，視爲第二戰區的長城。舉凡軍政重要措施，閻必先聽取陳的意見。陳亦鞠躬盡瘁，以效忠心。

廿七年初，當敵人在津浦發動攻勢時，最高統帥命衛立煌爲前敵總司令，向太原進攻。不久，敵在津浦線失利，而且徐州以西成了黃河泛濫之區，淹死敵人不下十萬，敵遂變更計劃，又以主力入晋，企圖畧取晋南，控制黃河以北的地區。

二月中旬，敵封鎖文水、交城一帶山口，分三路圍攻臨汾。臨汾正面之敵，爲川岸師團及高橋旅團，沿同蒲鐵路南下；東路爲下元師團，陷長治後，經屯留，出馬良鎮，進襲臨汾；西路敵爲岡川師團及板橋師團之一部，佔領汾陽後，一部西犯離石，主力向隰縣南犯。

我軍奉到最高當局的指示，山西戰場採取游擊運動戰，在敵後建立政權。當時，留在山西的中央部隊不下三十個師，分佈在晋南及晋北。

策畧上既不作攻守戰，臨汾勢必放棄。但長官部加以省政府，編制龐大，行動十分笨重，而且由太原撤出的物資，軍械、彈藥、糧秣等，又勢須運到黃河西岸。由臨汾到小船窩的黃河渡口，僅有經蒲縣、大寧、吉縣的一條公路可資利用，渡口上也僅有兩隻破船，敵之飛機又不斷在頭上轟炸，時效更加減低。好在衛立煌原擬進攻太原的中央部隊，扼守霍縣山口，擋住了由同蒲正面南下之敵。雖然最高統帥部又將劉茂恩與陳鐵兩部撥歸閻長官指揮，但閻手上的兵力還是少的可憐。實際僅有王靖國和陳長捷兩部，因趙承綬留晋西北，遠水不濟近渴。

陳長捷因負有直接警衛長官部的任務，是不能外調的。只有用劉茂恩與陳鐵兩部掩護臨蒲公路的運輸。但眞正問題是在汾陽方面。閻遂嚴令王靖國堅守大麥郊，以阻止汾陽方面的敵人南下。

二月十八日王靖國居然失守大麥郊，退到石口。臨汾大吃一驚，深怕敵人如經隰縣出午城，切斷臨蒲公路時，長官部就有資格做俘虜了。不得已命陳長捷部星夜開赴隰縣，增援退到石口的王靖國部。

陳長捷將所部分爲三路，夜行軍馳赴隰縣。陳本人隨身師了一部電台一個參謀，乘車連夜到達隰縣，得知王靖國尚在石口，又趕到石口與王會面。當時決定，由六十一軍接替十九軍石口的防務，王率十九軍撤入石口以西的山區，側擊進攻石口之敵。

十九日夜，六十一軍部隊陸續到達隰縣，然而石口的電話却無法叫通，與十九軍取不到連絡。原來王靖國不等六十一軍到達石口，早把部隊撤走了，讓正面敞開一道大門。

陳軍長倉皇召集師旅長，在圖上研究，六十一軍如開上石口，危險性太大，隰縣城又無險可守。陳像快刀斬亂蔴，斷然告知師旅長，決定打遭遇戰。遂命六十九師師長呂瑞英率一個團，沿公路北上，與敵遭遇時，就地佔領有利的地形，封鎖公路，堵住敵人南下的進路。深慮敵由公路強行突破，又命二〇八旅旅長于鎮河率兩個團，作爲呂瑞英的二線部隊。

二月廿一日中午，呂瑞英與敵遭遇於隰縣城北四十里上下均庄之南方。陳軍長命二〇六旅旅長高玉泉，指揮該旅佔領上下均庄公路西側山嶺，側擊公路之敵。又命七十二師師長段樹華，指揮該師佔領上下均庄東側山嶺，待敵主力到達之後，將敵合圍於上下均庄一帶，聚而殲之。

陳軍自廿一日與敵接火，戰至廿二日黃昏，敵三次增援，竟不能突圍。是夜段師將上下均庄北方的公路破壞，於是把敵人四面包圍於上下均庄一帶的山溝之中。

六十一軍佔了地勢之光，居高臨下。迫擊砲、手榴彈、機關槍集中射入山溝之中。敵人除了挨打，是無法還手。戰到廿四日，山溝中到處看到死人死馬，敵整整一個師團，連人帶馬經已報銷得差不多了。殘敵不到千人，狼狽鑽入上下均庄兩個小的山村之內，隱藏在村民的石屋中，不敢露頭，也不肯投降。

到了廿六日，陳軍包圍上下均庄的殘敵整整兩日兩夜了，還是不能結束戰局。因而給部隊下了一道極其嚴格的命令——如在廿四小時內，不能將上下均庄之殘敵殲滅，師長以下都正法。

廿七拂曉，七十二師師長段樹華，指揮二一七旅旅長梁春溥，率三個有力的團，向上下均庄猛攻。四一六團曾一度衝入上均庄，團長劉崇一陣亡，部隊又退了出來。天明後，敵機出現，一面猛炸陳軍據守的山坡，一面給上下均庄之敵投下補給品。

廿七日午後，敵援軍趕到。敵以裝甲車配輕坦克，順公路南衝，終於突破了六十九師的口袋底；同時用強大兵力向東西兩山的段師和馬旅的外翼作反包圍。

六十一軍以孤軍力戰八日，王靖國竟未援手。陳軍精力已是十分的疲憊，經此打擊，不待軍部命令，紛紛後撤。部隊長因懼軍長軍法太嚴，不敢和軍部連絡，自作主張去了。到了廿八日，陳在隰縣城中的指揮部的電話與電台全沒了聲音，陳手中亦無一兵一卒可用。當時以為是全軍盡墨，陳痛不欲生，所幸他的副官很好，早把他隨身手槍中的子彈夾抽掉了。

敵人也許是因傷亡過重的緣故，竟然未敢跟踪南攻。廿九日，段樹華率殘兵二百餘人，退到隰縣城。陳命段退到午城收容隊伍。大約二小時後，四一七團團長謝佩如，率殘兵六七百人，也退到隰縣城來見軍長。是日夜奉到閻長官的電報——命六十一軍退守午城。因臨汾之敵經土門西犯，先頭已達黑龍關。

陳奉命後並不即時撤退，三十日又在隰縣城待了一日，但再無一個部隊長來和軍長連絡，於是當晚退到午城。後來才知道，是「師長以下都正法」的那道命令把大家嚇倒了。段樹華和陳是多年袍澤，謝佩如是陳一手提拔起的，這兩個自信不會殺頭才來見他的，其餘都是怕殺頭而不敢見軍長的面。

陳到午城之後，才知閻長官尚在吉縣，長官部與省政府已大部撤退到河西。陳似乎鬆一口氣，命段樹華守午城，他親率謝團退到午城南面的一個小山庄，接到閻的一份電報，命他攻取蒲縣與黑龍關——因臨汾方面之敵已佔領了蒲縣。

陳毫未躊躇，立命段樹華撤出午城，進攻蒲縣，謝佩如夜襲黑龍關。段樹華只剩得數百殘兵，如何可以攻堅？但謝佩如夜襲黑龍關，居然成功。他一把火將黑龍關燒掉，從此變成廢墟，誰都不能利用。

敵人動用兩師團以上的兵力，三路圍攻吉縣，企圖將我軍壓迫到黃河，一網打盡。三月十七日敵佔大寧，十九陷吉縣。河津方面之敵於二十三日陷鄉寧。但當敵會師小船窩時，却撲了一個空，連一個鬼影也沒有看見。閻長官早已過黃河去了。

大約在三月底前後，六十一軍團長以上的部隊長，才陸續和軍長取得連繫。

日本人因未能捉住閻錫山，一怒之下，在呂梁山展開強烈的掃蕩行動。陳軍亦相對展開游擊運動戰，除了鑽敵之空隙，就是不與敵碰頭。像這樣的捉迷藏大約有一個多月的時間，弄到敵人一無所獲。到了四月中旬，敵只得留下一小部佔領縣城，維護交通，主力全部撤走了事。

敵人主力退出山口，陳立命七十二師攻吉縣，六十九師攻鄉寧，四月下旬，吉縣鄉寧相繼克復。五月中旬，陳兼指揮劉茂恩之姚旅，王靖國之杜春沂師，收復大寧和蒲縣，進而將汾河以西敵之據點全部肅清，這才給閻先生打出了一塊根據地。於是，第二戰區長官部重返河東，呂梁山的局面從此穩定下來。

陳長捷以戰功升任第六集團軍總司令

出了問題

廿八年冬，山西新軍叛變。先是，當閻由太原退到臨汾時，深感兵力單薄，成立了新軍四個旅。這四個旅的政治部主任都是「犧牲救國同盟會」的成員。「犧盟會」這個抗日組織是由薄一波一手領導，薄原是個共產黨員。後來新軍都改稱「決死縱隊」。廿八年十二月，第二決死縱隊長韓鈞與汾西專員張文昂宣佈脫離閻錫山統轄。閻命陳長捷指揮原日晉綏軍進剿。六十一軍將韓鈞擊潰，韓竄入晉西北，因八路軍賀龍部正在晉西北，所以未能將韓鈞捕獲。

不知是怎樣弄得，自從新軍叛變之後，對陳長捷就傳出許多謠言，意思總是說他對閻不忠。廿九年夏收時，閻派部隊下山征糧。王靖國部的劉效曾旅，因下山征糧，假道第六集團軍總司令部駐地桑峩佈防，被陳長捷擋駕。陳派周建祉團在桑峩佈防，不准劉部通過。問題於是發生。

後來又不知是怎樣弄得，薄毓相將陳長捷控告到重慶。陳便隻身到了長官部，晉見閻長官，表明心跡，並自願到重慶候審。就是這樣，陳長捷從此離開山西。事體至此，不勝感慨，姑改前人名聯，用茲紀念：

牧野鷹揚，一世功名得半記；

呂梁虎踞，八方風雨陷孤忠。

陳長捷到了重慶之後，最高當局深知他是「莫須有」的罪過，並未經過審訊，只是送入陸軍大學深造。陸大畢業後，陳一度任第六補給區司令，以用非所長，無所建樹。

抗日勝利後，傅作義任華北剿匪總司令，早識陳長捷是一員戰將，保薦為天津警備司令，惜為時太晚。不久，華北變色，現在不知這位將軍是否還活着。

結尾語

我想說幾句個人的話，作為這一篇不成文的文章的結尾語。我是廿八年夏初奉調到秋林受訓而離開陳的，那時，陳已是第六集團軍總司令了。我受訓之後被留在集訓團幫助王靖國辦訓練。當時，王靖國是秋林集訓團的副團長，團長是閻長官自兼。王靖國從未對我說起過有關陳總司令的事，雖然陳實際是他排擠走的。這個問題，我一直就想不通，不知他為什樣一定要將陳擠出山西之外。然而，「人必先疑焉，而後讒入之」，若陳不見疑於閻，王靖國是無可奈何的。那麼，陳為什麼又見疑於閻呢？這個問題也是我一直就想不通。我第一次發覺閻先生對陳總司令的不信任，那是廿九年春天的事。當時，風傳敵人將大舉掃蕩晉西，閻因此號召「呂梁山大保衛戰」。長官部的參謀處在閻的公館研究作戰計劃，我也在場，照參謀處的意見，部隊統歸陳總司令指揮，閻不點頭。閻指示：讓陳總司令指揮六十一軍，其餘部隊歸彭毓斌指揮，委彭為南區軍總司令。我當時就覺着不是味道。

從公館出來，很想給陳寫一封信，按我他的私人關係，是應該寫信告訴他的，但我拿起筆却又放下。因為我考慮到這封信有挑撥陳與閻之間的關係的作用，於是放棄了給陳寫信的念頭。後來事實證明，敵人並未大舉掃蕩晉西，所謂「大保衛戰」，也就不了了之。此事過後不到兩個月，就發生了劉效曾假道桑峩的問題。至此，我才豁然大悟，原來所謂「大保衛戰」的作用，只是把一向歸陳指揮的部隊撥歸了彭毓斌。

至於劉效曾假道的問題，看來也是有意安排的，而且也料到陳是一定擋駕。陳竟然會令周建祉佈防，這似乎是始料所不及，因為當參謀處報告六十一軍在桑峩佈防時，閻先生驚出一身冷汗。

當劉效會假道之前，經已謠言紛紛，說什麼劉效會將演一幕捉韓信的戲。這謠言，陳豈能不知？何況下山征糧有幾條路可走，何以偏要假道桑峩，而且劉效會和陳又是死對頭。這話得追溯到蒲縣之戰。

廿七年五月，陳爲六十一軍軍長，指揮劉茂恩之姚旅與杜春沂師收復蒲縣。蒲縣城外敵人佔有四個據點，南面是東神山與萃屏山，北面是要里與邱家坟。六十一軍進攻東神山與萃屏山，姚旅進攻要里，杜春沂派劉效會團進攻邱家坟。結果是東神山、萃屏山、要里三處都已攻克，只有邱家坟一處不下。陳派一參謀到劉效會團傳達指示，劉效會自恃有王靖國做靠山，態度很是傲慢，說道：「陳軍長命我攻邱家坟，我是奉命惟謹，至於如何攻法，那是我的職權。」居然不肯接受陳軍長的指示，然而又不肯力攻。陳一怒之下，要將劉效會交軍法審訊。陳的副軍長黃劍白進言，爲這樣做對王治安的面子下不來。聽了黃劍白的話，將電稿上「交軍法審訊」幾個字劃去，改爲「姑念該團長攻百靈廟有功，撤職留任」，劉效會便受到長官部「撤職留任」的處分。現在劉效會率重兵入桑峩，陳的擋駕是很自然的事了。

此事發生之後，對六十一軍的謠言又起。有一天，我因爲有件公事要向閻長官交代，交代完公事，我乘機說道：「現在面對陳總司令有許多謠言，我跟隨陳總司令多年，如派我回桑峩一趟，或許可以使誤會冰釋。」長官聽了說道：「讓我考慮考慮再說。」幾天之後，閻先生派幾位名望似高，但與陳毫無關係的人去到桑峩解釋。我當時弄不清楚是爲了什麼不派我回桑峩，後來才明白過來，當時根本不需要解釋什麼誤會，需要的是讓陳長捷自動離開山西。

一九三八年冬，我從太原出來赴上海，路過天津時，在警備司令部見到的陳將軍，現在來說就成了最後的一次見面，他剛從北平開會回來，記得和我一同去的還有現在台灣的高育才先生，當時談了許多的話，道的都是家常，他一字不提山西的事，我也避免使他傷感，最後我問道：「華北的情形怎樣？」「很難說！」他似乎經已有了預感。而今想起眞是往事如烟。

（完）

本刊合訂本第二冊出版，由第七期至十二期，皮面燙金，裝璜華麗，每冊定價港幣拾五元，本社及吳興記均有代售。

三北虞洽卿外傳（五）

胡憨珠

虞洽卿之所以要討娶三夫人，其旨在於要娶給他母親觀看，示意她老人家對於兒媳的收養貯藏是收藏不完的。因此，援引他第二夫人之前例，在婚後過了些時日才寫信向堂上二老禀報娶了第三房媳婦之事。可是接到他父親回信，却也依照前例，說是「你阿姆仍要看看新媳婦。」遵奉母命，偕同他三夫人雙雙歸去，拜見堂上，翁姑、虞母，偏謁家中諸輩，重演了一本大團圓的家庭喜劇。方老夫人一向以賢能正直與克己服禮，馳譽於鄉黨鄰里間，而她治家亦自有她一定的規則和法度。是以對待三房媳婦却也是非常的公平循例，同等愛護，不偏不倚，無親無疏，盡使其一家人得享和睦共處的融洩之樂。只是過了多日，她對兒子却下逐客之令了，迫使他離家去滬，返號治事。但不過對於第三房媳婦的處理辦法，又是吩咐兒子必須把她留養在家裡。所持的理由，所說的言詞，一切都是援照前例，這自然使做兒子的那有什麽反對之話可說。只得連聲諾諾以應，強打哈哈相陪，可能他的心腦間，已經打動着「再娶一房媳婦給您看罷」的念頭和辦法了。幸而三夫人留居三北鄉中，歷年未滿便生下一個女孩。這個女孩非別，就是奉祖父之命，代做冒名頂替的虞順恩，亦即是眼前江一平夫人的虞澹涵女士。因爲她出生最早，成爲虞氏門中下一代的大阿姊，後來年時的進展演變，駸駸而成爲「大衆大阿姊」這同她父親一樣佔了「其生也早」的便宜。

澹涵大阿姊的出生，非但帶來了她母親的幸福，而且還帶得了她父親的財運。因爲她父親從她呱呱墮地以後，便即絡續做着幾筆顏料業的業外生意，賺着幾萬兩銀子的傭金，但非僅如此而已呢。原來她父親自此所經手的賣買交易，總是生意做一筆賺一筆，所賺利益的數字，又是一筆大過一筆。也就因此，她父親的事業、財富、聲價、地位等等，無不有欣欣向榮，蒸蒸日上之概。要知中國的民間社會中人，無論男女老少，自有一種世俗的傳統觀念。就是對於自己所生下的子女，凡是某一個兒女於出生以後，若做事情，覺得事事順利稱心，若做買賣，感到件件賺錢發財。便會對他某一個兒女產生特別的好感，並且還會對之發生份外的寵愛，遠遠比之寵愛其它兒女爲尤甚。當年當時的虞洽卿也不例外，是以他對這位長女公子的一生，非但寵愛逾恒，並且寵信備至。他總感覺着她帶給她阿伯（按：寧波人口語父親叫阿伯）的無限財運，一經出世，財源滾滾而來。更其是這次所賺獲數萬兩銀子的傭金機會，據說全仗他過房丈人徐雨之的提携推轂的力量，而這位徐雨之正是他三夫人的寄父。

若提說起徐雨之這個人，正是滿清政府同（治）光（緒）年代中的一個了不起傳奇的大人物。他是廣東香山（按：香山縣於民國十七年，國民政府成立爲紀念孫總理，已改香山爲中山）縣的石岐鎮人，其先人以本鎮無業可爲，乃舉家遷至澳門，開設一所規模小到不能再小的小士多舖子。專營販賣香烟糖菓一類業務，又以資本無多，所備商品貨物稀少。是以一家人的營營終日，所獲得的純利，僅足以維持饔飱有濟，未遭枵腹捱餓而已。那時期的徐雨之尚在十三四歲的童年時代，以無力讀書故只留在舖頭，幫同招呼顧客，應付買賣生意。其舖中有一種飴糖出售，頗爲兒童們所喜愛購買的糖食品。蓋飴糖以糖質的軟韌似膠，蘸粘在兩根細竹籤枝的上邊，既可調弄以嬉，又堪嘴含以食。在芸芸的一般兒童顧客中，有英籍西童兩弟兄，竟對飴糖有獨嗜，每日赴學往返，定必購買作嬉而食以爲樂。有時囊中無錢，亦必痴立門外作凝望，於眼看飽後，方始憮然離去。後來徐雨之察知其隱，凡見兩西童上門，其手不作探囊時，業已料知兩弟兄的阮囊羞澀。乃即慨然取糖以予之，並聲言免費贈送，毋需償還糖錢。從此該兩西童有錢時就買糖吃，無錢時只得吃免費糖了。

就是這樣的徐雨之與兩西童交成童年朋友，經過二年多的時日，雙方友誼相當深厚。最奇妙的一點，徐雨之竟從兩西童學會了一口純熟的普通英語，同時對於英國文字倒也能識能寫，只是囿限於淺近一些的程度而已。有一天，該西童弟兄前來向徐雨之話別，說是他們已在澳門的西童學校畢業，爲要作進一步的深造，所以就要回國去讀書了。從此別去，音訊杳然，大約過了七八年後。某天有一個二十來歲的英籍青年，突然到小士多舖子裡來尋徐雨之，一經睇視，便認出來者那是大一個的西童。據他告稱：他們弟兄二人回國求學，都已在大學畢業。又得到一注鉅額遺產，而遺產中却有一所製造各類機器的鐵工廠。他就自任爲總經理，並以廠長一職交他弟弟任當，爲要把廠中的機器產品向遠東中國推銷。所以決定在上海開設一家洋行，專營其業。並說：你是我最忠實要好的朋友，是以特地前來請你同到上海去做我洋行的全權總辦，不必再賣飴糖了。徐雨之就是從這樣的發展起來，終於發展到成爲李鴻章手下一名專理洋務的得力紅員，其地位職級僅次於留學法國的馬叔眉之下。（按：馬叔眉名建忠爲上海名人馬相伯之弟，即馬氏文通一書的作者）在當時徐雨之的財多勢盛，可想而知，不過虞洽卿做他的過房女婿時，他早已休致在家，杖履嘯傲，優遊於上海十里洋場中了。

爸爸艷史與母女情深

虞洽卿先生的三夫人，因賦性的嫻淑婉孌，與行爲的莊敬溫如，故頗爲徐雨之一對老夫婦所喜愛。徐夫人本身生育有子女多人，但她愛憐這位過房女兒，固不遜於她自已的親生兒女之下。當虞家三夫人被堂上翁姑留居鄉間以後，徐夫人雖是母女情深，系念難已。終因禮教上的規格關係，與名份上的親疏關係，不便迫使她過房女婿定要把她所心愛的過房女兒接到上海來居住。所以她只得默爾而息，直到接得過房女兒添生了外孫女兒的喜訊，徐雨之夫人方始向她過房女婿提出要求。說是她非常渴望想要看看這個新添的外孫女，最好接她兩母女到上海來我家裡盤桓幾天，解我苦思渴想。她以外婆要看外孫女作藉口，欲得與心愛之女作團聚，其言詞說得如何的理正大方，婉委動聽。可見徐雨之夫人那是個識得大體，懂得禮規的賢能之婦。怎知虞洽卿却是個純孝之子，深曉色養其親的道理，認爲堂上二老在這幾年來的抱孫心切，望眼將穿。如今二老的心願已遂，只是所抱的雖係孫女，但其效能作用，情同孫男。當前實不能把二老的含飴弄孫之樂，受到打擊窒碍，所以始終不去接他三夫人和女兒到上海來。

及至他女兒的晬盤之期過後，爲要對徐雨之夫人的母女會作交代才回三北接他三夫人母女到上海來同居。據說徐雨之一家人的起居飲食，都非常洋化，而以徐夫人的洋化得最厲害。平日之間，她的生活享受，純屬像西方國家裡的貴族婦人，其豪華驕奢處，只有過之而無不及。實因她的丈夫徐雨之積得錢財太多，擁有地產無數之故，當年上海中西人們，誰不爭說徐雨之是上海華人中的第一個富翁，當不爲過。至於他的財產來源，小部份的那是得自介紹採購機器設備的洋行傭金，大部份的則爲他大炒天津與上海兩地的地產。所獲的利益。原來時在洪揚亂役敉平以後，合肥李鴻章以統率淮軍作戰起家，躋身鵷班，柄衡國政。蓋默計自從李合肥以軍功膺賞，不次擢升，歷任巡撫總督，以迄大學士的拜相封侯爲止。舉凡在他任所之地與任期之時，如有關於國計民生的生產事業的興辦，不管是政府官辦的也罷，也不管是官商合辦的也罷。對生產事業中所需要的機器設備，無不着令徐雨之經手，分向英國機器鐵工廠採購置辦。試思以機件數量的衆多，價値數額的鉅大，這筆傭金收取，已使徐雨之之財雄勢大的富有之名赫奕於一時的了。

至於徐雨之大量圈購津滬兩地的地產情形究竟如何？那祇有根據所傳聞盛杏蓀（宣懷）家的七小姐所說之話作爲旁證。原來盛七小姐有天與她幾位男女朋友閒話她父親圈購地產舊事：當時我的朋友陳守翁適亦在座。他聽聞七小姐話說她父親當來上海定居時，曾對他家人們說稱：我若於定居以後，該向廣東的徐雨之先生學習，在上海多買些地皮產業。他於二三十年間來，在天津上海兩地收買得大量地產，經已不費什麽心力的發了大財。這可知購置地產一事，實是一個最穩全可靠的投資辦法，也是一條最容易發展的致富捷徑。於是我父親便圈購得從跑馬廳畔起，到斜橋總會止這一段的靜安寺路地產云云。可見徐雨之當年擁有地產之多，與發財名氣之大：竟使盛杏蓀都會對他發生羨艷和崇拜的心理，甚至要輕吐「向他學習」之語。雖然如此，還是無人能道說得出當年徐雨之所擁有的地產數字，究有多少。但就筆者的見聞所知，僅僅祇有兩事，現在記述出來，供讀者先生們作猜測的依據。（一）是他的兒子徐劍俠於一夕之間，在賭桌上輸掉天津地方三條馬路的房屋地產。（二）是在上海三馬路敎堂對面，有一方端整四方（按：該地四至，計東爲四川路，南爲福州路，西爲江西路，北爲漢口路）的數百畝地皮以外，其次就是座落在靜安寺路與赫德路的轉角間，靠北邊那所徐雨之的花園大住宅。

當遜清光緒末葉時代，筆者年事尚未成童，常隨同學們去白相靜安寺。或者是跟着家大人乘坐馬車到靜安寺西邊的申園去吃下午茶時；對徐雨之的公館門前，爲必經之路。只覺這家徐公館却是門雖設常關，而一眼看去並不驚人，不像所聽說這家是廣東人旅居上海第一富翁徐雨之的第宅。因爲那所第宅前邊部份的外貌，在我望中看來，實在感覺建築得委瑣簡陋之至。原來進入大門之內，盡是幾間的平房小屋，一條黃砂泥拌碎石子所舖築成的甬道，此外只是高柳和草坪而已。這是我在髫齡年代從大門隙縫中窺覷所見的當時情形。尤其是宅外四周所築的紅磚圍牆，因爲年日古舊，色澤黯沉幻成一片如猪肝之色。圍牆的高度砌築得並不崇高，祇有比人高一身有半，這樣子逶逶迤迤的矮牆四圍。最令人費解的那是兩扇黑漆木板大門之上，所懸一方橫匾，題有「矮廬」兩字。怎爲題取「矮廬」這個尷尬難聽的匾額，這不知是也不是爲馬叔眉所拈題？如果猜測命中的話，可能馬叔眉係依據「朱子語類」書中所記述之語。其語略稱：「如矮子看戲相似，見人道好，他也道好」，這些語意所指的涵義，就是說自己懵無所知，只知隨人附和而已的意思。所以意者，相信當年馬叔眉拈此「矮」字名其「廬」的動機，却有兩個可能。一是徐雨之的身材可能長得不大高長，二是徐雨之的性格，可能生得相當隨和。這樣矮字一所以狀其形，另一所以言其性，舍此二者，實無可能以「矮廬」以名徐雨之所居的理由。

後來筆者大約在民國七八年間，聽說有一西洋人在「矮廬」裡秘密開設西洋式輪盤賭的賭窟。此時，徐雨之夫婦早已先後去世多年，矮廬的地產房屋的所有權亦已變換新主，故由該西洋人出面那得能租借下來開設洋化的賭窟了。因爲我忖想着二十年前的「矮廬」，寡人之子如我，當然是不得其門而入的。如今時移勢遷，「矮廬」變成賭窟，於是一則爲要看看心嚮往之的「矮廬」究竟，次則爲要嘗嘗洋化輪盤賭的賭味究竟。便跟隨朋友作「矮廬」賭窟之遊，在進得大門以後，眼前視野，豁然開朗。幾乎令我「嘩」的一聲驚叫起來，原來「矮廬」內的整個地產形勢，劇類一隻側放臥置的葫蘆，前小後大，而大處大到驚人的咋舌難下。據說佔地廣袤約在近百畝之間，全地區祇有四所巨大的西式洋樓，散建在萋萋芊芊的草坪上邊。所有的樓面屋貌，盡被垂楊高柳籠罩掩映，遮斷視線。如此的景色令人對之，大有「行到鶯聲難囀處，始知當眼是紅樓」之概。實因早年徐雨之夫婦生育兒女數多，橫豎有的是錢，絡續建造起三所獨立式的洋樓屋宇，供給兒女們安居讀書。自然這也是洋化者的一種外國人行徑，後來兒女們長大成人，於是，娶的娶了，嫁的嫁了，出國的出國了，遠去的遠去了。偌大的「矮廬」地方，形成人去樓空的悽清局面，難怪徐雨之夫人要把她心愛寄女的虞家三夫人母女接去盤桓，以慰她膝前的空虛寂寞。

據說虞澹涵大阿姊對於她這一位「廣東外婆」，覺得有些畏怕：當在她孩提時代固無所謂。及年紀長到五六歲以後，懂得世事上自然情緒的心理知識，實在怕敢到外婆家裡去居住遊玩。這並不是徐雨之夫人對她這個外孫女兒不喜愛與不憐惜，恰恰相反的却是太於喜愛，過於憐惜的原故。尤其是她的洋化的文明生活所度，一切自有那些繁瑣細苛的規律，對她這一個小外孫女兒，處處加以限制約束的教誨。偏偏虞澹涵的天賦品性，又是自幼兒就喜歡自由自在的中國傳統生活，對這種洋鬼子的文明生活方式，感覺非常厭惡。由厭惡變成畏怕了。所以她對另一位蘇州外婆，都是萬分的親切依戀，不願離開。這位「蘇州外婆」乃是她父親的業師奚潤如的姨太太，雖娶自上海的長三堂子裡，却具有大家閨秀的風範，兼有溫文柔和的氣度。因爲她自與奚潤如結合以來，並無一子半女的生育。所以對於虞三夫人的母女二人，其親愛密切之處，猶勝逾於自己的親生親養。尤其是她對下一代的孫輩女兒虞家大小姐寵愛到如珍如寶的程度，現舉一件小事爲例。虞澹涵大阿姊於童年時代，喜愛吃食火熱燙手的「烘山芋」。此種低層階級人的大衆食品，相信她的廣東外婆決不會買給她吃，認爲汚糟骯髒，有欠衞生。蘇州外婆不但會買給她吃，而且會細心細向剝去烘山芋烘焦外皮給她吃，以償其食慾。實則這兩位外婆對她這個外孫女之愛，却是等量齊觀，難分軒輕。所分的只是她倆的觀點不同，俗例異殊而已，是以一個是忒迷信於洋化的文明生活，一個是只依順於傳統的國俗習慣。

可是虞三夫人對她的寄母與師母却屬一視同仁，敬事備至，從而造成兩個親密的母女情深。所以後來她的師母於她丈夫奚潤如亡故以後，並不囘去奚家，依靠她嫡室所出之子奚蕚衡的維生之計。雖然當其時奚蕚衡已成爲顏料業中的四大天王之一，與貝潤蓀、薛葆臣、邱渭卿等三師兄弟各理業務，角逐市場。何況他的這位庶母又是幫助他父親經營瑞康顏料字號成功之人，在情在理，奚蕚衡對她縱不能純孝以事，也決不會薄待其遇。但是她情願投附她丈夫的門生虞洽卿家過活，當時世人們誰不讚美虞洽卿的不忘師恩，奉養師母。有誰知她之所以如此，實是戀戀於虞家三夫人與她的母女情深之故。由此觀之，可知虞氏當年如例的獲得他三夫人內助之賢，乃能佈義聲於世人們的悠悠之口。據說在三夫人母女二人留居在三北鄉間，未來上海以前的時候，虞氏在上海又娶了一房妻小，那該是他的第四號夫人了。不過他這次寫信囘去報告堂上二老新娶媳婦之事，大概他的母親方老夫人已經省悟過來。覺得她在家裡留養一房媳婦，她的兒子却在上海討娶一房媳婦，這樣子一留一娶的競賽事件，如何得有了日。所以只得心頭暗暗認輸，要她丈夫成文老先生寫信教兒子不必再陪帶新婦囘去，就留伴在你的身邊算了，可見虞氏所想出和平抗爭的辦法的厲害之一斑。

但不過其間却急壞了三夫人的寄母與師母認爲虞洽卿長此以往，對於她倆所心愛的三夫人所應享之權利，受到沉重打擊和剝奪。所以她倆迫使虞氏要把她們母女接到上海來居住，至少可以作爲分得杯羹的挽救權利對策，這也是表現母女情深的一點精神。

（未完・待續）

載譽東瀛的名畫家——蕭立聲先生

林蓮仙

去年年底，曾拜觀蕭立聲先生的新作兩巨幅人物畫，一幅是「睡僧圖」，另一幅則是「達摩」，都是力透紙背而雋拔飄逸的佳製。我伸出二呎長的手臂，遠未能觸及達摩的背項，我皺起眉頭在尋思；蕭先生到底怎樣作畫？蕭先生也知我的意思，他那豪爽而坦率的性格表現在他的未問而告的連珠炮般的言語上，說出他作畫時是把紙張舖在地上，然後提着蘸飽墨的大筆、小筆，在紙上匍匐坐蹲，左右揮毫，雲烟舒捲，和他那高速度的說話一般，移時間就把那兩幅巨製寫成了。

用潮州話來叙述自己作畫的經過，於蕭先生說，那是再爽快，再流利也沒有了。而他的畫面，也充分地表現出揮洒自如以潮語的手法：那潑墨的達摩像，潤筆直掃，水墨淋漓，而達摩的形像，栩栩如生，躍然欲出。我尤其喜歡睡僧圖，那是用蒼勁流暢的綫條，鉤畫出二十多位禿頭和尚的各種睡態，有的躺着，有的倚着，有的坐着，有的還挖着耳孔，有的……，但都閉着眼睛，神態閒適；我看了不禁跟着打了幾個呵欠，也許是患上了睡眠感染症吧！記得小時曾唸過李龍眠畫羅漢渡江這篇文章，作者刻描畫中羅漢揭衣涉水，回首呼應的種種生動形像，我以爲那只不過是文學家的渲染手法而已，現在看見了蕭先生的畫，始體會到名畫家筆下的「眞實」。

由蕭先生的畫，使我更深地認識日本南畫院這個機構。日本南畫院成立五十年於一九六〇年成爲法定社團，是擁有三千人以上的今日日本藝壇聲勢最大的一個團體，這個組織每年舉行畫展一次，我一向不甚注意這件事。可是今年該畫院的第十三屆畫展，竟知道邀請蕭先生參加展出，而且是第一次邀請中國人參展；蕭先生參加展出的作品就是上述的兩幅巨製。這次畫展於本年二月二十五日至四月十五日先後在日本國立東京美術館、國立京都美術館、大阪市立天王寺美術館舉行，參加展出的作品。計六百八十件；最後，又精選了九十件在兵庫縣立神戶體育餘再舉行三天的特展，當然蕭先生的達摩像和睡僧圖，自始至終都是觀衆最爲神往的偉製。連日，日本有名的報紙讀賣新聞文化藝術欄均發表觀衆們的好評，藝壇名宿河野秋邨氏尤爲折服，他承認說：「日本畫家無法染指，極難望其背脊的意境，即使有心染指，亦只能稍似其形貌而已。」蕭先生作品轟動日本藝壇的畧況，可見一斑。

載譽東瀛，不僅是蕭先生個人的光榮，抑且是中國藝壇的佳話。我對於蕭先生的成就深感興奮，從而對於具有藝術慧眼的日本南畫院領導諸子，也有進一步的認識。

一九七三年五月林蓮仙記于醒寄廬。

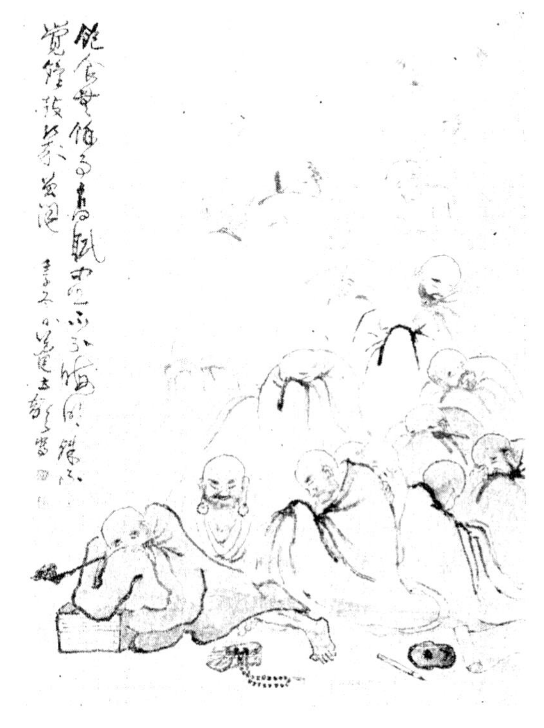

「可欺以方」的劉峙將軍

傅亞夫

同學介紹一語便合

去年元月十五日，劉公經扶（峙）上將病逝臺中，享年八十歲。百戰名將，又弱一個，令人不勝扼腕！

劉將軍籍隸江西吉安，保定軍校二期畢業，國民革命軍東征、北伐、剿匪、抗日、戡亂諸役，無役不從，無役不負重責大任。他嶄露頭角。青雲直上的一仗，是民國十四年在今 總統蔣公指揮之下兩次東征，擊潰陳炯明叛軍，進克惠州，然後回師廣州驅逐楊劉（滇軍總司令楊希閔和桂軍總司令劉震寰），此後劉將軍又於十五年敉平中山艦事變，同年七月國民革命軍誓師北伐，以不滿十萬的兵力，與盤踞全國各地數以百萬計的軍閥奮戰。劉將軍曾經率部轉戰鄂贛蘇浙四省，迭克南昌、武漢、南京、上海諸名城，底定長江中下游，把實力最強大的吳佩孚、孫傳芳兩部徹底驅除，十七年二次北伐又復進軍中原華北，協助 蔣公完成全國統一大業。十八年討伐李宗仁，敉平馮玉祥、唐生智之叛，十九年中原大戰又起，劉將軍曾在隴海、津浦兩路苦戰達半年之久，方始將兩大強敵分別擊敗，就在這一年十月他奉命出主河南省政，開府汴梁、坐鎮中州。劉將軍以黨軍一營長，不出五年即位躋封疆，在當年眞不知羨煞多少青年將校，興起

「好男兒，當若是」的壯志雄心。因此，早在民國十九年以前，劉將軍就是國人心目中的風雲人物了。

我很幸運，曾經在劉將軍麾下任事四年。先是，民國二十四年我畢業於陸軍大學，被分發到中央軍校第十期充任戰術教官，當時全國抗戰禦侮情緒高昂，一般同學的心目之中，大部亟於在畢業後下部隊求發展，為國宣勞，效命疆場。連坐辦公桌都雅非所願，何況上講堂喫粉筆灰？因此我也難免有驥足未伸之感。上了一學期多的課，熬到二十五年二月，方由一位軍校二期的劉學長，聽說時任豫皖綏靖公署主任，兼河南省主席的劉經扶將軍，想找一位陸大畢業的同學代為掌理國防機密文件。劉學長未曾得我同意，便在劉將軍跟前提到了我，經過介紹晤談，果然一語便合，同年三月五日我便隨同劉將軍遷赴開封，劉將軍特地把我安頓在綏署貴賓室住下。翌日，便發表我為中校參謀。比我的少校教官原職，算是陞了一級。

在豫皖綏署，我所主管的業務是保管軍委會頒發徐海、商亳、汴鄭、安新、鞏洛各地區的國防工事圖籍，以及作戰計劃等機密文件，並且負責承辦。這年秋天，綏署督造了十幾艘大木船，停泊在開封東北黃河渡口，供南北兩岸兵員軍備運輸之用，當然這也是國防準備的一部分。綏署方面原擬派遣一兩個營乘船往返兩岸，測驗一下木船的載荷量，渡河所需時間和安全性能。可是我却靈機一動，向劉將軍建議，何不趁此舉行一次攻防追退渡河連續性的實兵演習，劉將軍欣然允可。我便花了一個月的時間，將全部演習計劃，假定情況及審判勤務草擬編纂完成。這一次演習前後歷時四日，綏署所屬駐軍團長以上高級將領一百數十人應邀參觀，由劉將軍親任各地區演習的統裁官，我則逐日陪同，代劉將軍草擬講評資料。一個月的準備，四日夜的辛勤，詎料劉將軍竟畀予我破格擢升的獎勵，陞任我為綏署參謀處作戰科上校科長。當時距我加入劉將軍的戎幕不過八閱月，我居然在八個月中連陞兩級，而在八個月前我和劉將軍既乏一面之緣，更談不上有什麼淵源。我固庸才，但也可以覘知劉將軍在用人方面，是何等的唯力是視，大公無私。

西安事變，張學良、楊虎城悍然刼持統帥，消息傳出，舉國輿論譁然。我在豫皖綏署參謀處，親眼目睹劉將軍臨危不亂，當機立斷。當時我們的海洲演習方告竣事，劉將軍聞訊即立帶着我們連夜趕回開封，他先令樊崧甫一軍扼守潼關，翌日即偕同徐庭瑤將軍和我直抵陝西華陰，會晤前線將領指示機宜。然後抽調綏署部分人員進駐洛陽，遵奉中央意旨組織討逆軍東路軍總司令部，派我兼任總部作戰科長。日夜調集部隊，草擬作戰計劃。東路軍總司令部旋即改制前敵總司令部，各路大軍紛集，在總部指揮系統之下的部隊達五十個師。兵員足有百萬之衆。這眞是一次罕見的大規模軍事行動，由而可知全國將校營救領袖的心理是多麼的焦灼迫切。

張學良終因領袖偉大人格的感召，痛切悔悟，恭送領袖返京，自甘接受軍法審判。震撼全球的雙十二事件，於焉宣告平息。張學良的殘部其後陸續開入河南，接受劉將軍的整編。楊虎城所部的楊渠統、王勁哉、沈璽亭等亦紛紛反正，矢志輸誠中央。楊虎城則自願出國遊歷，陝變遂告敉平，可是我們却為之整整忙碌了三個月。

撤職查辦背了黑鍋

不及半年，蘆溝橋變作，中日大戰爆發，劉將軍奉命兼任第二集團軍總司令，北上保定指揮作戰，當時平津早已失守，宋哲元部退守永定河以南，大致為自天津以南之楊柳青至河北固安之線，序列為第一集團軍。可是自從天津撤退之後，宋部軍無鬥志，電訊電報，多無法探悉其所在，兩軍併肩作戰，連絡太難。第一集團軍最左翼的駐守部隊為萬福麟之馮占海師，防守固安。第二集團軍所轄孫連仲之第廿六路總指揮部約三個師在良鄉琉璃河一帶，阻止日寇南下，每天都有戰鬥。第三軍曾萬鍾部固守涿州高碑店一帶，關麟徵之五十二軍（三個師）固守保定滿城，各在駐地構築工事，未有最高統帥部命令，不得調動，前後友軍相距數百里，所謂重疊防守，敉線配備；在戰畧指揮着眼，華北是支戰場，旨趣爲節節抵抗，爭取時間，消耗敵人。（主戰場爲上海地區），但各友軍重疊配置，却成了一字長蛇陣，如果前線總司令不得上級命令不能適機調動部隊接應，則首尾不能相顧，華北戰場此後即遭逢此種命運。而其間保定復設有行營由徐永昌上將担任主任，石家莊林蔚次長隨時傳達層峯指示及命令，第二集團軍總司令之職權，可能極其有限。衛立煌原發表爲第二集團軍前敵總司令，他大概是不願屈就，遲不到職，自己在南京活動到第十五集團軍總司令，始姍姍北上，到房山去指揮他的第十第八三及第八五師等三個師。我們的想法，衛立煌如果能夠早來，迅速進入平西山地，一則可以策應湯恩伯在南口之作戰，南口就不致於過早失守；一則以衛部能廣領平西山地，形成將敵人在北平之側面陣地，威脅甚大，敵人不敢輕率由長辛店沿平漢線南侵。華北戰場雖爲守勢作戰，若能阻滯敵人之南下進攻，爭取時間，上海戰場亦可獲得有利之地位，衛立煌似乎能瞭解這個着眼所在，私慾薰心，遲遲不進，遂任南口失守，湯部失散，日寇北顧之憂已解，遂即以重兵逕沿平漢線南下。孫連仲部在琉璃河一帶苦戰兼旬，衛立煌率領之數萬部隊在房山附近，毫無作爲。敵人又復窺察我軍弱點，乘我第一二兩集團軍連繫不密切的漏洞，以一部敵軍化裝難民，由固安渡河，馮占海部戒備疏忽，戰力薄弱，敵軍登岸之後，槍聲一響，馮部倉皇逃散，退守霸縣雄縣地區（大洋淀沼澤地帶），敵軍隨即蜂擁南渡，佔領固安之後，向左旋廻，渡大清河向平漢路進攻，截斷孫連仲曾萬鍾兩部與保定間之連絡，曾部得悉敵人在其後方，接戰不久，遂向山西轉進，隨之孫連仲在琉璃河一帶，亦以前後受敵，向西撤退，衛立煌更早已由易縣淶水倉皇向晉北逃生，敵軍遂順利由平漢路直趨保定。防守保定一線之第五十二軍，防禦正面約在七十五公里以上，兵力薄弱，又無飛機掩護，駐在石家莊之第二集團軍奉令固守，不能應援，且亦不在第二集團軍序列之內。敵人由徐水縣鐵橋附近突破我軍陣地，戰鬥未及兩日，即行敗退。此時桂系將領黃紹雄以大本營第一部部長身份前來華北視察，不明底蘊，肆口譏評，返京後作不實之報告，大本營下令處劉將軍以撤職查辦的處分，陣前易將，軍無主帥。黃紹雄是桂系餘孽，知道劉將軍夙爲領袖忠實幹部，譬如大廈，斫去一二支柱或棟樑，其屋自倒，證以桂系在抗戰前每次叛亂以及卅七年末卅八年初鼓惑不肖將領倡和逼宮，其目標自在今總統　蔣公，而其陰謀手法已施行多次了。

左右頗有小人包圍

當劉將軍離開保定到達封邱縣時，以我負責盡職，不顧空襲危險，自動草擬計劃命令，並不時與行營徐主任及孫連仲總指揮關軍長協調聯絡，手令提升我爲少將高級參謀，迨奉到卸職命令後，交代我迅擬戰鬥詳報，我經一日夜之時間，編寫數萬字之詳報，我寫好一頁，劉將軍立即核閱一頁，全部閱畢，劉將軍隨即乘車南下，遄赴新鄉小作休憩，僅留一文書担任繕寫。在封邱繕畢，我與文書兩人夜間搭乘平漢路貨車到達彰德，因爲城內戒嚴，住在城外一打火起尖小店炕上，餵了一夜跳蚤，第二天入城洗了一個熱水澡，然後向剛來到任的第一戰區司令長官程潛遞呈戰鬥詳報並向程潛當面說明此次失敗原因很多，如指揮權之不統一，部隊重疊配置，首尾不能相應，固安之失係友軍責任，固安一失，敵人趨向平漢路，譬如兩人相鬥，腰上不意爲人砍上一刀，揆諸情理，失敗責任似難歸諸劉總司令一人等語。程只是說了句我知道了，當向　委員長報告，請轉告劉總司令放心。我在見程之後，適遇陸大老教育長王澤民先生（後任立法委員，在臺去世），那時他是戰區長官部總參議，他要我留下在長官部工作，我說我是奉命前來，應該回去覆命，以後有機再來效勞，遂即趕往新鄉。

豫皖綏署的參謀長原爲彭啓彪先生，民國二十一年，彭先生因私人恩怨被刺身亡，劉將軍遂以他的保定軍校二期同學劉德芳中將繼任，劉參謀長是一位好好先生，爲人忠厚，處事平穩。當劉將軍的總部退到新鄉，便有他的舊部河南省保安處長彭進之，和綏署辦公室主任王尊五等，專程自開封前來，表面上說是慰問劉將軍，實則大鼓其如簧之舌，肆意詆譭劉將軍的幕僚，揚言可代劉將軍物色一位高明些的幕僚長，協助劉將軍重整旗鼓，湔雪前恥。劉將軍是老實人，果然不覺究竟，爲其所動，等他一旦回任綏署主任以後，立刻就將劉參謀長調爲總參議，參謀處長陳安乾調任高級參謀，但却出人意外的調升我爲參謀處長。照說我也應該是彭、王等人多方攻訐，亟欲排斥的對象之一，我的新任命很可能是出於劉將軍一力堅持。至於參謀長一職，劉將軍則仍聽信彭王等人的意見，調來潢川督察專員晏勛甫繼任，晏氏實已久未担任軍職，他帶了一位他所內定的參謀處長蕭子淸同來，於是我就祇好退居其次，降調參謀處副處長，至此豫皖綏署便成爲晏、彭、王等人的天下，上下其手，相互援引。對他們派系之外的人物，尤其假劉將軍之名，盡量壓抑。二十六年十一月杪，劉將軍又奉命兼任陸軍第一區督練公署主任，公署設在南陽，於是綏署舊人就全被調任督署，總參議劉德芳代劉將軍負責主持督署業務，我調任督署第一處處長。第二處處長係周先事先生，第三處處長則由胡伯翰先生充任。舊人走馬，新官上任，開封綏署人事悉由晏、彭、王等安排。不久，他們便慫恿劉將軍向中樞建議，將河南各地保安團隊編爲一九五、一九六兩個師，彭進之趁此大好機緣搖身一變，他當上了一九五師師長，一九六師師長係由劉將軍親自調派刻在臺灣的國大代表胡伯翰先生接充。却是，不及一月，那未經一戰，沒放一槍的一九五師師長彭進之，竟又陞任第九十軍軍長仍兼一九五師師長了。

換湯不換藥的安排

派系傾軋搞得烏煙瘴氣，可是人謀畢竟不及天算。二十七年二月，第一戰區司令長官部由豫北新鄉撤至鄭州，一戰區司令長官程潛兼任河南省主席，豫皖綏署奉令撤銷，劉將軍改任第一戰區副司令長官兼督練公署主任，督署遂由南陽進駐洛陽西工，直接指揮鞏洛河防作戰。督署參謀長改由鞏洛警備司令祝紹周先生兼任，晏勛甫調任第一戰區參謀長，彭進之則仍任軍長兼師長如故，他那一軍撥歸第一戰區長官部指揮，所以他不時前來洛陽，在祝參謀長那邊走動得很勤，我這個人素乏機心，還不知道彭進之的攻訐目標已經轉移到我的頭上。大概是在當年四月間，有一天劉將軍告訴我說：

「祝參謀長聽信外間各部隊長的意見，認爲你資歷尚淺，不能充任參謀處長。我倒是多次爲你說過話，我說你的資歷雖然稍爲淺些，但是學識能力都很好，負得起參謀處長的責任。」

我聽後自忖，劉將軍和祝參謀長不但是保定二期同學，而且私交彌篤，目前又在攜手合作，爲了免使劉將軍爲難，我又何妨自甘退讓？因此，我便很誠懇的向劉將軍說：

「經公，我覺得你還是應該尊重參謀長的意見，請經公調我當參謀處好了。」

劉將軍經我一再的請求以後，方始作了個換湯不換藥的決定。他以黃副參謀長兼任我的參謀處長一職，我則仍舊主持參謀處而不居其名。如此這般，總算是杜塞了彭進之他們的悠悠之口。這個局面，一直持續到同年七月督署撤銷時爲止。

參謀處長四易其職

其實我跟彭進之一系人物並無恩怨可言，他們所施予我的排擠傾軋，無非迫我讓出參謀處長一席，以便安置他們一系的人物，進而掌握實權。可是這時候劉將軍對於他們的陰謀企圖，多半已微有所覺，因而不讓他們如願以償，使他們心勞日拙，徒呼負負。抗戰勝利，戡亂戰事繼起，彭進之不曾撤離大陸，聽說他已遭共黨鬥爭，予以槍殺，死狀極慘。「疾風知勁草，板蕩識忠臣」，投機取巧的人，是絕對經不起考驗的。

劉將軍在二十七年七月，奉命成立鄂湘川黔邊區綏靖公署於宜昌，負責江陵、沙市、宜昌的江防，同時清勦邊區散匪。公署參謀長刻由在臺灣的侯天士（成）先生出任，我又回到了參謀處長的原位。不料又有彭系人物王尊五，蔡繼倫等在侯參謀長前繼續挑撥離間，目的依然是將我排開，顯見他為這區區小事左右為難，費盡唇舌，所以我再度請調高參，同時建議劉將軍，調升為參謀處第一科長孫靖時繼任我的職務。

到了民國二十八年，劉將軍奉令出任重慶衛戍總司令，他又把我調任總部參謀處處長，我因為在參謀處長與高級參謀之間調來調去的着實有點厭倦了，屢次向劉將軍表示我無意再作馮婦。可是劉將軍却更堅決的回答我說，他决不能讓我離去。迫不得已，只好勉為其難，就任伊始，協助劉將軍規劃防區，部署部隊，督訓九個補充兵訓練處，也就是訓練九個師的新兵。自重慶五三、五四大轟炸後，我們還得逐次調查被炸災情，寫成報告，第二天早晨即須呈送委員長官邸。重慶衛戍總部的參謀長原係馮嶷先生，我們相處得還算不錯，然而二十九年一月馮參謀長堅辭，繼任者赫然又是彭進之。我為防患未然，立刻便請劉將軍准我辭職，一請再請，竟至當他的面泣下數行，方使劉將軍為之感動，他允准了我的請求，調任我為第一補訓處參謀長。回首前塵，我追隨劉將軍業已歷時四載，官階從少校升到少將，在劉將軍前後所主持的四個總部裡，當過四任參謀處長，亦曾四次請調，四易其職。劉將軍對我的愛護培植，誠然沒齒難忘，可是，這四年間在我個人來說，也是一項相當奇特的經歷。——劉將軍畢生治軍，久歷戎行，他為人忠厚篤實，從無機心，因而使他能親君子而不能遠小人，也許這就是所謂的「君子可欺以方」了，我想，劉將軍倘若泉下有知，他或將許我為「知音」呢。

徵稿小啟

本刊徵求有關現代史料人物傳記等作品，每千字敬致薄酬港幣二十元，珍貴圖片另議。

已發表文稿，版權即屬本社所有，將來出單行本時不另致酬，但奉贈作者原書二十冊。

來文編者有權酌予刪節之，如不同意，請先聲明，作者請示知眞實姓名，通信地址，作品署名則聽便。

賜稿請寄九龍中央郵局信箱四二九八號，掌故出版社收。

談犁鏵大鼓

胡士方

近來整理舊書，偶然發現一冊趙景深著的「大鼓研究」內容至爲貧乏，又側重於「京音大鼓」，想找一點「犁鏵大鼓」的資料也不可得。提起「犁鏵大鼓」，早年聽的頗不少，比起聽「京音大鼓」劉寶全，張小軒還多，因此也稍知大概，故來談一談。

「犁鏵大鼓」係較「京音大鼓」，「西河大鼓」，「樂亭大鼓」，以及「梅花大鼓」爲古遠的一種民間曲藝，可以說是「鐵板大鼓」中的鼻祖。在淸朝末年，極爲流行。據老輩人言，最初唱者係以犁鏵殘片相擊爲樂器，故稱「犁鏵大鼓」。按北方耕田犁地，鐵犁用生鐵所做，翻轉熟地時，前面由牛拖拉，一人執掌鐵犁之木柄，如遇石頭，鐵薄性脆，最易將犁鏵碰斷，所以，犁鏵殘片在田間很多。記得小時就以之爲玩意，兩片相擊噹噹作响。可見農人初時以其爲樂器，極有道理，都呼爲「犁鏵調」也在此。這種曲藝因發源於山東，故也叫「山東大鼓」，有人還叫它「鐵片大鼓」，但後來「樂亭大鼓」在平津紅起來，也叫「鐵片大鼓」，故「鐵片大鼓」之名不很通行。至於名「梨花大鼓」，殊爲不倫，只係文人雅士求字面風雅而已。

「犁鏵大鼓」起源於何時，至今無文獻可徵。有一次筆者在濟南趵突泉，和大鼓老藝人吳蘭溪閒談，曾經問過他，他也說不出所以然，只肯定在光緒初年，於魯北無棣，陽信，商河，樂陵諸縣的鄉間就聽過很多；且好些藝人都兼唱「河北大鼓」二十多年前，香港麗的呼聲有位唱「五女七貞」節目的張士權，往昔在山東以嚮名「二狗熊」，說「河北大鼓」有名，資格頗老，藝也不惡，可能知道一些有關大鼓的掌故，我早就想拜訪他談談，然後來已不聞其消息，至今思之頗爲遺憾。總之，「犁鏵大鼓」由犁鏵殘片，由演進爲兩片月牙形的鐵片，又吸收元明兩朝的鼓兒詞，正式成爲大鼓書，最早不會早於清代的。

「犁鏵大鼓」於清代雖流行農村，初時只是在集鎮，村莊上的麥場，廟前，莊頭，一些好玩的人偶而來唱，正式以其爲業的尙未有。一直到清末才出了一位魯北人郝老鳳，唱「犁鏵大鼓」而著名。他的大鼓便是以月牙鐵片爲「犁鏵簡」，配以短架的小牛皮鼓，伴奏且有三弦，內容有說有唱，整本大套的故事，很有吸引力，故一般人都在莊稼休閒之際，請郝老鳳到莊上住段日子，唱給鄉民聽。唱時管吃管住，完場時還湊點錢給他。據後來人說，郝老鳳的嗓子並不好，喉嚨就像破鑼一樣，唯沙啞中咬字最清，聲音粗壯淳厚，行腔頗有韻味。對情節的描述，鐵片的伴奏，擊鼓的技巧，都有獨到的功夫。尤以「三國演義」，「水滸傳」，「紅樓夢」最拿手，故風靡一時，在魯北一帶提起郝老鳳來，沒有不知道的。山東俗諺就有「來了郝老鳳，有病也無病」，「有空沒有空，也得聽聽郝老鳳」等流行，此可見其影响之大。他每次在唱鄉場時，四鄉的人就像趕集，逛廟會似的，紛紛來聽他的大鼓。筆者小時就聽見一些老人們在工作時，都哼哼着一句：「你唸書，打動了奴家的心頭顫吶：：哎：：：哎：：：」的腔調，其初不知爲何，長大來才知道就是郝老鳳的調，，故未見其人，對其腔調至今不忘。

郝老鳳後來由魯北到濟南，聽說在趵突泉對面的平陵市場唱過一個時期，大受歡迎。魯南的滕縣、嶧縣，河南的開封、蘭封，他都到過，成了其時的著名藝人。他爲了適合城市人們的口味，鼓詞也不斷力取「文雅」，鄉土味逐漸少起來。

郝老鳳的腔調初進濟南時，人人聽得通俗新鮮，頗爲喜愛。但聽得久了，便有些膩了，同時段子太長，一些平民無暇來聽。爲有錢人家做壽，過生日，婚嫁喜事唱堂會，禮教束縛，都怕與家中婦女眉來眼去的鬧出事來。所以，除了老藝人還可進家在竹簾外面唱給人家聽，男藝人根本就進不得門。就是女藝人唱堂會，彈弦子的人也得由看不見的瞎子來充任，因此，郝老鳳這一派漸漸不很吃香。於是便有人將郝老鳳的粗壯腔調，變化爲輕柔的唱腔，另創一格，在郝老鳳的所謂「老北口」派之外，自名爲「小北口」派，但主要的流行區域，還是在鄉村，城市不大盛行。

劉鐵雲的「老殘遊記」所說：「這說鼓書本是山東鄉下的土調，用一面鼓，兩片梨花簡，名叫『梨花大鼓』，演說些前人的故事，本也沒甚稀奇。自從王家出了這個白妞黑妞姊妹兩個，這白妞名字叫做王小玉，此人是天生的怪物！他十二三歲時就學會了這說書的本事。他却嫌這鄉下的調兒沒什麽出奇，他就常到戲園裡看戲，所有什麽西皮，二黃，梆子腔等唱，一聽就會；什麽余三勝，程長庚，張二奎等人的調子，他一聽也就會唱。仗着他的喉嚨，要多高有多高；他的中氣，要多長有多長。他又把那南方的什麽崑腔，小曲，種種的腔調，他都拿來裝在這大鼓書的調兒裡面。不過二三年工夫，創出這個調兒，竟至無論南北高下的人，聽了他唱書，無不神魂顛倒」。這黑妞白妞便是由郝老鳳的「老北口」調，又擷取「小北口」的精華；另獨樹「南口」的兩位藝人。她們不但嗓子好，且因爲父親是唱郝老鳳腔的藝人，故幼工特好，行腔婉轉，悅耳動人，在歷下轟動一時。濟南鐘樓寺街西首，在鵲華橋頭有兩個茶園，靠大明湖畔的叫「明湖居」，南面近荷塘的叫「鵲華居」，便是她們獻藝的地方。「明湖湖邊美人絕調」乃歷下鼓壇史上的奇葩。

王家姊妹的腔調，不但保持「犁鏵大鼓」的曲折華麗，且創了許多新腔，以城市爲演唱的對象，乃世稱「南口」派的創始者。其將大套的書詞，已改爲短篇的韻文，除了開場白外，絕少有道白，像從前的「過口白」都取消了。所以，黑妞白妞的唱腔特別好聽。又係女兒家，無論達官貴人，家中有喜慶，都能請她們進門奏藝，故書場之外，應召堂會也很可觀。

在王小玉姊妹以後，唱「犁鏵大鼓」的藝人，已全爲女性。後來女藝人中有藝名「上半截」，「下半截」，及戚二最馳名。「上半截」，姓紀，「下半截」姓龐，這幾位都不知其名，在濟南名聲很大。民國初年，山東的督軍們如周自齊、靳雲鵬、張懷芝，甚至田中玉，都叫過她們的堂會。以後又有白菜心（姓杜），謝大玉等藝人。

提起謝大玉來，她唱的最好，也最出名。小放脚，面貌白皙豐腴，個頭不高，但雍容華貴，表裡瑩澈，不似風塵中人。其「黑驢段」是一時絕唱，忠孝節義的段子也爲人不及。她有位女兒名謝文瑛，唱的也好，七七事變前後，她在濟南普利門外南崗子的茶棚演唱，年近五十，風姿猶存，雖不若早年之紅極，唯知音仍不少。如齊魯大學的教授欒調甫，平劇名票傅石如、劉小鴻、張薇青、佟雨臣，以及名畫家王訥、鄒允中、周愛周，便時時爲座上客，來聽謝大玉的大鼓。筆者其時正服務山東郵政管理局，同事柏松生，是幫會名人柏俊生的哥哥，尤喜謝大玉的犁鏵調，故時時與其同去。也會和謝談過幾次，她的父親謝×榮，一時偶忘其名！早年就給王小玉彈過弦子，故黑妞白妞的唱腔，謝大玉會的很多。她的拿手段子如「黑驢段」，「黑牛段」，「拴娃娃」，「寶玉探病」，我還記錄過唱詞，跑到濟南青龍街後坡十畝園的三友里欒調甫先生家中，拿給他看，惜兵燹連年，流落海外，已散佚無踪。

自謝大玉之後，「犁鏵大鼓」已較前爲完備而精煉，開場套子和引子，爲了適合鼓場節目時間已省畧。唱詞雖然仍是七字句和十字句的格式，但已有了隨加的襯字，顯得分外生動。在唱腔的二行板，平句，落板，花腔，煞板上面，更採自「西河調」，「奉調」，「蓮花落」，「皮黃」，以至郝老鳳調的技巧，使大鼓的曲調，比其他如「京音大鼓」都來得細致流麗。伴奏方面更不用說，三絃以右手姆指直立彈奏的「立指彈法」，出聲響亮清脆，比什麼大鼓的伴奏，都精彩。所輔的四故，在「犁鏵大鼓」的開場序曲彈奏，尤能動人。謝大玉的彈三絃的，記得是一位姓李的，大概叫李振如，便是一位頂尖的名手，彈的玩藝可以說登峰造極。在謝大玉年青最紅的時代，到關外的奉天，華北的天津，北平，都是這位三絃名手伴奏的。在謝大玉平句唱腔中，那段「寶玉探病」的「忽然間想起來那一個，想起了林妹妹，得了病眞算不輕，我有心到舘中過去探病，老恩師知道了擔駕不輕」，配腔烘托得最出色。同時謝大玉所用的月牙片，都係亮晶的上銅製品，出聲清脆；又加上六根細花竹架起的高腿小牛皮鼓，金鼓弦索，，想當年王小玉姊妹在「明湖居」的演奏，也無此精緻的場面。

所以，謝大玉的成名，好些女藝人也多以「大玉」爲名。如著名的「濟南四大玉」的孫大玉、李大玉、趙大玉、王大玉都是。其中孫大玉最活躍，北平，天津，奉天，長春，她都到過；南邊還去過湖北，湖南，四川諸省，可謂遐邇馳名。李大玉久在濟南的趵突泉唱，與十三紅拍擋過，以唱新詞出名，也到過平津。新段子「勸夫改良」，「改良自強傳」，「小倆口爭燈」爲得意之作。趙大玉，唱的日子很短，後不知所終，只聞其名，不知其藝如何。王大玉是河北人，曾爲「犁鏵大鼓」名藝人王三妮跨過刀，她的嗓子便捷嘹亮，行腔韻致，並精於「西河大鼓」，技藝不在焦秀蘭之下。在天津，北平都很走紅。此外還有位名駕「濟南四大玉」之上的杜大桂，唱「紅樓夢」最有名。腔調細膩，嗓子掛味，「寶玉探病」，「賈母探病」，「黛玉悲秋」，「哭玉」，「焚稿」都獨樹一幟，唱得出色。在「南口大鼓」中都稱她爲杜派，唯其腔頗難學，後繼無人，歌壇中已無人會唱。

民國二十年後，「京音大鼓」成了鼓

壇的首席，無形中「犂鏵大鼓」的發展，由鄉村的「老北口」，「小北口」，進而城市的「南口」，又分爲平津派和土著派。前者依附「京音大鼓」，「梅花大鼓」的書園而獻藝，如鹿巧玲，朱學貞，顧月樓等，都被張小軒，劉寶全，白雲鵬，金萬昌，羅致爲台柱，遠征平津滬漢；後者如謝大玉，李艷秋，李艷樓，小艷秋，謝文瑛等，則久在歷下奏藝。

說起濟南的鼓書場，鼎革之後，「明湖居」倒場，「鵲華居」成了章邱富商辛鑄九的住宅，南關正覺寺街西首的平陵市場，也荒圯不堪。城內則以新東門外護城河畔的的柳園，南關的趵突泉，南埠則以萃賣塲爲中心。唯近幾十年來，商業中心西移商埠，繁華集中於經二路五里溝一帶。新興的書場是青蓮閣，共和廳，進德會的「京音大鼓」；勸業塲的「山東琴書」，「武老二」，南崗子的十樣雜耍，百戲齊陳。於是柳園變了水電廠，萃賣塲成了門可羅雀的裱字賣畫舊樹，數來只有趵突泉，歌聲不輟，還是叮噹依然。

趵突泉在平陵市場對面，巍然的前門書有「趵突泉」的橫額，進門後是彫欄畫棟的花樓，後接曲徑通幽的假山，穿過假山下的石洞，走上曲橋，便是一池清澈見底的泉水。水中湧出三股翻騰的泉水，在垂柳環繞間，則有兩棟臨水的亭樹，右者望鶴亭，左者陶然亭，正面便是金碧輝煌的呂祖廟。望鶴亭以李艷秋爲台柱，唱「犂鏵大鼓」以柔婉見長；陶然亭係李艷樓壓軸，乃淳厚取勝。在兩間時時客串的還有位瞎子王殿玉，是山東鄆城人，拉得一手好單弦，能用弦子拉鳥叫，演口技，狗打架，貓叫春，維妙維肖。還能說英語，撇京腔，打洋鼓，吹洋號，唱「葡萄仙子」。更能學四大名旦梅，程，荀，尙的唱腔。最奇是唱平劇「二進宮」，老生學譚富英，青衣學梅蘭芳，花面學金少山，簡直令人聽不出是弦子拉的。筆者小時隨先君墨亭公便不時在這兒聽大鼓，當時拿着一吊銅元，不但聽個飽，再到呂祖廟後面小蓬萊飯莊，來份「奶湯蒲菜」，「糖醋鯉魚」，「罐兒蹄」，大吃一餐，都花不完的。

韓復榘主政山東，發現趵突泉是小清河的源頭，水是第一流，便開始建了一間「山東自來水公司」，將前門，花樓，假山，都拆了。原來的三股泉水四周，又加了些人工的噴泉，好好的一個趵突泉都給他弄俗了。迨七七事變一起，這位韓青天不戰而退，日本鬼子佔濟南，水源重地怕我們放毒，遂又成了禁區。良民怕事，誰還聽大鼓；於是這「犂鏵大鼓」像少點甚麽似的也星散了。

勝利後，筆者曾在濟南普利門外南崗子聽過幾次「犂鏵大鼓」，且見到過謝大玉。唯眉梨耋鮐，已不復當年。越年，南過白下，爲到夫子廟看平劇徐碧雲的戲，順便聽了幾囘「犂鏵大鼓」，橘化爲枳，味道差多了。

「犂鏵大鼓」所唱的曲目，依近幾十年的統計就有「狄仁傑趕考」，「周三保趕脚」，「呂蒙正趕考」，「胡迪罵閻」，「活捉三郎」，「坐樓」，「李逵奪魚」，「羅成叫關」，「羅青算卦」，「箭穿羅成」，「借糧」，「借傘」，「斷橋」，「祭鉢」，「祭塔」，「拷紅」，「西廂」，「拆西廂」，「洪武走親」，「武家坡」，「三娘教子」，「南陽關」，「寧武關」，「坐宮」，「碰碑」，「關王廟」，「起解」，「三堂會審」，「藍橋」，「打關西」，「馬前潑水」，「昭君出塞」，「雙鎖山」，「天官賜福」，」獨占花魁」，「花魁從良」，「貞娥刺虎」，「春秋配」，「趙五娘尋夫」，「李三娘打水」，「唐三藏取經」，「大鬧天宮」，「劈山救母」，「薛禮救駕」，「樊梨花誇夫」，「張良訪信」，「秦瓊別母」，」等百餘種，這分資料是相當豐富的，聽說台灣中央研究院，尚存有不少此類曲本，可是少人研究，這是很可惜的事。

方技趣談

陸離

「方技」是古代中國士大夫對科技和藝術的總稱。事實上，在歷代史書方技列傳人物裡，往往還包括有卜算、書法、音樂、弈棋等各方面的人才，看起來，彷彿是五經以外皆屬方技，五經以內（如易卜）也有方技，方技包括的範圍之廣，比我們從字面上所理解的，要大得多。

一般而言，古代人所謂方技之士，是讀書人的經生之外的一種專技人才。以往讀書人以治國平天下爲己任，注重的是倫理方面的訓練，方技比起來不過是人生的末節，是社會的下品。雖然如此，却也有些飽學的讀書人，另外兼有他們的一技之長。最普通的例子，如發明渾天儀的張衡，醫學聖手華陀，乃至於有名煉丹家陶弘景等都是。

周朝以後，由於農商社會的日漸發達，提高了一般的生活水準，皇族和智識份子比較優裕的生活，受惠於方技之士的供獻，越來越多，方技之士也越來越受到朝野的重視。在這種時候，很少人再把方技人物看成下品，或無關重要。所謂「萬般皆下品」的說法，不過是後代的讀書人、士大夫們有意的抬高自己，是一種自我陶醉的口調。果眞是周秦漢唐的人物都把方技列爲社會的下品，任意漠視，沒有人倡導支持它的發展，我國古代各種技藝上的特出成就，就成爲不可能了！

我國是史學發達的民族，令人覺得慚愧的，是我國的科技發展史，被外國人當做大工程來從事營造，研究整理，却在我國的本土上橫遭丟棄，幾乎失傳了。因此，花一些工夫研究我國古代的方技史，藉以恢弘我國人固有的源遠流長的科技精神，實在事屬必要。本文的旨趣，僅僅掇述一些古代方技人物的逸事跟趣話，引發讀者在回顧以往，研習科技的雄心和興味，順便領受一下古代傑出人才的生活情趣，想必是一件有益的事。

綜合的說，我國最早方技發明，可以追溯到燧人氏鑄金爲刃，凝土爲器，神農氏嘗百草，黃帝諸侯夙沙氏煑水爲鹽的事。這以後，相傳舜發現了漆的用處，大禹是水利工程的祖師，儀狄做酒，周公作醬，以及近千年後，前漢淮南王劉安發明了豆腐的製造方法，我們的食品化學，已經有了可觀的成就。

火藥的發明跟煉丹有關，最早僅用於爆竹，這是大家所熟知的事，石油和天然氣的利用，在漢朝也有突破性的發現。傳說在四川的自流井，那時已經可以應用衝擊的鑿井法了。當時天然氣的用途之一，就是熬鹽。

陶瓷的發明，爲時更早，黃帝時就在中央政府裡設有陶正，顯然是要致力於研究農產和食品的儲存，以後的黑陶和彩陶時代，顯示這項工藝技術有了更大的進步。漢代發明了色釉，可惜沒有光澤，晉代有了玻璃釉，陶器才顯出光彩奪目之美。而眞正的高温製陶，是唐武宗時候，昌南鎭（即今之景德鎭）一位鎭民陶玉所發明的。當時把呈獻給朝廷的瓷器稱做「假玉」。由於這種製作得到讚許，民間才擴大生產。因而有霍仲初所創的「霍窯」。（質薄而好），越州紹興人所創的「越窯」，（瓷色青）；和四川邛州人所創的「蜀窯」，（體薄色白而細緻，是其特色）。大詩人杜甫在四川住過一陣子。他有詩形容當時的「蜀瓷」：「大邑燒瓷輕且堅，扣如哀玉錦城傳，君家白盌勝霜雪，急送茅齋也可憐。」

現在人以爲都市計劃是一門很新的知識，豈不知我國遠在周朝建國之初，周公經營東都洛陽的時候，就是先有理想和一套整套的計劃之後，才着手興建的。周公爲了開發東部，實行再封建的遠大抱負，希望把洛邑建設成一個禮樂教化的典型國都。他所設計的洛陽城，是正方形的。城的每一面長爲九里，城的全面積如果換算成公尺，大約合十五平方公里。城的四面，每面有三個門，每個門又分建爲三個戶，有三個出入的孔道。城門以內，是筆直的寬濶大道，路面分三部份，中央是車行路，兩側是人行路。

周代的車輛形式，是所謂「乘殷之輅」（這種形式的車在大陸河南省還有使用），車身寬爲周尺六尺六寸。換言之，大道中央的車行道，其寬至少在七尺以上。總計全路面的寬度，約合十七公尺。整個城區，被這樣縱橫筆直的大道劃分成許多方塊，然後再賦予每個方塊的特殊性質。周代的這種都市設計，漢代還沿用着，唐代開始，改爲長方形的設計。但道路的規模，却大致是不變的。

至於城區以內的住民，周禮記載：「五家爲比，五比爲閭。」閭，侶也，表示廿五戶人家爲一組，應該守望相助，在生活上凝成一體。因此爲了配合這種意思，每閭（恰似現在一個小型的社區）的出入口，設有象徵式的大門，每個閭的住戶人口，平均以八口之家計算，約爲兩百人。由於古代人居住的空間較大，兩百人佔一個生活社區，自然相當寬裕，不會有壅塞之感。

都市閭的組織，一直沿用到南北朝時代，北魏營建洛陽，把「閭」改成了「里」；唐代經營長安，又把「里」改爲「坊」。徐松之「唐兩京城坊考」和宋敏求的「長安志」，其中記述長安的坊，情形是這樣的：

皇城直南外十八坊；皇城直南內十八坊；皇城南左右五十坊；皇城直左右各六坊，共十二坊；皇城直左右各六坊，每一坊的面積並不相等，但大致相近。

元代營建的北平故都，到現在還保留有「坊」的名稱和遺址，可見也是照古制設計的。

國人容易忽畧一件事：公園的設計術，是我國近數百年輸入西方的重要文化產物之一。我國人注重人性的抒發，和靈性的陶冶，公園的設計，因而也格外要求其有機性，講求自然與變化之美。英國人吸收了這種優點，仿照創立了所謂「自然花園」或「風致式花園」。這種觀念，同樣又推到歐洲各國，產生廣泛的影響。

中國傳統的公園設計，約分城內和城外兩大類別。城內的花園設計，受空間的限制，分爲「庭園」和「園圃」兩種，重在別緻幽雅。城外的公園，又可分爲園林（如古代帝王所營的上林苑），和別業（別墅與別莊）兩類。園林的設計，明代陸紹珩曾有過這樣的主張。他說：

「門內有徑，徑欲其曲；徑轉有屏，屏欲其小；屏進而階，階欲其平。階畔有花，花欲其鮮；花外有牆，牆欲其低；牆內有松，松欲其古；松下有石，石欲其怪；石前有亭，亭欲其樸；亭後有竹，竹欲其疏；竹盡有室，室欲其幽；室旁有路，路欲其分；路合有橋，橋欲其危；橋邊有樹，樹欲其高；樹蔭有草……草上有渠……渠引有泉……泉去有山……山下有屋……屋隅有圃……圃中有鶴……」

看了這一段文字，讀者會聯想到常見的國畫，古代許多名園的營造，事實上也常出自畫家之手。這一點是值得現在的公園設計人深思的。

古代方技人物所以爲後人漸漸熟知，固然由於他們傑出的技藝成就，一部份也是因爲他們怪異的行爲，和特殊的性情，有一種引人的力量。

南北朝時代的化學家陶弘景，就屬於讓人對他發生奇想的人物。陶弘景出生在公元四五二年，南朝宋文帝元嘉廿九年。由於他自幼喜歡讀葛洪的「神仙傳」，梁書他的傳記裡記着他出生時候有青龍下降的文字，使得一般人常常用神秘的眼光看他，把他當作亦仙亦道的奇特人物。實際上他只是性情和人生態度與衆不同，他後來最突出的幾項成就，都是他實實在在的奔波調查，親手實驗得來的結果。其中可以說一些兒玄虛也沒有。

陶弘景做過皇室的「諸王侍讀」，他却從來不作官場上的來往應酬。四十一歲辭官，隱居到江南句容縣的句曲山裡，自稱「華陽眞人」。他曾經跟一位東陽人孫遊岳學過「符圖經法」。以得就遍遊名山，採集植物礦石，作藥物研究。

他可能是考慮到人能不能長生，或如何攝生保健的方法問題，不過，他解開這個謎團的方法，却是很科學的。他經常帶着學生們四出採藥，拿回一一試驗，作成紀錄。經過了許多年的研究，他大大的增補了「神農本草」的原有內容。「神農本草」裡，原載有三百六十五種藥物，陶弘景加上自己的研究發現，增加到七百卅種以上。不但如此，他還把自己研究心得，整理成三卷「本草經集注」，和三卷「別錄」。對後人有很大的貢獻。

陶弘景的另一項重要發現，是他發覺了「硝石」和「樸石」的差別，使後人對火藥的製造，邁進了一大步。

原來樸石和硝石看起來顏色都是白的，味道也都是苦的。陶弘景知道，硝石在藥物之中有一項大用，是可以治血淤，積熱等病，而樸石却不能用。有不少的人誤把樸石當作硝石，用來治病，造成非常嚴重的後果，因此區分樸石和硝石的差別，是十分重要的大貢獻。

陶弘景的做法是，要學生把採集回來的硝石和樸石放在爐裡燒，他知道，硝石會發出青紫色的光苗，樸石却不是如此。他偶然中發現了這個分別之後，經過多次的試驗，證明發出青紫色光的就是硝石。他可以說是世界上頭一位發現用這種方法檢驗硝石的科學家。硝石在化學上的名稱是「硝酸鉀」，一般也叫做「火硝」或「苦硝」。樸硝的化學名稱是「硫酸鉀」，又叫做「水硝」或「馬牙硝」。陶弘景在一千五百年前的發現，不但在藥物學上造福人羣不少，後人還根據他的發現，進一步把硝石用於火藥的製造。

陶弘景的天才是多方面的，他研究的項目很多，每一項却都有過人的成就。例如，他研究天文，製作了「渾天象」，研習武術，寫成了「古今刀劍錄」，他還有預卜先知，對世象觀察入微的才能。當時的名人沈約，曾請他老年再行出山，他拒絕了。他隱居幾十年，外邊人還不遠千百里前去看他，朝廷有事，也去徵詢他的意見。所以有人稱他叫「山中宰相」。像這一位方技人物，能說是下品嗎？

方技人物跟其他的人一樣，一旦受到重視，有了權柄跟機會，也會誤用和濫用它，造成害人害己的後果。

西漢宣帝的許皇后被霍光的妻霍顯設計害死，這件事是由當時宮廷的一位有名的女醫淳于衍執行的。淳于衍把附子擣碎，放入許皇后的湯藥裡，把懷有身孕的許皇后活活毒死。這以後到漢元帝末年，皇帝把一位宮女王嬙嫁給匈奴大單于呼韓邪，元帝親自召見王嬙，才發現她是後宮中最美的女子。她是因爲不肯向宮廷的畫師行賄，人像被畫醜了，一直沒有受到元帝親幸。元帝爲了對匈奴守信，終於嫁走了王嬙，事後一怒追查責任，把一些畫工全都抄家論斬，這是後人都知道的事情，値得我們感傷的是，那些畫工被抄了家以後，發現他們一個個都是家貲巨富，傲視羣臣。

原來畫工們爲宮妃們畫像的時候，曾經利用權勢向宮人們歛財，凡是肯向他們納賄的人，人像就美，不納則否。如此宮人爭相賄賂他們，出資多者十萬，少者五萬，他們就是這樣在頃刻間致富的。

以後被斬的名畫工中，有幾個人値得一提。第一個是杜陵人毛延壽，毛畫人像，最大的長處是，無論老人孩子、美女醜婦，都能維妙維肖，如見眞人。後人常以爲王嬙被埋沒宮中，他的罪過最大。其次有陳敞、劉白、龔寬，他們的人像不如毛延壽，却又長於畫牛馬和飛鳥的動態，別有造詣，陽望和樊育，也是被斬的名畫工，他們兩個人善於設色佈局，使畫面美好逼眞，這些畫工在個人的技藝上都是美化人生的高手，却不幸被利慾燻心，藉用繪畫的機會，做了最醜的事。他們被殺之後，前漢的名畫工大爲稀少，這對於後人的損失和教訓，實在是很大的。

淳于衍毒殺了許皇后之後，所得的賞賜是蒲桃錦廿四疋，散花綾廿五疋，這些錦綾織品，在當時剛剛才有出品，是非常不容易得到的珍品。

原來霍家請了當時陳寶光的妻子住在霍府，担任長期的織工，陳寶光妻子是一個非常聰明的女子，她經過長久的精心研究，把一種自周朝中葉就有的絲織機加以改良，創出一種新的織絲的機械。她把它取名叫綾機。綾機的好處是省人力、速度快，這種新的綾機上面，有一百廿個脚踩的躡，人在上面織綾的時候，要用脚不停地踩那些躡，就可以加快速度，織出更好更多的錦綾來。陳寶光妻子就是因爲這種發明，被延入霍府的。

霍府的人，後來因謀反被滿門處斬論罪，多才多藝的陳夫人是不是也同時身死，我們不得而知。看情形，陳夫人進入霍府，固然可以一展長才，揚其名聲，果眞因爲身在霍府而被牽連受禍，豈不又是一大不幸？

陳寶光夫人的綾機，在一百年內又被別人加以改良，做成了更爲簡單合用的提花機，完成這種改良的人，是三國時代的魏國人馬鈞。馬鈞是長安附近的人，他的長才在於機械工程。他爲人好深思，却不喜歡把自己的奇想和長才告訴別人。他研究過前朝陳寶光夫人留下來的綾機之後，認爲一架織綾機上有一百廿個躡，使用起來實在太不方便，織機的體積也因而太大了。因此，他心中所想的改良綾機的着眼點，在於力求簡化，和縮小它的構造，使它容易操作、容易製造。

馬鈞經過反復的研究推敲，終於把織機上一百廿個躡，減少到只留下原有的十分之一，也就是只有十二個躡。馬鈞把這種改良的綾機再三試用，覺得織綾的效率比以前又提高了許多，織的綾也更好了。現在民間所用的老式織綾機，只剩下兩個脚踏的躡，這是根據馬鈞的發明，繼續改進之後才做出來的。

馬鈞不愧是機械工程方面的奇才。他另外還研究發明了脚踏的水車，大大的提高了農田灌溉的效率。這種發明被後人一直沿用了一千多年，眞可謂功德無量了。此外，馬鈞又因應三國作戰的需要，仿照諸葛亮設計的連弩發射器，加以改良放大，造成效率大五倍的更好的連弩，增大了魏軍對蜀作戰的力量。馬鈞還發明成功一種輪行的發石車，用一個快速轉動的木輪，把巨大的卵石射向敵方。可嘆的是，當時魏國當政者不重視他的發明，却只要他去做些無關重要的事情，馬鈞原有的兵工方面的發明，不久也就失傳了。

國人近年頗注意隋朝李春所建的趙州橋，這是一個好現象，因爲談趙州橋的人，是從現代工程技術觀點評論，趙州橋的價値，是一種很進步的態度。趙州橋在河北省趙縣的洨河上，因爲是石板建成的，當地人喜歡稱它爲「大石橋」。這座橋建於隋煬帝大業年間，時間在公元七世紀的開頭。趙州橋的本名是「安濟橋」，就是平劇「小放牛」故事所指的趙州橋。

趙州橋是平直的橋面，下面有一個大的橫跨河面的圓拱，像一條長虹支撐着整個橋的重壓。這座橋美而特殊的地方，是大圓拱橋洞的兩肩之上，各開了兩個大小不等的小型拱孔，以增大河水的流量，減輕大圓拱橋洞的負荷。在現代橋樑工程上，這種結構的橋樑，被稱做「空撞券橋」，歐洲人使用同樣的原理建造「空撞券橋」，時間上恰恰比李春建造趙州橋晚上七百多年。

時人董大松先生對於趙州橋的構建，有非常生動的描繪，他說：「安濟橋之構造，爲一弓形主拱，兩腹各一個跨度爲三公尺，和四．二公尺的副拱，弓形拱從起拱石到拱冠的高度，爲七公尺，故拱高和跨度之比爲一：五．三。比例之佳使整個橋的結構有一個優美的外觀，也爲近代的結構力學原理發揮得淋漓盡致。比古羅馬笨重的半圓形水道橋其結構的進步不可以道里計。」「安濟橋的主拱，是以十八層塊石砌成，每層有四十五塊巨大的拱石，每塊拱石重達一噸，石與石間以腰鐵夾固，層與層間以交叉鐵棒嵌住，各石的接合處作成筍頭，以增大壓力之抵抗。」正因爲有這樣精密堅牢的建造，使這座橋在洨河上挺立了一千四五百年，而仍能堅挺美觀如舊，這情形是非常少見的。

安濟橋上，兩旁有四十根石柱欄，每根柱頂雕着一頭栩栩如生的石獅子。據說，在唐代武則天亂政期間，有大盜默啜要過安濟橋，走近橋頭時，默啜的馬忽然間跪地不起，默啜和嘍囉們抬頭一看，發現橋上有一條青龍憤怒奔騰而來，賊衆隨大驚而去，不敢過橋了。唐高宗龍朔三年，橋上的石獅子，被當時的高麗商人盜去了兩座，以後補雕的兩座，看起來總是和原有的不同，這也是無可奈何的事。

古人把方技人物中加入書法家，其用意不在把書法看作技術，而是某些對書法有特優造詣的人，其書法確到了專精技藝的化境，再加上這些人個人的行爲怪異，就叫人不得不另眼相加了。

我國的草書，始於漢代黃門郎史游的「急就章」，唐人張懷瓘說草書的特色是：「損隸之規矩，縱逸奔放，赴速急就」。史游的草書，被爾後的張芝再變而爲眞草，比起史游所創的「章草」，寫起來又便捷多了。晉人衛恆說過一句話：「忽忽不暇草書」，蘇東坡曾拿這句話批評古代的人寫急就章草書，並不快捷，反而加慢。後人以爲蘇的說法有誤，衛恆的話，不過表示行色匆忙，來不及起草文書，倒並非指草書反而加慢的意思。

王右軍的草書之好，自爲大家所知。他這項才能，實際上是得自家傳，加上自己的天才跟苦功。右軍的叔父王廙，字平南，是書畫造詣兼美的讀書人，他曾經教過東晉明帝念書，學問自然也不等閒，王廙曾告訴王右軍說：「我一切足以爲人取法的地方不多，有之，就是我的書與畫了。」後來，明帝學了他的畫，王右軍則學了他的書法。王右軍的可取處，還在他自己特有的精神跟工夫，東晉明帝身居高位，他的畫却少爲人知，而右軍的大名，竟然垂千古而不衰，可見人的不朽，最需要眞本事。

右軍的「蘭亭序」，後來被唐太宗收藏，愛如至寶。太宗酷好書法，他珍藏右軍的眞跡作品有三千六百幅之多，這些字都被裱成一丈二尺一軸收藏，合起來可以成立一個大型的書法館了。太宗把「蘭亭序」常存在自己手邊，以便隨時拿來展讀、欣賞，引爲日常一大樂趣。可見他是一個凡事都能夠專心的人。

有一天，太宗附耳對繼位前的高宗說：「等我千秋萬歲以後，讓這幅蘭亭序跟我一塊走吧！」後來皇室的人把這幅字裝在一個特製的玉匣裡，給太宗陪葬在昭陵，太宗這種書法之愛，可謂是眞愛了。

唐代江南人張旭，字伯高，也善草書。張旭寫字，與人不同之處，是平常不寫，要他寫字，一定得趁他酒醉之後，興致勃發，才肯提筆。更怪的是他常在酒醉之後，吼聲大叫，如中風狂走，神志不清狀。事實上這是他寫字的最好時候。他常說：寫字也要靈感，他寫草書所以成績過人，最早的靈感，是他聽到皇室一位公主，曾經在出行的時候和担柴的村夫爭路，這件事引起了他極大的興味，他想像着那種情景，居然找到草書的妙趣。

張旭所得的另一次靈感，是他看到當時的名女子公孫氏舞的美健身姿，因而觸發了在草書方面獨創一種境界的想法。

張旭寫字，常是狂亂中為之，別人因此就稱他叫「張癲」。酒醉的張旭，和平常完全另一個人，他的狂癲，竟是他草書所以成功的要素。他的書法後來傳給了崔邈和顏眞卿。

林海峰最近爭日本的本因坊而受到挫敗。我們的圍棋國手賴日本來訓練，這是中國人的今日之恥。日本的圍棋出自我國，是舉世皆知的。這裡有一個唐代日本王子來中國比賽的故事：

唐宣宗年間，日本國一位王子來朝中國，還獻了一特製的樂器給宣宗，表示敬意。日本王子是一位圍棋高手，宣宗為了欵待嘉賓，就叫當時的名棋士翰林院待詔顧師言陪他下棋。

顧師言自知責任重大，因為這盤棋不能輸，只能贏的。由於心理上的負担太重，顧師言緊張得手出汗，更有些發抖的樣子。他的棋落子很慢，一直到下至卅三手，勝負之數，還不能決定。

顧師言排的是圍棋上很厲害的一着，是鎮神頭、解兩征勢。日本王子被顧師言弄得有點神色不安，信心動搖了，他問陪他的鴻臚寺官員說：「顧待詔是貴國第幾手啊！」鴻臚寺官員對他說：「第三手也。」日本王子說：「願見第一。」鴻臚寺官員說：「王子勝第三，方得見第二，勝第二方得見第一，今欲躁見第一，豈可得乎？」這段話弄得日本王子頹然長嘆說：「呵！小國之一，不如大國之三，眞是一些不假呀！」

事實是顧師言正當時的第一國手，日本王子顯然是被鴻臚寺的官員唬住了。

這件事值得我們注意的是，古代中國政府，常會把國內各方面第一流的人才備為國用，名曰待詔，以便為國爭光。實則古代中國人的許多成就，在當時的並世各國來看，皆堪稱一流，倒是今天的我們，許多方面，比之外人，才眞有點自慚「技不如人」哩。

北平夏天三小吃

·三陽·

北平夏天的小吃非常之多，現在單揀三樣最受人歡迎的，便宜的，大眾化的小吃叙述于後：

一、驢打滾——將黃米麵摻水揉搓成團，桿成約二分厚的薄餅；在餅上澆滿調好的紅糖漿後，徐徐捲起，捲好，用刀像切花捲一樣；隔寸餘，下一刀，把它橫切成塊。這時刀口處紅黃相間，糖漿躍躍欲出，煞是誘人。接着將它們在香噴噴的豆麵堆裡翻滾一回，就或為名符其實的驢打滾。那吃在嘴裡香、甜、凉、軟黏的味道眞是可口極了。這道小吃不但好吃，並且極為經濟實惠；民國二十六年時，一塊小南僑皂大小的驢打滾，祇賣一個銅板。食量不大的人，吃三五個就覺得蠻飽了。

二、蕎麥合酪——將用蕎麥麵蒸好的，一個個四五分厚，直徑兩三寸長的蕎麥糕，堆疊在冰塊上，用手車推着，沿街挨巷的叫賣。吃時，將這些鎮得透凉的扁圓蕎麥糕放在掌上，橫切三兩刀，豎切一二十刀，劃成薄片放入碗裡；再拌以辣椒油、芝蔴醬、芥末、酸醋、蒜水等就可以吃了。那種酸、香、凉、辣的味道，眞叫你吃一碗，撒手不得哩！

三、豆汁——是一種像豆渣水的熱飲。吃不來，以及初到北平的人，幾乎沒有一個不說它餿酸難聞而退避三舍的。可是一部份老北平却對它愛好的不得了，他們不但讚美它餿裡有香，酸中帶甜；同時還說它有祛暑開胃之功呢！所以整個夏天，他們幾乎是不可一日無此君。這種難登大雅之堂的小吃，是沒有人設鋪買賣的。賣者大多將坐在火上的大豆汁鍋，以及應用什物，用手車推着在胡同（小巷）裡叫賣。賣的時間祇有下午三四個鐘頭。每當那低沉的「豆汁——」吆喚聲，劃破了午後胡同裡的寂靜時，愛好者無不奪門而出；先到的拿下車上的小板櫈圍着車子團團坐定；後到的祗好站着喝，或是候缺了。如今想起這些價廉物美，饒有情趣的小吃，叫人怎不夢縈故都。

閒話荔枝

—平陽—

又屆食荔枝的季節，此果鮮美甘滋，人多嗜食，爰爲述其始末。我國文士最早稱荔者爲司馬相如上林賦：

榙樑荔枝

郭璞注云：榙樑似李，出蜀。

晉灼曰：離支大如鷄子，皮粗，剝去皮，肌如鷄子中黃，其味甘多酢少。（荔子熟用刀割下，連枝斫取，明歲嫩枝復生，其實益美，故漢時皆以爲離支。）廣異志：樹高五六丈，如桂樹，綠葉，冬夏青茂，有華朱色。

左思蜀都賦云：

旁挺龍目，側生荔枝；有綠葉之萋萋，結朱實之離離；迎隆冬而不凋，常曄曄以猗猗。

農宇記云：廣州信安縣，有連枝，即旁挺龍目，側生荔枝也。

又西京雜記，亦謂南越王佗，獻荔枝，帝報以葡萄錦四匹。三輔黃圖：記元鼎六年，破南越，起扶荔宮，以植所得奇草異木，荔支自交趾移植百株，無一生者，偶稍茂，亦無華實。扶荔宮移植之荔支萎死，守吏坐誅者或十，其實歲仍由南越貢送。上有好者，不郵民力。謝承後漢書云：

永元十五年，嶺南舊貢生龍眼荔支，十里一置，五里一堠，晝夜傳送，唐羌上書曰：伏見交趾七郡，獻生荔支龍眼等，觸犯死亡之害，此二物升殿，未必延年益壽。帝下詔敕大官勿復受獻。

至唐，此物猶貢至長安。

帝幸驪山，楊貴妃生日，命小部張樂長生殿，因奏新曲，未有名，會南方進荔支，因名曰：荔支香。

通鑑亦云：

貴妃欲得生荔支，歲命嶺南馳驛致之比至長安，色味不變。

唐鮑防，襄陽人，天寶末舉進士，時明皇詔馬遞進南海荔支，七日七夜達京師，防作雜感詩云：

五月荔支初破顏，朝離象郡夕函關，
雁飛不到桂陽嶺，馬走皆從林邑山。

杜牧亦有過華清宮詠荔支：

長安回望繡成堆，山頂千門次第開；
一騎紅塵妃子笑，無人知是荔支來。

張九齡爲明皇相，後遭貶逐，爲荔支賦，序云：

南海都出荔支焉，每至季夏，其實乃熟，狀甚瑰詭，色特甘滋，百果之中，無一可比，余往在西掖，嘗盛稱之，諸公莫之知，而因未之信，唯舍人彭城劉侯，弱年累遷，經於南海，一聞斯談，倍復嘉歎，以爲甘美之極也。又謂龍眼凡果，而與荔支齊名，魏文帝方引蒲桃及龍眼相比，是時二方不通，傳聞之大謬也。夫物以不知爲輕，味以無比爲疑，遠不可驗，終焉永屈，況士有未效之用，而身在無譽之間，苟無深知，與彼亦何以異也。

九齡感明皇之昏昧，志士之失職，特借荔支以寄憤慨，故曰物以不知爲輕，士有未効之用。其賦曰：「雖觀上國之光，而被側生之誚。」亦有託而言。

或有疑七日夜傳送長安之說，白居易荔支圖序云：

其實離本枝一日而色變，二日而香變，四五日外，色香味盡去矣。此果三日後色香俱變，豈有七晝夜汗馬之上而尚可食者。況自廣州至關中數千里，即飛騎置堠，亦不能七日即至也。當如漢武移植扶荔宮故事，以連根之荔枝栽於器中，由楚南至楚北，襄陽丹河，運至商州秦嶺，不通舟楫之處，而果正熟，乃摘取過嶺，飛騎至華清宮，則一日可達耳。

以九齡曾在西掖，即云「南海郡出荔枝焉」，是當時之傳送，必南海之物。楊妃外傳亦云：貢自南海，杜詩云：南海及炎方。又云：憶昔南海使，奔騰進荔支。

杜公晚年在蜀，作解悶詩云：

先帝貴妃今寂寞，荔枝還復入長安，
炎方每續朱櫻獻，玉座應悲白露團。
側生江岸及江蒲，不熟丹宮滿玉壺，
雲壑布衣鮐背死，勞人害馬翠眉須。

另一首則云：

憶過瀘戎摘荔枝，青楓隱映石逶迤。
京華應見無顏色，紅顆酸甜只自知。

荔枝又出產瀘戎，亦曾傳送京華。方與勝覽：蜀中荔枝，瀘、敘爲上，涪次之，合又次之，涪以妃子得名，有妃子園。

蘇東坡當紹聖元年十月貶惠州，在廣東之南鄙，明年四月十一日有初食荔支詩：

南村諸楊北村盧，（謂楊梅盧橘。能改齋漫錄：梁蕭惠開云：南方之珍，惟荔支、楊梅、盧橘。）白華青葉冬不枯，垂黃綴紫烟雨裡，特與荔子爲先驅。海山仙人絳羅襦，（蔡君謨七月二十日食荔支詩：絳衣仙子過中元，別葉空枝去不還。）紅紗中單白玉膚，（中單，今之汗衫，襯衣。白樂天荔枝圖序：殼如紅繒，膜如紫綃，瓤肉瑩白如冰雪。）不須更待妃子笑，風骨自是傾城姝。不知天公有意無，遣此尤物生海隅。雲山得伴松檜老，（福州至海南，凡宰上木，松檜之外，雜植荔支，取其枝葉陰覆。）霜雪自困瀘梨粗。先生洗盞酌桂醑，冰盤薦此額虬珠。似聞江鰩斫玉柱，（鰩字當作珧，如蛤蜊之類。）更洗河豚烹腹腴。（公嘗云：荔支厚味高格兩絕果中無比，惟江鰩柱，河豚魚近之耳。藝苑雌黃：河豚水族之奇味，本草，吳越人春月甚珍貴之，尤重其腹腴，呼爲西施乳。）我生涉世本爲口，一官久已經蓴鱸，人間何者非夢幻，南來萬里眞良圖。

時公年已六十，垂南州，得食奇果，形之詠歎。有感於漢唐史事，又作荔支歎：

十里一置飛塵灰，五里一堠兵火催。顚阬仆谷相枕藉，知是荔支龍眼來。飛車跨山鶻橫海，風枝露葉如新採，宮中美人一破顏，驚塵濺血流千載。永元荔支來交州，天寶歲貢取之涪，至今欲食林甫肉，無人舉觴酹伯游。（唐羌字伯游）我願天公憐赤子，莫生尤物爲瘡痏，雨順風調百穀登，民不飢寒爲上瑞。君不見！武夷溪邊粟粒芽，（武夷在建州，粟粒芽茶之極品，爲天下建茶第一。）前丁後蔡相籠加。（坡翁自注：大小龍茶，始於丁晉公，而成於蔡君謨，歐陽永叔聞君謨進小龍團，驚歎曰：君謨士人也，何至作此事？）爭新買寵各出意今年鬥品充官茶。（坡注：今年閩中監司，乞進鬥茶許之。范仲淹鬥茶歌：年年春日東南來，建溪水暖冰微開，溪邊奇花冠天下，武夷仙人從古栽。又云：北苑將期獻天子，林下雄豪先鬥美。）所謂鬥茶，殆如品種競賽，優勝者充官。）吾君所乏豈此物，致養口體何陋耶？洛陽相君忠孝家，（忠孝王錢惟演，洛陽貢花，自錢惟演始。）可憐亦進姚黃花。（埤雅：牡丹之名，以姓著者，姚黃、左黃、牛黃、魏黃，姚黃出姚氏，千葉黃花。錢思公嘗言，人謂牡丹爲花王，姚黃稱王，魏紫爲後。」

陳堯佐以仁宗朝，參知政事，咸平初，知惠州，手植荔支於州堂，郡人謂之將軍樹。紹聖三年東坡在惠州，見太守東堂祠前陳公手植荔大熟，嘗啖之餘，下逮吏卒，其高不可致者，縱猿取之。作詩二首：

丞相祠堂下，將軍大樹傍。（鄭熊番禺雜編，廣中荔支凡二十二種，有大將軍，小將軍等名。）炎雲駢火實，瑞露酌天漿。爛紫垂先熟，高紅挂遠揚，分甘徧鈴下，也到黑衣郎。（黑衣郎謂猿，宣室志：張長史質凶屋以居，覩黑衣人樹上擲瓦，射殺之乃猿耳。）

羅浮山下四時春，盧橘楊梅次第新，日啖荔支三百顆，不辭長作嶺南人。

東坡在惠州，白鶴峯新居方成，頗有自安恬適之樂，三月二十九日詩云：

門外橘花猶的皪，牆頭荔子已斕斑，樹暗草深人靜處，卷簾欹枕臥看山。

公方欹枕看山，權臣聞其能安於惠，再授瓊州別駕，昌化軍安置，自是離惠渡海。惟有夢魂時歸白鶴，淪落堪悲。

蔡襄荔枝譜載荔之品種三十二，一、陳紫，因治居第，平窋坎而樹之，人不能及。二、江綠，較陳紫差大，香薄而味稍淡，樹賣與葉氏，人猶稱爲江家綠。三、方家紅，徑二寸，色味俱美，其實大，人不敢擬，歲生一二百顆，人罕得之。四、游家紫，種自陳紫，實大過之。五、小陳紫，其樹去陳紫數十步，初爲一家所種，其後別爲東西陳。六、宋公荔枝，樹高大，實小於陳紫，甘美無異，或云陳紫種出，宋氏世傳其樹，已三百歲，舊屬王氏黃巢兵過，欲斧薪之，王氏嫗抱樹號泣，求與樹偕死，賊憐之不伐，宋公名誠，年八十餘。七、藍家紅，泉州第一，藍氏兄弟，圭爲太常博士，丞爲尚書都官員外郎。八、周家紅，獨立興昌軍三十年。九、何家紅，出漳州。十、法石白。十一、綠核，出福州，頗類紅綠，色丹而小，荔皆紫核，此以綠見異。十二、圓丁香，丁香荔枝，皆旁蒂大而下銳，此種體圓與味均勝。以上以姓氏言，爲尤著者。十三、虎皮，紅色絕大，繞腹有青紋，正似虎斑，於福州東山大乘寺見之。十四、牛心，長二寸餘，皮厚肉澀，福州唯有一株每歲貢乾荔枝，皆調於民，主吏常以牛心爲準，民倍直購之以輸。十五、玳瑁紅，上有黑點，疏密如玳瑁斑，產福州城東。十六、硫黃，顏色正黃，刺微紅，實小以色名。十七、朱柳，色如柳紅而扁大，出福州。十八、蒲桃荔枝，穗生一朵至一二百朵，將熟多破裂，附枝而生，樂天所謂朵如蒲桃者。十九、蚶殼，殼深爲渠，一似屋瓦。二十、龍牙，殼紅長可三四寸，彎曲如爪牙而無瓤核，荔枝之變怪，不常見者，產於興化軍轉運司廳事。二十一、水荔枝，漿多而淡，食之去渴，荔枝宜依山，或平陸有近水田者，淸泉流溉，其味遂爾，出興化軍。二十二、蜜荔枝，純甘如蜜。二十三、丁香荔枝，核小如丁香。二十四、大丁香，厚殼紫色，瓤多而味微澀，出福州天慶觀。二十五、雙髻小荔，每朵數十，生皆並蒂雙頭，故以得名。二十六、眞珠，荔枝之最小者，剖之純瓜，圓白如珠。二十七、十八娘荔，色深紅而細長，人以少女比之，俚傳閩王氏有女弟十八，好啖此品，因以得名，其塚在城東報國院，塚旁猶有此樹。二十八、將軍荔，五代有此官種之，出福州。二十九、釵頭，顆紅而小，可插婦人簪翘之側，故特名貴。三十、粉紅，荔多深紅，此以色淺爲異，恰如傅朱粉之飾，故名。三十一、中元紅，於荔將絕時方熟，特以晚而重，以七月二十四日得食。三十二、火山，出廣東，四月熟，味甘酸而肉薄，穗生硬如枇杷，閩梧州亦產之。

總三十二品，仍以陳紫爲第一，蔡氏荔枝譜云：

興化軍風俗，園地勝處，唯種荔

枝，當其熟時，雖有他果，不復見省，尤重陳紫。富室大家，歲或不嘗，雖則品千計，不爲滿意。陳氏欲採摘，必先閉戶，隔牆入錢，度錢與之，得者自以爲幸，不敢較其值之多少也。

食荔枝者之重陳紫，於此可見一斑。

又記其所長云：

其樹晚熟，其實廣上而圓下，大可徑寸又五分，香氣清遠，色澤鮮紫，殼薄而平，瓤厚而瑩，膜如桃花紅，核如丁香母，剝之凝如水精，食之消如絳雪，其味之至，不可得而狀也。荔枝以甘爲味，雖有千樹莫有同者，過甘與淡，失味之中，唯陳紫之於色香味，自拔其類，此所以爲天下第一也。凡荔枝皮膜形色，一有類陳紫，則已爲中品，若夫厚皮尖刺，肌理黃色，附核而赤，食之有查，食過而澀，雖無酢味，自亦下等矣。

廣州種植荔枝，每畝可二十餘株，以淤泥爲墩，高二尺許，使潦水不及，覆以鋁草烈日不及，龍眼之幹，欲其皮中之水上升，以稻稈束之；欲其實多而大，以鹽壅之；生蟲則以鐵線濡藥刺之，不則樹蠹蠹。龍眼用接，荔枝用埻，埻之法，當花發時，以其枝削去青皮寸許，埻之以上，予結後，枝即生根乃落之。閩之龍眼樹三接者爲頂圓，核種十五年始實，實小不可食，則鋸木之半，以大實之幼枝接之至四五年，又鋸其半，接如前，如此三數次，實滿倍於常種。荔子原無核種者，皆用好枝，剝去外皮，以土包裹，待生白根如毛，再用土覆一過，以臘月鋸下，至春遂生根葉。木栽者皆去枝葉，獨荔樹要留宿葉承露，若葉去露槁，則無生機。

荔枝愛食者多，東坡口啖三百尚不爲誇，宋珏荔支譜序則云：

余生於閩，既幸與此果遇，且天賦啖量，能日啖一二千顆，值熟時自初盛至中晚，腹中無慮藏十餘萬，而喜別品，喜檢譜，始以泉浸，繼以漿解，磁盆筠籠，一物不具，則寧不啖。

眞可謂好事者。荔支食之，有益於人，古列仙傳有稱食其華實，爲荔仙者，本草亦列其功；葛洪云：蠲渴補髓，或以其性熱，有人啖千顆而不致疾，即少覺熱，以蜜漿解之。摘荔者置之井中，沃以寒泉，火氣既去，金液斯絕，以正陽精蕊，而配以正陰津液，水火既濟，斯爲神仙之實。

[illegible]鈴載明萬曆順德縣人吳章好神仙之術，耽音律，廢學業，生計亦疏。夏五月，吳自鄉輸糧於縣，逆旅主人以園荔初熟，簇盤供客，吳以數枚納衣囊，將歸以貽婦。薄暮步出郭外，行十餘里，涼月皎然，隱隱聞笙簫聲，往前跡之，仰見祥雲一隊，首列旌幢，中擁翠輿，從者數十人，或駕青牛，或乘白鹿，鶴氅繽紛，霞裾縹緲，手中各執樂器，所奏之樂，絕不與人間相類。吳追奔諦聽，足若離地，趨走甚疾，未幾天色向曉，吳因詢坐綵輿者爲誰，從者曰：子來已遠，得無迷於歸路乎？我泰山碧霞元君，巡遊南極，炎海天妃設凝漿果會，留讌三日，今始回宮耳，轉瞬間祥雲四散，吳從空墜地，乃山東布政司署內，適閽人啓扉，驚以爲盜，執送藩伯，坐廳事鞫，吳曰：章本順德民人，途遇仙樂，隨之而行，不知何以至此？藩伯詫其妖妄，搜檢衣囊，一無所有，唯鮮荔數枚尚存，剖食甘芳如摘於樹者，始信其言，遂檄還粵東，吳自是頗厭烹飪之物，舉體輕逸，壽至九十八歲。眞一段天方夜談，爲食荔佳話。

請介紹，

請訂閱，

請批評，

請指教。

「保定防守戰」與「滿城爭奪戰」

△劉本厚▽

前言

當民國三十四年九月間，日本無條件投降後，共軍即乘機擴張實力，尤在華北地區，更爲積極。先以公開要求參於接收日軍，見目的不達，則又企圖乘中央華北接收軍隊未到達平津前，擬以武力控制華北，以壯大其力量，冀達其全面叛亂之目的。

三十五年冬，國內政治狀況，正在協商會議，由中央及美方和共方派出三人小組，監督停戰活動。我戰區部隊遵奉中央停戰命令，均在原地取防守狀態，以免共軍有所藉口，保定防區，自不例外。但此，正如共軍所願，却利用停戰機會，擴大其佔領區，由點而線，由線而面，侵佔不已。所以，保定防守區，範圍日漸縮小，城外四周一、二十里之外，全被共軍控制。平漢線公鐵路交通，全被破壞而拆斷，保定城防陷於四面包圍，孤軍作戰之態勢。

三十六年春，保定防守戰，至爲不利，不但完全陷於被動，而四圍共軍日夜輪流擾亂，以致守軍消耗亟重，補給尤感困難。因爲平漢線交通破壞，連絡已被斷絕。保定防守軍爲爭取主動，立於作戰有利態勢起見，以城圈爲基地，擬定向外擴張之計劃。因此，發動了滿城爭奪戰。僅將其作戰經過及經歷教訓，概述之，以供參考。

第一、保定滿城地區兵要地理

保定爲河北省會，首善之區，亦爲河北省政治文化之中心。地扼平漢線要衝。爲自古用兵必爭之地，與平津互爲掎角之勢，控制了華北。抗戰時期，日軍佔領平津保後分兩路，沿平漢、津浦南下，很快的進展到黃河北岸，其重要可知。

保定城垣磚製堅固，高達五丈，攀登不易，沿城外四周，築有半永久野戰工事，外濠深寬均在三公尺以上，易守不易攻，因城外周圍都是平原，無險可守，西關車站房屋櫛比，連接城垣，敵人進攻容易迫近城池，爲最薄弱之點。距城西北四十餘里爲滿城。滿城背山面臨平原，瞰制保定城垣，保定防守軍易受威脅，故守保定必須守滿城，此地理上所使然。

第二，共情判斷

一、共軍戰畧戰術的轉變

共軍以游擊起家，盡人皆知，但其戰畧戰術的運用，有其時代性的差別。抗戰勝利後華北剿共時期，共軍在戰畧上，仍爲持久消耗戰，避免「攻堅」「固守」。其在戰術上乃是求量的擴充，以大吃小的攻勢作戰，不失時機的實行機動殲滅戰法；其在佔領區域，逐步擴大領區，不失時機的實行機動運動戰。其戰例如：三十六年石家莊羅歷戎第三軍被殲，滄縣張華堂部之撤守，三十七年平綏路新保安車站傅作義部三個軍被殲滅，都是共軍機動的運動戰中實行的殲滅戰。其他戰區也有這種戰例如：三十六年山東境內李仙洲兵團及張靈甫軍的被殲。在東北有廖耀湘及鄭洞國部之失利，都可證明共軍戰畧戰術的轉變。利用在東北俄軍大量供給的武器裝備，壯大的武力，嘗試攻勢作戰的運動戰。

二、共軍企圖

保定正當華北之衝，且為戰畧要地，為控制華北區必爭之地。因此，共軍謀取保定之企圖，在當時情況判斷，較平津有過之而無不及。

三、共軍謀取保定的計劃

保定的兵要地理，利守不利於攻，前已述之。共軍攻取保定的計劃，在戰畧上為持久消耗戰，其戰畧上採取行動的步驟如左：

（一）面的佈毒：共軍採用了孫子所謂「伐謀」、「伐交」而不用「攻城」的戰法謀取保定。第一步則於保定周圍廣大地區，利用威脅、恐嚇手段，強迫人民倚附參軍。在各鄉鎮村組織民兵，使國軍不能出城一步，到處都是敵人毒素。

（二）點的攫取：孤立國軍駐守之點，以大吃小的戰法，不失機會而攻佔之。例如：保定的支援點石家莊、正定、涿州，等據點相繼被共軍佔有。至保定的外圍據點如望都、滿城、徐水、定興，也都先後為共攻佔。

（三）孤立保定：除將保定外圍據點攻佔外，並截斷平漢線公鐵路交通，以斷絕保定部隊的補給線。並不斷擾亂圍攻保定以疲困守軍，迫使保定防衛圈逐漸縮小。

（四）不攻自退：以上共軍謀取保定的計劃，一一均如其願，所以使我將近三年的保定孤軍防守，終於三十七年冬自行撤出，所有守軍奉命自保定撤守到北平廣安門。北平不久也繼之開城降，引狼入室，華北命運也隨之壽終正寢。大好河山，拱手送敵，其狀況之慘，史無前例。

四、共軍滿城兵力

（一）共軍參於滿城戰鬥的直接兵力，為聶榮臻部之一個縱隊，約四千人。主力盤據滿城附近，一部經常向保定我軍攻擾，並以有力一部時常破壞平漢路線的交通，及偷襲國軍。

（二）共軍利用的間接兵力——民兵——。大多民衆雖然頃向國軍，但因共軍的恐嚇殘暴，迫使民衆為其所用，並利用莠民或失意者，製造不利政府的謠言及事件，以瓦解我方的軍心民意，以壯其聲勢，同時清算鬥爭農民，使貧農與地主間仇恨，以達其動員農民參軍之目的，凡共軍所佔據的村落，都編有其所謂「民兵」供其驅使。

第三、我軍狀況

保定困守局面，至三十六年春間，狀況為之一變，因此時共軍擴展的武力，已有相當大的力量，除林彪部隊獲東北大量裝備外，而華北地區僅有幾處大都市為國軍防守，所有大部鄉鎮面的區域，可說都為共軍控制。因此，共軍為貫徹全面叛亂奪取政權之目的，破壞協商議案，撤回其駐京代表團，不遵三人小組停戰協議，到處攻擊國軍防區。狀況至此，國軍才恢復了剿共行動。所以保定防守指揮官為了爭取主動，決定向四圍開展，以解除困守的不利態勢。滿城距西北不及一日行程，居高臨下威脅保定最大，為保定外圍要點。自日本投降後，即為共軍所侵據。作為覬覦保定及破壞平漢交通的根據地。

一、我軍兵力

（一）保定綏署指揮系統表

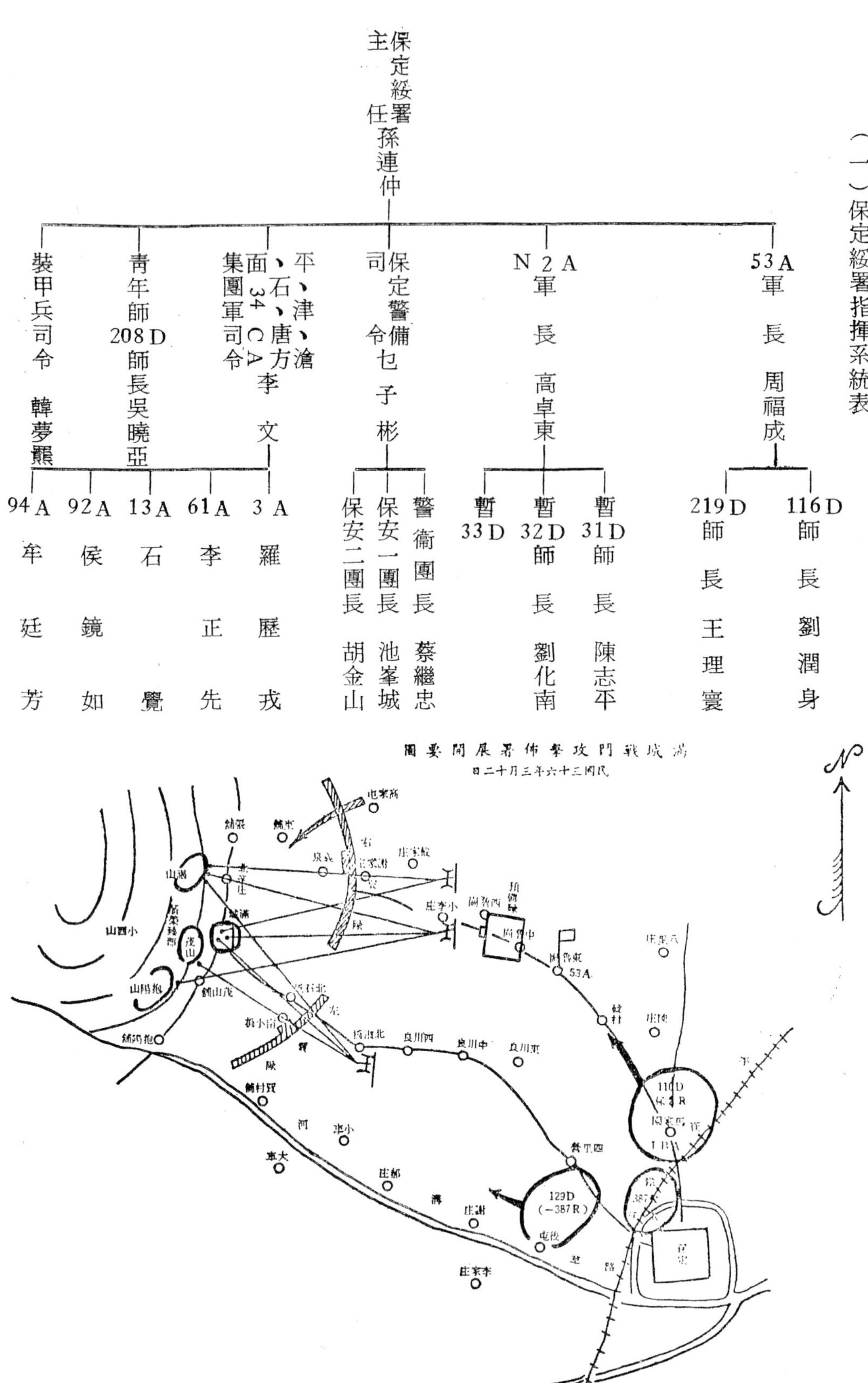

- 保定綏署主任孫連仲
  - 53A軍長周福成
    - 116D師長劉潤身
    - 219D師長王理寰
  - N2A軍長高卓東
    - 暫31D師長陳志平
    - 暫32D師長劉化南
    - 暫33D
  - 保定警備司令乜子彬
    - 警衛團長蔡繼忠
    - 保安一團長池峯城
    - 保安二團長胡金山
  - 平、津、石、唐、滄方面34CA集團軍司令李文
  - 青年師208D師長吳曉亞
  - 裝甲兵司令韓夢麒
    - 3A羅歷戎
    - 61A李正先
    - 13A石覺
    - 92A侯鏡如
    - 94A牟廷芳

（二）保定防守部隊序列

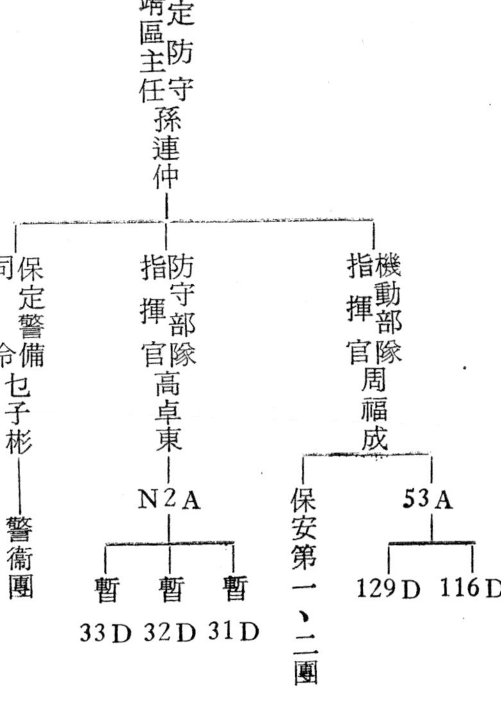

註：各部隊任務如左：

1. 機動部隊：担任保定外圍之攻擊，掃蕩任務，駐保定。
2. 防守部隊：担任防守保定、徐水、定興，一部防守通縣。
3. 警備部隊：担任保定城周內外警備事宜。

（三）攻擊滿城戰鬥序列

攻擊滿城作戰指揮官陸軍中將周福成。

陸軍第五十三軍軍長周福成

陸軍第一一六師師長劉潤身（轄346R、347R、348R）。

陸軍第一二九師師長王理寰（轄385R、386R、387R）。

保安第一團團長池峯城。

保安第二團團長胡金山。

二、攻擊滿城之計劃

（一）方針：保定防守軍為解除滿城敵人之威脅，並恢復保定補給線之目的，以機動部隊，攻擊滿城而佔領之。

（二）指揮要領：

（1）攻擊部隊以主力從右方攻擊敵背後，殲滅共軍於城內。

（2）另以有力一部向滿城西山之敵攻擊，並派部隊向滿城西門攻擊，協助友軍殲滅敵人。

（3）軍砲兵主力指向右翼城區敵軍，一部支援左翼隊。

（4）預備隊在右方推進。

（5）後方連絡線保持在右方。

（6）開始攻擊時間，預定為三月十二日晨四時。左翼隊應早半小時開始攻擊，以吸引敵人於該方面，使右翼隊進展容易。

（7）攻擊如不理想時，各隊分別由左右方逐步撤回保定基地，但須候命行之。

第四、攻擊佈署

一、以一一六師配保安第二團，山砲兵一連，為右翼隊，在保定城北馬家園一帶集結，經韓村——東西魯崗——謝家庄之線，由北面攻擊滿城而佔領之，重點應保持於右方。

二、一二九師（欠387R）為左翼隊，在四里營，後屯一帶集結，經後屯——謝庄——郝庄——賈村舖之線，殲滅抱陽山、茂山，一帶之敵，以有力一部向滿城西門攻擊，協助友軍殲滅城內之敵。

三、兩翼隊之戰鬥地境為四里營——西川良——北石橋之線，線上屬左翼隊。

四、開始攻擊時間為三月十二日晨四時，左翼隊應早半小時開始攻擊，吸引敵人於該方面，使右翼隊進展容易。

五、預備隊爲一二九師之738團及保安第一團，位置於右後方。歸三八七團團長指揮。

六、砲兵隊爲山砲營（欠一連），在中央後選擇陣地，主力支援左翼隊。

七、指揮官位置在東魯崗位置。

第五、戰鬥經過

一、各部隊在極秘密的行動中，於拂曉前展開於高家屯、謝家庄、北石橋、賈村舖西端之線，按時於拂曉開始攻擊前進。

二、左翼隊先行動作，向抱陽山茂山之敵攻擊，攻擊前左翼隊砲兵向茂山射擊，破壞共軍掩體工事多處。抱陽山茂山之敵，並無大抵抗，即向北撤去，我一二九師部隊於早六時許，即將茂山佔領，並派出一營向滿城西門猛攻不下，至上午八時許仍在對峙中。

三、右翼隊在拂曉攻擊前進，頗爲順利，至上午六時許，迫近北辛庄之線，向滿城北門及東門包圍攻擊時，遭到謁山方面之敵，猛烈襲擊，傷亡甚夥，因此我軍攻擊遲滯而停頓。此時軍砲兵集中全部火力，猛烈射擊制壓謁山之敵，戰鬥稍爲緩和。

四、滿城城牆早已被共軍拆除，城周圍僅有簡單工事掩體，但共軍雖被猛烈攻擊，仍甚頑強抵抗。雙方對峙狀態至下午三時許，我軍再發起攻勢，右翼隊派有力一部阻止謁山之敵，兩翼隊全力協同圍攻滿城，城中敵人仍然頑抗，對戰至黃昏時，仍在激烈戰鬥中。

天黑後零星戰鬥自夜半至翌（十三）日拂曉，我軍砲火再向城內猛射，一小時後，城內敵人槍聲稀少，漸漸沉寂，謁山方面仍在激烈戰鬥中。

五、拂曉後，我軍由北門突入城內，搜索敵人，無一踪跡，大出意外，除見有少數老小婦女外，亦不見有一壯年男子。天明後詳爲蒐查，在北門及西門內附近集團家屋中，各有地洞口兩處，一處已被砲火破壞，查此洞口，地通向城外謁山附近，據附近僅有的老太婆云：「在夜半後有不少軍人和抬來的受傷的人」。至此才察知共軍已由此地道逃出城外。上午八時後謁山之敵，亦向西北山地竄去。至此被共軍佔據多年的滿城，才被國軍收復了。全軍聞之，士氣爲之大振。

六、戰果：我軍傷亡士兵百餘人，餘無損失。

拂獲：

（一）人民票限華北用者三萬一千餘元。

（二）共軍服裝新舊二千餘件。

（三）徵集小米五百餘大包。

（四）文件壁報宣傳品等多件。

（五）共軍傷亡約二百餘人。

第六、檢討得失

一、共方戰畧戰術

（一）共軍和平戰畧：軍政配合，利用政協停戰機會，擴展武力，以達成其戰爭目的。

（二）恐怖政策：利用威脅、迫害，食糧配給，控制人民行動，以鞏固其軍政權力。

（三）剝奪民力：利用鬥爭、恐嚇手段，驅使人民參軍，搜刮民財，以利軍事。

二、蒼蠅戰術

（一）利用長久擾亂，以疲國軍，達其持久消耗之目的。

（二）破壞交通，拆斷補給線，打擊國軍命脈。

（三）爭取有利時機，以大吃小，殲滅國軍據點。

三、圍點擴面戰法

（一）避免與優勢國軍正面戰，偷襲國軍弱點。

（二）拆斷國軍四周交通，擴展鄉村面的控制，孤立守軍。以上各點都是保定守軍實際所經歷，而且是身受其害的事實，這種經驗至堪寶貴，雖然時過境遷，不無參考之價值。

四、我方得失

（一）爭取主動：只有消極的防守，而無積極的攻勢；只有守點而不能控面，結果成爲孤立困守局面。此次爭奪滿城，即是爭取主動，擴大防守面的例證。

（二）保持連絡線的重要：後方補給線，爲軍中命脈，尤在持久戰的局面爲然。保定、石家庄守軍之補給，均以數百里的北平爲基地，北平設有兵站分監部，而交通補給係利用公鐵路爲主，只有沿線幾個據點的防守，實在不能維持連絡線的暢通。所以石家莊的失守，保定自動的撤退，都爲其原因之一。

（三）組訓民衆，利用民力，華北民心大部頃向我軍，實際上多爲共軍利用。余統師駐北平沙河一帶時，曾試驗組訓民衆、編組、訓練，分別協助軍隊，担任警戒、監視、消防、救護等工作，防止共軍侵入，收效至宏。曾蒙華北當局，注視擴展，惜時間未久，華北局勢已非。

第七、結評

保定防守戰中的滿城爭奪戰，雖然是一個默默無聞的小戰鬥，但是經歷的事實，給我們的教訓和啓示，實在不少。可說牽動了整個華北的局面。

保定防守戰失敗原因固多，主要者作戰精神先行喪失，殊堪警惕。我軍先驕而後卑。初挾抗戰勝利之勢，對烏合之衆的共軍，實在未看到眼裏，當時共軍力量，不論武器裝備各方面論，均不能與國軍相比，但我方在華北剿共狀況中，却未能徹底把共軍擊滅，始終讓共軍自由自在的發展。

更須警覺的是我們各機關部隊裏，未注意防諜保密，到處有共軍僞裝人員間諜，打入我們機關部隊，這都是驕傲大意不警惕的結果。等到共軍坐大，而我們的防區一天一天的縮小時，心裏上由驕一變而自卑畏懼心理了。因此心理的作祟，致使保定撤守，天津失陷，而北平則開城投共，牽動了全國的勦共作戰，其影響之大，損失之巨，曷可言喻。

河北吳橋 跑馬戲

·潤民·

河北吳橋，舊屬河間府，所謂「耍猴」、「玩狗熊」、「跑馬戲」的闖蕩江湖人，多爲吳橋老鄉，猶其是「跑馬戲」組織，在北中國一帶，可說婦孺皆知。他們聯合數村出動，趕着大車騎着駿馬，常僕僕風塵的趕各地廟會，且時常出現於大的城市中。每到一處，搭好場子，就先支起一個六七丈高的「刀山架」來，明晃晃雪亮的幾十口大刀，都讓它鋒利刀刃向上，綁成一條軟繩雲梯；登此刀梯者，多是戲團中「棒小夥子」，赤膊光足，腰紮板帶飛上刀山猴兒似的直攀梯頂，隨看在最高橫竿上拿起大鼎，倏然又來個「千斤墮兒」。千百觀衆都嚇得張口結舌緊閉雙目：「掉下來可是一具血淋淋的屍體？」等到鑼鼓一敲：「五湖四海皆朋友，浪蕩江湖度春秋」。再看那人的腦後小辮子，已經繫橫另一端，平空懸掛，正在那兒來回搖幌呢。

等到那人翻下刀梯，領班的老漢，又敲鑼喊起來：「姑奶奶礁妳的」。看吧，有個婦人出來了，抛下懷中喂奶的嬰女，她整整髮髻，包塊頭巾，緊緊腰身綵帶，猛的跳上高方桌，仰身躺下翹起一雙纖纖小弓鞋，跟着幾個大漢舉起一口大缸來，置放在她雙蓮足上，祇見她將百數十斤重的大缸，蹬的團團飛轉。這還不算，缸中尙能鑽進兩女童，另有一女子倒立缸上隨之旋轉不已。

直到歡聲雷動叫好不絕時；老班主始抱拳來個「籮圈兒揖」：「多謝貴鄉親友及在場的三老四少捧場賞臉」。於是成把的銅錢嘩喇喇洒滿場子了。古有「馬戲鬬虎」記載。北史亦有「沈先生善馬戲，爲天下最」之說。但，敝鄉吳橋的馬戲，確都是實在的輭、硬功夫。

何應欽會見岡村寧次

—十七年前的舊事—

一、很要好的冤家對頭

岡村：久違久違，你好麼？

何　：托福托福。我初次見到岡村先生，好像是一九三三年，在北平談判塘沽協定的時候。

岡村：是的。在士官學校我比你高好幾班，所以沒見過你，在九一八事變時代，我們才首次見面，當時我是關東軍副參謀長，你是中國軍總司令官，不過互相並沒有敵對的感覺，那時候我時常到北平去見你，而到現在仍然未能忘懷當時你所講的一句話：「日本應該就此罷手了，如果仍繼續向中國本土揮兵侵略，則必使中國共產黨日益坐大，結果，也必使日本吃個大苦頭。」經過二十年後的今天，我們在東京聚首，回憶起來，不幸得很，當年你所講的這句話，到今天變成事實了。

何　：是的麼！當時我一直憂慮日本的一般軍人想要侵略我國，可是碰到岡村大將……

岡村：當時還是少將。

何　：碰到少將，一談起來，才認識你是一位值得敬佩的人，你認爲中日兩國非携手友好不可。例如當時日方提出的塘沽停戰協定方案，曾有一項「日本軍概撤退至長城之線」云云。我當時恐怕這個「概」字可能產生各種不同的解釋而發生新衝突，認爲應該取消這個「概」字，那時你也具有同樣看法，認爲應當取消。

岡村：我是全權代表，那提案是由關東軍草擬的，所以原案有這個「概」字，不過，我爲兩國將來着想才毅然擅自將這個字取消了。

何　：當時你的參謀喜多大佐等都很表反對吧！

岡村：大家都反對。

何　：總而言之，中國和日本是同文同種，從歷史上地理上或從文化方面來說，都必須携手合作。關於這一點，先生和我們很像是同志，這是我得到的第一個印象。

岡村：其後我們再度見面，是在南京。是在一九三五年十一月我代職參謀本部第二部長的時候，空氣緊張，適値排日運動最激烈之時，我在南京當然無法訪問中國官廳，只好到領事館找現任國會議員的須磨彌吉郎君。可是，你來了電話，要我到你公館去吃晚飯，並約定不作任何有關政治的談話。這使我高興極了。那時候我記得你是參謀總長。

何　：不，是軍政部長。

二、勇將談兵

岡村：其後我經任仙台師團的師長後，就又轉到第一線去了……

何　：就是說我們又變成冤家對頭了？

岡村：是呀！不過，這種冤家對頭其妙無比。你也許知道，我以前在北平認識了張自忠將軍，而在進攻漢口之後，不幸得很，我們在漢水東岸之戰兩相對峙下來。

何：那時我在重慶。

岡村：那個時候張自忠給我一封信，寫着他想看日本的「文藝春秋」。我立即答應他，並互約送到衞兵站崗線。我親自將「文藝春秋」送到中國方面第一線，張先生亦每月帶衞兵來取，我們就這樣按月向漢口送「文藝春秋」。爾後，戰事爆發，張先生勇往直前，揮兵渡河，進入我方陣地，惟遇我方因戰畧關係向前進擊，他竟衝至我軍後面戰死。他之死令我感慨無量，因我本身也隨時有陣亡的危險。

何：是的，有過這件事。

岡村：你在重慶的時候，常常受到很厲害的轟炸吧？

何：時常有轟炸，就是日本的疲勞轟炸較爲討厭，你們叫做什麼？

岡村：日本叫做神經轟炸。

何：一連轟炸一整天，叫人無法工作。

岡村：都是我的部屬幹的。

何：多謝多謝！（笑）

岡村：可是那裡的氣候很壞，眞使飛機師吃不消。

何：冬天一直看不到太陽，有「蜀犬吠日」之說。

岡村：府上受過炸麽？

何：我住的地方炸中了兩三次。

岡村：不是有防空洞麽？

何：但若中了一千磅重的炸彈，就是避在防空洞，人也會愰動的。這種情形前後有過三次。

岡村：眞抱歉，如果你先在公舘屋頂上作一個記號，我可以叫他們不來炸呢！（笑）

何：不！我還很勇敢，轟炸嚇不倒我。有一次在中緬邊界，我曾親赴前線與日軍作戰呢。

岡村：日方緬甸派遣軍大概是河邊正三先生。

何：在戰事結束前半年，那個時候恰好是元旦。我到了我們已經攻佔的日軍陣地（畹町），當我們揭掛中國國旗的時候，日軍向我站立地方和國旗附近，打來一百多顆炮彈，在炮烟彈雨之下，曾傷害九人，後來一查，在我附近竟有彈坑二十一個，可以說是九死一生。

岡村：喔！有過這樁事呀！

何：還有一次我從死裡逃生，就是在芷江作戰的時候。

岡村：那是我任總司令官後指揮的初次戰鬥。

何：這一次也是第一線。當日軍撤退後，我爲研究日軍如何構築陣地，曾親往第一線視察。因爲在這一次，日軍一連，我軍一團，而日軍只死了十幾個人，我方却失掉了二百人。在我看完陣地返回的時候，一條河裡面的水猛然漲起，一座軍橋因而搖搖欲墜。當我走到前一節，後一節即被冲去，如此走過五節，冲去五節，將要走過最後兩節橋而可抵達對岸的時候，那兩節橋全被冲走了，我已沖在河中，眞令人吃驚。後來幸而河邊水淺，從漂流的橋上斜行而得上岸，但危險極了！

岡村：如果是走在橋中間被冲去……

何：恐怕死了吧？

三、不帶刀的將軍

岡村：日皇的停戰勅語你收聽了沒有？

何：有，是在南寧聽到的。我們總司令部每日二十四小時都在收聽貴國廣播。

岡村：距離太遠，聽不清楚吧？

何：聽得很清楚的，我馬上於十六日回到重慶， 蔣總統剛好在公舘。商談之後，我即赴湖南省芷江，準備接收，當時日方曾派來今井武夫少將商量如何接收。

岡村：是的。那時，我任中國派遣軍總司

令官，何應欽先生是陸軍總司令。我雖處於投降之將，但由於對方是何應欽先生，無形之中使我減少了很多憂慮。九九九聽說在你們看來是個吉辰，因此，我們曾奉令於九月九日上午九時到南京黃埔軍官學校簽字。當簽字前的九月七日，你的參謀到我宿舍來，秘密地告訴我，在舉行投降典禮的時候，可以帶刀來，惟必須在禮堂內將那一把刀呈繳何應欽先生，否則就不帶刀，不帶也可以，問我選擇……。

何：你沒帶刀來。

岡村：是的。其次，使我不能忘懷的，也是你的寬容敦厚，本來預先排定我們進場的時候應向全體敬禮，何先生等不必還禮。可是，最後我在投降文件上蓋章而由小林總參謀長呈獻您的時候，你却站起來給他回禮。後來，外國顧問團有沒有抗議？

何：是的，他們畧有說道。

岡村：我看到這種情形，大受感動。西洋的道德觀念和我們究竟有些不同，何應欽先生的人品風度實在使我佩服。

何：那裡，彼此彼此。

四、未受俘虜待遇的中國派遣軍

岡村：還有一件事，應該向你深深感謝：就是我們打了「敗仗」，却沒有一個人變成「俘虜」，這是你的鼎助所賜。照國際上的慣例，戰敗的軍隊被繳械，分別拘集軍官與士兵，並分開受戰俘待遇。一般情形都是如此，蘇俄、中共均是，但是我們却不同。我們所受的稱呼，不是俘虜而是「徒手官兵」，就是說，沒有武裝的軍人。在簽字投降次日，九月十日清晨你召我去，當我去見你的時候，你一開口就說：「日本已經沒有軍隊了，現在我們兩國可以不受到任何限碍而眞正的携手合作。」你鼓厲我：「我們一同努力做吧。」那時你並曾把中國政府的派令遞交給我，把日本全軍及僑民的遣回事務委任我來辦理，那張派令是怎麽寫的？

何：中國戰區日本官兵善後連絡部長官。

岡村：是的，是的。是採用這樣軍隊式的派令承認的指揮權，這樣，數達二百幾十萬人，因此才獲得順利地遣回。

何：那個派令，曾使你正正堂堂地發佈命令。

岡村：我想這樣破例的辦法，一定是何應欽先生提案的。我後來聽說：當時有美軍顧問團在中國，問題並不簡單，但你却考慮到日本國民性，認爲讓他們自己維持秩序，保有組織，較爲妥當，由於你有這種意見才決定這種辦法了。其次，中國曾准許我們各人可以帶回行李三十公斤，這一點在日本雖然很少提起，但實際上到過中國戰線的人都非常感謝你們。

何：那裡那裡。日本受轟炸的情形，我們很明白，並且我看過了由飛機上攝下來的照片，所以當時我想：如果日本軍民不帶他們的行李回去，他們回到日本可能什麽東西都沒有。數達二百萬的僑民及官兵回到日本，如果身無一物，他們一定很窘很苦，且要埋怨我們。一如岡村先生所說的：中國與日本的戰爭到這裡已告結束，今後是兄弟之邦，所以應該盡量促成和睦的關係……。

岡村：戰後日人曾由南洋、中國、朝鮮等許多地方回到日本，一時大有人滿之患。但從中國派遣軍方面回國的所持行李太多，阻碍日本鐵路運輸，駐日盟軍曾指示陸軍大臣發佈減少行李的命令，我也接到同樣命令，可是，我故作不知，未加理睬……。

何：我們爲遣返貴國人民，曾調配船舶三十萬噸，這佔當時中國船運力的百分之八十。

岡村：中國也曾給我們增配火車。因而，自一九四五年十一月起至一九四六年七月止，在短短十個月期內二百萬人終獲全部遣返完畢，然而看到四、五年前中共遣僑回國的情形，令我不勝其憤慨。中共在酷使日人後，感覺不需要時，便任意遣回。如果以他們遣僑的速度來計算，我們自中國大陸回來，必須要四十二、三年的時間。

何：若按這種蘇俄式的速度來說，是需要四十多年。

五、美國政策的失敗

岡村：你們當時因把整個運輸力量集中到揚子江沿岸，致未能接濟東北的軍隊，從而影響到國軍敗於共產黨，實使我們感覺抱歉！

何：不，事情已經過去了。

岡村：關於這一點，根據我聽到的；美國顧問團也不好，我相信是美國貽誤了遠東的局面。她妄圖國軍開往東北，但擁有美式裝備的精銳部隊，多為南方人，中國自黃河以北沒有水田，北方人吃稀飯，吃饅頭，而南方多是水田，南北情形完全不同，必須吃米的精銳部隊開往東北；而為遣返日僑，大米不能運往接濟，結果在內戰上招致了不利的條件。也可以說，為了儘速遣返二百多萬的日僑，結果受到很大的犧牲。

何：戰爭結束的時候，史太林曾揚言以此報復了日俄戰爭的宿仇。但是當時　蔣總統却聲明「以德報怨」。

岡村：後來，美國本身也有所覺悟，他們究竟是言論自由，所以國務院也曾承認其失敗。據我看，美國常常缺少透視將來的眼光，他們締結雅爾達協定犯了一次錯誤，而在中國東北問題上重演了第二次失敗。

何：我不想多提美國問題……，當時雖也有些人反對那些作法，可是比較更重要的，照我的信念來說，認為日本是我們兄弟之邦，而我們共同的敵人是蘇俄，我們反共人士，為遏止未來的蘇俄侵略，日本與中國非提攜不可。

岡村：我最佩服是你總不懊喪訴苦，你也許更謙虛的說你們本身有致敗的原因。當時美國報刊等對於何應欽先生和接收上海的湯恩伯先生，頗有酷評，說你們過於「袒護日本」。

何：不，日本軍隊的復員，還是由於岡村先生的決心堅強，在戰後混亂時未得日本陸軍部任何命令及日本復員局的援助，卒以自己力量完成了二百萬軍隊的復員，這是世界上史無前例的。

岡村：我所以能擺脫戰犯，亦多虧了你派來的律師幫助。這雖然是件私事，我是應該向你致謝的。現在我又想起來一件事，就是你認為我過去打仗的對手是中國，所以你叫我批判中國軍隊。我答應，如果對外不發表，我可以做，因為內容一經發表，我必被殺害。於是我以鏖戰了八年的中國軍為對象，以其缺點為主，寫了一篇「從敵陣看到的中國軍」。

何：那一篇文章到現在我都沒給外人看。

岡村：我裡面曾提及過去和日軍打過仗的中國軍隊最強、俄、英、美次之。

何：是的，你也提及最強的中國兵負於日軍，係由於各高級將領之研究不夠。

六、不會戀愛的留學生

岡村：何應欽先生，你年青時代為學軍事來日本，大概未嘗談過戀愛。你從宇都宮聯隊士官學校畢業回國後，就一直青雲直上，在日本是不是曾經有個不能忘懷的女人呢？（笑）

何：不，不。我在大正初年前後雖然留日四年，但從沒有一個女人……。

岡村：星期天到些什麽地方消遣呢？

何：到各處做些體育運動，或是看戲。

在我們留學的時候，學校方面管得很嚴，若與女人講戀愛，被別人家報到學校，那就不得了。我既決心到日本深造，如因女人失足，就糟糕了。（笑）

岡村：到外國留住，如能找到了一個女友，那個人對那一個國家的語言，就會很快地進步，可是何應欽先生沒有女友，你的日語却能講得這麼好。

何：那裡，已經不行了。不過，以後我會常常到貴國來，自然日語也會漸漸講得好些。過去若沒有戰爭，我相信我能講得更好些。我是中日文化經濟協會會長，此次來貴國，承日本各方面朋友招待，使我得以旅行日本全國，參觀名勝古蹟，或是工廠等等……。

岡村：去了京都沒有？

何：去了奈良。參觀過正倉院……。

岡村：正倉院很好。這地方平常是看不到的。

何：我運氣好。

岡村：你看是不是在貴國文化裡面已滅跡的東西，却能在日本正倉院看到？

何：是的。

岡村：例如五絃的琵琶，這在中國是已經沒有的了。還有，在日本人裡面有一個姓綾纐」在的鹿兒島，而在正倉院裡有這種「綾纐」，聽說是比更紗還早一代的更紗。這一點我對何先生和你們中國人倒是有些自負之感。如前所述，東洋文化現有存於奈良正倉院者，故今後文化交流是很重要的。

何：我們平常向軍隊或是一般少年學生講話，常把日本當做一個榜樣。日本國民一般地說來都很勤勉，並且競爭意識很強。例如造船；雖然經過那麼大的戰爭，現在已經復舊了。可是，日本人也眞會學外國的壞處呢！

岡村：對的。現在的日本本是一個貧窮的國家，但是不管好的壞的，竟一味去模仿蘇俄或美國！

何：從另一方面來說，也許可以說是由戰爭招了來的。

岡村：今天我們見面，實在太好了，我把這十年間一直藏在心裡的鬱情都表洩出來了。關於日軍從中國遣返的實況，關於由於中國方面的善意協助始得順利完成遣送的經過……，這些事是應該使全日本人明白了解的。今天偶然能夠藉此機會公開發表，使我了却一樁心事，心裡感覺十分舒暢！

編者按：此篇會談記發表於一九五六年四月份文藝春秋，屈指已十七年，而今岡村寧次墓木已拱，何應欽將軍尙健在。文中透露兩項重大史實：第一日本人由中國遣走時每人准帶三十公斤行李，此爲任何勝利國家所無。此事日本人屢次談及，中國主事者亦不諱言，且有德色，國人則很少注意。不知日本人帶走之三十公斤行李，絕非破棉花、爛衣服，而是最珍貴之物，包括金銀珠寶，名貴物品，這些物品並非日本帶來，全數掠自中國，竟然准其自動携走，遣俘人數二百萬，每人以三十公斤計，總數亦達六千萬公斤，是何等巨大的數字。世人皆知日本復興由於美國大力扶植，由於韓戰之爆發，從無人想起這六千萬公斤名貴物資才是日本復興的基礎，何將軍祇顧慮到日本遣回軍民如果身無一物，一定很窘很苦，但却未想到中國八年戰後，遍地災黎，更窘更苦。第二，爲了儘早遣送日本人回國，調集了百分之八十的船舶，遲延了東北接收，這筆賬又怎麼算法。

八年抗戰是全國五億同胞合力抗的，死難軍民二千萬人鮮血未乾，當政者怎麼可以以私人好惡而輕易縱敵。如果這樣作是對的，則張自忠、郝夢齡、謝晉元等人之死所爲何來。歷史決不會饒恕負國的人，後世史家對此一定有公平的評價。

張莘夫烈士傳

·栗直·

張莘夫，名春恩，字莘夫，以字行，吉林省，永吉縣六臺人，生於民前十三年農曆十二月二十四日，滿州籍，鑲黃旗，祖叙五公，諱倫，甲午之役有軍功，邑稱長者。（寄籍河北宛平）父雅南公，字靜軒，儒彥擅時望，民初膺選國會議員，創立吉林女子師範學校。母王太夫人，兄弟三人，長兄名奉恩，字聖波，莘夫居次，天資聰睿，豐儀偉岸，談議莊侃，襟懷卓邁，力學思審，所造獨深。弟名景恩，姊妹各一人，妻李鄭蘅女士，北平女師大畢業，德惠縣人，與莘夫同庚，今立法委員，莘夫遇害時，家居重慶南温泉，成全村，下雅灣六號，半山坡上。長子立豫，十四歲，現旅美電子博士，次子立綱十二歲，現旅美固體化學博士，三子立程五歲，現於成大畢業，長女藹蕾十八歲，現留美碩士，次女藹瑩八歲，現留美讀博士。

莘夫初讀青華小學，繼升青華中學，嗣合併省立第一中學，民國五年畢業，考入北京大學文學系，幼承庭訓，課以經史子集，文學根基，其來有自。民國九年膺吉林省官費留美，入芝加哥大學，改習經濟，於民國十一年入密契根鑛務大學，專攻鑛冶工程學，民國十四年畢業，在美各大礦廠及鍊冶廠實習二年。曾得商學士、鑛冶碩士及鑛冶工程師學位。民國十六年返國。初任吉林省穆稜煤礦工程師，兼工程股股長。穆稜煤礦，係吉林省政府，與白俄商人，官商所合辦。孫越崎任礦務股長，聘莘夫任煤師，主持第二大井，原來出煤量，不如第一大井，俄人工程師，咸感束手無策，經張氏設計改良，結果產量，反較第一大井爲多。並擬吉林礦產開發計劃，遍歷各地礦區，對於東北礦產情況至爲熟悉。民國十七年，任總工程師，兼技術室主任，復兼吉林省實業廳技正。

九一八後，化名蕭舜圃，偕眷潛行入關，聯絡東北人士，組織東北協會，從事救亡工作，旋任天津北洋大學工學院教授。先是供職吉林省實業廳技正時，奉派調查中日合辦延吉銅鑛產權，復命力主駁斥日方要求。因此日方大爲不滿，故於事變之際，乃列爲逮捕人員之一。

民國二十二年，應河南焦作湯子珍約，協助主持中原煤礦，任工務處課長。同年翁文灝詠霓奉命整理中福煤礦，張氏乃與湯子珍各主一礦，分工合作，產量大增。繼任道口河運處長，尋調李河煤礦礦長。七七事變既起，中福及河南各礦，奉命拆運機器，遷徙後方，時局意外緊張，七晝夜間，眼未交睫，當最後一批裝運機器火車，甫過黃河鐵橋，該橋即被軍工炸毀，竟將張氏截留淪陷區中，二次出生入死，微服徒步，取道孟津，乃乘牛筏，夜渡黃河，輾轉抵漢。時中央政府已遷漢口，需煤甚殷，資委會在湘搶採烟煤，即用其所運器材，闢湘潭潭家山煤礦，所餘器械運至四川分存各地，旋與北碚天府等礦及各機關合作，分別用於天府、嘉陽、威遠、石燕（後移全濟）四大煤礦。天府首先成功，產量最大，張氏首任礦長。二十八年，轉任昆明復興建築公司經理，適經濟部長翁文灝蒞臨，以資委會管理川、湘、黔汞礦經年，尚待努力整理，因邀張氏前往湖南晃縣，任三省汞業管理處長。汞礦生產區域，地與三省接壤，巒重嶂疊，谷闇林深，漢苗雜居，民風慓悍，烟霧彌天，交通不便，萑苻遍地，六龍山中，尤爲積匪淵藪，歷年汞業不振，悉原於此。奉命竭力整頓，身入險阻，擘畫經營，督導員工，分赴各山，勘地設廠，招致各方工人，訓練中級幹部，從事生產，並組成中國礦冶工程學會浙西分會於茲。其間所設各廠，雖遭數次洗刼，幸與湘黔軍政當局聯絡有方，終得大量生產，不到二年，水銀生產，竟由年產數噸而達一百餘噸。所有我國供給盟邦作戰之汞品數百噸，實無一噸不與張氏有關。

民國三十三年春，資源委員會鎢業管理處長程義法，奉命出國考察鋼鐵，張氏奉命調主鎢業管理處於大庾嶺。鎢業管理處，爲資委會管特種礦品鎢錦汞最大機構，在贛南十七縣中，有生產鎢砂礦山八十餘處，設事務所十四所，所有職員千餘人，工人約四萬名。鎢砂產量年達萬噸以上，全部運銷國外，供應軍需之用，不惟有功於國家，亦有助於盟邦也。資委會在贛尚有鎢業管理處，贛南分處，錫業管理處江西分處，鎢業管理處廣東分處，各處員工甚多，鑛品數量甚豐。奉命調整合併辦理，指令張氏總其成。就任未逾兩月，湘桂戰起倭寇西襲，湘粵各地相繼淪陷，張氏督導所屬，拆遷設備，搶運存砂，疏散員工，遣送婦孺，區處撤退，一如曩日在豫者然。數月之中，耳不離機，口不停諭，夜不及寢，飢不顧食，竟指揮若定，井井有條，保全物資，無以計其數。其間復數次爲瘧病所襲，情勢吃緊，惟有力疾從公，抒展碩猷，供獻良多，迨撤至寧都後，鑑於軍事一時不能好轉，復工無望，節省開支，縮小機構，各項物資，集中數處保管，每月節支國帑竟達數千萬元。民國三十四年秋，日寇投降，經濟部及戰事生產局，籌備接收東北工礦，委孫越崎爲東北區工礦接收特派員，張氏爲東北區工礦接收委員，兼東北行營工鑛處處長。於三十四年九月，奉資委會電令到渝，乘十一月第一批接收人員飛機，先孫氏到達北平，繼飛長春，次因外交關係，又返北平，復於十二月中旬再飛長春。奉命接收撫順煤礦。（撫順又名千金寨）

撫順煤礦，位於撫順縣渾河左岸，爲露天礦區，蘊藏煤礦，共八萬萬噸，最深地方，有一四五英尺。面積東西長三十重，南北寬六重，每日出煤八千噸，北達哈爾濱，東至朝鮮、台灣，南及天津、上海、香港、與長江沿岸各埠，皆銷此煤。光緒二十六年，由商人王承堯合資開採，名爲華興利煤鑛公司。日俄戰後，日人藉口，附有華俄道勝銀行股份，乃於光緒三十四年，遂爲南滿鐵道會社所佔據，理應首先接收，當時蘇軍未撤，國軍未到，共匪猖獗，殺人越貨，無日無之，辦理各項接收事宜，均仰蘇軍協助。適值隆冬，需煤孔急，張氏責任心切，于折衝交涉之餘，繼以冒險犯難行動。遂于民國三十五年，一月七日九時半偕同隨員七人，由長春出發接收，行前中長路公司副理事長，加爾金中將，曾向張嘉璈表示，完全同意立即派員接收撫順煤礦，並派遣助理副理事長馬利協同辦理。八日下午四時許到達瀋陽，下榻大和旅館，由馬利接洽結果，請張氏等在瀋稍候，獨自先去接洽，準備撫順歡迎。三日後逕用長途電話向長春東北行營經濟委會主任委員張嘉璈報告，謂張氏等不敢前往接收，張比在瀋聞悉之下，不勝憤慨，即以電話詢問馬利，渠云十二日返瀋復命，可以前往接收。張氏于一月十四日，偕牛俊章、張立德、徐毓吉、劉元春、程希儒五人，及便衣警衛舒世清、莊公謀二人；另有中長路護路隊巡官張樹人、白永剛、劉文奇、毛成祿，及警長楊清和、曹國範、警士舒士珍等七人同行，馬利悄然無踪。或曰：「事甚尷尬，輕蹈不測，突遭非常奈何？」張氏答曰：「職責所在，義無反顧，接收工作，不能再延，路途不遠，諒無舛錯」遂于午後一時三十分乘專車出發，行抵深井子站前，突有槍聲數發，而向車身射擊，車上並未還擊，直衝而過，午後三時，安抵撫順，十五分鐘後，方有蘇軍駐礦軍官少校階級，率士兵三名，乘汽車來接，據云曾在大官屯預設歡迎站。（撫順前一站）張氏登汽車時，忽來武裝二人，攔阻盤詰，經蘇軍揮之始去，駛車直赴煤礦事務所，停留三十分鐘，復乘汽車至永安臺煤礦次長住宅，作為寓所，由蘇軍少尉率兵四名加以保護。次日上午九時半許，有身著便衣自稱保安隊長李濤者，率警察四人來訪，要求會面談判，李等入門，蘇軍潛踪，李謂武裝團體，侵入解放區，殊為不當。張氏解答：「余為接收煤礦而來，隨來路警係任押煤任務，並非武裝接收人員」。相繼提出條件：一解除同來七名路警武裝；二立即退出撫順。張氏面允明晨答復。是日午後，親偕牛俊章，共赴蘇軍司令部交涉。蘇軍答以：「明晨有蘇軍將校一名，由瀋來撫，一切問題，當可解決」。遂於二時半返寓，蘇軍照常保護。又次日晨八時，（即十六日）再赴蘇軍司令部，密切聯絡，歸時十一時許，忽來武裝警士八名，強制解除隨員武裝，復將所持文件物品持去。張氏要求檢出私人書信，乃將私函一件撕碎，對方深為不滿，即將張氏軟禁室內，午後四時，蘇方軍官來寓，張氏表示意欲返瀋，對方已將文件退回，惟限制被解除武裝人員不許偕行。張氏面慰警員後，偕同隨員乘車赴站，至貴賓室坐候。約八時五十分，登車返瀋，專車共為三節，前節客車，中節瓦罐車（鋼皮貨車），為蘇軍保護接收人所乘，後節客車，為全體接收人員所乘，行抵李石寨站，距撫順二十五公里，前有煤車停站，阻止不能前進。突有警察偕同中共軍人，衝入接收人員車廂，共曳張氏等下車，擁至南山坡下，地名南溝，剝去衣冠，亂刀刺之，張氏與隨員四人，警士三人，各被一二十創不等，張氏身負創傷十八處而死，時民國三十五年一月十六日夜也。白雪染赤，黃沙變碧，耿耿丹心，皎皎皓月，嗚呼慘矣。張氏臨危授命之頃，大呼「汝等沒良心！」並曰：「余自九一八以來，立即脫身關內，從事救亡工作，不意今日歸鄉，竟得如此結果，余為國家民族，甘願領此厚遇。」聲徹雲霄，天人共憤！張氏不死於日人之手，而死於國人之手，不死於抗戰之時，而死於接收之時，自必飲恨千秋，而不瞑目於九泉矣。隨同一道殉難者；為永吉牛俊章，扶餘徐毓吉，德惠劉元春，賓縣張立德，遼寧莊公謀，撫順舒世清，德惠程希儒，皆英年俊事也。牛俊章，年四十四歲，北平俄文法政畢業，曾任職中東路局商務處，當時任中長路局秘書，遺妻及三子四女；徐毓吉字健民，年二十五歲，長春工業大學採礦系畢業，專攻地質，曾任資源調查所所員，及東北行營資料室職務，父母在堂，均逾知命，尚未結婚；劉元春字熙如，年三十九歲，東京工大建築系畢業，曾任長春工業大學教授三年；父母健在，無兄弟，有二妹，遺妻及六子，長子十四歲，最幼者在襁褓中；張立德年三十二歲，哈市工大電機系畢業曾任哈市電氣局技師，吉林鐵路工務股副股長及工程師等職，父母均已古稀，客歲結婚，尚無子女；莊公謀年三十五歲，日本陸軍士官畢業，曾任陸軍少校，當時任中長路護路隊第二大隊附，家有父母，遺妻及子女四人；舒世清年三十六歲，遼寧二中畢業，任職中長路護路隊隊長，父母俱全，兄二弟一；程希儒字喜田，吉林省立初中畢業，曾任警察有年。突於十八日，被蘇軍解回瀋陽，白永剛等七名，到大廣場後，經蘇方軍官審問，是否國民黨員？出示撫順蘇軍公文，內云：「十五名國民黨來撫順擾亂礦山，已死八名，捕獲七名」。由此可知「國民黨」三字，便是張氏等之罪狀，慘案之主動者爲蘇軍，執行者爲中國共產黨徒而已。

噩耗既傳，舉國悲憤，開會追悼，捐金贈賻，遊行請願，誓滅朝食，歐美輿論，爲之譁然，譴責蘇聯東北撤軍共促國軍首先收復遼寧、遼北、吉林、安東四省。張氏公忠體國，廉介持躬，危難居前，安利處後，激勵來茲，垂節後昆。蔣主席，深表痛惜，明令褒揚，並供給子女教養用費，以慰忠魂。（載三十五年二月十六日江西國民日報）二月二十四日，北平工程師學會等五團體，在中山公園，舉行追悼會，發表張莘夫先生被難經過。（載三十五年二月二十四日益世報）三月一日，重慶沙坪壩學聯追悼會，輓以「披星戴月，萬里關山。囘車夜寞寞！夜寞寞！夜寞寞！慘死催心肝，雲黯黯！霧茫茫！礦冶工程失棟樑，大盜幾時平？慰英靈」！之歌。三月四日，重慶各界在青年館，舉行追悼會，由鄉長莫德惠主祭，輓以「碧血長留要使乾坤存正氣；金甌尚闕，敢忘薪胆勵同胞」一聯。同日，紐約郵報刊載，美國記者馬丁，（訪問東北九位記者之一）實地報告云：「關於張莘夫之死事，據悉渠爲中國共產黨所殺死者，蘇軍佔領東北六個月期間之情況，甚爲惡劣，彼等對中國人、日本人、及朝鮮人之態度，以彼等之種族平等哲學衡之，實令人震駭」。（載三十五年三月九日和平日報）三月十五日，南昌各界，在中山堂，舉行追悼大會，由特種礦管處長張福銓主席，致開會詞後，繼由楊專員、劉處長、郭師長、來校長、張縣長、張書記長、楊幹事長、汪社長等致詞，悲憤激昂，異乎尋常，萬種哀思，漫天恨仇。（載三十五年三月十六日民國日報）三月二十日，瀋陽各界追悼會，遼寧省議會議長馬愚忱，輓以「是盟友之典守！竟教虎兕出柙，千萬烝民無保障；弒諸君者爲誰？何待董狐直筆，九泉靈爽有眞衡」一聯。

慘案發生，據郭局長密報：「一撫順揭示佈告，奉中長鐵路局委任令第四號內開委王新三（撫順人）爲撫順煤礦副煤礦長；二撫順市僞市長兼保安司令李濤，僞公安局長孫培臣，僞副局長張贏等，似與本案均有重大關係；三張氏屍體，已由蘇軍運至撫順，餘者仍在原處」。瀋陽市長董文琦，要求駐瀋蘇軍協助，將罹難人屍體運回瀋陽，蘇軍司令答以，彼係瀋陽防衞司令，撫順野戰軍非其所屬。復經長春東北行營副參謀長兼軍事代表團團長董彥平中將，向蘇軍交涉，始於三月一日運瀋屍體一具，通知瀋陽市政府認領，董市長偕同外事處長陳士廉前往，由蘇軍副司令斯列基陪至司令部後院，開棺驗屍，確係張氏，餘者無從尋覓，洽商結果，原車移靈，至小西門外關帝廟內，浮厝正殿左側房中。三月八日，長春蘇軍當局發表書面新聞：「一九四六年一月十六日，在奉天附近，匪幫殺害中國工程師張莘夫及其隨員，當蘇軍司令得到消息後，馬上派司法中校庫列也，詳細偵察，確定張莘夫等，已於李石寨車站一公里半處被殺害，除張莘夫屍首一具運到撫順外，其餘均被匪幫焚燬，捉獲嫌疑犯唐紀明、張春魁兩名，檢查結果，證明無罪，均已釋放。對於兇犯，仍在搜索中，根據事實設想，此種活動，是東北匪幫，預先準備之挑撥事件，其目的在使中蘇關係惡化。（載三十五年三月九日和平日報）

張氏遺體運瀋，原籍匪患未靖，不能安葬，經瀋陽市長董文琦，商得其家屬同意，營葬於市郊風景區，清昭陵之前，施工數月，方告竣事，爰於民國三十六年五月十一日舉行安葬典禮，參加送殯者，達萬餘人，行列里餘，次沿途民衆，夾道竚立，與祭青年，以帕拭淚。壯志長埋，正氣永昭。爲之銘曰「茫茫東北，幾度羶腥。白山有豺狼之跳躍，黑水本鯨鯢之縱橫。垂涎者自誤，染指者已崩，哀哉烈士，竟以接收而隕生，鬼神爲之泣，天地爲之驚，白水爲之失白，黑水爲之吞聲，干戈擾擾，風雨冥冥，青松古木，碧血新塋，安得自由之花，以獻烈士之靈」。莘夫重要遺著有三：一顛沛紀實；二天府煤礦概況采蘘集；三我國汞礦及國營鑛廠。民國五十九年一月十六日。張莘夫先生，逝世二十五週年紀念日，吉林永吉鄉弟栗直恭撰。

謝文東擊斃日本多門二郎經過

楊化之

「九一八」事變後，日本派多門中將來東北，在關東軍司令官本莊繁大將指揮下，率領一個師團現代化裝備的重兵，開入吉林、黑龍江廣大地區，任軍區的總指揮，所部有長谷旅團、矢野旅團、弦前部隊、鐵甲部隊，及朝鮮軍萬餘人，輔以濱松第六十飛行聯隊、太刀洗第四飛行聯隊、平壤第六飛行聯隊等空降旅團聯隊，對松花江南北我吉黑兩省抗敵軍師，如馬占山部、馮占海部、李杜部、李海青、蘇炳文部等，全面展開攻擊兜剿，遍地轟炸，殿以猛烈炮火，開始最大規模之戰鬥攻擊，東北義勇軍大部敗於其手，威風固不可一世。但日本軍事當局與其本人却都沒有料到，多門未亡命於侵華兩軍交戰的戰地上面，而竟被殺死在吉林省北邊方正縣土龍山一個平民百姓謝文東的手裡！

土龍山事件是怎樣爆發的？多門中將是怎樣死在土龍山？謝文東如何浴血奮戰、如何成仁取義？茲撮其要述之如下。

日本自「九一八」佔領我東北，成立傀儡式的「滿洲國」，一切大權都操在日本軍政人員手裡，政治有「對滿事務局」，軍事有「關東軍司令部」，兩者是一而二，二而一。「滿洲國」成立後，第一件要政，便是計劃日本移民五百萬。（指農民，工商不在此限）因此，凡是一個縣公署都設有「地政科」一機構，科長限日本人，其主要任務，即在清理一縣的土地。因爲東北地大物博，尤其吉、黑兩省有廣濶的肥美土地，生產極豐富，大豆堆積如山，行銷全世界。到處都有大農家，論「甲」來說，甚至於耕種到三、五百甲土地，也不足爲多爲奇。因此，日滿當局決定施行其沒收土地政策。在指定縣分劃出幾個日本移民團區，強迫命令縣民，把指定應行沒收的土地，交歸日本移民耕種。團，設有團長，團員皆武裝組織，兵農合一，以策安全。凡指定沒收區的土地，即勒令地主將持有的土地執照無償的限期繳送縣地政科，這土地權就不歸原有地主所有了。民以食爲天，食產生自土地，土地當然爲民之天了。農民之所有土地，從高曾祖到父子孫，經多少輩子，歷代慘澹墾殖經營，有則生，無則死，一旦失去了土地，就失去了生產；失去了生產，就如同失去了生命。

敵僞是在民國二十三、四年間開始沒收各縣民有土地，先是我們所知道的，日本人最喜歡有山有水的地方。最初吉林所屬五常、珠河、葦河、延壽、方正、依蘭、同江、穆稜、虎林、蜜山……等縣，正適合日本移民需要，都劃爲日本移民區。當此廣大地區土地被沒收之際，到處人心驚惶萬狀，人人痛哭流涕，家家如喪考妣。就在這種悲慘情況下，記得正當秋冬之間繳照繳到方正縣土龍山地方，謝文東是地方一位紳士，他身爲百家長兼自衛團長農，自衛團負保衛地方治安責任，團員是由農家青壯年輪流服勤，有事則穿上制服，持着鋼槍，剿滅匪徒；無事則爲農耕，類似寓兵於農，有事則聚，無事則散。因爲這些縣分常有股匪竄擾，農民可運用自衛力量，必要時甲與甲（每甲一百戶左右）相聯繫，村與村相協調，守望相助，共同維持地方治安。一般匪情，用不着動用軍警，即可以剿滅零星股匪竄擾之害。

身爲百家長或自衛團長者，大都是農村中素孚衆望，熱心公益的人，經大家推舉出來爲地方服務，既沒有甚麽大學問，也沒有甚麽大才幹，更沒有給與他絲毫的報酬，完全爲大衆服務爲目的。謝文東就是土龍山一位公正人而已，並非什麽特殊人物。

彼時，謝文東的年歲可能是五十多了吧！當縣方勒令農民限期繳照之際，一般人士在恐懼中無所措手足，不斷的都來請示謝文東，因爲他是地方首領，任何事情都以他的主張爲中心。謝文東觀察民心情緒，極其悲傷，亡產如亡命，就毅然決然告訴各地主說：日本人武力侵入我們東三省，想滅亡我們的國家，還要無償的奪取我們家家戶戶所賴以生活的祖產祖業——土地，如同向我們要命一樣的苦痛，沒有土地就沒有生命，這樣以來，我們既不能坐以待斃，又不能引頸而受戮，並且沒有國，還哪來家呢？反正不就是一個死嗎？與其被餓死、凍死、殺死，無寧戰死、拼死，死也光榮！就看我們大家有沒有中國人的骨氣與決定吧！我們中國人常說：「三軍可奪帥，匹夫不可奪志。」有一條命不是甚麽都夠了嗎？

土龍山的火花，就這樣如火山般四裂爆發的。全體農民都抱定與土地共存亡的決心，大家義不容辭，舍死忘生，都在謝文東率領指揮之下，開始加強武裝準備共同與敵以決雌雄了。此際多門中將已得到土龍山農民抗不繳照的消息，視土龍山農民爲反滿抗日集團，這是非徹底根絕消滅不可的，沒收土地是日滿當局最高決策，誰敢違抗？土龍山農民有多少砍不掉的頭顱，竟敢同精銳無敵的日本皇軍，作試驗品，豈非以卵擊石而自尋其死嗎？於是就在一天的早晨時間，多門中將殺氣騰騰，帶着一批威風凜凜的皇軍，至少有一聯隊的強大兵力，就把土龍山包圍得水洩不通，意在鎮壓嚇阻而已！那知道土龍山全體農民，寧爲玉碎，不爲瓦全，早在謝文東指揮下都埋伏好了。個個青壯，龍睛虎眼，視死如歸，面對着大敵之來臨，抱定有我無敵，有敵無我，敵我勢不兩立的決志與決心。千鈞一髮，危如纍卵，惟有「奇正相生」，「因利制權」，才能轉死爲生，轉亡爲存。謝文東料敵如掌，隨機應變，一聲令下，先發制人，槍響處一串火線，多門中將先倒下去了。土龍山全地炮火連天，血肉橫飛，屍骨遍地，把日軍打得土崩瓦解，全軍覆沒。土龍山夷爲平地，男女老幼，死亡枕藉。

土龍山之役爆發，致強大日軍遭遇空前慘敗，又是慘敗在中國一羣農民手裡，殊出日本當局意料之外，他們決沒有想到中華民族正氣之不可侮，大節凜然之不可侵。因而使敵僞朝野上下，惶懼戰慄，莫知所措。毀滅一聯隊兵力受辱事小，折去一員名將痛心事大；更由此役爆發之後，竟激起沒收土地全面性的武裝蜂起，遍地起而響應土龍山謝文東的武力反抗。民心橫逆，其勢不可遏抑，不幾天工夫，東邊各縣農民蜂起雲湧，全面抗暴，爲數不下十數萬衆，日滿動員三軍傾力兜剿，民兵以衆寡倒置、強弱懸殊，怎能抵抗得住日滿軍警傾巢來攻，燒殺擄掠，極盡其毀家滅族的殘忍手段，不到一年時光，義民死的死、亡的亡、垮的垮、散的散，祇剩下謝文東所率領的那支義勇隊伍，始終堅持到底與日滿軍警作殊死戰鬥，轉戰南北，衝鋒陷陣，忍飢挨凍，憤不顧生，足足糾纏有八、九年之久；沒有一日一時停止過浴血奮戰。最末幾年，謝文東手下雖僅有三、二十個人，寧死也不肯屈服；殊不知白山愈登而愈高，黑水愈流而愈長，山不窮而不毛，水不盡而無米，部衆都死光了，最後只剩下謝文東一個人，匹馬單槍，終於被敵僞所逮捕了。

此時的謝文東，已是六旬多的老頭子子。其威武不屈的浩然之氣，依然至大至剛，不動不搖，憑恃剛毅的胸襟和正義的人格，願接受日本的鼎鑊、粉身、碎骨的殘暴處分，完成民族氣節與人格價值，感到無上的光榮。誰知道竟出乎人們意想之外，乃是日本當局態度大轉變，認為謝文東雖是日本皇國處百死不足以解其恨的勁敵，却沒有忽視他是東方民族的一位佼佼者大英雄，使敵方要人內心有所折服與感佩，更恐處死一個謝文東再激起東北農民的反抗與變亂，因為他是東北人民心目中的民族英雄，是不能不愼重考慮的問題，所以並沒有殺掉謝文東；反而把他安放在「滿洲帝國協和會」中央本部，給他一個參議名義，讓他自由自在的在那兒修養身心吧！

這時候身為中國國民黨黨員，潛伏在東北地下工作的同志們，聽到這個珍貴的消息，不禁手舞足蹈，喜出望外，額手稱慶：是眞是天上降下來的一件大喜事！於是，一面興高彩烈的為謝文東死裡重生而慶祝！一面更為中國抗戰勝利而禱告！

土龍山事件爆發之後，則促成日本沒收土地政策的一大改變，由無償而轉進到有償地步，即凡所繳的土地，一律都給付以少數的地價，總合起來，其數目之鉅，亦頗堪驚人。此謝文東犧牲個人身家性命，抗敵奮戰給與失土地主以應得的部分補償，其功其德，至大無極。

謝文東得慶更生，其抗戰奮鬥是否到此告一結束階段？沒有，過去他為反滿抗日而奮戰；日本投降後，他復馬上繼續為反共抗俄而就義。後一段的開始而是與國民黨吉林地區組織活動發生了直接關係。因為東北光復的當時，在東北敵偽地下工作的同志，在對日抗戰行將結束階段的前二年，都被敵偽一網打盡了。死的死，亡的亡，剩下在囹圄中正在將被處死之際，適值日本無條件投降了。一大批蒙難的同志，隨着國家勝利而復生。從吉林、長春出獄恢復自由的國民黨同志，尚未與中央取得聯繫。此時，屬於吉林省區的全體同志，經由主任委員石堅先生決定分配工作任務。應該在省市的在省市，應該赴各縣的赴各縣。一面積極恢復地方各級黨部組織活動，彼時蘇俄軍隊佔據東北，共黨大肆蠢動，致東北地區陷於無政府狀態；因此，一面復積極展開與俄共武裝鬥爭，凡設有黨部組織活動的縣分，都加強有反共武裝團體的編成，展開軍事掃蕩工作。

吉林東北地區（各縣）共編成有反共武裝為數不下二十萬人之多，精誠奮發，聲勢浩大，其目的在求肅清共黨全面叛亂災禍與危機！

謝文東民族意識，極為堅強，鑒於二次國難行將來臨，復馬上組成反共武裝團體，在牡丹江地區指揮戰鬥。因謝文東過去連年抵抗日滿軍警的圍剿，經常出沒於白山黑水之間，對此地區之形勢，非常稔熟，可謂得人矣。不意於三十五年春夏之交，竟遭遇俄共兩軍聯合圍攻之下，外無援兵，內無糧秣，進退無路，致謝部全軍覆沒，只剩四、五十人，連同謝文東一起被俘，陷於死亡境地。此次戰敗主因，有三：①乃牡丹江地區一望平原，無險可守。②反共武裝內部份子複雜，又無心腹人可以信賴，有以致之。③加以謝文東年老氣衰，而負此軍事必爭的重任，在形勢上造成無必勝的保證。綜此三種因素，險象環生，他卒能於萬難取勝艱苦的戰況中，先未死於日本強敵槍林彈雨及屠刀之下，後竟死於反共抗俄的陣前就刑，亦可謂仁至義盡死得其所了。

謝文東及被俘四、五十名反共戰士，被共黨解到哈爾濱松花江畔上，集體槍決了。有人告訴我說：他親眼看到，謝文東等之死：血肉橫飛，張牙裂嘴，屍骨狼藉，慘不忍睹！

謝文東，此一平凡人，做出不平凡的大事，結出不平凡的果實。所以，謝文東這樣的一個人，在中國抗戰、反共這兩段不平凡的戰史中，正史上不記，野史上也該有他的名字。因為他既是抗日民族英雄，又是反共的犧牲者。他為國家民族，做到仁至義盡，英名千古，永垂不朽！

「客方言」作者

羅翽其先生傳

羅香林

先生諱翽雲，字翽其，興寧徑心墟新坳背人。父英白，爲邑名孝廉。先生於清同治七年戊辰生，自幼顯異劬學。年逾弱冠，即舉於鄉。後入京授內閣中書。所擬館閣體文，典重高華，朋輩稱大手筆焉。民國四年，自京返里，於新坳背，鄰祖祠，築遯夫山房，聚徒講學，遠近從遊者，歲數十人，如梅縣古公愚直，興寧羅鴻詔康祿等，其著者也。時邑令王介僉號，方議續修興寧縣志，禮聘先生主持志局。先生首爲釐定采訪條例，悉力徵集，而尤着重輿地戶口與方言之調查，及人物藝文與史蹟之實錄。惜以時局驟更，未及成書，志局頓停。先生乃先撰客方言十二卷，謂粵東客籍，由來舊矣，稽諸往牒，元和郡縣志載程鄉戶口，無主客之分，惟太平寰宇記元豐九域志，皆分主客，是主客之名，當起於宋，自宋迄今，緜歷千載，已成無客非主，而我輩曷爲仍以客稱，則以客之所能同化者戶籍也，而其不能同化者，禮俗也，語言也。客語多周秦以後，隋唐以前之古音，而時至今日，乃與中原今音，有不盡合者，則殆由雙聲遷轉之故。推尋故言，理其經脉，固士大夫之責也，先生隨舉古音有舌頭無舌上，古音多讀輕脣爲重脣，皆與客語相同等七證，以闡述客屬上世由中原而展轉遷居贛閩粵等地之關係。而其闡釋客屬方言，則分釋詞、釋言、釋親屬、釋形體、釋宮室、釋飲食、釋服用、釋天、釋地、釋草木、釋蟲魚、釋鳥獸等凡十二類。餘杭章太炎先生炳麟，特爲之序，盖自是而客語乃大明焉，民國十六年，以値地方多故，先生乃出赴廣州，應國立中山大學聘，充文學教授，講授語言文學音韻訓詁諸學，爲學子所特愛戴。後又數年，校長鄒海濱先生魯，特以先生客方言，編爲大學國學院叢書第一種，爲之刋行。時余方任校長室秘書，兼廣東通志館纂修，得先研讀爲快，惟適値先生已返居興寧，余無緣恭謁請益，良以爲憾。先生卒於民國三十一年壬午，年七十有四。子菊堂、碧堂、芷堂、薇堂、芬堂。菊堂字訪陶，亦以能文稱。先生識高學博，尤擅爲辭章，所著書客方言外，有爾雅注、京音準、及遯夫山房詩文集等，惜遭世離亂，多未刋行。今爲此傳，誠不勝其感喟也。民國六十二年六月二十四日，後學羅香林敬撰於香港海日樓。

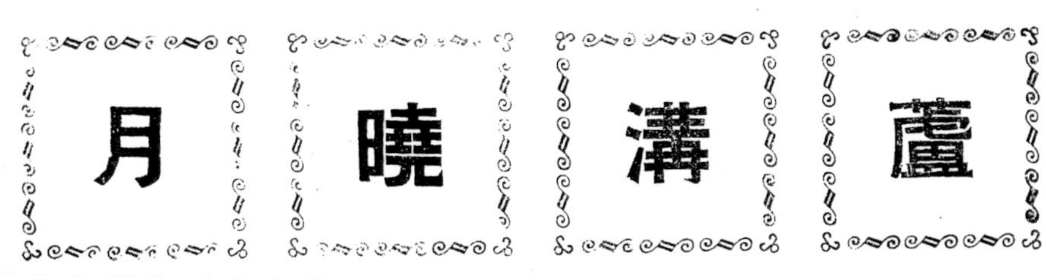

蘆溝曉月

林藜

古都北平風物的介紹，由來篇拾纍纍，多如煙海。筆者不想湊這份熱閙，故這兒僅報導燕京八景之一的蘆溝曉月，以及西山二勝的戒壇寺和潭柘寺。

蘆溝橋是古都第一大古橋，在北平廣安門外西南十三公里處，地屬宛平縣，因橫架蘆溝河（即桑乾河）上，故名蘆溝橋。這橋初建於北宋，後毀於金。至金大定二十九年（公元一一八九年），金主以蘆溝河流湍急，詔命興建石橋以濟行人，工程落成於章宗朝明昌三年，（西元一一九二年），爲聞名於世的大石橋之一，初名廣利橋。後於明英宗正統九年（西元一四四四年），孝宗弘治三年（西元一四九〇年）均先後加以重修。又早在元時馬哥孛羅來遊，對蘆溝橋的艱鉅工程，非常的欽佩，故歐人通稱它爲馬哥孛羅橋，今日所存的橋，則爲清康熙十七年（西元一六七八年）所重建，並列爲北平八景之一。

蘆溝橋長六百六十尺，下設橋洞十一孔，幅廣二十六尺，兩旁各立石欄雕柱一百四十二根，每柱頂上雕成磚獅一頭，大獅身上復雕有小獅，姿態或抱或負，或仰或偃，或怒或笑，千奇百怪，不一而足，人們如果倉促間去點數，那是很難得到正確數字的。從前曾有人帶了筆墨去逐一點數，結果仍給遺漏了，因有「蘆溝橋的獅子沒準確數目」的俗諺。但是，經過這幾百年來的風吹雨打，早已殘毀不全了，目下計共有大小獅子四百八十五頭，大獅二百八十一，餘爲小獅二百零四。又橋的兩端各有大石獅一隻及石龜碑一座，那是蘆溝橋的修建碑，並鐫有乾隆御筆所題的「蘆溝曉月」四個大字。

蘆溝橋爲我國北部工程的鉅觀，在平漢鐵路未修建時，爲出入部門的要道。今爲西、南兩路北上的衝途，平漢鐵路的鐵橋也傍之而過。車站設於橋北，豐臺岔道在這裏發軔，也就是北寧、平綏與平漢路的銜接處。但平漢鐵路落成，此後即日見衰落。今橋南堤上有一座河神廟，因蘆溝河水渾濁，河床淤塞，易發生水患，古人迷信，便修河神廟來乞平安。

這橋爲入京孔道，行人川流不息地紛至沓來，沒一刻停住，尤以每晨波光應月，上下蕩漾，頗有宋人柳三變雨霖鈴的「今朝酒醒何處？楊柳岸，曉風殘月」之致，爲幽燕最出色的名勝，人稱：蘆溝曉月。到了民國二十六年七月七日，日本軍閥在蘆溝橋發動侵畧戰爭我吉星文團起而奮力抵抗，這便演成八年的抗日血戰史，實在從這橋上寫起的。

遊人邁過蘆溝橋南行，不遠處就是長辛店，在這兒，西山一望在目。它在故都，宛平西方三十里，是太行山的支阜，衆山連接，聞名的很多，西山只是它的總名罷了。山中佛寺累百，而以碧雲寺爲最宏麗，戒壇、潭柘爲最幽古。地處偏遠，人們打從長辛店西北行約二十里，漸漸入山，經過千盤萬轉也看不見廟影，但行十多里，在兩旁松林中，忽見前端屹立了一座山門，居高臨下，頗具形勝，於此回視來處，巉岩皆成平庸，北平城郭但見一線，遠接雲天，近挹原野，一種宏敞的氣氛，不期然地襲上人們的心頭，覺得自己也偉大起來了。

由山門到戒壇寺，相距還有兩里路光景，而遠處各處寺院的規模相當宏大，和尙繞山之力實足驚人。這寺創於唐武德年間，壯麗不亞於碧雲寺。而戒壇盤旋於山谷之中，登獅子岩後扶山十八轉才能到達。入寺首先有用白大理石所築的戒壇，高三級，相傳爲明朝正統時敕如幻法師說戒之所。壇周皆列戒神，雕縷工細，中有清聖祖及高宗的各種詩碑石記，瓦石爲磴，高連蒼穹。每年農曆四月初八日、集衆僧聽戒於此壇時，熙熙和和，自有一番熱鬧景象。旁有毘盧千佛閣、閣兩層，登閣以望蘆溝河，水勢蕩蕩，極目無際。

遊人打從戒壇西南行，那兒有主殿名波離，因波離尊者而得名。殿前有遼金石碑各一座，以記尊者一生的事蹟。寺中亦有高閣，是眺望的最佳處，西山一帶重巒叠翠，全收眼底，而雲木虛吟，景物幽微，頗有世外之感。這兒夏日逭暑，實較廬山、北戴河等地爲優。又這兒東距蘆溝河二十里，兩岸壁立，中通一徑，極具林木泉澗之勝。

戒壇之松，都是些幾百年前之物，龍蟠虬舞，針葉茂密，其中以九龍、臥龍、自在、活動等爲最負盛名，稱「戒壇四松」。其而所謂活動松，相傳只要動它一枝，便會全面皆動。清高宗亦題詩刻石於旁，可惜這松早已燬於火，遊人不可復見了。但其中廣臺旁據的那一棵，出土下垂一丈多後，忽然旁出約十丈，不上聳而橫生，勢極夭矯，根可合抱，橫臥側出石欄外。枝幹盤曲像龍，這便是馳名的臥龍松，遊人在戒壇聽松濤，實爲一大享受。詩人陳蒼虬有七古以詠戒壇臥龍松，頗能傳播人口。詩道：

「戒壇之松天下奇，尋常所見皆十圍。一松據臺獨下垂，橫出十丈猶蹀躞。健鵬探爪風在下，渴蛟飲澗鱗之而，縋幽欲引陰蟄出，承敵力負蒼崖危。萬鈞壓空不危殆，反走潛根疑過倍，凍雨洗幹未濡足，眼底渾河犯高壇。雲開穿枝落日黃，萬里暮色浮孤鶻，欲憑咫尺精靈意，貫入冥搜百怪腸。」

戒壇寺後有古塔，高十一級。還有洞穴多處，名太古、觀音、純陽、龐涓、孫臏等。其中尤以太古洞最勝。遊人執炬而入，但見百乳千螺，都成佛像，亦道亦佛，令人不知所從。

然後，翻過羅喉嶺，嶺勢陡峻，亂石爲路，連擁三峯，傍有二潭，潭上有古柘，因名潭柘山。自西山諸峯連綿而西，要算這山最勝。山中有潭柘寺，寺在羅喉嶺平原村，距京西九十里，遊人寥落。這兒舊稱有柘千章，今柘已僅存。相傳最早地屬青龍潭，開山時青龍避去，於是僧衆平潭而爲寺，那是幽燕寺院中最古的，故有諺道：「先有潭柘，後有幽州。」其寺之古可知；又道：「先有逍遙僧五百，後有潭柘樹千章。」這又說明這寺地位的淵古了。

潭柘寺後改名岫雲寺，寺中殿宇金碧輝煌，亭樹精緻，爲西山僅見的古剎。附近鑿石爲溝，上承龍潭之水，淙淙下注不絕。又故一入潭柘寺，牆壁階礎間，無不處處都聞泉聲；又寺中的延清閣，左右種遍叢竹，竹下亦皆流泉，清聲冷冷與山禽相應，偶而聽來，一如琴瑟之響，細而不沈，所謂「潭柘之勝在山泉」，眞是一點不假。

潭柘寺旁有一帝王樹，那是一株千年的銀杏，旁有乾隆帝題額。大畧說：康熙帝時，樹本一株，到乾隆時，再生一株，後來兩樹合抱，因此以爲瑞應。但寺僧相傳謂每出新枝，必老王晏駕，而新王繼立。後來慈禧討厭這一說派才派人前去把它砍掉。寺的最高處有一觀音殿，上有元世祖的妙岩公主的拜磚，磚厚四寸，長方形，四週有花邊，中間法足的地方，經已磨穿，於此可知她拜跪之久，禮佛之虔，後竟削髮寺中，其他的舍利塔，流觴曲水等，氣魄之大，規制之嚴，實非同小可，故舊都人士多謂：「西山松泉蘆溝月」，喜涉山水的人士，不可不知啊！

唉！故都西南的偉大橋工，以及二大古剎，今天已不知落到如何地步了。行文至此，不可無感。詩道：

「橋號蘆溝寺戒壇，難能最是月中看。
虬松今日知何似？剩得泉聲伴曉寒。」

下期要目預告

本刊下期發表三十年代名作家陳紀瀅先生著「胡政之與大公報」陳先生在大公報工作十多年，以才華受知於大公報總經理胡政之（霖）總編輯張季鸞、此文雖爲紀念胡先生而作，但不啻一份大公報史，內容多采多姿，文字則公正翔實，爲近年來罕見好文章，文長十五萬字，下期開始刊出。

吃煤炭的孩子

陳正光

台北縣雙溪鄉的一名十一歲學童謝阿國，六年來偷偷地把煤炭當作糖菓嚼食，直到最近，他這種異常的行爲，才被級任老師李惠芳發現。

謝阿國就讀於雙溪國小三港分班三年級，他嚼食煤炭的行爲被導師察覺後，進一步發現比他小兩歲的弟弟謝火炎，也有嚼煤炭的習慣，他說是哥哥教的。

經過李惠芳導師的細心勸導後，謝阿國似乎不再嚼食煤炭，但他在放學離開學校後，會不會乘機「偷吃」，李老師還不敢斷定。

一天下午，筆者隨同謝阿國的級任導師李惠芳，冒着強風勁雨，到雙溪鄉雙溪三之三號謝家訪問。

謝阿國和他大弟弟謝火炎正坐在客廳的方桌上做功課，當他們看到老師帶來陌生的客人時，有點兒害羞，但很快就到後面的房裏喊他的父母親：「有客人來了。」

經常嚼食煤炭的謝阿國，個子瘦小，和弟弟站在一起，從外形看相差不多，但他的臉色却顯得很蒼白。據他的父母說，雖然沒有害過大毛病，但看起來較一般同年齡的孩子瘦弱得多。

李惠芳老師指出，謝阿國是班上最瘦弱矮小的學童。過去，班上的學生會有人向她說，謝阿國會吃煤炭，當時她不相信有這種事，還以爲是頑皮的學生故意開玩笑。上月二十一日，李老師在講課的時候，發現坐在第一排的謝阿國用手在褲袋裏摸索，然後很快地把一顆黑黑的東西放進嘴裏咀嚼，李老師過去查看，才知道謝阿國不是在吃零食，而是將一塊黑亮的生煤，放到嘴裏嚼食。當時她就把謝阿國嘴裏和褲袋裏面的小煤塊收走，但謝阿國却說不出嚼食煤炭的原因。

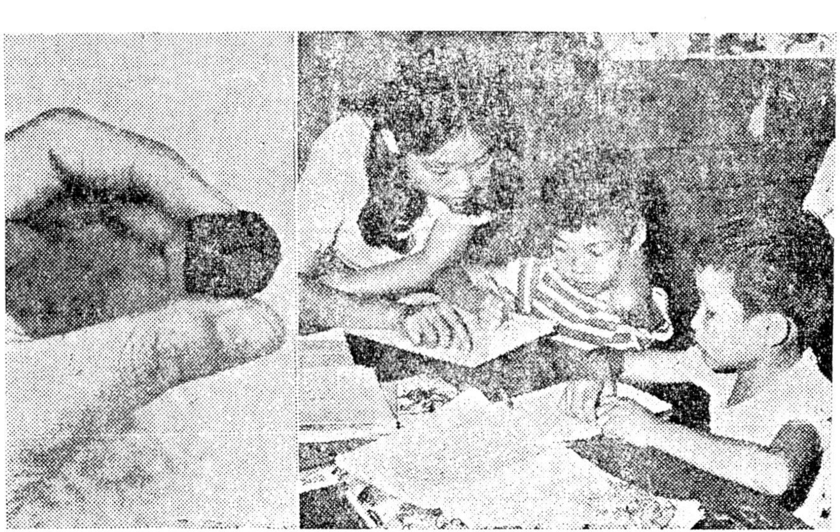

經過勸解之後，第二天，謝阿國在日記裏面寫出吃煤炭的原因，是因爲母親不給他零用錢買零食。

再過了三天，謝阿國又在日記裡面寫出，他吃煤炭的事，同學都知道了，以後他絕不再吃。

李老師細心觀察了十多天，謝阿國在學校的時候，已不再嚼食煤炭的行爲，但是，他離開學校之後是不是還吃，需進一步觀察。

謝阿國的父親謝玉鳳，是瑞三煤礦的礦工，有四子一女，謝阿國是長子。七個月前，謝玉鳳又在工地工作時負傷，目前仍在家療養中。

謝玉鳳說，由於家庭環境並不太好，平日很少給孩子零食或零用錢，謝阿國早在四、五歲的時候，就會將石子、或煤炭頭放在嘴裏面含着，他以爲是孩子偶然的動作，並未介意，但他不知道謝阿國竟然會嚼食煤炭。

據謝阿國在日記裏面寫出，他是在七歲的時候才開始吃煤炭。

他的父母表示，謝阿國從小就胃口不太好，帶到學校去的飯盒，每天都剩了一半帶回家，他們不知道是否受到吃煤炭的影響。

謝阿國的體格瘦弱，李老師並且指出：謝阿國呼吸的時候，經常會發生氣喘的聲音，不知道是否氣管，抑或肺部有毛病？他的父母準備在近日內，帶他到醫院檢查，看看謝阿國的身體是不是有毛病。

榮民總醫院腸胃科主任羅光瑞表示：過去發生過吃石灰或燒過的炭屑的病例，在他的記憶裏，吃煤炭還是第一次聽到。

羅醫師說，醫師在診治腸胃不好的病人時，有時會給病人吃一點Cha Cor（灰質成份的藥），一般來說，如果是偶然吃少量的煤炭，對身體尚無大礙。生煤塊除了炭質，還會有焦油，這些都是人體不能吸收的東西，自然隨便泌排出體外，雖然焦油有刺激性，對身體有影響，但微量的焦油，還不會有大影響。

羅光瑞主任與及台大心理學教授鄭心雄，都認爲謝阿國嚼食煤炭，其心理影響遠較生理影響爲大。

鄭心雄教授根據初步的資料，認爲謝阿國嚼食煤炭的行爲，很可能是：「人格異常」。

他強調，「人格異常」並非精神病，主要是孩子與父母之間的意見未能完全溝通，而孩子的「自衞系統」又特別強烈，才會發生這種行爲。

鄭心雄說，有的孩子在四、五歲時，有咬手指，甚至於咬石塊的行爲，謝阿國則發生含煤炭的動作，由於父母未及時制止，久而久之成了習慣。

尤其是「自衞系統」太強的孩子，在遭受失敗時，往往使自己的感覺降低，例如，有的孩子受到責備而逃學，其所發生的行爲獨立在社會行爲之外，稱之爲「人格異常」。

鄭心雄教授指出：發生「人格異常」的行爲並不是精神病，但是，導致「人格異常」行爲時的情緒，如果是盛怒之下，顯然其思緒紊亂，長久持續發展下去，不加以治療的話，就會惡化變成精神病。

鄭教授建議：對於發生「人格異常」的孩子，要給予行爲輔導治療，其中包括第一採取心理方面的治療，設法打破其自衞系統，也就是他的主觀觀念。然後才能進行行爲輔導，使他發生其他的正常行爲用以代替不正常的行爲，一般來說，這種治療法，需要半年以上的時間才能收效。

鄭教授並且表示，他認爲謝阿國應該接受輔導治療，目前台北兒童心理衛生中心可以提供這方面的治療。當然，家人和學校亦需要和醫師合作，才能產生最佳效果。

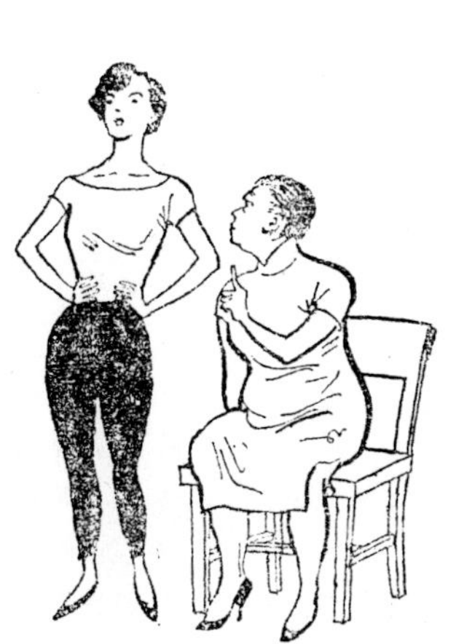

豫匪寇皖紀實

白山

自民國二年秋白狼（白朗齋，河南寶豐人）肆虐皖北，以迄民國二十四年最後一次豫匪寇皖，其間歷經二十餘年，每年三數次不等，使皖人無喘息餘地，廬舍為墟，餓殍載道。為禍之慘，較唐之黃巢、秦宗權，明之張獻忠、高迎祥等流賊猶有過之。賊寇皆寶豐、盧氏、魯山、南召諸縣莠民。東自舞陽，西迄內鄉，每年秋高農閒，即聚而為股，東向流竄。項城以西，不燒、不殺、不掠、不姦，沈邱以東，（已入皖境），所過之處，一片灰燼。其虜掠所得，按人、馬、槍三等分，故家無三尺而有槍、馬者，亦可入股。如今日之投資經營然。二十餘年中不下百數十股之多，就中為禍最慘，殺人最多者，厥為老洋人與李老末二股，茲畧述見聞於後：

一、老洋人破潁州（阜陽）府

老洋人即張慶，河南魯山人，民初擁眾倡亂於豫西，後值中原戰亂，當局無暇顧及，乃東向竄踞舞陽、唐河、確山、泌陽四縣邊區之母豬峽為巢穴，四出剽掠，裹脅有眾三萬餘，分為六大杆。張慶、任應岐、姜明玉、李鳴盛、陳青雲、張得勝各主一杆，而以張杆人多勢強，乃推為大當家，任為二當家。每出剽掠有馬數千匹。聲勢浩大，皖北各縣多為所破，而對皖北重鎮之潁州（阜陽），垂涎尤甚。乃挑選精明之匪徒八百餘人，施以特殊訓練，雜以各種行業，使陸續滲入城中作先遣隊，其所營職業以吃食業為多，間有說書、賣唱、卜命、賣藥者，則為數極少。而吃食業中之絕大多數為賣油茶者。油茶為河南人之湯點，由麵糊加鹽與胡椒而成。項城以西，人多嗜之，沈邱以東則無。故此輩多冒充項城人。皖人一向無此飲食，初來時，銅版一枚（當二十文者）即可買一大碗，市井升斗小民，每日早晚以油茶一碗，燒餅兩個（每個銅版一枚）即可果腹充飢，經濟實惠，故飲者日多，馴馴無分上下、貧富，皆以此為常食，而業者亦與日俱增。

民國九年冬十月，老洋人率眾東竄，安徽督軍倪嗣冲令其大將倪毓芬率安武軍主力一旅。會同姜桂題部二團，迎頭截擊，而匪部多馬隊，行動飄忽，倪部則多步卒以故只有尾追之分。援救不及，各縣已為所破。倪見計左，乃師承曾文正公當年剿捻，設鎮防堵之策，集其主力於阜陽城內外，以逸待勞，阜陽舊名潁州，共轄七縣。民國改為專區，縮小編制，仍轄附近六縣。東瀕沙河（淮河主要支流），北臨泉河（西起項城，東入沙河），地勢險要為皖北政治、經濟之中心，亦軍事之重鎮也。南宋紹興十年（公元一一四〇年）七月，我民族英雄劉武穆公（錡）以飢疲之士卒二萬人，大破金兀朮（宗弼）元帥之精騎十萬於此，爲我中華民族寫下光輝燦爛之歷史，亦爲阜邑地方誌增添無比之光彩。現城爲明洪武年間所修建，周圍八里，牆高一丈八尺，概由大塊青磚所築，城外二壕，寬皆數丈，水深亦丈餘，其四門上分三層，可住兵五高達十餘丈六百人，下設鐵柵三道，每扇皆重逾萬斤，誠銅牆鐵壁，易守難攻。

十二月二十三日聞老洋人有猛撲縣城之意圖，倪令各部精銳屯紮城外，而留地方武力於城內防守，蓋擬迎頭痛殲悍匪而保衛鄉梓也。就事論事，此計之上上不庸置疑者也。乃匪衆聞風囘竄，一般人料匪衆無攻堅、野戰之力，不敢與倪之大軍相搏，乃假囘豫過年的藉口，實怯敵也。二十六日城門啓，放四鄉百姓囘家過年，二十九日各部隊調集城內，殺豬，宰牛以辭歲。晚十時許，正當各部將校酒醉高臥之際，忽傳老洋人率部已抵西門，乃倉卒閉關。並令各部士兵登城守禦。而城內是時已滲進武裝匪徒二千餘人，連同前此混入之先遣隊，已達三千餘人，然猶未敢發作，蓋避免犧牲而有所待也。是時城內總兵力除倪、姜二部外，尚有地方保安隊二團，加之原有八大家族，皆數百年財富，勢豪力大，各擁槍械數十百枝不等，益以各縣遠來避難之豪門，亦皆擁有槍械。總武力在五萬人槍以上。各式野炮三十九門，重機槍八十七挺，輕機槍近五百挺，且爲倪之故里，倪氏宗祠即在西關，家族亦皆在城內。職是之故，流賊若以硬攻直撲之陣仗，進逼城廓，絕難得進。是夜城雖被圍而並未發一槍，故內外寂然。貪睡之人，早入夢鄉。原先賣吃食之小販，則絕跡於市面，不知所之矣。或謂歲終天寒，早已入睡；或謂城內四鄉難民躥集，吃食供不應求，未出屋即爲難民搶購一空。凌晨一時許，各處守兵飢寒交迫，戰慄於朔風冰雪中，瑟縮一團，幾乎隨風倒地，難再支持。而賣油茶之徒，衆適時蜂擁而至，每一門多達三四十担，手捧滾熱油茶趨各守卒面前，鞠躬而曰：「老總辛苦，奉送兩碗，禦寒解飢，聊表敬意。」各守卒如涸轍之鮒，驟獲甘霖，狼吞牛飲，恨不得連碗齊吞。有一人而盡十數碗者；有頻呼：「快來！快來！」者；亦有因爭先而搏鬥者。須臾盡數十担而猶感未足。乃不旋踵而昏迷倒地，賣油茶者以嘯呼爲令，左右伏賊暴起，數十百人齊出腰刀，砍斫守卒，啓門納賊。故賊未費一槍一彈而得此銅牆鐵壁之千年古城。倪毓芬於睡夢中爲屬下驚醒，不及鞍馬，用八挺機槍開道，黑暗中（縣城無電燈）不分敵我，猛烈衝擊，得於城東南隅五號水門衝出，潛水而遁。全軍盡墨。野炮三十餘門，重機八十餘挺，全爲賊寇所得。並搜繳步槍四萬餘支（賊衆囘豫東老巢後擴充入馬至十餘萬，即以此批槍械爲主）。馬三四千匹，虜拘肉票達四萬人。地氈式刼掠搜刮四晝夜，富人家屋土牆壁盡爲翻掘。十年正月初二（陰曆），一早即宣言：晚飯以前，不備巨資來贖者，將盡砍肉票。蓋已獲悉，倪嗣冲已親率大軍三萬，斷其歸路也。至晚八時許，尚有未贖肉票二萬餘人，乃先砍數十人於四門通衢及各十字街口以警衆。十二時許尚有萬餘人，乃盡縛之出城西遁。然放火焚城，天明後市民尚不敢出城灌救。此一繁華古城，乃化爲灰燼，良可哀也。總計是役城內外遺屍二萬餘具，死於火者三千人，皆老弱殘廢，死於刀者萬餘人，幾全爲無辜良民而遭屠戮者，誠可謂浩刼也矣。

二、李老末血洗皖北

李老末，眞名李萬如，河南寶豐人。原爲豫西悍匪老洋人之舊部，屬姜明玉杆。民九、十之交，曾隨老洋人偷襲潁洲，十年秋降河南督軍趙倜，編入豫軍樊鐘秀部，旋復叛去。十五年初，隨姜明玉投鞏縣劉鎭華兄弟之鎭嵩軍。劉以姜任師長，李任團長。鎭嵩軍於十七年初在考城整編爲五個軍，第一軍軍長萬選才，第二軍軍長張得勝，第三軍軍長姜明玉，第四軍軍長劉茂恩，第五軍兵力未滿一團。姜旣升任軍長，李亦隨之升任第十師師長，乃屬姜之第三軍。是時鎭嵩軍編入第八方面軍，歸西北軍馮玉祥指揮，姜軍奉命梃進至山東荷澤、曹屬一帶，參加北伐，時正面有狗肉將軍張宗昌部，側翼則爲褚玉璞部，姜部受壓力而又不願作戰，乃陣前倒戈降敵，並拘捕第八方面軍副司令鄭金聲獻敵以求媚。鄭爲褚所害（後鄭子繼成於民國二十一年秋，槍殺張宗昌於濟南車站，爲其父報仇），後北伐軍節節勝利，張宗昌狼狽逃竄，姜率部再回河南，爲西北軍所截擊，僅以身免，部衆星散，李率殘部西奔洛陽，投洛陽軍政委員分會主席張鈁，時尚有人槍一千五百餘，張允將其整編爲一支隊而餉糈無着，李部仍四出搶掠。中央據報，密令張、韓（河南省主席韓復榘）就地解決，事機不密（或云張特地通知者），爲李獲悉，乃拉槍東竄，過鄭州，爲韓復榘之西北軍所要擊，李幾不免，部衆傷亡逃散泰半。越平漢路後，僅剩四五百人，乃沿途裹脅，並號召老洋人之舊部及豫南山地中之各股匪滙聚爲一，聲勢遂復振。十八年至皖北時已有人馬二萬餘，乃詭稱擁衆十萬，實乃一團烏合之衆耳。槍火奇缺，裝備亦差，無重武器，且乏較新式之槍械。以故不能攻城野戰，只揀貧苦而無抗拒力之偏僻農村刼掠。

皖人當連年被蹂躪、荼毒之後，思以自保而貧苦無力，乃組織紅槍會。入會者皆鄉愚，謂以法術可勝槍炮，間有以武功相尚者，蓋晚清亂民義和拳之流亞也。聞李匪率衆寇皖，該會鼓其徒衆奮起抗禦，設防於泉河北岸，東起白廟（阜陽西北五里），西抵楊橋（臨泉東南三十里），防線長六七十里，動員徒衆十餘萬，有執戈矛刀劍者；亦有人左執白紙摺扇，右握秫稭（高粱杆）者。人問之，則謂：「吾摺扇頻煽，賊槍彈即聞風墜落，不得近吾身；吾秫稭爲槍，可斃敵於數丈之外。匪遙望之，黑鴉鴉一片，亂糟糟一團，乃以輕機及步槍饗之，會衆未見賊面，即如牆倒山崩，一掛掛，一片片，倒地呼號，輾轉呻楚。狡黠者已知法術無靈，拔腿飛奔，賊衆以槍隔河遙擊，人腿不及槍彈之快速，死傷狼藉，不可勝數。僅以老八口（河泉渡口，在楊橋東）一地論，即遺屍三千餘具。其愚也可憫。李賊部衆既渡河，乃分圍各土寨。皖北二十六縣中，村民多築土寨自保，三五里一小寨，七八里一大寨。大小土寨不下千數百座。李賊同時圍困數十座，夜晚點燃沿途村莊房舍（名曰對亮子）以相呼應。火光燭天，絡繹數十里。各土寨俱無新式槍械，而賊衆亦不敢硬攻直撲，雖號稱十萬而其槍械僅三四千支，且參差不齊，而又無攻城之重武器，以故對較大之土寨多採偷襲、詐騙之伎倆，或派遣奸細雜難民羣中，混入寨內，夜晚偷襲寨門納匪；或深夜乘寨民樵汲之際，蜂擁而入。其對小寨則採威脅、詐誘之術，或揚言盡燒附近村落民舍；或綁肉票數千百人於寨外，示意盡殺以脅衆；或使奸人傳言：開門迎降，不殺不掠，及其入寨，則盡殺其丁壯；虜其婦女暨衣着較爲整齊者，故每破一寨，殺十之三四，虜亦如之，除老弱外，無幸免者。且其殺人，純用刀砍或戳穿之慘酷手法，絕不輕耗一彈。

其所虜之肉票曰：葉子。男曰：旱葉子。女曰：水葉子。旱葉子皆加繩索，稍具氣力者則需帶紅索。帶紅索者，以鐵鍊繫胸前鎖骨，防逃逸也。被繫索之人，因胸部淤血發炎，三日即死。拷掠肉票曰：洗葉子。不分晝夜專人責成，每拷之初，先以數人或十數人爲號令以警衆。被號令者，或縛活人於樹，裹以棉被或柴薪，灌以香油而點燃之，將其人活活燒成灰燼。還有許多酷刑，令人毛骨悚然。

其於水葉子則不論妍媸，一概褫其衣褲，以防其逃逸。時正嚴冬，朔風凜冽，各女盡縮作一團。有自動向賊獻慇懃，求寵幸者（多爲年齡較長之婦女），亦僅給還其上。其姦污婦女則採集體式的公開姦污，慘不忍睹。

十九年春，國軍進剿皖北，賊衆狼奔而西。西關有一佛寺，住持方丈名雲瑛。賊去既遠，見遺屍蔽野，乃令僧拉棄一水塘內，遺屍中有尚能高呼求救者；亦有低聲呻者；有匍匐爬行求避者；亦有長跪求援者。僧衆皆不顧，概丟棄之，凡八百餘具而塘滿矣，乃封以泥土成千人塚焉。內中有一老屍，爲雲瑛所覩及，似有所動，按其脈息未絕，乃令徒衆舁囘僧舍，灌以薑湯，午後復甦。自言潁州陳名甫，昔曾爲官兩湖者。雲瑛聞而長跪叩頭者三，仰天號曰：「天乎！天乎！天道不爽，不期得遇恩公於今日也。」陳公瞠目省視作不解狀，雲瑛曰：「恩公尙憶及隨縣生員李士行否？」陳公似有所悟。蓋陳家素封，早年納粟仕遜淸，初官湖北隨縣知事。雲瑛者，隨縣生員李士行也。爲仇家誣以姦殺罪，隨令受賄，屈打成招，繫獄待決有日矣。陳公蒞任，廉得其冤，代爲申雪，乃當堂開釋。士行經此大獄，灰心世事，乃削髮爲僧。自以有生之日，無報德之門矣。乃圖其形像，書其名籍於禪堂以祀之。不期遇之於是也。方擬求醫爲公止血療傷，而陳於晚間復行昏迷，深夜逝世。乃購置棺木，浮厝於寺後，遣其徒少瑛東來報信。以道路阻梗不通，至二十年春始得達陳之家人。陳子率衆西上奔喪，啓棺驗視，以一齒二甲證之無誤，乃負骨歸葬，求太和知縣王公作誄，詳述其事。此則豫匪寇皖中之一佳話也。

三十二年夏，余因病赴南召一軍事醫院就醫，該院借市郊民舍爲病房。一日上午偶至一菜園就井水洗滌衣物，而井邊已有一婦人先在，是婦明眉皓齒，窄窄金蓮，苗條多姿。二十許之麗人也。因余與園丁頻頻相與語，乃顧而問曰：「君何處人」？余對曰：「安徽阜陽也」。又問曰：「距潁州遠否？」余曰：「今之阜陽，即昔年之潁州也。」婦若有所悟，悵然久之曰：「知天孟集否？」余曰：「天孟距吾家八十里，有一姑嫁該集王氏，少時曾數往，該集有一七級浮屠，爲他處所無者。」女愀然曰：「吾天孟集人也，十五歲爲流賊所虜，而流賊已自有婦，乃將吾高價鬻諸城內一老翁，翁業商，數娶而無後，吾幸得一男一女，而翁暨其婦先後卒，今幸得獨立門戶，而子女尙幼弱，每念故里父母、兄弟，輒不成眠，君旣爲吾鄉人。幸一見過。」乃告以門戶所在。余知此園丁亦當年之流賊也。身入賊巢，如臨淵履冰，不敢復言，乃匆匆離去。是處距吾鄉七百里，以彼足不出閫之纖纖弱質視之，不啻天涯海角，弱水三千也。豫匪寇皖，實爲慘絕人寰的大血案。

Olympia　HAIR DRYER MODEL HD868

世運牌吹髮風筒

（一）風力特强。
（二）可調節風量。
（三）有冷熱風掣可隨意調節。
（四）裝璜美觀、大方、實用、送禮佳品。

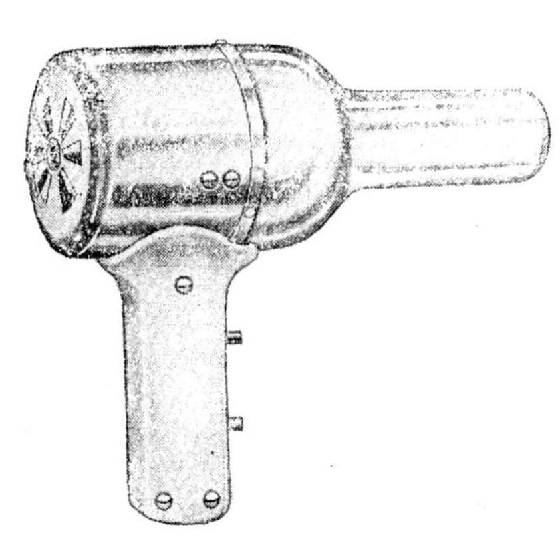

實用電器廠出品・各大電器行有售
地址：香港九龍大角咀塘尾道八十一號至八十一號A四樓
電話：K939082（歡迎電話洽商）

燕京舊夢〔十一〕

李素

錢賓四老師

一間大學之所以能發展、進步、昌盛，並繼續獲致更大的成績，因素固然很多，但優良的師資，總該是最重要的因素之一吧？因爲老師是精神上的領導者，他們的人格、理想、言行、學養、確如春風化雨，在授業解惑之外，最足以陶鑄學生的品德，潛移他們的習慣，維繫他們的感情。師長的著作，爲學與做人的方式，日常的交往等等，對學生的影響之大，或隱或顯，都是難以估計的。

所以我覺得當年的燕大，既是良師雲集，我就該儘量多予追述，不論詳畧，也不論是親見親聞，身受恩德，或者只是複述同學們的經歷和感受，都是宣揚師長的綿綿教澤，同時也表現一個堪稱爲最高學府的應有的規模。

賓師在燕大

我記得在憶述有關冰心師的事蹟時，提到她因病請假休養，課務改由錢穆教授担任，並說過：賓四老師精研國學，又是一位淵博多才，著作等身的好老師，也採用舊式教授法，最高興講書，往往莊諧雜作，精采百出，時有妙語，逗得同學們哄堂大笑。以上幾句話，只是最簡單的引言吧了。我想說的何止百倍！只是特地留到現在才作較詳細的報導。

賓師是恂恂儒者，步履安詳，四平八穩，從容自在，跟他終年穿着的寬袍博袖出奇地相稱。他臉色紅潤，精神奕奕，在課室裡講起書來，總是興致勃勃的，聲調柔和，態度閒適，左手執書本，右手握粉筆，一邊講，一邊從講台的這端踱到那端，周而復始。他講到得意處突然止步，含笑面對衆徒，眼光四射，彷彿有飛星閃爍，音符跳躍。那神情似乎顯示他期待諸生加入他所瞭解的境界，分享他的悅樂。他並不太嚴肅，更不是孔家店裡的偶像那麼道貌岸然，而是和藹可親，談吐風趣，頗富幽默感，常有輕鬆的妙語、警語、使聽衆禁不住失聲大笑。所以賓師上課時總是氣氛熱烈，興味盎然，沒有人會打瞌睡的。而且他確是一位擅長誘導和鼓勵學生的好老師。

我小時候很愛看彈詞，看過好幾部，尤其喜讀「再生緣」，看上兩三遍，有些精采片段且能背誦。因此對字句的聲韻平仄，早已在無意中，不知其所以然地就會模倣了。我聽賓師一連講了幾篇賦，當然因爲他講得好，使我領悟較多，而深喜其中的典麗鏗鏘與煥發的風華。胆大心粗的我，一時高興，說得玄妙些便是靈感突襲，在上作文堂時寫成了那篇洋洋洒洒，稚氣十足的「燕京賦」。我把整個校園內的景物風光，及形形色色的趣事，都寫了個淋漓暢快。我不避吹牛之嫌，你儘管笑吧，當年我的確自覺寫得活潑多姿，輕鬆幽默，妙趣橫生而又眞切動人呢。繳卷以後，我心裡愉快極了，只暗暗希望老師能早日批改了發還。

當我接到發囘來的卷子，看了賓師批上的一大串獎勉之詞，眞的禁不住眉飛色舞起來。但我在當過敎師之後，重讀舊作，囘想當年，却早已明白那篇東西只是粗淺幼稚的遊戲小品，說不上是什麼文章。不過，我能以駢四儷六，古色古香的賦體，描寫新時代的燕大生活和事物，在不倫不類中，却成爲矛盾的調和，這個鬼主意倒還算新鮮有趣吧了。我猜想錢老師也正是欣賞這一點，覺得我是個「古靈精怪」的學生，並且身爲女孩兒竟胆敢那麼淘氣，出些花樣來跟老師開玩笑，這勇氣也實在値得一讚。不是？

也許賓師還欣賞我的幽默感，彷彿得自他講書時那副恣態的點滴眞傳，因而心中一樂，自然就誇張地特加讚許啦。請想想，學生的進步與成績，不就是等於老師自己傳授有方？正如天下的父母提及自己的兒女如何的精乖伶俐時，就感到光采和驕傲，而樂不可支一樣。那段批語很長，但只有最末一句，我至今還記得清楚：「……才氣橫溢，在朋儕中允推獨步。」這雖是敎師們常用的敎學法上的心理戰術，也確會使童心未改的我，興奮歡欣，增加了自信，因而更加努力。

大概賓師早已把那篇逗笑的東西給別的老師們看過，替我宣傳，才會引起燕大年刋（畢業同學錄）的編輯跑來向我索取，我懶得另抄一份，就把原卷給了他。刋出後，我聽說師友中有人擊節，有人拍案時，自然是「不亦樂乎」！我那本年刋在抗戰時期已經失去，如果是一九三零年出版的，那時我還是一年級的新丁；若是一九三一年刋出的，則我已是大二的學生。我記不清了。

事過境遷，現在囘想，只覺得人家的賞識都變成莫大的諷刺。假如我眞有一丁點兒才氣的話，何至於老大無成，反而節節敗退，老遠的落在當年同組上課的所有朋儕之後？深負賓師的期許，我眞該找個地洞鑽進去才對！

不過，任何意外都是我的幸運。凡是敎師，對最頑皮的學生都保有最深刻的印象。不是麼？我這次種下頑皮的「因」，到二十多年後，竟收獲豐碩的「果」。

在燕大時，由於賓師的敎導與鼓勵，我獲得應有的進步。但大家知道錢老師是潛心研究及勤於著作的學者，故除上課前後偶然閒談之外，就很少去打攪他。後來，抗戰開始，師生星散，連消息也聽不到了

賓師在香港

一九五〇年夏，我由捷克經法國囘到香港，閒居年餘，才去培道中學敎高中國文。由於外子特生的老師梁寒操先生介紹，開始爲人生雜誌寫些七零八碎的小品文，因此認識王道（貫之）先生。後來有一次，我跟貫之先生去桂林街新亞書院拜見錢老師。試想想，漫長的二十餘年裡，賓師桃李滿天下，眞是多到數不清，而他老人家對我這個遠年的不成材的頑徒，不單還記得，而且慈

祥勝昔，關注有加。從此我久不久就會去拜候，賓師和師母也偶然會蒞臨舍下，閒活家常。一九五六年，新亞即將遷入農圃道的新校舍時，賓師說新亞還需要教師，問我是否願意去担任中國文學方面的一些課程。

我離燕大後，雖然在南京及梅縣的中學和大學教過幾年書，到了重慶也在文化事業部門裡工作了四年，以後就旅居海外，但生活在戰亂及動盪不安的世代，一直沒有繼續研究什麽，學業荒疏已久，自覺拿不出什麽來教人。而且經歷過五次大小手術，體力漸差，記憶力衰退，加上兒女成行，重担壓肩，身心都難免怯弱，比起學生時代了無牽掛，心雄胆壯的我，已經判若兩人。我幾經考慮，覺得貿貿然去誤人子弟，是罪過的，故終於婉謝賓師的厚意，不敢就任教席，只順口多說了一句話：假如圖書館有空缺，我倒願意去當一個職員。

原因是，我教過好幾班高中二三年級的學生，為了要認眞提高她們的中文程度，我極力鼓勵她們多讀多寫。幸得她們喜歡我，把我當做朋友，言聽計從，在偏重英文的香港，竟然樂意加工背誦古文和詩詞，書聲震戶外，並不嫌我落伍和開倒車。而且課外的讀書報告，自由習作等洋洋洒洒的卷子也源源而來。於是我自尋煩惱的額外的工作日增，經常改卷至深夜。畢業會考班的功課又特別緊張。我雖衷心覺得教書的確有無窮樂趣，但我的性格是，書不教則已，要教就非十分認眞不可，絕不敢馬虎，故只教了幾年，就已經有疲於奔命之感，精神與體力都大為耗損。為維護健康，我願意改行。當職員的工作時間增長，但下班後就可以休息，不必像拉緊的弓弦，晝夜碌碌惶惶。

賓師對我太慈祥了，不須我開口請求而自動提拔我，又自動放棄了他的希望和本意，而實現我的願望。他一向就是如此開明和仁厚，尊重對方，凡事只提出自己的見解及意向，而從來不力勸或強人同己。天下有許多父母對兒女，都沒有這種寬容和了解呢。於是我辭掉教師的職位，欣然嘗試一種新工作。

我進了新亞以後，自然有較多機會接受賓師的教誨。他和師母對我一家都關懷備至，有空散步時，也會來看看我們。那時候，特生身兼專上學院，中學及小學幾處課務。他一向喜愛兒童和青年人，故週末，或假期，或課後，常有學生來找他。小學生對他尤其親熱，拉手拉脚，問這問那，天眞地談笑自如，融洽之情，不像師生，却像朋友，像親人。我猜，也許是這種情形落在賓師眼裡，覺得他有人緣吧？

我進新亞滿一年（一九五七），賓師又自動的提拔特生，聘他充當學生生活輔導組主任，兼授西洋組課程。專任的職務總比四處奔波兼課來得安定而省力，特生自然是樂於接受的。因為並非我們有所請求，而完全是出於賓師自發的熱誠關切，愛護後輩（特生也是燕大畢業生）而優予提拔，這深厚的恩德就更使我衷心感戴，銘刻不忘。賓師對學生總是扶助不遺餘力的，我只是許多例子之一吧了。

賓師的往事

關於賓師的往事及日常生活，我是學生，不便恣意問所欲問，故除了親見親聞的點滴之外，便是偶然從師母口中從新亞的同事們，同學們及刊物上獲悉的。現在也只能雜亂地作簡略的敘述。我所知的實在太少，而且難免錯誤，謹在此先致歉忱。

錢賓四（穆）老師出生於江蘇無錫七房橋的錢家村，那兒正是人傑地靈，風光明媚的地方。當時不單是七房同居，兼是五代同堂。他們是書香世家，也是地主。賓師的父親是秀才，因健康欠佳，沒有再去應試以求取功名，只靠一點田地維持生活。賓師七歲進家塾，老師也是個秀才。一年後，家境日益貧困，遂遷居蕩口鎮，他就進入洋學堂裡唸書，到十二歲尚未畢業便遭不幸，他父親遺下一妻四子，溘然長逝。翌年，他就讀於常州府中學，辛亥年轉學南京鍾英中學。這年暑假裡，賓師患傷寒症，病了兩個月，太夫人原不許他離家，但他爲爭取求學機會，仍趨往南京去。那天，他在火車上已獲悉武昌起義，興奮得熱血沸騰，決意到南京等待國民革命軍進城時，就去投効參加革命。家裡來信催他回去，他不理會，直至學校停課關了門，他才趁最後一班火車離南京。不巧，火車中途不能停車，他就隨車抵達上海，小住數日，上海光復了，他才終於回到故鄉。

這年冬天，賓師寫了一篇稿子，是討論國防和外交問題的，寄給「東方雜誌」參加徵文比賽，結果獲得了第三名或者是第四名。這是他第一次寫文章，在現代的人看來，十六歲只是個大孩子，竟敢放論偌大的問題而又能獲選，實在太不容易了。

民國元年賓師十八歲，家裡再不讓他出外讀書，更因經濟拮据，所以他中學尚未畢業，就不得不執起教鞭，度其粉筆生涯。他在家鄉教小學，一教就是十年。民國十一年，賓師轉往福建集美學校開始當中學教員，從此，就專教國文。一年後，他又先後在無錫第三師範學校及蘇州中學，一共教了八年。結算起來，賓師自踏上講壇已有悠悠十八載。在仰事俯蓄，教養諸弟，生活清苦，重担壓肩的情況下度日，這段歲月實在相當漫長。「天將降大任於斯人也……」。賓師在豐富的人生經驗之外，加上天才與毅力，堅苦卓絕，教書不忘自修及著作，對國學溯本窮源，專心致志，鍥而不捨，學養之深厚已非普通人所能想像的了。實至名歸，是自然之理，成功是由努力得來，並非倖致的。

民國十九年燕大已進入全盛時期，以師資優良見稱，仍不斷地廣求飽學之士，遂禮聘賓師北上任教授之職。他教書固然精采百出，生徒們深受薰陶之益，而他本身，我猜想，也感到如魚得水，如虎添翼吧！因爲進入了北平這個文化城，除了燕大圖書館，還有隣校清華圖書館，城裡有北平圖書館及各大學圖書館，加上數不盡的歷史文物寶藏，供他游泳與潛尋；在愛書如愛命的人看來，豈非生平一大機會，一大快事！

天幸賓師早出生了幾十年。如果他是現在香港的一個十八歲學生，沒有唸完中學，沒有會考及格證書，就根本沒機會正式當小學教員。試想想，假如賓師當年遭逢這種厄運，無從在學問及教育這方面奮鬥和發展下去，就只好轉行換業，固然絕不會捱餓，但總不會有像他今日如此豐碩輝煌偉大的成果，却是必然的；而對於中華民族的學術文化，該算是罕有的最慘重，而且是無從補償的損失！

雖然許多事物都跟着時代在進步，但我總覺得從前的人通情達理得多，知道制度是爲人而設的。現在的人却太輕視自己，以人去遷就制度，削足適履，造成許多痛苦和悲劇。只是考試啦，文憑啦，就不知已折磨了多少人，扼殺了多少天才！

賓師在北平的一段時期，除授課外，只致力於研究及著作，絕少參加集會，也不發表什麽文章，因校內有左傾份子在攪風攪雨，一不小心就會招惹是非，一直到抗日戰火燃起，北平四大學南遷後，他才開始多一點活動，同靑年人討論時事，爲報章撰寫星期論文等等。在西南聯大時，却因同事們鬧意見，常起爭端，他生怕被捲入旋渦，遂避往成都。勝利後，他不願到著名的大學執教，於是回昆明，在五華學院及雲南大學担任課務。後來，無錫江南大學成立了，他就重返故鄉去當文學院院長。

創辦新亞書院

一九四九年，賓師在香港，以九龍桂林街的一間普通住宅爲校址，創辦新亞書院，聯合流亡到此的幾位志同道合的朋友爲創辦人，以滿腔熱忱，一股毅力，共同支撐。當時學生不多，教師都是盡義務的贊助者，其中有步行往返若干里路來授課的。全校上下的刻苦精神，最足令人感動。後來，美國的耶魯協會也就是看見他們的熱心及刻苦情形，而自願和新亞合作，補助經費，並資助建築校舍。一九五六年夏，新亞書院遷入農圃道新址。賓師說過他不願辦殖民地教育，也不願辦教會學校，而主張宗教自由，對信奉任何宗教的教師和學生都一視同仁。耶魯協會也很尊重這個主張。並無異議，以示他們只是協助新亞發展，別無目的。新亞這一個特色，不是與往昔的燕大相彷彿麼？

新亞在錢校長指導下，全校學生一本其刻苦精神，共同努力，結果是：規模漸大，成績卓著，聲譽日高，被公認爲極優良的專上學院之一。

接受榮譽博士學位

一九六〇年，美國耶魯大學敦請賓師前往講學。那年六月十三日，耶魯大學舉行第二百五十九屆畢業典禮時，接受學生、碩士、博士學位的，有二千多人。另外又頒授十三個榮譽博士學位，而賓師是其中的一位。

當日在典禮中對賓師宣讀的頌詞是：

「錢穆先生：你是一個古老文化的代表者和監護人，你把東方的智慧帶出了樊籠，來充實自由世界。你是新亞書院的創辦人和校長，在教育中國青年和事業上，耶魯是你的同志和擁護者。耶魯大學鑒於你個人的天才，和你在學術上的成就，特授你以人文學博士學位。」

那天接受學位時，賓師的博士袍下面，依然是一襲藍色綢大褂。聽說他對接受榮譽博士學位，沒有什麼特殊感想，只是覺得耶魯在這個年代，請一位不懂英語的人到美國講學，並且選上一個中國人接受學位，他認爲是意外的幸運。更難得他們在典禮上特地把他的頌詞譯成中文，這都是表示對中國人的尊敬，想到這一點，他倒是非常高興的。

上面那篇頌詞，使我覺得賓師所接受的這個榮譽學位，實在比其他榮譽學位更榮譽，也更有光采。因爲錢老師的成就與功績確是如此輝煌廣大深厚悠久！而且他並無外在的任何優裕的憑藉，只是靠本身刻苦自修，孜孜矻矻地發揮一己的超卓天才，而獨自創造了一個罕有的奇蹟，成爲中國的國學宗師，兼是馳譽國際的天才學者。我彷彿記得賓師到美國講學之前，也到過南洋大學授課的，但願沒有記錯。

著作

賓師的著作大約有數十種，我一時想不起那許多，更弄不清出版年份的先後，現在只能隨想隨寫，列出一部份書名：

四書釋義上下冊（是論語要略加上孟子、大學、中庸、合成一書的。）
論語要畧（是第一本著作，在無錫師範寫成的講義。）
國史大綱上下冊
中國歷代政治得失
中國人之宗教社會及人生觀
先秦諸子繫年上下冊
秦漢史
中國思想史
宋明理學概述上下冊
莊子纂箋
教育與文化
莊老通辨
學籥
國史新論
民族與文化
史記地名考
中國近三百年學術史上下冊
中國文化史導論
文化學大義
中國思想通俗講話

中國歷史精神
陽明學述要
人生十論
政學私言
論語新解（在耶魯講學時完成的）
兩漢經學今古文平議
湖上閒思錄
中國文學講演集
中國歷史研究法
朱子新學案
中國史學名著（剛在台北出版）

以上只是我隨便舉例，約畧顯出賓師研究的範圍，及著作的輪廓吧了。還有「惠施公孫龍」，「周公」，「墨子」，及燕大「文學年報」裡刊載的的「盧陵學案別錄」和「論兩宋學術精神」等文，是否已成專書，或已收入那一本書裡，我都不敢胡說。總之，賓師的著作爲我所未知未聞的尚多，至於在各種刊物上發表的文章，和應邀在各種集會裡演講的演講詞，那就更難以計算。

賓師的作品中，只有「四書釋義」是用文言寫的，因爲他自北上燕大之後，就開始寫白話文了。他的「中國思想史」，「文化學大義」，「人生十論」及「湖上閒思錄」，在多年前已由韓國學者金敬琢教授（高麗大學哲學系主任），譯成韓文。可惜我所知太少，近年來有沒有其他譯本，我說不上來了。反正將來從事研究及作精確報導的，必大不乏人，我大可以放心。

賓師治學精勤，每看一本書就不輕易放下，一定要細心咀嚼，看通看透才罷休。他認爲讀懂了一本書纔再讀另一本，自會覺得每一本書都新鮮而境界清晰，不會像拖泥帶水般混亂夾雜，攪得印象模糊。總之，「讀書『必』求甚解」，這是他年青時讀「曾文正公家訓」所獲的心得，而從此奉爲信條的。這一點也正是他做學問成功的秘訣。還有，賓師寫作時頗有特殊本領，要寫就隨時可以寫，也隨時可以擱筆，更隨時可以承接，而思路不斷不紊，無時不順理成章。他寫的手稿也是字字端正，從不潦草的。這種正心、誠意、定力與靜功，恐怕是時下一般後生小子，所難以修養得到的？

日常生活

賓師一向愛打太極拳，靜坐和散步；太極拳打成套，靜坐則往往超過一小時，散步最初每天走三千步，漸漸增加至六千步，天晴在戶外，雨天則在室內，邊走邊數，不分寒暑，散步如儀，習以爲常。

他愛吃甜品，高興時喜歡喝喝酒，一度因血壓高而絕不沾唇，但在健康恢復後還是愛喝一點兒。至於抽煙，他十多歲時就已經開始了，不過，三十歲之前曾一度戒絕，大概過了十年，在無錫當文學院院長時，忽然又再抽起煙來。原因似乎是，學校裡會議頻頻，無聊得發慌，最宜抽煙提神遣悶，於是繼續抽到現在。我看見賓師在家時愛抽煙斗，出外抽煙捲兒，也許爲了易於携帶吧。

賓師在家穿中式短裝，出外穿大褂兒。我也見他穿過洋服和夏威夷衫，但次數並不多。

每逢說到創辦新亞時的艱苦情形，賓師很知道有許多人希望他寫回憶錄，說說他已往的經驗和生活。但他太謙遜了，認爲自己還不夠標準寫自傳，而且覺得寫出來就沒有什麼意思了，所以決定不寫。我相信許多人看見這項決定都會感到失望。因爲依我淺陋幼稚的想法，總覺得凡是被公認爲有偉大成就的人物，他的自傳本身就是有血有肉，有思想有感情，有靈魂有生命的眞實的傑作，正是活生生的好教材，對社會教育，對當代及後代，尤其是對青少年的影响，未必比任何高深學理，任何大塊文章遜色的。傳授學識與陶鑄品格，原都是教育工作者的能事和職責呢。我這頑徒倒有個兩全其美的小主意：請師母執筆撰寫，而由賓師校閱和修改，則內容將是最恰當，眞確和精確，而許多事蹟與心情，也就不會被別人（愛寫傳記的人多着呢）歪曲、誤解、瞎猜和胡扯了。多好！當然，我最希望賓師將來也許會改變主意。

提起師母胡美琦女士，我這做學生的，心裡就湧起一股敬意與謝忱。想當年，賓師隻身浪跡海隅，苦心孤詣爲教育青年而創辦新亞書院，在備嘗艱困的歲月裡，却遇到別具慧眼的胡小姐相愛以誠，願意奉獻一切，做他的終身伴侶和助手。我還記得賓師寫過這麼眞切工整精采的一聯：「勁草不爲風偃去，枯桐欣有鳳來儀。」此中洋溢着多少怡悅啊！在他們兩位結婚的喜筵上，我和特生也曾隨同新亞的幾位元老，舉杯恭賀呢。那是十八九年前的事了。

從那時候起，師母既當賢妻，兼像慈母，持家之外，無微不至地照應賓師生活上一切細節。爲了他日常在交通上的方便，安全與舒適，她就加緊學習駕駛，自願多兼一職，充當司機，經常接接送送，直到現在居住台北，還是一樣接送如儀。賓師無論到那裡去講學或遊覽，都由師母相陪，形影不離，分担憂患，慰解煩愁，包辦瑣事。欣幸師母正當盛年，體魄壯健，對這一切都幹勁十足，勝任愉快。有一位如此適切需要的最得力最忠誠最親愛的助手，這對於賓師的身心與精神，是多大的快慰和鼓舞！由於她的精誠愛敬已達到忘我之境，遂使賓師得以完全放心安心專心做學問，因而獲致更豐盛和更超卓的成果，而其中包含了師母的功勞，那是無可置疑的。

辭職

一九五九年，香港政府看上了新亞、崇基和聯合三間大專學院，建議給予津貼，補助發展，以便將來合併爲中文大學。新亞一向有自己的一套理想，所以遇到這件事就感到特別困擾。校內人物馬上分爲兩派，很自然的，多數人贊成接受政府補助，另一派則願意捱窮，主張維持獨立自主和最初辦學的理想。衆說紛紜，爭論不休。我聽說這件事確會使賓師大爲苦惱，終夜徬徨，躑着方步，苦苦思索却未得兩全其美的妙策。後來到了非抉擇不可時，事情也就十分簡單了，因爲路只有一條，若不願或不忍或不能強人同己，則惟有捨己從人。賓師深愛新亞，視爲親自花盡心血教養長大的兒子，中途却要去接受別人的恩養；此情此景，令人酸鼻。

新亞接受補助之後，有些事情受到限制或不得不改變，失去了一部份的自由，這都是早已在意料之中的。一九六三年，中文大學宣告成立，新亞是三個學院成員之一，從此新亞原有的本質，就逐漸有更多更明顯的轉變。至於變好、變壞、是損、是益、是福、是禍，或功罪參半，那是見仁見智，誰都難以分析，難以斷言的吧？有一件最顯易見的事實是：自冠上了「中文大學」的名稱開始，新亞的一切公文，通告、函件、會議記錄、請帖……等等，全部改用英文，使我這個多年老職員大感詫異，非常不習慣。但細想起來，看不順眼，只是我個人的愚昧，我忘了這兒是殖民地。

中文大學成立之後，賓師便申請辭去院長之職，但被挽留，一時未能脫身；一九六四年夏再度辭職，才獲得批准。至於賓師辭職的理由，他在最後一次主持新亞畢業典禮中，對畢業同學說得很清楚。讓我節錄他的演講詞吧，或者對許多青年朋友都有益處的：

「……此後諸位正要走進現世俗世界中去謀職業，幹事業；但我鄭重奉勸諸位，莫要忽畧了另一個理想的眞世界之存在。……猶憶十年前後我和一位朋友談天，他說任何一個人當了什麼長，位居人上，時間久了，在不知不覺中，此人的品質和性格都會變。我當時深受感動。自念新亞規模雖小，我也算是一長，人非聖賢，苟不時自警惕，若使位居人上，而品在人下，豈不是一件可恥可悲的事？

「……我自民國元年起……忝為人師，至今沒有轉變過，也沒有休息過……當時我即深深明白……不懂得做人便無以為人師。……我在新亞十五年，時時教諸位應知為學做人並重。……若我此番不辭職，便和我平日所抱做人理想不相符。……我自十七歲到今五十三年……上堂教書，是我的正業，下堂讀書著書，是我業餘的副業。我一向不喜歡担當學校行政工作；流亡來港，創辦新亞，算是担當學校行政工作了，那是在非常環境非常心情之下做了。在我算是一項非常的事。這如戲台上的客串與玩票，又如凌波扮演梁兄哥。……此下我將翻轉我以前所為，以讀書著書為我正業，以上堂教書為我謀生之副業。諸位或要想我已踰退休年齡；但我的精力決不需退休，我的經濟亦不能退休，諸位且看我此下如何去另闢生路吧！

「但我在此十五年中，雖說耗損了不少精力，究竟在書本外也增長了我許多眞實人生的體驗和閱歷……我的精力在此處有耗損，但在別處有貯備。過幾天，我十五年來担當新亞校長的畢業文憑拿到手，我的新生命開始，我的新精神又會來復。我立志想寫一部有關研究朱子的書……此書定可完成……在中國學術史上，在中國文化教育上，決不比我創辦新亞或主持新亞意義更狹小些，價值更輕微些。

「……聽說今天的畢業同學希望諸師長都穿博士袍服來應禮，但我不大善歡穿博士袍，因我沒有進過大學……我的博士名號由人家贈送，未經我親身努力喫苦而得之，在我總覺不關切。我今天穿此綢大褂，卻是從前新亞一向舉行典禮時我所慣穿的一套。……我今天則特地穿此綢大褂來應禮，一則表示我心回戀新亞之已往，二則這是我最後一次主持新亞的畢業典禮，不幾天，我即可身心放鬆，請諸位諒恕我，讓我今天起即開始放鬆了，穿此綢褂，亦古人所謂遂我初服之意。我想在諸位的畢業典禮上亦不算得失莊嚴失體統。」（新亞生活雙周刊第七卷第六期）

以上節錄的並非精雕細琢的大文章，而是隨口說出的叮嚀和告別之詞，故語氣顯得更為親切而自然。我覺得所涉及的範圍雖不甚廣，也可以從中看出賓師的氣質、性格、思想、興趣、工作態度、為學做人的道理與實踐。還有他的謙遜、坦誠、堅毅的恒心，高度的自信，宏大的氣魄與抱負，久遠的計劃，「為而不有」的精神，功成身退的明智，及對學術文化教育的貢獻。同時，也表現了他定力充沛，有斬釘截鐵的鏗鏘，有我行我素，泰然自若的瀟洒，也有勇往直前，老當益壯的豪氣與雄心。

賓師那篇三四千字的演講詞裡，還有幾句極精警的話，我覺得有一錄的必要。他先說到廣東高僧虛雲，活到七十八高齡之後，仍蓽路藍縷，到別處去創設新寺，完成了就走，再到別處又建新寺。就這樣千辛萬苦，每到一處都建新寺，接接連連創建了無數新寺，而虛雲和尚也精神不衰，活到百多歲。然後賓師說出自己的心得：「我常想：人應該不斷有新刺激，纔會不斷有新精力使他不斷走上新道路，能再創造新生命。若使虛雲和尚興建了一寺，徒子徒孫環繞着，呆在寺裡作方丈，說不定他會在安逸中快走進老境。當然我此處之所謂老，更重在指精神言，不重在指身體言。」

是的，「不斷地創新」正是賓師的奇妙的不老之藥。我特地把藥方抄下來，以便有志者如法服用。

賓師離開了新亞，在無職一身輕的瀟洒情況下，自是恬然以著書為樂事。最初仍在沙田住了一段時期，然後遷往台北，在風景優美的外雙溪定居下來。他每天上午都去故宮博物院為他特設的靜室裡寫作，午後則休息、散步、看書、會客等等，晚間則為節省目力，絕少看書，也許只靜坐或打拳吧。

賓師說過要寫的一部巨著「朱子新學案」，已於數月前出版了。當我偶然聽到岳騫先生提及這本書時，心裡眞是高興極了，認為是一項最可喜可賀的好消息。賓師經常都在不斷地創新，每次著成了一部新書，就另換題材，又著作一部新書，完成之後，又另寫一部新書，接接連連，將來一定著成無數新書，為我中華學術文化增添無限光采，建立無量功德。我這頑徒謹在此虔祝賓四老師，也像虛雲大師一樣，達到一百多歲的高齡，而長保精神健旺，福體康強，生活愉快！

愛的宇宙

你是春陽照射着我寂寞的心
從沒計較我這江水多冷多深
絕不吝惜光和熱微笑與溫柔
只助我源源湧起溫暖的洪流

你是星光指引我無盡的前程
從不藐視我這孤舟飄搖不定
不問能否欣賞你的清明愛敬
甘心在中宵風浪裡伴我長征

你是海洋浸潤我饑渴的心靈
晝夜撫慰我這長鯨萬里飄零
我期望永遠在你深情裡游泳
離開你的心懷我會丟掉生命

你是藤蘿緊偎着我乾枯的手
永不嫌棄我這古松蒼老清瘦
你的花你的葉像神秘的紫雲
渲染籠罩使我精神活潑青春

春陽曾經力戰雨霰霜露
星光拚命穿透密雲濃霧
海洋常常抵抗迅雷疾風
藤蘿也曾忍受桃嘲杏諷
你說最純淨是愛的宇宙
絕不容功利的意念存留
名位權勢金錢都該撒手
愛是不變無條件不索酬

完全的奉獻不希求俗世寬諒
你是我的靈魂我的光和希望
維娜斯是天上最聖潔的女神
而你却是人間最勇毅的愛人

千載前誰懂尊敬人性的自由
百年後又將憑新標準去吹求
愛的宇宙裡只有眞誠是德行
美滿的剎那是歡悅中的永恒

我這首半新不舊的劣詩，是十多年前有感而作的，已收在一九五七年出版的拙著「遠了，伊甸」詩集裡，現在忽然想起了，就順手錄在本篇之末，作爲紀念。沒理由也是理由，在我，似覺舊夢新夢同是亂夢。不過，若說這是廢話，浪費篇幅，那也在我意料之中，只好再三道歉了。

厭惡已極的談判任務

周恩來評傳（二十三）

嚴靜文

回顧以上六次談判的經過，我們會得到這樣一個印象，談判最初的主動者是中共，其目的在以談判來掩飾擴張兵力的事實，求取政府的承認。

雙方幾乎從全面抗戰一開始就展開武力鬥爭，國民政府因貪圖蘇聯的軍事援助，對中共的擴張和挑釁採取含忍態度；幾至一九四一年六月納粹進攻蘇聯，蘇援停頓，一九四二年新疆歸附國民政府（以前爲蘇聯所控制爲附庸）之後，政府欲對中共強硬時，中共羽翼已成，勢不可制了。

一九四四年以後的兩次談判，受外交形勢的影響甚大；美國繼蘇聯成爲軍援中國的盟國；在美國的影響下，重慶當局急謀共黨問題的解決，但是中共對國共合作興致已盡，只是用來做爭取有利條件，有利政治宣傳和工具。

在整個的談判過程中，周恩來扮演了開頭的人和收尾的人，中間的幾次談判，周恩來或居配角、或不能參加，表現出是一個問題人物。

一九四五年五月下旬，周恩來憤然回延安之後，僅三個月，日本便宣佈無條件投降了，於是臨近熄滅的和談又重新開鑼上場，和談乃進入第二階段。

註①：據知一九三八年十月成立的新四軍，計三個支隊，每一支隊下轄兩個團，計共六個團。而正規師的編制，則每師三團，兩師爲六團。

註②：中共的正規部隊既要求擴編爲二十七團，計約三十萬人，而所屬的游擊隊只少應有三十萬人，加在一起爲六十萬。另據「中國人民解放軍光輝事蹟」一書記載一九四五年八路軍發展到六十萬人新四軍發展到二十六萬人。

註③：時蔣主席爲盟軍中國戰場總司令，史迪威則爲中國戰區統帥部參謀長，兼中國戰區美軍司令。在軍事系統上爲蔣氏之部屬。

一九四五年一月周恩來到重慶，由正派老生改唱大花臉，對國民黨進行了一輪猛烈的政治鬥爭之後，四月下旬匆忙趕回延安去了。因爲中共正在召開「七全大會」。

在前一章已經提及，從一九四二到一九四四的時期，周恩來談判代表的地位曾有被林祖涵和林彪取代的情況，他似乎在黨內遭遇了重大的麻煩，經過「整風」（一九四二——一九四三）的洗刷，才恢復了原來的地位和職權。因此召開七全大會時，周恩來早已經耐過嚴酷的季節了。

七全大會忍辱擁毛

七全大會是毛澤東的一個里程碑，也是周恩來的一個里程碑。

從一九二七到一九三五的遵義會議，周恩來是毛澤東的領導人，從遵義會議到七全大會這個期間，周毛仍互有依恃、互爭雄長，可是自七全大會以後，周恩來即成爲毛澤東的「貓脚爪」了。從這以後，他再也不能發揮自己獨立的主張和見解，戰戰兢兢，事事要以毛的意旨爲方針，成爲毛澤東意志的工具。直到六十年代文化大革命發生，形勢才又發生變化。

七全大會對周恩來是一沉痛的烙印。他不得不以毛澤東的擁護者出現。但是內心裡充滿不平之氣。這可以從他在大會的講話中看出來，但是非常技巧。

他首先簡述中共過去十七年（一九二八——到一九四五）的歷史，繼而誇耀中共當時擁有巨大實力，一百二十一萬黨員，九十一萬正規部隊，二百多萬民兵，十九個解放區，九千五百五十多萬人民。於是他問：「這樣的黨，是怎樣練成的呢？」他強調「是從長期地反對黨內左右傾機會主義的鬥爭中鍛煉出來的；是從勇敢地實行自我批評中鍛煉出來的。」

從這幾句話一點也看不出對毛屈服的意思。他自己雖然犯過左傾機會主義的錯誤，但是毛澤東也犯過右傾機會主義的錯誤，二者並列，半斤八兩。所謂「勇敢的自我批評」，可能是針對自己說的，因爲他在「整風運動」中，必作了「勇敢的自我批評」，所以才得到毛的諒解，但是其他的人未能有這麼勇敢的「自我批評」，足以表揚自己的大丈夫氣概。

接着他又問：「二十四年來，我們是依靠了甚麼力量鍛煉成的呢？」他首先舉出「全黨同志」，其次「黨內外的革命先烈」，「人民大衆」，「國內民主黨派及國外進步人士的同情」，最後才提到：

「最主要的，我們還是依靠了我黨領袖毛澤東同志的英明領導。他指示了我們以新民主主義的方向，他教育了我國以中國馬克思主義思想和學說，他領導了我們經過中國革命三個歷史時期，創造了偉大的革命力量，經歷了無數次革命鬥爭，克服了無數次艱難困苦，達到了今年初步的勝利。」

他把對毛的讚揚放在最後，是改做驚人之筆，顯示了他仍是一派首腦的風格；但是最後對毛的讚揚，頗爲誠懇，無微不至，亦可饜足毛的希望。

七大之後的延安

關於「七全大會」當時的情況，缺乏資料可考，但是對於七大之後的延安，已故的左舜生先生在「三十年見聞雜記」中，則有頗生動的點描。

左氏和傅斯年、黃炎培等延安之行，在一九四五年七月初，恰在七全大會兩個月之後。試看第一次會談的情景。

「一宿無話，第二天午後，雙方便舉行了第一次會談。共方由毛澤東、朱德、劉少奇、周恩來、林祖涵、張聞天、王若飛、葉劍英、任弼時等出席。除談到國共已經交涉的經過由周恩來補充了幾句，談到軍事方面由朱德補充了幾句之外，其餘的時間都由毛澤東發言，十足表現一種獨裁的氣概。雙方所談均非常廣泛，共方更附帶發了不少的牢騷，沒有作出任何結論。……」

從這一席話可知，毛在中共黨內已定於一尊，周恩來則降爲第四號人物，而張聞天已經敬陪末座，聊備一格了。

「我們到延安，剛剛遇着中共七中全會閉幕，他們各方面的文武幹部來開會的很多，都還沒有散，因此他們利用機會，分作三天正式招待我們。第一天由毛澤東出名，……第二天由林祖涵出名，……第三天由朱德出名。……」

曾常駐重慶負責統戰的周恩來，竟沒有出名請一次客，可見周的處境令人有「如履深淵，如履薄冰」之感。左氏這裡說「七中全會」顯然是七全大會之誤，或七屆一中全會之誤。

三次正式宴會之外，還開了一次晚會

，晚會的主席是李富春，周恩來僅在這個晚會上說了幾句話。

左氏對中共要人幾段個別的記載很重要。

①「在這三天宴會中我所得的印象，覺得他們軍人的質素，似乎比文人來得好，朱德也似乎比較毛澤東沒有什麽做作。我從旁得知，朱德住在延安已經有了四年。……」

這是說，自從一九四一年起，朱德亦已脫離了紅軍，成爲空頭司令了。朱是周恩來第一死黨，朱的空頭化，周的地位即不問可知了。

②「我們向毛澤東請求，要看看陳紹禹，因爲我們在重慶聽了許多關於陳的謠言，想知道一個究竟，見面的結果，覺得這些謠言不爲無因。據陳說：他確實病了很久很久，而且很厲害，一共打過一千多針，一直到我們看他的時候，他才能穿着棉衣棉褲，在房內外走動走動。房裡除一床一桌和幾張矮櫈以外，別無長物。看他太太和小孩的樣子，似乎是營養不良，保健飯未必於他們有份，甚至有人揣測他們是從另一地方被搬來給我們看的。」

王明一九三七年十月自莫斯科歸來時，手拿第三國際上方寶劍，自定政治局名單，何等威風；現在已成爲毛的掌中物了。

秦邦憲公開發牢騷

③「秦邦憲任延安『解放日報』社長，這是延安唯一的報紙，每天午後出版一大張，內容單調，……我問秦邦憲：『你回到延安來怎麽胖了許多？』他想了一想回答我：『我們在這裡不要用什麽腦筋：：』這個答覆很有趣，連秦邦憲也用不着動腦筋，其餘的人更可想而知了。」

王明自一九四一年失勢後，毛澤東看在第三國際的面上，對於其餘的幾個「布爾雪維克」，網開一面，給予工作；秦邦憲在那種情況下，還敢對黨外人士發牢騷，說明此人仍未脫「少不更事」的稚氣。

④「張聞天是少年中國學會的會員，是我的老朋友，老同事，因此我也向毛提出，要和他談談。毛命令他的親信任弼時同我去，於是我們只好談談私人間的往事，不及其他。張住的地方和陳紹禹差不多，但桌上多了一架電話機，還擺得有幾本書，與從前和我住在上海民厚北里時候的情形比較，不如遠甚。張少年時也是英氣勃勃的，這個時候居然變得規規矩矩，不敢放言高論了。當時傳說：陳紹禹、秦邦憲、張聞天，都是所謂國際派，是毛及其親信所不信任的，……」

⑤張聞天原也是廿八名布爾維克之一，國際派第三號人物，但是在遵義會議上，背叛了國際派，以調人自居，附和以毛澤東及實力軍人的意向，改組黨中央，使毛澤東取代周恩來爲中央軍委主席，自己取代秦邦憲爲總書記，當時他自以爲得計，殊不知槍桿子握在毛手中，他這個總書記就成了木偶，從此既爲毛派所輕，又爲國際派及周恩來一派所不齒。七大之後的處境極爲孤立和尷尬。

⑥「周恩來的家庭最整潔，雖然是一個窰洞，可是窗明几凈，圖書擺得整整齊齊，周太太鄧穎超，照她幾年在參政會的表現，我知道她是一位沒有內容的女權論者，可是就她的家庭情形而論，却不失爲一位良好的太太，……」

從家中的情況也可以看出來，周恩來的處境比那幾位國際派要好多了。其實，國際派過去打擊、壓制毛澤東，尤其是在江西時代，完全靠周恩來的支持。因爲這些國際派，在黨內無寸尺功勞，除了俄國話講得好沒有令人折服之處，他們只憑莫斯科的護符上台發號施令，如果在蘇區沒有實力支持，是絕對站不住的，而他們居然自一九三一到一九三五，把持了黨中央的領導權，全靠紅軍統帥周恩來的大力支持。因此毛內心對周恩來之憎恨實更超過國際派。可是從七大之後的情勢看，周恩來仍不失爲重要領導人物之一，這固然與他「勇敢地自我批評」有關，恐怕他在軍隊裡的潛勢力也是重要因素。當時陳毅已控制新四軍，聶榮臻已得志於晉察冀邊區，而朱德、賀龍、徐向前等也都握有兵權。

鄧穎超貶降後補中委

爲進一步了解當時周恩來的具體形勢，茲將七大後中共中央領導班子的陣容，列述如左。

一、中央委員會主席、中央政治局主席、中央書記處主席：毛澤東。

二、中央書記處書記五人：毛澤東、劉少奇、周恩來、朱德、陳雲。

三、政治局委員十一人：毛澤東、劉少奇、周恩來、朱德、陳雲、高崗、任弼時、張聞天、康生、林伯渠、董必武。後增加二人：彭眞、鄧小平。任弼時一九六〇年逝世，彭德懷補其缺。

當時劉少奇、鄧小平、彭眞、林伯渠、康生、任弼時六人都是毛的積極支持者，董必武和高崗也是附和派，國際派只留張聞天一人，周恩來和朱德是點綴，陳雲則是散兵游勇。

中央委員四十四人：毛澤東、朱德、劉少奇、周恩來、林彪、董必武、陳雲、徐向前、林伯渠、李富春、李立三、羅榮桓、康生、彭眞、張逸雲、賀龍、陳毅、劉伯承、鄭位三、張聞天、蔡暢、鄧小平、陸定一、曾山、葉劍英、聶榮臻、彭德懷、鄧子恢、吳玉章、林楓、滕代遠、張鼎承、李先念、徐特立、譚振林、薄一波、陳紹禹、黃克誠、高崗、陳潭秋、關向應、王若飛、秦邦憲、饒漱石。

在上述四十四人當中，毛派佔絕大多數固不待言，周恩來一派則有朱德、李立三、張雲逸、賀龍、陳毅、葉劍英、聶榮臻七人而已。周妻鄧穎超，本是老中委，可是在七大中被貶爲候補中委，也反映周的地位有了變化。

七大之後周恩來的地位雖被貶低，但是已重新穩固，不似在一九四二到四四的期間那麼動蕩險惡了。換言之，他在中共中央重新改組，毛的獨裁權勢已經樹立的基礎上，重新獲得了有限度的信任。作爲毛澤東路線的忠實執行者，他重再代表中共主持與國民黨的談判。

周親自照料毛澤東

一九四五年從一月到四月，周恩來與國民黨當局的談判決裂後，雙方陷於僵局，直到八．一五日本投降，在美國的積極調停下，才於八月二十八日由毛澤東偕周恩來等隨赫爾利（美國大使）一起飛赴重慶，而重開政治談判。

據左舜生先生回憶說，毛澤東之赴重慶，還是由他最先作出試探。那是在左氏離開延安前一天——七月四日，被毛邀往家中長談時，左氏提出來的。

左：「假定蔣先生約你到重慶去談談，你去不去呢？」

毛：「只要他有電報給我，我有什麼不去？」

左氏說道：「他回答得很爽快、很自然。後來他居然到重慶去演了一齣『黃鶴樓』，雖說是由赫爾利做了他的趙子龍，張治中做了他的『魯子敬』，但最初的動機，也許是由於我這個無意中的提議。」

這次的政治談判，由毛澤東之赴重慶爲開端，初時周恩來是個配角，及至簽署了「雙十協定」，毛澤東回延安之後，始由周恩來担任中共代表團團長。

當毛在重慶期間，周恩來所扮演的角色，頗爲可憐。他的衛士龍飛虎回憶道：

「主席在重慶期間，副主席對主席的關心愛護比我們這些隨從人員都作得好。主席外出時，副主席一定陪同，和主席坐在一輛車子上。平日裡，副主席總是親自叮囑我們怎樣照顧主席的生活，甚至連主席歡喜吃什麼菜，重慶臭虫多，要注意弄的好床舖等細節都反覆地交待我們；副主席教導我們說：『主席的一舉一動，一切小問題都是有關黨的事業，有關全國人民利益的大問題。』……由於副主席的親自照顧，主席在重慶四十多天的談判和頻繁活動，健康情況始終很好，連一次小感冒都沒有。」

從上述的記述，周恩來活似一個副官，雖也不會想到他曾是紅軍的締造者，曾是指揮三十萬大軍的統帥！俗云：「大丈夫能屈能伸！」對周恩來說眞是恰如其份。其作工之細，刻忍之深，足以惑亂仇者之心。無愧越人之先祖，爲吳王夫差嚐糞的越王勾踐。了解周恩來，首先要了解他這個忍字功。

據丁·梅爾丕所著「天命與中國」（The Mandete of Heaven）載稱，一九四五年十二月二十四日「中共在重慶的重要人物差不多都參加了蘭多將軍（General Randall）的宴會，包括剛剛到此地的周恩來太太。她本人就是個極具影响力的人物。看來很逗人喜歡，……她穿一條藍粗布棉褲，在這個場合裡顯得很特殊，並且立刻引起了馬歇爾對她的注意。……」

周恩來同毛澤東於八月二十八日由延安同機飛重慶，鄧穎超十二月二十四日才到達，說明她沒有毛、周同飛機來重慶，因此在毛澤東居停重慶四十多天期間內，曾家岩的周公館並沒有女主人招待貴賓。這也是周恩來不親自照料毛澤東起居的原因。這些跡象都使人感到，在他們伉儷身上，仍多少存在着整風運動的餘悸。

國共馬拉松式的談判

一九四五年八月二十八日毛澤東到了重慶，在半月之前，八月十四日中蘇友好同盟條約在莫斯科簽字。在這個條約中，國民政府犧牲了許多利益，換取了蘇聯幾句空洞的謊言，那就是不明顯的承認國民政府爲中國唯一合法的政府。蘇方在條約中承諾：「蘇聯政府同意予中國以道義上與軍需品及其他物資之援助，此項援助，當完全供給中央政府即國民政府。」可是當此條約簽訂時，蘇俄正以大批日本關東軍的裝備給予中共。

毛澤東在重慶的公開言論，意外的柔和，例如在返延安前夕發表談話中猶說：

「國共兩黨與各黨各派團結一致，不怕困難，在和平、民主、團結、統一的方針下，在蔣主席的領導下，徹底實行三民主義的方針下，一切困難都是可以克服的。」

可是毛澤東一回延安，平漢鐵路線新鄉附近即發生大規模的激烈戰事；其後在談判繼續中，戰事也從未完全停止。在打打談談，談談打打的過程中，周恩來在重慶和南京兩個階段（一九四五年十月到一九四七年三月），表現了非凡的鬥爭精神。

重慶談判曾集全國的視聽，因爲舉國之人皆熱望，在百年屈辱，八年抗戰之後，中國從此走上和平建設的道路，因爲這一要求太強大了，國共雙方都不能不重視，在中共方面雖然蓄意革命，打倒國民黨，也不能不在和平談判上竭盡周旋之能事。

戰後國共馬拉松式的談判，可分三個時期先作一輪廓性的說明。

（一）自一九四五年八月二十八日毛澤東飛往重慶所開啓的會談，到十月十日簽署的「會談紀要」爲第一階段。在這一階段中，國共雙方對政治、軍事問題達成了廣泛的原則性的協議。同年十月十一日毛澤東飛返延安，由周恩來、王若飛繼續談判但是十一月二十五日，周、王二人也飛回延安，參加一次中央委員會議（中共在這次會議上已決定了和戰的大計），談判遂告一段落。

（二）一九四五年十二月，周恩來偕王若飛、吳玉章、葉劍英、陸定一、董必武、鄧穎超七人代表團返回重慶。於一九四六年一月十日，依照「會談紀要」，召開了「政治協商會議」。這個會議除了國共雙方代表之外還有各黨各派、無黨無派人士參加，總人數三十八人。這個成分複雜的會議，經過三個星期的努力，居然達成四項協議：①改組政府，②整軍和裁軍，③召開國民大會，④草擬憲法。

在「政治協商會議」進行的同時，美國特使馬歇爾與張治中、周恩來的軍事三人小組會議，也於一月初達成停火協議，雙方在一月十日「簽訂停戰協議」並同時頒下停火令。二月二十五日，周代表中共簽訂「關於軍隊整編及統編中共軍隊爲國軍之基本方案」。據知該方案規定，整編後的國軍與共軍比例爲五比一。

（三）第一、二兩階段，談判意外的順利進展，曾引起全國的樂觀空氣，可是由於一九四六年二月十六日重慶「新華日報」報導，東北已有三十萬民主聯軍的消息，國共關係即時進入緊張。這一報導顯示，過去中共之進行談判以及蘇聯一再延遲自東北撤兵，無非是爭取時間，俾蘇聯將擄自日本關東軍的武器移交中共，而林彪則用這些武器裝備了三十萬中共部隊。

隨着三十萬民主聯軍的出現，三月十七日這些民主聯軍即開始進抵遼北重鎮四平街，阻止中央軍北上接收，遂發生激烈的大戰，共軍被擊敗，中央軍攻下長春，進抵松花江邊的德惠。

其後，在美國竭力調處之下，國共雙方雖然仍陸陸續續進行談判，並且於一九四六年六月及十月兩度頒停火命令，終無力挽回破裂的局面。但是周恩來竭盡拖延的能事，延遲到一九四七年三月八日始率代表團離開南京。

甜蜜而空洞的話

欲了解談判的焦點及演變，必須先說明一下雙方在一九四五年十月十日簽署的「會談紀要」。

一、關於和平建國的基本方針

①「抗日戰爭業已勝利結束，和平建國的新階段即將開始，必須共同努力，以和平、民主、團結、統一為基礎，並在蔣主席領導下，長期合作，堅決避免內戰，建設獨立自由和富強的新中國，徹底實行三民主義。」

②「蔣主席所倡導之軍隊國家化、政治民主化，及黨派平等合法，為達到和平建國必定之途徑。」

二、關於政治民主化問題

「由國民政府召開政治協商會議，邀集各黨派及社會賢達，協商國是，討論和平建國方案及召開國民大會各項問題。」

三、關於國民大會問題

關於國民大會代表，國民大會組織法、選舉法，及憲法草案等問題，未獲協議，雙方同意提交政治協商會議解決。

四、關於軍隊國家化問題

中共提出政府應整編全國軍隊，確定分區實施計劃，並重劃軍區，確定徵補制度，以謀軍令之統一。在此計劃之下，中共願由現有數目縮編為二十四個至二十個師，並將應整編的部隊移至隴海路以北及蘇北、皖北集中。政府方面表示全國整編計劃正在進行，對於中共軍隊縮為二十個師，可以考慮，「為具體計劃本項所述各問題起見，雙方同意組織三人小組進行之。」

五、關於受降問題

中共提出重劃受降地區，參加受降工作。

政府方面表示，參加受降工作，在共軍接受中央命令之後，自可考慮。

上述五項會談紀要，關鍵在於政治民主化及軍隊國家化兩個問題。而推動政治民主化的機構則為國、共及第三方面所組成的政治協商會議；而推動軍隊國家化的機構則是由國、共及美國代表所組成的「三人小組」。

從中共代表團的名單看，葉劍英當時是共軍的參謀長，本應担任軍事小組的共方代表，實際上則由周恩來兼任，葉不過担任軍調處共方參謀長。這說明中共方面深刻了解，軍事談判與政治談判的密切關係，必須由一人担任才能靈活肆應。

上述的「會談紀要」，政治雖然佔大部分內容，但是關鍵仍在軍事；事實上軍事問題從未獲得解決，僅在一九四六年春，第一次停戰令頒下後，三十萬民主聯軍出現之前，寧靜了約一個月的時間，此外大小軍事衝突從未停止過。

在第一、第二兩階段的談判中，周恩來和毛澤東一樣都表現了使人惶惑和柔和。一九四六年一月十二日，他在會談席上發表談話時說：

「我們相信孫中山先生的三民主義為今天中國所需。我們堅守這個信仰並且支持它……我們不會因為衝突放棄我們的信仰……。」他又說：「我們承認蔣先生為國家的領袖，不止是在過去八年戰爭期間，在戰後也是如此，……。我們承認國民黨是第一大黨。我們經常尊重國民黨的地位，……自從一九三六年尾，我們沒有再企圖推翻政府，……」

周恩來這些甜蜜而空洞，熱情而模糊的話，都富有高度的政治作用。因為國民黨當局，最大的顧忌就在下三件事：①蔣先生的領袖地位，②三民主義的立國原則，③國民黨的領導地位。周恩來竟將這三點一齊熱乎乎的說了出來，盡管你不相信，但是也不忍反駁。

周的「甘言」與毛的「蜜語」，是一條路線的反映，其目的在爭取時間，俾林彪的部隊得以從山東半島浮海而往遼東半島，趕往松花江以北接受蘇聯移交的日軍武器，以整訓三十萬「東北民主聯軍」。

以談判爭取時間，這個任務，由周恩來充分實現，圓滿達成了。一九四六年三月以後的局面，雙方不過僅和戰問題做政治宣傳（指責對方破壞和平）罷了。

痛哭流涕罵梁漱溟

由於軍事問題糾紛經還延安不能解決，雙方談判人員唯有在政治宣傳方面各顯神通。鬥爭的焦點則在爭取第三方面人士，而第三方面，事實上早已分裂，民社黨、青年黨靠近政府，「民盟」則與中共一鼻孔出氣。雙方爭來爭去，事實上却是爲了宣傳。周恩來則盡其全力去爭。

一九四六年十月，戰火從東北、華北蔓延到華東、華中，第三方面人士乃出頭做最後的奔走調停。左舜生氏曾有一段極生動的記載。

「我們在南京集會的地點是交通銀行，與中共接洽在梅園新村，與政府接洽則在孫科的住宅。我們經過多度的商討，決定了三項辦法，其內容大致是這樣的：

一、雙方各就現地即日停戰，關於停戰之執行，及恢復交通，由軍調部及其執行小組，依照軍事三人小組已有之協議處理之。……

二、全國地方政權問題，由改組後之國民政府委員會，依據政協決議和平建國綱領之規定解決之。……

三、依照政協決議及其程序，首先召集綜合小組，商決政府改組問題，一致參加政府；並商決關於國大問題，一致參加國大。……」

其中關於成爲紛爭集點的東北地區軍事問題，則推選民盟秘書長梁漱溟、莫德惠、黃炎培商量具體辦法。

「他們三位商量的結果，得了兩點具體意見。一、指定齊齊哈爾、北安、佳木斯三處爲中共駐軍地點；二、沿東北鐵路四十一縣，當時有二十縣在中共手裡，請他們和平交出，由政府派縣長隨帶警察前往接收。……大家一致簽名，然後繕寫三份，以一份交政府，一份交中共，一份交馬歇爾特使，……當這個文件簽好了還未送出以前，沈鈞儒、張申府等忽然又要求把他們的名字塗去，這當然是因爲他們把辦法的內容事前通知了中共，中共不贊成，而他們受了中共的責備，因此才開始這樣一幕出爾反爾的醜劇。可是我們並沒有因爲少數人退出變更我們的進行程序，這三份繕清的文件，依然推人分別照送。

中共這一份，是由梁漱溟、莫德惠、李璜三位送去的。周恩來早已知道這三條辦法的內容，因此他事前便已編好一幕戲，準備演給他們這三位老實人看。當梁漱溟拿着這份文件在手裡向周解釋到第二題的時候，周即以手阻梁，大哭大罵的對他們說：『不用再往下講了！我的心都碎了！怎麽國民黨壓迫我們不算，你們第三方面也一同壓迫我們！今天和平破裂，即先對你們破裂。十年交情，從此算完，今天你們就是我的敵人！』這樣一來，弄得他們三位手足無措，於是由李、莫提議，把這三份文件一律收回，而且即刻由莫、李、黃、羅四位（黃炎培、羅隆基原不在場，因爲周表演了這一幕才臨時找來圓場的）。分別向孫科和馬歇爾處將另外兩份取到，交周過目，聲明作廢，於是周才收淚息怒，一幕滑稽劇才算是閉幕了。……」

周恩來富於演戲天才，乃舉世所公認；但是表演上述一幕唱做繁重的戲，絕不是輕鬆、愜意的事。單是當衆下淚一事，就需要相當運用情感的努力，何況一邊哭一邊說一邊罵，這樣緊張撼人心弦的表演呢？曾是三十萬紅軍的統帥，當時則是中共第三號人物，在雍容大雅的政治談判中，居然作小兒態，做女人狀，涕淚交流的堅持主張，這是古今中外罕見的事。

折戟沉沙記林彪

（八）

岳騫

一九四五年八月十日日本宣佈投降，當日朱德在延安以「中國人民解放軍」總司令名義，發佈七道作戰命令，其中一項是命令林彪、呂正操、張學詩、李運昌、萬毅等共軍約八萬人，分由山西、綏遠、山東、河北、察哈爾、熱河等地向東北急進。在此之前，東北僅有韓共李紅光支隊，並無中共部隊，林彪部當時皆由冀熱邊境進入東北，另一部共軍則由山東半島乘帆船至大連登陸，東北人民稱前者為「陸八路」，後者為「海八路」或「水八路」。在此之前，中共軍對外仍稱十八集團軍，公開稱「中國人民解放軍」始於此。

林彪初期率領出關軍事幹部，皆與東北有極深淵源，張學詩為張作霖第四子，中央軍校第八期畢業，張氏父子雖為害於國，但在東北卻遺愛在民，中共利用張作霖之子作為號召，宣傳上已佔上風。萬毅為東北軍之一一〇師何立中部團長，張學良駐防西北剿共時，何師長奉令進剿，在崂山被圍，全師覆沒，何師長陣亡，萬毅被俘，經中共勸說後加入中共，放回西安遊說張學良，張學良與共方發生聯繫，第一牽線人則為萬毅，西安事變後萬毅即正式加入共軍工作。呂正操為東北軍五十三軍萬福麟部團長，七七事變後，萬福麟軍在冀中作戰，潰敗南逃，呂正操團落伍，未能追上大隊，祗得留在冀中打游擊，及新十八集團東進入冀中，呂正操乃與之合流，尋且加入共黨，所部亦變為共軍。

中共以東北軍人為先鋒，宣傳上佔了先着，行動尤其迅速，而八月至十月底，勢力遍及東北及熱河地區，兵力迅速發展至十餘萬人。

當時東北在蘇軍佔據中，中國政府軍開入東北接收，必須取得蘇軍同意。但由於中國與蘇聯簽訂友好條約，承認外蒙獨立，與蘇聯合組中國長春鐵路公司，合營由舊日南滿路與中東接軌之中國長春鐵路。蘇聯承認國民政府為中國唯一合法政府，允諾予以支持，在情在理，蘇聯亦不能拒絕中國軍隊接收東北。祗能採取延宕政策，百般刁難。

中國政府在日本宣佈投降後，即明令將東北三省改為九省，熱河省區仍舊，在瀋陽設立國民政府主席東北行轅，派熊式輝任主任，總攬東北十省軍政大權。

關於熊式輝之任命，其間尚有一插曲。據說蔣主席最初任命張治中為東北行轅主任，已經面告張治中。適熊式輝新由駐美軍事代表團交卸回國，一時尚無適當工作，張治中有心拉熊式輝以壯聲勢，把熊式輝請來說明自己的新任務，又說出有意請熊式輝一道去東北相助。張治中也知道熊式輝地位並不比自己低，未必甘爲人下，當時提出一個辦法，在東北行轅下面，設有政治委員會與經濟委員會，兩人採取分工辦法，政治委員會張任主席，熊任副主席，經濟委員會熊任主席，張任副主席，這樣安排，旨在避免使熊式輝爲張治中的下屬，張治中用心不爲不苦。

就熊張兩人的人品來說，熊比張似乎高上一分半分，但這次事件熊却負了張。熊式輝從張治中口中得到東北人事任免的消息，就趕快活動，想取張而代之。熊式輝屬於政學系，張治中也屬於這一系，但張治中祇是外圍，並非核心分子。熊式輝找到政學系首領，與最高當局同窗的一位元老，請他設法扭轉乾坤。這件事本來不易，因爲最高當局對張治中寵信確在熊式輝之上。已經面許張治中的工作，熊式輝想取而代之，確非容易。某元老知道此舉不能直接進言，必須見機行事。恰在這時，新疆發生變亂，北疆三區叛變，組成東土耳其斯坦共和邦，情勢嚴重，必須派出幹練大員前往主持，最高當局徵詢某元老意見，某元老一口說出張治中，認爲非文白去不能解決此事。最高當局考慮後，覺得甚有道理，於是張治中就由東北十省行轅主任改爲新疆省主席，兩者不論在地位、權力與肥瘦方面都不能相比，張治中老猫燒鬚，祇有自認倒霉了。

張治中去了新疆，下一步當然要研究派誰去東北，某元老乃乘機提出熊式輝。當局對熊式輝印象本不惡，又正苦於無法安置，於是熊式輝就順理成章出任了東北行轅主任，統轄了十省，就所轄省區數字而言，爲國民政府成立後，權力最大的一個封疆大吏。

張治中與熊式輝均非東北人，論人品張治中尤卑，但張治中長於肆應，張治中在一二八抗戰時任第五軍軍長指揮八十七、八十八師與十九路軍在上海與日軍作戰，戰績不差，抗戰開始，亦曾任第九集團軍總司令，指揮上海作戰。熊式輝僅在北伐時任十四軍黨代表，以後任淞滬警備司令，帶兵時間甚短，尤其無指揮大兵團的經驗，還有一個重要因素，張治中自黃埔建校起，初任大隊長，後任教育長，黃埔早期學生皆出其門下，熊式輝則與黃埔軍校從無淵源。中國人特別注重師生關係，此時總統師干者皆是黃埔學生，張治中在人事關係上也較熊式輝要好得多。

東北行轅主任爲東北最高軍政負責人，實際指揮部隊作戰的尚有一個東北保安司令長官，受行轅主任節制。司令長官一職，當局最初擬派關麟徵，但又爲另一有力人士反對而作罷，改派杜聿明。

杜聿明與關麟徵同是陝西人，同出身黃埔一期，民國二十二年長城抗戰時，關任二十五師師長，杜任副師長，以後分途發展，均在抗戰期間建立功勛。在黃埔學生中，杜自是一流將材，勇敢與關相埒，但統籌大局，洞燭機先，則不能與關麟徵相比，故東北保安司令長官當時如派關麟徵，或將不致全面崩潰。總之，以熊杜代張關確是一大錯誤，但國民黨內部一貫勇於私鬥，不以大局爲重，當事者不暇自哀，而徒令後人哀之。

國軍當初出關路線，擬由海道在大連、營口、葫蘆島登陸，熊式輝與蘇軍總司令馬林諾夫斯基提出交涉時，馬林諾夫斯基未表反對，適十月二十七日國軍先頭部隊到達葫蘆島時，遭到岸上共軍射擊，十一月五日，馬林諾夫斯基通知熊式輝，謂營口、葫蘆島已爲共軍佔領，蘇軍對於國軍登陸部隊安全不能負責。這以來國軍不能不改變路線，改由關內秦皇島登陸，向東北進軍。

第一批由杜聿明指揮出關的兩個軍爲十三軍、五十二軍，均國軍精銳。十三軍爲湯恩伯基本部隊，七七抗戰平津失守後，日軍沿平綏路西上，湯恩伯指揮十三軍轄八十九師、第四師奮起抵抗，血戰二十天，威震全國。此時的十三軍軍長是南口抗戰時第四師師長，由旅長升第四師師長，再升十三軍軍長，此時十三軍所轄部隊有第四、第五十四、第八十九各師。五十二軍則是關麟徵基本部隊，長城抗戰時，關麟徵任二十五師師長，黃杰任第二師師長，兩師合組成第十七軍，抗戰開始，關麟徵升任五十二軍軍長，轄第二師、第二十五師，此時五十二軍軍長是趙公武，轄第二師、第二十五師、第一九五師。

國軍由秦皇島登陸後，山海關內已有共軍活動，爲李運昌部第二旅（邱阜）、第三旅（費文勁）、第三十二旅（張風揚），另配第七師（楊果夫——係林彪直屬部隊），總兵力約二萬五千多人，集結山海關內外，阻止國軍出關。

國軍當時配備以十三軍爲攻擊兵團，沿北寧路向山海關兩側攻擊，以五十二軍第二十五師爲左側挺進隊，經義院口向臨榆以東迂迴，截斷共軍後方連絡線，第五十二軍其餘兩師爲預備兵團，位置於秦皇島附近。

十一月五日，第十三軍發動攻勢，先佔領山海關內各要點，由於共軍抵抗猛烈，未獲得進展，到十一月十三日，五十二軍由秦皇島登陸，乃依原定部署，於十一月十六日發動全面攻擊，於角山、九門口一帶擊破共軍主力後，當晚攻進山海關。

共軍向東北退却，國軍繼續追擊，十七日攻克中前所，十八日克綏中，第五十二師也按原定計劃超越十三軍向興城攻擊前進。

共軍退出山海之後，又由錦州增兵興城，五十二軍主力猛烈進攻，第二師又向連山迂迴，共軍在國軍優勢炮火攻擊下，損失重大，乃向錦縣退去，國軍於二十二日克復興城、連山、葫蘆島等地。

十一月二十五日，國軍向錦州發動攻擊，以十三軍爲攻擊兵團，五十二軍爲迂迴兵團，開始攻擊後，十三軍當日即在羊圈子、紅螺蜆附近擊敗共軍主力，十一月二十六日攻佔錦州。共軍向熱遼邊境退去，五十二軍也於二十九日收復北寧路溝幫子車站。

這一次戰役，國軍戰報共俘共軍八百九十四名，鹵獲飛機九十七架，機車四十一部，步槍一千零四十三支，手槍五十八支，機關槍三十九挺，衝鋒槍十一挺，火炮七門，擲彈筒三十四門，槍榴彈十五門，鋼盔六千頂，馬六十二匹。國軍承認傷亡官兵七百零一員，失踪五十五員，損耗步槍九十四枝，手槍十一支，機關槍二十六挺，衝鋒槍二十四挺，迫擊炮四門，發射筒三十三門。

照上列數字，可以看出共軍武器不但優良也相當充足，在抗戰勝利前後，衝鋒槍與槍榴彈在輕武裝中殺傷力最強，最受重視，共軍竟然有此種配備，與在關內大不相同，至中國軍隊用鋼盔一向不多，共軍遺下六千頂鋼盔自是日軍遺物。

國軍此次由陸地攻出山海關，實在不易，因山海關到錦州內側地區，西依熱河境內山地，東臨渤海，形成狹長隘路，大軍集中與展開作戰均難，是以明末吳三桂扼守山海關，清兵始終無法飛渡，民國初年直奉戰爭，山海關亦未易手，唯一一次失守，是九一八事變後，日軍進攻山海關，城內守軍一營自營長安子馨以下全部戰死，山海關始失守，此所以有天下第一關之稱。

但國軍時在勝利之後，十三軍、五十二軍又新國軍精銳，所部皆美式裝備，不覺又以擅打硬仗着稱，發鉶新試故能迎刃而解，但此仗勝來亦相當辛苦，尤其對手祇是李運昌部二流共軍，並未眞接觸到林彪基本部隊，以上駟對下駟，雖勝亦不足喜也。

國軍克復錦州後，李運昌部退義縣、北栗間，會同林彪部第二十二旅（歐子富）、第三十旅（張甦），構築工事，不斷對山海關以北北寧路國軍襲擊，林彪也親率第一師（梁興初）、第三師（彭明治）趕到增援，企圖阻止國軍北進。東北保安司令長官杜聿明奉命接收熱河主權，排除北寧路威脅，鞏固河西走廊，乃向當面共軍發動攻勢。

（未完待續）

謙廬隨筆

廿四

矢原謙吉遺著

管笑曰：

「老宣此欄，命爲瘋話。是故渠所未贊一詞之事，苟入此欄，讀者爾當立以「瘋人之語」，狂妄無稽者視之。」

越數日，此一「老宣」，乃偕管翼賢，以及實報之「打油詩」壽家張醉丐，世界日報之副刊名將左笑鴻，聯袂而至。管曰：

「當今之世，奔走終日，始能糊口。而於奔走中，尚以小病小疾爲慮者，眞妄人也。

而此中復有不惜血汗錢，悉數貢之於江湖醫生者，實天下之寃大頭矣！身爲外人，而賺盡寃大頭之血汗錢者，自當捫心以問，慷慨解囊，山珍海味，以杜吾口！」

言畢，復笑曰：

「今夕所費，何必掛懷？日前所言之市長夫人詩冊，其無一飯之値乎？」

於是，一同驅車至豐澤園。管亦妙人，入座即謂「跑」堂曰：

「別告訴厨房裡，今天有小日本在座，免得他們在菜裡拼命放糖！」

點菜之任，管曰責無旁貸；而每點一菜，則告我以價，復問曰：

「這是幾個寃大頭的血汗錢？」

管與余固老友也，萬事均「童言無忌」，亦向不介懷。苟遇良機，則余亦對之喜笑怒罵，令其體無完膚。而事事皆一笑了之，從無後言。——每思老友，神馳心頽，能不泫然？

席間，管示余以一綫悲詩冊，以連史紙與「大號仿宋」精印。標簽爲傅增湘或劉春霖一類文人所題，究竟爲誰？余已久忘之矣。書面作赫色，上書「鄭軒唱隨集」，內有詩五十六首；前有序，序中頻頻贊其「外子」，而序末署名者，則赫然爲「蕭劉輔瀛」四字。自始至終，泰半爲夫妻唱和之作；而十之二三，則該「外子」之傑構也。

蕭劉輔瀛者，爲當時在華北炙手可熱

之貴婦人。識之者，自亦知其「外子」為誰？何以此賢伉儷，忽欲以閨房中苦吟得來之句，公諸於世？何以於詩冊中又不述其夫之名？又何以自號其私邸曰「酇軒」均令我難以索解。

左笑鴻曰：以彼度之，「酇軒」，或來自「酇侯」，疑係市長自況於漢相國蕭何之意。此一詩冊，自未能於坊間得之；；而率由「相國」夫人持之以餽友好，故左雖輾轉得來，而頗屬非易。

余於筵間，匆匆瀏覽，老宣與張醉丐亦從傍指點，且評且釋，頓開茅塞不少。其中之珠光寶氣，實令人有目不暇接之嘆。如「過趙子龍廟長歌」有句云：

「諸葛關張奠帝基，
三國紛爭苦亂離，
獨戰長坂功難比，
七進七出世間奇。」

讀來頗似鼓詞之作，又有「長城血戰舊址口占」一首曰：

「齊魯男兒胆氣豪，
揮刀躍馬欲收遼，
喜峰口上風雷動，
關岳功名一羽毛。」

顯係蕭於渴望察哈爾省主席一職時，書此以向宋哲元獻媚者也。

張醉丐久為「實報」撰「醉丐打油詩」一欄，辛辣詼諧，兼而有之，甚為社會歡迎。席間，三杯下肚，忽擲箸曰：「吾得之矣！」即呼「堂倌」取紙筆來，一揮而成「讀酇軒唱隨集後偶成」四首：

「市長夫妻大筆揮，
唐宋名家兩淚垂，
悔不當年學驅鬼，
吟詩今似畫鍾馗！」

× × ×

「酇侯墳上起紅光，
相國冤魂未肯降，
吾門子孫眞不孝，
為著朱衣「尿」亦香！」

× × ×

「河套承宣」氣吞天，
盜國功臣豈等閒，
「尿壺」飛昇原易事，
只在蝦夷一笑間！」

× × ×

「諸葛迂儒公瑾狂，
如今英傑屬蕭郎，
賣國歸來詩興動，
笑擁夫人寫幾行！」

張醉丐書畢，擲筆抱拳曰：

「得罪，得罪，醉中語及貴邦矣！」

余曰：

「亂臣賊子，人人得而誅之。正義之感，舉世皆同，遑論中日同文同種者哉！」

張乃大快，是夜遂爛醉如泥而散。

醉前，管翼賢告余曰：

「自老宣攻訐此一詩冊後，各方電話，紛至沓來，均係代蕭說項，或逕欲代其取回詩冊者。

未多日，而蕭已失歡於宋哲元，日人亦棄之若惡疥。於是，蕭更憂有人藉此詩冊，以為「打落水狗」之用，乃千方百計，圖以重禮易回也。」

而余始終不解，何以蕭呼風喚雨，數載於茲。倘欲以文名世，何不斥其幕賓，代為捉刀？或加斧正，使其少貽笑柄耶？管翼賢默然有傾，亦覺無言以對。

（三）

福開森君，雖為一美僑，久居中土；而其為人與操守，則視潘復與蕭仙閣之徒遠矣。余以福君之介，遂稔清末翰林院中人，杭州樓興詩君。

是時，鼎革雖已逾二十年，而樓之一言一答，仍似古人。子女二人，則以醉心革命，聯袂東渡。歸而儼如土生土長之日人，與中土一切格格不能相入。父子女間，唯一共通者，厥為其對民國之憎惡耳。樓興詩雖自稱不問世事，而每聞復辟之訊，輒欣然而躍。

其子為「日本士官」畢業生，力倡「中日一家」，旋得某巨公書，委為上校，欣然前往就職，竟從此不知所終。

其女樓詠琴，能詩善舞，綽約多姿，交接者泰半爲日人中之三教九流者。余屢以其父對伊期望甚殷之故，諫其善爲自處，弗聽焉。

日本關東軍唆石友三部偸襲故都之前後，北平西城有數處地裂，焦氣四溢，而路現龜紋，樓興詩君以高年睹此平生未經之異事，深以爲憂，竟心顫而死。

未幾，樓詠琴女史偕一留美碩士朱彭壽來訪。二人已議婚嫁矣，只待余爲樓方之證婚人耳。婚畢，而二人已爲「親日」與「親美」之爭，動輒爭吵竟日。

樓必於其寓中，設塌塌米焉，雖夫至亦必先脫履，却可登堂入室。又每日必有「茶道」典禮一通，朱自引爲苦甚。而朱之必聽跳舞音樂，必用刀叉力倡以三明治或冷菜，取午餐而代之，樓亦絕不能耐。

未久，二人即起正面衝突。樓出，則朱取其日本香爐，竹蓆，醃瓜，牌九，擲之窗外。反之，則樓盡棄朱之唱片與名酒名明星簽名照片於垃圾箱中。

俟樓誕一女後，朱更以工作關係，長留津門。樓則居於故都，中日之男友兼收並重。余聞之惟長嘆而已。

樓於新婚之際，曾錫其夫朱彭壽以「二八」之名，其意何在？人莫與聞，自是，朱遂以「朱二八之名，蜚聲於友儕中焉」。

一日，樓忽携一西裝筆挺，油頭粉面，口操日語之男士來訪。余叩其姓名，樓急答曰：

「二八，余之夫也，此乃余之情郎也，故余擬名之爲『一四』」。

是後，余遇此「一四」君，何止十餘數，而始終未悉其姓氏，亦不知其究爲日人否？

自是，朱樓之間，相殘日烈。樓則唯日是善，而朱則極端親美，憎日特甚。酒酣耳熱之際，朱彭壽常撫余肩低語曰：

「余所最恨者，「小日本」也。一生所遇日人，令我眞忘其爲敵者，不過三數人耳，而君其一也。何以致之？吾亦不解？」

余聞之，倉皇無所對。數年後，朱以「抗日有據」之故，盡命於憲兵之手；而余則顚沛歐美。驟失故人，悲思無限，豈僅臨風零涕而已哉！

一日余詢樓詠琴曰：

「爲呼朱爲『二八』？可得聞乎？」

樓施施然答曰：

「八者，豬八戒之簡稱也。吾以其醜雖豬八戒亦當自愧弗如，故以名之。」

余知其與朱之結合，並非所謂「父母之命，媒妁之言」者，遂頗不懌於其見異思遷之速而且厲，遂進而詢之曰：

「然則君之『一四』先生何如？」

樓莞爾弄姿，如大阪與橫濱之懷春少女狀曰：

「君亦識近衛文磨公乎？吾之『一四』即酷如其人，此余所以一見傾心者也。」

余亦笑應之曰：

「倘近衛公有得悉君之深情，未知亦能如此『一四』先生，欣然以『一四』自號耶？」

是時，朱每週必乘車來探其獨女朱亞詩。每每先來余處，再以電話向樓通知，故渠與「一四」先生終鮮把握之緣。一日，朱於余處久電樓而未達，閒中與余對酌，遂有小飲而微醺，遂整顏謂余曰：

「吾稔君有年矣，他日或有後事相托，君將拒我於千里之外乎？」

余力辯其訛，朱乃欣然曰：

「余無父母兄弟，僅一女耳。樓之以招蜂引蝶，堅其『美艷絕倫』之自信，余已稔之久矣。徒以吾女之故，不欲其生『有母如娼』之感耳。

余生當亂世，而頗不耐袖手旁觀。或有一日余將爲人置之死地，縈懷者則余女亞詩也。倘君對爾我交情，尚懷一念。」

余聞之悚然，惟有諾諾而已。蓋余亦早悉樓詠琴於日方人士中，長袖善舞，面首成羣，行逕頗類一「色相間諜」第不知其爲日本用抑爲中國用耳？今朱君忽出此言，其不祥之預感使之耶？抑對余有以試之耶？

（未完．待續）

南天書業公司

South Sky Book Co.

香港總公司：香港軒尼詩道一〇七至一一五號

107-115 HENNESSY ROAD HONG KONG

TEL. 5-277397 5-275932 CABLE "SOUTHSKYBC"

美國分公司：7034 SOUTH ALASKA TACOMA,
WASHINGTON 98408 U. S. A.
TEL. 206 472 4309

南天書業公司

圖書最多：廿餘萬種三百萬册號稱書城

價錢最平：定價公道折算相宜每週減價

場地最大：五千方呎設備新穎分類清游

設郵購部：方便外地讀者購書迅捷周到

附設畫廊：經常展出名作如林代辦展覽

▲買書不必東跑西跑慳錢慳力南天最宜▼

唐詩選譯（中英對照巨型精裝）
Poems of Tang (Chinese-English) by Tang Zi-Chang（唐子長）HK$ 32.00

孫子重編（中英對照巨型精裝）
Principles of Conflict (Chinese-English) by Tang-Zi-Chang（唐子長）HK$ 25.00

中日姓氏彙編　（陳澄之）
A Handbook for use in Chinese-Japanese collections name. by Charles K.H. K.H. Chen HK$ 50.00

中日手册　（陳澄之）
A Librarian's Handbook for use in Chinese-Japanese collections by Charles Chen HK$ 65.00

戴震原善研究　（戴震）
Tai Chen's Inquiry into Goodness by Chung-ying Cheng (English)
Hardcover HK$ 18.00
Paperbound HK$ 10.00

大學教育五十年　（陳炳權）
Fifty Years in University Education A Memoris – Vol. I, II by Chen Ping-Chuan, B.A.M.A.LL.D.
Hardcover HK$ 50.00
Paperbound HK$ 40.00

上海春秋　（南天）
A Spring and Autum Annual of Shanghai by South Sky Book Co.
Hardcover HK$ 60.00

中國文學史　（易君左）
History of The Chinses Literature by Yi Chun-Tso HK$ 15.60

中國近代思想研究　（溫心園）
Studies in Modern Chinese Philosophy by S.Y. Wan, B.A. HK$ 5.00

老子重編（中英對照巨型精裝）
Wisdom of Dao (Chinese-English) by Tang Zi-Chang（唐子長）HK$ 25.00

萬國遊踪（精裝巨册）　（屈武圻）
World Trips (Hardcover) by Ch'u-Wu-Ch'i HK$ 40.00

漢語音韻學　（王力）
Chinese Phonology by Wong-Li HK$ 30.00

美國圖書館員對中文編目之認識
Elementary Chinese for American Librarians by John T. Ma（馬大任）HK$ 75.00

弘一大師遺墨（附書信、圖照年譜）
The Calligraphy of Hung Yin (Incl. correspondence, picture and year-book)
Hardcover HK$120.00

上海通研究資料　（南天）
Shang-Hai Tun by South Sky Book Co.
Hardcover HK$ 30.00

漢英翻譯文範　（溫心園）
Specimens of Chinese-English translation by S.Y. Wan, B.A. HK$ 2.80

蘇軾東坡詞（手抄本）　（曹樹銘）
Songs of Su Shih, Alias Tung-P'o (hand written book) by Shu-Ming T. Tsao HK$ 18.00

唐津疏義（廿開精裝）　（東海書店）
Tang Tien Shu I by East-sea Book Store
Hardcover HK$ 65.00

門邊文學　（徐訏）
Beside the door of Literature by Hsu Yu HK$ 7.00

陳榮捷哲學論文集
Neo-Confucianism, etc. essays by Wing-Tsit Chan
Hardcover HK$ 42.00
Paperbound HK$ 25.00

我怎樣寫杜甫
How I write Tu-Fu by Hung-Yeh
Hardcover HK$ 5.00
Paperbound HK$ 3.00

太平天國與中國文化　（簡又文）
Taiping Tien Kwo and Chinese Culture by Jen Yu-Wen
Hardcover HK$ 5.00
Paperbound HK$ 3.00

東坡詞　（曹樹銘）
Songs of Su Shih, alias Tung-P'o by Shu-ming T. Tsao HK$ 9.00

秦璽考（附秦璽彩圖）　（曹樹銘）
Archaeological researches on the Imperial Jade seal by Shu-Ming T. Tsao HK$ 10.00

金文編（正續合編）　（容庚撰）
Character written in Gold (Original and duplicate) by Jung Keng
Hardcover HK$120.00

香港學校指南　（南亞）
A guide to School-Hong Kong by South Sky Book Co. HK$ 10.00

段四暢先生遺墨　八開大本　仿古綫裝　**HK$30**

段四暢先生法書，爲當代一絕，于右任傅心畬香翰屛三位極所推崇，新近出版。

搗叔遺墨　八開大本　仿古綫裝　**HK$30**

趙搗叔之謙法書，世所推選，年久失珍，今印成册，公諸好者。

于右任草書　于右任先生草書，當世無兩。　12開本　**HK$15.00**

新中國黨政軍人物誌　**HK$50**

本書爲黨政軍幹部自用本，從未公開發售，內容包括黨政軍工首要人員，由毛澤東以下凡２０４人，附每人近照，及詳叙其出身，與一生經歷事功，爲新中國政府首要人員最完善詳細之資歷介紹。

周曹通信集　第一集　周作人致曹聚仁的信　**HK$100**

周曹通信集　第二集　周作人致曹聚仁的信（附致鮑耀明的信）　**HK$100**

周曹通信集，係周作人晚年與曹聚仁所通信札，可以視爲周曹之間各在晚年的心聲，國事私情的連繫，窮困潦倒的情景，躍然紙上，爲保存眞實起見，全部原紙原大套色影印，十六開本精裝。

錦綉中華大畫集　增加篇幅再版出書　**HK$200**

中華風光大畫集　最新出版中國介紹畫集　**HK$150**

中國風光大畫集　最新出版中國介紹畫集　**HK$60**

波文書局

PO WEN BOOK CO

香港皇后大道東二五二號地下 Tel. 5-753618

252, Queen's Road East, G/F., Hong Kong

P.O. Box 3066, Hong Kong

出版經售文史哲叢書・供應知識分子讀物

最近發售新書

	HK $
我與文學（中國新文學叢刊之一）	
鄭振鐸　傅東華編　生活書店1934年　320頁	25.00
本書是「文學」雜誌一周年作者徵文特輯。收集五十九位作者發表自己對於文學親切的體驗，及與文學發生因緣的經過；其中很多篇數，簡直是各作家文學生活的詳細自傳，是新文學史的珍貴資料。	
現代中國作家剪影　黃俊東著　友聯1972年	4.00
・中國現代短篇小說選集　宏業書局1972年　321頁	5.80
・詩歌欣賞　何其芳著　作家出版社1962年　115頁	4.00
・詩論　艾青著　新文藝出版社1953年　245頁	8.00
本書是作者二十年創作經驗的積累。其中有對詩的理解，詩的任務，詩人在藝術上所應該具備的修養等。從這些文章，反映了新詩的發展過程。	
柳亞子詩詞選　柳無非柳無垢編　人民文學1959年　247頁	12.00
・魯迅思想的邏輯發展　華崗著　新文藝出版社1953年　228頁	8.00
・亡友魯迅印象記　許壽裳著　人民文學1955年　116頁	6.00
・論郭沫若的詩（中國現代文學研究叢書）　樓棲著　文藝1959年	8.00
古典小說戲曲叢考　劉修業著　作家1958年　內文123頁　圖片20頁	7.00
庾信詩賦選　譚正璧　紀馥華選注　一新1973年　224頁	5.00
譚正璧紀馥華寫的24頁序言，是一篇很好的「庾信論」。	
中國歷代文選上下　馮其庸等選注　南國出版社73年　805頁	16.00
書首有前言45頁，論述中國散文的發展和地位。	
古詩十九首探索　馬茂元著3.80　新註唐詩三百首　朱可大注	2.00
印章概述　羅福頤、王人聰著　香港中華1973年	6.50
古玩指南（精裝正續二册）趙汝珍編著	95.00
中國版畫史　王伯敏著　南通1973年　318頁	12.00
聞一多楚辭研究十種　聞一多著　維雅書房1973年　235頁	15.00
第一次革命戰爭時期的農民運動　人民出版社編輯出版1953年（中國現代革命史資料叢刊）439頁	40.00
本書對第一次國內革命戰爭時期的農民運動的資料，有詳細的臚列和評論，對于學習和研究中國現代史、中國社會經濟史，本書有極高的參考價值。	
中國變法維新運動和康有為　齊赫文斯基著　張時裕、梁昭錫、呂式倫、姜震瀛合譯　三聯1962年　384頁	35.00
本書的作者是有名的漢學家。本書是一本嚴謹深入的著作。從「附注」中可發見作者引用資料、文章、書籍之豐富；並對所引用的文章、書籍提出了自己的看法和批評，在附錄的「研究中國變法維新運動的著作」，作者對德國、英國、法國、美國、蘇聯、日本和中國的著作，亦提出了批評和討論。	
・**隋唐五代史綱要**　楊志玖編著　人民出版社1957年　165頁	8.00
・**魏晉南北朝史**　王仲犖編著　人民出版社1961年　482頁	40.00
至目前為止，本書是唯一詳細深入的魏晉南北朝史。	
・**魯迅論美術**　張望編　北京人民美術出版社1956年　內文254頁　版圖55頁	15.00
在這本書中集印了到目前已經看到魯迅先生關於美術論文和重要書簡——包括從很多魯迅全集，近十多年，相繼發現的魯迅遺稿和書信。為中外研究魯迅先生和中國現代文藝思潮的人初步提供出可靠的資料。	
・**胡適思想批判論文彙編**　（第1—3輯）三聯書店1955年　987頁	35.00
本書收集國內學術界的代表人物近百人，對胡適的學術思想等，作了全面的批判和討論。	
沉思試驗　無名氏著　真善美圖書公司1948年　216頁	6.00
本書是無名氏最重要的作品，共分五輯，第五輯有畫論兩篇，1.林風眠：東方文藝復興的先驅者，2.趙無極：中國油畫界的一顆彗星。	

我們的讀者遍天下

—◁▷—

世界五大洲越來有越多的讀者利用函購辦法，向本局購書和享用本局的各類文化服務。請把你的地址寄給本局，你就可以每月收到油印圖書目錄。

函購辦法

一、讀者專賬：凡海外讀者一次滙存本店港幣三百元即可開戶，每三月照來往情形結算一次。

二、未開戶者：可來函指定所要之書，加上郵費，寄來足夠支付之款項，本店即把書掛號平郵寄出。

章士釗

曾有意組黨

知之

章行嚴（士釗）老先生病逝香港，引起一番哄動，行老一生多采多姿，想不到名花在臨謝時，還能放光，眞是奇人。

行老謝世之後，本港報刊多所論列，公平而論，譽者譏者皆失其平，譏者指爲馮道實比擬不倫，行老除去在北洋段執政政府任過短期司法總長兼署教育總長，代人受過，聲名掃地而下野，此後未再作過官，抗戰期間任國民參政員，現在任中共人民代表，皆是掛名差使，伴食都談不到，有什麽資格作馮道；譽之者指爲關心國家「和平統一」，更是同死人開玩笑，皆不值一評。

不過，行嚴先生雖然自民國十五年之後，未再從事實際政治生涯，但抗戰勝利後，却幾乎組織政黨，成爲黨魁，而且那個政黨如果組成的話，聲勢可能還眞不小，說來也非常有趣。

事緣勝利前後，黨禁大開，當時所謂民主黨派，除去國民黨、共產黨之外，尙有青年黨、民社黨，黃炎培之職教社，梁漱溟之村治派，沈鈞儒之救國會，章伯鈞之第三黨，還有一些不見經傳的小黨，亂成一團，其中有幾個黨又合組成民主同盟，專同政府爲難，蔣主席頗感困擾，就有意支持友好人士另組一黨爲政府聲援，於是就想到章行嚴先生。

章士釗當時名義上是國民參政會參政員，實則受杜月笙之供養，及錢新之氏之招待，長期寓於重慶南岸汪山交通銀行的宿舍中，每遇假期或週末，錢、杜二氏亦上山同住，而杜氏對章士釗固供應不匱，禮貌尤周，確屬另有一工。例如杜氏陪客坐談，每逢章氏經過客廳，杜氏起立，恭呼「行老」，點頭致敬，大有水滸傳上「小旋風」柴進，欵待宋江的風格，歷久不衰，賓東相得儼似魚水。當時負責傳達當局意旨的是章氏同鄉程潛，章氏與程潛晤談後，就與杜、錢二氏熟商。章氏之意，組黨事大，但先决問題，必須具備四個條件：一、爲宗旨：即一黨的政治方針，或主義。二、爲羣衆：即必須社會上有若干階層具有實力的人士，擁護這種宗旨或主義。三、爲經濟：任何事業，必須有經濟基礎，尤其是組黨，非此不可。四、則必須有幹練之幹部。對內對外，主持活動。章氏述明其意見後，杜錢二氏，極以爲然。但二氏作風，向極持重，初步結論，說是：既出自當局意，且待召見，摸清底細後，再行研究。

果然，隨即奉函召見，頗蒙優渥，促其進行，允予一切支持。章氏返回汪山，再與杜、錢二氏詳談。章意：羣衆基礎，應以工商實業界優秀份子爲主體（此即黃炎培後來所組「民主建國會」之路線，在當時，若能有正當的領導，形成組織，於國事或不無多少裨助），故請求二氏，共同發起籌備，並表示希望「恒社」成員，全體加入（恒社係杜月笙氏之外圍，名義上爲喜愛平劇之票友所組合的團體，其中多屬工商界之有力份子）。但二氏允予經濟上支持，本身則絕不參加，只能從旁協助。說是：「我們從不加入任何黨派的。至於恒社社員，他們自可自由參加。」章氏隨又談及，擬請駱君、朱君，相助籌備。杜云：駱君體弱，經常臥病，連他任職的銀行也很少到，恐難勝繁劇。朱君年富力強，倒眞是一把好手，他與行老同是參政員，行老自可找他談談。錢亦極以爲然。

於是章氏託張翼樞氏（字驥先，亦參政員）往約朱氏晤面；暢談後，章即請朱起草一份黨綱，另再起草一份組織程序；朱君當即遜謝不遑，說是：「行老爲法學大家，文章班頭，對於中國名學，外國邏輯，研究深邃，著述宏富，量此牛刀小試，自屬舉手之勞。區區連字也不認識幾個——這是貴宗太炎先生指一般書生而論——何敢在您的面前弄斧呢？」

朱氏原已早知此事概要，蓋於覃振（理鳴）處，獲聞程潛所透之消息也。及與章氏晤談後，乃亟思往小溫泉訪晤陳果夫氏，藉明眞象。適胡健中氏有事前往小溫泉，朱乃告以斯事情形，請胡代問果老如何看法？旋胡氏回渝，告朱氏道：「果老絕不知有此事，亦絕不信有此事，希朱兄愼重。」朱隨又晤見陳立夫氏，告以大概情形，立夫則力勸朱氏參加，並說：「行嚴既請你起草，你就何妨代起哩。」

朱氏隨又分訪杜、錢二氏，二氏將與章氏所談經過，詳細告之，亦說：本人絕不參加，但只從旁協助。不久，朱再晤杜氏，杜談及章氏組黨事，謂恐有變化，因第二次召見時，章表示一切請求支持，但謝絕經濟援助。以後即少消息。又說：組黨，總要下山來才能辦，高臥山中，任何事都是辦不成的云云。其後果然再無下文。

勝利後，章氏回到上海，仍然執行律師業務，有杜月笙之照拂，生活亦不惡。不料李宗仁派出代表去北平進行和談時，誤聽人言章氏與毛澤東有舊恩，硬把章氏加入代表團內，爲唯一非國民黨籍團員。到北平後，整個代表團爲中共一齊留下，章氏又安能幸免，二十幾年中，未見其公開發一言，也未曾劃一策，苟全性命，也不容易，無官守、無言責，安能以馮道責之。

總觀章氏一生，始而組黨未成，繼而以代表資格滯留故都，皆非出自本意，雲無心以出岫，而今眞是鳥倦飛以知還了，對於死去的人，實在不應苛責，此是儒家的恕道。

各方賜函、惠稿、訂閱、請逕寄香港九龍中央郵局信箱四二九八號，較爲快捷。（附英文）

P. O. BOX K-4298
KOWLOON CENTRAL POST OFFICE,
KLN., H. K.

名人會客的習慣

赤松子

會客不是一件小事，自身成功的人，其會客方式，必定是有章法的；反之會客章法太亂，很難望有成功。

以劉湘爲例，他是一個不學無術的人，對於世界大勢，也無十分眼光，但是他在川中羣雄割據時，地盤不過重慶壁山兩縣，可是他終以此爲基礎，竟至統一四川，就是他會客的章法，有和四川各軍閥不同的緣故。又以雲南爲例，在十五年代，龍雲與胡若愚同爲軍長，我都會過，後來四川劉文輝問我龍、胡優劣如何？我說唐繼堯眞是死了，以後恐怕是龍家天下，胡若愚似乎是一位不足重輕的人。劉問何以故？我說，從他們的會客章法看來，我去會龍時，正是下午五點，在他的軍部見面，他坐在辦公室桌上，背後立了四位馬弁，都是嚴正肅立，目不斜視，談了一個鐘頭，軍部鴉雀無聲。可是，後來我去會胡，在一旅館中見面，他一面和我談，一面看他的副官，幾個副官嬉笑吵鬧，鬧成一圓：胡也不加制止。軍人要有威，像胡這樣軍長，如何能治軍呢。後來龍與三軍長交戰，三軍長潰不成軍。龍遂一舉佔領雲南十八年。至於淸末民初大人物中，如袁世凱，在北洋大臣任內，凡拿介紹信去求見，一概不見，至於以條陳去的，如經考核，只要有內容，不須介紹。當時趙秉鈞是一個典史〈未入流的官〉，從新疆回到天津，每日三餐不繼，棧費欠至半年以上，聽說袁氏注重新政，立刻找了新政的書報來看，不睡覺的揣摩，上了一個條陳，袁氏召見，正是五月端陽，趙秉鈞穿了一件空心羊皮襖，與袁氏談了三小時回到客棧，不敢進去，後來勉強遂去，老板大叫一聲：「給趙大人道喜」。遞上一個軍機大信封，趙秉鈞拆開一看，原來是一封巡警總辦的委札，從此一帆風順，到民國元年，遂升至國務總理。現在將五十年來我親眼看見的三位名人因爲會客不講章法，同歸失敗的事，列述於左：

一、唐繼堯，任雲南都督，時與蔡松坡共同討袁，年不滿三十，世稱護國英雄，後來在十五年都督、省長任中，先後失敗兩次，原因無他，就是爲會客。民國五年，唐氏以西南聯帥，巡視四川，駐紮重慶，四川督辦熊克武晉謁，唐的總務處長李某〈山東人〉向熊索取紅包，熊佯爲不知，李某遂向熊說道：聯帥命令，凡文官晉見，須穿大禮服，武官晉見，須穿全副軍裝：否則不見。時熊正着洋服，以爲可以免去軍禮，這一來，只得叫他的副官回家，拿軍裝來，見唐行了一次軍禮。可是熊氏爲人陰險，從此心存報復，及唐回雲南，熊克武遂挑撥顧昌珍反唐，到九年，顧氏得熊克武資助，與朱德共同打回雲南，唐氏因此在香港休息一年。及後回雲南，仍用李某爲總務處長，李某對於大官吏見唐，照常索取紅包，十四年，龍雲往見唐，李某照例也要紅包，龍大怒，並道：我是昆明鎮守使兼五軍軍長，聯帥是我長官，怎麽見他，還需要紅包呢？先後往見十次，皆不得見，龍遂決定反唐，終致十五年政變。

二、賴心輝，四川川北人，雲南講武堂畢業，學科術科，均列第一，但會客也是毫無章法。在四川內戰中，勇猛異常，以此得賴大炮稱號，可是官封到國民革命二十二軍軍長，但最後一次敗後，從此不能復起，其重要原因，也是會客。賴的傳片的，是一位副官長，是賴的舅父，他對於賴的客人，去會，既不依先後排列次序，也不依官階大小，凡是客人見了他，必須打一個招呼，叫一聲副官長，並且衣冠必須華麗，他就把你名片列在前面，否則把你擺在後面，有一次張瀾去見他，因爲衣服既不華麗，也沒有叫他副官長，他就讓這位四川大老在門房靜坐了兩小時，後來張瀾大吵大鬧，得賴軍長出來道歡，才算了事。又有一次，由南京派去的一位軍事高級代表，因爲他穿的是一件半新舊的中山裝，當然也沒有叫他副官長，他也讓這位高級軍事代表在賴軍長門房坐了兩個鐘頭。

三、張××博士，是南方鼎鼎大名的博士，學貫中西，名滿國際，會任大學校長，頗受學生歡迎，因爲對人誠懇而風度絕佳，勝利以後，在上海主持一著名經濟機構，每日賓客盈門，而博士對於每一客人入座以後，必讓其盡吐衷曲而去，於是一客座談，常至三四小時以上，但其他欲會而不得一談的客人，每日至數十人之多，於是朋友愈來愈少，以致事業受影响，一生奔走國事，可以說毫無成就，這也是可以說會客之累。

香港詩壇

子通詞丈癸丑夏七十九生朝謹步原均奉賀

莫儉溥

神交久矣仰高深，大耄明年戴酒臨。
系出錢塘傳印綬，卜居珠海証苔岑。
韓非治術歸無訟，庾信憂時豈廢吟？
羣季惠連相競秀，日長荷淨見詩心。

惠霖學長久寓美邦，渡假漫遊歐陸，有詩見寄，次均二首

莫儉溥

（一）航中即景

乘風振翮九重天，雲海何從辨陌阡？
冰島不須愁晴昧，驕陽午夜照窗前。

（二）巴黎

歐陸名城匝月遊，輕槎一葉泛空流。
凱旋門與巴黎塔，甲子而今歷幾周？

原作

寓美・謝惠霖

俄頃航飛上碧天，雲濤似錦陌連阡；
計程應已臨冰島，午夜陽光照眼前。

（二）

三日巴黎未遍遊，花花世界儘風流；
觀光隨處留鴻爪，如是觀乎又一周。

宜燕道兄以壬子秋引退校長及文教諸席，偕嫂夫人壯遊而歸。賦贈

癸丑羊日　蘇文擢

世網縛塵纓，抽身苦不早；浮生取快意，
桑榆及未老。容子蘭臺英，韶年富文藻；
庠序夙回翔，金箭歸鑄造。餘力事遊藝，
劇誦肆心討；一從縞紵歡，言意針芥好。
時時接席間，儁趣眞絕倒；疑年周甲子，
斂退志常保。陶翟晉賢風，封末謝家寶；
少酬桑蓬志，此意屬浩浩。壯觀大九州，
脫略一炎島；頗闕陸生歡，往返千里道。
自慚困筆舌，歲月去草草；對君凝心神，
安閒中自禱。下視六街塵，人潮浩流潦；
漏盡行不休，形役到枯槁。所期葆歲寒，
相看髮未皓。

宜燕三兄榮休賦贈，用文擢兄韻

莫儉溥

漢師忝同門，著鞭輸君早；撫壯道斯行，
歸歟人未老。憶昔弄柔翰，講肆發奇藻；
英皇金文泰，英材翹翹造。攝影奪沙龍，
話劇倡探討；才美紹周公，兼善亦自好。
朗誦開文風，狂瀾迴既倒；名滿光曜隱，
功成明哲保。爲善與人同，掖才若己寶；
天趣樂融融，襟懷坦浩浩。庚戌隨公遊，
屐痕遍臺島；歸來視丘園，豺狼訝當道。
小醜起妖風，秋池夢空草；左衽其爲戎，
問天無所禱！指鹿馬齊呼，平地歎行潦；
鴟鴞嚇鳳凰，玉貌何嘗槁？采芝宜爾年，
羨比商山皓。

攬鏡

余纘庚

昂藏我本屬鬚眉，可奈牢騷一肚皮、
瀝胆披肝無濟事、忠言逆耳豈時宜、
文壇混跡尋師友、藝海流連喜奕棋、
攬鏡自慚形穢甚，餘生端合理綸絲。

編餘漫筆

編者

這一期所刊文章均有份量，其中要特別向讀者推荐的是雁飛先生寫的山西戰將陳長捷。本刊創辦宗旨就在發掘野史，及與時代有關的人物，兩年以來，所刊載人物，超過百人，但以地域而論，西北方面較少，尤其山西、陝西、甘肅各省，因此，編者時刻多刊出有關這幾省的歷史與人物，但苦於徵求不到眞實的佳作。雁飛先生與編者相交十幾年，是一位端方謹厚君子人，平日絕口不談往事，編者祇知他是山西人，過去事，他不談，編者也不便問，祇到最近雁飛先生看到掌故刊有山西方面文章，有意無意談起，始知其出身軍旅，畢業陸大十三期，担任過陳長捷的參謀處長，王靖國部下師長，山西高級將領自閻錫山之下無人不識，山西所有重大事件，更無役不與，編者當時眞有喜從天降之感，要求雁飛先生看在老友面上，無論如何要幫下忙，先將山西重要的人物寫出，然後再寫重要的事件，總算得到允諾，雁飛先生自謙不善為文，但讀者從這篇文章中可以看出其為學功力，在文字流暢，更勝於一般職業作者，此實一大佳訊，想為讀者所樂聞。

張莘夫烈士勝利後殉難撫順，死時之慘，祇有五三慘案之蔡公時差可比擬，但蔡烈士死於外人之手，張烈士則死於本國人之手。本期所刊張烈士傳記，則為其同鄉好友栗直先生所撰，記載翔實，從這篇文章中，我們很欣然張烈士子女均能克紹箕裘，重振家聲，善人有後，天道固不爽也。

李素女士燕京舊夢，贏得各地讀者一致讚美。本期介紹錢賓四（穆）先生，更是港九海外皆知的學者，由作者的敘述，更可以看出一位學人成功的不易，更可以了解到眞正的讀書人有所不為的精神，錢先生毅然辭去手創的新亞書院校長，放棄優厚的待遇，崇高的名位，而重新開拓新的生活，創造新的事業，眞正讀書人應當如此，祇有驚馬才戀棧。

最近一月來紙價的飛漲，讀者想必都聽到，但漲幅之大，可能出乎諸位意料之外，以本刊而論，二十二期出版時，新聞紙每令二十三元，二十三期出版已漲到四十六元，本期漲到五十元。對於一份獨力經營的雜誌打擊之重，是無法想象的，不得已從本期減少六分之一的篇幅，以減低虧損，雖然如此，現在的支出比二十二期以前還高得多。無論發生何種困難，我們決不會向任何方面求援，辦不下去就停刊。不過，也希望讀者能給予援手，祇要每位讀者能介紹一位新讀者，則本刊不但可以立住脚，還可以恢復原有的篇幅，決不會加價，在讀者諸公是輕而易舉之事，在本刊則受惠甚大。

掌故 月刊 訂閱單

姓名（請用正楷）中英文均可		
地址（請用正楷）中英文均可		
期數及金額	一年	
	港澳區	海外區
	港幣二十元正	美金五元
	平郵免費・航空另加	
	自第　期起至第　期止共　期（　）份	

請將本單同欵項以掛號郵寄香港九龍中央郵局信箱四二九八號

英文名稱地址：

The Journal of Historical Records
P. O. Box No. K4298, Kowloon
Central Post Office, Hong Kong.

錦繡神州

出版者：德興文化事業公司

我國歷史悠久，文物豐富，古蹟名勝，山川毓秀。尤其歷代建築藝術，都是鬼斧神工，中華文化的優美，在世界上有崇高地位；所以要復興中華文化，更要發揚光大，我們炎黃裔胄與有榮焉。

如欲研究中華文化，考據博古文物，瀏覽名山巨川，遊歷勝景古蹟；畢一生精力，恐亦不克窺全豹。往年雖有此類圖書出版，惜皆偏於重點介紹，不能滿足讀者理想。

本公司有鑒於此，不惜巨資，聘請海內外專家搜集資料，歷三年編輯而成；圖片認真審定，詳註中英文說明，堪稱圖文並茂。內容分成四大類：「**文物精華**」「**勝景古蹟**」「**名山巨川**」「**歷代建築**」將中華文化的精英，包羅萬有，洵如書名：**錦繡神州**。並委託柯式印刷廠，以最新科技，特藝彩色精印。八開豪華精裝本，金線織錦為面，織成圖案及中英文金字，富麗堂皇。「**內容**」「**印刷**」「**訂裝**」三並重，互為爭妍；所以本書被評為出版界一大傑作，確非謬贊。

凡備有本書者，不啻珍藏中華歷代文物，已瀏覽全國名山巨川，遍歷勝景古蹟。如購贈親友，受者必感隆情厚意。

全書一巨冊　港幣弍百元

經已出版。【付印無多，欲購從速。】

總代理

吳興記書報社

地址：香港租庇利街十一號二樓

電話：H四五〇五六一

Ng Hing Kee Newspaper Agency

No. 11, Jubilee Street, 1st Fl, HONG KONG

九龍經銷處

德興書店（旺角奶路臣街15號B）

吳興記分銷處（吳淞街43號）

外埠經銷處

星馬婆　遠東文化有限公司

曼谷　青年文化服務社

菲律賓　華安書店

越南　聯興書報社

紐約　友聯圖書公司

三藩市　益智圖書公司

三藩市　新生圖書公司

三藩市　文化書店

波士頓　中西公司

芝加哥　文華書局

檀香山　大元公司

倫敦　東寶公司

加拿大　香港百貨公司

澳門　可大文具店

斗湖　光明書局

亞庇　利民公司

清　乾隆窯琺瑯彩杏柳春燕瓶

P'ing, Vase, Ch'ien-lung ware (1736–1795), Ch'ing dynasty (1644–1911)

掌故（四）

數位重製・印刷　秀威資訊科技股份有限公司
https://www.showwe.com.tw
114 台北市內湖區瑞光路 76 巷 65 號 1 樓
電話：+886-2-2796-3638
傳真：+886-2-2796-1377
劃　撥　帳　號　19563868　戶名：秀威資訊科技股份有限公司
讀者服務信箱：service@showwe.com.tw
網　路　訂　購　秀威網路書店：http://store.showwe.tw
國家網路書店：http://www.govbooks.com.tw

2020 年 7 月
全套精裝印製工本費：新台幣 35,000 元（全套十二冊不分售）

Printed in Taiwan　　ISBN:9789863268130 CIP:856.9

本期刊僅收精裝印製工本費，僅供學術研究參考使用